罗怀臻教学集

LUO HUAIZHEN:
A COLLECTION OF SELECTED WORKS

研究生卷

上海人民出版社

图书在版编目(CIP)数据

罗怀臻教学集.1,研究生卷/罗怀臻主编.—上
海:上海人民出版社,2020
ISBN 978 - 7 - 208 - 16345 - 4

Ⅰ.①罗…　Ⅱ.①罗…　Ⅲ.①剧本-作品综合集-中
国-当代　Ⅳ.①I230

中国版本图书馆 CIP 数据核字(2020)第 042970 号

罗怀臻

当代剧作家。祖籍河南许昌县，1956 年出生于江苏淮阴市，1987 年迁居上海市。中国戏剧家协会副主席，中国文联全国委员会委员，中宣部"四个一批"人才，文化部授予"昆剧艺术优秀主创人员"称号，享受国务院专家特殊津贴。现为上海市剧本创作中心艺术总监，上海戏剧学院兼职教授。

自 20 世纪 80 年代起，致力于"传统戏曲现代化"与"地方戏曲都市化"的创作实践与理论思考，剧本创作涉猎诸多剧种，风格独立，影响深远，为推动中华传统戏曲文化的现代转型作出了卓越贡献。

另有《西施归越——罗怀臻探索戏曲集》《九十年代——罗怀臻剧作选》《罗怀臻戏剧文集》《烈酒与清茶——罗怀臻剧作自选集》《罗怀臻剧作集》《罗怀臻演讲集》《罗怀臻研究集》等著作出版。

本书为上海市教育委员会文教结合项目

序　执子之手，与子同行

罗怀臻

　　上海戏剧学院是改变我人生的地方。1983 年，我作为进修生第一次走进上海戏剧学院。那次的进修虽然只有一年时间，但是那时候的进修班跟今天很不一样，招收的学生名额需要教育部和文化部给予指标，费用主要由国家负担，个人和所在单位只是象征性地缴一点学费。那时候，社会上还积压着"文革"十年耽误的一代人，他们中间并非每个人都有重新获得高等教育的机会，其中大部分人已经走上了工作岗位，但是他们却还揣着大学的梦想，不甘心就此度过平淡的一生。记得 1983 年全国报考上海戏剧学院那个"戏曲创作进修班"的学员有上百名之多，经过两天的笔试、面试，最后录取了正式生 24 人，旁听生 7 人，我就是那个第 24 名被录取的正式生。在这些报考的学员中间，有些已是成名的剧作家，如京剧《徐九经升官记》的第一编剧郭大宇；有些则是受过本科教育的大学毕业生，如后来重返上海戏剧学院的方方教授；有些已担任着戏剧院团或艺术研究机构的负责人，如时任湖南省艺术研究所副所长的俞康生。在这样的一群考生中，我被录取了，当然感到很惊喜。

　　后来得知，就我的考试成绩是很难进入前 24 名的。所以能以第 24 名的身份被正式录取，其中有两个原因：一是虽然我其他各门考试成绩平平，但现场创作的短篇小说得了高分，阅卷老师对我写的那篇小说非常满意，觉得充满了动作感，看似小说却充满戏剧性，认为这个考生很有创作戏剧的天分；另一个原因，是我来考试的时候，身上揣着一封信。当时我的身份是江苏省淮阴地区清江市（即今天的淮安市）

淮剧团演员。那时节,我在剧团里偶尔帮演员加写几段唱词,也写过一两个剧本习作,虽然没能上演,但已经对戏剧创作产生了兴趣。剧团里有位导演,是原上海国立剧专的学生,名叫梁小鸳,与上海戏剧学院的陈多老师、陈耘老师都是同学,而且这位当年的上戏校友,还是家住静安寺附近的上海人,他是因为被打成了"右派"而发配到苏北流落在那个地方戏剧团的。梁小鸳知道我报考了上戏,行前给他的老同学,当时上海戏剧学院戏剧文学系的系主任陈多写了一封推荐信,他让我到了上海亲手交给陈多老师,我想梁小鸳的这封信是起了作用的。后来陈多老师果然跟我说起,他的那位流落在苏北的同学本名梁怨,胸怀大志,口无遮拦,遇事有反向思维,尤其对布莱希特的戏剧思想有精到的研究。可惜怀才不遇,谪贬民间,就其才华,应该与当时正叱咤风云的胡伟民一样成为全国级的戏剧大导演。陈多老师对我的"破格"录取,也是对老同学的"安慰"。

进入上海戏剧学院学习之后,我能处处感受到陈多老师对我的特别关怀。首先在确定剧本创作指导老师时,陈多老师把我推荐给了同是苏北籍人的校外特聘教授陈西汀先生。西汀先生是举国闻名的戏曲作家,曾经是华东戏曲研究院和上海京剧院的大牌编剧,他老人家曾经给周信芳先生编写过《红色风暴》《澶渊之盟》、给盖叫天先生编写过《七侠五义》、给童芷苓女士编写过《红楼二尤》《王熙凤大闹宁国府》等著名剧作,可谓高山仰止,如雷贯耳。西汀先生收下我这个"关门弟子"后,也像陈多老师一样,待我亲如父子,视同己出。一面是陈多老师引导我思考理论,一面是西汀先生指导我练习创作,我在两位恩师的精心栽培下,度过了在上海戏剧学院、在上海的一年时光。这一年里,陈多、陈西汀两位前辈对我在戏剧理论、戏剧创作包括在治学态度、精神涵养方面的熏陶,使我受益终身,有生难忘。所谓"富贵不能淫,贫贱不能移,威武不能屈",正是两位恩师留给我的最珍贵的人格遗产。

1986年,在两位陈老师的力荐之下,我从苏北小城淮阴调动到大上海的大剧院,成为一名专业编剧。30年过后的2016年,我迎来了生命的一个甲子。记得在我生日的那天,我把在上海工作平时走动较多的十几个学生聚集到一起,做了一件我认为极其重要的事情——去往墓园,认祖归宗,祭拜已经过世了的两位陈姓先师。我想让我的学生们在为自己老师庆生的这一天,知悉过去,懂得感恩,明白自己的来路与师承。

上海戏剧学院是改变我人生的地方,也是我人生的中转站和起跑点。从迈进上戏大门的那一天起,直到此后的若干年,老师们在世时,我会不断到学校请教;老师们过世后,我接过他们的教鞭,也成为一名上戏教师。每当有人问起"你为什么对年轻人那么热心","为什么对年轻同行那般扶持"的时候,我都会在心底默念两位陈老师,我清楚人生没有无缘无故的感情,也没有无缘无故的责任,正是两位陈老师和许多校内校外的前辈师长们对我的关爱与保护,方才成就了今日之我,方才潜移默化地影响了我与学生们与相识或不相识的年轻朋友们的相处方式。与两位陈老师相比,我所做的远不能及。

2005年,在我的朋友、也是多年的合作者,当年进修班时就已相识的舞美系同学韩生主持上海戏剧学院领导工作的时期,我被聘请回上海戏剧学院担任兼职教授,并成立了以我的名字命名的"罗怀臻戏曲创作工作室"。自此,我又重返校园,得以将我多年创作实践的经验和对当代戏剧理论的思考反刍给曾经哺育我、栽培我、造就我的母校,让我有机会以当年老师们对我的那种心情去感染更多的如我当年一般年岁的现在的年轻人。我没读过正规的大学,甚至没上过高中,我所获得大专学历的"电大",也是一座彼此不照面的虚拟大学,我唯一精神认同的母校就只有上海戏剧学院。我常说,在大学读十年书和读一年书本质上是一样的,学生与学校之间感情的深浅,不在于在学校待了多长时间,而在于在校期间是否真切地熏染了学校的精神。我所熏染到的上戏精神,是一种温暖的、无言的、具有人情味的,同时又是高尚的、甘为年轻人当铺路石子以及在任何情势下都鼓励学生独立思考、坚持创造、追求卓越的校训校风。这种人文情怀和卓越精神也是上海戏剧学院的立校之本,只要这个根本在,这个学校就会有生命,就会有前途;当这个根本动摇了,改变了,这个学校也就流于平庸,甚至不再是这个学校,而名存实亡了。

这两年,我陆续出版了三套文集,一套是我的剧作集,一套是我的演讲集,一套是以我为研究对象的研究集。身边的朋友建议我再出版一套教学集，即把我这些年指导学生创作的剧本选择一部分出版，作为我教学实践的结晶和创作观念的延伸。我在上戏担任兼职教授的十多年里，曾经指导的学生数以百计，从中挑选出较有代表性的剧本40部，其中6部为小型剧本，在上海戏剧学院戏文系副教授兼任我的工作室助理朱锦华老师的帮助下编辑为3卷本，每卷三四十万字，总计120多万字。3卷教学集收录的剧作，分属于三类学生。

一类是研究生。迄今为止，我在上戏指导的戏剧创作专业方向的研究生近20名。这些研究生又分为两种：一种是有着社会实践经历又回到学校深造的，如龚孝雄、冯刚、蒋演、陈力宇、周倩、高源、薛晓、王晓菁、马凌姗等，他们有的在尚未读研之前就已经与我相识，有的是因为报考了上戏而成为了师生。拥有实践经历的学生，经过在上戏的学习重新确立了创作高度，重新找回了非功利性的创作心态，对于他们各自在实践中的创作瓶颈实现了一定程度的突破。重返实践之后，有些已经成为同时代编剧队伍中的佼佼者，有些则已在年轻的同辈人中显示出了强劲的创作实力。另一种是由本科直接升学读研的，如魏睿、刘煜、齐名、卢乙莹、徐雯怡、王莹、魏菡、程琛、张峻棋、周心怡等，这些学生有些还在读，他们或是戏剧专业毕业的，或是其他专业毕业但对戏剧影视创作感兴趣转而考入上戏读研的，这些学生往往较少既定"套路"，在练习剧本创作的过程中很愿意显示出各自独特的个性和对戏剧的独到见解，作品也常常能表现出不同于职业编剧常态化的写作思维。在这些研究生中，有个别的，像王晓菁，她的父亲王信厚曾是我1983年在上戏进修班的同学，当年同窗好友的女儿今天作为新一代接班人又成了我的学生。总的来说，这类读研的学生无论在校时还是离校后，我们的关系都比较密切，我们彼此间的关注也比较长久。这些研究生们毕业后大都在国有专业戏剧院团从事剧本创作，有些进了非国有的文化公司，也有个别的转行自己创办了文化企业。无论是否还从事着编剧专业，剧本写作作为一种创造思维和创新能力，都会如影随形般地伴随着他们，也惠泽着他们。

一类是研修生。2010年，我当选为第七届中国戏剧家协会副主席。作为一名兼职副主席，我不禁思考我能为全国戏剧做点什么。思考下来，我想到当年我经过在上海戏剧学院的短暂进修，改变了观念，接通了时代,然后调整了心态,重新起步,从一名剧本写作的爱好者,成为一名带着责任感和使命感的剧作家,这短暂的进修对我的改变是巨大的。那么,我能不能像当年上海戏剧学院的老师们一样,也推动举办这样的进修班呢? 我把这个想法向中国戏剧家协会和上海戏剧学院的领导们表达,得到了他们的积极响应。为了支持我的想法实施,中国戏剧家协会和上海戏剧学院联合在沪成立了全国戏剧创作高端人才研修中心,委任我为中心主任,探索这种非学历实践型公益性高端青年戏剧创作人才的培养计划。这个计划也得到了中共上海市委宣传部、上海文化发展基金会的支持。以中国戏剧家协会和上海戏剧学院等办学单位的名义,上海文化发展基金会给予一定的经费支持,这个特别的研修班便开办了起来。2011 年编剧班,2012 年导演班,2013 年戏曲音乐班,2014 年评论班,2015 年舞美班,中国戏剧家协会和上海戏剧学院足足用了五年时间,向全国戏剧界推送了近 300 名戏剧创作与评论的青年精英人才。

"重返校园,重温理想,感悟时代,更新观念",研修班学员由各个地方剧协推荐,经中国剧协遴选,通过在上海戏剧学院的集中研修,重新获得了一次新的起点,迅速并有效地扭转了办班之初全国戏剧界创作与评论人才严重断层的被动局面,且就此形成了一种可复制的新型办学模式,很快在全国蔚然成风。在这一系列的研修班中,最先办的是编剧班,我是编剧班的班主任。编剧班招收了 30 名正式生,30 名旁听生,结业典礼上,中国剧协将 30 名正式生学员的剧本提前向全国专业剧团推荐,结果 30 个剧本来了 39 家院团签约。我现在要说的是,本次收录于教学集中的 12 部研修生的剧本,主要遴选的标准是我对这些作品指导创作与推动完成的参与程度。这个班的学员,可谓云集了一代人的精华,我不是这个班唯一的指导老师,有些剧本在参加研修班之前已经成熟定稿,有些剧本的指导老师是其他剧作家,因此代表这个班水平的剧本不一定都被选编进来。但我特别要强调的是,但凡参加这个研修班的青年剧作家,来与不来是不一样的,来之前与来之后也是不一样的,编剧研修班真的仿佛是一台转换器,一座加油站,一个转折点,经过短暂的集结洗礼,形成了于 21 世纪新时代中国剧作家群体魔幻般崛起的"黄金一代"。今天,我们可以这样说,中国剧作家的代际转换正是以这个研修班的成员为主要识别标志的。河南的陈涌泉,江苏的罗周,云南的杨军,北京的冯静,辽宁的李铭,浙江的蒋胜男,广西的胡红一,河北的陈建忠,山东的陈新瑜,重庆的王宏亮、陈国亮,湖北的唐淑珍,江西的马永继,甘肃的马勇,陕西的宋文宪,以及上海的喻荣军、龚孝雄、洪靖慧、蒋东敏、管燕草、赵潋、夏天珩等,支撑起了一个区域一代人的剧作天空。在近几届曹禺戏剧文学奖的评选中,这个班每届都有获奖者,有时一届竟有 2—3 部作品获奖,这个班的好几位学员也已成为曹禺戏剧文学奖的评委。

一类是进修生。这类学生就像 37 年前来到上戏进修的我一样,有着职业戏剧人的身份。到上戏学习,不是为了学历,也不是为了工作,就是单纯地希望提升自己的创作能力。坦率地说,这类学生和我的感情最深,因为在他们身上,经常能看到我过去的身影。他们在校的一年也特别地珍惜光阴,而且一年以后他们身上发生的变化也与我当年一样,有些变化也是转折性的:有的创作出了本剧团甚至本剧种的代表作;有的从原来模糊的专业岗位身份,如文化馆的,电视台的,进入了专业剧团,走上了职业编剧岗位;有的多年来虽然勤奋但作品不温不火,回去以后则有了质的提升,并在一个地方独当一面。如曾经在宁波群艺馆以写小戏小品为专长的谢丽泓,回去后在省内外上演了多部大型作品,还一跃成为浙江省剧协的专职秘书长。如福建的王羚,本是演员出身,做过导演,做过团长,在上戏进修期间创作了闽剧《双蝶扇》,成为曹禺戏剧文学奖的获奖作者,这部作品也成为他,成为主演周虹,成为福建闽剧新时代的代表作。再如陈涣,来时还在福建东山岛的一个电视差转台工作,为了来进修,不惜辞去公职,一年以后,由于刻苦用功,创作了两三部剧本,先后被几家省级剧团采用,随后被海南省琼剧院作为编剧人才引进,如今成长为一级编剧,不仅在海南省内独当一面,剧本还被外省市频频相中,频频上演。还有一些学员,来之前没有创作过大型剧本或创作过大型剧本但都没有上演,进修期间完成了新的创作,回去之后这些剧本很快上演,有些更是在全国或省市获奖,工作岗位和创作环境都有了明显改善。如云南创作了彝剧《龙之恋》的李垠和创作了花灯戏《山里》的尹正龙,湖北创作了京剧《大唐乐工》的柳隐溪,湖南创作了戏曲《李斯》的周建清,广西创作了彩调剧《空村》的李诗,上海创作了话剧《选择性呼吸》的鄢辑吾等。

还有两位很特殊的学员,一位是创作了昆剧《乌石记》《孟姜女送寒衣》的俞永杰,本是一位昆曲曲学研究的业余爱好者,从小拜访名师,钻研曲律,没有体制内的工作身份,经过来上戏进修我们彼此结缘,我通过对他的了解,觉得他是否成为一名戏曲作家似乎并不紧要,紧要的是他所钻研的那一门冷门绝学,即韵律学、曲律学,包括对昆剧曲牌的精深研究,乃是一位可遇不可求的特别人才。于是我把他推荐给了时任上海戏剧学院图书馆馆长的汤逸佩老师,经汤老师举荐,永杰现在已是上海戏剧学院图书馆的在编研究人员。与此同时,他所创作的几部昆剧剧本,先后被浙江、湖南等省份的昆剧团采用排演,人生局面和精神格局都为之豁然打开。还有一位上海出生的女孩罗倩,自中学起便爱好昆剧,她在北大读书期间,正巧我创作的昆剧《一片桃花红》由上海昆剧团应邀到北大校园演出,罗倩便是那位抱着几十份演出海报在北大校园内外四处张贴的学生。后来我在上海文化发展基金会的一次剧本征集活动中看到了署名罗倩的昆剧剧本《莲花结》,我在推荐和辅导这部作品的过程中认识了罗倩本人,其时她已是在德国攻读博士的留学生,偶尔回来探亲,她也和进修生们一道来听我的剧本创作课,也和其他的进修生一样完成创作作业,她的作业昆剧《红楼别梦》曾经由上海昆剧团排演。

我在进修生身上花费的心血最多,这类学生跟我的感情也最亲。我的研究生和那些个研生,是学生,也是两代人,而进修生们则像是我的朋友、同行、亲戚,就如当年我和陈多、陈西汀老师一样。所以,我以和来自全国的、密切相处一年的这些重感情、肯用功的进修生们相遇相识相处为幸事,我也十分珍惜着与他们的交往,维系着与他们的感情。从近百位进修生中选出 11 部大戏和 3 部小戏的剧本,也只能是窥一斑而见全豹了。

由三类中青年剧作家的 30 多部剧作所构成的三卷本教学集,从某个角度折射出当代戏剧创作的整体风貌,也在一定程度上代表着这个时代的剧本创作水平。综合地看,他们与任何一个时代的剧作家相比都不逊色,我们也可以从他们的剧作中看见属于这个时代剧本创作的鲜明特征。掩卷沉思，我也深深感觉到，我究竟何德何能得以与这么多的年轻同行结缘相处，并且在与他们的交往互动中不断感受着时代的气息，不断领悟着戏剧文学的当代精神。如果问我今天有什么愿望，那就是希望我不同名分的学生，或是指导过的青年作者，或是因为我的热心把大家积聚起来同窗学习过的同行们，能够担负起当代戏剧文学复兴的责任。戏剧文学"复兴"的标准，是以元明清三朝戏曲文学的大时代为参照；辅之以 20 世纪上半叶曹禺、老舍、田汉、陈仁鉴等，下半叶魏明伦、陈亚先、郭启宏、郑怀兴等当代优秀剧作家代表作为参考，建立起来的属于 21 世纪中国戏剧文学特征与高度的时代识别感。如果因为我的这点微薄之力与这颗寸草之心，多少能使这一代人的面貌更清晰一点，那么我就觉得十分拥有荣誉感和成就感了，所有过往的付出也都值得。

我还希望每一位剧作家在坚持自己独立的创作个性之外，能够自觉地肩负起一种行业的责任，就如陈多、陈西汀老师那样对待我们以及我们对待更年轻的同行一样，关心戏剧这个行业，关心剧本创作这个专业，关心比我们和你们创作处境更为艰难的同行者，把我们个人的能量辐射到整个行业中去。此外，我也希望借助这套教学集的出版，能够引导更年轻一辈的剧作者们看清路标，辨识路向，进而更加坚守对于戏剧剧本创作的本心，以期有更加令人瞩目的建树。

2020 年 1 月 29 日

目　录

楚剧

英雄结

龚孝雄

国家一级编剧，上海淮剧团团长。中国戏剧家协会会员、中国戏剧文学学会理事、上海市戏剧家协会理事、上海市作家协会会员；先后毕业于中国戏曲学院戏文系、上海戏剧学院戏文系，艺术硕士。主要作品有京剧《北平无战事》《小吏之死》，沪剧《我只在乎你》，淮剧《浦东人家》，楚剧《英雄结》，粤剧《鸳鸯剑》，晋剧《红高粱》，湘剧《赵子龙计取桂阳》，长沙花鼓戏《涧水湾》，话剧《梅兰芳》等；作品曾获中国戏剧奖、文化部创新奖、中国戏剧文学奖、全国戏剧文化奖、田汉戏剧奖·剧本奖、全国小戏小品比赛"金奖"、长江流域小戏作品评比展演"最佳剧目奖"，上海文艺创作"优品剧目"、上海市新剧目评比展演"优秀剧目奖"、"中国梦"主题戏剧征集"剧本一等奖"等。出版《寻梦留痕——龚孝雄剧作选》。

楚剧《英雄结》发表于《剧本》月刊2012年第4期，由湖北省地方戏曲艺术剧院排演，导演韩剑英，主演詹春尧。作品参加中国剧协第26届中国戏剧"梅花奖"评比演出，主演詹春尧以"王佐"角色荣获当届"梅花奖"。

时　间：南宋高宗年间。

地　点：朱仙镇（今河南开封县）一带。

人　物：王　佐——30多岁，湖广人。17岁投笔从戎，投军潞安州陆
　　　　　　　　登帐下。潞安州沦陷后，回到洞庭投义军杨幺，
　　　　　　　　官至车胜侯。后归顺朝廷，为岳飞帐下参军。

　　　　　王　妻——近30岁，王佐的妻子。

　　　　　陆文龙——16岁。本为宋潞安州节度使陆登之子。潞安州
　　　　　　　　被金国攻陷后掳至金邦，由金国四太子金兀术收
　　　　　　　　养为义子。后因王佐晓其身世，归宋。

　　　　　乳　娘——50多岁，湖广人，陆文龙的奶妈。潞安州沦陷时
　　　　　　　　被一同掳往金国。

　　　　　牛　皋——岳家军大将。

　　　　　哈迷蚩——金兀术军师。

　　　　　金兀术——金邦四太子，原名完颜宗弼，金兵统帅。

　　　　　岳云、张宪、严成方、何元庆等宋将。

　　　　　报子、宋兵若干。

　　　　　金兵、金将若干。

第一场

[号角声鸣,马嘶人喊;战鼓频敲,杀声震天。

[大幕急启。

[宋营中军辕门。门侧设有巨鼓,牛皋挥动鼓槌,擂鼓助阵。

[一通鼓响,报子急上。

报　子　报——

牛　皋　讲!

小　军　禀将军,果不出元帅所料,陆文龙今日打了头阵。

牛　皋　依计而行,传令"八大锤",施以车轮大战。

报　子　得令。(急下)

牛　皋　陆文龙,小娃娃,看我怎么拖死你。(敲二通鼓,报子惊慌上)

报　子　牛,牛将军……

牛　皋　站稳了说话!

报　子　岳云、张宪、严成方、何元庆四位将军车轮大战,难敌陆文龙。

牛　皋　那就群起围攻,围攻。

报　子　是!(下)

牛　皋　人多势众,我还收拾不了你。哼!(挽起双袖,三通鼓响)

　　　　[岳云、张宪、严成方、何元庆与宋兵败逃而上。

众宋将　禀将军,我军战败!

牛　皋　可恼!(气得直跺脚,将鼓槌狠狠摔在地上)

岳　云　陆文龙一路追杀而来,请叔父鸣金收兵。

牛　皋　鸣金收兵?没志气。带马,待我去拧下那陆文龙的头来。(上马欲走)

　　　　[王佐内声:"牛将军,且慢!"

牛　皋　谁呀,文绉绉的?

王　佐　(装束儒雅,沉稳走上,向牛皋礼貌一揖)牛将军。

牛　皋　(蔑视)有屁快放。

王　佐　传岳元帅令,鸣金收兵。

牛　皋　不收。一个娃娃,我还怕他不成。

王　佐　(再向牛皋一揖)将军,"八大锤"围攻已然败阵,你去岂不也是
　　　　送死。

牛　皋　战死沙场那是为国尽忠。胆小鬼。(欲离去)

王　佐　(拦住马头,还是一揖,但声调提高)岳元帅已然传令,鸣金收兵!

牛　皋　躲开,小心我的战马踢死你。

王　佐　军令如山,你难道不知?

岳　云　牛叔父,不可鲁莽。

众　将　牛将军,帅命难违。

牛　皋　(斜睨王佐,悻悻下马)小人得志。
　　　　〔小军鸣金。

牛　皋　鸣金不可太响。

王　佐　来,挂起免战牌。
　　　　〔小军欲挂免战牌。

牛　皋　(挥手打落小军手中的免战牌)王佐,你也太过分了,你不嫌窝囊
　　　　我还怕丢人。

王　佐　(并不动怒地)小军,挂上。
　　　　〔小军再挂,牛皋再扔,如此三番,牛皋终被激怒,动手砸免
　　　　战牌。

牛　皋　(边砸边骂)挂,挂,我让你们挂!
　　　　〔王佐难堪,小军吓坏。

小　军　王参军……军中只有这一块免战牌。

王　佐　(忍着火气)如此,拿笔墨来,待我书写。

小　军　是。

王　佐　(提笔写就)小军,挂了上去。

牛　皋　(又一把抢过,背在身后)软骨头,你也算个男人。

王　佐　(忍无可忍地)牛皋,你——

牛　皋　（一脸坏笑地）王佐，王统制，王参军，莫急，莫要着急！牛某今日有几句话，要当着三军将士，问你一问。

王　佐　（复归平静）请将军明言。

牛　皋　宋营之中，你武艺如何？

王　佐　（向四周款款一揖）惭愧！

牛　皋　谋略又排在第几？

王　佐　（再向四周款款一揖）惭愧！

　　　　〔众将偷笑。

牛　皋　不要惭愧。我看你并不是一无用场。瞧瞧，您这字写得还真是不赖！只是可惜，写的是他妈免战牌。（学王佐）惭愧。

王　佐　啊呀！（急忙以袖遮脸，无地自容）

　　　　〔众将笑出声来。

牛　皋　哈哈哈……王佐，满营将士，就你一个人带着老婆，也不嫌丢人。别待在这儿了，回家抱老婆去吧。（抛还免战牌，心满意足地）回营！

　　　　〔众兵将一哄而下。

　　　　〔暗场。王佐久久独伫，一脸凄惶。追光照之。

王　佐　（唱）人前受辱，情何以堪，

　　　　　　这莽汉贬得我脸面全无，枉做了儿男。

　　　　　　怪只怪进营来我寸功未建，

　　　　　　因此上矮人三分，屈就人前。

　　　　　　投笔从戎，书生打仗，

　　　　　　纵然胸藏百万兵，怎比得将军跨马常凯旋。

　　　　牛皋啊，莽夫。你，你忒小看我王佐了。（接唱）

　　　　　　你怎识元帅用兵藏韬略，

　　　　　　你怎知陆文龙，他并非番人身有仇冤。

　　　　　　罢罢罢，烦心的事儿先不想，

　　　　　　出营去，我强装欢笑慰红颜。

　　　　〔一更鼓响。

　　　　〔灯启。营外，王佐家里。

王　妻　（持画卷上）夫君回来了。

王　佐　回来了。

王　妻　为妻今日绘有画卷,等你题诗呢。

王　佐　(心不在焉)《江山英雄图》。这画中壮士,你画的是哪一个?

王　妻　自然是夫君你啊,你看他眉目清朗,气宇轩昂……

王　佐　呃,为夫的可无有这样高。

王　妻　为妻心中,你就是这样的高。

王　佐　为夫的也无有这样壮呀。

王　妻　为妻心中,你就是这样的壮。

王　佐　看这画中壮士,身披英雄结,好一番英雄气概。我哪里比得。

王　妻　为妻心中,自然是比得的。

王　佐　英雄者,需才能勇武过人,能挽狂澜于既倒,扶大厦于将倾。
　　　　我一介书生,如何能比。

王　妻　夫君有腹纳九州之量,包藏四海之胸襟,比比又何妨?

王　佐　贤妻说笑了。依你之见,我在宋营之中,武艺如何?

王　妻　你么,一介书生,怎好与那些武将去比。

王　佐　那,论计谋呢?

王　妻　这计谋么,也非夫君所长。

王　佐　依你所言,我武不能上阵,文不擅计谋,岂不成了一个废物?

王　妻　夫君长于人品,长于忠诚,怎说是废物?

王　佐　(一笑)两军阵前,交兵对垒。这些,对一个征战之人又有
　　　　何用?

王　妻　夫君,人品乃处世之根,忠诚乃立身之本。

王　佐　(细品)夫人所言极是,极是!(再细观画)知我者夫人也。
　　　　〔二更鼓响。

王　佐　夫人,天色不早,你安歇去吧。

王　妻　嗳,夫君还未在这画上题诗呢。

王　佐　改日再题吧。

王　妻　一定要题。

王　佐　如此,待我题诗一首。
　　　　(唱)举羊毫题诗文心中内疚,
　　　　　　辜负你女儿心满面含羞。

胸臆间虽藏有凌云之志，

却不能建功立业，青史把名留。

夫人哪，我题的是——

一壶浊酒煮春秋，

半生飘摇志难酬。

书生也有英雄泪，

只待来日写风流。

王　妻　"书生也有英雄泪，只待来日写风流"。(将画挂到墙上)夫君莫
　　　　要气馁，以你的才识与人品，定能够酬书剑，写风流。

王　佐　王佐愧对红颜。

王　妻　夫君说哪里话来。夫妻本是同林鸟，荣辱患难永相依。你投
　　　　军报国，不忍为妻独留家中，甘犯忌讳携妻随行，在这军营之
　　　　外安下一个小家。你是我的夫君，更是我的倚天长剑啊。

王　佐　王佐心中诚惶诚恐。夜静更深，还请夫人早些安寝。

王　妻　为妻心中，你是一个大大的英雄。(下)

王　佐　(自问)我是一个大大的英雄？
　　　　〔妻子的鼓励，让王佐萌生出豪迈之情，仿佛又回到了年少光
　　　　景。他仔细地端详起墙上的画卷来，伸手抚摸着画中壮士所
　　　　佩英雄结，然后在自己胸前比画了半天。忽然觉得，这英雄
　　　　结离自己也并不遥远。

王　佐　(唱)英雄结，配英雄，

　　　　　　顶天立地，气贯长虹。

　　　　　　好男儿雄心勃勃酬书剑，

　　　　　　我岂能无作为，一腔抱负任水流东。

　　　　　　夫人她用心良苦绘画卷，

　　　　　　激起我万丈豪情涌于胸。

　　　　　　眼下三军遭危难，

　　　　　　我本想挺身而出闯刀丛。

想那陆文龙，乃是潞安州节度使陆登之子。十六年前，潞安
州沦陷，老将军为国尽忠，老夫人为夫尽节，襁褓之中的陆家
公子被那金兀术掳去了北番。那时节，我投笔从戎，就在陆

老将军的帐下当差。此情此景,历历在目。如今公子长大成人,对身世却全然不知,我若晓其身世,劝降文龙归宋,何愁大功不成。不曾想,嗨——

(接唱)我有意劝降文龙闯虎穴,

　　　　与元帅共商计谋建奇功,

　　　　谁料想岳大哥竟然不允,

　　　　他只说,送死的差事不做帮凶。

　　　　兵不厌诈,今日我私作主张犯将令,

　　　　这一回,要学霸王硬上弓。

着啊,我就是这个主意。(欲出营又止)哎呀不可,我这样去至金营,如何能接近陆文龙? 若无万全之策,只怕还未进得敌营,我这小命就呜呼了呀。

(接唱)到金营我拿什么理由把敌骗,

　　　　见兀术我岂能随意搪塞荒唐言?

　　　　我不妨假扮信使把敌营进,

　　　　等待时机巧周旋。

两国交兵不斩来使,是个好主意。只是做这信使,得有信呀。岳大哥既然不同意我前去劝降,这信他又如何能给我?

(接唱)我不妨假装投降把节变,

　　　　学黄盖苦肉自身把敌瞒。

(欲出营又止)哎呀,慢来。周瑜打黄盖,那是周瑜打了黄盖曹操才相信于他。我如今去找岳元帅,让他也打我五十军棍,元帅定然不从。唉! 这倒难了。

〔行弦。三更鼓响。

(接唱)耳边厢又听得三更鼓响,

　　　　一声声击在了我的心尖。

　　　　左思右想无良策,

　　　　也只好再思再想待明天。

〔王佐欲回后房休息,手持烛火,心不在焉。烛斜,有蜡滴落手背,惊。

哎呀,有了。

（接唱）猛然间想起了要离断臂有故典，

我何不苦肉自身仿效前贤。

[四更鼓响。

（接唱）谯楼传来更鼓响，

不觉已到四更天。

颤悠悠拔出了青锋宝剑，

青锋剑啊青锋剑，人之肤发受之父母。这一剑下去，我便是对不起父母，对不起妻房，作了不孝不义之人。

（接唱）此一去生死未卜命悬一线，

陆文龙，少将军。

（接唱）你可知我为你断臂自残。

但愿得你，你能够迷途知返，

也不枉我九死一生闯险滩。

[传来五更鼓响。

（接唱）五更鼓，天色开，

抽刀断臂度泉台。

也罢！（抽刀断臂，疼痛难忍）

[造型，切光。

第二场

[是日晌午，金营中军大帐。

[沉沉的号角声起，哈迷蚩、众金兵、众金将引金兀术上。

金兀术 （唱）统雄兵入中原势不可挡，

岳家军难敌我年少儿郎。

盼速战决成败凯歌早奏，

怕的是持久战营中缺粮。

军师啊——

哈迷蚩	狼主。
金兀术	(接唱)必须要早谋良策诱兵阵,
	鼓士气出奇兵直取汴梁。
哈迷蚩	狼主放心。臣,正思良策。
金兀术	陆文龙身系此役成败,这颗棋子你要用好它。
哈迷蚩	臣早有安排。来呀,宣殿下进帐。
	〔陆文龙内白:来也。
	〔陆文龙意气风发而上。他就像一个追风少年,英武、健康、狂傲、直白。
陆文龙	参见父帅。
金兀术	我儿免礼。
哈迷蚩	殿下,你昨日大败宋兵,壮我军威。狼主今日要重重地奖励于你。
陆文龙	我立下大功,是该奖励。不过父帅,我不要金银财宝,也不要牛羊封地。
金兀术	我儿要什么?
陆文龙	我要你赏我一根英雄结。
金兀术	为父正有此意。我儿少年英雄,配得上这英雄结。来来来,(将自身披挂的英雄结摘下)这英雄结,随为父栉风沐雨沙场征战有年矣,今日将它赐予我儿。自今日起,你便长大成人,是我大金邦的英雄了。
陆文龙	多谢父帅。
	〔音乐声中,金兀术仪式般为陆文龙披挂英雄结。
哈迷蚩	殿下,你披上这英雄结,便是大英雄了。这大英雄就得有大英雄的对手,那南朝元帅岳飞,可算得上是个大大的英雄。
陆文龙	岳飞帐下之将已被我战败,我正要找他对阵呢。
金兀术	儿啊,昨日一战,你是如何败得宋军的?
哈迷蚩	对对对,狼主昨日未在阵前观战。殿下,今天你可得好好说说这事,长长我大金邦的虎威。
陆文龙	只身闯宋营,双枪敌重兵。提起昨日事,英雄抒豪情。
	(唱)陆文龙双枪匹马闯敌阵,

头一阵打的是白袍将军。

金兀术　哪一个白袍将军?

陆文龙　(接唱)他眉清目朗威风凛凛,

戴白盔穿白甲,一对银锤搅沙尘。

哈迷蚩　此人乃岳飞之子,名唤岳云。

金兀术　岳云武艺高强,骁勇善战,是员虎将。

陆文龙　(接唱)小岳云不敌孩儿败下阵,

哗啦啦他们车轮大战,我只身挡四人。

金兀术　他们以四人之力对你一人之躯,这是想拖垮你。

哈迷蚩　只是他们万万没想到,殿下之勇,胜过吕温侯。

陆文龙　(接唱)人多势众,群起而攻,

转眼间八只重锤砸向儿的脑门。

哈迷蚩　殿下,这下险啦。

金兀术　"八大锤"以多欺少,算不得英雄。

陆文龙　(接唱)我沉住气,巧用劲,

双枪挑四将,只身败宋军。

金兀术　为何不乘胜追击?

陆文龙　怎么不想? 怎奈他们鸣金收兵,挂起了免战牌。

(接唱)看宋营免战高悬收兵刃,

儿只好先歇战得胜回营。

金　兵　(报上)报,抓住一名宋军奸细。

陆文龙　既是奸细,杀了。

哈迷蚩　落网之鱼,要杀他还不容易。殿下,不妨先审问一番。

金兀术　带了上来。

〔王佐被押上,众金兵将嘘之。

王　佐　(唱)入了龙潭方知险,

进营先找美少年。

刀枪林立寒光闪,

身在虎穴性命悬。

拜见四狼主。

金兀术　下跪何人。

王　佐	岳飞帐下参军王佐。
金兀术	因何至此?
王　佐	弃暗投明。
哈迷蚩	照你所言,你是为投诚而来?
王　佐	正是。昨日宋军大败,急商对策。牛皋和"八大锤"主战,我主和,为此惹怒岳飞,断我臂膀。是我连夜出营,投奔狼主,愿从此效忠金邦,以报岳飞断臂之恨。
陆文龙	岳飞不是个大英雄吗,何以如此心狠?
王　佐	这位少将军,莫非就是双枪陆文龙?
陆文龙	正是。
王　佐	陆将军,你少年英雄,勇猛神武! 王某佩服得很啦。
哈迷蚩	叫殿下。
王　佐	是是是。殿下少年英雄,是个高才。殿下,你可是姓陆?
陆文龙	双枪陆文龙,自然是姓陆。啰嗦。
哈迷蚩	这一奸细,莫非你是为着我家殿下而来?
王　佐	(一惊)王某人正是为了殿下而来。
哈迷蚩	哈哈,那你可算白费心机了。来啊,将此人拉出去斩了。
	〔金兵推王佐欲下。
王　佐	(急中生智)殿下救我,我可是为你而来啊。
陆文龙	父王……
王　佐	四狼主,且容我把话讲完。此番投诚,我确是为着少将军而来。当下两军对峙,陆文龙凭一人之力大败宋军,谁强谁弱,一看便知。您有陆文龙这样的勇将,打败岳家军,直取汴梁城,那就是个时间问题。岳飞马上就是败军之将,我还跟着他做甚。狼主,您想想,我为什么要投诚于你,还不是因为你麾下有陆文龙? 狼主,我可是真心归顺啊。
金兀术	王佐,你敢么是怕死?
王　佐	我活都不怕,还怕死吗?
金兀术	那为何让我救你?
王　佐	未报岳飞断臂之仇,我死有不甘。
陆文龙	父帅,此人为投诚而来,是个文弱书生,又是残疾之人,把他

杀了,显得我们没有容人之量。

哈迷蚩　殿下此言差矣。狼主,三十六计中,可有个"苦肉计",我料定此人乃是诈降。如今两军对垒,势态微妙,不得不防啊。

金兀术　军师言之有理。传令,将这一奸细推出去斩了。

王　佐　(一番苦笑)早知如此,何必当初。

金兀术　当初如何?

王　佐　当初,当初我就不该投奔你来。久闻狼主乃是大义之人,胸怀天下。不想今日一见,竟然如此凶残无知。

金兀术　我凶残无知? 好,我倒要听听,这"凶残无知"从何而来。

王　佐　狼主,容禀。

　　　　(唱)岳飞无情断我臂,
　　　　　　你比岳飞狠十分。
　　　　　　原只想投狼主,借兵雪耻报仇恨,
　　　　　　你却要断我性命辱斯文。
　　　　　　狼主呀——
　　　　　　马踏中原匹夫勇,
　　　　　　仁德君方能够抚慰万民。
　　　　　　你今日杀我不紧要,
　　　　　　怕只怕杀得天下贤士俱寒心。

金兀术　(大为震惊)呀。

　　　　(唱)一番话说得我心中惊震,
　　　　　　观此人貌不出众好才情。
　　　　　　重汉臣学汉礼举兵南下,
　　　　　　为的是成大业捕获民心。
　　　　　　我有意饶他不死留性命,
　　　　　　又恐他断臂诈降留祸根。

呃,想他一介谋士,又是残疾之身,料也兴不起什么风浪。也罢。

(接唱)借他口辱岳飞树我威信,
　　　　　　留营中细察看再试假真。

王佐,我今日饶你不死。命你将岳飞不义之举说与三军知晓。但不可在大营中私自走动。

哈迷蚩　狼主,休要听他一派胡言,依我看来,他定是岳飞派来的奸细。

金兀术　军师,有道是得饶人处且饶人,他既是投奔大金邦而来,我等当以宽容之心相待。

　　　　〔哈迷蚩不服欲再言,被金兀术制止。

哈迷蚩　(不甘)王佐,狼主饶你不死,乃我主隆恩。你要老老实实,不得胡来。

王　佐　王佐谢过狼主,谢过军师,谢过少将军。

　　　　(唱)一阵怕来一阵惊,

　　　　　　　鬼门关前走一程。

　　　　　　　虎口拔牙处险境,

　　　　　　　我要多提防,事事小心。

金兀术　众将官,今日乃是庆功之宴。来,来,来,满饮此杯。

众兵将　狼主,请。

哈迷蚩　(凑近金兀术,小声地)狼主,我料定王佐乃是诈降,因何不杀?

金兀术　真降假降,一试便知。即是诈降,我也要看看,岳飞派他来做什么。

哈迷蚩　狼主高明。

金兀术　(故意地)王佐,军师说你乃是诈降。

王　佐　狼主,王佐乃是真降。

金兀术　好,既是真降,就该为我大金邦出力。我赐你胡服一套,命你明日前去骂阵。

王　佐　穿胡服?骂阵?

　　　　〔在哈迷蚩得意的诡笑中,灯暗。

第三场

　　　　〔次日上午。两军阵前,宋营之外。

[幕启。

[众金兵上场朝宋营齐喊话:王佐降金,弃暗投明;日出大漠,
天下归心。

王　佐　(内唱)进不能退不甘左右为难,

[王佐被哈迷蚩与众金兵连推带拥而上。

王　佐　(唱)着番服,装夷蛮,脚发抖,身发颤,我一步一颤,一颤一步,
　　　　　战战兢兢返故园。

哈迷蚩　王佐,今儿可是你建功立业、报效狼主的大好时机,就看你
　　　　的了。

王　佐　(接唱)原只想断臂诈降就能把功劳建,

　　　　　　谁料想事态复杂我陷泥潭。

　　　　　哈迷蚩为辨真伪施伎俩,

　　　　　他让我营前骂阵再纠缠。

　　　　　见亲人这骂人的话儿怎出口,

　　　　　若不骂岂不要识破我的巧机关。

众金兵　到了,到了。

王　佐　(接唱)回故地骂旧友并非我愿,

　　　　　　无奈何硬充霸王走上前。

　　　　　(小声地)呔,营中哪个当差,出来受骂。

哈迷蚩　王佐,你这么小声,岳飞能听见吗? 大声骂。

众金兵　对,大声骂。

王　佐　军师,王佐自幼习读圣贤之书,这骂人的话儿实在不会。

哈迷蚩　不会? 怕是不忍吧。

金　兵　你这胆子怎么比蚂蚁屁眼儿还小。这样吧,我说一句,你骂
　　　　一句。

王　佐　是,是,是。

金　兵　王佐降金,弃暗投明。

王　佐　王佐降金,弃暗投明。

金　兵　日出大漠,天下归心。

王　佐　日出大漠,(停顿)天,天下归心。

哈迷蚩　宋营中,只有牛皋性情粗莽,容易激怒,你该骂他才是。

王　佐	是,是,是,骂牛皋。(张口欲骂,话难出唇)
哈迷蚩	怎么,你舍不得骂了?
王　佐	军师怎出此言,我骂也就是了。
	(接唱)看起来今日是横骂竖骂都得骂,
	倒不如狠狠心假戏真做闯险滩。
	牛皋,快快出来受死。(宋营中并无动静)牛皋,你平日的威风哪里去了? 你骂我王佐是胆小鬼,软骨头,怎么,今日王佐面前,你也做起了缩头乌龟?
众金兵	牛皋,你是个缩头的乌龟。
王　佐	宋朝气数已尽,四狼主怀柔天下。牛皋将军,有道是良禽择木而栖,识时务者为俊杰,你当弃暗投明才是。
众金兵	王佐降金,弃暗投明;日出大漠,天下归心。
王　佐	牛皋,牛大将军,怎么,你也有怕的时候么?
牛　皋	(初上,被宋军拉回去。挣脱复上,一腔怒火)王佐,你是个王八蛋。
	〔众金兵吓得退下,王佐也下意识地转身欲退,撞着了哈迷蚩,突觉不妥,忙止步。
王　佐	(挺胸上前)牛皋,你还认得我吗?
牛　皋	差点没认出来,我以为是胡蛮子。软骨头,你还有脸回来?
王　佐	当然要回来。我藏着几句话很久了,今日要请你自度。
牛　皋	有屁快放。
王　佐	宋营之中,你武艺如何?
牛　皋	牛某排在二十四员上将之首。
王　佐	那胆识呢?
牛　皋	敢作敢为,敢杀敢拼。
王　佐	哎呀呀,牛将军武艺高强,又有胆识,真是让人敬佩。只是今日竟然做起了缩头的乌龟,可惜呀可叹。
牛　皋	你,你,你厚颜无耻……
哈迷蚩	骂得好,再骂。
王　佐	(一时兴起)你什么你,你目中无人,自以为是,腹中无墨,胸中无谋。我看,仅是一介武夫而已,也只配做个山大王。
牛　皋	王佐,你不但厚颜无耻,还是个小人。当初,我怎么就没把你

给宰了。

王　佐　现在也不迟呀,若有胆量,你当出营来杀了我。

牛　皋　哇呀呀呸。若不是今日元帅有令在先,不许出战,牛爷爷定让你身首异处。(被宋军急拉下)

王　佐　牛将军,别走,你别走呀。

哈迷蚩　王佐,骂得不错。

王　佐　军师,这阵也骂了,宋军仍然免战牌高悬。我们,收兵回营去吧?

哈迷蚩　这就收兵了?早着呢,你得继续骂,骂到岳飞出来为止。

王　佐　军师,岳飞乃深谋大略之人,他岂能被这激将法所骗。不如先回营想个法儿,明日再来。

哈迷蚩　既然你愿意明日继续骂阵,我便遂了你的心愿。

王　佐　(迫不急待般)弟兄们,回营啦。

哈迷蚩　(欲下)等等。(倾听)你听听,宋营中好像有人出来了。

王　妻　(内唱)听说是我夫君营前骂阵把节变,

　　　　[王佐闻声拔腿便往回跑,被哈迷蚩拦住。

哈迷蚩　王佐,你跑什么?

王　佐　(不敢回头,浑身发抖)她,她,她来了。

哈迷蚩　谁来了?

王　佐　一个女人。

哈迷蚩　不就是一个女人吗,你怕她作甚。

王　佐　我……唉,军师呀,我不能见她。(欲下被拉住)

哈迷蚩　那一定是故人吧,怎么能不见呢?别走别走,你看,她都来了。

　　　　[王妻捧着英雄结,急匆匆上。

王　妻　(接唱)心疑惑,到营前,急匆匆,把夫见,

　　　　　细辨真与假,替夫巧周旋。

　　　　　他本是忠诚义士英雄汉,

　　　　　怎能够凤凰草鸡一瞬间。

　　　　　顾不得两军阵前刀兵乱,

哈迷蚩　王佐,她到底是谁呀?

王　佐　(接唱)她,她,她本是王佐寒妻到阵前。

哈迷蛊	哎呀好事。王佐,祝贺你们夫妻团圆。(奸笑着下,躲在远处观看)
王　妻	你,转过身来。
王　佐	(背身而语)两军阵前,你来作甚。
王　妻	与你送英雄结来了。
王　佐	(转身,把断臂处躲在后面)不消。
王　妻	我问你,你当真投降敌邦了?
王　佐	我……(哈迷蛊探头观察)降了。
王　妻	真的降了?
王　佐	真的降了。
王　妻	(急了)你为什么要降? 你看看这英雄结,我亲手为你编织的。你不是立志要做英雄吗? 英雄怎么可以变节投降?
王　佐	我变节就是为了做英雄。当年,我能离开洞庭,投奔岳飞。今日为什么不能离开岳飞投奔四狼主?
王　妻	你好糊涂。当年投奔岳家军,你是弃暗投明,为国效力。如今你投奔金邦,是卖国求荣。你一个读书人,应懂得礼义廉耻,怎的做出了此等荒唐事来。听为妻一句劝,赶紧回家。 〔哈迷蛊悄悄近前欲听辩。
王　佐	夫人此言差矣,只要能做英雄,哪里做不是一样的。四狼主待我不薄,不如你也随我投奔新主,包你荣华富贵享之不尽。
王　妻	王佐,你,你好不知羞也。 (唱)听此言,怒火生, 　　　骂一声,无义人。 　　　抛妻房,舍故国, 　　　你辜负我一腔爱意一生情。 　　　你不该抛却忠诚与骨气, 　　　更不该撇下为妻独飘零。 　　　你若还有须眉志, 　　　快随我速回帅前认罪名。
王　佐	(唱)夫人她哭一阵来骂一阵,

　　　　　　她怎知我心中另有苦经。

　　　　　　有心要把真相讲,(哈迷蚩时近时远地察看着)

　　　　　　又怕坏了大事情。

　　　　　　无奈何压下心中万千语,

　　　　　　打落的牙齿和血吞。

　　　　　　夫人哪,

　　　　　　女人家夫唱妇随是本分,

　　　　　　你莫流泪,免悲声,随为夫另择明主奔前程。

王　妻　　(唱)你也曾胸怀大志豪言振,

　　　　　　你也曾为国奔忙秉忠心。

　　　　　　为什么物是人非缺诚信,

　　　　　　今日你断了脊梁丧自尊。

王　佐　　(唱)夫人她细问情由逼得紧,

　　　　　　她怎知隔墙有耳我难出声。

　　　　　　刚才是硬着头皮骂旧友,

　　　　　　到如今也只好板着面孔装绝情。

　　　　　　心中的话儿已对你讲,

　　　　　　王佐句句都是真。

王　妻　　(唱)我随你戎马边关三年整,

　　　　　　我与你夫妻相伴十几春。

　　　　　　你心中若还念夫妻情分,

　　　　　　你就该阵前倒戈转回程。

王　佐　　(唱)王佐投金心已定,

　　　　　　你只管独自回洞庭。

王　妻　　(唱)我有何脸面回家转?

　　　　　　有何面目见乡邻?

王　佐　　(唱)倒不如随我塞外功劳建,

　　　　　　夫妻恩爱不离分。

　　　　　　有朝一日高官做,

　　　　　　风风光光,体体面面,你与我告老还乡回洞庭。

　　　〔王佐实在无奈,把断臂处让妻子看见。

王　妻　你？你这臂膀呢？

王　佐　（故意大声地）岳飞无情，断我臂膀。此仇不报，枉为须眉。

王　妻　（一下子明白了）呀。

（唱）看起来夫降敌，施的是苦肉之计，

岳大哥不可能逼其残身。

适才间字字句句非他本愿，

应该是隔墙有耳另有隐情。

王佐啊王佐。（一语双关）你既然要做你的英雄，我成全你。

（接唱）千言万语话说尽，

你执迷不悟做叛臣。

来，来，来——

英雄结披在了英雄的身，

好夫妻要了断夫妻的情。

展才情你要把功劳来建，

今天我成全你壮士的心。

认贼作父我耻为伍，

也只好守着那画中的壮士再投生。

王　佐　（心情复杂，却又不便明言）死很容易，活着才难啊。

王　妻　那就你替我活着。

〔王妻持剑自刎，倒在英雄结上——血把英雄结染红了。

〔短时间的静场。王佐从妻子身下捧回带血的英雄结。

金　兵　（内白）狼主有令，王佐骂阵有功，特赐北国佳酿一坛，以示奖褒。

〔金兵抬酒坛上，交与王佐。复下。

〔王佐颓然坐在酒坛边，将酒洒一碗，喝一碗，默然无语。

〔幕后伴唱：

"一碗浊酒敬冤魂，

万里孤冢留芳心。

藏悲咽血埋仇恨，

只待来日建功勋。"

〔光渐暗。

第四场

[几天之后,金营。

[幕前,定位光。哈迷蚩正向金将面授机宜。

哈迷蚩　狼主定下大计,今夜要以铁浮陀攻打宋营,能否全歼岳家军,成败在此一举。你要盯紧王佐,不能让他知道信息。我认定他就是岳飞派来的奸细。

[切光。光再启时,已是陆文龙营帐,傍晚。

[乳娘自内帐上。

乳　娘　(唱)秋风瑟瑟身寒冷,

　　　　　　　风卷沙尘暮色临。

　　　　　　　流落异乡十六载,

　　　　　　　思念故土想亲人。

　　　　　　　血海深仇不能报,

　　　　　　　常思常想痛断魂。

王　佐　(王佐抱画卷走上)少将军在家吗?

乳　娘　狼主有事,殿下去往中军帐了。

王　佐　烦劳动问,答话者可是乳娘?

乳　娘　正是老身。(出门)敢问贵客尊姓大名。

王　佐　小人王佐。

乳　娘　你莫非就是那个被岳飞断了臂膀投降金邦的王佐。

王　佐　正是。

乳　娘　老身闻得岳元帅乃是忠义之人,怎会做出此等残忍之事来。

王　佐　怎么,老人家你也晓得岳飞是个忠义之人?

乳　娘　岳飞的忠义天下人哪个不晓,就连狼主也敬重于他。

王　佐　英雄相惜,是该敬重。老人家,听你言语,像是湖广人氏。

乳　娘　(警惕)王先生今日因何事而来?

王　佐　王佐也是湖广人氏,今日前来,想认个乡邻。

乳　娘	认什么乡邻,你走。
王　佐	哦,原来你不是湖广人氏。
乳　娘	哪个告诉你了我不是湖广人氏? 自作聪明。
王　佐	中原乃是礼仪之邦,哪有你这样不讲道理的宋人。
乳　娘	讲道理? 你也晓得要讲道理么?
王　佐	那个自然,我乃是个读书识字之人。
乳　娘	既然是读书之人,想必知书达理。你可晓得何为"忠孝节义"? 何为"三纲""五常"?
王　佐	自然是晓得的。
乳　娘	那你讲来,何为"三纲"?
王　佐	诺诺诺,君为臣纲,父为子纲,夫为妻纲。
乳　娘	那"五常"呢?
王　佐	仁、义、礼、智、信。
乳　娘	看你熟读"四书五经",明理"三纲五常",做出来的事情,却是猪狗不如。
王　佐	老人家,你怎么骂起我来了?
乳　娘	骂你? 骂你是看得起你。
王　佐	好好好,要骂你就骂。不过,这骂人么,你也总得骂出个子丑寅卯来,让我心悦诚服才是。
乳　娘	(痛恼极了)王佐呀王佐,今日我就来骂一骂你这个不知廉耻的小人。

(唱)骂一声王佐良心丧尽,
　　　叛国投敌罪非轻。
　　有负高堂勤教诲,
　　有负皇家浩荡恩。
　　两军阵前保性命,
　　逼死寒妻辱斯文。
　　枉为须眉男子汉,
　　不知羞耻丧自尊。
　　有何脸面活世上,
　　有何脸面认乡邻。

［王佐一阵大笑。

乳　娘　你笑什么?

王　佐　骂得好,老人家,你骂得好啊! 你这一骂,骂出了你的正义之心,骂出了你的思乡之情,也骂出了一个大大的忠臣。老人家呀——

（唱）我本是断臂诈降金营进,

　　　为的是劝文龙,认祖归宗回宋营。

乳　娘　（不信,讥讽地）如此说来,你断臂舍妻,忍辱负重,身背骂名,全是为了我家公子?

王　佐　乳娘啊——

（唱）这断臂的情由你莫声张,

　　　泄露了机关祸难当。

　　　少时公子回营帐,

　　　还仗你巧言相劝做文章。

乳　娘　（半信半疑）你,所言是真?

王　佐　一句不假。

乳　娘　何以为证?

王　佐　良心作证。

乳　娘　有何为凭?

王　佐　忠诚为凭。

乳　娘　可有信物?

王　佐　旧画一卷。（将画卷打开）为劝降文龙归宋,我已将他的身世画成图卷,伺机告晓。老人家,你来看——

乳　娘　（见画差点晕倒）哦!

（唱）见画卷不由我悲泣难忍,

　　　思往事一霎时泪湿衣襟。

　　　老爷,夫人。

（接唱）十六年心中常挂冤仇事,

　　　盼望着早报深仇慰亡灵。

　　　公子他文武双全人长大,

　　　含辛茹苦我忠心抚养着陆家的根。

王　佐，恩公呀。

(接唱)恕老身适才言语少恭敬，

　　　　我也是不明真相不知情。

　　　　可怜你为大宋舍妻断臂，

　　　　我这里躬身下拜，谢过你忠良之臣。

〔乳娘欲拜，王佐忙搀住。

〔内白：殿下回营。

乳　娘　公子他回来了。

王　佐　老人家，事成与否，全仗你了。

乳　娘　老身明白。

〔陆文龙上。

王　佐　参见殿下。

陆文龙　王佐，你来做甚？难道你不知道私闯我的营帐是要杀头的吗？

乳　娘　公子休怪，是老身叫他来的。

陆文龙　既是乳娘相邀，不治你罪。快走。

乳　娘　公子，我请王佐是来说书的。

陆文龙　(略带责怪)乳娘……好吧，你赶紧说，说完便走。

王　佐　是，说完就走。今天我讲一讲当年的潞安州之战。

乳　娘　就是你父王大破潞安州的故事。

陆文龙　啰哩啰嗦，快快讲来。

王　佐　我这里有图画一幅，待我悬挂起来，照图言讲。

〔王佐挂画，乳娘见图欲哭，王佐急暗地制止。

王　佐　(堂木一拍)殉难忠臣有几人，陆登慷慨独捐身，丹心一点朝天阙，留得声名万古称。话说当年金宋交兵，四狼主领兵南下，直逼潞安州。这潞安州的守城宋将名唤陆登，不仅武艺高强，计谋也甚是了得。为避金兵锋芒，是他布下了铁桶大阵，整日免战牌高悬，任凭我军如何叫骂，总不出战。

陆文龙　这陆登与岳飞一样，以逸待劳，死守不战。王佐，后来我父帅是如何攻下这铁桶阵夺下潞安城的？

王　佐　四狼主求胜心切，架云梯强攻，不想中了陆登的埋伏，攻城将士死伤无数，大败而回。

陆文龙　既是强攻不下,当自智取才好。

王　佐　殿下高才。当日,我军强攻受阻,四狼主便生出一计,改作智取。是夜三更时分,趁着月黑风高,一千精兵潜入护城河中,偷偷上岸,奔到城门边来。砍断门栓,开了城门,放下吊桥,吹动胡筋。城外小番迅速接应,哗啦啦便夺下了这潞安城池。

陆文龙　(起身观画)王佐,这图画上有一员大将,手持宝剑自刎,他是何人?

王　佐　此人便是陆登。只因失了城池,拔剑自刎,为国尽忠而死。一旁悬梁自缢之人乃是陆老夫人,她见丈夫为国尽忠,便也尽节而死了。

陆文龙　这陆登既是败了,便算不得英雄。何故你这画中,还要为他披上英雄结?

王　佐　殿下岂能以成败论英雄。这陆老先生为国尽忠,宁死不降,他是为国家而死,气节可嘉。虽败了,却也算得上是一个大大的英雄。

乳　娘　本来就是个大大的英雄。

陆文龙　哦,为国家而死,即使战败,也是英雄。

王　佐　自然是英雄!殿下你来看,这画儿之上,就在陆老将军的一旁,还有一员大将,此乃是你家父王。

陆文龙　(细看)我家父王贵为狼主,为何要与他人下拜?

王　佐　狼主素来敬重忠臣勇士,那日见陆老先生为国尽忠而死,心中敬佩他的英雄气节,故而在那里拜了他一拜。

陆文龙　这陆老先生分明已自刎而死,为何立尸不倒?

王　佐　那陆老先生怕他的后辈不肯与他报仇,故而立尸不倒。

陆文龙　哦,那陆老先生他还有后吗?

王　佐　怎的无有?有道是忠良不绝后哇。

乳　娘　是呀,忠良不绝后。

陆文龙　不知是男是女?

王　佐　是个男丁。

陆文龙　也姓陆么?

王　佐　自然是姓陆的。

陆文龙　此子他还在么?

王　佐　此子么,尚在。

陆文龙　他现在何处呢?

王　佐　被狼主带回我国抚养。

陆文龙　哦,今在我国抚养。那他今年多大年纪了?

王　佐　一十六岁。

陆文龙　一十六岁。他与我乃是同庚哪。此子可有本领?

王　佐　若问他的本领么,他能力敌万人。

陆文龙　力敌万人?(冷笑)嘿嘿……王佐,你说笑话吧。

王　佐　我怎么说笑话了?

陆文龙　我国之中,若有这样的少年英雄,我怎么不知晓呢?他既然
　　　　能敌万人,为何不去与他的父母报仇?

王　佐　哼!不提起报仇二字倒还罢了,若是提起这报仇二字,令人
　　　　可恨哪。

陆文龙　啊,恨着何来?

王　佐　你可晓得,这个娃娃,他非但不与他父母报仇,如今他还认仇
　　　　人为父呀。

陆文龙　哎呀且慢。(想)姓陆,今年一十六岁,能敌万人,今在我国,认
　　　　作仇人为父……哈哈,王佐,你?你?你莫非是在说我么?

王　佐　(急跪)正是殿下呀。

陆文龙　大胆王佐,你私闯本将军营帐尚未治罪,如今又胡言乱语蛊
　　　　惑本王,你,你……我杀了你。

　　　　〔陆文龙抽出佩剑刺向王佐,乳娘忙挡住。

乳　娘　殿下不可,他适才所言,确是真话。

王　佐　殿下,王佐所言句句是真啦。

陆文龙　乳娘,你快告诉我,这是假的。

　　　　〔陆文龙再刺,乳娘再挡。

乳　娘　殿下,的确是真的呀。

陆文龙　我不相信。

　　　　〔陆文龙三刺,乳娘三挡。

乳　娘	殿下,老身与你跪下了。(跪)
陆文龙	乳娘呀,既然他所言是真,你为何不早告诉我?
乳　娘	殿下年幼,身处险境,老身实在是不敢相告。
陆文龙	乳娘,我不相信,我不相信这是真的。
乳　娘	公子,王佐所言确是实情。十六年前,你生下来未满百日,金兵南犯,潞安洲被敌兵围困,城内军民誓死不降。怎奈内无粮草,外无援兵,一月之后终得沦陷。无数将士战死,老爷为国尽忠,夫人为夫尽节,潞安城内,血流成河。当时,我也想一死随老爷夫人而去,但为留住陆家的根苗,我忍辱负重,苟且偷生,怀抱着尚在襁褓中的你,做了降臣。公子,金兀术便是你的杀父仇人,你要为老爷夫人报仇呀。
陆文龙	哎呀,爹爹,母亲。(昏迷过去)
王　佐	公子醒来。
乳　娘	公子醒来。
陆文龙	(唱)猛然间只觉得天塌地陷, 　　　　心已碎魂欲断如坠深渊。 　　　　爹爹,母亲,哎,爹娘啊—— 　　　(接唱)却原来亲生父母早命断, 　　　　陆文龙认贼为父十六年。 　　　　十六年未曾见过爹娘面, 　　　　十六年大仇未报愧对天。 　　　　十六年岁岁清明少祭奠, 　　　　十六年今日方知有仇冤。 　　　　我本当冤报冤来仇报仇, 　　　　举双枪杀尽金兵归故园。
乳　娘	公子,你要回家。我十六年苟且偷生,就为了等到今天。
陆文龙	(接唱)十六年养育之恩情也重, 　　　　有道是舐犊情深心相连。 　　　　谁是仇人? 谁是亲眷? 　　　　是走? 是留? 报恩? 报冤? 　　　　自以为献身报国尽忠尽孝,

却落得有恩难报,有冤未报心受熬煎。

我该怎么办? 我该怎么办啊?

王　佐　　陆公子,养育之恩应当报答,只是这个人的恩怨怎比得国家的仇恨哪。公子,此时此刻,国家有难,你该回归故土报效国家才是。

陆文龙　　(无助地)乳娘,他该怎么办?

乳　娘　　(下决心)十六年了,老身盼的就是公子归宋的这一天,只要公子归得故土,为老爷夫人报仇,也不枉老身一十六年忍辱负重在异邦。公子,你是大宋的子民,你是陆家的血脉,大宋的臣民都是你的亲人。去吧,让我看着你回归故土;去吧,无牵无挂地去,去报效你的国家。

〔乳娘抽出陆文龙的佩剑自刎而死。

陆文龙　　乳娘——

王　佐　　老人家——

陆文龙　　乳娘你为什么要死? 为什么要死啊? 你教养我一十六年,你就是我的亲娘,我不能再失去你呀。娘——(跪地痛哭)

王　佐　　公子休要悲伤,若你归宋,亲人们的在天之灵也能欣慰。

陆文龙　　(从身上摘下金兀术赐给他的英雄结,扔在地上狠狠地用脚踩)我是个不忠不孝之人,我算个什么英雄,我算个什么英雄!

王　佐　　(从身上掏出带血的英雄结为陆文龙披上)这条英雄结,已经被鲜血染红。上面有我妻子的血,有我王佐的泪。公子啊,凡大英雄者,当以国家利益为重,怀正义之心,存救黎民于水火,解百姓于倒悬之壮志;你既然已知身世,就该决然醒悟,挺身而出,挽狂澜于既倒以报效国家。做一个真真正正、顶天立地的大英雄。

陆文龙　　金兀术已定下铁浮陀之计,今夜三更攻打宋营,若不早报与岳元帅知道,岳家军今夜难逃此劫。

王　佐　　时不我待,你我速速出营。

〔陆文龙、王佐悄悄出营,遇哈迷蚩。哈迷蚩阻拦不成,差点被陆文龙杀死。陆文龙、王佐急下。

哈迷蚩　　(大喊)来人啦,来人啦,陆文龙叛逃啦。

〔金兵金将涌上。

哈迷蚩 决不能让陆文龙跑了,追。

〔切光。场景暗转。

第五场

〔紧接前场,夜近三更。

〔陆文龙、王佐"趟马"上。乘着月光,一路策马狂奔。金兀术、哈迷蚩领金兵举火把追上。王佐跟不上陆文龙,和陆文龙分头往回赶。陆文龙将金兵引向自己。

金兀术 陆文龙背主归宋,阵前相见,只许劝不许杀。王佐蛊惑人心,罪当诛杀,阵前相见,格杀勿论。

众金兵 (喊声震天)杀——

〔众金人下。

陆文龙 (内白)金贼,哪里走! 俺陆文龙来也。

〔陆文龙"趟马"上。岳云等宋兵将随至。

〔金兵金将上,与岳云等一场酣战,被宋军杀得大败。

〔金兀术上,与陆文龙交战,被陆文龙挑落马下。

金兀术 (握住陆文龙的枪头)儿呀,你要杀了为父。

陆文龙 呸! 哪个是你的儿呀。

金兀术 难道你就不念这一十六年的养育之恩么?

陆文龙 若是不念你的恩情,你早已成了枪下之鬼。

金兀术 这才是养虎为患啦。早知今日,何必当初。

陆文龙 当初如何。

金兀术 十六年前,我就不该留你一命。

陆文龙 (将枪收回)一命还一命,今日我不杀你,算是还你一十六年的养育之恩,他日阵前再若相见,决不留情。

〔陆文龙下,金兀术颓然坐地。

哈迷蚩	（狼狈而上）狼主，你怎么样了？
金兀术	岳飞若得文龙相助，我的千秋大业难成。
哈迷蚩	狼主放心，咱们得不到的，那岳飞也休想得到。
	［场景暗转，夜尽晨至。
	［两军阵前，一场激战过后，遍地血腥。
	［王佐在岳云等人的保护下急上，已行至宋营阵前。
王　佐	（突然停了下来，悲泣难禁）妻啊……
岳　云	参军，你要节哀保重了。
王　佐	那日两军阵前，我那可怜的妻子，就冤死于此。此情此景，怎不叫人伤痛。（蹲下身，捧起沙土堆垒成坟）岳云将军，你可知道这沙儿它不是沙，它是我的滴滴珠泪，洒落成坟啊。
陆文龙	（内白）恩公，恩公。
	［陆文龙、牛皋、严成芳、何元庆、张宪及众宋兵齐上。
陆文龙	恩公，你为我断臂舍妻，诈降受辱，文龙拜谢。
王　佐	公子免礼。
牛　皋	王佐，王先生，俺老牛是个粗人，看不懂你的巧机关，今日一战，我才晓得，你是个大大的英雄。先前多有得罪，莫要怪罪，我这里给你赔礼了。（拜）
王　佐	王佐惭愧。
牛　皋	惭愧？（憨笑）牛某惭愧，牛某惭愧。
岳　云	王参军，我家父帅已在中军帐摆下酒宴，为你庆功，为陆将军洗尘。
众　人	参军，请。（让出一条路来）
王　佐	众位将军，请。
	［在牛皋和众将的拥迎中，王佐踌躇回营。
	［远处，哈迷蚩一脸怒恨，弯弓搭箭。箭朝陆文龙飞射而来，王佐为护陆文龙中箭。陆文龙、牛皋扶住王佐。
陆文龙	恩公，恩公。
牛　皋	参军，中军帐已经摆下庆功宴，你如何能死？
王　佐	牛皋将军，这庆功酒我怕是无福消受了。
牛　皋	你为我大宋朝立下了头功，这庆功的酒宴，只有你配消受。

王　佐　我一介书生，仅是做了我能做的事情。文龙回归故国，王佐夙愿已了，我该去陪我那贤妻了。

陆文龙　恩公，这庆功的酒宴乃是为你而设，你看呀，岳元帅和军中众将已迎至辕门，你不能死，你不准死呀。

王　佐　我这一生，能做成一桩大事，纵然一死，也无遗憾，只是对不起我那冤死的贤妻……

众　人　参军——

王　佐　想我王佐，为解三军危难，忍辱负重，断臂诈降。今日功成，上不负皇恩，下不负黎民，对得起高堂，对得起战友，唯独愧对妻房。妻呀妻，王佐对不起你呀。

（唱）一声悲啼悼芳魂，

　　　两行热泪洒胸襟。

　　　空山幽谷天寂冷，

　　　万马齐喑祭亡灵。

　　　妻啊妻——

　　　再难见婀娜身姿娇容貌，

　　　空留下粒粒沙尘染血腥。

　　　可叹你功成之日人已去，

　　　埋黄土珠沉玉碎两离分。

　　　我这里只身残臂怜孤影，

　　　空回想夫人相伴话五更。

　　　我心已随芳魂去，

　　　独偷生，也是个生死相望自飘零。

妻呀，我终于做成了，做成了骄傲的将军们做不成的大事；做成了一件可以报效国家、报答岳大哥知遇之恩的大事。我一只断臂，你一条性命，解了三军燃眉，也成就了你丈夫的一生豪情。这些，不就是你希望看到的吗？（慢慢跪地）妻呀，王佐陪你来了。我答应过你，要还你一个大丈夫、真英雄。

（接唱）大丈夫也有流不尽的英雄泪，

　　　　从此后我与你长相守，永不离分。

（大笑，尔后由笑而哭）牛皋将军，王佐有一事拜托于你。

牛　皋　参军请讲。

王　佐　我死之后,请你将我与我的爱妻同葬一穴,纵在九泉之下,我也要送还她一个,真——英——雄!（挺立而逝）

众　人　参军……（众人齐跪,陆文龙从身上摘下英雄结给王佐披上,向王佐行三拜大礼）

〔战鼓咚咚,号角嘹亮,众将军们抬着王佐的遗体,宋军列成仪仗,肃穆前行……

〔大幕徐落。

〔剧终。

京剧

情殇钟楼

（根据维克多·雨果小说《巴黎圣母院》改编）

冯　钢

国家一级编剧,上海京剧院院长助理,毕业于上海戏剧学院戏剧文学系,艺术硕士(MFA),长期从事剧本创作及京剧史料、理论的研究工作。曾参与编撰反映上海京剧历史变迁的志书《上海京剧志》,参与整理改编、创作的各类大、小型剧目有京剧小戏《抉择》《燕青打擂》《伍子胥祭江》《开心小屋》,京剧《大名府》,新编京剧《王子复仇记》《情殇钟楼》《青丝恨 2018》,新编历史京剧《春秋二胥》《庄妃》《秦良玉》,现代京剧《庄园烈火》等。

2008 年 5 月 14 日,《圣母院》由上海京剧院首演于天蟾逸夫舞台。2008 年 10 月 25 日、26 日,参加第十届中国上海国际艺术节展演,在逸夫舞台演出。2011 年 11 月,参加文化部第六届中国京剧艺术节获剧目奖。2012 年 3 月,获 2011 年度上海文艺创作优秀单项成果奖。

人　物：艾丽雅——十六七岁,中州城人,幼年流落西域,随异族人群
　　　　　　　长大,成年后返乡,纯真美丽,能歌善舞。
　　　丑　奴——二十岁,洛族长养子,身残面陋的丑八怪。
　　　洛族长——四十余岁,中州城族长。
　　　天　昊——二十五岁,中州城守备,风流英武。
　　　小金哥——二十多岁,中州城年轻浪子领头人。
　　　州　官——五十余岁,中州城最高长官。
　　　店婆子、小侏儒、浪子、族人、军士、行刑人、刽子手等。

一

[明朝中后叶。

[中原某地——中州城。

[悠远的异域曲调穿越黑暗而来,渐增渐强,继而一股低沉的乐声杂入,最终定格于沉重窒息的氛围。

[阴沉的州府衙门议事厅。

[州官居中而坐,守备天昊全副戎装坐于上首,中州城洛族长下首陪坐。

州　官　中州古城,乡风整饬,黎民有序。近日来了一个异域女子,聚众歌舞,有伤风化。

天　昊　小小女子,能起多大风浪,大人不必忧虑。

州　官　据传那女子生得美艳非常,通晓西域邪术,本州青壮游民俱都受其蛊惑。

天　昊　(心动)哦……美艳非常……

洛族长　(轻咳一声,暗叹)人心惟危……

州　官　洛先生。

洛族长　大人。

州　官　多年来先生倡礼仪,树规范,古城令誉,闻名遐迩。族下子民的言行举止,还需先生多多教化。

洛族长　有道是:正行先正心,心乱则行乱。正人心,纠风俗,本族长责无旁贷。

[一阵沉重的钟声传来。

州　官　什么声响?

洛族长　本城钟楼鸣钟。

天　昊　平白无故,为何鸣钟?

　　　　　[一族人匆忙上。

族　人　启禀大人,不好了! 那异域女子聚集着那帮无业游民,在宗
　　　　庙前嬉闹呢!

洛族长

天　昊　又是那个异域女子……

州　官

　　　　　[暗转,中州城宗祖圣祠前。

　　　　　[小金哥领头,一群青年浪子欢快地做着各种杂耍。

　　　　　[钟声响起。

众浪子　(纷纷地)敲钟人,丑八怪,洛族长的养子。

小金哥　这个整天板着个死人脸的"洛傀儡"。(灵机一动)把敲钟的丑
　　　　奴找来,我们戏耍戏耍他的儿子!

　　　　　[二浪子下,拽出畸形丑陋的丑奴,不由分说将他抬起,叫嚷
　　　　着,呼喊着……

众浪子　(唱)披红发,头生角,

　　　　　　　蒲扇耳朵把风招。

　　　　　　　血盆大口凶恶貌,

　　　　　　　妖魔鬼怪尽折腰。

　　　　　　　将你抬,将你尊,

　　　　　　　做一个鬼王,张牙舞爪任逍遥。

　　　　　[众浪子尽情戏耍丑奴,突然传来女子的歌声:"我的名字叫
　　　　流浪——"

众浪子　(停下嬉闹)艾丽雅——她来了!

　　　　　[艾丽雅——一个十六七岁,异族装饰的女子,美丽、灿烂,天
　　　　真和野性混合的尤物,身上洋溢着勃勃生机,舞蹈上。

艾丽雅　(唱)我的名字叫流浪,

　　　　　　　不知明朝去何方。

　　　　　　　遥远的故乡装进胸膛,

　　　　　　　脚下的路啊布满悲伤。

　　　　　　　跳舞吧——纵情歌唱,

祈求爱人降临身旁。

赐福吧——赐福神灵的翅膀,

带着欢乐飞向天堂。

〔众簇拥着艾丽雅,亢奋无比。

〔丑奴远远地观望着。

浪子甲　艾丽雅,再说一遍你的事儿吧。

小金哥　你真是我们这儿的人?

艾丽雅　我都说过好几遍了,许多年前,一个西域驼队经过这里,他们中间的一个少年,用他的葡萄美酒,还有那动听的琴声,拐跑了你们这里最美的女郎。

浪子乙　你是他们的女儿?

小金哥　这些年你是怎么过的。

艾丽雅　我跟随他们唱着歌,跳着舞,走南闯北,走遍高山大漠。

浪子甲　你说你们那儿的男女,都能随便说话?

艾丽雅　我们敢爱敢恨,从来不扭扭捏捏。

浪子甲　我说艾丽雅,你们的人什么时候来来这儿啊? 把我也拐走得了。

小金哥　瞧你那副尊容,谁拐你啊!(众哄笑)

众浪子　(怂恿)艾丽雅,跳一个吧!

〔艾丽雅作鞭鼓舞。

〔众浪子陶醉于她的舞姿之中。

〔族人引洛族长威严出现。

〔全场顿时肃静。

洛族长　宗庙乃是肃穆庄严之地,不可喧哗聒噪,亵渎祖先!

(唱)畏天命,

定省晨昏。

正心性,

一生清明。

(捧出典籍)诸位:人生在世,须遵天命,顺纲常,循天理,克己修身,规范举止,误入歧途,贻害无穷。

〔众为洛族长震慑。

艾丽雅　人生在世,吉凶难测,外来女子为你猜猜前程。

(唱)命运多奥妙,

　　生死难避逃。

　　情爱知多少,

　　灾祸怎解消。

　　鞭鼓通神窍,

　　算定你一生一世,一世一生不差分毫。

〔艾丽雅趁洛族长不备,夺过其手中典籍,藏匿于衣裙中,待再展衣裙时,典籍不见,只见一枚枯叶,众惊呆。

洛族长　(低沉地)巫术!(提高嗓音)女巫! 速速离开宗庙圣地! 与我走!

族人等　(将信将疑)啊? 巫术! 女巫!(纷纷下)

〔艾丽雅、众浪子随下。

〔洛族长魂不守舍地远远观着。

洛族长　(唱)红裙似火舞妖娆,

　　似有那烈焰拂面脸发烧。

　　莫不是妖女凡间到,

　　恍恍惚惚心神飘。

〔丑奴望着艾丽雅远去处出神。

〔暗转。深夜,穷街陋巷。

〔族人打更上。

族　　人　熄灯喽,三更天了,该睡觉了。(下)

〔艾丽雅在月色中上。

〔丑奴潜上,悄然跟随着艾丽雅。

〔艾丽雅似有警觉,丑奴藏匿。

〔艾丽雅加快脚步,丑奴终下决心,冲上一把掳去了艾丽雅。

艾丽雅　(急呼)救人哪!

〔骏马嘶鸣,一群衣甲鲜亮的军士簇拥着金甲白马的天昊冲上。

天　　昊　拿下了!

〔军士围住丑奴并将其拿获,救下了艾丽雅。

〔天昊下马,伸手搀扶艾丽雅。

艾丽雅　谢谢您救了我。

天　昊　小姐如此美貌，不该一人深夜在外。

艾丽雅　今晚要是没有您，只怕……

天　昊　你将如何报答我呢？

艾丽雅　您是为图报答才救我的吗？

天　昊　哈——在下与小姐说笑而已。我看小姐不像本处人氏，请问
　　　　家住哪里？

艾丽雅　我……我是个浪迹天涯的穷人。

天　昊　哦，你就是数日前，来到此处的异域女子？

艾丽雅　您知道我？

天　昊　小姐精通歌舞，百姓称道，在下早有耳闻。我看小姐清秀脱
　　　　俗，只想护送回家，并无他意。

艾丽雅　送我回家？

　　　　(唱)他气宇轩昂貌英俊，

　　　　　　乍相逢好一似得遇春风。

天　昊　小姐若有不便，在下决不强求。

艾丽雅　(接唱)贫女生来受轻贱，

　　　　　　从未有半点呵护降临我身。

　　　　　　他那里言轻语柔意关切，

　　　　　　丝丝缕缕入我心。

　　　　　　胸中涟漪一阵阵——

天　昊　萍水相逢，在下唐突了，你我后会有期。(转去)

艾丽雅　慢！

天　昊　(急回)何事？

艾丽雅　我还不知道你是谁？

天　昊　本城兵马守备天昊，在此巡夜。

艾丽雅　天昊！

天　昊　就是天上的太阳。

艾丽雅　(接唱)天上的太阳——

天　昊　在下公务在身，不便久留。明晚我在城南天香别院备茶相
　　　　候。若能重逢，三生有幸！(率军士下)

艾丽雅　（悠然地，接唱）

照亮了心中的梦，我脸生红云。

［灯渐隐，一束光照着悠然出神的艾丽雅。

二

［阴沉的州府衙门议事厅。

［州官、洛族长对坐。

州　官　昨晚先生家奴劫持女色，被天昊守备当场拿获，本当严加惩
　　　　处，又怕有辱先生门风，因此请来先生，一同商议。

洛族长　丑奴天生畸残，被弃道旁，是我心生恻隐，将其收养，名为家
　　　　奴，实为义子。不想做出此等卑劣之事，乃洛某训教无方，但
　　　　凭大人处置。

州　官　先生不徇私情，令人钦佩。我想此奴丑陋无比，焉敢生此歹
　　　　念，定是有人指使于他。

洛族长　（长叹）欲由心生，何分俊丑贤愚。

州　官　先生高论！

洛族长　树欲静，怎奈风不止啊！

天　昊　（内白）军士们，打道刑台！

　　　　［暗转，刑台。

天　昊　（唱）铁面执法，

　　　　　　作恶的，乖乖受罚！

　　　　　　施酷刑，狠狠鞭打！

　　　　将不法之徒押了上来！

　　　　［行刑人押锁链缠身的丑奴上。

天　昊　（接唱）打跑邪魔恶魅，

　　　　　　打烂人间残渣。

　　　　与我狠狠地打！（下）

〔行刑人将丑奴押至受刑台,小金哥、浪子、族人纷上,围聚四周。

艾丽雅　(内唱)恶鬼丑奴遭鞭挞。

　　　　　〔艾丽雅上。

　　　　　〔众哄笑连连。

艾丽雅　(接唱)笑言四起语声杂。

小金哥　(纷杂地)看哪! 想吃天鹅肉的癞蛤蟆,哈……

　　　　　〔行刑人挥一鞭,丑奴悲嚎一声,众人哄叫一声。

艾丽雅　(接唱)皮鞭高举狠狠下,

　　　　　　　　畸残之人重刑加。

　　　　　〔行刑人挥鞭如雨。

艾丽雅　(接唱)一皮鞭,一声嚎,

　　　　　　　　怒目圆睁苦挣扎。

　　　　　　　　旁观者,争相骂,

　　　　　　　　厉言恶语闹喧哗。

　　　　　　　　昨夜晚还是个恶魔凶煞,

　　　　　　　　此时间身缠铁链受重枷。

　　　　　　　　任人羞辱任践踏,

　　　　　　　　任人捉弄任欺压。

众浪子　(嘲笑不绝)蠢货! 傻瓜! 哈……

　　　　　〔行刑人痛下绝手,丑奴惨叫,抗争,鲜血四溅。

　　众　　(惊呼)血!

艾丽雅　(接唱)撕心裂肺鲜血洒,

　　　　　　　　猩红点点染尘沙。(近前观察丑奴)

小金哥　骂他!

艾丽雅　(接唱)怎么骂?

一浪子　打呀!

艾丽雅　(接唱)怎么打?

众浪子　你不恨他吗?

艾丽雅　(接唱)为何一时恨难发。

　　丑　奴　(渐渐苏醒)水……

　　　　　〔行刑人故意将水倾倒于地,众见状再次哄笑。

· 044 ·

艾丽雅　(接唱)满耳嘲笑与叱咤，

　　　　　　一个个冷漠无语假作不察。

　　　　　　恰似一盆苦咸水，

　　　　　　无情地泼向条条伤疤。

　　　　　　任凭乞求声嘶哑，

　　　　　　无有一人怜悯他。

丑　奴　水！

　　　　〔静场。

　　　　〔突然，艾丽雅手持装满清水的水罐，默默地将水灌入丑奴的

　　　　口中。

　　　　〔丑奴贪婪地喝着水。

　　　　〔人们被这一幕惊呆了。

　　　　〔艾丽雅、丑奴造型。

　　　　〔灯灭，众隐去，一束光照丑奴。

丑　奴　(唱)苍天啊——苍天！

　　　　　　你造下残缺的身体丑陋的模样，

　　　　　　却对他不理不睬冷若冰霜。

　　　　　　从不为他落一滴泪，

　　　　　　从不为他降一缕光。

　　　　　　这一滴水——

　　　　　　恰似那骤然间降下的阵阵甘霖，

　　　　　　浇润我枯萎将死的心房。

　　　　〔灯灭。

三

　　　　〔天香别院。

　　　　〔店婆子和小休儒上。

·045·

小侏儒	(唱)红灯高挂扎彩带,
店婆子	(接唱)天香别院是块金招牌。
小侏儒	(接唱)大堂前,玉液琼浆柜上摆,
店婆子	(接唱)后院内,包厢暖阁巧安排。
小侏儒	(接唱)要问做的啥买卖,
店婆子	(接唱)心知肚明对外莫瞎掰。

店婆子 小子,房间准备好了吗?

小侏儒 准备好了。软绵绵的枕头,香喷喷的被子。

店婆子 酒呢?

小侏儒 今天守备大人说不要准备——他等不及了。

店婆子 这钱可不能少收。

小侏儒 我知道喽。

[店婆子、小侏儒喜滋滋下。

[天昊衣着光鲜、略带醉意上。

天　昊 (唱)酒楼上畅饮待日落,

着绣袍,衣袂飘,学一个多情公子会娇娥。

昨夜晚巧遇异域花一朵,

逞英雄,救娇弱,竟然芳心唾手得。

从来是平康走马假戏做,

何曾把那蛾眉粉黛挂心窝。

兴冲冲醉意阑珊长街过——

[一黑衣人鬼魅般上。

天　昊 (接唱)且看我略施身手将花摘。

[黑衣人隐下。

[店婆子、小侏儒迎上。

店婆子 大人!

天　昊 来了吗?

店婆子 还没有。房间为您准备好了。

[天昊扔下一锭银子,下。

[店婆子喜滋滋地将银子放入柜内。小侏儒悄悄打开柜子,取出银子,替以一枚枯叶。猛抬头,发现不知何时出现的黑

衣人。惊吓而下。

〔艾丽雅上。

艾丽雅　（唱）月色溶溶照天外，

　　　　　　　夜来的风轻轻吹入怀。

　　　　　　　小鹿胸中揣，

　　　　　　　一步一徘徊。

　　　　　　　不想把步迈，

　　　　　　　偏偏腿儿伸，我的脚自抬。

　　　　　　　渴望温暖渴望爱，

　　　　　　　盼只盼心中的爱人早到来。

店婆子　（迎上）小姑娘，你在找人吗？要是您走累了，在我这儿坐坐也
　　　　行。我这儿有香甜的茶水，软软的椅子，就像到了家一样。

〔店婆子引艾丽雅入内。

〔小侏儒引天昊上。店婆子、小侏儒暗下。

艾丽雅　将军，我按你的约定来了。

天　昊　不。此等机缘，分明是拜小姐你所赐。

艾丽雅　我赐予你的机会？

天　昊　是啊。小姐天仙化人，再次相见，幸运之至！但不知小姐的
　　　　芳名是——

艾丽雅　我叫艾丽雅。

天　昊　艾丽雅，好名字！可叹你流落人间，备受艰辛，我愿倾我所
　　　　有，相助于你。

艾丽雅　我什么也不需要。

天　昊　是啊，小姐性情高洁，纵有万两黄金，也难以将你打动。难道
　　　　你情愿终身颠沛，餐风宿露？

艾丽雅　我是来自西域的孩子，可我的母亲却生长在这里，这里也是
　　　　我的故乡。

　　　　（唱）异族女来自那他乡别境，

　　　　　　　山间的风林间雨相伴成人。

　　　　　　　十余年雏燕羽丰翅长硬，

　　　　　　　盼一个暖巢儿祥和安宁。

天　昊　哎呀呀,小姐叶落归根,若不嫌弃,天昊愿为你在此重筑家园。

艾丽雅　(感动地,唱)

一声家园听他说出口,

好似阵阵春风暖心头。

他直言不讳心迹露,

我怯意顿起反生羞。

天　昊　(接唱)单刀直入抢先手,

借势急攻不停留。(靠近艾丽雅)

〔艾丽雅本能地拔出小刀防身。

天　昊　你我相交未久,小姐毫无戒心,竟将肺腑之言,坦诚相告,我唯有一吐真情,以酬小姐……(艾丽雅动情地垂下了手)昨晚乍一相逢,你那一双天仙般的双眼,已生生夺去了我的魂魄……(顺手卸去艾丽雅手中的小刀,扔至窗外)

艾丽雅　可是,您不会看不起我吧。

天　昊　我怎会看不起你? 我只会恨你。

艾丽雅　恨我?

天　昊　你令我等了一天,方能再次见到你……

艾丽雅　(接唱)你乃是英俊少年天生贵胄,

我是个可怜女子在人间漂流。

贵贱从来难聚首,

金玉湾容不下我这残破的小舟。

我是人间最低微的女子,却偏偏喜欢上了一个高贵的军官。我贪图你的地位吗? 我企慕你的富贵吗? 只要你心中有我,我就是世上最快乐的人。到我又老又丑的时候,你就把我当作仆人,让我伺候你,照料你。

天　昊　(接唱)莫悲哀,莫忧愁,

莫怨苦海无尽头。

纵然江湖风浪骤,

总有刚强护娇柔。

艾丽雅　(接唱)多少回梦英雄将我救。

天　昊　(接唱)我就是怜香护花的芳汀绿洲。

艾丽雅　(接唱)天赐我善良君子少年俊秀。

天　昊　(接唱)天赐我脱俗佳人举世无俦。

艾丽雅　(接唱)莫不是身登天国入仙境?

天　昊　(接唱)莫辜负今宵春浓情悠悠。

　　　　〔两人情不自禁。

艾丽雅　(接唱)刹那间情似火。

天　昊　(接唱)热血沸腾难抑收。

艾丽雅　(接唱)愿你我化作烈焰同燃透。

艾丽雅
　　　　(同唱)尽情放逐任自由。
天　昊

　　　　〔激动的艾丽雅扑进了天昊的怀抱。

　　　　〔黑暗中跃出一个黑衣人,拾起地上的小刀,狠狠刺入天昊的
　　　　后背。天昊一声惨叫,倒下。

　　　　〔艾丽雅与黑衣人照面,晕倒。

　　　　〔收光。

小侏儒　(画外,惊呼)不好啦! 女巫杀死将军啦!

四

　　　　〔画外:升堂!

　　　　〔州府衙门大堂。州官正襟危坐。

　　　　〔憔悴的艾丽雅倒在大堂前。

　　　　〔店婆子、小侏儒跪一边。

州　官　(清了清嗓子)店婆子,异族女子刺杀守备一事,你讲的句句
　　　　是实?

店婆子　人命关天,我可不敢撒谎。

州　官　这一女子,人证俱在,你还不招?

艾丽雅　是黑衣人杀死了天昊! 不是我!

州　官　黑衣人？

店婆子　（指小侏儒）他，他看见了黑衣人。

州　官　你看见了黑衣人？

小侏儒　看见了。

州　官　他是什么人？

小侏儒　老爷。

（念）小女子前脚上楼了，

黑衣人紧跟就来了。

盒子里的银子不见了，

枯叶出现了，将军倒下了，黑衣人一下飞走了。

州　官　（接念）飞走了？

小侏儒　定是女巫指使黑衣妖魔杀了守备大人！

州　官　谁是女巫？

小侏儒　（指艾丽雅）她是女巫！

州　官　嗯！

小侏儒　族长大人说的。

州　官　（拾起公案上的枯叶，若有所思地）一锭银子、一枚枯叶、黑衣妖魔……

〔内："洛先生到！"

〔洛族长上。州官相迎。

洛族长　大人。洛某心悬守备大人被刺一案，特来打搅。

州　官　小小的异域女子，竟然掀起偌大风波。先生，你看此案蹊跷诡异（出示证物），银两化枯叶，还有一个黑衣妖魔……

洛族长　（惊）黑衣妖魔？何人得见？

〔州官指了指小侏儒。

洛族长　（对小侏儒）我来问你，那黑衣人你可看得清？

小侏儒　清楚，清楚，就像看见你一样——

州　官　放肆！下去！

〔店婆子、小侏儒下。

州　官　主持大人，你有何高见？

洛族长　这一女子连日聚众占卦，惑乱人心，如今又串通妖魔，杀死朝廷命官,只恐难脱异端邪教之嫌。

州　官　来,将女巫押赴市曹,当众焚烧!

洛族长　(急止)且慢! 我看此女尚在青春,涉世不深,况她又来自化外
　　　　蛮荒之地,只要她认清罪孽,由我再行教化,以归正途,莫若
　　　　放她一条生路。

州　官　先生善心可嘉。这一女子,快将杀人罪名当堂供认,便可
　　　　活命。

艾丽雅　天昊不是我杀的。

州　官　上刑!

　　　　〔行刑人替艾丽雅上拶刑。

州　官　招是不招?

艾丽雅　我没有杀人!

州　官　收!

　　　　〔行刑人用刑。

艾丽雅　疼死我了,我全招认。我伙同魔鬼挖了金丝鸟的眼睛,因为
　　　　它叫得好听,我把一个孩子扔进了河里,因为他要杀我。

州　官　大胆! (扔下小刀)杀人的凶器尚在,你还想抵赖!

洛族长　这一女子,回头是岸!

艾丽雅　(渴望地)好心的大人,您能告诉我,我的天昊在哪儿? 他还活
　　　　着吗?

洛族长　(失态地)你,你还……执迷不悟!

州　官　给我狠狠地打!

　　　　〔行刑人挥动刑杖,猛击艾丽雅。

艾丽雅　(唱)一声断喝刑杖挥,

　　　　　　谁怜我,弱女子,

　　　　　　平白无故遭罪控,

　　　　　　任人欺凌任人摧。

　　　　　　阵阵伤痛透心肺,

　　　　　　目眩神迷魂魄飞。

　　　　〔暗转。阴气森森,伸手不见五指的大牢。艾丽雅伤痕累累,
　　　　倒卧于地。

艾丽雅　（接唱）骤然之间地狱坠，

　　　　　　　　沉沉黑牢寒风吹。

　　　　　　　　莫不是我的憧憬必将毁，

　　　　　　　　忧只忧我的天昊命垂危。

　　　　　　　　再不能跃马纵横从天降，

　　　　　　　　再不能将我从恶魔手中来夺回。

　　　　　　　　依稀那夜星月晦，

　　　　　　　　黑衣之人暗相随。（洛族长黑袍裹身悄然上）

　　　　　　　　是人是兽还是鬼——

　　　　　　　　难道是司运的煞神冷眼旁窥。

　　　　　　〔冷风起，艾丽雅似觉有人。

艾丽雅　你是谁？这里太黑了，我看不清你的脸。

洛族长　是啊，这里又冷又黑。

艾丽雅　为什么人人都有白天，而唯独把黑夜留给了我？

洛族长　暗无天日，看不到一丝亮光，好可怕呀！

艾丽雅　我冷。放我出去，我什么也没做！

洛族长　你想出去？来——（探出手去）

艾丽雅　（摸索着抓住洛族长的手）啊！你的手怎么这么冷？（猛地缩回）你
　　　　是来抓我的恶魔吗？

洛族长　原以为我德配齐天，如今方才明白——我也是个鬼。

艾丽雅　原来你就是司掌命运的魔鬼。贫贱的女孩注定要被世间抛
　　　　弃，她得不到温暖，得不到爱护。你把我的命拿走吧，拿走
　　　　吧……

洛族长　司掌命运……我是个被命运拨弄的可怜虫啊……

艾丽雅　你不是鬼？

洛族长　造化弄人，老天将你送到了我的面前，是你将我逼成了鬼！

艾丽雅　（惊异）你是谁？

　　　　〔洛族长点燃身边的灯火。

艾丽雅　是你！杀死天昊的凶手！你为什么不敢露出你的真面目？

　　　　〔洛族长缓缓摘下头上的风帽。

艾丽雅　你！族长大人！

洛族长	是我！
艾丽雅	你为什么要这样做？为什么？
洛族长	(爆发地)你令我欲火焚身，你令我魂不守舍，你令我难以自已……(苦笑连连)堂堂地方尊长，竟然指使家奴，劫掳女色；贪恋秀色，深夜跟随，暗中偷窥，妒火中烧，手持利刃，刺杀军官……嘿嘿……"灭欲守心"，我的心在哪里……
艾丽雅	我到底对你做了什么？你竟然如此对我？
洛族长	(长叹一声)我曾经青灯黄卷，参悟纲常，修身立德，顺应天理，如此日复一日，年复一年——

(唱)忘食废寝，

  弃尘俗穷经典不辨晨昏。

  三十年，自节自律名声震，

  族人敬，教化一方多骄矜。

  那一日，宗庙前，你那里肆意歌唱肆意舞，

  男女老幼、贵贱媸妍被你迷，被你惑，

  神昏目眩被你就勾去了魂。

  那一双秀瞳明眸如利刃，

  硬生生剜去了这一颗铁石的心。

  本以为此心能敌欲海万顷，

  却原来不堪一击轻如尘。

  恨只恨你这挥之不去美身影，

  恨只恨苍天弄人忒无情。

  欲令智昏，我命丑奴将你掳，

  欲令智昏，酒店之外将你跟。

  欲令智昏，高举利刃逞凶狠，

  手共心沾满了鲜血淋淋。

  你是个罗刹女来自那幽冥境，

  拖着我下地狱越沉越深。

顺从我吧，你我离开此地，寻一处无有人烟的地方，由我来呵护你，由我来呵护你……(神经错乱在拽住艾丽雅)

艾丽雅	(奋力推开洛族长)你这个凶手！

洛族长　(变态地)我对你倾吐了这番不可告人之言,你还无动于衷吗?

艾丽雅　(惊恐地退缩)怪物! 恶魔! 滚开!

洛族长　(威胁)我是朝廷尊崇的地方尊长,可让你死,也可让你生。

艾丽雅　我就是死也不顺从你!

洛族长　(恨恨地)夺命的绞索已安排停当,再过两个时辰,你再也见不到天昊那个浪荡子!(发狂地)哈哈哈……(下)

艾丽雅　(痛哭)天昊……你在哪里呀……

　　　　〔收光。

五

　　　　〔黑暗中,钟声渐起。

　　　　〔钟楼,丑奴奋力敲击着大铁钟。

丑　奴　(唱)大铁钟,我把你狠狠地敲动,

　　　　　　一声声呜咽在中州城上空。

　　　　　　你默默无语却有灵性,

　　　　　　我和你二十年来心相通。

　　　　　　你知我忧愁知我痛,

　　　　　　我要你咆哮,要你叫——悲鸣这人间不平,震碎那铁枷囚笼。

州　官　(画外,低沉地)异端巫女,媚惑贵胄,刺杀命官,绞缢处死!

丑　奴　(接唱)行刑之声耳边送,

　　　　　　一字一句气焰凶。

　　　　　　无情绞架庙前耸,

　　　　　　夺命绞索悬半空。

　　　　　　奋然激起一身勇,

　　　　　　不教弱女血染红。

　　　　〔丑奴敲铁钟,发疯一般冲下。

〔刽子手押着套着绞索的艾丽雅,她身着白衣,头发散乱上,一队护卫后随。

〔钟声渐止。

〔刽子手架艾丽雅跪于绞刑台。

洛族长　(画外)驱邪除祟,正肃乡风,尔等族民,以此为戒!

　　　　〔刽子手收起绳索,丑奴突然跃出,击倒刽子手,抢下艾丽雅。

　　　　〔暗转,宗庙钟楼。

　　　　〔丑奴将艾丽雅轻轻放倒。

丑　奴　(久久地注视,唱)
　　　　你如此的美丽高贵芬芳,
　　　　我如此丑陋低贱肮脏。
　　　　你可知道——
　　　　这一颗丑陋的心它为你激荡,
　　　　这一个丑陋的人他为你默默守护在一旁。
　　　　她睡沉沉宁静似水,
　　　　多么想拥入怀,却害怕惊吓了纯真的少女,玷污了圣洁的躯体,天使般的脸庞。

艾丽雅　(苏醒,发现丑奴,为其丑陋的面容所惊吓)啊!

丑　奴　别害怕,是我。

艾丽雅　……

丑　奴　你没有死。

艾丽雅　……

丑　奴　你在这儿会很安全。我知道我很丑,会吓着你。放心,我会待在一个你看不见我的地方。

艾丽雅　(受到感动)……

丑　奴　没关系,这儿很大,我哪儿都可以住。(恋恋不舍地离去)

艾丽雅　你回来。

丑　奴　是你叫我回来吗?

　　　　〔艾丽雅示意丑奴到自己跟前,丑奴却远远地坐在了地上。

艾丽雅　他们会来抓我吗?

丑　奴　这里是宗族圣庙,他们不敢。(怯怯地)我会保护你的。

艾丽雅 你为什么要救我？

丑　奴 你给我喝过水，你是好人。

艾丽雅 ……

丑　奴 这儿有吃的，还有衣服……（从身边摸出一个铁哨，放在竹篮内）如果有危险，你一吹它我能听到。不要出门，你一出门，他们就会杀死你，你要是死了，我也死……

　　〔两人远远地相对而坐，良久无语……

六

　　〔阴沉的州府衙门议事厅。

　　〔州官居中而坐，天昊全副戎装坐于上首，洛族长萎颓地下首陪坐。

州　官 女巫被救，寄身宗庙，已近一月，若不早除，终为贻患。

天　昊 待末将领兵，闯庙缉拿。

州　官 你又在此作轻率之语。此事因你行事不检而起，幸喜创伤甚浅，才保无恙。想这宗庙，乃是圣地，岂可刀兵相加。洛先生……

洛族长 （木然）大人……

州　官 近日来，本城游手好闲之徒聚于宗庙前，打探女巫消息，长此以往，恐生事端。请先生进庙，以父子之情打动丑奴，献出女巫，料无推辞。

洛族长 进庙……会那女巫？

州　官 我命天昊先行驱散游民，先生请！

　　〔暗转，宗庙前。

　　〔小金哥与众浪子焦急不堪。

　　〔浪子甲飞奔上。

浪子甲 小金哥——官兵，官兵来了！

众 （纷纷）是来抓人吗？艾丽雅活不了了！

浪子甲　小金哥,我们走吧,耗在这儿也没用啊。

小金哥　(焦急,念)
　　　　刀枪声近马蹄疾,
　　　　转眼就要灾祸至。
　　　　骂世道,咒天地,
　　　　天涯海角何处把身栖?

众浪子　走吧,你救不了她!
　　　　〔天昊率军士疾上。

天　昊　将不法之徒赶出圣地!
　　　　〔众军士驱赶浪子。双方撕扯,军士挥鞭,浪子遍体鳞伤下。
　　　　〔天昊、众军士得意下。
　　　　〔暗转,宗庙内。

艾丽雅　(内)天昊!
　　　　〔艾丽雅兴奋地冲上。丑奴随上。

艾丽雅　我看到他了,他没死!你去告诉他,我在这儿,我就在这
　　　　儿……

丑　奴　……

艾丽雅　怎么?你不愿去吗?可是你说过,只要我吩咐,你都愿意
　　　　去做。

丑　奴　……

艾丽雅　如果没有他,我活着还有什么意思呢?

丑　奴　我去,我去。(默默地下)
　　　　〔暮色渐起。

艾丽雅　(沐浴着月光,憧憬着)
　　　　(唱)繁星点点,夜色如此美丽,
　　　　　　我好似黑夜中流离的羔羊,失群的孤燕又见晨曦。
　　　　　　魂牵梦萦长相忆,
　　　　　　为你负难,为你哭泣,为你憧憬,为你而生,受尽折磨不
　　　　　　足惜!
　　　　　　神啊,神灵啊——
　　　　　　你垂怜人间苍生济,

可知我心香一瓣寄幽思。

祈上天今夜与他重相聚，

冲破囚笼比翼飞栖。

多么想纵情再歌唱，

再为天地奉舞姿。

我不愿青春天折轻易逝，

一腔热血依然奔腾不止息。

多么想再探究人世间爱的真谛，

尝一尝人间的真情，生生死死不分离。

〔丑奴凄然上。

丑　奴　（唱）繁星点点，夜色如此凄凉，

世间布满不平与刀戕。

纵然我饱尝屈辱，频受欺凌，

依然为你哭泣，为你疯狂。

你像那月光皎洁明亮，

摸不住，抓不着，远在穹苍。

〔洛族长鬼魅般上。

洛族长　（唱）繁星点点，夜色如此寥旷，

形影孤单寒风长。

这殿宇重门，我曾行千百趟，

入祭堂气轩昂犹入天堂，

今夜晚重回故地魂魄丧，

意气灰，心力衰，神情倦怠步履踉跄。

说什么教化世风，一方楷模终成虚冈，

人世间俱是欺骗与荒唐。

艾丽雅　繁星点点，夜色如此美丽，

丑　奴　（同唱）繁星点点，夜色如此凄凉，

洛族长　繁星点点，夜色如此寥旷，

艾丽雅　我的心还要飞翔。

丑　奴　（同唱）我的心布满创伤。

洛族长　我的心已经死亡。

洛族长　（阴森森地走近艾丽雅）你还活着？

艾丽雅　（大惊）你！你来干什么？

洛族长　我原以为，你一死，我就能清静了。如今，我方才明白，你生也罢，死也罢，我的心魔是难以除尽了。你走吧，离开此地，再也不要回来。

艾丽雅　走？不！我要告诉这里的百姓，是你刺杀了天昊，你是杀人的凶手！

洛族长　（惊）你！

艾丽雅　我要告诉他们，你是个伪君子，是个恶魔！

洛族长　冤孽！冤孽！我终究要毁在你的手中，（咬牙切齿）既然如此，就让你我一同毁灭吧！（疯狂地扑向艾丽雅）

　　　　〔艾丽雅挣扎，吹响铁哨。

　　　　〔蜷缩一角的丑奴冲上，推开洛族长，举拳欲打，发现是自己的主人，无奈跪在他的面前。

艾丽雅　（焦急地）你终于回来了，我的天昊，他在哪儿？

丑　奴　（低首无语）……

艾丽雅　我要告诉天昊，谁是真正的凶手，他会为我做主的……

洛族长　（狂笑）哈……你还对那个浪荡子心存妄想。

艾丽雅　（对丑奴）你说，你见到他了，他就要来了，就要来救我了……

丑　奴　（无奈）他，他不愿来。

　　　　〔艾丽雅一下子竟呆住。

洛族长　你与他结识的烟花女子一般无二，不要妄想了，去死吧……（再次扑向艾丽雅）

　　　　〔丑奴愤然推开洛族长，并用手指向其心灵。

　　　　〔洛族长又羞又恼，气急败坏下。

艾丽雅　（失神、喃喃地）他不愿来……

　　　　〔丑奴焦急万分，又不知所措。

艾丽雅　不，他就在外面，我去找他……（突然冲下）

　　　　〔丑奴猝不及防，紧跟下。

　　　　〔暗转，宗庙内外。

　　　　〔洛族长疾上，天昊迎上，两人耳语毕，洛族长下。

〔艾丽雅、丑奴冲上宗庙墙头。

艾丽雅　(急呼)天昊……

〔天昊回身一箭,转身下。

〔丑奴急护,箭中臂膀。

艾丽雅　(惊)啊!

〔丑奴误以为自己惊吓艾丽雅,急避开。

〔艾丽雅温柔地示意丑奴近前,丑奴怯怯靠近,艾丽雅为其
包扎。

艾丽雅　(心如死灰)如果你的心在他的胸膛里跳动着,那该多好啊。

丑　奴　我又吓着你了。

艾丽雅　你不像他们说的那样可怕。

〔丑奴痛苦地哭泣。

艾丽雅　(强忍悲伤)你怎么了? 我不是挺好的吗? 我给你跳舞、唱
歌吧。

(边唱边舞)我的名字叫流浪,

　　　　不知明朝去何方。

　　　　遥远的故乡装进胸膛,

　　　　脚下的路啊布满悲伤。

　　　　跳舞吧——纵情歌唱,

　　　　祈求爱人降临身旁。

　　　　赐福吧——神的翅膀。

　　　　带着欢乐飞向天堂。

〔艾丽雅将对生命的渴望尽情地寄托在她的舞蹈中。

〔灯渐隐。

尾　声

〔鼓声阵阵。

天　昊　闯进宗庙,抓捕妖女!

　　　　〔军士闯庙。

　　　　〔小金哥与众浪子持械冲上。

小金哥　官兵杀人啦!救人哪!

　　　　〔众激烈开战。

　　　　〔众浪子纷纷被杀。

　　　　〔打斗声惊动艾丽雅,冲上,目睹残酷的场面,惊愕异常。

　　　　〔艾丽雅冲入战团,小金哥上前救护。

　　　　〔天昊命护卫们放箭。

　　　　〔艾丽雅等中箭。

小金哥　(扑向艾丽雅)艾丽雅!

　　　　〔天昊一剑刺死小金哥。

　　　　〔灯灭。

　　　　〔天色渐亮,灰蒙蒙的晨曦下,尸体满台。

　　　　〔洛族长阴阴地出现。

洛主持　死了,都死了……

　　　　〔丑奴突然冲上,用巨石砸死洛族长。

　　　　〔丑奴寻着尸丛中艾丽雅的尸体,拥抱入怀。

丑　奴　(唱)隼山上凶猛的苍鹰,

　　　　　　　请带去残缺身形。

　　　　　　　坟山边吃人的恶鬼,

　　　　　　　暂停息摄魄取精。

　　　　　　　我要用卑贱的灵魂,

　　　　　　　长伴我心爱之人。

　　　　〔丑奴抚尸长唤,艾丽雅长眠不醒。

女　声　(画外,唱)我的名字叫流浪,

　　　　　　　不知明朝去何方。

　　　　　　　遥远的故乡装进胸膛,

　　　　　　　脚下的路啊布满悲伤。

　　　　　　　跳舞吧——纵情歌唱,

　　　　　　　祈求爱人降临身旁。

赐福吧——神的翅膀。

带着欢乐飞向天堂。

[全剧终。

秦腔

鸟迹寻踪

蒋 演

　　陕西省戏曲研究院国家二级编剧,上海戏剧学院戏剧戏曲学硕士,文化和旅游部"千人计划"人才,陕西省百优青年艺术家。先后创作的剧本有大戏《十品半村官》《闹热村的热闹事》《干渴的黄土地》《陇上铁汉》《双戏楼》《驼铃声声》《麻线娘娘》《秋燕回乡》《新农人》《仓颉造字》,小剧场沪剧《行》、小剧场碗碗腔《人面桃花》等,电影《良辰别离》,电视剧《桃花坞的年轻人》等;改编剧目有《满江红》《白蛇传》《虞姬泪》《破洪州》《春闺梦》《恩仇记》《李亚仙》《狸猫换太子》《赵氏孤儿·绝亲》《烤火》等。曾获陕西省艺术节文华优秀编剧奖,所编剧目曾获陕西省艺术节文华优秀剧目奖、文旅部"群星奖"等奖项。先后在《剧本》《当代戏剧》《中国戏剧评论》等期刊发表剧本、戏剧评论等50余万字。

　　《鸟迹寻踪》发表于2016年《剧本》杂志第2期,获第29届田汉戏剧奖剧本一等奖;获2015年度国家艺术基金青年人才扶持剧目;获2017年度国家艺术基金青年人才滚动扶持剧目。该剧后更名《洛源书生》2014年9月由陕西省戏曲研究院青年实验团排演,获得陕西省第七届艺术节优秀演出奖。

时　间：古代。

地　点：洛源。

人　物：冯　峻——洛源书生(生)。

　　　　庞　屹——洛源书生、新任钦差(生、黑三)。

　　　　卢思名——洛源书生、钦命大臣(生)。

　　　　皇　上——不明朝代的皇帝(生、白三)。

　　　　珍　姑——洛源村姑,冯峻恋人(花旦)。

　　　　珍　母——珍姑母亲(老旦＋彩旦)。

　　　　王大人——礼部尚书,卢思名的老师(生、白瞒)。

　　　　李大人——刑部尚书,庞屹的师父(净、黑瞒)。

　　　　老衙役——洛源差人代老太监(丑、白搭吊)。

　　　　小衙役——洛源差人代小太监(丑、黑鼻卡)。

　　　　大臣甲、乙,校尉八,宫娥八、兵丁八、仪仗队等。

1

[宫殿。

[钟鼓骤鸣。宫娥、太监等引皇上急慌慌上场。

皇　上　（念）钟鼓齐鸣,不知吉凶!

　　　　　　撩袍端带,快上龙庭——（疾步登上宝座）

　　　　　[众文武两侧上,跪拜。

皇　上　众卿免礼!——可是二位老臣从洛源返回!

大小太监　正是!

皇　上　快请快请!

李、王　（内喊）老臣来也!

　　　　　[李、王二老臣在庞屹、卢思明搀扶下两侧上。

李、王　（唱）欣喜欲飞步履重,

　　　　　　趱行全靠两后生。

　　　　　　稍事喘息……请,请,请!——（二人施礼,谦让）

　　　　　　快把喜讯送朝廷!

皇　上　二位爱卿,洛源地发现鸟迹遗踪,是真是假? 可是仓颉造字
　　　　　遗迹?

王大人　老臣亲往考证,确凿无误。

李大人　洛水崖壁之上,正是仓圣造字遗迹!

皇　上　千真万确?

李　王　千真万确! 考证文书呈上,万岁请看。

　　　　　[李王手持考证文书分别呈上,皇上细观,激动不已。

皇　上　苍天呀! 古史记载,仓圣观鸟兽踪迹,深受启迪,造出文字!
　　　　　今鸟迹现世,此乃上苍垂怜,赐我文根字源,教我续接文脉,

护佑众生啊!

[皇上激动下殿朝天一拜,众臣随拜。

大臣甲　照此一说,鸟迹遗踪,岂不就是我中华文字之源?

皇　上　(品嚓)文字之源,

大臣乙　鸟迹遗踪现身洛水,岂不证明,洛源乃我中华文明之根!

皇　上　文明之根!哦,哈哈……

[众大臣兴奋之极,议论纷纷。王大人推了卢思明一把。

卢思名　(高声朗朗)何止如此!

[笑声戛然而止,众惊愕,侧目。

卢思名　鸟迹隐于洛源山中,悬崖峭壁之上,曾经多少岁月,为何偏偏会在今日显现?

众　　　……?

卢思名　遗踪匿于洛水河畔,古树密林之间,历经无数朝代,为何不早不晚会在我朝现身?

众　　　……?

卢思名　万岁!自万岁登基以来,察民情,施仁政,鼓励读书,崇尚文化,才有我朝举国上下,书生遍地,读书成风,开创如今盛世局面。自古盛世出圣物,毫无疑问,鸟迹现身,分明就是上苍赞许当今万岁尚文之心!遗踪出世,实乃上天嘉奖我盛世明君那!

众文武　(伸拇指)说得好——

李大人　好——(背拱,对庞屹)好马屁呀!娃呀,你就缺少这么一点机灵呀!

卢思明　(抢接话)万岁,鸟迹出世,预示天意,我等理该惜之爱之珍之敬之!当诏告天下,为感念上苍垂爱之情,各级官员,各地书生,应前往洛源,焚香上礼,参拜鸟迹。

大臣甲　当修官道、架桥梁……

大臣乙　设祭坛、建殿堂……

太监甲乙　搞他一个"高大上"……

众　　　对对对……是要搞得"高大上"!

卢思明　(神圣地)保护鸟迹,续我文脉,无愧上苍!

皇　上　（皇上领唱众大臣伴唱）

　　　　　见解独到，见解独到，

　　　　　果然是，浩浩天恩降我朝。

　　　　　年纪虽小，年纪虽小，

　　　　　俊书生，堪把千斤重担挑。

　　　　　少安毋躁，稍安毋躁，

　　　　　听孤王，锦上添花发圣诏。

　　　　卢思名听旨！朕命你为钦差大臣，即刻前往洛源，修官道、架桥梁、设祭坛、建殿堂，择定良辰吉日，朕要亲自前往，拜鸟迹，谢上苍！

众　　（大感意外）他……

王大人　（提醒愣在那里的卢思明）还不快谢圣恩。

卢思名　（跪拜）谢主隆恩。

皇　上　……哪个哪个，当初发现鸟迹的是哪一位？

庞　屹　启禀万岁，发现鸟迹遗踪的乃洛源书生冯峻。

皇　上　……这，你是？

李大人　此乃老臣门生庞屹。

皇　上　哦，朕记得庞爱卿也是洛源地人！你与那冯峻可是同乡啊！

庞　屹　正是！万岁——

卢思明　万岁，微臣也是洛源地人。

皇　上　好好好，洛源真乃灵秀之地呀！卢爱卿，孤看好你。退朝！

　　　　（率众下）

太监乙　（悄声）何为"高大上"？

太监甲　时髦话。——"高端、大气、上档次"简称"高大上"。

众大臣　恭喜卢大人，贺喜卢大人！

庞　屹　卢兄此次专为鸟迹之事还乡，定会与冯峻相见，拜托卢兄带我问候于他。

卢思明　那是自然！我等同为洛源书生，定要畅谈一番！一醉方休！

李大人　（酸酸地，拱手）贺喜王兄，教徒有方啊！

王大人　呵呵，同喜同喜！思名——

卢思名　恩师！

王大人	皇上看好你,为师也看好你,你就放开手脚,搞他一个那个那个……
卢思明	高、大、上!
众	对,高大上!哈哈哈哈!(光收,其他人暗下)
卢思明	(唱)昨夜还在梦升迁,

<blockquote>
今朝一跃竟冲天。

谁说宏图志向远,

不过唾手捭尘间。

小试牛刀壮了胆,

上天有梯也敢攀。

快,快,快,即刻启程洛源县,

高,大,上,大显身手在洛源。——(手舞足蹈,下)
</blockquote>

〔卢思明前区演唱,后区现兵丁抓夫驱人,百姓抛家舍口,避祸离乱的情景场面。冯峻、珍姑、珍母亦在其中。

〔冯峻长水袖舞做涂毁鸟迹状,惊雷。

珍 母	冯峻,你可闯下大祸了……。

〔冯峻呆若木鸡。

〔暗转。皇上寝宫,夜。

〔王李二大人幕内高呼一声,如丧考妣:皇上完了!

〔李、王二臣跌跌撞撞跑上、庞屹亦步亦趋地扶着王、李上。

〔四宫娥执宫灯搀皇上惊慌的上。

李、王	皇上完了!皇上——彻底完了!
皇 上	二位爱卿,怎么个讲话。
李、王	哦,哦,哦……皇上,是、是、是鸟迹——完了。
皇 上	你是说那……洛源鸟迹?
王大人	万岁,卢思名差人送来急件——留在那洛水河畔,山崖之上的鸟迹、遗踪,一夜之间,竟然就——
李 王	遭人涂毁!(音乐起)
皇 上	啊!何人如此胆大妄为?!
李大人	就是那发现鸟迹的冯峻!
皇 上	冯峻!? 可曾缉拿归案?

王大人　山大沟深,水阔林密,思明虽竭尽全力,难觅踪影呀!

皇　上　——

王大人　瞬息之间,国之瑰宝,圣人遗踪,依然变得面目全非了!

李大人　瞬息之间,千年遗迹,天赐圣物,已被涂抹得一塌糊涂。

皇　上　啊……(昏厥)

众　　(惊呼)万岁,万岁!(乱作一团)

皇　上　(渐渐醒来)可恼,可恨,罪孽,罪孽啊!

　　　　(唱)鸟迹遗踪竟遭毁,

　　　　　　犹如当头炸惊雷。

　　　　　这、这、这,简直就是窃国罪,

　　　　　　我、我、我,盛世岂容害国贼?

王大人　(唱)狂生竟敢毁古迹,

李大人　(唱)恶贼竟把天命违。

王大人　(唱)抓住他,掏心肺,

李大人　(唱)剔骨割肉吸骨髓。

皇　上　(唱)怒火烧心如鼎沸,

　　　　　　心头寸寸如刺锥。

　　　　　此仇不报难消恨,

　　　　　问爱卿,谁愿代行天子威!

王　李　这……哦,万岁,那万一破不了案呢?

皇　上　(恶狠狠的)不破案,就发配——

王　李　(惊悚,后退)啊!

　　　　(背唱)这赌局没赢一准亏!

　　　　〔片刻寂静。

庞　屹　万岁!

　　　　(唱)臣愿领命去拿贼!

李大人　(提醒、着急)哎哟哟,这娃儿咋就不知道个死活呢?

庞　屹　(唱)食君俸禄在臣位,(二六)

　　　　　　早该报国有作为。

　　　　　更可恼贼子竟把国宝毁,

　　　　　作恶当惩有罪更需追。

我愿做初生牛犊无所畏，

除恶魔，振国威，

让朗朗乾坤有是非。

皇　上　好！那……谁？

王大人　哦，哦，哦……(急忙介绍)此乃李大人门生庞屹！

皇　上　对对对，庞屹！庞屹听旨——

庞　屹　万岁。

皇　上　朕，命你为督办钦差，前往洛源，捉拿狂生冯峻。他毁我鸟迹，我拿他人头祭天；命卢思明将鸟迹遗址恢复，届时，我将带领满朝文武，奔赴洛源。如期不然，定治尔等渎职失职之罪！

李、王　啊……这……万岁！

庞　屹　臣，遵旨！

　　　　[三人欲下

皇　上　慢！朕突然记起你与那冯峻、卢思明同为洛源书生，你不会如那卢思明一样让朕失望吧？

庞　屹　万岁！臣若有半点私心甘将此身做天祭！

皇　上　好！不辱使命，勇于担当，庞爱卿！孤看好你……！（下）

李王庞　(惶恐万状)万岁！

李大人　(斥责)瓜娃你、你……莽撞了！

王大人　李大人，你咋教的娃么，这差事儿也敢争？

李大人　这、这、这哪里是我教的么。明明是他……

王大人　瓜娃，你可真是瓜到家了！想那冯峻毁了鸟迹，还能等你去抓他，若是那样，卢思明早就提他的人头来见了！

李大人　你呀你呀！欠考虑，欠考虑！

庞　屹　恩师！想那冯峻虽然放浪形骸，却也知书达理，发现鸟迹，又毁坏鸟迹，实在令人费解，我是想……。

李大人　行了行了，他毁坏圣迹，必死无疑！

王大人　你如此书生意气，唉！前路坎坷——

李大人　吉凶难卜——

李、王　你和思名——好自珍重吧！你个瓜娃呀！(叹声连连，蹒跚而去)

庞　屹　(唱)恭送二老蹒跚去,(暗转)

　　　　　　蹒跚独行问心迹。

　　　　　　扪心问,金殿请命是否莽撞欠考虑——

　　　　　[小太监上,四轿夫执轿随上。

小太监　万岁有旨,命庞屹即刻启程,前往洛源,缉拿冯峻(下)

庞　屹　庞屹遵旨! 起轿,直奔洛源! (起轿做舞)

　　　　(接唱)这莽撞,全因我,

　　　　　　惜鸟迹,疼鸟迹,叹鸟迹,憾鸟迹,

　　　　　　我心愤怒我着急!

　　　　　　仓颉造字千古事,

　　　　　　文宗文祖立根基。

　　　　　　冯峻你身为黄门一弟子,

　　　　　　对鸟迹自当是、心有敬畏屈双膝。

　　　　　　圣迹竟然遭你毁,

　　　　　　灭祖灭宗有何异? ——有何异!

　　　　　　破案抓贼解悬疑,

　　　　　　为国为民为自己。

　　　　　　心急更觉路途远,

　　　　　　恨无双翅凌空飞。

　　　　　　连拍轿杆催衙役——

　　　　　[疾行。落轿。

众轿夫　行至洛源地界,有请钦差下轿!

庞　屹　(出轿,观望,惊诧)呀!

　　　　(唱)好洛源怎变得满目疮痍?!

　　　　　[老衙役、小衙役上。

老衙役　欢迎嘉宾到洛源!

小衙役　欢迎欢迎! 热烈欢迎!

老　小　洛源县迎宾差役恭迎大人光临!

庞　屹　——免礼免礼!

小衙役　(吊儿郎当地问)敢问大人来自哪州哪县,官居几品呢?

庞　屹　(制止)原来尔等不知我是哪个?

老衙役	哎,误会误会。我们呐是见官儿就接,再陪同参拜鸟迹遗踪!
庞　屹	那这钱粮花销——
老衙役	公款报销!——(嘟囔)小半年儿的功夫,洛源县都要让这班人祸害干了。
庞　屹	照你所言,远处那一所在——(指远处)
老衙役	祭坛工地啊! 这边是宫殿,
小衙役	那边是祭坛,
老衙役	这里是长长的神道,
小衙役	那里是迎宾驿馆,
老衙役	有敬神的,
小衙役	有待人的,
二人同	真可谓是天上人间"一条龙"啊!
庞　屹	果然大手笔! 果然"高、大、上"啊! ——那怎么停工了呢?
老衙役	顾不上了呗。——当前洛源头等大事,抓坏人!
庞　屹	你说的可是那毁坏鸟迹的冯峻?
老衙役	正是! 文宗文源啊,国之瑰宝啊,他一瓢石灰水,刷——毁了!
小衙役	早毁多好啊,就为了这么几个小鸟脚印,给老百姓带来……
庞　屹	小衙役,你说啥!?
老衙役	他,他是说,多好的鸟迹啊,毁了可惜,
庞　屹	他方才分明是说——
老小同	毁鸟迹就是毁文化,毁文化就是毁国家。谁毁谁有罪,谁毁谁该杀! 洛源人要有大局观念、要有奉献精神、要舍小家——
庞　屹	呵呵! 说得挺顺溜——
小衙役	哈哈哈,早都背得滚瓜烂熟了。
庞　屹	背的可是真心话?
老衙役	如今这世道,谁还敢说——假话呀。大人,你懂的!
庞　屹	呵呵?
老衙役	呵呵。
庞　屹	哦,呵呵……哈哈哈哈!

　　　　(唱)好个圆滑老衙役,

　　　　　　说话心口不统一。

話里有话有怨气，

怎不让我心生疑。

看起来，案件背后另有戏，

我需要另辟蹊径解难题。

［校尉急上，递上布条。

校尉乙　大人请看。

庞　屹　(接布条念)"欲抓冯峻，请跟我来"，这从何而来？

差　人　前边山旁岔道。

庞　屹　快快与我追上前去。(帅校尉匆匆下)

　　　　［卢思名率衙役等上。

老衙役　洛源县衙公差跪接钦差！

卢思名　尔等请起，可见钦差到来？——哦，皇上派来督察办案的钦差。

老衙役　我等一早就在这里值守，没见过什么督察钦差啊。倒是有
　　　　一位年轻官员，坐轿而来，又匆匆进山而去。

卢思名　怎么他进山去了？……来人！

校　尉　在！

卢思名　封锁所有进出山口，只进不出！召集所有工匠，祭坛马上开
　　　　工。抓人的事就交给庞兄了。

老衙役　大人，鸟迹损毁严重，建祭坛……还有啥用？

卢思明　放肆，鸟迹毁坏可以重修，若误了皇上拜祭大事，你我都得掉
　　　　脑袋！哼！

老　小　钦差有命，祭坛开工，所有工匠即刻入场复工。

　　　　［官兵押解工匠、抓夫拉丁画面再现。

　　　　［光灭。暗转。

2

　　　　［光亮。暮色夕阳。

［洛水河边，群峰壁立，林木森森。

［冯峻侧卧石板，显出剪影。

冯　峻　(唱)商山万古，洛水千年，

　　　　　　　是是非非皆沉淀，

　　　　　　　一切尽在山水间。

　　　　　　　逝者如云，往事如烟，

　　　　　　　功过毁誉后人说，

　　　　　　　公道自在人世间。

　　　　　　　苍山莽莽藏鸟迹，

　　　　　　　未碍诗书代代传。

　　　　　　　却怎地，蓦然一朝刚露面，

　　　　　　　便引来这纷纷扰扰，天怒地怨，累累灾祸降人间。

　　　　　　　漫说寻踪多贡献，

　　　　　　　莫道毁迹罪滔天，

　　　　　　　冯峻做事凭良心，

　　　　　　　顾不得是恶是善，是良是贤，

　　　　　　　就图个理得心安！

　　　　　　［珍姑、珍母挎篮上。

珍　姑　(唱)假意进城去采买，

珍　母　(唱)探得消息回转来。

珍　姑　(唱)也不知咱是帮忙还是害，

珍　母　(唱)求老天保佑冯峻没祸灾。

珍　姑　冯峻哥哥——

冯　峻　珍姑，伯母，你们回来了！(回头看有无跟踪)珍姑，我来问你，那祭坛可曾停工？

珍　姑　果然不出你所料，这鸟迹一毁，祭坛就停工了！不过，皇上果然派来了新的钦差，捉拿你这涂毁鸟迹的罪犯呀。

珍　母　娃呀，啥都不说了，跑？快跑吧。

冯　峻　(闻之一笑)不用跑，我就是在等他。

珍　姑　等他？

冯　峻　我要投案！

珍母、姑　投案？

冯　峻　会会那新任钦差。

珍　姑　冯峻哥哥,你若投案,死路一条啊!

珍　母　听人说,皇上下旨了,要这两位钦差限时破案,要拿你的人头
　　　　祭天!

冯　峻　鸟迹是我涂毁,我当然要伏法认罪啊。

珍　姑　可……

冯　峻　珍姑,伯母……

　　　　(唱)蚕吐丝,自做茧,
　　　　　　早知会有这一天。
　　　　　　错在不该太痴迷,
　　　　　　探访鸟迹洛水边。
　　　　　　错在不该泄天机,
　　　　　　破译那二十八个鸟足又向世人传。

珍　姑　(唱)鸟迹无错哥无错,
　　　　　　错在世上有昏官。
　　　　　　错在官府造宫殿,
　　　　　　错在浪费百姓钱。

珍　母　(唱)错在奢侈大操办,
　　　　　　拆房占地太野蛮。
　　　　　　说一千来道一万,
　　　　　　有错不该你承担。

珍　姑　(唱)劝哥哥趁早逃往他乡县,
　　　　　　你坐着等死实在冤。
　　　　　　娘啊娘,快去把行装打点,
　　　　　　天大事留给俺母女来承担。

冯　峻　(唱)一番话冯峻听着好心暖,
　　　　　　如一缕清风拂心田。
　　　　　　真难得你对我真情一片,
　　　　　　忍不住泪珠儿溢出眼帘。
　　　　　　怎奈是哥哥我是男子汉,

该承担必须要承担。

自古来君子铁肩担道义，

小书生活要坦荡荡，

死要无遗憾，绝不让骂名留人间。

[庞屹早已站在远处谛听。

庞　屹	(忍不住喝到)好！好一个君子铁肩担道义！
冯　峻	庞屹！庞兄，你?！难道你——你就是那……？
庞　屹	(抓住他的手腕,示意不要说破)洛源书生！
冯　峻	洛源书生！
庞　屹	——哦,我这一路走来,又累又饿,可否赏点饭菜,给口水喝。
冯　峻	珍姑伯母放心,他乃是我的学友——
庞　屹	对对对,学友！
珍　母	……(见冯峻同意,转身端来饭菜)先生,请吧。
庞　屹	多谢,多谢！——(狼吞虎咽)
珍　母	你啥时候来的？
珍　姑	我们这儿如此隐秘,你是怎么找到的。
庞　屹	(打个饱嗝儿,从兜里掏出布条)嗝儿!!嗝儿!!
珍　母	哟,这不是咱娘儿俩放在路上的平安符？
珍　姑	(拿出身上的红布条对照)还真是咱放的。哎？你看见这个就能找到这儿啊？
庞　屹	(继续大口吃饭)你不认字儿啊？
珍　姑	谁说我不认。(念布条)"阿弥陀佛,保佑保佑！"
庞　屹	(一愣)嗯？这……谁教你的？
珍　姑	冯峻哥哥。他说我把这些平安符,放在回家的路上,就能保佑他平安无事。
庞　屹	哦？那就……让你冯峻哥哥念念这上面写的什么。
冯　峻	这……(拿过布条,念)"欲抓冯峻,请跟我来！"
珍　姑	冯峻哥哥,原来你骗我——
珍　母	(懊恼)我的天哪！没文化,真可怕啊！
珍　姑	那、那、那你到底是谁？
庞　屹	我！

冯　峻　他就是新任钦差庞屹！

　　　　〔珍姑珍母大吃一惊，二人一对眼神，死命扑上庞屹，搂腰抱腿，对着冯峻。

珍母珍姑　冯峻，快跑！往山里跑——

庞　屹　(一动不动，看着冯峻)……

　　　　〔冯峻蹲下身去，掰开母女的手。

珍　姑　(不愿松手)哥哥，他要抓你！

珍　母　娃呀，他会杀你！

冯　峻　珍姑、伯母，不会的，他，跟卢思明不一样！

　　　　〔冯峻一一将母女扶起，送她们回到草棚。

庞　屹　冯兄好福气！

冯　峻　呵呵，这福气怕是要到头了吧？

庞　屹　冯兄，您多年隐居山林悠然自得，还有这样好的姑娘与你相伴，却为何干出那——

冯　峻　——有辱圣贤！大逆不道！

冯　峻　(坐起)我不干这事，怎么会把你这新任的钦差大人引来？

庞　屹　那你也不该去涂毁鸟迹。

冯　峻　我不毁鸟迹，怎会惊动朝廷？不涂毁鸟迹，你又怎会来在这里？

庞　屹　卢思明与你也是同乡故交，有事你可以找卢兄禀明啊？

冯　峻　哈哈哈，卢思明？卢兄？哈哈哈……

庞　屹　你，笑个啥？

冯　峻　哼……你可笑！

庞　屹　如此涂毁鸟迹，真是你所为？

冯　峻　是我所为！

庞　屹　你怎么就下得去手——

冯　峻　我下得去。

庞　屹　你怎么就狠得下心——

冯　峻　我狠得下。

庞　屹　这就是你的铁肩担道义——

冯　峻　……

庞　屹　怎么,你在哭? 你伤心什么? 你委屈什么? 你! 你! 我都是
　　　　读书之人,俱都知道那鸟迹的价值和意义! 可如今,你居然
　　　　用你舞文弄墨的双手,毁了圣人造字之踪迹! 你还是当年那
　　　　个书生吗? 你还配叫洛源书生? 你涂毁鸟迹! 玷辱仓圣!
　　　　还有何颜面面对天下读书之人,你将成为千古罪人,认人唾
　　　　骂,遭人评说,还说什么铁肩? 说什么道义? 你就是一个不
　　　　明是非、不尊圣贤、不教不类、不入末流的无耻狂徒! (一把将
　　　　冯峻打翻在地!)

冯　峻　(疯狂一般)庞兄——
　　　　(唱)求求你,别再责问别再喊,
　　　　　　　我的心啊! 早已是疼痛难忍如刀剜!
　　　　　　　我知道,毁鸟迹理该遭天谴,
　　　　　　　你怎知我有无奈、有心酸、孤注一掷有两难!
　　　　　　　我冯峻祖居在洛源水畔,
　　　　　　　读诗书习礼仪拜敬圣贤。
　　　　　　　迎朝日暮悬梁读书万卷,
　　　　　　　志大才疏亦狂狷。
　　　　　　　天赐我与鸟迹邂逅相见,
　　　　　　　译天书心怀敬畏谢苍天。
　　　　　　　原以为天赐祥瑞洛源县,
　　　　　　　谁知道招来的却是那——
　　　　　　　文人墨客,附庸风雅,
　　　　　　　达官贵胄,亵渎把玩;
　　　　　　　良田遭毁,农家被占,
　　　　　　　无度劳役,无尽苛捐;
　　　　　　　把一方净土只闹得神鬼不安!
　　　　　　　僻壤遭受飞来祸,
　　　　　　　鸟迹原是祸根源。
　　　　　　　始作俑者是冯峻,
　　　　　　　我自责,我自谴,我后悔,
　　　　　　　我心日夜不得安!

我曾连写七次状，

七次击鼓县衙前，

官府竟把言路断，

诬我是妖言惑众要收监。

逃进深山躲祸乱，

破釜沉舟走极端。

毁鸟迹，

我用生死告御状，

抛下头颅断恶源。

书生赌命告天下，

警示官家需慎断、

天下安危、百姓祸福、

全在你这钦差大人一念间！

［跪呈状纸

［珍姑母女站在一侧，紧张观望。

庞　屹　(翻看御状)啊？这、这、这……状纸所言，句句是真？

珍　姑　(冲上跪地)有一句瞎话，珍姑愿陪冯峻哥哥一起去死。

庞　屹　这、这、这……御状所告，件件不假？

珍　母　(冲上跪地)有半句瞎话，老婆子愿意陪俺女儿、女婿一起去死。

　　　　(母女双跪搓)

［庞屹搀起母女。

珍　母　钦差大人你来看啊！

　　　　(唱)看山下祭坛宫殿连成片

　　　　　　占的都是农家田。

珍　姑　(唱)村庄院落全拆毁，

　　　　　　拆毁不赔半文钱。

　　　　　　谁敢不服谁抱怨，

　　　　　　绳捆索绑押牢监。

珍　母　(唱)多少家庭遭离散，

　　　　　　多少村民失田园。

　　　　　　多少儿女在哭喊，

多少父母活命难。

珍　姑　　(唱)我爹爹……

珍　母　　(急忙捂住女儿嘴)不!

珍　姑　　(询问冯峻)……

冯　峻　　(叹口气)珍姑……讲吧。

珍　姑　　(接唱)我爹爹,他……衙前告状被打死!

庞　屹　　(大惊)什么?

珍　母　　(唱)母女避祸躲进山。

珍　姑　　(唱)珍姑我,我……有孝在身不敢露,

　　　　　［珍母帮女儿脱下罩衣,露出素缟。

珍　母　　(唱)官家说,一人犯罪,全家老小要株连。

庞　屹　　触目惊心啊!卢思名!想不到你、你你……做事如此张狂!

　　　　　(唱)拿真凶惊闻这毁迹真相,

　　　　　　　　怎不叫庞屹我怒发冲冠愤满腔。

　　　　　　　　可笑我还曾责怪他鲁莽,

　　　　　　　　实难得书生做事有担当。

　　　　　　　　不忍心混淆是非将好人绑?

　　　　　　　　实不愿隐瞒真相泯灭善良?

冯　峻　　(异常冷静地)钦差大人如有良知,烦请您将御状转呈朝廷。——我心愿已了,你官差完成。(伸手)抓我回朝交命吧。

姑、母　　(惊诧)钦差大人!

冯　峻　　庞大人,请——

姑、母　　(祈求)大人,不要啊——

庞　屹　　这、这、这……(左右为难,情急之下,坐下大口吃饭)

　　　　　［校尉乙上。

校　尉　　禀钦差大人,卢大人已命祭坛重新开工。

　　　　　［众人惊呆。

　　　　　［造型、暗转。

　　　　　［行署衙门。日。

李大人　　(内唱)行色匆匆洛源往——(率众上)

王大人	（接唱）同为爱徒来奔忙。
李大人	（唱）万岁金殿传御旨,
王大人	（唱）缉拿狂生。
李大人	（唱）恢复鸟迹。
王、李	（唱）莫误了开坛大典、拜祭仓圣、中秋月明好瑞祥。
王大人	（唱）门生办事不得当,
李大人	（唱）师傅难躲祸一场。
王大人	李大人,你来看你来看,这祭坛眼看就要完工,咱们思明啊,还是不错的……。
老衙役	欢迎欢迎,热烈欢迎!
老　小	洛源县老（小）衙役迎接大人!
	［老小衙役躬身半晌,见无人回应,抬头一看,王、李已落座大厅。
老衙役	请问大人,您二位是……
王大人	少啰嗦,先上茶。
李大人	对对对,上茶上茶。
老衙役	是是是……不过,上茶之前,我还是得问问您二老打哪儿来,官儿品?
王大人	嗯?
老衙役	呵呵,不瞒您说,我们卢思名卢大人规定有待客标准,官职不一样,招待标准就不一样。来得客人太多,都吃好的喝好的,受不起啊。
李大人	咱们思明看客下面! 好得很那!
王大人	那……你看看我俩是甚级别,该享受哪个标准呢?
老衙役	呵呵,不瞒大人,小的就一洛源县衙役,没出过远门儿,没见过世面,我还真看不出您二位……
李大人	哦,县衙差役,怎么在钦差行署?
老衙役	呵呵,其实,主要还是钦差行署事情太多,所以,县衙、行署两套班子,一起办公。需要去哪儿,就得去哪儿。年轻小伙儿,负责请人——
王大人	请人?

小衙役	嗨，就是捆人！
李大人	什么？
老衙役	(拉住小衙役)大人，大人！其实，就是建祭坛，修宫殿，老百姓不来，咱就绳捆索绑地请。
李大人	这明明就是抓——
老衙役	卢大人说了，鸟迹故乡，文明之源，说话文明：抓人，说请！
王大人	那……你等还做甚事？
老衙役	心狠手辣的，负责伺候人——
李大人	伺候人？(小衙役做出打人的架势)
王大人	你，这是……
小衙役	大人，你看，咱们这里又要搞接待，又要搞庆典，这不都得需要钱么。
老衙役	于是，卢大人就加了点赋增点税，老百姓谁敢不掏，就把他请进监狱，伺候个皮开肉绽……
李大人	这、这、这……明明就是打人！
小衙役	卢大人说了，鸟迹故里，文明之根，文明第一，打人就是伺候人。
李大人	想不到思名他、他、他……
王大人	你可曾知道那毁坏鸟迹的狂生冯峻可曾归案。
老衙役	归案？不可能？
王大人	如此说来，是那新任钦差办案不力喽！
老衙役	当然，自从这冯峻毁了鸟迹，咱老百姓都夸他是……洛源的狂生。
李大人	不要说了，老奴才，你……还不快上茶？
老衙役	是是是……(去而又返)我还是得问问二位大人的官职，我好根据级别上茶。
王大人	(气急败坏地)我是卢思名他师父，
李大人	我是庞屹他师父，
王 李	你说该上几等茶？
老衙役	哦，哦……(出门)嘿嘿，我又垫他一砖。管你是谁，只要是官儿，我逮机会就把卢思名这恶事儿往外宣扬。咳，小衙役，老

家伙,也只能给老百姓帮帮这点儿小忙啦。

卢思名　(上唱)大功将成喜在心,

　　　　　　　风尘仆仆回衙门,

　　　　　　　早算定恩师今日到,

　　　　　　　我故意珊珊迟来临。

　　　　　　　一早去工地跑一趟,

　　　　　　　弄一个水一身来泥一身。

　　　　　　　让恩师看我多勤奋,

　　　　　　　看看我做官多用心。(进门)

　　　　　(白)哎呀呀,恩师、李大人光临洛源,思名迎接来迟,有罪有罪!

　　　　　〔卢思明虔诚的匍匐在地。

李大人　哎哟,思名贤契,免礼免礼,快快起来。哟,你怎么弄得这一
　　　　身泥水?

卢思名　哦,我刚刚从祭坛工地返回。

王、李　哦?!

卢思名　眼看中秋临近,思名皇命在身,不敢有丝毫懈怠。

王大人　祭坛可曾建好?

卢思明　不日即可启用

李大人　鸟迹可曾恢复?

卢思明　——依然恢复,完好如初!

王大人　好一个勤政的钦差——

卢思名　哦,全靠恩师教诲。

王大人　好一个为民的官员——

卢思名　哦,思名乃效仿恩师。

庞　屹　(内唱)喜忧参半下了山——

　　　　　(上唱)几度匆匆几蹒跚。

　　　　　　　　气冲冲来把思名见,

　　　　　　　　两钦差当面要细谈。——(进门)

王李卢　庞屹?!

庞　屹　恩师,王大人,你们也在?

李大人　这不都是因为你,揽了这么一个吓人的差事,我和王大人放

心不下,只好请旨,前来帮你。庞屹,那狂生冯峻可曾拿获?

卢思名　是啊?!

庞　屹　人……是找到了。可是我……未曾拿他!

众　　　啊?却是为何?

庞　屹　卢兄,你初到洛源之时,可曾见到冯峻!

卢思明　不瞒庞兄,自回到咱好山好水的家乡,第一个找的就是咱的故人,开始我与他对饮畅谈鸟迹之事,可谈着谈着他就……

庞　屹　他就变了个人?敢问卢兄,是谈着谈着他就变了个人,还是你逼着他就变了个人?

卢思明　这——这从何说起啊?

庞　屹　卢兄请看!

　　　　〔递过冯峻御状。卢思明阅状大惊!

李、王　(接状阅亦大惊)啊!这这这——

李大人　思名大胆!想这洛源,原本就不富裕,你竟敢擅自增税加赋,加重徭役!

王大人　你强征暴敛,拆房毁田,搞得鸡犬不宁、民不聊生,国法岂能容你啊!

庞　屹　冯峻数次找你,劝你体察民情,量力而行,你却将他拒之门外,还堵塞言路,一意孤行。洛源上下,民怨沸腾,洛源百姓苦不堪言,这才惹那冯峻铤而走险,涂毁鸟迹,为的是惊动朝廷,再派钦差,查明实情!还民一清静太平!

李大人　哦,那冯峻涂毁鸟迹,原是为了告状!

王大人　为了平民百姓,他竟能够舍命而为?

李大人　嗯,倒是一个有担当、有血性的男儿!难得,难得!

庞　屹　追根溯源,此事皆因思名兄做事过激而起,倘若将此御状告上朝廷,皇上必然要撤思名职,问思名罪,你你你大罪不轻!

卢思名　(害怕了)这……恩师,恩师啊!学生所作所为,全是遵照恩师教诲行事啊!

王大人　你胡讲!我何时教你做事如此过分呢?你你——把抓人说成请人,这是为师哪天教的?

卢思名　这……

王大人　把打人说成伺候人,这是你哪个恩师教的?

卢思名　这……抓人打人虽恩师未曾执教,不过恩师多次言道:为官做事,皇帝为重,宁负尽天下,不可负他一人!

王大人　这……(尴尬,看李大人)

李大人　哦,哦……庞屹,他们师徒私事,咱们充耳不闻!

卢思名　恩师还曾教导:为人处世,目的为重,为了达到目的,可以不择手段!

王大人　这……(尴尬,又看李)

李大人　哦,哦……庞屹,他们师徒私事,咱们视而不见哦!

王大人　你做得有点太过分啦!

卢思名　恩师,李老大人,庞兄啊!

　　　　(唱)二前辈暂息怒且听我讲,

　　　　　　一杯茶庞兄用趁热不凉。

　　　　　　离京时大家都讲"高、大、上",

　　　　　　到洛源才知道事情荒唐。

　　　　　　筑坛要占地,扩路要拆房;

　　　　　　施工需要人,吃喝需要粮;

　　　　　　工期抓得紧,工程要堂皇;

　　　　　　动一动都要钱,我找谁去商量?

　　　　　　我只敢欺百姓,不敢负吾皇。

　　　　　　穷极了,只好把穷法儿想,

　　　　　　谁愿意当恶人不当善良?!

众　　　……

卢思名　祭奠鸟迹,乃皇家大事,倘有延误,有负朝廷。谁敢担当这欺君罔上之罪? 恩师,能否按期完工,也与你我师徒关系很重。我成,你脸上有光,我败,你授徒无能。为了你的脸面,我的官运,思名也只好铤而走险,穷凶极恶了!

王大人　这……(尴尬,又看李)

李大人　王大人,你授徒有方啊!

王大人　(背唱)黄口小儿好阴险,

　　　　　　当众掀翻我的船。

庞　　屹　（背唱）思明性情真多变，

　　　　　　　　　　洛源书生也耍奸。

李大人　（背唱）一旁稳坐把戏看，

　　　　　　　　　　几分窃喜在心间。

卢思名　（背唱）我就是，用你的巴掌扇你的脸，

　　　　　　　　　　也免得你假装正派给我找麻烦。

王大人　（背唱）卢思名用意显而易见，

　　　　　　　　　　要强逼老夫上他的船。

　　　　　　　　他耍我跟他同声把歪经念，

　　　　　　　　　　这、这、这……做个好人咋这么难。（压板类音乐）

　　　　　　　　思明啊，你——青出于蓝胜于蓝啊，好好好！

卢思明　（暗指庞屹）恩，冯峻告状之事，还请恩师——

王大人　（无可奈何的）为师明白，明白！

卢思明　恩师，李老大人，庞兄，祭坛已近尾声，思明不敢懈怠，失陪
　　　　了！失陪了！（欲下）

庞　　屹　且慢，思明兄，这冯峻告状之事——

王大人　（拦住庞屹）贤契贤契，思明他要务在身，让他忙去！有我在此，
　　　　他还能跑了不成！思明之罪，等中秋拜祭大典过后再问不
　　　　迟！哎，误了工期，你我可都吃罪不起哦！（接过庞屹手中状纸）

庞　　屹　——（音乐止）

卢思明　告辞！（坦然的下）

李大人　庞屹，你方才言道，曾见到那狂生冯峻，却又为何不将他缉拿
　　　　归案呢？

庞　　屹　恩师，学生——

王大人　那冯峻毁坏鸟迹，罪不可恕！只是，一介书生，能舍弃身家性
　　　　命为民请命，实在是可敬可钦啊！难能可贵！

庞　　屹　是啊是啊！王大人，你也这么以为？

王大人　咳，老夫虽然糊涂，谁好谁坏，还能分清。庞屹，你为人善良，
　　　　要如何处置那狂生冯峻啊？

庞　　屹　实不相瞒，庞屹实有一虑！就是虑那冯峻，他虽然出于正义，
　　　　但毁迹毕竟有罪。可我实不忍心看着一个有正义、有担当的

好人被活活处死。

王大人　是啊是啊,孩子,不过——再善良,也得有是非啊。

众　　　这……

王大人　隐瞒真情不报,你就是欺君罔上;袒护有罪同僚,你就是助纣为虐。今日你为了兄弟情义,不敢伸张正义,那岂不就是为虎作伥——那你想怎样?

庞　屹　我想放他逃生,让他和珍姑母女远走高飞。

王大人　好!孩子,你做人可真善良啊!

李大人　庞屹呀,你难道就忘了,皇上亲口言道,拿不到罪犯,就拿你是问。今天放了钦犯,明天你得发配!

王大人　发配啥呀!有咱俩在,还能让娃发配?听庞屹说——庞屹,你说!

庞　屹　我以为,一来咱有这御状呈上,其中所写事实,或许能让皇上明白,冯峻毁灭鸟迹,实乃事出有因。万一皇上真的不赦死罪,我也甘愿发配边疆。

李大人　不——

王大人　嗯!君子铁肩担道义。

庞　屹　君子铁肩担道义!

王大人　庞屹,我喜欢你这样的好后生。

李大人　庞屹不可莽撞,错走一步,你可是要掉脑袋?你要三思啊!

　　　　〔造型、暗转

王大人　思名何在?

卢思明　(急上)恩师,今日学生唐突,让恩师受委屈了!

王大人　咳,谁让我是你的老师呢,师徒如父子啊,给(抵状纸),回头找火,把这玩意儿给烧了。

卢思明　(见状大喜)多谢恩师,

王大人　算啦算啦!别在这儿傻愣着了,快去啊。

卢思名　去……干啥?

王大人　带上人马,悄悄跟上庞屹,看他——(耳语)

卢思名　师父高明!(跑下)(音乐止)

王大人　说心里话,我也想做好人,可……怎么就……总是让我碰到这做坏人的事儿呢。

［造型、暗转。

［冯峻等人居处。晨。

珍　母　（唱）钦差匆匆下山去，

　　　　　　坐卧不安等消息。

　　　　　　左眼右眼一起跳，

　　　　　　不知是凶还是吉。

珍　姑　（喊上）娘——

　　　　（唱）我在山前正瞭望，

　　　　　　忽听马蹄声声疾。

　　　　　　莫非是官差来抓人，

珍　母　（唱）那钦差果然不是好东西。

　　　　　　喊出冯峻快躲避——

珍　姑　（喊）冯峻哥哥，快走快走！

珍　母　（着急）哎哟，你倒是去拉他出来呀！

　　　　［母女疾速入内，拉冯峻复出。

庞　屹　（骑马上，见状笑）呵呵……

　　　　（唱）看你们就好像如临大敌！

珍　母　咋，就你一个人？

珍　姑　（跑到山口张望）还真没第二个。

庞　屹　冯兄，上次分手之时，我说过，等我再来，不是抓你就是
　　　　放你——

珍　姑　那你此行，是抓是放呢？

珍　母　是啊是啊，要抓要放，你就快说吧。

冯　峻　单人独骑，未带一兵一卒，庞兄，谢谢你一片好心。你放我，
　　　　我也走不出这洛源。

姑、母　庞大人，你真要放我们走？

冯　峻　洛源县大小路口，卢思名都已派人把守，我想走怕也出不去啊。

庞　屹　哈哈……你太小看我庞屹了。大小我也是个钦差，这点权利
　　　　还是有的。给——

冯　峻　放行官文？

庞　屹　我特批的。——拿上这个，带上珍姑母女，远走高飞去吧。

　　　　　〔珍姑母女夺过官文，欣喜万分。

珍　母　（唱）谢钦差谢官文谢天谢地，

珍　姑　（唱）保佑俺冯峻哥逃出藩篱。

珍　母　（唱）咱三人一走就是几千里，

母女合　（唱）再不用担惊受怕度朝夕。

冯　峻　（冷静地）珍姑，把官文还给钦差——

三　人　（同）什么？

庞　屹　冯兄，你！

冯　峻　庞兄，你领钦命之时，皇上有言在先，不辱使命领赏，不能破案有罪。我若一走，庞兄就得发配。珍姑、伯母，我怎能只顾自己偷生，让他人受过！

珍姑、珍母　这……

庞　屹　（唱）我敬佩冯峻兄肝胆正义，

　　　　　　　你引颈求一死实在可惜；

　　　　　　　我敬佩冯峻兄无所畏惧，

　　　　　　　处山野违逆行心忧民凄；

　　　　　　　我敬佩冯峻兄甘当先驱，

　　　　　　　却定然你性命归属众黎。

　　　　　　　庞屹我早已把你当成知己，

　　　　　　　为知己冒风险死活都值。

　　　　　　　何况你、你身边还有她母女，

　　　　　　　恁恩爱情侣、未成夫妻、你怎忍心，

　　　　　　　一家三口阴阳分离。

珍　母　娃啊！

　　　　　（唱）该退就退不输理，

　　　　　　　拱卒上车看大局。

　　　　　　　别辜负钦差好心意，

　　　　　　　别错过眼前这步棋。

珍　姑　冯峻哥哥呀！

(唱)我说过大小事全都依着你，
　　你也说生生死死咱永不分离。
　　原以为这就是情话一句，
　　没想到生离死别成真的。
　　我、我、我……真的不想让你死！哥哥呀！
　　咱还没有入洞房
　　咱还没有拜天地；
　　咱还没有过日子，
　　咱还没有成夫妻，
　　我多想给你生个小宝贝，
　　头像你脸儿像你、脑子聪明更像你；
　　您爷儿俩读书我种地，
　　把你们养的壮壮的！
　　哥哥呀——
　　该躲咱就躲一躲，
　　能屈咱就屈一屈。
　　谁家没有灾和难，
　　该低头时咱就低。
　　不为天来不为地，
　　全为你这傻妹子、
　　为这一份傻情谊。
　　哥哥呀！
　　你怎忍心让我这、
　　一份情意、万千期待、
　　千万美梦都成虚?!

冯　峻　珍姑——伯母啊！庞兄！（长叹一声，两泪潸然）
　　　　（唱）妹子她诉真情声声哭泣，
　　　　　　　走不忍留不成深锁愁眉，
　　　　　　　实感念庞兄你大仁大义，

庞　屹　珍姑，伯母！
　　　　（唱）进窝棚备行囊要抓紧时机！

〔珍姑母女应声速下。

庞　屹　（唱）山一重水一重千里万里，

冯　峻　（唱）情无价义无价无限感激。

庞　屹　（唱）此一别人在天涯有知己，

冯　峻　（唱）今日里不屈男儿要屈双膝！

〔珍姑母女上，与冯峻一起跪拜。

〔庞屹急忙拦住，双方依依惜别。（分下）

卢思名　（带人上）快，跟上他们，抓回那个冯峻！——（特又叮嘱）不要惊动庞大人！（追下）

〔造型、暗转。

3

〔监狱。夜。

〔冯峻佩戴刑具，闷坐其中。

冯　峻　（唱）仰望明月挂夜空，

　　　　　　静听蟋蟀小虫鸣。

　　　　　　昨日方作自由鸟，

　　　　　　今做楚囚入牢笼。

　　　　　　瞬息骤变恍若梦，

　　　　　　千丝万缕已将清。

　　　　　　冯峻从不惧生死，

　　　　　　惟担心，珍姑母女可安宁。

庞　屹　（念）庞屹又入人圈套——

〔老衙役领庞屹上。

庞　屹　（念）愧疚满腹探监牢。

〔老衙役开牢门。庞屹进。

庞　屹　——冯兄！

・092・

冯　峻　哦,庞兄!

庞　屹　此事我⋯⋯

冯　峻　不需解释。我天真,你更天真。

庞　屹　卢思名和他的恩师,已将拿获你的消息,飞报朝廷,如今我——

冯　峻　今晚,你我共饮一杯,畅怀叙旧!?

庞　屹　有诗有酒才是——

冯　峻　洛源书生。庞兄,斟酒!

庞　屹　(唱)双手敬上酒一杯,

　　　　　　一言未出泪双飞。

　　　　　　千言万语全是愧,

　　　　　　先喝为敬⋯⋯不需陪!　——(含泪连饮数杯)

冯　峻　(拦住,唱)自家的酒,自家的菜,

　　　　　　单斟独饮太不该。

　　　　　　共同举杯才畅快,

　　　　　　还要划拳把枚猜。

庞　屹　(白)你呀你,死到临头还——

冯　峻　(白)我有罪本就该死——死不足惜!

　　　　(唱)自幼读书明礼仪,

　　　　　　岂不知鸟迹无价是唯一。

　　　　　　不该仗义恃傲气,

　　　　　　一时怒起毁鸟迹。

庞　屹　(唱)毁鸟迹,不怨你,

　　　　　　石人都会心愤激。

　　　　　　你若一死撒手去,

　　　　　　从此无人识鸟迹,

　　　　　　便留下先人泣、今人耻、后人发指、骂名万世,看你魂灵怎安息!

冯　峻　哈哈哈⋯⋯

　　　　(唱)原以为生死很容易,

　　　　　　不料想竟有这多牵绊和藩篱。

我心中竟有几分想活下去——

卢思名 (上唱)掂壶酒添个菜来凑个酒局。

庞 屹 卢思名,你狗贼子——(扑上前去,欲厮打)

卢思名 庞兄,且慢,别忘了:君子动口不动手。

庞 屹 你也算君子?

卢思名 我是说你! ——你是君子,不能动手。我不是,我能。但我不动。

庞 屹 (恨得咬牙,情急之下,一口吐到对方脸上)呸!

卢思名 哎——(擦了擦,用手指着二位)咱们什么关系啊,我不计较!

冯 峻 哈哈哈哈……

卢思名 笑吧笑吧,我知道,你心里在骂我——无耻!

　　(唱)想要无耻也不容易,

　　　　要有心计,有智力,

　　　　更要有张厚脸皮。

　　　　要经得住人鄙视,

　　　　要受得了人鄙夷;

　　　　要承受得人责怪,

　　　　要听得了人唾弃;

　　　　真真的,当小人其实也是很苦的。

　　　　更何况,无耻人偶尔也干点有耻的事——

　　(白)你们想听么?是关于珍姑他们娘儿俩的——

庞、冯 (闻之一动)……

卢思名 真想听就请我入席,不回应权当是默许——哦,我来晚了。自罚三杯。

　　〔卢自顾坐下,慢斟细饮;庞、冯静等下音,急不可耐。

冯 峻 (忍无可忍,扑了过去)珍姑母女她们怎样了? 你快说!

卢思名 (提醒)君子,君子,君子——(等冯峻松手,又喝一杯,慢悠悠地)你放心,她娘儿俩好着呢。官府花园,清幽小院儿,一天三顿,好吃好喝,四个丫鬟,轮换伺候。只等你这件事情一了,八月十五祭拜大典一过,我立马给她们自由……

庞 屹 (欲提醒)你——

卢思名　你放心,珍姑、伯母少一根头发你骂我八辈儿祖宗!

冯　峻　(也欲提醒)你——

卢思名　你放心,我不会亏待她们。我会给他们一笔款子,再给她们
　　　　盖座院子,他们还想要什么,我都可以给,唯独你——我不能
　　　　给。因为你,关系太重,关系着我的功我的过,我的死活,我
　　　　的升落……

冯　峻　你……

卢思名　冯兄,不是我说你,你他妈的闲着没事儿,捣鼓什么破鸟迹。
　　　　寻鸟迹,译鸟迹,毁鸟迹,毁来毁去,把自己的命也给毁了,你
　　　　亏不亏啊?!……

庞　屹　卢思明,亏得咱们同出洛源……

卢思明　打住,马上就说到你。你,你一念之差就放走了这销毁万世
　　　　文脉的罪人,还给了他放行的文书!(出示)哎,让我说你什么
　　　　好啊你!庞屹兄这回是死罪可免活罪难逃哦!听说你在皇
　　　　上面前立下誓言,"若有半点私心甘将此身做天祭!"

冯　峻　什么?庞兄……你!卢思明,(抢文书)你这个——

卢思名　我真无耻!——对吧?其实,谁出娘胎就无耻啊,我也想做
　　　　好人,想办好事儿,可谁知道,有时候办好事儿你不使点儿
　　　　坏,你还真办不成!就这么一件两件,办着办着,不知不觉,
　　　　人也就越来越坏,越来越无耻啦!——庞屹兄,我知道你看
　　　　不起我。你信么,这辈子,我肯定比你过得好。呵呵,无耻需
　　　　要付出代价,无耻也会收获好处。就像这一回,你们两个正
　　　　人君子,就给我当了垫背的。

庞　屹　你是想赶尽杀绝啊!

卢思明　庞兄,我是不得已啊。如今好了,我,抓获钦犯有功;你,私放
　　　　冯峻有过。八月十五,皇帝光临,我风风光光受赏,你灰灰溜
　　　　溜领罪。冯峻毁了鸟迹,我找人"恢复",虽说是(环顾四周,轻
　　　　声地)假的!可这世上除了你……将死的冯峻谁又能辨识真
　　　　迹?你一死,真真假假谁能看得出来?是英明的君王能识
　　　　破?还是满朝文武能看懂?别以为你们君子多清高,多聪
　　　　明,记住了,我们小人的成就,有时候恰恰都是你们这些正人

君子送来的！哈哈哈！

庞、冯　这……

卢思名　今儿来这儿，我就是想说，你们所谓的正义、善良，有时候就是自私，就是添乱，就是自命清高，就是不顾大局！

庞、冯　啊?!

卢思名　记住喽，在这世界上，什么邪恶，什么正义，它简直就是一文不值！

庞、冯　你——

卢思明　顺便告诉二位一声，祭拜大典已全部准备就绪，只等万岁驾临——哈哈哈！到时候，会很热闹，那真是"高大上"！只可惜，你们就——啊！哈哈哈——（下）

　　〔庞、冯愣怔许久。

庞　屹　（唱）一番话，说得我冷汗直淌，

冯　峻　（唱）一番话，说得我如临冰霜。

庞　屹　（唱）一念差成隐患实不敢想，

冯　峻　（唱）一人过却带来万人遭殃。

庞　屹　（唱）他、他、他，他竟然得意扬扬，

冯　峻　（唱）他、他、他，真可谓厚颜难挡。

庞　屹　（唱）不、不、不，不甘心无耻当道，

冯　峻　（唱）我、我、我，怎忍看小人猖狂。

庞　屹　（背白）存私心不想毁了冯兄，唯有一死换他生！

冯　峻　（背白）毁鸟迹不想毁了庞兄，唯有一死换他生！

庞　屹
　　　　（同转）冯兄！庞兄！
冯　峻

庞　屹　我真悔啊！我真不该一念之差，顾及卢思明这个无耻小人的性命，未向皇上奏明冯兄的御状，未向皇上禀告他劳民伤财为非作歹的罪恶！才至今日小人得志、穷凶极恶、欺蒙天下！

冯　峻　庞兄……那被我涂毁的真鸟迹，可以恢复！

庞　屹　什么?

冯　峻　（掏纸）庞兄，你来看！

庞　屹　（接过，念）"恢复鸟迹遗踪秘方"（谁写的，哪儿来的？又是一段故

事,或许可以一句话解决?)?（再念）"阳桃叶榨汁,荆条叶熬水,
还有——"

冯　峻　人血半碗!

庞　屹　啊? 冯兄,这么说来,那被你涂毁的鸟迹可以复原?

　　　　〔冯峻点头

庞　兄　好! 鸟迹既可复原,人心便可以辩白,是非曲直便可各归其
　　　　位。（诀别）

冯　峻　正是! 拜托庞兄,来日祭坛之上,万岁面前你定要将来龙去
　　　　脉全全讲明! 定要将那卢思明缉拿归案! 冯峻以死……

庞　兄　不! 冯兄,天下唯有你冯兄一人是真真切切识得鸟迹真迹之
　　　　人,卢思明所言极是,你若一死,岂非假再无可辨之人! 冯
　　　　兄,你是鸟迹的知己亦是我庞屹的今生知己。如今,庞屹我
　　　　一是要为我的一念之差承担罪责,二是要为天下能存正义略
　　　　表真心,三是要为我的今世知己献上这一腔热血——冯兄,
　　　　（唱）造假猖猖火焰厉,

　　　　　　满腹郁郁难平息。

　　　　　　正义浩浩唯一计,

　　　　　　恢复鸟迹托知己。

　　　　　　君子铁肩担道义,

　　　　　　正邪从来不两立。

　　　　　　拿碗接血——（飞身撞向石柱）

冯　峻　不! ——（抱住庞屹）

庞　屹　冯兄,毁了那假鸟迹! 让天下人知道假的就是假的,真的就
　　　　是真的!（气绝）

冯　峻　庞兄! 不该是你呀!

　　　　（跪地接唱）一霎时天塌陷人神痛泣,

　　　　　　头骨断鲜血溅钦差悲离。

　　　　　　掌金牌也难了书生心意,

　　　　　　守正义护真理性命抛弃。

　　　　　　知圣贤效义士品格坚毅,

　　　　　　十几载寒窗前秉烛夜习。

研史书阅天下拱手勉力,
曾言道人之初性情相惜。
求学路本同行共息一气,
实难料入世后各自东西。
向东者为百姓不计名利,
向西者满肺腑显耀自己。
为民者视担当平生之志,
为己者贪私欲仗势行欺。
仰天问读书人何为根基?
根植地基于民肩扛道义!
低沉思担而当谁人承继?
一代代后来者定得延续!
悲切切庞屹兄抱憾已去,
却笑谈书生之辈如洛水滔滔不息!
庞兄你一腔热血求真理,
冯峻我悔愧交加血泪滴。
是非不能相混淆,
真假不分把天欺。

(加白)庞兄,我要将那假鸟迹全都捣毁,让天下明辨是非! 庞兄,你在天之灵助我一臂之力吧!

(二人合唱)一腔血,一身躯,(与庞屹灵魂一起边舞边唱)

揭真相,揭真谛,
告苍生,禀皇帝,
心要正,莫无忌,
自古人间有正义,
这世上正邪从来不两立! ——

[造型、光暗。

[中秋、日。
[鸟迹祭坛。彩旗飘飘,堂皇喜庆。

皇　上　(内唱)浩荡荡移驾洛水畔——

〔仪仗引皇帝上。众文武随上。

皇　　上　（接唱）拜鸟迹率众到商山。

　　　　　　　亮煌煌殿阁赫然见，

　　　　　　　隐约约遗踪在山巅。

　　　　　　　触景生情幽思远，

　　　　　　　百感交集胸臆间。

　　　　　　　思名爱卿上前站，

　　　　　　　设祭前先给你封官。

　　　　　〔音乐中，内侍给卢思名披红挂绿。

皇　　上　（唱）还有你，教徒有方的白头翁，

　　　　　　　更得要绶带披肩！

　　　　　〔音乐中，内侍给王大人披红挂绿。

皇　　上　（唱）老爱卿李大人别再躲闪，

李大人　万岁！

皇　　上　（唱）看看他想想你自分忠奸。

李大人　万岁，老臣我——

皇　　上　还不下站！想那庞屹，孤王是何等信任与他。年纪轻轻便委以重任，原以为他定会为朝廷尽忠，不料他竟然同情恶人，企图放走钦犯——李大人，你教徒无方，误人子弟啊！

王大人　启奏万岁。吉时已到。

皇　　上　好，众位卿家，随孤一同瞻仰鸟迹、拜祭仓圣！

　　　　　〔群臣随皇帝整冠弹尘，

卢思明　（赞礼）就位——

　　　　　〔纷纷归位！

卢思明　拜——

　　　　　〔众拜！

卢思明　圣迹揭幕——

　　　　　〔背景揭开、一片狼藉！瞬间，场上一片寂静。

　　　　　〔冯峻爽朗笑声隔空传来

　　　　　〔众大惊

卢思明　（气急败坏）何人大胆毁我鸟迹？

冯　峻　（内白）洛源书生庞屹、冯峻！

卢思明　万岁——

皇　上　狂徒！狂徒！押上来呀——

冯　峻　（内唱）身披囚服去觐见——

　　　　［冯峻抱一坛子，老小二衙役引他上场。

　　　　（白）庞屹啊，好兄长！

冯　峻　（接唱）怀抱水瓮泪涟涟。——

　　　　　　　　即刻帮你了心愿，

　　　　　　　　真迹再现把假象揭穿。

　　　　（跪）罪民冯峻携钦差庞屹参见万岁。

皇　上　什么什么？庞屹现在何处？

冯　峻　（示水瓮）就在这里——

卢王李　冯峻，你……这是何意？

冯　峻　庞屹昨晚撞柱而死，

　　众　什么？！

皇　上　这……想来是他已知违旨抗命，放走你这个罪大恶极的要
　　　　犯，故而自我了断。

冯　峻　非也！万岁！

　　众　啊？！

冯　峻　庞屹是替我而死，他是要用自己的一腔热血，清洗那被涂毁
　　　　的真鸟迹。

皇　上　什么？

卢思名　这……鸟迹明明早已恢复，何来真假？何须用它清洗？
　　　　万岁！

王大人　是啊是啊，万岁明鉴。分明是他再次涂毁鸟迹，扰乱盛典！

冯　峻　（大笑）呵呵，王大人，那鸟迹当真已经清洗？

王大人　这……

冯　峻　卢思名，那鸟迹当真已经恢复？

皇　上　王爱卿，你们师徒为何吞吞吐吐？

王、卢　这……

皇　上　这（鸟迹）是真是假——

众	这——（畏缩，躲避）
老衙役	嘻，还是我说吧。打眼一看，就是假的！啥皇帝，傻子。都快把你卖吃了，你还在这儿发迷呢。要想洗掉那些石灰水，让鸟迹彻底恢复原貌，那得有秘方——
众	啥？
老衙役	阳桃叶榨汁，荆条叶熬水，还有那——
冯　峻	人血半碗！
众	（惊诧）啥，啥，啥？
冯　峻	我冯峻，原本洛源一不羁书生，发现鸟迹破译鸟迹，原以为，弘扬鸟迹，能造福洛源百姓，却不料，事与愿违，竟给乡亲们招来卢思明这一不速之客……罪民恳请皇上，不要被虚假蒙蔽，以庞兄热血揭穿伪善！

〔冯峻抱着水瓮猛起身，所有人面面相觑后注视着冯峻并自觉为他让路直至鸟迹前。

冯　峻	庞兄，小弟与你一同了却心愿！庞兄！ （唱）庞屹兄今日你最是光耀， 　　　一腔血显出真迹壁上瞧。 　　　你曾言哪怕是狂风雨暴， 　　　绝不能容虚假存于当朝。 　　　朱红色晕染你满脸欢笑， 　　　显真迹再无有贼人可逃。 　　　正义者、理当道， 　　　造假者、罪难逃。 　　　真真假假，分明揭晓。 　　　是是非非，天日昭昭。

〔冯峻转身，将鲜血药水拿手沾着磨洗鸟迹真迹，最后将水瓮砸向假鸟迹。

众大臣	（齐奏）启禀皇上，真迹显现！

〔众人凑上前去，果然真迹逐渐显现！

冯　峻	万岁，草民冯峻现有万民血状一幅，状告那卢思明私增赋税，强征徭役，无度奢华，恣意铺张，弄虚作假欺瞒天下！

〔皇帝接状看，盛怒！

皇　上　卢思名，你……扒下他的披红！

卢思名　万岁！

〔老衙役与侍卫同扒去卢思名的披红。

小衙役　王大人，你就别动了，我来伺候你——（脱下王的披红）

卢思名　（突然高喊）万岁啊，我冤枉！

皇　上　（有点意外，示意给卢松绑）你你还有啥冤枉？

卢思名　小臣请问皇上：我来做钦差，可是你委派——

皇　上　是我。

卢思名　万岁可还记得，我临行之时，你默许我的标准可是"高、大、上"？

皇　上　这……。

卢思名　你可详细规定这"高"有多高端，"大"要多大气，"上"可上至怎样？

皇　上　那倒还真的无有。

卢思名　那不明摆着，我想咋弄就咋弄，我想弄啥就弄啥么？万岁，列位大人。

（唱）来洛源你可给纹银半两？

建圣坛你可曾拨付钱粮？

大家都想"高、大、上"，

咋就忘了哟，谁家也没有开钱庄。

既然是，对上不敢张口要，

对不起，对下只好当强梁。

卖地赚钱，我就多卖地，

需要拆房，我就多拆房。

若有错，错在忠心为皇上，

就为得：图你个满意，来一句夸奖；

换来个升迁，给一个封赏，

做官人，谁不是图一个光宗耀祖，脸上有光！

问诸位，您哪个心里不是这样想，

凭心论，不高尚，却也算不得不正当。

要问罪，先问这官场之罪，

都是这，官场、名利、升迁、下降，把我们逼良为娼！

皇　上　(唱)他一番陈词滥调好激荡，

把无耻竟说得冠冕堂皇。

为什么，一桩好事却变坏，

为什么，有罪无人来承当。

为什么，作恶也能说出理，

好与坏，善与恶，怎把握，怎样做，才算正常?!

　　　　　[众人将目光投冯峻。

冯　峻　万岁！众位大人！

(唱)拜上拜上再拜上，

洛源书生拜吾皇。

男女都是父母养，

都食五谷和杂粮。

邪恶随着善心长，

人有欲念很正常。

重在懂得收和放——

伴　唱　(唱)重在懂得收和放？

冯　峻　(唱)重在莫忘有天良——

伴　唱　(唱)重在莫忘有天良？

冯　峻　(唱)量尺让人知分寸，

心有敬畏自善良。

若问天良在何处——

伴　唱　(唱)若问天良在何处？

冯　峻　(唱)在田野，在村庄，

在民间，在庙堂，更在你心膛。

　　　　　[一轮明月升空，众人抬头仰望。

　　　　　[剧终。

戏曲

浪淘沙

魏　睿

　　上海戏剧学院戏剧影视编剧硕士研究生毕业，现为上海歌舞团编剧。代表作品有：淮剧《父归》《补天》；京剧《孙尚香》《青春祭》；话剧《自梳女》（合作）；舞剧《芦花女》；昆剧《浣纱记传奇》；音乐剧《皓月当空》《生命旋律》；戏曲《广陵绝唱》《程婴之死》《生命的种子》等。作品曾获上海小戏节优秀剧目奖、国家艺术基金 2015 年青年创作人才项目资助、文化部 2016 年度剧本扶持工程、上海文化发展基金会 2018 年度青年编剧项目资助、上海市戏剧家协会"难忘家国情——庆祝中华人民共和国成立 70 周年"小戏小品创作评选"专业组"二等奖等。剧本与论文曾发表于《写作》《戏剧丛刊》《中国京剧》《剧本》《当代戏剧》《上海戏剧》《艺海·剧本创作》《大众文艺》等期刊。剧本曾被收录于《上戏新剧本》《读步》《海风》等剧本集。

　　2014 年戏曲剧本《浪淘沙》原名《孙尚香》，获"戏文杯"全国首届校园戏剧剧本征稿比赛三等奖；2015 年戏曲剧本《浪淘沙》原名《孙尚香》获第三届老舍青年戏剧文学奖；2016 年戏曲剧本《浪淘沙》原名《孙尚香》收录书籍《都市红尘》（闵行文学丛书·戏剧卷），文汇出版社，2016 年 2 月版。

时　间：公元 209 年—公元 219 年（东汉建安十四年—建安二十四年）。

地　点：东吴、荆州。

人　物：孙尚香——19 岁，东吴郡主，孙权之妹。

　　　　刘　备——49 岁，汉室之后，志在兴汉。

　　　　孙　权——25 岁，讨虏将军，雄踞东吴。

　　　　吕　蒙——24 岁，东吴将领。

　　　　吴夫人——50 岁，孙尚香之母。

　　　　关　羽——46 岁，刘备义弟。

　　　　阿　斗——9 岁，刘备之子。

　　　　鲁　肃——东吴朝臣。

　　　　张　昭——东吴朝臣。

　　　　吕　范——东吴朝臣。

　　　　李　好——东吴军士。

　　　　李　老——东吴军士。

　　　　荆州将士、朝臣。

　　　　东吴将士、朝臣。

　　　　（人物年龄均为出场年龄）

第一场　风云乍起

[公元 209 年,赤壁之战后。

[东吴。

[孙策灵堂,素练悬空。

[群臣待立。

[孙权背立,仰望灵牌。堂内悲怆之气。

[伴唱:赤壁淘沙兮浪潮犹惊,

　　　滚滚东流兮逝水如蒸。

　　　江东霸业兮卧薪三代,

　　　亡魂未亡兮慷慨争鸣。

鲁　肃　先将军一去,九年矣!

张　昭　先将军在天之灵,若闻赤壁捷报,曹贼败北,想必九泉含笑。

吕　范　曹操纵然挟天子以令诸侯,重整旗鼓,也无力再战孙刘之盟!

鲁　肃　那是自然,吴侯胸怀奇略,天命霸主,刘皇叔仁德宽厚,聚拢
　　　　民心……

[孙权挥手。

[群臣无声。

孙　权　祭祀已毕,尔等歇息去吧。

[群臣纷纷下,独余吕蒙。

吕　蒙　吴侯。

[孙权缓缓回首。

孙　权　当年兄长开创霸业,单骑独枪,死生无惧,继先父遗志,讨逆
　　　　除奸,会各路诸侯,挥师中原! 怎奈,年方二十五岁便……

吕　蒙　皆因诸侯各怀二心,图谋自戕,如今万里中原河山,竟落入曹

贼囊中,我东吴掌控的汉皇虎符,至今下落不明。

孙　权　也是兄长血气方刚,少年气盛所致。弹指挥间,孙仲谋亦二十五矣。

吕　蒙　微臣一介武夫,但知司马迁曾云:人固有一死,或重于泰山……

孙　权　或轻于鸿毛!

吕　蒙　吴侯年少授命,然有巍巍帝王之气,运筹帷幄,决胜千里,不让于先将军!

孙　权　你是我未来的妹婿,当时犯颜直谏,何必妄谈虚辞?

吕　蒙　吴侯慎思明智,臣不及也。

孙　权　阿蒙,你涉猎古籍,大有长进,然当下文风所向,你可知否?

吕　蒙　这个……

孙　权　邺下文士陈琳有诗云:建功不及时,钟鼎何所铭?

　　　　　[幕后隐隐有歌唱之声。

　　　　　[吕蒙拔剑,孙权制止。

　　　　　[一少年渐出,抚琴而吟,白盔白甲。

少　年　(唱)建功不及时,

　　　　　　　钟鼎何所铭?

　　　　　　　收念还房寝,

　　　　　　　慷慨咏坟经。

　　　　　　　庶几及君在,

　　　　　　　立德重功名。

吕　蒙　(魂不附体)先将军!

孙　权　(镇静,试探着)小妹,可是你?

少　年　(回过神来)你们还……啊,二弟别来无恙?

吕　蒙　(叩首)先将军魂兮归来!

孙　权　够了!孙尚香,你放肆!

　　　　　[少年摘下盔帽,果然是孙尚香。

　　　　　[吕蒙立起。

吕　蒙　(忍俊不禁)你呀,又要挨骂了。

孙尚香　二哥,阿蒙,你们还没有走啊?

孙　权	一个女孩儿家,躲在灵堂装神弄鬼!
孙尚香	装的是大哥。
孙　权	亵渎大哥在天之灵!
吕　蒙	尚香你还小。
孙尚香	本郡主一十九岁了!
孙　权	那又如何?
孙尚香	大哥一十九岁会合各路诸侯讨伐董卓,二哥一十九岁继位吴侯,小妹一十九岁打赢赤壁之战!
孙　权	狂傲!看你哪有半点东吴郡主的端庄娴淑之气。
孙尚香	难道要我学那中原蔡文姬半世流离,一生哀怨么?
孙　权	你想怎样?
孙尚香	效法父兄,指点江山论英雄!
孙　权	好,好,好,你既夸下海口,为兄且问你,赤壁大捷后,江东子弟枕戈待旦,意待何如?
吕　蒙	(悄声)防曹。
孙尚香	明为防曹。
孙　权	(吸气)暗呢?
孙尚香	(掌中写字)防留(刘)后患。
孙　权	刘?(打量尚香,自语)莫非时机已到? (唱)观小妹亭亭英姿初长成, 　　　洞国事识军机冰雪聪明。
吕　蒙	(唱)观尚香越长越大越难懂, 　　　女儿身男儿志一怀豪情。
孙尚香	(唱)观长兄灵牌生尘影难逢, 　　　九年来往昔惊魂梦难成。 　　　尚香我生马背疆场驰骋。 　　　襁褓中闻杀气南战北征。 　　　生父早逝无缘见, 　　　长兄宠我掌中擎。 　　　随兄同骑丛林猎, 　　　蒙面刺客暗伏兵。

火石飞箭扑面至，

兄遮小妹不顾身。

一刀刀一箭箭他仰天长笑，

一箭箭一刀刀我五内俱焚。

一汩汩一行行他热血流尽，

一行行一汩汩我心血淆淆。

一年年一月月忧思切切，

一月月一年年余恨森森。

（对孙权，接唱）

二哥啊小妹自幼立大志，

习武攻书废餐寝。

愿只愿孙氏一门雄威振，

天下唯瞻江东尊。

孙　权　好！孙尚香郡主！

孙尚香　在！

孙　权　吕蒙将军！

吕　蒙　在！

孙　权　你们自幼指腹为婚，可知为何？

吕　蒙　家父之训：一生当守东吴大业。

孙尚香　长兄之命：挥戈北进东吴之师。

孙　权　为辟东吴之疆域，尔愿赴汤蹈火乎？

孙尚香
吕　蒙　万死不辞！

孙　权　兄长，你在天之灵，可看得清，听得明！（从灵案下抽出一锦卷）
孙伯符遗诏！

　　　　〔孙尚香与吕蒙惊愕对视，不约而同跪地。

　　　　〔孙策身影若隐若现，白甲白盔。

　　　　〔孙权展卷，三人造型。

孙　策　生逢乱世，帝星昏蒙。万姓流离失散，豪杰奸贼并出。一十
八路诸侯，未攻董卓，内讧已生，唯有曹操慷慨起兵，刘备暗
窥时局，乃天下之真英豪也！真英豪者，有朝一日皆江东霸

业之大祸也。吾观尚香小妹,年方十岁,然英气逼人,醉心战书,有家父之雄风,吾死之后,若曹、刘割据华夏,可命小妹佯嫁之,刺杀之,半壁江山,唾手可得矣!

〔孙策身影消失。

吕　蒙　这,这如何使得!

〔孙权目不转睛,看孙尚香。

孙尚香　(如梦呓)这,这如何使不得?

孙　权　小妹,长兄一计,藏于此已九载,并非强你所难,你可三思。

吕　蒙　你要三思!也请……吴侯三思,美人计固然可行,然一旦失败,郡主名誉不保,生不如死,后果不堪设想!

〔孙权把诏书投给吕蒙。

孙　权　孙刘之盟,有曹则成,无曹则危。曹贼新败,空余恫吓之力;刘备新起,然有振臂云集之威!况以皇叔之名,聚敛民心,垂涎西川,实乃我江东大患,今借孙刘友好盟谊,诱其入江东杀之。华夏之半壁山,便拜赐于小妹酥手红裙之下!

吕　蒙　(细看)手书,孙伯符……尚香,你,你到底怎样想?

〔长江潮水声渐强。

孙尚香　(缓缓走向琴边,抚琴片刻)阿蒙你听,这是什么声音?

吕　蒙　波涛汹涌,长江涨潮了。

孙尚香　不,是长兄在召唤于我。

第二场　去国渡江

〔三天后。

〔长江边。

〔二位军士上,一老一年轻。

李　好　(念)孙刘亲上再加亲,

李　老　(念)缔结秦晋留美名。

李　好	(念)深感吴侯念百姓,
李　老	(念)只是不准漏风声。
李　好	哎,这是怎么回事情?
李　老	搞勿懂。
李　好	拎勿清。
二军士	上头有话咱就听。
李　好	我,李好。
李　老	我,李老。
李　好	史册无名姓。
李　老	军前一小卒。
李　好	走啊,送亲去。
李　老	呵呵,来喽。
	〔二位老军下。
	〔孙尚香着嫁衣上。
孙尚香	长江,长江!

　　　　(唱)远眺赤壁逝水喧,
　　　　　　似闻鏖兵疾挥鞭。
　　　　　　岸失云雾雾遮岸,
　　　　　　天搅白浪浪逐天!
　　　　　　重重叠叠彤云万里漫,
　　　　　　叠叠重重心事浮联翩。
　　　　　　三日前二哥宣读亡兄计,
　　　　　　却原来尚香使命一纸悬。
　　　　　　未曾想遗嘱遥知风雷变,
　　　　　　未曾想千钧一发系红颜。
　　　　　　诱刘备,婚书遣,
　　　　　　婚书遣,罩嫁衫,
　　　　　　罩嫁衫,藏利剑,
　　　　　　藏利剑,刺喉尖。
　　　　　　关羽张飞群龙乱,
　　　　　　神不知来鬼不言。

倘若无端天机泄，

自到血溅胆剑篇。

江东子弟同仇忾，

长驱直入取西川。

亡兄啊你为小妹身万段，

小妹亦剖肝沥胆献灵前。

蒙哥啊我知你忧我失身丧风险，

岂不知成败皆得美名传。

到如今一言难把五味表，

因何故悲悲喜喜两相参。

滔滔湍流滔滔散，

阵阵心潮阵阵翻。

〔吕蒙上。

孙尚香　吕将军，二哥一行可到此？

吕　蒙　禀郡主，俱已在江边等候。

　　　　〔李好幕后：探子来报，刘备已行至江心！

孙尚香　吕将军，伏兵可曾预备？

吕　蒙　禀郡主，无有半点差池！

　　　　〔李老幕后：再报，刘备舟楫到这儿不到半里！

孙尚香　（有些颤抖）吕将军，我……

吕　蒙　尚香，有我在！

孙尚香　阿蒙，等我报捷。

　　　　〔李好幕后：又报，看清啦，刘备仅带一随从，并无利刃。

吕　蒙　啊？刘备乃当代枭雄，怎会……尚香，你要谨慎。

孙尚香　击筑去，傲啸归！

吕　蒙　平安去，平安归！

　　　　〔李老幕后：报，刘备马上登岸咯！

　　　　〔舞台转换。

　　　　〔吕蒙下。

　　　　〔孙尚香蒙上盖头，被侍女揽下。

　　　　〔江中。

·114·

〔关羽划舟,刘备衣襟淡雅,迎风而立。

刘　备　(唱)飘然凌江行扁舟,

　　　　　　　无兵无戈自在游。

　　　　　　　笑看滔天急水骤,

　　　　　　　千回万转总东流。

　　　　　　　赤壁樯橹烟未灭,

　　　　　　　歃血之盟已萌仇。

　　　　　　　他,急不可耐设虎口,

　　　　　　　我,静观其变探缘由。

　　　　　　　成竹在胸计在手,

　　　　　　　攀月摘星上层楼。

　　　　　　　我也曾飞渡潭溪赤兔吼,

　　　　　　　我也曾新野大败属眷丢。

　　　　　　　我也曾屈身曹营伴煮酒,

　　　　　　　我也曾赤壁扬眉破敌仇。

　　　　　　　生死存亡慷慨拂袖,

　　　　　　　击水弄潮半世春秋。

关　羽　大哥,看,对岸孙权一行正在等候。

刘　备　好景致!

关　羽　倒也伪装得极为严密。

刘　备　好兴致!

关　羽　大哥,军师虽然神机妙算,让我们将计就计,我等还是愈加小
　　　　心为妙。

刘　备　游江东,娶美人,人生大喜之事也,二弟,你不开心么? 哈哈。
　　　　〔孙权、吕蒙上。

孙　权　(异常热情)荆州牧!

刘　备　寄居之人,多蒙吴侯惠泽照拂。

孙　权　哪里哪里,玄德兄!

刘　备　不敢不敢,舅兄。

孙　权　啊?

刘　备　啊?

二　人　哈哈哈哈……

孙　权　赤壁大捷之后，听说玄德兄仍在编马尾，卖草鞋？

刘　备　舅兄见笑，玄德年近知天命，安于一隅，乐得其所。闻说令妹下嫁，吾诚惶诚恐，诚惶诚恐啊。

孙　权　玄德兄过谦了，小妹久慕一代枭雄，更为我们孙刘之谊长固，生民免受流失之苦，孙家愿攀皇叔之亲，携手共谋大业！

刘　备　舅兄所言，岂不折我寿命？人生苦短呀。

孙　权　"昼短苦夜长。"

刘　备　"何不秉烛游？"

二　人　（携手）哈哈哈。

孙　权　吕将军，见过荆州牧。

刘　备　关二弟，见过我的舅兄啊。

　　　　〔吕蒙与关羽对视，各自绕过对方。

吕　蒙　见过荆州牧！

关　羽　见过吴侯！

孙　权　罢了，吕将军，郡主可妆扮妥当？

吕　蒙　已等候多时。

孙　权　玄德兄，江东风俗，新人结为百年之好，当在江滨叩拜祖先，你与舍妹先行敬拜之礼，再渡江完婚可好？

刘　备　一切听从舅兄安排。

孙　权　来，请郡主！

吕　蒙　是。有请郡主与荆州牧祭江！

孙　权　我们走吧，云长兄？

　　　　〔关羽观刘备。

刘　备　二弟，我与郡主拜过祖先，马上就来，哈哈哈。

关　羽　大哥，云长与你同来，必与你同归。

孙　权　果然桃园真情义！请！

　　　　〔孙权，吕蒙，关羽下。

　　　　　〔孙尚香着盖头上。

　　　　　　〔江水潇潇。

　　　　　　〔孙尚香揭盖头。

〔刘备暗嗟。

刘　备　(唱)艳若桃李,冷若冰霜。

孙尚香　(唱)妙计将成,心绪飞扬。

刘　备　(唱)赤壁曾谋面,

　　　　　　　惊叹神女庞。

孙尚香　(唱)皇叔不复在,

　　　　　　　青史留异香。

刘　备　(唱)面对这未谙世事的小姑娘,

　　　　　　　倒教我又怜又惜意茫茫。

孙尚香　(唱)面对他灼灼目光殷殷望,

　　　　　　　倒使我不明不白心惶惶。

刘　备　(一拜,唱)

　　　　　　　玄德不拜祖先拜红妆,

　　　　　　　问郡主生母可安康?

孙尚香　母亲……(唱)

　　　　　　　一句话问得我遍体生凉,

　　　　　　　母亲她不知我自作主张。

　　　　　哎呀,

　　　　　　　雪刃一把贴胸上,

　　　　　　　岂可临阵步彷徨?

　　　　　　　险些儿被他巧语来迷惑,

　　　　　　　须知这分分秒秒定存亡!

　　　　　〔孙尚香拔匕首。

　　　　　〔刘备迅速起身。

　　　　　〔孙尚香藏匕首。

刘　备　(不露声色)郡主,你听,隐约有鼓乐之声。

孙尚香　鼓乐之声,与你有何相干?

刘　备　哈哈,今日乃你我良缘佳期,你竟忘了鼓乐送亲的规矩么?

孙尚香　我们先祭祖,再结亲。

刘　备　晚了。

孙尚香　什么晚了?

刘　备　　那送亲的队伍已然来了。

　　　　　　〔鼓乐声大作。

孙尚香　　你，你，你带了伏兵？

刘　备　　哈哈，伏兵倒有，只是并非我刘备所带，乃你孙家所派呀。

孙尚香　　胡说！

刘　备　　哦？恕我胡乱一说，郡主手中，所持何物？

　　　　　　〔孙尚香大惊，匕首落地。

　　　　　　〔刘备拾起匕首，礼貌地还给孙尚香。

刘　备　　夫人收好。

　　　　　　〔吴夫人幕后：女儿，女儿——

孙尚香　　母亲？（急藏匕首）

　　　　　　〔吴夫人带文武百官、鼓乐队伍上。

　　　　　　〔众人皆着婚庆礼服。

吴夫人　　（搂住女儿）你，好叫为娘担心啊！

孙尚香　　（惊魂未定）母亲，你因何到此？

吴夫人　　（气愤）东吴郡主出阁，举国尽知，为何单单不让娘知晓？

孙尚香　　举国尽知？哪个所言？

吴夫人　　那刘玄德不愧皇叔，谨守长尊人伦之序，三日内屡派来使向
　　　　　　我东吴贺喜，一传十，十传百，传到为娘耳中，为娘才匆匆赶
　　　　　　来呀！是哪个叫你出嫁的？

孙尚香　　（怒视刘备）你，你，你做的好事……

刘　备　　（又一拜）好大一桩喜事，焉能瞒着吴老夫人，你说呢？

　　　　　　〔关羽奔上，孙权、吕蒙随后。

关　羽　　大哥说得对，你们东吴郡主嫁入我刘家皇室，竟偷偷摸摸，遮
　　　　　　遮掩掩，莫非江东蛮族，都这样不懂礼仪么？

　　　　　　〔吕蒙拔刀。

吕　蒙　　大胆关羽！辱我江东义士！军士们！

　　　　　　〔伏兵幕后：啊！

吕　蒙　　一网打尽！

　　　　　　〔关羽突袭吕蒙，徒手对刀。

吴夫人　　（威严地）住手！

［孙权、文武百官皆跪。

［孙尚香环顾,亦跪。

［刘备单膝跪地。

刘　备　吴夫人!

　　　　(唱)玄德半世尽忠孝,

　　　　　　　一怀坦荡醉滔滔。

　　　　　　　原以为春风得意逢神女,

　　　　　　　却落得潇潇洒洒对屠刀。

　　　　　　　剖心诚对苍天表,

　　　　　　　甚愿孙刘之盟万年牢。

文　武　求吴夫人开恩,求吴侯开恩! 永保孙刘之盟,共御曹贼之师!

孙尚香　(唱)时势突变实未料,

　　　　　　心焰阵阵如火烧。

孙　权　(唱)时势突变实未料,

　　　　　　可恨刘备诡计刁!

吕　蒙　(唱)时势突变实未料,

　　　　　　措手不及五内焦。

孙尚香　(唱)如何保?

孙　权　(唱)如何保?

吕　蒙　(唱)如何保?

孙尚香　(唱)将毁的名节。

孙　权　(唱)国难的噩兆。

吕　蒙　(唱)未婚的窈窕。

孙　权　(唱)罢罢罢,事不宜迟擒刘备,

　　　　　　他自投天网与地牢!

吴夫人　仲谋!

　　　　［孙权迟疑,按刀。

吴夫人　(唱)定心神,细观瞧,

　　　　　　仲谋儿故作沉默热汗抛。

　　　　　　无名怒火喷懊恼,

　　　　　　定是他以妹作饵设鹊桥。

尚香贞洁岂儿戏？
东吴家邦焉讥嘲？
到此时假戏成真笙歌绕，
若兴兵伏尸千里战火硝！
闻刘备坦荡忠厚真君子，
为儿名节又何妨孙刘联姻凤凰巢？
怕只怕尚香生来性情傲，
怎甘心一生运命定此宵！

〔一东吴军士绑刘封上。

军　士　报，捉到刘备奸细！

孙　权　来人！

吕　蒙　在！

孙　权　拿下刘备！

关　羽　这是我大哥的义子刘封，哪个敢动？

刘　封　报父亲！曹操纠集水军十万，直扑荆州与东吴！

〔东吴朝臣略慌乱。

刘　封　请父亲与关叔父速回荆州，迟则晚矣！

〔孙权、孙尚香、吕蒙焦虑对视。

〔关羽为刘封松绑。

〔吕范上。

吕　范　报吴侯，曹军犯境！

众朝臣　孙刘之盟，坚不可摧，焉惧曹贼！

吴夫人　儿啊，速速备战！

刘　备　小婿愿率荆州将士，身先士卒，迎战曹军！

吴夫人　好，你快些回去。

孙尚香　母亲，兄长！尚香既为玄德妇，一生当皇叔妻，愿随夫渡江回荆州，以图大业。

孙　权
吕　蒙　尚香！

众朝臣　郡主大义！

吴夫人　儿啊，你去意已决？

·120·

孙尚香　去意已决!

刘　备　多谢夫人!（向吴夫人）岳母深明大义,玄德深念于心,来日战
　　　　退曹贼,再行叩拜之礼。（对关羽与刘封）走!

孙　权　慢!（解下青釭剑）

孙尚香　青釭宝剑?

孙　权　此乃父兄遗留,东吴至宝,今赠小妹,血祭英魂!

孙尚香　（会意）血祭英魂!
　　　　〔刘备携孙尚香、关羽、刘封登舟而去。

吕　蒙　（悄声）吴侯,她,她,她分明是保我东吴名誉,待等克敌后,舍
　　　　身刺刘备呀……

孙　权　既知如此,何必多言?
　　　　〔惊涛拍岸。

孙　权　防曹贼!
　　　　〔收光。

第三场　洞房剑影

〔光启。
〔三天后。
〔荆州刘备行宫。
〔孙尚香居所。

孙尚香　（唱）三日未见刘备面,
　　　　　　　闻说出师抗曹瞒。
　　　　　　　宫中偏是笙歌软,
　　　　　　　不似出征车马喧。
　　　　　　　曹贼压境真假难辨,
　　　　　　　愈思愈想心愈不安。
　　　　　　　禁闭高阁笼中孤燕,

恨刘玄德诡计多端。

(拔匕首抚摩)

青釭剑哪,

父兄豪情剑光寒。

却为何时机不到终迟缓,

却为何思及亲母泪涟涟。

〔阿斗跑上,笑着躲藏。

阿　斗　孙娘娘,孙娘娘!

孙尚香　(警觉地)你是谁?

阿　斗　我叫阿斗,奶奶说,我有娘娘了!

孙尚香　刘备是你父?

阿　斗　是啊,所以我到处跑,没有人管我噢。

孙尚香　(紧握宝剑)你父叫你过来做甚?

阿　斗　孙娘娘,你不要害怕爹爹,他可好了,我来求你一件事。

孙尚香　何事?

阿　斗　我想爹爹了,你让他常回家陪我好吗?

〔孙尚香一惊。

〔幕后少年孙尚香声音:兄长,我想爹爹了,兄长,我想爹爹了……

阿　斗　(抱住孙尚香)娘娘,你长得真好看,你不要走哦。

〔幕后少年孙尚香声音,焦急痛哭:兄长,你不要走,你不要走……

〔孙策身影一闪而过。

孙尚香　我想,你爹爹,会来看你的……

〔刘备上。

刘　备　阿斗!

阿　斗　(蹦跳)爹爹!

〔刘备抱起阿斗。

刘　备　哎呀,怎么这么重了?

阿　斗　孙娘娘真好,一想,就把你给想出来了。

刘　备　(亲亲阿斗,放下他)去玩吧,爹爹跟孙娘娘有话要谈。

· 122 ·

阿　斗　那……你们要不要陪我一起玩？

刘　备　(逗他)你先去，以后想我了，就来找娘娘。

阿　斗　哎！

　　　　〔阿斗欢喜下。

　　　　〔刘备目送阿斗，未及转身，孙尚香已亮宝剑。

刘　备　(从容一笑)呵，看来这东吴郡主的洞房，实在难进哪！

孙尚香　我问你三件大事，你如实回答！

刘　备　请！

孙尚香　是你派人广布消息，将孙刘联姻告知我母亲？

刘　备　是！

孙尚香　曹操水师进犯是真是假？

刘　备　是假。

孙尚香　何人伪装？

刘　备　军师诸葛亮。

孙尚香　遂将我骗入荆州！

刘　备　孙刘姻缘，世人皆知，百姓称誉，何骗之有？

孙尚香　刘备，你死有余辜！

刘　备　既要动手，为何方才不将我刘备断子绝孙？可见郡主口风犀
　　　　利，却是胸怀雅量。

孙尚香　我……

刘　备　郡主，在下也有几个疑问，欲知详情，烦请告知。

孙尚香　讲！

刘　备　你兄妹与我和亲是假，诓我过江送命是真，是也不是？

孙尚香　这……

刘　备　迎亲江滨，已藏伏兵，只待取我性命，是也不是？

孙尚香　这……

刘　备　你虽女儿之身，却有荆轲之志，随舟过江，将我刺杀，是也
　　　　不是？

孙尚香　这……

刘　备　我刘备可曾斥你死有余辜？可曾如临大敌？

孙尚香　这……

刘　备　我若在江滨当面戳穿，如今，这不仁不义，不贞不洁的骂名，可不属我刘备哟！

孙尚香　你，还要我感恩戴德不成？

刘　备　整整三日，我只要你想一想，一个年方十九的小姑娘，何苦如此？你不思念母亲，不害怕么？

孙尚香　(指壁上地图)你已预料三分天下。

刘　备　那又如何？我有诸葛孔明的隆中对，东吴也有鲁子敬的自谏书，皆高瞻远瞩，预言天下三分！

孙尚香　然，分久必合！

刘　备　成者王侯败者寇！

孙尚香　我孙氏一门乃当今英杰，一统江山之伟业，岂容你捷足先登？

刘　备　我若有女儿，必藏于金屋，不问霸业。

孙尚香　天下女子岂可小觑！

刘　备　男子汉金石之躯，或扬名千古，或遗臭万年，历尽征战，终无所憾，女儿家娇若香花，柔若幽草，被金石所污，岂非憾乎？你父兄呀，都不懂得保护你。

孙尚香　住了！

　　　　(唱)九州内群雄争霸举义旗，
　　　　　　直赢得众生颠沛复流离。
　　　　　　闹哄哄几番拥立帝星暗，
　　　　　　惨戚戚男女伏尸满京畿。
　　　　　　天不容二日，
　　　　　　罡风无可敌。
　　　　　　鹿死谁手来生事，
　　　　　　问鼎中原后人知。
　　　　　　玄德公敢作敢为令我佩，
　　　　　　今夜间非汝既我黄泉栖！

　　　　尚香若死于一代枭雄手下，定不叫屈，动手吧。

　　〔刘备无动于衷，犹自欣赏。

　　〔孙尚香刺刘备。

　　〔阿斗跑上。

· 124 ·

阿　斗　（甚惧怕，哭）孙娘娘，你不要杀爹爹……

　　　　〔孙尚香一剑指向阿斗。

　　　　〔刘备以身掩护。

　　　　〔孙尚香剑贴刘备咽喉。

刘　备　（异常平静）阿斗，你快走，我没事。

　　　　〔幕后孙策声：小妹，你快走，我没事……

　　　　〔孙尚香不觉一颤。

　　　　〔阿斗大哭。

刘　备　郡主，你夺我性命，便可以大乱荆州，请不要伤我孩儿性命，
　　　　否则，（抽泣）我难以见我的亡妻……

孙尚香　你的亡妻？

　　　　〔阿斗将壁上三分天下的地图卷起，露出糜夫人画像。

　　　　〔刘备缓缓起身，抚摩画像，情深意长。

刘　备　尚香，我杀伐半世，几经生死，少年时亦颇怀壮志，然，年近半
　　　　百，方知人间至珍者，家室也。

阿　斗　（哭）我要亲娘……

　　　　〔刘备怀抱阿斗。

刘　备　我的糜夫人，与我们相别，整整九年了。可怜阿斗，还不曾记
　　　　得她的容貌。

孙尚香　九年……

　　　　〔刘备哄阿斗睡去，置于床上，盖好被子。

刘　备　九年前，长坂坡一战，曹操以强凌弱，大败我军，我急呼百姓
　　　　一路同行，将糜夫人与阿斗，撇入那曹营的龙潭龙穴！那时
　　　　节，月黑风高，血流成河，流矢纷乱，哭声骇人。我强抑悲痛，
　　　　然心如刀割！我那义弟赵云，不顾安危，杀入曹营，杀个七进
　　　　七出，血透铠甲，方找到糜夫人与阿斗。我那夫人，她，她，她
　　　　箭中左臂，生命垂危，自知无力随赵云突围，便将一个月的阿
　　　　斗，塞给赵云，咬牙三拜，跳入深井……

　　　　〔孙尚香被震动。

刘　备　糜夫人随我颠簸数十年，无怨无悔，我却知，她的心愿，不是
　　　　等我登基九五之尊，而是回归故壤，与世无争。可惜，我没有

让她等到那一天。临别未曾留一言。霎时生死两重天。孤寂行吟实难信,苦等不见玉容颜。

孙尚香　(触动心事)一去九载,甚念……

刘　备　尚香! 我冒生命之危求娶你,可知为何?

孙尚香　为何?

刘　备　(唱)则为你驰骋赤壁英姿俊朗,

　　　　　　则为你少女奇志敢做敢当。

　　　　　　则为你英勇无畏侠气千丈,

　　　　　　更为你容貌堪似孩儿的亲娘。

　　　　　　久闻闺阁孙小妹,

　　　　　　英气逼人世无双。

　　　　　　赤壁沙场逢一面,

　　　　　　一面倾心心激扬。

　　　　　　昼也思,夜也想,

　　　　　　牵魂动魄一载长。

　　　　　　吟不完青青子佩,

　　　　　　唱不尽蒹葭苍苍。

　　　　　　未承想一纸书柬从天降,

　　　　　　未承想翩跹妩媚凤来翔。

　　　　　　明知是计东吴闯,

　　　　　　天罗地网又何妨?

　　　　　　求上苍圆我梦境驱迷惘,

　　　　　　还我那玉洁冰清新嫁娘。

孙尚香　(唱)肺腑之言惊涛响,

　　　　　　酸甜苦辣扑心房。

　　　　　　尚香生来为一梦,

　　　　　　深念兄长救我噬血亡。

　　　　　　观阿斗,肠寸断,

　　　　　　看画像,倍凄凉。

　　　　　　眼前人泪痕朦朦深情诉,

　　　　　　倒叫我双手颤颤心魂伤。

如此说来,你求娶我另有隐情?

刘　备　(唱)沥肝胆,剖胸膛,

　　　　　　捧心相邀新嫁娘。

　　　　　　金枝玉叶俏郡主,

　　　　　　可曾笑我华发长?

　　　　　　你我若是结亲后,

　　　　　　我愿舍枭雄霸业回故乡。

　　　　　　吴侯帐下一小吏,

　　　　　　夫妻唱和度时光。

　　　　　　西川尽在东吴掌,

　　　　　　我为你且作闺中画眉郎。

　　　　　　看厌了起伏跌宕,

　　　　　　将爱妻一生珍藏。

　　　　半生颠簸,一世徒劳,我失去了妻子,不想再失去孩子,更不想……失去你。

孙尚香　所言当真?

刘　备　对天可表!

孙尚香　三分霸业?

刘　备　昨日梦渺。

孙尚香　建邦一统?

刘　备　一旦尽抛!

孙尚香　可愿盟誓?

刘　备　刘备若有半点虚情假意,乱箭穿身,尸骨不全!

孙尚香　呀……

　　　　(唱)心潮涌翻狂喜溢满于胸,

　　　　　　好一个刘皇叔当代枭雄。

　　　　　　思恋爱妻情义重,

　　　　　　为我甘愿弃汉中。

　　　　　　嫁此人赚得西蜀天府地,

　　　　　　亦不负亡兄遗志一场空。

　　　　　　吴蜀两家皆瞻仰,

赞叹郡主建奇功。

看他暗拭泪,

孤立正茕茕。

禁不住桃腮发烫芳心动,

禁不住柔情似水玉体溶。

银汉微波月色涌,

烛花漫拢细纱红。

〔幕后伴唱:啊,风瑟瑟,意浓浓,

女儿梦,总朦胧。

〔红烛摇曳,亦真亦幻。

〔刘备、孙尚香执糜夫人画像,凝眸对望。

孙尚香　骇浪退去,好生安静。

刘　备　香罗红帐,好生多情。

〔孙尚香羞,隐去。

〔刘备执三国地图沉思。

刘　备　只掌覆天下,指日可待矣。

〔收光。

第四场　南郡之争

〔半年后。

〔刘备、关羽上。

关　羽　军师此去攻夺南郡,稳操胜券,大哥何必再入虎穴?

刘　备　我等实力尚弱,孙刘之盟还不可破。

关　羽　大哥能屈能伸,用心良苦。(指后面)不过,有她在手中,量那东
吴蛮族不敢拿我们怎样。

刘　备　二弟,我这样做对吗?

关　羽　大哥不是教导过我们:世间之事,只有成败,没有对错,世间

之人,只有忠奸,不分对错吗?

刘　备　(不置可否)呵呵。

　　　　〔二人下。

　　　　〔东吴宫廷。

　　　　〔奏乐,宫女穿梭,大摆筵宴,朝臣上。

　　　　〔孙权端坐,面无表情。

张　昭　郡主归宁,可喜可贺!

吕　范　可惜我们这位东吴女婿,倒是忙得很,一走就是半年啊。

鲁　肃　不要乱讲,半年来吴侯与荆州牧频频互通来使,眼看得孙吴
　　　　两家,马上成为一家喽!

吕　范　我却不信。

鲁　肃　走着瞧?

吕　范　走着瞧。

众　臣　走哇!

　　　　〔众臣朝见孙权,就座。

孙　权　各位卿家还得稍待,我这妹夫好大的架子。

众　臣　吴侯说笑了。

吕　范　怎么不见子明?

孙　权　吕将军还在镇守南郡。

张　昭　怕是不好意思来吧。

众　臣　哈哈。

　　　　〔二军士跑上。

李　老　报、报,荆州牧护送郡主车辇……

李　好　姗姗来迟! 不,已经来啦!

　　　　〔众臣忙起身迎接,二军士退下。

　　　　〔刘备走上,关羽守护孙尚香车辇上。

孙　权　(依然热情)荆州牧!

刘　备　吴侯!

孙　权　玄德兄!

刘　备　舅兄!

孙　权　啊?

· 129 ·

刘　备　啊？

二　人　哈哈哈哈……

刘　备　郡主身体略有不便,故来迟片刻,请见谅。

孙　权　小妹病了？

　　　　［孙尚香走上。

孙尚香　二哥!

孙　权　你这一去……可还好？

孙尚香　小妹一切安泰,只是略有小恙,二哥不必牵挂。(悄声)小妹有
　　　　一番更大作为,稍后奉告。

众　臣　参见郡主,荆州牧!

孙尚香
刘　备　平身!

孙　权　玄德兄,闻说你在结交那西川刘表,左右逢源之余,可千万莫
　　　　冷落我的小妹。

刘　备　在下实为部署攻蜀战略,为舅兄披荆斩棘,以便来日一统
　　　　江南!

　　　　［众人落座,宫女斟酒。

孙　权　为国为民,干!(饮酒)

刘　备　干!(饮酒)

孙　权　只是玄德兄借我荆州数载,拖延不还,将来取得西川,是否还
　　　　有奉赠之心？

刘　备　舅兄言重了,我久有挂冠归田园之意,无奈结义弟兄强挽,如
　　　　今有郡主相伴,妹婿我岂有不还荆州之理,来呀!
　　　　［关羽捧出一木匣,刘备接过。

刘　备　(展开一轴图)我已与郡主盟约,将来所取西川之地,皆归吴侯
　　　　所有,到时荆州必定奉还!

孙　权　(颇意外,观察刘备)哎呀呀,如此说来,我当敬你一杯了。

刘　备　不敢当,我答应过尚香的事,必定做到,是不是？

孙尚香　二哥,你看我这作为如何？

孙　权　当是首功一件!

众　臣　赫赫首功!

孙　权　干！（饮酒）

刘　备　请！（饮酒）

刘　备　我与尚香，仅有一事相求。

孙　权　哦？

刘　备　恳请吴侯恩准，我们夫妻安居南郡。

孙　权　（猛警觉）南郡？

刘　备　一则可以御曹强敌，二则可与舅兄临近，三则云梦之乡，尚香
　　　　甚爱，舅兄你看如何？

孙　权　（冷笑）哼哼哼，刘备呀刘备，我就知你来者不善！（摔碎酒杯）
　　　　〔东吴军士四起。

孙尚香　玄德已决心将天府之地拱手相让，你竟对他寸土不留么？

孙　权　刘备盘踞南郡，岂容我挥师入川？你们拿这卷废纸，欺哄稚
　　　　童去吧！（扔卷轴）

刘　备　（唱）弓已满，箭在弦。
　　　　　　　　静观兄妹怎周旋。

孙　权　（唱）这南郡，傍天险，
　　　　　　　　一枚金锁捍中原。
　　　　　　　　北依襄阳畔，
　　　　　　　　南抵长江边。
　　　　　　　　东可望夏口，
　　　　　　　　西与巴丘延。
　　　　　　　　兵家必争之望眼，
　　　　　　　　一棋足将天下翻！
　　　　　　　　刘备他分明以妹来挡箭，
　　　　　　　　我岂能被他一骗再骗作笑谈？

孙尚香　（唱）兄长恼羞成怒发冲冠，
　　　　　　　　我只得暗将母亲来相搬。
　　　　　（对一宫女低语，宫女离去）
　　　　　　　　他怎能无端变色生疑念，
　　　　　　　　他怎知玄德耿耿忠心可昭然。

孙　权　（唱）小妹已被刘备骗，

· 131 ·

忠心绝不似当年。

只道她为国捐躯无怠慢，

她竟是苟活于世伴仇奸。

怒火燃烧一声喊，

来人！

将刘备与孙尚香双双投下监！

[众将士：啊！

[众臣喧哗。

[幕后吴夫人：慢！

[吴夫人奔上，由宫女搀扶。

吴夫人 （热泪盈眶，抱住孙尚香）尚香，儿啊——

孙　权 母亲？

吴夫人 仲谋，你枉为吴侯枉为兄长！前者，将亲生妹妹决绝赠人，如今，又要拿她入监。尚香，我可怜的女儿，何尝受过这样的苦？

孙　权 （隐忍）母亲息怒……

孙尚香 二哥，看你还敢拿我不敢！

刘　备 小婿拜见岳母，此事并非吴侯之过，乃一桩小小的误会，我与尚香欲舍弃霸业争端，定居南郡，鸾凤和鸣，共享天伦。哪知吴侯多虑，误以为我强夺南郡，诸公请想，我乃东吴之婿，焉有欺哄郡主之理？

吴夫人 仲谋，无论如何，你不可再苟待你的手足了。

孙　权 母亲，这一次，恕孩儿不遵命了。

吴夫人 你待怎样？

孙　权 拿下刘备！

关　羽 （目眦尽裂）吴侯，请收回成命！

吴夫人 你要你的妹妹守寡一生么？

孙　权 她背叛东吴，我还没有定她的罪呢！

孙尚香 不劳你动手，我们自己走！玄德，回荆州！

[李老上。

李　老 吕蒙将军回来了！

孙　权 来得正好，刘备，你想夺南郡，先问问吕将军的长枪答不答应!

李　老　吕将军怕是不行了!

　　　　〔吕蒙跌跌撞撞奔上,满身伤痕。

孙尚香　阿蒙!

　　　　〔刘备、关羽相互对视,惊讶。

　　　　〔李老退下。

孙　权　(忙扶吕蒙)子明将军!

关　羽　(向刘备低语)他居然没有死。

吕　蒙　禀吴侯,诸葛亮暗伏人马攻我巴东,意欲图谋南郡! 将士伤
　　　　亡惨重,我负伤突围而出,吴侯,赶快发兵!

　　　　〔举座皆惊。

孙　权　母亲,这就是你的好女婿!

孙尚香　玄德,你解释清楚,否则我不许你走出吴宫半步!

刘　备　(无辜状)尚香,岳母,这从何说起,我一概不知呀! 莫非是曹
　　　　贼突袭?

孙尚香　哪里有你的计谋,哪里便有一个曹贼么?

　　　　〔刘备突然跪地痛哭。

刘　备　尚香误我! 岳母大人明鉴! 当初玄德一片赤诚,独舟过江迎
　　　　娶郡主,哪知吴侯久有擒我之意,今朝分明与吕将军设下苦
　　　　肉计,要置小婿于死地! 玄德真是上天无路,入地无门,有口
　　　　难辩,有苦难言! 郡主啊,半年来我们恩爱缠绵,如胶似漆,
　　　　为夫一死无所惧,却实实地难舍你,更愧对那未出世的娇儿!

　　　　〔众聚目孙尚香。

孙　权　你怀了刘备之后?

孙尚香　是……

孙　权　好一番作为呀!

孙尚香　(对刘备)你再不说出实情,我便与你同归于尽。

吴夫人　够了!

　　　　〔众鸦雀无声。

吴夫人　仲谋,为娘作主,南郡之地作为东吴郡主的陪嫁,送予荆州
　　　　牧! 尚香,你身怀有孕,更不可轻视性命! 刘玄德,你也是父

母所生所养,我为女儿一片苦心,望你明白!

刘　备　（面有愧色）明白。

孙　权　母亲割肉饲虎,虎岂知足哉?

孙尚香　（唱）刘备心机掩藏深,

　　　　　　　引狼入室难抽身。

　　　　　　　我本当与他入监身首异,

　　　　　　　实不忍白发人送黑发人。

　　　　　　　罢罢罢,万盏苦酒且自饮,

　　　　　　　荆州燕轲再刺秦!

　　　　　　　若是侥幸存性命,

　　　　　　　天涯飘蓬断归音!

　　　　多谢母亲训诲,玄德,我确实误会了你,此地不易久留,备车
　　　　辇,走!

吕　蒙　走不得!

孙尚香　让开!

吕　蒙　你已走过一次,我不让你再走第二次!

孙尚香　放肆,让开!

　　　　〔吕蒙数次拦路,孙尚香一掌打去,吕蒙含泪大笑。

孙　权　孙尚香你!

吴夫人　我儿快走!

孙　备　从此之后,孙家没有你这儿女,东吴也没有这个郡主!

　　　　〔孙尚香咬牙欲下。

刘　备　（情绪复杂）我的夫人,再看一眼东吴,再看一眼母亲!

孙尚香　心碎神伤之地,何必踟蹰?

　　　　〔孙尚香、刘备、关羽急下。

吴夫人　儿啊,此去何时归?

吕　蒙
吕　范　夺回南郡,雪耻东吴!

张　昭
鲁　肃　孙刘联盟,岂可火并!

　　　　〔收光。

第五场　荆州生离

［光启。

［数日后，荆州囿荪台。

［孙尚香独坐，观笼中鹦鹉。

［刘封端饭菜上。

刘　封　义母请慢用。

孙尚香　(冷冷地)你年长，岂可呼我义母？

刘　封　郡主。

孙尚香　我也不是郡主。

刘　封　孙夫人，义父征战在外，特为你建造这囿荪台，你因何愁眉不展？

孙尚香　囿，桎梏也，荪，香草也，分明将我孙尚香禁为笼中之雀！

刘　封　绝无此意！

孙尚香　(吟)步笼阿以踯躅，叩众目之希稠。登衡干以上干，噭哀鸣而舒忧。

刘　封　曹操帐下文人之诗，不吟也罢。

孙尚香　中原文士怀不平之气，发幽愤之叹，我今束足于此，莫非不可长鸣一声？

刘　封　(有所感)孙夫人，你我寄人篱下，当忍则忍，实不相瞒，此番与你兄长结怨，纵然义父不防范你，其他人哪个不防你呢？

　　　　［孙尚香冷笑。

刘　封　孙夫人还是静心养胎，待等生下麟儿，所有人都会接纳你。

孙尚香　你先去吧，有劳巡视。

刘　封　告退。

　　　　［孙尚香不安踱步，突然幻觉中孙策身影闪现。

孙尚香　大哥！

孙　策　孙尚香，当初你发下誓愿，为辟东吴之疆域，甘愿赴汤蹈火，

·135·

原来是一派鬼话！

孙尚香　自被诓入荆州，小妹陷入泥潭，无力回天。

孙　策　那刘备辱你贞洁，欺我疆土，你看此人——

孙尚香　可裂可迟！

孙　策　何时动手？

孙尚香　唯有分娩之时。

孙　策　到时速速下手，不可再耽延！

孙尚香　是！

孙　策　不可为他花言巧语所骗！

孙尚香　是。

孙　策　更不可贪生怕死！

孙尚香　小妹何曾……

孙　策　为拯救天下百姓于水火之中，舍身刺虎，千秋烈女也！

　　　　〔孙尚香感到胎动。

孙尚香　大哥！孩子在踢小妹。

孙　策　那又如何？那又如何？（隐去）

孙尚香　（捧起青钉剑）大哥，你让我如何刺杀亲生孩子的生父？

　　　　〔刘备上，凝望孙尚香舞剑身影。刘封随后。

刘　封　孙夫人每日吟诗读赋，倒也神闲气定。

刘　备　读什么？

刘　封　王粲《鹦鹉赋》。

刘　备　哦。（挥手）

　　　　〔刘封下。

　　　　〔刘备望着孙尚香出神。

　　　　〔孙尚香渐隐。

刘　备　（唱）高楼有佳人，

　　　　　　皎皎若辰星。

　　　　　　咫尺天涯远，

　　　　　　涉江难成行。

　　　　　　刘玄德久视女子为衣物，

　　　　　　战乱中随手丢弃未心惊。

却为何孙家小妹气骁勇，

抖激起心潭澎湃浪千层？

敬她红妆弹铗须眉志，

怜她樊笼吟哦鸣不平。

叹只叹生不逢时难交颈，

机关算尽总伤情。

此身不由己，

万绪不分明。

寥寥飞红逝，

潇潇秋雨泠。

〔数月已过，秋风飒飒，刘封上，为刘备披上披风。

〔刘备焦急地望着面苏台。

刘　封　义父，大喜，孙夫人平安产下一女。

刘　备　怎么不早说！

〔刘备大步奔去，刘封紧随其后。

刘　备　你在外面。

刘　封　可关将军嘱咐……

刘　备　尔等将士留在外面！

刘　封　是。

〔刘备一步一步登楼。

〔孙尚香卧室，她望着襁褓中的婴儿，思绪万千。

〔阿斗在她周围蹦跳。

刘　备　阿斗，你为何在这里？

孙尚香　你不放心？

刘　备　我焉有不放心之理？我的爱妻，我的娇儿。

〔孙尚香放下婴儿，抽出青钉剑直抵刘备。

刘　备　事到如今，尚香你——

孙尚香　(故做决绝)自东吴归来，你逃得了一时，逃不过一世！

阿　斗　孙娘娘，你刚生完妹妹，怎么又练剑？

刘　备　我们娇儿出生之日，难道是她父母残杀之时？

〔婴儿哭泣。

阿 斗	孙娘娘,妹妹饿了,以后我可以和妹妹一样喊你娘亲么?
孙尚香	走开!(不觉泪下)
	［阿斗委屈跑开。
孙尚香	(唱)婴儿悲啼五内焚,
	霎时宝剑千钧沉。
	兄长呀,你让我不负天下人,
	却让我如何辜负小娇生?
刘 备	尚香啊,你我皆为霸业而生,可今天,我能不能做一回真正的父亲,你能不能做一回真正的母亲?
孙尚香	你又何时将我当过真正的妻子?何时做过真正的夫君?
刘 备	(亦泪下)刘备梦中都与你并辔执手,纵马河山!
孙尚香	你的话,你的泪,何时真?何时假?
刘 备	这真真假假么——
	［二人坐地痛哭,青钉剑落地。
	［关羽、刘封带一众军士上,包围孙尚香。
关 羽	(拾起青钉剑)大哥,好险!
刘 备	还给她。
	［关羽犹豫着还给孙尚香。
刘 备	尚香,备最后一问,你可愿留下与我共创汉室基业?
孙尚香	不。
刘 备	如此,你何去何从,我不再过问。
关 羽	大哥。
	［刘备摆手,军士让开一条路。
	［孙尚香抱起婴儿欲走。
刘 备	你回东吴?
孙尚香	东吴不容我,荆州我不容,唯有母亲可相伴。
关 羽	请嫂嫂留下小主人!
孙尚香	(举剑)谁敢拦我?
关 羽	关云长宁舍性命,绝不舍汉刘皇家血脉!
孙尚香	我母女至死不离!
刘 备	尚香,纵然你们回到东吴,那孙权岂容我刘备之后!

孙尚香　(猛然一惊)我孙尚香之后,他奈我何?

刘　备　孙权岂视她为孙尚香之后,天下人岂视她为孙尚香之后?

〔孙尚香打定主意,忍泪吻婴儿。

刘　封　孙夫人,我们都会保护好皇叔的亲骨肉。

〔孙尚香缓缓将婴儿给刘封,婴儿大声啼哭。

〔孙尚香欲走。

刘　备　尚香! 若有来世,永无纷争,你我萍水相逢,可愿再奏凤求凰乎?

孙尚香　苍天既裂,岂可补也? 不周既断,岂可立也?

伴　唱　孑孑再渡长江水,
　　　　　哀哀别离裂心扉。
　　　　　淘尽狂沙东流去,
　　　　　愁云低锁浮沉归。

〔孙尚香身影消失在风雨之中。

〔收光。

第六场　吴宫死别

〔光启。

〔接上一场。

〔吴宫。

〔吴夫人躺在榻上,孙权与群臣侍立,一派死寂。

孙　权　母亲,你气若游丝已数月,到底有多少牵挂压心头?

〔吴夫人无言。

孙　权　小妹不会回来的,你等她有何用? 母亲到底何时才信任仲谋一次?

群　臣　国太必会康健。

吕　蒙　说不定郡主会回来探望。

孙　权	就算她回来,立刻擒拿!
吕　蒙	是……

　　　　　〔吴夫人突然挣扎坐起。

吴夫人	尚香儿哪里?
孙　权	母亲你终于醒了!
吴夫人	我听到你小妹回家的脚步声。
孙　权	母亲梦中最牵挂的还是她么?

　　　　　〔李好上。

李　好	报,郡主孤身一人回宫!
孙　权	东吴没有郡主!
李　好	哦,孙尚香来了。
孙　权	给我——
吴夫人	吾儿快快进来!
孙　权	宣进。
李　好	是。

　　　　　〔李好下。
　　　　　〔孙尚香上。

孙尚香	母亲!
吴夫人	娇儿!
孙尚香	母亲为何骨瘦如柴、面无血色?
吴夫人	吾儿为何双手冰冷、弱不禁风?
孙　权	母亲时日不多,你好自为之。
吴夫人	尔等退下,我与女儿有话说。

　　　　　〔孙权与群臣拜别,下。

孙尚香	母亲,请容尚香尽孝膝前,延年添寿。
吴夫人	吾儿安然归来,我此去无大憾矣。你的孩子呢?
孙尚香	平安无事。
吴夫人	那就好呀。

　　　　　(唱)我一生为儿孙牵肚挂肠,
　　　　　　　　你父兄偏热衷沙场奔忙。
　　　　　　　　征庐江,攻江夏,

占吴郡,缔家邦。

一人功成留百冢,

刀锋饮血漫长江。

人皆道东吴国太见识浅,

孰解我宿夜难寐徒神伤。

一计一计生死场,

以仇还仇赋国殇。

为一统诸侯熙熙复攘攘,

直落得妻离子散隔阴阳。

劝吾儿远避战火抛利刃,

我便是九赴黄泉不彷徨。

你可愿答应为娘?

孙尚香　只要母亲无恙,我什么都答应。

　　　　〔吴夫人取出虎符。

孙尚香　这不是遗失已久的汉皇虎符?

吴夫人　你大哥去世之时,我悄悄将这虎符收起,恐怕你二哥性情鲁
　　　　莽,凭虎符大肆征伐。如今,我观仲谋对你不善,你拿着它,
　　　　紧要关头自保。

孙尚香　女儿今生有母亲庇护,无需别物。

吴夫人　为娘怕是陪不了你,孩子,无论天下是合是分,是安是战,活
　　　　下去才是最最重要之事,你一定要好好活着,看到花好月圆,
　　　　子孙满堂……

　　　　〔吴夫人倒下去。

孙尚香　母亲你更要好好活着,答应我呀? 母亲,母亲!

　　　　〔孙权与群臣上,孙尚香藏起虎符。

吕　蒙　吴侯,国太归天!

孙　权　(跪拜)母亲!

　　　　〔群臣亦跪。

孙　权　将国太国葬。

　　　　〔军士上,抬走吴夫人。

孙尚香　(欲追)母亲——

孙　权　（拦住）你去哪里？

孙尚香　送母亲入土为安。

孙　权　你送母亲？恐怕母亲不肯瞑目！

孙尚香　你还是我的二哥么？

孙　权　你还是东吴的孙小妹么？

孙尚香　我不是孙尚香又是何人？

孙　权　你为何能从刘备处活着回来？

孙尚香　什么意思？

孙　权　分明是刘备将你俘获，派你来当东吴的细作！

孙尚香　（冷笑）母亲尸骨未寒，吴侯就疑心起细作来了。

孙　权　那你可愿随我讨伐荆州夺回南郡？

孙尚香　不。

孙　权　却又来！刘备分明留下你的孩子为人质，派你来我东吴侦探
　　　　军情，是也不是？

孙尚香　（大笑）吴侯心思越发缜密，尚香望而生畏，随你怎么想吧！

吕　蒙　尚香，吴侯面冷心不冷，你快快求他饶恕，他会原谅你的。

孙尚香　我自己的事自己承担，不求谁原谅。

吕　蒙　你——

孙　权　如此看来，必是细作无疑了，来人！

吕　蒙　求吴侯顾念手足之情！

　　　　〔吕蒙示意群臣，群臣不为所动。

孙　权　你不是喜欢追随大哥吗？从今天起，你去为大哥守灵，不许
　　　　离开半步。

孙尚香　哼。（拂袖而下）

孙　权　刘备用得了你，我难道不可用你？

吕　蒙　吴侯……

孙　权　有话直说。

吕　蒙　吴侯的疑心太大了。

孙　权　堪比那曹阿瞒？

吕　蒙　非也，郡主……孙尚香归来必有难言之隐，你怎能疑她？

孙　权　我就没有难言之隐？母亲疑我，从未与我亲近；长兄疑我，说

　　　　　我毫无一统中原的韬略，只能安守故土。亲人之间尚且如此，我岂能再有妇人之仁！

吕　蒙　请吴侯准我离开建业，夺回南郡。

孙　权　不可，刘备既遣还孙尚香，边境处必驻重兵，今后再找时机吧。

　　　　　〔孙权吕蒙与群臣下。

　　　　　〔暗转。

　　　　　〔孙策灵堂，一派萧瑟。

　　　　　〔孙尚香有些惊恐，找到古琴，拂去灰尘，弹奏。

孙尚香　(唱)今别子兮归故乡，

　　　　　　　旧怨平兮新怨长。

　　　　　　　泣血仰头兮诉苍苍，

　　　　　　　胡为生兮独罹此殃。

　　　　　〔幻觉中孙策走上。

孙　策　小妹也会发蔡文姬《胡笳十八拍》之怨了？

孙尚香　你因何还在？

孙　策　大计未成，反遭玷污，你还有面目苟活于世？

孙尚香　小妹或生或死，岂劳长兄做主？

孙　策　唉，我今后不来看你了。

孙尚香　长兄……

孙　策　军国大事到底不可托付女流之辈。

孙尚香　长兄，你为什么设美人计，那年我才十岁哪！

孙　策　当年东吴郡主挥斥飒爽，壮志凌云，从不问为什么！

　　　　　〔孙策隐去。

孙尚香　为什么，为什么，回答我。

　　　　　(唱)问太阳为什么炙曜苍穹，

　　　　　　　问风雨为什么呼啸隆冬。

　　　　　　　问长江为什么昼夜奔涌，

　　　　　　　问人间为什么遍落哀鸿？

　　　　　　　问生死为什么杂陈五味，

　　　　　　　问命运为什么深涧重重？

· 143 ·

为什么，去时易水诵，

归来语喁喁？

为什么，才经别离痛，

又临影茕茕？

为什么分分合合多倥偬，

为什么众生飘零乱世中？

为什么指点江山男儿啸，

为什么悲泪独噎女儿红？

人们啊，

为什么，干戈动，

为什么，烈火攻。

为什么，曲意奉，

为什么，争雌雄？

为什么天地间真真假假、善善恶恶、明明暗暗、对对错错

无所从？

〔孙尚香狂抚琴，蓦地琴弦戛然而断。

第七场　大江东去

〔十年后。

〔孙策灵堂，更加破败。

〔老年的李好上，打扫。

李　好　我是李老，老了的李好，你问李老？他老了，就是死了嘛。我
们俩相依为命这么多年，伺候他有了个善终，真好呀。人哪，
这么活也是一辈子，那么活也是一辈子。舒心就好，吃饱就
好，我是李老，老了的李好。

〔李好下。

〔冬雪纷飞，孙尚香上。

［吕蒙悄上。

吕　　蒙　　尚香。

孙尚香　　吕将军，多年不见。

吕　　蒙　　还是称阿蒙的好。

孙尚香　　阿蒙，可还记得儿时玩雪，滚打一处的情景？

吕　　蒙　　历历在目。

孙尚香　　回不去了。

吕　　蒙　　回不去了。

孙尚香　　光阴飞逝，我的孩子都十岁了。

吕　　蒙　　我真想见见她。

孙尚香　　你不把她当刘备之后？

吕　　蒙　　当然不会。

孙尚香　　我倒要谢谢你十年来未与西蜀征战。

吕　　蒙　　尚香——

孙尚香　　你看，雪到之处，无论深壑，无论高岗，都一派洁净。

吕　　蒙　　尚香——

孙尚香　　哦，你来有何事？

吕　　蒙　　无事，就是想看看你。

孙尚香　　今后呢？

吕　　蒙　　今后，说不准。

孙尚香　　阿蒙，你到底有何事，因何吞吞吐吐？

吕　　蒙　　尚香啊，刘备借南郡天险，已横扫西川，独占西蜀，自称汉中王，我东吴亦秣马厉兵十年，上月我终于率水师扮商人潜入南郡，将关羽擒获斩首！刘备已集结所有兵力复仇，眼看得两家今朝定然争个鱼死网破！我此去不知是否活着回来，你要保重！

　　　　　　［孙尚香一震。

孙尚香　　这一天还是来了。

　　　　　　［鼓声紧急。

吕　　蒙　　阿蒙愚鲁，当年自知难配人中骄凤，未敢挺身而出，阻你远行。这十年来，千言万语，哎，说讲也罢，唯有一句话请切记：

· 145 ·

万万不要出去,告辞!

　　　　[吕蒙急下。

孙尚香　阿蒙,吕将军——

　　　　[孙尚香来回踱步,思忖片时,佩起青钉剑,下楼,取马,扬
　　　　鞭下。

　　　　[李好追上。

李　好　郡主,吴侯不许你私自外出呀! 她拿走了先将军宝剑,莫非
　　　　又去行刺了?

　　　　[暗转。

　　　　[两个光区。

　　　　[孙、刘两支水军逼近对方。

　　　　[一光区现刘备、刘封。

　　　　[一光区现孙权、吕蒙。

刘　备　(唱)飞舟逐浪趱流云。

孙　权　(唱)顶风逆水稳行军。

刘　备　(唱)哀我云长竟殒命。

孙　权　(唱)笑他匆忙发险兵。

刘　备　(唱)一江寒水藏悲愤。

孙　权　(唱)一江寒水战火焚。

刘　备　(唱)曾几何时,曾几何时逍遥东进,

孙　权　(唱)曾几何时,曾几何时假戏成真。

刘　备　(唱)施奇谋并南郡霸业立定,

孙　权　(唱)失小妹受奇辱卧胆尝薪!

刘　备　(唱)恨他戮我结义弟,

孙　权　(唱)恨他贪婪纵野心。

刘　备　(唱)雄师在手不必忍,

孙　权　(唱)摩拳擦掌覆乾坤!

刘　备　关云长,你这一死,死得好哇……
孙　权

　　　　(唱)出师有名群英愤,
　　　　　　振臂一呼志凌云。

　　　　　挥鞭阻塞长江水，

　　　　　从此天下不三分！

刘　封　父亲，你看，东吴水师在望。

吕　蒙　禀吴侯，刘备水师临近！

刘　备
　　　　将士们！
孙　权

　　　　〔幕后将士：啊！

刘　备
　　　　张弓！
孙　权

　　　　〔幕后将士：啊！

　　　　〔刘封、吕蒙满弓如月。

刘　备
　　　　搭箭！
孙　权

　　　　〔幕后将士：啊！

　　　　〔刘封、吕蒙迅速搭箭瞄准对方。

　　　　〔幕后孙尚香之声：慢——

　　　　〔刘备、孙权一震。

刘　备　尚香！

孙　权　小妹！

　　　　〔孙尚香飞舟而来，横舟江心。

刘　备　尚香。

孙　权　小妹。

伴　唱　一畔曾哺亲骨肉，

　　　　一畔曾伴骨肉亲。

　　　　涛涛逝水流不尽，

　　　　十载悲歌涌到今。

孙尚香　你们予我退兵。

孙　权　尚香回来！

刘　备　尚香，危险，回……去吧。

孙尚香　退兵。

孙　权　十年了，为兄知道你心中所牵挂，等待攻克西蜀，便将孩子带给你可好?

刘　备　尚香,待为夫攻取东吴,我们一家便团聚,只是你万不可贸然行事!

孙尚香　(高举青钉剑,上悬虎符)退兵!

刘　备
孙　权　汉皇虎符!

孙尚香　华夏将士,见此符如见天子!

刘　备
孙　权　(咬牙)退兵。

刘　封
吕　蒙　是!

　　　　〔双方将士后撤。

刘　备　尚香,女儿在宫中切切思念,翘首久盼,盼你回家!

孙　权　小妹,为兄数年来为难于你,痛悔不已,快快归来!

孙尚香　(苦笑)你们如此渴望占有虎符么?

　　　　〔刘备与孙权失语。

孙尚香　我又算作什么?

刘　备　你当是我汉中王妃。

孙　权　你本是我东吴郡主。

孙尚香　(唱)我本是无忧无虑孙小妹,

　　　　　　习武读赋阅诗篇。

　　　　　　何时盛气凌霄汉,

　　　　　　何时进退皆两难?

　　　　　　我从何方至,

　　　　　　我往何处还?

　　　　　　载东载西若飞藿,

　　　　　　且徘且徊觅故园。

　　　　你们想要虎符,却也不难——

刘　备　你有何要求?

孙　权　我都答应!

孙尚香　(唱)念,念,念,

　　　　　　　盼,盼,盼,

　　　　　　　收起干戈平恩怨,

　　　　　　　舅甥相息母女怜。

　　　　　　　遥遥南山放战马,

　　　　　　　幽幽桑梓乐陶然。

刘　备　如此乐园,孰不思之?

孙　权　乱世争霸,岂是儿戏!

　　　　〔孙尚香凛然一笑,弃青钢剑和虎符于长江中。

刘　备
　　　　啊!
孙　权

孙尚香　(唱)寒江依旧烈风残。

　　　　　　　浓雾依旧蠹旗旌。

　　　　　　　怒涛依旧惊拍岸,

　　　　　　　遮天依旧骇浪喧。

　　　　　　　叹,叹,叹,

　　　　　　　难,难,难。

　　　　　　　问何时,彩石横空补天堑?

　　　　　　　问何时,狂沙淘尽泪流干?

刘　备
　　　　搭箭!
孙　权

　　　　〔幕后将士:啊!

　　　　〔刘封、吕蒙沉重地瞄准对方。

　　　　〔刘备、孙权掩面拭泪,颤抖地举起手。

刘　备
　　　　射!
孙　权

　　　　〔万箭齐发。

　　　　〔幕后伴唱:啊——

　　　　　　　问何时,彩石横空补天堑?

　　　　　　　问何时,狂沙淘尽泪流干?

　　　　　　　是是非非孰可断,

　　　　　　　浩浩荡荡总无言。

雪落无迹随波转，

　大浪激湍去不还。

〔孙尚香如一尊冰雕，渐隐。

〔万籁俱寂。

〔刘备、孙权黯然举首。

〔剧终。

儿童剧

神奇的田螺壳

王晓菁

　　国家一级编剧，上海戏剧学院艺术硕士。现任宁波市文化艺术研究院副院长。第十一届浙江省政协委员，第十三届浙江省人大代表，宁波民进文化支部主委。创作大型戏剧作品二十多部，多次荣获国家及省市级奖项。其中大型越剧《阿育王》获中国戏剧节优秀剧目奖、中国戏剧文学奖金奖；音乐剧《告诉海》获全国精神文明建设"五个一工程奖"，浙江省第十一届精神文明建设"五个一工程奖"；儿童剧《神奇的田螺壳》获全国儿童剧优秀剧目奖；原创甬剧《筑梦》（又名《沈三江》）获浙江省精神文明"五个一工程奖"，浙江省第十三届戏剧节新剧目大奖，优秀编剧奖。

　　儿童音乐剧《神奇的田螺壳》2012 年 5 月由宁波演艺集团首演，获得文化部第七届全国儿童剧优秀剧目奖，宁波市文联 2011—2012 年度优秀文艺作品特别荣誉奖。

时　间：古代,夏日。

地　点：宁波,山村。

人　物：田螺姑娘——女,形如十六岁,修炼成精的田螺。

　　　　谢小妹——女,形如十岁,山村田间的小丫头。

　　　　谢　端——男,形如十八岁,山村田间的青年,谢小妹的
　　　　　　　　　哥哥。

　　　　蚂蟥精——男,形如二十岁,修炼成精的蚂蟥。

　　　　大冬瓜——男,形如十二岁,山村田间的小男孩,谢小妹
　　　　　　　　　玩伴。

　　　　豆芽菜——女,形如十岁,山村田间的小丫头,谢小妹玩伴。

　　　　众孩童、小蚂蟥、小田螺等若干。

序　幕

[光起。巨幅无缝纱幕前，月光下、小溪旁，小桥流水衬映出秀丽静寂的江南景致……

[舞台右侧附台的青石板下溪水潺潺……青石板上坐着民国服饰打扮的孩童"大冬瓜"。

[舞台左侧附台荷叶茂盛，荷花盛开……石磨之上坐着民国服饰打扮的孩童"豆芽菜"。

[两人各自随着宁波的地方音乐嬉水、打水仗……

[童谣：

  笃笃笃，我有田螺壳，

  叮叮叮，你（伲）是田螺精。

  只要有了田螺壳，

  样样宝贝天上落。

大冬瓜　（对着台下观众）哈哈，小朋友们好！

豆芽菜　（对着台下观众）嘿嘿，小朋友们好！

大冬瓜　我叫大冬瓜。哈哈！

豆芽菜　我叫豆芽菜。嘿嘿！

大冬瓜　我住在村东河埠头。

豆芽菜　我住在村西祠堂边。

大冬瓜　今天我们要在水田里打场水仗。

豆芽菜　看看谁最厉害做大王！

大冬瓜　哎！小朋友，我大冬瓜这么大肚皮，一看就知道我比那豆芽菜厉害，你们说是不是啊？

豆芽菜　哎哎哎！小朋友，小朋友，你们别看我瘦得像根豆芽菜，可我劲道一点不小。再讲我活灵多,再大的肚皮我也不怕。支持我的小朋友拍拍手,鼓励鼓励我! 谢谢,谢谢!

大冬瓜 你不怕我,我知道你最怕谁,就是她——

〔舞台一侧出现踢毽子玩的谢小妹。

大冬瓜 笑起来像朵花,

豆芽菜 哭起来天要塌!

瓜、菜 (同时)哭作包谢小妹!

谢小妹 哼,我才不是哭作包呢,你们要跟我玩噢,不跟我玩,我就——啊(故作咧嘴大哭)

瓜、菜 (忙捂耳)哎呀,又来了!

〔充满江南韵味的音乐起……

〔巨幅无缝纱幕内环境光渐起……

〔纱幕内呈现出一片江南田野的秀丽景色……

第一场

〔夏日午后的田野,青山隐隐,水田漠漠,时有白鹭掠过。烈日高悬,天气炎热,树上蝉鸣声声,池塘蛙噪四起。

〔环境光逐渐启亮。

〔谢小妹等一群孩童在田间嬉闹。

〔大冬瓜、豆芽菜从两边附台跑进舞台中心,和孩童们玩耍在一起……

〔一群小田螺拟人化的在田间欢快地舞动,与孩童们的玩耍相映成趣。

〔孩童们一边做着"抬花轿"的游戏,一边唱着童谣(用宁波方言):

    笃笃笃,我有田螺壳,

    叮叮叮,你(伲)是田螺精。

只要有了田螺壳，

样样宝贝天上落。

谁要(索人)做了田螺精，

八人大轿哎哟哎呀(哎足哎足)抬进门，抬进门。

谢小妹　(自傲地)哎哎，我才是田螺精，你们把我抬起来呀。

大冬瓜　(不服气)谢小妹，怎么又是你做田螺精啊，你都做了两回了，这次该轮到我了，来，来来，你们抬轿，我坐轿。

谢小妹　大冬瓜，你那么胖，谁抬得起你啊！

豆芽菜　(怯生生地)我很瘦哎，我做田螺精好了，反正我一次都没做过。

谢小妹　哎呀，豆芽菜，你风吹吹就要倒的样子，怎么像田螺精呢。

大冬瓜　你看谁都不像，就你最像啊！

谢小妹　(反唇相讥)难道还是你像？

大冬瓜　(得意地)哎，就是我像，你看，我有什么？(神秘地拿出一样东西)

大伙儿　(争先恐后地凑上前看，异口同声地喊)田螺壳？！

大冬瓜　看仔细喽，谁拥有田螺壳，谁才是田螺精。这田螺壳是我爸爸好不容易在水田里帮我找到的，你看，在太阳下，它还会闪闪发光呢！

　　　　〔孩子们簇拥着嚷嚷："让我看看，让我看看。"

谢小妹　(也想去抢)快给我，快给我！

大冬瓜　(得意地把田螺壳高高举起)就不给，就不给！

谢小妹　哼，有什么了不起的，我哥哥给我捡了一大堆呢。你这个又不是田螺姑娘的田螺壳，要是那个田螺壳，那才神奇呢，只要念一声："神奇的田螺壳，施展你的威力吧！"最好吃的东西都会到我的面前……

豆芽菜　(向往地)还有最好看的裙子。

谢小妹　还有许多许多好玩的……(闭上双眼，摇头晃脑，憧憬地)只要拥有了那个神奇的田螺壳，就什么事都不用做了，每天就是好吃，好喝，好玩，啊，这日子好爽啊！

大冬瓜　(不屑地)哼，瞧把你美的！那你去找找你的田螺姑娘要你的田螺壳吧。(转而招呼小伙伴)来，豆芽菜，我们玩这个。(递上田螺壳)

〔孩子们兴奋地相互抛接,轮流传看田螺壳,就是不给谢小妹,急得她直跳脚。

谢小妹　大冬瓜,大坏蛋,我不跟你玩啦。(突然跑去池塘边。)

大冬瓜　(吓了一跳)小妹,当心掉到水里,会被淹死的!

　　　　〔谢小妹却转身,用竹节做的水枪朝大冬瓜喷水。

谢小妹　(哈哈大笑)笨冬瓜,我这个是竹水枪,我哥哥给我做的,帅吧,酷吧,厉害吧! 快把田螺壳给我,你给不给,给不给! 哈哈哈……

　　　　〔大冬瓜四下躲闪水枪的喷射,突然看见水塘边的小田螺……

大冬瓜　哎呀,有蚂蟥!

　　　　〔孩子们尖叫着:"蚂蟥,蚂蟥!"纷纷逃开。

　　　　〔小田螺们顿时惊慌失措,也纷纷逃开。

　　　　〔蚂蟥精率蚂蟥们上,气势汹汹地围住小田螺们,群魔乱舞。

蚂蟥精　(唱)身隐田埂间,

众蚂蟥　(合唱)田埂间,田埂间,

蚂蟥精　(唱)吸遍众生血,

众蚂蟥　(合唱)众生血,众生血,

蚂蟥精　(唱)撕咬带狂吸,

众蚂蟥　(合唱)带狂吸,带狂吸,

蚂蟥精　(唱)蚂蟥威风显,

众蚂蟥　(合唱)威风显,威风显,

　众　　(齐合唱)威风显!

蚂蟥精　(狂笑)哈哈! (对蚂蟥们下令)小的们,砸掉他们的田螺壳,吸干他们的血! 小的们,快给我上!

　　　　〔小田螺遭到蚂蟥的猛烈攻击,纷纷受伤,惨叫、呼救和呻吟。

　　　　〔危急关头,田螺姑娘奋勇而上,以身护卫小田螺。

　　　　〔众蚂蟥蜂拥而上,围攻田螺姑娘。

　　　　〔田螺姑娘用自己的壳英勇地抗击,蚂蟥们被撞得晕头转向。

蚂蟥精　(惊诧地)妈呀! 这么硬的壳? 难道这就是传说中田螺壳?

众蚂蟥　拥有神奇的魔力……

田螺姑娘　（对着田螺壳念起咒语）神奇的田螺壳,施展你的神奇魔力吧!

　　〔田螺姑娘把田螺壳高高举起,在阳光照耀下,田螺壳发散出炫目的七彩光芒,熠熠生辉。

　　〔蚂蟥精被吓傻了,当他看到闪闪发光的田螺壳时,禁不住垂涎三尺,露出贪婪的目光。

蚂蟥甲　（无比向往地）大王,大王! 这就是神奇的田螺壳呀!

蚂蟥乙　你做梦都想得到它呀!

蚂蟥甲　可它不是你的。

蚂蟥精　它就是我的。有了它,我就会拥有无比强大的神力,就能吸尽所有生物的鲜血,就能在这世上称王称霸,为所欲为!

蚂蟥甲　（谄媚地）这田螺壳就是大王的。

蚂蟥乙　你看它威力无穷。

蚂蟥甲　无比的坚硬。

蚂蟥乙　还能发出如此漂亮的光彩!

蚂蟥甲　要是被它击中,

蚂蟥乙　就会没命的!

蚂蟥精　胆小鬼,快给我上,把这个神奇的田螺壳抢过来!

蚂蟥甲乙　是,大王。（却不敢上前）你请,你请……

蚂蟥精　（一脚把蚂蟥甲和乙踢出）你们到底去不去,小的们,给我上!

　　〔众蚂蟥群起而攻之。田螺姑娘寡不敌众。蚂蟥精突然从背后袭击田螺姑娘,划伤了她的手臂。

田螺姑娘　（疼得尖叫）哎哟!

　　〔田螺姑娘强忍伤痛,跌倒在地,急忙隐身躲进了大田螺壳。

　　〔谢端心急火燎地上。

　　〔大冬瓜发现了大田螺壳,不由自主地冲上前,捧起田螺壳。

谢小妹　（被蚂蟥粘住）哥哥,哥哥,快来救我!

蚂蟥精　（气得直跺脚,恶狠狠地）我蚂蟥爷一定会得到田螺壳! 等着吧! 哼!

　　〔蚂蟥精一挥手,率众蚂蟥逃下。

谢　端　（关切地）小妹，怎么样？

谢小妹　（撒娇地）我这里疼，还有这里，这里，好疼啊！

谢　端　（心疼地）噢，哥哥给揉揉，哥哥给揉揉，天黑了，我们赶快回家吧，你还说做饭呢，米淘了一半，就溜出来玩了。

谢小妹　（有点不好意思）我今天是想做饭的，淘米的时候，我看到一只小蜻蜓飞过来，我就去追她，追啊追啊，然后就碰到小朋友，然后就——

谢　端　（宽容地）然后就忘记做饭啦？

谢小妹　（有点担心）今天是不是没饭吃了？

谢　端　哥哥早做好了，怎么会饿着小妹呢，走吧，回家吃饭吧。

　　　　〔谢小妹一眼看到大冬瓜和小朋友拿着大田螺。

谢小妹　（大叫）大冬瓜，把大田螺给我。

大冬瓜　这是我先捡到的，凭什么要给你啊。

豆芽菜　是啊，我作证，就是大冬瓜先捡起来的。

谢小妹　啊，你们合伙欺负我。（转而向谢端救援）哥哥，帮帮我，我要那个大田螺！（装腔作势哭起来）

谢　端　（无奈地）好吧。

　　　　〔谢端身不由己地走到大冬瓜面前。

谢　端　（不好意思地请求）大冬瓜，呃，小妹很喜欢这个大田螺，要不，你就给她吧，好吗？

大冬瓜　我不，我也很喜欢这个大田螺啊！

　　　　〔谢小妹一听，哭声又大起来了。

谢　端　（连忙转身劝）小妹，乖！哥哥再想想办法。（又去请求）大冬瓜，谢端哥哥知道你是个好孩子，呃，这样吧，你还喜欢什么，我来跟你交换，好吗？

大冬瓜　（挠头想）这个嘛……（指着小妹手里的水枪）我要水枪！

谢　端　没问题，我这就帮你做一把水枪！

大冬瓜　（比画着）我要很大很大的那种，能喷出好多好多水的……

谢　端　（爽快地）行啊！给你做两把。

　　　　〔众孩童纷纷举手，叽叽喳喳地嚷嚷："我也要水枪！""我也要两把！"

谢　端　（连连点头）好好好，我让你们每人都拥有一把水枪！

众孩童　（欢呼雀跃，异口同声地）太好了，太好了！

大冬瓜　（很不情愿地把大田螺塞给谢小妹，讥诮地）给你，哭作包，羞羞羞。

众孩童　羞羞羞，哭作包。

大冬瓜　不跟你做朋友了！（转身跑下）

　　　　〔谢小妹捧着大田螺，还有点抽抽泣泣地不肯歇。

众孩童　（起哄）不跟你做朋友了！

　　　　〔众孩童纷纷跑下。

谢小妹　（慌了，急喊）哎，哎，我不哭了，我要跟你们一起玩啊，你们等等我，等等我！

　　　　〔谢小妹连忙把大田螺往谢端手里一塞，转身追赶小朋友们下。

谢　端　（唤）小妹，快回来，当心捧着！（无奈地摇头，自语）唉，这孩子，要的时候，恨不得马上要到手，现在说不要就不要了。（看着手中的大田螺，不由地被她吸引）不过，这个田螺倒真是漂亮。哟，她怎么受伤了！（想了想，对着田螺，轻声地）哈哈，田螺啊田螺，你跟我回家养伤，我会好好照顾你的。

　　　　〔蚂蟥精从角落里闪出身，探头探脑地紧盯谢端和他手中的大田螺。

　　　　〔谢端十分珍惜地抱着大田螺而去，全然不知身后有蚂蟥精率众蚂蟥悄然紧随。

　　　　〔切光。

　　　　〔舞台前区左侧附台定点光起，大冬瓜、豆芽菜隐现。

大冬瓜　哼，这谢小妹真讨厌，什么东西都要独占，真不好玩。

豆芽菜　你看见了吗？刚才那些蚂蟥可厉害了。

大冬瓜　是啊！

豆芽菜　田间的小田螺全部都遭殃了。

大冬瓜　哎！你说，刚才那只大田螺会不会拥有神奇的魔力？

豆芽菜　那只是传说，我爷爷的爷爷的爷爷就有的传说。

大冬瓜　唉！要是我俩能拥有这样一只神奇的大田螺，那该有多棒啊！

豆芽菜　你啊！大胖子白日做梦——白搭。

大冬瓜	嗳！你说刚才那只大田螺在谢小妹家会不会起什么变化？
豆芽菜	我总觉得这田螺有古怪、有猫腻、有戏！
大冬瓜	那咱俩去瞅瞅？
豆芽菜	走，去瞅瞅！（发现蚂蟥）啊！
	〔两人逃下。
	〔舞台上转景完成，景转到了谢家，一个温馨简朴的小家，屋子一角放置着一个大水缸。启光。

第二场

〔怪异的音乐起……

〔屋外，蚂蟥精率众蚂蟥蔓延涌上，蠢蠢欲动。

蚂蟥甲	（禀报）大王，这儿就是谢家。
蚂蟥乙	田螺姑娘就藏在屋里的水缸中……
众蚂蟥	我们快钻进去啊！
蚂蟥甲	吸干她的血……
众蚂蟥	拿下神奇的田螺壳！
蚂蟥甲	慢，这屋里会不会挖了陷阱？
蚂蟥乙	撒了盐？
蚂蟥甲	正等着我们往里跳呢。
蚂蟥精	你们这群小子怎么就想不出一点好事啊！
蚂蟥精	（咬牙切齿地下令）把谢家团团围起来，别让田螺姑娘逃跑喽。
蚂蟥甲	逮着机会就下手，
蚂蟥乙	不抢到那田螺壳，
蚂蟥精	我们……
众蚂蟥	（齐声响应）决不罢休！
	〔众蚂蟥在蚂蟥精的指挥下纷纷行动，实施对谢家的包围。
	〔奇异幽美的音乐起……

［迷幻的光影营造奇妙的情景,一片朦胧中,田螺姑娘从水缸里缓缓而出,犹如美天仙出浴一般……

田螺姑娘　(好奇地打量四周,恍惚地喃喃自语)这是哪儿呀? 哦,是谢端的家,多么温馨的家啊……(充满感激地)在这儿我能躲开蚂蟥精,好好养伤……(田螺姑娘变成村姑,把田螺壳变成发簪戴在头上)谢端真是个好人啊! 我怎样才能报答他的救命之恩呢? 呃,先给他和小妹做饭吧……

［田螺姑娘利索地干起活来,边做边唱。

田螺姑娘　(唱)从小爹妈教导我,

蚂蟥们　　(伴唱)(郎个玲珑依玲珑)

田螺姑娘　(唱)知恩图报记心窝。

蚂蟥们　　(伴唱)(郎个玲珑依玲珑)

田螺姑娘　(唱)学习谢端做好事,

蚂蟥们　　(伴唱)(依玲珑,依玲珑)

田螺姑娘　(唱)帮助别人快乐多。

蚂蟥们　　(伴唱)(啊依玲珑)

田螺姑娘　(唱)先来一个豆腐钻泥鳅,

蚂蟥们　　(伴唱)(郎个玲珑依玲珑)

田螺姑娘　(唱)黑白分明嫩又糯。

蚂蟥们　　(伴唱)(郎个玲珑依玲珑)

田螺姑娘　(唱)再来一盘马兰拌香干,

蚂蟥们　　(伴唱)(依玲珑,依玲珑)

田螺姑娘　(唱)满口香甜清清火。

蚂蟥们　　(伴唱)(啊依玲珑)

田螺姑娘　(唱)还有咸菜黄鱼汤,

蚂蟥们　　(伴唱)(玲珑……玲珑……玲珑……玲珑)

田螺姑娘　(唱)嗯,来一勺,鲜得来,鲜得你眉毛落。

蚂蟥们　　(伴唱)(啊依玲珑)

［在田螺姑娘的歌声中,屋外的蚂蟥们纷纷上蹿下跳,东藏西躲,将谢家牢牢沾粘围困。蚂蟥精自以为胜券在握,洋洋得意。

· 162 ·

蛤蟆精	(唱)你已是我的盘中餐,
蛤蟆们	(伴唱)(郎个玲珑依玲珑)
蛤蟆精	(唱)多么美丽的大田螺。
蛤蟆们	(伴唱)(郎个玲珑依玲珑)
蛤蟆精	(唱)先吸血再吃肉,
蛤蟆们	(伴唱)(玲珑……玲珑……玲珑……玲珑)
蛤蟆精	(唱)啊,来一口,鲜得来,鲜得我眉毛落。
蛤蟆们	(伴唱)(啊依玲珑)
蛤蟆精	(唱)我想要什么都能得,
蛤蟆们	(伴唱)(郎个玲珑依玲珑)
蛤蟆精	(唱)只要占有那神奇的田螺壳,田螺壳!
蛤蟆们	(伴唱)(啊依玲珑)

〔歌声中,屋里的田螺姑娘已把饭菜做好了。

〔田螺姑娘拿着洗衣盆欣然出门。蛤蟆精迅即挥手,率众蛤蟆隐蔽起来。田螺姑娘未察觉近在咫尺的威胁,她加快步子,下。

蛤蟆精	(目送田螺姑娘的背影,颇为诧异)哎!这村姑是谁?她怎么在谢家?
蛤蟆甲	大王,不是说谢家只有谢端和谢小妹二人……
蛤蟆精	不管那么多,进去,抓住田螺姑娘!拿到田螺壳!
众蛤蟆	(齐声响应)是,大王!

〔众蛤蟆在蛤蟆精的指挥下,畏畏缩缩地进屋,扑向水缸。

蛤蟆乙	(大惊)哎呀田螺没有了。
蛤蟆甲	刚才我明明看见田螺姑娘就藏在水缸里……
蛤蟆乙	噢,那它可能已经走了。
蛤蟆甲	噢,那散了吧,散了吧!
蛤蟆精	(气得一脚踹开蛤蟆乙)散个屁啊!这里谁是老大?
众蛤蟆	是你呀!
蛤蟆精	小的们,给我仔细搜,一定要找到那个神奇的田螺壳!

〔谢小妹提着水枪,磨磨蹭蹭地上,沮丧地扭头,向不远处嘟囔。

谢小妹　大冬瓜,豆芽菜,你们干嘛不带我玩呀?

　　　　〔不远处传来孩童们嬉闹的欢声笑语,还有那童谣:"笃笃笃,我有田螺壳;叮叮叮,你(伲)是田螺精……"

　　　　〔谢小妹见小伙伴们仍不搭理她,无可奈何地垂下头,走到家门口。

　　　　〔屋内的蚂蟥精们察觉有人要进来,顿时紧张。

　　　　〔蚂蟥精率众蚂蟥迅速隐匿。

　　　　〔谢小妹在门前磨蹭着,不愿进屋。

谢小妹　(苦恼地叹气)唉,大冬瓜他们多快乐呀! 有爸爸妈妈疼爱,还有很多好朋友,可我呢? 爸爸妈妈都不在了,小朋友们也都不理我了……我好可怜啊!(越说越伤心,禁不住哭起来)

　　　　〔躲在水缸后的蚂蟥甲、乙探头探脑,窃窃私语。

蚂蟥甲　咦,谢小妹怎么哭了?

蚂蟥乙　想她死去的爹妈了。

蚂蟥甲　怪可怜的。

蚂蟥乙　咱们别吸她的血了……

蚂蟥甲　我肚子都饿瘪了,恨不得一口吞了她!

谢小妹　(继续自语)我饿了,但不想去做饭,唉! 也不想干活……可是哥哥又要干农活,又要做饭,也太辛苦了……(禁不住幻想)嗳,我要是有田螺姑娘的田螺壳就好了。(煞有介事地念叨)神奇的田螺壳,施展你的魔力吧! 然后就会有满满一桌子的饭菜,热腾腾,香喷喷……

　　　　〔突然看到桌子上放满热气腾腾的饭菜,惊呆了,连忙出门,仔细看看家门,进门再看屋里其他地方。

谢小妹　(纳闷地自语)这……这……这是我的家吗? 没……没……没走错吧? 是我家呀! 可家里怎么已经打扫得干干净净,还做好了一桌饭菜! 是谁做的呢?(判断地)肯定是哥哥回来做的啦,(四处寻找)哥哥,哥哥!

　　　　〔谢端扛着锄头匆匆上。

谢　端　哎,小妹,回来啦,饿了吧? 哥哥这就给你做饭去。(放下锄头,准备做饭,却发现了这一桌子的饭菜)哟,小妹,饭已经做好了! 小

妹,你真的做饭了,还把家里打扫得干干净净。我的好小妹,
乖小妹,你长大了,真的长大了!

[谢端抱着小妹,开心地转圈。小妹被转得晕晕乎乎,不知道
说什么好。

谢小妹　(嗫嚅地)哥哥,我……

[谢端拉谢小妹跪下。

谢　端　小妹,来。(仰天感叹)爸爸,妈妈,你们看到了吗,我们的小妹
会帮着做饭,帮着打扫屋子了,她终于懂事了,长大了!

谢小妹　哥哥……

谢　端　小妹,快对爸爸妈妈说……

谢小妹　呃,爸爸妈妈,我,我已经长大了,你们放心吧……

[谢端疼爱地把小妹扶起来。

谢　端　你们就放心吧,小妹,哥哥尝尝你做的菜……(到桌前,尝了一
口)嗯,真香,真鲜,真好吃!(夸赞地)谁说谢小妹好吃懒做呀?
我家小妹又勤快又能干,最棒了!

[谢小妹被夸得有点飘飘然了,顺水推舟地附和着。

谢小妹　呵呵,那是啊,这做菜嘛……我随便做做的啦,噢,我还会打
扫房间,还会洗衣服,我还会干很多很多活呢……

[谢小妹摇头晃脑地自吹自擂,不小心撞上了洗衣回来的田
螺姑娘。

田螺姑娘　(被撞到伤口)哎哟!

谢　端　(急忙上前扶住)怎么了?

[田螺姑娘走到一边晾衣服。谢端丈二和尚摸不着头脑,疑
惑地打量她。

谢　端　(诧异地发问)哎,姑娘,你是谁啊? 怎么帮我们洗衣服啊?

[谢小妹也费解,上前审视田螺姑娘。

谢小妹　(好奇地)咦,你到底是什么人? 干嘛要帮我家干活?

[田螺姑娘莞尔一笑,不知如何说才好,欲言又止,继续埋头
晾衣服。

[躲在水缸后的蚂蟥甲、乙探头探脑,窃窃私语。

蚂蟥乙　这村姑谢家人怎么都不认识?

蚂蟥甲	嗯,有猫腻!
	[蚂蟥精突的从墙缝中探出脑袋,警觉地盯视田螺姑娘。
蚂蟥精	(顿生狐疑,旁唱)
	这个女子不寻常,
	其中必定有名堂。
谢 端	(接唱)陌生女子突造访,
	一头雾水糊涂账?
谢小妹	(接唱)这位姐姐俏模样,
	莫非饭菜是她放?
田螺姑娘	(接唱)兄妹诧异观我样,
	还得想法来圆场。
蚂蟥精	(接唱)村姑太奇怪,
	肯定有情况。
谢 端	(接唱)姑娘来帮忙,
	不知为哪样?
谢小妹	(接唱)问她又不语,
	害我心虚慌。
田螺姑娘	(接唱)要保田螺壳,
	冷静想主张。
蚂蟥精	(接唱)这村姑,
	有文章。
谢 端	(接唱)问姑娘,
	来何方?
谢小妹	(接唱)千万别,
	谎穿帮。
田螺姑娘	(接唱)兄妹俩,
	要帮忙。
蚂蟥精	(接唱)细察,
	有假。
谢 端	(接唱)姑娘,
	别忙。

谢小妹	(接唱)拜托, 　　　　别讲。
田螺姑娘	(接唱)我是? 　　　　街坊。
蚂蟥精	(接唱)搜, 　　　　找。
谢　端	(接唱)来, 　　　　讲!
谢小妹	(接唱)别, 　　　　完!
田螺姑娘	(接唱)噢? 　　　　那?

谢小妹　　哎,你到底是谁啊?怎么到我家来了?

田螺姑娘　(似有难言之隐,吞吞吐吐)呃,我是……是来报恩的。

谢　端　　(疑惑地)报恩?姑娘,我们帮助过你吗?

田螺姑娘　噢,谢端哥哥帮的人太多了,所以就想不起我来了。

谢　端　　姑娘,你叫什么名字啊?

田螺姑娘　呃,就叫我田螺吧……

谢　端　　田螺?(仔细打量)你……

田螺姑娘　你忘了吧?那天,烈日暴晒下,我都快渴死了,是你给我一杯水喝,才解了我的干渴。今日特意登门拜谢,你却不在家,我就自作主张帮你干了点活……

谢　端　　哦!(不以为然)哎呀,一杯水而已,怎能劳姑娘如此挂心,还带着伤,帮我们洗衣服。(转对小妹,嗔怪地)小妹,怎么让受伤的姐姐去洗啊?

谢小妹　　(更不爽了)我,我哪有让她去洗啊!

田螺姑娘　噢,是我瞒着小妹去洗的!她一点也不晓得……

谢小妹　　(冲着谢端发泄不满)听见了吧?你还冤枉我!

谢　端　　(歉疚地)哎哟,真对不起!哥哥不该冤枉你,我们小妹又勤快又能干。(转对田螺姑娘说)正好,请你尝尝我妹妹的手艺,这是她做的菜。

〔田螺姑娘不由一愣,把目光转向小妹。谢小妹被田螺姑娘看得有点心虚了,禁不住低下头去。

田螺姑娘　(有意缓解小妹的窘迫,爽朗地一笑)好啊!(尝一口)嗯,真不错!小妹,你真的很能干噢!

谢小妹　(仍顺水推舟地附和)呵呵,马马虎虎,一般般了……(试探地)田姐姐,你,你会做饭吗?

田螺姑娘　我会啊,不过,没你做得好。

谢小妹　(不好意思,硬着头皮敷衍)呃,不一定,不一定啦。

　　　　　〔田螺姑娘的发簪又闪亮了一下,

　　　　　〔谢小妹顿时被那发簪吸引了。

谢小妹　(饶有兴趣)田姐姐,你的发簪好漂亮啊!(向她伸手)给我看看!

田螺姑娘　(犹豫)这……(感觉到蚂蟥们就在附近,不敢轻易拿下发簪,委婉地对小妹说)呃,小妹,等会儿再给你看,好吗?

谢小妹　我不,我现在就要看!

谢　端　(劝阻)小妹,别任性。

谢小妹　(撒娇地)哥哥,我现在就要看,(不由分说地嚷嚷)你要是不帮我,就不是我哥!(装腔作势地哭起来)

谢　端　(顿时慌神)小妹,(无奈地顺从)好吧,哥哥帮你……(不由自主地转向田螺姑娘,不好意思地请求)呃,田螺姑娘,小妹只是想看一下发簪,看一下就还给你,好吗?

田螺姑娘　(很为难)这……

　　　　　〔突然,发簪又闪亮一下,田螺姑娘又一惊。

　　　　　〔蚂蟥精猛地从石墙缝里探出脑袋,一双贼眼紧盯着那发簪。

蚂蟥精　(敏感地判断)哈哈,我找到田螺壳了!

　　　　　〔众蚂蟥也纷纷从石墙缝里一个个探出脑袋,一双双贼眼紧盯着那发簪。

蚂蟥甲　在哪儿啊?

蚂蟥精　哼哼,远在天边,近在眼前!

　　　　　〔蚂蟥精挥手指向田螺姑娘的头部,那发簪又亮了一下。

众蚂蟥	（摸着蚂蟥精的手指）哪儿啊？哪儿啊？
蚂蟥精	（给他一个后脑勺）就是那个发簪。
众蚂蟥	啊，发簪?!
蚂蟥精	田螺姑娘真聪明，把田螺壳变成发簪，想躲过我们的搜寻，可怎么能逃得过我蚂蟥精的火眼金睛！
蚂蟥甲	大王，你真厉害！我们这就去把它抢来！
蚂蟥精	（眼珠一转，计上心头）慢，田螺壳现在田螺姑娘手里，怕是不好下手。等会到了那个哭哭啼啼的傻丫头手里，我们就能……
	〔蚂蟥精恶狠狠地做了个一把夺走的手势，迅速钻进墙缝，众蚂蟥也纷纷钻入墙缝……
田螺姑娘	（歉然）小妹，真的对不起！我现在真的不能把发簪给你……
	〔谢小妹顿时恼了，一屁股坐在地上，颇为夸张地哇哇大哭。
田螺姑娘	（诚然解释）谢端哥哥，真的很抱歉！原谅我不能答应小妹的要求，因为这个发簪……对我来说太重要了！
谢　端	（理解地）噢，没关系！小妹就是太任性了，你把发簪给她，她也就随便一扔……
谢小妹	（来气）你怎么知道我会随便一扔啊？
谢　端	那你抢来的那只田螺呢？
谢小妹	田螺你不是放水缸里了嘛。（上前，朝水缸里张望，不由地傻眼了）咦，怎么没了？
谢　端	（意料之中）我说吧，肯定又是你弄丢了！（苦口婆心地数落）小妹呀小妹，你这个毛病真是要好好改改，动不动就哭天抢地的。可得到了总是不懂得珍惜，那个田螺又不知被你扔哪儿去了……
谢小妹	（受不了一点委屈）我没乱扔田螺！没有！就是没有！你又冤枉我了！
谢　端	那你说，那只田螺呢？
谢小妹	哥哥，你怎么这样对我，以前事事都顺着我，样样都哄着

我，你今天怎么忽然变了？(指着田螺姑娘，情绪冲动地发泄)就是因为她吗？你这么向着外人，还是我的亲哥哥吗？

谢　端　　(被呛住)我……

谢小妹　　(负气地大嚷)我不理你了！再也不理你了！

　　　　　[谢小妹大哭着跑下。

谢　端　　(惶急)小妹！

　　　　　[谢端追下。

田螺姑娘　(也急了，高喊着出屋)小妹，小妹。

　　　　　[田螺姑娘也追下。

　　　　　[蚂蟥们纷纷从墙缝隐匿处涌了出来，冲到舞台前区。

　　　　　[巨幅无缝纱画幕在暗处降下……

蚂蟥甲　　大王，你看田螺姑娘把田螺壳护得那么牢。

蚂蟥乙　　那傻丫头满地打滚都没拿到啊！

蚂蟥精　　哼，只要那傻丫头够傻，她肯定会拿到的！

蚂蟥乙　　为什么呢？

蚂蟥甲　　(嘲笑地)你比傻丫头还傻呀！就没想到大王有绝招呀？

蚂蟥精　　(胸有成竹地)我要利用谢小妹的毛病，牵住她的鼻子，让她乖乖地为我效力！只要田螺壳到了傻丫头手里，我就……哈哈哈！

　　　　　[蚂蟥精发出阴险的奸笑，众蚂蟥心领神会地跟着狂笑。

　　　　　[切光。

　　　　　[同时，两旁舞台附台定点造型光起，大冬瓜和豆芽菜隐出……

大冬瓜　　这谢小妹老是自以为是、蛮不讲理。

豆芽菜　　好像天底下的所有东西都是给她准备的。

大冬瓜　　这下好，这蚂蟥精可要使坏了。

豆芽菜　　可千万别让这蚂蟥精得逞，它如果得到了那个神奇的田螺壳，那我们大家都要遭殃了！

大冬瓜　　是啊！

　　　　　[切光。

· 170 ·

第三场

[急促的气氛音乐起。

[巨幅无缝纱画幕内灯光打亮、打透……舞美环境呈现出青山密林,树木葱郁,峻岩层叠,山道崎岖。

[巨幅无缝纱画幕在急促的音乐渲染中升起……

[谢端和田螺姑娘焦急地边唤小妹,边寻边唱上。

谢　端　（唱）

　　　　小妹啊,你在哪?

　　　　快出来,别吓哥哥呀!

田螺姑娘　（唱）

　　　　小妹啊,天黑了,

　　　　快回家! 姐姐担忧呀!

谢　端　（唱）

　　　　小妹啊,快回吧!

　　　　哥哥再不说你啦,

　　　　你要啥哥就给啥,

　　　　只要你回家!

田螺姑娘　（唱）小妹啊,天凉了,

　　　　外面多危险呀。

　　　　姐姐给你看发簪,

　　　　只要你回家!

谢端、田螺姑娘　（双重唱）

　　　　小妹啊,你在哪?（天凉了）

　　　　哥哥（姐姐）着急啊!

　　　　你是家中的掌上宝,

　　　　求你快回家,快回家!

[两人怎么找、怎么喊都没有回应,谢端又沮丧又急躁。

谢端小妹到底去哪里了？以前她一不高兴就会跑到这里躲起来，让我找一会儿，她就出来了。可这次，都找了那么长时间，连个人影都没有！

田螺姑娘　（劝慰）谢端哥哥，你别急，也许小妹只是吓吓你，她肚子饿了就会回家吃饭的。

谢　端　唉！小妹这回真生气了，都怨我没当好哥哥啊！
〔谢端自责地捶打自己酸胀的腿。

田螺姑娘　（坦率直言）谢端哥哥，你不要再责备自己了。小妹的脾气也大了些，哪能这么说不得呀？一不顺心就离家出走，也不顾别人那么着急，那么担心……

谢　端　（辩白）小妹还小，长大就会懂事的。（自顾说下去）这么大的山林，她会去哪儿呢？要是冻着、饿着，或是迷路了，那可怎么办啊?！（越想越急，对田螺姑娘埋怨）唉，你要是把发簪给小妹看一眼，她也不会气跑了呀！你跟一个小孩子计较什么呀。

田螺姑娘　（神情复杂地摸着头上的发簪，有口难辩）我……呃，当时我也没想到这样做会把小妹给气跑的。唉，真对不起！你是小妹的亲哥哥，我知道你着急……

谢　端　（敞开心扉）其实，小妹不是我的亲妹妹……

田螺姑娘　（意外地）什么？这……

谢　端　（深切地倾诉）我从小就没了爹妈，是小妹的父母把我抚养大，待我像亲生的一样好……我十岁那年，发大水，整个村子都淹了。妈妈把我和小妹放进木盆里，自己却被一个浪头给卷走了！爸爸推着木盆，游了一天一夜，直到再也游不动了。他留下最后一句话："谢端，爸爸妈妈把小妹交给你了，要好好待她啊……"那年，小妹才三岁。从此我们相依为命……我怎能不好好待她？哪怕豁出命来，我也要保护她！这不是宠，而是世上最深的情！最深的爱！田螺，你不会明白，作为孤儿失去亲人，心头有多痛！日子有多难……（哽咽）如果小妹有个三长两短，我怎么向九泉下的爸爸妈妈交代啊！

田螺姑娘	(被触痛心伤,脱口而出)我怎会不明白失去亲人有多痛呢……
谢　端	你……
田螺姑娘	(欲言又止)我……呃,我懂你的心思。噢,我一定会帮你找回小妹的!
谢　端	谢谢你! 哟,天快黑了,我们还是快去找吧,不知她会不会躲到山上去了。
田螺姑娘	那我们就上山去找!
谢　端	好,我们上山!
	〔谢端和田螺姑娘呼唤着小妹攀山而上,突然田螺姑娘脚下一滑,眼见要摔下悬崖,谢端用手紧紧拽住田螺姑娘的衣服,用力把她托了上山崖。不料自己却一下脚底打滑,一步踩空,滚入深崖谷底……
田螺姑娘	(趴在山崖顶急呼)谢端哥哥……谢端哥哥你的腿……
	〔舞台后区切光。
	〔舞台前区起光,蚂蟥洞洞口,蚂蟥精率众蚂蟥在定点造型光中隐现。
蚂蟥甲	大王,你可真有本事。
蚂蟥乙	一瞬间变成西村的马公子。
蚂蟥甲	一顿天花乱坠的,
蚂蟥乙	哄得那傻丫头乖乖躲在树丛里,
蚂蟥甲	一声都不吭,
蚂蟥乙	哈哈! 快急死她那个傻哥哥了!
蚂蟥精	谢端肯定急疯了! 还不赶紧让田螺姑娘把发簪给小妹呀,那样我就能要什么有什么了! 走,再去给那傻丫头灌灌迷魂汤。
	〔蚂蟥精哈哈大笑,在众蚂蟥的簇拥下,扬长而去。
	〔场景转换。舞台后区光启,密密的林深处。
	〔谢小妹趴在杂树上睡着了,远处传来谢端和田螺姑娘呼唤的声音,她迷迷糊糊地起来。
谢小妹	(长长地伸了个懒腰,侧耳一听,自语)是哥哥和田螺姑娘在找我呢,哼,我才不应呢,就是要你们着急,看你们还敢不敢说我。

〔一股迷幻的烟雾升起，众蚂蟥也变幻成随从模样，簇拥着变成马公子的蚂蟥精上，走进树丛。

蚂蟥精　哎，小妹！

谢小妹　是你呀，西村的马哥哥……你让我躲在这里，要是我哥哥找不到我了，那可怎么办啊？天黑了，我回不了家啦！（惶急地欲哭）

蚂蟥精　（忙劝）别哭，别哭！你是不是饿了？

谢小妹　（一听止住哭了）你给我送好吃的来了？

蚂蟥精　当然了，我说话算数，要什么就有什么！你看——

众蚂蟥　香蕉苹果菠萝薯片糖果葡萄冰激凌。

〔那些蚂蟥扮成的随从忽然冒出来，捧上各种食物。

谢小妹　（看傻眼了，喜滋滋）啊，这是真的吗？不是做梦吧？

众蚂蟥　都是你的。

　　　　（谢小妹拿起就吃，却立马呸呸吐掉）

蚂蟥精　哎哎，你干嘛吐掉啊？

谢小妹　（皱着眉头）太难吃啦！

蚂蟥精　什么，难吃？（不信地自己尝一口，也连忙吐掉，尴尬地嘀咕）嗯，是挺难吃的。看来我的功力还是不够，只能变出样子，变不出味道。（有点懊恼）唉，我要是有田螺壳，什么好吃的东西变不出来……

谢小妹　（听不清楚，又耍起性子）什么田螺壳，快给我变好吃的，不然我就……（咧开嘴又要哭的样子）

蚂蟥精　别哭，别哭！（眼睛一转）你要好吃的，我告诉你哪里有……

谢小妹　噢，在哪儿啊？

蚂蟥精　只要你有了田螺姑娘头上的发簪，什么好吃的、好玩的、好看的，统统都是你的啦！

众蚂蟥　（附和，对谢小妹齐喊）都是你的啦！

谢小妹　（将信将疑）真的？

蚂蟥精　当然是真的，那个发簪可不得了啊，有神力！

众蚂蟥　（又附和，虚张声势地叫唤）不得了，有神力！

谢小妹　噢，怪不得，田姐姐连看都不让我看一眼。

蚂蟥精 （怂恿地）所以你一定要把那个发簪拿到手,就能要什么就有什么啦!

众蚂蟥 （再附和,手舞足蹈地欢呼）要什么就有什么啦!

谢小妹 哈哈哈! 太棒了! 太棒了!

（神往地唱）

　　　　我要,我要那弯弯月亮,

　　　　　是秋千架让我飞扬!

蚂蟥精 （唱）那月亮下来陪着你耍!

众蚂蟥 （伴唱）陪着你耍呀陪着你耍!

谢小妹 （唱）我要那满天的星星,

　　　　　落在裙子上让我闪亮!

蚂蟥精 （唱）那星星飞来绕着你翔!

众蚂蟥 （伴唱）

　　　　　绕着你翔呀绕着你翔!

谢小妹 （唱）我要那花仙子陪我玩耍,

　　　　　我是最美丽的公主女皇。

蚂蟥精 （唱）我都让花仙子跟着你耍!

众蚂蟥 （伴唱）跟着你耍呀跟着你耍!

谢小妹 （唱）我要大人们把我捧在手心上。

　　　　　天下的事情都顺着我的愿望!

蚂蟥精 （唱）我让天下所有的事情都顺着你做啊!

众蚂蟥 （唱）顺着你做啊顺着你做!

蚂蟥精 （唱）大家陪着你玩!

众蚂蟥 （唱）绕着你翔!

蚂蟥精 （唱）跟着你玩!

众蚂蟥 （唱）顺着你做啊!

众　　 （合唱）

　　　　　听你使唤、受你差遣、

　　　　　由你拨拉、随你左右,

蚂蟥精 （唱）一切全由你。

众　　 （合唱）说了算!

谢小妹	（信以为真，不由飘飘然）啊，太好了！（又有疑虑）可是，田姐姐连看都不让我看一眼，她怎么会把发簪给我呢？
蚂蟥精	这好办！你看——
	［蚂蟥精煞有介事地挥舞双手，随即变出了一个发簪，居然和田螺姑娘的那个一模一样。
谢小妹	（惊喜地）发簪？
众蚂蟥	（齐呼）发簪！发簪！发簪！
谢小妹	（诧异）怎么，田姐姐把发簪给你了？（迫不及待地）快，快让它变出好吃的！
蚂蟥精	嗨，这是假的！
谢小妹	（失望）假的？假的有什么用啊？
蚂蟥精	说你笨，你还不肯承认，这假的可以去换真的啊！来，我告诉你。（与小妹耳语）
谢小妹	（迟疑）这……这样做可以吗？
蚂蟥精	这有什么不可以的。
众蚂蟥	（齐呼）有什么不可以的。
蚂蟥精	（教唆地）小妹，记好了。田螺姑娘给你看发簪的时候，（比画着）你这么一换……就成了！
众蚂蟥	（齐呼）就成了！
谢小妹	（六神无主）这……
蚂蟥精	（强调）这两个发簪一模一样，肯定不会被察觉的。
谢小妹	（顾虑）那，要是田螺姑娘不肯给我看发簪呢？
蚂蟥精	她和你哥哥正在漫山遍野地找你，都快急疯了！
蚂蟥精	你现在要是回家，想要什么，他们都会答应！更别说看一眼发簪了。
谢小妹	要是田姑娘还不肯给我看发簪呢？
蚂蟥精	你就哭，哭得呼天抢地——
众蚂蟥	（齐呼）我哭！我哭！我哭哭哭！
谢小妹	是不是这样——（装哭）哇……
蚂蟥精	（连忙堵住耳朵）哎，行了行了，别哭了。
谢小妹	她要是还不给我呢？

蚂蟥精	你就闹,闹他个稀里哗啦!
众蚂蟥	(齐呼)我闹!我闹!我闹闹闹!
谢小妹	她就是不给我呢?
蚂蟥精	再不给,再不给,你就拿头撞墙……
众蚂蟥	(齐呼)我撞!我撞!我撞撞撞!
谢小妹	(倒吸口冷气)啊?拿头撞墙,那很痛的!
蚂蟥精	笨死了,让你装装样子,又不是真的去撞。记住了,一哭二闹三撞墙!
众蚂蟥	(齐呼)一哭二闹三撞墙!
蚂蟥精	往哪儿撞呢?小妹,只要使出这几招,田螺姑娘肯定会把发簪给你的。(把假发簪递给小妹)拿着!记住,拿到那个真发簪,就马上把这个假的换给她。
谢小妹	(拿着假发簪,犹豫不决)不行,我不能这么做。 〔谢小妹把发簪还给蚂蟥精,转过身去。
蚂蟥精	(急眼)你—— 〔蚂蟥精忍不住挥胳膊欲打小妹。小妹恰好扭过头来,惊诧地看着他。
谢小妹	你……干嘛? 〔蚂蟥精忽而有所意识,克制地止住,慌忙收回手,故作挠头,无奈地平息自己的情绪,硬挤出笑脸。
蚂蟥精	(温和地)呃,嘿嘿嘿!小妹,没关系的。你拿到真的发簪,变出你最喜欢的东西后,再偷偷放回去,神不知鬼不觉的,田螺姑娘肯定不会发现。
众蚂蟥	不会发现的。
谢小妹	(受了迷惑,不由点头)嗯,我变出喜欢的东西后,马上就把真发簪还给田螺姑娘。
蚂蟥精	对啊,这么一来,你喜欢的东西也都有了,有什么不好呢? 〔蚂蟥精把发簪又硬塞给小妹。
众蚂蟥	有什么不好呢?
谢小妹	(拿着发簪,有点心动)嗯,这个——

蚂蟥精	（实在不耐烦）好了，别这个那个了！（又无奈地克制，不得不改用温柔的语气）来，乖，天黑了，我送你回家吧！
众蚂蟥	送你回家吧！
谢小妹	噢，好啊！
蚂蟥精	小的们，送公主回家！
众蚂蟥	（簇拥谢小妹，大献殷勤，异口同声地）是，公主请……

　　[谢小妹被捧得又有点飘飘然了，并未察觉蚂蟥精脸上露出的阴险的笑。

　　[众蚂蟥簇拥着谢小妹下场，舞台前区切光。

第四场

　　[紧接前场，舞台后区起光，舞美转换，戏剧场境呈现出山崖谷底的逶迤山道。

　　[谢端拖着受伤的腿上，田螺姑娘在一旁搀扶着他。

谢　端	（意外碰到伤口，忍不住叫出声来）哎哟！
田螺姑娘	啊，谢端哥哥，你忍着些啊，来，我们去那边歇一会！
谢　端	（焦虑地）没事，到现在还是没找到小妹，天都快黑了，这样下去她会有危险的呀！不行，我得去找她，我得去找她！

　　[谢端起身执意要走，又碰到伤腿]

谢　端	哎哟！
田螺姑娘	你这个样子怎么去啊？来，你在这里坐着等我，我去找小妹！
谢　端	（连忙拽住她）哎，你一个女孩子，怎么能在夜里到处跑呀，还是我去！（悸然）这小妹，老是动不动就离家出走，真要出点事，那可怎么得了！怎么得了啊！

　　[谢小妹从山道上走下来，突然遇见了山道边上坐着歇气的谢端和田螺姑娘。

谢　端	（惊喜地）小妹！
田螺姑娘	小妹！
谢小妹	（有些心虚,怯怯地嗫嚅）哥哥,我……
谢　端	（如释重负,霎时消了气,旋即变得和蔼可亲）回来就好,回来就好！小妹,让哥哥看看,怎么样,没事吧？（拉着她的手,关切地端详,怜惜地）哎呀,手都凉了,快,把哥的衣服披上。
	［谢小妹突然发现谢端腿上的血迹。
谢小妹	（也关切地端详）哥哥,你脚怎么了？
谢　端	没事,哥哥刚才找你的时候……
田螺姑娘	一脚踩空,从山上滚下来,幸亏有树挡着,要不就——（察看伤口）哎呀,都出血了。这样不行,我去前面人家要点东西,小妹,你照顾一下哥哥。（匆匆下）
谢小妹	（焦急地察看）啊,哥哥,你怎么伤得这么厉害？
谢　端	（笑着安慰她）没事,就擦破点皮。
谢小妹	（又内疚又心疼地）很疼吧？
谢　端	（欣慰地）你回来了,哥哥就不疼了。
	［小妹猛地从背后抱住谢端。
谢小妹	（感动地）哥……（哭）你对我真好……
谢　端	（轻拍她的肩背,诚心诚意）傻孩子,你是我的妹妹啊,当然要对你好了。（嘱咐）不过,小妹啊,以后可不要再乱跑了！你知道吗,哥哥找不到你都快急疯了？
谢小妹	（感动,点点头）哥哥,我再也不会让你担心了,我一定要让你开开心心！
	［田螺姑娘端着一碗水上。
田螺姑娘	你能平平安安地长大,谢端哥哥就最开心了！（对谢端）会很痛,你忍一下噢！（用水擦拭谢端的伤口）
谢　端	（忍不住叫出声来）哎哟！
谢小妹	这是什么啊？
田螺姑娘	这是盐水。
谢小妹	盐水？
田螺姑娘	是啊,盐水可以杀菌,连蚂蟥都怕,就是伤口碰到会很痛。

谢小妹	（心疼地）哥哥，都是我不好，让你吃苦头了。
	［谢小妹忽然看到田螺姑娘头上戴的发簪，心中禁不住一动。
谢小妹	（谢小妹的内心画外音起）我一定要拿到发簪，我要给哥哥变出一间大房子，我一定要让疼我的哥哥开开心心！
谢小妹	（目不转睛地盯着田螺姑娘的发簪，不由地提问）哎！田姐姐，你头上戴的发簪真能变出好吃的东西吗？
田螺姑娘	（警觉地）谁告诉你我头上的发簪能变出好吃的？
谢小妹	西村马哥哥！
田螺姑娘	西村马哥哥？
谢　端	西村哪来的马哥哥？
谢小妹	是的，马哥哥说田姐姐的发簪能变出好多好吃的东西。
田螺姑娘	别听人瞎说，再说天上掉下来的东西，哪有自己做的好吃呢。小妹，以后别淘气了，你要是真喜欢我的发簪，喏，拿去给你看看。
	［田螺姑娘拔下发簪递给谢小妹。
谢小妹	（难以置信）啊，真的给我看啊？
田螺姑娘	（塞到小妹手上，叮嘱）不过，你可千万别弄丢了，这发簪很珍贵的！
谢小妹	（兴奋不已，小心翼翼地捧着发簪，左看右瞧，赞叹地）哇，真漂亮！
	［蚂蟥精率领众蚂蟥隐上……躲在暗处，见此垂涎不已，乘小妹不注意，抢夺发簪。
谢小妹	（急喊）发簪，发簪！
	［蚂蟥精瞬间把发簪变成了田螺壳。
蚂蟥精	（捧着田螺壳，得意地大笑）哈哈，在我的手上呢！
谢小妹	（一愣）怎么不是发簪，是田螺壳！
蚂蟥精	傻丫头，这发簪就是田螺壳，是不是啊，田螺——姑娘？
田螺姑娘	你这可恶的蚂蟥精！
谢小妹	（惊叫）蚂蟥精?！啊！啊……（吓得躲到田螺姑娘身后，害怕得一个劲地尖叫）
	［谢端闻声转身，连忙护住田螺姑娘和谢小妹。

蚂蟥精	蚂蟥精怎么了?
众蚂蟥	蚂蟥精怎么了?
蚂蟥精	你不也就是一只田螺精嘛!
众蚂蟥	是啊!
谢小妹	(惊讶)啊! 田螺精? 田姐姐,你是一只田螺精?
田螺姑娘	(坦然)是,我是一只田螺精。可是我不会害人。(冲着蚂蟥精呵斥)快把田螺壳还给我!
蚂蟥精	(洋洋得意)现在这个宝物就是我的啦!(煞有介事地对着田螺壳念咒语)神奇的田螺壳,施展你的威力吧! 我要一座金山,还有银山,还要许多珍珠玛瑙!
	〔田螺壳一点反应都没有。
蚂蟥精	(急了,继续念咒语)神奇的田螺壳,施展你的威力吧! 喂! 田螺壳,你听见没有啊? 怎么回事啊?
	〔蚂蟥精懵了,田螺姑娘趁机,奋力抢回田螺壳。
田螺姑娘	(义正词严)因为这田螺壳是我的,只有我的心才能让它具有神奇的魔力。
蚂蟥精	(气急败坏,指挥众蚂蟥)蚂蟥们,快把田螺壳给我抢回来!
	〔众蚂蟥从各个角落冲出,蜂拥而上,猛烈攻击田螺姑娘。
	〔谢端勇敢地瘸着腿挺身护卫田螺姑娘。
田螺姑娘	(对着田螺壳念咒语)神奇的田螺壳,施展你的威力吧!
	〔田螺壳闪闪发光,众蚂蟥撞到田螺壳纷纷落败。
	〔蚂蟥精眼睛一转,看到落单的谢小妹,心生一计。他突然擒住小妹。
谢小妹	(哇哇大叫)啊! 哥哥,田姐姐,快救我!
谢 端	(怒吼)小妹,小妹!
田螺姑娘	(愤慨地)小妹,小妹!
	〔谢小妹被蚂蟥精强行掳去,众蚂蟥跟随而下。
谢 端	(欲追)小妹!
田螺姑娘	(急忙阻拦谢端)谢端哥哥,那蚂蟥洞凶险无比,你不能去!
谢 端	那小妹怎么办?
田螺姑娘	(决断地)我去救小妹!

谢　端	怎么能让你一个人去?
田螺姑娘	(宽慰地)你放心,我有神奇的田螺壳,一定会救出小妹的!
谢　端	(束手无策,充满忧患)那,那你一定要当心啊!
田螺姑娘	谢端哥哥,放心!(急下)

〔谢端目送田螺下,内心着急万分……

〔巨幅无缝纱画幕在暗处降下……

〔大冬瓜、豆芽菜着急地上。

豆芽菜	哎呀,小妹被抓走了。
大冬瓜	小妹被抓走了。
豆芽菜	这下她可要吃苦头了。
大冬瓜	是啊,可要吃苦头了。
豆芽菜	你说,田螺姐姐能打败蚂蟥精吗?
大冬瓜	要是打不过蚂蟥精?
豆芽菜	那怎么办呢?
大冬瓜	你说小妹能救出来吗?
豆芽菜	不知道!
大冬瓜	真担心!

〔忧伤的气氛音乐起,巨幅无缝纱画幕内舞台后区的灯光打亮,舞美景致呈现出阴森森的蚂蟥洞,潮湿阴暗,可怖骇人。

〔谢小妹孤独地坐在潮湿的洞中,哭哭啼啼地发脾气。

〔蚂蟥精和众蚂蟥阴狠地围聚在她周边。

〔舞台前区环境光渐暗,谢端和众孩童慢慢隐退而下。

第五场

〔巨幅无缝纱画幕在音乐的尾声中徐徐升起……

谢小妹	我要回家,我要回家!(放声大哭)啊!

〔蚂蟥精和众蚂蟥被她的哭闹烦死了,都纷纷堵住耳朵,

蚂蟥精　不要哭啦,不许哭! 快去堵住这哭作包的嘴!

谢小妹　我就哭,就哭! 我还要闹!(双手挥舞,两脚乱蹦,把想过来堵她嘴的小蚂蟥都吓跑)我,我还要撞墙。(装腔作势地要撞墙,威胁地)你们再不让我回家,我就撞墙啦! 我撞啦!

蚂蟥精　(不耐烦地大声呵斥)好啦! 一哭二闹三撞墙,跟你哥哥玩去。你这傻丫头真是傻得够可以,你哥哥把你当宝贝,本大王可不在乎。反正痛的是你,你撞啊,撞啊!
　　　　　〔谢小妹这下傻眼了,倒激起她的倔劲。

谢小妹　(气呼呼地)蚂蟥精,大坏蛋,只会抢别人的东西,吸别人的血,吸血虫! 我就是要叫! 我就是要哭! 我……我……
　　　　　〔谢小妹拉开嗓子,用特别刺耳搞怪的声音唱起了歌曲《忐忑》的古怪旋律……
　　　　　〔蚂蟥精和众蚂蟥被刺激得全部捂住耳朵,左晃右倒,痛苦不堪……

蚂蟥精　(气急败坏地)不要唱啦,不要唱啦,你真是个坏小孩! 标标准准的坏小孩!

谢小妹　(急)我,我怎么是坏小孩?

蚂蟥精　你制造可恶的噪音! 你擅抢别人的东西! 你什么事情都懒得做,你什么好东西都要独占,你霸占别人的便宜,你掠夺别人的宝贝,你依靠别人的勤劳,你依仗别人的辛苦,你贪吃好睡、野蛮无情、自私贪婪、暴躁蛮狠,不仅没有一点用处,你还老给我添乱! 你和我一样,也是一个彻彻底底、一模一样的吸血虫!

谢小妹　(慌乱)我,我——

蚂蟥精　还我什么我! 你呀,现在唯一用处就是把田螺姑娘引来。要是她不肯来救你这个傻丫头,那你真的是一点用都没有!

蚂蟥甲　大王,还有用的。(贼溜溜地上下打量谢小妹)

谢小妹　(害怕地)你想干什么?

蚂蟥甲　你看她细皮嫩肉的,这血肯定是又香甜又可口。

蚂蟥乙　能让咱兄弟们饱饱吸一顿呢!

蚂蟥精 哈哈,好,要是没人来理她,就吸干她的血!

谢小妹 (十分恐惧)不要!

蚂蟥精 吃尽她的肉!

谢小妹 (更害怕)不要,不要!(张嘴要哭)

蚂蟥精、众蚂蟥 (齐吼)不——许——哭!

〔谢小妹哆哆嗦嗦地不敢哭出来,只好强压着抽噎。

〔众蚂蟥簇拥着蚂蟥精下。

〔谢小妹独自在角落里呜咽、抽泣……

谢小妹 (极其渴盼)哥哥,田螺姐姐,你们会来救我吗? 我好想你们啊!

(唱)好想,好想我的亲人,

好想,好想我的朋友。

如今你们在哪里,

会不会就这样把我丢?

我不该太任性,

不该什么都想占有。

做了错事的我,

你们会不会冒险来救?

我不愿做个坏小孩,

我要亲人和朋友。

可现在离得太遥远,

拉不到你们的手!

(深切地呼唤)哥哥,田螺姐姐,大冬瓜,豆芽菜,你们在哪里,你们都不要我了吗?

〔突然,轻轻传来田螺姑娘亲切的呼唤声,谢小妹一怔,忙朝四周寻望。

谢小妹 (不敢相信地)田姐姐。

〔田螺姑娘从石缝里悄悄探出身子,朝小妹做了个悄声的手势,警惕地察看周围,然后跑到她面前。

田螺姑娘 (抱住小妹,关切地)小妹! 怎么样? 没受伤吧?

〔谢小妹一看到田螺姑娘,悲从中来,不禁要咧嘴大哭,突然有所意识,忙收住声,啜泣着。

谢小妹	（恨恨地）坏蚂蟥，他们要吸干我的血！
田螺姑娘	姐姐马上救你出去。
谢小妹	（由衷地）田姐姐，这里多危险呀，你还来救我。田姐姐，你一定要相信我，那发簪，我真的只是想变出东西来以后，马上就还给你的。我不是坏孩子，也不是做吸血虫，更不想伤害你！
田螺姑娘	（安抚小妹，替她擦干眼泪，诚挚地）不要哭了，姐姐当然相信你啦，因为，我们是朋友啊！
谢小妹	（破涕为笑）嗯，我们是朋友，是最好的朋友！（又难过又懊悔）田姐姐，都怪我，什么本领都没有，只会玩，只会哭。现在什么忙都帮不上！
田螺姑娘	（不忍）小妹，别这么说，可是小妹，你要明白，你哥哥再宠爱你，也保护不了你一辈子呀，你一定要学会自立自强。
谢小妹	嗯……
田螺姑娘	（循循善诱）你知道为什么我的田螺壳会这样坚硬吗？
谢小妹	（摇摇头）为什么呀？

　　〔主题歌背景音乐声中，特别抒情的童声和声远远飘来：

　　　　笃笃笃，我有田螺壳，

　　　　叮叮叮，你（侬）是田螺精。

　　　　只要有了田螺壳，

　　　　样样宝贝天上落。

田螺姑娘	（娓娓道来）小时候，爸爸妈妈为了磨砺我，让我吃了不少苦头。他们让我背着沉重的田螺壳自己找食吃，自己找水喝……当时我并不理解他们的一片苦心，还挺委屈，甚至有些怨恨，连爸爸妈妈都不肯叫。
谢小妹	那他们呢……
田螺姑娘	他们并没有心软，有一回，在烈日暴晒下我都快渴死了，爸爸手里明明有水，却还偏偏要我自己去找水喝……还有一回，天气特别冷，妈妈不让我钻在她怀里取暖，硬带着我在寒冷的雪地里找食……
谢小妹	（惑然）他们为什么要这样待你呀？

田螺姑娘	爸爸对我说,只有这样摔打,才能练就本领,只有这样磨砺,才能在遇到艰难困苦时坚强地活下去。
谢小妹	(懵懂地喃喃)摔打、本领、坚强……
田螺姑娘	(深切地诉说)十年前一次发大水,我失去爸爸妈妈……(喉哽声阻)
谢小妹	(忍不住伤心地抽泣)啊……
田螺姑娘	(克制感伤)我没有了亲人,没有了姐妹,可我依靠着田螺壳,依靠着自己坚强的毅力挺下来了。
谢小妹	因为你拥有田螺壳神奇的力量。
田螺姑娘	这个力量是爸爸妈妈培养的,也是我在艰难困苦中磨炼出来的。
谢小妹	(领悟地)磨炼……
田螺姑娘	(深有感触)每当克服艰难、战胜困苦时,我都能感受到爸爸妈妈的良苦用心。我真想对爸爸妈妈说,谢谢你们让我吃了那么多苦,学会了这么多本领,我好想你们啊!可是,他们再也听不到了……
谢小妹	(听得泪流满面)他们会听到的!你说的每一句话,做的每一件事,他们都会听到、看到的,他们会为你高兴的!
田螺姑娘	嗯!好妹妹!(紧紧抱住谢小妹)
谢小妹	(情真意切地)田姐姐,我要和你一起回家!你没有爸爸妈妈,也没有兄弟姐妹,我的家就是你的家,我和哥哥就是你的亲兄妹!
蚂蟥精	(隐现)哎哟!好感动啊!多么温馨的一刻啊! 〔蚂蟥精和众蚂蟥从四面八方蔓延而出,将田螺姑娘团团粘围住。
蚂蟥精	(嚣张地狂笑)哈哈,田螺姑娘果然聪明,竟然找到了本大王的蚂蟥洞,可惜啊!你就是太善良了,就这样乖乖地听从我的安排落入我的圈套。好了,你是个明白人,别让本大王再费劲了,赶紧让你的田螺壳显显灵,替本王变出金山银山来!
田螺姑娘	(镇定自若)你先放小妹走,再说其他的,否则,我就是毁了田

螺壳，也决不让你得逞！

蚂蟥精　　(大方地一挥手)行，让那傻丫头走吧，反正就是一没用的
　　　　　　废物！

谢小妹　　(气恼地)呸！我，我不是废物！我就不走！

田螺姐姐　(劝说)小妹，别任性。

谢小妹　　(真切地)田姐姐，我要和你在一起，打败蚂蟥精！

蚂蟥精　　(嘲笑地)好啊，你要留下来，我们欢迎啊。

众蚂蟥　　(纷纷起哄)欢迎啊！

田螺姑娘　蚂蟥精，你休想打小妹的主意！要杀要剐冲我来！

谢小妹　　(紧紧抱住田螺姑娘，鼓起勇气对蚂蟥精吼叫)不许伤害我姐姐！

蚂蟥精　　小的们，给我抢！

田螺姑娘　(着急)小妹，别任性！

谢小妹　　我不走！我要帮你！

田螺姑娘　小妹，快走！

　　　　　〔田螺姑娘强行推她跳出了蚂蟥洞。

　　　　　〔蚂蟥精和众蚂蟥蔓延开来，粘围住田螺姑娘……田螺姑
　　　　　娘独自奋力迎战蚂蟥精和众蚂蟥。

　　　　　〔危急之际，小田螺们从洞口涌上。

蚂蟥精　　小的们，给我杀光她们，吸干她们的血！哈哈，你们这些小
　　　　　　田螺跑不了啦，小的们，给我烧死她们！

　　　　　〔众蚂蟥纷纷点火。霎时，洞里火光四起，田螺们被火烤得
　　　　　难受至极，东倒西歪。

　　　　　〔众田螺要和众蚂蟥拼命，可燃烧的火焰将田螺们围困，烧
　　　　　烤得她们难以抵抗，纷纷瘫倒。

　　　　　〔田螺姑娘焦急万分，竭尽全力扑火，却再也支撑不住，晕
　　　　　倒在地。

　　　　　〔突然，犹如天降雨霖，霎时，火被浇灭。

　　　　　〔原来是谢端和谢小妹带着孩子们冲上，他们站在洞口高
　　　　　处，用竹制的水枪喷洒出盐水，射向燃烧的火苗及众蚂蟥。

　　　　　〔众蚂蟥被盐水喷得东倒西歪，无力抵抗，节节败退。

　　　　　〔田螺姑娘醒来，支撑地站起。

田螺姑娘　(发现小妹,惊讶地)小妹!

　　〔谢小妹冲向田螺姑娘。

谢小妹　　田姐姐,是你告诉过我虫子怕盐水,我们终于把它们打
　　　　　跑了!

众小孩　　打跑了!

田螺姑娘　(欣喜)小妹,你真聪明,想出这么个好办法。

谢小妹　　(开心)田姐姐,我终于能用自己的本事帮助你了!

蚂蟥精　　哈哈,想用盐水降伏我,我蚂蟥精多年修炼,就凭你们这几
　　　　　把小小的水枪,就想降伏我,来啊! 来啊! 你们来啊!

　　　　　〔蚂蟥精见状,发急,猛扑上前,趁小妹不备,恶狠狠地咬
　　　　　住她。

谢小妹　　(惨叫)啊!

　　　　　〔众蚂蟥见机全部簇拥上来,紧紧黏附着谢小妹,使得她动
　　　　　弹不了。

蚂蟥精　　(狂喊)本大王吸了血,就有无穷的力量!

田螺姑娘　(忽地亮出田螺壳,高喊)神奇的田螺壳,施展你的威力吧!

　　　　　〔田螺姑娘奋力用田螺壳狠狠地砸向变形的阴森可怖的蚂
　　　　　蟥精,两者发生猛烈碰撞,蚂蟥精轰然而倒,而田螺壳也在
　　　　　空中被砰然撞碎了,碎片像礼花般四射绽放。

　　　　　〔天籁般的童声演唱起:

　　　　　　　笃笃笃,我有田螺壳,

　　　　　　　叮叮叮,你(伲)是田螺精。

　　　　　　　只要有了田螺壳,

　　　　　　　样样宝贝天上落。

　　　　　〔谢小妹看到了,也过去捡碎片。谢端、大冬瓜、豆芽菜和
　　　　　小田螺们一个一个也都走过去,深情地帮着一片片捡……

谢小妹　　(心酸地)田姐姐,因为我……神奇的田螺壳碎了……

田螺姑娘　(心疼地看着手中的碎片,摇摇头,倾诉衷肠)这个田螺壳并不神奇,
　　　　　它很普通,但在我心里它非常珍贵,因为它是我的家……自从
　　　　　我出生,它就伴随我长大,和我一起吃苦受累。当我失去
　　　　　了爸爸妈妈,它继续给我温暖,给我快乐,给我力量。为

了保护我,它受了很多伤,直到粉身碎骨,它都心甘情愿!(怀抱碎片,痛切地慨叹)我真是不忍不舍呀! 我怎能失去唯一的家……

(唱)小小田螺壳　就是我的家,

　　　拥有你　不怕风急雨大。

　　　失去田螺壳　我就没了家,

　　　还有谁　伴我春秋冬夏。

谢小妹　　(唱)有我们　有我们大家,

　　　　你就不会独自天涯,

　　　　亲爱的姐姐,

　　　　让我为你把泪擦。

谢　端　　(唱)我们大家　都是你的亲人啊,

　　　　手拉手　就像田螺壳一样力量强大!

众　人　　(齐唱)我们大家　都是你的亲人啊,

　　　　手拉手　就像田螺壳一样力量强大!

谢小妹　　(唱)你不会独自天涯,

　　　　有我们大家!

谢小妹　　田姐姐,我要好好保存这田螺壳的碎片,我要告诉它,我要像它一样坚强,因为它是我最珍贵的宝贝。

大冬瓜　　我也要好好保存它,像它一样坚强!

豆芽菜　　我也要!

众孩童　　我也要,我也要!

田螺姑娘　这田螺壳虽然碎了,但它有了你们坚强的爱,会更加神奇,更加美丽!

豆芽菜　　台下的小朋友,你们想不想拥有这田螺壳碎片,诶,我可舍不得,要不,给你们摸一下。

　　　〔众人拿着碎片,跑到观众席,让小观众们亲手抚摸田螺壳。

　　　〔童谣又起:

　　　　笃笃笃,我有田螺壳,

　　　　叮叮叮,你(伲)是田螺精。

·189·

只要有了田螺壳，

样样宝贝天上落。

[众人回到舞台上。

[众人用全身的力量，把所有的碎片合在一起。在激情昂扬的主题歌中，田螺壳复原，发出异样的光彩。

田螺姑娘　(兴奋地)田螺壳有了大家的爱，它复原了！

众　人　(兴高采烈)它复原了，它复原了，田螺壳复原了！

谢小妹　(开心地拉着田螺姑娘)田姐姐，我们带神奇的田螺壳回家吧！

众　人　田螺姑娘我们回家吧！

众孩童　(齐呼)我们送它们回家吧！

[谢小妹、田螺姑娘、谢端和众孩童纷纷护送受伤的小田螺们，边走边念起了童谣：

笃笃笃，我有田螺壳，

叮叮叮，你(伲)是田螺精。

只要有了田螺壳，

样样宝贝天上落。

谁要(索人)做了田螺精，

八人大轿哎哟哎呀抬进门，抬进门。

[欢乐的童谣声中，景物转换，豁然开朗，展现一片田野，在霞光普照下，生机盎然。

[小田螺们也精神焕发，与孩童们和谐相处，共同嬉戏。

[在他们的欢声笑语中幕落。

[剧终。

音乐剧

爱情小笼包

薛　晓

　　现任上海市徐汇区文化馆创作部主任、副研究馆员。曾荣获第十三届上海市青年岗位能手、徐汇区学科带头人、徐汇区杰出青年岗位能手、上海之春"新人奖"、上海市民文化节优秀个人、徐汇区文化系统"文化好青年"、徐汇区文化系统优秀党员等荣誉称号。小品《门当户对》、音乐剧《爱情小笼包》、短篇苏州评话《捍卫者》获第十届、十二届中国艺术节"群星奖";《洞》《真情不忽悠》《暖心外卖》等多个作品荣获第十一届、十三届、十四届华东六省一市戏剧小品大赛银奖;微电影《火鸟》荣获第二届上海公益微电影节优秀影片二等奖。另有多个作品荣获上海市"文明交通原创文艺作品"优秀作品、上海市群众文化奖励优秀作品、上海市群文新人新作展展演优秀新作奖等。多篇论文、剧本、歌词发表于《中国歌剧史》《上海剧稿》《青年社会中外教育研究》《上海歌词》《词林》《群文世界》《群文天地》等杂志。

　　音乐剧《爱情小笼包》荣获第十届中国艺术节第十六届中国文化艺术政府奖"群星奖"、上海市群文新人新作展评展演"优秀新作";短篇苏州评话《捍卫者》荣获第十二届中国艺术节第十八届中国文化艺术政府奖"群星奖"、上海市群文新人新作展评展演"优秀新作";小品《门当户对》荣获第十届中国艺术节第十六届中国文化艺术政府奖"群星奖"、第九届全国CCTV电视小品决赛优秀节目、上海市群文新人新作展评展演"优秀新作"、上海市群众文化优秀作品奖。

时　间：现代某日早晨。

地　点：南翔古镇一小笼店。

人　物：杨——小笼店杨老板,男,40 岁。

　　　　奶——奶奶,70 岁。

　　　　导——导游小李,男,20 岁。

　　　　张——点心师小张,女,25 岁。

　　　　餐厅男女服务员若干。

［曲一］

［幕启伴唱：

　　洗洗擦擦

　　拖拖刷刷

　　南翔古镇赛苏杭，

　　千年小城名气旺。

　　小小包子笼笼香。

　　笼笼香,亮汪汪,

　　精致玲珑传四方。

　　流传世界名气响,

　　不信你来尝一尝。

［店内,杨老板正指挥着服务员,随着音乐节奏打扫卫生、铺桌布、端盘子。音乐停。

杨　　立正!(服务员一字排开站好)都准备好了吗?

众　　报告老板,打扫完毕!

杨　　嗯,都给我听好了,今天本店将有一位重要人物光临,这可是老板我多方打听花大力气请来的。你,阿毛,还有你大龙,往后多给我长点记性,多跟师傅学着点,我这小笼馆的招牌还指望着你们发扬光大呢!

众　　是,老板。

杨　　废话少说,开门迎客!

众　　好嘞!(服务员开店门)

杨　　(坐柜台上边算账边唱)

　　　　［曲二］

　　　　(唱)长兴开业到今天,

　　　　　　生意兴隆聚财源。

　　　　　　如今各店推陈出新竞争妍。

　　　　　　长兴楼经受考验是关键?

我也知创业容易守业难。

墨守成规没饭碗，

我誓把这长兴楼金字招牌

世世代代相传，世代相传。

〔一年轻导游小伙头戴旅游帽、墨镜，身挂旅游牌，手举小旗上。

导　老板，两笼包子！

杨　哟，这么早呀！今天是接哪的贵客呀？

导　可不是贵客！这个团就一个人！VIP呢！对方指明要在你这长兴楼碰头。(看表)五点差两分钟，还好没迟到。

杨　做导游多好！

〔曲三〕

(唱)小包一背小旗一挥，

玩遍天下山水统统免费。

一趟下来腰包塞满大把小费，

塞得你肚大腰圆膀又肥。

导　(唱)身在其中方知其味，

为生计我吃苦受累。

我鞍前马后终日疲惫，

点头哈腰只差下跪。

日不能息夜不能寐，

老总一叫立即到位。

哎，都说导游起的比鸡早，我看还不如"鸡"呢！

杨　干哪行都不容易呀。先填饱肚子吧！

〔门外，一白发老人上。

奶　(抬头看牌匾)长兴楼，终于让我找到了。(激动)

〔曲四〕

(唱)离别故土五十载，

野花随风飘异乡。

衣锦还乡心花放，

奈何思绪纷纷扬。

少女时节寻梦想，

几多相思断我肠。

〔杨老板看到门外有人欣喜。

杨　哟，说曹操，曹操就到了吧。（上前迎接）

导　白发老人，穿着时髦，没错是她。（看表，上前招呼）阿姨，阿姨好！

奶　瞧这小伙朝气蓬勃，结结实实，嘴巴还挺甜。您是？

导　哦，我是南翔风光旅行社的导游，这几天由我为您全程服务，叫我小李吧。

杨　哦，老人家，您这么早就出来旅游了？早饭还没吃吧？来来来，请坐。（对一服务员招手，服务员1走近）

服1　您好，这是菜谱。

导　阿姨……

奶　小伙子，我都一把年纪了，论辈分都该做你奶奶了！

服1　对对，奶奶早上好！本店是百年老字号，尤其是小笼嘛是本店的招牌，丝质润滑的面粉，裹着韧性十足的馅儿，保证您吃了还想再来一笼。

导　广告做的不错啊？

奶　嗯，我就是冲小笼来的，说说你们都有些什么品种？

〔服务员们随着音乐站成一排，打着拍子念。

〔曲五〕

服1　有猪肉馅儿、虾仁馅儿、蛋黄馅儿、蟹粉馅儿。

服2　白菜馅儿、韭菜馅儿、什锦馅儿、八宝馅儿。

服3　咖喱小笼、麻辣小笼、五香小笼、三味小笼。

导　三味小笼是这里的特色！

服3　绿色的小笼皮用的是青菜汁，

黄色的小笼皮用的是胡萝卜汁，

紫色的小笼皮用的是紫橄榄菜汁。

服1　不同颜色的小笼包裹着不同的馅，

绿色皮包的是虾仁馅。

服2　黄色的是蟹肉馅。

196

服3　紫色的是开洋鲜肉馅。

　　　三种颜色，

　　　三种味道，

　　　三种馅!

导　哇,听的我口水都要流出来了。

奶　(对服务员)这些小笼看起来都太平常、太普通了,你们就没有
　　特别点的?

　　众　特别点的?

奶　是啊,我要点的你们这菜谱上没有嘛。

服1　啊? 还有什么小笼我们店没有的?

奶　钟笼包。

众　钟笼包?

奶　坐着似口钟,挟起像灯笼,故称"钟笼包"。

导　好啊,我也要尝尝。

杨　本店自我爷爷当家时,好像是做过这叫什么"钟笼包"的。可
　　传到我这代,老祖宗的手艺就失传了。老人家,真不好意思。

奶　哎,我特地从很远的地方寻访而来,看来要失望而归了!

服1　老奶奶,出来玩要高兴点,不就是一客小笼吗?

服2　对啊,不就是一客小笼嘛!

服3　我们店有那么多品种,您随便挑一种不就得了?

杨　你们都瞎掺和什么,一边去!

导　是啊,没有就算了。

奶　这钟笼包不是一般的小笼,它对我有着特殊的感情。(从包中
　　拿出一个旧木盒叹气)哎⋯⋯

张　这"钟笼包"我会做!

杨　你会做?

张　(唱)[**曲六**]

　　　一路上山清水秀如诗画,

　　　今日里受托前来长兴楼。

　　　十二年学艺把师拜,

　　　小笼工艺学到手。

来到这小笼汤包发源地，

誓将千年文化传承千秋。

你是杨老板吗？

杨	我就是。你是？
张	不是你托人请我来的吗？
杨	我请的是小笼制作高手张大厨。你一个姑娘……
张	姑娘怎么了，你小看我？
杨	姑娘！

［曲七］

(唱)不是我要小看你，

小笼制作确实不容易。

一两面粉做十只，

十四褶折层薄如纸。

形如荸荠半透明，

小巧玲珑赛工艺。

张	我师从小笼高手陈师傅十多年，师傅他无私地把满身手艺尽传给了我。
杨	陈师傅20世纪80年代就享誉上海滩，他做的小笼连美国总统都称赞！
张	(唱)钟笼包讲究"黄金比例"，

未出笼就已经香气扑鼻。

今天在这里献上手艺，

让钟笼包50年后重归故里。

众	真厉害啊！
导	包子还有黄金比例？
张	这是机密！待会儿你就知道了。
杨	张大厨，真的是你啊？阿毛、大龙，还不带张师傅进厨房？
张	老奶奶您稍等，我去去就来。（走进厨房）
奶	好，有劳了。
杨	（端上两杯水）来，请喝水！！
奶	谢谢！

杨　老人家,您回来一趟也不容易!这回可要好好住上几天,走走看看,现在这里也是一天一个变。

奶　嗯,变化真大,不过还好你这店没变。不然我还真找不到这里呢!

杨　(指木盒)哟,这可有些年头了!咦,这上面的竹刻还是出自我们南翔的嘛!

奶　真是好眼力!

杨　老人家,听你口音也像是本地人吧!

奶　是啊,我出生就在南翔。

导　啊?(惊讶得喷出水来)

杨　哦,怪不得!

奶　1949年那会儿我随父母跟着国民党到了台湾。本以为只是暂时的避难,没想到这一走啊就是五十个年头。

杨　回来就好,回来就好!

奶　以前我经常来你们店吃小笼,每次必点这钟笼包。在台湾,哪怕吃着再贵、再鲜、再香、再美味的食物,心里头,还会时时想起咱南翔的小笼!我也因为这钟笼包,爱上了和我一样喜欢小笼的人。他说他会在这里等我回来,我知道隔了那么久,我是不可能再见到他了。即使他还活着,我想他是不会记得我了!(哭泣)

杨　哎,这一晃都过去那么多年了,难道你就没有找他吗?

奶　我写过很多封信都被退回了。

　　[曲八]

　　(唱)颠沛流离到异乡,

　　　　从此音信两茫茫。

　　　　多少往事点点滴滴空追想,

　　　　千丝万缕化作遗憾无限长。(哭泣)

杨　老人家,您别伤心了!

导　我说,你怎么哪壶不开提哪壶啊?

奶　(擦眼泪)嗨!不说啦,不说啦。过去的事不要再提了!

张　(端小笼上)小笼来了!请慢用!

〔众人围着桌子作深呼吸状。

导　好香啊！

奶　看外形，八九不离十了，就是不知道味道怎么样？

张　那快趁热尝尝。

　　〔奶奶从木盒里拿出一把银勺，又用筷子夹起一只小笼，在醋碟里沾下后，放入口中品尝。

众　怎么样？

奶　嗯，就是这个味。姑娘，太谢谢你了！

张　（对着银勺仔细端详）这勺子我好像在哪里见过？

奶　怎么会？这把勺可比你的年纪哦！

导　我看看，（拿起银勺）做工细致，成色也不错，一看就知道是个古董！

奶　（激动地站起来）这勺确实有一对，姑娘，你快说在哪见过？

张　没错，就是它。我在我师傅那见过一把跟这一模一样的！

导　你师傅？

奶　你师傅叫什么？

张　陈艾龙！

　　〔**曲九**〕

　　〔音乐伴唱：从不曾忘记，和你在一起的甜蜜。

　　　　　　　从不曾怀疑，你是我永远的唯一。

　　　　　　　可是忽然，仿佛丢了你。

　　　　　　　My love 我害怕地无法呼吸。

　　　　　　　可是忽然，仿佛回不去，

　　　　　　　我像是那漂泊在天涯的雨滴。

奶　（哽咽）是他，是他！当年我离开南翔时，他买了一对银勺，一把给了我。可他后来怎么会成为小笼制作大师了？

张　师傅说他做小笼，是为了等一个人，就是让她回来能吃到这世界上最好吃的小笼！原来师傅要等的人是你？

奶　是我对不起他啊！姑娘，他还好吗？

张　他很好！我这就给我师傅打电话！

奶　你告诉他，有个老太婆拿着把银勺在长兴楼等他！想吃他亲手做的钟笼包……

杨　　老人家,别难过,应该高兴才对呀!

导　　我的天呀! 多美的故事呀! 南翔小笼简直就是"爱情小笼包"呀!

全　体　对! 爱情小笼包!

　　　　【曲十】

　　　　(唱)小笼包、小笼包,能品出爱的味道,
　　　　　　小笼包、小笼包,能见证爱的奇妙。
　　　　　　爱情的滋味,只有相爱的人才知道,
　　　　　　爱情的奇妙,只有相亲的人才感到。
　　　　　　半世缘,缘再续。
　　　　　　爱不止,情滔滔。
　　　　　　幸福就像小笼包,
　　　　　　生生世世挂心梢。

捍卫者

哒哒　嗖嗖　嘣嘣　轰轰轰……

书　表　四面是炮火,四方是豺狼。宁死不退让,誓死不投降!

1937 年 10 月 27 日,上海苏州河北岸有个地方叫四行仓库,现在枪声大作。仓库里面有四百多名中国勇士,外面一圈是上万个日本鬼子。日本人狂妄之极,扬言三天占领上海,三个月灭掉中国。可万万没想到,"8·13"宝山登陆后一路打下来,中国军队拼死搏斗。二个半月后还有一座仓库挡在前面。

乙　表　这座仓库是钢筋混凝土浇的,墙壁那么的厚。子弹打不穿,手榴弹炸不开,日本人调来火炮轰,墙壁打穿但人进不去,打了二日一夜,没踏进仓库半步。恨哪,八格!

甲　白　当,当,当! 现在是 28 日凌晨三点钟,在仓库顶楼上站着一个人,中等身材,长方面孔,一对眼睛炯炯有神。啥人? 他就是四百多名勇士的领头人谢晋元。居高临下对四面一看,河对岸是英租界,其他三个方向都是日本人的旗帜,就是没有一面我们中国人自己的旗帜?

　　白　弟兄们。

乙　白　团长。

谢　白　仓库,是嵌在鬼子肉里的一根刺,只要我们在,仓库就在;仓库在,上海就在。

乙　白　团长放心! 哪怕只剩一枪一弹,也要与鬼子拼到底!

谢　白　说得好! 只要我们弟兄一条心,生死一条命!

乙　白　是!

　　表　大家心里明明白白,最后关头到了。尖刀班班长陈树生,早就做好了必死的准备,他咬破手指在汗衫上写下几个字。

　　白　为国捐躯,儿所愿也。

　　表　对着家乡湖北方向连磕三个响头。嗵嗵嗵!

炊事兵老王,为弟兄们烧了三年多饭,从没给父母做过一顿,现在看来没机会了,爹娘的恩情只能来世再报了。笔拿在手里无从写起,万语千言并作两句。

白　　爹、娘,儿子半世做饭为弟兄,来生做牛孝爹娘!

谢　表　谢晋元小心翼翼从口袋里摸出一张照片,这张照是夫妻俩与四个孩子的合家欢,是谢晋元的最爱。将照片翻过来,笔"嚓嚓嚓……"

白　　维诚吾妻,我不是一个好丈夫,也不是一个好儿子,我是个军人。
　　　　国家危亡之际我能做的只有一件事,把自己的命,交给国家!真对不起,家里的一切,全靠你了! 如果我牺牲了,还要求你一件事,要让儿子扛起枪,一定要把日本鬼子赶出中国!晋元。

乙　表　息里嚓落……

谢　表　突然看见通风口里冒出一个脑袋。通风口中深更半夜怎会有人? 鬼子偷袭!动作快啊,"扎"一把拖出来,摁到地上,拔出匕首!

杨　白　慢!

谢　表　一呆,听声音是个女人,仔细一看,是个姑娘。

白　　你是?

杨　白　我找谢团长。

谢　白　我就是,你是谁?

杨　白　我叫杨惠敏,是战地童子军服务团的。

谢　白　这里是战场,你来干什么?

杨　白　我来送旗帜。

谢　白　旗帜?

表　　"搭!"接过一看,是一面大号旗子。

杨　白　太好了! 你怎么过来的?

杨　白　我游过来的。

谢　白　游过来的? 趁天还没亮赶快回去! 代我们向全上海市民致意,告诉他们,就是打到最后一兵一卒,我们也决不会丢中国人的气节!

杨	白	团长,市民们要我代表大家,与你们一起把旗帜升起来!
谢	白	好,树生,上楼顶升旗!
陈	白	是!
	表	嘟……嘟……嘟……军号声中东方晨曦微露,旗帜在士兵们的敬礼中冉冉升起。天亮了,对岸老百姓看见,"哗"一片沸腾。不论是中国人还是外国人,男男女女老老少少,个个热血盈眶泪流满面。 有人拿来黑板,上面写"向英雄致敬,抗战必胜"!
甲	表	嗡嗡嗡……
日	表	突然天上来了两架飞机。原来日本人得到讯息,仓库顶上升起了中国旗帜。还当了得? 旗帜代表精神,打掉旗帜就是灭掉精神。眼睛一眨,飞机已经到了仓库上空。心想最好扔炸弹,不能扔啊! 因为对岸是租界,一不小心要引起国际纠纷,没办法,只得用机枪扫射。打! 哒……哒……
谢	白	保护旗帜!
	表	谢晋元吩咐所有机枪向天上飞机开火,哒……哒……
乙	白	"啪"绳索打断,旗帜"得儿……"
甲	白	一个士兵冲上去,"搭"绳子抓住打好结,"嗨!"
乙	白	哒……哒……
甲	白	一个士兵倒下去,另一个士兵冲上来,绳索抓牢,嗨! 一拖,旗帜重新高高飘扬!
乙	白	"刮"旗杆打断。
甲	白	一个士兵冲上去,抓牢旗杆紧紧护住。
乙	白	哒……哒……
甲	白	一个士兵倒下去!
乙	白	两个士兵冲上去!
甲	白	三个士兵冲上去!
乙	白	四个士兵冲上去!
甲	白	五个士兵冲上去!
乙	白	旗杆下面的人像小山一座。
甲	白	上面的人一个个倒下来,鲜血喷涌而出!

乙	白	这是军人的勇气;
甲	白	男人的血气;
乙	白	中华民族的志气!
合	白	这是一群烈火金刚!!!
乙	表	对岸百姓看得激动啊!
	白	中华民族万岁!
甲	白	万岁,万岁,万岁!
谢	表	呼呜!突然一股浓烟,黑压压的,如天上乌云翻滚,直往仓库"呼"。
乙	表	对岸老百姓看得清楚,见黑烟之中好几个日本鬼子,头顶钢板,肩背炸药包,偷偷摸摸往仓库门口摸过去。不好!这是要炸房子!所以拼命喊。
	白	不好了,鬼子炸房子啦!炸房子啦!
谢	表	谢晋元居然没听见。
乙	表	老百姓急死了!在黑板上画了几个鬼子,下面几个大字:鬼子炸房子!高高举起。
杨	表	杨惠敏看见了。
	白	团长你看!
谢	表	谢晋元看清楚了,就在此时,听得装甲车声"嘎嘎嘎"。
谢	白	姑娘赶快走,再不走来不及了。
杨	白	我不走!
谢	白	为什么?
杨	白	我要与大家一起杀鬼子!
谢	白	好!我交给你一个任务,完成这个任务。
杨	白	任务?
谢	白	这是我们四百多名弟兄的遗书。
杨	白	遗书?
谢	表	我是多么希望一个不缺地把他们全部带出去。但是你也看见了,刚才几个弟兄再也回不来了。或许半天,一小时,甚至半小时,我们这些人就只剩这些遗书了。
	白	拜托了!

乙	表	这怎么是四百多份遗书,是四百多条命啊。
杨	白	保证完成任务!(敬礼)
乙	表	包裹一打,杨惠敏走。
谢	表	看杨惠敏走,稍稍心定了些。
乙	白	团长,不好了,鬼子上来啦!
谢	白	千万别让鬼子靠近,给我狠狠地打!
双	表	哒……哒……
谢	表	谢团长很清楚,眼看鬼子越来越近,假如十几个炸药包"嘣"同时爆炸。四行仓库将门户大开。
谢	表	"咂咂!"抓起二颗手榴弹。
陈	白	团长,我上!
	表	陈树生衣裳一撩,腰里露出一圈手榴弹。
谢	白	树生!
陈	白	为了上海这座城市;为了兄弟姐妹不受侮辱;为了中华民族不做亡国奴,小弟先走一步了!
	表	噔噔噔噔儿……
谢	白	树生!
和	表	"轰!"
甲	白	烈焰升腾,冲破漫天乌云。
乙	白	血肉之躯,筑起钢铁长城。
甲	白	精忠报国,何惧粉身碎骨。
乙	白	还我河山,
合	白	英雄浩气长存!

门当户对

时　间：现代的某一天。

地　点：普通人家客厅。

人　物：母亲——王阿姨,60 岁,保姆,单亲妈妈。

　　　　儿子——张　斌,30 岁,大龄白领青年,王阿姨的儿子。

　　　　教授——李教授,65 岁,丧偶,大学退休老教授,王阿姨的
　　　　　　　　东家。

〔普通人家客厅一角,沙发、茶几、柜、桌椅实景布置。

〔响雷。母亲从沙发上起身去关窗户,收起行李箱。

母　亲　这雨没完没了的下真烦人!(关窗,收行李箱)

　　　　〔儿子头顶外套,开门进。

儿　子　妈,您怎么回来了?

母　亲　儿子!(接过外套)星期天不上班你跑哪去了?

儿　子　妈!就只许您星期天在李教授家加班啊!

母　亲　星期天不休息那可是征求过你意见的!再说了李教授不是
　　　　给妈涨工资了么?

儿　子　妈!

母　亲　干什么?

儿　子　妈!请坐!(扶母亲到沙发上)妈,你过来坐!你回来的正好,我
　　　　有个大喜事要告诉您!

母　亲　什么大喜事?

儿　子　您猜猜看!

母　亲　晋升了?

儿　子　不是!

母　亲　涨工资了?

儿　子　那算什么大喜事呢?妈!您亲爱的儿子我马上就要结婚
　　　　了!!!结婚!

母　亲　啊?莉莉她同意了?

儿　子　同意了!

母　亲　太好了,真是太好了!儿子,妈跟你说实话,你和莉莉谈的这
　　　　两年,妈这颗心啊一直都悬着。我就怕她像你以前的那两个
　　　　女朋友一样嫌咱家房子小和你吹?哎,这下好了!就是咱们
　　　　家房子有点小委屈她了。儿子,你不会怪妈妈没本事吧?

儿　子　妈,您说什么呀!你可别忘啦,您当年可是新疆农一师机关
　　　　幼儿园的大园长啊!妈,我记得小时候咱们街坊四邻看见我

就说:"小上海,你妈妈长得真漂亮!"妈,您这辈子吃的苦够多啦!我已经想好了,等我结婚的时候,我把这房子好好设计设计,到时候咱保姆不干了,我把您接回来咱一块住!

母　亲　哎呀傻儿子,到时候你们结婚了,我再跟你们挤一起那不合适!

儿　子　妈,这谁说儿子结婚就要赶走老娘啊,要是那样的话我情愿打一辈子光棍!

母　亲　儿子,你有这份心,妈就心满意足了!儿子,我想好了明天我就去找下家,让你们好好地过过二人世界……

儿　子　妈,找什么下家?李教授家怎么了?

母　亲　哦,没什么,李教授家妈做的时间太长了,不做了……

儿　子　不做了?妈,您可别骗我!您在他们家做了都5年了,你说不干就不干了?那谁信啊!

母　亲　哎呀,在哪家做不是做呀?再说了,你妈这么能干,工作好找。

儿　子　妈,你跟我说实话!

母　亲　没事!

儿　子　妈,他是不是欺负你了?

母　亲　哎呀,你这孩子说的什么话呀!亏你想得出来!

儿　子　哎呀妈呀……我不是着急吗?妈,求您了,您告诉我到底怎么了?

母　亲　今天早上李教授女儿燕燕给我来电话了。

儿　子　她不是在美国吗?专门给您打电话?什么事呀?

母　亲　(轻声地)她要给她爸做媒。

儿　子　什么?

母　亲　(大声)她要给她爸做媒!

儿　子　啥?做媒?跟谁呀?跟您?(高兴)哎哟,我怎么就没想到呢!妈,这是好事呀!

母　亲　儿子,你跟妈说实话,你觉得我跟他在一起合适吗?

儿　子　合适啊!怎么不合适?妈,自从我爸去世以后,您从新疆回来,是怕寂寞才去给人家做保姆,李教授不也一个人嘛。再说了,他人品好,学问好,最重要的是对你也好!妈,您这下半辈子就等着享清福吧!

母　亲　你看看,你看看,连你都这么说!不知道的人还以为妈图的就是人家的钱呢!我可不想被别人指指点点地过下半辈子!

〔这时一老头,手里拿着雨伞和一长串纸条上,按门铃。

母　亲　(纳闷)谁呀?

教　授　是我,小王!

母　亲　(慌张,开门)李教授,您怎么来了?(让进屋)您坐,我给您倒水!

儿　子　妈,还是我去吧,李教授您坐!(下)

教　授　小王!先别忙活了,我有话要问你!

母　亲　有什么话,打个电话不就好了吗?下这么大雨,万一磕磕碰碰的可怎么办?

教　授　你别跟我打岔,我问你,你在我那干得好好的,五年了!为什么突然之间连招呼都不打,就留个纸条说不做就不做了呢?

母　亲　不做就不做了,又不是什么大不了的事情!

教　授　哦,不,你好多事情都没跟我说清楚!

母　亲　该说的我在纸条上不都说了嘛。

教　授　哦,就这个?(从口袋里拿出纸条一张张念)

什么柜子里是干净的衣服。

冰箱里是新鲜的菜。

听医生的话要按时吃药。

看电视电脑离远点,不要伤了眼睛。

还有这个,注意锻炼身体别找太僻静的地方……

你说的就这些啊?

母　亲　这些还不够吗?

教　授　当然不够!你还有好多事情没有交代清楚!

母　亲　我还有什么事情没交代的?

教　授　比方说,你对我有什么意见那?我哪些地方做得还不够啊?你告诉我,我可以去改嘛!

母　亲　哎呀我……

儿　子　(端茶杯上)李教授,你喝茶!

教　授	斌斌,放着放着! 我想和你妈妈说几句话,行吗?
儿　子	行,没问题! 李教授,你还没吃饭吧?
教　授	没,肚子正饿着呢!
儿　子	行! 我去给你买您最爱吃的酸笋米粉! 老规矩两份竹笋外加一个卤蛋!
教　授	好,好! 还是斌斌知道我! 哎带着伞,外面下雨! 当心点过马路小心了!
儿　子	知道了! (下)
教　授	呵,这孩子!
母　亲	李教授,来您坐!
教　授	你也坐!
母　亲	李教授,真对不起,我真的不能跟你回去,来您喝水。哦,对了,斌斌就要结婚了,我得回来照顾他们小两口,将来他们要是有孩子了,我还得帮他们带孙子呢!
教　授	斌斌要结婚了? 这可是好事呀! 你怎么不早跟我说啊? 可斌斌结婚后你这住哪啊?
母　亲	斌斌说了他会好好设计设计,您看那小阳台收拾一下,我就可以住在那……
教　授	什么? 你住阳台? 哎呀。不合适! 你住哪都不合适!
母　亲	儿子说了,如果结婚赶走妈的话,那这个婚他就不结了!
教　授	这是斌斌说的? 真是个孝顺孩子! 小王啊你有福气啊,生了个这么好的儿子! 你看,孩子这么懂事,我们当老人的是不是得为他们着想,给他们创造一些条件呀?
母　亲	说的是呀,我刚才还和他说明天我就去找下家……
教　授	什么找下家? 行了,我都知道了,你别再瞒我了。燕燕打电话告诉我了。
母　亲	都知道了?
教　授	是啊! 我跟你说,今天燕燕打了个电话给我,其实呢这是我的意思,我把我的意思告诉了燕燕。没想到,燕燕在电话里一听啊开心得不得了! 同意了! 没想到,这孩子做事也太莽撞了,怎么事先也不跟我商量商量,你可千万别怪她啊!

母　亲　不,我不会怪她的!

教　授　我就是怕你有思想负担,今天不管刮再大的风,下再大的雨,我也要过来和你解释清楚。既然孩子把这层窗户纸捅破了,那一直憋在我心里的话,今天也不得不说了!

母　亲　什么都不用说了,我知道您对我好。我就是一个保姆,您跟我在一起别人会笑话的!

教　授　谁爱笑谁笑去!什么身份、教授、保姆呀,那只不过是一个一个贴在脑门上的标签。退休了,人老了,还分什么高低贵贱呀。

母　亲　李教授我知道您家里需要人手,这样,我给您介绍一个好保姆。一定会把您照顾好!

教　授　我不要保姆,我要的是一个懂得知冷知热的伴!我说,小王啊邻居都说我有福气,其实你知道的呀我很孤独。我老伴去世那么早,我女儿又在美国,那么大的房子空空荡荡的,就剩下我孤零零的一个人,连个说话的人都没有啊!

母　亲　你可以飞到美国和女儿一块住啊!

教　授　老了,飞不动了。再说住哪都不如住个家里好。谁再好不如跟老伴亲啊。女儿再孝顺她代替不了老伴的位置!

母　亲　李教授,你说的这些我都能理解,你人好,你有学问,您一定能找到一个跟您般配的。

教　授　般配能当饭吃吗?我就觉得我们俩就挺般配的!小王,五年了,是谁每天陪我到公园去散步遛弯啊?把一个中了风腿脚不便的老头,当着孩子一样搀着扶着,走啊走啊。你看,我现在这两条腿利索了!五年了,是谁每天给我泡茶做饭?在我写东西的时候伴我熬夜,为我驱寒?五年了,是谁每天给我弹唱儿歌逗我乐?小王,五年来,够你辛苦的了!我真要说声谢谢啊!小王,你在家里,这个家就有了温暖;有了你,我这心里边就踏实了。这五年来,我从来没把你当成保姆,你是我的朋友,你是我的亲人,你是我精神上的支柱啊!要是没有了你,我这个精神大厦就要塌了!

母　亲　(感动)李教授!

教　授	别叫我教授,叫我老李。我现在只想问你一句话,你对我到底有没有感觉?
母　亲	其实一直以来,我……我就是不敢想。
教　授	没有你的日子我也不敢想。我活了大半辈子到老了我才明白,什么是幸福啊,那就是到了晚年你还能快快乐乐地活着!小王,你不但要去想,还要大胆地接受!
母　亲	你不怕别人说保姆来瓜分你教授的财产?
教　授	财产算得了什么啊!生不带来死不带去的!你看这人那,两眼一闭腿一伸什么都归零了。小王呀,你这一辈子过得不容易呀!你想想看你年纪轻轻就到内地支援建设,辛苦了几十年退休了,回到家里该享福啦!老伴又去世了!小王,你的下半生,我保证让你过得开心,过得顺心,过得舒心!小王,我有信心能够照顾好你,你就答应我,答应我!
母　亲	老李!
教　授	这就对啦!小王,我跟你说别想那么多,也别管别人怎么说怎么看,我们要走我们自己的路。你看,我的女儿就支持我们!我相信斌斌也一定会支持我们的!你不信,等他回来了,我直接问他。
儿　子	(上)米粉来了。李教授,你刚刚说我什么呀,我可都听见了!
教　授	斌斌,李叔叔跟你说个事行不?
母　亲	老李……你先别着急!
儿　子	老李?
教　授	呵呵。还不好意思呢你妈!斌斌,从今天开始,你妈就住到我那去了!
儿　子	啊?
教　授	哎,我不给她发工资了,但是我的工资卡还有我家里的钥匙都由她保管啦。哦不过,你的担子就重了!你不仅要照顾好你的妈妈,还要外加一个健康指数还算及格的老头子!你愿意吗?
儿　子	我愿意!(把母亲的手交到教授手里)妈,李叔叔,我祝你们二老幸福!

母　亲　谢谢儿子!

教　授　我也得谢谢我的宝贝女儿!

母　亲　对,赶快给燕燕打个电话!

教　授　(拨手机)喂?是燕燕吗?我是你老爸啊!燕燕,爸爸要谢谢你,谢谢你让爸爸的幸福生活提前到来了!对,他们都在我身边呢!我跟你说,斌斌就要结婚啦,好的,到时候我们四个人一起来洛杉矶度蜜月,好好,知道知道……

〔音乐声渐强淹没了李教授的电话声。

京剧

如梅在雪

高　源

　　上海市剧本创作中心编剧,上海戏剧家协会会员。2007 年、2016 年毕业于上海戏剧学院戏剧影视文学系,分获文学学士、艺术硕士学位。主要作品有:电视剧《那时花开》《佳期如梦》《逆光》等;京剧《朝闻道》《十两金》《如梅在雪》等。作品曾获上海市"中国梦"小戏小品创作征集活动一等奖、第六届湖南省艺术节"田汉大奖"等。

　　《如梅在雪》由湖南省京剧保护传承中心创作演出,首演于 2018 年,获第六届湖南省艺术节"田汉大奖"。

人　物：梅　花——能丹宜尔哈,18岁,清朝和硕梅花公主,德亲王嫡
　　　　　　　　长女。

　　　　李良川——字凌寒,20岁,明朝重臣李国栋将军之子。

　　　　多　罗——22岁,蒙族孤儿,德亲王义子,王府亲卫统领。

　　　　德亲王——48岁,清朝和硕亲王。

　　　　虹　儿——17岁,梅花公主贴身丫鬟。

　　　　钱自蹊——60岁,明廷重臣,降清后得到德亲王重用。

　　　　张子文——24岁,李良川固守粤北良川时的副将。

　　　　哈　七——八旗子弟。

　　　　胡　八——八旗子弟。

　　　　公子甲乙、清军报子、清廷军民、明廷军民等。

　　史籍实录:

　　　　大清顺治五年(1648年),摄政王多尔衮谕令:

　　　　"方今天下一家,满汉官民皆朕臣子,欲其各相亲睦,莫
　　若使之缔结婚姻,自后满汉官民有欲联姻好者,听之。"——
　　《世祖实录》第四十卷。

第一场　逢　梅

［字幕：清顺治二年，公元 1645 年。

［京郊梅林，断壁残亭，梅花初绽。

［多罗率一队侍卫上，警惕地查看四周。

多　罗　来呀，梅林各处要彻查，闲杂人等要回避。梅花格格若有半
　　　　点闪失，小心你们的脑袋！

侍　卫　喳！

　　　　［多罗、侍卫们隐去。

　　　　［梅花上。

梅　花　（唱）黛风吹碧空净北飞南雁，

　　　　［虹儿引梅花上。

梅　花　（唱）寒梅绽新绿染春满梅园。

　　　　　　　主仆们赏美景谈笑晏晏，

　　　　　　　我大清稳坐这锦绣江山。

　　　　［李良川自舞台一侧上，背着一个裹着青锋剑的布包。

李良川　（唱）千里路潜回京我身藏宝剑，

　　　　　　　为的是访旧部再起狂澜。

　　　　　　　国破碎山河在把肝肠望断，

　　　　　　　为复国甘闯这虎穴龙潭。

　　　　［起游园曲。游园百姓纷纷赏梅。

虹　儿　格格，您看这梅园，好一派美景啊！

梅　花　虹儿，咱们今儿个，咱们可以是汉家姑娘打扮，要叫——小姐。

虹　儿　是，小姐。

梅　花　这北京城可真热闹，比咱们盛京好玩多了，怪不得我阿玛来

了就不想回去了。

虹　儿　小姐,我去把酒菜摆好。

　　　　〔旁边一片断壁旁,公子甲、乙靠坐休息。

公子甲　王兄,这个月初八是李国栋将军的祭日,你我同去祭奠啊。

公子乙　那是自然!一年前,李将军死守北关,苦战数日,无力抵挡,破关之时,携全家殉国,真乃国之栋梁。

公子甲　可怜李将军,一家殉国。德亲王命人在城北墓园将他厚葬,这才让我们有了个凭吊的地方……唉……李将军呐……(抹泪)

　　　　〔李良川动容。

哈　七　哎,天下初定,四海升平。你们哭哭啼啼的成什么样子。

胡　八　就是,这李国栋让我们八旗军损兵折将,但德亲王却将其厚葬。如此厚待,他也该瞑目了。

哈　七　不过是一前朝余孽,手下败将,还厚葬,依我看,德亲王未免太仁厚了。

公子甲　哼,果然是番邦异族,目无礼法!

胡　八　(怒而起)你竟敢口出狂言,揍他!

哈　七　我看你小子是找揍!

　　　　〔哈七、胡八持刀向公子甲、乙这边扑过来。四人混战。公子甲、乙左支右绌,无力反击。

李良川　(拔剑正欲还击,突又犹豫,李良川将宝剑归鞘)

　　　　〔哈七在打斗过程中靠近残亭。李良川看似躲闪,实则暗地将哈七、胡八撞在了一起,把他们戏耍了一番。

胡　八　好小子,揍他!

虹　儿　好哇好哇。

哈　七　好什么好啊!揍你!

　　　　〔哈七、胡八向虹儿扑去,将虹儿按住。

　　　　〔公子甲与公子乙趁乱下。

　　　　〔李良川和梅花一左一右抓住哈七、胡八。

　　　　〔二人挣脱,反扑向李良川和梅花。

　　　　〔李良川拔出宝剑与哈七、胡八对打。持剑造型。

梅　花　(唱)好一柄青锋剑傲雪欺霜,

  〔胡八向梅花扑去。梅花一挡,暗地里翻出令牌。

  〔胡八一看,吃惊。

虹 儿 (挣脱)快滚!

胡 八 (一惊)是!(拉着旗人甲下)

李良川 (唱)好一个美娇娘举世无双。

梅 花 (唱)学一个侠客女暗熄风浪,

李良川 (唱)学一个江湖客救护红妆。

  〔李良川、梅花对望。

梅 花 多谢公子相助!

李良川 承蒙小姐相帮!

梅 花 敢问公子尊姓大名?

李良川 在下……

虹 儿 怎么,连个名姓也没有么?

李良川 在下姓李,表字凌寒……

梅 花 凌寒,巧了,凌寒者,梅也,我叫梅花。

李良川 小姐真乃冰雪聪明、文武双全……适才仗义相助,在下当面谢过。

虹 儿 你拿什么谢呀?

李良川 在下身旁若有小姐中意之物,我自当奉送。

梅 花 这中意之物么……我要你、你这柄青锋剑我颇为中意。

李良川 这青锋剑么……

虹 儿 哟哟哟……一到真格的,你就舍不得了吧?

李良川 非是在下不舍,想这青锋剑乃是先父遗物,剑在人在……

虹 儿 既然剑在人在,那正好你带了这把破剑,到我们小姐府上做个家院吧。

李良川 这个……小姐取笑了,在下身无长物,只好借小姐美酒敬之,聊表谢意。(执酒欲饮)

梅 花 且慢! 既要饮酒,那得行个酒令如何?

李良川 此地无有酒筹。

梅 花 那就来个藏钩。(拔下头插梅花簪)咱们猜簪为令。谁输了,就行一句与梅有关的酒令,又不可带有梅一字,你看如何?

李良川 小姐既有雅兴,在下自当奉陪。

梅　花　(唱)梅花簪儿藏手中，

　　　　　　绿蚁红泥白玉舷，

　　　　　　且共猖狂清歌纵，

　　　　　　不负春日岁月匆。

李良川　(唱)离家三载江山恸，

　　　　　　烽火连天音信凶。

　　　　　　难得一回开怀饮，

　　　　　　且放仇怨执酒盅。

梅　花　(藏好簪子)公子请猜。

李良川　左手？

梅　花　错!(摊开双手,梅花钗在右手中)请公子行令。

李良川　待我行令。(举杯行令)疏影横斜水清浅,暗香浮动月黄昏。(一饮而尽)

梅　花　是和靖先生的好句! 公子,请!

李良川　(接过梅花簪握紧)小姐请猜。

梅　花　在……右手？

李良川　小姐也猜错了!(摊开双手,梅花簪在左手中)请小姐行令。

梅　花　(举杯行令)遥知不是雪,为有暗香来。(一饮而尽)

李良川　此乃半山先生的佳句。

　　　　〔李良川去拿梅花手中簪子。两人的手碰到了一起。

　　　　〔霎时安静,两人对视,不觉痴然。

梅　花　(唱)一十八年心初曳,

　　　　　　枝上梅开待采撷!

李良川　　百转千回情难却,

　　　　　　千言万语向谁说。

梅　花　　万丈红尘何所悦,

李良川　　对酒当歌思上邪。

虹　儿　小姐,天不早了,咱们该回府了。

　合　　去也去也该去也,

　　　　　脉脉相望不忍别。

虹　儿　小姐,天不早了,该走了。

梅　花　(羞涩地点点头)。

　　　　　[梅花与虹儿急下。

　　　　　[李良川目送佳人离开,蓦然回首,见手中梅花簪,急下。

　　　　　[舞台一角,多罗上。哈七、胡八被侍卫们押解,跪在一边。

　　　　　[多罗抽出腰间的鞭子抽向两人。

　　　　　[画外音,皮鞭声。

哈　七　大人饶命! 借小人一百个胆儿,小人也不敢冲撞梅花格格啊。

胡　八　饶命啊大人! 谁知道梅花格格竟然穿着汉人的衣裙,不怪小人眼
　　　　拙啊。

多　罗　还敢狡辩! 你们给我好好地盯着,如有半点疏漏,小心你们的脑袋!

哈　七　是盯着格格还是跟着那个汉人?

多　罗　(怒气冲天,又一鞭子抽过去)全都给我盯着!

胡　八　是!

　　　　　[收光。

第二场　折梅

　　　　　[李良川栖身客栈房间,一桌二椅,桌上一支红烛。

　　　　　[李良川手持梅花钗思忖片刻,边唱边挥毫题诗。

李良川　(唱)无波止水二十载,

　　　　　　　一道惊鸿照影来。

　　　　　　　造化无常谁人解,

　　　　　　　视物思人独徘徊。

　　　　　[李良川写完,捧纸长叹。

　　　　　[李良川突然瞥到一旁的宝剑。

李良川　(唱)复仇重任响耳边,

　　　　　　　儿女情长岂可贪。

　　　　　　　来日墓园去祭奠,

　　　　　整顿旧部报仇冤。

　　　〔李良川吹熄蜡烛,依桌而眠。

　　　〔虹儿潜衣夜行而入。

　　　〔李良川猛然惊醒,持剑站起。

　　　〔李良川与虹儿交手,在黑暗中对打。

李良川　看剑!

　　　〔李良川发力,虹儿吃痛。

虹　儿　(惊叫)李公子好身手!

李良川　(一惊,急忙住手,燃起蜡烛)原来是虹儿姑娘。

虹　儿　(并不介意)你果然身手不凡。

李良川　姑娘黄夜来访,所为何事?

虹　儿　别装糊涂,我们小姐的梅花簪,可在你手中?

李良川　这梅花簪么……若要物归原主,需请梅花小姐亲自来取。

虹　儿　哼,我们小姐乃是千金之体,是你想见就能见的么?

梅　花　虹儿,休得无礼。

虹　儿　小姐,公子他……

　　　〔梅花向虹儿使眼色,虹儿下。

李良川　梅花小姐……

梅　花　虹儿言语冒犯,公子莫怪。

李良川　不怪,不怪……

梅　花　我已亲自前来,请公子快将梅花簪还我。

李良川　怎么,小姐黄夜至此,只为这小小的梅花簪么?

梅　花　公子是明知故问。

　　　〔梅花欲夺簪,李良川躲闪。梅花追至桌后,恰恰看到了李良
　　　川的手书。

梅　花　(念)有一美人兮,见之不忘。

李良川　(念)一日不见兮,思之如狂。

梅　花　(念)无奈佳人兮,不在东墙。

李良川　(念)不得于飞兮,使我沦亡。

　　　〔两人眼神交缠。

梅　花　(羞涩不已)呀……

(唱)春娇羞颜吐芳蕊，
　　　心怀稚鹿如鼓擂。
　　　花期月夜春心醉，
　　　何处凭栏期妁媒。
　　　也曾掩卷思良配，
　　　人道骑竹马、嗅青梅、琴和瑟、举案齐眉！
　　　呀，闺阁怎可思婚配，
　　　相见难掩红云飞。

〔梅花欲夺。

〔李良川躲。

〔两人周旋，边唱边舞。

李良川　(唱)望晴空冰轮乍涌，
　　　　　叹神女下落凡中。
　　　　　佳期如梦，
　　　　　佳人满怀拥。
　　　　　明知身是客，
　　　　　不敢诉情衷！

梅　花　(唱)风月天边有，
　　　　　人间两关情。
　　　　　皓首藤缠树……

〔梅花眼神痴缠。李良川猛然惊醒，躲避开来。

李良川　梅花小姐，就让我将这簪子……物归原主罢。

〔李良川珍重地为梅花插上簪子。两人对望。

李良川　(唱)梅花簪儿粉颊映，
　　　　　浮萍恐难载情深。

梅　花　(唱)梅花簪儿青丝枕，
　　　　　胶漆如何两离分。

李良川　(唱)难分难舍心相印，
　　　　　怎敢轻慢掩银屏。

梅　花　(唱)花开堪折直须折，
　　　　　莫待无花空断魂！

［渐暗，两人身影合二为一，成为一幅剪影。

李良川　　这梅花簪真真好看。

梅　　花　　就只有这梅花簪好看么？我娘临去前，将这梅花簪给了我，她说，有朝一日，我若有了心心相印的夫婿郎君，就把簪子送给他。这簪子，我一生只给一个人，你可敢要？

李良川　　梅花，我……生死相携，永世珍藏。

　　　　　　［舞台边缘，一束光线。多罗在远远地看着。

多　　罗　　（强压怒火，犹如困兽）

　　　　　　（唱）牙咬碎肝肠断血往心淌！

　　　　　　　　　许终生话衷肠我嫉恨欲狂！

　　　　　　　　　多罗我原本是蒙古豪强。

　　　　　　　　　遇王爷认义子统领一方。

　　　　　　　　　初见她笑盈盈面若海棠，

　　　　　　　　　求只求终日里相伴在她身旁。

　　　　　　　　　谁料想旦夕间她青丝荡漾，

　　　　　　　　　忍一时敛心伤来日方长！

　　　　　　［哈七、胡八满头大汗上。

哈　　七　　大人，昨晚我们哥俩在王府墙根儿底下趴了半宿，格格她一点动静都没有啊。

胡　　八　　是啊，一个人影子都没见着。

多　　罗　　你们两个废物！给我滚到城北墓园守陵去！

哈　　七
胡　　八　　喳！

第三场　祭　梅

　　　　　　［墓园，山石嶙峋。

　　　　　　［李国栋将军的墓碑矗立正中。

〔哈七、胡八上。

哈　七　　人生在世实难料，
　　　　　　不知在哪迷了道儿。

胡　八　　格格不在王府坐，
　　　　　　跟个小鲜肉她腻腻歪歪度良宵。

哈　七　　度良宵啊度良宵，
　　　　　　坑了咱们哥俩把罪遭。

胡　八　　荒郊野岭来守陵，
　　　　　　没人管来没人瞧。

哈　七　　眼看着出气儿多来进气儿少，
　　　　　　只能是弄个酒局把愁消，把愁消。

胡　八　　老兄，咱俩喝酒去？

哈　七　　喝酒去？

胡　八　　走着！

〔哈七、胡八下。
〔李良川上，行至李国栋墓前。

李良川　（唱）一路行来把先父悼，

李良川　爹爹呀！不孝子来迟了哇！
　　　　　（唱）爹爹墓前哭号啕。
　　　　　　　　三年前赴北疆难全忠孝，
　　　　　　　　转眼间山河碎阴阳两抛。
　　　　　　　　可叹我阖家殉国把忠尽了，
　　　　　　　　只剩我天涯孤客血洒征袍。
　　　　　　　　我本欲战死沙场把家国报，
　　　　　　　　不料想遇佳人，
　　　　　　　　我魂牵梦绕把情劫来遭。
　　　　　　　　我若是携美眷云逸遁杳，
　　　　　　　　又怎能为私情儿女情长大义不顾把忠孝两抛！
　　　　　　　　爹爹啊，
　　　　　　　　家国恨天赐缘把儿缠绕，
　　　　　　　　何去何从苦灼焦。

·232·

〔(幕内)闲人避让！德亲王到！

〔李良川一惊，藏身墓碑之后。

〔德亲王、多罗、钱自蹊及众侍卫上。

钱先生　启禀王爷，来此已是墓园。

德亲王　好，待本王祭扫。

多　罗　义父，一年前，这李国栋率三千残兵固守北关，咱们带着两万精兵耗费半月方才攻破。破关之日，他全家被咱们尽数杀灭，您还祭奠他干什么呀？

德亲王　多罗孩儿啊！

（唱）自入关八旗兵东征西战，

　　　狼烟起云飞扬逐鹿中原。

　　　满是满汉是汉干戈不断，

　　　靠杀戮难止这世代仇冤。

　　　告天下设祭奠盛装厚敛，

　　　为的是收民心广纳群贤。

　　　弘儒学纳汉臣以汉治汉，

　　　我大清方能够长治久安。

多　罗　义父英明！

钱自蹊　王爷英明！这李国栋冥顽不灵，真真地不识抬举！

〔墓碑之后的李良川浑身颤抖，怒火滔天。

〔李良川自墓碑后跃出，拔剑刺向钱自蹊。

李良川　钱自蹊！你这叛国的奸贼！

德亲王　什么人？

李良川　俺就是李国栋之子李良川！奸贼，拿命来！

多　罗　保护王爷！

〔多罗挡下李良川剑锋。多罗带众侍卫与李良川缠斗。李良川被擒。

多　罗　(押解李良川)见了王爷还不跪下！

众军兵　跪下！

李良川　(不跪)哼！

德亲王　这小子脾气还挺大。我告诉你，这墓碑乃是本王为你父所

· 233 ·

立。你看到恩人还不下跪么？

李良川　狼做羊冢，为谋群羊，其心可诛！

德亲王　当初你父若愿归降，本王定会以礼相待……

李良川　谋我江山，欺我黎民，其意昭彰！

德亲王　这越说还越来劲儿了。本王谅你年少！你若归降，本王必委
　　　　以重任！

李良川　士可杀，不可辱！只知死，不知降！

德亲王　(怒)你小子这是找死啊！

钱自蹉　王爷息怒！李良川曾是臣的门生，容臣劝来。

德亲王　好。多罗，咱们那边歇会。

多　罗　义父请。

　　　　〔德亲王、多罗下。

　　　　〔钱自蹉走近。

钱自蹉　凌寒，明室已亡，江山易主，良禽择木而栖，识时务者方为俊
　　　　杰；与其忠于昏庸旧主，不如投奔新朝再展宏图。

李良川　钱自蹉！大明养士三百余年，竟出了你这等奸贼败类！

钱自蹉　侄儿啊！

　　　　(唱)三百年国祚谁人葬，

　　　　　　今日与你说端详。

　　　　　　你的父本是东南将，

　　　　　　拥兵十万保家邦。

　　　　　　权奸参奏在朝堂上，

　　　　　　贬至京郊守校场。

　　　　　　死守北关无依傍，

　　　　　　全家百口殉国殇。

　　　　　　我的儿他率兵八千把闯贼挡，

　　　　　　监军太监把贼降，害我儿一命亡。

　　　　　　都道苏武拒封赏，

　　　　　　可见李陵断肝肠。

李良川　……国仇不可恕，私怨亦难消。内不能锄奸，外不能杀敌，我
　　　　李良川唯有以死报国！

［德亲王、多罗上。

德亲王　（怒极反笑）好，要死容易，我成全你。多罗！杀了他！把头颅挂在城门之上！让全天下的硬骨头看看不降的下场！

多　罗　喳！来人，将李良川绑缚刑场。

众军兵　啊！

梅　花　（幕内）住手！

　　　　［梅花上。

梅　花　阿玛，您不是答应我不再杀人了么？

德亲王　女儿，这是一头狼崽子，喂不熟的。

梅　花　阿玛！汉人也是人，也有父母兄弟啊！这些年您杀了那么多人，他们的父母兄弟，该有多伤心啊。

德亲王　儿啊，阿玛也不愿意杀人，但是咱们满洲既然得了中原，以异国之君主中国之事，有时候，不得不杀呀！

李良川　无耻清贼！

　　　　［梅花一看，震惊。

梅　花　啊？

多　罗　梅花格格！他是李国栋之子李良川！意欲行刺王爷，被奴才们拿下了！

梅　花　你是李国栋之子李良川？

李良川　好一个大清梅花格格！

多　罗　格格，这小子宁死不降，王爷已下令诛杀，将头颅悬挂城门！

梅　花　阿玛，不能杀他！

德亲王　儿啊，此人不除，恐留后患。咱们还是老办法，头照杀、陵照建！

多　罗　请王爷下令，将这小子就地斩首！

梅　花　阿玛，女儿求你，放了他吧！

　　　　［梅花痛苦地跪下。

德亲王　（震惊）慢！钱先生，将他暂押死牢！

钱自蹊　老臣遵命！带走！

　　　　［钱自蹊与侍卫押李良川下。

　　　　［李良川由始至终都没有看梅花，只在最后满怀恨意地一瞥！

　　　　［梅花心痛欲碎！

· 235 ·

〔德亲王将梅花扶起。

德亲王　儿啊，你说说，为何要为他求情啊？

梅　花　他不能死！

德亲王　不能死？

多　罗　他必须死！

德亲王　必须死？

多　罗　(重重跪下)奴才该死！

德亲王　这到底是怎么回事？

多　罗　格格她……

梅　花　多罗！你敢说！

德亲王　快说！

多　罗　格格她、她与这汉人小子私订终身了！

德亲王　(震惊)什么？……好！我堂堂大清和硕公主，竟与一个汉人
　　　　私订终身！明日我就奏请摄政王，将你褫夺封号，逐回原籍！

梅　花　阿玛！只要您饶他不死！女儿甘愿受罚！

德亲王　明日阿玛就杀了这小子，你就断了这个念头吧。

梅　花　(跪在德亲王脚边)阿玛！您今天要是不饶他一命，女儿就跪死
　　　　在这墓园！

德亲王　来人，把她给我抬回去！多罗！从今往后，没有本王允许，格
　　　　格不可擅离王府半步！

多　罗　是！

梅　花　阿玛！

　　　　〔梅花格格被抬下。

德亲王　唉！我怎么养了这么一个好女儿啊。

第四场　忘　梅

〔死牢，阴森。

〔李良川被囚牢中。

李良川　（唱）旦夕间是与非天翻地覆！

一霎时情变仇日月皆无！

我险些把血海的深仇误！

我恨清贼无耻把中原图。

李良川昂首怒向黄泉赴！

做个顶天立地的大丈夫！

〔梅花上。

〔多罗跟随。

梅　花　多罗，你别跟着我！

多　罗　奴才说好了要一辈子跟着格格。

梅　花　那好，你带我去见他。

多　罗　这小子宁死不降，明儿个他这脑袋是保不住了，你还见他干什么呀。

梅　花　……把他的剑给我，我要去跟他做个了断。

多　罗　这……

梅　花　给我！

〔多罗把剑递给梅花。

〔梅花、多罗走进死牢。

多　罗　开门！

狱　卒　喳！

〔狱卒开门。梅花、多罗走进。

梅　花　都出去。

多　罗　……最多半个时辰。

〔多罗、狱卒下。

梅　花　李……李公子，你受苦了。

李良川　梅花格格到此何事？

梅　花　来求一个所终。

李良川　呵，明日我身首异处，还不算所终么？

梅　花　我来问你，你可是为了报仇有意接近于我？

李良川　我若早知你是清廷的公主，岂能与你这仇人之女私订终身？

·237·

梅　花	好！我再来问你，如今，江山已定，你可愿降？
李良川	哦！你隐瞒身份，接近于我，就是要我归降？难道这就是你求的所终么？
梅　花	今夜我来，不为什么国仇家恨、江山社稷，我只问你，对我可是真情？
李良川	（大笑）哈哈，梅花格格，你我之间，有仇、有恨……独独不能有情！
梅　花	不能有情，就说明有情！李郎，我们走吧，去一处没人寻得到的地方，沂水弦歌，男耕女织，再也不问这世间之事，可好？
李良川	你父王杀我全家，大仇未报已是不忠不孝，怎会娶你为妻，苟活于世上？
梅　花	（执起宝剑）好！既然如此，你看这是何物？
李良川	我的青锋宝剑。
梅　花	前日摄政王颁布了剃发令。
李良川	剃发令？
梅　花	留头不留发，留发不留头！
李良川	尔等的狼子野心，昭然若揭。
梅　花	你若不降，就留下你的脑袋，我亲手杀了你！
李良川	好，死在你的剑下，也算了却我一桩心事。想我一生，匆匆而过，思想起来，却有三不足。
梅　花	这一？
李良川	堂堂七尺男儿，国破家亡之时，未曾战死沙场，于国有愧。
梅　花	其二？
李良川	身为人子，父母双亡，血海深仇未报，有违孝道。
梅　花	这三呢？
李良川	你我偶然相遇，身份未明，便私订终身……是我误你负你……你来看……（李良川取出梅花簪）这梅花簪乃是你我定情之物，今日，物归原主，你的一片痴心，我只有来生再报！

〔梅花接过簪子，边唱边插在发上。

梅　花	（唱）梅花生为贵胄后，
	金枝玉叶无所忧。

谁知一朝开情窦,

人去簪留恨幽幽。

君为家国慷慨就,

断肠人儿无尽愁。

执子之手难白首,

杜鹃啼血一世休。

好,既然你想死,我就成全你!

［李良川慨然而立。

［梅花举起剑,用力向下斩去,斩断李良川身缚枷锁。

李良川　这?

［梅花把剑扔下,捧起梅花簪按在胸口,面若冰霜。

梅　花　你走!

李良川　啊?

梅　花　你走,你走得越远越好! 你要远遁荒野、归隐山林、今生今世,不问世事!（扔下宝剑）从今往后,你是你,我是我! 如若再见,就是仇敌!

李良川　梅花!

［李良川持剑欲走。

梅　花　李良川,你给我滚!

第五场　寻　梅

［字幕:半年后。

［伴唱:秋风起兮,忧思难忘。

山川萧瑟,遍地青霜。

翻云覆雨,谁人执掌。

白云苍狗,世事无常。

［北京城,德亲王府。

〔德亲王端坐府中。

德亲王　(唱)李良川守粤北负隅顽抗，

　　　　　　多罗儿率子弟奔赴沙场，

　　　　　　数日来八旗军损兵折将，

　　　　　　今日里战报至震惊朝堂。

　　　　〔公公上。

李公公　圣旨到！德亲王接旨！

德亲王　接旨！

李公公　跪听宣读。亡明李氏后人李良川，挟粤北良川十万百姓负隅
　　　　顽抗，着德亲王即日出征，如若不降，全城坑杀！

德亲王　万万岁！

　　　　〔德亲王接过圣旨放在桌上。

公　公　王爷，兹事体大，摄政王请您速速过府议事。

德亲王　有劳公公带路！

公　公　王爷请。

　　　　〔两人下。

　　　　〔梅花上，手中端一碗参汤。

梅　花　(唱)天空远，黄叶落，南飞孤雁，

　　　　　　秋风起，如哀啼，萧瑟山川，

　　　　　　半年来锦江山烽火不断，

　　　　　　老阿玛披战甲亲跨雕鞍。

　　　　　　为分忧熬参汤亲手进献，

　　　　(白)阿玛……

　　　　　　何时能休干戈解甲归田放马归山。

　　　　〔梅花进门，将参汤放在桌上，看见明黄色的圣旨，拿起。

梅　花　(念圣旨，字字惊心)亡明李氏后人李良川，挟粤北良川十万百姓
　　　　负隅顽抗；着德亲王即日出征，如若不降，全城坑杀！天
　　　　啊！天！

　　　　(唱)一字字惊得我魂飞魄散！

　　　　　　一句句掀起了巨浪滔天！

　　　　　　怎忍见百姓们无辜蒙难，

怎忍见李郎他命丧黄泉。

怎忍见阿玛双手血染,

怎忍见多罗他杀孽又添!

[梅花伫立在桌前,挥笔留书。

挥狼毫留书寄简,

奔粤北力挽狂澜。

不管他千难与万险,

要把这兵戈阻拦。

救苍生天地明鉴,

闯一闯虎穴龙潭。

虹儿!

虹　儿　(虹儿上)格格!

梅　花　这里有书信一封,替我交与阿玛!

虹　儿　格格你?

梅　花　速速与我备马更衣!

[梅花拿圣旨急下。虹儿追下。

第六场　殉　梅

[粤北良川城下。

[李良川上。

张子文　报! 将军! 多罗率兵来犯!

李良川　清贼围城半月,今日必有一场鏖战。

张子文　将军! 良川十万百姓誓与良川共存亡!

李良川　迎敌者。

[多罗带清兵上。

[两军会阵、开打。

[(曲牌)断壁残垣,家家俱丧。

　　　　　　　天翻地覆,人人凄惶。

　　　　　　　死守孤城,援军无望。

　　　　　　　仓皇四顾,谁悼国殇。

　　　　〔梅花打马疾驰而上。

梅　花　(唱)水迢迢路遥遥风霜染面,

　　　　　　　穿溪涧,越高山,心急如焚,快马加鞭。

　　　　　　　一路行来一路看,

　　　　　　　山河破碎泪湿衫。

　　　　　　　田园荒芜炊烟断,

　　　　　　　十室九空是中原。

　　　　　　　焦土遍地人不见,

　　　　　　　生灵涂炭在江南。

　　　　　　　无辜百姓恐遭难,

　　　　　　　顷刻之间战火燃。

　　　　　　　这时节顾不得刀剑无眼,

　　　　　　　挥鞭纵马至阵前!

　　　　〔梅花伫立阵前。

　　　　〔李良川上。

李良川　梅花格格,两军交战、凶险万分,你到此地作甚?

梅　花　李将军,我来劝降。

李良川　我当日不降,今日焉得能降!我李良川誓与良川百姓共存亡!

梅　花　正是为了良川十万百姓的性命,你必须早作决断!

李良川　何出此言!

梅　花　你来看!(梅花拿出圣旨)

李良川　(接圣旨,念)亡明李氏后人李良川,挟粤北良川十万百姓负隅
　　　　　顽抗;着德亲王即日出征,如若不降,全城坑杀!

　　　　〔李良川抛圣旨。

李良川　(唱)北房不把忠义顾,

　　　　　　　黎民百姓有何辜。

梅　花　(唱)十万生灵性命付,

　　　　　　　伤妇孺累无辜怎称丈夫。

李良川　(唱)秉忠义赴国难生死不顾,
　　　　　　尔等不读那圣贤书。

梅　花　(唱)好男儿本该把黎民护,
　　　　　　你读的是哪本圣贤书。

李良川　(唱)百姓们尊的是大明恩主,
　　　　　　同仇敌忾把贼诛。

梅　花　(唱)死守孤城援军何处?
　　　　　　八旗铁骑你可能阻?

李良川　(唱)说什么铁骑不能阻!
　　　　　　江山本是碧血涂。

梅　花　(唱)你纵然殉社稷名彪千古,
　　　　　　陪葬了全城百姓你可能瞑目?

李良川　(唱)鞑虏侵我的家和土,
　　　　　　岂与贼寇共合污。
　　　　　　拔剑怒向刀丛赴!
　　　　　　李良川誓守孤城把贼来锄!

梅　花　李良川!我阿玛亲率大军即刻就到,你若负隅顽抗,大军就
　　　　要屠城!这良川城乃是弹丸之地,纵使你军民勠力同心,浴
　　　　血奋战,终将是螳臂当车,难以保全。破城之日,玉石俱焚,
　　　　愁云如墨,暴骨成堆!你今负隅顽抗,不过是一腔仇恨,一派
　　　　尊严,一番私利,一点愚忠!你口口声声骂我国贼寇鞑虏,道
　　　　大明忠义圣贤,殊不知,你大明的忠义圣贤还在,我大清焉能
　　　　入主中原?你的忠义究竟是在昏庸明主,还是在天下苍生?

李良川　梅花,你不要说了。
　　　　〔多罗率清兵上。

多　罗　李良川,王爷大军即刻就到,你等着受死吧!

李良川　李良川一死不要紧,如何能保城内百姓平安?

多　罗　想保百姓平安?好啊,我要你,一步一跪,从良川城门,跪到
　　　　我的军帐前!

李良川　怎么?你要我,一步一跪,从良川城门,跪到你的军账前?

梅　花　多罗!倘若,李将军他,一步一跪!从良川城门,跪到我军帐

　　　　　　　　　　　　　　·243·

前,你可能保城内百姓平安?

多　罗　大丈夫一言既出,驷马难追!

〔李良川面朝清军帐营,几次欲跪,却无论如何跪不下去。

梅　花　(跪地)李将军! 想想中原大地,生灵涂炭;江南沃地,一片焦土!

李良川　(扶起梅花)梅花格格,多谢了! 多罗,请将梅花格格扶至营帐。

〔多罗扶梅花下。

〔李良川痛苦纠结,终于跪下。

李良川　(唱)这一跪,跪我李家世代忠烈贤,

　　　　　　　不孝儿含恨忍辱跪城边!

　　　　　　　这二跪,跪我大明万里锦江山,

　　　　　　　不忠臣未能战死沙场保国安!

　　　　　　　这三跪,与城中十万百姓言,

　　　　　　　李良川无力把天地翻,

　　　　　　　未能战死沙场报仇冤,

　　　　　　　只把大汉的薪火来保全,

　　　　　　　不使生灵遭涂炭,

　　　　　　　去留肝胆天地间。

〔李良川一路唱、一路跪至清军帐前。

〔梅花、多罗上。

〔梅花扶住李良川,两人抱头痛哭。

梅　花　多罗,李将军已跪至大营,你要言而有信。

多　罗　好! 我多罗言出必行! 传令撤回大营!

清　军　喳!

多　罗　哼! 不自量力。

〔多罗下。

梅　花　李将军,你吃苦了。

李良川　(李良川擦去梅花眼泪,端详着她)梅花,你来得不巧,良川城内有一种野梅花,每年夏秋,俱都开得如火如荼,可惜,已经谢了。

梅　花　咱们日后再来。

李良川　(端详梅花头插梅花簪)日后? ……梅花,这梅花簪真真好看!

梅　花　你可还敢要？

李良川　要！我要生死相携,永世珍藏!

　　　　〔李良川突然拔下梅花簪,狠狠刺向胸口!

梅　花　(悲痛)天啊,天!

　　　　〔李良川气绝身亡,隐入冢中。

　　　　〔梅花痛到深处,没有眼泪,呆呆地、幽幽地,孤身伫立在
冢前。

梅　花　(唱)人生若如初相见,

　　　　　　　把酒言欢在梅园。

　　　　　　　他是孤身江湖客,

　　　　　　　我是年少美婵娟。

　　　　　　　梅花簪儿牵情线,

　　　　　　　凤求凰来心如磬。

　　　　　　　比翼双飞光阴短,

　　　　　　　晴天霹雳坠深渊。

　　　　　　　他是那失群雁怒火滔天,

　　　　　　　我好比金丝鸟有口难言。

　　　　　　　我知他有傲骨刚正贞坚,

　　　　　　　怎能够一步一磕跪在帐前。

　　　　　　　我爱他美公子风度翩翩,

　　　　　　　我怜他失家国形只影单。

　　　　　　　我怨他负隅顽抗累累血战,

　　　　　　　我恨他慷慨就义独留我在人世间。

　　　　　　　铁骨铮铮青锋剑,

　　　　　　　宁折不弯梅花簪。

　　　　　　　生不同寝死同眠,

　　　　　　　上穷碧落下黄泉。

　　　　　　　临去唯有深深拜、拜我的祖先族人、故土家园。

　　　　　　　在那白山黑水凌河畔!

　　　　　　　罪孽深重难赦免,

　　　　　　　叛女情痴前世缘。

求仁得仁亦复何怨，

如梅在雪又何戚焉。

[梅花抽出李良川所挂宝剑，自刎而亡。

[梅花隐入冢中。

[点点梅花坠落，渐渐飞舞成为一片花海。

[伴唱：天地豪杰如梅在雪。

百川东逝不舍昼夜。

大风起兮思无邪，

长歌一曲朝天阙。

[剧终。

话剧

挣

齐　名

本科毕业于中央戏剧学院 2011 级戏剧文学系，上海戏剧学院 2015 级戏剧影视编剧硕士研究生，师从著名剧作家罗怀臻先生。曾创作小剧场话剧《挣》，作为第二十届上海国际艺术节青年创想周邀约剧目演出。合作改编的话剧《杏仁豆腐心》、原创话剧《他乡与故乡》被搬上舞台。创作影视剧《绝世千金》，于网络视频平台爱奇艺独播。曾参与创作电视剧《逆光》、电影《旅行清单》、话剧《红桥》等。另有原创作品六部，话剧《初雪》《毒药与蜜糖》《谁打翻了我的火锅》，电影《鲶鱼小姐》，微电影《追"星"》与广告片《人为什么要坚持》。

小剧场话剧《挣》在 2018 年 10 月 26 日于上海戏剧学院新空间剧场进行首轮演出；2018 年 10 月 30、31 日于上海市静安文化馆进行第二轮演出；获得 2018 年度上海市大学生啄壳计划 A 类资助；获得 2018 年度上海戏剧学院研究生创新计划项目资助。话剧《挣》剧本收录于 2018 年 7 月上海人民出版社出版的《读步——2018 上海新剧作（上、下）》，受第 20 届上海国际艺术节青年创想周邀约演出。

人　物：王万山——男,王思慧的养父。

　　　　改　花——女,王万山恋人,刘宝儿母亲。

　　　　刘宝儿——女,改花的女儿。

　　　　王思慧——男,王万山的养子。

　　　　小　郑——男,刘宝儿的仰慕者。

　　　　六　子——男,王思慧儿时玩伴。

第一场

[蝉鸣。1995 年夏日午后,上海弄堂。

[苏州评弹或戏曲如《游园惊梦》的收音机唱段婉转入耳,慵懒散漫。

[灯启。改花搬着小折叠凳坐在弄堂口,缓慢织着毛衣,放着小收音机,毛线球掉了滚远一地。

[收音机突然没了声响。改花敲打着收音机。

宝　儿　(内声)再敲敲坏了!

[改花继续大力敲打收音机。

[中年刘宝儿从厨房出来,雷厉风行顺线缠起毛线球,夺过改花手中的毛衣放进竹篓里,瞪了她一眼,又回到厨房。

[三轮车轧马路声音起。改花的眼睛默默随着远处人力三轮车走过,不紧不慢。

[自行车铃响。改花慢慢朝路过人方向笑呵呵地点头。

[王思慧着工装上场,拎一袋点心。改花的目光跟随,她认不得这个年轻人。

思　慧　西三姨!

[老太太改花只是随着悠扬的收音机声音点着头。

[王思慧掏出一大串钥匙,开自己的出租屋。

改　花　你叫什么呀?

[王思慧突然停下手中的动作,走到改花身旁,执其手仔细看着。

思　慧　您不认得我啦?

[改花仔细辨认,突然恍然大悟,手指点着。

改　花　记得,你是——你是——

思　慧　您不记得我,总记得这个吧?

　　　　〔王思慧把手中点心拆开递给改花。

改　花　我记得这个,好吃,(吃)脆脆的。

思　慧　我叫思慧。

改　花　你尝尝。

思　慧　你吃你吃。

　　　　〔王思慧进自己的房间。

　　　　〔刘宝儿从厨房走出。

宝　儿　(夺过零食)这谁给你的?(看了一眼王思慧屋门)谁让你吃的? 别
　　　　人给什么就接什么,吃人家嘴短,拿人家手软,知不知道这种
　　　　东西硬,你那胃行么? 以后不准乱吃。(零食被改花从手中抠出)
　　　　还要拿,听不进去了是吗?(瞟到改花委屈的表情,将零食塞给她)
　　　　拿着拿着。

改　花　(抱着零食袋)好吃,不硬。别人给我什么都接,就你没人接。

宝　儿　你说什么,你再说一次? 我天天这么辛苦忙里忙外的,你倒
　　　　好,学人家嚼舌根子是不是? 好的不学,不三不四倒是学得
　　　　挺快的。(朝旁边邻居)看什么看,没见过吵架啊? 一天天地伸
　　　　着耳朵听别人家热闹,该回家干嘛干嘛去。

改　花　(撇嘴)啧啧啧,啧啧啧。

　　　　〔王思慧本来探着头,被发现后走出来,尴尬地掩饰自己没
　　　　偷听。

宝　儿　现在一句话也听不进去了。(高声)思慧,今儿这么早就回
　　　　来了?

思　慧　我……今天请假了。对了姐,上次我托你问的我娘的事情,
　　　　有眉目了吗?

宝　儿　(背身)回乡的人多,难找,难找……(回过身)哟,你看你这衣服
　　　　后头,破了那么大一个洞,快脱下来,我给你缝缝。

思　慧　姐,不用。

宝　儿　脱下来,客气什么? 你还没成家,这种活儿你们男人干不来。

思　慧　是……

　　　　　　　　　　　　　　　·251·

改　花　(嘟囔)自己不嫁,还说别人。

宝　儿　你！你起劲了是吧？

[改花丝毫不让地瞪着。

[刘宝儿气不过,转而缝补王思慧的衣服。

宝　儿　思慧,你平时太不注意了。听说你们东方明珠塔快盖完了吧？

思　慧　快完工了。

宝　儿　一天旷工得不少钱呐,以后别给我妈乱买东西。记性不好使,街坊邻居记不得几个,就算你天天陪她说话她都记不住你,你给她个石头她都敢吃。

改　花　谁要吃石头？我脑子好使着呢,嫁不出的闺女,管不住的嘴。

[刘宝儿拉下脸,直视改花。

改　花　不孝闺女。

宝　儿　吃你的饭,不准说。

改　花　我就说！我闺女早就嫁人了！你是谁家的？我不认识你！

宝　儿　(对思慧)你——你看她,我这是什么命！

思　慧　别跟阿姨置气,我劝她好好喝稀饭。

[刘宝儿把衣服丢给王思慧,收起碗筷,回厨房。

[改花伸出手来,王思慧愣了一秒,跟她击了个掌。改花嘎嘎笑了。

改　花　打倒反动派！

思　慧　改花姨,您刚刚说得太重了。

改　花　我闺女,牛脾气,不说她,她记不住。

[王思慧穿起衣服,准备走。

改　花　哎,不许动,你陪我玩这个。(比画你拍一我拍一击掌游戏)

思　慧　阿姨,今天怕是不行了。我爹病了,我得回去看看,一会还要赶火车。

[改花噘嘴。

改　花　(指手表)那,这个,你不是一直想要这个,咱俩换换？

思　慧　(眼睛亮)好啊。

改　花　那你得听我讲个故事。

思　慧	(抻衣服的衣角)行。	
改　花	真的?	
思　慧	嗯。	
改　花	来来来,坐坐坐。	

〔改花让出地方。王思慧坐在改花边上。

改　花　以前,有个小兵蛋子,天天跟在我屁股后头,从部队驻到那以
　　　　后,十里八乡都夸他——

思　慧　俊。

改　花　你怎么知道的?

思　慧　我猜的。

改　花　这个人还会吹口琴,你知道吧?

思　慧　(拟音)呜呜呜的那个。

改　花　他每回一有空,就藏在我回去路上,假装自己刚好在那吹,一
　　　　边吹一边看我瞧见他没。(笑)傻样,我当然瞧见了。后来,我
　　　　俩好了,他反倒腼腆了,连手都没敢摸,再后来,我就把我织
　　　　的围巾送给他,你猜怎么着,他三下五除二藏进衣服里掖起
　　　　来,那儿鼓得跟小姑娘一样,我就跟他说——

思　慧　要这么系。

改　花　哎,他倒好,瓮声瓮气地。

思　慧　(同时)"大老爷们,谁戴围巾。"

改　花　(同时)"大老爷们,谁戴围巾。"不过那天,(严肃)我到现在也忘
　　　　不了……

　　　　〔一首不熟练的口琴曲《喀秋莎》传入。年轻王万山上场。思
　　　　慧、改花站立处光渐收。

　　　　〔王万山坐在河边学吹口琴。身后梳麻花辫的年轻改花慢慢
　　　　接近,丢给王万山一条手织围巾。王万山喜,放下口琴,摩挲
　　　　着围巾,围一圈塞进衣服内,胸口的军装被撑起一个大鼓包。
　　　　改花将围巾扯出来,给他戴正。

改　花　要这么系。

万　山　(羞涩)大老爷们,谁戴围巾。

　　　　〔改花戳他脑袋。王万山依旧塞进了衣服里。

万　山　还是贴心里暖和，弄不脏。

改　花　（笑）你这粗人，倒是粗中有细。

　　　　〔王万山从地上捡起一根树枝，递到改花手中。

万　山　教我写字吧，我想学……"毛主席好"。

改　花　不好。

万　山　好，这咋能不好呢。

改　花　我不是那个意思。我教你写"浪迹天涯"吧。

万　山　嗯。

　　　　〔改花一笑，拿起树枝，拉起万山手，突然停住，在他手上比画
　　　　了两个字。

万　山　这不还两个字没写呢。

改　花　上海。

万　山　上海？你教我这个干啥啊，不是"浪迹天涯"吗？我要学"毛
　　　　主席好"，还有"改花好"。

　　　　〔改花看着他滑稽的样子，认真看着王万山。

改　花　万山，我要去上海了。

万　山　别跟我闹了，在这待得好好的，去啥上海啊。

改　花　跟我爹随迁了，要去上海警备区了。

万　山　部队里没说他要走啊，是不是弄错了？

改　花　是真的，我们家一家都过去。

万　山　（眼神空洞）哦。这样啊，上海，挺远的。

改　花　你看见这条河了吗？快流到海里的时候，就到上海了。

　　　　〔停顿，一段沉默。

　　　　〔船号在远远的薄雾中响起。

万　山　那，是挺远的。

改　花　那我就先走了。

万　山　改花。

　　　　〔改花停住，回头看着万山。

万　山　（欲言又止）路上，小心。

　　　　〔改花回身紧紧抱住万山。王万山怔住。改花松开，准备走下。

万　山　（急言）上海嘛，大城市，挺好的……

改　花　（转身,塞给万山纸条）这是我上海的地址,你以后要是来上海
　　　　了,就来这找我。
　　　　〔王万山闭上眼。改花跑下场。王万山猛地睁眼,想要拥抱
　　　　改花,身旁却空空如也。
万　山　（对远方）你等我一年!
　　　　〔王万山拿起口琴在河边吹了一夜,吹着吹着,王万山站立处
　　　　灯熄。改花从回忆中醒来,光启,改花唱着歌谣。
　　　　〔光收。火车音效起。慢慢的绿皮车,咕咚咚咕咚咚。

第二场

　　　　〔1995 年,南方山峡峭壁,落月坡。音效起,崖底浪大风急。
　　　　〔灯启。王万山脸上痕迹沧桑,在落月坡上伫立的身躯,依稀
　　　　有年轻时高大的模样。他手臂在空中挥舞,引导航船的方向,
　　　　后拿起腰间号角吹响。远处船号声穿透薄暮与号角回应。
　　　　〔王思慧衬衫长裤,提着点心,背着行囊上。看到父亲在崖顶
　　　　上的身躯,停了下来注目着,仿佛又看到小时候背着自己的
　　　　巨人。直到王万山停下手中号角,思慧迈步上。
思　慧　爹!（放下行囊）
万　山　大牛回来了。
思　慧　你哪儿不得劲?别站着,快坐。到底咋了?六子跟我说你病
　　　　得可严重了,咱俩去城里看看。
万　山　我不那么跟你说,你能回来么?
思　慧　爹,你这不是闹着玩么,怎么能拿自己身体开玩笑呢?领导
　　　　刚答应给我发一大笔工钱。我回来一趟,车票多少钱,我得
　　　　少挣多少工钱啊!你都生病了还抽烟!这两年是我不好,没
　　　　时间回来陪你,你等过两年,我没事就回来。
万　山　在上海,过得还好啊?

思　慧　还行。

万　山　有女娃子了吗？

思　慧　啥？

万　山　女娃娃，有没有？

思　慧　没有。

万　山　我给你从马道姑那儿看了八字，甜妞儿和你挺般配。

思　慧　那都是封建迷信，骗娃子的！你怎么还信这些。

万　山　你这年岁该找个女娃了。甜妞儿长得俊，他爹人不错，六子
　　　　跟你又是好兄弟。怎么，你不稀罕她？相不中？

思　慧　相不相中没关系，终身大事我要自己做主。我不想像你一样
　　　　一辈子留在村里。爹，我是要进城的。

万　山　翅膀硬了总想着飞，外面苦日子过得舒服？

思　慧　爹，时代变了，村子里装起信号塔了，不要你站在崖壁上指挥
　　　　大船了。我们在上海盖的那个东方明珠塔，比你指挥那些大
　　　　船气派多了。那摩天大楼，大电车，你往商店里头，都能给你
　　　　看花眼。你给我两年，接你到上海。

万　山　我不去。

思　慧　你咋这么犟呢？

六　子　(声音)哟，大牛回来了！

　　　　〔六子上，弹了王思慧一个脑瓜崩。王思慧恼，反踹一脚。二
　　　　人逗弄之后以见面礼抱了抱。

六　子　王叔，你的腿咋样？

万　山　没事。

六　子　没事就行。(拿下王思慧眼镜)我了个乖乖，金丝边眼镜！大金
　　　　表！村口桑塔纳也是你的？

思　慧　啊……

六　子　我就知道是你的！思慧真有出息，开大汽车。

思　慧　(咳嗽两声，递上名片)

六　子　哎哟(不识字)王……

思　慧　思慧。

六　子　王思慧！思慧，你这次回来是不是接我们家甜妞的！

思 慧	甜妞儿,我接不了了。
六 子	没事。叔,现在思慧是大忙人,甜妞儿也不差这两天。咱们都说好了是不是?
思 慧	(询问地看着万山)你怎么不跟我说一声呢?
万 山	你还要跑啊?
思 慧	(对六子)哥,甜妞我娶不了。
万 山	说什么呢你。
六 子	你这什么意思?
思 慧	(低声)叫甜妞儿别等我了,你叫她找个好人家嫁了吧。
六 子	这话你也说得出来?这十里八乡,谁不知道,甜妞是你没过门的媳妇,说不要就不要了?
思 慧	我跟你说实话,我根本就不是啥大领导。那桑塔纳,也不是我的。我就没啥本事,现在只想怎么改善我和我爹的生活。
六 子	我叫你知道什么叫改善!
	〔六子欲大打出手。王万山手一扯,人就被拽过来了。万山身形不稳,咳了几声,颓坐下来。
六 子	王叔,你没事吧!
万 山	甜妞儿是好闺女,我到家里给她道歉。你,先回去吧……
六 子	叔!
万 山	你回去!
六 子	(对王思慧)我告诉你,你走出这山头,以后再也别想找着像我妹这么好的姑娘!
	〔六子下。
思 慧	(喊)等我有了本事,我会回来娶她!
	〔王万山叹气,一脚踹在王思慧腿弯子上,王思慧一个趔趄。
万 山	你那手表,管谁借的?看看你这衣服,肩膀头能架起来么?装那么大老虎皮,怕人家看不起你?城里有个什么好?要我看,那就是吸引人的地方,去了就回不来了。
思 慧	你这么说,都是因为我娘!
万 山	放屁!
思 慧	我都知道,我娘去上海了,生完我就回去了!

万　山　我再跟你说一次，你娘，生完你就死了！

思　慧　我不是小娃娃了，你就别哄我了行不行？我知道你一直念着她，你一辈子为了我活，什么时候为了自己活一回啊？人要不是跟命较劲，命就跟人较劲！反正这次我找不到我娘，我就不回来了！

万　山　你！

　　　　〔王思慧拿起行囊，毅然离去。

万　山　时代变了，老了，这天顶不住了。

　　　　〔远方有船声。王万山凝视号角，欲吹，气息再也提不上去。

　　　　〔王万山看着王思慧的背影，突然身子垮塌颤抖，收光。

第三场

　　　　〔时光倒回到刘宝儿年轻的时候。

　　　　〔上海牌小轿车鸣笛声。

知青声　领导来了！领导来视察了！

知青声　你看，是上海来的领导，轿车也是我们上海牌的！

小　郑　同志们好！同志们辛苦！

　　　　〔刘宝儿抬眼瞧着开过去的汽车，又匆匆开始收衣服。

　　　　〔小郑大摇大摆上，官气横秋地左右视察。

小　郑　住得怎么样，可还习惯？都挺好哈。

　　　　〔小郑注意到刘宝儿在收晾晒的衣服。

小　郑　哎，刘宝儿！

宝　儿　小郑？你怎么又来了。

小　郑　还叫小郑啊？

宝　儿　郑指导员！

小　郑　哎，这就对了。先不要着急，我有一件很重要的事情跟你说，先坐，坐。实不相瞒，宝儿同志，我对你的敬佩之情，犹如滔滔江水连绵不绝。你说像你这样,主动要求下乡改造的进步青年,先进分子,着实是不多见,我呀,真的应该向你好好学习。

宝　儿　不要了,您修表都能修成指导员,哪用向我学习啊。

小　郑　此言差矣。现在倡导什么呀?倡导领导和群众打成一片,我们俩关系这么好,你就不要跟我客气了。我来帮你。

宝　儿　不用。

小　郑　没事!

宝　儿　不用!

小　郑　(得意)你说说看,这叫什么?这叫风水轮流转。想当年,老团长对我,照顾有加,说到这个事情,你看,咱们两个是同乡,你在这的生活又这么辛苦,有什么困难,一定要跟我说。

[小郑手搭上了刘宝儿的肩,想趁机搂抱一番。

[刘宝儿尴尬后退。

小　郑　不要那么生分嘛。

[王万山端着一袋谷子,冲开小郑和刘宝儿。

万　山　让让道。

小　郑　哎呀,真是巧了,什么人都能碰到,别来无恙啊老王,哦不,王叔。

[小郑示意来根烟,王万山当做没看见,小郑把烟收起来。

小　郑　王叔,你怎么说也是工作第一线的老干部,这些事情还要你亲自动手?

万　山　哪能跟郑指导比,您呢视察工作多忙,我们任务重,就不耽误了。小刘,走。

宝　儿　哎。

[刘宝儿端起衣服盆子跟着王万山下。

小　郑　我找小刘是……哼!

[小郑气下。另一边刘宝儿看着小郑离去,噘起嘴。

宝　儿　哼!

[王万山带刘宝儿来到河边,清水沥沥,阳光大盛,水波粼粼。

[王万山在河边打水漂。刘宝儿在一旁洗衣。

宝　儿　你认识他?我这是第一次听你主动讲话,以前我还以为我们的手艺师傅是个哑巴呢。

［王万山不吱声。

宝　　儿　　王师傅,刚刚,谢谢你啊。

［王万山哼了一声表示他听到了。

宝　　儿　　我知道,这个小郑就是个大尾巴狼,以前在我们家楼下大光
　　　　　　明修表的,有回领导视察,群众把裤链子扯开了,他给人家解
　　　　　　了围,溜须拍马混了小官,三天两头跟着下乡视察工作,手艺
　　　　　　不精,吹牛倒是一绝。

［王万山观察没小郑身影后,准备动身离开。

宝　　儿　　还是我们王师傅手艺好,教我们的都是有用的东西。

万　　山　　没啥事我先走了。

宝　　儿　　(急)你教我编的那个,我现在还没学会,我不服气。明天,我
　　　　　　早点上工,你早点来教我,好不好?

［王万山看了她一眼,直接下。

宝　　儿　　(气)木头!

［快节奏音乐展现恋爱过度。

［刘宝儿夜里偷吃烤红薯,还给王万山吃,结果惊动了夜里拿
着手电筒巡视的小郑。二人一同躲开小郑的检查。

［小郑叼着一株花向刘宝儿展开追求。刘宝儿躲开小郑的追
逐,但天公不作美被淋了一身雨。王万山偷偷将斗笠丢给刘宝
儿叫她躲雨。

［王万山手把手教刘宝儿用猎枪。刘宝儿瞄准击中,拍拍王
万山肩膀以示谢意。王万山表示鼓励。二人相视一笑。

［欢快音乐渐缓,叠柔情温和音乐。

第四场

［1995 年秋,上海弄堂,有轨电车当当而过声。

小　販　(吆喝声)削刀磨剪刀！削刀磨剪刀！

　　　　〔灯启。

小　販　(吆喝声)瓦(坏)个(皮鞋)套啊(套鞋)修哇……修阳塞(阳伞)！

　　　　〔王思慧手里拿着人民币票子上,朝弄堂里的邻居点头示意。
　　　　他刚把自行车卖了。

思　慧　吴大叔,打气筒一会儿我给您拿过去。不不不,气筒送您的。
　　　　链子记着个把月上上油,不然骑着费劲。

　　　　〔王思慧走到家门口,刘宝儿在准备洗衣服。

小　販　(吆喝声)大饼油条,麻油馓子！

宝　儿　思慧,回来了。

思　慧　姐。

　　　　〔刘宝儿从王思慧衣服中掏出一沓钱。

宝　儿　思慧,这钱拿好。(递过一沓钱)。

思　慧　姐,你给我这么多钱干啥?

宝　儿　你自己的,从衣服里拿出来的。你说你,从上回回去,没换过
　　　　衣服吧? 这领口多脏啊。

　　　　〔王思慧展开皱巴巴的钱,仔细凝视。

宝　儿　怎么,这钱不是你的? 是不是家里人给塞的?

思　慧　可能是我爹给我的。

宝　儿　哦……家里人都还好哇?

思　慧　好。我爹身体好着呢。

宝　儿　好,好。

　　　　〔从兜里掏出变卖自行车的钱,一同返给刘宝儿。

思　慧　姐,上个月的房钱,还有上上个月的。

宝　儿　你拿回去,我又没问你要房钱。我知道你最近过得紧。

思　慧　没有。

宝　儿　没有? 我刚可是瞧见了,你把上工的自行车都给卖了。你卖
　　　　了自行车,怎么去上班啊? 房钱我不着急。

思　慧　吴叔女儿结婚,我那自行车正好就——(看到刘宝儿凌厉的眼神)
　　　　年根了,我钱让兄弟借走了。

宝　儿　借? 什么时候还,你这孩子,自己的钱藏藏好。

思　慧　　钱你拿着吧,你跟改花姨不容易。我大不了,回家么。

宝　儿　　你——缩头乌龟。你这钱被人拐跑了,你上哪找去?几次了你数数,不长点脑子啊?(戳思慧脑袋)

改　花　　你,又凶他。

　　　　　〔改花从屋里冲出来,护在王思慧身前,朝刘宝儿示威,然后把手里的麻花塞给王思慧。王思慧把麻花含嘴里。

宝　儿　　你干嘛护着他?上次给他买的小牛皮鞋,就是让所谓的"兄弟"给拐跑了,现在倒好,直接把辛苦挣的钱都给人了。这孩子,脑子里缺根筋,缺心眼。

改　花　　你不许说他,(看着思慧)只能我说他。

思　慧　　钱没了,还会来的。

宝　儿　　钱那么好挣啊?

小　贩　　(上海声)小姑娘,没钞票啦,来来来,到哥哥这来啊!

宝　儿　　册那,你是哪来的小赤佬,侬寻西啊!

小　贩　　(上海声)噢哟,你不要啊,我还不稀罕你这破鞋呢。

宝　儿　　你再讲一遍?

改　花　　(护刘宝儿到身后,大声)滚!

　　　　　〔小贩不作声了。

　　　　　〔改花和刘宝儿相视一笑。

宝　儿　　思慧,帮我看着点,天黑了,我去烧锅炉。

思　慧　　哎。

　　　　　〔刘宝儿下。改花坐在板凳前,又想和思慧玩。

思　慧　　改花姨,他要是再来欺负你们,我替你们揍他。

改　花　　好。

　　　　　〔刘宝儿拎着一桶很重的水上,思慧连忙过去。

思　慧　　我来帮你。

宝　儿　　不用不用,起开。

　　　　　〔刘宝儿挡过王思慧,直接拎桶下。

思　慧　　谁在上海都不容易。改花姨,我不想回家了。

改　花　　那就不回。

思　慧　　我本来想来上海找我娘的,可是谁知道上海这么大,我骑着自行车满大街找不着她,我都想往电线杆上贴那个寻人启事了,可是我连她长啥样叫啥都不知道,我上哪找啊? 我爹我是一定要接到城里来的,可是他的念想,我怕是实现不了了。

改　花　(悠然)你说什么呢?

思　慧　我说,你们对我真好。

　　　　[改花笑着,人有点迷糊,靠在了思慧肩膀上打盹。

　　　　[刘宝儿再上,看到了依偎的二人。

第五场

　　　　[乡下河边,时光重新倒回到刘宝儿年轻的时候。

　　　　[芦苇荡摇曳,刘宝儿在河边独坐,环顾四周,掏出泛黄的日记本。

　　　　[河的另一头,王万山在吹口琴。

宝　儿　(记录)九月十七日,天气晴。他夸我辫子好看。(自语)要夸干嘛不明着夸,非说什么辫子好看。

　　　　[王万山停止吹琴,捡了块石头丢到水中。

宝　儿　(记录)今天我终于学会了编筐子,他教了我好久。

　　　　[王万山来到水边洗脸。

宝　儿　没想到平日里那么粗的一个人,编起筐子来倒是粗中有细。(记录)今天风好大,天要凉了。

　　　　[王万山擦干脸。

宝　儿　过冬怎么能冻着呢。

　　　　[刘宝儿把一条新织的围巾拿出来,放在手上端详着,脸上洋溢着羞喜。

　　　　[王万山从衣服中掏出了一条围巾,仔细看着。

　　　　[王万山看着远方,凝视,把围巾藏进衣服里,下。

　　　　[刘宝儿整理编好的麻花辫,拿着围巾揣在怀里准备送给王

万山。

　　〔小郑上。发现了忸怩的刘宝儿,在刘宝儿右耳边打了个响指,站在了她身子左侧。刘宝儿转过身来。

小　郑　哟,这不是我送你那块表嘛,你还留着啊? 要去哪啊?

宝　儿　(围巾藏身后)不去哪。

小　郑　(油腔)不老实。坦白从宽,抗拒从严。

　　〔围巾被小郑抽了去。

宝　儿　(着急)你还我!

小　郑　围巾哦? 给我的? 真好。

宝　儿　你还给我。

　　〔小郑系在脖子上,被刘宝儿抽回来,跌了个趔趄。

小　郑　哎,害羞什么,你不送给我,送给谁啊?

宝　儿　不告诉你。

小　郑　你不要跑,我有很重要的事跟你讲!

　　〔小郑追下。刘宝儿闪身出来,观察小郑不在了,来到王万山身边。

　　〔王万山正在擦自己的猎枪。

宝　儿　王师傅,擦枪呢? 这个,给你。

万　山　这?

宝　儿　我自己织的。

万　山　我不要。

宝　儿　你别多想,我就是专程为了感谢你,平日里都是你帮我多打饭,还给我留了鱼汤,我尝了,特别好喝。天要凉了,系上吧,暖和。

　　〔王万山看着刘宝儿递过来的围巾,神情复杂,并未动作。

　　〔小郑上,气喘吁吁。

小　郑　你们,我说,你们鬼鬼祟祟干什么,原来在干这种事情。刘宝儿啊刘宝儿,你真是太让我失望了,你知道这叫什么吗? 你挖社会主义墙脚,薅社会主义羊毛。我身为一个领导,我眼睛里容不得沙子,我分分钟给你们捅到——

　　〔王万山的枪瞄准了小郑。小郑吓得停住了动作,举起了双手。

小　郑　你干什么? 你知不知道你指的是谁……不要乱来啊,这么多

[人看着呢,哎哎哎。

　　　[王万山枪口向小郑太阳穴一指,小郑吓得扑通跪下。

万　山　别拿鸡毛当令箭,官不大,官僚做派不小。告诉你,这套我不吃。听见没!

　　　[王万山放下枪,小郑顺势瘫软坐在地上。

小　郑　算,算你识相! 告诉你,我正直,心胸宽广,你拿枪顶我这件事情,我可以算了,但是,你们收受贿赂这个事情,我照样给你们捅上去!

万　山　刘同志的围巾,我没收。你向上头汇报吧。

宝　儿　你干嘛不收? 我们不要怕他。

小　郑　宝儿同志,此言差矣。你不怕我没有关系,但有些事情咱们得理清楚,我帮你啊。你看,你身为老团长家的外孙女,主动要求下乡改造,进步青年,先进分子,这种事情他王万山也不一定敢收。

万　山　你说什么?

小　郑　我的意思是,你好歹是做过老团长勤务兵的人。老团长的女儿你还记得吧,她当年,也不知道怎么想的,就把你推荐给老团长了,已经攀了一个高枝了,人要懂得知足。

万　山　你再说一遍,她是谁?

小　郑　老团长的女儿的女儿,怎么?

　　　[王万山怔在原地。

　　　[小郑得意地走到刘宝儿一旁。

小　郑　哼,他被我镇住了。宝儿同志,我真的是有很重要的事情跟你讲。

　　　[小郑示意刘宝儿走到一边。

小　郑　这个事情呢,本来我是不应该告诉你,但是老团长对我那么好,我不跟你说我觉得过不去……老团长他现在被——(打自己嘴巴)

宝　儿　什么? 我外公他怎么了?

小　郑　没有,没有,好得很。

宝　儿　你快说啊!

小　郑　他被领导……请去喝茶,喝茶。

宝　儿　喝茶?

小　郑　就是,(双手伸出示意镣铐)接受审查。不过你放心,我不会因为这个事情对你戴上有色眼镜的。

宝　儿　那,我们家现在怎么样? 我妈呢?

小　郑　还好还好,我从上海来的时候,还不错,现在就……

宝　儿　你能不能帮我带封信给她?

小　郑　哎哟,这……

　　　　〔小郑双手搂住刘宝儿的肩部。王万山再次拿枪指住小郑。

万　山　别动她。

小　郑　求人是这个态度? 有点头疼。

宝　儿　(拦住王万山)郑指导员,请你帮帮我。

小　郑　放心,这个事情只要有我在,就一定有转机。

宝　儿　太好了,谢谢您。

小　郑　千万不要跟我客气。那,跟我去趟团部?

　　　　〔小郑得意地迈着步子下场。刘宝儿跟着小郑下。

　　　　〔王万山恍惚,收光。

　　　　〔歌曲传入,女知青开始练舞。在前排跳舞的刘宝儿被新领舞推开。

女知青　你走开,我们继续。咱们从第一个八拍开始。

宝　儿　阿美,你干什么?

女知青　什么我干什么,我干什么你还不知道吗?

宝　儿　你别闹了,今天晚上我们还要汇报呢。

女知青　你演什么出? 今晚领舞是我。

宝　儿　为什么?

女知青　你还好意思问?

男知青　你外公是走资派,走在人民群众后面。

宝　儿　(急)他不是……

女知青　你这样怎么代表我们优秀青年? 我们应该跟你划清界限。

男知青　对,你这个社会的渣滓!

女知青　你这个社会的渣滓!

宝　儿　我不是!

男知青　(划出了一道界限,对着刘宝儿啐)呸!

　　　　[王万山上,看到刘宝儿被当众刁难。

万　山　村长叫你们去团部。

女知青　走,去团部。

　　　　[知青们下。王万山也欲离开。

宝　儿　王师傅——王万山!你也要和我划清界限吗?

万　山　小郑这人,他另有所图,你别被骗了。

宝　儿　他才没有骗我,倒是你,我家里出了事情,你的界限倒是划
　　　　得清。

万　山　我那是——

宝　儿　我真的不知道怎么办了。如果有一天,我妈和外公都出了事
　　　　情,就我一个人,我该怎么办? 以前我根本不在乎我是团长
　　　　家的外孙女,我只想着离开家,求进步。可现在,我连家都没
　　　　有了,王万山,我真不知道该怎么办了!

　　　　[刘宝儿在原地急哭。王万山心乱如麻,终于别过头,离开了。

　　　　[小郑大摇大摆上,得意地坐在凳子上。

小　郑　宝儿同志!

宝　儿　有我妈的消息么?

小　郑　有。

宝　儿　你快说呀。

　　　　[小郑腾出空,拍拍凳子的一边,示意刘宝儿坐在身边。

小　郑　坐。事情是这样子的,你家里人希望我把你带回去。

宝　儿　真的,你有什么办法吗?

小　郑　办法当然是有的。

宝　儿　太好了,我都不知道怎么感谢你。

小　郑　千万不要,太客气了。只不过,你们家现在这个情况,你也是
　　　　清楚的,很复杂。上面的情况呢,也不是那么好搞的。给你走
　　　　动这个事情,怕是要花点时间,费点心血,你是不是应该表示
　　　　一下?

宝　儿　怎么表示?

小　郑　是这样,我们家那边的厂子,正在招工,我就想名正言顺——

〔小郑拉住刘宝儿手,放在自己手掌上摩挲。

宝　儿　(抽回)你干什么?

小　郑　你不要误会,我脑子笨,想不出什么好办法,正好厂子在招工,他们招的又是要有亲戚关系的,我就想,机会就这么一个。

宝　儿　如果机会是这样来的,那我宁可不要。

小　郑　你这话可不敢乱讲的,你知道你们家是什么情况。我这么帮你,我完全是拿自己的前途在开玩笑。再说了,跟你一起来的这么一大批人,大家都想回去,人家问起来说,你刘宝儿,凭什么跟着我,大摇大摆从他们面前走回去啊,你和我什么关系?

宝　儿　我们是邻居。

小　郑　你这是在开国际玩笑。我就有点搞不明白了,我在这里费尽九牛二虎之力,帮你想怎么回去,你倒好,犹犹豫豫吞吞吐吐。我不着急,你也不用着急,但是,你妈妈着急,你现在不跟我走,你之后怎么回去?再说了,我对你的真情实意,你难道一点点都感受不到吗?我怎么着也是领导,不说玉树临风,也算是风流倜傥,你嫁给我,不亏。好,我知道,你不是这么愿意想要嫁给我,那你说,怎么办?

〔小郑坐下。刘宝儿复杂思索,靠近,重新坐下。

小　郑　刘宝儿同志,我郑重地告诉你,我正直,不是一个落井下石的人。这个事情,我真的希望你考虑清楚。我给你时间,你考虑清楚了,再来找我。

〔小郑得意下。

第六场

〔蝉鸣声已不见,隐隐入秋,弄堂小院一如往常,萧瑟但不乏喧闹,刘宝儿匆匆上。

宝　儿　妈！妈！

思　慧　怎么了姐？

宝　儿　思慧！

思　慧　改花姨又走丢了？

宝　儿　对，她常去的几个地方，我都找过了，找不到人。

思　慧　姐，你别着急，我们分头找。

宝　儿　好。

　　　　　［刘宝儿匆匆下。

　　　　　［改花唱着歌谣登上了天台，抱着围巾，向月亮看去。

思　慧　改花姨！改花姨！

改　花　(向下望)哎，我在这呢。

思　慧　改花姨！你上那么高干啥呢？

改　花　你是谁家的？

思　慧　我，是思慧！

改　花　你回吧，我还在这等人呢。

思　慧　这是天台，你在等谁啊？你别动，我就上来。

　　　　　［改花唱着歌谣，那似乎是自己童年时听王万山哼唱的那首。

　　　　　［王思慧登上了天台，停在她身边蹲下，拉住她的手。

思　慧　你怎么会唱这首歌的？是从哪儿学的？

改　花　我喜欢这首曲子。那个时候，他在上边指挥大船，我就坐在这
　　　　　等他。一直等，一直等，等到太阳都落山了。那个时候的团部
　　　　　开联欢会，他吹口琴，我就在旁边跳舞，他吹的也是这首曲子。

思　慧　你的团部在哪？

改　花　团部？在——在——

思　慧　你说的那个人叫什么，叫什么你总知道吧？

改　花　叫——叫——(努力回忆)

思　慧　王万山，王万山。

改　花　王万山——对，想起来了，"二五八万的万，大山的山。"王
　　　　　万山。

思　慧　那是我爹。

改　花　他跟你一般大，是我爹手下的新兵蛋子。

思　慧　你好好想想,在河村,落月坡,指挥大船的那个!

〔刘宝儿上,看到了正在认亲的二人。刘宝儿停下脚步,在远处看着,欲上前,却又止步。

思　慧　王万山。

改　花　你认得他?

思　慧　认得,认得!

改　花　那你快点帮我告诉他,我一直在这等着他呢。

思　慧　爹知道,他也一直在等你。(激动)我知道,我早该知道的,(试图拉起)我这就带你去找他。

改　花　他不在了,他走了,到月亮上去了。

思　慧　你说的这是什么话,他就在河村,他在等着你。

〔改花拿出一封信。王思慧急拿过,不敢相信。

思　慧　这是哪儿来的?

改　花　弄堂口的一个老阿伯给的。

〔王思慧胸口一窒,喘了几口气,抬腿急忙奔下,看到了直立的刘宝儿。

〔顺着刘宝儿呆滞惊恐的目光,他回头看向天台。

〔改花站在天台高处,望着天边之月,突然神情温柔了,她纵身跃下。

思　慧　娘!

宝　儿　妈!

〔暗场。

第七场

〔王万山疯狂跑上场,在河边发疯似的寻找,看到涟漪,跳入水中。

〔王万山将投河的刘宝儿从水中捞出,抱到落月坡上。

〔湿淋的刘宝儿跪坐在河边,王万山脱下外套罩在她身上。

　　　　　　［刘宝儿又挣扎着要去跳崖,王万山一把按住她。

万　山　你过来!

　　　　　　［王万山怒气未消,喘着粗气看着刘宝儿。

宝　儿　放开我,让我死!

万　山　别闹了。是小郑这个王八蛋犯的错。你要死? 要有这寻死
　　　　　的能耐,怎么不去上海把那个负心汉揪回来,就这么把自己
　　　　　交代了?

宝　儿　上海? 我连家都回不去了,我上哪去找这个骗子……

　　　　　　［王万山将兜中的条子递给刘宝儿。

万　山　给你,条子。

宝　儿　哪儿来的?

万　山　你娘给你弄的。听说,为了给你弄这个,没少费工夫。

宝　儿　我要这个还有什么用?!

　　　　　　［刘宝儿撕纸条,王万山拦住。

万　山　你干什么? 你疯了!

宝　儿　王万山,我肚子里有个娃娃,有个娃娃啊。

万　山　我知道。

宝　儿　我想死。

万　山　我知道。

宝　儿　我想回家。

万　山　我知道。回去吧,回了家,你和你娘,能有个照应。

宝　儿　回不去了。

万　山　能回去,把孩子生下来,回得去。

宝　儿　我回得去,孩子回得去么?

万　山　孩子生下来,留给我,你走。

宝　儿　我不能。

万　山　你能。

宝　儿　我不能!

　　　　　　［停顿。

万　山　 你别犯倔了,你留在这怎么活? 你得回去,回到上海你才有
　　　　　新的开始。

宝　儿　王万山,我的命,跟你有什么关系?你为什么对我好。为什
　　　　么让我误会你!王万山,你到底知不知道我心意!

万　山　以前,我们村来过一个小姑娘,跟你一样,好看,扎两个小麻
　　　　花辫,指导员说,城市里的姑娘,跟我们村里的不一样,人家
　　　　不喜欢麻花辫,喜欢剪齐肩的头发,洋气。(停顿)我这条围
　　　　巾,就是她送的。

宝　儿　所以你不能收我的……

万　山　我喜欢你。

宝　儿　那她现在在哪?

万　山　走了,顺着这条河,去上海了。

宝　儿　上海,是个吸引人的地方,去了就回不来了。

万　山　回去吧,为了自己,为了孩子,也为了你娘。
　　　　〔收光。

第八场

〔1996 年,中年刘宝儿回到了落月坡。

〔月光堕入了黑暗。无形的绳索像是蜿蜒的丝带,随着声音
一步一步缠绕过来,将刘宝儿紧紧缠绕。刘宝儿在无数声音
中奔走,挣扎,愈想挣脱,越发不能挣脱。

〔孩童的哭声,刘宝儿看到自己的孩子在襁褓中哭泣,却看得
到摸不得。

〔改花:你们放开我女儿。

〔男声:你女儿打着下乡知青的旗号污染地方,是旧社会的
破鞋。

〔改花:我求求你们,你们放开她,打我关我怎么我都行!

〔刘宝儿无法保护自己的母亲,她消失在空中。

〔王万山:我王万山对天发誓,孩子是我的,是我从山里捡

来的。

[女声:我都看见了,这是刘宝儿的私生子。

[王万山:你放屁! 这是我儿子!

[孩童声音:有爹生,没娘养! 有爹生,没娘养!

[王思慧声音:姐,我叫王思慧,听说你们家有房子借?

[刘宝儿:就叫她思悔吧。

[王万山:叫他思悔? 关孩子什么事,我看叫思慧。

[孩童的哭声。

[改花跪地不起,苦苦哀求。

[王万山抱着褓褓的身形站立。

[王思慧伸出手,想要握住借住房子的主人,手停留在空中。

[刘宝儿觉得胃里涌出了连带着委屈、耻辱、忏悔和想要大哭一顿的冲动。

[嘈杂的人声混做一团。刘宝儿在声音中慌乱地行走,舞动,想捕捉,却谁也捕捉不到,最终颓坐在地上。

[王思慧登上了落月坡。

[军号远远响起,穿透薄雾。

[刘宝儿远远望见一个雄壮的身影站在落月坡上。巨人身影缓缓转过身,是王思慧,长大的王思慧。他的胸膛宛如当年的王万山一样挺立,怀中捧着一个小罐子。

[波涛拍岸,气势雄辽。月光在大江的波涛声中流连。

[刘宝儿仿如魔怔,跟随着登上了落月坡,与定立的王思慧并肩而站。

思　慧　爹,我带改花来见您了。

宝　儿　妈,我带您来见他了。

思　慧　我好像知道自己是谁了,可是我现在好像又不知道了。

宝　儿　这世上,有多少事,谁说得清。以后啊,有我呢。

思　慧　谢谢你,姐。

宝　儿　(欲言又止)哎。

[刘宝儿将改花的骨灰撒向山崖,波涛惊动浪翻涌,改花追随着王万山回到了大江中。

第九场

［河水声响起。

［黑暗中又有一束光起，王万山坐在河边吹起了口琴，是改花唱的那首歌谣。

［老年改花慢慢上，抚摸自己已经苍老的白发，王万山站起身，走向改花，二人相视一笑。

［天亮了，改花和王万山消失在幻境中。

［剧终。

戏曲

盘　莲

卢乙莹

　　90后青年编剧，浙江传媒学院青年教师，上海戏剧学院戏剧影视编剧MFA毕业。有戏曲作品《厨房》获文化部艺术司孵化项目扶持并获省级一等奖，有舞台剧作品《姐姐的守护者》《解忧杂货店》获上海市大学生文创作品展示季一等奖、优秀奖等，有院线电影《超凡假期》上映，并在《中国戏剧》《上海戏剧》等杂志上发文若干。

　　《盘莲》剧本2017年11月发表于《艺海》杂志，并于2018年4月在上海戏剧学院华山路东排练厅举行剧本朗读会。

时　间：明初。

地　点：滇南，一处闭塞的少数民族村寨，名为巴甸。

人　物：阿　依——巴甸少数民族女子，出场时 15 岁。

韩　宜——京城人士，朝廷贬官，出场时 25 岁。

茹　玉——韩宜的原配夫人，与韩宜同岁。

货　郎——往来于滇南和昆明府的货商，潇洒的云游商人。

小土司——土司儿子，与阿依同岁。

土　司——巴甸寨头领。

若干演员多重扮演盘莲舞队、乡亲们、阿依的好友、韩宜的学生等角。

　　题注：盘莲，即向日葵，又称望日莲，向阳花，于明朝初期传入中国，最早记载文献为明朝人所著《群芳谱》(1621 年)，称"迎阳花"。

序

[幕启。青峰绵延,层峦叠嶂,巴甸寨部落掩映在绿水深山之中。

[幕内唱:月亮下去了,

太阳出来了。

阿哥阿哥天上走,

阿妹阿妹望白头……

[土司内声:"沙拉洛"!

[众人内呼:"沙拉洛!"音乐忽转隆重热闹的,众人舞上。

众　女　(唱)单辫子改成双辫子,

众　男　(唱)白坠子变成银坠子。

众　女　(唱)玩场上阿哥莫着急——

众　男　(唱)换完裙子就成年喽!

[一队女子簇拥着阿依上。

众　女　(唱)裙子换,换裙子,

头顶戴上花帕子。

腰间长裙一落地——

女娃娃,变女子!

[巴甸寨土司及儿子在旁。

土　司　巴甸女娃、果吉阿依! 年方十五,换裙礼成!

[音乐骤停,阿依缓缓转身亮相。

村民甲　(惊)好一个嫩生的女娇娃!

村民乙　(叹)水灵灵像朵山茶花!

小土司　(兴奋)阿爹,我明天就去玩场上把她娶回家!

土　司　（抚须点头）

　　　　　　［阿依裙舞飞扬,稚气未脱的脸上神采奕奕。

阿　依　（唱)银面牌我要亲手串,

　　　　　　珍珠链我要亲手编。

　　　　　　知心人我要亲自选,

　　　　　　阿依我今天已成年!

　　　　　　玩场上阿哥看花眼,

　　　　　　想找个喜欢的难上难。

　　　　　　阿依我一点也不着急,

　　　　　　今天我才刚成年!

　　　　　　［货郎在众人不觉中走上。

货　郎　（拍手朗声道)好! 有主见!

村民甲　诶? 货郎!

村民乙　是货郎来啦!

　　　　　　［众围上。

村民甲　货郎,这次有没有昆明的丝绸?

货　郎　（笑)没有。

村民丙　货郎,这回带没带昆明的香料?

货　郎　（捋须)也没有。

村民丁　货郎货郎,那这一路上又发生了什么好听好玩的事,讲给我
　　　　　们听听嘛!

货　郎　（笑)看那——

　　　　　　［众循望去。

　　　　　　［韩宜上。只见他一身正气、仪神隽秀,如太阳般熠熠生辉
　　　　　而来。

韩　宜　（唱)自古仕途皆多舛,

　　　　　　伴君伴虎一命牵。

　　　　　　弹劾奸佞遭诬陷,

　　　　　　领旨服贬到滇南。

　　　　　　大丈夫,尺蠖盘,

　　　　　　既来之,则为安——

料定无需久多耽!

[他径直走到阿依面前。

韩　宜　(作礼)方才听货郎说,外人不可参观贵寨女子成人礼。在下
　　　　初到贵地,不知礼俗,多有冒犯,请姑娘见谅。

[阿依呆呆望他,怔愣在原地。

[众女子也为这气度不凡之人所震慑,悄悄议论。

舞女甲　他是谁?

舞女乙　他从哪来?

舞女丙　他好像天上的太阳。

舞女丁　晃得我睁不开眼……

[土司和众人也有些发蒙。

小土司　(不满)货郎!你也是我们巴甸寨人,为哪样带陌生人擅闯本
　　　　寨,还偷看我们女娃娃的沙拉洛典礼?

货　郎　(向土司大人禀报)王爷,他乃京师监察御史韩宜,因事安置滇
　　　　南,谪为巴甸教谕——我贩货碰到,顺便给他带个路。

[众惊奇,交头接耳。韩宜向土司递上谪调令。

村民戊　(扯长者衣袖)阿妈,他是京师来的!

小土司　哼,京师来的就稀奇了?不也跟以前来的那些流放犯人一样?

土　司　罢,料也待不过三个月。货郎,你打发他住远些。

货　郎　是。

[土司拂袖而去。小土司恋恋不舍地看看阿依,跟下。

货　郎　韩大人,这边请?

韩　宜　有劳仁兄。

舞女甲　嗳!你!外人看了沙拉洛,都要送礼物的,你送什么?

韩　宜　(停步)这……

舞女乙　送两个银牌。

韩　宜　在下没有。

舞女丙　送一对花帕。

韩　宜　在下……也没有。

舞女丁　什么都没有,那两筐鸡蛋你总有吧?(众人笑)

韩　宜　在下……送姑娘一首诗吧。

众　女　（面面相觑）"诗"？是哪样？

韩　宜　豆蔻滇南女，娉婷十五余，春风无意过，何奈扰芳居。

　　　　〔阿依痴傻地看着韩宜。

阿　依　先生……说的是我？

货　郎　（朗声大笑）听懂了，听懂了！说的呀，就是你！

　　　　〔春雷滚滚。春雨落下。内声：春耕开始喽！

第一场　种　莲

　　　　〔巴甸人民愉快耕忙。

村民们　（唱）蜜蜂不知晚，
　　　　　　　采蜜是它的活。
　　　　　　云雀不知晚，
　　　　　　　找虫是它的活。
　　　　　　庄稼人不知晚，
　　　　　　　种地是他的活。
　　　　　　春天不播种，
　　　　　　　冬天肚子饿。

　　　　〔阿依和一队女子跳劳作舞，边歌边上。

阿　依　天上的云哎——

二　女　像纱不能织！

阿　依　山间的雾哎——

二　女　像棉不能弹！

阿　依　河边的沙哎——

众　女　像盐不能食！

　　　　〔阿依突然停止不前——她看见了韩宜的屋子。

舞女甲　阿依，咋个不唱也不走啦？

阿　依　我有事，你们先走。

〔舞女们奇怪,遂离去。阿依小心翼翼地来到韩宜窗外,向内张望。

〔耕忙歌声渐远。韩宜在躺椅中辗转反侧,惊坐而起。

韩　宜　茹玉……茹玉!

〔韩宜他以手拭汗,发现只是梦魇。他拿出床头的小包袱,捧出盘莲籽。

韩　宜　(唱)蜗居滇南三月满,

　　　　　谪贬罹梦日日缠。

　　　　　爱妻耳旁声声唤,

　　　　　辗转反侧汗涟涟。

　　　　　"心如磐,生死连,

　　　　　终向日,苦尽甜。"

　　　　　手植盘莲在滇南,

　　　　　贤妻之言伴身边。

　　　　——我要将盘莲种在这里,让它开放!

〔韩宜推门而出,与正慌张离去的阿依撞个满怀。盘莲籽洒落一地。

阿　依　啊,我,我不是故意……(忙捡)

韩　宜　(大度)不要紧,我来。哦,我没有撞伤你吧?

〔阿依蓦地脸红。她把捡起的盘莲籽还给韩宜。

韩　宜　姑娘有事来访?

阿　依　没有! 我路过。

韩　宜　你来得巧,韩宜正想请教当地人,可有地方允许在下种植几株花卉?

阿　依　(看着他一本正经的脸,忍俊不禁)

韩　宜　(摸摸自己的脸,以为有异样)你,你笑什么?

阿　依　我笑你呀——巴甸到处都是红土,种棵花么,哪点不可以嘛!

韩　宜　(也被逗乐)吾乃初来乍到,唯恐又触犯什么礼俗。

阿　依　初来? (摇头)你都来了三个月零四天啦!

韩　宜　你怎么记得如此清楚?

阿　依　(脸红)我……(转移话题)你要不要我带你去个土肥、水足的地方种你的花?

韩　宜　如此甚好,有劳姑娘!

　　　　〔二人行。踏过小桥,躲过灌木,阿依活泼如小鸟般熟练带路;韩宜拱手礼貌跟随,道路不熟,差点掉到河里。阿依悄悄观察韩宜;韩宜昂首阔步,毫无察觉。

阿　依　(唱)跟近一点心狂跳,

　　　　　　不敢往他眼睛瞧。

　　　　　　偷偷把他瞄一瞄,

　　　　　　老天都要放晴了。

韩　宜　姑娘,快到了么?

阿　依　喏! 就在前面! (看向他手里)这个是哪样花?

韩　宜　名曰——盘莲。

阿　依　(摇头)没听过。

韩　宜　盘莲又名向阳花,乃番邦进贡京师之物,尚未大批栽种。

阿　依　开出来好看吗?

韩　宜　秆粗如竹,花大如盘,终日向阳,华美无比。(看阿依有点懵)我意思是,花朵很大,很好看。

阿　依　花朵很大……能当粮食吃吗?

韩　宜　(没想到她会这样问)不能。

阿　依　那能织成布衣来穿吗?

韩　宜　也不能。

阿　依　那种来干什么用?

韩　宜　无用之用,胜于有用之用。世间之事,若都以"有用"来衡量其价,那么社稷不远计,文风不复存,国家之末路也。

阿　依　(似懂非懂点头)我来帮你一起种!

韩　宜　多谢姑娘。

　　　　〔两人播种盘莲。

阿　依　你刚刚说,盘莲一开,就会朝太阳开?

韩　宜　对。盘莲自发芽之日便能感知太阳方位,朝向东,夕向西,日日望向太阳,直至花枯叶落。

阿　依　(兴趣地)每天都看着太阳?

韩　宜　对,每天。

阿　依　好神奇的花!

韩　宜　(点头)心中有太阳,就有希望。

阿　依　太阳出来人不愁,翻翻谷子下地头。(笑)那你……心中有没
　　　　有太阳?

韩　宜　有。

阿　依　是什么?

韩　宜　京师。京师有我的功业、有我的家——总有一天,我要回
　　　　去的。

　　　　　[一股说不清的忧愁泛起在阿依心中,她点点头,倏尔又开心
　　　　起来。

阿　依　看,种好了! 等盘莲开花,说不定你就可以回家了!

韩　宜　(笑)多谢姑娘!

阿　依　(学他拱手)阿哥你客气啦!

　　　　　[两人对视。

韩　宜　(唱)笑意荡漾心尖上,

　　　　　　　明眸粉面似海棠。

　　　　　　她定定不动将我望,

　　　　　　似曾见过这脸庞——

　　　　(记起)你——是沙拉洛上那位姑娘?

阿　依　(嗔)你才想起来呀! 你还送了我一首"诗"呢! 什么豆蔻、春
　　　　风……

韩　宜　(笑)你叫什么名字?

阿　依　阿依!

韩　宜　阿依,哪个依? 依山傍水的依,还是伊人何在的伊?

阿　依　(羞赧)我,我不识字,认不得你说的……

韩　宜　(教她写字)我猜,你是依山傍水的阿依——似山水清秀,似山
　　　　水明亮——阿,依。

阿　依　(学写)阿,依。

　　　　　[村民在不觉中上。

村民甲　韩先生,教我们识字吧!

村民乙　对对对,不识字太吃亏了!

村民丙　我们汉话倒是都会讲,但识字的人,就那么几个!

韩　宜　巴甸没有学堂么?

村民丁　有是有,可是我们巴甸在大山里头,昆明派来的教谕都嫌苦,待几天就都走咯。

众村民　韩先生,教我们识字、读书吧!

韩　宜　(看着众村民)好。待我与土司商量,重开学堂!
　　　　〔幕间舞:盘莲发芽抽苗,悄悄生长。

第二场　颂　莲

　　　　〔字幕:一年后。
　　　　〔琅琅书声不绝于耳——"曰江河,曰淮济。此四渎,水之纪。曰岱华,嵩恒衡,此五岳,山之名……"学生有男有女,有壮有少,正在摇头晃脑地学习。

韩　宜　天色已晚,今天就到这里吧。

村民甲　(一拍脑门)呀,太阳好下山了,我的猪还没喂!

村民乙　我的牛也还在地头拴的!

村民丙　哎呀呀呀,我的菜摊子也还没收呢……快走嘛!

数　人　先生,明天见!
　　　　〔众下。内传来货郎爽朗的笑声。货郎上。

货　郎　韩大人,别来无恙啊!

韩　宜　啊!货郎兄,好久不见!

货　郎　看来韩大人很适应自己的新职务?

韩　宜　(摆手)教谕而已,何言大人。仁兄许久未见,请去往寒舍小酌!

货　郎　请!
　　　　〔二人下。

　　　　〔韩宜屋前。阿依挎篾箩悄上。她跟一年前几乎没有什么改
　　　　变,依旧天真活泼,只是脸上少了几分羞怯。她观察四下无
　　　　人,便将鸡蛋、点心等食物放在屋前,又开始打扫院落、浇花
　　　　修草。

阿　依　(天真烂漫地唱)天上不有女人在着么,

　　　　　　　　　天就要黑了。

　　　　　　　　地上不有女人在着么,

　　　　　　　　地就要荒了。

　　　　　　　　山里不有女人在着么,

　　　　　　　　就不会有人了。

　　　　　　　　男人不有女人陪着么,

　　　　　　　　就要生病了。

　　　　(看窗内)都一年了,他还是老样子。一张床,一张桌,一把椅,
　　　　一盏灯……

　　　　〔内传来韩宜和货郎的对话声。阿依急躲下。

韩　宜　仁兄,这边请!

货　郎　(看屋前的扫帚和食物)这院子好像有人刚刚打扫过,还有点心?
　　　　(恍然大悟)莫非老弟已娶妻房?

韩　宜　(坦荡地笑)无有。定是附近哪位淳朴村民,见韩宜孤身潦倒,
　　　　顺手帮扶是也。

货　郎　(意味深长地)有趣。

韩　宜　(拿本书放置窗台)韩宜无以为报,每次置书卷一本在窗台,那村
　　　　民看完,又原样还回。如此已一年也。

货　郎　(点头称赞)君子之交,不过如此。

韩　宜　仁兄,屋里请!

货　郎　请!

　　　　〔二人进屋饮酒。阿依悄上。她偷看一眼里面,抿嘴而笑,将
　　　　窗台上的书揣进篾箩,准备离开。

韩　宜　有朋自远方来,韩宜先干为敬!

货　郎　好!我也干了!

韩　宜　(殷切地)去年请仁兄帮忙打听的事……可有消息?

［阿依听到这句，又悄悄回到屋前，侧耳倾听。

货　郎　（放下酒杯）没有。听上京的朋友说，你那桩案子惊动京师朝野，都知是冤案，但人人自危唯求自保，一年了，朝廷仍只字不提。

韩　宜　那……有没有找到我家？

货　郎　京师太大，未曾找到。

韩　宜　那我的妻……（改口）吏部侍郎之女茹玉，现在如何？有无受我牵连？

货　郎　无有消息。

韩　宜　（颓然）

货　郎　我只是一介布衣，探听消息有限，还请先生莫怪。

韩　宜　哪里，仁兄为我辗转打听，韩宜感激不尽！

货　郎　滇南少数民族众多，官府历来重视兴学倡文。你在这里开学堂、教学生，不也很好吗？

韩　宜　巴甸民风淳朴，百姓勤劳好学，的确是个好地方。

货　郎　古人云，生作长安草，胜为边地花。我看倒未必——胸怀天下，身在何处不是为国为君效力？

韩　宜　仁兄所言在理。（自饮一杯）
　　　　［二人觥筹交错。

货　郎　（微醺）对酒……当歌，人，人生……几何？

韩　宜　譬如朝露，去日苦多。

货　郎　下……下面是什么？记不、记不清了……（伏桌）

韩　宜　慨当以慷，忧思难忘。何以解忧？唯有杜康……唯有杜康！
　　　　（扶货郎入室，独坐独饮）
　　　　［阿依倚在窗外，有些踌躇。

阿　依　（唱）想跟他来讲讲话，
　　　　　　　不讲也难讲也难。
　　　　　　　水浸油麻难开口，
　　　　　　　船到滩头难转弯。
　　　　　　　——唉！
　　　　［阿依落寞地准备离去。

· 287 ·

〔二三舞女在去玩场的路上，发现韩宜窗外的阿依，已躲在旁观察多时。她们此刻围上来。

舞女甲　阿依！你在这里整哪样？

阿　依　（欲逃避）你们，你们咋个来了？

舞女丙　我们要去玩场，路过见你躲在这里……

舞女乙　（故意地）哦，你来找韩先生！

阿　依　（压制）嘘！

舞女丙　怕什么，喜欢他就告诉他嘛！

阿　依　哎呀你们不要添乱！回去了。

舞女丁　你跟我们去玩场玩哈嘛。

阿　依　不去，我要回家睡觉了。（兀自走开）

舞女甲　叫上韩先生一起！

舞女乙　对对对，叫上韩先生一起！

阿　依　（留步）叫上他？

众舞女　（笑）咦……叫上他你就去了嘛？

阿　依　（又转身）哪个说的。

舞女甲　姐妹们，走，去请韩先生跟我们一起玩。

　　　　　〔阿依还想试图劝阻，几个小姐妹已经冲到韩宜家门口，敲门。

韩　宜　这么晚了，谁人来访？

舞女乙　韩先生，是我们，开开门嘛。

　　　　　〔韩宜开门。

韩　宜　几位姑娘……

舞女丁　先生，我们要去玩场，想叫你一起来。

韩　宜　什么是玩场？

　　　　　〔姑娘们笑出声。

舞女乙　你都来巴甸那么久了，竟然认不得玩场？

舞女丙　玩场就是跳舞唱歌、好玩的地方！

韩　宜　（摆手谢绝）在下愚钝，不会唱歌。

舞女甲　不用你唱，你看我们唱就行啦！

舞女乙　玩场上都是你的学生，大家都很期待你去！

舞女乙　你一个人住在这里，再闷下去都要生病啦！

韩　宜　（还想推辞）这……

舞女丙　去玩玩嘛，又不少根头发！

众舞女　去玩玩嘛，又不少根头发！

　　　　〔歌舞队出，音乐入。几个姑娘直接拉上半推半就的韩宜。阿依和一小姊妹开心地跟上。大家旋即来到玩场。这里热闹非凡，二十来人组成舞圈，大家聚在一起，弹月琴、击皮鼓、拍烟盒、吹口弦。

　　　　〔小土司见韩宜和阿依一起来，很不高兴。几个学生招呼他们加入。姐妹们把阿依推到韩宜身边。二人欠身作礼。韩宜饶有兴趣地观看。

　　　　〔众男女开始对歌子。

女　队　（唱）叫声对面么我的哥，
　　　　　　　我来问你么你来猜。
　　　　　　　世上不放盐直接吃的是哪样？
　　　　　　　山上不栽种捡来吃的是哪样？
　　　　　　　家里不喂养能吃肉的是哪样？
　　　　　　　地里不撒籽能结果的是哪样？

男　队　（唱）叫声对面我的妹，
　　　　　　　我来猜么你听好——
　　　　　　　世上不放盐能吃的是果子，
　　　　　　　山上不栽种能吃的是菌子，
　　　　　　　家里不喂养吃肉的是鱼虾，
　　　　　　　地里不撒籽结果的是地瓜。

村民男　到我们了！

男　人　（唱）一蓬竹子直苗苗，
　　　　　　　一只白鹤落树梢。
　　　　　　　白鹤心想吃口水，
　　　　　　　问声竹子格弯腰？

女　人　（唱）高山柴火堆倒堆，
　　　　　　　半夜落火风来吹。

哥是柴火妹是灰，

吹死吹活在一堆。

〔对上歌的二人在大家祝福的眼光中结伴离开。玩场继续。

众　男　（唱）太阳出来照高岩，

金花银花开满台。

金花银花哥不爱，

哥爱阿妹好人才。

众　女　（唱）哥是天上一条龙，

妹是地上花一蓬。

龙不翻身不下雨，

雨不洒花花不红。

〔气氛热烈，韩宜渐渐融入其中。阿依来到中间，对着韩宜的
地方唱。

阿　依　（唱）对面看见花一蓬，

青枝绿叶花正红。

问声阿哥采不采，

不采花儿心不乐。

〔韩宜不知怎么回答，四小伙抢上。

男　甲　（唱）阿哥采花阿妹戴。

男　乙　（唱）只要阿妹乐开怀。

男　丙　（唱）阿妹阿妹你真美，

男　丁　（唱）阿哥我来将你爱。

阿　依　（唱）牛甘白白正当摘，

阿妹白白正当恋。

要吃牛甘等十月，

要恋阿妹你等来年。

〔四小伙识趣回到队伍。阿依继续。

阿　依　（唱）哥在西来妹在东，

日夜想哥在心中。

竹筒拎来作枕垫，

左思右想两头空。

〔小土司来者不善地上。

小土司　（唱）变鸟我俩共一山，
　　　　　　　变鱼我俩共一湾，
　　　　　　　妹变弦线哥变木，
　　　　　　　变成三弦日夜弹。

　　　　　　——阿依，跟我走！

阿　依　我不喜欢你，你找别的阿妹。

小土司　你从来都没正眼瞧过我，咋个认得不喜欢我。

阿　依　（欲离开）

小土司　（抓住她手腕）

阿　依　你要干什么？

小土司　我从沙拉洛那天就看上你了，就等着你来玩场，跟你结伴！

阿　依　你放手。

小土司　（不放）我们再对一支歌。

阿　依　你放手！

小土司　（不放，招呼大家）伙子姑娘们，三弦弹起来，我们再唱！

　　　　　〔几个人犹豫着开始弹琴。阿依想要挣脱无果。

阿　依　你干什么！我要叫人了！

小土司　叫人？整个巴甸寨都是我阿爹的！你能叫得着哪个？

韩　宜　慢！

　　　　　〔众人望向韩宜。

韩　宜　古人云，君子不强人所难，少王爷何必强求一位姑娘。

小土司　（打量）哦……这不就是那个犯了事被流放的外地人吗？我们巴甸没有你说话的份。

韩　宜　在下刚刚看到，玩场乃自由恋爱之地，男女结伴皆你情我愿，少王爷又怎能破坏本地玩场规矩？

小土司　（蛮横）阿依是我们本地的女娃娃，本地什么规矩，我说了算！

韩　宜　少王爷是未来的巴甸头领，如此任性，恐怕土司王爷和巴甸民众也不会同意。

舞女甲　韩先生说得对！我们女娃娃想跟哪个阿哥，就跟哪个阿哥！

舞女乙　对！阿依不想跟你走！

小土司　(气恼,不得已放开阿依)你明说,是不是你自己喜欢阿依,想跟她结伴!

韩　宜　(一愣)阿依是我的学生,我只是保护她。

小土司　(鄙夷)这里是玩场,又不是学堂,只讲喜欢不喜欢。你站开一边。

阿　依　我喜欢韩先生,我想跟他结伴!

　　　　〔众愣。韩宜也吃了一惊。

小土司　你喜欢人家,人家又不喜欢你。

阿　依　(羞恼)你……

韩　宜　(站出来)我也喜欢阿依,想跟阿依结伴。

　　　　〔韩宜走过去牵起阿依。众拍手叫好。

小土司　你! 你们……

男　甲　少王爷,我们走吧!

小土司　我们走着瞧!

　　　　〔小土司带着几个喽啰下。玩场散。

韩　宜　(放下阿依的手)阿依,刚刚多有冒犯,请你莫要见怪。

　　　　〔音乐入。舞女们扮作流动的景。

众舞女　(唱)月亮出来亮汪汪,

　　　　　　悠悠照在竹楼上。

　　　　　　妹妹等哥哥不来,

　　　　　　哥哥来呀妹开怀。

阿　依　(终于说出话来)多谢先生。

韩　宜　我送你回家。

　　　　〔阿依拿起自己的篾箩。二人行。

　　　　〔月光皎洁,银辉铺地,二人走在巴甸的美景中——大树小溪,灌木竹林,小桥石坎,田埂绿地,蛙声不绝于耳,虫鸣此起彼伏。

阿　依　先生,你喜欢巴甸么?

韩　宜　喜欢。巴甸山清水秀,远离世俗,实乃一处桃源仙境。

阿　依　(故意地)巴甸只有梨园、苹果园,没有桃园!

韩　宜　此桃源非彼桃园……

阿　依	(笑)我知道,你说的是陶渊明的《桃花源记》! 我逗你玩的!
韩　宜	(笑)你那么聪明,以后可以走出巴甸,到昆明或者别的地方继续读书。
阿　依	我们女娃娃嘛,跟着阿哥走! 等我嫁了人,他去哪,我就去哪。
韩　宜	(笑)想得倒远。
阿　依	先生……你刚刚说喜欢我,是真的吗?
韩　宜	(望着她清澈的双瞳,回避)这……
阿　依	这什么?
韩　宜	此乃权宜之计,不必挂心。
阿　依	(非常失望)
韩　宜	阿依,你是我见过最善良、最美丽的姑娘,你……
阿　依	(打断)那你喜欢巴甸,会留下来吗?
韩　宜	我? 我不知道。
阿　依	你曾说,京师有你的功业,你的家,总有一天,你会回去的。
韩　宜	(叹气)功业没了,家也没了——那一天,是哪一天呢?
阿　依	家没了……你的夫人为什么不跟你一起来滇南?
韩　宜	她不知道我在这里。当初我身陷囹圄,怕连累家人,便写下休书,与她断绝关系。后来我服贬入滇,便托人告诉她,我已经死了。
阿　依	(被超越自己经历的磨难惊得说不出话)先生……
	﹝两人默默前行一段。
韩　宜	(停了半天,叹气)去年种下的盘莲,想必都已凋零了。
阿　依	(讶)先生……你一次也没去看过?
韩　宜	一次也没有。
阿　依	那我们去看看!
韩　宜	罢了。盘莲一年一败,早已过花期了。
阿　依	(坚持)我带你去看!
	﹝阿依不等韩宜回答,拉起他快速越过小溪,钻过灌木,一路来到盘莲地里。
	﹝鸡鸣。

阿　依　先生你看！

　　　　　〔只见那太阳升起，一排排盘莲舒展筋骨，精神抖擞，全部昂
　　　　　首向日。

韩　宜　（喜出望外）这……怎么会这样？

阿　依　谷雨发芽，处暑开花，新的盘莲籽采下、又种下……滇南没有
　　　　　冬天，花期一直持续！

韩　宜　（明白过来）是你，一直在照料盘莲？

阿　依　（点头）嗯！

　　　　　〔旭日通红似火，盘莲金黄灿烂，两人穿梭其中。

韩　宜　（唱）日出山，天地现，

　　　　　　　　忽如京师在眼前。

　　　　　　　　盘莲开，心高远，

　　　　　　　　向阳而行滋味甜。

阿　依　（唱）花挨花，一大片，

　　　　　　　　绿叶青枝长两边。

　　　　　　　　盘莲抬头像笑脸，

　　　　　　　　痴痴随着太阳转。

韩　宜　（唱）终向日，

　　　　　　　　苦尽甜！

阿　依　（唱）望太阳，

　　　　　　　　心喜欢！

二　人　（合）我似这盘莲在巴甸，

　　　　　　　　心有太阳不孤单！

　　　　　〔阿依的箧箩突然打翻在地。书掉了出来。阿依想捡，却被
　　　　　韩宜先捡了去。

韩　宜　默默照料我的……也是你？

　　　　　〔阿依只好点头。韩宜看着眼前这位巴甸姑娘，终究没再多
　　　　　言半句。

　　　　　〔幕间舞：盘莲茁壮成长，一片花海妖娆。

第三场　护　莲

[字幕：三年后。

[土司捋须踱步上。小土司和若干村民跟后。

小土司　阿爹，再这样不下雨，地里的作物就都干死了。

村民甲　播下去的种子，连苗苗都发不出来。

村民乙　怪，秋旱连着春旱，巴甸从来没有这样干过。

村民丙　不如试试祭天，祈雨？

几　人　对对对，杀几只猪祭祭老天爷，过几天就下雨了。

土　司　好。召集大家，设坛祈雨！

[小土司招呼众村民上，设坛抓猪，一片鸡飞狗跳。

[几个年轻人怀抱书本放学归来。

学生甲　阿伯，你们在整哪样？

村民甲　王爷召集大家祈雨。

[几个学生你看看我，我看看你，大笑。

学生甲　你们快不要乱了，祭祀根本就没有用。

学生乙　是啊，韩先生说了，连年干旱有自然原因，跟人为破坏也有很大关系。

学生丙　因为我们这么多年一直在砍山上的树，雨水就越来越少。

学生丁　韩先生还说，我们现在应该赶快修水渠，引水浇灌！

小土司　闭嘴！一帮毛娃娃，懂哪样！

学生甲　是真的！我看过书里面也是这样写的。从秦汉到隋唐，人们已经发明了取水的机械，好多地方都修了水渠！

学生乙　是啊，我们得想真正有用的办法，杀猪求雨太可笑了。

[村民们被说得一愣一愣。小土司见状，更是吹胡子瞪眼。

小土司　哇呀呀呀，韩宜，又是韩宜！

（唱）那年在玩场放过他，

　　　　如今还要来找茬！

他跟阿依早结伴，

迟迟不肯来娶她。

找人去探阿依的话，

阿依一直在等他！

不就是会读几本书，

我到底哪里不如他！

(忽然看见那一片怒放的盘莲花海)那片野花,是不是那个韩宜种的?

村民甲　少王爷,那叫——盘,莲。

小土司　盘你的头! 地里的庄稼都干死了,只有那些花还直苗苗的,越开越旺! 你们说,怪不怪?

众村民　(面面相觑)怪,怪,怪!

小土司　一定是这些妖花,吸干了地底下的水,所以我们的庄稼都死了! 来人,把这些妖花都给我拔了! (见没人动)还站、站着干什么? 上!

　　　　〔四五个壮汉,上来就要拔盘莲。可无论他们怎么用劲,盘莲依旧笔直地傲然挺立,扭不弯、折不断。

小土司　砍! 用刀砍! 一定要把这些妖花都除掉! 一棵不剩!

　　　　〔几个人提刀上,准备砍莲。

　　　　〔阿依冲上。她已经脱去当初的稚气,是一位正值青春的美丽女子。

阿　依　等等! 你们在干什么?

小土司　阿依! 我们为巴甸除祸害,你不要挡道。

阿　依　挡了又怎样?

小土司　你……你身为巴甸人,居然帮外人来对付我们!

阿　依　我帮了又怎样?

小土司　你! 巴甸以前从来没有这些花,一直就风调雨顺,还说这花不是妖邪之物? 来人,上去砍了!

阿　依　慢着!

　　　　(唱)少王爷此话从何讲?

　　　　　　气话也应多思量。

盘莲耐旱是本性，

最爱少雨晒太阳。

旱情持续非我想，

找办法好过撒气狂。

（阿依以身挡前）看谁敢动我的盘莲！

小土司 （槽）你的盘莲？不是那个韩，韩宜种的？

阿　依 我们一起种的。

小土司 一起？你，你你你！

　　　　［韩宜冲上，挡在阿依前面。

韩　宜 花是我种的，不要为难阿依。

小土司 来人，把花砍了！

众　人 砍！砍！砍！

　　　　［二人与砍莲者对峙。

二　人 （合）怎能让他们毁盘莲！

韩　宜 （唱）难沟通，懒争辩！

阿　依 （唱）手牵手，身挡前！

韩　宜 （唱）心中起执念，

阿　依 （唱）一意护盘莲。

韩　宜 （唱）它知我回京愿，

阿　依 （唱）它引我情丝牵。

韩　宜 （唱）它是我前世证，

阿　依 （唱）它是我今生缘。

韩　宜 （唱）太多信与念，

阿　依 （唱）太多喜与甜——

二　人 （唱）怎能让他们毁盘莲！

　　　　［一声咳嗽，土司上。

土　司 好好祈个雨，哪来这么大动静？

小土司 阿爹！外来教谕韩宜种下妖邪之花，惹恼了神灵，所以巴甸
　　　　才不下雨！

土　司 哦？

韩　宜 并非如此，土司大人。巴甸地处高原，四季温暖，加上连年刀

297

耕火种、毁林伐木,此时若恰逢雨少,很容易出现旱灾。

小土司 　住嘴!我们巴甸的娃娃和年轻人,一天不种地不干活,就是被你这些无用的长篇大论搞晕了!

土　司 　(示意韩宜)说下去。

韩　宜 　十年之计,莫如树木。若一味砍伐林木,水旱之灾必将频发,后世之灾也。

土　司 　那依你之见?

韩　宜 　很简单。当务之急,应立刻修堤梁、通沟渠,引水灌溉,缓解眼前旱情;同时,停止开山辟田,以保后世。
　　　　〔土司捋须。
　　　　〔一村民冲上。

村民甲 　王爷!王爷快看,昆明府派人送东西来了!

村民乙 　大米!

村民丙 　苞谷!

村民丁 　还有——好几十桶水!

村民甲 　这些都是府上送来的赈灾物资,还有这个——(拿出几卷图纸)

众村民 　这是什么?

韩　宜 　(展开细看)这是灌溉机械"水转筒车"的制造图纸。太好了!我们马上可以造几架出来,汲水抗旱!

小土司 　说得容易,咋个造嘛!

土　司 　图纸……看不懂吧?

学生甲 　(抢过)我看得懂!

学生乙 　我也看得懂!

学生丙 　韩先生给我们讲过制造原理!

学生丁 　有图纸,我们就可以照葫芦画瓢——造出来!

土　司 　好!哈哈哈哈!就让韩宜带领大家,造车抗旱!

小土司 　阿爹……

土　司 　(不理他)明天开始,你也去学堂学点知识吧!
　　　　〔土司下。众开心地放弃祈雨准备,下。盘莲花海完好无损,摇曳生姿。韩宜和阿依情不自禁相拥。

阿　依 　先生!

韩　宜　阿依!

　　　　〔突然,韩宜却推开阿依。

阿　依　先生?

韩　宜　对,对不起。

阿　依　你忘不了她。

韩　宜　不仅仅是茹玉,我……

阿　依　你忘不了过去的一切,还是想回京。

韩　宜　(承认)想回。

　　　　〔沉默。

阿　依　京师,长什么样?

韩　宜　(唱)东望京师回忆长,

　　　　　　马踏飞燕过城墙。

　　　　　　过城墙,上朝堂,

　　　　　　上朝堂,意张狂。

　　　　　　朝为臣子暮唤郎,

　　　　　　盘莲亭内泼茶香。

　　　　　　临风一阵前尘惘,

　　　　　　无名清泪湿衣裳。

　　　　〔韩宜背身慨叹。阿依心痛。

阿　依　先生,我有一事不明。

韩　宜　请讲。

阿　依　京师的盘莲,比这里开得更茂盛吗?

韩　宜　盘莲喜阳,京师多阴,不比。

阿　依　花期更长?

韩　宜　盘莲耐旱,京师多雨,不比。

阿　依　那为何盘莲不愿意留在巴甸,留在滇南?

韩　宜　(沉吟良久)三国曹植曾上书言:"葵藿之倾叶太阳,虽不为之回光,然终向之者,诚也。臣窃自比葵藿。"杜子美也曾有诗云:"葵藿倾太阳,物性固难夺。"阿依,你知我为何钟爱盘莲? 正因为盘莲也和葵藿的习性一样——终生向日,乃本性也,永不改变。太阳在哪,盘莲的心就在哪!

阿　依　（痛心）太阳在哪,盘莲的心就在哪——可是,太阳却从不肯为
　　　　盘莲早升一刻,晚落半时! 太阳可曾想过盘莲的心?

韩　宜　（无言以对）

阿　依　阿依心中的太阳尚且如此,先生心中的太阳,又何尝不是
　　　　如此?
　　　　〔韩宜惊。
　　　　〔淅淅沥沥的小雨落下。
　　　　〔隆隆雨声中,经冬复历春。
　　　　〔幕间舞:盘莲开得比以前更多、更旺了……

第四场　收　莲

　　　　〔字幕:又三年后。
　　　　〔内传来婴儿哭声。
　　　　〔内声——"王爷,孩子叫什么名字?""还没想好。""还没想好
　　　　啊?""等我去问问韩先生,叫什么名字不土气!"
　　　　〔小土司、韩宜、货郎,三人饮酒。小土司成熟多了。

小土司　货郎大哥,韩先生,满上,满上!

二　人　恭贺王爷喜添贵子!

货　郎　我上次离开的时候,你还是少王爷呢! 如今当爹了,更要稳
　　　　重点!

小土司　货郎大哥,我是你看着长大的,敬你! 你这几年回来得少了。

货　郎　是啊,巴甸出去的人越来越多,带回来的好东西也越来越多,
　　　　我生意不好做喽!

小土司　这得感谢韩先生,他在巴甸兴学倡文七年,培养了许多人才,
　　　　功不可没。

韩　宜　王爷言重,在下不敢当。

小土司　你不要谦虚了! 现在我在昆明府那帮人眼里,是土司里面地

位最高、最有文化的,年年都受表扬。你也是我的先生。先生,我敬你!

韩　宜　谢王爷。

　　　　〔内传来婴儿哭声。

小土司　哎哟我的心头肉,阿爹抱,阿爹抱……(冲下)

　　　　〔二人相视而笑,畅快对饮。

韩　宜　仁兄,好久未见!

货　郎　好久未见!

韩　宜　(终于还是问出了口)京师那边……可有消息?

货　郎　(讶,叹)我料你也是不死心。实话告诉你吧,的确有新消息。

韩　宜　(推开酒杯站起来)什么?

货　郎　吏部侍郎,你的岳父,一年前去世了。

韩　宜　(惊)那……茹玉?

货　郎　(摇头)没打听到。不过上京的朋友,终于找到了你家。

韩　宜　(惊喜)如何?

货　郎　那里只剩些死去的盘莲茎秆,房子院子,早都荒芜了。

韩　宜　什么都没有了?

货　郎　什么都没有了。

韩　宜　(跌坐)

货　郎　老弟,新帝即位,你不会不知道吧?

韩　宜　听闻了。

货　郎　新帝即位,历史翻篇,朝廷要是有为你平反的意思,早就下诏了——你为什么就是不死心呢?

韩　宜　我……

货　郎　七年来,你兴学有功,巴甸人民对你敬爱有加,留下来有何不好? 开化边地,照样能青史留名! 我还听说,七年了,少王爷当初喜欢的那位阿依姑娘迟迟不嫁,都是因为在等你!

韩　宜　我……阿依是位好姑娘,我对不起她!

货　郎　老弟,万事万物都在变化,历史在变,国家在变,巴甸也在变,为何就是你不肯变,连带人家姑娘也不肯变呢?

韩　宜　(痛心)仁兄所言,句句在理!

货　郎　（叹）夜深了，回吧，回吧……

　　　　〔货郎怅叹下。

　　　　〔韩宜背身，静默而立。

　　　　〔隆隆雷声在酝酿，突然一记闷雷，春雨倾盆而至。

韩　宜　（唱）好雨也知时节到，

　　　　　　当春发生自逍遥。

　　　　　　天若有情天亦老，

　　　　　　不独人间白头搔。

　　　　　　我也曾，勇谏劝，求正道，不惧贬，最桀骜。

　　　　　　却落得，衣褴褛，身潦倒，志空抱，苦煎熬。

　　　　　　庙堂夙愿曾未了，

　　　　　　七年一日弹指消！

　　　　　　前路望断，又惊春晓——

　　　　　　只落得，任雨随风打芭蕉。

　　　　〔大雨如注，韩宜冲进盘莲花丛，疯狂地扶起盘莲的头，可无
　　　　论韩宜如何托举花盘，一棵棵盘莲都没精打采地垂着头，无
　　　　法昂首向日。

　　　　（绝望地）心向日，苦尽甜？可是太阳在哪里呢？（大笑）……盘
　　　　莲啊盘莲，太阳没了，你们就不抬起头来了吗？快，抬起你们
　　　　的头来！快啊！

　　　　〔盘莲垂头不动。韩宜一路狂奔，来到阿依家，叩门。

　　　　〔阿依点灯开门上。褪去所有青涩的她，已不再是当初懵懂
　　　　的少女。

阿　依　先生，你怎么喝了这许多酒！（疼惜，帮他拭雨）

韩　宜　阿依，阿依——

　　　　（唱）韩宜我到滇南整有七年，

　　　　　　志儿颓心儿累却遇红颜。

　　　　　　承蒙你相陪伴在我心间，

　　　　　　弱书生常相拒怕你艰难。

　　　　　　到如今，

　　　　　　旧梦前尘皆了断，

決心扎根在滇南。

微言恳请望收留，

这半生漂泊形影单！

阿　依　（呆住）先生，你说的是真的吗？你要娶我？

韩　宜　我想娶你，我要娶你！我不知还有没有机会，来不来得及
娶你！

[大雨如注。

阿　依　（用力点头）嗯！

[两人紧紧相拥。

韩　宜　让我从现在开始，好好照顾你，一辈子！

[雨停。欢快的音乐进，幕内伴唱：

（唱）置新地，盖新房，

婚前筹备穿梭忙。

新房新婚新气象，

相依相伴到天长。

[韩宜指挥三五人盖新房、刷红漆、贴喜字；盘莲化作阿依的姊
妹们，为她拉红绸，作嫁衣，剪喜字——舞台一片喜庆的红。

[阿依把玩着姊妹给她做的红盖头，脸上泛起当年少女般的
红晕。她自己试戴盖头，舍不得放下。

阿　依　（唱）等呀等，盼呀盼，

终于盼来这一天。

霞帔加身戴凤冠，

他要亲手将我盖头掀！

心愿马上要实现，

白首不离度余年。

[幕间舞女合唱：

剪喜字，梳红妆，

阿依明天做新娘。

嫁给教书的韩先生，

明天就要进洞房！

[内声——“韩先生说了，再预留二十坛陈酒！”

第五场 赠 莲

［一个陌生女人出现在巴甸。她穿着素雅，大气端庄，一看就是大家闺秀。她亦步亦趋，打量着周遭的一切。

茹　玉　这里与想象中，好不一样——

(唱)在梦中，滇南处处皆草莽，

不曾想，绿水清幽锦绣藏。

行人懂礼让，

农家耕作忙。

时闻书声朗，

遍野有花香。

黄发垂髫怡然乐，

好一个世外桃源乡。

——他真的会在这里么？

［突然，她看见了那片盘莲花海。

茹　玉　(激动)盘莲，好大一片盘莲花海！没错，是他！……(喜极而泣)是这里，他一定在这里！

［内声——"看谁先采到那支新娘花！"阿依和几个姊妹嬉笑上。

姊妹甲　挑最大的！

姊妹乙　不，要开得最好的！

姊妹丙　对！要最艳最美的那一朵！

姊妹丁　跟新娘子长得一样！对不对嘛！

阿　依　(笑)再不采天都要黑了！

［茹玉采下一支娇美的盘莲，送给阿依。

茹　玉　这支如何？

姊妹甲　哎？这朵好！

姊妹乙	花色鲜艳。
姊妹丙	不大不小。
姊妹丁	正合适!
阿　依	(从茹玉手中接过花)多谢!(看茹玉的穿扮)你……不是巴甸人。
茹　玉	不是。
阿　依	从昆明来?
茹　玉	不,从京师来。
阿　依	(敏感地)京师……(重新打量茹玉)你……
茹　玉	说来我与姑娘也算有缘——当年我成婚之日,也是用盘莲作为新娘花。
阿　依	盘莲?
茹　玉	我与我夫君都极爱此花,家中也曾处处种植;后夫妻遭难离散,唯以盘莲作为信物。我一路寻夫,见此盘莲,料他定离此不远。
阿　依	你是……(不敢相信地试探)茹玉?
茹　玉	(惊)姑娘怎知我姓名?
	[阿依一阵晕眩,脚下不稳。姊妹们觉得狐疑。
姊妹甲	阿依,你咋个啦?
姊妹乙	我们快回去,等下新郎官要着急了。
姊妹丙	对呀,韩先生还在新房等你回去挑喜糖呢!
	[茹玉向后一退。
茹　玉	韩先生……韩宜?
姊妹甲	你咋个知道新郎官的名字?
	[二人互退一步,急收光。转场,布满喜字的新房内。
	[一更声响。
	[阿依与茹玉一人一边,坐于正厅。
阿　依	(唱)一更鼓,一更响。
茹　玉	(唱)一更响,一更长。
阿　依	(唱)怎料她跋山涉水到远疆,
茹　玉	(唱)未曾想他安居一隅在他乡。
阿　依	(唱)他可会守妻房?

茹　玉　（唱）他可要娶红妆？

阿　依　（唱）她多端庄，

茹　玉　（唱）她青春样。

阿　依　（唱）苦思量。

茹　玉　（唱）意彷徨。

阿　依　（唱）手抚盘莲慰慌张，
　　　　　　　像他就在我身旁。

茹　玉　（唱）盘莲像要对我讲，
　　　　　　　海誓山盟他未曾忘。

　　　　　〔二更声响。

　　　　　〔韩宜风尘仆仆，破门而入。

韩　宜　茹，茹玉？

茹　玉　夫君！

　　　　　〔两人几欲立刻相拥，碍于阿依而止步不前。

　　　　　〔阿依缓缓站起。

阿　依　我去厨房，给你们泡壶热茶。（下）

　　　　　〔韩宜与茹玉，热泪含目。

茹　玉　（唱）一声郎，步步唤。

韩　宜　（唱）手儿挽，泪无端。

茹　玉　（唱）问郎君，饮食起居可习惯？

韩　宜　（唱）问娘子，旧病顽疾可扰安？

茹　玉　（唱）七年来我夜夜将你梦里唤。

韩　宜　（唱）七年来我日日把家挂心间。

茹　玉　我就知道你没有死，我就知道，你没有死！

韩　宜　你如何找到这里的？

茹　玉　我只身来滇，到昆明府查询甲历，由郡到县，由乡到寨，一步
　　　　一步，走到了这里！

韩　宜　（心疼）唉！

茹　玉　年前父亲去世，临终前才将真相告我——当初你没有死，只
　　　　是流放远走。你，你为何如此骗我！

韩　宜　（痛心）远窜遐荒不知归期，怎可要你跟我一起受苦！当年我

写下休书杜撰死讯,为的就是要你改嫁! 你怎么……不听话!

茹　玉　妾如磐,生死连。你忘了我请父亲送去的盘莲花籽了么?

韩　宜　没忘,没忘! 我在滇南,也种下了一片盘莲。你来的时候,可曾看到?

茹　玉　看到,我看到了! 夫君——我终于找到你了!

　　　　〔夫妻二人相视而笑,却突然泛起苦涩。韩宜放开茹玉的手。

茹　玉　你,明天要与那位阿依姑娘成亲?

韩　宜　是。

茹　玉　你想回京吗?

韩　宜　回不去了。新帝即位,历史翻篇,没人会再为我平反。我这一生都要待在这里了。

　　　　〔茹玉拿出一封布告。

茹　玉　夫君你看,这是当今圣上广纳贤才的招贤贴,无论过往,但凡有才,皆可起用! 新君乃一代明君,即位不久,亟缺谋士,求贤若渴。

韩　宜　(兴奋过后的灰心)可是当年的弹劾案尚未平反,我的历史不清,我……

　　　　〔茹玉又拿出一封信。

茹　玉　父亲临终前召集旧部,亲手写下举荐信一封,昔日同僚联名签字,为你申冤! 父亲说,你手持这封联名信回到京师,面呈圣上,定可重被起用!

　　　　〔停顿。

韩　宜　这么说,我可以回去了?

茹　玉　可以回去了。

韩　宜　回到京师,回到朝堂之中?

茹　玉　回到京师、回到朝堂之中!

韩　宜　我可以回去了……我可以回去了! 哈哈哈哈! 我要回去了!

　　　　〔三更声敲响。

　　　　〔幕内突传来茶盘掉落、破碎一地之声。阿依缓缓而出。茹玉和韩宜这才意识到,阿依一直在后厅一旁。

〔灯光变化,三人分立三处,一夜无眠。

韩　宜　(唱)东厢妻,西厢爱,
　　　　　　滇南京师两头难。

阿　依　(唱)她与他夫妻情深共患难。

茹　玉　(唱)她与他七年相伴结凤鸾。

韩　宜　(唱)两头皆是我梦里盼。

阿　依　(唱)她为他守得云开见月明,

茹　玉　(唱)她为他青丝空耗韶华耽,

韩　宜　(唱)可叹年月不回返。

阿　依　(唱)他沉冤昭雪终得盼。

茹　玉　(唱)他返京重起在眼前。

韩　宜　(唱)七年等得京师还。

阿　依　(唱)他会不会断舍离把那京师还?

茹　玉　(唱)他会不会放不下娇美好滇南?

韩　宜　(唱)我莫非要做那悔婚负心汉?

三人合　(唱)月落窗前夜无眠!

〔四更声清冷地响起。只有阿依的灯还亮着。她独自一人背立窗前。

〔幕后清婉的女声伴唱:
　　　月亮出来亮汪汪,
　　　悠悠照在竹楼上。
　　　阿妹等哥哥不来,
　　　阿妹等哥哎,
　　　哥不来……

〔月光朦胧中,阿依一人来到盘莲花海间。她抚摸花儿,想让垂着头的花盘抬起头来,动作越来越快,越来越疯狂,直至筋疲力尽。

阿　依　盘莲呀盘莲,你转过头来看看我吧!哪怕只有一次,一次也好呀……你眼里只有你的太阳,太阳出来,你的心就跟着去了……我,我也有我的太阳。我的太阳,他——
　　　(唱)照我心房暖又暖,
　　　　　给我多少乐与欢。

· 308 ·

来去匆匆天上走，

早知他终有一刻还。

从不曾为我早出现，

从不曾为我晚落山。

他是太阳我是莲——

可惜此生终无缘！

若天亮前，他寻我而来，那定是与我告别来了。天啊天，快亮起来吧！

〔五更声响。

〔韩宜上。他见阿依枯坐花丛里，一阵心疼袭来。

韩　宜　阿依。

阿　依　(半晌，平静地)先生，你还是来了。

韩　宜　来了。

〔两人一时无语，盘莲妖娆舞动。

阿　依　先生，你记不记得，当年，我们一起种盘莲时的情景？

韩　宜　记得。

阿　依　那时的我，刚刚成年。

韩　宜　那时的巴甸，还没有盘莲——

(唱)犹记当年播种时，

豆蔻女儿二月梢。

阿　依　(唱)君似骄阳天上来，

使我思君暮与朝。

韩　宜　(唱)你为我栽种盘莲籽，

我教你诗书与笙箫。

阿　依　(唱)你地理天文无不知，

诗书文史无不晓。

韩　宜　(唱)你天资聪颖心如发，

琴瑟和鸣有话聊。

阿　依　(唱)盘莲向日见天长。

韩　宜　(唱)你我相交日渐好。

阿　依　(唱)七年春回春又去。

· 309 ·

韩　宜　(唱)七年盘莲根蒂牢。

阿　依　(唱)如今盘莲花成海，

　　　　　　　你我分别在今朝。

　　　　　　——先生,你走吧。

韩　宜　(痛心)我与茹玉七年前休书已下,已无夫妻之名,你若肯与我
　　　　一同回京,我们……

阿　依　(摇头)我不会跟你走的。

韩　宜　为何?

阿　依　先生呀,我的先生!

　　　　(唱)七年前巴甸初邂逅,

　　　　　　　你说你是京师来客不久留。

　　　　　　　七年间未置房与产,

　　　　　　　一个人居住在竹楼。

　　　　　　　话少不合众,

　　　　　　　婉拒谢应酬。

　　　　　　　独自喝闷酒,

　　　　　　　举杯对月愁。

　　　　　　　格格不入非本性,

　　　　　　　谁都说你待不久。

　　　　　　　从不敢向你明心迹,

　　　　　　　总担心捅破盆底水难收。

　　　　　　　直到你,

　　　　　　　开设学堂把课授,

　　　　　　　督办人马把路修。

　　　　　　　置地建宅交朋友,

　　　　　　　雨中问我愿不愿将你半生漂泊来收留。

　　　　　　　先生呀先生,

　　　　　　　我怎不愿、怎不想、怎不渴、怎不求,

　　　　　　　与你定居滇南隅,

　　　　　　　红河边上泛轻舟。

　　　　　　　却怎不料、怎不知、怎不晓,怎不忧,

七年将就，七年绸缪。

旧梦不朽，万事皆休！

新婚前夜话分手，

鸿鹄远去不回头！

韩　宜　（痛极）阿依，阿依——

　　　　　（唱）巴甸千种好，

山水乐迢迢。

我也曾诚心与你共修好，

我也曾誓将京师梦全抛。

我也曾谋划扎根在滇南，

我也曾憧憬儿孙好逍遥。

信一到，魂被搅，

几回煎，几回熬。

惊觉返京心不死，

重登庙堂才能把梦了。

此一走不知何时还，

只怕是一生滇南只一遭！

不忍愧对芳华女，

一生亏欠女儿娇！

　　　　　〔鸡鸣。

　　　　　〔茹玉静静在旁。

茹　玉　（唱）巴甸女至善至纯惹人怜，

叫我感愧又汗颜！

她深明大义气量显，

她不计得失性至贤。

我夫客居整七载，

得遇知己苦也甜。

茹玉小看了滇南女子！（上前）阿依姑娘，我此番前来，送信事大，寻夫事小。我独居多年，回京后定不打扰你二人生活！你乃韩宜知己，恳请你与他返京！

　　　　　〔阿依摇头。

阿　依　我与先生，都是盘莲，只不过各有各的太阳，此生无缘。

　　　　〔阿依剥下一把盘莲籽，赠予二人。

阿　依　先生，你来时带一包种子，走时带一包果实。种子与果实皆
　　　　为一物——在滇南见盘莲，如见京师；在京师见盘莲，如见滇
　　　　南。自此，滇南与京师皆有盘莲，愿两地皆为你心中故土。
　　　　天亮了，二位，请上路吧。

　　　　〔二人感喟，郑重收下盘莲籽。

　　　　〔旭日东升，盘莲全部苏醒，昂头向日。

阿　依　(唱)滇南有古语，
　　　　　　　花开天地香。
　　　　　　谢先生，
　　　　　　启蒙我心智与理想，
　　　　　　为巴甸打开一扇窗。
　　　　　　愿先生，
　　　　　　鸿鹄志高向阳去，
　　　　　　海阔天空任翱翔。
　　　　　　阿依永记你德与好，
　　　　　　滇南不忘你慨与慷。
　　　　　　阳光普照永明亮，
　　　　　　盘莲不悔向太阳。

　　　　〔韩宜与茹玉在村民们的目送下远去。

　　　　〔村民们散去，只见盘莲花海里，一位女子背影，她独自一人
　　　　翩跹起舞。

　　　　〔幕内伴唱：
　　　　　　太阳出来了，
　　　　　　月亮下去了。
　　　　　　阿哥阿哥天上走，
　　　　　　阿妹阿妹望白头……

　　　　〔幕徐落。

甬剧

小城之春

（改编自电影《小城之春》）

徐雯怡

　　上海戏剧学院 2016 级戏剧影视编剧方向艺术硕士（MFA），上海戏剧学院 2012 级戏剧影视文学专业本科。有戏曲小剧场越剧《小城之春》，淮剧《精卫》等作品登上舞台，论文《论浙东非遗濒危剧种生态中的"一树两花"现象》，获上海戏剧学院优秀毕业论文，并刊登于《文化艺术研究》，另有多篇剧评在《上海戏剧》、《文学报》等多家刊物发表。

　　《小城之春》首演于宁波甬剧研究传习中心，曾获得 2019 表演艺术新天地委约创作剧目的资助，参加 2019 年上海表演艺术新天地展演，2019 年 11 月于上海长江剧场进行第二轮演出。

序

独　唱　　　一个多病言语少，

一个绣花把旧事抛。

小城破败春已老，

闲情闲绪解无聊。

玉　纹　该吃药了。

戴礼言　不吃了，这药没用。

玉　纹　医生配的，怎么会没用呢？多少也吃一点吧。

戴礼言　我吃了晚上也睡不好，还要靠安眠药强撑睡下。第二日醒来和没睡过一样难受。

玉　纹　能睡就好。你这又是何必呢？

戴礼言　玉纹，我们谈一谈吧。

玉　纹　我再去给你倒一碗。

戴　秀　章大哥！快来！

章志忱　（唱）满面风尘回故园，

重访旧友得清闲。

在外是脚跟无线如蓬转，

回此地童言乡音客前喧。

戴　秀　章大哥，哥哥嫂嫂又装听不见，不来开门！

章志忱　我们到后墙去！

戴　秀　好！

章志忱　（唱）荒废意旧日情景全不见，

绕后墙故梦重温还少年。

戴　秀　章大哥，我和你说，哥哥他病了以后，人就变得怪怪的。

章志忱　他怎么了？

戴　秀　战争时候落下的毛病！吃药都没有用场，现在他一天要换一帖药，我和嫂嫂是辛苦死了，你到了可要帮他好好看一看。

章志忱　好，包在章大哥的身上！

戴　秀　章大哥，你在这里等一会儿。

章志忱　好。

戴　秀　哥哥！我把你的药取回来了！

戴礼言　谁让你翻墙的？还有点戴家小姐的样子吗？下来！

章志忱　是我让她翻的。你可千万不要骂她！

戴礼言　章志忱啊！真的是你啊！

章志忱　戴礼言，是我！

戴礼言　啊呀，我们有十多年没见了，你还好啊？

章志忱　好，我这几年在武汉、长沙、成都、昆明到处跑！讲实在话，八年的仗终于打完了，哪有人会不想回来看看呢？

戴礼言　你回家里去过了？

章志忱　去过了。

戴礼言　爹娘都见过了？

戴礼言　哦，这是内人玉纹。这是志忱兄，我们是多年的同学。

章志忱　玉纹，原来是你。

戴　秀　章大哥，你和嫂嫂是认得的啊？

章志忱　我们是同乡，是隔壁邻居。

戴　秀　那真是好极了，哥哥，章大哥和我们多有缘分呀！

戴礼言　是啊。老同学，不要站着了，赶快到里厢去喝杯热茶！

戴　秀　章大哥，我帮你拿行李。

章志忱　好，谢谢妹妹！

戴礼言　你恐怕也看到了，仗打过后，戴家大不如从前了⋯⋯
　　　　〔伴唱：碧海青天忘干净，
　　　　　　　　花开花落又逢君。
　　　　　　　　流光何曾抛旧人，
　　　　　　　　一分一寸难同心。

316

第一场

玉　纹　（唱）鬓发扶齐整，

　　　　　　晚装换时兴。

　　　　　　热被塞进怀抱里，

　　　　　　一路行来汗湿襟。

　　　　　　讲不出心头滋味悲与喜，

　　　　　　管不住进退行动先于心。

　　　　　〔玉纹敲门。

章志忱　这么晚了，是谁在敲门啊……是她来了？

玉　纹　为什么关门？

章志忱　（唱）突然有客来驾临，

玉　纹　（唱）眼前房门开又闭，

章志忱
　　　　（唱）咯噔一响心不定。
玉　纹

章志忱　（唱）灯下忙照影，

玉　纹　（唱）怕他会错情，

章志忱　（唱）整顿衣和巾。

玉　纹　（唱）收起钗和锭。

章志忱
　　　　（唱）我这里忙忙乱乱不同心，
玉　纹

　　　　　　空寄望坦坦荡荡讲曾经。

章志忱　是你来了。

玉　纹　是我来了。

章志忱　天色已经这么晚了。

玉　纹　我来给你送床被头。

章志忱　嗯。

玉　纹　春天夜里还是要冷的，我去给你铺上。

章志忱	这不会太劳烦你了吧？我来铺吧，我来好了。
章志忱	还是……
玉　纹	
玉　纹	还是我来吧。
章志忱	嗯。
玉　纹	(唱)手上翻弄棉花絮，
章志忱	(唱)不知手脚要放哪里，
玉　纹	(唱)脸上还有红晕余。
章志忱	(唱)心里五味将凑齐。
玉　纹	(唱)怎么无动静？
章志忱	(唱)何时该叫伊？
玉　纹	(唱)怎么没言语？
章志忱	(唱)要远还是近？
玉　纹	(唱)我把眠床铺得整整齐，
章志忱	(唱)我看她把眠床铺得整整齐，
章志忱	(唱)庆幸我声声心跳无人听。
玉　纹	
玉　纹	眠床铺好了。
章志忱	坐一下吗？
玉　纹	你坐得……有点远吧？
章志忱	我有点不舒服，怕传给你。
玉　纹	你没生病吧？
章志忱	没生，没生……你坐，你坐呀！
玉　纹	我来是想问问你，有什么缺的，我是礼言的妻子，照顾你是应该的。
章志忱	这里蛮好，没有缺什么。
玉　纹	你说什么？我有点听不清。
章志忱	我讲，没有缺什么。
玉　纹	还是听不大清爽……是不是你坐得太远了？
章志忱	太远了？那……我坐近一点？现在呢？
玉　纹	好……一点了。

章志忱	好一点就好。
玉 纹	你家里去过了?
章志忱	去过了。
玉 纹	可还好?
章志忱	爹娘都不在了,就剩我们小时候玩的那几间了……想不到,我们再见面会是在这里。
玉 纹	嗯,我也不晓得你会来。
章志忱	玉纹啊……
玉 纹	嗯?仗打完之后他就成这副样子了。
章志忱	我刚刚给他看过病了。
玉 纹	怎么样?
章志忱	没什么大毛病。
玉 纹	真的吗?你要跟我讲实话。
章志忱	主要还是心病。一整个下午我就看他坐在那里发呆,这样下去那大病小病怎么会不来呢?其实心打开了,还有什么事情会过不去呢!
玉 纹	也不是小事情,是心结解不开才会去想的。
章志忱	什么?
玉 纹	要是眼前的日子好过了,什么人会愿意生病呢?
章志忱	那也要向前看呀。
玉 纹	难道你心里就没什么事情过不去么?
章志忱	……我是医生。
玉 纹	那要是我有病呢?
章志忱	你……你会有什么病呢?
玉 纹	天色也不早了,我想我还是走了。
章志忱	欸!
玉 纹	啊?
章志忱	……哦!你让他多去晒晒太阳。
玉 纹	哦。
章志忱	明天天气应该是好的。

玉　纹　嗯……

章志忱　那只好……明天见了。

玉　纹　明天见。对了……

章志忱　啊？

玉　纹　我想起来还有件事情没跟你讲。

章志忱　那你快讲。

玉　纹　这里十点钟就要没电了。

章志忱　哦，就这么一回事啊？

玉　纹　还有……

章志忱　还有什么？

玉　纹　还有……抽斗里有洋蜡烛备着。

章志忱　哦，还有吗？

玉　纹　还有……我先给你点上？可能是太久没人住了，火柴都有点潮了。

章志忱　玉纹，这次回来，我总觉得你有什么心事闷闷不乐的，我一直想抽空问问你，这十年你到底过得好吗？

　　　　　(唱)体谅她的女儿情，

　　　　　　　安慰我的凄凉心。

　　　　　　　明知不能再相亲，

　　　　　　　还是伸手与她近。

玉　纹　我一直以为时间还早，没想到过得这么快，我要回去看看礼言了。

章志忱　玉纹……

章志忱　谢谢你此番来看我。

玉　纹　(唱)指尖还有暖，

　　　　　　　对月泪擦干。

　　　　　　　来时风微乱，

　　　　　　　回程更觉寒。

　　　　　　　如今我这般身份情难堪，

　　　　　　　何必要引他相思剪不断。

第二场

［房内。章志忱正在为戴礼言看病。

戴礼言　你说我的病会好吗？

章志忱　我们年纪还轻，什么病都不怕。

戴礼言　年轻？我怎么觉得自己已经老了呢……

章志忱　礼言，你不要唉声叹气的，也不要老发脾气。

戴礼言　你是讲对她？

章志忱　也不一定是对什么人。

戴礼言　我脾气是变坏了。我太太的人是再好也没有了，可因着这病，把夫妻间的关系弄得这样不正常。我们分居已经有两年多了。如今，她还是在照顾我，但她会一个人在房里流泪，在人前没有一丝笑模样。她对我只是尽责任，她照顾得越好，我就越搁着她冷；她越冷，我就越觉得失面子，因此，就越容易发脾气。

章志忱　可她从前并不冷呀！

戴礼言　（看了章志忱一眼，叹了口气，闭上了眼睛）

［另一边，一扇映照着玉纹和戴秀的身影，玉纹正在帮戴秀梳妆。

戴　秀　阿嫂，你与章大哥从小认得，我想你一定晓得他的许多事体，对不对？

玉　纹　（手上的梳子停顿了一下）是啊，你想知道什么？

戴　秀　章大哥这么好，以前一定有许多女孩子暗恋他吧？

玉　纹　他以前爱哭鼻子，哪有人会暗恋他？

戴　秀　章大哥骗人。他骗我讲小时候一大把人暗恋他，尤其是一个大辫子姑娘顶欢喜他。

玉　纹　乱讲三千……他还讲了什么？

戴　秀　他还讲后来大辫子姑娘和他分开了……阿嫂你看这个夹子

夹在头顶好看吗?

玉　纹　还有呢?

戴　秀　啊?

玉　纹　你刚刚讲的,章大哥和大辫子姑娘的事情。

戴　秀　哦!章大哥讲他没法带大辫子姑娘走,所以故事就只能结束了。

玉　纹　(渐渐落寞)这样啊……

[戴礼言房内。

戴礼言　志忱,我们是多年的好朋友,你替我劝劝她。我不晓得你们从前认识,如果她嫁的是你,多好啊。

[章紧张地起身,又掏出听诊器为戴礼言诊断。

章志忱　我再帮你听听。

[戴礼言抓住章志忱的手。

戴礼言　志忱,你不晓得我有多羡慕你,你就好比春天刮的东南风。我呢,我如今三十六岁,还生了毛病,戴家的家业我是重振不起了;另起炉灶呢,我又怕把戴家的门楣败坏掉。我每夜困不着就想,我是从什么时候开始变成一个废人了呢?

章志忱　你不要这样想,就算是为了她,你也要振作起来。

戴礼言　你讲,我还有机会吗?(叹气)

[戴秀房中。

戴　秀　这句话讲好他还叹气了……阿嫂你晓得他讲了啥吗?

玉　纹　讲啥?

戴　秀　他说,如果我可以带她走就好了……这么看……阿嫂!章大哥还是蛮痴心的,对吧?

玉　纹　他是这么说的?

戴　秀　(点头)阿嫂!你今天也给我梳一个大辫子好吗?我让章大哥晓得,戴秀梳大辫子是顶好看的!

玉　纹　(勉强笑)我当你今天讲这许多话是为啥,原来啊,是少女思春……

戴　秀　啊呀,阿嫂,你乱讲!我不要你梳了,我要自己梳!

[戴秀羞涩小跑着离开,玉纹追出来,在走廊上看着戴秀的背

影发呆。章志忱从玉纹后面的走廊上，端详了玉纹的背影好一会儿。

章志忱　你……饭吃过了？

玉　纹　(被突如其来的声音吓了一跳)还没。

章志忱　哦，我刚刚从礼言那里出来。

玉　纹　阿妹也刚刚离开。

章志忱　那，再见了。

玉　纹　再见。

　　　　〔章志忱往前走又回头，见玉纹正偷偷趴在门后看他，章志忱便立即转回了头，玉纹也马上躲了起来，章志忱和玉纹都笑了。

章志忱　这帕子怎么掉在这里……是妹妹……

玉　纹　是我。是我在这儿发呆，手里帕子掉落也没发现。

章志忱　你总是这样嘛？

玉　纹　是这样子的，我每天都是这样子的。

　　　　〔章志忱爬上高墙，拿到了手帕，递给玉纹。

第三场

伴　唱　　　酒酿圆子豆酥糖，
　　　　　　年糕烤菜喷喷香。
　　　　　　生日宴，会客场，
　　　　　　马头墙上露春光。

戴礼言　妹妹，今朝是你的生日，你来主持。

戴　秀　好！嫂嫂不要烧了，快来呀！
　　　　(唱)咸菜黄鱼汤，
　　　　　　甲鱼芋芳羹。
　　　　　　嫂嫂，
　　　　　　嫂嫂灶上忙，

　　　　　　　　阵阵饭菜香。

　　　　　　　　酒糟带鱼？嫂嫂，这菜哥哥他……

玉　纹　　是我想吃。

戴礼言　　偶尔吃吃，没关系。玉纹，你坐。

章志忧　　(唱)偷眼看，把她望，

　　　　　　　　酒糟带鱼藏文章。

戴礼言　　我倒是忘记了，这酒糟带鱼，志忧也欢喜的嘛。

章志忧　　是啊，是啊。

戴　秀　　章大哥喜欢啊！那章大哥多吃点。

章志忧　　谢谢妹妹，诶，妹妹你今天穿得真好看，都讲女大十八变……
　　　　　　这辫子一扎，都有点大人的样子了！

戴　秀　　章大哥！

戴　秀　　嫂嫂，你帕子掉落了！

章志忧　　哦，我来捡吧？

　　　　　　　　前几日她低眉哀怨我难忘，

　　　　　　　　今日里她一展愁眉显开朗。

　　　　　　　　我一块石头落地上，

　　　　　　　　拾方帕，对她关照不声张。

玉　纹　　　　吃醋间猛然一阵迷乱慌，

　　　　　　　　猜不透旁边人儿心中想。

戴礼言　　　　我暗自观瞧妹妹样，

　　　　　　　　一桩婚事起主张。

　　　　　　玉纹。

戴　秀　　嫂嫂，你帕子又掉了！这一尺的帕子怎么会掉两次的啦！嫂
　　　　　　嫂最近毛毛躁躁的，章大哥，你说是不是？

章志忧　　是啊，是啊。

戴礼言　　玉纹，你来。

戴　秀　　章大哥，喝酒。

章志忧　　谢谢妹妹。

玉　纹　　你的意思……不合适吧？

戴礼言　　男未婚女未嫁的，怎么会不合适呢？

戴　秀　章大哥？

章志忱　哦。

戴礼言　你笑什么？

玉　纹　我是想,志忱恐怕不愿意吧。

戴礼言　诶,你不懂男人,我有办法。老同学,多吃点,千万不要客气,
　　　　妹妹,你要多多照顾章大哥。

戴　秀　好呀,那我再夹一块鳗鲞给章大哥吃。

章志忱　诶,妹妹,今天是你十六岁生日,这酒,是一定要喝的。

玉　纹　照我看,妹妹还那么小,以茶代酒最好。

戴　秀　哼,喝酒多少没意思,我们来划拳。

章志忱　你还会划拳？

戴　秀　哥哥倒是教过我的,不过,我只会一点点。

玉　纹　你还是小姑娘,划拳是学不来的。

戴礼言　欸,妹妹啊,划拳输了是要喝酒的!

戴　秀　那我不来了……

戴礼言　有哥哥帮你看着,你怕什么？尽管来!

戴　秀　哥哥,大话让你讲去了,等下输了么,酒还是要我来喝,不划
　　　　算的,我不赌。

戴礼言　不会让你输的,哥哥读书的时候,是全校闻名的赌王。

章志忱　你是赌王,我还是拳王呢。

戴　秀　哥哥,我去跟章大哥比比看,妹妹不让你丢脸的。

戴礼言　好,有志气。

章志忱　妹妹,那我们来。

戴　秀　哥俩好……哥哥,是这样吗？

戴礼言　是! 是!

戴　秀　章大哥,再来! 六六顺,八匹马! 章大哥,你输了!

戴礼言　哈哈,这下你总没办法了,喝酒喝酒!

章志忱　好,我喝。

戴　秀　章大哥,我们再来!

章志忱　好!

玉　纹　(唱)他倒是一碗黄汤心滚烫,

　　　　　局外人受了冷落生彷徨。

　　　　　他那里有说有笑有欣赏,

　　　　　她那里比赛热闹多繁忙。

　　　　　他那里媒人眼目正打量,

　　　　　莫非是旧日恩情早散场?

章志忱　这下你总没办法了吧? 喝,喝下去。

戴　秀　哥哥。

玉　纹　我来替她喝。

戴　秀　嫂嫂你真好!

戴礼言　诶,你嫂嫂是不会喝酒的。

戴礼言　你会喝酒啊?

章志忱　诶! 她本来就会喝的嘛。

戴礼言　你……

章志忱　妹妹,妹妹,我们再来。

玉　纹　你怎么不和我来呀?

戴礼言　玉纹……

章志忱　好,好,好,我和你来。

玉　纹　我不和你划拳,我和你来这个,这个……这个。

章志忱　这个我知道,我们以前常玩的嘛,来来来。

戴礼言　(唱)只见她眉眼留情多明亮,

　　　　　竟忘了她还有副好心肠。

　　　　　细张望,又彷徨,

　　　　　多思量,越心凉。

　　　　　她何曾对我笑一眼?

　　　　　她何曾与我温柔乡?

　　　　　其实何必费思量,

　　　　　睁眼却作双目盲。

戴　秀　诶,哥哥怎么不见了?

玉　纹　又咳嗽了,怎么又咳嗽了……

戴　秀　嘘,嫂嫂你轻点呀,哥哥可能累了。

章志忱　妹妹,你嫂嫂啊,是醉了。

玉　　纹	胡说,我怎么会醉呢?	

玉　　纹　胡说,我怎么会醉呢?

戴　　秀　嫂嫂,我还是扶你回去吧?

玉　　纹　哎呀,我不回去。

戴　　秀　那我去给你端碗醒酒汤……

章志忱　妹妹,你不要管她了。划拳还划吗? 你是不是认输了?

戴　　秀　章大哥,这都什么时候了,你还在这里捣糨糊……

玉　　纹　妹妹……我的好妹妹,嫂嫂跟你讲,你好事近了! 你哥哥要把你许配给……章大哥。

戴　　秀　章大哥? 啊呀嫂嫂,你真的醉了!

玉　　纹　嫂嫂没醉,嫂嫂还要帮妹妹操办婚事呢! 你看,嫂嫂把帕子都给你备好了。

戴　　秀　嫂嫂!

玉　　纹　听话! 盖上去,就要等新郎官来掀开了! 嫂嫂这就去帮你叫新郎官来!

章志忱　我不去。

玉　　纹　你不来,我就请你来。

戴　　秀　嫂嫂,你不要逼我了! 我……我去给你端碗醒酒汤!

玉　　纹　新郎官,来呀,你来呀。

章志忱　(唱)她疯言疯语话许多,

　　　　　　我痴心痴意细琢磨。

　　　　　　若是我十年不做他乡客,

　　　　　　是不是也能与她结丝萝。

　　　　　　一时间千般滋味心头过,

　　　　　　分不清假语真言有几多。

玉　　纹　啊呀,你又被我抓着了! 这许多年了,你一点也没长进。

章志忱　玉纹……

玉　　纹　你啊! 从来也不会真的逃,抓你放你其实全是凭我的欢喜……你晓得我每回在心里想什么? 我想……就一回呢? 哪怕你就主动一回呢?

章志忱　玉纹,你要我怎么办?

玉　纹　妹妹,成亲的时候,新娘子啊盖个红盖头,朋友亲眷都来看,糖一把,桂圆一把,莲子一把,炮仗放起来,是多少热闹,多少风光啦……

章志忱　玉纹,你不要讲了,我懂的,我都懂的,以前的事情都怪我,可现在你已经是礼言的妻子了……

玉　纹　可我心里想的是你! 哎呀,我醉了醉了。
　　　　(唱)醉酒言吐露情思让他晓,
　　　　　　心狂跳不敢回味欲要逃。

玉　纹　(唱)刚抬腿却后悔,
　　　　　　他可会动情来寻找?

章志忱　(唱)四目相对心如捣,
　　　　　　一团糊涂回年少。
　　　　　　欲想不顾追出去,
　　　　　　这一阵咳嗽热情消。

戴　秀　醒酒汤来了! 哎呀,嫂嫂,你怎么立在门口呀? 嫂嫂,你眼睛怎么红了? 诶,嫂嫂,嫂嫂!
　　　　〔玉纹离开。

戴　秀　章大哥,嫂嫂走了,你都不照看着,那这碗醒酒汤就只好你来喝了。

章志忱　我有点不舒服,我也先回房了。

戴　秀　诶,章大哥,章大哥!

戴　秀　这两个人,到底是怎么一回事?

第四场

玉　纹　(唱)寒风过酒劲没过正新鲜,
　　　　　　琢磨着志忱席上体贴言。
　　　　　　月亮路青石板上铺光明,

　　　　　不死人手拿蜡烛要去寻。

玉　　纹　志忱！你要走？

章志忱　嗯。

玉　　纹　带我走……我现在就去整行李。

章志忱　玉纹！

玉　　纹　我就来，就来。

章志忱　玉纹……你回去吧！……你去过现在的生活去吧！

玉　　纹　回去？我能回到哪里去呢？这些年，他不敢死，我不敢活。
　　　　　你来了，我觉得有希望了，仿佛以前的快乐日子还能再回
　　　　　来……你也是想我的，对吗？……你为什么来，你又何必来，
　　　　　要我怎么见你！

章志忱　我读了一年的学就开始跟着军队跑，一开始我满怀豪情，立
　　　　　志要"救国医人"，后来人太多了，我来不及想了，我只是做而
　　　　　已，我每天要像切牲口一样切开他们的器官，缝衣服一样缝
　　　　　他们的身体……八年的仗打完后，我家，亲人，都没有了，我
　　　　　只有……

玉　　纹　你只有什么？

章志忱　(犹疑回避)……我来找礼言，没想到会碰到你。你过得这样，
　　　　　我心里难受。我时常会想……要是我当年不走，爹娘或许也
　　　　　不会死，你也不会……如果我没走，我现在会是怎么样呢？

玉　　纹　如果你当年没有走，怕是父母也拗不过几年……我或许也早
　　　　　与你成亲了……

章志忱　成亲……

玉　　纹　十年了，也会有自己的儿女，大的要上学了，小的也会讲话
　　　　　了……要是女儿像你的话可不好。

章志忱　为什么不好……

玉　　纹　太想往外跑了，不着家的女儿顾不了家的。

章志忱　要我说啊，像你的儿子才不好呢……

玉　　纹　志忱。

章志忱　嗯？

玉　　纹　以前我不明白，如今明白了，也悔根了……既然你也与我一

样,为什么,为什么我们不能重新来过呢?

　　　　〔章志忱拿起烛台。

章志忱　重新来过?

　　　　〔玉纹把烛台递给章志忱。

玉　纹　你要走,我就跟你走,我想明白了,只要你心里有我,我什么都不会怕了,我什么都不再顾虑了。

章志忱　好,我们去找礼言,我带你走,把以前的错误纠正过来,从头再来,一切就都会好起来的。

　　　　〔章志忱拉着玉纹走在前头,仿佛走去礼言房间的路就是他们的一次出走。

章志忱　(唱)门外路,漆乌乌,
　　　　　　好像是渺渺十年化虚无。

玉　纹　(唱)门外路,漆乌乌,
　　　　　　看见了姑娘十七曾踟蹰。

章志忱　(唱)这条路,我辗转十年方寻见,

玉　纹　(唱)这条路,我后悔十年方成全,

章志忱　(唱)这条路,飞鸟盼望夜归园,

玉　纹　(唱)这条路,囚鸟要向天飞远。

章志忱　(唱)这条……

戴　秀　(走过回廊)阿哥!你坐着!我去烧一帖药,马上回来!

　　　　〔章志忱立刻拉着玉纹躲在角落,吹灭了蜡烛。

玉　纹　怎么了?

章志忱　哦,手滑了,手滑了……

　　　　(唱)这条路……

玉　纹　(唱)这条路……

章志忱　(唱)为什么方才要把蜡烛丢,
　　　　　　难道我命运不堪再重头?

玉　纹　(唱)为什么方才要把蜡烛丢,
　　　　　　十年情时过境迁会依旧?

章志忱　这么快就到了啊……

玉　纹　是啊,以前走走好长的路,今天却这样短了……

章志忱　那……玉纹,我要敲门了。

玉　纹　好,你敲吧。

章志忱　这一记下去,可就再不能回头了。

玉　纹　好……你敲吧。

章志忱　你可想清楚了吗? 这一记下去,你的生活就再回不去以前了啊!

玉　纹　你不来,我来!

　　〔玉纹上前敲门。

章志忱　玉纹!

玉　纹　(唱)心头间,猛然一阵酸苦尝,

　　　　　　前头路,未必会是安乐乡,

　　　　　　我就像,半只脚儿台阶上,

　　　　　　回头看,空空荡荡路茫茫。

章志忱　怎么了,你怎么不敲了?

玉　纹　志忱,你不觉得今天晚上怪怪的吗?

章志忱　怪怪的?

玉　纹　这夜里也太安静了吧?

章志忱　这都是你的心理作用。

玉　纹　怎么就没了咳嗽的声音呢?

章志忱　没咳嗽声也正常啊,玉纹,你是不是后悔了? 要是后悔的话……

玉　纹　不,我一定要走。我不能再这样下去了。

　　〔玉纹敲门,一阵风吹开了戴礼言的房门。

章志忱　(唱)百转未曾动千肠,

玉　纹　(唱)一阵开门后悔生。

　　〔章志忱、玉纹都僵在了门口。

　　〔戴秀的喊声。

戴　秀　阿哥你怎么会自己出来了,外头冷的。

玉　纹　(过了好一会儿)原来,是风啊。

章志忱　这声音是在花厅。

玉　纹　既然他不在,我们明天再说吧。

331

章志忱　（迟疑了许久）玉纹。原来我们是真的回不去了。

玉　纹　明天见。

章志忱　明天见。

第五场

戴礼言　玉纹？

　　　　〔敲门，无人。

戴礼言　（唱）废体残躯两年多，

　　　　　　　夫妻之情显凉薄。

　　　　　　　宅子一座隔冬夏，

　　　　　　　妻子房间没进过。

　　　　　　　没想过此地精致生气多，

　　　　　　　没想过房中脂粉香气糯。

　　　　　　　只当她回味荣华苦良多，

　　　　　　　却原来消极不动只有我。

　　　　　　　经不住回味席上眼如波，

　　　　　　　猜测她多少热情被蹉跎。

　　　　　　　礼言我今年不过三十多，

　　　　　　　扣心问是否可能再来过？

　　　　　〔戴礼言刚端详到玉纹床上的绣花绷子，突然有了咳意，赶忙
　　　　放下，待避得很远，才猛咳起来。

　　　　　（唱）礼言我今年也有三十多，

　　　　　　　怕只怕从此不能再来过。

　　　　　〔玉纹进门。

戴礼言　玉纹，你帕子掉下了，我给你送过来。

玉　纹　嗯。

戴礼言　你的手怎么了？

・332・

玉　纹　开水烫的。

戴礼言　你以后可要当心些。

玉　纹　嗯。

戴礼言　算来，我们分居也有两年多了，这还是我第一回进你的房间。我想不着，是这般有生机，角角落落都是你的绣品，好看，你今天……也好看，可我以前怎么没觉出来呢？玉纹，你讲我还有机会吗？

玉　纹　你还病着呢……

戴礼言　我想，今晚我可不可以住下？或是……

玉　纹　……你还病着呢。

戴礼言　没寻到你的烛台，我把我自己的留下吧，这蜡烛有点短了，我给你换支新的。

玉　纹　你弄蜡烛做什么？

戴礼言　这是你多年的习惯了，没这支蜡烛你是睡不安稳的。

玉　纹　礼言……

戴礼言　你讲。

玉　纹　没事。

　　　　〔戴礼言咳嗽着走回自己的房间。

　　　　〔十二点钟声响彻戴家，三间房，三个人各怀心事。

　　　　〔章志忱走进自己的房间，开始疯狂整理自己的行李，无意间又看到了玉纹带来的还在亮的蜡烛，他陷入沉思。

　　　　〔玉纹把自己的衣服整理出来，又看着摇曳烛火发呆，想了想又都放回去了。

　　　　〔戴礼言坐在桌前，桌上摆着一瓶药，他手指点着桌子若有所思。十二点钟声还没结束，他就像下了某种重大决定似的，把桌子上的药抓了一把，吞了下去，去躺椅上睡好，闭上了眼睛。

　　　　〔钟声结束，戴秀端着药上场。

戴　秀　阿哥，(敲门无人应，推门进去)阿哥你怎么睡着了？(摇了摇没反应，又看了看桌子上的药瓶)阿哥？阿哥？救命啊！阿嫂！章大哥！阿哥吞药了！阿嫂！章大哥！

章志忱	礼言？
玉　纹	

〔玉纹先跑到戴礼言的房间里，章志忱随后。

〔戴礼言的梦中。

章志忱	礼言，我对不起你，你们都讲我是春天，于是我就真觉得自己是春天了。
戴礼言	（拽紧了章志忱的手）志忱……
章志忱	礼言，你放心，一切都不会变的。
戴礼言	志忱，我想同你争争看。

〔戴礼言在梦中打开了心门。

戴　秀	嫂嫂，你在这里呀！哥哥醒转了，你去看看吧。哥哥他刚刚还在和我讲，讲他一定要好起来，要给你更好的日子，不能再那样死气沉沉，病气恹恹的，让你难过。他要好好做一个丈夫，最好也要能做一个好爹爹。到这时候，戴秀我也能做阿姑了。嫂嫂，日子会好起来的，日子会好起来的。
玉　纹	你为什么要和我讲这许多话？
戴　秀	嫂嫂……你是不是和章大哥好？会过去的，嫂嫂，现在的一切都会过去的！

尾　声

戴礼言	这么早就开始绣棉衣了，现在不还是在春天么？
玉　纹	春天过得快，我绣一绣就到秋天了。
戴礼言	其实你原来绣花就很好，你绣的东西比原来绣坊里绣得还要漂亮！
玉　纹	我想卖掉一些，补贴家里的用度，妹妹大了，花费也多了，坐吃山空不是办法。
戴礼言	你这么辛苦绣出来，我欢喜的，不能卖掉。

玉　纹　欢喜能当饭吃？

戴礼言　那就把我修的这棵罗汉松卖掉吧？还有那边那棵菩提树也一并卖掉好了！

玉　纹　你弄这些就不辛苦了？

戴礼言　看看时间，志忱也到火车站了吧？你真是，他说不让我们送你就真当不去送了，他要是在城里迷路了，赶不上车，你说他……

玉　纹　不是有戴秀跟着吗？

戴礼言　她一个小姑娘有多少记性啊！

玉　纹　那他自己会回来的。

戴礼言　万一他寻不回来呢……

玉　纹　那他自己会寻一个旅馆住下的。

戴礼言　我其实是说，你们也是从小的邻居……

玉　纹　你不就是想让我跟他去。

戴礼言　啊？哎呀！这下卖不出去了。

玉　纹　再顺带把菜买回来吗？

戴礼言　诶，对，我就是这个意思。

玉　纹　我给你煎的药你吃了吗？

戴礼言　吃过了！

伴　唱　　　只当痴情还年少，
　　　　　　笛鸣一声残梦消。
　　　　　　忽忆故人今总老，
　　　　　　贪梦好，茫然忘了邯郸道。

甬剧

早　春

马凌姗

宁波市演艺集团办公室副主任，宁波市话剧团副团长，浙江省剧协会员、宁波市剧协理事。上海戏剧学院戏剧影视编剧 MFA，入选文化和旅游部戏曲人才培养"千人计划"。作品入选文化和旅游部戏曲剧本孵化计划、国家艺术基金艺术创作资助项目、爱丁堡国际艺术节展演、浙江省文化和旅游厅中青年编剧扶持计划、宁波市文艺创作重点项目。主要作品：话剧《缸鸭狗》、甬剧《周氏归宗》、戏曲《剿匪记》、话剧《甬商，1938》、甬剧《日出西山》、实验话剧《听·见阳明》等。

时　　间：1927 年冬至 1931 年春。

地　　点：浙江宁海，上海。

人　　物：柔　　石——原名赵平福，左联五烈士之一。

　　　　　吴素瑛——柔石妻。

　　　　　冯　　铿——柔石革命战友、知己，左联五烈士之一。

　　　　　卢大河——柔石在宁海中学的同事，实为中共地下党员。

　　　　　朱五爷——宁海县城乡绅。

　　　　　随从、情报员、房东、报童、青年甲、青年乙、国军军官、宪兵、

　　　　　狱友等。

序　幕

[上海。龙华监狱。

[暗夜,寒风呼啸,隐约现出监狱轮廓。

[铁牢打开,传来镣铐碰撞拖动的声响。

[狱卒押送柔石上。

柔　石　好冷的天呀……

狱　卒　走走走,快走。

柔　石　你这是要带我们到哪里去?

狱　卒　大作家,莫要紧张,自然是送你们到好地方去了。

柔　石　好地方?

狱　卒　国民政府军事法庭下令,连夜放了你们。你看,走过前面那
　　　　个地下道,走到头,走到底,一直朝前走,你们就自由了,想去
　　　　哪里就去哪里。

柔　石　走到头,走到底,一直朝前走,我们就自由了,想去哪里就去
　　　　哪里。

狱　卒　是啊,还不快走,啊? 哈哈。

柔　石　(唱)凄凄寒夜冷风狂,

　　　　　　　沉沉铁镣响郎当。

　　　　　　　忘却周身痛与伤,

　　　　　　　自由就在路前方。

　　　　同志们,我们走呀!

　　　　[柔石快步前行。

　　　　[枪声骤然响起,一声接着一声。血染夜色。

狱　卒　国民政府军事法庭有令,将柔石等二十四人连夜带至龙华外

·340·

空地秘密枪决,即刻执行。

〔柔石回首,只见一弯小桥隐现,桥身上写着"金桥柔石"四字。

〔鸟鸣声隐隐传来。

【幕内唱,声音仿佛从高空传来:

　　　"燕啊燕,飞上天,

　　　天门关,飞过湾。

　　　湾头白,飞过陌,

　　　麦头摇,飞过桥。"

一

【浙江宁海。柔石家。

【吴素瑛焦急地向屋外张望。

吴素瑛　都这个时辰了,怎么还不回来!

　　　(唱)日落西头天色晚,

　　　　　百鸟归林绕群山。

　　　　　左等右等门外盼,

　　　　　不见平福把家还。

　　　　　三月前他孑然一身回乡来,

　　　　　谋生学堂志气满。

　　　　　可惜这书生脾气不转弯,

　　　　　时常是得罪校长受刁难。

　　　　　出门我千叮万嘱讲再三,

　　　　　只怕他不慎又把是非沾。

　　　〔柔石悻悻然上。

吴素瑛　平福,你总算是回来了。我做了麦饼,来,快趁热吃。

柔　石　我吃不落。

吴素瑛　怎么?那校长又难为你了?

柔 石	他扣了我半个月的工钿,又延了我的工时。
吴素瑛	我同你说了多少遍了,凡事忍一忍、熬一熬,不要得罪了校长,你就是不听,你这个人呀!
柔 石	素瑛,你不晓得,那校长他公然压榨教员、欺负学生,我实在是看不落去,我……
吴素瑛	你骂了他?
柔 石	读书人怎能口出粗俗。
吴素瑛	那、那你莫非打了他?
柔 石	动手滋事非君子之道。
吴素瑛	那他为何扣你铜钿?
柔 石	我动员学校教员、学生罢教罢课,与他对抗!
吴素瑛	罢、罢什么?
柔 石	罢教罢课!素瑛,你不晓得,想当初五卅之后,全上海民众罢工罢市罢课,抗议屠杀与剥削,声势浩大,叫帝国主义、资本主义不得不妥协退让,我们也能效仿。
吴素瑛	你胡说什么!
柔 石	素瑛,这是千真万确的事,这运动就是上海的共产党组织的……
吴素瑛	(惊吓地)平福!我听说外头现在闹得厉害,凡是跟那个什么党有关系的,都是要杀头的!你若出什么事,可叫我和孩子们如何是好啊……(啜泣)
柔 石	素瑛……你莫要哭了……是我讲错了就是了。
吴素瑛	再也不讲了?
柔 石	再也不讲了……
吴素瑛	再也不想了?
柔 石	再也不想了……
吴素瑛	我们今后就好好过日子。对了,平福,等歇朱五爷要来寻你。
柔 石	朱五爷?他来寻我做什么?
吴素瑛	说是有桩事体要你帮忙。
柔 石	我不帮!素瑛,这朱五爷也不是什么好人!
吴素瑛	平福,你又来了!这忙,你要帮。

(唱)你教书谋生多艰难,

可曾想柴米油盐哪能办?

今日里贵客登门莫怠慢,

他日遇事好相烦。

有了五爷做靠山,

量那校长想要欺你也不敢。

平福啊,素瑛无所求,

求只求寻常日子清清静静、平平淡淡、安安耽耽,

莫再生波澜。

柔　石　(唱)一人犹可受贫寒,

不忍妻儿苦相伴。

一家生计肩上担,

志高气短两头难。

我先去书房了。(下)

〔朱五爷提着鸟笼上,随从同上。

朱五爷　(念)笼中鸟儿喳喳叫,

好似娇娘唤朱郎。

随　从　(念)鸳鸯被里续香火,

一束梨花压海棠。

朱五爷　诶? 什么话。

随　从　老爷的心里话。老爷,媒婆已经说妥了,那个春宝爹也应下来,愿以一百块典当她家婆娘,待我们让那穷秀才写好一纸典契,就可以去接小娘了。

朱五爷　办得好。

随　从　前头就是赵家了。我去敲门。

〔随从敲门。吴素瑛开门。

吴素瑛　来啦。(开门)是五爷。(迎进门)快请,快坐。我给五爷沏茶。

朱五爷　茶就不必了,我要寻你家老官。怎么? 他不在?

吴素瑛　在的,在的。(向屋内喊)平福,五爷来了! (不见柔石出来)五爷莫要见怪,我家平福一读起书来,就两耳不闻。我去叫他。

柔　石　(从屋里走出)不知朱老爷寻我啥事体?

朱五爷　要紧事体,要紧事体。

	(唱)上好买卖有一桩,
柔　石	买卖我不会。
朱五爷	(唱)要才子动动笔头写文章。
柔　石	文章?
朱五爷	(唱)典契一张顶便当。
随　从	若不是老爷窝里那个写字先生手脚不清爽,叫大娘打了出去,还轮不到你写呢。
柔　石	你!
朱五爷	(唱)写好了就算给我帮大忙。
吴素瑛	五爷可是寻对人了,平福整日写文章,莫说一张典契,就是十张都难不倒他。我这就去取笔墨。(下)
柔　石	朱老爷要典什么东西?
朱五爷	不是东西,是一个人。
柔　石	一个人?
朱五爷	春宝爹欠下赌债,无力偿还,我给他一百大洋,他答应我,典借他婆娘,给我生养个儿子。
柔　石	典借婆娘?生养儿子?
朱五爷	典期三年,若是生不出来,那便延至五年。
柔　石	一个活生生的人怎可用来典当?你、你这分明是强抢民女。
随　从	胡说八道。我们老爷体面人,要抢就抢,还用得着写典契。
朱五爷	我做买卖从来公道。等生了儿子,我留下小的,大的还他,怎么来的,怎么回去。
柔　石	她家那春宝不过两三岁大…
朱五爷	那又如何? 她家至少还有个种,我家那母鸡整日只晓得咯咯哒咯咯咯哒,一个蛋都不下,叫我白白花了一百大洋勒,肉呀痛煞。
随　从	老爷,莫肉痛,常言道,舍不得银子,生不出儿子啊。你听,这鸟儿给你报喜呢。
朱五爷	哦? 鸟话你也听得懂?
随　从	听得懂,它在说生个蛋……啊呸,生个儿子、生个儿子……〔吴素瑛拿笔墨上。
朱五爷	好好好。赵家娘子,快给你家老官研墨,我还等着生儿子嘞。

吴素瑛　是,五爷。

柔　石　(唱)抬头见鸟儿痴痴将我望,

　　　　　　　　两只眼睛泪汪汪。

　　　　　　　　欲飞难飞扑翅膀,

　　　　　　　　欲鸣难鸣太心伤。

吴素瑛　(唱)这世道受苦受难也平常,

　　　　　　　平福,你就写吧。(把笔递给柔石)

柔　石　(唱)提笔间心生悲凉恨愈狂。

吴素瑛　(唱)莫要无端把祸闯,

柔　石　(唱)怎可如此行荒唐。

吴素瑛　(唱)万事留心免灾妄,

柔　石　(唱)无地自容读书郎。

　　　　　　　　今日若写来典契落纸上,

　　　　　　　　待明日何以传道在学堂。

　　　　　　　　一熬再熬实难熬,

　　　　　　　　满腹仇恨涌胸膛。

　　　　　　　　明知这管毫屏弱无力抗,

　　　　　　　　也不能蒙心遮眼来帮忙。(掷笔)

朱五爷　赵才子,你这是什么意思?

柔　石　这典契我写不了!

随　从　好你个穷秀才,给脸不要脸! 看看是你的骨头硬,还是我的

　　　　拳头硬!

　　　　〔随从欲拳打柔石,吴素瑛上前阻拦,被推倒在地。

　　　　〔鸟儿发狂地叫着。

二

　　〔浙江宁海。村口。

·345·

[一个乔装成卖鱼人的中共情报员挑着箩筐,走上。

情报员　卖鱼喽,透骨新鲜的大黄鱼哟。

　　　　[卢大河前瞻后顾地上。

卢大河　给我来一条。

情报员　好嘞,先生。(靠近)大河,近来反革命势力逐渐深入江浙各地,宁海中学地下党支部岌岌可危,组织上希望你尽快找一个没有党派色彩,又有革命倾向的人担任县教育局局长,稳定大局。

卢大河　我有一个人选!

情报员　谁?

卢大河　我在宁海中学的同事,赵平福。

情报员　赵平福? 此人可信得过?

卢大河　他参加过我党的革命活动,还几次暗中保护了我们的同志。信得过!

　　　　[数月后。柔石家。

　　　　[柔石在桌前伏案,心情畅然。

柔　石　(唱)走马上任当局长,

　　　　　　　振兴教育图自强。

　　　　　　　青春热血笔头洒,

　　　　　　　为救中华谋策良。

　　　　[吴素瑛上。

吴素瑛　平福,五爷又来了,说是春宝娘生了个白胖儿子,想请我们去吃满月酒。

柔　石　真是厚颜无耻。不去。

吴素瑛　他说了,若是你不肯去,他就等在门口不走。

柔　石　那就让他等。

吴素瑛　平福,这春宝娘去了朱家一年了,孩子也生了,生米煮成熟饭,你又何必再与五爷结怨! 我看,我们不如去一趟吧?

柔　石　素瑛,你有所不知,朱五爷是醉翁之意不在酒。

吴素瑛　这满月酒吃都还没有吃,哪里来的醉?

柔　石　近来我为整顿教育之风,罢免了一批无良无德、贪污公款的

· 346 ·

校长。他就是为了这桩事体而来。

吴素瑛　这罢免校长与五爷有什么关系？

柔　石　素瑛，你不晓得，经查实，这朱五爷就是其中一所学校的校董。

吴素瑛　校董？他大字都不识，怎么开起学校来了？

柔　石　他哪是开学校，他是做生意，与那些校长同流合污，从中捞油水、占便宜。

　　　　（唱）腐气重重恶习成，

　　　　　　　全由这等仗势人。

　　　　　　　我此举并非报私怨，

　　　　　　　只想快刀断祸因。

　　　　　　　小痛不医生大病，

　　　　　　　小害不除大难临。

　　　　　　　教育腐败国难兴，

　　　　　　　宁地何时得安宁。

　　　　　　　我既是教育局长来上任，

　　　　　　　定将它连根拔起一网清。

　　　　［零散的枪声。

　　　　［幕内，宪兵的声音："共党分子在亭旁发动农民暴动，现正在抓捕重大嫌疑人员，提供情报者，有赏。"

柔　石　（唱）亭旁失利枪声响，

　　　　　　　国军搜城来镇压。

吴素瑛　（唱）心惊肉跳活灵吓，

　　　　　　　祸事莫到窝里厢。

　　　　［卢大河匆忙上，敲门。

吴素瑛　（惊）谁？

卢大河　嫂子，是我，大河。

柔　石　（开门）素瑛，你去外头看着，若有动静，就告诉我们。

吴素瑛　（不知所措）这……诶。（下）

柔　石　大河，亭旁起义失败的事我都听说了，如今国军封了县城，你走大路恐怕出不去了，我从小路送你出去。

卢大河　平福,我来不是来避难的,我要带你一道走。

柔　石　带我一道走?

卢大河　你有所不知,反动政府在搜捕暴动人员时,查抄到党内文件《县字通讯第一号》,发现了宁海中学是各区委、支部书记、县委书记秘密联系的地方,还查出有二三十个教师学生参加了暴动,刚刚已经下令解散宁海中学。

柔　石　什么?

卢大河　你身为教育局局长,定然脱不了干系。快跟我走。

柔　石　不,我不能走。宁地文化初兴却惨遭压迫,殃及全校师生,我怎能在这个辰光离开?

卢大河　你若是现在不走,恐怕等天一亮就走不了了。

柔　石　那就让他们来抓。抓我回去,我与他们理论。今中国之富强,人民之幸福,非高呼人人读书不可。教育能普及,则无论何事,皆不难迎刃而解。他们凭什么解散宁海中学,凭什么扣押师生? 他们凭什么?

卢大河　凭什么? 就凭他们手中的枪杆。

　　　　(唱)你可知旁亭这一战,

　　　　　　　多少鲜血满衣衫。

　　　　　　　多少乡土忠骨埋,

　　　　　　　多少好汉铁链拴。

　　　　　　　昏天暗地世道乱,

　　　　　　　哪还有什么道理可以谈。

　　　　　　　纵你读书效圣贤,

　　　　　　　也不敌敌人枪口一子弹。

柔　石　你是说,读书不能救国?

卢大河　眼下不能。

柔　石　教育不能图存?

卢大河　此时无用。

柔　石　(失落)这么说来,我这教育局局长是空忙了一场……

卢大河　你听我说,救国图存并非无望。要想真正推翻这个万恶的旧世道,建立一个独立、平等、民主、自由的新世界,我们只有……

柔　石　只有什么？

卢大河　革命！

柔　石　革命？

〔窗外传来几声犬吠。吴素瑛惊慌上。

吴素瑛　平福，朱五爷带着一队官兵打着灯笼往这边来了。

柔　石　不好，定是大河来的时候叫他撞见了。

卢大河　平福，留得青山在，不怕没柴烧，我们走吧。

吴素瑛　走？ 你们要走哪里去呀？

柔　石　素瑛，等我回来。

卢大河　来不及了，快走。

〔卢大河拉柔石下。

吴素瑛　哦弥陀佛，菩萨保佑！

三

〔两年后。上海。景云里。

〔幕内唱：

　　　"上海滩，新天地，

　　　花花色色真稀奇。

　　　十里洋场流光飞，

　　　石库门里万国旗。"

〔穿着旗袍的名媛、学生、小贩、报童等市民穿梭其间，车马
声、吆喝声此起彼伏，充满浓郁的市井气息。

〔柔石上。

柔　石　(唱)秋风飒飒催冬意，

　　　早出晚归又一年。

　　　想当初仓皇逃奔离宁地，

满腹酸苦纸上寄。

谁料识得大先生，

他为我指点迷津解难疑。

旧文章，焕生机，

柔石名轰动文坛一夜间。

谋革命，入左联，

赵平福雄心再起景云里。

〔房东上。

房　东　赵先生，你回来啦？方才冯小姐来寻你了。

柔　石　（惊喜）冯小姐来了？在哪里？

房　东　等你不来，她又走了。

柔　石　（失望）哦。

房　东　不过她说了，等歇她还会来的。

柔　石　（又喜）她还会来？

房　东　赵先生，莫怪我多嘴，你这样的读书人啊，平常斯斯文文的，要紧辰光，也不能太斯文。我看啊，那冯小姐蛮好，要相貌有相貌，要文才有文才，和你，蛮配！

柔　石　不是的，王太太，你误会了。我和冯小姐……（欲辩解）

房　东　过来人，有数，有数。哦，对了，（拿出一封信）有你的信。

柔　石　多谢王太太。

〔房东下。柔石读信。

〔幕内，吴素瑛的声音："平福，我把你寄来的铜钿投入大哥的铺子里，我有辰光就去铺里帮忙，跟大哥学做生意，等来年我们也盘一家铺子营生。下个月就是姆妈六十大寿了，盼你回来。"

〔柔石无奈地收起信。冯铿上。

冯　铿　赵兄。

柔　石　冯妹，你来了，真是对不起，让你跑了空趟。

冯　铿　不要紧，左联成立在即，你又负责筹备工作，一定忙得很。

柔　石　冯妹，你来寻我可有什么事体？

冯　铿　我听大先生说，前几日印刷公司失火，你承制的《二月》样稿

也被烧毁了。我照着初稿又帮你校对了一遍,你好将小说尽快发表。(从包里拿出一沓稿子)

柔　石　冯妹,真不知该如何谢你才好……

冯　铿　若真要谢我,往后都让我做你小说的第一个读者。

柔　石　一言为定。冯妹,我最近想写一部新的小说。

冯　铿　哦? 写什么? 说来听听。

柔　石　来,你坐。我想写我家乡的一个女子,大家唤她春宝娘。她的赌棍老官因为还不起赌债,将她典给了一个老爷。典金一百大洋,典期三年,要生儿子,才好回家。

冯　铿　还有这样的事体?

柔　石　千真万确,她离开时,家中的小儿春宝不过两三岁大小……

冯　铿　(关切)然后呢?

柔　石　我来上海之前,她给那老爷生了一个儿子,取名秋宝。

冯　铿　那岂不是三年期满之后,她与秋宝又要活活被拆散?

柔　石　是啊,算来我到上海也有两年辰光了,也不知她怎么样了。

冯　铿　赵兄可有想过回去?

柔　石　不瞒冯妹,素瑛已经托人写来好几封家书催我回去,只是我……

冯　铿　只是你什么?

柔　石　只是我心中万般舍不下。

冯　铿　舍不下什么?

柔　石　舍不下这大上海、这景云里,舍不下大先生,也舍不下……
　　　　(唱)两年来与冯妹志同道合走得近,
　　　　　　时常是促膝长谈到黎明。

冯　铿　(唱)两年来与赵兄脾性相投互吸引,
　　　　　　孤灯下撰文著书为革命。

柔　石　(唱)两年来一字一句共风雨,

冯　铿　(唱)两年来一句一字同欢欣。

柔　石　(唱)两年来一卷一册度春秋,

冯　铿　(唱)两年来一册一卷诉真情。

柔　石　(唱)这份情,重千钧,

冯　铿　(唱)这份情,似烙印。

柔　石　(唱)这份情,猜不透,

冯　铿　(唱)这份情,说不清。

柔　石　(唱)我分明不善辞令,

　　　　　　　见了她似有万语道不尽。

冯　铿　(唱)我生来胆大率性,

　　　　　　　见了他常有愁绪爬上心。

柔　石　(唱)人生难觅一知己,

冯　铿　(唱)冷暖相伴胜知音。

柔　石　(唱)当年风波早已平,

　　　　　　　封封家书催人行。

冯　铿　(唱)爱意深藏离别近,

柔　石　(唱)当把心事来表明。

　　　　　　冯妹,其实我也舍不下……不,赵平福,这话讲不得啊,

　　　　　　(唱)你字未出念素瑛,

　　　　　　　　莫忘多年结发情。

　　　　　　　　她日日在家将我盼,

　　　　　　　　牵肠挂肚神不宁。

　　　　　　　　代我报偿父母恩,

　　　　　　　　为养儿女操碎心。

　　　　　　　　我怎能叫她等来负心汉,

　　　　　　　　这一想话到唇边又收紧。

冯　铿　赵兄不要说了,我都明白。革命本就是一条不归路,天长日
　　　　久的事,冯妹从不敢想。只求此刻能与你一道写文章,一道
　　　　干革命,已是无悔无憾。

柔　石　冯妹……

冯　铿　赵兄……

　　　　〔幕内,报童的声音:"卖报喽——七个铜板两份报——"

柔　石　(警觉)这里要两份。

　　　　〔幕内,报童的声音:"好嘞先生,就来。"

　　　　〔报童上,塞给柔石一张字条。

·352·

报　童	赵先生,这是卢先生交给你的。(下)
冯　铿	卢先生说了什么?
柔　石	(看字条)说是二号下午两点要在上海北四川路中华艺术大学中央大厅秘密召开"中国左翼作家联盟"成立大会。
冯　铿	左联终于要成立了,太好了! 我们要团结上海左翼作家,与敌人抢夺宣传阵地,与国民党反动派斗争到底。
柔　石	冯妹,我们这就把好消息告诉大先生去。
冯　铿	好! 我们走!
	〔柔石、冯铿下。房东上。
房　东	这赵先生,总算是开窍了。
	〔吴素瑛风尘仆仆上。
吴素瑛	请问大姐,这里可是景云里二十三号?
房　东	是啊。你寻谁啊?
吴素瑛	我来寻我老官的。我托人给他写了好几封信,不见回信,也不知他收到没有,下个月就是姆妈大寿了,我来叫他回去。
房　东	哦,那你老官哪一个啊?
吴素瑛	我老官叫赵平福。
房　东	是赵先生,他和冯小姐出去了! 啊? 他是你老官,那冯小姐……
吴素瑛	冯小姐?

四

〔数月后。浙江宁海。柔石家。

青年甲	赵先生,我们想好了,打算到上海去闯一闯,说不定能像你一样,闯出名堂来,实现自己的抱负和理想。
柔　石	好。若是到了上海有什么难处,就来景云里寻我。

・353・

青年乙　赵先生,你这是在写什么?

柔　石　一本新小说,我给它取名叫作《为奴隶的母亲》,我要把春宝娘的遭遇全都写落来。

青年乙　我听说,春宝娘满了典期回到窝里,春宝已病得气息奄奄,生下的小秋宝朱家连看都不让她看一眼,赵先生,等你写好了,让大家看看朱五爷的黑心肠,气煞伊。

柔　石　我要让全上海、全中国的人都看看这可恨的世道。

青年甲　赵先生,时辰不早,我们先告辞了。上海再会。

柔　石　上海再会。

　　　　[青年甲、青年乙下。柔石整理行李。

　　　　[吴素瑛端着碗上。

吴素瑛　(唱)夫妻相对别以往,

　　　　　　　流言难断话难讲。

　　　　　　　听闻他欲去上海拾行囊,

　　　　　　　我手足无措心更慌。

　　　　平福,我做了麦饼,你吃点。

柔　石　好香啊,素瑛,这样的好味道哪里都吃不到,只有家里才有。

吴素瑛　那今后我天天做给你吃,你日日教我读书识字,我们一家人再也不分开了,好不好?

柔　石　素瑛,我……

　　　　[一声闷雷。屋内孩子啼哭。

吴素瑛　囡囡哭了,我去看看。(下)

柔　石　(唱)黑云罩顶惊雷起,

　　　　　　　眼前混沌连一片。

　　　　　　　回乡拜寿半月去,

　　　　　　　素瑛她费尽心思来相留。

　　　　　　　却不知上海那头断消息,

　　　　　　　我是心事重重难安居。

　　　　　　　欲道别离再犹疑,

　　　　　　　唯恐伤了结发妻。

　　　　大先生、冯妹,你们可好啊?

　　　　　〔幕内，隐约传来冯铿的声音：“赵兄……”

　　　　　〔冯铿上。

柔　石　冯妹？（难以置信）我一定是听错了。

　　　　　〔冯铿捡起一颗小石子扔窗户，发出动静。

柔　石　谁？

冯　铿　赵兄，是我。

柔　石　（开窗）冯妹？真的是你？

冯　铿　真的是我。

柔　石　你怎会来的？

冯　铿　你离开上海大半个月，杳无音信，我放心不下。

柔　石　（心虚）哦，我没事，只是姆妈寿宴耽搁了辰光。上海那边怎
　　　　　么样？

冯　铿　情况……不太好。

柔　石　出了什么事？

冯　铿　赵兄有所不知，就在你回乡后不久，国民政府对新成立的左
　　　　　联实施破坏和镇压，取缔“左联”组织、封闭进步书店、查禁刊
　　　　　物和书籍，甚至、甚至抓捕骨干盟员。

柔　石　大先生可安好？

冯　铿　大先生遭国民政府秘密通缉，大河已将他转移到隐蔽住处，
　　　　　暂无性命之虞。只是大先生身为左联的旗帜、文学革命领头
　　　　　人无法出面主持工作，左联恐怕会如一盘散沙，难以为继。

柔　石　冯妹莫急，待我同素瑛说明，和你一道回上海去。

冯　铿　赵兄，形势紧急，不如我们现在就走？

柔　石　现在就走？

　　　　　〔屋内又传来孩子的哭声。

　　　　　〔幕内，吴素瑛的声音：“囡囡不哭，阿爹姆妈在，囡囡不
　　　　　怕……”

柔　石　（唱）忽闻屋内孩儿啼，

　　　　　　　　锥心刺骨不忍听。

冯　铿　（唱）见他迟疑不吭声，

　　　　　　　　虽未言说我亦明。

柔　石　(唱)此去凶吉难料定，
　　　　　　临别何以告素瑛。

冯　铿　(唱)热血儿女有豪情，
　　　　　　也难将生死二字皆看轻。

柔　石　(唱)冯妹啊，窗外雷鸣夜已深，
　　　　　　启程不如待天明。

冯　铿　(唱)赵兄啊，大雨将至压山顶，
　　　　　　回程赶路需加紧。

柔　石　(唱)天黑路滑步难行，

冯　铿　(唱)最是难行是人心。
　　　　　　赵兄，既然如此，我先走一步。(下)
　　　　　[一声巨雷，大雨至。

柔　石　冯妹？冯妹，你不要走……你等等我，我同你一道走。
　　　　　[柔石拿行李打伞急下。
　　　　　[吴素瑛上，不见柔石，惊。

吴素瑛　平福？箱子?! 平福——(打伞追出)
　　　　　[三人圆场。
　　　　　[幕内唱：
　　　　　　　"倾盆大雨从天降，
　　　　　　　恰似万箭穿心肠。
　　　　　　　朝前奔，又回望，
　　　　　　　不觉已到金桥上。"

柔　石　(唱)芳影匆匆何处寻，
　　　　　　疾步追随拾阶上。

冯　铿　(唱)革命本该经风浪，
　　　　　　莫再回头添心伤。

吴素瑛　(唱)一路跌跌又撞撞，
　　　　　　声声哀泣留君郎。

柔　石　(唱)为何这昔日金桥百米长，
　　　　　　今时好比天堑状。

冯　铿　(唱)为何这桥头一眼望不断，

　　　　　脚下石板走不光。

吴素瑛　(唱)为何这老天有意将我挡，
　　　　　　　金莲三寸更仓皇。

柔　石　(唱)女儿尚能赴疆场，
　　　　　　　何况我堂堂七尺男儿郎。

冯　铿　(唱)不敢奢求人久长，
　　　　　　　忆过往不负相识这一场。

吴素瑛　(唱)哪怕流言戳脊梁，
　　　　　　　我只求夫妻不离人成双。

柔　石　(唱)天黑黑，路茫茫，

冯　铿　(唱)路茫茫，情深藏。

吴素瑛　(唱)情深藏，泪汪汪，

柔　石　(唱)泪汪汪，向远方。
　　　　　冯妹。

冯　铿　赵兄。

吴素瑛　平福。

柔　石　素瑛……冯妹……冯妹、素瑛！
　　　〔吴素瑛和冯铿分立柔石左右，各站一侧桥头。

柔　石　(唱)金桥柔石分两边，
　　　　　　　就此一别各东西。
　　　　　　　究竟何从又何去，(鸟鸣声传来)
　　　小鸟儿，是你？你怎么在这里？风大雨大的，你为什么不回
　　家啊？你不冷吗？不怕吗？你说什么？你要飞。你要飞出
　　这风雨，飞出这天地？飞出这风雨、飞出这天地……说得
　　好呀。
　　(接唱)倒不如学这鸟儿冲破风云、遁入九霄腾空飞。
　　　　　　　革命无有回头路，
　　　　　　　何必问归期。
　　　素瑛，你多保重。
　　　〔柔石、冯铿下。

吴素瑛　平福——

〔幕内唱：

　　"燕啊燕，飞过天，

　　　天门关，飞过湾。

　　　湾头白，飞过陌，

　　　麦头摇，飞过桥。"

五

〔数月后。上海。景云里。

〔朱五爷上。随从同上。

随　　从　老爷，我打探到了，赵平福就住在景云里 23 号。

朱五爷　这个赵平福真是油盐不进，给他一百大洋叫他改改那什么狗屁小说，他还不肯。这书若是传了出去，将来叫秋宝看到，我如何做人？

随　　从　老爷，我们不如偷偷溜进他家，一把火把那些文章全都烧了？

朱五爷　愣头，烧了他不会再写呀。

随　　从　老爷有好办法？

朱五爷　要不，再加他一百大洋，商量看看？

随　　从　诶呀，老爷，你这一百百往上加，都可以再生好几个儿子了。我倒有一个办法。

朱五爷　哦？

随　　从　你想，这赵平福与共匪有染，又写进步文章，此次匆忙回到上海，想必有所图谋，我们不如盯着他，找时机一次性解决麻烦。

〔柔石住处。柔石与冯铿相对伏案写作。

〔幕内唱：

　　"同坐同书琢词句，

　　　　　同悲同喜情相依。

　　　　　同心同力渡寒夜,

　　　　　同当同担盼朝曦。"

　　　［柔石突然捂住胃部,痛苦状。

冯　铿　赵兄,你这胃病越来越厉害了,歇一歇吧。

柔　石　不能歇,我答应了大先生,要尽早把这《为奴隶的母亲》写出来。

冯　铿　我给你去买药。

柔　石　冯妹,我忍一忍就过去了,外头风声紧,你不要去了。

冯　铿　你放心,我去去就回。(下)

　　　［卢大河匆匆上,敲门。

柔　石　(警惕)谁?

卢大河　是我。

柔　石　(开门)大河? 你怎么这个时候来了?

卢大河　平福,我接到组织命令,明早就要离开上海了,今夜特来向你道别。

柔　石　怎么这样心急?

卢大河　鄂豫皖第一次工农兵代表大会召开了,宣布成立了鄂豫皖特区苏维埃政府和以大别山为中心的根据地。组织上要我到那里去做一些工作。

柔　石　大河,我真是羡慕你,可以去革命中心大展抱负。不像我,只能在这里咬文嚼字。果然百无一用是书生啊。

卢大河　平福,你还记得当年我带你离乡时,同你说的话吗?

柔　石　当然记得,你说,想要推翻旧世道,建立一个独立、平等、民主、自由的新世界,唯有革命。

卢大河　是,唯有革命。

柔　石　可我革了谁的命? 我看着同胞惨遭毒手束手无策,看着百姓受苦受难无力相帮,为了躲避敌人追捕东躲西藏,这哪里算什么革命?

卢大河　平福,你以为这革命就是舞刀弄枪吗? 每个人的革命之路都不一样,有人的革命在枪杆上,有人的革命在笔杆上。你写下的每一个字都是一颗子弹打入敌人的心脏，叫他们害怕，叫他们恐慌，也让更多的人觉醒、反抗，这难道不是革命吗？你我一样，都是革命者。

柔　石　那我，也可以像你一样加入共产党？

卢大河　你想入党？

柔　石　想，我想。只有入了党，我才是真正的革命者。

　　　　〔朱五爷暗上，窃听。房东上，揪住朱五爷。门外发出的动静让柔石与卢大河紧张起来。

房　东　你啥人啊？贼头狗脑的。

朱五爷　我、我是来找赵平福谈生意的。

房　东　赵先生一个读书人，同你谈什么生意。我看你分明是不安好心！走，跟我去警察局！

朱五爷　诶，放手放手，你个臭婆娘。（对房内喊）赵平福，我再加你一百大洋，你就把书给我改一改嘛。

　　　　〔房东拉着朱五爷下。

　　　　〔国军军官上。一队宪兵随上。

军　官　给我把景云里团团围住，活捉共匪卢大河！

柔　石　不好！

　　　　（唱）卑鄙小人不胜防，

卢大河　（唱）忽闻豺狼哮前窗。

柔　石　（唱）紧要关头脚步慌，

卢大河　（唱）定下心来再思量。

柔　石　（唱）东奔西藏无处藏，

卢大河　（唱）一人做事一人当。

柔　石　（唱）四面楚歌向何方，

卢大河　（唱）天关地狱老子都要闯一闯。

　　　　〔柔石与卢大河欲逃，宪兵如人墙挡住了他们的去路。

卢大河　平福，躲不过去了，我不能连累你。

柔　石　不，大河，你不能出去，你一出去恐怕就……

卢大河　平福，你不是说想加入共产党吗？我们共产党人不能怕死，更不能怕活着战斗。我走了，你要替我在革命路上继续战斗下去。

(唱)今朝倒下卢大河，
　　　明日换你去出征。
　　　枪杆笔杆共革命，
　　　前赴后继自有人。
　　　来日相会新世界，
　　　把酒言欢再痛饮！

［卢大河跑下。

［幕内，宪兵的声音："共匪在这里！站住！"

［远处传来扫射的枪响。冯铿拿着药上，震惊。

［朱五爷发疯跑上，过场。随从追在其后。

朱五爷　妈呀，杀人啦，杀人啦，大活人被打成筛子了，救命呀——

随　从　老爷，当心，慢点跑。

［又一声枪响。幕内，随从大叫："老爷——"

［幕内唱：

　　　"惊天动地枪声起，
　　　鲜血淋淋闻哀啼。
　　　柔肠百转空悲泣，
　　　石破天惊手中笔。"

［一侧，吴素瑛在窗前看书，费力地认字。另一侧，柔石在党旗下宣誓加入中国共产党，冯铿陪伴在旁。卢大河隐现。

吴素瑛　为奴隶的母亲……作者、柔石，作者、柔石……

卢大河　平福，你要替我在革命路上继续战斗下去！

六

［1931年初春。上海。街头。冬意未褪，一片萧瑟。

［报童跑上，在人群中奔走相告。

报　童　号外，号外！左联盟员在汉口路东方旅社被捕，开庭审判……

〔青年甲、青年乙紧张地看报纸。

青年甲　英租界地方法院要开庭审判赵先生。

青年乙　岂有此理，赵先生没有罪，我们不服判决，我们要抗议！

〔幕内，人群中抗议声此起彼伏：

"反对抓捕革命作家！"

"反动法庭不公审判！"

"反对压迫无产阶级革命文化运动！"

"反对国民政府反动统治！"

〔法庭。

〔柔石站在审判台上。

〔幕内，法官的声音传来："我该叫你赵平福呢？还是叫你柔石？"

柔　石　我是赵平福，也是柔石。

〔幕内，法官的声音："你知道你为什么来这里？"

柔　石　我不知道。

〔幕内，法官的声音："你犯了罪。你有重大赤化嫌疑。"

柔　石　我没有罪。我所做的一切都是为了争得生而为人的自由，为了争得苦难的普罗阶级的解放，为了争得将来的明天的幸福，我们所做的一切，都是为了消灭剥削和压迫，建立一个独立、平等、民主、自由的新世界……

〔幕内，法官打断了柔石的话："够了，这里是审判台，不是你的讲台。你说你没有罪，好，我给你澄清的机会，告诉我，鲁迅在哪里？

柔　石　我不知道。

〔幕内，法官的声音："你可知一旦定罪，你将被引渡到国民党淞沪警备司令部龙华监狱，从此暗无天日，再无自由。

柔　石　我知道。

〔幕内，法官的声音："我真是不明白，为什么你好好的赵平福不做，非要做柔石？"

柔　石　为什么……法官大人，我来告诉你为什么。

（唱）今天我站上这审判席，

人生抉择放面前。

平福柔石我是谁，

这一问往事历历从头提。

我出生宁海山隅地，

阿爹他开了爿小本买卖豆腐店。

姆妈她临盆梦到归山虎，

算命的讲我是命中自带好福气。

阿爹对我厚望寄，

要我读书光门第。

十二岁我正学堂里学礼仪，

开笔启智在城西。

十六岁不甘清贫把学辍，

雇脚夫挑担求学到台州。

十七岁考入杭城浙一师，

跳出重山见世面。

十八岁晨昏不歇破万卷，

勤慎诚恕校训记。

赵家公子人提起，

才子名声传百里。

应了命中好福气，

我埋头苦读更努力。

盼有朝学成还乡时，

报偿爹娘添欢喜。

不曾料五四风雷平地起，

解放思潮勇当先。

同学们振臂一呼上街去，

高举横幅唤自由。

我本是两耳不闻窗外事，

一时间醍醐灌顶看清晰。

记得那日回家去，
半途遇上兵抓匪。
五花大绑到山脚，
一声枪响命归西。
我吓得浑身发抖两腿软，
只见血染一僧衣。
这世道和尚竟把强盗做，
活活将大善之人苦相逼。
那一夜我翻来覆去不成眠，
思前想后难解疑。
起了身、下了床、点了灯、提了笔，
白纸黑字写愁绪。
痛骂军阀千百遍，
不曾觉东方已露鱼肚皮。
心中难灭一团火，
青年怀梦把志立。
欲以教育救家国，
试凭文章论是非。
因此只身离乡去，
辛苦奔走整六年。
奈何志高行不易，
此路难于上青天。
谋生杭州难为继，
闯荡北京无所依。
投出文章无人理，
学堂教书受人欺。
到头来教育局长做不成，
一场风波催别离。
身后狼狗骇人吠，
一把苦泪湿寒衣。
大海苍茫空无边，

小船儿摇摇晃晃凄凄惨惨浮萍一叶向北去。
叹人生如此临绝地，
不曾想柳暗花明有转机。
上海巧遇大先生，
雄心再起景云里。
当编辑、做翻译、写文章、结文友，
春风得意马蹄疾。
我像是小鱼游出大河江，
左联之中寻天地。
眼下这革命漩涡转瞬起，
吞人性命不犹疑。
我也曾动摇想逃避，
却早已置身其中难抽离。
我也想侍奉爹娘尽孝义，
我也想恩爱白头永相依。
我也想子孙满堂乐悠悠，
我也想一家平安不分离。
奈何这权贵横行酒肉臭，
欺压百姓难喘息。
奈何这乱世纷纷生悲泣，
满目山河尽疮痍。
奈何这人生际遇难根究，
是福是祸不由己。
奈何我一旦踏上革命路，
注定坎坷多艰险。
我穷尽半生寻真理，
绝不能就此罢了休。
革命之路走到底，
赵平福此生再难回从前。
我要劈开长夜似雷电，
我要挣破牢笼断锁链。

我要为了家国把恩仇记，

我要守护信仰亮刀尖。

我要哭，我要笑，

我要大声怒骂挺梁脊。

我要紧紧握牢手中笔，

写一字、作一句、书一行、成一章，

写下这世道不公不正不智不信不忠不孝，

不廉不耻不勇不仁不法与不义，

把柔石名写得个顶天立地。

〔幕内，法官气急败坏的声音："来人，将柔石戴上手铐，打上脚镣，押送龙华大牢。"

七

〔接上场。龙华监狱。

〔柔石与冯铿被关押在相邻的牢房。

冯　　铿　（虚弱）赵兄，我身上好冷、好痛啊……

柔　　石　冯妹，你再坚持一下，组织正在想办法救我们。

冯　　铿　（声音更微弱）我快要撑不下去了……

柔　　石　冯妹？冯妹？（无回应）冯妹恐怕是睡着了，睡着了好，睡着了就不冷、不痛了。

　　　　　（唱）被俘龙华一月长，

　　　　　　　　受尽折磨满身伤。

　　　　　　　　遥望寒月思远方，

　　　　　　　　不知何时见春光。

　　　　　〔狱卒引吴素瑛上。

狱　　卒　大作家，有人来看你了。

吴素瑛　平福？

柔　石　素瑛?

　　　　［幕内唱：

　　　　　　"世事难料道无常,

　　　　　　夫妻相逢在牢房。

　　　　　　满腹酸苦从何讲,

　　　　　　双双无语泪千行。"

吴素瑛　平福,你受苦了……

　　　　(唱)慢步上前细打量,

　　　　　　平福你满身血污一脸伤。

柔　石　(唱)素瑛莫要把泪淌,

　　　　　　坐牢哪有不受伤。

　　　　　　再过三日结了疤,

　　　　　　平福不痛也不痒。

吴素瑛　(唱)冰天雪地风正狂,

　　　　　　平福你单衫一件手冰凉。

柔　石　(唱)素瑛大可把心放,

　　　　　　四面高墙寒意挡。

　　　　　　夜里狱友挤一堂,

　　　　　　比上窝里被一床。

吴素瑛　(唱)沉沉铁镣脚上绑,

　　　　　　平福你体弱又遭罪一桩。

柔　石　(唱)素瑛不必太惊慌,

　　　　　　权当我落地插苗秧。

　　　　　　日复一日气力长,

　　　　　　将来也好派用场。

吴素瑛　(打开包袱)平福,我做了麦饼,给你带来了。

柔　石　好香啊,我分给同志们尝一尝。

　　　　［冯铿咳嗽。

柔　石　冯妹? 你醒了? 来,素瑛带来的麦饼,你吃点。

吴素瑛　冯妹? 她也在这里? 她也在这里!

　　　　(唱)为了她平福无端灾祸背,

素瑛夜夜守空闺。

为了她一双夫妻劳燕飞，

一世安耽转眼碎。

我怨天怨地怨冯妹，

步颤颤上前质问怒相对。（上前）

你、你就是那个……（惊吓）呀！好怕人呀……

那样子不过二十出头，

正青春却要遭此罪。

说不清万千怨怼如潮退。

冯　铿　　你，就是素瑛？我可以、叫你一声姐姐吗？

吴素瑛　　姐姐？

（唱）一声姐姐叫得我肝肠寸断空流泪。

冯　铿　　姐姐莫哭，他们想叫我们哭，叫我们求饶，我们偏不，等我吃
　　　　　饱了，有了力气，我还要和他们抗争到底。

吴素瑛　　你们、你们这是何苦啊？你们难道就不想回去，不想好好活
　　　　　着么？

（唱）素瑛从小读书少，

不比你们大作家。

胸无大志见识短，

只想保命好好活。

柔　石　　（唱）素瑛莫要讲气话，

平福我何尝不愿共白发。

冯　铿　　（唱）姐姐啊，谁无有父母妻儿多牵挂，

只恨是生不逢时难归家。

吴素瑛　　（唱）一句难归苦泪下，

可知我熬过多少日和夜。

跪求苍天来保佑，

三炷清香拜菩萨。

柔　石　　（唱）菩萨难将世人救，

苍天无颜来作答。

冯　铿　　（唱）改朝换代靠自己，

吴素瑛　（唱）叫我担惊又受怕。

柔　石　（唱）怕只怕，世道惨淡多孤寡，

冯　铿　（唱）怕只怕，难挽狂澜毁大厦。

柔　石　（唱）怕只怕，国人麻木不愿醒，

冯　铿　（唱）怕只怕，英雄空将热血洒。

柔　石　（唱）怕只怕，日月难把新天换，

　　　　　　　眼睁睁看这锦绣山河尽崩塌。

吴素瑛　（唱）一番话，心头扎，

　　　　　　　其中道理也明白。

　　　　　　　国若不国何为家，

　　　　　　　春风不暖冬无涯。

冯　铿　（唱）姐姐啊，唯有踏上革命路，

　　　　　　　寒天才放迎春花。

吴素瑛　（唱）到如今要想回家要想活。

柔　石　（唱）就只有建一个独立、平等、民主、自由的新世界。

吴素瑛　新世界？

冯　铿　对，一个新世界。

吴素瑛　这个新世界在哪里？

柔　石　就在前方，只要我们一直往前走，就能走到。

吴素瑛　平福、冯妹，我知道我走得慢，不过我也要跟着你们，和你们
　　　　一道走到新世界去。

　　　　〔吴素瑛、柔石、冯铿紧紧携手，千言万语尽在其中。

　　　　〔鸟鸣声又现，越来越清晰。

柔　石　素瑛、冯妹，你们听，小鸟儿又来了。

尾　声

〔上海。龙华监狱外的刑场，芳草葱茏。

[柔石、冯铿相偕上。

冯　铿　赵兄,你说还要多久我们才能走到新世界?

柔　石　只要往前走,千山万水,总能走到的。冯妹,你看,新世界的
　　　　人们正在前头看着我们呢。

[小石桥隐现,吴素瑛站在桥头,目送柔石与冯铿远行。

[幕内唱:

　　燕啊燕,飞上天,

　　天门关,飞过湾。

　　湾头白,飞过陌,

　　麦头摇,飞过桥。

[蓦地,红日初升,气象万千。

[柔石、冯铿,以及牺牲在上海龙华监狱的烈士们从深处坚定
地、从容地缓缓走来,走向一个崭新的世界。

[剧终。

话剧

一声巨响

王　莹

　　上海戏剧学院17级戏剧影视编剧 MFA，本科毕业于浙江传媒学院文化产业管理专业。影视编剧，策划。作品有文艺爱情电影《上海，我爱你》，悬疑惊悚电影《锁不上的门》，话剧《盛夏之夜》。

时　间：2018 年夏天。

地　点：广州某城中村。

人物表：李彦明——出场时五十出头。

　　　　李太太——李彦明妻子，出场时五十出头。

　　　　茉　莉——李家长女，出场时二十七岁。

　　　　李　弋——李家小儿子，十七岁。

　　　　男　孩——视觉年龄十六七岁。

　　　　隔壁女生——二十六七岁。

序　幕

[舞台的左侧是一个幽闭而杂乱的房间,房间里有一张杂乱不堪的单人床,一台电脑,以及堆在门口散发着食物腐烂味道的外卖盒。一个 17 岁的男孩,他穿着皱巴巴的短袖和运动裤坐在一扇门后缓缓扬起手中的自制手枪对准自己的脑门,随着一声巨响,灯灭。

[与此同时,舞台的另一边,是一个普通家庭的客厅,稍显凌乱,双人沙发和单人沙发之间,有一个小茶几。中间的大茶几上摆满了酒瓶和杂物。屋里摆满了已经有点蔫的鲜花。两扇门,一扇通往外面,旁边有个小窗户;一扇通往厨房,此外还有一个楼梯通往二楼。一个 50 岁出头的妇人(李太太)手拿一个塑料购物袋,她身穿睡袍,烫卷的头发随意扎在脑后,正在将茶几上的空酒瓶一个个往里头放,突然她手一松,一个玻璃酒瓶不小心滑落在地,与枪响同时发出一声巨响,李太太看着地上的碎片,没有动。

第一场　傍晚　李家客厅

[李太太蹲在地上捡着地上的玻璃碎片。

李太太　一天到晚除了喝酒还会什么? 对,生产垃圾和让人糟心。

[她一边捡着,一边仔细听着外面施工的噪音,说着一把将手

里的垃圾袋扔到一边,朝厨房走去。

李太太 天天吵吵吵,一个破路修了几个月了还这样,还过不过日子了。(声音渐大)。

[她拿着一杯水从厨房出来,此时放在沙发上的手机响个不停,她随手把水杯放在小茶几上,拿起手机一条条播放群里中年妇女的语音。

(湖南普通话)"今天晚上大家到我家吃饭,饭后一起打麻将。"

(粤语)"大美女今天下厨,一定准时到。"

(湖南普通话)"那是那是,肯定去。"

[李太太把手机往沙发上一扔,拿起水壶往鲜花喷着水。

李太太 这天越来越热,你们也没生气了。(叹气)

[她刚想蹲下继续捡碎玻璃片,门铃声传来。

李太太 谁啊?

[没有回复,门铃继续响着。

李太太 谁啊?(大声)

[门口还是没有声音,她把垃圾袋扔在地上,朝门口走去。她刚准备开门,门突然从外面打开,吓了她一跳。

李太太 你要吓死我啊,带了钥匙还敲门?

[进来的是一个五十多岁的微胖男人,李彦明,李先生,男人明显喝了酒,动作有些迟缓。他似乎没有听见李太太的话,赶紧把门关上。李先生手里拿着一个快递信封绕过李太太进门。李太太拉开窗帘往外瞧着,李先生赶紧过来拉上窗帘。

李太太 这天还亮着?哦,我知道了,你那日进斗金的厂终于要关门大吉了?你到底问没问外面的路还要修到什么时候!也就我们这小村子,在市区肯定早就完事了。

[李先生始终一言不发,他把快递信封扔在桌上,打开风扇坐在沙发上,厌恶地捡起遥控器,关掉电视,并用脚将跟前的垃圾袋踢到一边。

李太太 你听见我说话没有?

李先生 你那么大声,死人都被喊醒了。

李太太 我声音不大点,我看你是永远听不见。一身的酒味,难怪厂里的工人都要辞职,要我我也要走。

李先生　你少说几句会死吗?

李太太　(笑)死? 放心,要死也不会死在你前头。

李先生　那可不一定,你每天不是这里痛就是那里痛,大白天也只能在家躺着。(打量李太太衣着)

李太太　(严肃)我这破身体怪谁,怪我吗?

李先生　(心虚)怪我,都怪我。

李太太　你是不是又开车回来的?(通过窗户朝外看)车呢?

李先生　(拉回李太太)问那么多干什么,(心虚)再好的车摆在你面前也就一堆废铁,瞎操什么心。

李太太　对,废铁,所以至少我不会像那个谁一样,叫什么来着,就你那个朋友?

李先生　老章!

李太太　对,老章,几百万的车,翻了还不是一堆废铁?(小声)我听说脸都看不清了……

李先生　(烦躁)别说了!

李太太　(似乎达到了目的,发现快递信封)这是什么?

李先生　你的又一件宝贝!

李太太　我再说一次……

李先生　好好好,你有钱随便花。可他妈的快递员又没告诉我里面是什么,门铃按得跟自己家的车喇叭一样,现在的年轻人,一个个的,跟火烧屁股一样。

　　　　〔李太太拿起快递信封正欲拆开,此时放在李先生手边的手机响起,他神色突然紧张起来,却假装没有听见。

李太太　接一下。

　　　　〔李先生一抬脚正好撞翻了垃圾桶。

李太太　说吧,又是谁?

李先生　(些许慌张)我怎么知道,你的手机。

　　　　〔李太太将手里还未拆开的信封放在一边,绕过李先生接起电话。

李太太　喂? 对,我是。对,李弋,十七岁,203。(哽咽)你能再说一遍吗？

〔李太太失魂落魄地僵直着,手机在她的手里脱落。

李先生　(打探)谁啊,说什么了?

〔李太太依然不动,眼直直地看着前方,随后眼泪落下来。

李太太　不可能,不可能……

〔李先生怀疑地捡起手机。李太太扯着睡袍朝楼上走去。

李先生　你好!（听到是医院表情放松下来)对,(神色突然暗淡下来,随又恢复过来)你再说一遍……你听着,我不知道你在胡说八道什么,但是你现在把我太太吓死了。你听不出来我是夸张吗?道歉有什么用,我儿子昨天还好好的,今天你就告诉我……对,就是昨天(犹豫),我儿子我会不清楚?你们医院是怎么做事的,一群废物。对,骂的就是你们,那么多专业人士连一个小孩都看不好,我现在马上就过去把他接走,你们等着,我马上就到!

〔李先生挂掉电话,站起身就往外走去。

李先生　狗屁医院,说什么鬼话,走,我们今晚就去把李弋接回来,本来就没什么大事,每天开那么多药就算了,还要住院?花了那么多钱,从来就没有好转,医生?我看就是骗子……(突然想起什么)不行,我现在不能……(他回头一看,发现李太太已经瘫在楼梯边的地上,失去了意识。)

〔李先生转身上前。

李先生　你这是怎么了?刚才还好好的。(伸手探了一下李太太的脉搏)还好还好,不是真吓死了。

〔他费劲地将李太太扶到沙发上躺下。

李先生　你醒醒(他用手轻拍着李太太的脸,李太太没有反应)醒醒……

〔他站起来,在屋里来回走动着。时不时朝对外的窗户看一眼。他走到门口,又走回来。

李先生　不行,我现在出去肯定会被发现的……

〔门口突然有开门声,李先生紧张地看着门口,一个20来岁穿着时髦的女生(茉莉)拉着行李箱走进屋,她未经特意打扮,言行举止却很显修养。

茉　莉　桥那边怎么封路了,走小路绕了好久,你们平时都怎么出门的?

李先生　茉莉?(惊讶却也松了一口气)你怎么?医院也给你打电话了?

茉　莉　什么电话?(发现沙发上的李太太,漫不经心)我妈怎么这个点在睡觉。

　　　　〔茉莉将行李箱放在一边,径直朝沙发处走近。她将茶几上没拆开的快递文件放到一边。

李先生　不是,(犹豫)刚刚接到医院的电话,说……

茉　莉　说什么?(看见桌上的酒瓶,拿起来看了下)

李先生　说……说你弟弟出事了。

茉　莉　(停顿)什么事?又去网吧被抓了?天这么热也不开窗户。

李先生　你妈不是怕冷嘛!

茉　莉　(察觉不对,掏出手机)医院到底说什么了?(李先生不语)我去看看。

李先生　(拉住茉莉)医院说,已经确认死亡了,是自杀。(捂着脸)……我正准备去,你妈就晕倒了。

茉　莉　自杀?(停顿)你确定?
　　　　〔李先生摇头不语。

茉　莉　这样,爸,你先别慌,你快去医院,我在家看着妈,她醒了我马上带她过去。

李先生　好,好,我先过去。
　　　　〔李先生起身朝门口走去,脚步越来越慢,然后又转身回来。

李先生　你开车回来的吧,我的车放在厂里了。

茉　莉　我从北京回来的,坐飞机。

李先生　哦,对,对,我想起你前两天在深圳出差。

茉　莉　你打车去吧,你现在的状态,打车更安全一点。

李先生　我现在什么状态,我现在的状态……(他在屋里徘徊了一下)

茉　莉　还有什么事吗?

李先生　哦,没有,我在找我的手机。

茉　莉　在你裤子口袋里。

李先生　(摸了摸口袋)对,在这。那我去了。(他在茉莉的注视下走到门口,

伸手握上门把手,迟迟没有动,然后又撤回了手。)要不还是你先去医院吧,一会我带着你妈一起去。(茉莉转过头看着他)

茉　莉　(难以置信指着自己)我先去?

李先生　你看啊,你一向沉着冷静,而且这家医院是你找的,你也比较熟。你知道你妈一直都不同意让你弟弟住在医院,要是她醒来看见你在这,她不知道会说出什么难听的话。我知道现在大家都很难过,但是首先需要弄清楚是怎么回事,或许是他们搞错了呢,医院那么多病人,搞错也很正常是不是,要是搞错了我们就不用去医院了,你直接把你弟弟带回来就好,以后我们就在家待着……家里也不比医院差……

茉　莉　(打断喋喋不休的父亲)等一下,你刚刚说我先去?

李先生　对,你先去。

茉　莉　我可以去,只是,你和我妈才是第一监护人。

李先生　医生护士都认识你,要是他们不放人你再给我打电话,再说了,生死关头还搞什么第一监护人……

茉　莉　对,生死攸关。爸,你在犹豫什么?

李先生　我不是犹豫,(欲言又止)你不懂。

茉　莉　我不懂? 那是你儿子,你每天挂在嘴边的宝贝儿子,他们说他死了,是自杀。

李先生　我知道,这是我刚刚告诉你的。

茉　莉　万一是真的呢? 万一你以后再也见不到他了呢?

李先生　我没有不愿意去,我恨不得马上飞过去,只是……

茉　莉　只是什么?

李先生　没什么,我说了我和你妈妈马上就到,马上就到,乖,你先去。(严厉)你还敢不听你爸的话了。

茉　莉　(深呼吸)OK,我去,我现在就去。
　　　　［茉莉站起身,拿包的时候不小心打翻了放在小茶几上的玻璃杯,里面的水一下子浇在了李太太的脸上,李太太慢慢醒了过来。

李太太　(迷糊)怎么都是水?

茉　莉　(扶着母亲坐起来)你醒了,我给你拿衣服,

李太太	拿什么衣服？
茉　莉	我们马上去医院。(茉莉上楼)
李太太	去医院(想起来,哭起来)对,马上去医院。
李先生	去医院,我先去打辆车,路没修好,怕是不好打车。(他说着通过窗户谨慎地看了眼窗外。)
	〔茉莉拿着衣服从楼上下来,正好看见父亲在看窗户。
茉　莉	我回来的时候就看过了,外面没人,非常安全。
李先生	我当然知道没人,能有什么人。
	〔李先生开门出去。茉莉将衣服披在脱了睡袍的母亲肩上,扶着母亲出门。
	〔灯灭。

第二场　夜　李家客厅

　　〔一道汽车的车灯打在靠门的窗户上,茉莉从外面开门,灯亮。李太太、李先生跟着走进来。李先生关上门,茉莉回头看了他一眼。李太太坐在沙发上不停哭着。茉莉走进厨房。

李太太	你说你弟弟为什么要做这种事？ 他怎么能做这种事呢？
茉　莉	(拿着一杯茶出)妈,你喝点水。(李太太接过喝了一小口后放在茶几上)你要不要吃点东西？ (李太太摇头)
	〔李先生在屋里徘徊着,然后走到一旁柜子边开始翻箱倒柜,发出噼里啪啦的声响。
茉　莉	要不回房休息一会吧？
李先生	对,茉莉,你先扶你妈回房歇着。
茉　莉	爸,你在找什么？
李先生	没什么。
茉　莉	这么晚了你究竟要找什么,你刚刚回来的时候就不对劲。
李太太	他哪有不对劲,他现在每天都这样。

李先生　　　（停下翻找，没有理会李太太的话）你过来一下。

茉　莉　　　什么事？

李先生　　　过来。

　　　　　　〔茉莉疑惑走近。

李先生　　　（小声，李太太却能听见）我问你啊，你是不是有个很优秀的学法律的同学，在市检察院工作的那个？

茉　莉　　　你找他干嘛？

李先生　　　（停顿看了一眼李太太）没什么。（继续翻找）

李太太　　　（笑起来）还能是什么，他满脑子就装了钱，这种时候，他第一想到的居然是怎么从医院那里拿钱。（笑）真是可笑！

李先生　　　你懂什么？要不是医院看护不力怎么会发生这种事？我一定要找个最好的律师，告死他们。

李太太　　　对，告死他们，然后你就能拿到巨额赔偿款。

李先生　　　对，我能拿到巨额赔偿款。你就在家哭，每次你哭到死去活来就能解决所有问题，或许这次还能让你儿子起死回生。

李太太　　　我儿子？起死回生？（上前）我看你早就巴不得他死在医院里。

李先生　　　我……（欲言又止，不愿争吵）

李太太　　　自从他被查出生病，你对他的态度都不一样了，他住院一年，十二个月，你去看过他几回？你知道他有多难过吗？我看你早就盼着他（哽咽）……这样你就可以拿到医院的赔偿金，然后成功摆脱债主，对，然后摇身一变。你一直都是这么自私，一直都是，这才是你的真面目！

李先生　　　我自私？我巴不得自己的儿子死在医院里？你知道你在说什么吗？（克制自己）我看你是疯得已经开始胡言乱语了。我现在没时间也不想和你争辩，茉莉，扶你妈上楼休息。

　　　　　　〔茉莉坐在一旁看着二人，好像没听见。

李太太　　　我疯了？我是疯了，疯了好多年了你才知道吗？……这个家已经有一个疯子，也不怕再多一个。（她挥手碰倒了玻璃杯，打碎了）

　　　　　　〔李先生和茉莉都一惊。

茉　莉	妈,你干什么! 爸,你就不能少说两句吗!!!
李先生	我少说两句?(声音放低)哼! 我本来就没打算和你们说。
	[茉莉拉着母亲朝楼上走去。
李先生	(继续翻找)找到了。
	[李太太听到李先生的话欲往回走,茉莉拉住她。
茉　莉	妈,你累了!
	[茉莉和李太太消失在楼梯上。
	[李先生拿着名片躲在一角,掏出手机,他一个个按着数字,没来得及播完就挂断了通话。
李先生	什么破手机!(他把手机和名片一起扔在沙发上,走到厨房拿出一瓶酒打开猛喝了一口,他瘫在沙发上。)我巴不得他死在医院里? 我巴不得……(停顿)我说了多少次不要去医院,谁成长不会经历青春期的问题,怎么别人都能克服,就他不行? 都是因为游戏,该死的网络游戏。每天把自己关在房间里,整天玩该死的游戏,像什么,对,大家闺秀,不知道的还以为我们家还有个二小姐呢! 不敢和人说话就算了,都花了那么多钱送你到医院治疗,谈心,吃药,电疗,什么没做过,一年了,反反复复,要么不说话,一说话就生气,就哭……(停顿)哪怕有那么一点好转,我也觉得这一切是值得的。(苦笑)自杀,居然懦弱到自杀……我一定要告死那家医院,什么全国知名? 什么业界权威? 什么狗屁专家? 我看都是骗子,欺负我们不懂那狗屁的心理学,那么多人连一个那么柔弱的孩子都管不好,居然让他杀了自己……我一定要告死他们……
	[此时茉莉出现在楼梯口,她上前一把夺过李先生手里的酒。
茉　莉	你小点声! 我妈好不容易睡着。
李先生	好,我小点声,嘘!(压低声音)小点声,现在可以还给我了吧?
	[茉莉把酒瓶放在茶几上。背对着父亲查看着茶几上的鲜花。
茉　莉	都烂了。
李先生	是吗?
茉　莉	爸,你难过吗?

李先生	（停顿）难过？（笑）你是不是也和你妈一样，觉得我很冷血？
茉　莉	那你有没有想过弟弟为什么要这么做？
李先生	我？我要是知道我就告诉他，不，就是绑也要把他绑住，告诉他你不能这样做！
茉　莉	真的吗？
李先生	真的什么？
茉　莉	你真的会告诉他不要这么做吗？不，你不会，而且你也没有。
李先生	你什么意思？
茉　莉	你没发现吗？你从来就假装你不知道家里的所有事。就像我妈说的，你从来就改不掉酗酒的毛病，五岁的时候，你任由我哭闹都要去喝酒的时候或许我就该认清这个事实。
李先生	（笑）五岁？你那是无理取闹！
茉　莉	那时候可能是无理取闹，那现在呢？你有没有想过我们家现在这样是因为什么？
李先生	现在什么样？
茉　莉	（笑）现在什么样……你知道我已经多久没有见过清醒的你了吗？有时候我会想如果你不是天天到凌晨才醉醺醺地回来，这些年家里的生意是不是就不会像现在这样一团糟，至少不用每天躲着债主。那样你和我妈的关系也不会像这样，你没有感觉吗？这个家就像个随时会爆炸的炸药桶，就是因为这样的环境，弟弟才会躲着你们，他才会生病。这都没关系，哪家的父母不吵架，但假如你们多给他一点关爱，哪怕一点点，对，他可能不会像别人家的小孩一样，考上可以让你们引以为傲的大学，至少他不会选择用这种对自己如此残忍的方式离开我们，他为什么自杀？就是因为他想要彻底逃离我们，他讨厌我们，我们所有人，讨厌到甚至不愿意和我们一起呼吸这片整天弥漫着腐烂味道的空气。
李先生	所以你的意思是，是因为我酗酒，不，是因为我喜欢喝酒，所以他才自杀了？是不是？
茉　莉	（犹豫）是！
李先生	好，我最终都要沦为一个杀人犯，杀人犯，你读了那么多书，

到头来还是和你妈一个样！

〔李先生夺过茉莉手边的酒，在茉莉的注视下喝了一大口，差点呛到自己，他猛烈咳嗽了几声。

李先生　我对你太失望了。

〔此时李太太出现在楼梯上。

李太太　你说的对，如果我对他的关心多一点，少跟他发脾气，多去看他几次，或者多听他讲讲游戏的事情，虽然我也不懂，但是可以学啊，我当时为什么不学呢，要知道我从小可是我们班学习最好的，那样我们现在正好一家人聚在一起庆祝茉莉回家，像以前一样……

茉　莉　像以前一样……（笑）

李先生　对，你确实应该少和他吵架。

李太太　（好像没听见李先生的话，继续）不，或许我根本就不该生他，那时候我已经三十多岁了，我不该把他带到这个充满痛苦的世界。我从来都不是一个好母亲，从来不是，可……你，你压根就不配做一个父亲，你从来没有管过家里任何一个孩子，好像你只负责把他们生出来，不，你连生都没有，你做了什么？

李先生　我至少给了钱。

李太太　（继续）只是茉莉从小独立，和我们又不生活在一起，而儿子，他是多么需要一个父亲的榜样，可是你给了他什么？是那一身的债还是你酗酒和冲动的恶习，他那么努力地亲近你，可是你教给他什么？他在你身上什么都学不到，唯一学到的可能就是不负责任，不负责任地就这样扔下我们所有人。

李先生　我不配做父亲，我不配，谁配？是你那个刚住进高档小别墅的弟弟还是那个天天谈国家大事的妹夫？那我确实比不过他们，他们可是既有文化又各个家财万贯，当然我也没有他们独有的虚伪！

李太太　你闭嘴，多少年前他们就劝我离开你，都是因为你，因为你非要生一个儿子，不然一切都不会发生，我也不会落下了这一身的病。如果我不嫁给你，这一切都不会发生。

茉　莉　（小声）对，你们不结婚我也不会存在。

李太太 （似乎没有听到茉莉的话）我决定了，我要和你离婚！

李先生 什么？

李太太 （大声）我要和你离婚！！离婚！！！

　　　　〔李先生大笑。

李先生 茉莉，我看你妈是真的疯了，疯了！

茉　莉 我支持你们离婚！但是妈，你要知道，财产是公用的，债务也是。

李太太 只要能离婚，我什么都可以接受。这个问题我想了太多年，从你弟弟出生起，我每晚睡觉前都要想一遍这个问题，如果不是李弋，我早就走了。

茉　莉 哦，原来如此。

李太太 我一想到离婚之后，我再也不用帮醉醺醺的你开门，不用听你胡说八道，不用接到陌生的催债电话，我都要笑出声来了。你以为破产了你就是这个世界上最惨的人了吗？不，你只是懦弱，过于懦弱，比我们儿子还懦弱，他至少还敢于举起手结束自己的痛苦；你呢，你除了自己痛苦，还要把你的痛苦转移到别人的身上……

李先生 我懦弱，你勇敢，你是这个世界上最勇敢的人，所以你在17年前就纠结要离开我，离开这个家，可是17年后你依然在这里站着，你知道是为什么吗？

李太太 你又知道了！

李先生 我当然知道，因为你根本不敢离开我，不敢离开现在尽管不太好，却还是安逸的生活。现在你还可以把一切都推在我身上。可是离开我后，你再也无处可推，而你是那么勇敢，那么完美，你什么都不会做错。你离开我，你的未来，不，你就没有了未来，因为你从来都不会想未来。

李太太 未来？真是可笑。就算没有未来，我也不要有你的未来！

　　　　〔茉莉在一旁冷笑。

李先生 你笑什么？我看你们俩都疯了，你们怪我酗酒，怪我对大家关心不够，怪我冷漠，还要怪我挣钱不多，可是你们又做了什么，你们根本就不知道我每天过着什么样的日子。

李太太　你过着什么日子？吃喝玩乐，大鱼大肉？难道还要找两个人来伺候？

李先生　对，吃喝玩乐，我每天吃喝玩乐供一家人吃喝拉撒，你，作为一个家庭主妇，每天睡到下午，却连个孩子都管不好，还要来质问我？

李太太　你闭嘴！

李先生　不是因为你每天只会打麻将他会笨到留级？要是你定时去医院看他他会这样，你算算你借口腰疼已经有多久没有去过医院了，一个星期，十天？

李太太　你胡说，最多也就……六天。

茉　莉　我以为你们三天去一次。

李先生　三天？对，之前是三天，后来变成四天，再后来就是时而四天时而五天，再之后……

李太太　为什么一定要我去，你就不能去吗？

李先生　我去，我天天去医院住着，然后医院就来问你，医药费什么时候交啊？房贷什么时候还啊？你的信用卡账单又是多少啊？

李太太　我也可以挣钱，你觉得我挣钱就会比你差吗？

李先生　或许你更应该去挣钱，这样你那阴晴不定的奇怪脾气就不会影响到李弋，不，还是会影响，你说的对，我们根本就不该生他，他所有的问题或许就来自于遗传，和我们其他人都没有关系，都来自你，都是你。茉莉，为了安全起见，我劝你最好也去做个检查。

茉　莉　放心，我已经检查过了。

李先生　那最好了，别到时候因为什么事情又全部归结到我的身上，我可担不起杀人犯的罪名，杀的还是我的亲儿子。

　　　　〔李先生转了个身本想朝门外走去，想起什么，又转过身朝楼上走去，他走了几步，又停下。

李先生　离婚，我答应了！（对茉莉）记得找你那个有名的律师朋友给你妈好好指导一下！

李太太　你放心！

　　　　〔茉莉坐在沙发上来回看了二人几眼，然后笑着站起身。

茉　莉　你们真是可笑!

　　　　[茉莉在二人的注视下,拿起桌上的半瓶酒,摔门而出。

第三场　白天　某出租屋

　　　　[出租屋里,一个十六七岁的男孩坐在电脑前打游戏,他声音
　　　　压得低,絮絮叨叨,说话也有些结巴。他戴着耳机,隔壁时不
　　　　时传来搬东西的声音。

男　孩　Fuck,是弱智吗,你打我干什么,围剿他啊,到底会不会玩,我
　　　　让你开枪打他,不是打我,我去,你每次都把自己人搞死,玩
　　　　什么玩,你怎么不自杀。对,就是骂你,你应该把你自己搞
　　　　死,蠢猪,fuck you!（少年将耳机扔到一边,站起身,侧着右耳朵听
　　　　着隔壁的动静。）大早上的吵什么。（停顿,然后突然低落）她要走
　　　　了,她终于要走了。

　　　　[男孩一脚踢向电脑主机,他站起身,又坐下,在屋里来回
　　　　走着。

　　　　（注:来自这个房间外的都只是声音）

搬家工人　姑娘,你这些东西都好着呢,真的不要了?

女　生　不要了,你们想要就拿走,不要帮我扔掉就好。

男　孩　她再也不会回来了。

搬家工人　好嘞! 你这是要回家了?

　　　　[女生没有出声。

搬家工人　回家好,小姑娘家别离父母太远,父母怪担心的。

女　生　你看看什么时候可以搬完,我赶下午的飞机。

搬家工人　很快,很快! 这一件件买起来是过日子,不要了,也就几个
　　　　小时的事。

　　　　[男孩走到椅子边颓然坐下,眼睛看着门的方向。女生的脚
　　　　步声慢慢靠近少年的门,一封打印好的信从门口塞进来。男

孩顿了一会,片刻后,门外传来离开的脚步声。

男　孩　走了。

　　〔少年走到门边捡起信。

男　孩　最后一封吗?(打开,读起来)"致邻居:你好,这应该是最后一封了。你可能也听到了搬东西的声音,今天下午我就走了。一个月,不长不短,我们从未见过面也不知道对方的身份。"对,我们从来没见过,因为我从来没有出过这扇门。"如果说没好奇过你是男是女是高是矮肯定是假的,只是,我知道自己在哪里都住不久,所以还是以这样的方式交流比较好,其实也算不上交流,因为你从来没回复过。"我从没回复过,但是你也从来没有让我回。"不过,还是谢谢你这段时间对我造成的噪音的包涵。"噪音,那可不是一般的噪音,和今天这种一点都不一样。"以后我不再给你带饭了你也要好好吃饭。"(低落突转倔强)当然,在我遇见你之前我不是也没饿死。"对了,之前你说要的一些零件,虽然我不知道具体是用来干什么,就当作我对你的谢谢,谢谢你这段时间听我废话,东西挂在门口了。再见!"OK,再见! 再见! 希望你永远别回来了。

　　〔他把手里的信揉成一团扔到一边,独自坐在地上,抱着自己的膝盖,良久,他站起身朝门口走去。

男　孩　东西挂在门口了,她到底还是想见我的。我,或许我应该见她一面,她声音好听,应该长得也不错,她是喜欢我的,至少是关心我的。如果不是她天天给我带饭,我早就饿死了,不一定会饿死,但肯定不是现在这样……(他看着那一堆各式各样的外卖盒)还每天都不一样,就连我最喜欢的也只能吃一次。(他伸手握住门把上,然后又缩回来)可是,虽然她每天给我买吃的,还买别的,但我还是不能见她,为什么? 为什么?(突然变脸)因为,她是一个婊子,她没有正经的工作,还经常带不同的男人回家。我怎么知道? 因为声音不一样,说话的声音,走路的声音,还有,别的声音。对,说的就是那些噪音。(从远处传来男女的呻吟声,接着是女生的啜泣声,然后又是咯咯的笑声。男孩惟妙惟肖地学着笑声)奇怪吧,我说的就是这种,噪音。一个月，基本上每天都有，有时候是一个人，有时候是两个人，有时候……这样的人我为什么要出去见她，就因为那几顿饭和几件帮我买的东西，帮我买的东西……（停顿）那是我唯一一次给她回复，其实也不算是回复，只是我临时的一个想法，我想试探一下她可以为我做什么。所以我用同样的方式塞给她一张纸条。那天是个大晴天，她一般早上十点会出门，我害怕错过她出门的时间，所以尽管我凌晨4点才睡，但还是八点钟就起来了，我把写好的纸条从门缝塞出去，当然我留了一点在门里面，一点点，和她一样，不然我怎么知道她有没有拿走。我坐在门边，等啊等，等啊等，中间差点睡着了，但是她很准时，十点钟准时出门。我听见她关门，然后一步，两步，三步，停下，我等着她把信拿走。一秒，两秒，三秒，她为什么迟迟不拿，难道在等我开门，不，我不会开门的，我是绝对不会开门的，我只是试探她，到底会不会拿走我的信，五秒，六秒，就在我刚伸手想要把信收回来的时候，她拿走了。又过了一秒，两秒，门口再次响起她的脚步声，她走远了。我不知道她看了没有，或许她根本不会看，直接扔进了垃圾桶，毕竟我不是这样打开的，我对折，对折，再对折，看起来就像是一张折了又折的废纸，或许她觉得那就是一张废纸，一张垃圾，所以犹豫了好久后捡起来扔进了垃圾桶，对，或许她就是扔进了垃圾桶。我在期待什么，胡说！我本来就不该和这样的人扯上关系，从小我母亲就教育我要乖，要成为优秀的人，要读好多好多的书，然后挣很多钱，最重要的是，要学会结交朋友，要分辨是非，绝对不能欠别人一分钱，一份情。尽管我没有读很多书，但是我也挣了很多钱，靠着一个不被母亲认可的渠道，放心，我没有偷蒙拐骗，也没有违法犯罪，更没有反社会，反人类，我只是，靠自己的喜好和擅长挣钱，我帮别人杀人，人家给我钱，大家都开心，对了，是在游戏，一个我可以真正成为自己的世界。我挣了很多钱，很多钱，嘘！千万不要告诉爸妈，他们会杀了我的。我有很多钱，我不仅不是白吃她的饭，我还给她跑腿费呢！所以我不欠她任何东西,任何东西,我懂得怎么交朋友,我不能和她这样的婊子扯上关系,我不想和她这样的婊子扯上关系。

〔他停下来,再次侧着耳朵听着隔壁。

男　孩　没有声音了,怎么没有声音了?（沉默,他走到门边,握着门把手）那天,就是我给她塞纸条的那天,她是晚上十二点回来的,咚咚咚,哒哒哒,啪嗒,她回房间了。我把门打开一条小缝,伸手一够,那是我纸条上所有的东西,还有我最喜欢吃的饭,可她怎么知道我最喜欢吃那家牛肉拌面的呢? 她是怎么知道的?

〔他捡起扔到一旁的那封信,又看起来。

男　孩　她到底长什么样? 或许她就是个丑八怪,所以才住在这里,和我一样。(笑)怎么可能。不过她应该也不喜欢说话,所以才做这样一份工作,才一直用给我写字条。对了,有一次她还在字条里面鼓励我写自己的游戏,可能是我玩游戏的时候声音太大,她听到了,这样看来,其实我也有给她制造噪音,扯平了。后来我听了她的话,真的开始写游戏,我一遍一遍的写,然后又一遍一遍删掉,我以为我可以写得很好,可是当我从头去看的时候,真的和一堆屎一样,所以我就把他们全部删了,control＋A, delete, 一点都没有剩下。所以到现在,我还是没有写完,我有了一个开头,但一直只有一个开头。她可能觉得我会写出很好的东西吧,可是,谁说会玩游戏的人就一定能创造游戏呢? 她真是太高估我了,我就是一堆屎,一堆没有任何人在意的屎,所以就算我消失了一个月,也没有任何人出来找我,当然他们也找不到我,因为他们根本就不知道我在哪,这间房子,(笑)这间房子也不是我租的,我刚从精神病院逃出来的时候偶然来到这里,当时门缝里塞了一大堆的传单,不知道的还以为是我家呢! 然后我就撬锁进来了,一个钢丝弯一弯,塞进去,蹬的一下就开了,这可是我从小的绝活。果然里面一个人也没有,这个摆设,电脑的配置,连垃圾桶的位置都和我房间一模一样,墙上还挂着我最喜欢的游戏的海报,位置都一样。于是我就住下来了,一住就是一个月,这一个月我都没有出门。第三天,她搬到了隔壁,(搬家声,多人脚步声)第七天,她开始给我塞纸条。房子原来的主人再没有出现,也没有任何一个人敲过这扇门,只有她给我塞纸条,但是我一直没有回复。我害怕,我害怕被人发现,如果她认出我不是原来的房主,如果她报警,如果我再次被抓回医院,不,我不会走的,(逐渐激动)我喜欢这里,就这样在这里,拉上窗帘,关上门,这就是我的世界。

〔慢慢平复。他从电脑桌的抽屉里拿出一个用一件衣服包裹着的东西,他伸手抚摸着。

男　孩　多亏了她,我终于有了一件有用的东西,对,这就是她帮我买的东西,她对我真的很好,很好,就像我的亲姐姐那样,(突然想到什么)不,不会,不可能,我姐,她的确这样关心和鼓励过我,可是大部分时候她都很冷漠,对,很冷漠。(笑)她可不像我,她从小就爱学习,成绩好,还听话,她这样的社会精英怎么会出现在这种地方,绝对不可能,我真是可笑,我一直都这么可笑。(笑起来)

〔他从床底下抽出一个鞋盒,里面放满了揉成一团的纸条。少年一张张读着。

"你好,我是刚搬到隔壁的,可是一直没见过你,这是我最爱吃的糕点,算是见面礼。"

"我看上次的纸条被拿走了。抱歉,我昨天半夜的哭声应该吓到你了吧,就是做了个噩梦。为表歉意,我给你带了点饭,放在门口了。"

男　孩　半夜的女生哭声真的很吓人,这是第一次,却不是最后一次。
"昨天晚上,请见谅!"

男　孩　那是她第一次带男人回来。
"今天天气很好,不想出门的话可以拉开窗帘看看。"

男　孩　天气确实好,可是我不想拉开窗帘。
"明天要下雨,记得关窗户。饭在门口。"

"我也喜欢玩游戏,不过应该没有你玩得好。"

"花瓶打碎了,不知是不小心还是故意的,地上变成了红色,很漂亮。"

"明天你想吃什么？算了，我会自己看着办的。"

"我觉得你自己写个游戏应该会很棒。"

"东西买回来了，希望是你需要的。"

〔男孩把纸条放在一边，哭起来。

男　　孩　我从来都对不起关心我的那些人，对不起。

女　　生　辛苦了。

搬家工人　客气！再见！

〔搬家工人的脚步声，隔壁传来关门的声音，脚步声，伴着行李箱轮子的声音。男孩听着脚步声逐渐消失，他着急地在屋里四处打转，他突然看见一旁敞开的纸盒。

男　　孩　刀，登山绳，安眠药，有机磷，氰化钾……我的秘密武器。

〔他一把抱起纸盒打开窗户扔了出去。砰的一声。他慢慢从窗户返回，靠着门坐在地上，呼吸急促，他盯着窗户，良久，一片寂静。他一边抹着眼角的泪水一边慢慢举起手中的枪，一声巨响。

〔灯灭。

第四场　深夜　李家小花园

〔茉莉蜷缩着坐在花园的椅子上，手里拿着酒瓶。黑夜中偶尔传来一声又一声的猫叫声。她抬起头，对着猫说起话来。

茉　　莉　这么晚了，你也不睡吗？对不起我忘了，你们可能习惯在白天睡觉。白天那么吵，能睡过去真好。是吧，他以前也喜欢在白天睡觉，为此被骂了好多次呢！不过他和你不一样，他总是穿着一身黑，然后就显得他特别白，对啊，就是因为他能不出门就不出门，以前我也这样。他要是见到你肯定会喜欢你的，他可喜欢小动物了。不过他从来没养过，因为我妈是一个特别爱干净的人，至少以前是。说起来其实我好久没见过他了,以前和他开视频基本上只有我开摄像头,不过我想他现在肯定比以前更像我爸,也肯定比我高了。

〔茉莉站起朝角落走去。

茉　莉　我摸摸你好吗?(猫叫声)从小到大我想过很多种自杀的方式,却还是没想到会是这样,我应该想到的,他一直都那么喜欢射击游戏,对枪太了解。他其实很聪明的。我一直觉得我们家,我和他的关系最好,可是我不了解他,我一点都不了解他,(笑)我甚至不知道他最喜欢的游戏是什么。

〔穿着白大褂的医生不知何时出现在舞台上,茉莉起身跟在他身后四处游走着。

茉　莉　19,20,21,22,23……
〔医生停下,对茉莉点点头。

茉　莉　他说我可以看看他,不过他的脸……(停顿)我就这么站着,这么站着,我在脑中幻想了无数个他的样子,可最后我还是没敢伸手,我害怕,我怕我要是掀开盖在他脸上的那块布,就再也记不起他以前的样子了。可是我忘了,其实我早就记不起来了。

〔收拾整齐的李太太突然出现客厅里打电话,茉莉只是回答,不进入客厅。

李太太　你这个暑假不回来了是不是?

茉　莉　怎么了?

李太太　没事,就你弟弟,一天到晚不学习也不出门,每天就是玩游戏。

茉　莉　没人喜欢学习,我小时候不也不爱出门,再说游戏玩得好也是一种天赋,你别太担心。

李太太　那也不能天天玩游戏啊……

茉　莉　不玩游戏他也没事干啊? 好了,我还有事,我先挂了。
〔电话忙音。客厅灯渐暗。

茉　莉　是一种天赋,也是一种敷衍。当时的我只希望离家远远的,远离家里的任何一个人,任何一件事,所以我根本没有了解实际情况就胡乱给出了所谓的专业建议。但我,我真的很羡慕他可以找到一件自己喜欢的事。为了它我愿意付出所有时间,所有精力,哪怕不被身边的人理解和认可,都没关系。什么是生命的意义? 难道首先不是要让自己开心吗? (停顿) 你玩过那么多游戏,要不要试着写一个自己的游戏? 没有回答,没有回答,没有回答。

　　〔楼上传来男孩梦魇的声音。

男孩声音　快跑,嗯……快跑啊(哽咽),啊(啜泣声),我杀了你……

　　〔李家传来脚步声,随后楼梯间亮起夜灯,猛烈的敲门声。

　　〔客厅灯亮,穿着整齐的李太太气冲冲拿着电脑显示器从楼上下来。

李太太　我说了从今天开始,我还治不了你了?

　　〔楼上传来猛烈的关门声,摔东西的声音,和压抑着的男孩哭声。

李太太　你摔,你最好都摔了,把这个家都拆了!

　　〔李太太拿起电话,叹了口气又放下了,她捂着脸哭起来。随后楼上传来一阵阵撞墙的声音,李太太急忙跑上楼,猛烈敲门。

李太太　你在干什么? 开门,你还嫌自己身上的伤口不够多吗?

　　〔李太太跑下楼,从抽屉里翻出一串钥匙,又急忙上楼,传来钥匙开门的声音。灯渐暗。

茉　莉　重度抑郁,医生说有自杀的倾向。(停顿)我知道这些的时候,他已经在医院住了一个星期了,没有任何一个人通知我,直到我看见了我妈发的朋友圈,(笑)朋友圈! 后来我经常想,要是那一年有一天我回去过,或许事情就会不一样了,要是那一年有任何一天我准备回去,所有的事情是不是都会不一样了。

　　〔此时李先生从黑暗中走出。他走到茉莉旁边坐下,茉莉移了移位置,用侧面对着他。良久。

李先生　茉莉。(茉莉没有反应)茉莉,对不起。

茉　莉　什么?

李先生　我刚刚的话太过分了,我从没想过你和你妈是这么看我的,当然,你们说的没错。我有在反思我自己。

李先生　是吗?

李先生　我想好了,以后再也不喝酒了,从今天晚上开始戒酒,我
　　　　保证。

　　　　〔茉莉笑。

李先生　你不信我?这次我是认真的。

茉　莉　原来之前那么多次你都是说着玩的。

李先生　也不能这么说。

茉　莉　反正你也就随便说说,我也随便听听。

李先生　你刚刚问我难不难过,你知道你弟弟出生的时候我已经三十
　　　　多岁了,可还是一事无成,他出生的当天我就告诉自己,为了
　　　　他,为了这个家,以后我要好好努力了。

茉　莉　(事不关己)我听说过这个故事了。

李先生　2008 年的金融危机整个广东倒了多少厂,但我们不是挺过来
　　　　了吗,还买了现在的房子,虽然在郊区。现在的状况是比当
　　　　年严重一点,但是你要相信我,我们能挺过去。

茉　莉　你知道十年整个世界发生了多大的变化吗?而且,你永远不
　　　　懂点在哪里!

李先生　我知道,你妈说的对,这几年我为了工作的事焦头烂额,对家
　　　　里对你们关心不够,我确实没有尽到一个做父亲的责任,但
　　　　是你要想我也是一个人,我也不是万能的。

茉　莉　没有一个人是万能的,可是之前那么多年你怎么都不和我们
　　　　说,你把家里的一切都握在手里,摆出一副生人勿近的样子。
　　　　我们都是你的亲人,但可能我们也在你的电话黑名单里头。

李先生　我能对你们说什么?就算说了你们也帮不上我,只会让你们
　　　　徒增烦恼。

茉　莉　所以你就借酒浇愁,这就能帮上你了吗?这样我们就能无忧
　　　　无虑了?

李先生　我只是习惯了这种方式。你弟弟生病的时候,我真的不知道
　　　　怎么办了。

茉　莉　你永远相信你一个人可以解决所有的问题,所以才造成了现

在的局面。

李先生　不是还好有你吗,我知道这几年你偷偷给了你妈不少钱,家里才能维持现在的生活,不然所有的事情堆在一起,我真的无法想象。还好有你,以后你也要好好照顾你妈,她身体不好,又情绪化,会很辛苦,可她毕竟是你妈。工厂欠的钱我已经还完了,今天晚上的酒本来是高兴才喝的,没想到会发生这种事。你放心,接下来工厂只要能好好运转,维持你们日常的生活还是没问题的。你要是不打算回北京了,平时帮你妈照料一下厂里,她太多年没工作了,本来脑子也不是很灵活。

茉　莉　(笑)她可一直说我的聪明是遗传她的。(停顿)爸,我妈也在气头上,这些年她提过多少次离婚,不是也没离吗。只要你真心改变,她会原谅你的。我一直想和你说,生意总是很难做就不做了,你们不到二十就出来打工,现在也该回去了,你就安心在家喝喝酒,钓钓鱼,我妈养养花,乡下的日子也没什么不好。

　　　　〔李先生笑。他摸着茉莉的头发。

李先生　回不去了。(茉莉刚想开口,他打断)你还记不记得你十几岁的时候有一次很沉重地和爸爸说"爸,你好多白头发啊"(笑),当时我就想,我女儿真长大了,懂得心疼爸爸了。

茉　莉　(温柔)你现在更多白头发了。爸,其实,我……你觉得我是个什么样的人?

李先生　(顿了一下)你,你不就是你嘛!

茉　莉　(低声)爸,其实我……

李先生　(没听到茉莉的话,同时自顾说着)你是爸爸的乖女儿!啊?你说什么?

茉　莉　嗯,没什么……

李先生　爸爸老了,你也长大了。

　　　　〔茉莉伸手摸着父亲的头发。

李先生　以后你妈就交给你了,你长大了,别老和她怄气。

茉　莉　我知道,你今天怎么这么啰嗦。(反应过来)爸,是不是出什么事了？（李先生不语）都这个时候，你还有什么不能和我说的？你说出来我才能帮你啊！

李先生　没什么，我能有什么事。

茉　莉　真的？

李先生　当然是真的。

茉　莉　你的车真在厂里？

李先生　我已经很久不酒后开车了，风险太大。你不相信我？

茉　莉　我相信你。（过了一会茉莉起身）

李先生　你去哪？

茉　莉　回家。

李先生　你回来！

　　　　［茉莉依旧往前走。

李先生　我叫你回来！（厉声，茉莉停下）（柔声）你回来，我告诉你。

　　　　［茉莉重新走回长椅坐下。

李先生　（停顿）我是开车回来的。

茉　莉　车呢？

李先生　藏起来了。

茉　莉　藏？（惊恐地捂住嘴慢慢站起来）不是我想的那样吧？

　　　　［李先生抑制住崩溃的情绪。

茉　莉　我就知道。人死了吗？

李先生　我不知道，但是流了好多血，事情太突然了，他突然跑出来的，我没敢看，就开着车走了。

茉　莉　然后你就回来了？还把车藏了起来。

李先生　我太害怕了，我本来想平静一下，先告诉你妈，然后再去自首。谁知道一回来就接到医院的电话。现在情况不一样了。

茉　莉　是不一样了，你现在是肇事逃逸，严重多了。

李先生　你千万不能告诉你妈，她会崩溃的。

茉　莉　我当然不会告诉她！但是你觉得能瞒多久，警察可能随时都会找上门来，（笑）我真是傻。（想起什么）所以你才着急联系律师？

　　　　［李先生点头。茉莉看着李先生，长久没有说话，她徘徊着，

然后重新坐到了李先生的身边。长时间的沉默。

李先生　你说我该怎么办?

茉　莉　我不知道。你当时应该下车的,或许当时他还没死,或许他
　　　现在也没死,或许,有没有可能你撞到的不是人? 你当时不
　　　是不太清醒吗,或许是别的什么?

李先生　不知道,但是我好像听见了人的呻吟声,而且体积不小!
　　　〔茉莉深深叹气。

茉　莉　是回不去了! (李先生欲言又止)不会还有吧?

李先生　我,我把祖屋卖了,用来还厂里的债。

茉　莉　嗯,我妈肯定不知道。(李先生点头,远处传来母亲的声音。)

李太太　茉莉,茉莉?
　　　〔茉莉将手边的酒瓶重新放在父亲身边,站起身。

李先生　茉莉。(茉莉回头)(停顿)你弟弟的脸……看起来怎么样?

茉　莉　(沉默)应该挺好的吧!

李先生　那就好,那就好。
　　　〔茉莉跑着离开。李先生回过头看着手边的酒,没有动。

第五场　凌晨　李家客厅

　　　〔茉莉进来的时候,李太太正看着地上摔得粉碎的相框。

茉　莉　怎么了?
　　　〔李太太不语,走开了。李太太拿起沙发上那件睡袍塞进早
　　　就放在沙发上的行李袋里。

茉　莉　大晚上的你收拾东西干什么?

李太太　我今天晚上去你小姨家。

茉　莉　凌晨一点?

李太太　他们睡得晚,再说,(停顿)他们会理解的。
　　　〔茉莉坐在沙发一角看着母亲收拾东西。

茉　莉　妈,我能问你个问题吗?（停顿)你有爱过我吗?

　　　　〔李太太看了她一眼,没有说话。

茉　莉　为什么不回答?

　　　　〔李太太停下收拾。

李太太　你这个问题很幼稚。

茉　莉　我看是你不敢回答,因为你从来都不爱我,至少我是这么感觉的。

李太太　我不爱你? 你胡说八道什么?（继续收拾)

　　　　〔茉莉站起一把夺过母亲手里的行李包,拉着李太太的胳膊。

茉　莉　那如果你爱我,你今天晚上就留下来,无论你和我爸是不是要离婚,我希望你今天晚上留下来,弟弟不在了,为了我,我只求你今天一次,可以吗?

李太太　(沉默良久,甩开茉莉的手)别耍小孩子脾气。

茉　莉　好(她沉默了一会,笑着站起来),不耍小孩子脾气,我从来就不耍小孩子脾气。

　　　　〔茉莉说着走进厨房。李太太收拾好东西,然后坐在沙发上,她移了移桌上的酒杯,然后随手拿起了桌上的快递信封。她拆开信封,然后翻看着里面的资料,有文字资料和照片,她越来越惊恐。

李太太　不可能,绝对不可能!

　　　　〔她拿着东西往厨房走去,此时李先生从门口进来。她赶紧把手里的东西藏到身后。

李先生　打碎什么了?

李太太　啊? 没什么。

李先生　不收拾一下吗? 我来收拾,我来收拾,扫帚在哪来着?（他四处找着)

李太太　(急忙)在阳台!

　　　　〔李先生朝阳台走去,此时茉莉拿着一杯酒走出来。李太太上前把茉莉拉到一边。

茉　莉　干什么?（戏谑)我以为你走了呢,落下什么了吗?

李太太　这是什么?（她把资料从背后拿出)

茉　莉　(看都没看)什么,我怎么知道?

李太太　这上面的人是不是你?

茉　莉　是不是我你认不出来吗? 你可是我妈,这个世界我最亲的人之一,连自己的亲女儿都认不出来? (笑)

李太太　你不觉得你需要给我一个解释吗? 这怎么会是你,怎么能是你?

茉　莉　解释? 解释什么? (坐下)好,你说,你需要什么样的解释,我都可以给你。我可是我们家最聪明的人,只要你要求,我都做得到。

李太太　你?!

茉　莉　我什么? 我又要小孩子脾气了。对不起,我错了。还是,因为我太成人了,你接受不了我长大的样子。对,我已经长大了,但是不是你们觉得的那种长大。你们觉得我的长大只是说我有能力挣钱了,我不需要家的照顾了,我也不需要家里任何一个人的关心和爱,我不能有自己的需求,我不能交男朋友,不能交一个又一个的男朋友,我不能和男人上床,我不能收别人的礼物,当然,更加不能收钱,因为如果我收了钱,我就是……

李太太　你闭嘴!

茉　莉　我闭嘴? 我闭嘴。你在害怕什么? 你比我多活了二十多年,怎么好像比我还害羞,比我还单纯,比我还小孩子气(怪声怪气),你怕我说出那两个字,妓女(怪声怪气,拖长音),妓女(大笑),如果我收了钱,我就是妓女,你们口中的妓女,可是我收了好多钱,好多好多钱,我两年挣的钱比你们半辈子都多……

李太太　你,你不知廉耻!

茉　莉　廉耻,什么是廉耻? 那不过是前一辈人加在后一辈人身上的枷锁。但是你知道吗? 这不是最重要的,最重要的是,我觉得很快乐,我和他们在一起,我很快乐,比和你们在一起快乐不知道多少倍!(歇斯底里)

　　[李太太猛的一巴掌打在茉莉的脸上。

・400・

茉　莉　这可是你第一次打我，我会记得的。(笑)

李先生　(声音)阳台上没有啊，外面也找过了，是不是放在别的地方了？

　　　　〔李太太和茉莉停顿了一下，二人都没有回复。

李太太　(深呼吸)只要你说一句，这个东西是伪造的，我们就当这件事情从来没发生过。

茉　莉　没发生过？你的意思是我还是上市公司的主管，还是家里的乖女儿，还是你们对外炫耀的工具，还是……

李太太　你否认一句有这么难吗？

茉　莉　不难，我只是觉得你可能没看清楚，(夺过母亲手里的资料)这个，我大二时候的第一个男朋友，不，应该说是第一个客人，长得不错吧，他可是我们行业精英，不仅出手阔绰，还教了我很多专业知识。当然也是因为他我才能接触到那么多不同世界的人，这个，这个(指着照片里的人)都是一样……酒店记录，照片，银行汇款，这一笔一笔难道还不够有说服力吗……

李太太　不，这都是那些看不惯你成功的人在诬陷你。

茉　莉　诬陷？

李太太　你别以为我不知道，现在的网络什么假的东西做不出来，我都知道，你骗不了我。

茉　莉　(笑)亏你想的出来。这所有的照片都是我自己拍的，上面的每一个字都是我自己写的，快递也是我寄的！

李太太　你！

茉　莉　我怎么？

李太太　你真是太自私了，你，(崩溃)你为什么要在今天这样的日子告诉我们这种事，你简直太残忍了，太残忍了！

茉　莉　今天这样的日子，今天这个日子简直不要太棒了。

　　　　〔李太太笑起来，一边笑一边擦着眼泪。

李太太　我们花那么多钱让你读了那么多年的书，本以为你会和我们大家不一样，确实不一样，不一样……

茉　莉　对，我们确实不一样，因为我知道一个人首先要懂得面对生活，要懂得怎么爱一个人，怎么爱这个世界，他才能真正活下去,而不是什么狗屁知识!

李太太　(抓住茉莉)我告诉你,这件事仅限于此,你赶紧处理掉,绝对不能让你爸知道,更不能让别人知道。你知道你爸有多在乎你,你不该这么对他。从今以后你依然是家里的乖女儿,是家里的骄傲。

茉　莉　家里的骄傲?对,我依然是家里的骄傲,还是家里的钱包,至少是你的钱包。你真的不知道你这些年用的钱都是哪里来的吗?一个刚毕业的女儿,帮你付一个月几万块的信用卡,付弟弟医院的住院费,还有我爸外面的债,我真是好伟大,特别伟大,才能一个人一直活到现在。

李太太　以前的事情已经过去了,我们以后再说,反正今天不行。

茉　莉　嗯,今天不行,那哪天行?

　　　　〔李太太不语,伸手欲抢过茉莉手中的资料,茉莉躲过。

茉　莉　我真的不懂,说要离婚的人是你,说今晚要离开的也是你,可这个时候你在干什么,你在虚伪地保护那个你埋怨了一辈子的人,你还试图守护这个家,这个很多年前就已经支离破碎的家,你真的伟大,你是我们家,不,是全世界最伟大的人,可是你没发现吗,它早就千疮百孔,无可救药了,就算你能把地上那副满地玻璃碴子的全家福捡起来,你也拼不起它,拼不上了,早就拼不上了!

　　　　〔李先生走出。

李先生　我找了好久也没找到,你们这是怎么?……

　　　　〔茉莉将手里的东西一下子扔到李先生身上。

茉　莉　对了,我忘了告诉你,那个你想要保护的人,还有一个天大的秘密没有告诉你。

李先生　(小声呵斥)茉莉!(李先生看了手上的资料。)这是什么?这上面写的……(他看向李太太,李太太偏过头)

茉　莉　这上面写的都是真的。

李先生　出去!(茉莉好像没听见)滚出去!(大声)

茉　莉　不管你们承不承认,这就是我,长大的我,真实的我。

李先生　我叫你滚!(突然看到藏在沙发底下的扫把,他抽出扫把朝茉莉挥过

去,李太太拉着茉莉往外走。茉莉挣扎着)

茉　莉　这是我的生活方式,我喜欢的生活方式,只有这样我才能活下去,不然我也早就自杀了。(失声)

　　　　〔李先生手里的扫把一下子掉在地上,李太太的动作也僵住了。

李先生　你说什么?

　　　　〔茉莉蹲下,头埋在膝盖上,什么都没有说。

　　　　〔李先生慢慢转身回到沙发上坐下。李太太站在茉莉的边上。沉默,良久的沉默。

　　　　〔李太太走到沙发的另一端坐下,茉莉慢慢站起,她走到破碎的玻璃边,伸手拨开捡起那张全家福,反着放在原来的台子上。

李先生　我从来没想过事情会变成这样?

茉　莉　对啊,事情为什么会变成这样?

　　　　〔李先生李太太好像没有听到茉莉的话,只是沉浸在自己的世界里。茉莉朝厨房走去,厨房传来噼里啪啦锅碗瓢盆的声音,二人朝厨房看了一眼,又继续对话。

李太太　谁又能想到呢?

李先生　这二十多年,不,这五十年,我们都错了。(发现行李袋)你要走了吗?

　　　　〔李太太看了看旁边的行李袋,没有动。

李太太　不知道。

　　　　〔茉莉端着一碗泡面坐在餐桌的椅子上,一口口吃起来。

茉　莉　我终于明白他为什么要自杀了。

李先生　谁?

茉　莉　我终于明白李弋,我十七岁的弟弟为什么要自杀了!

李太太　为什么?

茉　莉　十五岁那年我站在学校综合楼的顶楼,第一次想要跳下去,那时候我就得知了这个家的窒息感,如果当年我出了什么事,如果当年我出了任何一点事,或许,他就不会死了。(沉默)我要做的事已经做完了,早上的飞机去欧洲,我不会再回来了。

　　　　〔李太太回头,却什么也没说。她拿起桌上的水喝了一口。

茉莉喝了一口面汤。然后端着碗走进厨房。

〔灯灭。

第六场　凌晨　李家客厅、出租屋　未知时间

〔舞台分为两个部分,一边是出租屋的那扇房门,男孩背对着门坐着,面对着观众。茉莉坐在门后的阴影里。

〔另一边对话进行的过程中,男孩和茉莉一直用文字的形式仿佛在交流着,话语以投影或者背景的形式出现在舞台上,不需要太引人注意。

茉　莉　一颗,两颗,三颗……

男　孩　今天晚上天空都是云,一颗星星都看不见。

茉　莉　如果半夜睡不着,我总是喜欢数星星,可数着数着就天亮了。

男　孩　那也没关系,反正我也不喜欢星星。

茉　莉　天亮的时候我会有点兴奋。

男　孩　就像我也不在乎日出或者日落。

茉　莉　因为日出很美,就算再累,我也会打开窗帘。

男　孩　因为我总是活在黑暗中。

茉　莉　独享任意一个日出,哪怕是雨天。

男　孩　关上房门,拉上窗帘,无关日夜。

茉　莉　早晨的身体莫名充满活力。

男　孩　黑暗让我感觉温暖。

茉　莉　可大脑告诉我,距离日落还有 12 个难熬的六十分。

男　孩　有时候我会忍不住想要知道今天的天空是不是像她说得那么蓝。

茉　莉　我想我最喜欢的应该是黑色。

男　孩　我最喜欢蓝色。

茉　莉　我期待着日落。

男　孩　但是我不会打开窗帘。

茉　莉　我留恋每一个夜晚。

男　孩　因为我知道天空永远不会像我想的那么蓝。

茉　莉　尤其深夜,天空像被墨水染过一般。

男　孩　天空已经灰蒙蒙好久了,真的好久了。

茉　莉　漆黑一片,让人平静。

男　孩　他们说,它在变好,蓝色在日渐加深。

茉　莉　他们说,亮着彩灯的飞机和星星并无不同。

男　孩　如果你不去看看,你永远不知道。

茉　莉　你要学着接受。

男　孩　我想了很久。

茉　莉　我想了很久。

男　孩　然后我买了一桶最蓝的油漆。

茉　莉　其实我喜欢的是夜,而非黑夜中的星。

男　孩　我把我房间所有的东西都漆成了蓝色,我最喜欢的蓝色。

茉　莉　星星在提醒我黑夜的到来。

男　孩　然后在这里,我可以获得所有的快乐。

茉　莉　而飞机,无关日夜。

男　孩　所有的,所有的快乐。

茉　莉　无关快乐

男　孩　蓝色的门,蓝色的墙,蓝色的窗户,窗户……

茉　莉　后来,我买了一副超深色的墨镜。

男　孩　可是,我漏算了一点,漆窗户的时候我不小心拉开了窗帘。

茉　莉　在没有星星的日子里,将白天混作黑夜。

男　孩　幸好,我没有看到蓝色的天空,因为那时候正好是晚上。

茉　莉　让飞机混入星星行列。

男　孩　日升日落,无关日夜。

茉　莉　如此,日复一日,然后我觉得,我似乎也爱上了白天。

男　孩　我没有看到蓝色的天空,却好像看到了星星,一颗,两颗,三颗……好亮,好亮……

［同时，舞台的另一边是李家的客厅，李太太坐在单人沙发上，右边的小茶几上摆着一杯红酒。李先生穿着睡衣头发凌乱地从楼上下来，他在餐桌上倒了一杯水，然后过来坐在李太太旁边的沙发上。二人沉默。

李太太　现在终于清净了。

李先生　什么，哦，应该快修好了。

李太太　今晚可真长啊！

李先生　是啊！应该快天亮了。

　　　　［李先生拿起旁边的水喝了一口，李太太看了他一眼。

李先生　怎么？

李太太　（摇头，笑）没什么。我以后再也不会劝你戒酒了。

　　　　［她拿起手边的酒杯，示意李先生碰杯，李先生拿起杯子轻轻一碰，然后放下。

李先生　我这是水。我已经答应茉莉，从今天晚上开始再也不喝酒了。

李太太　什么时候？

李先生　刚刚在外面的时候。

李太太　是吗？你俩又说什么秘密了吧！（一饮而尽，然后把酒杯递给李先生，李先生拿起小茶几上的酒杯帮她倒上）不过酒真是个好东西，因为你，我可是错过它好多年呢！

李先生　你开的这瓶可是十年前的，你别跟我说你是随便拿了一瓶。

李太太　当然不是，虽然我不懂酒，哪一瓶多少钱我可是一清二楚，你昨天拿出去的那瓶，可不比这个差。

李先生　昨天那不是朋友嫁女儿，那孩子我们从小看到大的……

李太太　怎么样？

李先生　婚礼？挺好的，最后讲话的时候她爸哭得一塌糊涂。

李太太　（笑）虚伪！

李先生　什么？

李太太　你心里什么感觉？羡慕吗？

李先生　（笑）羡慕（斟酌着这两个字，他划着手里的手机）对了，你有茉莉大学毕业时候的照片吗？

李太太　突然问这个做什么？

李先生	我刚刚睡不着,突然想到我们只知道她考上了一所名牌大学,却从来没听她说过学校的任何事,我记得她毕业的时候给我们发过照片来着……
李太太	怎么,你怀疑她上的大学都是假的?
李先生	我只是想要找一张照片,你快发给我。
李太太	我没有。
李先生	你每天都在拍拍拍,怎么可能没有?
李太太	我就是没有。
李先生	手机给我,我自己找。
李太太	我说了没有,她有没有发给你我不知道,毕竟你是她最爱的爸爸,但是她从来就没有发给过我。
李先生	最爱的爸爸……那研究生毕业呢?

〔李太太白了他一眼,没有说话。

李先生	她公司叫什么来着,北京东……东什么有限公司来着?
李太太	知道了又怎样,反正都是假的。
李先生	都是假的,对啊,都是假的!(停顿)还不如眼前这瓶酒实在,这还是她上大学那年,我和她一起去买的,说是等她毕业的时候一起喝。(拿起酒瓶)你看,这底下还有她贴的日期,2009年,8月10日。
李太太	我没注意。
李先生	(翻看手机相册)那时候多好,你看这张,小弋八岁时候的生日聚会,看两个人闹的,那时候茉莉十八岁了吧,还跟个孩子一样,笑得多开心。
李太太	是啊,我都好多年没见到小弋这么笑了,都快忘记他笑起来这么可爱了。
李先生	那时候你还天天怪我妈惯着他。
李太太	我不该那么说的,我也没想到我和她吵了那一回,她就病倒了,你知道我这多年从来没和她吵过架。
李先生	也是在她去世后,茉莉放假就不常回家了吧。
李太太	好像是,三月的葬礼,暑假她就没回来。
李先生	她和我妈待一起的时间可能比我还多。

· 407 ·

李太太 你妈一直把她教得很好，从小就懂事又独立。（叹气，不再说）

李先生 我从小也算是跟着我妈长大的，那时候我爸是村里的大人物，什么事情都要他出面，所以他老不在家，好不容易回一趟家，一定是喝醉的。不过我妈不像你，她会晾着他，但也没什么用，还是一样。

李太太 你从不谈这些事的。

李先生 以前不喜欢说。

李太太 那你呢？

李先生 我，我每次看他那样更希望他没回来，然后我就会出门，我有很多朋友。

李太太 很多狐朋狗友。

李先生 每次他喝多了就会开始胡说八道，我有一次居然听他说，他在喝了五斤米酒的情况下跳下了我们家后面那个大水库，当时所有人酒都吓醒了，几分钟后，他自己浮了上来，睡着了。（笑）

李太太 那不是和你一样，你妈真可怜。

李先生 我小时候真的很讨厌他，非常讨厌他。

李太太 可惜他在你十七岁的时候就死了，再也不会知道这些了。

李先生 我真的很讨厌他，很讨厌他，我一辈子都在告诫自己，可为什么最后还是活成了他的样子。

李太太 十七岁，又是十七岁，血缘真是可怕。

　　〔李先生用手捂着头。良久。李太太伸手揽过李先生。

李太太 事情都会过去的。总会过去的。

　　〔天快亮的时候，门铃响起。李太太起身开门，门口站着两个警察。此时舞台另一半陷入黑暗。

李太太 你们？

李先生 谁啊，这么早。

警察 A 请问是李彦明家吗？

李太太 发生什么事了吗？哦，我是他太太。

警察 A 他本人在吗？

　　〔李先生上前，李太太请二人进来。

李太太　是关于我儿子的事吗,这个我们到时候会找律师的。

警察A　你儿子? 是这样的,我们接到报案,在桥的附近,就是那边一直在修的那个。

李太太　大家都知道这座桥。

警察A　在那里发生了一场交通事故,肇事者逃逸了,我们调取附近的监控发现这辆车,(他掏出照片递给李先生)你看看这车里的人是你吗?

李太太　他今天没有开车回来,你们是不是搞错了?

李先生　(上前)没搞错,是我。

警察A　车子现在在哪里?

李先生　我藏在附近的一间仓库,他……怎么样了?

警察A　已经确认死亡了。

李太太　天呐!

李先生　对不起,我不是故意瞒着你的。

警察B　这么大早真是不好意思,不过还请你到所里配合我们调查,家属一直在等着呢! 对方是个宠物权益保护者,而且一直把那条狗当作自己的孩子,我们也是没办法,况且那狗确实价值不菲,是只很漂亮的大金毛。

李先生 & 李太太　什么,是狗?

警察A　对,哦,怪我没说清楚。是狗,大金毛。

李先生　(松了一口气)吓死我了。

警察B　虽然是狗,但也是肇事逃逸。你换身衣服,我们就走。

李先生　好。(拉着李太太朝楼梯走去)我一直以为我撞的是人,真是吓死我了。

李太太　你晚上喝酒了。

李先生　嘘!

李太太　嘘!

　　　　〔李先生穿好衣服跟随警察离去,此时茉莉穿着睡衣从楼上下来。

茉　莉　谁来了?

李太太　警察。

茉　莉　事情怎么样？

李太太　没事，说是肇事逃逸，撞死了个大金毛。

茉　莉　大金毛？

李太太　人家估计不会善罢甘休，大早上的还在派出所等着。

　　　　　〔茉莉叹气坐在沙发上。

李太太　你昨晚说要和我说的秘密就是这个？

茉　莉　还好不是什么秘密。

李太太　这次也算是让他长记性了，听说他答应你以后不喝酒了？

茉　莉　你相信他吗？

李太太　重要的是他是不是相信自己。（注意到茉莉看着茶几上的红酒，李太太拿起）这是我喝的，据说是你们十年前买了，准备你大学毕业的时候喝的？

茉　莉　我在下面贴了日期。

　　　　　〔李太太把酒瓶递给茉莉，茉莉查看瓶底。

李太太　那个时候，你们可爱又快乐。当然，现在也可爱。

茉　莉　大早上胡说什么。

李太太　或许，我说或许，或许你弟弟的选择也并不是不好，这几年，他不开心，我们也都不开心，现在他用自己想要的方式结束，至少他解脱了。

茉　莉　他想要的方式？

李太太　他不是一直很喜欢玩具枪吗，我从小就给他买过很多。

茉　莉　妈……

李太太　放心，我们难过一段时间，但最终，都会过去的。

茉　莉　真的会过去吗？

李太太　会过去的。

茉　莉　他杀了他自己。

李太太　对，他杀了他自己。

茉　莉　他打碎了他自己的头，他再也不会可爱了。

李太太　他打碎了他自己的头，（沉默）他看起来怎么样？

茉　莉　我不知道。

李太太　我想不会很丑的，毕竟他像我，长得好看。（沉默）一切都会过去的,你的事情也一样,我们重新开始。

茉　莉　重新开始?

李太太　祖屋的事情我早就知道了。还有,我和你爸说过了,从小我们就对不起你,我们会尊重你的选择,无论你想回北京还是留在这里。

茉　莉　我去欧洲。

李太太　哦,对,去欧洲。

　　　　〔李先生出现在门口。

李先生　(心情畅快了很多)茉莉醒了,说什么呢?

李太太　这么快就回来了?

李先生　大家听说那桥终于要爆破了,都回去了。对了茉莉,你听你妈说了没?

李太太　我说我们以后会尊重她的选择,去欧洲。

李先生　对,(坐下)尊重,当然尊重,去哪里?

　　　　〔李太太来回看了一眼二人,欲言又止。此时茉莉缓缓走到舞台前放声大哭起来。

李先生　这是怎么了,我们说错什么了吗?

　　　　〔茉莉依然哭着。

李太太　等天亮了,我们再去一趟医院,亲眼看看你弟弟。

李先生　对,天一亮就去!

　　　　〔李先生坐在茉莉身边,用手抚摸着她的头发。

李先生　大姑娘了,怎么还哭,去了国外好好照顾自己,抽时间回来看看就好。你看这瓶酒都被你妈喝完了。

　　　　〔李太太看着二人,收拾着沙发上的东西,灯渐暗。

尾声　凌晨　街道/出租屋

〔舞台分为两边,一边是街道,一边是男孩的出租屋。先是街

411

道的灯亮,直到茉莉跑开再亮出租屋的灯。

〔茉莉独自走在街道上

茉　莉　16,17,18,19,20,21,22,23······

〔突然听到重物落地的声音,她往旁边一看,是个纸箱。她走过去打开纸箱。

茉　莉　安眠药,麻绳,水果刀,裁纸刀,氰化钾······

〔她抬头往上看了看,然后突然想起什么,疯了一样跑开。

〔男孩依然坐在门后,面对着观众,只是此时的他满头是血,他手里拿着那把机械枪,已经奄奄一息。此时门后传来匆忙的脚步声,随后是猛烈的敲门声,然后是撞门声,男孩缓缓伸出手,艰难地够着门把手。

〔此时,远处传来一声巨响。所以人都出现在舞台上,大家都看着远方,天慢慢亮起来。

〔剧终。

罗怀臻教学集

LUO HUAIZHEN:
A COLLECTION OF SELECTED WORKS

研修生卷

上海人民出版社

图书在版编目(CIP)数据

罗怀臻教学集.2,研修生卷/罗怀臻主编.—上
海:上海人民出版社,2020
ISBN 978-7-208-16345-4

Ⅰ.①罗…　Ⅱ.①罗…　Ⅲ.①剧本-作品综合集-中
国-当代　Ⅳ.①I230

中国版本图书馆 CIP 数据核字(2020)第 042973 号

目 录

戏 曲

朱安女士

陈涌泉

　　一级编剧，全国中青年德艺双馨文艺工作者、中宣部文化名家暨"四个一批人才""新世纪百千万人才工程"国家级人选、享受国务院特殊津贴。现任河南省文联党组成员、副主席，河南省剧协副主席，中国戏剧家协会理事，河南大学、河南师范大学兼职教授。长期致力于传统戏曲现代化、民族戏曲世界化、戏剧观众青年化、戏剧生态平衡化的理论探索和创作实践，作品囊括了中国戏剧界、电影界一系列最高奖，主要作品有《风雨故园》（又名《朱安女士》）《程婴救孤》《阿Q与孔乙己》《婚姻大事》《两狼山上》《都市阳光》《丹水情深》《张伯行》《我的大陈岛》《黄河绝唱》《远山丰碑》等。部分作品入选大学语文教材和《国家舞台艺术优秀剧目集》。出版有《程婴救孤》《陈涌泉剧作选》等书。

　　《朱安女士》原版是 2005 年 11 月首演，新版是 2014 年 12 月首演，曾获中国戏剧文学奖金奖，曹禺剧本奖，曾入选第十四届中国戏剧节。

时　　间：1906—1936。

地　　点：绍兴—北京。

人　　物：朱　安——在鲁迅的眼中,她是母亲送给他的"礼物";在我
　　　　　　　　　　们的视角里,她是一个活生生的人,一个没多少
　　　　　　　　　　文化但通情达理,善良、贤淑、坚韧、自尊的旧女
　　　　　　　　　　子。她像一朵开在角落里的花,没有人注意她、
　　　　　　　　　　欣赏她,独自承受着风雨,静静地绽放,悄悄地枯
　　　　　　　　　　萎,在孤寂、落寞中品尝着幽幽的苦涩,释放着淡
　　　　　　　　　　淡的清香。剧中年龄 28—58 岁。

　　　　　鲁　迅——字豫才,小名阿张,大号树人,朱安名义上的丈
　　　　　　　　　　夫,中国新文化的旗手。他呼吁妇女解放,关注
　　　　　　　　　　祥林嫂们的命运,却对身边的朱安束手无策;他
　　　　　　　　　　反对封建礼教,却一生没有走出包办婚姻。他无
　　　　　　　　　　奈过,彷徨过,逃避过,绝望过,最终与许广平携
　　　　　　　　　　手奔向光明。"黑暗"里的朱安则是他心中永远
　　　　　　　　　　的痛。剧中年龄 25—45 岁。

　　　　许广平——先是鲁迅的学生,后为鲁迅的爱人。她像一缕
　　　　　　　　　　阳光,照亮了鲁迅的情感世界;她像一阵清风,
　　　　　　　　　　扬起了鲁迅沉寂的心旌;她像一匹"害马"(鲁迅
　　　　　　　　　　语),唤起了鲁迅驾驭的激情。剧中年龄 27—
　　　　　　　　　　28 岁。

鲁　　瑞——鲁迅的母亲,鲁迅与朱安婚姻的一手包办者,也是两人全部共同生活的见证人。剧中年龄 48—68 岁。

七公公——鲁迅的祖父辈,一个封建卫道士,平生最看不惯的莫过于男人剪辫,女人放足。

八公公、九公公、十公公——七公公的同类。

衍太太——精明麻利,快人快语的小寡妇。

林卓凤、陆晶清——鲁迅的学生,许广平的同学。

俞芳、俞藻——鲁迅邻家的小姐妹。

伴娘、轿夫、司仪、族人、佣人等。

序　幕

〔幕启。

〔字幕:光绪三十二年(公元 1906 年)六月初六。

〔朱安闺房。

〔特写光下,朱安正在梳妆打扮,一切动作都是舞蹈化的,贯穿着新娘的喜悦、娇羞,动作的终结停留在一只经过"伪装"的脚上。

〔幕内伴唱:

　　"黄花姑娘十八变,

　　临到上轿变三番:

　　一变变得花枝展,

　　二变变得比蜜甜,

　　三变变得真稀罕,

　　金莲变成大脚板。"

〔收拾齐备的朱安迈着拘谨、生疏的步子缓缓向我们走来。

〔幕内高声:"起轿啰——"

〔众轿夫应声奔上,伴着铺天盖地的喜乐,抬起新娘,舞起花轿。

众轿夫　(唱)抬过新娘千千万,

　　　　　从未见过大脚板。

　　　　　大脚板,大脚板,

　　　　　踢死水牛踩断栏;

　　　　　新郎若是不听话,

　　　　　一脚端到床下边。

哎哟哟,真可怜!

朱　安　(唱)大红花轿忽闪闪,

一颗心早已飞外边。

夫君从东洋回家转,

择定佳期娶朱安。

几年来心中把他描绘千遍,

魂里梦里把他牵。

听说他已把辫子剪,

天呀天,

没辫子的男人是个啥容颜?(幸福、好奇地畅想着)

〔收光。

第一幕　　"假大脚"与"假辫子"的婚礼

〔紧接前场。

〔周家。

〔起光。

〔张灯结彩,喜气盈门。但透过喜庆,人们可以隐约感到一种
紧张的气氛。

〔众公公上,一个个如临大敌。

七公公　(念)阿张孙儿桀骜不驯,

八公公　(念)离经叛道立异标新。

九公公　(念)五次三番推托婚姻,

十公公　(念)今成大礼务要谨慎。

七公公　诸位,小心。

众　人　(附和)小心。

七公公　(唱)小心他搅闹婚礼违了祖训,

小心他破坏礼仪有辱斯文;

小心他不遵母命太过任性，

小心他趁人不备再逃日本。

众　人　不可不可，万万不可——（接唱）

那可就苦了新人！

七公公　新郎穿戴好了吗？

八公公　穿戴好了。

七公公　洋装脱下了？

九公公　脱下了。

七公公　假辫子戴上了？

十公公　戴上了。

七公公　好，好，那就请出来吧。

众　人　请新郎喽！

〔鲁迅内唱："封封书信催得紧——"

〔鲁迅上。头戴拿仑式帽子，脑后拖着一条假辫子，身穿袍

套，脚蹬靴子，俨然一个中规中矩的旧式新郎。

鲁　迅　（唱）封封书信催得紧，

声声唤我回家门。

说什么母亲患重病，

却原来骗我完婚姻！

我好比鸟儿投罗网，

左冲右突难脱身。

不敢断然以身抗，

怕的是伤了母亲一片心。

眼前人忙忙碌碌忙什么，

一个个喜气洋洋为何因？

热闹都是他们的，

我只有一颗孤独的灵魂。

假发头上戴，

袍套穿在身，

逢场作戏藏苦闷，

不为自己为娘亲。

这哪里是我娶媳妇,

分明是母亲接新人!

［众公公上下打量鲁迅,露出满意的神态。

七公公　（频频点头）不错,不错。

众公公　很好,很好。

　　　　　［鲁瑞上。

鲁　瑞　（不放心地给儿子叮嘱）儿啊,安姑娘你见过,虽说相貌一般,可很贤惠;再说咱周家和朱家是老亲,媳妇过门亲上加亲。听娘话,婚礼可不能有啥闪失,啊!

　　　　　［喜乐声渐近。

衍太太　（风风火火上）来了来了,花轿来了!

鲁　瑞　走到哪里了?

衍太太　迎亲的仪仗过桥放铳,转弯鸣锣,已经到老台门了。

七公公　快快,准备迎接。

　　　　　［说着花轿已经落地,喜乐止,静场。

　　　　　［一只中等大小的脚从轿帘下方伸出,试探着踩向地面,一时没踩着,却把绣花鞋掉了。

衍太太　哎呀,这婚礼上掉鞋可是不吉利呀!

　　　　　［满场人或惊或窘,神态各异。

衍太太　（拾起绣花鞋）咦——塞了这么多棉花,这绣花鞋居然也有装假的!

鲁　瑞　（既尴尬又着急）二太太,快给她穿上吧。

衍太太　对对对,快穿上,该拜堂了。（帮新娘穿上鞋,打手势示意新娘的脚其实很小）

　　　　　［新郎、新娘在相关人等的搀扶下各自就位,听司仪的口令履行着各个程序。

司　仪　一拜天地,二拜高堂,夫妻对拜,送入洞房——

　　　　　［新人入洞房。其他人随下,场上余下诸公公。

七公公　拜完了?

众公公　拜完了。

七公公　阿张没闹出点啥事儿?

众公公	啥事没有。
七公公	(怅然若失)怎么一点事儿没出呢?
众公公	白忙活了。

〔收光。

〔夜。
〔洞房。
〔起光。
〔红烛高烧。新娘头顶盖头端坐在婚床上,她已经坐了很久很久,她用最大的耐性等着新郎来揭盖头,新郎却旁若无人地在一旁伏案读书。
〔新郎的假辫子已经去了,一身便装,看上去和白天判若两人。
〔幕后伴唱:

> "夜深人静起三更,
> 洞房之内冷若冰。
> 不闻绵绵温存语,
> 唯有新郎翻书声。"

〔沉闷逼人。
〔鲁瑞上,看见洞房的灯还亮着,轻手轻脚过来听房,半天没听到什么声音。

鲁 瑞	(轻声)阿张,天不早了。
鲁 迅	知道了。
鲁 瑞	睡吧,明天还要起早拜祖呢。
鲁 迅	知道了。
鲁 瑞	(欲下又止)盖头掀了没有?
鲁 迅	知道了。
鲁 瑞	你是个孝顺儿子,要听话。
鲁 迅	知道了。
鲁 瑞	知道了知道了,就会"知道了"。(摇头叹气下)

〔也许是太累太累了,新娘想换个姿势放松一下,忽又觉得不

妥,急忙收住。少顷,她撩开盖头一角,拿眼偷看,只见新郎的背影一动不动。新娘欲言又止,无奈地放下盖头。

〔此刻,鲁迅正承受着内心的煎熬,他哪里能看得进书,不过是拿书做挡箭牌罢了。有那么片刻,他的目光由书上移到朱安身上,盯着她的盖头,从上至下,目光掠过她瘦小、干瘪的身躯,最后落到那双小脚上,他的心猛然一痛。

鲁　迅　唉!(唱)

　　　夜深人静心如焚,

　　　红烛流泪暗伤神。

　　　她孑然无助床前坐,

　　　我怀揣一颗破碎心。

　　　多么想说出心里话,

　　　告诉她早作打算另嫁人。

　　　却怕伤了老母亲,

　　　话到嘴边难出唇。

　　　我只得忍、忍、忍,

　　　忍不住泪水湿衣襟。(拭泪)

　　　洞房如牢施囚禁,

　　　从此锁住一双苦命人!

〔新娘再次撩起盖头,正好看到新郎站起身,新娘慌忙放下盖头,她以为新郎要休息了,要来给她掀盖头了,心里怦怦怦直跳,呼吸急促,胸部一起一伏,她等待着,等待着,却不见新郎到来。新娘有些纳闷,第三次撩开盖头观看——原来,新郎起身取了一本书,又回到原处坐下。

〔效果:翻书声。

〔在新娘的主观听觉里,翻书声一声紧似一声,一声重似一声,震耳欲聋。新娘霍地站起身,良久,又缓缓地、缓缓地坐下,无奈、无望、无声、无力地扯下盖头。

〔起四更。

朱　安　(唱)耳听谯楼起四更,

　　　新郎依旧坐如钟。

早闻他才思敏捷人出众，
今见他却是一个呆书虫。
花烛夜洞房里良辰美景，
谁见过新郎读书到天明？
难道他有意躲避我，
婚姻事依旧不赞同？
不赞同为何还要把我娶，
从东洋往回赶星夜兼程？
难道我下轿掉鞋扫了他的兴，
气结心头想不通？
想不通你就不会仔细想，
我鞋里塞棉花自有苦衷。
只因你主张女人把脚放，
装大脚是想讨你好心情。
怀揣着一盆炭火来嫁你，
想不到一瓢冷水劈头淋。
一阵悲一阵痛悲痛难耐，
一声叹一行泪热泪汹涌。

罢罢罢，我含悲忍泪将他唤——（站起）

[雄鸡报晓。

[幕后接唱：

"窗外传来鸡啼声。"

[朱安跌坐在床上。

[光渐压。

[天蒙蒙亮的时候。

[起光。

[朱安似梦似醒地躺在婚床上。

[幕内传来佣人与鲁瑞的对话声。

佣　人　（压低的声音明显透着慌张）太太，太太！

鲁　瑞　何事？

佣　人	不好了,大少爷跑了!
	[朱安闻声一跃而起,环视四周,果然不见新郎身影。
鲁　瑞	(吃惊)快,快把他追回来!
佣　人	追不上了,已经上船了。
	[朱安跑到窗口向外张望,仿佛什么也没看到,又仿佛看到一条乌篷船顺着绍兴城的河道向城外、向远方驶去。她像一尊望夫石,久久地立在窗前。
	[鲁迅出现在舞台深处。
鲁　迅	(唱)就这样我走了,
	带着沉重的心一颗;
	就这样我走了,
	不知道结局是什么。
	对现实束手无策,
	我只有无声逃脱,
	把希望寄托于时间的长河……(隐去)
	[鲁瑞踌躇着上。
鲁　瑞	(唱)牛不喝水强按头,
	按来按去添忧愁。
	媳妇面前怎开口,
	话未出唇汗先流。
	(擦汗,进屋)媳妇,阿张他,他……
朱　安	(仍望着远方)他不喜欢我?
鲁　瑞	不不,喜欢,喜欢。
朱　安	喜欢他就不会跑了。
鲁　瑞	他……他……他也许是怕荒废学业。
朱　安	现在不是暑假吗?
	[鲁瑞无言。
朱　安	可他为什么要娶我呢?
鲁　瑞	他,他很孝顺。
朱　安	很孝顺?
鲁　瑞	他知道我对你很满意。

朱　安	可我嫁的是他呀！（无力地坐下,泪水悄然滑落）
鲁　瑞	别哭,新婚是不能哭的。
朱　安	已经哭一夜了。
鲁　瑞	这……他,他也许是一时想不开,慢慢会好的。
朱　安	会好吗?
鲁　瑞	会,肯定会。

〔衍太太慌慌张张上。

衍太太	不好了,不好了!
鲁　瑞	二太太,出什么事了?
衍太太	（连珠炮似的）七公公八公公九公公十公公他们听说阿张跑了, 要去告官呢!
鲁　瑞	（惊）啊!

〔切光。

〔祠堂大院。

〔起光。

〔七公公及众人情绪激动。

七公公	（唱）早看阿张眼不顺,
	周门出此忤逆人!
	娶妻竟敢不拜祖,
	不辞而别逃日本。
	走走随我把官告,
	快快扣他奖学金!
众　人	（接唱）釜底来抽薪!

〔鲁瑞随衍太太急上,拦住众公公。

鲁　瑞	各位叔公息怒,各位叔公息怒啊!
	（唱）你们的肚量比海宽,
	当谅解孤儿寡母难。
	教子不严是我的错,
	求求您千万莫告官!
衍太太	是啊是啊,各位公公大人不记小人过,看在宜少奶奶的分儿

上,就别告了。

七公公　宜少奶奶,你好意思说,他剪辫子、穿洋服的时候你管管他,也不会走到今天,哼,连祖宗都不要了!

鲁　瑞　儿子大了,不是我管他,倒是他来管我,整天写信要我剪发放足呢。

七公公　呸! 听他胡说! 剪发放足,成何体统? 这世界还不乱了套?你也真是好德性!

鲁　瑞　(乞求)七叔公……

七公公　不行,要告,让官府把他遣送回来,他就老实了。

八公公　就是,洋书是再读不得了,越读越迷心窍。

七公公　走! (往门外走)

众公公　走! (紧随)

　　　　〔朱安内声:"慢!"

　　　　〔众人闻声止步。

　　　　〔朱安迎面走来,后面跟着手提祭品的佣人。

朱　安　娘娘,你也不给媳妇介绍一下各位公公?

鲁　瑞　(回过神儿)对对,看我! (逐一介绍)这是七公公,这是八公公,这是九公公,这是十公公。

朱　安　(逐一施礼)各位公公好!

众公公　好好。

朱　安　各位公公正好都在,我替豫才谢谢你们了。

众公公　(不解)什么,你要替阿张谢我们?

朱　安　对啊。豫才临走特意嘱咐我,为了我们的婚事,各位公公操心受累了,他来不及当面致谢,要我一定代为转达。

七公公　谢我们事小,拜祖宗事大,他怎么能不要祖宗呢!

朱　安　你们误会了。

众公公　误会了?

朱　安　(唱)临行前他对我反复叮咛,
　　　　　　提醒我一定要拜祭祖宗。

八公公　他为什么不亲自来拜?

朱　安　(唱)只因他路途远学业为重,

都怪我紧催他早上路程。

九公公　学业固然不能荒废，可新婚大喜也不能说走就走。他对你究竟、究竟……如何啊？

朱　安　(唱)他对我多恩爱体贴入微，

　　　　　　未说话先带笑句句中听。

十公公　可有人看见洞房里一夜亮着灯，是怎么回事？

朱　安　(刺到疼处)这……

十公公　讲！

众公公　讲！

朱　安　(唱)这件事说起来难以启口，

　　　　　　怪我们……怪我们……(实在说不下去)

众公公　讲讲讲！

朱　安　(接唱)怪我们一夜贪欢忘熄灯。

七公公　(急捂耳)我什么也没听见，你们听见什么了？

众公公　(齐否认)什么也没听见，什么也没听见。

朱　安　豫才还说，他永远不忘祖宗，等他将来做了事有了钱，还要重修祠堂，光宗耀祖呢。

七公公　(满意的)嗯，这还差不多，像个明白事理的人。

众公公　(附和)就是嘛，阿张读那么多书，难道越读越糊涂了？我们就不相信。

七公公　虽然这样，但是……

八公公　算了算了，古人曰：不以一眚掩大德。给晚辈较什么真。喝茶去，喝茶去。

朱　安　(赔着笑脸)送各位公公。

七公公　免。

众公公　多好的媳妇啊！(议论着下)

　　　　[一场风波总算平息，戏，该谢幕了。朱安还原了真实的自我，悲从中来，掩面哭泣。

　　　　[此情此景让鲁瑞感慨万千，她内疚地抱住儿媳。

鲁　瑞　媳妇！

　　　　[光渐收。

第二幕　夫妻如路人

［字幕:三年后。

［起光。

［原来的洞房已显得陈旧。

［朱安正做针线。

［衍太太的歌声传来:

　　"喔喔嗡,雪里茁,

　　大大娘子要老公,

　　老公长,会打枪,

　　老公矮,会柯蟹,

　　老公大,柴担大,

　　没老公,顶难过。"

［朱安停下手中的活儿细听,听罢一笑。

朱　安　(唱)我有老公,

　　　　　　他是一个留学生;

　　　　　　我有老公,

　　　　　　结婚三年洞房空;

　　　　　　我有老公,

　　　　　　等他需要有耐心;

　　　　　　我有老公,

　　　　　　毕业他就转回程。

［鲁瑞笑呵呵边叫边上。

鲁　瑞　媳妇,媳妇!

朱　安　(放下针线)娘娘,什么事这么高兴?

鲁　瑞　回来了,阿张总算回来了!

朱　安　(惊喜)真的? 在哪儿?

鲁　瑞　已经上码头了。绍兴府中学堂聘他做学监,先把人接走了。

朱　安　（些许失望）哦。

鲁　瑞　没关系，反正很快就见面了，这回他可是不走了。

朱　安　再也不走了？

鲁　瑞　再也不走了。阿张知道家里越来越拮据，弟弟们上学又急着用钱，他要回来找事做，担起老大的责任。（忽觉忘了一层，急补充）再说，他也想你。

朱　安　（不敢相信）想我？

鲁　瑞　是啊是啊，能不想吗？（情急撒谎）他信上特意提到呢。你们早该团聚了！

朱　安　（幸福地）这么说，以后他就可以和我一起……照顾娘娘了。

鲁　瑞　我不要他照顾，只要他好好陪你。（伤感）三年了，好媳妇，你可是吃大苦了。

朱　安　（发自内心地）不不不，娘娘说的哪里话，都已经过去了。

鲁　瑞　阿张肯定会对你好的，你一定要有耐心。

朱　安　（很乖地）嗳。

鲁　瑞　他该回来了吧，我出去看看。（欲下）

朱　安　娘娘。

鲁　瑞　还有事？

朱　安　他真的说……想我？

鲁　瑞　（一怔）啊，真的，当然是真的。（逃下）

朱　安　（在无限的甜蜜、喜悦中重复着）他说他想我，他说他想我，他说他想我！

〔突然间天广地阔。

〔百草园里的鸟鸣清晰地传来，那么悦耳，那么动听。

〔透过窗口，朱安循声望去。

〔朱安的主观感觉外化——循着鸟鸣，她飞到百草园，置身于鸟语花香之中，明媚的阳光普照着她，和煦的微风轻拂着她。她变成了一只快乐的小鸟，张开双臂奔跑着，仿佛要拥抱整个世界；她尽情地呼吸着新鲜、自由的空气，陶醉在崭新的生命体验中。

朱　安　（唱）一句话拨云见阳光，

沉闷的心情顿开朗!

心潮荡漾人已醉,

如饮琼浆似飞翔。

一飞飞到百草园,

百草园里好风光——

蟋蟀在弹琴,

油蛉在歌唱,

菜畦伴石井,

鸟语共花香。

肥胖的黄蜂伏在菜花上,

轻捷的叫天子飞过围墙。

花香鸟语有灵性,

迎接我夫返故乡。

进门把他迎堂上,

一杯热茶飘清香。

问问他如何把我想,

可像我梦里常到他身旁?

从今后再没有分离苦,

一家人和和美美聚一堂。

[景回房内。

[朱安仍沉浸在遐想中。就在她把目光缓缓从窗口收回时,她看到窗台前一只蜗牛正沿着墙壁一点一点往上爬。

朱　安　啊,小蜗牛!

[幕后儿歌声:

"小蜗牛,小蜗牛,

爬啊爬,不回头。"

朱　安　小蜗牛,你背着这么大的壳累不累? 你要爬到哪里? 是墙顶吗?(向上望)还有那么远的路,你爬得又慢,何时才能爬到呢? 但我知道,你一定能爬到的。其实,我和豫才之间的距离更远,他那么有学问,还留过洋;我没读过书,门都很少出,还不漂亮。不过,只要我像你一样不停地爬,我也能爬到房顶的。小蜗牛,你说是吗?

　　〔鲁迅内声:"娘娘,我回来了!"

朱　安　(猛然回过神,有点手足无措)啊,他回来了!

　　〔鲁迅风尘仆仆上,走进一扇扇门,穿过一条条廊,他打量着熟悉而又陌生的院落,朱安打量着他。

鲁　迅　(唱)我回来了,

朱　安　(唱)他回来了,

　　〔幕后伴唱:

　　　　"回到这熟悉的家园,

　　　　回到这陌生的院落。"

朱　安　(唱)我心中为什么这样忐忑?

　　　　喜悦中仍然把忧虑掺和。

鲁　迅　(唱)我心头仿佛压着山一座,

　　　　媒妁言竟成了百年盟约!

朱　安　(唱)眼前人是否真的接受了我?

　　　　能否在这个家安静停泊?

鲁　迅　(唱)命运已经注定了我,

　　　　我只是这个家匆匆的过客。

　　〔鲁迅一路寻来。

　　〔朱安想迎出去,但激动、紧张使她迈不动步子,她等待着,等待着久别后的相逢,等待着丈夫对她的第一个眼神,第一句话语。

鲁　迅　娘娘,我回来了。娘娘……(见只有朱安一个人,像是问朱安,更像是问自己)娘娘去哪里了?(转身欲走)

朱　安　(当头一棒)你!

　　〔鲁迅止住脚步。

朱　安　(也许是内心深处仍有准备吧,她很快平静下来)你……回来了?

鲁　迅　(头也不回)回来了。

朱　安　你为什么要走?

　　〔沉默。

朱　安　自己的屋,进来坐坐吧?

〔沉默。

朱　安　你只是找娘娘？

鲁　迅　她在哪里？

鲁　瑞　我在这儿呢。(笑着上)我去东边接你，你却从西边回来了。

鲁　迅　熟门熟路的，还用你接嘛。

鲁　瑞　长时间不回来怕你不认门了。

鲁　迅　怎么会呢。

鲁　瑞　妈不是想早看你一眼嘛。来，叫妈看看瘦了没有？

　　　　〔鲁瑞拉着儿子细细打量，充满舐犊之情。

　　　　〔幕后伴唱：

　　　　　　"母子亲情深，

　　　　　　夫妻如路人。

　　　　　　一室两重天，

　　　　　　朱安已断魂！"

　　　　〔朱安无尽的落寞，进内室。

鲁　瑞　饿了吧？我去给你做饭，你先陪媳妇说说话。

鲁　迅　娘娘，不用做了，我得回学校。

鲁　瑞　(压低嗓门)你还想躲？这能是个办法吗？娶媳妇不是叫你放在屋里的。

鲁　迅　我真的得去学校，做学监要住校的。

鲁　瑞　阿张啊！

　　　　(唱)你一去日本三年多，

　　　　　　媳妇朝夕陪伴我。

　　　　　　她通情达理品端正，

　　　　　　孝敬婆婆人贤德。

　　　　　　三年来盼你归她扳着指头过，

　　　　　　独坐在黄昏里数日落。

　　　　　　儿啊儿你不能一躲再躲，

　　　　　　受伤的心经不起再拿刀戳。

　　　　　　是夫妻就要有个夫妻样，

　　　　　　长相伴才能够知冷知热。

只要你和朱安好好过，

娘情愿一天三遍念弥陀。

鲁　迅　你只说她难过,可知儿痛苦? 明明捆绑不成夫妻……

鲁　瑞　娘知道你的心思,可已经到了这一步,总得一起过日子不是?

鲁　迅　叫我说,还是早点离婚,各自解脱。

鲁　瑞　(厉声)胡说! 咱这里的风俗你知道的,一个嫁出去的女人,如果被夫家休回去,女人及娘家的声望会一落千丈。家人白眼,邻居议论,都会一股脑加在女人身上。多少女人经不起这样的打击,就寻了短见。你忍心看她走到这一步?

鲁　迅　这……唉,人家国外早就婚姻自主,恋爱自由了。

鲁　瑞　可咱不是国外,是大清,是绍兴!

鲁　迅　我跟她实在没什么可说的。

鲁　瑞　整天不在一起,当然没话可说。处久了,熟了,自然就有话了。娘知道你是个孝顺儿子,听娘的,进去。(把鲁迅推进屋,对朱安)媳妇啊,你们好好说说话。(下)

　　　　〔鲁迅走不是留不是,不尴不尬地立着。

朱　安　坐吧。

鲁　迅　(仍然站着)你……好吗?

朱　安　我……好,好。

鲁　迅　你受委屈了。

朱　安　不不,娘娘待我很好。

　　　　〔鲁迅心里涌起一阵酸楚,为朱安,也为自己。

朱　安　(倒水,递上)喝水吧。(慌乱中把水洒了鲁迅一身)

　　　　〔鲁迅擦拭着,朱安懊悔不已,想帮又不敢。

朱　安　对了,我给你做的鞋,你穿上试试脚。(取鞋)

鲁　迅　不用试了,不合适。

朱　安　不试你怎么知道不合适?

鲁　迅　看一眼就知道了。

　　　　〔朱安捧鞋的双手无力垂下。

鲁　迅　我去看看娘娘。(出门离去)

　　　　〔朱安呆呆地立在原地。

[幕后衍太太反复咏唱:

　　"没老公,顶难过,

　　　没老公,顶难过,

　　　没老公,顶难过……"

朱　安　(爆发)我有老公! 我有老公!!(扑到床上痛哭)

[光渐压。

第三幕　从绍兴爬到北京的蜗牛

[字幕:十年后。

[起光。

[绍兴街头。

[众公公上,一个个须发苍白,老态龙钟。

七公公　(唱)喜讯喜讯大喜讯,

八公公　(唱)周门出个出息人。

九公公　(唱)教育部里当金事,

十公公　(唱)迎母接妻去京城。

衍太太　(上)各位公公,说了半天,你们是在说谁啊?

七公公　教育部金事,

八公公　女师大教授,

九公公　新文化主将,

十公公　文学界旗手——

众　人　周树人。

衍太太　哦,原来是阿张。当初你们说他是"忤逆人",啥时间变成"出息人"了?

七公公　谁说了,我怎么不记得?

众　人　没人说,绝对没人说。

衍太太　这么说是我记错了?

众　人　肯定是你记错了。

衍太太　好好好，就算我记错了。你们这是？

七公公　豫才接家人去北京，我们送送去。

　　　　〔众人边说边下。

衍太太　北京城那么远，得走多时才能到啊？

七公公　坐火车跑得快，说到就到。

　　　　〔切光。

　　　　〔暗转北京，鲁迅住所。

　　　　〔起光。

　　　　〔鲁迅携母亲、朱安上。

鲁　迅　娘娘，我们到了。看，这就是我们的家。

鲁　瑞　我总觉得我们的家还在绍兴。

鲁　迅　过段时间环境熟了，你就不这样想了。

鲁　瑞　穷家难舍，故土难离啊！

　　　　〔在鲁迅母子对话过程中，朱安新奇地打量着周围的环境。
　　　　显然，她对新的生活充满了憧憬，对这次团聚寄予了太多的
　　　　希望。

鲁　迅　娘娘，你住东边房间。

鲁　瑞　好好。(看房间)

鲁　迅　(对朱安)你住西边房间。

朱　安　(预感不妙)你呢？

鲁　瑞　(回过神)是啊，你呢？

鲁　迅　我住后面的房间。

鲁　瑞　这怎么行？ 你们两个……

鲁　迅　娘娘，我独自住一个房间便于工作。你看，我要备课，写作，
　　　　经常还要在家接待客人。

鲁　瑞　你可以把后面的房间当书房，工作完了再回西房休息嘛。

鲁　迅　我常常熬夜，作息不规律，那样影响她休息。

朱　安　不要紧……

鲁　迅　(抢着说)走，娘娘，我带你前后院看看。

鲁　瑞　我不去,你把话说清楚……

鲁　迅　走吧。(搀母亲下)看,院里这两株丁香树是我自己栽的,明年春天就开花了。

　　　　[朱安的憧憬在现实面前被击得粉碎,她慌乱地梳理着自己的思绪。

朱　安　(唱)十年来天天盼团聚,

　　　　　　　这"团聚"与分离有何异?

　　　　　　　我随他千里赴京地,

　　　　　　　难道是为了分室居?

　　　　　　　满腔希望随风去,

　　　　　　　点点泪水心头滴。

　　　　　　　疲惫的鸟儿又折翅,

　　　　　　　无所依来无所栖。

　　　　　　　这样的日子怎么过,

　　　　　　　这样的分居可有期?

　　　　　　　朱安啊,今生还有半辈子,

　　　　　　　不能这样把头低。

　　　　　　　莫灰心,莫泄气,

　　　　　　　想办法,挽棋局。

　　　　　　　你正站在岔路口,

　　　　　　　何去何从要仔细!

　　　　[朱安思索片刻,走进鲁迅的卧室,少顷,抱被子上,走进自己的房间。

　　　　[鲁迅生气地冲上,大声吆喝。

鲁　迅　谁拿我的被子了? 谁拿我的被子了?!

鲁　瑞　(出房间)怎么了?

鲁　迅　我的被子不见了!

鲁　瑞　被子不见了? 不会吧。

鲁　迅　肯定是她!(冲进朱安的房间,抱被子上,回头冲房内)以后不要再动我的东西!

鲁　瑞　(捶胸顿足)阿张,你怎么就不明白她的心啊!

鲁　迅　（脱口而出）谁明白我的心？这些年我怕你难过，怕她伤心，怕对不起这个，怕对不起那个，谁替我考虑过？！（冷静下来）对不起，我有些冲动了。（进卧室）

朱　安　（神情呆滞的上）娘娘，我还是回绍兴吧。

鲁　瑞　你说什么？回绍兴？

朱　安　本来我心想分了十几年，这回总该……以前虽说见不到，可还有个想头；像这样天天在一起，更难受。

鲁　瑞　媳妇，娘娘知道你的心情，可你想过没有，咱一家人都来北京了，绍兴的房子已卖给别人，你回去怎么办？

　　　　〔朱安掩面而泣。

鲁　瑞　好媳妇，再等等，不管咋说总算到一起了，慢慢来，是个石头，也有暖热的时候。

　　　　〔切光。

　　　　〔翌年春。

　　　　〔幕后伴唱：

　　　　　　"洗衣、缝补、做饭、扫地，

　　　　　　扫地、做饭、缝补、洗衣。

　　　　　　扫室内室外地，

　　　　　　洗春夏秋冬衣，

　　　　　　做早中午晚饭，

　　　　　　缝被单袍褂披。

　　　　　　年年月月，

　　　　　　月月日日……"

　　　　〔伴唱声中起光。

　　　　〔院子里，朱安正在扫地，扫着扫着，突然发现地上有一只蜗牛，便停下。

朱　安　哦，小蜗牛，你怎么跑到地上了？你该不会是从绍兴爬来的吧？不，不可能，这么远怎么可能呢。不过，只要不停地、一点一点地爬，也能爬到。能的，肯定能的。小蜗牛，你不往墙上爬，是想爬到丁香树上吗？看，丁香花开了，好香啊！来，

　　　　我帮帮你。(朱安小心翼翼地捧起蜗牛,把它送到丁香树上)
　　　　[鲁迅的学生林卓凤、陆晶清上。

林卓凤　(唱)高等学府生毒菌,

陆晶清　(唱)校园净土蒙灰尘。

林卓凤　(唱)人生路上多苦闷,

陆晶清　(唱)寻求答案访师尊。

二　人　(回头叫)广平,快点。
　　　　[许广平内应:"来了。"上。

许广平　(唱)近与先生常通信,

　　　　　　　今随同学登师门。

　　　　　　　课堂时闻精彩论,

　　　　　　　课下也盼点迷津。

林卓凤　看,这就是鲁迅先生的家。(敲门)鲁迅先生在家吗?

朱　安　(开门)你们找谁?

陆晶清　鲁迅先生。

朱　安　你找错门了,这儿没这个人。(欲关门)

陆晶清　(看门牌)西三条二十一号,没错,就是这儿啊。请问你是谁?

朱　安　(一时不知如何回答)我……

林卓凤　对呀,你是谁?

朱　安　我是……
　　　　[鲁迅上。

鲁　迅　谁啊?

陆晶清　鲁迅先生!

鲁　迅　哦,是晶清、卓凤。

许广平　还有我呢。

鲁　迅　广平! 欢迎欢迎!

林卓凤
陆晶清　只欢迎广平吗?

鲁　迅　都欢迎,都欢迎,三位请进。
　　　　[三人进院。

陆晶清　(了解朱安)那位是?

鲁　迅　（迟疑一下）我的内人。

　　　　〔三人也迟疑一下，不过迟疑的内容与鲁迅显然不同。许广
　　　　平静静观察、感受着。

林卓凤
陆晶清　（热情打招呼）师母好！

　　　　〔朱安正在"自己的丈夫明明叫周树人，她们怎么喊鲁迅"的
　　　　疑问中，突然听到有人叫"师母"——而且是鲁迅的学生当着
　　　　鲁迅的面，她既有些准备不足，又有些受宠若惊。

朱　安　（慌忙应）好，好。你们进屋坐吧。

　　　　〔四人边进屋边议论。

陆晶清　你1918年在《新青年》发表《狂人日记》时就使用了"鲁迅"的
　　　　笔名，师母怎么不知道呢？

鲁　迅　（淡淡地）她又不读书。（下）

朱　安　（品味着）鲁迅？笔名？师母……

　　　　〔内传出四人阵阵开心的笑声。

朱　安　（唱）四合小院多沉静，

　　　　　　沉静的小院起笑声。

　　　　　　这开心的笑声，

　　　　　　好像一阵风，

　　　　　　吹得浑身一阵轻；

　　　　　　这开心的笑声，

　　　　　　好像一阵雨，

　　　　　　洗得心头一片明；

　　　　　　这开心的笑声，

　　　　　　哪里去追寻，

　　　　　　常绕耳畔留心中？

　　　　〔四人交谈着上。

鲁　迅　教育界自称清高，本是粉饰之语，其实和别的什么界都一
　　　　样的。

林卓凤　先生打过一个比喻：环境正如人的血液。

鲁　迅　是的。血液一坏，身体中的任何一部分都不能独保健康。我

　　　　　们只有改变这血液，我们的民族、国家才有希望。

林卓凤　先生身处陋室，忧国忧民啊。

陆晶清　（指西屋）这是师母的房间吗？

鲁　迅　是的。

　　　　　〔林卓凤和陆晶清相互递了个眼色，趁鲁迅不备，一起恶作
　　　　　剧，把他推进房间，从外面把门扣上。

二　人　（齐声）老师，别送我们了，和师母亲热亲热吧。（笑着跑下）

　　　　　〔鲁迅猝不及防，恼羞成怒，使劲拉门，大声吼叫。

鲁　迅　开门，快开门！

　　　　　〔朱安手足无措。鲁迅仍在摇门。许广平默默无语。

　　　　　〔静场。这一瞬间被放大，于无声处呈现出各自的心态。

　　　　　〔许广平把门打开。

鲁　迅　（满面怒容）这有什么好开玩笑的?!（拂袖而下）

朱　安　（出门）怎么，你们要走？

许广平　天不早了，得回学校了。

朱　安　（表现出超乎寻常的热情）留下来吃晚饭吧，尝尝师母做的绍
　　　　　兴菜。

许广平　谢谢，下次吧。

朱　安　你们一定常来啊。

许广平　会的。（下）

朱　安　（话中有话）多懂事的姑娘啊！

　　　　　〔切光。

　　　　　〔鲁迅家门前。

　　　　　〔起光。

　　　　　〔邻家小姐妹俞芳、俞藻放学归来，蹦蹦跳跳，一路儿歌声。

二姐妹　（念）黄包车，跑得快，

　　　　　　　上面坐着老奶奶。

　　　　　　　要五毛，给一块，

　　　　　　　你说奇怪不奇怪？

　　　　　〔朱安闻声上，看着小姐妹，有慈爱，更多的是羡慕。

朱　安　（自语感叹）我要有一儿半女该多好啊！

　　　　〔朱安的主观听觉里，传来孩子甜甜的呼唤和咯咯的笑声：
　　　　"妈妈，妈妈！"

朱　安　孩子！

　　　　〔孩子的声音："妈妈，妈妈！"

　　　　〔两个孩子奔上，或用光束替代，围绕在朱安膝下，鲁迅也加
　　　　入进来，"一家人"翩翩起舞。

朱　安　（唱）一声妈唤得我心儿颤，

　　　　　　　飘飘欲仙上云天。

　　　　　　　左手牵着女呀，

　　　　　　　右手牵着男，

　　　　　　　儿女绕膝下，

　　　　　　　举家共享欢。

　　　　　　　大先生笑眯眯一旁站，

　　　　　　　暗自点头夸朱安：

　　　　　　　夸我会生产，

　　　　　　　夸我真能干，

　　　　　　　一下子让他儿女双全！

　　　　〔一双"儿女"和鲁迅隐去。

　　　　〔朱安尽情陶醉在幻想中。

俞　藻　姐姐，大先生答应给我们买积木，不知买了没有。

俞　芳　走，去问问。

俞　藻　大师母。

　　　　〔朱安仍在痴想。

俞　芳　（提高声音）大师母！

朱　安　（猛然回过神）哦，小芳、小藻，放学了。

俞　芳　大先生在家吗？

朱　安　今天有课，还没回来呢。

俞　藻　（用手一指）看，大先生回来了。

二姐妹　（迎上）大先生，大先生！

　　　　〔鲁迅上，一手提着两盒积木，一手提着两盒点心。

俞　藻　你给我们买积木了吗？

鲁　迅　我敢不给你们买嘛。来，一人一盒。

二姐妹　(接过积木欢呼雀跃)谢谢大先生！

鲁　迅　(把点心递给朱安)这是点心，你和娘一人一盒。

　　　　[朱安接过进屋。

俞　藻　(摆弄着)大先生，这怎么玩儿啊？

鲁　迅　来，我教你们怎么玩。(说着便席地而坐，教二人一起玩)

　　　　[幕后伴唱：

　　　　　　"无情未必真豪杰，

　　　　　　怜子如何不丈夫。

　　　　　　知否眼前慈爱者，

　　　　　　内心深处亦孤独。"

俞　藻　大先生，我有一个问题。

鲁　迅　什么问题？

俞　藻　你这么喜欢小孩，自己怎么不要一个呢？

　　　　[鲁迅无从回答。

俞　藻　是大师母不会生吗？

　　　　[另一表演区，朱安心头像被刺了一刀。

　　　　[众隐去。

朱　安　(唱)听此言，心欲碎，

　　　　　　我满腹苦衷说与谁？

　　　　　　二十年夫妻分床睡，

　　　　　　夜夜独自守空帷。

　　　　　　我想要儿哪里寻，

　　　　　　我想要女何处追？

　　　　　　天下女人我最可悲，

　　　　　　白来世上走一回。

　　　　　　不知道做母亲啥滋味，

　　　　　　没听过喊妈妈有多美。

　　　　　　看人家儿女绕膝如痴如醉，

　　　　　　背转身自己泪暗垂。

　　　　　眼看着人生已过大半辈，

　　　　　红日西坠挽不回！

　　　〔二姐妹向朱安走来。

俞　芳　大师母，你怎么哭了？

朱　安　大先生连话都不愿同我说，我怎么会有小孩？

俞　芳　(见朱安那样难受，忍不住指责妹妹)都是你胡说，看我回去不告诉爸妈！

俞　藻　(知道自己闯了祸，吓得哭起来)我又不是故意的。

朱　安　好了好了，不哭了，大师母又没怪你，要怪只能怪我自己。(擦干眼泪)小芳、小藻，我想求你们一件事。

二姐妹　什么事？

朱　安　大先生教你们做的体操，你们教教我吧。

俞　芳　你学体操干吗？

朱　安　大先生会的我也要会。

俞　芳　(虽然并未完全理解朱安话中的含义，但爽快地答应下来)那好吧。

　　　　来，跟我做，一、二、三、四、五、六、七、八……

　　　〔朱安做不准，俞藻在一旁纠正。

俞　藻　不对不对，应该是这样的。(示范)

俞　芳　(继续)一、二、三、四、五、六、七、八……

　　　〔朱安仍做不准。

俞　藻　不对不对，(少不更事)你真笨！看，(示范)这样，这样……

　　　〔朱安更做不准了。

俞　藻　(失去耐性)你怎么这么笨！

朱　安　(十分尴尬，但像一个听话的孩子)我重做，我重做。

　　　〔朱安一双小脚站，站不稳；跳，跳不起来；弯腰又弯不下去，动作很滑稽，既好笑又可怜。但她努力做着。她越是认真，就越是让人感到丝丝酸楚。

　　　〔幕后儿歌声：

　　　　　"小蜗牛，小蜗牛，

　　　　　爬啊爬，不回头……"

　　　〔光渐收。

第四幕　蜗牛再也爬不动了

　　[数月后。

　　[书房。

　　[起光。

　　[鲁迅正在灯下伏案写作。

　　[鲁瑞走进来。

鲁　瑞　阿张。

鲁　迅　(站起身)娘,有事?

鲁　瑞　娘有句话想给你说说。

鲁　迅　(扶母亲坐下)娘,你说吧。

鲁　瑞　你都四十五了,到现在连一儿半女都没有……

鲁　迅　娘,你又说这。

鲁　瑞　娘当然要说了。你是个孝顺儿子,怎么就不理解娘的心情?
　　　　你不慌着要儿子娘还急着抱孙子呢。

　　　　[鲁迅无言。

鲁　瑞　娘也看出来了,你和媳妇是不可能了。要不,遇到合适的你
　　　　再娶一房?

鲁　迅　娘,你就别操这些闲心了。

鲁　瑞　给你说正经的,怎么是闲心。我看广平这姑娘就不错。

　　　　[许广平进来。

许广平　先生——哦,太夫人也在。

鲁　瑞　(高兴地)广平来了。

许广平　我有些事情想给先生谈谈。

鲁　瑞　(起身)那好,你们谈。

许广平　太夫人慢走。

鲁　瑞　(出门)你们谈,你们谈。(说着又回头朝屋里看了一眼,笑着下)

鲁　迅　请坐吧。

许广平 （急切地）听说你要去厦门，是真的吗？

鲁　迅 这里的空气让我憋闷得喘不过气来，我准备接受林语堂的邀请去厦门大学任教。

许广平 （突然握住鲁迅的手，深情地注视着他）带上我！

　　　　［鲁迅全身触电一般，四十五岁的男人，这样的场面却是第一次经历，他急忙抽出手。

许广平 　　　　　　　先生
　　　　（唱）数月来与　　频繁交往，

鲁　迅 　　　　　　广平
　　　　　　灰暗的世界里有了阳光。

许广平 （唱）他胸中蕴含着深邃思想，
　　　　　　浑身洋溢着真理的光芒。

鲁　迅 （唱）她青春活力四射情奔放，
　　　　　　滚烫的目光能把人灼伤。

许广平 （唱）女师大风潮中挺身抵挡，
　　　　　　同学们增添了无穷力量。

鲁　迅 （唱）旧制度旧教育极力反抗，
　　　　　　敢冲锋敢抗争英勇顽强。

许广平 （唱）旧婚姻带给他无限痛苦，
　　　　　　为什么我不能敞开心房？

鲁　迅 （唱）二十年不知爱情什么样，
　　　　　　突然间神箭射中我胸膛。

许广平 （唱）我等待等待又等待，

鲁　迅 （唱）我彷徨彷徨复彷徨！
　　　　［朱安手提铜壶上。

朱　安 （唱）数月来他二人频繁交往，
　　　　　　这里面肯定是大有文章。
　　　　　　一个是婚后独居中年汉，
　　　　　　一个是青春妙龄大姑娘。
　　　　　　两个人常一起不敢想象，
　　　　　　我时刻要谨慎多加提防。

〔朱安侧耳向房间里听了听,出于一个女性的敏感和自我保护本能,她要向房间里的人提醒她的存在。

朱　安　广平,给你们续点水吧?

许广平　不用了,谢谢!

朱　安　(自语)都十点了,还不走。(拐着弯儿提醒)广平啊,家里钟表停了,几点了?

许广平　十点了。

朱　安　你一个人回学校行吗?

许广平　没事。

朱　安　(双关语)没事就好,没事就好。(下)

许广平　先生,有个问题我一直想问你。

鲁　迅　请讲。

许广平　二十年来,你对她从来没有爱过?

鲁　迅　我们是包办婚姻,志向不同,言语不通……

许广平　但父母之命、媒妁之言是中国几千年的传统,千千万万这样的家庭也不失美满,如胡适之、江冬秀女士,同样是包办婚姻,却能不离不弃。

鲁　迅　如果……如果她再漂亮一些,也许……也许是另一种结果。

许广平　那么,这徒具形式的婚姻你还要守下去吗?

鲁　迅　母亲送给我的礼物,我只得好好供奉。

许广平　真不知这二十年你是怎么熬过来的。

鲁　迅　忍。爱是不可能的,休又等于害了她,我只有妥协,为了她,也为了母亲。

许广平　为母亲的成分更大吧?你是一个孝子,长年在外行走,你也想给母亲身边留一个"伴儿"。

鲁　迅　(一愣)我……是这样吗?

许广平　在你身上存在太多矛盾——你号召人们"直面惨淡的人生",却不肯直面自己的人生;你是反封建的斗士,却摆脱不了封建包办婚姻;你呼唤人的解放,却解放不了自己;你高擎新文化的旗帜,身上却带有旧时代的烙印;你关注祥林嫂的命运,却漠视背后无辜的女人;你控诉"吃人"的社会,却忍看身边一条鲜活的生命慢慢枯萎、被一点一点吞噬……

鲁　迅 （长叹一声）也许吧。可我不也在陪着牺牲吗？我的青春、我的生命也在一点点流逝……

许广平 这样的牺牲毫无意义。你曾经给我们讲过，无爱的婚姻是不道德的，你没有必要再死守这桩婚姻。

鲁　迅 我也想过爱，可爱在哪里？

许广平 （落落大方）我给你。

鲁　迅 不不，我不能，我不配。

许广平 神未必这样想。

鲁　迅 说实在的，我怕封建卫道士们大放流言，我怕不明真相的人众口铄金。

许广平 所以，你还不是一个彻底的勇士。爱是两个人的事情，两情相悦，才是真爱，真爱是可以牺牲一切的，名誉、地位、家庭、财富，忍受责骂，承担委屈……有什么可怕的？

鲁　迅 她怎么办？已经这样的年纪，总不能……

许广平 我们供养她一生。

鲁　迅 （犹豫不决）让我……再考虑考虑。

许广平 （再次握起鲁迅的双手，深情的双眸里充满期待）先生！

鲁　迅 （报以轻柔继而缓缓的紧握）这些年，我拼命压抑着自己，其实包裹我的就是一张纸，今天被你捅破了。

　　　　［两人拥抱在一起。

　　　　［朱安再次上，正看到窗子上鲁迅、许广平拥抱的投影，手中的铜壶"哐当"一声落地。

　　　　［切光。

　　　　［翌日。

　　　　［起光。

　　　　［丁香树花期将过，繁花中长出碧绿的叶子。

　　　　［朱安一下子苍老了许多，她斜倚在丁香树下，如梦似幻，耳畔又响起当年衍太太的歌声：

　　　　　　"喔喔喻，雪里莊，

大大娘子要老公，

老公长，会打枪，

老公矮，会柯蟹，

老公大，柴担大，

没老公，顶难过。"

朱　安　（呓语般）我没老公了，我没老公了。他走了，他们一起去广州了，远远走了……这回他不会回来了，再不会回来了……我待他再好，也是无用……我待他再好，也是无用……

　　　　〔鲁瑞端汤上。

鲁　瑞　媳妇，喝口汤吧。

　　　　〔朱安没有反应。

鲁　瑞　媳妇，喝口汤吧。

朱　安　娘娘，我不想喝。

鲁　瑞　你已经在这里坐了一天一夜了，不吃不喝的，这样下去怎么得了！

朱　安　（苦笑）已经这样了，还有什么不得了的。

鲁　瑞　（拭泪）都是我害了你啊！媳妇，要怪你就怪我吧，本来一开始他就不同意这门婚事，是我……

朱　安　不，我谁都不怪，只怪我自己。

鲁　瑞　别这么说，你越这么说我心里越难受！

朱　安　不用难受，娘娘，你回屋歇着吧，我再坐一会儿。

鲁　瑞　你没事吧？

朱　安　没事。

鲁　瑞　想开点儿，反正我们俩还在一起，啊。（下）

　　　　〔朱安扶着树干站起身，发现树上有只小蜗牛。

朱　安　小蜗牛，你怎么还在这里爬啊？丁香花开始落了，你也不换个地方？你知道吗？大先生走了。过去我一直想，只要好好服侍他，一切顺着他，将来他总会对我好的——我好比是你，从树底一点一点往上爬，爬得虽慢，总有一天会爬到树顶的。可我现在没有力气爬了，我爬不动了，真的爬不动了！

　　　　〔幕后儿歌声：

     "小蜗牛,小蜗牛,

      爬啊爬,不回头……"

朱　安　(唱)小蜗牛,小蜗牛,

      爬啊爬,我爬不到头。

     有朝一日摔下地,

     粉身碎骨筋被抽!

     我只有自己舔舐自己的伤口,

     无声的血泪肚里流。

     二十岁与他订婚后,

     日夜盼着结鸾俦;

     一盼盼了六七载,

     盼来的却是洞房冷飕飕;

     未饮交杯酒,

     未把片言留,

     翌日东洋去,

     三年才回舟。

     回来却又不团聚,

     分居分了二十秋。

     二十年未曾和他牵过手,

     二十年不知道啥叫温柔。

     二十年我还是个女儿身,

     二十年天天守着一个愁!

     如今他高飞又远走,

     心底的希望一旦休。

     昏惨惨,没了去路,

     哗啦啦,倒了高楼。

     荡悠悠,无着无落,

     痛切切,心儿似揪。

     只怪自己没文化,

     只怪自己虑不周。

     他是一座高高的山,

     不是我爬的矮墙头。

当初就不该把瓜强扭，

抱着幻想手不丢。

难为了他啊也苦了我，

夫不夫妻不妻我愁他忧。

今生已将终身误，

来世我再也不把女人投！

[飘飘洒洒，丁香花花落如雨。

[幕后圣洁、空灵的伴唱：

"丁香花，丁香花，

吹落枝头任飘洒。

万般哀怨自消受，

一缕清香留天涯。"

[缤纷的花雨中，朱安孑然独立。

[收光。

[绍兴。

[起光。

[夕阳的余晖里，九公公、十公公垂垂老矣。

九公公　老七、老八都走了。

十公公　就剩咱老哥俩了。

[衍太太上，岁月染白了她的头发，动作也显得迟缓，再没有昔日的灵便。

衍太太　九公公、十公公好。

二　人　好，好。二奶奶好。

衍太太　听说没有，豫才又娶了一房。

九公公　早该娶了，像他这样的大人物，在咱家乡谁不是三妻四妾。

十公公　就是，反正不管娶几个，朱安还是正室。风光啊，听说他家用人就有一大群！

九公公　嫁给豫才，朱安算是掉到福窝里啦！

衍太太　是啊是啊，掉到福窝里了。唉，谁像我，守了一辈子寡，守了一辈子寡啊！

[收光。

尾 声

[字幕：1936年10月19日，鲁迅在上海去世。

[起光。

[北京家中，年迈的朱安步履蹒跚，手捧祭品上。她一身素装，白绳挽髻，忍悲含痛。

朱　安　（摆放祭品）大先生，这是你平时最爱吃的白薯藊片，我亲手给你炸的，吃点吧。我很想去上海送送你，看你一眼，在你的坟头添把土，可娘娘身体不好，我走不开。听说有成千上万的人为你送葬，到这分上，值啊！虽说这辈子和你只是空头夫妻，可我也感到脸上有光彩。（焚烧纸钱）大先生，这些钱你收好了。娘娘有我伺候，你放心去吧。你这一走，今生今世我再没有别的愿望，只愿死后能葬在你的坟旁。

[幕后儿歌声又起：

"小蜗牛，小蜗牛，

爬啊爬，不回头……"

朱　安　（望着火苗突然一惊）啊，小蜗牛！你怎么跑到火里啦？（赶紧用手扒，捧起）死了，死了，你为什么要往火里爬啊！走，我给你埋个地方去，我给你埋个地方去……

[黄叶飘飘。

[朱安佝偻着身子一步一步走向舞台深处，留给我们一个远去的背影。

朱　安　（画外音）我真想变成一只蜗牛，一点一点爬到上海，静静守在你的坟前。没有人知道我是谁，但我自己知道……

[字幕：1947年6月29日，朱安孤独地离开这个世界，葬北京西郊，坟上没有任何标记。

[幕徐落。

[剧终。

话剧

老　大

喻荣军

国家一级编剧。上海文广演艺集团副总裁，上海话剧艺术中心艺术总监。ACT 上海国际当代戏剧节总监，上海国际喜剧节总监。2000 年至 2019 年，已有六十余部舞台作品（包括话剧、音乐剧、歌剧、戏曲、舞剧、肢体剧和翻译剧本等）被国内外几十家剧院翻译成英语、日语、德语、西班牙语、挪威语、瑞典语、土耳其语、意大利语、荷兰语、罗马尼亚语、希伯来语等十几种语言上演，并荣获中国戏剧曹禺剧本奖等国内外多项专业奖项。主要话剧作品有《去年冬天》《WWW.COM》《天堂隔壁是疯人院》《谎言背后》《香水》《活性炭》《资本论》《老大》《乌合之众》《家客》等，并有十几部作品应邀参加国际性戏剧节演出，出版中文、日文、英语、土耳其语、西班牙语、罗马尼亚语、意大利语等作品集数种。

话剧《老大》创作于 2011 年。2012 年 2 月发表于《剧本》杂志。2012 年 3 月发表于《一剧之本》剧本集（上海人民出版社）。2013 年上海市重大文艺创作项目。2013 年 12 月 14 日由上海话剧艺术中心首演于上海话剧艺术中心艺术剧院。2014 年 6 月上海话剧艺术中心新版演出。2014 年 7 月发表于《上海剧稿》（2014 年第 2 期）。2014 年 11 月参加上海国际艺术节演出。2014 年荣获上海新剧目展演优秀剧目奖第一名。2014 年荣获国家艺术基金首批资助剧目。2014 年 11 月荣获第 21 届曹禺剧本奖。2015 年 3 月《上海话剧艺术中心二十周年经典剧作系列》（人民大学出版社）。2015 年 5 月上海话剧艺术中心经典剧目演出季演出。2015 年 5 月参加中国国家话剧院原创剧目邀请展演出。2015 年 10 月《上海话剧艺术中心二十周年经典剧目》（DVD）。2015 年 11 月参加苏州中国戏剧节演出。2015 年 12 月参加上海广州月演出。2016 年 4 月参加香港华文戏剧节演出，并荣获最佳男演员奖和最佳舞美奖。2016 年 11 月参加第 11 届中国艺术节演出。

《老大》（英文版）2013 年 3 月美国纽约 Lark 剧本中心和 Signature 剧院联合排练朗读。

时　间：21世纪初、20世纪60年代末。

地　点：渔村、船上、海上、梦里。

人　物：冯国良：男，六十多岁。渔民。曾经是兴祥号渔船上的老大。记忆时好时坏。已搬到城里，特别想回到以前居住过的渔村。

　　　　戚瑞云：女，十八岁左右。20世纪60年代后期，宁波某越剧戏班子花旦。

　　　　阿　兰：女，三十岁左右。原老鬼之妻，后为冯国良之妻。

　　　　冯泉海：男，四十多岁。现在为舟山某乡镇的乡长。冯国良之子。

　　　　林子忠：男，六十多岁。渔民。曾经是兴祥号渔船上的尾多人①。

　　　　林子章：男，六十多岁。渔民。曾经是兴祥号渔船上的老轨②。

　　　　陈阿根：男，七十岁左右。渔民。曾经是兴祥号渔船上的头多人。

　　　　小戚瑞云：女，二十岁左右。现为宁波某乡下越剧戏班子的花旦。

---

① 多人：渔船上的大副。

② 老轨：船上的轮机长。

年轻冯国良:男,十八岁左右。现时高中毕业。

男　　人:三十岁左右。一条雄性的大黄鱼。(由饰演年轻冯国良的演员兼饰)

林阿龙:男,五十岁左右。渔民。曾经是兴祥号渔船上老一辈的老大。

老　　鬼:男,五十岁左右。渔民,曾经是兴祥号渔船上老一辈的老轨。(由饰演冯泉海的演员兼饰)

年轻陈阿根:男,二十多岁。渔民。兴祥号渔船上的出网。

渔船上的伙计团小眯缝眼儿、鱼头团、海嘴巴等群众演员若干。

关于演员:可以一演多饰,也可以一角一饰,根据实际情况而定。

关于音乐:女声以越歌越调为基础,抒情表达,似弦乐般轻柔舒缓,由表及里,丝丝入扣,刻画人物的内心世界。男声以渔歌音调为基调,粗犷豪迈,气势浑厚,像交响乐般有着恢宏的主题,展现大海的宽广辽阔、深沉雄壮。

关于舞台:简洁明快,虚实结合。动静自如,组合节奏。渔村的朴实,风暴的冲击,梦境的虚幻,心境的致远都要能够非常自如地表达与转换。小船与大船的对比,现实与梦境的变化要清晰明了。

海水是咸的

那是我们的泪

是鱼的

也是人的

——题记

序幕　守　梦

〔幕起。

〔雾蒙蒙的舞台。雾越来越浓。

〔浓雾中,光圈漾开来。一只小船,似有似无地在雾气中隐现。

〔船头,冯国良直立着。他的身后,林子忠坐在船边,隐隐约约的显得模糊不清。船尾,陈阿根摇着桨。桨声清晰。

〔冯国良提着一盏旧的马灯,立得笔直,灯影摇曳,落在他的脸上,他显得有些焦急。灯光把他们巨大的身影投在雾气中,有些狰狞而诡异。

〔沉默,在雾气中积淀着。

〔良久。冯国良转过身,越发地坚毅。船向舞台口靠近。

林子忠　老大,好大的雾啊。

冯国良　雾? 这是那些推土机在村里扬起的土,搞得乌烟瘴气的,一刻也不停。

林子忠　什么都看不见了。

冯国良　我们早就被困住了。

〔静场,冯国良仔细地聆听着。

林子忠　听见了吗? 老大!

冯国良　没有。

林子忠　不会有了，等，也是白等。（稍停）那些鱼不讲信用了。

冯国良　那是我们失约在先。

林子忠　老大，还记得那年我们去莲花山捕黄鱼吗？那天晚上，那雾，浓得跟鱼汤似的，对面都看不见人啊。

冯国良　十几条船围在一起，几十个人敲起了船梆，黄鱼都飞起来了。

林子忠　我从来没见过那么多的大黄鱼，全都噼里啪啦地掉在船板上，砸在身上，全是黄鱼！鱼眼睛都瞪得圆圆的，吓死人了。我们就把鱼往海里推，可鱼还是拼命往船上跳……

陈阿根　敲梆，敲梆，梆声把大海都震翻了，大黄鱼都没法待啊。

林子忠　有一条老大老大的大黄鱼。比人都长，浑身金灿灿的……

　　　　〔舞台的背后，一条巨大的鱼影游过。

　　　　〔沉默。桨声停了下来。远远地传来一阵轻快的类似蛙叫声。冯国良倾听着。

冯国良　我听到了……我听到了黄鱼的叫声了。

陈阿根　是的，老大。

林子忠　哪儿呀，这是村里打桩机打钻的声音。

　　　　〔沉默。不紧不慢的桨声。夹杂着阵阵打钻机发出的声音。

冯国良　（轻声地）可现在雾还在，水死了……鱼，等不到了。（摇着头）我们犯下的错，不能等它们上门来。阿根叔，回村。

林子忠　不不不，不能回村，说好的在海边转转，听听鱼汛就回城的。阿根，回城。

冯国良　回村！等不到鱼，就回村！我要出趟海，把鱼给找回来。

林子忠　出海找鱼？

冯国良　是的。

林子忠　老大！

冯国良　回村！

林子忠　老大，泉海可不让我们回村。

冯国良　泉海是谁？

林子忠　老大，泉海——你儿子呀，我们乡长啊。

冯国良　他不是我儿子。阿根叔，回村。

陈阿根　哎,晓得咧!

　　　　〔沉默。

林子忠　好,回村,回去看看。

　　　　〔雾慢慢地散尽。很远的地方,灯塔若隐若现。冯国良拿出
　　　　支竹笛。

陈阿根　老大,看,灯塔。

冯国良　(苦笑着)看了一辈子,现在,也只能看两天了……

林子忠　(打岔)这雾,怪了,说散,就散了!啊!

　　　　〔一轮明月在雾气中,似有似无地亮起来。

　　　　〔舞台的后方,男人(年轻的冯国良)出现在雾气中。

　　　　〔冯国良吹起了竹笛。笛声悠悠然然地响起来,声音在烟雾
　　　　中起伏,诉不尽的失落与忧伤。

　　　　〔暗场。

第一场　寻　梦

　　　　〔黑暗中。随着打钻机突突的噪声,灯光起。

　　　　〔破落的渔家小院。这是一个普通的天井,右边是进门,左边
　　　　是靠屋的檐廊,有门进客厅,门的左右有大的窗户,早已破
　　　　旧,连玻璃都已经拆了去,可以看到黑洞洞的屋里和客厅。
　　　　院里有几只小竹椅和一张破旧的矮桌,有从屋檐处伸出沿着
　　　　砖墙而下的接水管,下接蓄水池与洗衣的水槽,水井在院子
　　　　一侧,一株柚子树长得很茂密,因为长年抵抗海风而倾向一
　　　　面。迎风的一面挺拔直立,上面挂着一个大的铜钟。一根晾
　　　　衣绳横拉过院子上空,几串早已风干的玉米吊在上面。走廊
　　　　的尽头,靠舞台纵深处堆放着一些柴火。墙根的旁边,一台
　　　　推土机显得很刺眼。

　　　　〔一只破旧的木船半截埋在沙里,冯国良默默地躺坐在破船

里。一只破旧的大帆布包放在船边。

　　〔冯泉海急急地边打着电话跑上场。

冯泉海　我知道了,你们先开会,我最迟十分钟后就到。

　　〔冯泉海到处寻找父亲,冯国良披着雨衣躺在船里。

冯泉海　爸? 爸!……您在这儿啊?

　　〔冯国良从腰下拿出只铜铃,摇了摇。铃声清脆。冯泉海发现了父亲。

冯国良　乡长大人,你给我挂了个铃,只要铃一响,我就逃不掉了啊。

冯泉海　爸,过半小时,您跟我一起回城,回家!

冯国良　回家? 这里就是我的家……

冯泉海　爸,你昨晚还没吃药吧?

　　〔冯泉海递给父亲药瓶。

冯泉海　爸,你干吗非要回来?

冯国良　再不回来,家就没了。我回家看看,怎么啦!(打钻机的噪音停了。发怒地)你听听,听听,开发开发,活生生把一个好好的渔场弄成一个澡堂子。

冯泉海　是浴场,爸! 是大浴场。

冯国良　是一回事。

冯泉海　爸! 给您解释过好多次了……请父亲大人过目!

　　〔冯泉海从随身的包里翻出一本规划图,给父亲展示着。林子忠远远地看着。

冯泉海　爸! 我们要把这里建成沿海最大的休闲度假中心 SPA 嘉年华!

冯国良　死吧,真好听。

冯泉海　这可是大势所趋。

冯国良　大势所趋? 不就是为了几个钱吗! 为了钱,你们可是什么都干得出来! 毁村! 毁岛! 又要毁海!

冯泉海　爸,你要相信我,我是渔民的孩子,我怎么会呢。

冯国良　渔民的孩子,都出不了海,哪里还是渔民的孩子,出不了海,就是孬种。(摇着铃)我现在也是——孬种!

冯泉海　爸,你身体不好,您不能——

冯国良 我知道我有病,老年痴呆,但我心里明白,清楚! 我还知道,有人痴了,有人疯了!

〔林子忠跑过来。

林子忠 老大,乡长也不容易,乡里要发展,他也是为了大家!

冯国良 这里没你的事,和事佬。

〔冯国良站起来,他觉得有些冷,披上外套。

冯泉海 爸,您老何苦非要守在这儿呢? 明天就要举行动工仪式了。

冯国良 动工? 动工? 望夫崖碍你们什么事了?

冯泉海 爸,望夫崖风景最好,开发商也最看重那里,再说了,这里早就没有航线了,灯塔早就不需要了。

冯国良 望夫崖埋着你的祖宗、先人。

冯泉海 爸! 我们只是把望夫崖上的坟给迁了。望夫崖会好好的,我保证,爸!

冯国良 我也不是你爸。

冯泉海 爸。

〔冯国良躺回到小船上。他不理儿子。林子忠冲着冯泉海摆摆手。

林子忠 泉海,你也没错,你爸也没错。你先回去,啊,这里有我和阿根伯呢。

冯泉海 子忠叔,阿根伯,明天一早这里就要爆破了。今天请你们无论如何都要把我爸劝回去,免得明天他亲眼看着又要再受什么刺激。拜托,拜托。

林子忠 行,我的乡长,你去忙,老大没事的。

〔冯泉海收拾着包。

冯泉海 爸,我……先走了。

〔冯泉海看着林子忠,林子忠示意他可以放心地离开。

冯国良 走,走吧。

林子忠 走吧。

冯国良 (突然)泉海,你什么时候回来?

冯泉海 爸? 噢,今天晚上,最迟明天一早——

冯国良 好,我等着!

冯泉海	爸!? 你……
	〔冯国良扭过头去,冯泉海不安地退下。
	〔静场。
林子忠	老大,泉海真的很难,你也要体谅他。
	〔林子忠走过去,他要拿那只帆布包。
冯国良	你别碰它。
林子忠	(放下帆布包)什么东西这么金贵啊!
	〔冯国良弯腰打开身边的拖网,摊开来。
林子忠	哎呀,老大,都折腾了一辈子,你还弄它干什么啊!
冯国良	翻开晒晒,要不,会发霉的、烂掉的。
林子忠	好好,晒晒。
	〔林子忠帮着冯国良晒着网。
冯国良	这网还可以晒,这人老了,却只能霉掉,烂掉了。
林子忠	老大,现在这些事情啊,你还管那么多干吗? 我们惹不起,还躲不起吗? 咱们一辈子只能靠海吃饭,现在海里没鱼了,他们只能卖这卖那的……
冯国良	你是谁啊?
	〔林子忠与陈阿根面面相觑。冯国良笑起来。
冯国良	我没犯病。我老了,不中用了。要是我没得这个病……这狗日的病,医生叫什么来着?
林子忠	阿尔兹海默症。
冯国良	海什么?
林子忠	海默症。
冯国良	真是邪门了,得个病也跟海有关系? 说白了,就是老年痴呆。
陈阿根	哎,国良,医生说了,不一样。你是想得太多了。
冯国良	(跳起来,冲着陈阿根)一样的。(感到内疚,缓和点儿)我真是……越来越不记事了,没用了。这小岛也废了。
林子忠	哎呀,小岛也真不方便,谁不愿意住城里呀?
冯国良	城里,城里,城里就是一只蟹笼子,人啊,就像那一只只的螃蟹,螃蟹爬进了蟹笼子里,钻进去,他就出不来了。
林子忠	对,大家都想钻进去,没有愿意出来的。时代不一样了。

冯国良	是不一样,好好的一个渔场非要弄成什么澡堂子。
林子忠	不是澡堂子,叫S——
冯国良	死吧……
	〔冯国良摔倒在地,林子忠和陈阿根赶忙过去扶他。
冯国良	子忠、阿根哥,我求你们俩一件事。
林子忠	什么事?
冯国良	就陪我两天,啊。趁现在我还清醒。
林子忠	老大,我们不走,不送你回城。我保证。
冯国良	我本不信这个邪的……可……别骗我,啊!我要是突然糊涂了,你们就顺着我,啊!城里太吵了,吵得人头疼。子忠,你看,以前我在村里就没事,就很好,可只要一到了城里,我就犯迷糊,你看,我现在就很好嘛。
林子忠	好。是很好。我们哪里都不去,就陪着你。
冯国良	说老实话,子忠,我从来没这么怕过,没着没落的,整天空荡荡的,就像是一条落在网里的大黄鱼,跳也跳不出……
	〔突然响起了大黄鱼的叫声。
冯国良	(突然静下来)喏,我听到大黄鱼的叫声了!从天门山那边传过来的,大黄鱼要过来产卵了。
	〔沉默。冯国良怔怔地看着远方。
	〔舞台的背后,一条巨大的鱼影游过。
林子忠	(试探着)老大,老大?
陈阿根	国良,国良!
冯国良	我们这些大黄鱼现在可怜了,人们为了晒盐,为了围垦,人们把那些滩啊涂啊都给占了,我们就没地方产卵了,肚子胀得滚圆滚圆的,一个个都憋死在海里!
林子忠	是啊,大黄鱼都没了。
冯国良	有。
林子忠	有?
冯国良	我就是,我冯国良就是一条大黄鱼,到处都是网,有家难回啊。他们断了我的水路。
林子忠	老大?

冯国良	(回过神来)怎么了？
林子忠	(确认冯国良没事)噢，没什么。
	［冯国良站起来。
林子忠	老大，我们都老了，在城里能安安稳稳地过过日子就行了，你想那许多干吗？
冯国良	过日子？(转过头)阿根，你喜欢在哪里过日子，城里，还是村里？
林子忠	各有各的好。
陈阿根	村里。
	［冯国良解下腰上的铜铃，摇了摇，铃声清脆。
冯国良	(苦笑)你们怕我走丢，给系上个铃铛，一走路就响，跟头驴似的。
林子忠	过去我们兴祥号上不也是挂个大铜钟，敲起来，再大的风浪也听得清楚啊。
冯国良	咱们兴祥号最多的时候，有……十六七号人。
陈阿根	是的。
冯国良	可现在呢？
林子忠	就算加上林子章，也就我们兄弟四个了。
冯国良	那个林子章啊，总也见不着人影。
林子忠	子章他忙，在上海，他要照顾孙子——
冯国良	你少给他开脱，你以为我不知道他在干什么啊！成天上海这里两地跑，就倒腾着那点儿臭鱼烂虾——
陈阿根	人家现在是大城市的人了！
冯国良	阿根叔，海底真的像先人们说的那样……人来人往的，像是一座城？
林子忠	对，热闹得很。
陈阿根	一条鱼就像是一个人。
冯国良	一条鱼就是一个人。
	［沉默。
冯国良	子忠，你恨我吗？
林子忠	老大，说什么呢？

冯国良　你爸的事情。

林子忠　那都过去了。我们渔民,这种事总会碰到的。

冯国良　(指指胸口)从那以后,伯母跟我话就少了。

林子忠　她呀? 她怕提过去的那些伤心事儿——老大,你千万别怪她啊。

冯国良　我怎么敢怪她呢! (稍停)我已经想了很久了,我就想着请人来唱一台戏,给你爸和老鬼他们招招魂。

林子忠　好啊,这事我们回城就办。

冯国良　不,海上的魂得在海上招,今天,就在这儿办。

林子忠　今天?

冯国良　我已经托子章去请人了,只要越剧调一响,兄弟们就都来了,他们都爱听!

　　　　〔女声悠悠然然地响起。

　　　　〔灯光变化。戚瑞云孤孤单单地出现在舞台的一角。年轻的冯国良跟着上,远远地看着她。

戚瑞云　三月钱塘桃花浪

　　　　四月扬子梨花波

　　　　桃花浪,梨花波

　　　　幽幽魂魄散尽时

　　　　泪珠散落风浪里

　　　　……

　　　　〔戚瑞云看着冯国良。

　　　　〔歌声中,冯国良站起身,他跟着戚瑞云,走着,恋着,痴痴地看着。

　　　　〔戚瑞云跟着年轻的冯国良下。冯国良想去追赶,却被林子忠叫住。

林子忠　老大?

　　　　〔冯国良回头看了看林子忠,又看了看戚瑞云下去的方向。

林子忠　怎么了?

冯国良　我像是听到……戚瑞云唱了。

林子忠　戚瑞云? 四十年前那个唱越剧的? 她唱什么了?

冯国良　她唱着……

　　　　〔冯国良摆好架势,他突然唱起了渔工号子。

林子忠　这是戚瑞云唱的啊?

　　　　〔冯国良还在动情地唱着。

　　　　〔林子忠和陈阿根被他带动着,也跟着唱了起来。

　　　　〔远远地,响起了渔工号子声,低低地和着,却雄浑有力,铿锵
　　　　激越。

　　　　〔灯光暗转。

第二场　筑　梦

　　　　〔灯光亮转。

　　　　〔渔工号越来越响,激烈而奔放,像是有千军万马奔腾而来,
　　　　马蹄声碎。

　　　　〔巨大的钟声配合着号子。一只巨大的船头慢慢地出现在舞
　　　　台上。

　　　　〔林阿龙、年轻冯国良、年轻陈阿根、老鬼以及一些渔民懒散
　　　　地或坐或立在甲板的各个角落。

　　　　〔蓝天大海,一派悠然自得的打鱼场景。渔民们抽着烟,悠闲
　　　　地放着渔网。年轻陈阿根裹着一件破棉袄,不停地咳嗽着。

　　　　〔背景声:隐约地传来高音喇叭的声音——舟山渔业革命委
　　　　员会通知:人有多大胆,地有多大产。各村各生产队各船注
　　　　意,今天下午有暴风雨,但我们要迎着风暴上,追着鱼群捕,
　　　　人多力量大,鱼多能肥田……

　　　　〔在林子忠和陈阿根的注视下,老年冯国良走到甲板上,他把
　　　　手里的竹笛塞到老鬼手里。老鬼吹着起竹笛,笛声满是思念。

　　　　〔林阿龙穿着一件旧的红色运动衫。他手里拿着一件破旧的
　　　　军大衣。

林阿龙	国良！
	〔老年冯国良站住，他以为是叫他。年轻冯国良跑过来。老年冯国良看着他。
年轻冯国良	阿龙伯！
林阿龙	当心着凉！
	〔林阿龙把手里的军大衣扔给年轻冯国良。年轻冯国良从自己的口袋里拿出一瓶酒递给林阿龙。
年轻冯国良	阿龙伯，俺娘说一定要好好谢谢你。
林阿龙	（推开）嗳，不用。
年轻陈阿根	酒！哪来的？现在的酒稀罕着呢！是要特供的。
海嘴巴	是啊，有钱都买不到。
年轻冯国良	老白干，这是俺爹从山东带来的，一直留着，说是等哪天他的问题解决了，再喝。
林阿龙	国良，你爸还没回来啊？
年轻冯国良	在农场，不让回。
林阿龙	你爸好人啊，以前他还帮我扫过盲、识过字！这瓶酒啊，还是给你爸留着吧。
年轻冯国良	不不不，俺娘说了，俺爹要是知道这酒是给您喝了，那比他自己喝了还要高兴呢。
海嘴巴	老大，这酒你可得喝，你看，队里其他的船都不要他这个右派的儿子，就你要他。你还不喝？
林阿龙	好，我喝。
	〔林阿龙拧开酒瓶喝了一口。老鬼停止了吹奏。
老 鬼	国良，你妈硬是把你从学校里搜出来，扔到这船上，你觉得丢人吗？
年轻冯国良	不丢人，俺娘说这船上好活人。
老 鬼	跟你爸在学校读书，将来就是个文化人，现在跟我们上船，就是渔民了。
年轻冯国良	俺娘说了，船上好。
老 鬼	对，船上干净。哎，国良，千万别丢了文化。
年轻冯国良	嗳。

年轻陈阿根	文化,能当饭吃啊?有文化就爱说话?喏,还不是落下个右派!
小眯缝眼儿	他爸是我们这里唯一的文化人,摊也得摊上他啊。
林阿龙	(厉声地)喂,小眯缝眼儿,你胡说八道些什么呢!还有你,阿根头,你们长点儿文化。国良,这船、这海,就是你的家了。有些事儿就像是潮汐一样,一阵一阵的,会过去的,啊。
年轻冯国良	嗳,知道了,阿龙伯。
	〔老鬼又吹起了竹笛,年轻陈阿根不停地咳嗽着。
林阿龙	阿根头,你怎么了?
年轻陈阿根	没事,老大,前两天冻的。
林阿龙	阿根头,这次回去,你息两天,啊。
年轻陈阿根	谢谢老大。
林阿龙	老鬼呀,娶了新媳妇,这笛子吹得有点儿意思啊。
	〔林阿龙把酒瓶递给老鬼。
老 鬼	(停止吹奏)那是,如今我老鬼出海那也是有人等的了。
	〔老鬼一仰脖就吃了起来。
林阿龙	老鬼,你少喝两口。
老 鬼	知道。(说完,对着酒瓶喝了一口)天冷。
林阿龙	(笑)冷,什么时候听到老鬼说冷了?
老 鬼	现在啊身体不如以前了,老了。再说了,我老婆还等着我回去缴公粮呢!我可不能冻病。阿根头,你说是不是?要是没地方缴公粮,那憋久了是会要馊的!
	〔众人笑。
年轻陈阿根	你这个老鬼,你不是刚娶了阿兰才半年吗?照你这么说,你不是都馊了几十年了。
老 鬼	你眼馋了是吧?我告诉你啊,阿根头,如今我们渔民的地位提高了,岛外的姑娘可是抢着要嫁进来。你别急着像只公猴似的,赶明儿我也给你找一个。
年轻陈阿根	你不就是在县城的街上捡了个年轻漂亮的小姑娘回家当媳妇吗!要不然,你这个老鬼还真不知道到哪里缴公粮去。

〔众人大笑。

林阿龙	国良,阿根头是我们船上的出网,你要跟他好好学学。
年轻陈阿根	(大声地)是的,国良,你要跟着我好好地学,听见没有?大家听着,这个国良是一个可以教育好的黑五类子弟。
林阿龙	(制止着)阿根头,又瞎说什么呢。国良,老话说,这渔民啊在船上,睡的是湿舱板,吃的是雨淘饭,船上不比岸上,很辛苦的。
年轻冯国良	知道了,阿龙伯。
年轻陈阿根	什么阿龙伯,叫老大,啊!

〔老年冯国良站起来。

两个冯国良	老大!

〔年轻冯国良扑到林阿龙怀里,他紧紧地抱着林阿龙。林阿龙拍了拍他的背,安慰着他。

〔年轻冯国良松开林阿龙,跟着年轻陈阿根走到台前。

年轻冯国良	啊,这么多鱼啊。
年轻陈阿根	多,多啥?大惊小怪的,这里水浅,全是沙,一有鱼,就都能看得见。多?多啥!
年轻冯国良	是,阿根。
年轻陈阿根	阿根?阿根也是你叫的?叫阿根哥。
年轻冯国良	是,阿根哥。
年轻陈阿根	(看着水里,稍停)咦,今天是有些奇怪,怎么会有这么多鱼?
年轻冯国良	带鱼、黄鱼、鲷鱼、老虎鱼,阿根哥,这里还有乌贼鱼……
年轻陈阿根	哎呀,连乌贼鱼都出来了? 老大,快,快来看。

〔林阿龙急急地跑过去,看着远方。

林阿龙	乌贼?(满脸严肃地)小眯缝眼儿,能看得到主船么?
小眯缝眼儿	(看了看远方)看得见,打的还是捕鱼的信号。

〔隐约的喇叭声,时断时续地传来:各村各生产队各船注意,今天下午有暴风雨,但我们要迎着风暴上,追着鱼群捕,人多力量大,鱼多能肥田……

老 鬼	可惜了,这么好的鱼啊,捕回去肥田。
小眯缝眼儿	老大,你听,这海底下哗哗的,都炸开锅了。

海嘴巴	就是,这水底下的鱼多得都要窜到船上来了。
年轻陈阿根	这下好了,今天一定是鱼虾满舱,半个月的任务就完成了。国良,咱们要迎着风暴上,快,快帮着放网!
	〔年轻陈阿根与年轻冯国良快速地放着网。
林阿龙	(看着远方,手一挥)停,停止放网。
	〔静场。渐渐地响起来哈哈的嘈杂的声音。海嘴巴跑到台前。
海嘴巴	不好了,老大,起沙了,海水都泛浑了。
老 鬼	海里都泛腥味了。
林阿龙	(看着远方)猪头云都上来了!小眯缝眼,敲钟!老鬼,回舵!海嘴巴,收帆!阿根,收网,收网。
年轻陈阿根	收网?这么多鱼啊。老大!
林阿龙	这哪是鱼啊,它们是来报信的,是来催命的。阿根,收网。
年轻陈阿根	收网!
林阿龙	不,来不及了。不要了,都不要了!
	〔一声巨大的雷声。小眯缝眼儿没命似地敲着铜钟,钟声一阵紧过一阵。
林阿龙	砍断缆绳。
年轻陈阿根	砍断缆绳!
林阿龙	给主船发紧急信号,升两个,不,三个风球。
小眯缝眼儿	升风球!
	〔小眯缝眼儿升起风球。
林阿龙	望夫崖方向。全速回舻。
年轻陈阿根	什么,全速回舻?老大,这样回去是要犯错误的。
林阿龙	天大的事我顶着,命都快没了。全速回舻。
众 人	砍断缆绳! 升风球! 回舻,回舻!
冯国良	(大声地)砍断缆绳! 升风球! 回舻,回舻!
	〔喊声震天。
	〔海浪声、雷声、风声、雨声、钟声、喊叫声混成一片。
	〔隐约的喇叭声传来:迎着风暴上,追着鱼群捕,人多力量大,鱼多能肥田……

小眯缝眼儿	天啊,这天怎么全黑了。
年轻陈阿根	这浪打上来全是沙子啊。
老　鬼	(大叫地)不好,海底起流沙了……

〔老鬼跑上。人们有些慌乱,四下里奔跑。

林阿龙	停,都停下。安静。

〔人们立刻停了下来。只有风声、浪声。

林阿龙	今天的风暴凶得很啊。
老　鬼	几十年没遇过啊。
林阿龙	老鬼,绑绳吧!
老　鬼	打结!
林阿龙	快,绑绳打结。
老　鬼	(大叫着)打结!

〔众人看着林阿龙。静场。林阿龙拿起绳子很快给自己
绑上,然后递给老鬼,老鬼绑上自己,又递给下一个,人
们一个接着一个地把自己给绑上。年轻陈阿根绑好自
己。突然,老鬼发现忘了年轻冯国良。

老　鬼	阿根,还有国良呢。
年轻陈阿根	(笑)差点儿把你给忘了,来,国良,哥给自己绑上。
年轻冯国良	阿根哥,为什么都要绑在一块?
年轻陈阿根	这是让捞到我们的人啊捡一个大大的元宝,咱们不能亏了人家。
老　鬼	国良,万一扛不住,我们都绑在一起,水里冲不散,不会四处漂,别人也好捞,这叫做同船一条命,生死相依。
海嘴巴	老大,风太大了,船要稳不住啦!

〔巨大的海浪声。

林阿龙	快,清理甲板,顺风左舷扔网。
年轻陈阿根	(大叫着)老大,你说什么?
林阿龙	清理甲板,顺风左舷扔网。
年轻陈阿根	(边解着身上的结)清理甲板,顺风扔网。

〔年轻陈阿根努力地解着身上的绳子。年轻冯国良一下
扯下身上的绳子,年老冯国良想抱住他,被他一下地推

开,他冲到舞台的后方,弯腰抱起一堆渔网,拼命地把网扔到海里。年老冯国良绝望地看着。

年轻陈阿根	(大叫地)国良,左边,左边。

〔年轻陈阿根抱着网跟跄地跑过去。

〔发动机的声音慢慢停止。

林阿龙	老鬼,发动机声音不对,怎么回事?
老　鬼	(在下面)老大,发动机被闷死了,船没动力了!
陈阿根	国良,刚才你是不是往右旋扔网了啊?
年轻冯国良	阿根哥,不是清理夹板,扔掉渔网吗?
陈阿根	你这个书呆子,要被你害死啦!老大,刚才国良往右舷扔了一个网,肯定是网把螺旋桨绞死了。
林阿龙	你是出网!你在干什么?
老　鬼	老大,这样下去船会侧翻的。
林阿龙	老鬼,你再发动一下试试。

〔依旧是发动机停滞。老大和老鬼都跑过来看。

老　鬼	(在舱底)不行,绞住了,动不了了。

〔老鬼跑上来。

老　鬼	(对老大,轻声)不行,螺旋桨被网绞死了,唯一的办法只能下海割网。

〔众人看着林阿龙,他一脸的严肃。

林阿龙	(大声地)下海割网!
海嘴巴	阿根,国良,下啊,谁捅的娄子谁负责!这是规矩!

〔海嘴巴拿起割刀,递向年轻陈阿根和年轻冯国良。

〔年轻冯国良很紧张。

〔年轻陈阿根把脸转过去,他不停地咳嗽着。

年轻冯国良	这……我……老大……我不会…阿龙伯,我怕……

〔老年冯国良急急地跑过去,他伸手就是给年轻冯国良一个耳光,他怒视着年轻的自己。

冯国良	怕,怕死鬼,就该你下!留着你,一辈子生不如死……

〔冯国良从海嘴巴手里抢过割刀,他把割刀递到年轻冯国良面前。年轻冯国良很胆怯地接过割刀。

冯国良	谁捅的娄子谁负责！这是规矩！
	〔年老冯国良疯狂抽自己的耳光。年轻冯国良不知所措。林阿龙看了看年轻陈阿根,从他手里拿过割刀。
	〔年轻陈阿根跪倒在地。
年轻陈阿根	老大,你不能去！我是出网,我捅的娄子我负责！这是规矩！
林阿龙	(怒吼)我是老大,老大。
陈阿根	老大！
林阿龙	滚！
	〔林阿龙转身往船尾。年轻冯国良正犹豫是否跟上。老鬼走上前。
老　鬼	国良！把刀给我！
年轻冯国良	不,是我,是我……
老　鬼	你不行,你头一回上船,边还没摸着呢,来,给我……没事的。你老鬼叔我下海洗个澡。
年轻冯国良	老鬼叔,是我闯的祸……
老　鬼	给我！
	〔老鬼从年轻冯国良手里抢过割刀。
老　鬼	国良,回去赶紧找媳妇,今后出海,就有人等啦。
	〔老鬼把手中的竹笛塞给年轻的冯国良。
	〔林阿龙笑着看老鬼。老鬼把酒瓶递给林阿龙,他又喝了几口酒,众人帮两人系绳子,然后他们一起跑下。
众　人	老大,小心啊……老鬼,当心啊……
	〔老大唱起了号子,众人和起,铿锵激越。
	〔年轻冯国良呆呆地站着。
众　人	(合)哟——嗬——
	哟嗬！回家噢！
	嘿嘿嘿嘿——
	哟喂！
	嗬！嗬！嗬！
	哟嗬！

〔林阿龙喊着号子,众人和声。

〔一声惊雷,号子声突然停住。

〔舞台中间闪出螺旋桨的阴影,林阿龙和老鬼出现在无声的海底,割网。林阿龙和老鬼接触到螺旋桨。

众　人　老大,老鬼,注意安全。国良,阿根,抓紧绳子。

阿　根　风大浪大,注意安全。

〔巨大的浪声。

〔林阿龙和老鬼水下割网的动作。

〔众人往前一扑,浪声起,帷幕上出现碎网的形象。

众　人　老大,老鬼,船又开始动啦……碎网,碎网,网被割破啦……我们得救了!

〔众人互相拥抱,庆祝欢呼。

年轻陈阿根　当心,你们看,又一个大浪打过来啦,快把他们拉上来!

众　人　危险啊!

〔一声巨大的海浪声,桅杆倒掉的声音,巨大的浪声。

〔年轻陈阿根和年轻冯国良手里攥着断掉的绳子。

〔红色灯光亮起来,帷幕上出现红色的血。

冯国良　(喊叫)血……

众　人　(喊叫)老大,老鬼!

〔年轻冯国良和众人一下地扑跪到船头中央。

〔雄壮的号子声远远地响起。

〔老年冯国良走过来,他从年轻冯国良手中拿走竹笛,走到舞台前方。

冯国良　(哭泣着)老大! 老鬼!

众　人　(站起来)老大! 老鬼!

〔在马达声中,所有人依次下。

冯国良　老大,老鬼! 因为我,你们回到了海里。一场风暴,死了两千多号人。几百条船出去,几条船回来。那一天,在风暴里,我成了海的儿子,一个渔民,一个老大,以后,每当我站在船上,我就感到我变成了他们,阿龙伯,老鬼叔,他们就在我的身体里。可我怎样才能心安啊,就像这大海,风平才能浪静。

[灯转。

第三场　忆　梦

[灯转。

[推土机旁,老年的冯国良坐在破船边,他的手里拿着那支竹笛。

[陈阿根和林子忠边说边上。

[远处,响起了海轮的汽笛声。

陈阿根　是不是子章来了?

林子忠　我去看看。

[林子忠下。

陈阿根　要招魂,我去准备准备。(看了看冯国良)你?

[冯国良摇了摇铃。

陈阿根　(欣慰地)平安无事!

[老年的冯国良坐在椅子上,他看着手里的竹笛。笛声悠然地响起来。

[年轻的阿兰在光束里慢慢地显现出来,形象并不清晰。

冯国良　(像是自言自语,又像是对阿兰)谁? 谁在那儿? 婶子? 我跟老鬼叔这么叫过你⋯⋯阿兰,你恨我吗!

阿　兰　你走吧。

冯国良　老鬼叔⋯⋯

阿　兰　不要再提了。

冯国良　想过吗? 以后怎么过?

阿　兰　不想,不想想。

冯国良　我对不起你。

阿　兰　过去了。

冯国良　可我过不去。

阿　兰　慢慢地,都会过去的。

冯国良　你有什么打算?

阿　兰　没有。

冯国良　你打算怎么过?

阿　兰　怎么过? 怎么过都是过。

冯国良　老鬼没了,你又是刚嫁过来的,人生地不熟,娘家也没有亲
　　　　戚,这里只有你一个人。

阿　兰　(哭)一个人? 不! ……是啊……是一个人,一个人!

冯国良　老鬼叔……

阿　兰　不要再说了。

冯国良　是好人。

阿　兰　没了。

冯国良　老鬼叔救了大家,队上说今后你的日子大家帮着过。

阿　兰　知道了。你走吧。

冯国良　我能到哪儿去?

阿　兰　你跟我一样,都不是这儿的人,用不着在这儿待着。

冯国良　我哪儿都不会去的。我就一直在这儿待着。

阿　兰　不,你不是个打鱼的……

冯国良　是的,我是右派的儿子,一个狗崽子。我怎么能比得上一个
　　　　打鱼的!

阿　兰　早晚有一天,你是要跟你父亲一起回山东的。

冯国良　不。

阿　兰　为什么不?

冯国良　因为……你。

阿　兰　因为……不,国良,你走吧,真的,事情都已经过去了。

　　　　[年轻的冯国良冲上,跪在阿兰面前。

年轻冯国良　可我……过不去! 我,过不去!

阿　兰　(突然激动地)过不去? 你也知道过不去,过不去又怎么样? 过
　　　　不去不还得过去吗? 这一个村死了几十个人,又不是老鬼他
　　　　一个人,大家谁能过得去……不,实在不行,我就回去。(哭)

回,我这样子怎么回啊……回哪儿去啊,家早就没了,逃荒出来的,孤魂野鬼!(大声地)老鬼,你为什么要丢下我?我不嫌你老,我不嫌你丑!你说过的,你说要给我一辈子的!可这才半年……我现在真想跳下海去,去陪你。

年轻冯国良 别……阿兰,你千万可别这么想!

阿　兰 我又能怎么想?

年轻冯国良 你,别哭了。咱俩……咱俩一起过。

阿　兰 咱俩?

年轻冯国良 咱俩!

〔阿兰怔怔地看着年轻冯国良。

阿　兰 冯国良,老鬼刚走,你就欺负我头上来。滚,滚,你给我滚啊——

年轻冯国良 阿兰,我是认真的。

阿　兰 你们这些读书人——

年轻冯国良 我只是怕连累你!我不会骗你。老鬼叔救了我的命,我就应该照顾你一辈子,你是一个人,我也是一个人,那咱俩就一起过。

阿　兰 你?……

年轻冯国良 真的。

阿　兰 我是老鬼的人。

年轻冯国良 你是个好女人,老鬼也是个好人,在天上他会保佑我们的。在海里他会保佑我们平安的,阿兰。

阿　兰 (怔怔地看着年轻冯国良)你走吧。

年轻冯国良 我是认真的。

阿　兰 你走吧。

年轻冯国良 阿兰,阿兰!

〔年轻的冯国良突然跪下来,对天发誓。

年轻冯国良 (叫喊着)老鬼叔,我冯国良不能报答你的救命之恩,就让我照顾阿兰一辈子吧。阿兰,如果我说的有半点谎话,就让这天上的雷劈了我,让这大海的海水把我淹死……

阿　兰 (大叫着)你走啊……

年轻冯国良	我爸妈虽是臭老九,可他们不会反对的。
阿　兰	走!
年轻冯国良	阿兰——
阿　兰	走啊!
年轻冯国良	阿兰,你可怎么活啊! 你可是一个人! 阿兰——
阿　兰	一个人,一个人,我要是一个人,我早就跟着老鬼一起走了。

［巨大的海涛声。阿兰捂着腹部,悲痛欲绝。

［年轻冯国良怔住了,他吃惊地看着阿兰。

年轻冯国良	阿兰? 阿兰,我娶你。咱俩结婚!

［阿兰站起来,她失魂落魄地跑下,年轻冯国良追着她。

年轻冯国良	(喊叫着)阿兰!

［照着年轻冯国良和阿兰的灯光隐去。

冯国良	(喊叫着)阿兰! 我娶你。咱俩结婚!

［老年的冯国良站起来,他感觉脑袋有些糊涂。随即坐下,掏出药瓶吃了几颗药。

［舞台的另一侧,林子忠带着林子章上。林子章边走边打着电话。

林子忠	老大,子章来了。
林子章	喂,喂,喂! 这儿连个信号都没有,太落后了。(看到冯国良)老大,你好啊!
冯国良	我托你办的事情,你办得怎么样了?
林子章	老大,你放心,凡是托我林子章办的事情,我一定办得漂漂亮亮的。老大,你知道吗? 现在戏班子太难请啊!
冯国良	嗯?
林子章	请到了,下班船到! 下班船就到! 啊。
冯国良	好,好。
林子章	(大声地)老大,这事儿你不是不让我跟别人说吗? 我谁也没说!

［冯国良有些恍惚,他转身离开。

林子章	(对着陈阿根指了指冯国良)他?

陈阿根	没事,没事。
林子章	(大声地)我谁也没说!
林子忠	你这么大声谁不知道?
林子章	我怕他耳背听不见!
陈阿根	他听得见,你耳背。
林子章	噢,我耳背。是我耳背。(对林子忠)那个大上海啊,车子多是多的来,喔哟,堵是堵的来,嘀嘀嘀嘀,嗒嗒嗒,嘟嘟嘟! 把我耳朵啊弄得不灵光了呀!
林子忠	你呀,忙得很。
林子章	忙,整天都是朋友们托我办事情,不是从东头跑到西头,就是从南头跑到北头,没有一条弄堂我没兜过。你们,弄堂懂吗? 就是在里面钻来钻去,绕来绕去的。

〔冯国良转身跑过来。

冯国良	(认真地)钻来钻去,螃蟹。
陈阿根	对,国良,城里就是只蟹笼子!
林子忠	人啊,就像是螃蟹,再怎么钻,你也钻不出来。
林子章	对对对,钻不出来。可这就是城里人的活法嘛! 与时俱进嘛! 这人吧就跟鱼一样,总得活吧,而且得好好地活! 像我吧,我知道上海缺什么,我们这里有什么,这么一倒腾……(得意地捻着手指)我的GDP呀就上去了! 哎呀,你们总说我不回来,又说我呢忘本! 我也想回来,回到从前,在岛上,在船上,那时候人与人之间多干净啊! 可是回不来了,时代不同了,你们要是看不惯我,你就把我当作笼子里的一只螃蟹,好吧!

〔林子章一屁股坐在地上,陈阿根急忙过去扶他。冯国良饶有兴趣地看着他们,笑着。

陈阿根	你就是只螃蟹,出了水,还要折腾呢。
林子忠	螃蟹好啊,活得多自在,城里乡下,都兜得转!
林子章	哪里! 马马虎虎!
冯国良	你到底请到谁?
林子章	老大,你还记得四十多年前,我也请过一个人?

〔冯国良努力地想着,他记不起来。

林子忠	（对着冯国良）戚——瑞——云！那个越剧小花旦！？
陈阿根	该是老花旦了。
林子章	老大，说到戚瑞云呀，我还挺恨你的。
	［冯国良呆呆地看着林子章。
陈阿根	（笑）国良，他说实话了。
林子忠	（笑）陈芝麻烂谷子的事，不要再提它了？
林子章	干吗不提？当年是我把她请来的！
林子忠	是你请的。
林子章	我把她请来，我是有想法的呀！（对冯国良）老大，我怎么知道你们同过学，你们倒好上了！早知道这样，我就不请她了——阿根，子忠，你们评评理，老大，他是不是太不厚道了。后来，他们不成了，也不告诉我一声——
林子忠	子章，那个戚瑞云后来到哪儿去了？
林子章	戚瑞云后来去了兰州。
冯国良	（思忖着）她果真去了。
林子章	老大？这事你也知道？喔哟，这事搞了半天就我蒙在鼓里。
冯国良	你到底请的谁？
林子章	戚瑞云……
	［众人吃惊地看着林子章。
林子章	噢，不！请不来了，她已经过世了。
	［静场。巨大的海浪声。
林子章	我请来了她的孙女，艺名叫小戚瑞云。喔哟，她跟当年的戚瑞云长得一模一样。她的腔调，她的扮相，喔哟，嗲！人家现在很忙的，我说到她奶奶，她才肯来的。
冯国良	那今天我们就在这儿，给阿龙伯给老鬼，还有死去的弟兄们，招招魂，让小戚瑞云给他们唱一段，往后怕是再也听不到了。
林子章	老大，这事儿泉海知道吗？（对林子忠）哎，子忠，乡长他同意了吧？
冯国良	笑话，要他同意？那他炸望夫崖，经过我同意了吗？
林子章	喔哟，老大，不是炸望夫崖，是炸灯塔。我听说啊，要在那里建个连上海也没有的高级会所。

冯国良　那里是世世代代在海上遇难渔民们的坟。

林子章　都是些衣冠冢。

冯国良　(突然发火)那是祖宗、先人。

　　　　[静场。林子章看着林子忠,林子忠冲他摆摆手。

　　　　[突然,远远地响起了一声海轮的汽笛声。

林子章　(站起来)喔哟,船来了……小戚瑞云来了。

　　　　[冯国良站起身来,满是期待。

　　　　[女声悠然地响起,无词无字,怨恨绵长。

女　声　啊……啊……啊……

　　　　[灯光渐暗。

第四场　恋　梦

　　　　[灯转,光起。

　　　　[望夫崖破旧的灯塔下。一束光下,小戚瑞云亭亭玉立,默然
　　　　静伫。她静静地注视着远方,像是沉浸在回忆之中,身边的
　　　　灯光漾开来。

　　　　[在她的面前放着两排空空的竹椅。竹椅上放着碗。在最后
　　　　一排的角落里,坐着冯国良、林子忠、林子章和陈阿根。

　　　　[冯国良站起来,他从帆布包里拿出一大瓶酒。林子忠有些
　　　　意外地看着他。

林子章　老大,开始吧。

　　　　[众人分别把酒倒在那些碗里。

　　　　[冯国良端起一只酒碗,摇着铃。

冯国良　祖宗们,先人们,回来吧! 阿龙伯,老鬼叔,兴祥号上的兄弟
　　　　们,我冯国良、林子忠、林子章、陈阿根,我们想你们了。如今
　　　　的村子破了,旧了,渔民们从小岛搬到大岛,大岛搬到陆地,
　　　　都进城了。你们生在这里,死在这里,守在这里,可是你们的

栖身之地也要没了……（哽咽起来）……今天趁我们几个老兄弟都还活着，就一起回来，给你们祭奠祭奠，请你们听一听越曲乡音，保佑我们的儿孙们世世代代平平安安，一帆风顺。

林子章　现在好了，出海都有大船，还有无线电，卫星电话，到哪儿都能通上话了……

冯国良　可鱼没了……

林子忠　请你们就和龙王爷商量商量，多唤回些鱼来吧。

陈阿根　保佑啊。

众　人　保佑啊。

　　　　〔冯国良举起手中碗，朝天三拜，其他三人跟上，他们都把酒洒在地上。

　　　　〔小戚瑞云一直怔怔地看着他们跪下，站起。

小戚瑞云　叔叔伯伯们，可以唱了么？

林子章　好，开始吧。

小戚瑞云　请听了……

冯国良　等等，这条围巾是你的？

小戚瑞云　哦，我明白了，我的奶奶也有过一条这样的围巾，一式一样的。

冯国良　（给小戚瑞云戴上）她是围在头上的。

小戚瑞云　（把围巾拿下来）这样子太土的。

林子章　开始吧。

小戚瑞云　唱哪一段？

林子章　先唱一段你奶奶唱过的。

小戚瑞云　我奶奶最喜欢的是一段唱大黄鱼的。

林子章　大黄鱼？

小戚瑞云　从小就听她唱，她还一字一腔地教过我。

冯国良　三月钱塘……

小戚瑞云　对，就是这段。

　　　　〔小戚瑞云提起衣袖轻轻一甩。哦声即起，婉转幽怨。

　　　　〔众人痴痴地看着她。

小戚瑞云	三月钱塘桃花浪
	四月扬子梨花波
	桃花浪,梨花波
	幽幽魂魄散尽时
	泪珠散落风浪里
	……

〔歌声中,一盏、两盏、三盏……无数盏的灯从天而降,它们像是无数渔民先祖们的灵魂浮在空中。

〔年轻的冯国良轻轻地上,他坐在竹椅前排的中央,怔怔地看着她。

〔歌声中,小戚瑞云把头巾披在头上,倏由之间变成了戚瑞云。冯国良跟着她,看着她,恋着她。

戚瑞云	鱼儿的泪
	汇聚成汪洋
	鱼儿的泪
	流在我的心上
	化作那晚霞抹在你的天上
	……

〔歌毕。戚瑞云收起衣袖,慢拢云鬓。

冯国良	好听。
戚瑞云	哪有你这么痴痴地看的。
冯国良	有啊。
戚瑞云	谁啊。
年轻冯国良	我啊。

〔冯国良吃惊地转过头,看着年轻的自己。他慢慢地站起身,与年轻的自己交换了位置,坐回到竹椅上。

戚瑞云	就你聪明。
年轻冯国良	我啊? 都笨死了。
戚瑞云	为什么?
年轻冯国良	听不懂你的词呗。
戚瑞云	你不是本地人,当然听不懂。

年轻冯国良	那你唱两句我听得懂的。
戚瑞云	听得懂就不需要我唱了。你真笨,这都是你写的词。
年轻冯国良	我写的?
戚瑞云	去年,你说大黄鱼的。
年轻冯国良	你记下了?
戚瑞云	记下了。只能对你唱,平时在台上,不敢。
年轻冯国良	你对俺真好,除了俺爹娘,就你对俺好。
戚瑞云	你爸……
年轻冯国良	还关着呢。
戚瑞云	你妈今天也来听了。不过,看了会儿,就走了。
年轻冯国良	她还不习惯。
戚瑞云	她不喜欢。(稍停)你跟她说了?
年轻冯国良	说了。
戚瑞云	怎么说的。
年轻冯国良	我说我要和你在一起。
戚瑞云	她怎么说。
年轻冯国良	她说……她说除非你不唱戏了。
	〔静场。戚瑞云欲离开。
年轻冯国良	这由不得她。你们什么时候走?
戚瑞云	天天走。
年轻冯国良	我说你们什么时候回去?
戚瑞云	还有一个公社,就可以回去了。一个月吧。
年轻冯国良	什么时候再来?
戚瑞云	明年。
年轻冯国良	明年? 又要一年啊。
戚瑞云	是的。
年轻冯国良	那你想不想我跟你一起走。
戚瑞云	跟我走? 做什么?
年轻冯国良	我去做个打杂的。
戚瑞云	县剧团很难进的,要城镇户口。
年轻冯国良	我就做看门的。

戚瑞云	你爸是右派,他们不会要你……
年轻冯国良	……
戚瑞云	要不,我跟你一起打鱼?
年轻冯国良	好啊,我在海里打鱼,你在家里等我,等我回来,你给我唱越调。
戚瑞云	好的。
年轻冯国良	过几天,我要去渔船上。俺娘不让我读书了……
戚瑞云	你也不读了? 我不读是为了进剧团,你——
年轻冯国良	你看俺爹……俺爹不就是读书读的。
戚瑞云	(叹了口气)那以后你上了船,我们见面就更难了。
年轻冯国良	不会的。
戚瑞云	那……是哪条船?
年轻冯国良	子忠他爸的船,他爸可是俺们这里的红老大,兴祥号,那可是俺们村里最好的船,我会算账,还会写字,可以做个多人,或是出网什么的……
戚瑞云	什么多人出网啊,我给他们唱过曲,那帮人……
年轻冯国良	怎么了?
戚瑞云	(笑)嘴上不着边的。
年轻冯国良	我着边就行。瑞云,俺在这儿等你,明年,明年我娶你。
	〔年轻冯国良突然一把抱住戚瑞云。老年冯国良站起来。
戚瑞云	你还没到结婚年龄呢。
年轻冯国良	我不管。
戚瑞云	有人管。
年轻冯国良	俺娘?
戚瑞云	政府。
	〔灯光渐暗,场景又回到小戚瑞云唱曲。
小戚瑞云	(唱)化作那晚霞
	抹在了你的天上
	……
	〔老年的冯国良、林子忠、林子章和陈阿根泪眼婆娑。

林子章	小瑞云,这是你奶奶教你唱的?
小戚瑞云	我奶奶最喜欢这支曲子了,说是在南方的海边学的。
林子章	不对啊,当时都是革命宣传队,要是唱这样的词,那是要犯错误的啊!
冯国良	你们让她往下唱,她还没唱完呢!
	[林子忠、林子章和陈阿根不解地看着冯国良。
林子章	你怎么知道?
冯国良	我写的词。
林子章	老大,你写的词?!
	[林子忠、林子章和陈阿根非常吃惊。
冯国良	你让我往下听……她当年是唱给我一个人听的。
	[小戚瑞云又开始唱。
	[众人隐去。歌声中冯国良一个人立在舞台的中央,小戚瑞云围着他唱着,慢慢地戴上头巾,又成了戚瑞云。
戚瑞云	鱼儿的泪
	汇聚成汪洋
	鱼儿的泪
	流在我的心上
	化作那晚霞
	抹在你的天上
	……
	[静场。年轻冯国良跑上,看着戚瑞云。
年轻冯国良	我决定娶阿兰了,我要照顾她一辈子。
冯国良	否则我对不起老鬼叔,老鬼叔他救了我的命。
年轻冯国良	我本想跟你商量的,可……对不起。
冯国良	对不起,瑞云!
戚瑞云	听,大海在讲话呢。
年轻冯国良	瑞云,子章也不错,他一直对你好……
冯国良	瑞云,我知道这对你不公平。
年轻冯国良	可如果我不这样做的话,我,我过不去。
冯国良	我只能这么做。

年轻冯国良	瑞云！咱俩以后……
冯国良	做一辈子的朋友……
戚瑞云	水冷了,回不去了。
两个冯国良	你恨我吧!
戚瑞云	(摇着头,唱)这海水……
年轻冯国良	这首曲子……
戚瑞云	丢到海里去了,每个字都丢了。我不会再唱了,没人听,没人听得懂了。反正是说大黄鱼的,那就都丢到海里去吧,就让鱼儿唱给鱼儿听吧。国良,海水为什么是咸的?
冯国良	那是鱼儿的眼泪。
年轻冯国良	那是鱼儿的眼泪。
戚瑞云	也是人的。
	〔静场。
	〔冯国良坐下。
	〔戚瑞云从口袋里拿出一只手表,手表上还有个标签。年轻冯国良静静伫立在戚瑞云面前。
戚瑞云	今天下午路过镇上的百货店,买的。
年轻冯国良	我知道它。
戚瑞云	你知道?
年轻冯国良	那个店就只有这么一块表,都放了好几年了。这儿的人是不戴表的。
戚瑞云	我买了。
年轻冯国良	很贵的。
戚瑞云	给你买的。
年轻冯国良	我? 不,不可以。
戚瑞云	不管怎样,心意。
年轻冯国良	不行。
戚瑞云	你要是不要,我就把它丢到海里。
	〔戚瑞云举手欲扔。
年轻冯国良	瑞云。
戚瑞云	那你同意了。

年轻冯国良	真的不可以……
戚瑞云	(看着表)没人要了,那算你先替我保管着。
	〔戚瑞云把手表给冯国良戴上。戚瑞云看着,看不够似的。
戚瑞云	好好替我保管着,啊。
年轻冯国良	我……
戚瑞云	(强忍着眼泪)说说别的吧。
年轻冯国良	那……你……你们演完就都回了?
戚瑞云	是的。
年轻冯国良	什么时候再来?
戚瑞云	要是不走,明年。
年轻冯国良	走?
戚瑞云	听说西北都在成立越剧团,我想去那里。
年轻冯国良	去西北?那里的人听得懂越剧?
戚瑞云	总会有人听得懂的。
年轻冯国良	明年再来吧,你答应过我,要给我唱《十八相送》的。
戚瑞云	(凄然一笑)也许。好了,我要走了。
年轻冯国良	我送送你吧。
戚瑞云	不必了。
年轻冯国良	可你就一个人。
戚瑞云	习惯了。
年轻冯国良	还是送送你吧。
戚瑞云	(苦笑)十八相送?这里既没庙又没桥也没鹅的,送不出名堂的。
年轻冯国良	可我就是想送送你。
戚瑞云	就是不必了。(稍停)别让人家看了笑话。
	〔戚瑞云转身下。
	〔年轻的冯国良痴痴地望着她下去的方向,又低头看着手中的手表。
	〔女声悠然地响起,无词无字,怨恨不已。
女　声	啊……啊……啊……

[老年的冯国良轻轻地走过年轻的冯国良。他们对视着。年轻的冯国良把手中的表递给老年的冯国良,他接过去,轻轻地抚摸着。

[年轻的冯国良下。

[冯国良看着手中的手表,灯光渐暗。

[女声怆然,痛人心脾。

第五场　约　梦

[灯起。

[一股烟柱从舞台上空泻下,有些空灵的感觉。

[一阵哇哇的声音慢慢地从舞台的深处传出,声音有些模糊,不是很清晰,渐渐地,声音越来越大,夹杂着几许激愤,形成一种气势,随即,排山倒海般传过来,摧枯拉朽,震耳欲聋,可就是在这强大之中却隐约有些哀怨的味道。

[烟柱泻尽,真实露出,冯国良坐在破船里。他慢慢地睁开眼睛,像是从梦中被唤醒来,他扭过头找寻着什么。

[舞台的纵深处,站立着一个男人。

冯国良　谁?

男　人　我。

冯国良　你是谁?

男　人　我就是你啊!

　　　　[沉默。

冯国良　我好像听到大黄鱼叫了。

男　人　还有敲船梆的声音! 几十条船围在一起,一起敲击船梆,海,都被震翻了。

　　　　[急促的敲击船梆的声音。声音越来越急,夹杂着震耳的人声。

男　人　在所有鱼群中，只有我们黄鱼脑的两侧长着耳石，船桴声传到水下，我们就被震得头昏脑涨，敲捕过后的海面到处都漂浮着我们的尸体。

冯国良　那个时候，人都疯了……你就是那条大黄鱼？
　　　　〔男人大笑着点着头。

冯国良　我一直在等你。

男　人　你肯定我会来？

冯国良　我肯定。

男　人　为什么？

冯国良　世世代代，人和鱼，都是有约的。但愿不会太晚。

男　人　学会彼此宽恕，就永远都不会晚。
　　　　〔男人掏出两颗耳石，递给冯国良。

冯国良　耳石？

男　人　你知道我们黄鱼为什么要长着一对耳石吗？是为了能在大海深处可以听到故乡的水声，哪怕是最细微的水声，每当桃花落下，梨花飘过，我们都能听得到。风生水起时，我们就知道可以回家了。

冯国良　可我们竟然利用它来捕杀你们。断了你们的生路、归路。

男　人　现在，我们不需要它了。我们早已无家可归了。可是，你们需要，它可以帮你们找到回家的路。

冯国良　回家的路？我要去找到那条回家的路。

男　人　你决定了？

冯国良　我决定了。

男　人　好，我等着你。大海中，金光灿烂的地方！

冯国良　这一次，我绝不失约。

男　人　你知道海水为什么是咸的？

冯国良　那是鱼的眼泪。

男　人　那也是人的。
　　　　〔男人慢慢走向舞台纵深处，所到之处，金光璀璨。
　　　　〔冯国良站起身，把看着手中的两颗耳石，目送着男人离去。
　　　　〔海浪声响起，伴着女声悠然。

第六场　碎　梦

［灯光转。

［冯国良掏出竹笛,把它放在唇边,笛声响起,说不尽的忧伤。

［冯泉海拿着对讲机,急急地上。他看着父亲,自己来回地走动着,显得非常着急。最终,他在冯国良身边坐下,听着父亲吹着笛子。海浪声有节奏地和着。

冯泉海　爸,真好听。小时候,你经常带我来这里,你就坐在这儿,这样静静地吹着笛子。爸,我很少见你哭,可是在这里你却经常哭……爸,你说男人的命在海上,你的一辈子都和这大海融在了一起,你的眼泪,我懂。(把手搭在父亲肩上)爸,我真想什么也不干,还和小时候一样,就这么和你坐在这望夫崖上,听你吹笛子,海风会把笛声和我们带得很远,很远。

［冯泉海轻轻地拍着父亲的肩膀。他来回地走动着。

冯泉海　爸,子忠叔他们都劝你多少次了,快回城吧,要不,来不及了……

冯国良　(停止吹笛)几点钟炸?

冯泉海　九点。

冯国良　泉海,你坐吧。

冯泉海　(看了一下手表)爸,半小时都不到啦,我们跟开发商合同签死了的。县里市里的领导都到了……炸药都堆好了。

冯国良　他们也是看在你的面子上,我是乡长他爹,要不,早就被人轰下去了。

冯泉海　爸,你得支持我的工作。

冯国良　泉海,这支竹笛,是你老鬼阿大的。

冯泉海　爸,只有二十多分钟了,就要点火了……

冯国良　……今天我把它交给你。

冯泉海　爸!无论如何,今天望夫崖是要动工爆破的,我不想让你受

刺激······

冯国良 泉海,这些竹椅上坐的都是前辈先人,我无脸面对,你就给他们一个交代吧。

冯泉海 爸,你儿子我不是个无情无义的人,我知道,望夫崖上埋的都是岛上的乡民,还有遇难渔民的衣冠冢。乡里商量了,县里也批了,开发商也同意了,我们会在后山海神娘娘庙那里新建一片坟地。

冯国良 那里背光,阴得很。

冯泉海 让子孙后代过上好日子,我想祖宗们会同意的。

冯国良 同意?那炸灯塔,祖宗们也同意?

冯泉海 以后开发商要在这里新建一座发射塔,现在渔船都是靠卫星信号导航的。

冯国良 开发商,他们就像一群鲨鱼,什么都吃,凶残得很。

冯泉海 爸,你说的对,可正是有了鲨鱼,我们才会游得更快啊。

冯国良 游得更快,都游没了。千百年来,这就是一片渔场。

冯泉海 可鱼都没了。

冯国良 它们会回来的。

冯泉海 你相信,爸?

冯国良 我相信。

冯泉海 可我们等不及啊,十几万人的生活要改善,经济收入要增加,不管用什么搭台,最终还是经济唱戏。我们得顺应潮流。

冯国良 顺应潮流?我是老大,我懂得什么叫潮流。顺着潮流,你们就会被冲得稀巴烂,路都找不到。

冯泉海 可现在,我们需要。

冯国良 需要,需要,都是需要。人们怎么一直在要,要个没完。我们真不比鲨鱼好多少,以前是滥捕滥杀,现在卖村卖岛,前岙的那个避风港你们也给卖了?渔船以后回来停在哪里呀!

冯泉海 那里没风,景色又好,把水抽干就可以盖房子,建景点,那里好卖。

冯国良 (突然发火)卖,卖,卖,卖!把海都给卖了,你们这是把自己的良心都给卖了。

冯泉海　爸,我老实告诉你,要是我不在这儿,今天你站在这儿所能看到的海,都会被卖了。如果我不干,就会有别人来干,而且干得比我更凶,更狠。你知道这个渔港卖了多少钱?十三个亿!十三个亿,什么概念,就是全国人民每个人在我们这里投资一块钱啊。爸,社会的大船是要往前开的,谁都挡不住的。

冯国良　可如果找不着水路,是会开到旋涡里去的。你看看,现在,鱼,鱼没了;岛,岛没了;海,海没了。

冯泉海　好,有鱼,有岛,有海,为了什么?那不也是为了过上好日子吗?再说,我们现在也有休渔期,也有近海养殖。我们不是不清楚。要是真说到责任,也是从你们那时候开始的。过去鱼不是很多吗?可几十年来,你们拼命地捕杀,什么方法抓鱼多,你们就用什么,又是敲梆捕鱼,又是拖网捕鱼。鱼多了,卖不掉,吃不完,你们就用作肥料肥田,人们是见什么捕什么,渔网的网眼越来越小,就连鱼子鱼孙都让你们给赶尽杀绝了。

冯国良　我们那时候——蠢,可你们不要再明知故犯。

冯泉海　所以我们就只能想别的办法了。大海都脏了,空了,我们得靠海吃饭?

冯国良　那就把鱼找回来。

冯泉海　找鱼?可是鱼在哪儿呀?
　　〔静场。

冯泉海　爸,风调雨顺,鱼虾满仓,三月桃花浪,四月梨花波,那只是你的一个梦,昔日旧梦……

冯国良　难道就不应该有梦吗?

冯泉海　爸,我们总得往前走啊。

冯国良　你也要往前走!

冯泉海　爸,现实点儿吧!你离现实越来越远了。
　　〔静场。

冯国良　泉海,爸只求你最后一件事,就这望夫崖上的灯塔,不炸,行吗?

冯泉海　不行。

冯国良　就一个灯塔,我信这个,看了多少年了,它照亮了我们多少年,不管经历了多少风雨,它就立在这儿。灯塔没了,那些死在海里的祖宗、先人就找不到回家的路了,就都成了孤魂野鬼了。这么大的一片海,难道就容不下一个小小的灯塔。

冯泉海　爸,不行,十三个亿啊。

冯国良　就一个灯塔。

冯泉海　(一下地跪下)爸,体谅体谅您的儿子吧。

　　　　　〔静场。对讲机突然响起来,冯泉海拿起对讲机。

冯泉海　(长久地听着对讲机,突然发火)你让他们等着! 对,我知道,让他们等着,等着。你们就不能让一个老人和他一辈子的家园多待一会儿?!

　　　　　〔冯泉海挂上对讲机。冯国良掏出药瓶吃药。

冯泉海　(看着表)只有十几分钟了。(看着冯国良)爸,你身体不好,我不该和你吵。

冯国良　(站起来)泉海,我想出趟海。

冯泉海　出海?

冯国良　男人的命在海上,就像你老鬼阿大一样。他去海里,是替我去死!

冯泉海　爸,我知道,他是你的恩人。

冯国良　他是你的父亲!

冯泉海　我认他这个义父。

冯国良　他是你的生身父亲。

　　　　　〔冯国良激动地站起来。冯泉海有些担心地看着他,他判断着父亲是否清醒。
　　　　　〔静场。

冯泉海　爸?

冯国良　是的,我没犯糊涂。

冯泉海　爸!

冯国良　好儿子,今天我等你来,就是想告诉你,老鬼才是你的亲阿大。
　　　　　〔静场。

［冯泉海怔怔地看着父亲。

［海浪声轻柔地响起来。舞台一角的高处,出现阿兰与年轻的冯国良。年轻冯国良吹着竹笛,笛声悠扬。

阿　兰　　　国良,你学得真快。

年轻冯国良　没老鬼叔吹得好。

阿　兰　　　你俩都吹得好。

年轻冯国良　阿兰,这里风大,咱回吧!

阿　兰　　　就回……国良,这里是我们这岛上最高的地方了。

年轻冯国良　是的,站在这里能看得很远。

阿　兰　　　是看得远……男人们出海,女人们总是站在这里等。

年轻冯国良　所以才把这儿叫望夫崖。

阿　兰　　　以前老鬼出海,我也是站在这里等呀,望啊!

年轻冯国良　因为这灯塔在!

阿　兰　　　谢谢你。

年轻冯国良　你说什么呢!

阿　兰　　　像我这样的女人,别人躲还来不及呢!

年轻冯国良　那我这样的狗崽子,你就不怕连累!你想多了,阿兰。

阿　兰　　　我怕给你带来晦气?

年轻冯国良　阿兰!

阿　兰　　　可别人怕……你不知道,我娘生我时难产死了,困难时期,我爹为了把口粮省给我,饿死了,如今,老鬼刚与我成家半年,又死了,他们说老鬼出事是因为我……

年轻冯国良　(怒)谁说的,我找他去!

阿　兰　　　国良,你一定会成为一个像阿龙一样的老大,你那么喜欢大海。没有人像你这样用心用力。

年轻冯国良　队里能让我学习锻炼,我已经很感激了,所以我一定要做得最好。

阿　兰　　　好多人都说你就是一个当老大的料。

年轻冯国良　我一定会属于大海的。

阿　兰　　　你会的,你会的。国良……队里还没有让你出海吗?

年轻冯国良　没,还得等。

阿　兰	(苦笑)等？都一年多了，你还在岸上。
年轻冯国良	可能是因为我爸是右派！
阿　兰	不是的，风暴前你已经上船了。
年轻冯国良	不让出就不出吧，只要能站在海边，看着大海，就够了。
阿　兰	不够的，国良。你一直想成为像阿龙一样的老大。
年轻冯国良	……
阿　兰	他们不让你上船。他们不敢。
年轻冯国良	不敢？
阿　兰	因为我。他们怕我会给你，给整条船带去晦气。他们说我克了爹、克了娘、克了丈夫。他们还说……我会克你的。又说，这个女人……还会一直克下去的。只要有我在，没有人会让你上船的，更没有人会跟着你的。
年轻冯国良	千万不要这么想，阿兰，不是这样的。
	〔年轻冯国良坐下来，他看着远方，沉思着。
冯国良	阿兰，有些事就像这潮汐一样，一阵一阵的，都会过去的。
	〔阿兰转向老年冯国良。
阿　兰	我帮不了你，我会毁了你的。
冯国良	不会的。(抓住冯泉海的胳膊)东边的星落了，起风了，风暴就要来了。
年轻冯国良	阿兰，凉了，咱回吧！要不，儿子都快醒了。
阿　兰	儿子？儿子可怜啊，我连奶水都没有。还好，每次你总能想着法子把他喂得饱饱的！
年轻冯国良	他喜欢我。
阿　兰	嗯，国良，你真是个文化人，给儿子起了那么好听的名字！
年轻冯国良	泉——海。
冯国良	老鬼叔名字里的泉字，大海的海。
	〔冯泉海默默地看着前方。
冯泉海	爸！？
	〔老年冯国良转过头怔怔地看着冯泉海。
冯泉海	爸，老鬼阿大名字里的泉字，大海的海。
	〔老年冯国良看着冯泉海。冯泉海回过头，看着父亲。

阿　兰	好听……老鬼和我都感激你。国良,请你一辈子对泉海好,啊!
年轻冯国良	当然了,就像是我亲生的一样。
阿　兰	那就不要告诉他,他不是你的儿子。
年轻冯国良	我一辈子都不会再要孩子了,泉海就是我唯一的孩子。
阿　兰	(哭)不!……
年轻冯国良	你怪我?
阿　兰	(凄惨地笑着)你不可以。
年轻冯国良	这样,我就只能对泉海好了。
阿　兰	国良,请你一定要答应我,千万不要苦着自己。
年轻冯国良	阿兰,我会的。
阿　兰	国良,你说过的,那个唱越剧的姑娘——
年轻冯国良	阿兰!你干吗要提这个?
阿　兰	她现在在哪里?
年轻冯国良	和你在一起,我不苦。
阿　兰	国良,抱抱我。
	〔阿兰一下子抱住年轻的冯国良。轻柔的海浪声。
年轻冯国良	起风了!
阿　兰	起风了?(离开年轻冯国良,看着他)国良,你看,那边起水路了。
年轻冯国良	(跑开,看着远方)真美啊。阿兰,快看啊,这天上的星星都掉到海里去了。
	〔老年冯国良想去拦住年轻的冯国良。可是他拦不住。他转身跑向阿兰。
阿　兰	这海底真热闹啊。
年轻冯国良	一条鱼就是一个人。
阿　兰	国良,男人的命都在海上,啊!
年轻冯国良	哎。
阿　兰	在海上,你遇到什么都不要怕,啊。
年轻冯国良	哎。(发现不对劲)阿兰?
阿　兰	千万不要苦着自己,啊,我会护着你的。

年轻冯国良	不,阿兰?
	〔老年冯国良想拦住阿兰,可是,阿兰却突然跳了下去。年轻的冯国良惊呆了,他扑了过去。拼命地呼喊着。老年冯国良瘫坐在地上。
年轻冯国良	阿兰,阿兰!阿兰啊!
	〔一声婴儿的啼哭突然地响起,惊天动地。
	〔年轻冯国良哭跪在地上,却只有海浪声回应着他的哭嚎。
	〔照着他们的灯光暗。
	〔海浪声慢慢地变小。甚至能听到蟋蟀的叫声,这让舞台显得更加幽静。
	〔冯国良爬起来,看着远方。
冯泉海	爸。
冯国良	泉海,对不起,瞒了你这么久,你妈不想让你知道,可趁我现在我还想得起来——
冯泉海	爸,别说了,我现在脑子乱得很……
冯国良	你爹娘都是好人!
冯泉海	爸,你也是好人!一切都回城再说吧——(看了看手表)爸,只有五分钟了,我还得指挥爆破呢。
	〔冯泉海欲离开,又回头看着冯国良。
冯泉海	爸。我不是没有理想的人……
冯国良	泉海,我知道你的处境,想做些事情,难。
冯泉海	谢谢。
冯国良	我不是让你为难,我只是,只是着急后悔,我不想让你到了我这把年纪连个后悔的机会都没了。
	〔静场。一条巨大的鱼影游过舞台。
冯泉海	爸,大海真的很大,它有无数条水路。
冯国良	我一辈子与海打交道,对于海,我一生只两个字:敬畏。对你们来说,一方百姓就是海,它能载舟,也能覆舟,你们也要有敬畏之心啊。
	〔冯泉海欲离开。

冯国良	泉海,你父母就埋在这望夫崖上,你就在这里给他们打声招呼吧。
	[静场。冯国良看着儿子,他用竹笛指着儿子。
冯泉海	(看了看手表)只有两分钟了,爸。
冯国良	泉海,你就跟他们说两句吧。
	[冯泉海从冯国良手里拿过笛子。他看着灯塔,把竹笛放在唇边,努力地吹着,笛声响起来,他泪流满面。冯国良看着儿子。
	[笛声悠然。
	[对讲机里传来急促的声音:乡长,乡长,一切准备就绪!
	[良久。冯泉海放下手中的竹笛,他看了一下手表,对着对讲机。
冯泉海	(大喊地)五、四、三、二、爆破——
	[随着一声巨大的爆炸声,舞台上灰飞烟灭。冯泉海摘下工作帽,他扑通一声跪倒在地上。
	[一刹那,无数盏灯在空中突然亮起,灯光亮得耀眼,渔民先祖们的灵魂像是被突然惊醒。
冯泉海	(声嘶力竭地大喊着)爸——妈——
	[冯国良一下跪倒在地上,长跪不起。
	[女声幽然响起,如泣如诉。
	[灯光急暗。

第七场 追 梦

[冯国良拿起那只帆布包,从里面拿出一套中山装以及一块手表,他仔细地打量着。

[陈阿根提着马灯上。

陈阿根	国良,别忘了吃药,啊!

[冯国良把那套中山装打开提在胸前。

冯国良　阿根,你看这个,如何?

陈阿根　(吃惊地)你这是要干什么?

冯国良　元宝。你忘了你说过的? 捡元宝是福,我们也不能亏待了人家。

陈阿根　(手中的马灯掉在地上)国良,我们只是出海,你不要吓着我啊。

冯国良　(笑)我还真没听说过,什么事情能把阿根叔给吓着的。

陈阿根　国良,你是要……

[陈阿根怔怔地看着冯国良。他抓起冯国良的双手,拉着他走到船前。

陈阿根　国良啊,有一件事,我一直想跟你说,可是我——

冯国良　阿根。

陈阿根　那次海难,应该我负责,我是出网,下海割网的应该是我。几十年来,这件事一直像石头似的压在我的心上。

冯国良　阿根哥,是我,我逆风撒网,我胆小怕死。好了,都过去了,别再自责了。

陈阿根　过不去啊。打这以后,我一直跟着你,风风雨雨,一辈子。

冯国良　(感动地)谢谢你,阿根。我要出海请鱼。

陈阿根　老大。

冯国良　阿根哥,你可一辈子都没喊过我老大啊!

陈阿根　老大。有一天,我会跟上你的。

[他们的手握在一起,很久才分开。

冯国良　去备船。

陈阿根　哎,备船。

[陈阿根下。

[女声如泣。

[冯国良脱下外套。阿兰与戚瑞云从舞台的两侧上。她们走到冯国良面前。

冯国良　(拿起中山装)阿兰,记得吗? 这是我们结婚时穿的。

[阿兰慢慢地给冯国良穿上中山装。

冯国良　(拿起手表)瑞云。这块表我一直替你保存着。

［戚瑞云给冯国良戴上手表。

　　［整个过程,很有仪式感,她们一直在缓慢地、仔细地给他穿戴着,面带着微笑,像是要远行。

　　［冯国良穿戴整齐,一下显得年轻了许多,他饱经风霜的脸上露出几分刚毅的神情,他拿起铜铃,给自己戴上。

　　［冯国良从包里拿出三炷香,阿兰与戚瑞云一起帮他点上。

　　［冯国良走到舞台中央,出神地注视着前方。

冯国良　　大海啊,请你保佑我们的后代,子子孙孙,平平安安,一帆风顺。

　　［冯国良与阿兰、戚瑞云捧香长拜。

　　［良久,冯国良爬起来,阿兰和戚瑞云静静地看着他,满是鼓励的眼神。

　　［冯国良摇着铜铃向舞台的纵深处走去,步伐坚定。

冯国良　　(大声地)阿根叔,出海了。

陈阿根　　哎,出海了。

　　［陈阿根扛着船舵杆上。

陈阿根　　(大声地)兴祥号,出海了。

　　［船头,冯国良直立着,他的身后,隐隐约约地,陈阿根摇着桨。桨声清晰。

　　［冯国良大声地唱起了渔工号子,声音响亮,陈阿根附声和着。

　　［一条小船从舞台的上方落下。

冯国良　　阿根哥,这海底真的像先人说的了,星星点点的,万家灯火似的。男人的命在海上。

　　［突然,雾,起了,越来越浓。

陈阿根　　啊呀,哪里来的这么大的雾啊……国良。我要找不到你了。

冯国良　　找得到的,阿根哥,这铃声会一直响着的,只要铃声响着,就不会找不到的。

陈阿根　　国良,你在哪儿?

冯国良　　阿根哥,这海底泛起金光了。

陈阿根　　我看不见你啊。

冯国良　大海啊,你的儿子,回来了。

　　　　〔突然,响起巨大的水击声。

陈阿根　国良?……老大!

　　　　〔铜铃声持续地响着,逐渐地变成巨大的钟声。

陈阿根　老大,我听着呢! 我知道你在哪儿,铃声一直在呢! 老大,一帆风顺啊!

　　　　〔冯国良大声地唱起了渔工号子,和应着。

　　　　〔渔工号子突起。

男　声　哟嗬——回家哟!

　　　　〔越来越大声的渔工号子跟着响起来,激烈而奔放,像是有千军万马奔腾而来。

尾声　圆　梦

　　　　〔巨大的钟声配合着号子。一只巨大的船头慢慢地出现在舞台上。

　　　　〔林阿龙、年轻陈阿根、老鬼以及所有的人都出现在船板上。

　　　　〔冯国良立在船头。水波漾在他的身上。

冯国良　(拿出两颗耳石)海啊,这是鱼儿的耳石,它能破开水路,让我们找到回家的路。(扬手抛出耳石)我来了,我们来了。

　　　　〔一颗耳石从舞台上空落下,砸在地上,像是击在人的心上。

　　　　〔又一颗耳石落下,一颗接着一颗,声音也越来越大。

　　　　〔不间断,许多颗耳石落下,越来越多的耳石落下,舞台上全是耳石。钟声越来越大,砸得人心震颤,如山崩地裂,金石迸发。

　　　　〔女声清唱,悠然而起,更显出男声的清越激昂。

女　声　三月钱塘桃花浪
　　　　四月扬子梨花波

桃花浪,梨花波

幽幽魂魄散尽时

泪珠散落风浪里

……

冯国良　(倾听着)风,刮起来了! 雨,下起来了! 桃花开了,梨花飘了,江水清了,细沙暖了,这里还是你们的故乡。回吧,回来啊! 回啊,回家啊! 我们一起,回家了!

〔舞台的深处,一个巨大的鱼影游过。

〔舞台的后方,男人(年轻的冯国良)出现在雾气中。

〔歌声中,一盏、两盏、三盏……无数盏的灯从天而降,它们或高或低,星星点点,像是无数渔民先祖们的灵魂飘浮在空中。

〔整个舞台像是在水底下,金光一片,处处灿烂。

〔风声、浪声渐起,越来越大。电闪雷鸣,惊涛骇浪,铺天盖地。

〔在风雨声中,像是能听见一种类似蛙鸣般的声音,这声音起初在风暴声中难以辨别,慢慢地就变得清晰起来,逐渐地形成一种气势,裹挟着一种呐喊般的震撼,席卷而来。

〔最终,却只剩下了钟声。钟声不紧不慢,越来越响,敲得人心颤。

〔灯光渐收。

〔幕急落。

〔全剧终。

滇剧

水莽草

杨 军

一级编剧，毕业于云南艺术学院文学学士，中国艺术研究院艺术硕士（MFA）。历任昆明市儿童艺术剧团艺术室主任，云南省民族艺术研究院戏剧创作研究室副主任（主持工作）。现任云南艺术学院戏剧学院副院长（主持工作）、学科带头人，硕士研究生导师。教育部高等学校戏剧与影视教学指导委员会委员，全国艺术专业学位研究生教育指导委员会戏剧类专家，云南省高等学校戏剧与影视学教育指导委员会主任委员，云南省戏剧家协会副主席。先后获得昆明市政府"第四批中青年学术和技术后备人"，云南省委宣传部"四个一批人才"（2013），云南省优秀教师（2016），云南省有突出贡献的优秀专业技术人才（2018），云南省"万人计划文化名家"等荣誉称号（2019年）。

《水莽草》先后由谢平安、熊源伟两位导演。云南省玉溪市滇剧院于2012年首演，剧本发表在中国剧协主办的《剧本》2012年第2期。截至2018年，在省内和全国巡演近150场。先后获得中宣部"五个一工程奖"，中国戏剧节优秀编剧奖，全国曹禺剧本奖（提名），云南省新剧目展演编剧一等奖等。还于2014、2016、2017年分别获得国家艺术基金大型舞台剧资助、滚动扶持和交流推广三次资助项目。2016年被国家艺术基金作为重大舞台剧目和滚动项目扶持，成为全国精品八台剧目之一。先后参加中国戏剧节、上海国际艺术节、广州艺术节、东盟南宁国际艺术节、中国艺术节等全国重大赛事会演。深受广大观众和专家的喜爱和好评。

时间、地点： 是过去也似在我们身边。

人　物： 丽　仙——茂家的新媳妇，曾是家道中落的千金小姐。

茂　母——早年丧夫，一人拉扯儿子艰难度日。

老草医——矮小风趣，大智若愚。

茂　壮——丽仙的丈夫，孝子。

判　官——执掌阎罗殿，判处人的生死轮回。

小鬼甲乙——有或高矮或胖瘦的差异。

婆婆队——多人，代表村中婆婆们，其中以甲、乙、丙为首。

媳妇队——多人，代表村中媳妇们，也以甲、乙、丙为代表。

写意、空灵而富于变化的舞台。既有朴实无华的现实生活气息，更有寓言的隐喻。舞台的空间层次要便于清楚地展现人物的心理时空。

婆婆、媳妇队是亘古不变的婆媳关系的群像，同时又兼有歌舞队、叙述者、串场人等多重功能。

幕后唱： 水荇草,水荇草,

水里长来水里飘。

叶儿翠,花儿妖,

飘来飘去自逍遥⋯⋯

第一场

〔公鸡打鸣,天亮。

〔村口大树旁,婆婆、媳妇们各在一方做活。

婆婆队 （婆婆们坐一堆纳鞋底,唱）

戳戳顶顶扯扯拉,

飞针走线把鞋底纳。

媳妇队 （媳妇们在河边抡棒洗衣,唱）

搓搓甩甩棍棍打,

洗衣洗裤还洗麻。

婆婆队 （唱）戳戳顶顶拉扯扯,

耳不聋来眼不花。

媳妇队 （唱）搓搓甩甩打棍棍,

大好光阴早打发。

〔婆婆、媳妇们相互远观,议论着。

婆婆甲 你们瞧那边,个个露大腿露膀子呢,干活没有点干活的样。

众婆婆 唉！ 现在的媳妇都一样啊——（唱）

贪吃贪睡不勤劳,

讲穿讲用乱花销。

与男人撒娇不害臊,

　　　　　目中无人屁股翘。

　　　　〔媳妇队也议论。

媳妇甲　这些婆婆娘啊——(众唱)

　　　　　思想保守脑筋老,

　　　　　油盐不进嘴巴挑。

　　　　　掏心掏肝都捂不热,

　　　　　兴风作浪搅波涛!

　　　　〔老草医背个装着草药的背篓,手提酒葫芦上场。

老草医　好热闹呀,这些婆婆媳妇、媳妇婆婆凑在一处,就好玩喽!

婆婆甲　老草医,你去河边洗草药的时候,有没有听见她们在说哪样?

老草医　哎呀,还不是翻来覆去,覆去翻来。

婆婆乙　哼!又是在说我们这些当婆婆呢。

婆婆丙　她们肯定是在咒我们早点死!

　　　　〔众婆婆们顿时群情激奋。

　　　　〔草医走向河边,媳妇们迎上去拉他。

媳妇甲　哎,老草医,她们那边在吵哪样?

草　医　哎呀!还不是周而复始,老调重弹。

媳妇乙　肯定又是在骂我们这些当媳妇的啦。

媳妇丙　不消说,都是说些最难听的话。

　　　　〔媳妇队们叽叽喳喳诉说。

老草医　(无奈地)哎哎,都是你们自己说的,我可什么也没有
　　　　讲哦。

　　　　〔婆媳两阵营不服气地相互指戳,如两军分立,势不两立。

第二场

　　　　〔幕后声:老茂家讨新媳妇喽!

　　　　〔唢呐声传来,婆婆和媳妇们围观。

〔舞台深处，戴红盖头的新娘丽仙缓缓走来。她悄悄撩开头盖。

丽　仙　　（唱）丽仙移步心澎湃，

　　　　　　　　喜气融融入眼来——（盖头被掀走）

　　　　　　　　我本书香之家受宠爱，

　　　　　　　　怎难料一夜风雨突袭来。

　　　　　　　　双亲染病相继走，

　　　　　　　　无依无靠落尘埃。

　　　　　　　　心似灰木徒无奈，

　　　　　　　　媒人说和茂家来。

　　　　　　　　见茂壮诚实我心生爱——（茂壮上）

　　　　　　　　展眉头换嫁衣披红挂彩，

　　　　　　　　是成亲更是投亲把天地拜。

　　　　　〔茂壮妈和茂壮上，婆媳两队退开。

茂　壮　　妈，我把丽仙接进门了。

丽　仙　　（上前行礼）婆婆娘——

茂　母　　（乐得合不拢嘴，答应着）哎——

　　　　　（唱）听媳妇喊娘心花怒放，

　　　　　　　　我孤寡母子顿风光。

　　　　　　　　不花彩礼我不铺张，

　　　　　　　　天仙媳妇就娶进房。

茂　壮　　（看着身边最亲近的两个女人，充满幸福地）

　　　　　（唱）左边媳妇，右边亲娘，

　　　　　　　　一个笑盈盈，一个喜洋洋。

　　　　　　　　茂壮成家立业从今起，

　　　　　　　　做个顶天立地男儿郎。

　　　　　〔小两口将茂母拥在中心，茂壮让丽仙敬茶。

茂　壮　　丽仙，来，给妈敬茶。

丽　仙　　婆婆，你家请喝茶。

茂　母　　（高兴地）哎！——（茂母刚要接，丽仙一下子没拿稳，烫茶水洒到婆婆身上。）

丽　仙　(吓得赶紧去擦)哎呀,茶碗太烫,婆婆,对不住啊……

茂　壮　妈,烫着了没有?

茂　母　哦,没得事、没得事。

茂　壮　丽仙,妈说了,没得事。

丽　仙　茂壮,我……真笨。

茂　壮　不怪你。倒是你的手有没有烫着呀? 哎呀,细皮嫩肉的你看都红了。

茂　母　赶快去上点药。

　　　　〔两人下场。留下茂母,有种莫名的失落。

　　　　〔婆婆们议论。

婆婆乙　茂壮妈,我看你家这个媳妇倒是有点千金小姐的派头呢。

茂　母　是呀,我老茂家有福气。

婆婆甲　(小声喊)茂壮妈,我倒是跟你说,管教媳妇要趁早!

茂　母　呃……人家刚刚才进门,想当年我们做媳妇还不是……

婆婆甲　哎呀,就是因为我们几十年的媳妇终于熬成了婆。老话说,进门的时候不把媳妇"拿下",以后就有你这个婆婆的罪受了。

茂　母　(暗自点头)哦……是呀。

　　　　〔丽仙换装走出,茂壮随后。

丽　仙　婆婆,丽仙刚过门,家里有些什么规矩么还请婆婆教导。

茂　母　(稍微端出点婆婆的架势)呃,今日为人作嫁,明日学习当家。你刚过门(看着新媳妇,心里高兴就缓了口气)以后再说、再说……(众婆婆不满,上前提示咬耳朵。忙改口。)呃,以后再说么——就晚啦,老话说:清早起,向婆婆问安行礼。扫庭院,做完饭菜再洗衣。

　　　　〔众婆婆满意地点头。

　　　　〔两媳妇出现。

媳妇甲　唉! 丽仙妹子,你的苦日子就要开始了。

媳妇乙　就算你今天赛过一枝山茶花,以后还不是像我们一样:灶前灶后铲锅巴。

丽　仙　(有些不安地对茂壮)茂壮,你说说,婆婆平时都喜欢吃些什么?

茂　壮　丽仙,我妈她老人家很随和,什么都吃,不挑嘴、不讲究,你不要担心。

丽　仙　(庆幸地)那我就放心了。茂壮,有你真好!(两人恩爱地)

　　　　〔众婆婆那边发出看不惯的唏嘘。

茂　母　(提高嗓音)哪个说我不讲究!

丽　仙　哦,你家都讲究些什么呀?

茂　母　讲究的可多了!(一时想不起)

婆婆甲　你平时都会做些什么菜啊?

丽　仙　(尴尬地)我、我会……

茂　母　(提示她)炒鸡蛋么总会嘛!

丽　仙　会、会一小点。

婆婆乙　好,茂壮妈就拿炒鸡蛋来说说。

丽　仙　你家慢慢说,我边听边学。(挽袖比画)

茂　母　这个炒鸡蛋嘛——打蛋调蛋下锅搅拌,力道火候油盐相当。翻炒不及,煎成粑粑;搅拌过头,又成碎花。

丽　仙　那、到底要怎样才算好啊?

众婆婆　(接口)要不老、不生、不碎、不焦,不咸、不淡、不腥、不泡!

茂　母　在锅里炒的时候像一块金黄色的云彩,吃在嘴里要入口即化。

　　　　〔丽仙听得发晕。

媳妇甲　(不满地)哟!这是炒蛋还是绣花?

媳妇乙　这不是故意刁难人吗?

丽　仙　(向茂壮求救)茂壮,你看这……

茂　壮　哎哟妈,炒个鸡蛋哪里有这么复杂呀,你不要吓着丽仙了。以后你家要吃炒鸡蛋么,我来炒!

　　　　〔丽仙感激地对丈夫。

茂　母　(不高兴地)你懂哪样!过去点。

茂　壮　妈,你不要太为难丽仙了。你可不要像村里那些恶婆婆一样啊……

茂　母　(痛心地)茂壮,我一个人把你拉扯大容易吗?你怎么跟妈说话的?真是:娶了媳妇就忘了娘!

　　　　〔三人不欢而散。分立舞台三方。

〔三婆婆和三媳妇走上。

婆婆甲 自古婆婆的威严有三招:要狠!

婆婆乙 要恶!

婆婆丙 还要踹!（方言,撒赖之意）

〔三媳妇在另一边不示弱。

媳妇甲 当媳妇也有三件自救法宝:一哭!

媳妇乙 二闹!

媳妇丙 三上吊!

媳妇甲 丽仙妹子,你要记着啊!

婆婆甲 茂壮妈,不信我们走着瞧!

第三场

〔三人不开心各在一边。丽仙转过身来,惆怅地。

丽　仙 （唱）转眼过门半年整,

蜜月结束入家常。

柴米油盐、洗衣做饭,

丽仙我渐渐生出惆怅。

〔另一边茂母开唱。

茂　母 （唱）新媳妇娶进门槛,

老娘母不再吃香。

空落落心中不爽,

一层肚皮万重山。

〔另一边茂壮看两人。

茂　壮 （唱）顺风起航突转舵,

婆媳之间起风波。

相互抵触相互埋怨,

鸡毛蒜皮口角多。

〔茂母走上张望。

茂　母　一到干活，人就不知道跑哪里去了。

　　　　茂壮妈，丽仙打扫后院去了。

茂　母　打扫后院？哦，就会扫个后院，那个青石板都要扫出花来了。

丽　仙　（走上，拍打着身上）我还喂了鸡。

茂　母　哦，鸡么倒是长胖了。

丽　仙　（敏感地）咦？这话……是在说鸡么还是在说人？

茂　壮　（忙打圆场）哦，妈的意思是说：母鸡不能光长肉，还要会下蛋。

丽　仙　哎呀，这话不是更难听了！又不是我让母鸡不下蛋的。

茂　壮　不是、不是，妈的意思是——

茂　母　我的意思是：过门都半年了，再笨的老母鸡也该下蛋了！

丽　仙　你！你说什么……

〔婆媳都大怒，对峙。

茂　壮　（夹在中间无奈）丽仙，当媳妇的，该忍么你就忍着点吧。

　　　　妈，当婆婆的，你家就大人大量嘛。

茂　母　我说的是老母鸡，又没有指名道姓。

丽　仙　我……我实在是忍不下去啦！（哭）

茂　壮　丽仙，你不要哭嘛，你一哭我就心疼……

〔三婆婆发出看不惯的啧啧声，跟茂母耳语出主意。

婆婆甲　茂壮转眼成亲都半年了，身为男儿，整天在家儿女情长怎么行？

婆婆乙　城里有个大户人家，要做八扇三层镂空的堂屋门，工钱是一两木屑一两黄金，很不错哦。

茂　母　茂壮，正好你也有这门手艺，男人也该出去赚钱养家啦。你就去吧。

茂　壮　（一惊）妈，八扇三层镂空的堂屋门？这可是细致活呀，需要很长时间。

茂　母　多则要五六年，少则也要二三年。

丽　仙　（一惊）啊！那、茂壮什么时候可以回家？

婆婆甲　除非你生娃娃！

〔三媳妇在一旁气愤。

丽　　仙	茂壮都不在,我一个人么咋个生娃娃!
婆婆乙	原以为天上掉下个俏媳妇,是赚了,哪个晓得,这便宜无好货哦。
丽　　仙	(震惊)你! 你们! ——
茂　　母	茂壮,你这就动身吧。
丽　　仙	茂壮,你不能走! 你走了,我怎么办呀?
茂　　壮	(为难地)妈……丽仙,我……
媳妇乙	(在一旁对丽仙)闹,跟他闹! 一哭二闹三上吊!
丽　　仙	茂壮,你要是走,我就不活了!
婆婆甲	哦哟,吓唬哪个啊!
茂　　母	茂壮,你现在就走,马上就走! 看她死不死!
茂　　壮	(难舍地)丽仙,妈在气头上,我只有先走。你在家要孝顺妈,听她的话,我会尽早回来。
丽　　仙	茂壮! (茂壮下)
媳妇甲	这个茂壮说走就走了?
媳妇乙	难道他真的不在乎丽仙的死活?
丽　　仙	茂壮……(绝望地)
	〔婆婆们与茂母下。
婆婆甲	这些媳妇整天把死挂在嘴上。
婆婆乙	就是,又没有本事真的去死。
丽　　仙	(越想越气愤,唱)

> 刁蛮婆婆心暴虐,
> 百般为难话刻薄。
> 无理赛过仲卿母,
> 强权胜过陆家婆。
> 好生生的娇艳花朵,
> 被摧残得七零八落。
> 我的夫啊你太弱,
> 护娘不护自己的老婆。
> 你离乡在外耳根净,
> 你不管家来不管我的死活。

冷了心——

欢喜一场水中月，

凄风冷雨打残荷。

〔丽仙在河边对影自怜。

丽　仙　这水中的人儿是我吗？怎么这样憔悴？父母离去的伤痛还未痊愈，现在又惨遭夫妻拆散。想我从前哪里受过这样的气啊。爹、娘，你们在哪里？丽仙真想追随你们而去了……

〔老草医微醺，提着酒葫芦上场。

〔见丽仙要投水。

草　医　(拉住)哎呀，小媳妇，你要是投水淹死在河边么，太难看了嘛！

丽　仙　那要怎么死，才好看嘛？

草　医　水莽草，水莽草，连根吃下命逍遥。

丽　仙　怎么讲？

草　医　(打酒嗝)猪骨头炖水莽草，舒舒服服睡着了。

丽　仙　(自嘲地)世间如若有这种草，那就简单了……

草　医　(愣一下，打个酒嗝，手乱比画)这里、那里、水里、河里，牵牵绊绊、叶多须长的就是它，它毒性可是大得很。哎哎，开不得玩笑哦。小媳妇，赶快回家去吧，不要让水莽草勾掉你的魂哟，哈哈！(哼唱着下场)

丽　仙　(自语)水—莽—草……水莽草！

〔"水莽草"卷裹丽仙。

第四场

〔丽仙已经坐在灶房，熬煮水莽草，神情恍惚。

丽　仙　(唱)鬼使神差采回草，

药汤沸腾慢煎熬，

眼前一片迷雾罩，

爱巢已经变苦牢。

怎奈我嘴不尖来舌不巧，

婆婆不喜丈夫不要。

三煎三熬的水莽草，

喝下它从此不再受煎熬！

〔端起药汤，心中不平涌起。

丽　　仙　（对远方）茂壮，我、我要让你后悔——

　　　　　　〔随着丽仙的思绪，在舞台的多个时空依次出现幻象。首先是茂壮的身影出现。

茂　　壮　（悔恨地）丽仙——丽仙，我没能在你的身边保护你，让你受苦了，我真不应该离开家、离开你呀……

丽　　仙　你后悔也晚了。我要让乡亲们来说句话——

　　　　　　〔媳妇甲和婆婆甲出现。

媳妇甲　丽仙的婆婆真不是人，这么好的媳妇，打着灯笼都找不着。

婆婆甲　丽仙真是太惨了，可怜呀、可惜呀……

丽　　仙　（心里更激愤）我走之后，让阎王给我判个公道——

　　　　　　〔小鬼甲乙出现。

小鬼合　走！逼死媳妇的恶婆婆，你罪有应得！跟我们见阎罗王，走！

茂　　母　丽仙、丽仙，婆婆对不起你啊……（隐去）

　　　　　　〔丽仙稍感安慰，一阵苦笑，对着那碗毒药自哀自怜地。

丽　　仙　如此这般么，丽仙我就要去了……（端起药汤，遂又放下）茂壮总会回来的。要是我死了，婆婆就会忙着给茂壮再娶一房。想到这里，丽仙我好不甘心……

　　　　　　〔突然传来婆婆喊声。

茂　　母　茂壮媳妇！

丽　　仙　（吓一跳）啊！婆婆，什么事？（还未来得及藏药，婆婆已经快步走上，不信任地打量她。）

茂　　母　我来厨房转转，免得又有——黄鼠狼！

丽　　仙　你家格是肚子饿了，我去做饭。

　　　　　　〔丽仙欲去厨房，婆婆立即上前端起了药碗，丽仙吓坏了。

茂　　母　（阻拦她）这碗是哪样？

丽　仙　哦,是、是药。

茂　母　你病了?

丽　仙　是、是的,我病了。这是我的药。

茂　母　我尝尝就晓得了。

丽　仙　不行,你家不能喝!(上去抢)

茂　母　哼!(气愤唱)

是哪样人参鹿茸灵芝草?

你这样鬼鬼祟祟把药熬?

馋嘴的媳妇私心重,

偷吃了独食不长膘。

(将丽仙一把推开。)

丽　仙　(上去抢)婆婆,你真的不能喝。

茂　母　你喝得,为哪样我就喝不得?

丽　仙　婆婆,因为……

茂　母　(冷笑着)有毒!格是?

丽　仙　(赶紧点头)是呢,是……

茂　母　(气急)呸!我看你的心比毒药还毒!我今天就是要气死你,
　　　　我就是要喝你的大补药。

　　　　〔茂母推开丽仙,举碗一口气喝下。

丽　仙　(呆住)你真的喝了?(瘫软在门口,害怕地全身颤抖)婆婆——(赶
　　　　紧捂住自己的嘴)

茂　母　哪里有毒?我看你是满嘴编瞎话!刚想对你好,你就装神弄
　　　　鬼!(气愤下)

　　　　〔丽仙提心吊胆地观察婆婆走下。老草医画外音。

画外音　你用水莽草毒死了你的婆婆!?

丽　仙　(惊魂)不、不、不……是她自己……

画外音　时间未到,等时间一到,人就要一命呜呼!

丽　仙　啊!天啊!那、那我该怎么办?草医、老草医——

　　　　〔一个霹雳打下,丽仙惊慌失措地冲出。

幕后唱　阴差阳错惹惊骇,

　　　　一念之差降祸灾。

纵然委屈不把她爱，

命大于天定要挽回来。

第五场

〔风雨夜，丽仙像疯了似的到处找老草医。

〔老草医出现，又是喝得酒醉。

草　医　小媳妇，你怎么啦？

丽　仙　老草医，可找到你家了。都说你是妙手回春的华佗再世，你快救命呀。

草　医　(不紧不慢地)哦，你喝了水莽草了？哈哈，我告诉你呀，其实这水莽草呀……

丽　仙　不是我，是我婆婆喝了。

草　医　(意外愣住)什么？ 你婆婆喝了！

丽　仙　她弄错了，以为是补药给喝下去了。

草　医　(不相信地)弄错了？ 我跟你说过这水莽草喝下去是会命逍遥的。

丽　仙　老草医，我好害怕呀。

草　医　那你还要看着她喝下去？

丽　仙　因为、因为我跟婆婆她……

草　医　(明白地)哦，明白了，自古婆媳是天敌嘛。

丽　仙　(惊慌)不是、不是这样的。哎呀，我现在急死了，请你家给我个解药方子，好救我的婆婆。

草　医　(想了一下)我告诉你呀，其实这水莽草……是没有解药的。

丽　仙　啊？ 你是说……我婆婆没救了？ 老先生，求你一定想想法子救救我婆婆。

草　医　(唱)都说人心最清楚，

　　　　　其实人心最难读。

107 · 107 ·

　　　　　　无中生有惹冤孽，
　　　　　　空穴来风陷迷途。

丽　仙　　老草医你要帮帮我呀……

草　医　　你也是糊涂呀，这事不能声张。要是说出来，别人少不得追
　　　　　问，知道是你一手煨的毒药，那还不绑你去见官？

丽　仙　　(害怕地)啊……

草　医　　在乡亲邻居中传出去：媳妇给婆婆下毒。你就是跳进黄河也
　　　　　洗不清。

丽　仙　　(痛心地)呀……

草　医　　如果让你家茂壮知道，那他不恨死你？

丽　仙　　(痛苦地)我该怎么办呀……

草　医　　(思索)本来倒是有一个天衣无缝的办法。就看你愿意不愿
　　　　　意了。

丽　仙　　什么办法？

草　医　　(眼睛珠一转)这水莽草其实是慢性毒药，要七七四十九天。

丽　仙　　七七四十九天？

草　医　　四十九天中，毒性在身体里一点一点发作，但是她自己察觉
　　　　　不出来。待四十九天后，她一命归西，神不知鬼不觉，就算验
　　　　　尸都看不出蹊跷。这不就是命逍遥了嘛。

丽　仙　　你家的意思是……

草　医　　这四十九天内，你要好好地对你婆婆，百依百顺、言听计从，
　　　　　让她过四十九天神仙般的日子，到时候谁还会猜疑？谁还会
　　　　　怪罪？

丽　仙　　如此……

草　医　　如此么，就是天衣无缝了，哈哈。

丽　仙　　不行，我这心里乱得很啊……

草　医　　放心吧，天知地知你知我知！哦，我也不知，我也不知，哈哈。
　　　　　〔老草医摇头晃脑地笑着下场。

丽　仙　　(喃喃自语)婆婆，我一定加倍勤快，加倍顺从，做牛做马、任劳
　　　　　任怨地服侍你度过这七七四十九天！(说完，禁不住哭出声来)
　　　　　〔隐下。

第六场

［亮出一块牌子：第一天。

［清晨，茂母不高兴地走来走去。

茂　母　这个丽仙背着我偷喝大补药，竟然还说有毒，这种谎话都编得出来，我是越想越生气。茂壮也不在家，我连个说话的人都没得，早知道么就不把他撵走了，唉……（又想起）这个丽仙，大小姐脾气，看来不拿出点火色来，她还真是要上房揭瓦啦！

丽　仙　（拿笤帚走上，麻利轻快，态度整个大变。）婆婆，你家早。

茂　母　还早？你看看现在都什么时辰了？

丽　仙　我早起啦，打扫院子去了。

茂　母　那你的意思是怪我起晚了？

丽　仙　没有没有。

茂　母　过了门，就要万事听从婆母，孝敬细心有加。

丽　仙　是啦，我记下了。婆婆，我去做你家最爱吃的"鸡蛋白菜面耳朵汤"。（下场）

茂　母　（有点意外）咦？今天怎么变成温顺的羊咩咩了？要是平时，就算嘴上应着，脸上也要丧着。今天竟然还要给我做"鸡蛋白菜面耳朵汤"？

［丽仙上场，动手合面、揉面。

茂　母　（不悦地）你看看你揉个面么，袖子比我的还要长！

丽　仙　袖子长短有哪样关系？

茂　母　这关系可大啦。袖子长长是袖手旁观，不想动手只想偷懒。

丽　仙　（一笑）噢，我挽起来就是啦，挽起来。

茂　母　你瞧瞧，挽嘛又挽那么高。露着两条大藕节，格是想勾引别人来啃一口！

丽　仙　（一愣，控制住自己）好，我放下来点就是。这样可以了吧？（边揪面边问）婆婆，你看我揪的"面耳朵"好不好啊？

〔茂母走一边自语。

茂　母　咦？要在平时，要么给我个闷头葫芦——不出气，要么就甩个屁股给我——转身走。今天这么好的忍耐是真是假？我再试试，看她装得了几时？

茂　母　（看媳妇切菜）哎呀呀，你看你切的这是白菜丝么，还是顶门杠？

丽　仙　粗了？好嘛，我切细点。

茂　母　啧啧啧，细么又切这么细，格是要来塞我的牙缝缝？

〔丽仙手握菜刀，强忍控制。平静下来，丽仙放下菜刀，打鸡蛋。

茂　母　你瞧你瞧，这是在打蛋吗？手上软绵绵呢，一点力气都没有，真是娇生惯养！

〔丽仙用力，蛋壳碎裂。丽仙用筷子调鸡蛋，声响很大。

茂　母　停！你把碗敲得当当作响，什么意思？格是心里有气不高兴？

丽　仙　婆婆，我没有这个意思，我只想把鸡蛋调得均匀，煎出来的蛋花才香呢。

〔丽仙煎蛋，颠锅蛋差点掉出，婆婆欲接，丽仙麻利地用锅铲接住。定格。

〔众婆婆：不老、不生、不碎、不焦、不咸、不淡、不腥、不泡！

丽　仙　（端碗）婆婆，你看我做的怎么样啊？

〔传来众婆媳羡慕的声音：嗯，好香呀！

茂　母　哦……（不置可否地）这下我倒没有什么好说的啦。

〔众婆媳笑声：哈哈哈哈……

第七场

〔打出牌子：第十天。

〔茂家后院。

〔茂母上,发现院子门没有关好,赶紧去关。

茂　　母　唉哟哟,咋个院子门也不关好!我呢鸡都要跑出去了。放手给她管点事,就毛手毛脚的,咕咕咕、回去,咕咕咕……哎?我的那只下蛋的老母鸡呢?咕咕咕、咕咕咕。(拣起一根鸡毛,寻思着。)

〔另外表演区出现三个婆婆。

婆婆甲　茂壮妈,你家媳妇提着只鸡往河边走了。

茂　　母　她要整哪样?!

婆婆乙　肯定是要杀鸡孝敬你了嘛。

茂　　母　孝敬我?为哪样要偷偷摸摸地去河边?

婆婆丙　哦哟,她格是拿去卖钱?我家儿媳妇就干过这种事。

茂　　母　她敢!那是我家下蛋最得力的老母鸡。

〔三婆婆隐去。茂母一副要兴师问罪的样子。丽仙走回。

丽　　仙　妈,你家咋个站在这里,这点风大。

茂　　母　我再不来这个后院么,只怕黄鼠狼要把我呢鸡,全部偷掉啦。

丽　　仙　黄鼠狼?哦,原来是有黄鼠狼。怪不得……

茂　　母　怪不得?你装样得很!我来问你,我下蛋的老母鸡去哪了?

丽　　仙　哦,你是说老母鸡呀。我看它死在圈里,怕它有病,传给其他鸡,就把它拿去埋了。

茂　　母　埋在哪里?

丽　　仙　哦,在河边正好遇上了卖东西的货郎,他说死鸡不能埋在河边,帮我带到更远的地方去埋,我就把鸡给他啦。

茂　　母　货郎?哼,那他给了你多少钱啊?

丽　　仙　钱?什么钱?

茂　　母　编瞎话你脸不红心不跳。卖我的下蛋鸡存私房钱!

丽　　仙　妈,你不要冤枉人,我没有。

茂　　母　那你把死鸡挖出来我瞧瞧!

丽　　仙　你……

茂　　母　没有话说了吧?茂壮才走,你、你就按耐不住,和货郎勾勾搭搭!真不要脸!哼!

〔丽仙委屈掩面跑下。三个婆婆走出。

婆婆甲 茂壮妈,你刚才那个话,怕是有点过头啦。

　　　　茂壮妈　过头啦?

婆婆乙 是过头啦,你平白无故地咋个说丽仙跟货郎有私情?

茂　母 (有点理亏)唉,我也不是有心这样乱说,可一生气,就管不住这张嘴了。

婆婆丙 (一惊一乍地)哎呀,丽仙刚才哭着跑了,她不会想不开吧?

婆婆甲 千万不要出什么事呀!

茂　母 (一惊,音乐起)哎哟,不会吧,不会说两句就想不开吧……真是急人,等我上房头去望望。

　　　　〔焦虑、担忧下。

第八场

　　　　〔村口古树旁。丽仙惆怅走上,望着远方。

丽　仙 (自语)茂壮,你在哪里呀……

　　　　〔另外时空出现茂壮,也在想丽仙。两个人在两个时空的心灵对话。

茂　壮 丽仙,你好吗?

两人合 我真想你呀……(两人重唱)

丽　仙 (唱)眺远方迎风把夫望,

茂　壮 (唱)眺远方迎风把妻想,

丽　仙 (唱)想茂壮对月依树旁。

茂　壮 (唱)想丽仙对月推门窗。

丽　仙 (唱)有千言万语要对你讲,

茂　壮 (唱)有万语千言要诉衷肠。

丽　仙 (唱)诉衷肠,话到嘴边难开嗓,

茂　壮 (唱)难开嗓,纵有思念也枉然……

　　　　〔两人咫尺天涯,相互端详。

茂　壮	(唱)问丽仙,你为何秀发蓬蓬乱?
丽　仙	(唱)我哪还有心情来梳妆。
茂　壮	(唱)你怎么面容渐消瘦?
丽　仙	(唱)我茶不思来饭不想。

茂壮啊——你心中的丽仙是何样?

茂　壮	(唱)你温婉贤良菩萨心肠,
丽　仙	(唱)你能否一生不变此评讲?
茂　壮	(唱)你一生善良美好,我一世爱在衷肠。
丽　仙	(唱)茂壮啊,丽仙——并非——你所想!
茂　壮	(唱)我所想、我所想、我想的就是早日回家乡。

回家乡、回家乡……

丽　仙	哎呀,不要、不要,你不要回来!
茂　壮	怎么,你不想见我吗?
丽　仙	我想见你,可又不敢见你呀(痛苦地)……
茂　壮	丽仙,等我回来……(隐去)

〔媳妇甲画外音传来。

媳妇甲	茂壮媳妇,不好了! 你婆婆上房头,从梯子上摔下来了。

老草医画外音药效开始发作了!

丽　仙	(担心地)婆婆——(冲下)

第九场

〔亮出牌子:第二十天

〔几个婆婆媳妇在茂壮家门外偷听、偷看。

婆婆甲	咋个了? 咋个啦?
婆婆乙	唉,茂家婆婆摔伤了腰,久病床前无孝子呀,更何况是媳妇。
媳妇甲	这个丽仙的命也真是不好,她婆婆要是从此起不来,么就够她受了。

媳妇乙　这下就不只是灶前灶后铲锅巴，而是端屎端尿做牛做马了。

　　　　〔床榻前，丽仙端药碗来给婆婆喂药。

丽　仙　婆婆，你家该喝药啦。

茂　母　我不喝，闪了一下腰不要紧。

丽　仙　(着急地)不行，你的病可不轻，(觉得失言)哦，我是说伤筋动
　　　　骨一百天……你家要好好调养。

茂　母　哎呀，我不喝。

丽　仙　要喝的，一定要喝的。

　　　　〔二人推搡间，"哐啷"一声，茂母抬手不小心把药碗打落，两
　　　　人都呆住。丽仙转而急忙收拾下场，茂母于心不安了。

茂　母　(看着自己的双手，有些内疚)哎呀，老了老了，手脚不听使唤
　　　　了……

　　　　(唱)推搡之间太鲁莽，
　　　　　　想要解释口难张。

丽　仙　婆婆，我给你做了菜稀饭，格是尝一口？

茂　母　(虚着眼睛)熬得还不够化。

丽　仙　那要不要吃点鸡蛋羹？(端过来)

茂　母　你放了姜。

丽　仙　噢，那就喝点鸡汤吧？

茂　母　(看看)太烫。

丽　仙　那我吹一吹，吹一吹。(认真吹)

茂　母　(唱)养身卧床看她忙，
　　　　　　心生感动对热汤。

丽　仙　(唱)捂冰寒，捧热汤。
　　　　　　冻三尺，融化难。

茂　母　(唱)日复一日她忍让，
　　　　　　暗自佩服她胸膛。

丽　仙　(唱)心怀愧疚该忍让，
　　　　　　再多责难理应当。

茂　母　(唱)婆婆做派今要改，
　　　　　　做到和气又慈祥。

丽　仙　婆婆,不烫啦,你家尝尝。

茂　母　嗯。(尝一口,点点头,露出一丝笑意。)

　　　　〔茂母示意丽仙坐下。丽仙有点受宠若惊,小心翼翼地坐下,
　　　　两人距离太远,慢慢靠拢。

茂　母　丽仙,这些日子你也累了,你也喝点。

丽　仙　(愣住,意外)婆婆,我不累——

茂　母　丽仙,人家说,日久见人心,这些日子我看出来了,你真的是
　　　　好媳妇,倒是我这个做婆婆的太不讲理了……请你……
　　　　原谅。

　　　　〔丽仙呆住。

伴　唱　听婆婆一席真心话,
　　　　冰雪融阴天见彩霞。
　　　　婆媳俩执手看泪眼,
　　　　说不清是酸、是甜、是苦还是辣?

茂　母　丽仙,你过门的时候,我们茂家连个见面礼都没有给过你,那
　　　　天我在集市上看见一只翡翠玉镯,很是配你,等我攒够了钱,
　　　　就去把它买回来……

丽　仙　婆婆,丽仙什么都不要。听说南山有人采到过灵芝,灵芝能
　　　　治百病,我一定要去寻找。如若治不好婆婆的病,我永世不
　　　　得安生。

茂　母　丽仙你在说些什么话,没有这么严重。

　　　　〔丽仙转身见到牌子:第四十天,急冲下。

茂　母　丽仙!(跟下)

第十场

　　　　〔婆婆媳妇们上。

婆婆队　(数)稀奇稀奇真稀奇,

　　　　　　脚跟底下长胡须。

　　　　　　霸道婆婆变和气，

　　　　　　茂家媳妇把头低。

媳妇队　(数)新鲜新鲜真新鲜，

　　　　　　东边太阳出西边。

　　　　　　婆婆攒钱买玉镯，

　　　　　　媳妇舍命上南山。

　　　　　　［众对远方喊"丽仙"下。

　　　　　　［丽仙急上。

丽　仙　(唱)四十天已过催人命——

　　　　　　急疯了丽仙一路狂奔。

　　　　　　日日喊天天不应，

　　　　　　夜夜求佛佛不灵。

　　　　　　面对夸奖难受领，

　　　　　　听到称赞不欢欣。

　　　　　　越夸奖，越自恨，

　　　　　　越称赞，我越心惊！

　　　　　　争分秒不能再坐等，

　　　　　　上南山恨不得乘风穿云。

　　　　　　［丽仙疾走在山间。

丽　仙　(唱)满目山花无心赏，

　　　　　　潺潺流水向何方？

　　　　　　心如焚、肝似煎、跌跌撞撞，

　　　　　　攀石崖、爬陡坡、惊惊慌慌。

　　　　　　［丽仙艰难挣扎前行。

伴　唱　　　日出到日落，

　　　　　　夜晚泛星光。

　　　　　　刺扎不觉痛，

　　　　　　摔倒不知伤。

画外音　灵芝，灵芝在哪里……

　　　　　　［找不到灵芝的丽仙精疲力竭，从山坡摔下。

第十一场

〔音乐中转化。丽仙躺在床上,茂母坐在床边细心喂药。

丽　　仙　(醒来)婆婆……

茂　　母　丽仙,你醒过来了!

丽　　仙　(很内疚)婆婆,我没有找到灵芝……

茂　　母　丽仙呀,灵芝哪有这么好找的。再说,我也用不着。你太累了,应该好好休息调养。来,喝点鸡汤。(婆婆喂丽仙鸡汤。少顷,从怀中拿出一个小包递过去)丽仙,你看——
　　　　　〔丽仙打开,呆住。

丽　　仙　玉镯?

茂　　母　丽仙,这算是我们茂家补给你的见面礼。

丽　　仙　(感动地)婆婆……

茂　　母　好啦好啦,不说啦,你赶紧躺下歇息吧。(退下)

丽　　仙　(颤抖着拿玉镯)天哪!我该怎么办呀……这是第几天了?
　　　　　〔亮出牌子:第四十八天。

丽　　仙　四十八天了!(惊)这么说婆婆危在旦夕!老草医,你在哪里?
　　　　　〔似梦似幻老草医出现。

草　　医　我一在一这一里。这四十八天你做得很好,就快大功告成了。

丽　　仙　四十八天、这漫长的四十八天啊,曾经我觉得它太长,现在又觉得它太短……要是没有那碗水莽草,这一切该有多好啊……

老草医　唉……已经熬了这么多天,只差最后一天了,你就让自己解脱了吧。

丽　　仙　不,我只求能挽回婆婆的性命,让我做什么都愿意,老草医你要帮帮我啊。

老草医　(打趣地)小媳妇,只怕你婆婆的名字已经上了阎罗殿的生死簿了。

丽 仙	啊！那怎么办呢？
草 医	（开玩笑）那阎罗殿的事可不归我管,你要去问问判官老爷答不答应。（欲走）
丽 仙	阎罗殿？判官老爷？
草 医	（感觉不对劲,又返回）哎,你不会真的要去吧？
丽 仙	（下决心地）我……（挣扎起身）我这就去！
草 医	（自语）我是乱说的。疯魔了、疯魔了……

第十二场

伴 唱	恍若梦境闯地府
	飘飘忽忽奔酆都
	倘能改得生死簿,
	宁可一死把罪赎。

〔阴风阵阵,冥府出现。四小鬼翻跟头出,阎罗殿判官随后出场。一个慵懒不失精明的判官形象。

判 官	（念）阎罗五殿一判官,
	专司审判众幽魂。
	明断人间糊涂案,
	胜似神明坐阴堂。

〔小鬼们围在身边。

判 官	今天还有什么未曾发落的幽犯吗？
小鬼甲	没有了,判爷。
小鬼乙	判爷的办事效率,那在阎罗十殿中是首屈一指呀。
判 爷	不是有句话吗？要让人家来少敲一扇门、少找一个人、少画一个勾、少一个冤魂。
小鬼甲	判爷说得好,说得好!

〔远远传来丽仙喊声。

丽　仙	判爷哪里？判爷哪里？（恍惚寻找上）
小鬼乙	咦，好像有人在喊门。
小鬼甲	时辰已过，不要管她。
判　爷	查看生死簿，是否有遗漏？
小鬼甲	（翻看）判爷，没有呀。
判　爷	都说世人皆怕死，小鬼持牒去勾魂，往往都要费尽周折。今天倒好，来了个主动要死的。
丽　仙	判爷——
小鬼甲	来者何人？
小鬼乙	为何私闯冥府？
丽　仙	小女子丽仙，有急事要面见判爷。
判　爷	事情缘由，你慢慢讲来。
丽　仙	小女子今日敢闯冥府，只为救婆婆生还。因为我，婆婆误喝毒草药汤……
判　官	你到此何意？
丽　仙	我愿意用我的性命换回婆婆生还。
判　官	这人间生死那是阎罗早定，怎可随便更改？
丽　仙	婆婆命不该死，该死的是丽仙我呀。
判　官	此话怎讲？
丽　仙	丽仙难忍婆婆的刁蛮，一时任性采来水莽草熬成药汤……
小鬼甲	哎呀，想毒死你婆婆？
小鬼乙	真真的狠毒呀。
丽　仙	丽仙本想自己喝下，一了百了，不料……
判　官	不料你婆婆自己把它喝下去了？
丽　仙	是、是这样。
小鬼甲	哈哈哈，世上竟然有这等事？
小鬼乙	小媳妇编瞎话，眼睛都不眨。
丽　仙	判爷，到了今日，丽仙也不想再去辩解。四十九天来我心存侥幸，丽仙罪不可赦，如今只求赎罪，让我登上断头台。
判　官	你想求死？
丽　仙	以死抵罪！

判　官　罢罢罢，我看你如此痛苦，我就写了你的名字上去。

小鬼甲　(小声提醒)判爷，这怕是不行。

判　官　(不理会，手持判官笔)来呀，铡刀伺候！

小鬼甲　判爷，这样的纤纤弱女子，用铡刀是不是死得太难看了？

判　爷　哦，那你们说用什么？

小鬼乙　用水莽草嘛，再赐她一碗水莽草呀。

丽　仙　丽仙只求喝下马上就死，不要等那七七四十九天。

判　爷　那好办，加大剂量！上最浓最稠的水莽草毒药汤。

　　　　〔小鬼抬药碗出，丽仙接碗，看药汤百感交集。

丽　仙　(唱)水莽草摇摇曳曳，

　　　　　　　五味汤清清幽幽。

　　　　　　　一切因你而起，

　　　　　　　终了由你来收。

　　　　　　　第一天强颜欢笑学忍受，

　　　　　　　第十天面对责难自愧疚。

　　　　　　　二十天婆婆诚心来牵手，

　　　　　　　四十天急上南山把解药求。

　　　　　　　曾经盼四十九天早结束，

　　　　　　　到如今——

　　　　　　　一时辰、一刻钟、一弹指、一刹那

　　　　　　　时时刻刻、分分秒秒、我只求时光能停留

　　　　　　　留住那心甘情愿的苦和累，

　　　　　　　留住那诚心诚意的愁和忧。

　　　　　　　留住这以心换心手牵手，

　　　　　　　留住这笑中带泪同船舟。

　　　　　　　只可惜

　　　　　　　此生无缘为人母，

　　　　　　　此生无法共白头。

　　　　　　　我、我、我——

　　　　　　　未活够

　　　　　　　未爱够

　　　　　　　未笑够

未美够

临死才把生悟透,

但求来生再从头!

[众鬼都被感动。

小鬼甲 哎呀,这人间真情太感人了! 判爷,这水莽草还喝不喝呀?

判　爷 (念)人之生死,皆因缘起;斩断无明,了脱轮回。

[判爷隐去。

[丽仙将药汤一饮而尽,小鬼们抬丽仙,放到卧床上。

第十三场

[灯光复明,烟雾散尽,梦境消失。

[老草医在另一侧出现。

老草医 解铃还须系铃人,我去叫茂壮回家咯。

[丽仙躺在床上,婆婆在她身边给她擦着额头上的汗。

丽　仙 (睡梦中惊醒)婆婆!

茂　母 丽仙,你做噩梦了。

丽　仙 (有些迷糊)梦? 不,这不是梦,现在是什么时辰了?

茂　母 马上就要到子时啦。

丽　仙 子时一过,我就要走了!

茂　母 丽仙,你在说什么胡话呀? 你再睡一下,等天一亮,我们一起
去村口接茂壮去。

丽　仙 茂壮真的回来啦?

茂　母 是啊,他辞了工就要回来,从此你们小两口好好地过日子。

[丽仙突然对着茂母跪下。

丽　仙 婆婆,我对不起你,今日就是我们婆媳分别之时……

[茂母怔住。

茂　母 分别?

丽　仙 你还记得你抢着喝下去的那碗药汤吗? 那其实是水莽草!

喝下去七七四十九天,就要命归黄泉!

茂　母　什么?

丽　仙　这些日子我备受煎熬,生不如死,一心只想挽回婆婆性命。
　　　　如今我已在判官老爷那里,用我的性命为你改写了生死簿。
　　　　子时一过,我就该走了……
　　　　〔茂母听完,头晕。

茂　母　这这这,到底是怎么回事呀?

丽　仙　(唱)婆婆——
　　　　　　　一口气说出来通达心底,
　　　　　　　好似那一盆清泉褪淤泥。
　　　　　　　茂状走(我)怨心仇心难启齿,
　　　　　　　喝错药(我)假心私心怕人知。
　　　　　　　日煎熬(我)烦心担心痛心起,
　　　　　　　到如今唯有一片悔心痛别离。
　　　　　　　四十九天迈步千斤重,
　　　　　　　生亦死来死亦生。
　　　　　　　抛开那怨心、仇心、假心、私心、烦心、担心、痛心和悔心,
　　　　　　　换回来一片真情、真性,真性、真情,真情真性的真我心!

茂　母　丽仙啊——
　　　　(唱)你那里声泪俱下自问心,
　　　　　　　我这里肝肠寸断徒伤悲。
　　　　　　　回首望过去心中愧,
　　　　　　　今日里我要痛心说一回。
　　　　　　　悔不该处处为难让你累,
　　　　　　　悔不该支走茂壮耍虎威。
　　　　　　　恨自己忘了当年做媳妇苦,
　　　　　　　恨自己熬成婆婆把俗随。
　　　　　　　为什么好人不能共和美?
　　　　　　　为什么不要安宁要是非?
　　　　　　　为什么做错之后才懊悔?
　　　　　　　为什么难得的美满要成灰?
　　　　〔更鼓又敲。

丽　仙　这声声更鼓是在催我上路啊！

　　　　　〔传来更鼓阵阵。茂母上前拉住媳妇。

茂　母　(唱)紧抓手、不放松、泪眼相看，

丽　仙　(唱)擦干泪、拜婆婆、哽咽相依。

茂　母　(唱)我要与你黄泉路上做个伴！

丽　仙　(唱)有这番情义何惧生别死离？

伴　唱　若有来生再相聚，

　　　　　还做婆媳不分离。

　　　　　〔子时更鼓敲响。婆媳紧抱不放手。

茂　母　子时到了。

茂　母　(丽仙起身，似要离去，婆婆拉住她)不不不。

　　　　　〔更鼓又响。

丽　仙　丑时了！(两人又抱紧)

茂　母　(有些诧异)丑时了？

　　　　　〔鸡鸣……

丽　仙　寅时了？

茂　母　卯时了？

　　　　　〔四十九天的牌子在倒计时里慢慢消失。

二　人　四十九天过去了，过去了……过去了……(相视，顿时有点不自
　　　　　然地放开了对方。)

婆婆队　茂壮妈！

媳妇队　丽仙！

婆婆甲　你家茂壮已经到村口了！

丽　仙　这是怎么回事？ 怎么回事……

　　　　　〔两人劫后余生地怔忑。

草　医　(吟唱)身居老林修性情，无事琢磨草药经……

丽　仙　(追问)老草医，这水莽草到底有没有毒啊？

　　　　　〔众人也追问。

草　医　要问这水莽草嘛……

　　　　　(唱)四十九天散迷雾，

　　　　　　　众问水莽有毒无？

婆婆队　(唱)无的时候他说有，

媳妇队　(唱)有的时候却道无。

众人合　(唱)无还是有？有还是无？

老草医　(唱)无无有有、有有无无，

　　　　　　有无之间谁人能品读？

众　人　(回味)有无之间谁人能品读……

婆婆丙　茂壮妈，茂壮回来啦！

　　　　〔众人迎接茂壮归来。

茂　壮　妈！

茂　母　茂壮，你回来了！

　　　　〔婆婆队纷纷示意茂母，茂母才示意茂壮过去看丽仙。

茂　壮　丽仙！

丽　仙　茂壮！

茂　壮　丽仙，我在回来的路上，就听说你和妈互敬互爱，相处得像母
　　　　女一样，我真高兴呀！

　　　　〔丽仙和茂母相望有些尴尬。草医上前，将二人手拉在一起。

草　医　这多亏有了水莽草呀。哈哈……

媳妇甲　茂壮妈，以后你可不要再把人家小两口分开了啊！

茂　母　哦，不会了、不会了。

媳妇乙　你有事么，就不要老去喊茂壮了！

茂　母　(有点委屈)那我去喊哪一个嘛？

婆婆甲　喊老草医了嘛！

婆婆乙　对对对，喊老草医。

老草医　喊我干什么嘛？我又不是他儿子！

　　　　〔众笑。

媳妇丙　你们看，水莽草开花了！

　　　　〔众人欣喜地发现，舞台逐渐亮起来。

幕后唱　水莽草，水莽草，

　　　　　水里长来水里飘。

　　　　　叶儿翠，花儿妖，

　　　　　飘来飘去自逍遥……

　　　　〔落幕。剧终。

话剧

白杨树下

李　铭

原名李民，辽宁省文化艺术研究院剧作家，一级作家。小说作品两次获得辽宁省文学奖；两次《鸭绿江》年度小说奖，首届《星火》优秀作品奖，广东省期刊作品二等奖，获得辽宁省第七届青年作家奖，获得第五届《中国作家》鄂尔多斯文学新人奖，辽宁省宣传文化系统"四个一批"人才。

编剧的电影作品获得电影频道第十五届电影百合奖优秀影片一等奖，获得优秀编剧奖；获得第二十二届北京大学生电影节最佳低成本影片奖；获得第六届中国影协杯优秀作品奖；获得巴黎电影节评委会特别奖等。

编剧的舞台剧获得第九届全国话剧金狮剧目奖、金狮编剧奖，获得辽宁省艺术节剧目金奖第一名，优秀编剧奖。获得东三省小品大赛剧目一等奖，编剧奖。编剧的广播剧获得全国广播剧专家特等奖，全国精神文明建设五个一工程奖。先后七次获得辽宁省精神文明建设五个一工程奖。获得辽宁省大学生戏剧节编剧一等奖等。

出版散文、随笔、小说和非虚构文本18部。编剧的电影作品拍摄15部，戏剧作品四部。电视剧两部。

《白杨树下》由王海鹰导演，在上海话剧艺术中心第十二届剧本朗读会上，由同济大学"东篱剧社"进行了朗读演出。2011年4期的《上戏新剧本》杂志率先发表了该剧本。2012年3月，剧本被收进首届全国青年编剧研修班作品选公开出版。2012年1期《新世纪剧坛》发表了关于这部话剧的创作札记。2013年5期《剧作家》杂志发表了剧本。2014年2期《剧作家》杂志发表张生筠写的评论文章《一出感人肺腑的好戏》。

时　间：20 世纪 60 年代至 20 世纪末。

地　点：北方一个叫白杨树的小山村。

人　物：马大志——从十七岁到五十七岁,白杨树小学老师。

马志远——马大志父亲。

秋　月——马志远的干女儿,比马大志小一岁。

吴彤彤——马大志的同学恋人。

胡　闹——小时候叫胡闹,后改名胡栋梁。

高玉大——村长,从四十岁一直到八十岁,乡村干部。

秀　锁——马大志的学生。

杜玉莲——胡闹妈,泼辣,寡妇。

大　面——秋月的大哥,愚笨。

二　面——秋月的弟弟。

德顺媳妇——外号"大枣核",老实木讷,耳朵聋,尽职尽责的
　　　　　　民办教师。

德　顺——老实巴交,邮递员。

老　闷——队长高玉大的小舅子,大舌头,兽医。

高如意——高玉大儿子。

徐红妹、学生、乡亲等群众演员若干。

第一幕

[时间:20 世纪 60 年代末—70 年代初,一个萧瑟的早春。

[地点:北方丘陵山地一个叫白杨树的小山村。

[牛哞声,羊咩声,牧羊鞭的鞭梢脆响声,孩子们琅琅的读书声:

    上中下　人口手

    山禾米竹　日月水火

    前后左右　工厂门车

    ……

[声音渐隐,天幕上,丘陵山地里生长着一排排挺拔的白杨树。

[灯亮,舞台上呈现的是山脚下"白杨树"小学的房子。学生的教室,一间是民办教师马志远的办公室兼住处。院子里有根木桩,上面挂着一口铁钟。

[马志远追着高玉大从教室里出来。

马志远　队长,大志这是魔怔了,等过了这个劲马上接班当老师。

高玉大　马老师,你就别费心了。老话讲得不差,儿孙自有儿孙福,上辈子不管下辈子事,你留得住人,也留不住心。

马志远　唉,儿大不由爹,翅膀硬了,不听话了。

高玉大　就是嘛。成人不用管,管死不成人。这么的,学校的事情你也不用操心了,老师的候选人有仨呢。

马志远　时间不等人,我自己心里明镜似的。这么着活遭罪,还不如早死早托生。

高玉大　马老师,你这么些年为咱白杨树的孩子识文断字不挨憋,没少操心上火。选民办老师的事呢,我就替你张罗了。你的后事都准备妥妥的了。料子板是红松的,你躺着暖和。装老衣裳都是好斜纹布料,好钱好布票买的,给你扯了十五尺。穿上到那头也不丢人,要不我给你拿来你先穿上试试?还有那孝布,都是好白大尺……

马志远　死我不怕,我怕的是眼睛一闭,咱白杨树的小学校就……就黄铺了。秋月——

〔秋月上。

秋　月　干爹!

马志远　把乡亲们都叫来,课要公开上,谁讲得好谁就当这个老师。

高玉大　马老师,你这是隔着锅台上炕,不拿我这队长当干部。我都安排好了的,你这不是咸吃萝卜淡操心吗?

〔秋月敲钟,灯光全亮,乡亲们上。三个候选人老闷、德顺媳妇、徐红妹坐在一条长板凳上。

〔老闷坐在板凳一头,他起身猛了,那边大头沉,德顺媳妇和徐红妹一下子摔倒。胡闹等孩子大笑。

高玉大　不准笑。

马志远　乡亲们,民主投票。一家一颗黄豆粒,同意的就往这茶缸子里扔。三个人,谁最后得的黄豆粒多,谁就当老师。

高玉大　第一个讲课的是徐红妹。徐红妹是咱白杨树画红旗最好看的人。徐红妹……

〔徐红妹出溜坐在地上。这边的老闷和德顺媳妇坐翻了板凳摔倒了。

马志远　徐红妹紧张?那下一个。

〔老闷继续躲,德顺媳妇往黑板前面走,德顺跑过来要往茶缸子里丢黄豆粒。马志远拦住,黄豆粒掉地上了,德顺满地找黄豆粒。

马志远　课还没上呢,不准投票。

〔德顺媳妇拿粉笔写字,写一笔,粉笔断一下。再写,粉笔再断。

马志远　咱学校粉笔不多,一人就一根粉笔,省点用。

高玉大　给两根吧,一个字没写呢,都断好几截了。

　　　〔德顺媳妇紧张,戳着的黑板被弄翻,砸到了头上。

　　　胡闹笑得最是响亮。

马志远　胡闹。别笑,你去前面把着黑板。

　　　〔胡闹到前面把着黑板。

　　　〔德顺媳妇继续往黑板上抄算术题。

　　　〔胡闹捡起半截粉笔跟下面的孩子打起来。德顺媳妇只顾抄
　　　题,黑板再次倒下,把德顺媳妇砸在下面。

　　　〔德顺拿黄豆粒过来投票。

　　　〔马志远用手捂住茶缸子。

马志远　德顺,你老实说,你媳妇耳朵是不是背?

　　　〔德顺点头。继续往茶缸子里丢黄豆粒。

马志远　这个不用投了。

德　顺　咋的?

马志远　耳朵背不成,咱这教室的房子是险房,万一要倒了,事先都有
　　　声,听不见哪成。出人命可不行。

德　顺　不碍事的,钻被窝做娃娃,啥都不耽误。队长?你看……

高玉大　那算了吧,德顺媳妇,下回吧。字写得不善,扔胳膊踢腿的,
　　　挺好。就是太费粉笔。

　　　〔德顺媳妇还是没听见,继续敬业地抄题。德顺过去拉着德
　　　顺媳妇下来。

高玉大　下一个,徐红妹。

　　　〔徐红妹出溜到地上。老闷早有了防备,提前站了起来。

马志远　徐红妹紧张,老闷先来吧。

　　　〔老闷大大咧咧地走到前面,秀锁递给他一根粉笔。

老　闷　不用。晚(我)不会写翅(字)。晚(我)会唱歌。下慢(面),晚
　　　(我)唱一宿(首):《社员都是向狼(阳)花》。

　　　　　公社是棵长青城(藤)

　　　　　社员都是城(藤)上的八(瓜)

　　　　　八(瓜)儿连着城(藤)

　　　　　城(藤)儿牵着八(瓜)

城（藤）儿越肥八（瓜）儿越甜

城（藤）儿越壮八（瓜）儿越大

……

〔众哄笑。

杜玉莲 我说老闷啊，还八呢，你咋不来点酒呢？

马志远 停吧，停吧，大舌头不成。把"瓜"都唱成"八"了，这么教下去，非得教出一窝小大舌头。

高玉大 叫他教唱歌不行吗？

马志远 不行，吐字不清不能当老师。嘴里像含着一个热乎茄子，舌头捋不直。等捋直了再来。不会写字也不行，当老师必须会写字，最少得会写五十个字。

〔老闷赌气下来。

高玉大 下一个，徐红妹。

〔徐红妹坐在地上没起来。

胡 闹 哈哈，徐红妹吓得尿裤子了！徐红妹，不嫌膜，一听讲课吓出了尿！

〔众哈哈大笑。

高玉大 要不叫徐红妹再缓缓？这孩子画红旗可好看了。

马志远 叫孩子把裤子换换吧，裤兜子里精湿呱嗒的坐病。散会！

〔马志远起身要走，高玉大拦住。

高玉大 矬子里拔将军，你好歹也拔一个，聋就聋点，学生瞎呛呛老师听不着挺好，省得生气。大舌头就大舌头，也不是啥金贵的耳朵，凑合着听。还有徐红妹，那红旗画得，连乡里的干部都提出了表扬。

马志远 这样的素质，咋能当老师？

高玉大 咋不能当？你不叫大家伙投票。你说，你整这么大的阵仗，把小姑娘都吓出了尿，你安的啥心啊你。

马志远 你说我啥心？反正我没私心。

德 顺 哼，还说没私心，你就是给你们家马大志留着窝呢。

马志远 你……

〔马志远"噗通"一声摔倒。秋月和秀锁扑过来。茶缸子骨碌

131

碌地滚。

德　顺　队长,茶缸子撒手了,还投票不?

高玉大　唉,依他一回。算了。算了。

　　　　〔灯暗。高玉大和群众散去。

秋　月　干爹,你就别撑着了。

马志远　干爹没事。大志呢,叫大志回来当老师。

秋　月　干爹,明天我就去找大志哥回来。

马志远　干爹不甘心啊,这白杨树的小学校是我一块石头一把泥巴,
　　　　起早爬半夜垒起来的。咱白杨树不能没有学校。这世道不
　　　　知道咋的了,沟外面咋咋呼呼地闹起啥革命,学校说停就停,
　　　　工人不好好上班,农民不好好种地。大志在外面念几天书,
　　　　心咋就跟着长草了呢? 不回来当老师,愧对我们老马家的列
　　　　祖列宗,对不起白杨树这山山水水、男男女女、老老少少,这
　　　　个眼,我咋闭上;这口气,我咋咽下啊……

　　　　〔马志远倒下。

秋　月　干爹,你醒醒,你醒醒!

　　　　〔暗影中大面、二面等上。高玉大点了旱烟。

高玉大　人过留名,雁过留声。在世上走这一遭,图的是啥? 马老师
　　　　这辈子不屈枉。大面,山上的坟场子挖好没?

大　面　挖好了。就等着马老师咽气开饭了。你说马老师咋就呼嗒
　　　　呼嗒不咽下这口气呢?

秋　月　哥,你就知道吃!

二　面　队长,马老师的丧事得好好办,放三天,我家就三天不开伙
　　　　了,顿顿有高粱米饭大豆腐吃了。

秋　月　二面,叫你嘴馋,看我不打死你!

高玉大　不咽气,那是有心愿没了。嗨,马老师啊马老师,我高玉大知
　　　　道你的心思。这个腿我去给你跑。德顺啊,德顺。

　　　　〔德顺骑车路过。

德　顺　哎。

高玉大　把你家的洋车子借我骑一下,我去追马大志去。这小子要去
　　　　北京见毛主席,我撵去。

德　顺	队长,这洋车子是公家的。
高玉大	那正好,我这也是公事。咋?不愿意借?
德　顺	我……我愿意……
大　面	队长,那火车我见过,呜呜地跑老快了,那还是趴着跑,要是站起来跑就更快了。
高玉大	再快也赶不上贫下中农的洋车子快,你们在家好好看着马老师。我去撵火车。
大　面 二　面	那赶紧撵。撵上火车,追回来马大志,就三天不用开伙了。

〔暗光,高玉大骑着自行车追下,火车的轰鸣声音,伴随着歌声:

　　　　红卫兵,红卫兵,

　　　　革命的烈火燃在胸,

　　　　阶级斗争风浪考验了我,

　　　　路线斗争锻炼得心更红。

　　　　……

〔歌声渐隐,火车突然停下了。

〔光打在一节运煤的露天车厢。

马大志	火车咋停了?
吴彤彤	不知道。
李海生	到北京了?
吴彤彤	做梦吧你,火车刚开一会儿,不知道为啥停下了。
马大志	啥火车啊,这么慢。照这样走下去,啥时候能够到北京见到毛主席。
吴彤彤	咱们还是躲着点吧,被发现了就去不成了。
李海生	我渴了饿了。
马大志	懒驴上磨屎尿多。
李海生	有老乡过来我吓唬吓唬,叫他背诵毛主席语录,背不出就给我东西吃。不给就批斗他!
吴彤彤	算了吧,你这不是为了革命,动机不纯!

〔马大志和吴彤彤躲藏在车厢里,李海生看到高玉大骑着自

行车沿铁路线追来。

李海生 真过来老乡了,我唬唬他。千万不要忘记阶级斗争!

〔高玉大狼狈不堪地摔倒。

高玉大 千万不要忘记阶级斗争,没忘,没忘。哎呀妈呀,幸亏我有所防备。这一道上咋的了,不背毛主席语录就挨收拾。

李海生 马大志,没蒙住。

高玉大 (听到)哈,马大志,狗杂种,你爹就等着你咽气哩,赶紧给我下来。真是好车子,火车都给撵没油了。

马大志 (探出头)队长? 你来干啥?

高玉大 你说干啥?

马大志 我不当老师,你叫我爹找别人去吧。

高玉大 你爹就快咽气了,等你回去呢。你心像倭瓜大了,还在这唱吆嗨吆。赶紧回去,给你爹扛幡。

马大志 队长,你替我扛吧。

高玉大 放屁! 扛幡的都是儿子,我咋能替你扛? 我骑这洋车子跑两天了,累得屁都没劲放了。你少跟我瞪眼,愿意去北京,你扛完幡再去不迟。我可是国家干部,你要是不听话,我今天就把火车推沟里去,火车一翻,毛主席就得生气。

马大志 咋办?

吴彤彤 (焦急地)别叫他喊,他一喊,司机发现,咱们三个谁都去不成了。

李海生 马大志,要不你先回家,晚几天走,我们在北京等你。

吴彤彤 那万一毛主席问我马大志咋没来,咱们咋说啊?

高玉大 你给毛主席写张请假条。你爹死完你再去。

马大志 好吧。

吴彤彤 (看李海生)都怨你。

〔火车启动,一束金色的光打在马大志的身上,马大志半蹲着,把本子放膝盖上写请假条。

马大志 (画外音)请假条,敬爱的毛主席,本来打算和吴彤彤、李海生一起去北京跟你汇报思想,家里突然有急事了,请假三天,请批准,此致,敬礼。马大志。

〔马大志跑着把请假条递给吴彤彤。高玉大搬过自行车。

高玉大 还瞅啥,赶紧往回赶,你爹在家等着你呢。马老师啊马老师,等等,等等,这洋车子老快了,我使点劲蹬,你得有口活气看着我把马大志给你带回去。

〔马大志望着火车远去的方向出神,高玉大拉着马大志上车。火车的轰鸣由强渐弱。收光。

〔清晨微亮,大面喊着跑上。

大 面 马大志回来了!马大志回来了!

群众议论 可算回来了,马老师,大志回来了。

〔屋子里传来秋月哭喊。

秋 月 干爹,我大志哥回来了……

〔马大志急急忙忙跑上,进屋。马志远回光返照般坐了起来,紧紧抓住了马大志的手。

马志远 大志,大志……

马大志 爹,我在这。我回来了。

马志远 大志,给……给咱白杨树小学留个根,哦,留个根就不愁发芽长成大树。你是爹的好儿子,要……要听话啊……不孝有三,无……无后为大……

〔马志远紧紧抓住马大志的手,很有力量。表情突然凝固。

马大志 爹!

秋 月 (凄凉地跟着哭喊出来)干爹!

大 面 (击掌)哎呀,这口气可算咽下了。

二 面

二 面 哥,死人的饭为啥吃豆腐?

大 面 白事,就吃白的,豆腐是白的。

二 面 那红事也吃豆腐了。

大 面 那是豆腐丸子,豆腐捏碎了掺上粉面子,搁油炸成金色的丸子,那叫四喜丸子。

〔秋月帮着马大志松马志远的手,发现马志远的手里紧紧攥着一个钢笔笔帽。

- 135 -

〔高玉大扛着半截自行车,拎着一只车轱辘疲惫不堪上。德顺和德顺媳妇看傻了。继而大哭。

高玉大　马老师走了?

杜玉莲　走了。大面想吃豆腐喊得急了。

秋　月　走了。见到大志哥干爹就走了。

高玉大　你们咋不哭?还是人家德顺家两口子仁义,马老师虽然没选德顺媳妇当老师,全村的人都没有你们两口子哭得伤心。

德　顺　我们在哭我们家洋车子呢。你赔!你赔!
　　　　〔德顺和德顺媳妇每人抱住高玉大的一条腿不撒手。

高玉大　打铁咋不看火候呢,等丧事办完了,就赔你们洋车子。
　　　　〔高玉大看躺着的马志远。

高玉大　马老师,马大志我给你叫回来了。天亮了,太阳要出来了,时辰不早,早点入土为安吧,老规程要守三天灵,咱就别叫孩子们作难了。累不说,三天的嚼喝也是负担。死人也吃不着,都叫活人享受了。早点走早点跟大志娘团聚。马老师,我的好兄弟,老少乡亲送你来了,你要走好,起——棺——啰!

马大志　爹……
　　　　〔高玉大放开喉咙领唱,众人抬起马志远走向那片挺拔的白杨树林。粗犷的歌声响起,一片金色的朝阳洒满舞台:

　　　　十八里山坡弯路多
　　　　叫声兄弟你选好辙
　　　　呼哎嗨吆　选好辙
　　　　打今弟兄阴阳隔
　　　　高粱的烧酒来世喝
　　　　呼哎嗨吆　来世喝
　　　　黄泉路上没老少
　　　　丢下俗事你就别念着
　　　　呼哎嗨吆　别念着
　　　　……

第二幕

[时间和地点接第一场,几天后。

[马大志想心事。大面和二面在桌子上抢着吃饭。二面被热豆腐烫了,蹦起来转圈,跑着进屋找水。

秋　月　哥,瞧你们那份出息。

[二面拎着水瓢出来,继续上桌子抢吃。

二　面　哎呀妈呀,肚肠子差点给我烫熟了。

秋　月　咱白杨树的春天,春脖子长,春脸短。一场小雨舔过地皮,到处都是湿乎气。白杨树的枝条泛青了。树和山都变肥了,风再来,白杨树的声就大了就欢了。大志哥,今天去给干爹圆坟,看见山坡上的号子花都快开败了。对了,还有车轱辘菜冒了牙锥锥儿,山丁子叶也露出了嫩芽芽儿。

马大志　(各说各的)秋月,明天我就去北京了,这个家你给看着。

大　面　大志,你爹叫你当老师,你不爱干,你就跟队长说,叫我和二面干呗。我们俩不爱出工,干一年到头,倒欠了生产队的工分。

秋　月　闭嘴!哥,你斗大的字不认识一筐箩,拿啥当老师?大志哥,这是干爹给你留下的毡子,这是用上等的好羊毛擀的。

马大志　我不去北京,不知道毛主席有多着急呢。

秋　月　晚上睡觉就铺在褥子下面,一股太阳味呢。大志哥,干爹叫你在咱白杨树当老师,我看挺好的。

马大志　我和同学们早都立下了愚公移山志,誓叫山河一片红。

[高玉大上,乡亲们也跟着上。

高玉大　马大志,准备得咋样了?

[秋月欲言又止,马大志不说话。

高玉大　开个会,两事。一呢,上面的领导拿摇把子电话摇过来的指示。

杜玉莲	啥指示?
高玉大	人外面闹得可热闹了,就咱村蔫悄地没啥动静。上面领导生气了。趁着咱大家伙都在,咱必须也开一次批斗会预习预习,省着领导来以后抓瞎。
大　面	队长,管饭吗?
高玉大	加工分。
大　面	也成,那咱开始批斗吧。
	［高玉大看杜玉莲,杜玉莲背过脸去。
高玉大	杜玉莲,你躲啥?人外面的领导说了,你跟武干部有一腿,武干部在外面挨批,咱白杨树这就得批你。
杜玉莲	行,批吧,给加几个工分?
马大志	不是表扬你,是批斗你,你还要加工分?
杜玉莲	不给工分谁叫你们批斗啊?你们爱批谁批谁去。回家睡觉!
高玉大	你看你,杜玉莲,你咋这点觉悟都没有呢?大家伙都陪着你批斗,你还不耐烦了?
大　面	杜玉莲,你别走啊,你走了,我们加的工分不就黄了吗?
高玉大	杜玉莲,你想加几个工分?
杜玉莲	十个工分,就叫你们批。
高玉大	行,给你加十个工分。
	［乡亲大吃一惊,羡慕。
众	十个工分啊!?
德　顺	队长,下一场批我媳妇吧,加三个工分就行。
杜玉莲	德顺,你咋这不讲究呢,这你还撬行啊?
德　顺	我没撬行,我说下一场。这场先可着你家批。
高玉大	下一场也不行,你媳妇也没搞破鞋,上面也没点名批斗。对了,上级还要杜玉莲挂破鞋,交待武干部的问题。有破鞋吗?
大　面	(脱鞋)有有,我这有。
杜玉莲	哎呀,死臭的脚。不行,队长,我要新鞋。不给新鞋我就不批了,胡闹,回家睡觉去!
高玉大	别走啊,杜玉莲,给你新鞋。这次先拿大面的旧鞋应应景。
	［马大志起身要走。

秋　月　大志哥,你咋走了?

马大志　这兔子不拉屎的地方我再也待不下去了。太愚昧了,把个好好的批斗会开成这样!

　　　　〔马大志进屋,秋月追进。

高玉大　咱别理他,不好好当老师,还没收心呢。杜玉莲,新鞋一定给你买,先拿破鞋比量比量,像不像做比成样。

　　　　〔杜玉莲把鞋子挂在胡闹的脖子上。

德　顺　咋批啊?

高玉大　是呢,马大志也不说说外面都咋批。马大志,你出来给乡亲们说说。杜玉莲,工分你也得了,新鞋你也有了,你先起头说说,大家伙呱唧呱唧。

　　　　〔乡亲们鼓掌。

杜玉莲　行,给我个凳子,别看那些男的,各个穿得溜光水滑,那都是表面正经,钻起女人的裤裆来,个顶个不要脸。

德　顺　你还别说,咱白杨树有杜玉莲,不少坏事咱都没摊上,过年我赶大车去公社分面,挤,要不是杜玉莲跟着去,不知道啥时候能分给咱呢。

二　面　人武干部一来,就给咱沟的小孩子分糖吃。那糖蛋邦硬邦硬,含一天都化不了。

胡　闹　武干部一来我家,我家就有肉吃。

高玉大　娘的,你们家比干部家都滋润。武干部一来,你娘和你都有肉吃了。

胡　闹　我娘把肉都给我吃了,她舍不得吃。

高玉大　你娘晚上偷着吃的,你睡着了没听见。

胡　闹　娘,是吗?

杜玉莲　去去,别没正经的。胡闹,别听高玉大胡说八道。

　　　　〔众大笑。

德　顺　春困夏乏秋打盹,杜玉莲得着工分和新鞋了,咱们也捞不着新鞋,回去歇着了。

杜玉莲　队长,新鞋别忘了给我们买。胡闹还等着穿呢。

德　顺　我那洋车子你得给我修。

高玉大　都回吧,阎王爷短不了你们小鬼的账。我说第二个事,马大志,明天就给孩子们正式开课了,没老师看孩子了,满山放羊可不行,听见没?

　　　〔大面坐在地上睡着了。

高玉大　大面,回家睡去。马大志,你接你爹班了,明天别忘了走马上任。

大　面　我鞋呢?谁拿我鞋了?谁拿我鞋赶紧还给我。

高玉大　准是杜玉莲拿走了,你在这等一会儿,一会儿她就送回来了。

　　　〔高玉大下,大面再次躺下睡。

　　　〔光暗,马大志偷偷摸摸出来,背着包,回身关门,不小心踩到了大面。

大　面　队长,抓贼啊!快来抓贼啊!

　　　〔马大志赶紧跑,秋月、秀锁和三十几个孩子站在前面。

秀　锁　马老师!

马大志　你们?

秀　锁　马老师,你别走行吗?你走了,学校就没有人上课了。我们求你了!

　　　〔秀锁带着三十几个孩子齐刷刷地跪下,马大志愣住,拔不动腿。

马大志　孩……子……们……快起来!

秀　锁　马老师,你答应我们不走了,我们就起来。你不答应,我们就跪着不起来!

秋　月　大志哥,你不答应当老师,干爹在天堂也不能安心啊。

马大志　孩子们,都起来,都起来,老师……老师不走了。

秋　月　大志哥,冷吗?赶紧换上衣服。

　　　〔收光。

　　　〔灯再亮,教室门口藏着乡亲们在看热闹。马大志在黑板上画一竖线。

马大志　黑板左边是二年级和三年级的算术题,黑板右边是四年级和五年级的生字,大家赶紧写吧,谁写完举手。

乡亲议论　这个马大志,画的线比他爹画的直溜。

· 140 ·

德　顺	字也写得好看。横平竖直的。
大　面	那圈画得像粪蛋一样圆溜。
二　面	还冒着热乎气呢。
杜玉莲	可不是咋的呢,还冒……呸,那是大面的烟头把我围脖烧着了。大面,你赔我围脖。
大　面	呸,我鞋呢?明明挂在胡闹的脖子上的,整哪去了啊?
	［杜玉莲追打大面。
马大志	秀锁怎么没来?谁知道?
高如意	今天秀锁找婆家出门子了。
马大志	秀锁才十四岁,怎么就出门子嫁人了?秋月,到底是咋回事?
秋　月	大志哥,秀锁娘得病了,再不治就要死了,秀锁爹就在沟外给秀锁找了婆家,要来彩礼好去给秀锁娘看病。
马大志	我咋不知道?那不行,我去找她回来!
秋　月	大志哥!
	［大红的马车驮着穿红棉袄的秀锁。鞭梢脆响,唢呐声声。迎娶的马车从学校门前路过。
马大志	站住,都给我站住。
秀锁的老男人	你是谁啊?别拦着我们迎亲的喜车。
	［马大志掀开红布。
秀　锁	马老师!
马大志	秀锁,下来,跟老师上课,叫你受委屈了。
秀锁的老男人	哎,我说这位小哥,这是我和秀锁大喜的日子,你跑这捣什么乱啊?
马大志	秀锁不同意这门亲事,谁也不能把我的学生带走。秀锁,赶紧下车。
	［几个人过来推搡。
秀　锁	住手,你们别推他,他是我的老师。马老师,咱白杨树的闺女出门子,是不能下迎亲车的!下了车,不吉利!
马大志	秀锁,你?
秀　锁	马老师,我娘的病差一百块钱就能够开刀动手术了,马老师,我知道你是好人。可是,我需要这些钱救我娘的命啊。你别

再拦着我了,我求你了。

    [秀锁在马车上给马大志跪下了。雷炸响。

    [马大志踉跄着闪开,迎亲的队伍走远,舞台上剩下马大志一
    个人。秋月迎上。

马大志　白杨树没有文化,才会有现在贫困的日子。因为不懂知识,
　　　　才会有这么多愚昧啊。

秋　月　大志哥,这桌椅板凳都快不能坐了。

马大志　这张桌子咋挖了一个洞啊,是胡闹淘气刻下去的吧?

秋　月　大志哥,不是,是干爹的桌子。

马大志　我爹这是?

秋　月　干爹最后的几年,肝疼,有时候挺不住就拿钢笔帽顶在桌子
　　　　上。时间长了,桌子就顶出了一个坑。钢笔帽也顶秃了。

马大志　爹……

    [马大志拿出了马志远留下的那钢笔帽,手颤抖。

秋　月　干爹叫我照顾好你。大志哥……

马大志　秋月,你刚才不是说桌椅不能用了吗? 我有办法了。过年分
　　　　的白面还有二斤多,掺点荞麦面,晚上包饺子。

秋　月　大志哥,这不年不节的,吃哪门子饺子啊?

    [大面和二面上。

二　面　酸菜馅的饺子最好吃。砸点蒜泥蘸着吃香着呢。

大　面　白菜馅的饺子才好吃呢。

二　面　酸菜馅的饺子,掺上点油梭子,最好吃。

大　面　白菜馅的饺子喜油,吃完这口想那口。

马大志　拿着锯子和斧头。放树。

大　面　(面面相觑)放树?
二　面

马大志　做桌椅板凳!

二　面　快点放吧,放完吃饺子。

    [三个人隐入白杨林,砍树拉锯的声音铿锵有力。那棵最大
    的白杨树轰然倒地。

    [高玉大和乡亲们跑上前查看。

高玉大	哎呀,马大志,马大志,你给我捅大娄子了你,你没有树条咋就把树王给放了呢?
马大志	队长,是你叫我当老师的。孩子没坐的桌椅板凳,坐在地上上课不行。有啥责任我来担。
高玉大	站着说话不嫌腰疼,你拿啥担啊? 马大志,行行,跟我来个先斩后奏。这回冲你爹,你爹办的事情,我心里一清二楚的,为了咱这旮旯界的娃娃多明白一些事理,做人办事都亮堂着呢。就凭这一点,我咋能叫你担。老少乡亲们,嘴巴都给我严点,就说天打雷劈了咱白杨树的老树王,老树王化成灰了。都给我证着,谁敢说露了,我就砸了他家的锅,掀了他家的房盖。
马大志	嗯,我都想好了,房子加固一下,粗的树干破板做桌椅板凳,细的两截做柱子支撑房梁,就不害怕房子会倒了。还有最顶的一枝树杈子,做旗杆。
	〔秋月捧着鲜红的国旗上。
秋　月	做旗杆,叫白杨树小学的天上飘起红色。
马大志	绿的白杨树叶子,配上红的旗子,一定很漂亮很壮观。天堂里的爹看了,一定会喜欢的。
	〔暗转,再亮。教室焕然一新,读书声琅琅,胡闹在黑板前面把着黑板。
	〔秀锁上,后面一个男人带一群人跟着追上。胡闹和高如意起哄。
	孩子们一起喊:
	新媳妇,辫子长,
	一下套住个俏俏郎。
	俏俏郎,本姓黄,
	生个孩子黄鼠狼。
	黄鼠狼,偷皇粮,
	娶了媳妇忘了娘。
	〔秀锁躲避那个男人。
马大志	秀锁?

秀　锁	马老师,救命啊。
马大志	住手! 不准打人!
秀锁的老男人	女人不下蛋,就得打!
马大志	不准打人!
秀锁的老男人	马大志,你给我媳妇吃啥迷魂药了,弄得她像丢魂似的。我干使劲,这都几个月了,连个娃娃影都不见。看我不教训你!
	[马大志和秀锁男人扭打在一起,围拢的人多,两边的人对峙冲突一触即发。高玉大赶到。
高玉大	都撒手,都撒手。都别打了,马大志,你是咱白杨树最有文化的人了,咋带头打仗? 还有秀锁的男人,你就是个混球,揍你就对了,我看揍得轻!
秀锁的老男人	好啊,我跟你们拼命了,欺负人!
高玉大	呸,拼命,拼命你能拼出娃娃来啊。我告诉你,你带秀锁回去,别蛮干。
	[高玉大耳语,秀锁男人笑,拉着秀锁走。
秀　锁	马老师,对不起,以后,我再也不来给你们添麻烦了。
马大志	队长,你跟他嘀咕啥?
高玉大	嗨,没啥。这笨男人,秀锁一朵花还没开,他想结果,傻。
马大志	啥意思?
秋　月	大志哥,你别问了。
马大志	到底啥意思?
高玉大	女娃子没来事呢,你就是再使劲也做不成娃娃。
马大志	站住! 给你安上条尾巴,你就是活牲畜。
高玉大	马大志,不能打人啊!
	[马大志不顾阻拦,冲向了秀锁的男人,两人撕扯到一起。秀锁男人逃跑,马大志追,德顺骑着自行车带媳妇上,看到马大志冲过来,吓得抬起自行车就跑。

第三幕

[时间:20 世纪 80 年代初,冬天。

[地点:白杨树小学。

[白杨树的旗杆立在那里。比栽的时候粗了高了。

[胡闹在马大志的监督下写作业,秋月上。

马大志　胡闹,人要不读书,活得不如猪。

胡　闹　没有铅笔了,不写了。

　　　　[马大志拿出钢笔帽,把胡闹的铅笔头拿过来,缠上纸,塞到钢笔帽里。

马大志　你看,铅笔变长了吧。

胡　闹　嘿嘿,马老师,你真有办法。

秋　月　大志哥,胡闹又撒谎呢。

马大志　怎么了?

秋　月　你叫胡闹自己说。

马大志　胡闹,这公鸡不是你们家的吗? 你妈拿公鸡顶的学费和书费?

胡　闹　是……不……是……

马大志　到底是还是不是? 到底是哪来的公鸡?

秋　月　这鸡是胡闹拿弹弓打死的,是德顺哥家的,德顺家嫂子都哭一上午了,到处找呢。

马大志　胡闹,你撒谎脸都不红一下,小祖宗,我都炖熟了,这可咋整啊?

秋　月　赶紧藏屋里捂上吧。

　　　　[马大志赶紧端锅到里屋,使劲拧胡闹的脸蛋一下。

马大志　胡闹,看我不收拾你。

　　　　[胡闹跑,一只鞋子坏了,掉了下来,马大志捡胡闹的鞋。

马大志　你妈也不管,鞋子都坏了。秋月,咱家有粗麻线,你给缝上吧。胡闹,过来,过来啊。

〔胡闹胆怯地走近马大志,秋月从屋里找来针线,开始缝鞋。

马大志　你啊,这一天到晚就知道瞎跑。脚都冻了吧?

〔马大志从屋子里拿出那领羊毛毡子,上面已经有几个孔洞。

马大志　胡闹,来,站在上面。

〔胡闹站上去,马大志拿粉笔画胡闹的脚丫印。

马大志　好了,老师给你剪个鞋垫。没事你打人家公鸡干啥?一会儿
　　　　德顺家来问,你别吱声。

秋　月　胡闹,你试试。

〔德顺和德顺媳妇上,马大志把胡闹赶紧推进里屋。

德　顺　马老师,你看到我家公鸡了吗?

马大志　没……没有啊。

秋　月　我……我也没有看见。

〔二面拿着碗上来。

二　面　你们太不够意思了,吃鸡肉得告诉我一声啊。

德　顺　哪来的鸡肉?

秋　月　二面,这没有鸡肉,想吃,我回家给你杀鸡。

二　面　拉倒吧,我都闻着了,这鸡肉味香着呢。

马大志　二面,你闻错了。

二　面　不能啊,我哥说胡闹拎着公鸡进来的,还看见我姐帮你烧开
　　　　水了呢。

秋　月　二面,你哪那么多话,进屋待着去!

〔秋月拉二面推到里屋。

德　顺　马老师,二面说吃鸡肉是咋回事啊?

马大志　你们别听二面胡说,这没有鸡肉,真没有。

〔里屋传来二面的喊声。

二　面　好啊,胡闹在这偷着吃鸡肉呢!姐,还说没吃鸡肉,都叫胡闹
　　　　吃半拉了,你看这鸡毛翎子都摆在这呢。

德顺媳妇　马大志,你偷了我家的芦花大公鸡,吃了你还不承认啊。
　　　　我的公鸡啊,你死得好惨啊。死了还叫人把毛给拔溜光啊!

德　顺　经官!

〔乡亲们和高玉大上。

高玉大　都吵吵啥啊？

德　顺　队长，马大志偷着把我们家的芦花大公鸡给吃了。

秋　月　不是大志哥吃的，是胡闹不小心……

杜玉莲　哎吆吆，我说秋月妹子啊，你可不能红嘴白牙平白无故往我们家胡闹脑袋上扣屎盆子。谁不知道我们家胡闹是老实本分的孩子啊，你们说是吗？

　众　　不知道！

杜玉莲　不知道拉倒，真是的！这公鸡就算是我们家胡闹抓的，马大志是老师，他有责任。这锅，这柴禾都是马大志的。

二　面　队长，你看胡闹都撑得翻白眼了，那鸡肉不能再吃了。

德　顺　队长，人证物证都在这，你说咋办吧？芦花大公鸡可是我们家的摇钱树，一年得下多少蛋啊。

高玉大　会说的不如会听的，把你能的，公鸡还能下蛋啊？

德　顺　不会下蛋还不会踩蛋吗？我们家就指望孵小鸡卖钱呢，芦花大公鸡踩出的蛋才能孵出小鸡来！孵出的那小鸡崽欢实。

马大志　行，我赔。队长，你欠我的工资先给我点，我赔德顺大哥家的公鸡钱。

高玉大　也成。那啥，马大志，给我打个条。

马大志　德顺大哥，你看我该赔你多少钱？

德　顺　你赶紧算，赔咱多少钱？赔，咱，多少，钱，这个。

高玉大　你那婆娘，马上就到学校当老师了，觉悟必须得上去。

德　顺　啥？你说啥？

马大志　学校孩子多了，一个老师教不过来，叫嫂子来教小班。

德　顺　可是你嫂子的耳朵背啊？

马大志　我在隔壁听着呢，我的耳朵借给嫂子。

德　顺　你看这扯不扯，我也不知道这事啊。队长，这公鸡你看赔多少就多少。其实，这公鸡呢，都赶队长的岁数大了，也踩不了多少蛋了。

高玉大　呸，狗嘴里吐不出象牙来！你咋知道我踩不出蛋来，不信你把杜玉莲借我，两天我就叫她肚里揣馅。

杜玉莲　高玉大你臭美吧，老娘的地叫你随便打滚种，你也种不出庄稼来。

〔群众哈哈笑。

高玉大 别笑了,都严肃点。这么着,这公鸡呢,马大志也不能白吃,给你五毛钱,剩下的鸡肉你拿走。

德　顺 成,成。胡闹,把鸡肉给我。

〔德顺媳妇抢过鸡肉。马大志撕下一张纸写欠条。马大志把白条给高玉大,高玉大签字,递给德顺,德顺愣。

德　顺 这是啥?

高玉大 五毛钱。

德　顺 别逗了,我再没文化也认识钱。

马大志 队长欠我的工资,打的都是白条。

德　顺 白条? 敢情当老师不给现钱啊? 行,白条也行,啥时候有钱就给我兑换。媳妇,真是好事啊,你当老师了。

〔德顺媳妇高兴。德顺想起一个事,赶紧跑下掏邮包上。

德　顺 今天公社中学来封信,给学校的。

马大志 啥信啊?

德　顺 说是成绩单。还有两张硬壳纸。

高玉大 赶紧念念,念念,看有考上的没? 我那小舅子老闷,狗东西因为当不上老师,跟我赌气,不叫他家小子去考试,憋我这个坑。说好了五个学生,到时候去四个,我和马老师就得跟着坐蜡。

马大志 还说呢,亏你想得出。把胡闹弄去顶考。

高玉大 一个萝卜顶一个坑,不叫胡闹凑数咋办? 德顺媳妇,你马上就是老师了,你念念。

德顺媳妇 李大锁,语文 8 分,算术 0 分。胡石头,语文 15 分,算术 6 分……

高玉大 咋考这点分啊? 这帮孩子都榆木脑瓜子不开窍。马老师,不是我批评你,你就没你爹那两下子,脾气还不好,老跟我顶牛。接着念。

德　顺 还有一个胡闹。

高玉大 胡闹不念了,胡闹老把着黑板了。考啥,还不考俩鸭蛋啊?

德顺媳妇　胡栋梁,语文 98 分,算术 100 分。

　　　　　〔全体都一愣。

高玉大　谁叫胡栋梁?

杜玉莲　胡老闷的小子。

马大志　是胡闹,胡闹顶替胡栋梁考的。名就写的胡栋梁。是真的,胡闹的成绩是全乡第一,全县第三,胡闹被公社的中学录取了。看,这是通知书。还有奖状呢,奖给咱白杨树小学的。胡闹,你看看这是你的入学通知书。

杜玉莲　队长,给我加工分,我家胡闹上去就考个第一,奖励我们。

高玉大　太好了,胡闹,那半只鸡没白吃。

　　　　　〔胡闹打个饱嗝,杜玉莲拉着胡闹要走。

杜玉莲　天不早了,回家烧火做饭。

马大志　杜玉莲,不能走啊。

杜玉莲　还有啥事?

高玉大　杜玉莲,你咋还没事似的呢。胡闹争光了,你看你们娘俩,咋就不一样。你杜玉莲就丢脸了,沟外面来的干部,一个也没跑了,都被你给祸害了。

杜玉莲　去,他们愿意叫我祸害的。

高玉大　不说这个,赶紧收拾收拾,叫胡闹早点去沟外上学。

杜玉莲　上啥学?

马大志　杜玉莲,胡闹考上外面的中学了,光荣啊。

杜玉莲　光个屁荣,吃不上喝不上,连鞋都买不起,念书有啥用? 不去念,谁也别打我们家胡闹的主意。

马大志　杜玉莲,你咋不为胡闹的未来想想呢?

杜玉莲　我咋没想? 你们说,胡闹,这么大点的孩子,一个人去外面念书,不受欺负啊? 这白杨树的山道来回咋跑? 再说,念书得有钱,没钱咋念? 你们也是不像话,我们家胡闹是没有年级的,一直不给我们备课。原来鬼大着呢,敢情叫我们家胡闹一个人学五个年级的课程。胡闹,你个死孩子,叫你把着黑板你就好好把着黑板,你学那玩意干啥?

胡　闹　(用通知书叠了一个纸飞机,扬手飞出去)站着没意思,顺耳就听进去了。

高玉大 乖娃娃,不得了啊,顺耳就能够听个第一,这不得了啊。胡闹啊,从现在开始你就叫胡栋梁了。你和马老师都是咱村的英雄。

老 闷 碟(姐)夫,胡栋梁是晚(我)家小子的名。

高玉大 狗屁,从现在开始,生产队做主了,你们家小子的名作废。转移给杜玉莲家的小子胡闹了,愿意叫啥你们自己再起名。

马大志 胡闹,录取通知书呢?我看看时间。

胡 闹 飞了。

马大志 飞了?刚才那飞机你拿通知书叠的?好啊,你,看我不揍你。队长,赶紧撵飞机,没有飞机胡闹上不了学。

高玉大 都赶紧去追飞机,谁追上有奖励。

〔众人去追飞机。

杜玉莲 你们俩不用嘀嘀咕咕,事我心里明镜似的。你们俩打肿脸充胖子惹的麻烦,叫我们家胡闹给你们擦屁股。白杨树这么多孩子,人都在家门口上学念书,凭啥叫我们家胡闹去沟外念书?

马大志 杜玉莲,沟外的中学不好考,胡闹考了第一,不能耽误了。

杜玉莲 我们不稀罕第一第二的,今天你就是说出天花来,我也不答应。

高玉大 杜玉莲,别给脸不要脸。我现在就打电话给公社,开你的批斗会。

杜玉莲 你打,你打!

〔高玉大下,二面拿着飞机回。高玉大很快回来。

二 面 找到了,找到了!

高玉大 马老师,事不好,我一说要批斗杜玉莲,公社的周书记把我一顿骂。说我再搞这套就抓我法办。周书记还说,"文革"结束了,人民的春天来临了。这也不是春天啊,咋就说春天来了呢?

马大志 德顺大哥,你在沟外跑信,听着啥没?

德 顺 没听说啥啊。

高玉大　你再想想,杜玉莲咋成了香饽饽了呢,周书记莫非也钻了杜
　　　　玉莲裤裆了?

德　顺　我就听说打倒了四个人。一套套的,说是"四人帮"。

高玉大　明白了,形势变了。这招不好使了,咋整?周书记在电话里
　　　　还表扬了咱们学校,说咱的学校坚持得好。

马大志　杜玉莲,胡闹的学费书本费啥的,我出。就叫他去沟外念
　　　　书吧。

杜玉莲　那你还得给我们家胡闹剪几双鞋垫,要不冻脚。

马大志　成。

胡　闹　那半只鸡还得给我。

高玉大　给,给,德顺,把鸡拿来,给咱的英雄吃,你吃没啥用。
　　　　［德顺不愿意。

高玉大　你再磨蹭,就别叫你媳妇当老师了。

德　顺　好好。媳妇啊,你真了不起,形势变好了,你当老师了,你看
　　　　我这土包子有个老师做媳妇,多幸福啊!
　　　　［马大志从屋子里取出一个新书包,给胡闹背上。

马大志　来,胡闹,识文断字,将来也当老师,教乡亲们学习知识,不过
　　　　受穷受憋的日子。

杜玉莲　鞋垫,鞋垫。不给不去念书。
　　　　［马大志从屋子里拿出来几只鞋垫递给杜玉莲,雪大了,马大
　　　　志目送胡闹和杜玉莲下。
　　　　［马大志冰雕一样立着不肯回屋。

秋　月　大志哥,天变冷了。

马大志　可是我心里暖和。秋月,你说这胡闹是天才吧,脑瓜子反应
　　　　最快了。

秋　月　还不是大志哥培养的。

马大志　秋月也会拍马屁了。

秋　月　大志哥,你嘴上不说,其实你心里最疼胡闹,也最喜欢胡
　　　　闹了。

马大志　哪有啊?

秋　月　还说没有,刚才胡闹走的时候,你眼圈都红了。

马大志　秋月,家里还有一斤挂面,鸡肉吃不成了,咱就着鸡汤煮面条吃吧。庆贺庆贺。

秋　　月　不了,大志哥,你留着自己煮着吃吧。我回去给我哥做饭呢。
　　　　　〔秋月下,外面大雪下得大了,吴彤彤裹着大棉袄上。马大志正往炖鸡的鸡汤里下挂面。

吴彤彤　马大志!

马大志　你?

吴彤彤　马大志,连你都不认识我了啊,我是吴彤彤啊。

马大志　吴彤彤,哈,你咋来了呢?

吴彤彤　马大志,我都快饿死了。你煮面条呢,先叫我吃饱了再说行吗?

马大志　行,行。刚下锅,等会儿再吃。吴彤彤,这么大的雪,你是咋找到我家来的? 都好几年没有你的消息了,我给毛主席写的请假条你给捎到了吗?

吴彤彤　大志,我都三天没吃饭了,叫我吃点东西再说吧。
　　　　　〔吴彤彤一会儿就吃没了。

吴彤彤　马大志,还有吗? 真好吃,我没吃饱。

马大志　还有半斤,要不我也煮给你吃?

吴彤彤　煮吧。快点煮,我都要饿死了。

马大志　你先喝点汤,饿急了不能吃得太饱。

吴彤彤　快点煮吧,马大志,撑死也比饿死强。
　　　　　〔马大志下面条。吴彤彤守着,刚熟,抢过筷子就开始夹面条。吴彤彤吃剩下一个碗底,发现马大志看着自己。

吴彤彤　马大志,你们家生活真好,顿顿还能够吃挂面。

马大志　吴彤彤,不是顿顿吃挂面,是一年一斤挂面。

吴彤彤　是……这样啊,叫我都给吃光了,你还没吃呢吧?

马大志　算了,这鸡汤也不错,我喝一碗热汤就菜饼子吧。

吴彤彤　马大志,炕热乎吗? 我得睡一觉了,困了。

马大志　吴彤彤,你先别睡,我问你,我给毛主席写的请假条,你给捎到没? 你和李海生到北京以后见到毛主席没有?

吴彤彤　哎呀,马大志,我困得眼皮打架,肚子撑,睡觉。

马大志	说完再睡。
吴彤彤	好吧。我和李海生坐了两天的煤车,去的地方不是北京。我和李海生走着继续找,到北京都一个月时间了。也没有你的消息,就去见毛主席了。我拿出了你的请假条想往前送,谁想到来阵风……
马大志	咋了?
吴彤彤	请假条刮跑了。
马大志	嗨,你咋不加小心啊。
吴彤彤	毛主席根本就没来,啥也没看着,请假条也找不着了,跟李海生也走散了。好了,我睡觉。
马大志	吴彤彤,我咋感觉你不对呢。
吴彤彤	咋不对?
马大志	你咋胖成这样?
	〔吴彤彤哇哇哭起来。
吴彤彤	马大志,我肚子里有小孩了,都会扑腾了,咋办啊?
	〔马大志愣。
马大志	准是李海生的,他占了你的便宜?
吴彤彤	不是李海生的。
马大志	那是谁的?
吴彤彤	我不能说。马大志,你得帮我一下。我没有地方去了,才来找你的。
马大志	我……我也帮不了你,你还是找孩子的爹去吧。
吴彤彤	马大志,你不能这么狠心。你忘了吗,你还亲我一下呢。
马大志	呸,我亲你一下,是亲脸蛋了,你肚子大了,跟我亲你没有关系。你吃饱了喝足了,也该走了。
吴彤彤	马大志,你心咋这狠呢?
马大志	我心狠吗?吴彤彤,你拍拍良心想想,当初咱俩在一起是咋说的?啊?你肚子整这么大,咋回事啊?你对得起我吗?我等你等了这么多年,到处打听你的下落,你却带着大肚子来找我?还……还吃掉我一斤挂面……
吴彤彤	对不起,马大志,后来……后来发生了很多事情,我真后悔没

跟你下火车。可是后悔药没有地方买去了,我肚子大了,里面有小孩了,扑腾好几个月了,我不能说出孩子的亲生父亲,我不能说。你眼睁睁地看着我被父母打死,看着我被邻居的唾沫淹死啊。人的命运,其实就是坐火车,车上和车下是不一样的结果。

马大志　吴彤彤,你打我的主意,想叫我给你背黑锅,没门!

〔暗光。

〔光再起,门外,马大志和老闷。

马大志　老闷叔,能行吗?

老　闷　咋不行,晚(我)给不少大牲畜接生,母牛下炉(犊)子,难产,眼瞅着母牛憋得不行了,晚(我)脱光膀子就下手了。大牛犊子生叫晚(我)给掏出来了。

吴彤彤　大志,你找的不是大夫,是兽医啊?

马大志　吴彤彤,你就将就点吧。白杨树没有给人治病的大夫。

老　闷　兽医也是大夫。

吴彤彤　马大志,这么掏,我会被他掏死的!

老　闷　白(别)动,老娘们就是这般物,快活的时候就没有想过疼。

〔吴彤彤声嘶力竭,马大志推开老闷。

马大志　住手!

〔高玉大和乡亲上,秋月躲在一边。

高玉大　一个大姑娘家大着肚子,孩子也没个主,不整下来也作难,整下来吧还是一条小命。我这生产队长不好干,不知道这个吴彤彤得罪了哪个大爷,这不又来啥工作组要调查。丫头,忍着点疼。

〔老闷被推出来,马大志跟出。

秋　月　怎么样了?

马大志　不做了,孩子留着!

〔众一惊,秋月也愣。

高玉大　工作组在等着要这孩子的命,谁也护不了啊。

马大志　一个孩子有啥错?要不这样吧……

高玉大　你想怎么样?

马大志	这孩子,我马大志先……先收留下。吴彤彤,我不计较你的过去,只要你能够跟我好好过日子。这孩子,我认下了! 〔吴彤彤扶着门框出来。
吴彤彤	大志。 〔吴彤彤腹痛,摔倒,秋月呆住。杜玉莲扶吴彤彤。
德顺媳妇	早产了,快点,老闷,你就手给接生得了。
老　闷	晚(我)不管。 〔老闷下。
秋　月	我来,快点把人抬到屋子里去。 〔众人抬着吴彤彤进屋,忙活。秋月的喊声:使劲。吴彤彤挣扎的声音,孩子一声啼哭,全场静寂。
高玉大	这孩子就是命大,脚前脚后的事,差点小命不保。恭喜你,马大志,你当爹了。
马大志	我……这么快就当爹了? 好,好。
高玉大	马老师,没看出来啊,平时你挺老实的一个人。啥时候把人家的肚子搞大了呢? 工作组问起来,我咋回话?
马大志	你就说以前,以前我和吴彤彤好的。
高玉大	呸,以前好的,现在才大肚子,你那种子是否核啊,这么长时间才想起来发芽?
德顺媳妇	生个千金,马大志,你给孩子取个名吧。
马大志	我是民办老师,就叫马民办吧。
大　面	满月酒你得管我们喝够。
马大志	喝够,喝够,一定喝够! 众笑。 〔暗光。 〔一束光中走出秋月。看着远处窗子里的红烛。窗上写着大红的喜字,是马大志和吴彤彤的洞房。
秋　月	你们不用拿那种眼神看我,我是掉眼泪了,可是我是真的为大志哥好才会哭的。真的,心里要是想着一个人,看着他好,也能哭。你们不信拉倒。干爹走的时候,要我好好照顾大志哥,我不照顾得挺好吗? 大志哥当了老师,还来

了一个花朵一样的……嫂子……大志哥有个像样的家了……

　　〔光中吴彤彤出现,回头恋恋不舍。

吴彤彤　　大志,我是一个坏女人,我欠你的,这辈子都还不清。一个女人是不应该有梦的,有梦了,心就长草了,长草了,就不甘心被命运左右了。我有什么办法去阻挡我不去做梦啊? 大志,你的善良,我吴彤彤这辈子都不会忘记的。

秋　月　　嫂子,你这是去哪?

吴彤彤　　秋月,好妹子,大志睡了,你帮我带会孩子行吗?

秋　月　　嫂子,你这是?

吴彤彤　　秋月,炕太凉了,我去拿柴禾烧烧炕。秋月,以后还照顾大志哥,行吗?

秋　月　　嫂子,看你说的。有你在,秋月就放心了。

　　〔秋月下,吉普车疾驰而去的声音。

大　面　　马大志,来辆车把你老婆给拉跑了!

　　〔乡亲们上。马大志惊醒,出来,看见德顺骑着自行车,德顺下意识地跑,紧张跑错了方向,还是被抢追下。秋月怀里孩子哇哇哭起来。

　　〔秋月哄不好孩子,马大志失魂落魄回来。

德　顺　　马老师,撵上没有? 我那洋车子你又给我扔哪了啊?

马大志　　吴彤彤,你就坑我吧!

　　〔马大志失魂落魄,民办继续啼哭。

德顺媳妇　孩子要吃奶。

马大志　　吴彤彤,我就是跑到天涯海角,也要找到你问你一句,这是为什么,为什么啊? 我马大志上辈子欠你的,你用这种方式来欺骗我!

秋　月　　哥,你还有你的学生,还有你的学校,不能这么不死不活地混日子。吴彤彤走了,她没来的时候,你不也活得好好的吗?

马大志　　这样对待我公平吗? 这到底是为什么啊?

秋　月　　哥!

〔孩子继续哭。秋月喂不好,光圈中,孩子突然不哭了。众惊讶回望,秋月撩起自己的上衣,把少女的乳房塞到了民办的嘴巴里。

马大志　秋月,你?

德顺媳妇　秋月,你还是个黄花闺女呢。

秋　月　日子是一天一天熬过来的,不管多苦多难,都能够像水一样流过去。挺得住,难受一阵子;挺不住,难受一辈子。哥,你要是不嫌弃,秋月就给民办当干妈,帮你一起照顾孩子!

马大志　秋月……

〔秋月被孩子吮吸奶子,她闭上眼睛。

第四幕

〔时间:20 世纪 90 年代初,夏天。

〔地点:白杨树小学。

〔白杨树的旗杆长高了。

〔收音机里韦唯在唱《爱的奉献》。

〔马大志带着少年马民办在批改作业,民办用的铅笔头插在钢笔帽里。秋月上。

秋　月　大志哥,把民办给我。

马大志　秋月,你受累了。

秋　月　我不累。你好好备课吧,听说,咱学校新分配来年轻的校长呢。

马大志　是啊,这是好事。校长来了,我就只管教课,其他的事情,校长负责去办。我也省省心。说实话,人家正式老师听咱民办老师管,心里也不服气。

秋　月　大志哥,嫂子都走这么多年没有音信了,你们这种情况是可以去法院申请离婚的。

马大志　秋月,现在学校忙。我离开一天都不行。再说,办手续和不办手续又有啥区别啊?这些年不也过来了吗?这身边有了民办,有这群学生,其他的心思早就断了念想。

秋　月　大志哥,日子像白杨树的叶子一样稠,好日子还在后面呢。

马大志　秋月,别说了。这些年,要不是有你照顾,我和民办都熬不过来。

秋　月　大志哥。

马大志　耽误你这么多年,民办也大了懂事了,你也该找家人家了。

秋　月　我的心思,你还不懂吗?

马大志　这……秋月……你嫂子走后,哥的心,就……就死了……

秋　月　我就不能叫你的心再活过来吗?

马大志　秋月……

秋　月　大志哥,你自己的事情,也该上上心了。

马大志　你是说转正吧?我是代理校长,有好处的事情得可着别的老师先来,要不咋服人啊?像德顺嫂子这样的老师,兢兢业业,早就应该转正,应该照顾。

秋　月　德顺嫂子也够命苦的了。德顺大哥还和她离了婚。

马大志　这次机会很难得。只要考试及格就能够转正。

秋　月　大志哥,难得你的一片苦心,那情况怎么样?

　　　　〔马大志无奈摇头。

秋　月　又没有考好?

　　　　〔一束光中,德顺媳妇坚持着不进考场。

马大志　嫂子,听人劝,吃饱饭,你要相信自己一定能行的。

德顺媳妇　我怕再浪费一次机会,马老师,我知道这个名额是你的,还是你先去考试吧。这么些年,你帮我多少忙,我心里有数。耳朵不好,都是你在隔壁给我照顾着学生,还发动学生上山采蘑菇抓蝎子,卖钱给我治耳朵……我挣的这工资你应该拿一半的。这次我说啥也不想再拖累你了。

马大志　我早考晚考都没事,只要你能够转正,兴许……兴许还能够叫德顺大哥回心转意呢。

　　　　〔德顺媳妇被推进考场。不大一会儿出来。

马大志	考得咋样？
德顺媳妇	应用题没答上。叫求阴影面积。
马大志	是长方形还是正方形？
德顺媳妇	像个大枣核,圆得溜的。
	〔传来其他老师的讥笑,画外音。
议　论	哈,还大枣核,真逗!
议　论	不能考就别考了,省得到处出洋相!

〔孩子的童谣:

　　　　大枣核,长白毛,

　　　　德顺媳妇捞不着。

　　　　捞不着,干上火,

　　　　不能转正别找我。

德顺媳妇	(哭)我再也不去丢人现眼了!
马大志	嫂子,下次还有机会,你一定能转正。
	〔德顺媳妇跑下,光消失,回到现实,李海生上。
李海生	马大志?
马大志	李海生!
李海生	好多年不见了。
马大志	听说你现在当上了企业家?
李海生	马马虎虎。老同学,我做东请你吃饭吧。
马大志	饭我就不吃了,老师的水泥卖不出,学校不能停课黄铺啊。
李海生	卖水泥?
马大志	是啊,乡里不能给老师开工资,就找了家企业赞助水泥。这不全体老师都在想办法卖水泥呢。你们需要水泥吗?我可以打折卖给你。
李海生	马大志,不好意思,我……我就是那家水泥厂的厂长。
马大志	啊? 你……
李海生	马大志,咱们边喝边聊吧。
	〔李海生和马大志下。暗转。
	〔上了岁数的杜玉莲拉着青年胡栋梁上。

杜玉莲	没变样,没变样,胡闹啊……对了,栋梁啊,你看咱们走时啥样,学校还是啥样。
胡栋梁	娘,我回来当校长,管着马老师,这工作不好干。
杜玉莲	马老师一直没叫这个学校关门,你应该回来帮帮他。你忘了,咱们走的那年,大雪封路,冰天雪地的,人家马老师送出老远。一直嘱咐你,学成回家乡。这些年,马老师没少接济咱们娘俩。
胡栋梁	娘,你看这房子,还是我念书那个时候的呢。
杜玉莲	栋梁,老话讲,狗不嫌家贫,儿不嫌母丑。
胡栋梁	娘,白杨树没有给我留下啥好的回忆,挨饿,受穷,愚昧,还有,还有……
杜玉莲	还有什么?
胡栋梁	还有乡亲们对你的侮辱。我不想在这样一个给我带来屈辱回忆的地方当校长,叫我咋去教学生,咋去面对老师?
杜玉莲	你……
胡栋梁	娘,你怎么了?
杜玉莲	栋梁,娘过去的名声是不好,可是,这块土地没有错啊。马老师和乡亲们就像这白杨树一样,支撑起了咱娘俩的天。娘叫你回来教书育人当校长,就是想叫你把娘当年脱下的衣服再穿上!
胡栋梁	娘,你别生气……我……
	〔少年民办上,秋月追上。
民 办	你们是谁啊?
胡栋梁	我是……我是这个学校的校长。
民 办	你不是,我爹才是学校的校长呢。
秋 月	胡闹?
杜玉莲	秋月妹子。
秋 月	真是你们啊?你们搬回来了?
杜玉莲	是啊,是啊,我家胡闹……啊,是胡栋梁分配到咱们学校当校长了。
秋 月	真的啊?胡……胡校长,大志哥一直念叨呢,新来的校长也

该上任了啊。

胡栋梁　秋月姑姑,马老师还好吗?

　　　　〔李海生架着喝醉的马大志上。

秋　月　大志哥,咋喝这么多酒啊? 你在哪喝酒了?

马大志　高兴……真高兴,老师的工资有……着落了,老同学,可不能
　　　　再发水泥了,我做梦都梦见两袋水泥在跑,一打饱嗝都一股
　　　　水泥味了。

李海生　你就是秋月吧?

秋　月　嗯。你是?

李海生　我是马大志的同学,我叫李海生。

秋　月　哦。我听大志哥说起过你。大志哥,校长来了。

马大志　真的? 在哪? 老同学,你真是雪中送炭。这事多亏了你,你
　　　　要是不伸把手,这学校就得散板、拢不住了……

杜玉莲　马老师。

马大志　杜玉莲?

杜玉莲　是我。这是我儿子胡……栋梁。他来咱们学校当校长了。

胡栋梁　马老师,我回来了!

马大志　小兔崽子,你……真回来当校长? 没开玩笑吧?

　　　　〔胡栋梁点头。

马大志　你小子翅膀硬了吗? 没有那金刚钻可不敢揽那瓷器活?

杜玉莲　马老师,我们家胡栋梁现在出息了。

马大志　空嘴说白话没用,是骡子是马得拉出来遛遛。老同学,先跟
　　　　我进屋喝点浓茶解解酒。

　　　　〔马大志拉着李海生进屋,丢下尴尬的胡栋梁和杜玉莲。

马大志　秋月,你赶紧进来啊,倒水。

秋　月　哎,马上来。玉莲嫂子,家里有什么需要我帮忙的,就说话。

杜玉莲　知道了,谢谢你,秋月妹子。

胡栋梁　妈,你先回家去吧,我跟马老师交接一下工作。

　　　　〔杜玉莲下。胡栋梁硬着头皮走进屋。在边上站着。

马大志　要不咋说亲不亲打折骨头连着筋呢。你看,你老同学一出
　　　　马,一个能顶俩。只要帮我把老师的工资开了,就能稳住

· 161 ·

人心。

李海生　马大志,你不用客气,别忘了,我也是喝这条川的水长大的。乡里乡亲的,谁过日子遇到为难招窄的事情,我都不能看热闹不管。

马大志　你看,你这觉悟就是高。秋月,倒茶。

　　　　〔秋月应着倒茶。

李海生　秋月,韩大面是你哥哥?

秋　月　是啊,你怎么知道?

李海生　咱白杨树通往外面的路是我投资修的,这不吗,我选你哥在工程队学开推土机呢。

秋　月　真的啊?那可得谢谢你了。

李海生　不用谢,又没有外人。老同学,你也去呗。

马大志　我可不去,我能去干啥啊?啥手艺没有。

李海生　你不用手艺,到我的工程队给我管管账啥的就成。工资好说,一个月一开,都是现钱,不打白条。

马大志　是挺好,可是……

李海生　可是什么?你看这新分来的校长站在这呢,你是民办教师,一年下来,累死累活地忙活,也不给你几个钱。还不如早点把小学校交出去。

　　　　〔马大志看站着的胡栋梁。

马大志　小毛驴拉车——没长进。两天半的热情,我能放心吗?

胡栋梁　马……老师……

马大志　啥事?有话就讲。

胡栋梁　马老师,我想……我想把学校的工作交接一下。

马大志　交接?好吧,胡闹啊。

秋　月　是胡栋梁校长。

马大志　胡闹,从今天起,不,从现在开始,我就把工作跟你交接明白了。

胡栋梁　好,我记一下。

马大志　不用,我说你听着就成。咱们学校门口的旗杆越长越高了,树毛子疯长,该褪了,那什么,我知道你从小就能爬高。明天,你修理修理。

胡栋梁　啊？好吧。

马大志　还有,后山坡那块沙土地,栽了花生,现在都长蛋挂果了。总有缺德的小偷偷花生,这小偷也太鬼道了,不直接拿镐头刨,他用手从下面抠。抠走了花生吃了,土又给我恢复了。今年高低不行,你晚上前半夜值班看花生,我后半夜替换你,咱俩倒班。

胡栋梁　马老师。

马大志　有什么问题不明白吗？

胡栋梁　这花生是你家的,还是学校的？

马大志　就算是学校的吧,前年我起早开的小开荒,沙土地不错,适合种花生,给咱们学校种的,收了花生,卖了钱。勤工俭学,交个电费,买个文具啥的,赶上逢年过节,也给老师改善一下伙食。

胡栋梁　马老师。

马大志　又怎么了？

胡栋梁　我想正式交接一下学校的工作。

马大志　这就是学校的工作啊。褪树毛子,抓偷花生的贼,重中之重！

胡栋梁　我是说教学方面的工作。

马大志　啊,教学方面的事情你还插不上手,不用你管,还有老师们的工资啥的,你管也管不了。上面不给钱,老师眼珠子都冒火了,镇不住可不行。晚上有露水,你多披一件夹袄。露水搭湿了做病。

　　〔胡栋梁迟疑着下去。

李海生　老同学,我都等你老半天了,也不见你有下文,你心里到底是咋想的？

马大志　你喝水,喝水。嘿嘿,谢谢你的好意,小学校现在开不开工资,老师的心长草了,新派来的校长,就刚才那胡闹,怕是扛不起来。我啊,还是安安分分守着小学校吧。别人管,我还真不放心。

李海生　你啊,这个犟劲就是改不了。没有你地球照样转。

[暗转。

[寂夜,偶有虫鸣。秋月上,李海生尾随。

李海生　秋月,你等等。

秋　月　李厂长,你找我有事吗?

李海生　秋月,我都说了,不用叫我厂长。

秋　月　好吧,你这么晚了找我有事吗?

李海生　秋月,没有事情就不能找你聊聊天吗?

秋　月　我还忙着呢。

李海生　好吧,那我就实话实说了,秋月,我想请你去我的工程队帮忙。不知道你愿意吗?

秋　月　你要找我去帮忙? 我能帮助你什么呢?

李海生　秋月,其实我早就知道你了。知道你心灵手巧,知道你干什么活都很优秀。

秋　月　没有,没有,我笨手笨脚的,恐怕帮不了你。

李海生　你能的,秋月,说心里话,只要你站在我身边,我就能够感受到快乐,连空气都是快乐的。所以,你就答应我吧,来我的工程队上班。你就是啥都不做,我都高兴。

秋　月　看你说的,越来越不像话了。我咋能白拿你的工资?

李海生　是我嘴笨,不会表达。秋月,我是真心的,你考虑一下,事情我也跟马大志说了,工程队的位置给你留着,我的大门永远为你敞开着,随时欢迎你来。

[李海生下,秋月望着李海生的背影出神。二面偷花生跑上,马大志紧随其后。

马大志　抓小偷,偷花生了!

[群众上,胡栋梁也跟着上。二面无路可逃,情急之下跑到秋月身后躲藏。

二　面　姐,快救我啊。

秋　月　二面? 是你偷花生?

二　面　没有,我拉肚子,刚蹲到花生地边上,就被马大志发现了,一土坷垃差点把我屁股打开花。

马大志　呸,你兜里还揣着花生呢,还有你手爪子抠的全是泥。

秋　月　你咋这么不争气呢,赶紧把花生交出来。大志哥,是二面不好,我包赔学校的损失。

马大志　不用,我找胡闹算账。胡闹,你给我出来。

胡栋梁　马老师,我现在叫胡栋梁。

马大志　成,换汤不换药,胡栋梁是吧,第一天值班你就擅离职守,被韩二面钻了空子,抠了十多棵花生秧啊!

胡栋梁　马老师,这几天总校下来领导要检查工作,我在写工作总结和安排接待事宜,我哪有时间去瞎耽误工夫。

马大志　嗨吆,你还有理了吧。瞎耽误工夫?学校的花生秧都被人家给抠没蛋了,你还屎壳郎上菜墩,跟我装大瓣蒜!

胡栋梁　马老师,我是这个学校的校长,我怎么干工作,用不着你来指指戳戳!

马大志　你? 好,我倒要看看你的工作咋干。

　　　　〔有老师上。

老　师　胡校长,花卉连夜都准备好了。

胡栋梁　那就赶紧卸车,从学校门口开始摆,能够看到的地方都摆上花盆。

马大志　胡栋梁,你整这么多花干什么?

胡栋梁　马老师,这不是上级来检查工作吗,环境卫生一定要搞好。

马大志　不错的想法。那你说,检查走了以后,这花怎么办?

胡栋梁　这花都是租借的,检查一走,就还回去呗。

马大志　你这不是弄虚作假吗?

胡栋梁　这是为了学校的集体利益,总比黑天半夜守着花生地要好吧。

马大志　那你说说,你这么干比守着花生地好在哪?

胡栋梁　马老师,咱学校年年工作不少干,年年也拿不着先进,为啥?

马大志　为啥?

胡栋梁　是思想不解放,这天没时候亮。

马大志　弄虚作假就是思想解放?

胡栋梁　马老师,你说,人上级领导来咱们这检查工作,中午连个饭都不管,家养的山鸡、野生的蘑菇也不送,有啥好处能想着咱白杨树小学啊？

马大志 照你这么说，我们都算白活了。胡栋梁啊胡栋梁，真的是没白在外边学习啊，啥乌七八糟的东西你都学来了。

胡栋梁 马老师，我来白杨树小学当校长是上级任命的。

马大志 怎么了？

胡栋梁 你得把学校的公章交给我，我好办公。

　　　　〔马大志一愣。

马大志 办公？你小子嘴巴没毛，办事不牢，我不放心。还有这弄虚作假歪门邪道的事情，你学得倒是挺快。

胡栋梁 马老师，你觉得我不够格当这个校长，你就去跟上级领导反映，这个公章你现在得交给我！

马大志 这……

　　　　〔暗转。

　　　　〔烈日下学生在院子里罚站，被胡栋梁发现。

胡栋梁 谁叫你们站在这的？

学　生 （怯怯）马老师。

胡栋梁 又是这个马老师。马老师为什么罚站？

学　生 听写生字错了五个。

胡栋梁 哎，你们进教室吧。

学　生 （不动）马老师会打的。

胡栋梁 体罚，哎，马老师这个老毛病就是不改。你们回去吧，有事情我跟马老师说。

　　　　〔马大志已经悄然站在面前。胡栋梁一愣。

胡栋梁 马老师？

马大志 领导吃饱喝足都送走了？听说还去小卖店赊了啤酒烧鸡香肠？行啊行啊，我看你胡大校长拿啥补这个窟窿。

胡栋梁 马老师，这个不用你操心，下午学校开个会研究一下。

马大志 研究什么？

胡栋梁 关于师德教育的。

马大志 师德教育？

胡栋梁 说白了，就是不能再体罚学生，这样粗暴愚昧的教育方式一定要杜绝!

马大志　粗暴?愚昧?棍棒底下出孝子,这是古话。还有你胡栋梁,你说,那些年我不粗暴我不愚昧,能有你今天溜光水滑站在老子面前装大尾巴狼吗?

胡栋梁　马老师,你那套不行了。

马大志　行不行你说了不算。刚才那罚站的学生,今天必须给我罚完。

胡栋梁　我以校长的名义宣布,以后,咱白杨树小学的老师不能再打学生一手指头!

马大志　好,好,我现在就把学校交给你,看你能整成啥样。

　　　　〔马大志把公章放在桌子上,胡栋梁不客气,真去拿,马大志马上抢先捂住。

马大志　等等,你是校长不假,但是我作为代理校长,必须要监督你。

胡栋梁　欢迎监督。

马大志　不行,我不放心。这样,我把这个公章拉两半。你一半,我一半。啥事也得通知我。

　　　　〔胡栋梁阻拦不住,马大志拿起锯条开始拉公章。胡栋梁哭笑不得。

胡栋梁　马老师,我给你把着,你慢慢拉。

　　　　〔趁马大志不备,胡栋梁抢过公章。马大志追。

马大志　你给我!小兔崽子,还学会夺权了呢。

　　　　〔胡栋梁慌不择路,不知道往哪躲,秋月等人上来拉架。胡栋梁顺着旗杆就爬了上去。

马大志　你给我下来!

胡栋梁　不下。

秋　月　大志哥,你们有话不会好好说啊,自打胡栋梁来学校,你们就吵吵不停。不叫外人笑话啊?

马大志　谁爱笑话谁笑话,我就怕这小子坑了咱学校。

胡栋梁　马老师,你的脑筋太老了,你这样下去才会坑了咱学校。

马大志　什么玩意?你再说一遍,我坑了学校,我今天非把你弄下来不可。

[众人拉不住,马大志开始摇晃树干。树干猛烈地晃动起来。

胡栋梁　妈呀,马老师,别摇晃了,我下去还不成吗?

杜玉莲　栋梁啊,你看你把马老师给气的,赶紧下来吧。

[马大志松手,树干还在摇晃,整个大地也在摇晃。

马大志　快,快,地震了! 快点救孩子们出来!

[小学校的房子倒塌倾斜,发出了震耳的轰隆声音。一片大乱。胡栋梁出溜下来。

[马大志冲进教室往外拉孩子,德顺媳妇听不见,拿着课本被马大志拽了出来,秋月抱着民办出来。沉寂。

胡栋梁　马老师,房子倒了,这可怎么办啊?

马大志　伤着学生没有?

秋　月　没有,都跑出来了。

胡栋梁　这可怎么办啊? 娘,我说不来吧,你非要来!

马大志　胡栋梁! 你是爷们,别说孬种话。抬起头来,看看你身后是啥? 是白杨树。像这白杨树一样挺起你的脊梁来,什么苦什么难,都不能把咱们压趴下。

杜玉莲　是啊,马老师说得没错。

马大志　老师走了,我们可以再叫回来。房子塌了,我们可以再垒起来。你们看见这白杨树做的旗杆了吗? 最早的时候,这就是一根光秃秃的白杨树杈子插在这,慢慢的,白杨树就活了,冒出了树叶,长高了,长粗了。这是咱白杨树人的魂啊,在这茫茫大丘陵里,没有肥沃的土,没有清冽的水,可是,老百姓的心气足着呢,永远乐乐呵呵地向上向上。一条贱命硬着呢,一腔鲜血热着呢!

众　　　对啊,我们要像白杨树一样挺起脊梁。

秋　月　大志哥,危险!

马大志　教室里还有桌椅板凳,能抢出来的就抢出来。

胡栋梁　没有钱,没有物,光有这笨力气管啥用? 抢出这堆破烂有啥用?

[马大志冲进险房。很艰难地在舞台来回跋涉着。马大志累得一屁股坐在地上起不来了。

〔暗转。

〔马大志累得浑身疲惫带着民办上,秋月赶紧给打水,马大志洗漱。

秋　月　大志哥,学校重建的材料都备齐了吗?

马大志　水泥有的是,差钢筋和红砖没有着落呢。秋月,要不咱再偷着放树吧,出啥事高玉大给咱顶着呢。

秋　月　白杨树林子都归个人了,就咱学校的那根旗杆没有人管。

马大志　那棵可不能放倒,那是树王,见证了咱白杨树小学的发展史。

秋　月　大志哥,我想最后问你一句。

马大志　问什么?

秋　月　一个人的心里是不是只能有一个人?

马大志　秋月,你问这个干什么?

秋　月　大志哥,你回答我。

马大志　……(点头)

秋　月　我明白了。民办,你长大了去做什么?

民　办　姑姑,我长大就做爹那样的老师。

秋　月　好孩子。姑姑和爹没白疼你。民办长大了,以后你要学着照顾你爹。

民　办　姑姑,你要出门吗?

秋　月　可能是吧。

民　办　去哪?

秋　月　大志哥,你的同学李海生又给我捎信来。要我去他那里上班。

〔马大志愣一下。

马大志　好啊,秋月,李海生人不错的,人家这些年干出来成就了。你……你去他那里上班,我……放心……

秋　月　大志哥。那你多保重啊。

马大志　嗯。

〔秋月一步一回头,走向白杨深处。远处,李海生在笑着等。

民　办　爹,你快叫住姑姑啊。

〔白杨林深处,李海生给秋月戴上了大红的盖头。秋月回头恋恋不舍。马大志怅然若失。

第五幕

[时间:20 世纪末的一个冬天。

[地点:小学校。

[白杨树长得更高更粗了。枝叶茂盛。国旗飘扬。

[一阵喧哗,马大志拎着烧火棍子从房间里追着马民办出来,孩子们欢呼。

马民办　打人了,我爹打人了!

[群众拉架,迎住马大志,打扮入时的秋月也护住了马民办。

马大志　你还反了呢,你不当这个老师,我就砸断你的腿!

马民办　秋月姑姑,听见没,我爹说要打断我的腿! 我要考重点大学,我爹不表扬我,还非要我改报师范,回来当老师。你看啊,姑姑,我爹就是霸权,就是法西斯,家庭暴力!

马大志　我叫你法西斯,我叫你家庭暴力!

秋　月　大志哥,你就尊重孩子的意见吧。

[马大志抢起烧火棍子要打,高玉大赶到,正好打在高玉大的身上。

高玉大　哎呀,我这把老骨头架不住你这么瞎抢。

[光打在高玉大马大志身上。

马大志　不是我想不开,咱们白杨树小学需要兢兢业业的老师来支撑。胡大校长的心不在学校啊。三天打鱼两天晒网的,你说……唉!

高玉大　咸吃萝卜淡操心,你一个整天敲钟的老师,你管那事干啥?

马大志　敲钟咋了? 我就不准用电铃,费电不说,刺啦刺啦的闹得慌。你看我这钟,当当一敲,豁亮透了。

[胡栋梁领着一个漂亮时髦的城市女孩子上。

胡栋梁　马老师又说我什么呢?

高玉大　表扬你工作积极认真。

胡栋梁　表扬我？不会吧？太阳真从西边出来了。

马大志　你妈一天来学校八趟，喊你回家吃饭。你妈年龄大了，眼睛也不济，下班你多回家看看。

胡栋梁　知道。对了，马老师，过几天我就和欢欢结婚了，结完婚我就调到教育局局工作，这个小学的校长，还得交给你来当。

马大志　胡闹啊，不，胡校长啊，锅里我给你准备了好东西。抽空你吃了。

　　　　〔胡栋梁凑近看了看。

胡栋梁　这是啥啊，黑糊糊的？

马大志　猪腰子。

胡栋梁　猪腰子？

马大志　你没听说吗，吃啥补啥，胡校长啊，猪腰子是新鲜的，熟了以后别放盐，就干吃。看你小脸蜡黄，给你补补。胡校长啊，有的人活一辈子，就是为了酒色财气。有的呢，为了争一口气。还有的呢，啥都不琢磨，或许为了一块地，或许为了一片白杨林子。我算活明白了，酒，你喝不完，喝完还有，喝完还有。只见人死，不见酒没。家财万贯有啥用，还不是饭要一口一口吃，睡觉也占身子那么大的一块地界。女人，好看的多了，睡不过来啊，费腰子，我看你这些天脸色不正，吃了这猪腰子，保重你那贵体，给咱白杨树小学多干点正事，我这要求不过分吧？

胡栋梁　马老师，你……

　　　　〔杜玉莲上，眼睛不好了，拄着拐杖。

杜玉莲　胡闹啊，你在吗？

胡栋梁　娘，你咋又糊涂了啊？我叫胡栋梁。

杜玉莲　你就是胡闹，高玉大后改的名不算。胡闹啊，娘托人给你提的亲，你得给娘一个回话啊。

　　　　〔胡栋梁把欢欢拉到跟前。

胡栋梁　娘，我跟欢欢的婚事已经定了。结完婚我就带着娘到城里去享福。

欢　欢　娘，我们都……都闪婚了。

马大志	是,我看出来了,怕你闪了腰,老早就准备了猪腰子。
杜玉莲	啥?婚姻大事都不跟我这当娘的商量商量?还有,你不能离开咱白杨树小学,马老师的年龄也不小了,这些年,他一个人风里来雨里去的,不容易。你得把这个班接好。
胡栋梁	娘,俗话说得好,人往高处走水往低处流,这个小学的校长谁爱当谁当,我是高低不当了!
杜玉莲	胡闹,你……
	〔暗光,再亮是马大志和高玉大。马大志在扎纸活,往秫秸上扎纸花。
马大志	听见没?费力不得好,你个老妖精,当初就不该去撵火车。你说也怪,你骑个破自行车,咋就把火车给撵上了呢。
高玉大	人啊,上了岁数,阴一半阳一半的了。唉,时代不一样了,咱们是跟不上形势了。
马大志	呸,屁形势!人心不古,世风日下。钻进钱眼里,早晚得坐病。
高玉大	你不钻钱眼里,你整天扎花圈?
马大志	我这是自力更生,你那龟儿子拖欠我的工资不给,还不兴我自谋生路啊。
高玉大	秋月回来了,秋月多长时间没回村了?嫁的那李总可是咱的大贵人啊。出手大方,没少给咱老百姓办事。你这个妹夫可是能人啊!
马大志	拉倒吧,老妖精,咱俩的心眼加一起也不如人家多。该吃饭了,你一个人晃吧,我得回家了。
高玉大	等等,要不我也到你家凑合喝几口?啥饭食啊?
马大志	你别去了,将就饭。
	〔秋月和民办上。
秋　月	大志哥,一会儿海生也来,我都做好了饭菜。
马大志	你看看,不叫你破费你偏不听,回来就花钱。
高玉大	看我来着了吧,有酒吗,民办?
民　办	高爷爷,有酒只能给你喝。
秋　月	这孩子。
马大志	嘿嘿,还记仇了。行,给这个老东西喝。我不喝。我不是你

爹,你是石碴缝里蹦出来的。

秋　月　你们爷俩啊,不到一起还想,到一起就掐。大志哥,民办上学的事情,我做主了。孩子愿意上大学,学费的钱我们出。

马大志　不差学费。胡闹一天到晚不着调,这学校我不放心啊。

民　办　我看人家胡校长干得挺好的,都是爹跟人家过不去。

马大志　胡说八道!你没三块豆腐高呢,也教训你爹了。啊?还我跟胡闹那兔崽子过不去。

马民办　就是过不去,人家胡校长谈恋爱你都干涉。

马大志　我是为他好。你小孩子家家的懂啥?胡闹那小子根本就不是一心一意跟人家姑娘好,他是看上了人家的爹是教育局的领导了。当我是瞎子聋子啊?他就是想利用人家当踏脚石!

秋　月　民办,你少说几句吧。大志哥,你消消气。你们喝酒,喝酒。

高玉大　就是,喝酒,喝酒。

　　　〔胡栋梁上。

胡栋梁　马老师,上级有个文件,因为山里要开矿,为了发展经济,还有咱小学校的学生少,要把小学校取消了。

马大志　什么?取消?我看哪个王八蛋敢动小学校一下!

胡栋梁　马老师,这是大势所趋。李海生的矿业集团早晚把咱这片都得买走。还有,你的花圈赶紧收拾起来吧。

马大志　胡闹,是你小子又去乡里告我状了吧?

胡栋梁　马老师,你在学校扎花圈这事不妥。你摆着花圈这不是搞封建迷信吗?

马大志　封建迷信?

胡栋梁　马老师,你的花圈不准再卖了。不能见钱眼开,过去你不是教我们君子爱财取之有道吗?

高玉大　呸,你知道马老师卖花圈都是为了谁吗?人家没自己花,接济贫困学生,给困难老师开工资。

马大志　行,我不搞封建迷信,我不卖花圈了,你把拖欠我的工资给我吧。

　　　〔马大志掏出一沓白条子。

高玉大　都是马老师开的工资,这么多年积攒下来的白条子。

胡栋梁　谁知道你们这是真的假的啊,不会是你们两个合伙骗我吧?我已经带着人来取缔了。把花圈都给我拿走。

　　　　[有人上来搬花圈,马大志和高玉大急了。

马大志　我看你们谁敢动!

高玉大　动就砸断他狗腿!

秋　月　胡校长,工作要慢慢做,不能来硬的。

　　　　[胡栋梁带着人搬,高玉大和马大志拿着棍子开始打,现场乱。秋月和民办拉架,胡栋梁逃跑,白条子飘舞。

　　　　[马大志和高玉大哈哈大笑起来。两人喝酒,高玉大醉倒。

马大志　你看看,这兔崽子还是不行吧?打跑了,秋月和民办关键时刻还得站在咱们这边。我看他们谁敢动我的小学校?

民　办　我啊,是怕你腿脚不好摔坏了,才帮你们的。

秋　月　大志哥,他们说得没错,听说你还带着学生扎纸花,这样不好。

马大志　不好?我不扎花圈,你们家李总矿上死人烧啥?

　　　　[秋月愣住,李海生上。

秋　月　海生,你咋又来晚了?

李海生　好饭不怕晚,你们这不还没吃完吗?

民　办　姑父,还吃饭呢,被我爹气都气饱了。

李海生　哈,民办,你放心,你读高中的事情不用着急,我来说。

马大志　哎呀,李总,咋的,你这大忙人,哪阵香风把你给吹来了呢?

李海生　咱们是老同学,我还是你妹夫,实在亲戚,你说,说话老见外多生分啊。老同学好久没有在一起聚了,喝几盅?叙叙旧?

秋　月　你就别跟大志哥喝了,再喝就该多了。

马大志　老同学啊,酒家里有,你随便喝。我就不陪了,酒量不行了。

李海生　你看你啊,你岁数就比我大两岁吧,这几年咋混成这样呢,见老了,咋还有这么多白头发了呢?真是三十年河东三十年河西啊,当初咱们班数你和吴彤彤学习好。我考试从来就没及格过。

马大志　是啊,每次抄我的作业,你都得给我一分钱,你小子啊。打小就心眼歪。

　　　　　　　　　　　·174·

秋　月	就这出息啊。
李海生	哈哈,你记得可真清楚。秋月,你不用管,我们哥俩聊一会。(秋月和民办搀扶高玉大下)可是我的投资没白投,这招不管是啥年代,都好使通杀。你马大志耳朵不聋,眼睛不花,知道我这些年混成啥样子吧。解放思想现在很重要,头些年我就劝你,别老守着这破学校,我那集团公司随时都欢迎你来。
马大志	李海生,在我心里这学校可不破。再说,我怕那水深淹着。
李海生	是,是不破。那你说说心里话,咱们现在混的肩膀头能一般高吗?
马大志	要我说心里话啊,好啊,好啊。照照镜子,我马大志一头白发,满脸褶子,是没有你李海生西服革履,红光满面光鲜。可是,我心里不虚不空不慌,踏实着呢。
李海生	老同学,下午报社和电视台就来采访我了,对了,上个月我刚得的十大杰出企业家的节目你看了吧?
马大志	没看。
李海生	我那都是真刀真枪拼出来的。
马大志	是啊,你也没少动歪心眼。就说咱白杨树的路吧,你当年花了五万块钱修的吧,路修好了,路上跑的车权利是你的了,两年不到头,连本带利就赚回来了。靠着这名气承揽了煤矿。你自己说说心亏不亏,李海生啊李海生,这个世界上不是只有你一个人聪明,看明白的人多着呢,只是有的人下不去手,有的人心够狠。
李海生	你……
马大志	李总啊,都是老中医,你就别给我来偏方了。每个人活在世上,都有不同的想法。有的是奔着名利,有的呢是奔着心里的那个念想。肩膀头啊有高矮,人心有黑红,黑的呢就想着自己的那点事,红的呢就为了活出个仁义。
李海生	马大志,你还一套一套的呢?你以为就你崇高,就你高尚呗。
马大志	不敢,我就是心里踏实,晚上睡觉不做噩梦。不睡凉炕不花赃钱,我不得病。
李海生	哈哈,马大志,行行,那你知道你每个月扎的花圈都被谁买去

了吗?

马大志　给死人买去了呗。

李海生　错了,你的花圈都被活人买去了。

马大志　活人? 谁?

李海生　秋月。

马大志　秋月?

李海生　是啊,确切点说,是我买去了,因为秋月的钱是我的。

马大志　撒谎,秋月买花圈干什么?

李海生　不知道,都给你存了满满一屋子了。她还以为我不知道。

马大志　真的吗?

李海生　老同学,还有这小学校,其实上面早都答应了叫搬迁了。

马大志　真的吗?

李海生　那还错得了,我手里有红头文件。

马大志　难道,你真想动白杨树小学的念头?

李海生　马大志,我都说过,我也是喝这条川水长大的孩子,怎么会那
　　　　么绝情啊。

马大志　哦……

李海生　不过,小学校不搬迁也可以,但是名字得换。

马大志　换什么名字?

李海生　啊,是这样的,我打算投资重建小学校,建起个二层楼,还有
　　　　啊,要把外面最好的老师请进来。

马大志　李海生,你不会无利不起早吧?

李海生　当然不会,在商言商,这点,你得多多理解。以后,这白杨树
　　　　小学的名字就叫海生希望小学了。事情老同学你琢磨琢磨,
　　　　然后给我个回话。

　　　　〔马大志颓然坐下。

　　　　〔秋月和民办上。

秋　月　你们怎么吵起来了?

李海生　没有什么。矿上还有事,我先走了。

　　　　〔李海生下。

民　办　爹,你跟我姑父不会好好说话吗,我老姑父连口饭都没吃,就

叫你给气走了,你们还是老同学呢,人家是那么大的老总,都没有架子来看你,你却这样对待人家,现在你越来越不可理喻了。

〔马大志发愣。

秋　月　民办,你别埋怨你爹了。大志哥,海生跟你说什么了?

马大志　秋月,那些花圈都是你买去了?

秋　月　大志哥,我不是看不得你作难吗? 还有,你心里这些年其实一直有嫂子的影子,我知道你在守着什么。

民　办　你们说什么呢?

〔电话响,民办接。

民　办　喂,你找谁? 我是民办,对,我叫马民办,马大志的女儿。什么? 娘?

〔民办拿着话筒看马大志和秋月。

秋　月　谁的电话?

民　办　她说她叫吴彤彤。

〔马大志的手一哆嗦,一只碗掉了下来。

〔救护车的声音,光影中出现一张病床,上面躺着奄奄一息的吴彤彤。

马大志　彤彤,是你吗?

吴彤彤　大志,是……是我。

马大志　民办,这就是你娘。

〔民办叫不出来。

吴彤彤　民办长……大了……

马大志　是啊,是啊,民办都考师……不,考大学呢。

吴彤彤　真好,民办,过来,叫娘摸摸。

〔民办不动。

秋　月　民办,过去,到你娘那边去。

〔民办慢慢挪动。

吴彤彤　大志,这些年难为你了。

马大志　唉,还说这些干啥? 你刚走的那些年,我恨过你,骂过你,可是,我现在见到你,我恨不起来,也骂不出口了。这般年纪了,不提那些事了。彤彤,你这是来认民办的吧?

吴彤彤 嗯,还有,大志,我不能再耽误你了,那是我们的离婚协议书,你签字吧。我知道,这辈子,我欠你们爷俩的,下辈子当牛做马也补偿不了。

马大志 别说了,离婚的字签不签都没啥区别了。

吴彤彤 (递给民办一张纸条)给你爹,上面写着我的秘密。

〔民办把纸条交给马大志,马大志颤巍巍接过,没有打开,捧一会儿团了团塞进了自己的嘴巴里,嚼完咽了下去。

马大志 够了,够了,秘密就叫它永远是秘密吧,咱们年龄都不小了,经不起折腾了。就像伤口结了疤,再揭开还会冒血的。我马大志还能够得到你吴彤彤的信任,这就够了。吴彤彤,我把这份信任吃下肚去,吃进心里头了。你们娘俩聊,我回学校去了,孩子们,该上课了。

〔马大志蹒跚走,民办喊。

民　办 爹。

马大志 (站住)照顾你娘。

吴彤彤 民办,娘给你和你爹留下了一笔钱。

民　办 娘,我不要你的钱,你的钱弥补不了爹的苦。今天我终于明白了,爹是我最崇拜的英雄。娘,我不要你的一分钱,你放心吧,你亏欠爹的,由民办来补偿吧。

吴彤彤 好孩子,好孩子,好好照顾你爹。我们都欠他的啊。

〔光暗,吴彤彤消失。

民　办 爹!

〔民办扑进马大志的怀抱。

〔收音机的声音在播新闻。

〔本台消息:在教师节来临之际,我县民办教师问题的解决,一直牵动着党委和政府的心。80年代以来,通过加强对民办教师的培训,使民办教师的学历层次、文化知识和教学水平均有了明显提高。90年代以后,本着"关、转、招、辞、退"的"五字"方针,按照"公开、平等、竞争、择优"的原则,分期分批将数万名符合条件的民办教师转为公办教师。同时,在妥善安排、保障生活的前提下,对部分文化水平低,难以胜任教学任务的民办教师予以辞退。1997 年,国务院提出"争取到本世纪末解决民办教师问题"的目标之后,全县进一步加快了民办教师转正工作的步伐。

民　　办　　爹,你穿件干净衣服去考试吧。

马大志　　哎呀,就别叫我去丢人了,老闺女,你回来当老师,爹比啥都高兴。

秋　　月　　大志哥,你啊,就别犟了。你能够转正,那是咱全村的大事。这次的名额可就只有一个。而且,只培训,考试也不严格,机会难得。

马大志　　一个名额?

民　　办　　是啊,以后啊,咱们的字典里就没有民办教师这个词了。都是公办老师了。

马大志　　等等,那考不上公办老师的民办老师咋办? 没查政策吗?

民　　办　　查了,对不符合老师条件的辞退。

马大志　　辞退? 那德顺媳妇……民办,秋月,你们先走,我去趟茅房。

秋　　月　　你啊。

〔秋月和民办下,马大志看没人赶紧去找德顺媳妇。

〔光中德顺媳妇在山上砍柴,漫天飘着清雪。

马大志　　嫂子。

德顺媳妇　马老师,啥事?

马大志　　嫂子,喜讯啊,教育局来了通知,叫你去报道呢。

德顺媳妇　报道? 报啥道啊?

马大志　　民办教师转正培训考试,叫你去参加学习。

德顺媳妇　我? 我还是算了吧,你忘了,大枣核的事情,丢人。

马大志　　嫂子,你看你现在耳朵的听力也好了很多,教学的质量那是没得说,还肯吃苦。人家上级领导掌握情况,这不吗,特意点名叫你去呢。

德顺媳妇　真的啊?

马大志　　嗯,你这就拿着录取通知书去吧,活我给你干,家里你也甭

179

惦记。

德顺媳妇　嗯。

[德顺媳妇拿着通知书下,马大志干活,俯下身子扛柴禾,冰雪路难走,马大志滑倒在白杨树下。

[秋月、民办寻找,发现倒下的马大志。

秋　　月　大志!

民　　办　爹!

[秋月抱紧了马大志给取暖。马大志颤颤巍巍的手里攥着那只钢笔帽。

马大志　上课喽,上课喽。

秋　　月　大志哥,你冷不冷?

马大志　上课喽,上课喽。

德顺媳妇　马老师,这个名额是你的啊,对不起。我不去考试了,我不要转正了!

马大志　上课喽,上课喽。

民　　办　上课喽,是父亲那些年唯一的一句话。不管跟他说什么,他只会这么一句。可是,我和秋月姑姑是听得出来父亲的意思,理解他每一句上课喽的真正含义。那年,是全县民办教师最后一批转正,父亲因为把名额让给了德顺媳妇,他错过去了。

秋　　月　胡校长,你再想想办法,大志哥是咱们白杨树这么多年的老师,怎么就不能转正呢?

胡栋梁　秋月姑姑,不是我不管啊,这件事情归教育局负责,我哪有那么大的本事。

秋　　月　可是你是马老师的学生啊。胡校长,你不能不管啊,你是马老师第一个培养出来的老师。

胡栋梁　姑姑,我……也不想辞退马老师,可是,马老师现在的身体,连话都不能说了,怎么去上课当老师啊。

杜玉莲　胡闹,你想想办法。

胡栋梁　马老师的钱我出还不行吗,就叫他好好在家养病吧。

秋　月　胡校长，你马老师在乎的不是钱啊，要钱我家也有，钱在你马老师面前是抵不过一座学校的重量的。你看看，你看看，这些年来，你马老师积攒下来的白条子，这都是钱啊，他什么时候去要过？知道吗，他自己扎纸活卖钱给老师们补贴啊。

胡栋梁　不是我不帮马老师啊，我实在是尽力了啊。还有，请你们放心，欢欢现在支持我继续留在小学当校长。上级也同意小学校继续办下去了。

〔马大志的身子动一下。

秋　月　快点拿羊毛毡子给你爹垫在身下暖和。

〔民办拿出毡子，所有的人都惊呆了，一领羊毛毡子全是大大小小的脚印窟窿，密密麻麻地悬挂在天地间。白杨树赫然挺立，雪花大片飘落，天地间一片圣洁。

马大志　上课喽——

〔民办捧着钢笔帽，热泪盈眶。

众　　上课喽——

〔主题歌响起：

满沟筒子的冒烟雪

裹着西北风

顶天立地的白杨树

够到满天星

生生世世恋着你

恋着黑土地

恋着大关东

岁岁年年想着你

想你白了头

想你在梦中

……

〔剧终。

话剧

谷文昌

冯　静

　　中国评剧院，国家一级编剧，2000 年毕业于中国戏曲学院戏曲影视文学专业。创作的主要大型戏剧类作品：河北梆子《牙痕记》、音乐剧《的哥的姐俏京城》、粤剧《海上生明月》、京剧《七个月零四天》、话剧《共同家园》、话剧《谷文昌》、音乐剧《花儿与号手》、音乐剧《汉关明月》、话剧《白鹭归来》、吕剧院《社区书记》（《幸福花开》）等，多次荣获国家级奖项。

　　《谷文昌》由中国国家话剧院于 2016 年 12 月 5 日到 11 日在国家话剧院首演；2017 年作为中共十九大献礼演出开幕式演出剧目和上海国际艺术节"国家话剧院"演出单元开幕演出剧目；2018 年入围"国家舞台艺术精品工程十大剧目扶持工程"、获得上海"壹戏剧大赏"剧目奖并作为国家话剧院建党九十七年献礼演出剧目；2019 年参加文化和旅游部主办的"全国舞台优秀剧目暨优秀民族歌剧展演"、获得由中国文联、中国戏剧家协会等单位主办的第 29 届梅花奖、入围第十二届"中国艺术节"第十六届"文华大奖"，并获得"文华大奖"话剧组榜首，获得中宣部第十五届精神文明建设"五个一工程奖"。

人　物：谷文昌——河南人,南下干部,东山县委书记,开场时 35 岁,
　　　　　　　　离开东山时 49 岁,最后一场 66 岁,福建省林业
　　　　　　　　厅副厅长。

　　　　吕志远——山东人,南下干部,东山县长,开场时 34 岁,与谷
　　　　　　　　文昌分别时 48 岁。

　　　　史英萍——谷文昌妻子,东山县委妇女干部,开场时 32 岁,
　　　　　　　　离开东山时 46 岁,最后一场 63 岁。

　　　　林福生——东山乡亲们的老族长,开场时 60 多岁。

　　　　李鸿煊——谷文昌秘书,开场时 20 多岁。

　　　　朱茂盛——东山青年,谷文昌通讯员,开场时 20 多岁,

　　　　朱茂丰——东山青年,朱茂盛哥哥,被抓丁,开场 20 多岁。

　　　　朱阿壮——东山渔民,朱茂盛父亲,被抓丁,开场 40 多岁。

　　　　何美玉——东山妇女,朱茂盛母,开场 40 多岁。

　　　　阿　来——东山青年,被抓丁,21 岁。

　　　　黄秀珠——东山少妇,20 岁。

　　　　刘婆婆——东山失明老妇人,刘海生母亲,开场 50 多岁。

　　　　杨秀水——东山少妇,刘海生妻子,盼好母亲,开场时不到
　　　　　　　　30 岁。

　　　　刘海生——东山青年渔民,杨秀水丈夫,开场时年近 30,被抓
　　　　　　　　丁,后逃回来。

　　　　盼　好——东山渔民刘海生之子,开场时 7 岁左右。

吴美桃——东山少妇,开场时 30 岁左右。

阿　玉——东山少妇,开场时 20 多岁。

龙仔娘——东山妇女,开场时 30 出头。

林掌国——东山渔民,脚有残疾,开场时 50 多岁。

苏林海——东山渔民,眼有疾患,开场时 30 来岁。

林阿洋——东山渔民,开场时 30 出头。

林望龙——林福生的侄子,读过私塾,念过大学,旧时代过来
　　　　　的知识分子,开场时 30 多岁。

谷闽英——谷文昌儿子,开场时 10 岁左右。

谷哲惠——谷文昌长女,18 岁。

谷豫东——谷文昌儿子,17 岁。

谷哲芬——谷文昌小女儿,12 岁左右。

医　生——30 多岁。

护　士——20 多岁。

县委委员三人、解放军战士、民兵若干

序　幕

〔音乐,幕启。

〔多媒体 LED 播放谷文昌生平及照片。

〔多媒体字幕:1915 年,谷文昌出生在河南林州太行山脚下一个小山村里。1944 年加入中国共产党。1950 年他跟随解放大军南下,留在福建东山,历任中共东山县委组织部长、县长、县委书记。在东山的十四年间,他为 4 792 名被国民党抓走的壮丁家属摘掉了"敌伪家属"的帽子,使他们在政治上获得了平等;他带领着东山人民植树造林,将百年来风灾成患的荒岛变成了海上绿洲;他修筑海堤,将面积 220.18 平方公里的孤岛与大陆紧紧相连,创造了人间奇迹。1981 年他长眠在东山县赤山林场,与他相依相伴的就是那些当年他亲手种下的木麻黄……

〔两个时空的对话。

〔谷文昌和史英萍出现在舞台独立区域,史英萍的背后,隐隐是东山的乡亲们。

〔史英萍穿着谷文昌临终时送她的那件新衣裳。

谷文昌　英萍,你来啦?

史英萍　老谷,我又回东山来看你了,这日子过得真快,在来的路上我就想,从 1950 年解放东山咱俩在福建都待了 60 年了,你放心,孩子们都好好的,我这身子骨也硬硬朗朗的,你就踏踏实实的吧。

谷文昌　咱东山的木麻黄咋样啦?

史英萍　我就知道你问这个,乡亲们按着你的嘱咐又种了一批新的木麻黄,那些老的木麻黄还在,这新的也都长成参天大树啦!

谷文昌　好好! 那我就放心啦!

史英萍　老谷,乡亲们也都来看你来啦!

福生伯　谷书记,今年是您的三十年大祭,要办个风风光光的祭礼,乡亲们说了,先拜谷公,再祭祖宗!

乡亲们　先拜谷公,再祭祖宗! 先拜谷公,再祭祖宗!

第一幕

[转场。

[舞台上分为三个表演区,分别展现三组家庭在国民党抓丁前的生活场景。

[朱茂盛家,父亲阿壮抽着水烟和长子朱茂丰闷头坐着。

朱茂丰　又吃木薯,阿爹,这海封了这么久,我们什么时候能打点鱼啊?

朱阿壮　别说了,有吃的就不错了!

朱茂盛　阿爹,最近三天两头的查户口,是不是要出事啊?

朱茂丰　听说国民党是个男的就抓走!

朱阿壮　别瞎说,阿爹在海边给你们找了一个能藏人礁石洞,赶快吃,吃完带你俩过去。

朱茂盛　阿爹,那你呢?

朱阿壮　我不能走,我走了你阿姆怎么办?

何美玉　儿子,多穿点衣服上! 海礁里冷,吃得饱饱的,吃完啦,让你阿爹送你俩走!

[表演区二:阿来的新房里,窗户上贴着大红的喜字。

[新婚之夜,20岁的黄秀珠和21岁的阿来坐在床边。阿来掀起新娘黄秀珠的盖头。

[黄秀珠羞涩地低着头,阿来拉起黄秀珠的手。

阿　来　　（搂住她）秀珠，你嫁给了我，这辈子我一定好好待你，绝不让你吃苦受累！

黄秀珠　　（点点头，依偎在阿来肩上）只要你对我好，就算一辈子跟着你吃苦受累我也不怕！阿来，我娘说最近世道乱，外边兵荒马乱的，国民党到处乱抓人，去台湾！我怕，万一要把你给抓了……

阿　来　　（恐慌却在安慰妻子）不会的！我保证，一辈子都不离开你。（抱住妻子）

　　　　　［表演区三：刘海生家。

　　　　　［杨秀水在床上一边用蒲扇给7岁的儿子盼好赶着蚊子。

　　　　　［刘海生正在编着草筐。

　　　　　［近乎失明的刘婆婆正在织补着一张破渔网。

盼　好　　阿母，我渴了。

杨秀水　　（小声劝慰着）盼好，家里就那么一点儿水了，你今天喝完了，明天就没的喝了，忍忍，睡着了就不渴了。

刘婆婆　　去把那水给盼好拿过来。

杨秀水　　那口水是留给你的！

刘婆婆　　我不渴，拿过来给盼好喝。

盼　好　　阿母，我还饿。

刘婆婆　　盼好，等阿嬷补好了渔网，让你阿爹去给你打些个小鱼小虾来，让你吃得饱饱儿的。

刘海生　　阿嬷，您就别补那渔网了，那海边全是兵舰，打不了鱼了！我编几个草筐明天拿到集上去碰碰运气吧！

杨秀水　　是啊海生，你快躲躲吧，你可是咱们家的顶梁柱，万一你要是被抓了……家里就剩我们孤儿寡母的……

刘婆婆　　啊？那这些天国民党成天来查户口，是不是要抓丁呀……唉，海生，那你快去躲躲吧！

刘海生　　总不能让你们饿着呀！我去想想办法！

杨秀水　　千万不能让他们抓到你呀！海生会被抓走吗？

　　　　　［远处枪声响起，刘海生一家骤然紧张，紧紧地抱在一起恐惧地向枪声传来的方向望去。

　　　　　　　　　　　　　189

一家人　海生！阿爹！

　　　　[另一区光起,1950年11月11日夜,在东山附近的海面上,
　　　　枪炮声响彻。
　　　　[LED屏上,群鸦乱舞,黑黢黢的海面载着满船壮丁的军舰驶
　　　　向更暗黑的海域里。
　　　　[谷文昌和吕志远带着几个战士冲上来,无奈地望着逃离的
　　　　军舰。

吕志远　完了,完了,哎呀出炮火射程了,又让这帮王八蛋跑了!

谷文昌　这帮王八蛋临了还抓走那么多人,让他们家里的女人怎么
　　　　活呀!

吕志远　我刚才就说让你开炮,你咋不开!

谷文昌　怎么开炮呀,那些船上边还有被抓走的4 000多老少爷们
　　　　儿呢!

吕志远　行了,行了,说这还有啥用!(生闷气)
　　　　[涛声渐息,战斗的硝烟已经散去。

战士甲　(跑上)报告,发现一小股土匪在向公云山逃窜。

谷文昌　一分队,马上带人去公云山追剿土匪。

战士乙　是!(下)

谷文昌　二分队,维护县城治安,严防有人趁机哄抬物价,保证物资
　　　　供应。

战士丙　是!(下)

谷文昌　三分队,协助野战军加强海防守卫工作。

战士丁　是!

吕志远　你看看,你看看这帮王八蛋把东山折腾成啥样了? 一个烂
　　　　摊子!

谷文昌　别管多烂的摊子,既然咱们解放了东山就得让它变个样子。

吕志远　变啥样?

谷文昌　让它东山再起!

吕志远　东山再起?

谷文昌　对,打出水,种上树,吃饱饭,让乡亲们过上好日子……快走

吧，还有好多事儿要干呢！（下）

吕志远　（喃喃）打出水，种上树……可这满眼都是沙子，这不是做梦呢
嘛……哎，老谷，老谷！（追下）

〔光转。

〔东山岛，日出，《望春风》的旋律回荡在空中：门前海水平波
波，哪知人间有银河。多少年来断七夕，何时鹊桥接阿哥？

〔光转。

〔吵闹声起。

〔场院里，地上一片狼藉，罐子被打碎，洒了一地的粥。

〔吴美桃和杨秀水互相撕扯着头发，女人们互相拉拽着，撕扯
着，嘶喊着。

〔盼好从人缝中滚出来。

〔病弱的刘婆婆拄着棍子有心无力地站在一边。

盼　好　鸡蛋！阿嬷，看我的鸡蛋！

〔妇女们忽地一下子扑到盼好的身上去抢鸡蛋，盼好被压在
下边惨叫着。

盼　好　鸡蛋，我的鸡蛋！

〔刘婆婆心疼孙子，举棍子打过去。

刘婆婆　造孽呀！（被推倒了，秀水和盼好过来扶阿嬷）

盼　好　阿嬷。

〔女人们看着打碎的鸡蛋停顿一下，同时猛扑过去抢那个碎
鸡蛋，不住地舔着手上胳膊上沾上的鸡蛋液体。

〔吴美桃最后一个起身爬起，很满足地舔着手上的蛋液。

秀　水　吴美桃，你连小孩子的你都抢！

吴美桃　谁说我抢他的了？

盼　好　（大声地）是我先看见的！

秀　水　听见了吧，谁先看见的就是谁的！

吴美桃　那全村的汉子那么多，那你看见谁都是你的呀？！怪不得你
们家有吃的，原来都是村里汉子给你们家送的！你不要脸，
你偷野汉子你！

秀　水　吴美桃，你血口喷人！

吴美桃　我告诉你,这蛋就是我们家的,我们家鸡下的蛋!

秀　水　我呸!你都不下蛋,你家的鸡能下蛋!(意识到失口)

　　　　〔人群里有人发出笑声,有人觉得要出事,气氛变得很令人不安。

吴美桃　(感觉被歧视,疯了一般大叫一声,跳起抓秀水)我干你娘!

　　　　〔秀水躲闪,吕志远上,吴美桃正好一掌掴在吕志远脸上。

　　　　〔吴美桃继续打。

吕志远　别打了,别打了!

　　　　〔妇女们完全听不进去,越打越凶,把吕志远踩在下边。

谷文昌　(上)这是咋着了?哎呀,老吕!婶子、大娘们,住手,住手!

　　　　〔谷文昌试图把吕志远拉出来,可是没想到也被女人们连推带搡地按在地上。

　　　　〔吴美桃踩着谷文昌探着身子欲打秀水。

　　　　〔远处传来喊声:沙虎,沙虎……

　　　　〔远远的风声传来,妇女们停下来,循声而望,看了看天上的彤云。

女人们　(惊叫着)沙虎,沙虎,沙虎来了,快跑吧!

　　　　〔女人们四散而逃。

　　　　〔话音未落,风沙大作。

　　　　〔两人赶紧趴下。

　　　　〔大风过处,天昏地暗。

　　　　〔风声渐息。

　　　　〔两人爬起来。

　　　　〔谷文昌和吕志远互相看看被抓花的脸和撕破的衣服有些发懵。

吕志远　这帮婆娘也太厉害了吧!

谷文昌　(撑不住笑了)婆娘厉害也比不过沙虎呀!你看沙虎一来,全跑了!

吕志远　东山这个地方真是邪性!

谷文昌　可不是嘛,要不是亲眼看见,真不敢相信这海边的小岛怎么这么多沙呢!

吕志远　埋人的是沙虎,可打人的是反属!

谷文昌　老吕,你别张口反属闭口反属的,她们的男人是被老蒋给抓走的,不应该叫敌伪家属,应该叫……壮丁家属。

吕志远　什么壮丁家属?我告诉你老谷,他们的男人们跟了国民党,跟咱们不是一个阶级了,那脑子里就都灌满了反动阶级的思想,成天想的就是怎么反攻大陆,你再看这帮家伙为了一个鸡蛋都打出脑浆子了,这样的人不是反属是什么?

谷文昌　那我问你,那你是先抓沙虎,还是先抓反属?!

吕志远　两手一起抓!

谷文昌　肯定得抓瞎!

　　　　〔谷文昌不理吕志远,起身向村子走去。

吕志远　那咋办,刚刚解放,这东山是海防前线,要是反属解决不了,那敌伪渗透就更解决不了……(发现谷文昌走了)你这个河南驴,你别走呀……

谷文昌　一个槽子里搁不下两头驴,我离你远点儿,我去找乡亲们了解了解情况。

吕志远　(起身)哎,你等会儿我,等会儿我!(追下)

　　　　〔光转。

　　　　〔广播:乡亲们,乡亲们,沙虎过后各村要做好救灾工作,同时要加强海岸警戒和对反动敌伪家属的监督改造工作力度,时刻不能放松警惕,不能给敌人以可乘之机。

　　　　〔族长林福生家,乡亲们都围坐在族长林福生的身边。

　　　　〔族长和几个男人们一起抽着烟。

吴美桃　福生伯,您可得给我个公道,让她们把我那个鸡蛋赔给我!

秀　水　谁说是你的鸡蛋呀!明明是我们盼好的!

刘婆婆　对,是我家盼好先看见的,你们这些阿婶阿嫂们怎么忍心跟孩子抢呀!(说得伤心起来)

阿　玉　刘阿婶,这话可不对,那颗蛋是我们跟盼好一块儿看见的,没先没后,谁先拿到了算谁的!

刘婆婆　可我们家盼好还是个孩子呀,你们这些阿婶、阿嫂怎么忍心跟孩子抢呢!

龙仔娘	我家里两个小仔子也饿着呢,你这话说得好像谁吃饱过,我出嫁前连米都没吃过一口,跟谁哭穷呢!
刘婆婆	族长,您听听她们说的,不讲理呀!
龙仔娘	谁不讲道理呀,到族长这儿来不就是为讲道理嘛!
阿 莹	就是,这阿婆,你别光说自己的理,饿急了,谁怕谁呀!
秀 水	好啊,谁怕谁呀!
妇女们	谁怕谁呀!
林掌国	(拿拐杖挡开众人)还懂不懂规矩,这是族里议事! 你们不知道自己是什么人吗? 你们是反属,敌伪反动家属! 能保住小命就不错了,还闹!
何美玉	就是,别闹了,我们得想办法……昨天半夜我跑到关帝庙里求了个签儿,关帝老爷明示我说咱们这些女人把我们的男人给找回来! 再说啦东山岛离着台湾那边那么近,等退潮了,我们划着个小船就到金门啦!
苏林海	可那海岸边上民兵成天巡逻,万一要被抓住就是死路一条!
龙仔娘	是啊,这能行吗? 如果把我们抓了可就没命啦!
吴美桃	能行! 能行! 关老爷是保佑咱东山的神明,他说行准行!
何美玉	可是没有船呀!
龙仔娘	我身体好,我能泅过去。
吴美桃	我知道哪有船。
秀 水	我会摇橹!
吴美桃	你?! (不理秀水)
秀 水	美桃,消消气,这不都是因为吃不上饭嘛……
黄秀珠	我也跟你们一起去……
林掌国	就凭你们几个? 浪那么大,还想摇船?! 还想泅过去?!
苏林海	就是,这得找个体格好、眼神儿好、水性也好的!
吴美桃	(对阿洋)阿洋,这些人里就你体格最好,水性也好,你送我们去!
林阿洋	我才不送呢! 当初抓丁的时候,我躲在海边礁洞里三四天,要不是共产党谷书记他们救了我,我早就冻死、饿死在海礁里了,我才不会跟你们干这事儿呢!

吴美桃	林阿洋,你见死不救呀!
兰　英	你拉我男人干什么?!(把阿洋拉过来)
林阿洋	救什么救,今天闹沙虎的时候咱家那猪上了房,把我那房顶给砸了那么大个窟窿。(下)
吴美桃	哎,你……
妇女们	(也很着急)哎,你别走啊!
林福生	行了,行了!泗海过去,想都不要再想这件事了!这种话只能在族里说说,出去一个字都不许提!不然要闯大祸!(众人不语)族里血脉延续靠的是患难与共,骨肉相亲,以后再不可彼此踩践,手足自伤了,凡事要互相帮衬、扶助才是!什么沙虎、反属,这都是天灾人祸!明天早上跟我到关帝庙拜关老爷请罪,祈求关老爷保佑我们东山平平安安!
	[谷文昌和吕志远推自行车上。
谷文昌	(向屋里)福生伯在家吗?
	[众人不由一怔。
林福生	是谷书记。(对众人)别说话,快走,快走。
	[乡亲们从后门下。
秀　水	(边下边拉吴美桃)美桃,你就答应我……
	[吴美桃示意秀水别说话。下。
林福生	(打开门)谷书记请进,哦,吕县长也来了。
吕志远	不欢迎呀!
林福生	哪敢呀,您是稀客。不知道二位领导这么晚了来我这儿有什么指示?
谷文昌	福生伯,您见外了,我们就是想来跟您拉呱拉呱,给乡亲们解决点实际困难。
林福生	谷书记,您是想说今天抢鸡蛋打架的事儿吧?这种小事儿就不麻烦领导了。
谷文昌	福生伯,我也是农民,我知道乡亲们之间那点儿小矛盾要是不赶紧解决,埋下怨气,将来恐怕会成为大麻烦呀!
林福生	嗯,您说得对,您是真想解决?
谷文昌	当然想解决!

林福生 哎呀太好了！二位领导快请坐,请坐。谷书记,其实说起来也好解决,她们本来就穷得吃不上饭,现在成了反属,更没饭吃了！饿急了,就为争一个鸡蛋打了起来,只要您能让她们吃饱饭,家家户户既有鸡,又有蛋,我保准她们不但不打架,还邻里和睦,手足相亲。

吕志远 福生伯,这,这不是为难我们吗?!

谷文昌 福生伯,您说的都对,但是这一时半会儿呀,咱现在这条件……

林福生 呵呵,那就算了,天不早了,二位领导赶紧回去休息吧！老夫,不远送了!(转身从后屋下)
　　〔谷文昌和吕志远被晾在那里。

吕志远 行了,行了,这不就是把咱俩给晾了！跟你说要安定,治反属,你还不信！

谷文昌 得了,老吕,现在最大的对立面不是反属,是沙虎。你要治反属,就治不了沙虎;要治沙虎,就别想着反属。反属怕沙虎,沙虎不怕反属,你到底是想治沙虎还是想治反属?

吕志远 当然先治反属！

谷文昌 先治沙虎！

吕志远 反属！

谷文昌 沙虎！

吕志远 反属！

谷文昌 反属！

吕志远 沙虎！

谷文昌 哎,这就对喽！先治沙虎！

谷文昌 哎,哎,不许耍赖啊！

吕志远 (气急无奈地打谷文昌一拳)你,你绕我！

谷文昌 (乐不可支地)是你自己说的先治沙虎！你吕志远可从来没要过赖！

吕志远 你！行了,快说吧,怎么办?

谷文昌 (卷烟)种树！

吕志远 种树?!

196

谷文昌	只有种树才能固沙。
吕志远	这倒是个办法,可这东山岛挨着个大海,到处是水,寸草不生,一百多年,风沙埋了11个自然村,光流动沙丘就43个,沙虎一来,屋断梁,猪上房,你想在这儿打水、种树、收粮食,这,这可能吗?
谷文昌	哎,我还不信啦,我就非跟沙子干上啦,我要是治不了沙虎就让沙子把我埋啦!压在东山乡亲心上的这块大石头,我非给它搬起来不可。
吕志远	你就是白日做梦!
谷文昌	我做梦咋啦,从踏上东山岛的第一天起,我就做了个美梦,梦到咱东山岛郁郁葱葱,家家有田种,户户有新房,老百姓过上了从没过上的好日子!做梦咋啦,咱共产党人不就是凭着梦想,从无到有,从弱到强,凭着这点信念打下了江山吗!把不可能变成了可能吗?
吕志远	那然后?
谷文昌	然后……咱俩屁股太沉了,咱得去海边儿巡视巡视了。
吕志远	这一上午跑得我一口水没喝,烟也没抽上!走。哎,你这多少天没回家了,嫂子那儿你能交待过去吗?(骑上自行车)
谷文昌	我们家里我说了算!(兴奋地一下子把车推了出去)
吕志远	你说了算!你做梦去吧,我去海边巡逻去啦!
	〔光转。
	〔东山关帝庙前。
	〔大批的东山百姓围聚在关帝庙的大门前,对着守着关帝庙不让他们进去的吕志远和民兵们吵吵嚷嚷。
乡亲们	为什么不让我们进去呀?我们东山人世世代代都拜关帝,共产党为什么不让拜?!
林福生	(对乡亲们)行了,行了。(对民兵)孩子,从古至今,我们东山人都是要拜关帝的。
民兵甲	福生伯,您看他们都是什么人,上级有指示,不让敌伪家属来这儿拜,您老快带他们回去吧。
林福生	什么敌伪家属?都是穷老百姓,在我们东山不拜关帝那不成

了数典忘祖了嘛!

刘顺风　阿兵哥,大家都有兄弟姐妹,我哥被抓到那边了,我求关帝保佑他一下怎么就不行了?!

　　　　〔民兵被问得不知如何回答。

民兵乙　(悄悄指吕志远)兄弟,咱们都是乡里乡亲的,可是组织上有命令,我们要是打开大门让大家进去……

林掌国　进去!阿兵哥让我们进了!乡亲们,阿兵哥答应了,答应了!大家走呀!(拿起拐棍乱划拉着往里冲)

百姓们　(兴奋)啊,答应了,答应了!(跟着向前涌)

　　　　〔民兵们阻拦着,推搡开扑上来的林掌国。

林掌国　(大喊)啊,阿兵哥打人了!(捂着脸倒在地上,爬起来时脸上沾满了血迹)

群　众　(大喊)民兵打人了!民兵打人了!

刘顺风　(喊着)民兵打人了!民兵打人了!

乡亲们　(激动)民兵打人了!民兵打人了!(向民兵包抄过去)

林福生　别闹了,别闹了!

吕志远　(幕后吼着冲上)干什么? 你们想干什么?!(大步走到人群前面)你们到底要干什么?

林福生　吕县长,您是外乡人,您不知道呀,我们是算过大卦的。

吕志远　福生伯,不是不让你们拜,您看看,你们这些人里有那么多敌伪家属,东山是海防前线,这些人跑到这儿来想干什么? 是想阴谋破坏还是妄图偷渡叛逃?!

林福生　吕县长,什么敌伪家属?! 还妄图偷渡呀! 他们都是些穷老百姓。吕县长,求您了,行不行?!

吕志远　不成! 说不成就不成!

苏林海　不让拜关帝,这是要让我们断子绝孙呀!

乡亲们　啊! 我们要拜关帝,我们要求神灵保佑东山,保佑子子孙孙!

　　　　〔乡亲们情绪越来越激动,往前涌去。

吕志远　你们再闹? 再闹都给我抓起来!

　　　　〔百姓们情绪已经很激动向前涌着。

李鸿煊　(跑上)报告,吕县长,我们在海岸边巡逻,发现几个偷渡叛逃的人。

　　〔刘婆婆在人群中紧张不已。

吕志远　谁？人呢？

李鸿煊　吴美桃、杨秀水。掉海里被我们捞起来了。

吕志远　先把人带到县委,听候处置!

刘婆婆　(惊慌失措地)啊! 长官,求你了,救命啊! 救救我的秀水! 放
　　　　了他们吧!

吕志远　阿婶,偷渡叛逃是重罪,能不抓吗?!

刘婆婆　(呜咽着)求求您,求您放了他们吧!

　　　　〔谷文昌带着史英萍上。

刘婆婆　求您放了他们! 救命啊! 人命关天呀!

谷文昌　(疾步上前)阿婶! 您说得对! 人命关天呀! 鸿煊先把捞起来
　　　　的人送到医院去吧。

李鸿煊　老人家,跟我走吧。

　　　　〔李鸿煊扶着刘婆婆下。

　　　　〔吕志远无奈。

林福生　谷书记,我们东山人走多远就把关帝庙的香火带多远,这是
　　　　我们的根儿,我们的血脉呀! 不让我们拜关帝,是要断我们
　　　　的血脉呀! 老伙仔我求你了,求你了! (欲跪)

谷文昌　老人家,快起来! 使不得,使不得!

　　　　〔乡亲们紧紧地把谷文昌、吕志远、史英萍围在了中间。

乡亲们　求你了,求你了!

谷文昌　乡亲们快起来,快起来吧!

林掌国　(在人群中)阿兵不让我们拜关帝还打人! 我们东山世代拜关
　　　　帝,今天要是不让拜关帝,我就死在这儿!

谷文昌　掌国叔,乡亲们,听我说,我也是穷苦农民出身,我最清楚乡
　　　　亲们心里想的是什么了,相信我,今天这个事儿,我一定会替
　　　　乡亲们把这件事处理好!

吕志远　(拉过谷文昌,小声地)老谷,你疯了,你忘了自己是什么人吗?
　　　　这可是阶级立场问题! 你,你放着偷渡叛逃的反属不治,居
　　　　然跑到这儿来跟这些人搞这种事情!

谷文昌　这些人？这些人是谁？他们是穷苦百姓，是我们的父老乡亲，他们为什么打架？为什么要逃跑？为什么要拜关帝？因为穷，因为苦，因为吃不饱饭，穿不上衣。

吕志远　（担忧地）他们是穷苦老百姓？他们是地地道道的敌伪家属！你别忘了，现在东山是海防前线，这个地方又是敌伪家属、又是暗杀团，你这么干，就不怕违背了党性原则吗？

谷文昌　你不能因为一两个人打击一大群呀！我们共产党的党性原则不就是要为老百姓救苦救难吗？如果不能救民苦难要我们共产党人干什么！

吕志远　可是……

谷文昌　老吕，你就放心吧，有什么后果我谷文昌自己承担！

吕志远　你自己承担?！你把我吕志远看成什么人了！

谷文昌　老吕，你干什么去呀？

吕志远　干啥？我呀，回去等着给你擦屁股去！（气冲冲下）

史英萍　老吕，老吕。

谷文昌　别喊他，还给他脸了，以后不让他到咱家蹭饭！英萍，你过来，过来。

王有福　谷书记，您……

谷文昌　什么谷书记！
　　　　〔谷文昌拉着史英萍，走进关帝庙。

谷文昌　（对史英萍）跪下！

史英萍　跪……

谷文昌　跪下！
　　　　〔史英萍跪下。

谷文昌　乡亲们，一千多年前我们河南的先人漂洋过海来到东山兴家立业，现如今我谷文昌也从河南把老婆孩子带到东山来落地生根，今天我就借这块宝地跟大家伙儿一块儿拜一拜祖先！
　　　　（跪下）

朱茂盛　（怯怯地）谷书记，这，这会不会犯错误呀？

谷文昌　这咋会犯错误呢！我跪的不是帝王将相，更不是封建迷信。我跪的是咱们的祖宗先人，跪的是 1950 年 5 月 12 日我们渡海解放东山的时候牺牲了的那 316 个同志,他们再也回不去家了,我们不该祭一祭他们吗? 前几天我们的三名村干部被暗杀团杀害了,今天正好是他们的头七,我们不该来给他们上炷香吗? 还有我们远方的爹娘,难道我们不想他们吗? 如果这也算犯错,那我谷文昌愿意犯这个错!(拉着史英萍向前挪步)英萍,来。娘啊,儿子离开家一年多了,儿子想您了! 走之前跟您说好了等打完仗就回家孝敬您老人家,当年我爹走的时候,我答应过他老人家,一定要好好孝敬您,让您过上舒坦日子。可是儿子到了东山,就走不了,这儿的父老乡亲们苦呀,比咱家乡还苦。儿子看着他们总想起我爹当年为了打柴从山上掉下来的事儿,想起您领着我要饭的事儿,儿子心里难受呀! 娘,儿子从小是个要饭的,是个普普通通的石匠,可是如今共产党让儿子当上了干部,还是个大官儿了,儿子现在管着全东山 84 152 个父老乡亲的吃饭穿衣、生老病死、婚丧嫁娶的事儿呢! 咱们共产党把这么大的事儿交给儿子,儿子肩上有责任呀! 娘,自古忠孝不能两全,儿子不能在您跟前给您尽孝,儿子就把给您的这份孝心放在东山的父老乡亲身上,把他们当成亲爹亲娘尽心尽孝啦! 今天在这关帝庙,儿子和儿媳隔着山隔着海给您老人家磕头啦!

〔谷文昌磕头。

〔乡亲们也跪下。

乡亲甲　(跪下)阿弟,先吃饱了!

阿　莹　阿胜,我这辈子都等着你!

乡亲乙　哥,明年插秧的时候一定回来呀!

龙仔娘　他爹,回来的时候记得给孩子带双鞋!

林福生　孩子们,你们早点儿回来!

乡亲们　早点儿回来!

〔乡亲们叩头。

第二幕

盼　好　（在井里喊着）阿母，没有水，没有水，快把我拉上去吧！
　　　　〔光起。
　　　　〔村头水井边，刘阿婆、秀水、林掌国、苏林海、龙仔娘和几个女人拽着绳子把盼好从井里拉出来。

乡亲们　慢点儿，慢点儿，慢点儿。

秀　水　小心，小心，乖仔呀，小心乖仔！

刘婆婆　（使劲听着人们的动静）怎么了？

龙仔娘　这咋一滴水都没有啊，全是沙子！（竭力往外倒着水，却倒出沙子，进了嘴，赶紧吐着）盼好，求求你再下去试一试吧！

盼　好　我不去，井底下根本就没有水，全是沙子。

龙仔娘　盼好，这井口这么小，只有你能下得去，万一这一次就淘出水来呢！

盼　好　我不去，不去！

秀　水　盼好，听阿母的，再下去一次，阿嬷病了想喝水呀。

盼　好　可是我真的不想再去了。

秀　水　盼好！

林掌国　这个谷文昌说在咱们这儿打井找水，东山这个地方想打口井多难呀，几代人都打不出一口新井来，就他能打出井来，这不是胡闹嘛！

龙仔娘　嗨，互助组没我们的事儿，这连喝水都轮不上我们！

阿　莹　对呀，不让我们参加互助组，没田没地没庄稼，那让我们怎么活呀！

苏林海　就是，我们去找谷书记说说这事儿，求他好歹给咱们一个说法！再这么下去咱就都没活路了！

林掌国　对，我们找谷书记去！
　　　　〔乡亲们纷扰着欲下，下。

秀　水	阿母,我们去了。
刘婆婆	站住! 秀水啊,你不能去!
林掌国	我们大伙儿都去,你们家不去算怎么回事儿呀!
刘婆婆	谷书记救过我们秀水的命,这时候他这么忙,我们不能给他添乱!
林掌国	咱们走!
刘婆婆	秀水,去跟谷书记说一声,他们去他家啦。
秀　水	好吧。(跑下)
盼　好	阿嬷,您说我们能有水喝吗?
刘婆婆	快了,快了,谷书记说呀快了! 走,跟阿嬷回家。(下)

〔转场

谷文昌	小心脚底下,这一上午累坏啦吧! 我这还带吃的啦! 大伙分分!
李鸿煊	你胃不好,别吃这个啦,你还没有吃饭哪,给你买了一斤饼干。
谷文昌	哪儿来的钱? 谁让你给我买饼干啦? 我不是跟你说过嘛,把手洗干净,把腰挺直!
李鸿煊	放心,您说的话我们都记着呢,这不是用公款买的,是用您的伙食津贴买的。
谷文昌	现在老百姓都饿着肚子呢,我吃不下去! 那我胃不更疼啦,我不是总跟你们说嘛,我们是人民的勤务员,不是官老爷,现在不是享受的时候,退了去! 退了去! 哎! 别退啦! 给大家分分。以后不许随便用我的伙食津贴,我老婆孩子等着吃饭哪! 吃饼干去,分分!
谷文昌	茂盛,这几天上班的感觉怎么样?
朱茂盛	好着呢。自从我来给您当通讯员,我阿姆乐得嘴都合不拢了,做梦都不敢相信我能给您当通讯员,真是谢谢您! 当时抓丁的时候,我们几个在海礁里藏了三四天,要不是您救啦我们,我们早就被淹死啦。就是可惜我阿爹和阿哥没跑得了……(黯然落泪)
谷文昌	都不容易! 茂盛,你看咱东山这个地方春夏苦旱灾,秋冬风

沙害。一年四季呀风、沙、旱、潮轮番轰炸。我听乡亲们说呀,从生下来就没见过几天好太阳。尤其是缺水呀!听说两桶水就能当嫁妆了……

朱茂盛 可不,一担水就能换个大姑娘了!

谷文昌 可真是坑死人!

村　民 找这么多天水啦,全是沙子呀!能找到水吗?

谷文昌 能!肯定能!别忘了我是啥人,我是古石匠能够摸水脉!我已经给老吕拍胸脯了,如果真治不了沙,我就让这沙给我埋啦!

林望龙 你还真有可能被沙给埋啦!

众　人 林望龙?

林望龙 你就是谷文昌,那我再敢问谷书记,你以为咱东山只有风、沙、旱、潮这四个灾吗?清廷腐朽,国运衰微,贻害东山,殃及乡亲此乃一也;国民党腐败,我写了多少打井、种树的提案,可是全被他们当废纸了……此乃二也;你们来了,又弄出什么敌伪家属……

　　〔谷文昌饶有兴致地听着。

乡　亲 林望龙!怎么说话?

　　〔朱茂盛紧张地冲林望龙摆手。

谷文昌 接着说。

林望龙 (投入地)你们可知那些敌伪家属他们家中男丁被抓之后日子过得何其艰难,贵党以民心得天下,难道不明白水能载舟亦能覆舟的道理吗?说到这水,就凭你们几个还能打出水来?

谷文昌 望龙老弟……

林望龙 恕不奉陪。

阿　洋 他是福生伯的侄子,他就是我们村的怪秀才——林望龙。

李鸿煊 (无奈)他就是我们给您找的植物专家!这个人出了名儿的臭脾气,听说在北京上过大学,后来到国民党政府做事儿,跟谁都搁不到一块,给开除了。解放以后,林业科找他谈过话,他说不和任何政府合作!他这种人就应该给送到学习班,好好学学,提高一下思想觉悟!

谷文昌　哦,你说的这个人我听说过,人家说的头头是道。这样的能人我们求之不得! 回头我找机会去登门拜访一下。

秀　水　谷书记,乡亲们都去你家! 也不知道出了什么事! 你快看看吧。

谷文昌　你们继续按着地图进山找水,我去看看!

　　　　〔转场。

　　　　〔谷文昌家。

　　　　〔有几个乡亲坐在地上,几个人坐在椅子上。

史英萍　掌国叔,来啦乡亲们也来啦!!

林掌国　大家也是实在没有办法了。我们也不想给政府找麻烦呀。实在是张不开嘴呀!

史英萍　掌国叔,没啥张不开嘴的,有什么事儿您尽管说。

林掌国　史主任,你看我们这老老少少的好几天都没吃上东西啦! 没办法呀!

史英萍　我知道,您等着! 你把这粮食分分吧!

林掌国　就这点粮食不够分呢!

史英萍　乡亲们的情况我都知道。我家实在没有粮食啦。

龙仔娘　咱们都是当娘的,咱不能让孩子饿着呀。

龙仔娘　不要饭要啥? 我们家眼面前就揭不开锅了,孩子们个个饿得嗷嗷叫呢!

史英萍　等我发了工资,买了粮食,给你们送去。

　　　　〔谷豫东提着装着野菜的篮子上。

　　　　〔谷文昌急匆匆地跑上。

谷文昌　媳妇儿,啥事儿?

史英萍　乡亲们两天没吃饭啦! 乡亲们来家里借粮食啦!

林掌国　我们实在没得吃,到你家借点粮食! 今天要是不解决这个事儿,我们就住在您这儿,吃在您这儿!

谷豫东　我们家还吃野菜呢,到哪儿给你们找粮食呀!

谷文昌　豫东!

谷豫东　本来就是嘛,咱家就是没粮食了,我妈天天带我们去地里摘野菜熬糊糊。我每天上午第二节课就饿得发慌了,昨天我都饿昏过去了!

谷文昌　什么饿晕啦!

乡亲们　是啊,这不就是说给我们听的嘛!

史英萍　豫东!

谷文昌　回你屋里去!

　　　　〔谷豫东不服气地提着菜篮子下。

阿　玉　谷书记,我们都过的什么日子? 您再看看我身上这件(抻抻自己的衣襟)……穿了十几年,生了三个孩子! 唉,都是女人,命咋就这么不一样!

吴美桃　就是啊,说实在的我们也不想给您添麻烦,可是我们背着个敌伪家属的名,进不了互助组,没饭吃,没办法呀。(抹泪)

苏林海　谷书记,您看,可我也参加不了互助组,连水都喝不上呀! 你就让我和我二叔进互助组吧。

林掌国　互助组也没我什么事儿。

谷文昌　你们俩啥情况?

苏林海　我瞎。

林掌国　我瘸。

谷文昌　你们正好互助! 你是他的腿,他是你的眼! 那你们俩正好互助一对呀!

林掌国　谷书记,您看我这腿,当初国民党抓丁的时候,我自己打折的,我上有老下有小,我要是让他们抓走了,一家老小可怎么活呀,我一着急就……我是指望着共产党来了,能让我们有个活路……别让我们老百姓,老败兴!

苏林海　是啊,谷书记,您不能让我们在国民党的时候受罪,在共产党的时候受气!

谷文昌　……掌国叔,林海兄弟,我谷文昌说话算数,一定把这个互助组的事儿给你们解决了。

美　桃　那我们呢?

谷文昌　男的衣服给你,女的给你! 你俩正好搭对。

龙仔娘　那谷书记,您给他们都配上了,您也给我配上吧,那我咋办?! (往地上一坐)您要不给我配上,那我今天就不走了!

谷文昌　好,不走!那就在我这儿吃了,这行了吧?!

龙仔娘　(可怜巴巴地)吃啥呀?你家都吃野菜糊糊了,那我们还不得吃你家桌子腿儿呀?!

史英萍　(把谷文昌拉开,小声地)来,来,来,吃啥呀?真吃桌子腿儿呀?!咱家里可真的一点儿粮食都没有了,亏的你还敢留人吃饭。我先借点儿粮去。

谷文昌　(小声地)英萍,英萍,着什么急呀,沉不住气,我都安排好了。

　　　　〔朱茂盛和林阿洋提粮和水罐子上。

林阿洋　谷书记,您让买的东西都买回来了。

谷文昌　辛苦了!

林掌国　看看,还哭穷,到底是当官,有饭吃!

秀　水　掌国叔,您别瞎猜,这是谷书记让我们从供销社买来给乡亲们吃的。

谷文昌　来,英萍,做咱们河南家乡饭,让乡亲们尝尝你的手艺。

林阿洋　我们就不吃了,走了。

秀　水　对,我们不吃了。

谷文昌　哎,好。

史英萍　好,我去给乡亲们做饭。

谷文昌　多做点,让乡亲们吃得饱饱的。

史英萍　知道了。

林福生　(幕后喊上)谷书记,

众　人　族长!

林福生　乡亲们又给您添乱来了!

谷文昌　福生伯,您来了。

　　　　〔众人看到林福生不由得有些紧张。

林福生　(对乡亲们)你们太不像话了,敢闹到谷书记家里来了!还不赶紧放下东西走?!(把东西放下,赶紧放下)

　　　　〔乡亲们不情愿地把东西放下。

谷文昌　福生伯,这些东西,还有粮食就是给乡亲们的,让大家伙儿拿回去分分吧。

史英萍　对,对,把粮食带回去,把粮食带回去,(看着吴美桃怀里的衣裳)

207

　　　　　那衣服……

谷文昌　都拿走,都拿走!

　　　　　[史英萍生气地看了谷文昌一眼。

乡亲们　谢谢谷书记!

　　　　　[乡亲们提着粮,抱着水罐下。

林福生　谷书记,今天这个事儿,都怪我管教不严,对不住您!（鞠躬）

谷文昌　福生伯,这是哪儿的话呀,乡亲们跟我不见外,来我这儿串串门儿,吃个饭,就是亲戚走动走动,没那么多说法!

林福生　您大人大量,大人大量呀! 老伙子谢谢您了! 那我先回去了!

谷文昌　（欲送）福生伯,慢走。

史英萍　福生伯,慢走。

　　　　　[史英萍坐在椅子上生起闷气来。

　　　　　[谷文昌转身跪在史英萍面前。

史英萍　今天打算唱哪出呀?

谷文昌　媳妇就是了解我,我这一撅尾巴就,嘿嘿……这第一出是那天在关帝庙前,当着那么多人面俺让你跪,你就给跪了,真是太给俺面子了! 第二出嘛就是今天这几件衣服说让拿走就真给拿走了。

史英萍　你还知道啊,那是啥衣服呀? 这衣服是我俩结婚穿的,你就这么给我送出去了?

谷文昌　要不然我再给你要回来?!（假装向外走）

史英萍　行了,你别给我丢人了!（说着,抹了一把眼角）

谷文昌　还是俺媳妇明事理,识大体。行了,别生气了,做饭去吧。

史英萍　（下意识地）做饭去,拿啥做呀?! 家里一点儿粮都没有了! 你的工资呢?

谷文昌　你的呢?

史英萍　早给咱娘寄生活费了。剩下的给孩子花啦。

谷文昌　那真一个子儿都没有了?

史英萍　一个? 半个都没有了!

谷文昌　咋会过成这样呢!

史英萍　咱那五个孩子都是长身体的时候,个个张着嘴等食儿呢! 哪个少吃一口我这个当娘的心里好受呀!

谷文昌　媳妇儿,我知道你当这个家不容易!你想想,为啥咱俩就成一家子了?因为你是王屋山的,我是太行山的,那就是让咱俩齐心合力愚公移山呀,这些事儿都不是事儿!现在你是受累呀,等将来孩子们长大了,咱俩就等着享清福吧!

史英萍　好,好,先别说将来的事儿,先把今天晚上的解决了!快点儿把钱给我,买粮做饭!

谷文昌　真没有了!

史英萍　你是不是都买烟了?!

谷文昌　我哪敢呀!在咱家你是穆桂英,我是杨宗保!你是一声令下如山倒,俺是耗子怹是猫!

史英萍　别闹了!快给我!

谷文昌　喵——喵——喵。

史英萍　(火了)咋回事,给我!

谷文昌　都买粮啦!

史英萍　那粮食是你自己的钱……

谷文昌　那还能用公款呀?那不成贪污啦?

史英萍　你,你为啥不给咱家留一口啊。

谷文昌　当着乡亲们的面儿,我没好意思说呀。

史英萍　你真是个糊涂蛋,到底是面子重要啊,还是肚子重要啊!你真是气死我啦!(找衬手的东西,一眼看见扫帚抄了起来)

谷文昌　呀嗬,你还真扮上了!(拿着扫帚在史英萍身上比划着)咱俩唱一出《穆桂英挂帅》……

　　　　〔史英萍气得白谷文昌。

谷文昌　(唱)辕门外三声炮……

史英萍　(下意识地唱)辕门外那三声炮……(意识到生气,向外走)

　　　　〔史英萍走开。

　　　　〔光转。

　　　　〔史英萍坐在海边。

谷文昌　(追上)唱得恁好咋不唱了?!唱得恁好咋不唱了!(抽起袖口给史英萍擦眼泪)哎呀,还真生气了?!瞧跑这一脑门子汗。

史英萍	（挡回去）又用袖子！不会使手绢呀！
谷文昌	好，好，好，使手绢，咱也学文化人儿用手绢。（拿手绢，掉出一根烟来）
史英萍	（拿起烟）你不是说你没买烟吗？
谷文昌	老吕，老吕存我这儿的。（欲拿回烟，被史英萍把手挡了回去）
史英萍	你们俩都不许抽。（收起）
谷文昌	好，不抽，不抽。
史英萍	还有吗？
谷文昌	没了，真没了。
史英萍	俺才不信呢！
谷文昌	（翻开口袋）再有就剩下沙子了！（翻出一小块饼子来）哎呀，还真有！有晚饭吃啦！
史英萍	你说你，给你塞个饼子，你咋不吃呢！
谷文昌	这不是一忙活就给忘了嘛！（给史英萍窝头）
史英萍	别吃了，我给你拿水去！
谷文昌	英萍，英萍，我现在也吃不下，你就让我先在这儿歇一会儿。
史英萍	你一天到晚不吃，胃能好吗？身体垮啦，咋工作呀？（用手绢给他擦额头上的汗）
谷文昌	还是媳妇觉悟高，我知道你对我好，可就是别像我妈一样老是唠叨我。
史英萍	不提咱娘我倒忘啦，你何时去看他老人家？
谷文昌	英萍，你看咱东山百废待兴正是搞建设的时候，有多少事儿我去处理！现在我正在找水源，哪儿有工夫呀。等这段时间忙完，赶过年，咱们回家看咱娘，给她老人家磕头请安！
史英萍	那你可记住了！
谷文昌	嗯！记住了！今天都怪我，以后再也不替老吕存烟头儿了。
史英萍	我不是生这个气！
谷文昌	俺知道你是心疼那身衣裳！那是你的念想！
史英萍	我不是心疼衣裳，我是心疼我那点儿念想！
谷文昌	等以后日子好过了，俺一定给你把那身衣裳补上，做个一模一样的！再扯块红布，给你做个红盖头，重新拜回堂。只要

你愿意,俺天天跟你拜堂,早上拜完晚上拜,哭也拜笑也拜,初一拜完了十五拜,(把手绢搭史英萍头上)来,来,来,做个红盖头盖起来,来,来,现在就拜,拜,拜。(拉着史英萍拜)

史英萍　你就按时按点吃饭,别老让我担心你身体成不成呀!

谷文昌　不怕你笑话,最近到晚上一合上眼就做梦!梦见沙丘下边打出了水,沙滩上长出了树,稻谷满仓,"上路不被太阳晒,树林里面找村庄"。海堤把东山大陆连到一块儿,乡亲们一片腿儿就能去漳州,去厦门了。我还梦见,我在海上架了一座金桥,那些被抓到台湾的老少爷们都能回家团圆了……

史英萍　我还不知道你,天天都在做这样的梦,谁不盼着东山的乡亲能过上好日子呀!俺跟你一块儿把这个梦变成真的!

〔转场,海边。

〔中秋之夜,乌云遮月,海浪声此起彼伏。

〔《望春风》凄楚的曲调回荡在夜空。

〔转场　林福生家

谷文昌　(拿着一个锄头操弄着)福生伯,上次来你这儿,看你用这个锄头不大衬手。正好俺上次回林县从老家拿来一个,给您换上,肯定好使。

〔谷文昌嘿嘿笑着。

林福生　谢谢啦!我知道,今天您多半儿为了望龙那小子来的吧?他呀让国民党弄寒心了,不干了。

谷文昌　福生伯,您给我交个底,他那心真死了吗?他真不想给东山打水、种树了?

林福生　他呀,就是一身读书人的臭脾气,外冷内热!心里滚烫滚烫的,可是脸上呢还得装得冰冷冰冷的,他要面子!

谷文昌　这个面子咱得给呀!

〔幕后传来脚步声。

林福生　回来了。

〔林望龙上。

谷文昌　(迎过去)望龙老弟,我等你半天了!

林望龙　(把东西放桌上,整整衣服)找我什么事?你来干什么?

谷文昌　我是专门看你的!

林望龙　现在海防吃紧,我这是敌伪家属,又在国民党政府待过,我这样的人是重大嫌疑,应该严加看管!

谷文昌　望龙老弟,你言重了!(打开随身挎包,取出酒和一包药材)老弟,我今天是来给您送药了。

林望龙　送药?

谷文昌　对呀,就你那风湿,不治行吗? 我去漳州找了个专治风湿的好大夫给你开了这些个药,拿这杜康老酒泡上这些药材天天喝,肯定会见好!

林望龙　你这是刘备摔孩子邀买人心呀。

谷文昌　我这是三顾茅庐,请你出山,帮忙打水、治沙、种树,改造东山!

林望龙　三顾茅庐,当年国民党也说打井、治沙,可他们除了腐败就是贪污,借着打井管老百姓要钱,我已心如死灰,谷书记不必要强求。

谷文昌　(有些克制不住)心如死灰? 你真的心如死灰了? 为啥背着测量仪漫山遍野跑干啥? 你怀揣着这么大的本事,真的能眼睁睁看着跟你血肉相连的东山的父老乡亲们受苦受难,被风沙吹得烂眼边子,吃木薯挖草根要饭糊口不动心?

林望龙　凡事天注定!

谷文昌　这是我做的一个简易露水收集器,它利用的是大气循环的原理,白天海水遇热蒸发,晚上遇冷凝结,变成露水降到沙子里,把这个埋进沙子里,就可以收集露水了。水顺着这个眼儿就落进去啦!

林望龙　沙子不也一起漏进去啦吗。

谷文昌　您看这个眼儿,上面粗下面细,只进水不进沙。

林望龙　这些也是杯水车薪治标不治本。

谷文昌　你说得对! 真正的本在这儿哪。看这个图是啥地方? 叫啥名字?

林望龙　"湖围村"! 你是说"湖"字有文章?

谷文昌　不愧是文化人,一点就透。这个湖字有个三点水,这里一定有水！据县志记载,在这里曾经打出过水！湖围村前面苏峰山,如果这里打出水,我们再往苏峰山挺进,放心,那里一定有水脉,我已经把在苏峰山勘察到的可能的出水点标在地图上了。看看跟你的勘察是不是一致的呀？

林望龙 现在你们真的要打井治沙啦?

谷文昌 现在万事俱备,就差适合在东山种植的树种啦！我们试验了相思、苦楝、黄桦十几种树轮番种了个遍,无一成活,现在就指望你这个植物学专家出山帮忙啦！

林望龙 木麻黄！

谷文昌 木麻黄?

林望龙 它强阳性,喜光热,抗盐碱！最适合在咱东山种植啦！

谷文昌 我说找对人啦吧！哪有这种植物? 在哪里可以找到?

林望龙 广东电白。

谷文昌 广东电白！好！你愿意不愿意辛苦一趟,去趟电白? 如果你愿意！我就拍板,由你全权负责木麻黄的采购和种植工作,你要人给人,要车给车,要钱给钱！我们县委全力支持！

林望龙 我? 这是真的?

谷文昌 是呀！你现在就去！

林望龙 这么多年来,终于等到这一天啦！

福生伯 望龙……

谷文昌 福生伯,你就等着望龙给您带来好消息吧！

〔林福生感动得抹泪。

〔转场

〔广播:乡亲们,我们正在加紧社会主义建设,但是老蒋反攻大陆之心不死,我们要加强海岸警戒,严防老蒋敌特势力和暗杀团敌特分子的破坏,如果发现敌特分子请立即向公安机关汇报……

〔几个民兵荷枪跑上。

民兵甲 今天中秋节,大家要加强各处的警戒,特别是对那些敌伪家属更不能放松警惕,严防老蒋趁机搞破坏。

民兵们 是！

　　　　　　　［远处传来枪响。

民兵甲　　走！（掏枪带民兵们跑下）

　　　　　　　［光转。

　　　　　　　［杨秀水跪在海边。

杨秀水　　（对着大海）海生，又到中秋了，本来该一家团圆的，可是你不
　　　　　　在……（抽泣起来）我们每天吃饭的时候都给你摆上碗筷，当咱
　　　　　　们全家都在一起……海生，你千万好好的，别出事儿，我和阿
　　　　　　母、盼好等着你回来呢……（忍不住哭出来）海生，你啥时候才
　　　　　　能回来呀！

　　　　　　　［刘海生捂住秀水的嘴。

刘海生　　（小声地）秀水？！是我，海生，我逃回来啦！（抱住杨秀水）

杨秀水　　啊，海生！（小声地）海生，你，真的是你？！（喜极而泣）真是你，
　　　　　　海生！你回来了！（捶打着刘海生）

刘海生　　阿母呢？！

杨秀水　　（警醒，推刘海生）快，快进屋去！

　　　　　　　［光转，刘海生家里。

　　　　　　　［刘海生跪在地上。

刘婆婆　　海生？

刘海生　　阿母，阿母。

刘婆婆　　海生？！你怎么回来了？！真的是你呀？我不是做梦吧？

刘海生　　趁着守备不严，我就逃出来了！

刘婆婆　　海生，我天天梦见你在那边能吃饱吗？长官打你？

刘海生　　阿母，您，您别担心我了！我这不回来了嘛！

杨秀水　　你都湿透了，快换件衣服吧。

　　　　　　　［敲门声响起。

杨秀水　　（紧张）谁，谁呀？

林掌国　　林掌国。

　　　　　　　［海生藏起来。

杨秀水　　掌国叔……我们都睡了，有事儿明天再说吧。

林掌国　　海生回来了！

　　　　　　　［刘婆婆赶紧让海生藏起来。

杨秀水	(等海生藏好)海生没回来。
林掌国	我都看见了。快开门吧！就我一个人。
杨秀水	就你一个人？
	［杨秀水吓得一怔开门。林掌国进门。
林掌国	海生！你是怎么逃回来的？
	［敲门声响起。
	［何美玉冲了过来。
杨秀水	谁？
何美玉	美玉！海生回来啦？赶紧开门吧！就我一个人！
	［敲门声响起。
杨秀水	谁？
美　桃	吴美桃！
杨秀水	就你一个人！
美　桃	对！
刘海生	掌国大叔,林海大哥！(出来)
苏林海	海生,我知道你就会回来！
众　人	我家阿壮咋样呀？阿来呢？我家阿茂。
刘海生	我们不是一个部队的,我见不到他们。
林掌国	别吵吵,把当兵的引来啦！忘了我们的身份啦！我们都是敌伪家属。他就是那个敌伪,我们是那个家属。
	［敲门声响起。
杨秀水	谁？
谷文昌	谷文昌！
	［屋里的人惊慌失措。
	［秀水情急之下把刘海生藏起。
谷文昌	阿婶在吗？
秀　水	哎呀,是谷书记。
刘阿婆	在,在。
谷文昌	阿婶,我是谷文昌啊。
刘阿婆	哎,等着,让秀水给你开门。
	［秀水急忙来给谷文昌开门。

谷文昌　（进门）阿婶，在呢？（看到眼前这些人）哟，这么多人呀，这么热闹呀，大家在一块过节呢?!

刘婆婆　没，没……您有事呀？

谷文昌　有个事儿，阿婶，中秋节了，我给您送两块状元饼来，您拿着一家老小好好过个节。

刘婆婆　谢谢谷书记。

秀　水　谢谢谷书记。

谷文昌　出啥事儿了？

众　人　没，没有。

谷文昌　那咋都扎堆儿呢?!

　　　　〔众人互相看一眼。

众　人　没有。

　　　　〔谷文昌坐下。

刘婆婆　谷书记，谢谢啦！您大过节的还来看我这瞎老婆子。

谷文昌　就是大过节的才一定要来看看您。中秋节，想家呀，您老跟我娘岁数差不多，她老人家也是眼神儿不大好，看着您，我就想起我娘了。只有儿子在身边一起过节才算是团圆，这心里才能踏实呀！您说海生现在要在您身边多好！

刘婆婆　海生他……

　　　　〔秀水制止。

谷文昌　阿婶，不光您想他，我们也想让他们快点儿回来呀！东山正是搞建设的时候，正是缺人手的时候，他要是能回来多好呀！

秀　水　海生没回来！

谷文昌　其实回来也不用害怕，只要不是故意搞破坏，我们都欢迎。谁不想念自己的家乡，谁不想念自己的亲人呢！回家是好事呀！

秀　水　谷书记，您的意思我们明白，您看这大过节的，您别光顾着来看我们，赶紧回家跟史大姐和孩子们团圆吧。

谷文昌　好，那我就不打扰了！你们有什么需要我帮忙的就跟我说，千万别拿我当外人，这人和人呀就怕心隔着心，我知道，海生在那边听到的宣传都把我们说得跟妖魔鬼怪似的。其实阿婶你们最明白咱这边是啥样了,对吧?! 告诉海生千万不要听信那边的谣言。

刘婆婆　对,对。我一定跟他说。

谷文昌　只要他回来了,只要政策允许,我保证会在我的权力范围内酌情处理。行了,你们好好过节吧,我走了。(欲下)

谷文昌　有什么想对我说的话?可以随时到县委办公室去找我。(秀水:哎。)只要是主动回来的,一切都好办!

秀　水　好。

　　　　[谷文昌出门,秀水赶紧把门关上,侧耳听着。

谷文昌　(对李鸿煊)这儿的岗撤了吧,加强海边的警戒。

李鸿煊　啊?

谷文昌　就这么办!(下)

　　　　[苏林海和林掌国瞄着,听着谷文昌的脚步渐远,关上门。

　　　　[谷文昌欲下,又回头看看刘家,思忖着下。

　　　　[光转。

　　　　[杨秀水赶紧跑过来,扶起海生。

刘海生　刚才谷书记说的那话,我都听见了,我这算是主动回来的吧?

刘婆婆　算是吧?

林掌国　那可不一定吧!

刘海生　可那天的情况,你们也是知道的,我是被抓去的,又不是主动过去的。

苏林海　再怎么说你也是从台湾回来的,我们现在还是敌伪家属呢。更别说你是个当兵的了。

林掌国　你要是被抓着可麻烦啦。

刘婆婆　那怎么办?

林掌国　躲起来!先躲躲!

刘婆婆　躲?往哪儿躲?

众　人　躲躲吧!躲躲吧!躲我家去!

刘婆婆　好啦!大伙儿的心意我们都领啦,这个时候,海生躲到哪儿都是个麻烦!

〔光转。

〔县委办公室,五个县委班子成员在商量敌伪家属的事情。

〔县工委五人小组会议,谷文昌作为五人小组成员正在发言。

〔五人坐在桌前开会。

李鸿煊　这水打了这么长时间啦,咱们能打出水吗?

林望龙　别着急!地委派来的五支打井队已经按咱们的标注进山施工啦!但是苏峰山岩层比较厚,咱们的施工工具比较落后,进展比较缓慢。

吕县长　那就是说有困难。

林望龙　是!但是相信只要坚持不懈,这水一定能打出来。

谷文昌　有信心就好!树苗已经买来啦!组织人手大面积种植吧!

林望龙　我一定给您好好干。

谷文昌　怎么是给我干呢?

林望龙　我给咱东山好好干!好!我这就去苏峰山,看看打井队的情况。

谷文昌　吃了饭再走吧。

林望龙　我跟打井队一起吃!

吕志远　(电话铃)情况就是这样!许书记,人在我们这儿了,好我知道了。您放心,所有后果我们自己承担。(挂了)这就是你干的好事,我问你,你明知道是这种情况为什么还让海生把岗给撤了,要不是我派人及时,刘海生早就跑到那边去了。

谷文昌　也不是你派人抓回来的,是刘海生主动回来自首的。既然是自首的,咱就得宽大处理。

吕志远　我看应该马上提审刘海生。说不准,能从他身上挖出暗杀团的线索。

谷文昌　他一个大头兵知道啥线索啊,再说你这样一提审他,那以后想回来的人都不敢回来了。送到学习班学习学习咱们的政策,改造一下思想就可以了。

县委甲　谷书记,刘海生这种情况送学习班行吗?万一他真的是回来搞破坏的呢?

谷文昌　一个大头兵搞什么破坏了?没那么严重,他们回来就是想看看老婆和老娘,能干啥坏事儿啊,你想想,谁不想自己的爹娘呀,人家豁着命回来看看老娘、老婆和孩子,咋就叫搞破坏了? 那你拦着人家,不让人家回家,是不是破坏人家一家子团圆,咱东山岛离金门就 96 海里,退潮时顺水飘着就能回家了,非要架上机枪、大炮的挡着人家,不让人家回家,这合适吗? 同志们,我看是时候了,咱该把敌伪家属这事提到县委班子上来好好议议了。

吕志远　开会吧。

谷文昌　东山岛有 84 152 人,国民党军队撤离东山前后抓了三次丁,一共抓走 4 792 个人。一个人被抓走,他的家庭,加上社会关系至少要涉及 10 个人,全部加上,一共有 4 万多人,差不多占东山总人口的一半儿,我们把他们定性为"敌伪家属",等于把东山县一半儿的老百姓推到了我们的对立面,我们今后还怎么开展工作? 所以我的提议是:把"敌伪家属"变更为"兵灾家属"。

　　〔其他四人面色凝重,暂时沉默。

吕志远　这件事儿涉及政策定性问题,不是你我能决定的。我怕贸然决定,会犯阶级立场的错误。

县纪乙　现在东山敌特活动这么频繁,怎么能保证这些国民党家属和敌特没有联系呢?

县纪丙　"平海会暗杀团"刚刚杀害了我们 3 名乡干部,这些敌特分子可能就藏在老百姓中间。

县委甲　是啊,咱们东山是海防前线,现在对敌斗争又这么残酷激烈,恐怕这么做会给敌特渗透分子以可乘之机啊。

谷文昌　我认为恰恰相反,只有做好兵灾家属的工作才不会给敌人可乘之机。换个角度想,这些被国民党抓走的壮丁谁不认识,都是穷苦、本分的农民,他们是被国民党的刺刀强行逼走的,不是自愿离开的。离开祖祖辈辈生长的故乡、抛妻弃子、骨肉分离,他们不是受害者吗? 他们的亲人也是受害者,这抓兵是一场灾难呀! 他们是遭了兵灾啦! 我们共产党是要来解救他们的,而不是要把他们推开,让他们更加痛苦。我们只有把他们当作亲人一样，关心、爱护，他们才可能和我们一条心，才会打心眼儿里觉得共产党就是他们的亲人。我觉得，只要我们做的事情对老百姓、对党是有利的，上级肯定会支持和理解的。

吕志远　（摇头）如果出了问题，谁能负责任？

谷文昌　出了问题由我一个人负责。

吕志远　你一个人负责？你负责得了嘛？

谷文昌　大不了这个官我就不当了呗！我谷文昌本来就是个农民，实在不行，我就扛起锄头，开荒种地，把老百姓的肚子填饱。我都想好啦，（起音乐）这件事如果地委不批，我就找省委；如果省委不批，我就去找中央，找毛主席！我谷文昌非把这件事解决了不可。

　　　　〔转景。

　　　　〔大石头处，谷文昌疾上。

　　　　〔吕志远推着自行车追着谷文昌上。

吕志远　老谷，老谷，你等等。

　　　　〔谷文昌站住。

吕志远　老谷，我跟你说，你可别意气用事，现在是什么形势你不是不知道，这事儿一旦上纲上线，往小了说要丢官，往大了说那是要掉脑袋的！

谷文昌　老吕，这我都知道，可是我们能忍心看着乡亲们受苦受难吗？说实话，敌伪家属这事儿已经成了我心上的一块大石头，我非得给它搬了不可！

吕志远　这我都知道，我也是穷苦农民出身，我知道乡亲们的苦，乡亲们的难，我也想替乡亲们把这块石头搬开，可是这事儿关系重大……

谷文昌　就是因为关系重大才一定要解决，咱不能让乡亲们在国民党的时候受罪，在共产党的时候受难！

吕志远　是啊，如果不能让乡亲们过上好日子，那要我们共产党干啥！但这事儿不能让你一个人扛……这回如果真犯了阶级立场错误，真要坐牢、杀头，那也算我吕志远一份儿！（推车欲下）

谷文昌　（拉住车）老吕，我是县委书记，出了事儿就应该我来负责！

吕志远　你负责！你负责！我老婆孩子在山东老家种地，你老婆孩子可都在东山，你替他们想过吗?！你对他们负责吗?

谷文昌　我，老吕……

吕志远　好了，不多说了，出了问题我负责，这回轮也该轮到我了！（骑车下）

谷文昌　哎，老吕，哎，你可别……哎，老吕，老吕，一个槽子里拴不了两头驴！（追下）

　　〔光转。地委办公室。

　　〔吕志远追着地委许书记上，申辩着。

吕志远　许书记，您听我说，真的没那么严重！您想想，人家豁着命回来看看爹娘、老婆和孩子，咋就叫搞破坏了？（许书记沉着脸静听着）这东山离金门就隔着这么近，只有96海里，退潮时坐小船顺水飘着就能回家了，非要架上机枪、大炮的挡着人家，不让人家回家合适吗？东山岛的人口是84 152人，国民党军队撤离东山前后抓了三次丁，一共抓走4 000多人。一个人被抓走，他的家庭，加上社会关系至少要涉及10个人，全部加上，一共有4万多人，差不多占东山总人口的一半儿，等于把东山县一半儿的老百姓推到了我们的对立面。我们今后还怎么开展工作？所以我个人提议是：把"敌伪家属"改为"兵灾家属"……

谷文昌　（疾上，赶紧截住吕的话头）你个人认为啥……你个人决定得了吗？

许书记　好！你们两个别吵啦！刚才的话我都听明白了……

谷文昌　许书记，老吕他……你别……

许书记　只要你们能说到做到，让东山的乡亲过上好日子，保证海防安全，这件事我去跟省委领导去谈。我相信，只要是对人民群众有利的事，我们党都会支持！

谷文昌　许书记，我替乡亲们谢谢您！（紧紧握手）

许书记　我们共产党人就是要用实实在在的工作，让人民群众发自内心地觉得今天的日子比解放前好，觉得共产党好！

	老谷呀,党把东山交给你们就是让你替党把好大门,抓好海防工作,断了老蒋反攻大陆的念想!
谷文昌	许书记,我今天立下军令状,如果老蒋敢踏上东山岛,我保证东山的 84 152 个人,人人都是战斗力!
许书记	你们要在抵御国民党反攻的同时,还要在最短时间内带领东山人民搞好建设,让乡亲们过上好日子。你们肩上的责任重大呀! 有信心吗?
谷、吕	保证完成任务!
许书记	等任务完成啦! 请你们到家里去吃面!

［乡亲们扛着树苗出现在谷文昌等人的面前。

史玉萍	老谷! 乡亲们把从广东电白运来的第五批木麻黄种上啦!
林福生	谷书记,前几批的树苗已经种好了,这漫山遍野看上去都是绿色的,等小树苗长成大树了,那咱们东山是个啥样儿啊!
谷文昌	啥样儿啊,人间仙境呗!
林福生	仙境是啥样儿,咱们东山就是啥样儿啊!
群　众	是啊,对!
谷文昌	乡亲们,你们来得正好!
吕志远	你宣布!
谷文昌	从今天起敌伪家属就成为历史了,你们每个人都可以进互助组!
	［乡亲们惊诧。
林福生	谷书记,这是真的?
谷文昌	福生伯,让乡亲们吃了不少苦,我们对不住乡亲们! ……从今往后再也不提敌伪家属啦! 乡亲们可以堂堂正正地抬起头来做人了!
林福生	谷书记,谢谢您,谢谢您呀!
乡亲们	(激动地鼓掌)谢谢谷书记!
	［一阵狂风作响,由远及近而来。
林福生	沙虎来了,大沙虎来了!
众　人	(喊)大沙虎来了,大沙虎来了,快趴下,快趴下!

谷文昌　你们先躲躲呀!

阿　洋　快回来,树苗可不能丢下。

众　人　快救树苗!

　　　　〔瞬间风沙蔽日。

　　　　〔大家抱树苗下。

　　　　〔光转。

　　　　〔风沙过后,一片荒漠。

　　　　〔谷文昌跑上,失神地望着眼前的一切。

谷文昌　英萍,英萍。

史英萍　老谷,老谷。

谷文昌　英萍,孩子们呢?

史英萍　都安排好了,你放心吧。

谷文昌　那乡亲们呢?乡亲们呢?(寻找,呼喊着)老吕,老吕。

　　　　〔吕志远疾跑上。

吕志远　老谷。

谷文昌　老吕,乡亲们都怎么样了?

吕志远　你放心,乡亲们都转移了,有几个受伤的都送卫生院了。

谷文昌　送到卫生院了?

吕志远　送到卫生院了。

谷文昌　那受伤的严重吗?

吕志远　你放心吧,不严重。

谷文昌　(喃喃地)不严重就好,不严重就好。那咱们种的树苗呢?

吕志远　咱的树苗恐怕都毁了。(谷文昌一下子瘫坐在地上)

吕志远　老谷。

　　　　〔吕志远和史英萍赶紧扶谷文昌。

谷文昌　你说我怎么这么没用呀?我,这个书记咋当的呀?我成天就
　　　　会让乡亲们跑呀,跑呀,让老百姓们躲……到了东山我啥也
　　　　干不了呀!我种个树苗都让沙虎给埋了,你说我还有什么用
　　　　呀!我在东山还能干什么……英萍啊,我堵得慌啊!

史英萍　我知道,我知道。

谷文昌　长这么大我没这么憋屈过……老吕,老吕呀,你说咱们南下

的时候大大小小的战斗打过多少个呀,咱们什么时候怕过呀?

吕志远　是,是没怕过。

谷文昌　咱子弹打光了咱能用刀劈,刀劈弯了咱能用手掐呀,可那敌人是看得见摸得着的呀……老吕,可这回咱的敌人在哪儿啊,沙虎,它,它在哪儿啊?它在哪儿啊……我抓不着啊……我抓不着啊……

史英萍　老谷,老谷。

美　桃　谷书记,这儿找到一棵木麻黄!

众　人　谷书记这儿有一棵!

秀　水　谷书记我们找到了九棵木麻黄!

谷文昌　这九棵木麻黄是啥呀?是咱的希望啊。有九棵就能有九十棵、九百棵、九千棵、九万棵。咱得把它种下去,把它一直种下去!

林茂龙　谷书记,谷书记,水,水!

吕志远　什么水?

林茂龙　苏峰山的水打出来了……

　　　　〔百姓涌上来大家相拥看着水。

第三幕

吕志远　大家把沙子拢起来,筑成防风墙,用草帘子给小树苗裹上避风寒。别把树冻坏啦!

谷文昌　今年咋啦,开春这么冷,快赶上我们河南老家了。咱东山出现过这种情况吗?

林望龙　东山的春天都在 10 度以上。现在叫倒春寒,这是由于多种气象原因造成的,导致春天早晚气温骤降在 10 度以下。这场倒春寒,对生长期的农作物非常不利。

谷文昌　树苗扛得住吗?

林望龙	咱们的木麻黄正在生长期,如果没有更有效的保暖措施,对它的打击应该是致命的。
吕志远	刚才,县委来电又有几个村的木麻黄也全保不住啦!
阿　壮	给树苗保暖的草帘子都用完啦!
李鸿煊	谷书记! 吕县长! 全县 14 个区 61 个村还有海岸线的情况都调查完了。咱们的木麻黄,都冻死了。
	〔众人一片沉默。
谷文昌	乡亲们,这段时间大家都累坏了,先休息吧。有什么新的消息,我们等县委的意见。领导班子开完会再通知大家。
吕志远	大家都回去吧。这几天太累啦,早点休息,明天还接着干那!都走吧!
	〔众人下,台上只留下谷文昌和吕志远。
谷文昌	(并不看着吕志远)老吕,你说我是不是真的是在白日做梦?
吕志远	老谷,你……
谷文昌	你说干点事咋就这么难呀?!
吕志远	老谷,你太累了,先回家歇歇吧,有啥事儿,回头再说。
	〔谷文昌怅然起身下。
吕志远	(望着谷文昌背影,沉吟一下,对幕后)鸿煊,鸿煊,你跟我走一趟!(说着下)
	〔转台转到谷文昌家。
史英萍	(在桌前写信,看见谷文昌回来)回来了,面刚给你热好趁热吃吧啊。
谷文昌	没放盐吧?
史英萍	嗯?
谷文昌	你忘了放盐了。
史英萍	放啦。
谷文昌	真放了?
史英萍	真放了。
谷文昌	那怎么没滋味呢?
史英萍	你上火了吧?
谷文昌	上啥火了? 我上火? 天不是还没塌下来嘛?(转身离开,找烟)

史英萍　嗯,老谷,美桃托我给他家男人写封信,可眼前这个形势,写多少信也寄不出去啊,我就想着用长久的口气给美桃回封信,帮她宽宽心,你听听这样写行不行? 美桃,我是长久,离开家一年多了,也不知道你过得咋样? 你放心我在这边过得很好。

谷文昌　停停停,这信不能这么写,什么叫他在这边过得很好,他过得好是不是就不想家了,是不是就不想回来啦? 美桃一听着不着急啊?

史英萍　噢,对对对,美桃啊我在这边过得很不好……

谷文昌　(生气)什么叫过得很不好? 美桃听了不是更着急吗? 报喜不报忧你不懂啊? (生气)你干脆让美桃改嫁算了!

史英萍　哦,哦,明白了,美桃啊你干脆改嫁吧!

谷文昌　谁让她改嫁啦? 谁让她改嫁? 这信你会不会写? 啊? 你要不会写的话,我……

史英萍　你写,你有文化。

谷文昌　(尴尬停顿)这妇女工作是谁做的?

史英萍　我呀。

谷文昌　你还知道是你做的呀,遇到点麻烦遇到点困难就退缩了,啊? 你还要把责任推卸到别人身上……

史英萍　我改,我改成不成。你听着啊,美桃,我是长久,我在这边时而吃得饱时而吃不饱;时而睡得着时而睡不着;时而很想你时而不想你!

谷文昌　史英萍,你就是故意的! 我看你就是诚心在拱火啊。

　　〔转台转到小山头。

史英萍　(追赶过来,把信递给谷文昌)你再看看。(转身下)

谷文昌　(坐在小山头上看信)

史英萍　近来几日,知道你难,但禁不住要写几个字给你。老谷,你还记得咱们初到东山的时候你在关帝庙前说的话吗? 你说东山的乡亲是你的责任,你要把他们当成亲爹亲娘那样尽心尽孝。为了亲人们能过上好日子,别管吃多少苦做多少难,咱都得扛住,挺住啊!

老谷,从跟着长江支队南下解放东山,建设东山,我们一起远征了无数高山大川,经历了无数艰难险阻,我们都是互相鼓励着走过来的。今后,无论你想啥,做啥,梦啥,我和孩子们都和从前一样,跟着你,守着你!情深纸短!

妻:英萍

谷文昌　英萍,我饿啦! 我饿啦!

　　　〔史英萍端面上,谷文昌接过碗来大口吃着面。

朱茂盛　(喊上)谷书记,谷书记,您看。

　　　〔谷文昌应声看去。

　　　〔转台,福生伯和乡亲们正拿着棉被包裹着小树苗。

　　　〔大屏上密密麻麻已经被乡亲们用棉被和衣物包裹好的小树苗。

谷文昌　(感动)福生伯,乡亲们……

福生伯　谷书记,我们看草帘子不够用,我们就……兴许能管用。

谷文昌　(看着眼前的情形,忍着泪水)乡亲们,这么冷的天,不能把人冻坏了呀……

吕志远　老谷——

　　　〔吕志远、李鸿煊急上。

谷文昌　(指着被棉被裹着的树苗)老吕,你看,乡亲们把被子拿来护树了!

吕志远　(感动)谢谢乡亲了,大家伙儿把被子都收起来吧! 我们的草帘子马上就运到了。

　　　〔谷文昌和乡亲们很意外。

李鸿煊　吕县长带我去地委找许书记给特批的草帘子。

吕志远　对,从漳州、福州给咱调过一批来。

乡亲们　这下好了! 这下好了!

谷文昌　乡亲们,把被子都拿回去吧,这么冷的天,千万别冻着! 啥也没人重要啊!

福生伯　哎,好嘞! 那乡亲们,我们听谷书记的,都把被子拿回去!

　　　〔乡亲们应承着下。

谷文昌　这就是我们东山的乡亲呀!

　　　〔吕志远感动地望着乡亲们的背影。

谷文昌 真有你的老吕,前些天打多少个电话都调不来,你这一下子……

吕志远 他老许架不住我急了跟他嚷嚷呀,我告诉他了,这事儿地委解决不了,我就找省委,找中央,找毛……

谷文昌 行了,行了,你个山东驴,你跟谁学的这一套呀!

吕志远 跟你学的呗,你这个河南驴!

谷文昌 (笑着捶了吕志远一拳)山东驴!

　　　[众人笑。

　　　[转场。

谷文昌 你瞧。我睡着啦!我这还得赶去!

吕志远 行啦,你就多歇会吧!眼看就要走啦!

谷文昌 就是因为要走,我得把手头的活干完呀。

吕志远 临走之前,你就在这儿陪我聊会天儿吧!

谷文昌 好好!聊会儿!

吕志远 (指着山林)老谷,过去我老说你做白日梦,这梦还真让你这个河南驴给做成了!(示意谷文昌掏烟)

谷文昌 啥就做成了!

吕志远 这还不叫做成了!现在谁不说眼面前这八万多亩的树林子是人间仙境呀!

谷文昌 差得远着呢!从东山解放到现在十四年了,那些当年被国民党抓走的老少爷们还在台湾呢,他们家里的女人们年纪越来越大,劳动能力越来越差,身边没个男人,将来她们的生活怎么办?这已经成了我的心病了!(把卷好的烟递给吕志远)老吕,我最近总做同样一个梦。

吕志远 你又做啥梦了?

谷文昌 我梦见我架了一座跨越海峡的金桥,那些老少爷们从这座桥上回家来了,回来跟他们的老婆孩子团圆了!

吕志远 我也做过这个梦!

谷文昌 哟,你个山东驴也做梦了?!

吕志远 只许你个河南驴梦见人间仙境,就不许我梦见楼上楼下电灯电话!说实在的,老谷,我多想陪着你一块架桥,一块儿敲锣

228

打鼓地欢迎那些老少爷们儿回来,喝着酒唱着歌儿给他们接风洗尘! 可是你看,上级要调你去福州,……你再回东山岛不知道啥时候啦!

谷文昌　我知道,咱得服从组织安排……可我就是觉得从今往后听不着你这个山东驴的大嗓门儿了,这心里呀……还有点儿空落落的!

吕志远　去你的,你个河南驴,你以为你嗓门儿小呀,这十几年吵得我耳朵都背了,总算能离开你了!

谷文昌　好,好,那我躲了你! (佯走)

吕志远　这个留给我! (伸手掏谷文昌的烟袋)留个念想!

谷文昌　哎,哎,你……这是我的宝贝!

吕志远　不是宝贝我还不要呢! 归我了! (动情地看了一眼)

谷文昌　(克制着感情)行,你拿去,你拿去,往后我想起你就想这么个事儿——抢我的烟袋子!

吕志远　行啦! 赶紧回去收拾收拾吧,一大家子等着呐!
　　　　〔两人忽然无语,看着对方,克制着伤感,笑着。

　　　　〔转场。
　　　　〔谷文昌家。
　　　　〔床上放着收拾好的行李。
　　　　〔谷哲芬缠着史英萍说好话。
　　　　〔谷哲惠提着自己的衣物从里屋出来,放在床上。

谷哲惠　妈! 我爸的调令都下来啦,我也是子女,为什么不带我去福州?

史英萍　为什么? 为什么? 哪那么多为什么?

谷哲惠　我单位领导都同意我去福州啦! 我爸为什么不同意?

史英萍　问你爸去! 问我干什么?

谷豫东　凭什么我同学们都留城里啦,为什么我要上山下乡? 我不去。

史英萍　你就闭嘴吧!

谷哲惠　东山这么落后,不利于我的工作发展! 你就不为我想想嘛?

史英萍	你太任性了吧！我还得收拾行李准备搬家呢！别给我添乱！
谷哲惠	我爸爸把添乱的都带去福州啦！为什么把我留在东山？我爸太过分啦！
谷豫东	我爸是军阀！
史英萍	他是你爸！
谷哲惠	他是我爸,我爸在哪儿,我就在哪儿！那我就跟我爸去福州。
谷豫东	这家我待不下啦,我要离家出走！
史英萍	你再说一遍！
谷豫东	我要离家出走！
史英萍	你再说一遍！
谷豫东	我要离家出走！
史英萍	你再说一遍！
谷豫东	我要离家出走！
史英萍	都滚！都给我滚！
	〔谷文昌上
谷豫东	你别打我！
谷哲芬	爸！我作业都做完啦！我要出去玩,我妈她打我屁股！
史英萍	咋呼！都不咋呼啦？
谷文昌	我不在家,要闹翻天呀？咋回事？
众儿女	我不下乡！我要去玩,我妈打我！我要跟你们一起去福州！
	（孩子们乱喊）
谷文昌	福州,不下乡,出去玩！出去玩！
史英萍	你上哪儿去？
谷文昌	出去玩……
史英萍	你上哪玩？
谷文昌	出去玩……还想出去玩？你们太自由散漫了吧！长着大啦,不知道给家分担负担,就知道出去玩,咋回事？
谷文昌	看着几个孩子把你气的。你咋教育的孩子？你这个妈是怎么当的？
谷文昌	你们这些孩子是怎么当的孩子？看把你妈气的！说说咋回事？说说咋回事？

众儿女	我不下乡！我要去玩,我妈打我！我要跟你们一起去福州！
谷文昌	行啦！立正！都给我站好啦！
谷哲惠	我要跟你们一起去福州。
谷文昌	哲惠,你多大啦?
谷哲惠	十八!
谷文昌	十八岁,成年啦！你是成年子女了,不能跟着沾这个光！去福州工作,上级调动的是我谷文昌,不是你谷哲惠,爸爸留你在东山,是希望有个人能继承爸爸做的事,那木麻黄也就七八十年的寿命,需要有人不断地种下去啊。还有那些孤寡的阿姨们,也需要有人照顾啊！你要明白爸爸的一番苦心啊！归队！
谷文昌	豫东,你咋回事?
谷豫东	凭什么只要是老百姓的孩子都留城里啦！而我却要上山下乡?
谷文昌	(愤怒)你说什么?!老百姓的孩子? 你以为你是什么人的孩子? 你们记住了,你们父母就来自穷苦老百姓,我们是党员、干部,手里是有权,可那权力是老百姓给的,我们是人民的勤务员,不是官老爷!
谷豫东	你是人民的勤务员,可我是老百姓!
谷文昌	可你是我谷文昌的儿子！是我谷文昌的儿子就应该把留城名额给老百姓！你就应该上山下乡！到最艰苦的地方去锻炼！入列!
谷哲芬	我早就做完作业啦！我要出去玩,妈妈不让我出去玩,还打我!
谷文昌	好呀！全写完啦?
谷哲芬	我还得了甲。
谷文昌	人家都得甲了,孩子有了进步,你不表扬孩子,你还打他。让我看看作文。写得多好呀！《我最爱看的电影》。我还没功夫看呢,你就看啦? 你给她钱啦?
史英萍	我哪还有钱给她看电影啊?

谷文昌 史英萍	你哪来的钱啊?
谷哲芬	我没花钱啊。
谷文昌	没花钱咋看的电影呀?
谷哲芬	我说我是你女儿,就进去看了。
谷文昌	电影票是要花钱买的,不花钱看电影,往小了说,那是损公肥私;往大了说,就是占国家的便宜,就是贪污腐败! 你忘啦,我成天跟你鸿煊叔叔说——
谷哲芬	把手洗干净,把腰杆挺直。
谷文昌	你知道是什么意思?
谷哲芬	知道。
谷文昌	干啥去?
谷哲芬	洗手! 我拿存钱罐里的钱去补电影票钱。
史英萍	等等,我和你一起去。
	〔众人上。
吕志远	嫂子,这是干什么去? 全村的人都来了,今天是八月十五,要和你一起过个中秋节。
谷文昌	既然大家来了,就一块吃吧! 快去给大家准备点吃的!
福生伯	不用了,我们大家都准备好了。谷书记,听说您要调走? 您能不走吗?
乡亲们	别走啦! 别走啦!
朱茂盛	行啦行啦,福生伯、乡亲们,就别为难谷书记了。我跟着谷书记这么多年,我了解他。他把东山看得比自己孩子都重要。可是谷书记是共产党员,还是国家干部,他要服从组织安排……
谷文昌	乡亲们的情意我都明白,这是我一个人的功劳吗? 是老吕一个人的功劳吗? 是你们大家每一个人努力的结果。
吕志远	对! 今天是八月十五,我们高高兴兴一起过个节! 把酒满上!
谷文昌	我们的日子确实好啦,但它离我们梦想中的那个桃花源,还有很远的路,我们还要继续把树种好,日子要好好地过下去!

我们还得发展海产养殖！我们得让那面的亲人们早点回来。等他们回来的时候,看着我们东山变了个样！

众　人　对,变了个样。

谷文昌　端起碗,让海峡对岸的人们看到咱们,让他们知道,我们无时无刻不在盼着他们早点回来！干！

众　人　干！

[转场。

史英萍　大夫让你久等啦！

医　生　史大姐,谷书记现在的情况非常不乐观……

史英萍　我知道,我知道……

医　生　史大姐,作为医生我们会尽全力,但是作为病人家属您也要有个心理准备,谷书记的癌细胞扩散得已经很严重了！

史英萍　好听您的！好听您的！

[光转。

史英萍　(寻找着)老谷,老谷……又跑哪儿去了？

谷文昌　喊啥,喊啥,我这不是在这儿呢嘛！

[护士推着穿病号服的谷文昌上。

护　士　史大姐,您来了,我就放心了！

史英萍　(对护士)给你添麻烦了。

护　士　不客气。(对谷)这下有人看着您了,看您还敢乱跑！

史英萍　(低声埋嗔)一个看不住就到处乱跑！

谷文昌　哪到处乱跑了？这不是没跑多远就让他们给我抓回来了嘛！

史英萍　行了,人家大夫都跟我说了,不打针不吃药……

谷文昌　那是什么针呀,我可舍不得打！

史英萍　营养针,给你补身子的！

谷文昌　得了,老伴儿,你别蒙我了,人血球蛋白,一针就得 200 块！这 200 块钱能买多少树苗呀？能种多少木麻黄吗？……能救多少贫困户……

史英萍　老谷！

谷文昌　我现在精神头好的呀,上午我还喝了半碗小米粥。我现在就像在东山种树时一样,一锹下去,挖土三尺!

史英萍　你,你能不能好好听话,好好打针,吃药……

谷文昌　……英萍,你猜我跑出去干啥了?(史英萍佯嗔不理)哎,你看,你看看嘛……(递给史英萍一个袋子,示意她打开)

　　　　[史英萍打开袋子,取出一件红色上衣。

谷文昌　看看这件衣裳,跟你结婚时候穿的那件是不是一模一样?

史英萍　老谷,你还记得呀!

谷文昌　咋能不记得呢! 那是你的念想,也是我心里的念想呀! 快穿上,让我看看!

史英萍　(犹像着穿衣裳)老了,不好看了……

谷文昌　不老,不老,跟新媳妇一样!

史英萍　哪有满脸褶子的新媳妇!

谷文昌　(拉住史英萍的手)英萍……咱俩现在就拜回堂,只要您愿意,我们天天拜堂,早上拜完晚上拜,哭也拜笑也拜,初一拜完了十五拜……(突然不舒服)

史英萍　老谷,老谷! 快! 我去叫大夫去!

谷文昌　不用找大夫,就是一口气没有上来!

史英萍　好,咱们先歇会。咋样啦?

谷文昌　就是一口气没有上来! 让老伴儿受惊吓了!

谷文昌　说正经的,东山建设需要钱,我也帮不上别的忙,把这五百块钱捐给东山的乡亲们,算我一份心意吧!

史英萍　好。听你的。

谷文昌　英萍,咱家那电话还有一些家具是组织上按我的级别给配的,等将来我走了,你一定要退还给组织。

　　　　[史英萍忍泪点头。

谷文昌　还有……国家现在还不富裕,咱们能尽力就尽力……

史英萍　你放心,我已经去教育局联系过了,资助困难大学生,只要我活一天,就帮孩子们一天。

谷文昌　英萍,离开东山这么多年啦,我总是放不下的还是东山! 不知道咱东山变成什么样啦?

史英萍　咱东山变化可大啦! 您放心吧,咱们东山这段时间不仅种了木麻黄,还种了果树、庄稼,现在咱东山找块儿荒地都难了。真是应了你那句话啦"上路不被太阳晒,树林里面找村庄"。省厅的报告出来啦,你猜猜咱东山海产量占全国多少份额?(谷文昌多少?)百分之八,都超过海南岛啦!

谷文昌　你就是挠得我心里痒痒呀!你这不是馋我吗?我真想出去看看。我能回去看看嘛?就让我回去看看吧!

史英萍　好!走!

谷文昌　咱现在就走?

史英萍　好!说走就走!

谷文昌　走,走!我把这件衣服脱啦,不然门卫不让我出去!

史英萍　来,把大衣穿上。

谷文昌　哎,你看这地摊儿上买的大衣还真不错,配得上我。

〔光转。

〔木麻黄茂盛地生长着,东山绿意盎然,充满生机和希望。

谷文昌　乡亲们,我谷文昌在东山待了十四年,没干过啥惊天动地的大事儿,也没让乡亲们过上几天好日子,可是乡亲们这么记挂着我,我这心里头不安呀,我对不住乡亲们呀,我做得还远远不够呀!要是再多给我点儿时间就好了,我还给乡亲们多干点儿,我还能再多干点儿……老喽!不中用啦!歇会!歇会!起来再接着干……

〔谷文昌趴在石头上,慢慢睡过去。

〔史英萍走过来轻轻地靠在谷文昌后背睡去。

〔光渐收,一束光打在谷文昌身上。

〔剧终。

话剧

话剧

要　离

陈国亮

　　祖籍河南省林州市,毕业于上海戏剧学院,学士学位,现就职于重庆市艺术创作中心,中国戏剧家协会会员,重庆市戏剧家协会理事。编剧作品:话剧《要离》、《山城兄弟》、《巴清》;小剧场话剧《煤·人》、《悬壶》;戏曲《华佗》、《春秋义》、《花县令》;电影《母亲的情人》、《临时夫妻》;戏曲电影《年轻的丰碑》;长篇小说《麻辣妹子鸳鸯锅》等。导演作品:话剧《山城兄弟》,小剧场话剧《煤·人》等。

　　话剧《要离》,创作于 2008 年,2011 年重庆市话剧团首演(演出更名为《大刺客》),同年参加 2011 全国小剧场戏剧优秀剧目展演,并到台湾进行交流演出,2014 年获重庆首届青年戏剧演出季优秀编剧奖。剧本发表于《剧本》月刊 2013 年 5 月刊。

时　　间：春秋时期。

人　　物：要　离——男,28 岁。

　　　　　　庆　忌——男,30 岁。

　　　　　　椒邱欣——男,23 岁。

　　　　　　允　兰——女,19 岁。

　　　　　　夫　人——女,25 岁。

　　　　　　阖　闾——男,37 岁。

　　　　　　伍子胥——男,45 岁。

　　　　　　侍从、兵将、民夫。

序幕：吴王宫

〔庆忌正在舞剑。

〔嘈杂的脚步声,且伴有由远渐近的隐约喊杀声。

〔允兰惊慌上。

允　兰　世子,大事不好。

庆　忌　怎么了,出了什么事情?

允　兰　快走,晚了就来不及了。

庆　忌　到底什么事情?

允　兰　姬光请大王过府饮酒,让专诸把宝剑藏在鱼肚之内,于席间刺杀,此时大王已经龙驭归天,姬光和伍子胥正带兵朝这里赶来,要捉拿世子,斩草除根呢。

庆　忌　姬光! 来啊,取我长矛!

允　兰　世子千万不可意气用事,当前最重要的是保全自己,留有青山,何患无柴,快走!

〔阖闾伍子胥带兵丁上。

阖　闾　想走,且留下项上人头!

庆　忌　姬光!

阖　闾　错,是大王阖闾!

庆　忌　杀我父王,我必将取你性命以祭之,拿命来。

〔庆忌往前上,阖闾忙躲在兵丁身后。

伍子胥　保护大王,捉拿庆忌。

〔兵丁往前冲,庆忌大喊一声,如同龙吟虎啸,众兵丁被这一声喊震慑得站在当场都不敢动。

〔庆忌冲阖闾来。

· 240 ·

阖　闾	上,上,有杀死庆忌者,赏黄金百两,封万户侯,上!
	〔兵丁如潮涌般向庆忌涌来。
	〔允兰欲拉庆忌下。
允　兰	世子,我们且先离开,以后再图报仇不晚啊。世子! 世子!
庆　忌	姬光,只要有我庆忌在世一天,必定取你性命。
	〔庆忌伸手夺过一根长矛,转身朝阖闾的方向掷去,矛穿过阖闾腋下衣服插在柱子上,兵丁用力拔下。
	〔庆忌在允兰的拉扯下下场。
阖　闾	庆忌! 庆忌! 庆忌不除,后患无穷!

第一幕

第一场　吴国街市

〔伍子胥带领侍从在街道上张贴庆忌的图像。

伍子胥	大王令,今有叛国逆贼庆忌,畏罪出逃,有捉拿或者提供线索者,赏黄金百两,官封侯爵,有隐瞒不报者,诛灭三族。
	〔椒邱欣上,拨开人群观看告示。
伍子胥	列位请了。
乡　民	伍大夫请。
	〔众乡民都向伍子胥行礼,唯椒邱欣傲然不动。
伍子胥	壮士可否让道容我通过?
椒邱欣	我好像没有占着你的道路!
侍　从	放肆,你是什么人胆敢如此无礼,这是伍子胥伍大夫。
	〔众人都集中在下场门附近,要离悄然上场,自己坐下歇息。
椒邱欣	伍大夫又怎么样? 椒某不才,却曾战败河神,敢问伍大夫可曾有过如此壮举? 上个月,有朋友死在吴国,我从东海前来奔丧,路上经过淮水,在水中饮马之时被河神将马掳进水里,

我当时气愤不过,下水与河神大战三日三夜,敢问天下谁能有这样的气概?

要　离　是吗?

椒邱欣　当然!

要　离　壮士确实英雄,敢问壮士,你的眼睛是……

椒邱欣　是与河神打斗的时候被河神所伤。

要　离　呵呵呵呵!

椒邱欣　你为何发笑?

要　离　我听说真正的勇士与天战无需日影偏斜,与鬼神战不畏避退缩,与人战敢于怒吼辱骂,虽死不受其辱,呵呵,像你所说,你与河神一战,丢了马匹不能抢回不说,还被打残一只眼睛,身体已残,名声已辱,你不以为耻反以为荣,你是天地间最最无用之人,你居然还有面目在街市行走,你居然还有面目存活于人世之间,难道这还不足以令我发笑吗?

椒邱欣　你是哪位?

要　离　乡野村夫而已。

椒邱欣　你……如此羞辱于我,我岂能容你,拔剑!

要　离　像你这样无羞无臊的人,要离不屑与你争斗。

椒邱欣　若不拔剑,休想离开。

要　离　既然你执意找死,那就怪不得我要离了,哪位愿借剑一用?

伍子胥　(递自己的剑给要离)先生请!

　　　　[二人行礼,举剑,要离慢慢把剑抬起,指向椒邱欣。

　　　　[椒邱欣神色大变,仓皇逃跑。

众　人　啊呀,真壮士也!

伍子胥　敢问先生高姓大名?

要　离　要离!

伍子胥　要离! 莫非就是名闻天下的剑客要离先生?

要　离　不敢,要离告辞。

伍子胥　送先生!

　　　　[伍子胥与要离对揖而别。

伍子胥　要离,好! 好!

第二场　吴国要离家

［家中摆设比较简陋，可见要离生活的清贫。

［要离在舞剑，拿毛巾仔细地擦拭宝剑。

［夫人上。

夫　人　这把宝剑你已经好久不曾拿出来舞动了，都已经锈迹斑斑了。

要　离　手中之剑可以锈迹斑斑，但是心中之剑却永远是熠熠生辉，寒光四射，上苍终不负我，我要离即将实现青云之志，呵呵，剑啊剑，沉寂十年，出鞘只在一朝啊。

夫　人　如此，恭喜夫君啦。

要　离　你怎么了？好像很不开心？

夫　人　那些东西对你真的就那么重要吗？

［要离不答话，呵呵地笑着。

夫　人　哎呀，他又在踢我了。

要　离　看来是个壮丁。

夫　人　何以见得？

要　离　未出娘胎就已经开始舞枪弄棒大概不是丫头所为啊。

夫　人　我倒希望是个丫头。

要　离　丫头也好，壮丁也好，只要是我要离的种他就错不了，呵呵，我脑子里面一直有一幅画面，天地间一片雪白，我和你一边一个拉着我们的孩子在雪地上散步……

夫　人　回头一看，三行脚印，两行大的，一行小的，站在旷野中，三人紧紧地抱在一起，任凭雪花落在脸颊上，慢慢地融化……你都说了上百遍了。

要　离　呵呵，若是小子，我会教他剑术，若是丫头你就教她……

夫　人　哎哟！

要　离　一定是个小子，疼吗？

夫　人　疼,但是……

要　离　疼你还笑?

夫　人　你不是母亲,不会明白作为母亲的辛酸与幸福。

要　离　那来世我做女人,也来尝尝当母亲的滋味。

夫　人　夜已深沉,该休息了。

要　离　你先去睡。

夫　人　你还有什么事情?

要　离　今日街市上被我羞辱的壮士,我料他今晚必定来寻仇报复,
　　　　你先去睡下,我好收服他。

夫　人　你要小心。

要　离　小心? 呵呵,(欲言又止,冷冷一笑)呵呵。

　　　　〔夫人下,要离将衣服松开,躺在地上。

　　　　〔椒邱欣上,悄悄走到要离身边,把刀抵着要离的脖子。

要　离　你终于来了。

椒邱欣　你知道我要来?

要　离　你来了令我很是欣慰啊。

椒邱欣　此话怎讲?

要　离　在大庭广众下羞辱你,你来了说明你还像个男儿。

椒邱欣　我来了,且必定要取你性命,你有三条必死的理由,你可
　　　　知道?

要　离　哦? 愿闻其详。

椒邱欣　你在街市当众羞辱于我,此一死也;知道我要来不闭房门,全
　　　　无防备,此二死也;看到我不起来躲避,此三死也,有此三死,
　　　　怪不得我。

要　离　只怕是我没有三死,而你倒有三不肖。

椒邱欣　三不肖?

要　离　我在大庭广众之下羞辱你,你竟然不敢还口,此一不肖;进我
　　　　家门悄然无声,意在偷袭,岂是勇士所为,此二不肖也;拿刀
　　　　指着我的脖颈才敢大声说话,此三不肖也。你有此三不肖,
　　　　还有面目活在世上,真正恬不知耻!

椒邱欣　你! ……

要　离　　我要是你，恐怕早就自行了断了。

椒邱欣　　我椒邱欣历来自认为天下第一勇士，今要离高我不止一分，乃是真勇士也，杀了他必为世人耻笑，然而不杀他，我又有何面目与他并存于世？也罢，椒某余生得识真正勇士，也算死而无憾！

　　〔椒邱欣横刀准备自杀。

要　离　　住手！

椒邱欣　　你觉得对我的讥讽还不够吗？

要　离　　要离有几句话，等我说完，你要死要活，要离决不阻拦。一者，身体发肤受之于父母，不经父母知晓擅自损害自己身体性命，是为不孝；二者，要离今日羞辱于你，难道你就不想有朝一日扬名立万，尽雪今日之耻？是为不勇；三者，你也学艺多年，一日功成实属不易，难道就不想用你所学造福苍生黎民，是为不义，要离话已说完，你若执意死，请另择地方，不要弄脏我的屋子。

椒邱欣　　这个！……

要　离　　请！

椒邱欣　　先生一言令我茅塞顿开，我愿意以弟子之礼侍奉先生，万望先生不弃收我为徒。

要　离　　言重了，快快请起，你我可结为兄弟。

椒邱欣　　不可，椒邱欣何等样人，岂敢与先生结为兄弟，唯愿能侍奉先生膝前早晚听候教诲，望先生成全。

要　离　　如此要离却之不恭了，贤契快快请起，夫人！且准备酒菜，我二人要开怀畅饮。

椒邱欣　　先生，现在庆忌逃亡卫国，大王视为眼中钉肉中刺，一日不除一日难以安枕，先生才智高远，何不请命去捉拿庆忌，如若功成的话，也可扬名天下，不负世间一行啊。

要　离　　呵呵！

椒邱欣　　先生为何发笑？

要　离　　我是说贤契言之有理。

第三场　吴乡间

［伍子胥与阖闾散步上，椒邱欣引路。

［要离手持鱼竿坐在舞台上。

阖　　闾　　伍大夫，你说的这个要离比专诸如何？

伍子胥　　恐怕是有过之而无不及。

阖　　闾　　是吗？

伍子胥　　要离的勇猛，臣在楚国的时候就早有耳闻，前天亲自看到他
　　　　　羞辱这位壮士，更加确信他就是大王要找的人。

阖　　闾　　好，那我们紧走几步，我迫不及待想看到这个要离。

椒邱欣　　先生就在前面河边。请！先生，大王阖闾和伍子胥伍大夫来
　　　　　拜访先生。

伍子胥　　要离先生，真是好兴致啊！

要　　离　　家里嘈杂，正好在这里等候二位。草民要离拜见大王。

阖　　闾　　（看到要离略感失望）你就是要离？

要　　离　　正是！

阖　　闾　　伍大夫，难道这就是……

要　　离　　大王，臣虽然瘦弱，不敢有勇猛二字，但是大王如果有所差
　　　　　遣，臣必当尽心尽力。

阖　　闾　　（不乐）嗯。

伍子胥　　大王可知道，相马者不在乎马的外形是否高大，而在乎它是
　　　　　否能担当重任，是不是有千里之能。要离虽然外貌瘦弱丑
　　　　　陋，但是剑术超群而且有大智大慧，大王要想除却大患，恐怕
　　　　　非要离不行啊。

要　　离　　草民知道大王所担心的是庆忌，要离能杀之！

阖　　闾　　庆忌力大无穷，万夫莫敌，你恐怕不是他的对手。

要　　离　　杀人用的是智而不是力，只要能接近庆忌，杀他如同杀鸡，如
　　　　　果要离所料不错的话，他现在必定还在吴国，但是潜伏闹市

乡间难以寻找,我断定他若逃出吴国必定前往卫国,到时候他定了行踪,下手就容易了。

伍子胥　大王,为臣认为要离之言甚合情理。

阖　间　要想除掉庆忌你有何良策?

要　离　为今之计,唯愿大王相帮。

阖　间　怎么相帮?

〔要离以手沾唾沫在手上写字给阖间、伍子胥看,阖间从怀中摸出宝剑。

阖　间　呵呵,好,这里有宝剑赠与壮士,以帮助壮士成功!

伍子胥　鱼肠剑?

阖　间　正是,前番专诸拿你刺杀王僚,今日要离拿你刺杀庆忌,鱼肠剑啊鱼肠剑,你必将成为千古名剑,因为你将饮尽一门两代人的鲜血!庆忌侄儿,你不要怪罪叔叔心狠,实在是一山难容二虎,天下难有二君,你要是肯归顺寡人,你我二人携手定能让我吴国光耀天下,万民臣服,但是……唉!

伍子胥　大王宅心仁厚,乃是吴国百姓之福,今庆忌谋反乃是逆天而行,大王令要离刺之,也是为了避免天下苍生遭受刀兵之苦啊。

阖　间　是,是,只是想来心下略有不忍啊,要离先生,不要让寡人失望啊,寡人之福,吴国乡民之福,天下苍生之福全在先生一人啊。

要　离　要离必将兢兢业业,赴汤蹈火以报大王知遇之恩。

阖　间　好,你去吧。

要　离　鱼肠剑,好剑!人生一世,就当轰轰烈烈,到垂暮之年,坐在夕阳下回首往事,应该是无愧无悔才对,要是庸庸碌碌过一生,那和猪狗畜生有什么两样?要离啊要离,人们将把你的事迹传诵,史册将把你的壮行记载,因为你是一个英雄,英雄!

〔一声冷笑,要离魂魄上。

要离魂　难道这真的是你心中所想?

要　离　当然!

要离魂　恐怕不是吧,你不敢把你的真实想法告诉世人,你要离是一个懦夫!

要　离　那又如何？不成功之前，天下人知道的只是要离的躯壳，等
　　　　我成功了，我会让天下人知道我要离的灵魂。

要离魂　你的躯壳是什么样的？

要　离　要离为名刺杀庆忌！

要离魂　你的灵魂是什么样的？

要　离　要离为……呵呵？

要离魂　不说也罢，但是你的想法我一清二楚。

要　离　什么想法？

要离魂　不必担心，这事天知地知你知我知，不，天知地知你知。

要　离　你到底是谁？你怎会知道？

要离魂　因为我就是你，你心底深处的自己。你知道你会得到什么吗？

　　　　〔要离魂拉要离手，指左前方。

要离魂　这边来，你看到了吗？

　　　　〔要离点头，大笑。

要离魂　你为何发笑？

要　离　我怎能不笑？

　　　　〔要离魂拉要离手，指右前方。

要离魂　你看到了吗？

　　　　〔要离点头，大哭。

要离魂　你又为何大哭？

要　离　我怎能不哭呢？

要离魂　嘘，隔墙有耳！

第四场　吴国要离家

椒邱欣　先生，为了你的一击而成，干！

要　离　呵呵，不是我要离夸口，放眼四海，剑术比我高妙的，有，智谋

比我高妙的,有,但是剑术智谋都比我高妙的,没有!

椒邱欣　庆忌之死,已经是势在必行。

要　离　此时此刻,我倒真想和庆忌开怀畅饮一场,因为没有他就没
　　　　有要离,没有他世人不会知道要离!

椒邱欣　先生,我听说庆忌力大无穷,有万夫不敌之勇啊。

要　离　那又如何!

椒邱欣　我听说庆忌宅心仁厚,是个难得一见的义士啊。

要　离　那又如何!
　　　　〔传来拍门声,椒邱欣忙去开门,庆忌和允兰上。

允　兰　敢问这里可是要离先生的住所?

要　离　正是,客人深夜到来,不知为何事?

允　兰　投宿,先生内人是我姐姐!

要　离　如此,请坐,夫人夫人!
　　　　〔要离夫人上。

允　兰　姐姐?

夫　人　你是?

允　兰　我是允兰表妹啊,姐姐!

夫　人　允兰? 允兰! 你真是允兰,妹妹啊!
　　　　〔二人拥抱哭泣,要离观察庆忌,对照门上的画像。

夫　人　一晃数年未见,你和姑母可好?

允　兰　母亲已经离开人世了。

夫　人　唉! 你是怎么找到这里来的?

允　兰　以前曾听母亲说过你住这里,不想真能找到。

夫　人　快来,这是你姐夫,这就是我常说的表妹允兰,我们不通音信
　　　　已经有许多年了。

允　兰　允兰见过姐夫。早就听说姐夫剑术超群,来日定当请教。

要　离　不敢,这位是?

允　兰　这个……这是我家相公,我们本准备到卫国贩卖茶叶,不想
　　　　走错了路……

要　离　你家相公? 那你家相公怎么称呼?

允　兰　我家相公……

庆　忌	不用遮遮掩掩,我就是庆忌!尽管放马来吧!
要　离	爽快!早就听说世子中正耿直,今日一见果然是不同凡响,要离佩服,得识世子真是平生之幸,请坐!
庆　忌	不敢,请!
	〔庆忌坐下,举杯但是不喝。
要　离	你怀疑酒中有毒?
庆　忌	有毒又能如何?
	〔庆忌一口喝干杯中酒。
椒邱欣	世子气度,当为椒邱欣楷模,椒邱欣不才,愿敬世子一碗,还望世子赏脸,椒邱欣先干为敬。
庆　忌	椒邱欣,真壮士也,请坐!
	〔椒邱欣拔出宝剑,庆忌允兰做防护状。
椒邱欣	还不动手,更待何时?
要　离	世子造访舍下,我若这时候加害,胜之不武,这样得功岂是勇士所为?
椒邱欣	是,先生教训的对。
要　离	实不相瞒,我已经领下大王旨意,要捉拿于你,但是如今你身在舍下,那你就是我的朋友,只要你走出这个村庄,你就是我要离的敌人,到时候别怪要离无情。
庆　忌	哦?那我是不是要说多谢了?
要　离	世子也以为要离瘦筋弱骨,不堪大用?
庆　忌	庆忌不敢。
要　离	呵呵……你父王遇害之事,已经举国尽知,而世子本人也正受全国通缉,不知你怎么打算?
庆　忌	阖闾小儿,杀我父王,终有一日我要吃他的肉,喝他的血,恨不能将他碎尸万段,才消我心头之恨。
要　离	请恕我直言,你父王的死,罪有应得!
庆　忌	你!
	〔庆忌拔剑而起,椒邱欣也忙拔剑站在要离身边,要离岿然不动。
要　离	昏庸暴戾,鱼肉百姓,喜好声色犬马,不思黎民安康,掷千金修别宫,却不愿拿一文防边疆,使我国民长期遭受外敌掳掠

骚扰,难道不是罪有应得吗?

庆　忌　允兰,我们走!

要　离　世子切莫动气,父是父子是子,父虽不仁,他纵然有千般不是,但为人子者,父亲遭害就不能不报父仇,要离说的可对?

庆　忌　你要我报仇?你就不怕阖闾先死在我的剑下?

要　离　阖闾死我要杀你,阖闾活我也要杀你。

庆　忌　先生的话令我费解。

要　离　我只答应帮他刺杀庆忌,却没有答应保护他的安全。

庆　忌　爽快!干!

要　离　敢问世子有何打算?

庆　忌　我准备去往卫国,招兵买马,终有一日,我要让阖闾小儿血债血偿!

要　离　与我所料一丝不差,呵呵。

庆　忌　你说什么?

要　离　哦,世子果然血性男儿,要离佩服,唉!

庆　忌　先生为何有此长叹?

要　离　世子若真有复仇的一天,吴国乡民百姓必将处于水深火热之中啊。

庆　忌　是吗?那就请先生阻止庆忌复仇!

要　离　呵呵,这个无需规劝。贤契,你跟随我也是一生碌碌无为,我欲举荐你跟随世子,建功立业,你可愿意?

椒邱欣　先生的话我不明白。

要　离　要离刺庆忌,胜负难料啊,世子确是难得一见的仁主,如果我失败身死,你也好图个功名前程。

椒邱欣　我愿意生死追随先生!

要　离　且听我一言吧!

椒邱欣　是!

要　离　我的学生椒邱欣,颇有勇力,愿让他追随世子,为世子执鞭坠镫不知世子意下如何?

庆　忌　先生真是用心良苦啊!

要　离　世子多疑了,刺杀庆忌是我要离一人的事,我怎么能够阻止别人的功名前程?

庆　忌	纵然真是卧底又能如何,多谢先生推荐贤才。
要　离	此处有条小路,直通卫国,恐怕天亮了不好行走,我现在就送三位上路。
庆　忌	如此有劳了。
要　离	因为再见你我就是交战双方,世子,且请保重,请!
允　兰	姐夫,分手在即,允兰有一言动问。
要　离	请讲。
允　兰	姐夫口口声声说先王僚乃是昏庸之主,但是姐夫怎么能够确保阖闾就是一位英明圣主呢?怎么能够知道他就不会比先王僚更加昏庸暴戾呢?
要　离	这个……
庆　忌	允兰,不得多嘴,先生,请!
要　离	请!

〔庆忌、允兰、椒邱欣下,要离独自站立。

要　离	允兰的话不无道理啊!

第二幕

第一场　吴王宫

〔阖闾持酒杯背立,伍子胥悄然上。

阖　闾	谁?
伍子胥	微臣伍子胥。
阖　闾	伍大夫不愧也是习武之人,走路悄然无声,倘若做刺客也定能扬名天下啊。
伍子胥	微臣已经让侍卫通禀过,只是大王专注思考,没有听到而已。
阖　闾	你且说说,寡人在想什么?
伍子胥	如果微臣猜得没错的话,大王在想要离。

阖　闾	呵呵,伍大夫真是吴国之幸,楚国之患啊。伍大夫,你说这个要离他到底为的什么? 定这样一条计策,绝非常人能够做到啊。
伍子胥	为国尽忠,青史留名,乃是每一个热血男儿毕生所求。
阖　闾	恐怕决不仅仅这么简单吧?
伍子胥	大王担心要离不能胜任?
阖　闾	不,他一定可以胜任!
伍子胥	那么大王担心的是什么?
阖　闾	为要离担心。
伍子胥	担心什么?
阖　闾	我也难以说明白,他骨子里有一种异于常人的东西。不说这些,日子可曾定好?
伍子胥	已经定好。
阖　闾	派人通知要离。
伍子胥	是!

　　　　〔阖闾、伍子胥下。
　　　　〔要离跪坐在舞台中央,鱼肠剑摆在面前。
　　　　〔夫人上。

夫　人	夫君,你在做什么?
要　离	没有什么。
夫　人	你哭了?
要　离	没有,是风沙。
夫　人	屋内哪来的风沙,你告诉我到底怎么了?
要　离	夫人(要离从怀里摸出锦帛),你还是改嫁吧,再找个好人家,找老实本分……
夫　人	夫君! 我……我可有不孝敬公婆?
要　离	没有。
夫　人	我可有不遵守妇道?
要　离	没有。
夫　人	(指自己肚子)我可有不生儿育女?
要　离	没有。

夫　人　那你为何……

要　离　夫人,你应该知道,要离刺庆忌,无论结果如何,我都将命赴
　　　　黄泉。

夫　人　那是为什么?

要　离　杀不了庆忌我得死,杀得了庆忌我也得死,我要离死了事小,
　　　　可是我的妻子将成为寡妇,我的儿子一出生就将没有父亲,
　　　　我……我这心里……

夫　人　你后悔了?

要　离　我不知道。

夫　人　那我们就走得远远的,到一个谁都找不到我们的地方,去看
　　　　我们的白雪,去看我们的……

要　离　我们能躲得过别人的眼睛,但是永远躲不过自己的心。

夫　人　我,我不懂。

要　离　君子一诺,胜似千金。

第二场　吴王宫

　　　　〔阖闾、吴众官员。

侍　从　宣伍子胥、要离上殿!
　　　　〔伍子胥、要离上。

二　人　拜见大王!

阖　闾　免礼! 伍大夫,你这么急着要见寡人,所为何事?

伍子胥　大王,楚平王杀我一家三百余口,此仇此恨令我寝食难安,幸
　　　　亏大王愿意相帮,如今上天垂怜,伐楚大将为臣已经物色好,
　　　　请大王委以重兵,发兵楚国,为臣报仇!

阖　闾　伐楚大将,在哪里?

伍子胥　就在这里!

要　离　要离拜见大王!

阖　闾　要离？伍大夫，这就是你举荐的伐楚大将？

伍子胥　正是！

阖　闾　呵，呵呵，伍大夫，你是头脑昏聩了吧，这要离如此瘦弱，恐怕他的力气连一个小儿尚且敌不过，怎么能够胜任伐楚大将？简直胡闹！

伍子胥　大王，将在外用兵，拼的是智而不是力，大王不可因为看要离形容瘦小就白白错失一个带兵挈将之才啊！

阖　闾　那也得顾及我国家颜面，就这样的人领兵，岂不被人笑话我国无人，况且我国家刚刚稳定下来，怎么能够胡乱用兵？

伍子胥　大王，你怎么可以言而无信？

阖　闾　国家大事，唯祀与戎，怎么能马虎，若真要出兵，也不能是这个要离，必须另择他人。

要　离　呵呵哈哈！

　　　　〔要离撩衣站起，自顾自往殿外走。

阖　闾　大胆，怎敢如此无礼？

要　离　礼要施与知理之人，对于不知理的人无需对他施礼。

阖　闾　你的意思是寡人不知理？

　　　　〔要离大笑。

阖　闾　你为何发笑？

要　离　我笑自己，笑自己有眼无珠，原来要离对大王满怀崇敬，今日看来，是要离错了。

阖　闾　此话怎讲？

要　离　原来认为大王宽厚仁慈，任人唯贤，今日看来，嘿嘿，大王实乃天下第一个昏聩之主，第一个不明不信之人！

阖　闾　大胆！

伍子胥　先生！

阖　闾　好！寡人昏聩，寡人不明不信，你说，寡人愿意洗耳恭听，你如果说出道理，寡人不光赦你无罪，还能重重嘉奖，若说不出道理可就不要怪寡人对你不起了。

要　离　大王还是公子光时，你与伍大夫曾有言在先，伍大夫帮你取得王位，你为伍大夫报仇雪恨，而今伍大夫已经为大王夺得上位,而大王却一而再再而三地推托,丝毫不思为大夫复仇,做出有背先前诺言之事,这难道不是不信? 国家任用将领,应该看带兵打仗的能力,怎能看相貌,你既不曾问我三韬六略,也不曾问我带兵之法就轻易断定要离不行,难道这还不是不明?

阖　闾　你……国家大事岂是你这种乡野小民可以妄加评论的,当朝羞辱寡人,目无君上,寡人岂能饶你,来人啊,将此狂徒拉出殿外,五马分尸!

伍子胥　大王且念在他一个乡野小民不懂礼数饶他一命吧!

阖　闾　饶了他寡人脸面何存,拉出去!

伍子胥　大王,您是一国之君,不可与小民计较长短啊!

要　离　恭喜大王亡国不远了!

伍子胥　大王,今大王国家初定,正好广施仁政,安定民心,像这样杀人只怕对大王的霸业不利啊! 大王,杀了要离恐怕会让天下贤士寒心而不愿意前来归顺大王,不知大王是否还记得花千金买千里马骨骸之事?

阖　闾　也好,既然是伍大夫求情,那就暂且饶他不死,斩去他右臂,以儆效尤! 要离,说真的,难道你真的就不怕寡人的律法无情?

要　离　怕,当然怕,我也是人,我也是父母生父母养的血肉之躯,我也只有一条命,我怎么会不怕,但是我不能怕,因为我是要离。

阖　闾　既然如此,行刑!

〔二侍从拉要离在定点光下,刽子手举刀,光变红色,要离疼痛倒地,但挣扎着马上站起。

第三场　卫国庆忌府

〔庆忌踱步,允兰侍立。

庆 忌	椒邱欣将军可曾回来?
允 兰	已经有半个月没有见到椒邱欣将军,你派他做什么去了?
庆 忌	我派他去做一件大事,今明两天也该回来了。
允 兰	公子到底派他做什么去了?
庆 忌	你可曾听说你姐夫要离触怒阖闾,被阖闾砍去右臂的事?
允 兰	当然听说,难道……难道你派椒将军去接要离?
庆 忌	正是!
允 兰	公子此举差矣,要离此人为达目的不择手段,更何况还有伍子胥相帮,恐怕这是他们的计谋啊。
庆 忌	这个……
允 兰	公子千万不敢疏忽大意啊!
庆 忌	无妨,那要离是什么人? 细人! 就算他四肢俱全我尚且不怕,何况他还失去一条臂膀。
允 兰	既然如此,那公子还要椒邱欣将军接他前来?
庆 忌	要离虽然瘦弱却是个信义之士,且是个不可多得的人才,收归帐下将有助于我攻打阖闾,若失之交臂恐怕会后悔莫及啊。
允 兰	如果要离真心投靠当然不错,但他若是为刺杀而来,那岂不是……
椒邱欣	(内声)世子,世子!
庆 忌	不可多言!
	〔椒邱欣和要离一起上,要离右臂袖筒飘飘。
庆 忌	要离先生能来相帮,实在是我庆忌之幸啊。
要 离	要离落难前来投奔,惭愧啊!
庆 忌	先生客气了,允兰,接下先生包裹。
允 兰	姐夫遭遇酷刑,流落街头,逃命之时还有心思惦念包裹,果然是能人高士啊。
要 离	此事多亏椒邱欣将军照看啊。
	〔允兰伸手接要离的包裹,要离后缩。
要 离	不敢烦劳。
允 兰	先生客气了,一者,先生是姐夫,允兰效劳是合情之事;二者

先生是殿下的客人，允兰伺候是合理之事。姐夫一直推诿，难道包中有什么宝贝？

〔允兰故意用力拉扯，包扯开，几件衣服落地。

允　兰　允兰愿献上一支舞，为公子和姐夫助兴。

庆　忌　好！先生有所不知，这允兰舞剑当真天下无二，以往庆忌想看都不得遂愿，看来还是先生面子大啊。

〔允兰拔剑舞起，靠近要离，猛地朝要离刺出一剑。

允　兰　请姐夫多指点！

〔允兰进逼要离躲闪，有清脆的金属落地声，允兰前行几步捡起鱼肠剑。

允　兰　先生，这个是？

要　离　鱼肠剑！

〔庆忌手按剑柄，朝允兰伸手，允兰把剑交给庆忌。

庆　忌　鱼肠剑？专诸刺杀先王的鱼肠剑！要离，你到底为何而来？

要　离　刺杀世子！

允　兰　要离！

〔允兰拔出剑砍向要离，椒邱欣忙抽剑架住允兰的剑。要离稳坐不动。

椒邱欣　世子，先生！

庆　忌　要离先生果然气度非凡，令庆忌很是钦佩，但是你可知道，三五十个勇士我尚且不怕，你一个不全之人，你自认为你杀得了我庆忌吗？

要　离　世子也知道，善于杀人者，用其智而不是用其力。

庆　忌　好，如此说来你断臂是假？

要　离　断臂岂能有假，断臂乃是一计。

庆　忌　苦肉计，我明白了。但是我还是有些不解，先生，难道我庆忌就那么该死吗？你宁愿牺牲自己来杀我，你为的什么？杀了我你能得到什么？为了不菲的奖赏？为了金珠宝贝？我可以多他阖闾十倍地给你。

要　离　要离虽然清贫，却还没把他那些许奖赏放在眼里。

庆　忌　那你是为的什么？

要 离	为了活着。
庆 忌	活着？如果选择放弃你或许还能活着,若一意孤行你将必死无疑。
要 离	错,只有选择行刺,那才是我要离真正的活着。
庆 忌	我明白了,好,如果庆忌的性命能证明你的存在,这颗脑袋随时等你来拿!
要 离	谢了。
庆 忌	但是你要明白我庆忌不是砧板上的羔羊,如果你刺杀不成反为我所杀时,希望你不要后悔。
要 离	要离一生不知有悔。
庆 忌	好,但愿你能成功,允兰,好好伺候先生。
允 兰	姐夫,要离! 你好自为之!
	〔庆忌将剑扔到地上,和允兰下。
椒邱欣	先生,你……你这到底是为什么?
要 离	我累了!
椒邱欣	先生,你不要糊涂啊!
要 离	我想休息一下。
椒邱欣	好!
	〔椒邱欣下。
	〔要离捧剑坐地,夫人在另一光区出现。
夫 人	下个月孩子就该出生了。
要 离	我知道。
夫 人	你在外面好吗?
要 离	好。
夫 人	等孩子生下来,我会告诉他一切的,我会让他为你自豪,我会告诉他他的父亲是要离,告诉他他的父亲是一个英雄!
要 离	别说这些。
夫 人	怎么了?
要 离	没什么。
夫 人	不,你一定有事,告诉我!
要 离	我想你了,想我们没出生的孩子,想我们的家。

夫　人	你不是一个惯会说谎之人,到底怎么了?
要　离	就这些。
夫　人	就这些?
要　离	就这些!
夫　人	好的,我知道了。
要　离	你知道什么了?
夫　人	没什么? 你,你觉得我们的孩子会像谁?
要　离	像你!
夫　人	为什么?
要　离	像你好!
夫　人	还有呢?
要　离	你能不能不这么烦?
夫　人	嗯,好。你要是想家了,就回来看看吧。
	〔光区隐,剩要离独自捧剑坐在舞台上。
要　离	夫人! 夫人? 夫人!

第四场　吴国校场

〔伍子胥高坐,要离夫人被押解在地。

伍子胥　将你夫君通敌的事从实讲来。

夫　人　民妇不懂大人话中的意思。

伍子胥　不懂? 那我就让你死个明白,我来问你,你夫君受我王恩命前去剿灭叛逆庆忌,为何迟迟没有回音?

夫　人　民妇实在不知情。

伍子胥　怕不是不知情而是不敢对外人道吧?

夫　人　那就请大人明示。

伍子胥　要离受命去行刺庆忌,但是到达庆忌身后,受惠于庆忌假惺惺的恩情,转而对大王砍去他的一条臂膀怀恨在心,于是就和庆忌勾结,意欲起兵动摇我大吴江山,我说的可对?

夫　人　我只听我夫君说断臂乃是一条计策。

伍子胥　原本倒也确实是一条计策,但是你的夫君要离居然出尔反尔将计就计。

夫　人　民妇不相信我的夫君会投敌叛国。

伍子胥　不相信,我自有办法让你相信,用刑!!!

〔兵丁用鞭子抽打夫人,天幕上显示红色的鞭子印。

〔夫人拼命保护肚子。

伍子胥　来人! 将她的肚子剖开!

夫　人　我招!

伍子胥　早这样不省得受苦?

夫　人　你们不就是想我死吗,我可以死,但是如果要离现在投敌是假的话,那我的死就将让他的投敌成真! 他将和庆忌世子带领千千万万的将士,杀回吴国,我看到了,吴国的宫殿被砸烂,祖庙被烧毁,你,伍子胥,身首异处,为家人报仇也仅仅是黄粱一梦……

伍子胥　腰斩!!!

〔红光起处,要离夫人身躯倒地,伍子胥呆呆地看着,对着尸体深深一揖。

伍子胥　厚葬!

〔伍子胥意识到自己说错,左右看看,慌忙改口。

伍子胥　不,将尸体悬挂城楼!

将　校　将尸体悬挂城楼!

第五场　卫国庆忌府

〔要离在舞台上躺卧,他翻滚呓语着。

要　离　夫人,夫人,夫人!

〔要离猛地翻身坐起,哭。

要　离　夫人啊夫人,不,这不是真的,呵呵,不是真的,是梦,对,是梦,一定是梦!

侍　卫　世子到!

〔要离翻身继续躺卧。庆忌、允兰、椒邱欣上。

庆　忌　先生!

要　离　是世子,要离失迎了,你想要要离的性命,派一个兵丁足矣,何必亲自前来呢。

庆　忌　先生误会了,庆忌此来是告诉先生一个噩耗……

允　兰　是这样的,姐夫,姐姐已经被阖闾伍子胥施以极刑,现在尸体正悬挂在吴国城楼。

〔允兰观察要离,要离面无表情。

允　兰　身体被斩作两段,分别挂在两根高杆,经受风吹日晒。

〔允兰观察要离,要离依然面无表情。

允　兰　更有甚者,就连未足月的婴儿也被从腹中剖出,悬于高杆,可怜他还没有来得及看这个世界一眼就遭受如此的厄运。姐夫!姐夫?

〔要离呆呆不语。

椒邱欣　先生,先生,你倒是说句话!

庆　忌　先生一定是悲伤过度,我们先行离去,椒将军,你留下照顾先生,有什么事情马上派人通知我。

椒邱欣　是!

〔庆忌允兰准备下场,要离突然跪倒在地。

要　离　殿下,请世子为要离报仇雪恨,要离结草衔环定当报还。

〔要离慢慢从衣襟中摸出鱼肠剑,在自己的脸上划。

要　离　杀我妻儿,断我香烟,此仇不报,要离枉为男儿,请世子帮我报仇!

椒邱欣　先生!

要　离　要离愿意将此剑献于世子,以示同仇,等我大军攻陷吴国城楼之时,要离愿能够用此剑手刃阖闾伍子胥,求世子助我!

庆　忌　先生!

第三幕

第一场　庆忌军帐

〔要离、庆忌、椒邱欣在饮酒,允兰一旁伺候。

椒邱欣　干!

庆　忌　等了多年,我庆忌终于兵精粮足,十日后发兵,定能将阖闾一举击破,父王,不孝儿终于可以为你报仇了,来! 先生,先生为何不举杯?

要　离　世子,要离,要离有一个不情之请。

庆　忌　请讲!

要　离　世子能否不发兵攻打吴国?

庆　忌　先生,难道你不想为你的妻儿老小报仇了吗? 你忘记你脸上的伤疤了吗?

要　离　要离没忘,也不敢忘,我只是觉得一旦出兵必然涂炭生灵,血流成河,不知有多少家庭将失去丈夫和儿子,不知有多少无辜的男儿将成为孤魂野鬼,这样一想,心下很是不忍。

庆　忌　先生悲天悯人的情怀令庆忌很是钦佩,但是杀父之仇不共戴天,更兼有夺国之恨。

要　离　世子请恕我直言,你父王之死也算罪有应得,只不过他是你的父亲而已,如果他和你无亲无故的话,敢问世子可会怜惜? 说到夺国之恨,天下本无姓氏,它只认强者而已,今天可以是你家的江山,明天照样可以是别人的江山,不管它跟谁的姓,只要一朝人王天子能够造福于民,这不就够了吗?

庆　忌　大胆! 妖言惑众乱我军心,来啊,给我打!!
　　　　〔上来两个卫兵,将要离按倒就打,要离逐渐昏迷,没了声音。

庆　忌　住手! 你们都出去!

〔侍从下，庆忌背手站立。

允　兰　公子……

庆　忌　准备棒伤药。

　　　　〔允兰捧药碗上，准备给要离上药，庆忌伸手接过亲自给要离敷药。

　　　　〔要离动弹。

庆　忌　别动！

要　离　世子……

庆　忌　（站起）椒将军，且去抱酒来。

　　　　〔椒邱欣下，要离、庆忌二人都尴尬地不说话。

　　　　〔椒邱欣抱两坛酒上，庆忌接过递给要离一坛。

庆　忌　好酒！

要　离　是好酒！

庆　忌　噢？你倒说说？

要　离　几十年的陈年佳酿，难道还不是好酒？

　　　　〔椒邱欣悄悄下。

庆　忌　可惜我也仅此几坛啊。

　　　　〔冷场片刻。

要　离　世子，你，你准备何日发兵？

庆　忌　你不是不愿庆忌伐吴吗？

要　离　我是不愿意，但要离深知以自己之力断难阻挡。

庆　忌　唉，其实你所说的话，我先前也曾想过百次，但是……不幸生为七尺男儿，父亲纵然有千般不是他终归是我的父亲，阖间杀我父王，我岂能容他，与杀父仇人共戴一天简直就是奇耻大辱。但是，但是阖间他又是我的叔叔，我实在不愿意同室操戈，亲人反目。说实话我也不愿意发兵，我也不愿意多少儿郎为了我一个人去征战流血，不愿意多少家庭为了我一个人的仇怨而家破人亡妻离子散，不愿意看到家乡儿郎兄弟的尸体倒在血泊之中，但是，但是，我也是父母生父母养，我也是人，我若不出兵，天下人只知道是我庆忌怕了他阖间，谁又会说是我庆忌为了天下苍生才放弃出兵呢？

要　离	世子,休要如此,男儿有泪不轻弹。
庆　忌	有泪?你可曾看到我的泪水,我是庆忌,是天下第一勇士,我怎么会有泪?
要　离	有情未必不丈夫,你我都是有泪之人。
庆　忌	是,心中有情,眼中才会有泪啊,先生,我,我是不是很懦弱?是不是不像个男儿?
要　离	做自己想做之事,但求无愧于心足矣,你又何必在乎别人怎么看你呢?须知我们是为自己而活。
庆　忌	错!这话说来轻巧,但是真正做起来又谈何容易啊?我是前朝太子,是天下第一勇士,有多少人在看着我,我若退缩他们会怎么看我?我难道就这样让天下人骂我不忠不孝胆小如鼠吗?
要　离	一个虚名而已,无须看得太重。
庆　忌	一个虚名?难道你不看重?
要　离	呵呵,你我都是凡夫俗子啊。呵呵。
庆　忌	呵呵,喝!
	〔庆忌拔大戟在手,舞动。
庆　忌	执戟长歌,问天下谁是豪杰?
	〔要离拔剑蹒跚相和。
要　离	湛泸巨阙,晓来霜林空蹉跎。
庆　忌	干!冷眼月圆复月缺,叹自古英雄多寂寞。
要　离	荣辱得失,我命由我;千秋功过,管它万代怎评说!
庆　忌	百年之前我是谁,百年之后谁是我?
要　离	金装银裹,到头来,尽一场风花雪月,终难逃,一抔北邙荒坡。
庆　忌	说得好,一场风花雪月,一抔北邙荒坡,说得好啊,干!
	〔庆忌身子一歪,倒在地上,酒壶倒在身上,要离把庆忌的酒壶拿开,并且擦着庆忌衣服上的酒。
	〔猛然,要离丢掉酒壶,到庆忌面前举起剑,手颤抖着,要离魂上。
要离魂	你真的要杀他吗?那现在可是个好机会,错过此次恐怕以后难以再找到这样的机会啊。

要　离　不,我不能杀他。

要离魂　那你想怎么办? 做一个背信弃义之人? 别忘记了你是要离!

要　离　是,我不能背信弃义,我知道一诺千金。可是,我又怎么能够举得起剑? 我又怎么忍心杀死一个有仁有义、侠骨柔肠的世之英雄呢? 可是……我该怎么办? 我能怎么办?

要离魂　那就暂且不杀。

要　离　暂且不杀? 对,暂且不杀! 先不杀他,我是要离,我想杀一个人,不过是弹指一挥间而已,如果在人酒醉的时候下手,我要离还算什么英雄豪杰? 还怎么立于天地之间?

要离魂　好主意,就这么办!

　　　　〔椒邱欣上。

椒邱欣　先生!

第二场　卫国河边

　　　　〔要离和椒邱欣一前一后走着。

椒邱欣　看来先生依然是初衷不改啊。

要　离　此话怎讲?

椒邱欣　这里只有你我师徒二人,先生难道就不能对椒邱欣吐露一句真话吗?

要　离　你的意思是……

椒邱欣　先生,切牛肉用得着宝剑吗?

要　离　呵呵(大笑,伸手拉出椒邱欣佩带的宝剑,双手捧起),请你助我了此残生,要离将不胜感激!

椒邱欣　先生你这是……

要　离　一死百了,只有死能够打开我这百结愁肠,只有死能够消除我的万般痛楚,请椒将军相助!

椒邱欣　你果真是来行刺的?

要　离	如你所说,要离初衷不改!
椒邱欣	这么说,你断臂是计策?
要　离	正是!
椒邱欣	苦肉计,先生真是用心良苦啊!
要　离	用心良苦?呵呵,是,用心良苦,恐怕世间不会再有人知道我要离的苦了!
椒邱欣	先生,我有一事不明,你到卫国已有数年,刺杀的机会不少,可你为什么迟迟没有下手?
要　离	世子宅心仁厚。
椒邱欣	那你为什么现在又要下手?
要　离	因为我不愿意血流成河,我不愿意我的妻子孩子白白地丢了性命,我不愿意全天下的人都说要离是背信弃义之人。
椒邱欣	你不杀世子算是背信,可是你杀了世子就是弃义。
要　离	是,世子对我不薄,因此无论刺杀成功与否,要离都必将一死。
椒邱欣	难道没别的办法了吗?
要　离	还有一个办法。
椒邱欣	什么办法?
要　离	割下要离这颗头颅。
椒邱欣	先生大义,令椒邱欣折服,你和世子都是椒邱欣所敬佩的人,既然不能两全,那就是说先生和世子都将必死。
要　离	也许要离一击不成,为世子所擒,若真能死于世子之手,同样也算功德圆满。
椒邱欣	以我之见,世子宅心仁厚,纵然抓住先生也必然不肯加害,以先生的才智武功和锲而不舍之志,世子之死,恐怕也是在所难免啊。
要　离	你这一说,和世子相比,更显得要离无地自容,庆忌何等光明磊落,而要离却又何等的卑鄙龌龊,纵然世子能容要离,恐怕天地也难容啊。
椒邱欣	先生此话差矣,在椒邱欣心里,先生和世子都是世上少见的英雄豪俊,纵然身死,先生和世子到黄泉之下必然也是惺惺

相惜,必然要饮酒畅谈,既然饮酒,怎么可以没有一个捧杯斟酒的伺候之人,椒邱欣荣幸,得以是先生的徒弟,更是庆忌世子的部下,此捧杯斟酒的重任,非椒邱欣莫属,先生保重,椒邱欣先行一步,前去铺设酒具,先生,我先走了!

要　离　你待如何?

〔椒邱欣横剑往自己脖子上,用力一抹,要离忙抱住椒邱欣。

要　离　贤契,兄弟,你这是何苦啊?

椒邱欣　得识先生,椒邱欣平生之幸;侍奉先生,椒邱欣受益匪浅,为先生而死,为世子而死,椒邱欣死而无憾!

要　离　兄弟,兄弟! 要离啊要离,你是个嗜血的畜牲!! 你还觉得死的人不够多吗? 你还想再死多少人? 你怎么还能赧颜活于世上,要离,你去死吧!

〔要离捡起椒邱欣的宝剑。

要　离　兄弟,夫人,你们等着,要离来了,我陪你们去散步,我陪你们去看白雪……

〔要离横剑脖子上,一声断喝,庆忌上。庆忌默默地拿掉要离手中的宝剑,扔得远远的,然后脱掉斗篷盖在椒邱欣身上。

庆　忌　原本以为先生是个英雄,看来是庆忌看错了。

要　离　你都听到了?

庆　忌　听到了。

要　离　如此请世子处置。

庆　忌　其实还有其他办法可行,你依然应该刺我,但是我却可以不死,阖闾怕的只是我扰乱他的江山,夺取他的王位而已,如果天下人都知道庆忌死在要离的剑下,但是我却知道庆忌隐没在山林的话,你认为如何?

要　离　但是……

庆　忌　你想被天下人骂你背信弃义,自毁诺言吗? 或者说你愿意庆忌死在你的剑下吗? 依照我的办法可以保全你的名声,还可以保全我的性命,到时候你找阖闾交了旨,你我兄弟二人找一个远离尘世喧嚣的地方,每日谈文论武,纵酒言欢,岂不快哉?

要　离　向往之至啊,但是……

庆　忌　难道你还有更好的办法不成?

要　离　也只好如此。

庆　忌　如此一言为定?

要　离　一言为定!

第三场　庆忌住处

〔允兰在做针线,庆忌上。

庆　忌　为何还不休息?

允　兰　你不回来,我怎么能够睡得下。

〔允兰放下手中活帮庆忌脱衣服。

庆　忌　我自己来吧。

允　兰　站好!

庆　忌　你这双手本不是做针线的手,可是现在却在做,允兰,跟着我难为你了。

允　兰　人本无贵贱,难道有谁的手生来就是数金银的吗?

庆　忌　说的也是,但是,我终究是没能给你太多,委屈你了,对不起!

允　兰　公子,你今日好奇怪?到底怎么了?

庆　忌　我,我想成全要离。

允　兰　我知道,你说了,此事完了之后和他一起隐居山林,我喜欢那样的生活,我愿意伺候公子一生一世。

庆　忌　但是,你不是要离,我也不是。允兰啊,你可明白,我要是伐吴,让生灵涂炭,那我就是不仁,可我要是不报杀父之仇,那我就是不孝,要离和我一样,杀我他就是不义,但是不杀我,他就是不信,我和他一样,得其一也必将失去其一,我们的出路只有一条,那就是去死。

允　兰　难道你想……

庆　忌	是的!	

庆　忌　是的!

允　兰　不,公子,你不能死! 要离,要离!

　　　　〔允兰拿起宝剑,转身往下场门走。

庆　忌　站住! 你想干什么?

允　兰　我要杀了要离!

庆　忌　你要敢去,我现在就死在你面前,决不食言!

允　兰　公子你这是干什么,殿下你要想……

庆　忌　我已经决定了,无需多言!

允　兰　既然公子已经决定,好,我明白。

庆　忌　允兰,你对庆忌的好,庆忌将终生铭记,如果庆忌有对不起你
　　　　的地方,还请你不要与我计较。

允　兰　允兰永远是公子的奴仆,不管阳世还是阴间。

庆　忌　我,我想问你借一样东西。

允　兰　允兰明白。

　　　　〔允兰举起宝剑,递到庆忌面前。庆忌对着允兰深深一揖。

允　兰　公子万不可如此,允兰承受不起。

庆　忌　是庆忌对你不起。

　　　　〔允兰闭上眼睛,庆忌将宝剑刺进允兰的肚子。

允　兰　公子,痛! 真的有点痛!

　　　　〔庆忌紧紧地抱着允兰。

第四场　卫国校场

侍　卫　庆忌世子到!

　　　　〔鼓乐声起,庆忌和要离上,庆忌到椅子上坐定。

庆　忌　将士是否都已经集中完毕?

侍　卫　都已完毕,请世子训话。

庆　忌　弟兄们,你们都是一群热血男儿,你们的身体里流的是英雄

的鲜血,今有吴国国王阖闾违背天伦目无纲常,残害先王谋权篡位,下令追杀先王遗孤,意在赶尽杀绝,像这等样人真正是世间第一不义之徒,更有甚者,为了扩充给养,他居然率领手下军士进攻邻国比较富庶的郡县,并且屠杀手无寸铁的百姓,可怜好好的一个郡县片刻之间哀鸿遍野,血流成河啊,弟兄们,作为这个时代的义士,我们能容忍这样的事情继续发生吗?我们能容忍这样的不仁不义之徒继续存活于人世间吗?

众将士　不能!

庆　忌　那就挥起你们手中的长矛,打进吴国王宫,将阖闾碎尸万段,拆毁他的宫殿,掠夺他们的财宝和女人……

要　离　世子。

庆　忌　先生有什么话要说吗?

要　离　要离希望世子不要攻打吴国,还望世子三思。

庆　忌　你吃我的俸禄不为我分忧,反倒劝我不要征讨吴国,你可知道他杀了我的父王母后兄弟姐妹?你可知道他对我苦苦相逼,恨不得先杀之而后快?

要　离　知道,但是你可知道,你这是为了一己私仇让几十万的弟兄们跟着你去送死啊,你可曾替他们想过,可曾替他们的父母妻儿想过?

庆　忌　哦,那么以你之见呢?

要　离　放弃攻伐吴国。

庆　忌　我要是不愿意呢?

要　离　既然如此,你可知道要离究竟为何来到卫国?

庆　忌　原来我以为你是逃难来到卫国,现在看来是我错了,你到底意欲何为?

要　离　呵呵,要离受了我王阖闾意旨,专为刺杀你而来!
　　　　〔人声骚动。

庆　忌　刺杀我?就凭你?

要　离　就凭我!

庆　忌　你可曾听说我庆忌乃是天下第一勇士?你自认为以你之力

· 271 ·

杀得了我庆忌?

要　离　呵呵,在要离眼里你就是一个三岁小儿,杀你如同探囊取物!

庆　忌　那你准备何时动手?

要　离　此日此时此刻!

庆　忌　哦,是吗? 我倒要看看,你却如何杀我!

　　　　〔冷场。所有人都静静地站着。突然,要离身子一摆,从空着的袖管中飞出鱼肠剑直指庆忌。庆忌毫不躲闪,被刺中心脏。

要　离　啊,血,世子!

众将士　世子! 胆敢刺杀世子,杀了要离!

众将士　将他剁成肉酱!

庆　忌　住手! 敢单臂刺杀我庆忌的,放眼天下恐怕也就一个要离而已,真勇士也,若在一天之内死掉两个勇士恐怕上天也会不忍的,放他去吧。

　　　　〔庆忌拔出鱼肠剑,交到要离手里。

要　离　你骗了我,允兰,允兰!

庆　忌　允兰已死。

要　离　是你杀了她? 一定是你杀了他,世子!!!

庆　忌　其实庆忌也早有不活之心,能死于先生之手,乃是庆忌的福分。

要　离　要离啊要离,看看你都做了些什么,世子,你让要离如何在世间为人啊,要离追随你来了!

　　　　〔要离横剑准备自杀,庆忌一把抓住他的手腕。

庆　忌　你得去找我阖闾叔叔交旨!

要　离　世子为我而死,我又怎么能够独自存活于世!

庆　忌　你就不怕世人骂你背信弃义?

要　离　不怕!

庆　忌　好。你不怕,那你就愿意庆忌白白死去? 愿意你的妻子白白死去? 愿意椒邱欣、允兰白白死去?

要　离　这个……

庆　忌　死尚且不怕,难道还害怕活着不成? 去!

　　　　〔庆忌一脚踹在要离心口,把要离踹出,同时自己也倒了下去。

〔要离爬到庆忌身边,用手抹庆忌眼睛。

要　离　殿下,要离去,要离马上就去,你可以闭眼了!
〔要离抹庆忌的眼睛,对着庆忌三拜,站起下。

第五场　吴王宫

〔前台一盏定点光亮,要离坐在灯下,抬头呆呆地看着天。
〔要离魂上。

要离魂　你是不是有点后悔了?
〔要离轻轻摇头。

要　离　上天给每个人的机会都只有一次,包括生或死也是一次,所
　　　　以我根本没有能力去后悔。

要离魂　那你是……

要　离　我只是觉得很累,觉得心很疼。

要离魂　但是你很明白,你还不能休息,因为你还有很多的事要做。

要　离　我? 呵呵!

要离魂　庆忌死了,允兰死了,椒邱欣死了,先王宫里的人全死了。不
　　　　知道还有多少人要继续去死。

要　离　但是,这一切和我有什么关系? 我又能做什么? 我能阻止这
　　　　一切的发生吗?

要离魂　生于人世间,一个人甚而一草一木都有自己的责任,也许你
　　　　能做到。

要　离　也许? 呵呵。为了一个也许,看看我要离都失去了什么?
〔要离魂抓住要离的手,然后从地上抓起鱼肠剑放到他手
　　　　心里。

要离魂　你必须知道该怎么做,这一切都是注定了的,因为你是要离!
〔要离紧紧地抓住鱼肠剑。
〔灯光变化,现出吴王宫。

侍　卫	大王诏,宣义士要离上殿面君!
	〔灯光亮,阖闾稳坐,伍子胥相陪,要离站起,他已经明显憔悴。
要　离	草民要离,前来交旨!
	〔侍卫伸手准备接要离捧着的鱼肠剑。
要　离	大王,草民能否片刻之后再将宝剑归还?
阖　闾	为何?
要　离	因为……因为此剑乃是旷世名剑,草民想再把玩片刻。
阖　闾	准,要离,你为寡人立下不世之功,寡人一定重重赏你,来啊,宣寡人诏。
宦　官	大王令,今有要离者,勇于为国出力,刺杀叛逆庆忌,为寡人分忧,为国家解难,特封为殿前左将军之职。其妻子为国甘愿捐弃生命,当为国人楷模,令乡里修庙宇,享受四季烟火。伍子胥推荐贤才有功,官升相国!
伍子胥	谢大王! 先生快谢恩!
要　离	谢大王!
阖　闾	再赐御酒三杯!
	〔侍卫送酒上,要离喝完三杯。
阖　闾	要离,听说你刺杀我庆忌侄儿的场面是极其的精彩啊,说来让寡人听听?
	〔要离拜谢,虽然张口说话,但是口中不出声。
阖　闾	声音大点。
	〔要离再次张口不出声。
阖　闾	你说什么? 伍大夫,他说什么?
	〔伍子胥走近要离听。
伍子胥	大王,要离说他身体稍有不适,声音无法洪亮,以达天听,不如由要离述说,微臣代为复述,你看如何?
阖　闾	你代为复述,怎么能够说出惊心动魄的感觉,要离,近前来。
	〔要离往前跪爬两步,继续说话。
阖　闾	再近前来!
	〔要离往前跪爬两步,继续说话。

阖　间　再近前来！

　　　　〔要离爬到距离阖间两步的地方。

要　离　当时我和庆忌坐在一张长长的几案的两端,庆忌问,你为何
　　　　要杀我,我说我为大王杀,为天下人而杀你,庆忌一声冷
　　　　笑,他说就凭你,你杀得了我庆忌吗？于是草民就一跃而起,
　　　　(要离一跃而起,把鱼肠剑插进了阖间的脖子里)把鱼肠剑插进了庆
　　　　忌的脖颈。

阖　间　要离……你……

　　　　〔阖间倒地,在场的人除要离外全都愣住了。

　　　　〔要离呆立片刻,慢慢跪倒在地,对着阖间的尸体三拜九叩。

　　　　〔侍卫拿着兵刃想过来缉拿要离,伍子胥伸手制止。

要　离　要离此生浑浑噩噩,为了求事君王而忍心妻子身首异处,是
　　　　为不仁;为新王而杀老王之子,是为不义;为成就别人事业而
　　　　毁身灭家是为不智;有此三恶,却教要离如何立于人世？爱
　　　　妻,世子,允兰你们慢走,要离来了！

　　　　〔要离调转鱼肠剑对着自己的心口刺入,然后拔出,双手
　　　　举起。

要　离　宝剑草民已经把玩完毕,请大王收回。

伍子胥　先生,先生？

　　　　〔要离尸体屹立不倒。

伍子胥　请大王示下！

　　　　〔阖间慢慢地爬起,摇了一下脖子,扒开自己的衣领看了下。
　　　　然后走到要离身边,接过要离手中的鱼肠剑。

阖　间　不愧是旷世宝剑,连寡人最心爱的金丝甲都几乎刺穿。

伍子胥　来人,将叛贼要离碎尸万段！

　　　　〔兵丁得令往上涌,抓起要离。

阖　间　慢！

伍子胥　大王？

阖　间　他为何尸身不倒,双眼不闭？

伍子胥　这个……

　　　　〔阖间定定地看着要离,思索着。

- 275 -

阖　闾　王僚死了,庆忌死了,你死了,你的女人死了,你的儿子也死了,太多的人死了……

　　　　〔阖闾举起鱼肠剑,叹口气。

阖　闾　伍子胥伍大夫,拿着,去把它熔化了吧,铸成一只金樽。

伍子胥　大王?

阖　闾　兵者,凶器也。去吧!

　　　　〔伍子胥接过鱼肠剑。要离尸体倒地。

阖　闾　要离先生乃是忠义之士,其高风亮节,当为万世之楷模!厚葬!

伍子胥　厚葬!

侍　卫　厚葬!

侍　卫　厚葬!

侍　卫　厚葬!

　　　　〔音乐起,四侍卫抬起要离尸体慢慢绕场。

　　　　〔舞台灯光变红色,舞台上飘起雪花。

　　　　〔四侍卫抬要离下,舞台上剩红色的雪花。

　　　　〔闭幕。

　　　　〔剧终。

采茶戏

红　轿

马永继

　　毕业于首都师范大学戏剧影视文学专业,曾任广告公司编导,现任南昌市艺术创作研究所编剧。主要编剧作品有:大型南昌采茶戏《红轿》、《春暖花开》;电影《文益禅师》;情景喜剧《托管班的故事》(合作);另有小戏小品、微电影剧本若干。

　　《红轿》于2013年9月9日由南昌市采茶剧院有限公司(南昌市采茶剧团)首演。剧本入选"江西文艺创作与繁荣工程"项目扶持。2013年参加第五届江西艺术节暨第九届玉茗花戏剧节展演,获玉茗花优秀剧目奖、剧本创作三等奖。

时　　间：抗日战争时期。

地　　点：土库。

人　　物：胡　升——土库主。

　　　　　龙　根——轿夫头。

　　　　　春　娇——土库小姐，胡升独女。

　　　　　驼　佬——龙根养父，土库老仆。

　　　　　佐　野——日军军官。

　　　　　轿夫、家丁、管家、丫鬟、乡民、日本兵等。

第一场　欢　轿

[黑暗中，飘来山野歌谣：

　　弹指红颜老哎，

　　颠轿趁今朝。

　　生是一棵草哎，

　　死后野火烧。

[乐起。

[灯亮，土库祖堂前，轿夫舞轿，恣意徜徉。

[龙根领舞，鹤立鸡群。

轿　夫　(唱)嘿哟——

　　红轿颠一颠，

　　千沟万壑冲在前。

　　红轿颠一颠，

　　悬崖徒手攀峰岩。

　　红轿颠一颠，

　　上下进退心相连。

　　红轿颠一颠，

　　忘了时间忘了倦。

　　红轿颠一颠，

　　颠他个心跳气喘，

　　热汗淋漓快活赛神仙。

哈哈哈哈……

[舞毕，轿夫席地而坐，喝酒解渴。

轿　夫　痛快，兄弟们，歇一歇，抽口烟！

时　　间：抗日战争时期。

地　　点：土库。

人　　物：胡　升——土库主。

龙　根——轿夫头。

春　娇——土库小姐，胡升独女。

驼　佬——龙根养父，土库老仆。

佐　野——日军军官。

轿夫、家丁、管家、丫鬟、乡民、日本兵等。

第一场 欢 轿

[黑暗中,飘来山野歌谣:

　　弹指红颜老哎,

　　颠轿趁今朝。

　　生是一棵草哎,

　　死后野火烧。

[乐起。

[灯亮,土库祖堂前,轿夫舞轿,恣意徜徉。

[龙根领舞,鹤立鸡群。

轿　夫　(唱)嘿哟——

　　红轿颠一颠,

　　千沟万壑冲在前。

　　红轿颠一颠,

　　悬崖徒手攀峰岩。

　　红轿颠一颠,

　　上下进退心相连。

　　红轿颠一颠,

　　忘了时间忘了倦。

　　红轿颠一颠,

　　颠他个心跳气喘,

　　热汗淋漓快活赛神仙。

哈哈哈哈……

[舞毕,轿夫席地而坐,喝酒解渴。

轿　夫　痛快,兄弟们,歇一歇,抽口烟!

时　间：抗日战争时期。

地　点：土库。

人　物：胡　升——土库主。

　　　　龙　根——轿夫头。

　　　　春　娇——土库小姐，胡升独女。

　　　　驼　佬——龙根养父，土库老仆。

　　　　佐　野——日军军官。

　　　　轿夫、家丁、管家、丫鬟、乡民、日本兵等。

第一场　欢　轿

　　〔黑暗中,飘来山野歌谣:
　　　　弹指红颜老哎,
　　　　颠轿趁今朝。
　　　　生是一棵草哎,
　　　　死后野火烧。
　　〔乐起。
　　〔灯亮,土库祖堂前,轿夫舞轿,恣意徜徉。
　　〔龙根领舞,鹤立鸡群。

轿　夫　(唱)嘿哟——
　　　　红轿颠一颠,
　　　　千沟万壑冲在前。
　　　　红轿颠一颠,
　　　　悬崖徒手攀峰岩。
　　　　红轿颠一颠,
　　　　上下进退心相连。
　　　　红轿颠一颠,
　　　　忘了时间忘了倦。
　　　　红轿颠一颠,
　　　　颠他个心跳气喘,
　　　　热汗淋漓快活赛神仙。

　　　　哈哈哈哈……
　　〔舞毕,轿夫席地而坐,喝酒解渴。
轿　夫　痛快,兄弟们,歇一歇,抽口烟!

轿夫甲	嘿,龙根啊,你小子还真有两下子,难怪能当轿夫头啊。
龙　根	我还有更绝的呢!
轿夫乙	使出来瞧瞧,让我们也开开眼。
龙　根	还不到时候。
轿夫丙	驼老爹倒是知道时候,家里藏着这么一个高手儿子,现在才带到土库来。
轿夫丁	就是,就是,要早来,我们也能多学两手功夫啊。
龙　根	(笑笑)现在也不晚呐。
轿夫甲	(坏笑)不过我们可不会白学你的,我们也有一手功夫要教给你。
龙　根	哦,什么功夫?

〔四轿夫相视嘿嘿地笑。

| 轿夫甲 | 这可是门好功夫,练一练,肉麻骨酥,浑身舒服! |
| 龙　根 | 这么好的功夫,使出来看看。 |

〔轿夫们嘿嘿笑。

轿夫甲	现在? 使不了……条件不成熟?
龙　根	什么条件?
四轿夫	一公一母,脱衣解裤!

〔众人哄笑。

龙　根	这还用你们教,我自己在行着呢!
轿夫乙	别吹牛,小娃崽,我看你呀还没尝过女人的滋味呢!
轿夫丙	尝过你就放不下喽!
轿夫丁	晚上带你花楼尝一口去! 嘿嘿。

〔轿夫起哄、大笑。

| 轿夫甲 | 你是不知道啊,这鄱湖水养的女人呐——(唱) |

　　　　水汪汪的眼睛会勾魂,

轿夫乙	(唱)粉嫩嫩的小嘴迷死人
轿夫丙	(唱)娇滴滴的声音粘耳根。
轿夫丁	(唱)火辣辣的身子解乏困。
轿夫甲	龙根,大小姐又送来酒,来犒劳你了!

〔众推龙根。

| 轿夫甲 | 龙根,你的绝招该使出来了吧。 |

〔轿夫哄笑下。

〔春娇提酒上，捡到龙根毛巾，听见响动。

春　娇　谁啊？你出来！

〔春娇绕寻龙根，猛见龙根，吓了一跳。

龙　根　大小姐，是我。

春　娇　我就知道是你。

〔春娇倒酒，龙根喝酒。

龙　根　大小姐，再来一碗。

春　娇　你到这土库有一个月零七天了。

龙　根　（想了想）唔，大小姐，你记得真清楚。

春　娇　都说你舞轿技术一流啊。

龙　根　不敢不敢。

春　娇　不敢？你不敢？我看你——胆子大得很呢！

龙　根　（莫名）我……怎么了？

春　娇　你是个小偷。

龙　根　啊？我……

春　娇　进土库第三天，你就偷东西了。

龙　根　我没有啊，我偷什么了？

春　娇　你偷走了——我的心。

龙　根　（错愕）啊？这，这是从何说起啊……

春　娇　你别装傻……我都看见了。

龙　根　看见什么？

春　娇　摸摸你的衣服口袋。

〔龙根迟疑。

春　娇　你掏出来。

〔龙根低头。

〔春娇径直上前，从龙根的口袋里掏出一个包好的心形香囊。

春　娇　这是什么？

〔龙根无语。

春　娇　你居然偷我的香囊？

龙　根　不是偷的，那天也不知是谁，把这个香囊放进我的衣服口袋里。

春　娇　(偷笑,旋即装严肃)瞎说八道,那你怎么不送来还给我?

龙　根　我不知道是大小姐的。

春　娇　上面不是有"春娇"两个字么?

龙　根　我,我,我又不识字。

　　　　[春娇一副怒气难消的样子。

龙　根　大小姐,对不起,还给你。

春　娇　龙根,我不喜欢对不起这三个字,你也永远不必跟我说对
　　　　不起。

春　娇　一股子汗酸味,香囊都变臭囊了,送给你吧。

　　　　[龙根把香囊收好,放回贴身口袋。

　　　　[春娇端看新轿。

龙　根　(马上来了兴致)这是土库新打的红轿,气派吧,你看这几个鎏
　　　　金大字:千秋福禄,万世恒昌。

春　娇　你识字?

龙　根　呵呵,就认这几个。(转移话题)这轿子啊,是我见过最最漂亮、
　　　　最最气派的轿子。

春　娇　(醋意)最最漂亮?

龙　根　你来看,(对轿比划,唱)

　　　　　　轿顶四檐凹又翘,

　　　　　　轿厢宽敞够睡觉。

　　　　　　轿杠凸起似拱桥,

　　　　　　轿身轻盈做工好。

春　娇　哼! 好什么好! 谁不是凸的凸,凹的凹!

龙　根　什么?

春　娇　这轿有这么好么? ……那我问你,(唱)

　　　　　　春娇我若比新轿,

　　　　　　哪个俏来谁更妖?

龙　根　(唱)大小姐,莫逗笑,

　　　　　　人轿两样比不着。

春　娇　(唱)我看是你不开窍。

怎么比不着？

龙　根　(唱)那你比给我瞧一瞧。

春　娇　你听好,(唱)轿厢比腰宽七寸,

轿杠比腿长三分。

轿盖不到我耳根,

轿身比我沉百斤。

龙　根　怎么有整又有零？不过,一听就不对嘛！真要是这样的话,
那这轿子就坐不下人喽！

春　娇　怎么不对,咱们打赌,输了罚酒！

龙　根　(疑惑)赌？

春　娇　怎么,你怕了？

龙　根　怕,怕什么！赌就赌,轿子的尺寸我知道,现在你说说,你的
腰宽多少,腿长多少？

春　娇　不知道,自己量！

龙　根　量？(迟疑一会儿)量就量！

〔龙根上前,犹豫不敢触碰春娇,

春　娇　你量啊！

〔龙根量春娇的腰。

春　娇　你再来量量我的肩。

〔龙根害羞。

春　娇　啧啧啧,这还没罚酒,你的脸怎么就红了！哈哈哈哈！

龙　根　(尴尬)罚酒罚酒！明摆着是你输了嘛！

春　娇　我输了？还有一样没比呢？

龙　根　哪样？

春　娇　味道！

龙　根　(不解)什么味道？

春　娇　你来！

〔春娇猛地亲了龙根一口。

〔龙根瞪大眼睛,像触电一般呆立。

春　娇　这个味道轿子没有吧？哈哈哈！

〔龙根回过神,四下看看。

龙　根　你疯了？

春　娇　你怕什么！来来来，咱们各有输赢，一块喝！

　　　　　〔春娇抱坛倒酒，连喝了两碗。

龙　根　好了，好了，再喝你就醉了。

春　娇　醉了更好！你说，我比这顶轿子美么？

龙　根　美！

春　娇　妖？

龙　根　妖！

春　娇　香？

龙　根　香！

春　娇　那你是愿意扛我，还是愿意扛轿子？

龙　根　我愿意……哎呀，你坐在轿子里，我扛轿子不就是扛你么。

春　娇　好！（站起）那我就来坐坐这新轿！

龙　根　（忙拦住）不行不行，大小姐，按规矩，这头回轿啊得老爷坐！

春　娇　（任性）哼！我偏坐！

　　　　　〔说着，春娇掀起轿帘，钻进轿子。

龙　根　（着急无奈，四下看）哎呀！

春　娇　你进来！

　　　　　〔龙根迟疑。

春　娇　你聋了！我让你进来！

　　　　　〔春娇一把拽龙根进轿。

　　　　　〔轿内春娇、龙根声音：

　　　　　　　上来呀，舒服么……（唔，大小姐）

　　　　　　　不要叫我大小姐了，叫我春娇……（春娇。）

　　　　　　　两边的扶手好滑，你摸摸，来呀，你怕什么嘛……（我……）

　　　　　　　咦，你背上的疤，怎么回事？……（哦，没什么。）

　　　　　　　年纪轻轻，怎么能当轿夫头！（我技术好！）我不信！（那就试试！）

　　　　　〔春娇咯咯笑声。

　　　　　〔轿子一阵乱晃。

　　　　　〔远处，隐隐传来炮声。

〔龙根挣扎着钻出来,衣衫不整。

龙　根　(看看天)晴天响雷?不对,……好像是炮声啊。

　　　　〔春娇钻出来,再次拽龙根进轿。

春　娇　雷也好,炮也好,给我轿里说去!

　　　　〔龙根回头看着衣衫不整的春娇,四目相接,忽然,猛地将她
　　　　抱进轿子。

　　　　〔幕后伴唱:

　　　　　　弹指红颜老哎,

　　　　　　颠轿趁今朝。

　　　　　　生是一棵草哎,

　　　　　　死后野火烧。

　　　　〔远处炮声更大了,土库微微震颤。

　　　　〔大红轿子开始有节奏地晃动起来……

　　　　〔炮声近,似雷响,轿在抖。

　　　　〔胡升上,瞻前顾后,神情紧张。

胡　升　(唱)无来由神经紧绷,

　　　　　　风吹草动心也惊,

　　　　　　是谁?

　　　　　　蹑手蹑脚暗跟踪,

　　　　　　是谁?

　　　　　　暗夜里怒目圆睁,

　　　　　　是谁?

　　　　　　举起尖刀寒光冷。

　　　　　　是谁?是谁?

　　　　　　我理不清,想不明。

　　　　　　打新轿,拜祖先,

　　　　　　消灾消难祈福压惊。

　　　　〔入祖堂,一转身,看见吱呀晃动的轿子,一惊。

　　　　〔胡升步步逼近……

　　　　〔轿里喘息急促,欢声迭起……

胡　升　(怒吼)谁?滚出来!……龙根……春娇。

〔轿止。

〔骤静。

〔龙根、春娇钻出轿,慌乱穿衣系扣。

〔胡升脸色铁青,拐棍、酒坛噼里哐啷砸过去。

〔春娇忙护着龙根。

春　娇　爸,别打了,爸!

胡　升　我不是你爸! (指着轿子)你们干的好事!

　　　　〔龙根跪下,

胡　升　你个王八蛋! 狗东西! (唱)

　　　　　　祖先面前敢放肆,

　　　　　　无法无天不知耻。

　　　　　　光天化日,

　　　　　　干了这等龌龊事,

　　　　　　污了新轿,

　　　　　　日后必定招晦气。

龙　根　老爷,我错了……

胡　升　错了? 哼,(唱)

　　　　　　莫怪胡某无情义,

　　　　　　赎罪要你拿命抵。

　　　　　　长鞭抽背脊,

　　　　　　沉尸入湖底。

　　　　　　再拜祖先除晦气,

　　　　　　胸中恶气方平息。

春　娇　爸,饶了我们吧,

胡　升　他犯了土库家规,就要听凭我的处置。

春　娇　(哀求)爸! 我们知道错了!

胡　升　晚了! 来人,把龙根给我绑起来,扔到鄱阳湖喂鱼!

　　　　〔龙根一惊,一时回不过神来,

龙　根　(旁唱)

　　　　　　酒醒命将休,

恍若梦中游。

只是报不了父母冤仇,

舍不下春娇温柔,

放不下红轿悠悠。

走,走,走,

莫回头,

来世再报恩和仇,

敢作敢当亦风流。

(站起来)老爷!既然我犯了土库家法,听凭老爷处置!

春　娇　(拉龙根跪下)爸!您饶了我们!

胡　升　(坚决)带走,沉湖!

[驼佬冲上,扑通跪下,

驼　佬　老爷,龙根犯了什么错啊!

胡　升　死驼子,滚开。

驼　佬　(不断磕头)老爷,老爷,您饶逆子一条小命吧!

[胡升不理会。

胡　升　(震怒)你知道他都干了些什么!

龙　根　爸!是我自己犯下大错,我甘愿受死!

驼　佬　(呵斥)住口!老爷,您放他一条生路,我们父子两个这辈子做
　　　　牛做马,报答您的大恩大德!老爷……再说,龙根这么好的
　　　　轿夫头,不好找啊!祭新轿的时候……

胡　升　你在威胁我么?

驼　佬　不不不!

胡　升　我还就是不吃这一套!

驼　佬　(磕头哭号)老爷!老爷啊!

胡　升　带走!

[家丁上前,春娇护住龙根。

春　娇　住手!

胡　升　放肆!

春　娇　爸,

　　　　(唱)老父听我一句话,

· 288 ·

　　　　　　错在春娇不在他。

　　　　　　怪我任性把酒恰，

　　　　　　酒后糊涂坏家法。

　　　　　　黄豆既已磨成豆腐花，

　　　　　　求老父成全了我和他。

　　　　爸,我喜欢龙根,我爱他,我要嫁给他!

胡　升　什么? 不要脸!

春　娇　爸,我自己的事自己做主!

胡　升　自己做主? 整个土库都是你爸我做主!(气极,快说不出话)你,
　　　　你……回头我再收拾你! 来人! 绑龙根沉湖!

春　娇　(拦家丁,大声)你们谁也不许动他,龙根要是死了,我也不活了!

龙　根　春娇。

春　娇　龙根,

　　　　(唱)要打一起打,

　　　　　　要杀一块杀。

　　　　　　天堂地狱,海角天涯,

　　　　　　春娇此生都跟随他!

胡　升　(大怒)反了! 反了! 来人,把小姐带回房,严加看管!

　　　　〔传来一声爆炸巨响,震耳欲聋,众人惊恐。

　　　　〔随即,枪炮声,惊恐呼号声,鸡飞狗跳声混成一片。

胡　升　(大惊)出什么事了?

管　家　(惊慌跑上)老爷,日本鬼子杀到家门口了!

胡　升　(仓惶)啊! 日本鬼子来了? 快! 快走!

管　家　来不及了!

　　　　〔一阵日军队伍脚步声过后,舞台两侧,亮出一排刺刀。

　　　　〔佐野上,

日　兵　站住,回去(日本话)

佐　野　谁地说话管事的!

胡　升　(惊魂未定)我……我是土库主人!

佐　野　主人? (看到家丁押着龙根)这是要做什么!

胡　升　犯了家规,我要把他扔到湖里喂鱼!

　　　　　　　　　　　　　　·289·

佐　野　我知道……(顿了顿)你们中国的皇帝登基,都要大赦天下。
　　　　(指着龙根)现在,我赦免他了! 哈哈哈哈……
胡　升　可是——
佐　野　从现在起,大日本皇军才是这土库的主人!
　　　　〔收光。
胡　升　日本人赦免了你,我没有! 这土库终归是我说了算!
　　　　〔灯暗。

第二场　恨　轿

　　　　〔一片漆黑。
　　　　〔一声鞭响,抽出光一束。
　　　　〔光束下,龙根光着脊背,身材健硕,低头站立。
　　　　〔又一声鞭响,抽出光一束。
　　　　〔光束下,驼佬手执长鞭,体态扭曲,神情阴冷。
　　　　〔第三声鞭响,灯光大亮。
　　　　〔龙根站在红轿旁,任由驼佬鞭打。
驼　佬　你个不孝子,胆大包天,仇人的女儿也敢搞! 深仇未报,还甘
　　　　愿送死! 我说过多少次,要小心行事,你都没听进去! 我打
　　　　你……我打! 打! 打! 打!
　　　　〔鞭飞如电闪。
　　　　〔驼佬力竭无语。
　　　　〔龙根伤痕累累,一声不吭,驼佬忽然扑通跪下。
驼　佬　(自责)少爷,少爷……你骂我两句,抽我两鞭子吧!
龙　根　做错事的是我,为什么要打你!
驼　佬　可奴才怎么能打主子呢?! 我罪该万死!
龙　根　我是你儿子,不是什么主子。
驼　佬　你是,你是真正的土库主,是这百亩宅院,千顷良田的主人!

· 290 ·

胡升只是个忘恩负义的奸贼,是土匪强盗。

龙　根　谁知道?

驼　佬　我知道! 老天爷知道啊!

(唱)一样的夜黑风高,

一样的鄱湖小道。

奸人胡升扮强盗,

磨尖刀,设圈套。

杀你父母在半道,

鲜血染红整顶轿。

亏得还有天公道,

留下你娘命半条。

舍命生下你在荒郊,

临死嘱将儿细照料。

有朝一日杀胡升把仇报,

再坐这土库的大红轿。

龙　根　(站起,围转着红轿看,唱)

这红轿,火一般,

每次点燃心中火一团。

白日诅咒仇人千万遍,

夜间偷袭刺杀勤演练。

二十年紧绷着这根弦,

怎么见了春娇软如棉。

驼　佬　幸好,老天保佑,捡回了一条命。

龙　根　还得感谢小鬼子呢,来得正是时候。

驼　佬　第一次看胡升老贼被灭了威风。

龙　根　他也有害怕的时候。

驼　佬　又是枪,又是炮的,差点没把土库掀翻了,能不怕吗?

龙　根　怕就好。

驼　佬　龙根,我们不管小鬼子和胡升的恩怨,报仇才是头等大事。

别再和土库小姐搅在一起了,不能再错下去了。

〔龙根沉默。

驼　佬　你喜欢上她了？

龙　根　没有！

驼　佬　他可是你仇人的女儿啊?！你不能和他搞到一起。

龙　根　我和仇人的女儿搞到一起,不等于我不报仇！

驼　佬　少爷,只要你杀了胡升,报了父母深仇,当上这土库主,女人还不是要多少有多少？

龙　根　你不懂,不一样。

驼　佬　我不懂,我看你是被这小妖女迷住了,我们二十年都忍过来了,不能因为一个女人,毁了复仇大计。为你惨死去爷娘,你必须断绝和她往来。知道吗？(咳嗽)

龙　根　爸,我知道了。

驼　佬　又快到你爷娘的忌日了。

龙　根　爸,老规矩,一年刻上一道。

　　　　〔龙根跪地,驼佬取出一枝发簪,俯身刺背。

驼　佬　(不忍)等养好伤再说吧。

龙　根　不用,现在刻,记得更牢。

　　　　〔驼佬用发簪在龙根的背上划,鲜血渗出。

　　　　〔龙根咬着衣襟,大汗如豆。

驼　佬　好！(唱)一年刻上一道痕,

　　　　　　只为记得报仇恨。

　　　　　　二十道疤似铁针,

　　　　　　针针扎在我心门。

　　　　　　莫说心太狠,

　　　　　　只道冤仇深。

　　　　〔拭去鲜血,驼佬把发簪递给龙根。

驼　佬　这是最后一次,报了仇,就不需要再刻了。你娘的遗物,你好好保管。(龙根疑惑接过发簪)刻了二十道了,还报不了仇,把背都刻花了也没用……

　　　　〔驼佬帮龙根披上衣服。

驼　佬　你等着,我去拿药来。(下)

　　　　〔龙根端看簪子。

龙　　根	这是我娘的发簪,娘,娘啊!
	(唱)看发簪,想亲娘,
	不曾见过娘的模样。
	是高是矮,
	是瘦是胖,
	爱穿什么样的衣裳,
	是不是也像春娇那样,
	眼睛透亮,秀发长长。
	娘……
	〔龙根娘上
龙根娘	龙根。
龙　　根	娘。
龙根娘	龙根。
龙　　根	娘。
龙根娘	龙根,想娘了吧?
龙　　根	嗯,想。
龙根娘	娘也想你,让娘看看你的伤,崽啊,疼么?
龙　　根	不疼。
龙　　根	娘,你放心,我一定要给爸,给你报仇;娘……
	娘,你知道吗,我有了自己心爱的女人;娘……
	娘,你不要走,儿子想你,娘,不要再走了……
	〔娘渐渐消失,龙根回到现实。
	〔龙根端看发簪,春娇暗上。
春　　娇	龙根,龙根……你是在想我么?
	〔龙根忙藏起发簪、香囊。
龙　　根	你怎么来了?
春　　娇	这是我家,我想来就来!
龙　　根	到处都是日本鬼子。
春　　娇	为了见你,我才不怕呢。(忽然发现龙根身上有伤)你受伤了? 我看看!
龙　　根	(扯紧衣服)没,没有!

293

春　娇　把衣服脱了！让我看看你的伤。

龙　根　真的没有！

春　娇　（命令）脱！

　　　　〔春娇急了，跑过去，一把扯下龙根的衣服，露出满背的伤痕。

　　　　〔春娇惊呆，眼泪打转。

春　娇　（气愤）谁啊？谁打的！是不是我爸叫人……

龙　根　不不，不是！没事，你别管了。

春　娇　那是谁？（见驼子送药、纱布上）老驼子，一定是你！

驼　佬　哼！（下）

龙　根　春娇，是我自己让他打的！

春　娇　你这个傻瓜！……龙根，你坐……

　　　　〔春娇用丝巾轻拭伤口血迹。

春　娇　（唱）背上道道血印红，

　　　　　　　　春娇心中针扎痛。

　　　　〔春娇轻轻吹着龙根后背的伤口。

龙　根　（唱）背后暖暖温柔风，

　　　　　　　　赛过妙药减疼痛。

　　　　〔春娇用白纱缠了龙根一圈，

春　娇　（唱）一道白纱轻轻拢，

　　　　　　　　缠住我俩轿中情。

　　　　　　　　从此手相牵心相应，

　　　　　　　　不离不弃生死与共。

　　　　〔春娇将白纱一圈一圈绕着龙根。

龙　根　（唱）这白纱，柔如梦，

　　　　　　　　似水温柔绕心胸。

　　　　　　　　这白纱，冷若冰。

　　　　　　　　复仇路上铁索横。

　　　　〔龙根转、转、转，转开缠好的白纱。

春　娇　你不要担心，等赶走了鬼子兵，我再去向我爸求情……就算
　　　　是死，我也要和你在一起。

　　　　〔春娇上前，一圈圈再次缠绕。

龙　　根　（旁白）死,我不怕,我怕伤春娇的心。春娇,对不起。

春　　娇　龙根,我爱你,我们要和你在一起,不管发生什么!

　　　　　〔春娇却抱得更紧了,忽然,传来胡升咳嗽声,慌乱中,春娇推
　　　　　　龙根进轿子。

　　　　　〔胡升上,

春　　娇　爸!

胡　　升　大晚上,出来乱跑什么,没看到土库里到处是鬼子?

春　　娇　土库到处都是汽油味,我闷得慌,出来透透气。

胡　　升　鬼子在这建了汽油库,你就忍忍吧!

春　　娇　干嘛要忍着?我听说,好多地方都在抗日呢!

胡　　升　抗日?那是穷鬼干的事!我还想保住这祖宗基业,多活两年
　　　　　呢!现在,就当是破财消灾了……

　　　　　〔胡升走近轿子。

春　　娇　爸,你陪我回去……我怕!

胡　　升　怕?怕还跑出来?走吧……走啊,记住,别再提"抗日"这两
　　　　　个字了,会要命的!

春　　娇　知道了。（同下）

　　　　　〔龙根从轿中走出。

龙　　根　春娇,对不起了,夜长梦多,我要动手了。

　　　　　〔切光。

第三场　疑　轿

　　　　　〔深夜,祖堂。

　　　　　〔巡更家丁抽烟,日军集合,一片喧闹。

　　　　　〔灯光照亮龙根,手持利刃,目露凶光。

龙　　根　（唱）鬼子叫嚷,

　　　　　　　人心惶惶。

今夜复仇在望，

祖堂偷偷把身藏。

待仇人进祖堂，

出其不意，趁其不防，

尖刀刺入他的胸膛，

报仇雪恨，血债血偿，

告慰九泉之下爹和娘（父母双亲），

再重整家业，

风风光光做回土库王。

〔龙根隐入暗处。

〔胡升上，

胡　升　（唱）乱纷纷，纷纷乱，

土库遭遇这大灾难。

钱和粮，吃和穿，

件件不敢有怠慢。

只忙得我晕头转向，

跌跌撞撞腿脚酸。

只盼鬼子早走远，

太平日子如往常。

拜祖先，驱祸患。

求轿神，保平安。

〔胡升焚香拜祖，跪地磕头。

〔龙根手持寒光利刃，现身胡升背后。

〔胡升虔诚叩拜，没有察觉。

龙　根　（唱）二十年等待这一刻，

利刃手中紧紧握。

为什么？

我心颤抖，手哆嗦。

怕什么？

他自作孽，不可活。

我手起刀落，

一刀就能报仇雪恨,将他结果。

[龙根步步逼近,高举尖刀。

[忽然,"啪啪"幕后几声枪响,"杀人啦! 杀人啦……"惊呼声,龙根速隐。

[幕后有人惊恐哭嚎,一片混乱,胡升站起,

[管家慌乱上,

管　家　老爷,不好了,不好了,鬼子杀人啦!

胡　升　怎么回事?

管　家　鬼子抓了许多乡民和土库里的人,正在审问谁是抗日家属,不说就杀!

[又是两声枪响,心惊肉跳。

胡　升　啊,快去看看,(喊)太君,太君。

[胡升迎上佐野。

胡　升　太君,请上座,消消气。

佐　野　你地知道对抗皇军的下场。

胡　升　是是,不敢不敢。

佐　野　有人举报,土库里藏了抗日家属,这些人统统地杀掉!

胡　升　太君,你听我说,我最了解这帮臭种地的,他们连我家的狗他们都不敢反抗,哪敢反抗大日本皇军。

佐　野　(揪起胡升)八嘎,你把皇军比作狗?

胡　升　(惊恐)不不不,我是说我们这种破地方,没有抗日的,我保证也没人敢抗日。

佐　野　那你呢?

胡　升　我就更不敢,胡某是绝对绝对效忠皇军的!

佐　野　你地替他们说话?

胡　升　他们……他们不能就这么死了啊,他们欠了我多少租子,多少钱呐! 几辈子都还不完,就这么死了,我亏大了我! 以后谁种地、谁交租,我拿什么孝敬皇军呐!

佐　野　(嘿嘿笑)胡升,你的狡猾狡猾的。

胡　升　(赔笑)是是,您就高抬贵手,放过他们吧!

佐　野　你保证?

胡　升　我保证。

佐　野　拿什么地保证?

胡　升　太君……

佐　野　二十块大洋。

胡　升　(笑)好好。

佐　野　一条命!

胡　升　(迟疑)这……

佐　野　要不就统统杀掉!

胡　升　(一咬牙)好吧!……管家,拿五千大洋,不够的,就拿几件玉器凑。

管　家　是是。

佐　野　哟嘻,玉器地好,玉器地好,胡老爷,我这不是给你面子,这是皇军仁慈,赦免了他们,明白么?

胡　升　明白!明白!

佐　野　抗日的都没好下场,明白么?

胡　升　明白!

佐　野　皇军不是要你这点钱和古董,我们要的话,你地土库都是我的,明白么?

胡　升　明白!

佐　野　皇军、大日本天皇才是这土库的主人,你明白么?

胡　升　明白!

管　家　老爷,都备好了!

胡　升　太君,好了。

佐　野　放人。(下)

　　　　〔胡升对着佐野的背影啐了一口,然后,瘫坐下了,长叹一口。
　　　　〔灯光照亮黑暗中的龙根。

龙　根　(唱)舍家财救农户,
　　　　　　　胡升唱的是哪一出?
　　　　　　　平日里吝啬又恶毒,
　　　　　　　今日发善心救助。
　　　　　　　是精打细算把利图?

　　　　是救苦救难的活菩萨？

　　　　是阴险狡诈的老地主？

　　　　我看不清，摸不透，

　　　　杀与不杀我犯嘀咕。

　　　〔驼佬上，

驼　佬　龙根，你怎么还没杀了他啊，你在做什么？

龙　根　爸，他……救了乡亲们的命。

驼　佬　乡亲们的命，可他杀了你的亲爷和亲娘！

龙　根　爸，乡亲们可是三百多条人命呢？

驼　佬　少爷，他那是猫哭耗子——假慈悲！

龙　根　可是——

驼　佬　可是什么？！他可是你的杀父仇人，为了杀他，我们足足等了
　　　　20年，龙根，这可是千载难逢的机会，趁日本鬼子在，你一定
　　　　要杀了他，报仇雪恨，做回你的土库主人！

　　　〔龙根再次举起尖刀。

　　　〔一阵喧闹，乡亲涌入祖堂，扑通跪下，感激涕零。

　　　〔龙根举刀立在人群中，不知所措，身旁不知是谁，拽倒龙根，
　　　　按下他一齐磕头跪拜。

　　　〔转身刹那，胡升似乎察觉了什么。

乡　民　老爷啊，谢谢老爷救命之恩！我们就是当牛做马也要报答……
　　　　活菩萨……积德行善有好报！有好报啊！

　　　〔胡升傲然端坐。

　　　〔待感恩之声渐息，胡升摆摆手。

胡　升　好了！（肃静）我胡升是这土库主，我不救你们，谁救？

乡　民　是是是，谢谢老爷花钱买我们的贱命！

　　　〔一片感激之声。

胡　升　要还的！（静场）

管　家　一人二十大洋，外加五分利息！

乡　民　是是。

胡　升　现在，你们的钱、你们的地、连上你们的命都是我的！你们记
　　　　住，都欠着我一条命。

[村民静默。

胡　升　好了,都干活去吧!

　　　　　[乡民散去,龙根、驼佬跪地留下。

驼　佬　胡升,拿命来!

　　　　　[忽然,驼佬一个箭步冲上,一刀猛刺,胡升受伤,家丁等将龙
　　　　　根、驼佬控制。

胡　升　王八蛋,早发现你有鬼! 前日饶你不死,现在你却来送死!

龙　根　你该死! 你这杀人恶魔!

胡　升　杀人恶魔? 老子刚刚救下了几百乡亲。

乡　亲　谢谢老爷。

龙　根　假慈悲,还我爷娘命! 还我土库!

胡　升　(一惊)你到底是谁?

龙　根　我是谁? 你还是先想想你是谁?

胡　升　(端详龙根,忽然一惊,旋即又笑)哈哈哈,你终于来了。这些年,我
　　　　　真是后悔啊……

龙　根　你会后悔?

胡　升　我后悔,没在你娘的肚子上补一刀,留下你这祸害。

　　　　　[龙根咬牙切齿。

驼　佬　忘恩负义,禽兽不如!

胡　升　死驼佬,没想到,你潜伏在这土库这么多年,居然还培养了这
　　　　　么一个出色的轿夫……不过,可惜……

驼　佬　你会遭报应的!

胡　升　遭报应,你们也没机会看到了! 把他们押到后院,先关起来。

　　　　　[春娇冲上,

春　娇　爸,你要你要干什么?

胡　升　闺女,你没看到他要杀你爷啊!

　　　　　[春娇望着龙根。

龙　根　对不起。

春　娇　又是对不起。可这到底是为什么?

龙　根　是因为你爸做了孽,他该死! 杀了我亲爷亲娘,夺了土
　　　　　库……

胡　升　押下去！押下去！
　　　　〔驼佬、龙根被押下。
春　娇　(质问)这是不是真的？爸！
胡　升　把小姐带回房里，没有我的命令，不许她出房门半步！
　　　　〔春娇被拉下。
胡　升　(长叹)今天晚上，终于可以睡个安稳觉了！
　　　　〔灯暗。

第四场　喜　轿

　　　　〔土库大黑屋。
　　　　〔蛙鼓虫鸣，分外宁静。
　　　　〔驼佬和龙根蜷坐在两个角落，驼佬沉重，龙根释然。
驼　佬　(痛苦惊醒，唱)
　　　　　　梦里红绸高高挂，
　　　　　　庆功唢呐嘀嘀哒
　　　　　　醒来四周黑压压，
　　　　　　悲痛漠然没有话。
　　　　　　二十年苦心来谋划，
　　　　　　一夜间地陷天又塌。
　　　　　　刺杀不成反被抓，
　　　　　　身陷牢笼待宰杀。
　　　　　　就算是千刀万剐，
　　　　　　驼佬也毫不惧怕。
　　　　　　只怕到了九泉之下，
　　　　　　老爷夫人来问话，
　　　　　　驼佬我无颜以答。
　　　　　　深仇未报负所托，

还把少爷性命搭。

哎呀呀,来世做牛马,

还恩情赎罪受罚。

龙　　根　（甜蜜睡醒,发笑又发呆,嗅嗅春娇的香囊,唱）

梦醒听虫鸣,

头脑空空心宁静。

自知活不成,

内心反轻松。

卸下了仇恨几多重,

夜夜枕着春娇的温柔入美梦。

在梦里,

她一双眼睛水灵灵,

眼中映出我的身影。

在梦里,

她身姿妙曼如柳藤,

与我紧缠绕拧麻绳。

在梦里,她——

野蛮又任性,

温柔又多情。

我正要将她抱入轿中,

美梦被惊醒。

驼　　佬　（大声）仇未报,你怎么还能睡得着。你忘了你的深仇大恨
了么?

龙　　根　记得,可记得又有什么用?

驼　　佬　（痛苦长叹）唉,可怎么有脸见你的爷娘!

龙　　根　爸,妈,儿子不孝,大仇未报,心里却只想着仇人的女儿。我
好累,我好累,但是我没忘记我们家的血海深仇,没有忘记。
只要我还能活着出去,一定会杀胡升报大仇,夺回土库!

驼　　佬　（失落绝望）晚了!（隐去）

　　　　　〔龙根沉默,倚墙角,渐入梦乡。

　　　　　〔春娇上,

〔幕后伴唱：

　　　天意弄人，

　　　心上人变仇人。

　　　旧愁新恨，乱纷纷。

春　娇　龙根。

　　　〔龙根醒，以为是梦境。

龙　根　春娇。

春　娇　我爸不让我出来，我是趁夜深无人，偷偷跑来的！龙根，你放
　　　下仇恨吧，要知道，你们一个是我的亲人，一个是我的心
　　　上人。

龙　根　我每天都会梦见你，（凝视春娇，伸手轻抚春娇）你的眼睛，你的头
　　　发，你的体温，你的味道……

春　娇　（感动）我又何尝不是……（唱）

　　　夜夜梦，日日想，

　　　梦见哥哥去远方。

　　　半夜惊起烧佛香，

　　　梦醒双泪挂脸庞。

　　　春娇我越想心越慌，

　　　哭求老父把你放。

　　　不想老父亲他硬了心肠，

　　　哪怕春娇要挟要悬梁。

龙　根　春娇，我可能不能活着出去了。

春　娇　你要死了，我也不活了。

龙　根　只可惜，你我投错了胎，没缘分结为夫妻，长相厮守！

　　　〔二人静静依偎，

春　娇　龙根，我们成亲吧！

龙　根　成亲？

春　娇　趁现在，还活着！

龙　根　成亲？趁现在还活着？

春　娇　嗯！鬼子占了土库，四处杀人，谁知道我们还能活多久。趁
　　　活着，马上成亲！

龙　根　马上？

春　娇　嗯！我都准备好了！

龙　根　可是，天快亮了，这梦也该醒了……

春　娇　这不是梦！

龙　根　这不是梦，不是梦……

春　娇　今天，我就自己做主嫁给你！

龙　根　(感动)春娇……(又犹豫)我……你爷可是我的杀父仇人！

春　娇　那你愿意娶我么？

龙　根　我……

春　娇　你愿意么？

龙　根　愿意，可是……

春　娇　我们成亲，和我爷没关系，和你的家仇也没关系，只要我们俩
　　　　愿意，就行了！

龙　根　我……

春　娇　听从你的心，还是顺应你的命！你自己选！

龙　根　我自己选，(唱)二十年，

　　　　　　　从来都是命做主，

　　　　　　　忍受了多少恨与苦。

　　　　　　　这一次，

　　　　　　　让我自己做回主，

　　　　　　　为了死前这一刻的幸福。

龙　根　我决定了，我要抬着花轿，娶你做新娘。

春　娇　抬你的花轿，做你的新娘。

龙　根　嗯，你来看！

　　　　〔喜乐起，

　　　　〔四轿夫身挂轿绸，一手叉腰，一手相互扶握，搭成轿子，舞起
　　　　来……

　　　　〔轿夫蹲下，春娇坐上"手臂"轿子，春娇与轿夫等起舞互动。

轿　夫　(唱)俏新娘，会打扮。

　　　　　　　盖上盖头不让看。

　　　　〔春娇猛地扯下盖头，轿夫一惊，旋即精神振奋、欢快舞动。

默默走，喜气淡，

　　　可我就不把轿颠？

[春娇如魔术般空气中抓出几个大洋，叮叮当当落入轿夫手掌中，轿夫看傻了，欢喜颠轿。

　　　走得累，停路边，

　　　要和新娘划两拳。

[春娇和轿夫划拳，轿夫一个个输，无奈摇头再起轿前行。

　　　一路唱，方向乱，

　　　亲个嘴儿就转弯。

[春娇害羞状，然后，轻轻"亲"轿夫的脸，轿夫忙回身转弯。

　　　跃过水，翻过山，

　　　留些气力闹洞房。

[轿夫大笑。

[龙根笑着伸指点点每个轿夫，怪他们为难了春娇。

[娶亲婚礼过后，轿绸迅速展开。

[音乐缓缓爬升。

[红绸抖动起来，似翻滚的红色波浪，龙根和春娇相拥在这红色的波浪中……

[音乐继续爬升。

[龙根和春娇时隐时现，渐渐俯身下去，最后被这红绸巨浪淹没。

[音乐起起伏伏。

[红绸波浪起伏跌宕，卷起波浪。

[红绸翻起巨浪一个，音乐戛然而止。

[红绸破浪渐渐平息，下降，出现龙根和春娇披内衣而坐，龙根帮春娇拢起披肩的长发。

[龙根从怀里掏出那支发簪。

龙　　根　我娘的遗物，送给你。

春　　娇　我不能收。

龙　　根　婆婆送给刚过门的儿媳妇，应该的。来，我替你戴上。

　　　[龙根把发簪别在春娇头上。

驼　佬　天啊！你要干什么？

　　　　［灯光再次照亮驼佬。

驼　佬　你这是往你爷娘的伤疤上捅刀子啊！少爷！你全忘了，忘了
　　　　你爷你娘的死，忘了你是谁……

龙　根　不！我没忘！只要我还能活着出去，就一定找机会，杀了胡
　　　　升，夺回土库。

春　娇　龙根，放下仇恨吧。

龙　根　不，我要报仇！

春　娇　我爸现在也是你爸啊！

龙　根　那我就杀了我爸为我爸报仇。

　　　　［龙根一惊，沉默。

胡　升　你们看看，到现在他还想要杀我。但是，你不仁，我不能不
　　　　义，胡某今天就放你们一马。你们俩都给我滚出去，永远不
　　　　许再踏进这土库的门半步！

春　娇　（惊喜）爸，我要跟他一起走！

胡　升　什么？

春　娇　我已经和龙根成亲了！

胡　升　胡闹！

春　娇　让我跟他一起走吧。

胡　升　好闺女，你还真舍得你爹，好，你跟他走。你要跟他走，我现
　　　　在就杀了他！

　　　　［春娇无语，愠下。

管　家　老爷真是宽宏大量，仁义之至，可是，皇军守着大门，怎么把
　　　　他们弄出去。

胡　升　我和佐野将军打过招呼了，说要运一批清明酒进城，把他们
　　　　两个装在酒桶里弄出去。

管　家　哦，老爷想得真周到！

　　　　［龙根、驼佬被带下。

胡　升　好戏还在后头呢。

　　　　［灯暗。

第五场　悲　轿

〔土库货仓。

〔昏暗灯光下，几十个大酒缸整齐堆放。

〔一个酒缸盖子被顶开，被绑缚着的龙根滚了出来。

〔龙根蹭掉口中布团，用牙咬开绳子。

龙　根　（轻声）爸！爸！

〔一个酒缸笃笃的敲击声。

〔龙根搬动酒缸，救出驼佬，大喘一口气。

龙　根　爸，你没事吧？

驼　佬　还死不了，胡升肯定没安什么好心，他不会这么轻易就放我们走的。

龙　根　嗯，我们不能离开土库，离开就永远回不来了，就永远报不了仇了！

驼　佬　现在怎么办？

龙　根　躲起来，找机会报仇。

驼　佬　现在土库里不是日本兵，就是他的人，能躲到哪？

龙　根　轿子。

驼　佬　轿子？

龙　根　最危险的地方，就是最安全的地方。

驼　佬　好！

〔龙根、驼佬匆忙填好空酒缸，摆整齐，悄下。

〔春娇上，

春　娇　（唱）不愿在这土库空自守，

　　　　　　我要时刻伴在哥哥左右。

　　　　　　嫁鸡随鸡，嫁狗随狗，

　　　　　　我要跟着情郎一起走。

　　　　　　只是不辞而别心愧疚，

不孝女在这给爸磕个头。

　　　　〔春娇磕头。

　　　　〔春娇寻找龙根、轻声呼唤。

春　娇　龙根,龙根……

　　　　〔没有动静,看着一个个的酒缸,春娇敲了敲,没有反应,想搬搬不动。

　　　　〔传来胡升指挥工人装运货物的声音。

　　　　〔春娇来不及犹豫,迅速倒出一个空酒缸,把自己装了进去。

　　　　〔工人跑上,搬运酒缸。

　　　　〔胡升上,

胡　升　(唱)土库红轿要坐稳,

　　　　　　　一手要仁一手要狠。

　　　　　　　借刀好杀人,

　　　　　　　斩草要除根。

　　　　　　　哈哈哈……

管　家　老爷,按您的吩咐,货都送出去了!

胡　升　好,今天真是个好日子,老爷有令,准备祭轿!

　　　　〔灯光大明,背景化为喜庆的祖堂。

　　　　〔一顶红轿赫然摆在中央,华丽、神秘,四个轿夫站在轿旁。

　　　　〔仆人、丫鬟穿梭忙碌着……

　　　　〔乡民渐渐聚拢,祭轿仪式开始。

管　家　(喊)一拜红轿,晃晃悠悠,灾病快走。

　　　　二拜红轿,颠颠倒倒,步步登高。

　　　　三拜红轿,喜气洋洋,万世恒昌。

　　　　〔乡民、家丁、仆人、轿夫跟着胡升三跪九叩。

管　家　(喊)恭请胡老爷上轿!

　　　　〔众人跪拜,胡升缓缓起身上前。

　　　　〔掀轿帘,胡升欠身进轿,忽然,动作静止,胡升半个身子在轿子外面,如雕塑般站立。

　　　　〔众人疑惑间,胡升一步步退出轿子——龙根用匕首抵住胡升下巴,一步步走出轿子,驼佬跟在后边。

〔众人惊呆,缓缓站起,退让出一条路。

龙　根　胡升!

胡　升　啊,你要干什么?

龙　根　报仇! 胡升,没想到你会有今天吧!

管　家　快救老爷! 快救老爷!

龙　根　我看哪个敢动!

〔驼佬用轿绸绑好胡升,扫去案上胡家牌位,摆上龙根父母的灵位。

驼　佬　各位乡亲父老,二十年前,(指着胡升)这个当年老爷最信任的轿夫头,满脸鲜血跑回来,说老爷夫人遭了强盗的毒手,临死把土库交给了他……可真相呢,真相就是:他就是强盗,就是他杀了老爷、夫人……(老泪纵横)

〔众人惊讶,议论纷纷。

胡　升　胡说八道!

驼　佬　可是老天有眼,夫人留下一口气,生下了小少爷,保住了土库命脉。(龙根)他——才是真正的土库主! 这顶轿子应该由龙根来坐! 龙根还愣着做什么,为你爷娘报仇的时刻到了!

龙　根　(唱)终于等到这一刻,

　　　　　　深仇大恨终得雪。

　　　　　　冰冷的刀,要杀出温热的血。

　　　　　　将那冰冻的心化解。

　　　　　　将那仇恨的火浇灭,

　　　　　　打开二十年的心结。

　　　　　　还我一颗纯净的心,

　　　　　　自由飞翔,满心欢悦。

〔龙根举起匕首,胡升满脸惊恐。

龙　根　(大喊)啊……(猛刺)

〔一声枪响,打飞龙根手中的匕首,众人一惊。

〔四周亮出一排排刺刀,控制了龙根、驼佬等。

〔佐野上,

佐　野　好热闹啊。

胡　升　救命啊,太君!

　　　　[日兵解开胡升。

佐　野　胡老爷,怎么这么狼狈啊。

胡　升　这王八蛋要杀我。

龙　根　我这是报家仇。

佐　野　家仇?

龙　根　他杀了我亲爷亲娘,占了土库,夺了我们的家产。

胡　升　胡……胡说八道!

龙　根　胡升,这个仇我就是到了阴曹地府也要找你报!

佐　野　悠嘻,我们大日本皇军最能主持公道。

　　　　[驼佬见状,也站出来。

驼　佬　那就请皇军做主,让我们报了家仇,让龙根做回土库主。

佐　野　做回土库主。你们自己说了不算,看大家怎么说的。你们说
　　　　谁才是土库主?

　　　　[乡民无语,怯怯往后缩。

胡　升　你们可都还欠着我一条命呢?!

龙　根　这里谁都不欠你的,只有你欠大家的,这土库里的一切,是怎
　　　　么来的? 还不是抢来的? 刮来的?

胡　升　王八蛋,你爷还不是一样。

龙　根　你终于承认这土库是我爷的。各位乡亲,只要我报了仇,夺
　　　　回土库,大家和胡升的账就一笔勾销,我还要免租三年。

　　　　[佐野点点头,乡民低声议论。

　　　　[胡升急了。

胡　升　那我就把地分给你们!

　　　　[乡民的议论声更大了。

龙　根　我只要胡升的狗命和这顶红轿,其他都分给大家。

胡　升　我也只要一顶红轿。

　　　　[乡民喜形于色。

佐　野　现在,你们说谁是土库主?

　　　　[乡民各自有选择、议论着。

驼　佬　龙根!

管　家　胡老爷!

驼　佬　龙根!

管　家　胡老爷!

　　　　〔佐野招呼驼佬过去。

佐　野　谁是土库主?

驼　佬　龙根!

　　　　〔佐野啪给他一个耳光。

龙　根　爸!

　　　　〔龙根被按住。

佐　野　谁是土库主?

驼　佬　龙根!

　　　　〔佐野啪又给他一个耳光。

佐　野　谁是土库主?

驼　佬　龙根! 龙根! 龙根!

　　　　〔佐野一脚踹倒驼佬,军靴踩着驼佬背上。

　　　　〔乡民惊慌,胡升舒了一口气。

佐　野　说,谁是土库主?

驼　佬　(痛苦竭力)龙……龙根!

　　　　〔啪嗒一声,驼佬背断。

龙　根　(被按住,痛苦哭号)爸! 爸!

　　　　〔佐野招呼管家过去。

佐　野　谁是土库主?

管　家　(战战兢兢)胡,胡老爷!

　　　　〔佐野啪给了他一个耳光。

佐　野　谁是土库主?

管　家　胡,胡老爷,(忽然明白)不不不,是大日本皇军,大日本皇军,皇
　　　　军才是土库主!

佐　野　(点点头)哟西! 都听清楚了吗,大日本皇军才是土库主!

　　　　〔众人惊恐静默。

　　　　〔祖堂上,一面巨大的"武运长久"的太阳旗飘下,盖住了祖宗
　　　　肖像和牌位。

佐　野　现在,皇军要增兵,土库里容不下你们! 统统给我滚出去!

龙　根　小鬼子,畜生。

胡　升　太君,我是绝对忠于皇军的啊。

　　　　〔乡民不动。

　　　　〔哒哒哒一梭子弹扫来,乡民惊恐逃散。

佐　野　把这两个不知天高地厚的给我绑起来!

　　　　〔日军用轿绸将二人背对背捆在了一起。

胡　升　太君,胡某是绝对忠于皇军的!

佐　野　(佐野点头微笑)嗯,你不说我倒忘了,胡老爷举报,有人要借运
　　　　酒车逃出土库去报信。

龙　根　(气愤)你!

佐　野　那就把胡老爷举报的这缸好酒带上来。

　　　　〔日军押上春娇,春娇摘下眼罩,还不适应眼前的光亮,慢慢
　　　　睁开眼。

春　娇　(唱)眼前一道刺眼的光,

　　　　　　我到了什么地方?

　　　　　　怎么回到了土库祖堂。

　　　　　　怎不见我的情郎,

　　　　〔春娇揉揉眼。

　　　　　　为何驼佬他挺直了腰杆,

　　　　　　躺在地上鲜血流淌?

　　　　　　为何龙根和我爸都被绑?

　　　　　　鬼子头他安坐高堂之上?

春　娇　爸! 龙根!

　　　　〔胡升、龙根欲上前,迈步不齐,摔倒在地,又引得日兵大笑。

佐　野　美酒当前,还要我喂你们喝么?

　　　　〔日兵转向春娇。

龙　根　春娇!

胡　升　不! 太君! 不要啊!

　　　　〔被绑的龙根、胡升无力爬起,痛苦翻滚、哀嚎。

　　　　〔灯暗,众人隐,只一束光打亮春娇,春娇美丽动人。

〔十几个日兵，鬼影般涌向春娇。

〔恐怖悲伤乐起，春娇惊恐万分。

〔鬼影围成一个圈，把春娇围在中间，春娇哭号，日兵淫笑。

〔日兵进进退退，圈子变小又变大……循环往复。

〔春娇撕心裂肺的哭号……

龙　根　小鬼子！畜生！

胡　升　春娇！（绝望哭号）啊！

〔日兵进退、旋转，春娇哭号声渐弱……

〔忽然，日兵一齐把衣服抛向中央，散去，灯暗。

〔静场。

〔灯复明，春娇从一堆日兵军服中钻出、缓缓爬起，美丽的春娇变成了"女鬼"模样——披头散发，衣衫不整，脸色惨白，目光呆滞。

〔灯光照亮痛苦绝望的龙根、胡升。

龙　根　春娇！

胡　升　女儿呀！

〔无力的春娇艰难地爬向胡升、龙根。

〔悲乐起。

胡　升　女儿呀，是我害了你啊，是我亲手送你入了虎口。老天爷呀，我自作孽不可活，可你不该让我女儿来承受。女儿呀，我的女儿呀……

〔春娇捡起匕首，给胡升、龙根松绑。

龙　根　我好笨，早该想到你会跟着我……我活着，告慰不了死去的亲人，害死了养育我的恩人，保护不了我爱的人。我还报什么仇，雪什么恨，我还做什么人……

〔龙根悔恨不已，捶胸顿足。

龙　根　对不起。

春　娇　我说了，永远不必跟我说对不起。

〔春娇依偎着龙根，看着远方。

春　娇　龙根，你看到了吗？（唱）

　　　　天之涯，我们的家。

· 313 ·

田里黑泥巴,它翻起了花,

扶着犁铧,你推我拉,

耕种着那一抹晚霞。

咕咕嘎嘎,

那是我们养的一群鸡和鸭,

咿咿呀呀,

那是咱的胖娃娃。

月光下,

我俩依偎说着悄悄话。

你看到了吗?

龙　根　嗯,我看到了,看到了。

　　　　［佐野上,

佐　野　胡老爷,士兵都说刚刚喝了一壶好酒,要谢谢你! 哈哈哈哈。

胡　升　小鬼子我操你祖宗!

　　　　［胡升猛扑上去,与佐野扭打在一起。

　　　　［几下拳脚,佐野就把胡升制服,两把刺刀把胡升架在柱子上。

春　娇　爸!

　　　　［春娇被日兵拉住。

　　　　［佐野拔出军刀,架在胡升肩上,却忽然住了手。

佐　野　(递过军刀)小轿夫,给你个机会报家仇啊。

　　　　［龙根迟疑,

春　娇　不要啊,龙根。

胡　升　来啊,你不是发过誓,要为你的爷娘报仇么! 来呀! 你来呀!

龙　根　(痛苦举刀,闭眼猛刺)春娇,……对不起。

　　　　［就在那一刻,春娇挣脱日兵,挡在了胡升面前。

　　　　［说时迟那时快,刀子直插进春娇胸膛。

春　娇　(笑)又忘了,我们永远不必说对不起的。

胡　升　(痛苦哭号)我的女儿呀,你怎么那么傻啊!

春　娇　爸、龙根你们放下仇恨吧,土库没了,家也没了,你们还争什
么土库主,报什么家仇? 要报仇,找日本人报,报我们大家
的仇。

〔春娇死去。

佐　野　现在这是大日本帝国的地盘了！哈哈哈哈……

〔佐野扬长而去。

〔龙根、胡升痛苦哀嚎。

〔嘭！嘭！嘭！嘭！嘭！嘭！鼓声响起……像复苏的心跳。

〔缓缓地，陆陆续续的，土库里死去的人挪动肢体，一点点地弓起腰，挺起脊梁，形如死魂，……一个，一个，又一个……都站起来了。

〔龙根上前。

龙　根　(站在高台)乡亲们，今天，鬼子占了我们的土库，杀了我们的爷娘，妻女，我们要报家仇，报我们大家的家仇。保护土库，保护家园，保护我们的亲人、爱人。

众　人　报仇？

龙　根　对！报仇，小鬼子把土库变成了油库，我们就和他们同归于尽了！

众　人　同归于尽！

〔龙根抱起春娇。

〔众人跟着龙根的脚步，上前，高高举起火把，一步步走向日军……

〔黑暗中，传来山野歌谣：

　　　　弹指红颜老哎，

　　　　颠轿趁今朝。

　　　　生是一棵草哎，

　　　　死后野火烧。

〔灯暗，幕落。

〔幕内几声爆炸巨响。

〔剧终。

戏 曲

越　欲

郜庆龙

　　艺术硕士,国家二级导演。毕业于中国戏曲学院导演系 2002 级本科班。现就职于天津评剧院创作室。中国剧协全国青年剧作家研修班(青编班)正式学员。2017 年度国家艺术基金青年创作人才获得者。编剧作品:越剧《越欲》《我那疯的娘》、庐剧《阿姐渡江》、儿童京剧《新天书奇谈》、儿童杂技剧《精灵特攻队》、淮剧《残梦春闺》、婺剧《情义乌伤》、评剧《大人先生》、豫剧《警予传》、戏曲剧本《那时梅开》《开业之石》。导演作品:实验评剧《井》、现代评剧《家有九凤》等。

年　代：20 世纪二三十年代,军阀割据。

地　点：钱塘江畔某古镇。

人　物：女　人——28 岁。

　　　　男　人——58 岁。

　　　　九　指——25 岁。

　　　　酒　保——40 岁。

　　　　警　察——45 岁。

　　　　黑衣人——扮演五个主演外的角色。

　　　　白衣人——扮演五个主演外的角色。

那辆车

[光启,萧瑟的音乐和凄凉的冷光营造出迷雾般的情景。

[舞台上是一辆写意的人力车的侧面,车把上挂着一盏纸糊的白灯笼,灯火忽明忽暗,给人一种强烈的不稳定感。

[白衣人坐车,黑衣人拉着狂奔,白衣人大声喊叫停车,而车依然在狂奔,白衣人拿酒瓶砸了拉车人的头。

女　人　不要!我不要嫁给他!

　　　　[女人猛然从车内站起,白衣人黑衣人下,启光,黄昏。

　　　　(伴唱)"一场惊梦醒

　　　　　　　　冷汗湿衣裳

　　　　　　　　心随他人去

　　　　　　　　身在丈夫旁"

女　人　(唱)自那年卖做人妻嫁他乡

　　　　　　　女儿梦一去不返断肝肠

　　　　　　　随丈夫十余载心无舒畅

　　　　　　　实难忍无情无爱岁月长

　　　　　　　更惧他酒后打骂舞棍棒

　　　　　　　新伤旧伤心更伤

　　　　　　　突然幸福如潮水

　　　　　　　阵阵撞击在胸膛

　　　　　　　为了人哪个

　　　　　　　九指多情郎

　　　　　　　他就像一把火将夜照亮

　　　　　　　犹如那黑暗中一束阳光

生活中弥漫着爱的香味

日子里闪烁着情的光芒

忘记了体伤与心伤

忘却了伦理与纲常

本以为女儿梦想归平淡

哪知道还有这脸红心跳六神无主意惶惶

夫在外拉车赚钱把家养

细思量眼前的幸福难久长

〔男人拉车上,一身的疲惫。

女　人　回来了。

男　人　唉,生逢乱世,这车越来越难拉了。给,这是今天拉活的钱。

女　人　怎么就十个铜子? 买了米不够买柴。

男　人　(故意地)那就先买米,柴钱先欠着——九指兄弟!

女　人　(慌乱地掩饰)九指,已经欠人家两次了。怎么? 你又去抓药了?

男　人　(递药)赶紧给我煎上,警察说这次保管能让我生个儿子。

女　人　都吃了多少方子了,实在不行就算了,这世道吃饭都困难,就
　　　　是有儿子哪还有钱养。

男　人　屁话! 这辈子娶了你算是花钱买了个绝户头!

　　　　(唱)人活一世图个啥

　　　　　　只有那儿孙绕膝才算一个家

　　　　　　老来有所依

　　　　　　终老披孝麻

　　　　　　没儿算白活

　　　　　　还遭人笑话

　　　　　　只要你为我生下一个儿

　　　　　　这点药钱算什么

　　　　　　你给我赶紧煎药把厨下

　　　　　　不要逼我把脾气发

　　　　〔女人下。

男　人　一辈子没偷没抢的,难道说老天爷真想让我断子绝孙? 今天
　　　　回来的半道上,警察老弟叫住了我……

〔警察出现在一束光中。

警　察　嘿,老哥,刚出车回来? 今天怎么样?

男　人　(老实地)凑合吧。

警　察　我看你天儿没黑就回来了,挂记家里那位啊? 对了,嫂子还
　　　　没怀上?

男　人　不下蛋的母鸡! 哎,我也可能是老了,仅剩的一把力气都给
　　　　了这辆车。

警　察　你今年不就才五十多,哪算老啊! (拿出一包药,神秘地)这是我
　　　　弄到的祖传秘方,效果特好,这次保管让你抱上大胖儿子。
　　　　〔男人感激地拿出了些钱给警察。警察假意推让,接下。

男　人　老弟总想着我,太感谢你了。

警　察　给我客气就是拿我当外人。今天刚抓了两个逃兵领了赏钱,
　　　　我请你去酒保那里喝酒。

男　人　(雷声),这天说变就变,我得赶紧回去。

警　察　好吧,(欲走又回)最近世道很乱,到处都是逃兵,那个砍柴的外
　　　　乡人九指……你是知道的,窝藏逃兵犯法,可是要被枪毙的,
　　　　揭发逃兵可是有奖赏。还有,我听说九指与你们家的那口子
　　　　关系挺近,你可要当点心哪!
　　　　〔警察带着怪怪的笑离开。

男　人　九指?
　　　　〔天空响起了一串炸雷。
　　　　〔九指出现在一束光中,背着柴在女人家门前晃动,左顾右盼
　　　　地吆喝着——

九　指　卖柴了! 卖柴了! 大姐,开门啊。
　　　　〔女人上,想开门最终没有开。

女　人　你走吧,别再来了,我男人要回来了。

九　指　还早呢,你开下门。

女　人　不行! 你走吧!

九　指　让我看你一眼马上就走。

女　人　不行!

九　指　好吧,那我走了。

〔九指假意离开,女人开门往外张望,九指趁机进来,猛烈地抱住了女人,女人捶打九指,九指吻住了女人的嘴唇,女人停止抗争,一时电闪雷鸣,大雨倾盆。

〔激情的音乐伴随着男女声的哼鸣,屏风上投影出一组组男欢女爱的舞蹈造型。

〔闪电中,一个手中拿着酒幡的人闪现了一下消失在雨中。

〔事毕。光圈中九指拥着女人。

女　人　我以后再也不给你开门了。

九　指　怕你下不了这个狠心。

女　人　要知道当初就不该给你开门。

九　指　可是你开了。

女　人　我开一扇不应该开的门。

九　指　错了,你开的这扇门一旦开了,就永远也关不上了。

女　人　说得这么邪,那是什么门?

九　指　心门。

女　人　你真坏! 对了,你相信人死了会有灵魂吗?

九　指　不知道。

女　人　我相信! 你相信人只要真心地许愿,老天爷就会让他的愿望成真吗?

九　指　不知道。

女　人　我相信! 小时候,我听说人在死的时候许的愿望最真诚,也最灵验,老天爷也一定满足他。(握住九指的手)我希望在我死的时候许一个愿,让我们死了之后能在一起,(停顿)永远在一起!

九　指　(紧紧拥住女人)你真傻。

　　　　〔音乐起——

女　人　(唱)还记得那一个雷雨夜晚

　　　　　　　逃兵役你逃到我家门前

　　　　　　　忙开门心想是丈夫回家转

　　　　　　　却不料闯进一人浑身是血渍斑斑

九　指　(唱)好大姐藏下我躲过灾难

　　　　　　　又为我疗重伤端茶送餐

　　　　· 323 ·

避搜捕躲征兵挥刀把指断
从此后卖柴维生我把小镇当家园

九　指　（唱）门口我轻放柴一担

女　人　（唱）那是你知恩图报无语胜千言
门前我留下衣一件

九　指　（唱）那是你偷为我缝衣做被避严寒

女　人　（唱）有种情有种爱日积月淀
既渴望又害怕爱火燎原

九　指　（唱）日长久终难阻情火自燃
半年来偷相会山头林间

女　人　（唱）见了你隆冬也感春意暖

九　指　（唱）不见你盛夏倍觉冬日寒

二　人　（合）这辈子从没有爱情体验
这般甜这般醉这般冒险

九　指　（唱）爱情美好是固然

女　人　（唱）若不留神陷深渊

二　人　（合）狠狠心来做决断
从此陌路（双双逃走）在今天

九　指　我要带你永远地离开这里。

女　人　（迟疑地摇摇头）我不能走。

九　指　为了他？

女　人　他是我丈夫，我对不起他。咱们还是断了吧！我害怕……

九　指　事情都做了，你还害怕什么？

女　人　我怕村里人看出我们的事，要知道这种事情是要被族长绑在树上用荆棘活活打死的。现在到处都在抓逃兵。他们也会把你抓起来枪毙的，这就是我们的下场！况且昨天打酒时酒保说的话，他好像知道了什么似的，我很害怕。

九　指　酒保？！

〔光圈中，酒保出现。

酒　保　你可真是个好女人，长得这么漂亮不说，还那么贤惠，每天都来给你男人打酒，要不是那个臭拉车的买了你做媳妇，说不定会嫁个好人家呢！你说是吧？

女　人　(数钱)五钱烧酒。

酒　保　(接钱时乘机摸女人的手,淫笑地)只要你抽空来陪我一次,以后酒
　　　　钱全免。

女　人　你干什么！我可要喊人了！

酒　保　哟嗬！那你得小心了,我可知道你的一些小秘密。

女　人　不要脸！

　　　　［女人打完酒出来。

酒　保　有空去找你补下酒幡啊。(酒保隐去)

九　指　我去找他！

　　　　［此时男人拉车回来,二人一阵慌乱,九指赶紧逃脱,差点被发现。

　　　　［女人见到丈夫慌乱地掩饰:

女　人　回来了,我去给你打酒。

男　人　等等！

　　　　［女人受到惊吓站立,男人把挣来的钱给女人。

男　人　我听人说那个九指——

　　　　(唱)人说九指是逃兵

　　　　　　窝藏逃兵担罪名

　　　　　　如若日后犯下罪

　　　　　　当众枪毙罪不轻

　　　　　　到时妻离家也散

　　　　　　半生心血白经营

　　　　　　细思想来胆战惊

　　　　　　迟疑恐要丢性命

女　人　他不是逃兵,他说家乡遭了水灾才出来逃难的。

男　人　那他为什么没有食指？肯定是自己故意砍断的！

女　人　他说是砍柴时不小心弄伤的。

男　人　别骗我了,他肯定是逃兵,他会害了我们的！我得去揭发他！

女　人　不要！

男　人　怎么？你要护着他？

女　人　他……是个好人！

男　人　我看他不像！
　　　　〔光圈中九指出现。
九　指　只要你敢告发，我就——弄死你！
　　　　〔女人打了一个寒颤。

那瓶酒

　　　　〔白衣人和黑衣人滚动着一个东西上场，两人把东西竖起来
　　　　后，舞台上出现了一个巨型酒瓶。
白衣人　哥们，今天的酒好重啊！
黑衣人　你没看吗？平日都打半瓶烧酒，今天可是整一瓶，能不重吗！
白衣人　打这么多酒，打算干啥用啊？
黑衣人　咱们往下看。
　　　　〔夜晚，男人家。男人在一杯接一杯地喝酒，女人端菜上，男
　　　　人微醉。
男　人　我……跟你说，咱以后别买那个逃兵的柴了。
女　人　怎么了？
男　人　我发现他对你乱动手脚！
女　人　没有的事。
男　人　无风不……起浪！我问你，那外面怎么会有那么多闲话？
女　人　你总不在家，难免有人说闲话。
男　人　很多人都说看到他经常在咱……家出入。（又喝下一杯酒）
女　人　胡说！（顿觉得出言不妥）没酒了，我去打酒。（下）
男　人　别……别以为我不知道！这……个逃兵迟早会害死……我
　　　　们！警察老弟全告诉……我……我累了，得去躺一会儿。（下）
　　　　〔光圈中，警察与酒保出现，二人煮酒论女人。
警　察　没错，你说那个小娘们脸蛋怎么就那么漂亮。
酒　保　那个身段才漂亮呢。

326 · 326 ·

警　察　脸蛋比身段好!

酒　保　身段好!那娘们每天来给她男人打酒,我看得最仔细了。

警　察　那你说说。

酒　保　听了!

(唱)镇上的女人谁最妙

车夫的老婆最窈窕

白白的奶子鼓满胸

圆圆的屁股高又翘

她杨柳小腰是动一动来摇一摇

勾走我的魂儿

牵走我的神儿

我就晃晃悠悠飘飘摇摇

一下飞到那九重霄

若能与她睡一觉

此生不虚来一遭

警　察　你小子也就是有色心没色胆。

酒　保　不是我没胆,我要是捅出乱子,你不拿我问罪?

警　察　挺有自知之明,说不定早有人把她上了。

酒　保　你是说九指——

警　察　只是怀疑。

酒　保　对了,我倒想起一件事,那天我路过她家,听到里面有动静,后来……

警　察　后来怎么了?

酒　保　嘘!她来了。

⌈二人隐去,女人上。

(伴唱)一路慌乱一路惊

一个女人一酒瓶

看似贤妇沽美酒

岂知美酒索人命

女　人　(唱)抱酒瓶　心颤惊

亦步亦趋站又停

327

昔日小径无半里

怎觉得今天似有万里程

夫啊夫,你可知我也有美好憧憬女儿梦

曾幻想嫁一个心上的人儿幸福携手度今生

不料想三十大洋父卖女

十八年青春希望全落空

也曾想舍情割爱伴你熬日月

也曾想嫁鸡随鸡跟你过营生

谁料到

十年无有儿和女

十年无有爱和情

十年无盼望

十年无笑声

可叹这岁月悠长人生梦

捱过秋捱过冬却捱不过这要命的男女情

现如今死寂情感被唤醒

离他半日万不能

哪怕终生背罪恶

也不愿无情无爱度此生

忙把思绪来镇定

快步走进酒馆中

女　人　十钱烧酒。

酒　保　来客啦?

女　人　不……噢,是!

酒　保　是不是九指?

女　人　胡闹!

　　　　〔酒保递来酒,女人闻到想呕吐。

酒　保　(献殷勤为之捶背)大嫂不舒服,不会是有喜了吧。

女　人　(惊,下意识摸肚子)离我远点!

警　察　嘿! 看来我这药并不假啊!

　　　　〔女人出来,酒保警察隐去。女人心中忐忑不安。

女　人	这样做太疯狂了,九指,我害怕啊!
	［九指出现。
九　指	我真的离不开你,再这样下去迟早会被人看穿,我们下场就会更惨。还有你男人,我觉得他早晚会告发我,咱们只有这两条路,要不跟我走。
女　人	这世道我们又能走到哪里!
九　指	那我们只能——弄死他!
女　人	什么?! 不! 我不能这么办,咱们还是——分开吧。
九　指	你觉得我们分得开吗?
女　人	你不能这么狠毒!
九　指	他当初 30 块大洋买你时就不狠毒? 你爹妈把你卖给了比你大那么多的男人,他们就不狠毒?
女　人	但他是个好人! 每日辛苦赚钱养家,有什么错?
九　指	现在已经由不得我们了,他肯定知道了我们的事,一旦告发,不但我被枪毙,你也会身败名裂!
女　人	别说了! 我真的是疯了。
九　指	我们已经无路可退,你说吧,到底是要和我一起还是跟着他就这样到老。
	［外面突然有响动,二人以为男人回来,女人出去看,听到狗叫。惊乱平息。
九　指	你就想这样提心吊胆地过下去?
女　人	别逼我了,你——走吧。
九　指	既然这样,那好吧!
	［九指走,女人舍不得,最终又跑上去抱住了九指。
女　人	那我们怎么办?
九　指	他快回来了,你去打酒,别的你就别管了。记住,多打一些。
	［九指隐去,女人打酒回家路上,女人看着酒瓶,再次呕吐,耳边响起了酒保的声音:“大嫂不会是有喜了吧?”女人感到自己真的怀孕了。
女　人	我有孩子了? 我真的有孩子了?
	［白衣人黑衣人出现。

白衣人　是的,你有孩子了!

黑衣人　可孩子并不是你男人的。

女　人　我不在乎是谁的。

白衣人　你对不起你丈夫!

黑衣人　他会被人叫做野种!

女　人　我不会让人知道。

白衣人　可你骗不了你自己。

黑衣人　你的良心不会安宁。

女　人　这都不算什么! 重要的是我有孩子,有孩子就有了盼望,有
　　　　了念想。

　　　　(唱)霎时间狂风止波浪静天地阔日月明

　　　　　　忽看见一线希望油然生

　　　　　　孩子你不期而至解困境

　　　　　　妈妈我过天大错险铸成

　　　　　　低头轻轻摩挲腹中小生命

　　　　　　喜极而泣泪盈盈

　　　　　　孩子啊

　　　　　　你是我多年奢望一个梦

　　　　　　盼你盼了整十冬

　　　　　　从今母子俩相伴

　　　　　　再不怕枯寂日夜孤苦伶仃

　　　　　　你让我决心忘掉过往荒唐事

　　　　　　你让我快刀斩去旧日罪恶情

　　　　(白)以后啊,我要当个好母亲,做个好妻子——

　　　　　　一家人幸幸福福和和睦睦

　　　　　　幸福和睦乐融融

　　　　〔女人虔诚地跪下来。

女　人　老天爷,请原谅我所犯下的错,我会和他一刀两断,好好地在
　　　　家相夫教子,如果真要惩罚的话就惩罚我一个人吧,我只求
　　　　您保佑我的孩子平安地来到世上。请原谅我!

　　　　〔女人下。

〔男人出现,他醉了。

男　人　逃……兵,我……去揭……发你。

〔男人准备出门揭发九指,九指出现。

〔他手中露出了捆柴的那根粗绳子。

九　指　你去不了了!

那根绳

〔舞台上悬挂着一条粗粗的绳子。

〔舞台前,黑白两个人在打斗,最终黑衣人拿绳子将白衣人勒死。

〔男人的尸体躺在地上,脖子上挂着一根绳子,九指垂手而立。

〔女人出现,酒瓶掉在地上。

〔停顿。

〔女人发疯一般扑过去捶打九指。

(伴唱)"滔天祸　临头上

　　　一念之差隔阴阳

　　　弑夫罪　难阻挡

　　　善良心变蛇蝎肠"

女　人　天哪! 你杀了他!

(唱)声哽噎

　　　身战惊

　　　心惊胆颤

　　　胆颤心惊

　　　我的天哪——

　　　希望瞬间成幻影

　　　弑夫大错已铸成

　　　低头看昔日丈夫生悲痛

　　　抬头看今日爱人现狰狞

你不是九指是凶犯

我不是妻子是元凶

九　指　他要去告发,我不得不提前动手。

女　人　为什么不等我回来! 为什么?

九　指　你这是怎么了?

女　人　你滚!

　　　　　〔女人走向男人。

女　人　你快醒醒啊,你快点醒醒啊!

　　　　　〔女人拉起男人,男人又倒下。

九　指　他已经死了。

女　人　你! 你杀了我丈夫,你这个凶手!

　　　　　〔女人欲走。

九　指　你要干什么?

女　人　我要去告诉警察!

九　指　你疯了! 去了我们都得死! 都得死你知道吗!

　　　　　〔女人执意要去,二人撕扯,九指狠狠地打了女人一巴掌,女人从疯狂中惊醒。

女　人　对,不能去! 去了我们都会死,我不能死,你也不能死! 孩子不能没有亲生父亲。

九　指　你说什么?

女　人　我有了。

　　　　　(唱)本想与你断来往

　　　　　　　谁料归迟夫命丧

　　　　　　　转眼之间成恶妇

　　　　　　　悔恨慌乱无主张

九　指　(唱)事已至此需镇定

　　　　　　　不能害怕不能慌

　　　　　　　趁此月黑风高夜

　　　　　　　后事定能办妥当

女　人　(唱)我害丈夫把命断

　　　　　　　你杀好人丧天良

· 332 ·

　　　　　如若此事村中扬

　　　　　怎么辩来怎么讲

九　指　(唱)就说杭州去拉车

　　　　　一年之后才回乡

　　　　　再寻时机逃出去

　　　　　永生不回此村庄

女　人　不！我们现在就走！离开这里！

九　指　我们能去哪儿啊！到处都在抓逃兵,一旦被抓,我肯定被枪
　　　　　毙,留下你怎么办?

女　人　咱们走吧,我害怕……

九　指　要冷静！记住！不管谁问,就说你男人去杭州拉车了。现在
　　　　　风声正紧,一有机会我们就离开这里。

　　　　　〔九指用绳子捆住男人,二人把尸体拉了出来,深夜,空中飘
　　　　　起了雪。

　　　　　〔切光。

　　　　　〔黑衣人和白衣人出现。

黑衣人　(念)不好了　不妙了

　　　　　　　小镇生活乱套了

白衣人　(念)鸡乱飞　狗乱叫

　　　　　　　纷乱世道更乱了

黑衣人　(念)天一擦黑小镇空

　　　　　　　冤魂满街鬼当道

白衣人　(念)大人小孩赶紧跑

　　　　　　　鬼魂又要出现了

二　人　鬼来了,快跑呀！

　　　　　〔黑衣人和白衣人跑下。

　　　　　〔警察和酒保出现。

警　察　最近怎么没看见车夫?

酒　保　都说去杭州拉车了,也没捎回来过音信。听镇上去杭州拉车
　　　　　的人说都没有见到过他。

警　察　什么? 你意思是他并没有去杭州?

酒　保　最近街上到处是传言,你听到没有?

警　察　你是说闹鬼?

酒　保　都说看到一个人拉着车在镇上晃悠,有不少人都亲眼看见了!吓得人都不敢在夜里出门!

警　察　这事蹊跷,我得调查调查,你要是有线索给我说,赏金少不了你的。

　　　　　〔喝下最后一口酒,警察递钱给酒保,酒保没有收。

酒　保　还得请您多多关照。

警　察　这个女人……

　　　　　〔酒保警察隐去。

　　　　　〔夜,女人家。女人在睡觉。

　　　　　〔车轮的吱呀声由远及近,越来越响。

　　　　　〔女人猛然坐起。

女　人　(唱)三月来神恍惚心力交瘁

　　　　　　　面色黄形容枯夜不成寐

　　　　　　　做下了罪孽事心中有鬼

　　　　　　　总觉得丈夫他深夜来归

　　　　　　　多少次长夜里难将入睡

　　　　　　　多少次三更中独走来回

　　　　　　　多少次受惊吓汗透衣被

　　　　　　　多少次噩梦醒暗暗泪垂

　　　　　　　似有那脚步响车轮声碎

　　　　　　　似有那双双手叩击门扉

　　　　　　　似有那惨叫声揪心撕肺

　　　　　　　似有那鬼哭泣不敢抬眉

　　　　　　　看残生如秋叶行将枯萎

　　　　　　　望眼前如落日只剩余晖

　　　　　　　可怜这腹中儿也遭连累

　　　　　　　走不了逃不出徒留伤悲

　　　　　〔女人复躺,睡梦中出现幻觉。

　　　　　〔一束光中,那辆车在自己转动轮子。

　　　　　〔又一束光亮,男人的画外音:我怎么找不到回家的路啊……

〔又一束光亮,男人的画外音:我的脖子好紧,我喘不过气啊……

〔又一束光亮,男人的画外音:这是哪里? 我好冷啊……

〔又一束光亮,男人鬼魂出现,他手中拿着一个酒瓶!

女　人　我知道错了,你不要吓我啊! 好,我去给你打打打打酒! 我
　　　　这就去……这就去……

　　　　〔男人把酒瓶伸向女人,女人惊恐,拿过酒瓶跑出家门。

　　　　〔酒保出现,女人打完酒自己猛灌了一口。

酒　保　你家男人出去一定是赚上大钱了,要不你怎么也经常喝酒呢。

　　　　〔女人欲走。

酒　保　警察已经注意到你了,如果你答应我,我可以不说出我知道
　　　　的事情。

　　　　〔女人回转身,走向酒保,酒保感到有戏,开始对女人动手动
　　　　脚,女人狠狠地打了酒保的脸。

　　　　〔女人抱着酒瓶跑出。酒保跟着出来,发现女人并没有回家。

　　　　〔女人在漆黑的夜里如无头苍蝇般乱撞,似在寻求庇护,酒保
　　　　紧随其后。

女　人　(唱)步步急　急急行

　　　　　　丈夫回还在家中

　　　　　　心胆颤　颤惊惊

　　　　　　阴魂不散来索命

酒　保　(唱)观此妇　魂不定

　　　　　　其中定然有隐情

　　　　　　紧随后　悄悄行

　　　　　　蛛丝马迹抓手中

女　人　(唱)躲何处　处处影

　　　　　　如影随形是鬼踪

　　　　　　恐又慌　慌恐恐

　　　　　　一路跑来不敢停

女　人　(哭喊)九指! 救命!

九　指　(唱)夜半三更人寂静

　　　　　　忽听救命喊连声

循声前去探究竟

〔女人看到九指，紧紧抱住了他。

女　　人　（唱）抱紧九指遇救星

　　　　　　　　这角角落落有人影

　　　　　　　　再也不回那个家中

酒　　保　（唱）躲闪暗处探究竟

　　　　　　　　果然是来会幽情

九　　指　（唱）身后有无人跟踪

　　　　　　　　若被发觉活不成

女　　人　不知道！求求你！咱们快走吧，我总是看到他！我要崩溃
　　　　　了！咱们去北山坡那口井里把他挖上来埋了吧，埋了他我们
　　　　　就走，我的肚子快看出了，咱们不能再在这里了。

九　　指　好，没事了，镇静些，你去收拾东西，我们今晚就走。

　　　　　〔九指发现了藏起来的酒保。

九　　指　不行！看来我们还走不了，有人盯上我们了。现在走只有死
　　　　　路一条，我们再等机会。

　　　　　〔酒保出现。

酒　　保　（冷笑地）北山坡上的那口井……

　　　　　〔切光。

那口井

　　　　　〔一束光营造出一口井的效果。

　　　　　〔白衣人与黑衣人表现出井里抛尸时的慌乱、后悔、害怕的回放。

　　　　　〔九指出现。他身背一个背篓，背篓里是从林间收拾的落叶。

九　　指　（唱）晚秋凉云天阔叶落林涧

　　　　　　　　独一人又来到那口井边

　　　　　　　　捡落叶不为那腹中饱暖

只因为那口井尚未满填

它就像一双眼将我监看

看得我坐卧不宁心不安

撒呀撒　撒不尽枯叶一片片

片片落叶掩双眼

掩啊掩　掩不住男人那双眼

井底之下将我观

遮呀遮　遮不上警察那双眼

躲至暗处枪口寒

盖呀盖　盖不住老天那双眼

内心隐秘全看穿

心中有鬼藏不住

时时出现来纠缠

井口深深无有底

井下之囚越狱难

〔井边。九指在井边坐下,向里面撒叶子,像在掩盖自己的罪恶。

〔男人魂魄出现,男人拉着车围着一束光转,而落叶不时地从他头顶落下。

男　人　好冷啊,我怎么总是找不到回家的路啊? 我在哪里啊? 好冷啊……好冷啊……

〔井中。男人魂魄隐去。

〔警察和酒保出现在舞台后区。

酒　保　我已经注意很久了,他经常往这口井里撒落叶,好像是在掩盖什么。

警　察　别急,咱们得掌握证据,你要好好盯着他,有情况及时给我报告。

〔警察下,酒保来到井边,拍了下井旁出神的九指肩膀。

酒　保　在干什么呢?

九　指　(受到惊吓,下意识拿起绳子)没……什么。

酒　保　别害怕,是我。好不容易收拾的叶子,怎么不卖了它,舍得往这里面扔?

〔九指不语。

酒　保　哦,我知道了,想等叶子腐烂后作肥料吧?

　　　　　[九指仍旧不语。

酒　保　不对,你也没有田地啊,那要不里面藏了什么宝贝?

　　　　　[九指仍旧不语。

酒　保　更不对,你穷成这样,能有什么宝贝?该不会是你在里面藏
　　　　了什么东西吧?我来猜猜是什么,一套沾满血的军装?要不
　　　　就是一杆枪?再要不——就是一个秘密?

　　　　　[九指仍旧不语。

酒　保　对!肯定是藏了秘密,一个要命的秘密!是不是那个拉车的——

九　指　(拿起绳子走向酒保)你不怕自己知道得太多了吗?

酒　保　你要干什么?

九　指　要你的命!

　　　　　[九指扑向酒保。

　　　　　[切光。

　　　　　[光启。酒保出现在了井里。

　　　　　[黑衣人和白衣人出现。

黑衣人　(念)　太蹊跷　太蹊跷
　　　　　　　　小镇酒保消了失

白衣人　(念)　活没人　死没尸
　　　　　　　　阴森恐怖又离奇

黑衣人　(念)　镇上怪事接连起
　　　　　　　　人们风言又风语

白衣人　(念)　家家天黑把门闭
　　　　　　　　死气沉沉无生机

二　人　那个女人来了,快离她远些!

　　　　　[黑衣人和白衣人下。

　　　　　[女人出现,醉酒归家。

　　　　(伴唱)"深深午夜深深愁
　　　　　　　　夜夜难眠夜夜酒
　　　　　　　　不归路上添一命
　　　　　　　　遥遥此路无尽头"

〔一束光打在象征男人的车轮上,给人的感觉是男人鬼魂又出现,但是女人已经不再恐慌。

女　人　我知道你又回来了,我去给你打酒——对了,酒在这,你拿去喝——我知道你不会放过我,可我怎么办,你要我死,好,我这就死!我想死啊!这日子我已经够了!(哭又突止)不,现在不行,你知道吗,我怀孕了,我还不能死!不能死!我对不起你啊……你知道吗,我是恨过你,恨你当初为什么买了我!恨你为什么不管用,让我连个孩子都没有!整整十年啊,我连一天幸福的日子都没有过,最要命的是连个指望都没有!我算什么?我只是你买来的一个奴隶!是的,我偷了男人,我想离开你,我甚至想杀了你!可在那天,那天我却发现我有了,我知道他不是你的骨肉,但是我想回去告诉你,这就是咱们的孩子,以后我要和他一刀两断,我要好好地陪在你身边,为你洗衣做饭,在每一个夕阳下带着孩子站在村口等你回来,可是——晚了,一切都晚了,当我回去时你已经——是我害死了你啊!现在我人不像人鬼不像鬼,活着对我来说是一种煎熬啊,你既然来了就带我走吧,带我走吧——(女人痛哭)
〔男人真实出现,搂住了这个可怜的女人。隐去。
〔警察和黑衣人、白衣人出现。

黑衣人　报告,据调查,失踪的车夫和酒保与九指他们两人关系密切。
白衣人　报告,据可靠消息,他们会在明早逃跑。
警　察　现在证据已基本确凿,明天早上实施抓捕,你在窗户拦截,你在后院围堵,我带人从正门守候,一旦见人,立即拿下!
〔警察和黑衣人、白衣人隐去。
〔女人和九指出现。
〔井边。二人下井挖尸体。

女　人　快些啊,赶紧挖出来埋了他,我们就走。
九　指　奇怪啊,怎么会没有呢?
〔阴森的音乐起,男人出现在井口,向下面撒落叶。男人跳下井,女人大叫一声昏厥。
九　指　你怎么了?快醒醒,快醒醒!

女　人　（醒来）我又看到了他，我肚子好疼啊！

〔九指察看女人。

九　指　你这是怎么了！你下身怎么全是血！

女　人　啊，血！孩子！我的孩子！我的孩子——没了！

〔女人流产，她唯一的希望破灭，她什么也没有了，她感到了无限的绝望，她由恐怖的笑转变为撕心裂肺的恸哭！

〔九指拼命地摇着女人，女人慢慢地止住哭泣，眼神变得呆滞。九指抱起女人。

〔女人家。

九　指　你醒醒，醒醒啊！你可千万别吓我！是我害了你，害了我们的孩子！

（唱）滔天罪　难逃避

　　　尊情终到梦醒时

　　　本不忍同胞残杀逃兵役

　　　没想到沉沦杀人在今昔

　　　我害得心上人儿难逃离

　　　又把无辜的孩子也累及

　累　感情囹圄不由己

　悲　爱上已婚他人妻

　悔　一身难抽陷地狱

　罪　两条人命血染衣

　　　我的她已疯

　　　我的子已死

　　　步步陷入深渊里

　　　悔恨绵绵无绝期

九　指　醒醒啊，我们这就走，这就走！

〔慢慢醒来，神志有些失常。

女　人　我的丈夫死了，我的孩子也死了，我是个恶毒的女人！警察要抓我，他们都要来抓我！我害怕！（躲避）你是谁？别过来！别过来！

九　指　是我，是我啊！我们走！

女　人　(认出来九指)我们已经是无路可走了。

〔凌空响起一个炸雷,天空飘起的却是零星的雪花。

女　人　天啊!

(唱)天旋转地崩裂魂离躯体

　　　　身麻木心枯萎如同是一具行尸

　　　　冷清清　光明已随黑暗去

　　　　凄惨惨　活着指望尽消失

　　　　浑噩噩　人生了然无意义

　　　　悲凄凄　生命已尽灯火熄

　　　　三十载客居人世

　　　　三十载凄风苦雨

　　　　三十载辛酸苦泪

　　　　三十载了无生机

　　　　到头来落得个——

　　　　无悲无喜无爱无恨无生无死无求无欲无牵无挂无来无去

　　　　只剩下一腔绝望满腹愤恨上天无路入地无门何处把身栖

　　　　回首人生多风雨

　　　　两行清泪眼凄迷

　　　　我的孩子啊

　　　　你未临人世已死去

　　　　未曾看看你

　　　　未曾抱抱你

　　　　未曾喂喂你

　　　　未曾亲亲你

　　　　咱母子未曾见面已别离

　　　　如果有来世

　　　　来世再相聚

　　　　到那时妈妈一定生下你

　　　　孩子啊,对不起!

　　　　九指啊

　　　　你让我平静的生活泛涟漪

你让我尝到了爱情味甜蜜

和你在一起

幸福多真实

真想重头活一次

我重嫁,你迎娶

做回正当好夫妻

哪怕是只有三日

〔女人整理凌乱的头发。

女　人　我并不怎么漂亮,请你把我永远地记在心上。

〔九指痛哭出声,女人出奇的镇定。

女　人　你走吧,所有的罪恶我一人承担。

九　指　我们一起走!

女　人　我太累了,走不动了,只想停下来歇歇。

九　指　我背你走。

女　人　你走!

九　指　不!（停顿）那就让我们从现在起,成为真正的夫妻吧。

〔两个人点燃蜡烛,喜庆的唢呐声响起。

画外音　一拜天地,二拜高堂,夫妻对拜,新人入洞房喽!

〔九指抱起了女人,切光。

〔启光,次日清晨。

〔警察带黑衣人、白衣人上。

黑衣人　报告,已将房子包围。

白衣人　报告,奸夫淫妇还在屋子里。

警　察　好,破门抓捕!

〔警察带领人撞开女人家的门。

〔音乐起,九指和女人依偎在一起,在晨光中,映出一具罗丹的雕塑,居然散发着一种罪恶但真诚的美。

〔停顿。

警　察　把他们给我带走!

这个女人

[黑衣人和白衣人表现出女人和九指被鞭打的情景。

[警察审讯九指。

警　察　男人是不是你杀的？

九　指　是我干的。

警　察　尸体在哪？

九　指　井里？

警　察　你为什么杀他？

九　指　因为我爱上了他的女人！

警　察　酒保在哪儿？

九　指　在井里。

警　察　你为什么又杀他？

九　指　他知道我的事，他看着我，让我不能带女人走。

警　察　吃枪子之前你还有什么要说的？

九　指　我要看一眼我的女人。

警　察　不可能！我问你吃枪子之前还有什么可说的！

九　指　这操蛋的世道！

　　　　[枪声。

　　　　[男人与车出现。

女　人　我能跟你走吗？

男　人　恐怕我去的地方他们不会收留你。

女　人　求你原谅我吧。

男　人　我能原谅你，可你能原谅你自己吗？

女　人　我该去哪里？

男　人　不知道，我无法带上你。

女　人　我该去哪里？我要回去！

　　　　[酒保与酒瓶出现。

酒　保	回去？你忘了，族长是怎么把你吊在树上打得皮开肉绽？再说我也死了，不卖酒了。
女　人	酒？酒能给我痛苦的麻痹，为什么不给我精神的清醒？
酒　保	其实你一直都很清醒，只是你已经无法控制你自己了，就像你始终不让我得到你一样。
女　人	你死了还这么无耻！
酒　保	谁让你这么漂亮呢。
女　人	对，我不能回去！还有九指，我的九指。
	［九指与绳子出现。
女　人	你说过要带我走，去一个远远的地方，幸福地生活在一起，我们走啊！
九　指	晚了，我已经死了，去了一个黑暗的地方。
女　人	死了？不，不论什么地方你也要带我走！你不能丢下我一个人啊。
九　指	对不起！我不能带你去那个地方。
女　人	为什么？你让我拥有了爱情，却让我失去清白，这个绳子捆住了你我，虽然我知道它有一天会让我们窒息，可是我却无法逃脱。
九　指	可是，我爱你！
女　人	爱？这爱是有罪的！
	［警察与井出现。
警　察	你终于认识到了，爱，不是最重要的，最重要的是怎么爱。
女　人	我该怎么办？
警　察	等待你的是律法的惩处。
女　人	枪毙？
警　察	这是对你最好的惩罚。
	［四个道具全部出现。女人的选择。
女　人	死，我已经不怕了！我只剩下了恨！

(唱)恨你为何把我娶

　　从此悲苦无绝期

　　恨你为何唤醒我

情火焚身无所惧

我恨这个世道

我恨那些规矩

我恨天与地

我恨我自己

是我害死了你——

我的丈夫、我的九指、我的孩子！

生命飘摇随风去

游游荡荡似鸿羽

恍惚一生来

痛苦一世去

生无容身所

死无葬身地

老天哪——

我从哪里来？

该往哪里去？

女　人　小时候，我听说人在死的时候许的愿望最真诚，也最灵验，我知道，无论如何我也无法赎清我的罪恶，老天爷，请您答应我最后一个请求：请把我的魂灵化作一场大雪，让雪花把这所有的罪恶都掩盖上吧。

〔深处，一扇门洞开。

〔女人向着门走去。

〔警察声音出现——"预备，瞄准，开枪！"

〔空空的舞台上飘起了雪花，雪越下越大，掩盖了那辆车，那瓶酒，那根绳，那口井……

〔剧终。

沪剧

邓世昌

蒋东敏

　　1996年毕业于上海戏剧学院戏剧文学系,现任上海沪剧艺术传习所(上海沪剧院)编剧。主要作品有:沪剧《邓世昌》《上海往事》《长街行》;越剧《王熙凤大闹宁国府》(浙江省第十届戏剧节剧目大奖)、《救风尘》《画皮》《甄嬛》(上本)、《雪地追子》;川剧《青春涅槃》;淮剧《鸣凤之死》《星空之约》《闯上海》;锡剧《玉飞凤》(首届"长江戏剧奖·优秀剧目奖")、《彼岸花开》《状元情殇》;甬剧《甬港往事》;黄梅戏音乐剧《曙光曲》(安徽省第十四届精神文明建设"五个一"工程优秀作品奖)等。

　　沪剧《邓世昌》获2016年上海市舞台艺术作品评选展演优秀作品奖及主题创作奖、第十五届中国戏剧节优秀入选剧目、上海文艺创作舞台优品。

时　间：1874 甲戌年夏至；1894 甲午年 9 月秋。

地　点：福州马尾、山东威海刘公岛、日本战时大本营、大东沟海域。

人　物：邓世昌——北洋舰队"致远"舰管带，出场时 25 岁。

　　　　刘步蟾——北洋舰队右翼总兵，"定远"舰管带，出场时 26 岁。

　　　　何如真——邓世昌之妻，上海富商千金，出场时 21 岁。

　　　　李鸿章——清光绪朝直隶总督兼北洋大臣，出场时 51 岁。

　　　　丁汝昌——北洋海军提督，李鸿章亲信，出场时 38 岁。

　　　　林永升——北洋舰队"经远"舰管带，出场时 26 岁。

　　　　方伯谦——北洋舰队"济远"舰管带，出场时 21 岁。

　　　　林泰曾——北洋舰队"镇远"舰管带，出场时 23 岁。

　　　　叶祖奎——北洋舰队"靖远"舰管带，出场时 22 岁。

　　　　陈金揆——北洋舰队"致远"舰大副，出场时 30 岁。

　　　　东乡平八郎——日本联合舰队"吉野"舰舰长，出场时 46 岁。

　　　　伊东佑亨——日本联合舰队司令，出场时 51 岁。

　　　　水兵，舞女等若干。

序幕 1874 甲戌年 福州马尾

〔深蓝的海底,散落的军舰残骸,沉睡的海军。

天幕字幕 幽深的海底,长眠着一群不屈的灵魂。

一百二十年前,农历甲午年八月十八(公元 1894
年 9 月 17 日)。那一天,是北洋舰队致远舰管带
邓世昌 45 岁的生日;那一天,他在血肉横飞,几
无胜算的大海战中壮烈牺牲。

生日成祭日,是巧合? 还是生命的无奈?

〔主题音乐中幕启。

〔邓世昌挣扎爬起,似在寻找什么;刘步蟾也爬起,一起寻寻
觅觅。

邓世昌 又到甲午年了! 步蟾兄,两个甲子了。

刘步蟾 我们沉入海底一百二十年了。世昌,又到了你的生日。

邓世昌 生日即是祭日。步蟾兄,你还记得当年的船政学校吗?

刘步蟾 怎能忘记?

〔激昂的乐声起,一轮骄阳在海面上缓缓升起,残骸变幻成新
舰,舰上飘扬着大清龙旗。龙旗下,马尾船政学堂的第一批
毕业生正在进行毕业操练。

〔邓世昌,刘步蟾疾步融入操练学员中,精神抖擞地操练着。

幕后声 全体集合,准备操练。

众学员 (唱)东方升起骄阳,

照耀无边海疆。

听那大海欢唱,

卷起豪情万丈。

幕后声	中堂大人到！
	［李鸿章在丁汝昌及众人簇拥下走上台来。
李鸿章	（笑）好！（满意地环顾众学员转身面向前面）马尾船政学堂,大清海军开山之祖也！恭喜各位,今日顺利毕业,成为大清北洋水师第一代海军将才。你们即将担负起保卫大清海疆的使命,责任重大呀！老夫已经奏请皇上,皇上恩准,从你们之中挑选优秀人才,送往英国,继续深造。（学员们精神一振）老夫特意调派最优秀的陆军提督丁汝昌担任水师提督——（学员们不解地对望,眼中充满怀疑,李鸿章看在眼里）现在就由他来宣布留学名单。
	［丁汝昌上前一步,宣布留洋名单,被点到名的学员,一一出列。
丁汝昌	刘步蟾、林泰曾、方伯谦、林永升、叶祖奎,明年年初,留学英国皇家海军学校。
众　人	谢皇上。
	［邓世昌越众而出。
邓世昌	中堂大人,学生有话要说。
丁汝昌	大胆！
教　官	（奔至李鸿章面前,跪）大人,本教官管教不严,请大人恕罪。
李鸿章	起来吧。（望向邓世昌）你叫啥名字？ 要问啥？
邓世昌	中堂大人！
	（唱）学生名叫邓世昌,
	船政学堂勤奋攻读五年长。
	自强不息求上进,
	各门考核皆优良。
	自问不在人之下,
	为什么不能继续深造去留洋？
李鸿章	邓世昌！（仔细打量走上三步）就是那个洋教习口中“最伶俐的青年”？ 广东靓仔！（拍打一下邓世昌,笑了）不错,按照你的表现,是完全可以留洋的;可不让你去,是因为有更加重要的任务要交给你。
邓世昌	（自言自语）更加重要的任务？
李鸿章	带船。

邓世昌	（意外，惊喜）让我带船？
李鸿章	按理刚毕业的学员经验是不足的，但海防责重大任，急需能独当一面的将才。老夫查阅了你的"练船"日记，觉得你有这个潜能。不知道你对自己有没有信心呢？
邓世昌	有！邓世昌一定不辜负中堂大人苦心！（跪下）
	［李鸿章接过亲随手中绶带有仪式感地给邓世昌系上。
邓世昌	谢中堂大人！
李鸿章	（再次环顾年轻的学员们）朝廷兴办船政学堂，创建海军，为的是巩固我大清海疆。不管是留洋的，还是留下的，都要记住，海防乃保卫大清的重中之重！
众学员	海防乃保卫大清的重中之重！
教 官	大人，请到前面看看我们新购的军舰。
	［教官引李鸿章等下，李鸿章转身向众学员挥手告别。
	［学员们刹那欢呼雀跃。
刘步蟾	（犹自不解）怎么让一个陆军的来管我们海军呢？
邓世昌	你都要去英国留学了，还管这些做啥？
刘步蟾	（回过神）世昌，真羡慕你，可以带船呀！
邓世昌	我还羡慕你可以去英国学习呢。前天我收到东乡平八郎的信，说他也要去英国留学呢——
刘步蟾	东乡平八郎？
邓世昌	就是那个来我们船政学堂参观学习——
刘步蟾	（想起来）总是缠着你大谈日本海军理想——
邓世昌	被你捉弄过的那个日本学生！马上就要成为你的英国同学了。
刘步蟾	原来是他呀！
邓世昌	不要再欺负人家哦。
	［两人相视大笑。喜庆音乐起。邓世昌、刘步蟾等循着乐声望去。
	［一位头戴红盖头的女子缓缓走来。
邓世昌	哎，哪里来的新娘？有人要办喜事吗？
刘步蟾	有新娘当然是要办喜事啰。
邓世昌	哦？啥人要做新郎官？
刘步蟾	新郎嘛，就是你呀！

[众学员起哄。

邓世昌　（急着摆脱）别闹！这种事情不能胡闹的！开我玩笑不要紧，不要让人家姑娘家难堪。

刘步蟾　人家可是心甘情愿嫁给你的。你不要？

邓世昌　你晓得的，我是有意中人的。

刘步蟾　真的不要？你别后悔——

邓世昌　丈夫做事光明磊落，对不起人家的事，我邓世昌是不会做的。

何如真　（掀开面纱）世昌。

　　　　　[邓世昌转过身来，惊见何如真亭亭而立。

邓世昌　（又惊又喜）如真？

刘步蟾　看来他真的不想要，那我们还是把她就送回去吧！

邓世昌　（急了）哎，哎！

刘步蟾　快点讲，到底要还是不要？

邓世昌　（大声地）要！（惊喜）如真！你，你怎么会在这里？

刘步蟾　是我特意写信把她请来，跟你成亲的。

邓世昌　（望着何如真和刘步蟾）我邓世昌真是太幸福了，红颜挚友竟双收！

众　　人　还有呢，洞房花烛夜，金榜题名时！

刘步蟾　送入洞房！

　　　　　[蓦然一声炮响，众人俱惊。

太　　监　（出）圣旨到。

　　　　　[李鸿章、丁汝昌、亲随出，跪。

太　　监　奉天承运，皇帝诏曰：今日本攻占台湾岛，命李鸿章速速率领海军赶赴台湾，驱逐敌寇。钦此。

　　　　　[切光。

第一场　1891辛卯年　山东威海刘公岛邓世昌寓所

　　　　　[黄昏时分，何如真倚门远眺。

何如真　(唱)夕阳西照金波粼粼，

　　　　　　万点霞光铺映山径。

　　　　　　想起了十七年前的新婚夜，

　　　　　　一道圣旨两离分。

　　　　　　他保家卫国去从军，

　　　　　　我养儿育女侍奉双亲。

　　　　　　天涯相隔心相系，

　　　　　　翘首鸿雁传书信。

　　　　　　七年前终得随军行，

　　　　　　却也是船上岸上两处分。

　　　　　　今日是他寿诞日，

　　　　　　我倚门听涛盼夫君。

　　　　[何如真望着远处，静静等待。蓦然好像望见了什么，笑容泛
　　　　上她的脸颊。她匆匆走进里屋。

邓世昌　(幕后)步蟾兄……等等我呀……
　　　　[刘步蟾大步上，邓世昌随上。

邓世昌　步蟾兄……刘总兵！

刘步蟾　我是越想越气！

何如真　(望见，迎出)哎呀，你们两个人怎么在门口就吵起来了？步蟾
　　　　大哥，请你到房间里歇歇喝杯茶消消气。

刘步蟾　气都气饱了，还吃啥茶。(欲走)

何如真　步蟾大哥！(跟邓世昌做了个手势)平时你要走，我也不留。可
　　　　今天是世昌的 42 岁生日。

刘步蟾　噢，生日！

何如真　你无论如何给我个面子，喝了酒再走。

刘步蟾　今天看在弟妹的面上，不是给你过生日噢。
　　　　[众人进屋，入座。

何如真　步蟾大哥，世昌哪里又惹你生气啦？

刘步蟾　丁汝昌身为海军提督，却不肯为海军发展争取最好的资源。

　　　　他不去，我去！我去找李中堂要炮、要舰！

邓世昌　可结果呢？停了你一个月的薪水。

刘步蟾　难道我做错了吗？

邓世昌　你没错，但是丁军门也没错。

刘步蟾　邓世昌，你啥意思？你到底站在谁的立场上？

邓世昌　我当然站在你的立场上。你是总兵，我的顶头上级，还是我的好兄长——

刘步蟾　那你还说他没错！

邓世昌　你坐你坐。

　　　　〔何如真站在桌子后面为两人斟酒。刘步蟾不搭理邓世昌。

何如真　世昌，是你不对，你要先自罚三杯！

邓世昌　好，如真讲得对，我自罚三杯，（举杯）步蟾兄！

　　　　（唱）第一杯是感恩酒，

　　　　　　　感谢你一腔热血为海军谋。

　　　　　　　第二杯是谢罪酒，

　　　　　　　你火气上蹿我未浇油。

　　　　　　　第三杯是劝慰酒，

　　　　　　　肺腑之言诉挚友。

　　　　（白）步蟾兄啊，你这次的事错就错在越级上报！

何如真　越级上报！

邓世昌　（唱）越级上报终究违军规，

　　　　　　　莫忘了海军章程是你亲手修！

　　　　　　　海军若想有作为，

　　　　　　　如铁军纪不能丢！

　　　　　　　停薪一月未记过，

　　　　　　　提督还是把情留。

　　　　　　　只是让你一人受过有失公允，

　　　　　　　所以我，在你停薪的这个月，

　　　　　　　我包你吃住，任你差遣，骂不还口，打也不回手！

刘步蟾　停薪一个月，我还不至于被饿死。这个丁汝昌啊，一个陆军啥都不懂。

　　　　（唱）世界海军大发展，

　　　　　　　日新月异追得紧。

　　　　　　　添船购炮不容缓，

　　　　　　　偏偏我们停滞不前三年整！

　　　　　　　眼看邻国渐渐强，

　　　　　　　忧心如焚难平静。

　　　　　　　想起当年留洋求学路，

　　　　　　　想起强国豪迈情。

　　　　　　　我一次次力陈利弊求购舰，

　　　　　　　他一回回推三阻四不答应。

　　　　　　　丁汝昌出身陆军的门外汉，

　　　　　　　凭什么官至提督掌海军？

　　　　　(白)不就是因为他是李中堂的亲信嘛！

　　　　　(唱)鸠占鹊巢倒也罢，

　　　　　　　无所作为实难忍！

邓世昌　(唱)不能忍，也要忍，

　　　　　　　越级上报不可行。

　　　　　　　舰队规章第一位，

　　　　　　　齐心合力事方成。

刘步蟾　(苦笑)好你个邓世昌，算你有道理。

邓世昌　那你就去陪个笑脸，事情就过去了嘛。

刘步蟾　赔笑脸？要我给丁汝昌赔笑脸？要笑，你自己去笑。

邓世昌　只要能做成事，我不在乎对谁笑还是对谁哭。可我只是个管带，跟他差了两级呢。我可不想到时候被你治一个"越级拍马屁"的罪名。

何如真　好了好了，(替他们倒酒)世昌，今天是你的生日，这些不开心的事就不要再讲了。

刘步蟾　今天看在弟妹的面上，吃完酒再说。哎，我刘步蟾这辈子做得最漂亮的事情，就是帮你找了一个既贤惠，又漂亮的好媳妇！

邓世昌　谢谢步蟾大哥！

刘步蟾　祝你长寿！生日快乐！干杯。

　　　　[三人碰杯。林泰曾上。

林泰曾　邓管带！

邓世昌　（站起来走到门口）哎,林管带,你来得正巧,跟我一起喝一杯,今
　　　　天是我生日。

林泰曾　你还有心思过生日!

邓世昌　怎么了?

林泰曾　刘总兵在你这里吗?

邓世昌　在呀。

　　　　〔邓世昌引林泰曾进屋。

林泰曾　总兵大人,提督大人到处在找你。

刘步蟾　他找我做啥?

林泰曾　户部通知丁军门,从今年到甲午年的三年里不准北洋海军购
　　　　买军舰和枪炮。

刘步蟾　为什么?

林泰曾　皇上下了圣旨,说三年后的甲午年正好是太后的六十大寿,
　　　　从现在就要开始筹备。

邓世昌　三年以后的生日,从现在就要开始筹备?

林泰曾　连补充装备的费用都不拨给了!

邓世昌　就是为了太后老佛爷的生日!

刘步蟾　（卸下剑扔到桌子上）好了,再也不用越级上报了,就是上报给皇
　　　　上也没用了。

　　　　〔邓世昌转身看着杯子,愤怒地摔下。

　　　　〔切光。

第二场　1894甲午年　山东威海刘公岛妓院　赌场

　　　　〔方伯谦、林永升、林泰曾、叶祖奎徘徊在妓院门口。

　　　　〔音乐起,五个妓女扭着出来,走向众管带。

方伯谦　（唱）红唇粉面实在美,

林永升　（唱）美酒斟满合欢杯,

林泰曾	(唱)温柔乡里愿长醉,
叶祖奎	(唱)永世不醒也不悔!
众妓女	(唱)来来来,喝一杯,
众管带	(唱)莫要问,我是谁;
众妓女	(唱)今朝有酒今朝醉,
众管带	(唱)明朝有愁明朝会。

再会,再会,明朝会!

〔众管带拿下剑,扔掉。妓女们把管带拉走。众人造型。

邓世昌	(幕后唱)致远舰上现谍影——

〔邓世昌上。

邓世昌	(唱)日本细作探军情。

狼子野心已暴露,

北洋水师却梦未醒。

实战操演久未行,

兵勇溃散无号令。

战舰上不见众管带,

听说在花柳巷中欢乐寻。

事态紧急强压火——(目睹众管带形状)

此情此景痛伤心。

〔邓世昌欲走,又转身,逐步走下台阶,望着众管带。

邓世昌	(唱)不见了意气风发峥嵘辈,

满眼是汲汲营营颓废脸。

反观日本已居上,

众志成城海军建。

军舰先进弹药足,

虎视眈眈觅战机。

情势已到危急时,

兄弟呀,我船政学堂的好兄弟呀,

恳请你们,恳请你们合力来回天!

〔众管带看着邓世昌,互望一眼。

叶祖奎	邓大人,可怎么回天呢?

林泰曾	不是大家不想练兵呀,实在是巧妇难为无米之炊。
林永升	你又不是不知道,今年是甲午年,是太后老佛爷 60 寿诞,军费都拿去修园子了!连军饷都已经拖欠了好几个月了,水勇们哪有情绪操练?我们当头的总不能拿枪逼他们!
方伯谦	你邓大人生在富商家,家底厚,可以把私房钱拿出来,贴补你致远舰的兄弟们。我们没你命好啊,啥时也给我们济远舰分一杯羹?
叶祖圭	好了,你住口。世昌兄,话说完了吗?请,恕不远送。
众管带	请!
邓世昌	兄弟们——
方伯谦	(故意地)兄弟们,今天一定要一醉方休! 〔没人再睬邓世昌,重回欢场。一妓女上前搂住邓世昌,被邓甩掉。
邓世昌	(怒极,看到满台的剑)一群败类! 〔邓世昌怒气冲冲欲离开,众管带冲上。
林泰曾	邓世昌!你啥意思?
方伯谦	你以为你是谁?居然来教训我们?
林永升	今朝你不赔礼道歉,你休想走!
邓世昌	怎么?想打?
叶祖奎	打,打就打! 〔众管带抄起佩剑,冲向邓世昌,开打。妓女们惊叫着退下。
刘步蟾	(幕后)放肆! 〔刘步蟾手提烟枪上场门出,众管带停战。 〔刘步蟾看着邓世昌,邓世昌回身,刘步蟾躲避邓世昌的眼神。
刘步蟾	啥人在这里吵哄哄的?扫兴得很,劲还没上来就被打断了。(扫一眼众人)比试武艺呢?找错地儿了吧?收起来。都是留洋回来的,成何体统! 〔邓世昌望着刘步蟾手中的烟枪,半天没回过神。
刘步蟾	(走到邓世昌旁)世昌,难得你也有好兴致来白相哪——(拍邓世昌肩膀)放松点。
邓世昌	步蟾兄?不,总兵大人,你——

刘步蟾 (吐一口烟圈)我,蛮好。

邓世昌 (失望之极)你,你不是我认得的刘步蟾!

刘步蟾 你说什么?

邓世昌 (直视刘步蟾)我认得的刘步蟾,是那个为了修订《北洋海军章程》可以四天三夜不睡的疯子;我认得的刘步蟾,是那个为了添购战舰敢和李中堂争得面红耳赤的疯子。那个我最敬佩的疯子,不是眼前这个吞云吐雾的人!

〔邓世昌冲到刘步蟾面前,上前一把夺过烟枪,狠狠地扔到地上。

刘步蟾 (慢慢回神,深深刺痛,望着邓世昌背影)你说得对! 在这个混沌的世上,想要有所作为的人就是疯子!

　　(唱)这是一个大染缸,

　　　　　到处都是龌龊相。

　　　　　清高孤傲没市场,

　　　　　有所作为是妄想。

　　　　　与其不识时务做疯子,

　　　　　倒不如,逛逛妓院,进进赌场,

　　　　　抱抱姑娘,拿拿烟枪,混混沌沌磨时光。

众管带 (唱)抱抱姑娘,拿拿烟枪,混混沌沌磨时光。

邓世昌 (缓缓捡起烟枪)蛮好,好好享受,好日子已经不多了。(把烟枪塞到刘步蟾手中)等到北洋水师全军覆没,想抽两口都寻不着烟枪了!

〔刘步蟾顿觉眼前一黑,脚步踉跄,险些摔倒,众管带忙上前扶住。

林泰曾 邓世昌,你太过分了! 大家都是同学,你应该了解我们,你以为我们愿意这样过日子吗?

方伯谦 没军费,没装备,凭啥来鼓士气?

林永升 就你爱国,我们都不爱国,是吗?

叶祖奎 你竟敢诅咒北洋水师!

邓世昌 诅咒? 用不着。日本人已经摸清了我们水师的底细。

〔邓世昌把图纸仍给刘步蟾,管带捡起给刘步蟾。

邓世昌　今天早上致远舰上发现了两个日本细作,围捕中逃走一个,另一个被抓的,未及审问就服毒自尽了。从死者身上搜出一张图,图上显示各舰人员分布状况,还有各舰的弹药库存情况。日本人想动手了! 你们还在此地花天酒地。这样一只纸老虎,不打白不打!

方伯谦　少在这讲大道理教训人,有本事去把军费讨来! 去呀,你去呀! 讨不来你有再多的家产也垫付不起。

林永升　只要你把军费讨来,我们全听你的。

邓世昌　好,我去讨! 讨来了全部给我回舰上训练去!

众管带　好!
　　　　〔邓世昌怒容满面转身往外走。

刘步蟾　站住!

邓世昌　(虽听着却不回头)刘总兵还有啥吩咐?

刘步蟾　(望着邓世昌后背,忽然感觉很难受)你晓得去哪里讨吗?

邓世昌　不晓得,但是我会尽力去讨。

刘步蟾　等一等,(迟疑着,还是说了)听说海军衙门从海关处新得了白银100万两……

众管带　100万两?

邓世昌　100万两?
　　　　〔邓世昌闻言回身,望着刘步蟾。

刘步蟾　你可以仰仗某人去想办法把这笔款弄过来。

邓世昌　某人? 丁军门?

刘步蟾　嗯。你晓得的,他是李中堂的亲信,由他出面去恳求中堂大人,补饷添购之事就会有把握。

邓世昌　北洋海军是李中堂一手创建的,他绝对不会不管海军死活,一定会有办法的! 好,我这就去寻丁军门。

刘步蟾　提督署大门紧闭,你到哪里去寻他? (见邓世昌发愣,提醒)老土包子就好赌——(见邓世昌欲走)切记,万万不可向丁军门透露是我的主意。
　　　　〔景转赌场。邓世昌在赌场外徘徊。

邓世昌　军门大人,末将邓世昌有要事禀报。

丁汝昌　(幕内声)邓管带吗？在外面等一下。

邓世昌　大人——

丁汝昌　(幕内不耐烦地)叫你等一下没听到吗？来,继续!

　　　　〔幕后传来打牌声。邓世昌焦急愤怒地来回踱步,也只得无奈等待。

　　　　〔伴随一阵大笑声,丁汝昌手拿钱袋走了出来。

邓世昌　大人——

丁汝昌　哎,运道好的时候真是挡也挡不住呀!邓管带,今朝为了什么事来寻我呀?

邓世昌　禀告军门大人,今天早上在致远舰上发现了二个日本细作,一死一逃,从死者身上,搜出了有关我水师的机要情报。

　　　　〔邓世昌拿出图纸,丁汝昌接过。

丁汝昌　(看过大惊)竟有这种事?看来日本人野心毕露了!

邓世昌　所以末将恳请军门大人速速求李中堂向朝廷催要军费军饷,加紧演练备战呀!

丁汝昌　催,催!你以为我没催吗?你以为催一催就能催来吗?

　　　　(唱)朝中人嫉恨水师场面大,

　　　　　　时时弹劾把怨气吐。

　　　　　　说什么空耗国力用场无,

　　　　　　说什么经费短缺实在难填补。

　　　　　　他们把水师看做中堂私家兵,

　　　　　　左遏制右防范不容再壮大!

　　　　　　这几年更是借着太后寿诞把文章做,

　　　　　　明扣克暗挪用时时来添堵。

　　　　　　李中堂是有苦难言把黄连吞,

　　　　　　我怎能一再催款犯他怒?

邓世昌　可是大人,开战在即,你……

丁汝昌　开战?还早。

　　　　(唱)小细作掀不起大风浪,

　　　　　　日本人不过在观望。

　　　　　　少安毋躁休惊惶,

熬过了太后寿诞就有希望！

幕后声 丁军门，快来呀，就等你一个！

丁汝昌 来了来了！（往里走）

邓世昌 丁军门！丁大人！请留步。

丁汝昌 （转身）大胆！

邓世昌 末将听说，海军衙门新到了一笔款子！

丁汝昌 （警觉地直视邓世昌）海军衙门的机密事情，你怎会知晓？

邓世昌 （一时语塞）我？

丁汝昌 （逼问）想必是有人特意告诉你的？讲！是谁泄露了消息？

邓世昌 （急中生智）哦，末将在海军衙门有一个旧相识，是他无意中提到的。

丁汝昌 哼，无意中提到的。

邓世昌 敢问大人何时动身？

丁汝昌 我说了我要去吗？

邓世昌 （愤懑）难道大人就真的不管海军死活吗？

丁汝昌 我是海军提督，怎会不顾海军死活？（直视邓世昌）海军的机密到底是谁告诉你的？讲！是谁让你来找我的，讲！

〔邓世昌犹豫着后退，刘步蟾忍不住冲了进来。

刘步蟾 是我！你用不着逼邓世昌。

丁汝昌 （得意地笑）呵呵，我就晓得——

（唱）是你有意将消息放，

逼我出头去讨军饷。

讨不来讲我没本事，

讨来了——

刘步蟾 （唱）我第一个为你把赞歌唱！

丁汝昌 （唱）你是存心看我出洋相，

刘步蟾 （唱）要人服就得凭真刀枪。

〔丁汝昌气急败坏，欲冲上去，邓世昌急忙挡在两人中间。

邓世昌 军门大人，刘总兵！恕末将冒昧了！你们都是水师的领军人，在目前这种情势下，理应齐心协力，筹集军费军饷，鼓舞士气，积极备战！可是你们看看，你们在哪里，一个赌，一个

363

抽，一群人在嫖……

丁汝昌　刘步蟾，这就是你的部下。我现在就放权给你。你去讨，讨来军饷，我这个提督就给你当！（狼狈下）

邓世昌　这就是北洋水师。

　　　　［刘步蟾气呼呼下。

邓世昌　（唱）朝中党争紧，

　　　　　　　水师内斗狠。

　　　　　　　只顾自身利，

　　　　　　　哪想国与民？

　　　　［邓世昌转身欲走，却看见陈金揆和5个水勇聚集在门外。

　　　　［看到他们，邓世昌痛苦地上前抱住陈金揆，水兵们一起上去抱成一排，水勇甲想上前但是站在后面。

水勇甲　（鼓足勇气）邓大人，我们想离开水师，回家去。

　　　　［水兵们松开，邓世昌后退。

水勇乙　邓大人，家里来信，说爹爹病重……

邓世昌　金揆，快去给他拿些银子——

水勇乙　我们不能再拿您的银子了！邓大人！

　　　　［恍如惊雷击中邓世昌。

水勇丙　（冲到邓世昌面前）邓大人，您是明白的，打仗是不可能只靠我们致远一艘舰的！

水勇丁　不发军饷我们可以熬，再苦再累我们可以忍，可没枪没炮没弹药，我们怎么办？

　　　　［水勇们的话如利刺扎在邓世昌心中，他想说些什么，最终还是说不出来。

邓世昌　（痛心地）想走的兄弟们……（黯然）就走吧。

陈金揆　大人——（回身）快去操练。

众水勇　是！

　　　　［水勇们无声地离去。水勇丁忽然回身。

水勇丁　（对邓世昌深深一鞠躬）邓大人，对不起！

　　　　［邓世昌转身看着他想上前拥抱，水勇丁却跑下。

　　　　［邓世昌无奈倒在地上无语仰天。

邓世昌　（唱）天无言，地无声，

　　　　　　浪不涌，涛骤静。

　　　　　　乌云起，黑沉沉，

　　　　　　心坠海底寒如冰。

　　　　　　想我邓世昌十五岁随父到上海，

　　　　　　浦江边目睹洋人逞横行。

　　　　　　毅然马尾从军去，

　　　　　　强国之梦藏在心。

　　　　　　忘不了毕业之日昂扬志，

　　　　　　忘不了意气少年齐奋进。

　　　　　　忘不了中堂大人话叮咛，

　　　　　　忘不了北洋水师永固海疆保黎民。

　　　　　　我不能眼睁睁看着水师被吞噬，

　　　　　　我怎能随波逐流去沉沦！

　　　　　　只要一丝希望在，

　　　　　　决不做自暴自弃堕落人。

　　　　　　纵然是，风再狂，雨再猛，浪再汹，涛再急，

　　　　　　我也要逆风独行去寻光明！逆风独行去寻光明！

　　　　〔切光。

第三场　当日黄昏　山东威海刘公岛邓世昌寓所

　　　〔夕阳透过窗外照在何如真的身上，将她笼罩在一片金色中。桌子上有一盏灯。何如真坐在桌前拧灯，悉心地做着一件小孩衣裳。

　　　〔邓世昌来到家门口，吹着口哨伸头往里看。

何如真　（听见哨声一吓站起来回首，惊喜）吓我一跳，你今天怎么回来了？不是说最近军中事务繁忙吗？

邓世昌　想你了呀。

何如真　想我？你是不是又要回来拿银子了？

　　　　〔何如真拿起小孩衣服在邓世昌面前晃了晃。

邓世昌　哪里来的小孩衣服？

何如真　我做的呀。你怎么啦？

邓世昌　(拿起衣服)你做小衣服做啥？老大已经十六岁了,老二也快十岁了——(恍悟)难道你？

何如真　(含笑点头)世昌,我们第三个孩子今年也要出生了。

　　　　(唱)这悄然而至的小生命,

　　　　　　　恰是那轻轻海风送温馨。

　　　　　　　但愿还是男孩子,

　　　　　　　正直坦荡像父亲。

邓世昌　(唱)若是女儿也欣喜,

　　　　　　　养就蕙质抱兰心。

何如真　(唱)寻一个堪比爹爹的栋梁材,

　　　　　　　夫唱妇随永相亲。

邓世昌　唉! 我不是栋梁,我既不能保家卫国,也不能让家人幸福。

何如真　世昌,你今天怎么了？

邓世昌　唉……

何如真　(自以为明白,站起来走到邓世昌旁)你不要急,不要愁,我又变卖了一些首饰,应该可以帮助那些有困难的兄弟。

邓世昌　救得了一时,救不了一世呀!

何如真　救一时也好呀。否则又有什么办法呢？

邓世昌　办法倒有一个。

何如真　是啥？

邓世昌　步蟾兄告诉我,海军衙门到了一笔款子。

何如真　是真的,那就好了嘛。

邓世昌　可是丁军门因为与步蟾兄的私怨,竟然不肯去要!

何如真　那怎么办呀？

邓世昌　(笑着说)我去要呀。

何如真　(大惊)你？你想越级上报？不,不,不能啊,世昌!

　　　　　　（唱）越级上报犯大忌，

　　　　　　　　　步蟾大哥是你的前车之鉴。

　　　　　　　　　停薪一月尚为轻，

　　　　　　　　　削职记过就将你的前程废！

邓世昌　（唱）前程怎与军费比？

　　　　　　　　　区区罪责我不惧。

何如真　（唱）今年是太后六十寿诞期，

　　　　　　　　　形势不同三年前。

　　　　　　　　　皇上下旨要欢庆，

　　　　　　　　　你不能抗旨去冒险！

邓世昌　（唱）挽救水师唯此举，

　　　　　　　　　纵有险阻不放弃。

何如真　（唱）你若有难家怎安？

　　　　　　　　　爹娘孩儿要无所依。

　　　　　　　　　水师纵然千斤重，

　　　　　　　　　求世昌莫要把家看低。

邓世昌　（唱）国不宁来家怎安？

　　　　　　　　　知我懂我应是你。

何如真　（忍不住泪下）我，懂。

　　　　　　（唱）世昌啊，你是豪气男儿立天地，

　　　　　　　　　鸿鹄有志磐石坚。

　　　　　　　　　你不愿做安逸邓少爷，

　　　　　　　　　弃商从军把强国责任挑在肩。

　　　　　　　　　如真我爱你更敬你，

　　　　　　　　　无怨无悔做了你的妻。

　　　　　　　　　聚少离多我甘愿，

　　　　　　　　　唯有你，你的安危时时刻刻在心头系！

邓世昌　（故作轻松）如真，你放心，不会有事的！我是去见中堂大人，不
　　　　　是皇上呀。北洋水师是中堂大人一手创建的，我相信他不会
　　　　　降罪我的。何况，中堂大人很赏识我的。（模仿李鸿章腔调）你
　　　　　这个广东靓仔，打仗够狠啊，谁做你敌人都要仆街！（笑了起

来)放心放心,肯定没事。你好好在家休养,等我回来,记得给我庆功! 金揆,备马!

[邓世昌转身,疾步出门。一跨出家门,装出来的轻松立刻消失。

何如真　(听见马叫惊觉邓世昌的离去,焦急追出)世昌! (忽然想起什么)步蟾大哥!

[切光。

第四场　接前场　官道路口

邓世昌　(幕后唱)策马扬鞭赴津城——
　　　　[邓世昌策马扬鞭上。

刘步蟾　(幕后)邓世昌! 你好大的胆。
　　　　[刘步蟾策马扬鞭上。

邓世昌　(唱)半道杀出个程咬金。

刘步蟾　邓世昌! 你好大的胆子! 竟然擅离营地,越级上报。
　　　　[刘步蟾对空鸣枪。

邓世昌　(唱)来者不善难周旋,
　　　　　　唯有硬闯脱危境。
　　　　[刘步蟾拦住邓世昌。

邓世昌　大人借过,天大罪责容世昌回来后承担!

刘步蟾　你敢往前一步试试看! 你难道忘记了三年前我越级上报受处罚的事吗?

邓世昌　我没忘,才会学你这招。不就是削职记过吗?

刘步蟾　今日不同往日! 太后寿诞将临,越级上报,你不要命了! 你!

邓世昌　今日不如往日! 日本开战在即,缺枪少炮,军纪不正,人心涣散,我要命何用?!
　　　　(唱)五十年前英国人,

洋枪洋炮轰国门。

五十年来遭凌辱，

割地赔款讨安宁。

如今眼看日本来挑衅，

怎能够一忍再忍饰太平。

你我投笔从戎为强国，

理当千挫百折志不泯！

步蟾兄，我的兄长啊！

可记得船政学堂学技艺，

刘步蟾　（唱）你我同怀一颗救国心。

邓世昌　（唱）可记得远渡重洋去接舰，

刘步蟾　（唱）你我乘风破浪并肩行。

邓世昌　（唱）你掌定远开前路，

刘步蟾　（唱）你驾致远紧紧跟。

邓世昌　（唱）步蟾兄，我志同道合好兄长——

刘步蟾　（唱）所以我，不能明知有险纵你行！

邓世昌　你会的，因为你我是一样的人。

　　　　（唱）我知你吞云吐雾为掩痛，

　　　　　　我知你花丛迷离如饮鸩。

　　　　　　我知你心底梦想依然在，

　　　　　　我知你为国为民定会放我行！

刘步蟾　（唱）世昌啊！我的好兄弟！

　　　　　　你百折不挠欲孤行，

　　　　　　羞煞我这浑浑噩噩失意人。

　　　　　　兄弟祸福当相依，

　　　　　　越级上报我与你同行！

邓世昌　（唱）热泪盈眶把兄长唤，

刘步蟾　（唱）热血上涌把兄弟唤，

邓世昌　（唱）恍见当年刘步蟾！

刘步蟾　（唱）还你当年刘步蟾！

　　　　［邓世昌跷起大拇指，抢先牵马给刘步蟾。

刘步蟾　我的好兄弟！

邓世昌　（突然想起）可这越级之罪岂不是又要你来承担了？

刘步蟾　（一笑）就许你为国尽忠，就不许我为国尽忠吗？走啦！

　　　　〔邓世昌、刘步蟾策马前行。

邓世昌　（唱）本以为独行千山，

　　　　　　　没料想有友相伴。

刘步蟾　（唱）壮士其实不孤单，

　　　　　　　共闯虎山将大势挽。

邓世昌　（唱）马上霜月正阑干，

刘步蟾　（唱）豪情上涌不觉寒。

　　　　〔两人下马到下场门。

邓、刘　刘步蟾、邓世昌求见中堂大人。

幕后声　中堂大人上京办事去了，二位可往贤良寺寻他。

邓世昌　贤良寺。

刘步蟾　走，上京城！

　　　　〔两人策马下。

　　　　〔切光。

第五场　接前场　北京贤良寺

幕后声　刘步蟾、邓世昌求见。

　　　　〔龙旗下，一大屏风，一张太师椅。李鸿章正坐在闭目养神。

　　　　〔邓世昌，刘步蟾一旁静候。

李鸿章　（眼睛仍闭着）是谁啊？

刘步蟾　（跪）属下北洋舰队总兵刘步蟾。

李鸿章　（眼睛微睁）我还以为你是提督呢。

刘步蟾　（惊）大人，实在因事态紧急，而丁军门他——

李鸿章　（眼睛全睁，表情冷峻）总算听到你尊称一声丁军门了。

· 370 ·

刘步蟾　(极度尴尬)大人……

李鸿章　(怒)哼！你以为我不知道吗？刘步蟾，你私结闽党，争权
　　　　夺利，把丁汝昌堂堂水师提督搞得狼狈不堪！我惜你是个
　　　　人才，睁一只眼闭一只眼就算了。没想到你连做事的规矩
　　　　都不懂了，竟敢直接来见我！你现在已经见到了，可以
　　　　走了！

　　　　〔刘步蟾尴尬不已站起来退，走也不是，留也不是。

邓世昌　(站起上前)想不到堂堂中堂大人，竟置朋党利益于国家大义之
　　　　上。看来北洋水师注定无救了！总兵大人，我们还是走吧。

李鸿章　啥人竟敢在我面前大放厥词？

邓世昌　(上前跪下)属下北洋水师致远管带邓世昌。

李鸿章　邓世昌？哦，我想起来了，就是那个广东靓仔。

邓世昌　(笑)大人好记性。

李鸿章　我记得你一向是敢放厥词的。说吧，到底什么事让你们又是
　　　　越级，又是激将的？

邓世昌　禀中堂大人，前几日致远舰上发现了日本细作，于我水师分
　　　　布，无不悉详。

　　　　〔邓世昌递图，仆人接过给李鸿章。

李鸿章　日本人动作比我想得还快嘛。

刘步蟾　是呀，一场大战在即。正因情势危急，属下才不得已越级上
　　　　报，恳请中堂大人拨饷备战。

李鸿章　拨饷？噢，原来你们是要银子来了。

刘步蟾　正是。

李鸿章　你们应该知道今年乃甲午之年，举国上下都在为太后寿诞忙
　　　　碌，实在是没银子啊。还是再忍忍吧，过了十月初十太后的
　　　　六十大寿之后说吧——

刘步蟾　没办法忍了，日本人就要开战了！

李鸿章　日本人是有野心，可也不能不顾虑到欧美列强。所以嘛，是
　　　　不会轻易动手的。

刘步蟾　大人！

李鸿章　回去吧，平日加紧点操练。

邓世昌　（跪步上前）末将有话想问中堂大人，不知该不该问？

李鸿章　该问不该问，你总是会问的。问吧！

邓世昌　敢问中堂大人，当年是哪一位大人力陈国家防务之重要，为筹措资金，创建海军而四处奔走？

李鸿章　是我。

邓世昌　那如今又是哪一位大人眼看海军经费被挪用，一心给太后大办寿宴的……

李鸿章　也是我。

邓世昌　为啥前后两个中堂大人有那么强烈的比照呢？

李鸿章　（拍案）这就是为官之道。（深叹一口气）也是为了维护北洋水师的无奈之举。

　　　　（唱）水师是大清海防第一线，

　　　　　　　我倾注了毕生精力来创建。

　　　　　　　指望它巩固海疆抗列强，

　　　　　　　指望它撑起大清一片天。

　　　　　　　怎奈是庙堂风云瞬息变，

　　　　　　　满汉倾轧多暗箭。

　　　　　　　帝后不和把权争，

　　　　　　　祸及水师举步艰。

　　　　　　　年轻帝党目光浅，

　　　　　　　太后才是尚方剑。

　　　　　　　欲想保得水师全，

　　　　　　　老佛爷的欢心最关键。

　　　　　　　办好寿诞再筹钱，

　　　　　　　两位啊，欲成大事还需多多忍耐巧避险。

幕后声　大人，大人。

　　　　〔仆人紧张地引李鸿章的亲随下场门上，刘、邓向后退。

亲　随　（沉重）大人，日本海军在丰岛海面击沉了——

李鸿章　击沉了啥？

亲　随　"高升"号！

李鸿章　"高升"号！

亲　随	是"高升"号！就是我大清借来的英国商船，"高升"号上一千多我大清陆军弟兄全部落水身亡！
邓世昌	日本人连英国人的商船都敢击沉?！
刘步蟾	回刘公岛，集合舰队，还击日本人！为"高升"号上的兄弟们报仇！
邓世昌	报仇，用什么报仇，没枪没炮，凭什么去拼，凭什么去打？中堂大人……
李鸿章	有见识！海军的底细我比你们更清楚！这个纸房间，根本经不起打啊，此时万万不可出兵。（踱步）海军衙门刚刚得了一笔拨款，我会想办法让庆王爷拿出一些来给你们补充装备，补齐军饷。
亲　随	大人，只怕庆王爷只进不出呀。
李鸿章	就说给太后做寿，他敢不出吗？等一等。让内务府去要，就说要在颐和园修建昆明湖，以作操练水军之用，再成立一个水师学堂。
亲　随	明白。
李鸿章	慢，叫内务府提 60 万两给北洋水师。
亲　随	遵命。
刘　邓	（跪叩）谢中堂大人！
李鸿章	我这个裱糊匠，也只能如此拆拆补补了。等军费一到，你们速速去添购装备，加紧操练，鼓舞士气，准备迎战。
刘　邓	是！
幕后声	圣旨到！李鸿章接旨。 〔李鸿章等慌忙跪下。
幕后声	奉天承运，皇帝诏曰：今有倭人寻衅，无理至极。著李鸿章遣北洋海军，迅速进剿。若有退缩，致干罪戾。钦此。 〔李鸿章呆若木鸡，起来欲倒下，刘、邓忙上前扶。
李鸿章	（惨笑）皇上啊皇上，你可知这道圣旨，会将苦心经营数十年的北洋海军毁于一旦呀！ 〔切光。

第六场　1894 甲午年 9 月刘公岛北洋海军提督府、日本海军大本营

〔北洋海军提督府内。

〔丁汝昌背身站着。众管带无声站立,大家的目光看着远处。

林泰曾　中堂大人为北洋水师拨款六十万两白银,可还未到账……

林永升　皇上就下旨开战了,没有装备怎么开战。

叶祖圭　皇上宣战宣得好! 我恨不得杀光日本人,为高升号上冤死的兄弟们报仇!

方伯谦　报仇? 报仇也要看看自己几斤几两吧? 现在跟日本人打,肯定败! 与其被打死,还不如识相点去议和——

众　人　议和?

丁汝昌　放肆! (转身)谁要议和? 皇上下了圣旨要打,你要议和? 你居然敢抗旨?! 还没开战,就长人家志气,灭自己威风。要不是现在是非常时期,第一个就拿你开刀!

方伯谦　军门大人,属下的话虽然不中听,可有用啊! 留得青山在,不愁没柴烧,保存实力最重要!

林永升　你这叫苟且偷生!

方伯谦　大家都是有妻儿老小的,何必充英雄去送死——

林泰曾　告诉你,我林泰曾宁可站着死,也不会跪着活!

叶祖奎　方伯谦,你还是不是北洋的人?!

丁汝昌　好了! 皇上下了圣旨要打,我们就去打,哪怕是死。

刘步蟾　军门说得对!

邓世昌　舰在人在,舰毁人亡。

丁汝昌　你们越级上报倒越出了名堂。(停顿,望向众人)各位,今天是八月十五中秋节,大家回去过个团圆日,三天后奉旨出战!

众　人　是!

〔景转日本海军司令部。

伊 东	(幕后)光绪皇帝果然向我们宣战了！大日本等这个机会已经等了整整二十年了！(大笑)

[灯亮。伊东佑亨与东乡平八郎相对盘腿而坐。

平八郎	北洋舰队虽雄风不再,可毕竟还有定远、镇远两艘铁甲舰。
伊 东	光有定远、镇远是没用的。北洋海军早就不是当年的盛况了,这样一支内外交困,军心涣散的军队,是不堪一击的。
平八郎	可惜了那些管带们。说心里话,我还是很欣赏他们的,尤其是我在英国的同学刘步蟾和他的部下邓世昌。
伊 东	我倒是很心痛那两艘铁甲舰,真不想把它们毁掉。
平八郎	定远,镇远万不可毁呀！东乡有一个计策,不知司令可看中？
伊 东	计策？
平八郎	倘若成功,定远,镇远就可以丝毫无损地归我大日本海军了！
伊 东	哦,说来听听。
平八郎	我想去一趟刘公岛——
伊 东	刘公岛？(恍悟)好！

[切光。

第七场　山东威海刘公岛水师提督府

[丁汝昌面向东乡平八郎而立。

丁汝昌	你好大的胆子呀！

(唱)你是日本海军大统领,
　　我大清海军的对头人。
　　两国交战在眼前,
　　你竟敢孤身到我营。
　　休道往日有交情,
　　事关国威不容情。
　　既然你来手甘就擒,

就莫怨我无情要取你命。

〔丁汝昌拔出手枪,东乡平八郎上前一步按住。

平八郎　东乡生死事小,丁将军名誉事大。

丁汝昌　(恍悟)你布衣乔装而来,就是怕我不肯见你;只要我见了,我
　　　　就跳进黄河都说不清了!

平八郎　只因在北洋,并不是人人都信服你这个提督大人的。丁将军!
　　　　(唱)陆军的出身总使你难堪,
　　　　　　中堂的亲信掩住你才干。
　　　　　　属下不服常挑衅,
　　　　　　同僚嫉恨来暗算。
　　　　　　你的成败皆因李中堂,
　　　　　　偏偏他是旋涡中心是非沾。
　　　　　　你是瞻前顾后难作为,
　　　　　　一不小心就成罪!

丁汝昌　你,这个混蛋!
　　　　(唱)一番话句句说中我处境,
　　　　　　不由人九转回肠感慨深。
　　　　　　非常时刻非常意,
　　　　　　我必须步步提防倍小心!

平八郎　丁将军——
　　　　(唱)日本向来尊英雄,
　　　　　　珍惜将军威望与才干。
　　　　　　渴求将军东瀛去,
　　　　　　展抱负享尊崇从此人生得圆满。

丁汝昌　大胆!

平八郎　丁将军,我想你是一个聪明人——

邓世昌　(幕后)聪明的人绝不会做错误的选择!
　　　　〔邓世昌和刘步蟾上。

平八郎　哈哈……老朋友们果然都来了。

丁汝昌　你们来干什么?

刘步蟾　我们与东乡君都是旧相识了,听说他来了,就迫不及待地想

· 376 ·

来会一会老同学。另外嘛……(瞥一眼丁汝昌)也是怕丁军门会做错事。

丁汝昌　(淡淡一笑)难得刘总兵如此关心,看来我就是想做错都没机会了。东乡君,实在是辜负了你冒险来此的一番苦心呀。

平八郎　机会还是有的,苦心也不会白费。只要——

丁汝昌　只要啥?

平八郎　只要丁将军能说服刘总兵、世昌老弟,一起加入我们大日本海军!

丁汝昌　(大笑)你觉得可能吗?

平八郎　怎么不可能呢?诸位都是胸怀大志,想做一番事业的海军奇才。我大日本海军司令伊东佑亨先生对各位钦佩已久,诚意相邀,欲成就诸位梦想。中国有句古话,叫"良禽择木而栖"。清国腐败已久,气数将尽,这样的国家值得你们效忠吗?而我大日本自明治维新后,国家富强,文明开化,已是一番全新的面貌。这样的国家,人人都该向往——

三　人　放肆!

丁汝昌　变节求荣,人所不齿!

刘步蟾　(唱)原以为他与军门两勾结,

邓世昌　(唱)想不到他意在沛公不简单。

丁汝昌　(唱)大敌当前盼齐心,

　　　　[丁汝昌望向两人,两人会意。

三　人　(唱)且把私怨来抛开!

丁汝昌　东乡君——

　　　　(唱)多谢你抬举来相邀,

刘步蟾　(唱)可惜这叛国之事实难为。

邓世昌　东乡平八郎,你听好!

　　　　(唱)悠悠中华数千年,

　　　　　　气节两字最为贵。

　　　　　　威武不屈大丈夫,

　　　　　　朝秦暮楚小人辈。

　　　　　　苏武牧羊困北海,

一十九年志不改。
至死不屈文天祥，
抗击元兵大无畏。
我等不敢比前辈，
仅遵圣贤教与诲。
自古子不嫌母丑，
血脉相连情相关。
华夏从来多祸灾，
却生生不息永存在。
气节当是民族魂，
脊梁不折华夏在。
也恨奸臣来当道，
也怨君王常复反。
也知人心早不古，
也叹有心难作为。
千怨万恨不唾弃，
拼洒热血国运挽。
事国犹如事孝亲，
不离不弃不自哀。
千疮百孔大清朝，
改造无须异国来。
一衣带水两民族，
千余年前就往来。
可记得汉时文化已东传，
唐时交流更频繁。
倾囊相授汉文化，
泱泱大国有风范。
不求知恩来图报，
只希望民众往来多和美。
谁料丰臣秀吉上了台，
反将中华来偷窥。
不顾两国渊源长，

一意孤行将"和"毁。

1874 攻台湾，

落得一个无功返；

1879 吞琉球，

改名冲绳良心昧；

1882 壬午年，

驻军朝鲜怀鬼胎；

1894 甲午年，

终于露出狰狞来。

莫道中华礼仪邦，

有志之士血性在。

豺狼胆敢侵略海疆，

救国救民决不推诿。

哪怕是抛头颅，洒热血，

愤怒的雄狮定将侵略者来摧毁！

　　　〔平八郎消失。

　　　〔丁汝昌看一眼刘步蟾，再望一眼邓世昌，悲壮地伸出手，刘步蟾略迟疑后，也伸手握住丁汝昌的手；邓世昌看着他们，快步上前握住两手。

丁汝昌　近年来日本人实力确实增长了不少，军舰、炮弹都比我们有优势。但我们毕竟还有定远、镇远；还有你们两位。真打起来，还不晓得谁赢谁输呢。海上见！

　　　〔邓世昌、刘步蟾拔剑下跪，丁汝昌拔枪造型。

三　人　海上见。

　　　〔切光。

第八场　当天晚上　山东威海刘公岛邓世昌寓所

　　　〔漫天星斗。一片寂静。

[邓世昌拉着何如真的手,何如真手中提着箱子。

何如真　（挣扎着）我不走,我不走。明天就是你的生日了。

邓世昌　生日!

何如真　（走近邓世昌）八月十八,是你 45 岁的生日。

邓世昌　（迷离地进屋）甲午年八月十八。（忽然笑了）太有意思了。

何如真　我要好好给你过好生日再走。

[何如真进屋放下箱子。

[邓世昌望着妻子,百感交集。

邓世昌　（唱）她不知此番生死实难料,

何如真　（唱）我只知多留一天也是好。

邓世昌　（唱）有多少心里话想要讲,

何如真　（唱）有多少伤心泪欲相抛。

邓世昌　（唱）有多少眷恋不舍难诉告,

何如真　（唱）有多少心惊胆战不能表。

[泪,情不自禁地落下。滴在身上,心上。

邓世昌　如真,世昌对不起你,今天你一定要走。

（唱）二十年夫妻总是相聚时短离别长,

　　　我从未好好将你陪。

　　　你上奉爹娘下育儿,

　　　我半点未曾来分担。

　　　眼见你劳心劳力添憔悴,

　　　我感激在心愧疚总萦怀!

　　　我是不称职的丈夫欠你太多爱,

　　　却未知何时能偿还?

　　　此番离别时日长,

　　　你要好好保重自珍爱。

　　　多多欢笑少流泪,

　　　莫再殷殷倚门将我盼!

　　　爹爹已过花甲年,

　　　维持家业白发添。

何如真　（唱）我是邓家的儿媳妇,

帮助公公内外操持担一肩。

邓世昌　(唱)母亲年迈又多病，

　　　　　双眼见风常流泪。

何如真　(唱)春秋四季我勤照料，

　　　　　侍奉左右倍仔细。

邓世昌　(唱)这是一张留念照，

　　　　　致远舰伴我走过多少年。

何如真　(唱)我会好好珍藏它，

　　　　　爹娘孩儿看见照片就当见到你！

邓世昌　(唱)提起孩儿世昌最挂牵，

　　　　　要他们好好读书经风雨。

何如真　(唱)请放心我会教导孩子们，

　　　　　让他们诚实做人明事理，

　　　　　世昌啊，我的亲人啊，不管你走得有多远，

　　　　　我都会生生死死等着你。

何如真　(靠在邓世昌的胸前)世昌，为我们第三个孩子取个名字吧。

邓世昌　取名？我倒还真没想过呢。

何如真　那你想，那就现在想，好好想。

邓世昌　老大叫浩洪，老二叫浩洋，这个老三嘛……老三就叫浩乾。

何如真　浩乾？

邓世昌　但愿能有浩然乾坤让他好好成长……

　　　　〔切光。

第九场　1894 甲午年 9 月 17 日　大东沟海域

〔旭日东升，致远舰上，一排水兵。

〔邓世昌站在舰首向何如真挥手，众人一起挥手送别何如真。

〔陈金揆将一碗长寿面端到邓世昌面前。

陈金揆	今日是甲午年八月十八,致远舰全体官兵,祝邓大人45岁生日快乐!
众 人	(全体跪下)祝邓大人生日快乐!
邓世昌	甲午年八月十八。太有意思了。
	〔邓世昌深深感动,接过面,情不自禁地望向不远处的定远舰。
邓世昌	谢谢兄弟们!
	〔邓世昌快速吃完面。面对众水兵,缓缓跪地。
邓世昌	众志成城,保家卫国。
众 人	众志成城,保家卫国。
邓世昌	起锚!
众 人	是!
	〔舞台后方一边上出现丁汝昌,林泰曾、方伯谦。另一边是刘步蟾、林永升,叶祖奎。
丁汝昌	开炮!
	〔舞台上炮声隆隆,硝烟弥漫。
伴 唱	大东沟海战起硝烟,
	大炮齐发震心弦。
	犹如巨龙怒喷焰,
	天动地摇恶浪飞。
	〔随着炮声,丁汝昌不幸受伤。
众管带	军门大人!
丁汝昌	对准吉野开炮!
林泰曾	开炮!
方伯谦	大人,日本人的炮弹太强大了,我们还是掉转船头吧。
丁汝昌	(打方伯谦耳光)再胡说我当场处决了你!
林泰曾	丁军门,定远舰被围攻,连连中弹,已经起火了!
丁汝昌	定远是旗舰,千万不能沉。
方伯谦	(遥望)定远的火还没扑灭,一旦定远沉没,北洋水师就没机会了!(偷偷举白旗)
林泰曾	丁军门,方伯谦举白旗了。
丁汝昌	当场处决!

〔叶祖奎拔枪击中方伯谦，方伯谦倒地。

〔邓世昌站在大桅杆前，水兵们忙着装炮弹。

陈金揆　大人，督船上的帅旗被打断了。

邓世昌　命令各舰向我们靠拢，把帅旗挂起来。

陈金揆　是！命令各舰向我们靠拢，把帅旗挂起来。

众水勇　命令各舰向我们靠拢，把帅旗挂起来。

刘步蟾　(唱)致远舰一马当先护旗舰，

林泰曾　(唱)为诸舰赢得时机重作战。

叶祖奎　(唱)学致远指挥经远往前冲，

林永升　(唱)抱成团不灭敌寇心不甘！

众水勇　(唱)众志成城打敌寇，

　　　　　　不灭敌寇心不甘！

邓世昌　集中火力，击沉"吉野"。

陈金揆　集中火力，击沉"吉野"。

邓世昌　开炮！打得好！继续开炮击沉它！

　　　　〔舞台上炮声隆隆。忽而，转为静场。

邓世昌　金揆，为啥不开炮？

陈金揆　(悲壮地)大人，炮弹都打完了！

邓世昌　(心头一紧，迅速调整)炮弹打光了，但我们还有一样东西！

陈金揆　是啥？

邓世昌　舰首的冲角！

众水勇　冲角！

邓世昌　(坚定点头)对！用冲角去撞沉"吉野"舰？

众水勇　(疑问交流)用冲角去撞沉"吉野"舰？

陈金揆　誓死追随大人！

众水勇　誓死追随大人！

邓世昌　我的好兄弟，只要有生的希望决不去死。准备好救生圈，准
　　　　备好救生圈。兄弟们！记住我们是北洋水师致远舰！

众水勇　我们是北洋水师致远舰！

　　　　(唱)东方升起骄阳，

　　　　　　照耀无边海疆。

听那大海欢唱，

卷起豪情万丈。

听那大海欢唱，

卷起豪情万丈。

邓世昌　（仰首向天）皇天在上，邓世昌在此地谢过了。

（唱）经远沉没济远逃，

致远重创一道道。

眼见着舰舱起火舰身斜，

弹尽粮绝厄运到！

邓世昌　金揆，加足马力，撞沉"吉野"！

众水勇　撞沉"吉野"！

邓世昌　（唱）火力最猛吉野舰，

横冲直撞气嚣嚣。

炮速虽快装甲薄，

一举撞沉气焰消！

从军卫国生死忘，

同归于尽唯此招！

〔轰天巨响中，致远舰爆炸。

〔切光。

尾声　1894 甲午年　海底

〔深蓝的海底，散落的军舰残骸，沉睡的海军。

〔刘步蟾出现。

刘步蟾　世昌，我的好兄弟，你放心，我决不让定远落到日本人手中，舰在人在，舰毁人亡。

〔一声爆炸声传来，烟雾和火光中，刘步蟾拉着桅杆缓缓倒地。

〔丁汝昌出现。

丁汝昌　中堂大人，北洋水师完了！（开枪自尽）

　　　　〔静场。

邓世昌　啥人能告诉我，这究竟是怎么一回事？这是什么地方？这么
　　　　黑，这么冷。中国黄海甲午年八月十八。

　　　　〔邓世昌缓缓爬起，望着周边的死难兄弟和军舰残骸。

邓世昌　（唱）轰隆隆塌了天方，

　　　　　　　哗啦啦散了画梁。

　　　　　　声名赫赫的北洋海军，

　　　　　　就这样无声无息成过往。

　　　　　　锥心痛啊彻骨冷，

　　　　　　呜咽海浪诉悲凉。

　　　　　　身已死，目不瞑，

　　　　　　一腔悲愤问上苍！

　　　　　　为什么东方睡狮梦不醒？

　　　　　　为什么华夏大地遍痍疮？

　　　　　　为什么济世壮志总难酬？

　　　　　　这绵绵遗恨，殷殷祈望，唯有托付儿身上！

　　　　　　孩子啊，我的孩子啊，

　　　　　　记住国弱遭人欺，

　　　　　　勇把国难来担当，

　　　　　　国耻家仇不能忘，

　　　　　　中华儿女当自强！

　　　　　　待等那神州大地春风吹，

　　　　　　一壶清酒洒向海中央！

　　　　〔邓世昌造型。

天幕字幕　那个名叫"浩乾"的遗腹子，长大后也追随父亲的脚步，

　　　　　在民国海军部供职，一生牢记家训，

　　　　　"做人要正直、爱国、为民"。

　　　　　甲午年八月十八，

　　　　　距十月初十慈禧老佛爷六十寿诞不到两个月。

　　　　　〔主题音乐起。

　　　　　〔幕落。

话剧

起飞在即

赵 潋

上海话剧艺术中心编剧，上海戏剧学院戏文系艺术硕士，上海市作家协会会员、上海市戏剧家协会会员。在成为编剧前曾是一名职业会计。主要作品：话剧《春潮》《起飞在即》《逆风》《再见徽因》《第二性》《苏州河》《共和国掌柜》《风声》等；大型系列广播剧《刑警803》等。话剧《第二性》获上海市作家协会2013年度优秀作品奖。广播剧作品曾获第七届中国广播剧研究会专家评析连续剧金奖、第九届公安部"金盾文化工程奖"一等奖。

话剧《起飞在即》于2016年在上海话剧艺术中心首演，在中国商飞有限公司的领导和员工中获得了巨大反响。该剧曾获国家艺术基金、上海文化艺术基金资助，上海市文联中青年艺术家专项基金扶持。2016年荣获上海市新剧目评选展演优秀作品奖（主题创作奖）。剧本于2017年先后发表于《剧本》月刊、上海市剧本创作中心选编的《读步——2016上海新剧作》。因创作《起飞在即》，赵潋获得中国商飞颁发的C919大型客机首飞贡献奖章。2018年该剧由成都存在戏剧社重新制作演出，又名《逆风》。

人　物：冷依晗——女,出场时 40 岁左右,S219 总设计师兼总指挥,一个人们眼中的干练倔强的女强人,内心却有柔弱的一面。

丁剑飞——男,出场时 33 岁左右,英俊帅气的试飞员。曾经是一名民航飞行员,个性骄傲,但内心纯正,有英雄主义情结。

肖　杰——男,45 岁左右。著名的飞机设计师,冷依晗未婚夫,12 年前死于一次重大的试飞空难。

施万林——男,出场时 50 多岁。S219 副总指挥。曾经是一名军人,共产党员、战斗英雄。为人正直,但带有传统的保守观念。

韩建国——男,50 岁左右。曾经的航空设计师,后出国发展,如今是美国某航空公司代表。另一个身份是韩同舟的儿子。

韩同舟——男,年逾 80 的退休飞机设计师,年轻时曾出洋留学。

谭　晓——女,26 岁。上海女孩儿,试飞工程师,性格单纯活泼。

方小虎——男,30 岁,试飞员。

胡　克——男,28 岁。保障工程师。

工程技术人员、飞行工作人员、机场乘客等若干。

第一场

　[大屏幕上，一架飞机飞上蓝天。

　[灯亮,机场塔台指挥部,冷依晗和几个同事紧张地关注着一架飞机的飞行状况。冷依晗屏息凝神地站着。

　[一个工作人员送来一份材料交给冷依晗。

同事甲　冷总,这个是刚刚监测的气象数据。(冷依晗看了,神色略有严峻)与试飞之前参数相比,现在高空的气温在零下 12 度,比预测的要低,所以结冰应该是没问题。

冷依晗　你确定?

同事甲　(犹豫了一下)基本上可以确定,但今天是本地十年来最冷的一天,从目前的趋势看气温还在下降,也不排除飞行中可能会遇到超冷的大水滴,超出飞机的防冰能力,飞机会瞬间丧失正确的空速和高度指示。

冷依晗　这种可能性有多大?

同事甲　这个很难回答,我只是说有这种可能,但这种可能性不是很大。

冷依晗　"可能","大概",能不能给一个明确的数据?

同事甲　没办法,目前的气象监测只能做到这样。

　[冷依晗咬紧牙关思考着该怎么办,所有的人都在等着她的指令。

同事甲　冷总……

冷依晗　(突然转身对指挥员)呼叫 576,问现在的状况。

指挥员　576,576,听到请回答。

方小虎	(OS)576 听到。
指挥员	有新的发现吗?

[舞台的另一区域,驾驶舱处灯亮。

方小虎	目前的情况还是一无所获……576 将继续飞行。
冷依晗	(看了看手表)告诉他们,5 分钟跟地面联系一次,如果半小时内还没有结冰迹象,就立即返航。
指挥员	好的。(呼叫)576,576,5 分钟跟地面联系一次,如果半小时内飞机还没有结冰迹象,就立即返航。
方小虎	明白。

[驾驶舱光暗。

同事乙	冷总,气象专家说,今天可能是今年唯一的机会了,今天如果飞不出来的话,也许又要等到明年冬天了……冷总,您听到我说话吗?

[一束光对准冷依晗。冷依晗两手紧握放在额前,默默祈祷一切平安。

[塔台光暗,机舱光亮。

[方小虎突然指着机舱外。

方小虎	快看! 那片云。

[驾驶舱外的不远处突然飘来一片泛着五颜六色的水汽的云。

丁剑飞	(兴奋地)你看,这片云含水量很高,应该可以结冰! 就是它了! 快联系塔台!
方小虎	塔台,塔台,576 呼叫,576 呼叫……(没有应答)塔台,塔台,576 呼叫,576 呼叫……

[驾驶舱外的那片云正若即若离地漂浮。

丁剑飞	塔台,塔台,我们找到那片云了,请求指示!(还是没有应答)
方小虎	信号中断了,通讯发不出去。
丁剑飞	换个频率试试。
方小虎	好的。塔台,塔台,这里是 576,听得到吗? 听得到吗? 还是不行。怎么办?
丁剑飞	这个机会不能错过。(想了想)我是机长,我现在决定飞机马上

进入这片云。(回过头看向两人)同意吗?

方小虎　我同意。

谭　晓　我同意。

　　　　〔塔台光亮。

指挥员　飞机偏离了航线。

冷依晗　呼叫576。

指挥员　576,576,听到请回答,听到请回答。576,576,听到请回答,
　　　　听到请回答。

　　　　〔通讯静默。

　　　　〔屏幕显示飞机已驶入云端。

　　　　〔片刻后,驾驶舱外结起了厚厚的一层冰花。驾驶舱里的三
　　　　个人几乎欢呼起来。

谭　晓　快看哪! 冰花!

丁剑飞　观察数据。

谭　晓　哦。(观察机器)……数据达不到,冰的厚度不够。

丁剑飞　现在高度多少?

方小虎　9 500。

谭　晓　气象专家说过,顶层的水汽含量更高,飞机更容易结冰。

丁剑飞　看来我们得爬得更高一点儿。

　　　　〔飞机继续上升。谭晓紧张地观测仪器中。

丁剑飞　注意观察数据。

谭　晓　飞机已经在结冰了。

丁剑飞　太好了! 再继续观察。

谭　晓　接近标准了! ……不好,结冰强度升高了……超出标准参
　　　　数了!

方小虎　可能是强结冰!!!

丁剑飞　糟糕!

　　　　〔丁剑飞驾驶飞机迅速冲出云层。

　　　　〔突然一阵剧烈的颠簸。

　　　　〔语音告警:stall(失速)……stall……

谭　晓　(本能地尖叫一声)啊!

指挥员　冷总！飞机高度突然下降！576，576，听到请回答，听到请回答！

　　　　〔紧接着又是一阵更大的颠簸，三人还未及反应。

　　　　〔飞机突然严重下降。

方小虎　机长！飞机失去控制！！！

　　　　〔丁剑飞拼命地推杆加速。

　　　　〔机舱外的场景显示出飞机正在快速地下坠，窗外一片天旋地转。

指挥员　576，576，听到请回答，听到请回答！

方小虎　机长！我们和塔台失去联系！

丁剑飞　注意坡度！

谭　晓　高度持续下降！

指挥员　飞机高度持续下降！576，576听到请回答，听到请回答！

　　　　〔丁剑飞咬紧牙关似乎在用尽全身的力气握住操纵杆往前推到最大，他的手一刻也不敢松开。

方小虎　(大叫着)塔台！塔台！576突然进入失速！

　　　　〔画外音(断断续续地)：576……576……请回答……

丁剑飞　(画外音)爸爸，爸爸，你帮帮我！我不能摔下去，不能……

　　　　〔舞台一片黑暗。

　　　　〔飞机声轰鸣。

第二场

　　　　〔字幕：三年前。

　　　　〔起光。面试考场。6名考官身份的人出现在灯光中——就座，将丁剑飞包围。

丁剑飞　我叫丁剑飞，今年32岁。我目前是中国北方航空公司的首席飞行员。我从事飞行工作已经8年，有6 000小时的飞行经验,其中 3 000 小时担任机长。我从小对数字有天生的敏感……我的记忆力非常强……我认为我天生是为飞行而生的。

考官 A　你计算过你飞过多少种机型吗?

丁剑飞　没有。几乎所有中国进口的客机型号我都飞过,波音 737、747、757、767、777、787,空客 A320、A330、A340,以及庞巴迪,数不清了。我是目前的民航飞行员里掌握技术最全面的,飞过这么多机型,我几乎可以闭着眼睛操控仪表盘。

施万林　你的理论考试和飞行考试成绩都非常优秀。我只想提个问题,作为航空公司的机长,待遇应该是很优厚的,为什么你还要来报考我们公司的民机试飞员呢?

丁剑飞　很简单,民机试飞员是飞行员中的精英,他可以接触到更多更新的机型,更具有挑战性。

考官 D　你刚才说你驾驶过各种国际大牌机型,你对驾驶中国自己的飞机有什么想法吗?

丁剑飞　当然,我之所以应聘,就是因为贵公司正在研制第一架国产民用飞机。我希望能成为第一个驾驶中国民机上天的飞行员。

　　　　〔众人互相有点赞许。

考官 E　你知道试飞员是有风险的吗?

丁剑飞　我当然知道。试飞员是和平年代离死亡最近的职业,但是这又是个不可或缺的职业。我相信我高超的驾驶技术和飞行理论知识决定了我比任何人更适合试飞员这个职业。

冷依晗　你的意思,你天生就应该是个试飞员?

丁剑飞　是的,长官。

　　　　〔众人小声议论,显然他的不可一世有些让人不以为然。

施万林　各位,你们还有什么问题吗? ……(众人都显出满意的状态。看到一边一脸不屑的冷依晗)冷工程师,你有什么问题吗?(冷不屑,不说话)来来,有什么问题让我们大家一起分享一下。(对丁剑飞)小伙子,我们这位冷工程师提的问题可是很刁钻的啊,能过她这一关的人可不多。

〔丁剑飞自信满满地转过身面对冷依晗，意思是：来吧。

冷依晗　(不苟言笑地)好吧，丁剑飞，请问国际适航条例中规定的飞机可接受的事故概率值是多少？

丁剑飞　是 10 的－9 次方。

冷依晗　解释一下，为什么是 10 的－9 次方？

丁剑飞　(开始走动)数据显示，民用飞机的灾难性事故概率近似于每飞行一百万小时发生一次，将这个概率再平均分配给 100 个失效状态，那么就得出了民用飞机失效状态下发生灾难性事故的概率上限是每飞行小时 10 的－9 次方，它意味着"极不可能"！回答完毕，长官！

冷依晗　你《壮志凌云》看多了。(旁人偷笑)……(拿出一份题目给丁剑飞)这里有几道数学题。

〔大屏幕上出现一排数学题。丁剑飞在中间看着屏幕。

$2+1=$

$2+2=$

$2+3=$

$2+4=$

$2+5=$

$2+6=$

$2+7=$

$2+8=$

$2+9=$

〔丁剑飞看了一眼，立马露出轻松不屑的笑容。

丁剑飞　这是考题吗？

冷依晗　请将所有的加号替换成减号，并在 30 秒内说出答案。

丁剑飞　(略感措手不及，但快速反应)1，0，－1，－2，－3，－4，－5，－6，－7！回答完毕。

〔丁剑飞回答完，脸上露出更得意的神情，意思是你难不倒我。冷依晗面不改色，没等丁剑飞反应就迅速接着提问。

冷依晗　请将所有的加号替换成乘号再加1，并在 20 秒内说出答案。

丁剑飞　您确定您不打算换一个题型吗？这个是低年级小学生的算

术题。

冷依晗　计时已经开始了。(滴答、滴答、……)

丁剑飞　(略有不耐烦地)3，5，7，9，11，13，15，17，19。回答完毕。

冷依晗　(步步紧逼地)请将所有的加号替换成除号并在 15 秒内说出
　　　　答案。

　　　　〔这个题略有难度,所有人屏住呼吸等待丁剑飞的回答,但丁
　　　　剑飞依然很自信。

　　　　〔时针的声音。

丁剑飞　2，1，0.67，0.5，0.4，0.33，0.29，0.25，0.2。(脱口而出,整个人
　　　　一轻松)回答完毕。

　　　　〔众人颔首。

　　　　〔丁剑飞回到原位。

冷依晗　很好。(沉默片刻)可惜,(台上凝固了片刻)最后一个答案,2 除以
　　　　9,答案是 0.22……22……显然,以你的智商这个题目根本难
　　　　不倒你,但是你的过于自信在最后一刻害了你。

丁剑飞　(不服气地)对不起,这只是我的口误!

冷依晗　试飞员需要的是,特殊情况下绝对的精准判断!如果在试飞
　　　　过程中发生紧急情况,你也许连千分之一犯错误的机会都没
　　　　有。(众人态度各异)别忘了,我们要的安全概率是 10 的－9 次
　　　　方!刚才这道数学题其实是国际民航机构在招收试飞员中
　　　　经常使用的一道心理测试题,很多优秀的飞行员都是因为太
　　　　过自信和轻率栽在了最后一关。对这样的人,招收机构通常
　　　　的结论是,你不具备成为民机试飞员的心理素质。

　　　　〔静。考官思索,丁受打击。

冷依晗　你之前的专业考试成绩很好,但是我认为,你不具备成为民
　　　　机试飞员的心理素质。

丁剑飞　……请问您是心理学专家吗?

冷依晗　我是飞机设计师。

丁剑飞　那您好像应该问我一些关于飞机专业理论的问题。

冷依晗　今天所有进入面试的,都是通过了专业考试的技术和理论优
　　　　秀的飞行员,所以我们今天面试的主要目的,就是筛选掉心

理缺陷的选手。

丁剑飞　你说什么？……心理缺陷？……我没听错吧？

冷依晗　我所谓的心理缺陷，是针对特殊职业来说的。试飞员不允许有丝毫的侥幸和冒进心理。

丁剑飞　可是作为一名飞机设计师，您凭什么对我的心理素质下结论！

冷依晗　我是飞行器设计和航空心理学双硕士。（丁语塞）还有别的问题吗？……如果没有别的问题的话，我建议你还是回到你的航班上去吧，机长。我相信你是一位技术高超的民航飞行员，但十个优秀的民航飞行员里未必挑得出一个合格的民机试飞员。我们需要的是能够在刀尖上跳舞，在悬崖上奔跑的人。

　　［丁剑飞好像感觉到一种前所未有的懊丧和羞辱。

　　［收光。

　　［大屏幕上，播放着一组新闻画面。

　　［新闻旁白：我国第一架拥有自主知识产权的民用客机 S219 即将开始各类高难度风险科目的试验工作。民机试飞在我国尚是一个全新的科研领域……

第三场

　　［机场安检口。

　　［冷依晗站在人群里排在第二位等候安检。

　　［乘客们开始接受安检。

　　［有几名身着航空公司制服的工作人员在前方成群结队地走过来也排在了等候安检的队伍中，这其中有一个十分醒目英俊的飞行员在众多空姐的簇拥下走来，他就是丁剑飞。年轻的女安检看到丁剑飞，瞬间兴奋了。队伍中正巧要轮到冷依

晗过安检了,女安检拦住冷依晗。

安　检　(对丁剑飞)早上好,丁大少!

丁剑飞　你好,美女。

　　　　〔冷依晗都一一照做了。她在过安检门的时候报警器响了。

　　　　〔冷依晗站过去,工作人员示意她张开双臂。冷依晗照做。但是工作人员手里的电子报警器一直在叫。

安　检　对不起。(开始在冷依晗的身上触摸)女士,您的身上有没有金属物品?

冷依晗　(一愣)啊?

　　　　〔冷依晗下意识地把手伸进衣服口袋,果然掏出两只打火机,她略有尴尬地交出来,然后按工作人员的要求再过一遍安检门。然而警报器又叫了。

　　　　〔一旁的丁剑飞和他的同事们不禁哑然失笑。

安　检　对不起,女士。麻烦您再检查一下您身上有没有携带违禁物品?

冷依晗　我……(她取出来放在旁边的手机突然响了。但她没办法去接,只能尴尬地继续掏自己口袋,果然从外套里面的口袋里又掏出一只打火机,显然她并不意识到自己身上揣着两只打火机。她很恼火地把这个打火机又交了出来)……现在我可以走了吗?

安　检　您可以……

丁剑飞　等一下。(安检与冷依晗同时看向丁剑飞,愣)像这样的乘客,我建议应该对她的随身物品仔细检查。

　　　　〔冷依晗狠狠地瞪了丁剑飞一眼。

丁剑飞　(挑衅地)一个身上带着两个打火机上飞机的乘客,显然烟瘾很重,不能不担心她身上会不会还携带其他违禁物品。

安　检　不好意思,女士您再检查一遍吧。

　　　　〔冷依晗火冒三丈,但又不能发泄,一气之下将随身包里的东西一股脑儿全部倒出来。

　　　　〔工作人员例行公事地检查冷依晗倒出的包里的物品。

冷依晗　现在可以了吧?

　　　　〔这时工作人员已经对她包里的随身物品检查完毕。

安　检	女士,您的物品已经检查完毕,没有问题。请收好您的东西,登机口在那边。
丁剑飞	(多少有点幸灾乐祸地)对不起啊! 我不是公报私仇啊!(冷依晗听罢十分惊愕地看着他。)飞行中不能携带打火机这是个常识,身为一个航空界专业人士,不应该犯这样的低级错误。(完全无视冷依晗一般地走向了下场侧)
冷依晗	(对丁剑飞)你刚才说什么?
丁剑飞	(装傻)啊?
冷依晗	你认识我? 〔周围的乘客越过隔着安检门吵架的他俩一一经过,几乎人人都对他俩感到不满。
丁剑飞	哦,怎么,不记得了吗? ……一年多前,在贵公司的考场上,"你不具备试飞员所需要的心理素质",你那女王范儿我至今历历在目。
冷依晗	(恍然大悟地)是你! 〔冷依晗的手机又响起来了。她啪一下摁掉电话。
丁剑飞	想起来了吧?
冷依晗	(冷笑一下)……看来我真是没看错人啊!
丁剑飞	您就这么自信?
冷依晗	当然,我非常自信,你今天的行为充分证明了你完全不适合当一名民机试飞员。 〔冷依晗看了眼丁剑飞,转身离开。
丁剑飞	你这话别说太早!
冷依晗	早! 我早在一年多前就把你看死了! 〔他们的身后,丁剑飞的同事们已经都完成了安检,纷纷前往登机了。
丁剑飞	别这样说! 万一以后我们成了同事……
冷依晗	谢谢! 这辈子咱俩打死也成不了同事!
丁剑飞	万一哪天你看见我去贵公司上班,可千万别吃惊!
冷依晗	哈哈哈哈,这会是 21 世纪民用航空史上最大的笑话! 〔有人远远喊:丁剑飞,上班啦!

丁剑飞	来啦?(又对冷依晗故意地)回头见……
	〔丁剑飞朝安检打了个招呼,扬长而去。
	〔电话铃又响了,冷依晗接电话。
	〔另一光区,施万林在打电话。
施万林	哎哟,可找到你了!
冷依晗	施老万?
施万林	我说冷大小姐!我这儿电话都快打爆了,你怎么就是不接呀!
冷依晗	啊?是你?你有什么急事儿啊?我马上就要登机了!
施万林	什么事?没事儿我能这么十万火急地找你吗?你听我说,你别走了,马上回来!
冷依晗	为什么?
施万林	刚刚接到通知,公司有重要安排让我俩务必到场。
冷依晗	你别开玩笑了,施老万,我马上就登机了,有什么事儿等我休假回来再说!
施万林	董事会办公室刚刚跟我通过电话,尤其嘱咐我一定要把你留下。
冷依晗	施老万,这太突然了……我马上就要登机了,来不及了!我父母在纽约等我过圣诞呢。
施万林	我不跟你开玩笑,董事会万一怪罪下来,你可别后悔啊!
冷依晗	我?……我常年加班加点,难得今年项目拖延下来,我能休个假期。我已经好几年没跟我父母团聚了,董事会也得讲道理吧?
施万林	我就给你透个内部消息,最近公司有重大人事任命,跟你我有关。我估计这个通知就是关于这个任命的。
冷依晗	人事任命?
施万林	反正,我是通知到了,留不留,你自己决定。(挂了电话)
冷依晗	喂……
	〔冷依晗看着登机口的方向左右为难。
	〔肖杰不知什么时候已经走到了她的身边。
冷依晗	(对肖杰)你说,我该怎么办?到底是走还是不走啊?
肖　杰	你不用问我,其实你心里已经有答案了。

冷依晗	可是我的休假……
肖　杰	你的休假看来又泡汤了！
冷依晗	这已经不是一次了。
肖　杰	也许，也不是最后一次。
冷依晗	以前我总是抱怨你连度假的时间都没有，现在我才明白你说的那句话……
肖　杰	一个造飞机的，不属于自己，是属于国家的。现在，你会成为另一个我。
冷依晗	我永远成为不了你，我只是一直在努力赶上你。
肖　杰	你已经在超越我了，因为你比当年的我更加严谨。你等了那么多年，不就是在等属于你的机会吗？你会成功的，我有种预感，这一天也许已经不远了。
冷依晗	可是，如果没有你，我的成功又有什么意义呢？
肖　杰	因为你的成功也是我的，是我们的，整整几代人的。傻丫头，我一直在看着你，永远。

　　〔广播：冷依晗旅客，冷依晗旅客，您乘坐的飞往纽约的NU5867次航班正在登机，正在登机。请您速到登机口，请您速到登机口。

　　〔冷依晗回头，肖杰悄然离开。冷依晗又望了一眼登机口。

　　〔收光。

第四场

　　〔公司会议室。

　　〔施万林在会议室焦虑地走来走去。

　　〔冷依晗很淡定地走进来。

施万林	哎哟，我的大小姐，你可来了！
冷依晗	你别这么转来转去的，我看着头晕。

施万林　你倒一点儿不着急么！

冷依晗　自从我们开始搞 S219 的型号研制,我什么事儿都在等,工程要等,首飞要等,试飞要等……都从姑娘等成小老太婆了。

施万林　什么话？什么小老太婆,按我们老家说法,没出嫁的 70 岁都是大姑娘。哎我说,你这么多年也不处个对象,回头老大哥替你物色一个。

冷依晗　老万,你正经点儿行不行啊？这是在会议室,不是你的酒桌。

施万林　我说的是很正经的事情。等到人事任命一宣布,我头一件事儿就要关心你的个人问题。

冷依晗　等等！听你的意思,人事任命的内容好像你已经知道了？

施万林　(愣了一下)怎么可能呢！……不过,呵呵,你看看这架势,只有我们两个人。这说明什么？

冷依晗　人没到齐。

施万林　咳！你不明白？你的机会到啦！

冷依晗　什么机会？

施万林　你看看(指指自己,又指指冷依晗)。据我所知,局里要为 S219 成立一个专门的项目指挥部,看来这个任务是要交给我们两个了！你想想,我有领导经验,你呢业务能力又拔尖,我正你副,咱俩这一搭档,无人能比呀,可以好好大干一番了！

　　　　〔冷依晗愣在那里。

冷依晗　老万,听你那意思,领导可能还要我担任管理工作？

施万林　你算是听懂了！你仔细想想,你人都到机场了,领导为什么专门让我把你追回来？

冷依晗　别开玩笑了！我就是搞设计的,管人我不是那块料。

施万林　(用手点点她)你呀,就是缺乏政治头脑。你担心什么？有我在呢！到时候,有什么问题我替你顶着！你要知道在中国,甭管搞科研还是搞学术,没有政治平台不行啊！

冷依晗　可是……

施万林　小冷啊,我等这一天啊,可是等了好多年了！到时候适航一旦通过,型号取得合格证！(一拍巴掌一挥手)咱们的飞机就可以出国门了！到时候卖到美国、欧洲,咱也跟它波音空客庞巴迪比比,外国人也不能小瞧咱了! 当年在部队的时候我就想,什么时候也能驾驶我们中国人自己造的飞机冲上蓝天扬眉吐气一回。那时候,咱们国家没钱,后来经济基础上去了,我们又缺乏搞民用航空的经验,只能被外国人牵着鼻子走。现在这一天就快看得到了! 我一想到这事儿,晚上就睡不着觉啊!

冷依晗　老万,你先别激动!

施万林　丫头! 我是早就看好你了! 你年轻,脑子快,虽说你是个姑娘家,但论业务水平咱们公司还真没几个比得上你。好好干,如果对我工作有什么意见,尽管提出来。虽说我是你的领导,但是我还是很欣赏西方人的民主化管理的,要造国际标准的大飞机,首先就得从管理模式上学习国际化的先进经验!

〔有人进来,是办公室的刘秘书。

刘秘书　(气喘吁吁地)对不起两位,对不起! 让你们久等了! 董事会这两天事情太多! 千头万绪啊!

施万林　刘秘书,怎么只有你一个人啊?

刘秘书　董事会让我来送一份通知,先给二位内部传阅,明天将在董事会上正式宣布对二位的任命。

施万林　(暗自窃喜地)服从命令!

〔刘秘书从公文包里拿出一份装有信封文件,毕恭毕敬地递给施万林。施万林毕恭毕敬地接过,细致地从信封里掏出文件打开。

施万林　(念)经过研究决定,任命冷依晗同志为 S219 总设计师,兼项目总指挥! 施万林同志为副……总指挥兼党委书记!

〔静。

〔这个突如其来的任命大大出乎了冷依晗和施万林两个人的预料。会议室的气氛顿时凝固了。

刘秘书　二位,组织的决议二位都清楚了? 我就不再重复。我后面还有事,就先告退了。二位,祝贺祝贺!

施万林　啊? ……哦,谢谢刘秘书。慢走!

〔刘秘书下。施万林转过头面对着依然呆若木鸡的冷依晗，突然不知道该说什么。

〔冷依晗下意识地掏出了烟塞到嘴里。

施万林　这儿不让抽烟。

〔冷依晗拿下烟扔了，仍然不知所措。她刚想开口说什么，施万林已经走到她面前伸出了手。

施万林　祝贺，冷总。

〔冷依晗好像突然醒了一般，腾地一下站起来，和施万林相互握手。

施万林　合作愉快！

冷依晗　合作愉快！

施万林　接下去几年我们两个要捆在一起了。

〔施万林说完拂袖而去，留下冷依晗惊魂未定，但是她低头想了想，用手胡乱地揉了揉自己的头发，然后扬起头走了出去。刚到门口，和迎面进来的丁剑飞撞了个正着。

冷依晗　哎哟！

丁剑飞　哟！这么巧！

冷依晗　怎么又是你？

丁剑飞　对啊，是我！

冷依晗　你来这儿干嘛？

丁剑飞　我不是说过哪天要你发现咱们俩成了同事，千万别吃惊！

〔冷依晗又呆住了。

冷依晗　你被我们公司录取了?!

丁剑飞　(挑衅地)没错。很幸运这回面试您没参加。人事部门通知我今天报到。

冷依晗　……(自言自语)今天什么日子？试飞中心的人一定是疯了。

丁剑飞　怎么样？事实证明您的判断是有问题的吧？

冷依晗　你还是先把你那骄傲的态度收起来，等到你有资格上 S219 试飞的时候你再冲我嘚瑟吧。假如你经过严格的试飞员培训考核，还能被留在我们公司的话。

丁剑飞　(咬牙切齿地)谢谢！但愿我培训归来还看到你，这个乌鸦嘴的女人！……不过没关系,你不就是 S219 的总设计师吗?
以后试飞,我不归你管。

冷依晗　(亮出刚才那份人事任命书)这是公司刚刚宣布的,我已经被任命
为 S219 项目总指挥。从理论上说,从今天开始 S219 的一切
工作都跟我有关,包括试飞。

　　　　〔丁剑飞瞬间愣住。

　　　　〔收光。

　　　　〔音乐。

第五场

　　　　〔凛冽的寒风呼啸的声音。

　　　　〔起光。

　　　　〔深夜,冰天雪地中的海拉尔机场。

　　　　〔S219 跟前身着冬装的谭晓和一群工作人员正在忙碌。大家
一边工作一边因寒冷而哆嗦着。

员工甲　哎呀,这会儿几点啦?

员工乙　两点多啦!

员工甲　那应该差不多啦,晓晓,这会儿室外温度是多少?

谭　晓　(对着对讲机)小陈,小陈,现在机站的环境温度是多少?

　　　　〔对讲机传来一个声音:现在是摄氏零下 37 度。摄氏零下
37 度。

员工甲　啊? 我……我……冻得都快成冰棍儿了,还没到零下 40 度!
呼伦贝尔这个地方真是严寒刺骨啊!

员工乙　快啦,快啦! 这里每天到凌晨三点温度才会降到最低,再忍
一忍,等等。

员工甲　这都等了好几天啦! 等到花儿都谢啦!

员工乙　有啥办法? 干咱们这行就是靠天吃饭! 适航条例写着,高寒

试验,必须在零下 40 度的气候环境中让飞机正常起飞,差一度都只能等!

员工甲　等!等!等!哎,胡克,你干嘛呢?

　　　　　〔胡克正在一旁无精打采中。

员工乙　你不知道?失恋了!

员工甲　他又失恋啦?

员工乙　可不是,谈一个吹一个,整天跟着大飞机东奔西跑,它去哪儿,咱去那儿!连节假日都要加班!哪儿有时间谈恋爱啊!

　　　　　〔甲、乙来到胡克旁。

　　　　　〔员工丙加入。

员工甲　胡克,上回你女朋友来,不是说非你不嫁吗?

胡　克　唉,女朋友愿意等,丈母娘等不及了。

员工甲　周六保证不休息,周日休息不保证。我觉得吧,咱们工程中队可以成立个单身阵线联盟。

员工乙　胡克还是太老实,他就该早点儿把姑娘娶进门,先把鸭子煮熟,她还能飞得了!

员工丙　胡克你就知足吧,好歹你还谈过恋爱,我到现在连爱情是什么都没见过!

　　　　　〔丁剑飞从飞机底下钻出来,他的身上、头上,眉毛鼻子上都结冰了,冻得直哆嗦。

丁剑飞　哎呀妈!(打了个喷嚏)啊欠!

　　　　　〔谭晓和其他人看到他的样子都乐了!丁剑飞却阴沉着脸。

谭　晓　哈哈哈哈,汤姆克鲁斯,你简直像个圣诞老人!哈哈哈哈!

丁剑飞　啊?哦。(拍拍身上的雪准备继续围着飞机检查)

员工甲　机长,先歇会儿吧。温度还没到!一时半会儿还飞不成哪!

　　　　　〔丁剑飞皱皱眉头,下意识地搓搓手,把衣服裹紧。

　　　　　〔谭晓暗暗止不住被丁剑飞所吸引,拿出自己身上藏的一个暖水袋递给他。

谭　晓　给,热的,暖暖手吧。

　　　　　〔丁剑飞一愣,员工乙一把抢过谭晓手里的暖水袋。

员工乙　晓晓,你还藏着这个宝贝,我怎么不知道啊?哈哈!

谭　晓	哎呀,你还给我。
员工乙	真暖和,还带着美女的体温!
	[谭晓一把从员工乙手中抢回来!
谭　晓	你干什么?(顺手又交给丁剑飞。丁剑飞瞬间尴尬)
员工乙	(起哄地)哦,原来是这样啊!
	[众人起哄,本来就心气不顺的丁剑飞脸上挂不住了,将暖水袋一推。
丁剑飞	好啦……(对谭晓吼道)该检查的数据都检查了吗? 以为自己是来当人体配重的啊!
谭　晓	我……
	[众人见状互递眼色,纷纷退去。
	[丁剑飞意识到自己有些失态。
丁剑飞	(捡起暖水袋还给谭晓)那个……对不起啊。
	[谭晓尴尬得不知怎么回答。她手里的对讲机发出声音:谭晓,谭晓,听到请回答。
谭　晓	(立马拿起对讲机)是我,是我。
	[对讲机继续:现在温度仪显示,摄氏零下40度。
谭　晓	收到收到!(对着飞机旁的同事们)我们可以做试验啦!
	[刚才还玩闹的大伙儿立即进入一种紧急战备状态,各就各位趴到飞机边做临飞前的检查。
	[丁剑飞也做登机准备。
	[冷依晗的声音突然出现了。
冷依晗	大家等一等! 我刚才在机场周围仔细检查了一下,这个机场总共有两个基站。刚才小陈通报的那个是海拉尔机场的常用机站。但是我发现,在离我们飞机100米左右的地方,还有另一个基站,那个机站平时很少使用,那里的温度仪显示现在的室外温度是零下38度!
员工甲	啊? 还有另一个基站?
冷依晗	对,那个基站离我们更近,我已经留人在那儿查看了。
员工乙	(没反应过来)可是这说明什么呢?
冷依晗	这说明,飞机现在面临的环境温度没有达到摄氏零下40度。

员工丙　那怎么办？

冷依晗　等,继续等,等温度再往下降。

　　　　〔众人都不约而同地:还要等?……

冷依晗　哪怕只差一度,也只能等,因为适航条例就是这么规定的。

员工甲　可是……现在常用的设备已经显示温度达标了。

冷依晗　可现在的事实已经告诉我们,常用的设备不是那么精确,反而是不常用的设备离我们的飞机更近,更能测出真实的环境温度。适航条例就是这么严格,严格到不近人情的地步。如果发现我们的条件不达标,局方随时都有权利废除这次试验结果……我们不远万里跑到呼伦贝尔的大草原来不就是为了等这个零下40度的天气吗! 我知道大家很辛苦,正是因为这样我才更不希望白白浪费大家的心血。如果觉得身体坚持不下去的可以先回去休息。

　　　　〔风越刮越大,大家在寒风中僵持着,不知所措。

谭　晓　(有些怯生生地)我觉得冷总说的有道理,我同意等下去。

丁剑飞　我也同意。

员工乙　我也同意。

员工丙　我也同意。

员工甲　冷总,我们等。

众　人　我等……我等……我等……

冷依晗　谢谢大家!

胡　克　这样,我再去检查一遍,免得油箱被冻起来。

员工甲　对,对,大家别干等着,再仔细检查一遍飞机的状况,等温度一到就能飞了。

　　　　〔大家都跑向飞机边上。丁剑飞突然叫住了冷依晗:

丁剑飞　冷总,趁现在这个时间,我能跟您谈一下吗?

冷依晗　现在? 好。

丁剑飞　冷总,如果我曾经有什么地方冒犯了您,我向您道歉。

冷依晗　什么意思?

丁剑飞　您知道我说的什么意思。您一直对我进试飞中心有意见,但我觉得您不应该把对我的意见转嫁到工作上。

冷依晗	你到底想说什么?
丁剑飞	您为什么让公司把我从"失速"换下来飞"高寒"?!
冷依晗	原来是为了这个!"失速"这样的风险科目,我认为安排个性稳定一些的试飞员去飞更合适。
丁剑飞	你明明知道我是所有试飞员里技术最出色的,你让一个技术出色的试飞员去飞普通试飞员都能飞的科目,你不觉得这种安排很不合适吗?!
冷依晗	你为什么想去飞"失速"?
丁剑飞	因为飞"失速"这样的高风险科目在训练考试中一直是我的强项。
冷依晗	说白了,你就是认为高寒试飞太普通了,不能展示你高超的试飞技巧……

〔丁剑飞无言以对,他面前这个女人说话真是一针见血。

〔寒风呼啸中,他们两个人剑拔弩张。

冷依晗	(指着那架飞机旁忙碌的人们)你看那边,在零下40度飞机正常起飞,只需要一个瞬间。可你知道他们在这冰天雪地里熬了多少天吗?……你知道他们都是什么……零件。

〔丁剑飞不解地看着她。

冷依晗	在这里,每个人都只是一架飞机中的一个零件,没有人关心自己是不是转得最快,飞的最高,他们只知道这架飞机少了哪个零件都不行,而且必须分毫不差,因为哪怕自己一点点差错,都有可能导致这架机器运转不起来。他们、你、我,我们都只是这架飞机的一个零件。是零件,不是子弹。如果你认为你是一颗子弹,如果你想当英雄,你应该去军队,而不是来一个民用飞机公司。因为我们关心的永远不是你飞得多漂亮,而是我们的飞机飞得有多安全。

〔谭晓奔跑过来。

谭 晓	冷总,温度到了! 零下40.5度。
冷依晗	太好了! 马上准备。
谭 晓	好的。(看了一眼丁剑飞,往飞机跑去)
冷依晗	守了这么多天,终于没白等。机长……

丁剑飞　你不用说了。我准备好了。

冷依晗　拜托你了。

　　　　〔丁剑飞走到飞机边,准备登上舷梯。

员工甲　丁剑飞,看你的了!

员工乙　加油!

　　　　〔丁剑飞回头看了看大家,所有的人都用期待的眼神望着他。
　　　　他对着他们握了握拳头。

　　　　〔音乐声中,收光。

第六场

　　　　〔机库,韩建国一个人站在这里看着周围的工作场面。

　　　　〔冷依晗慢慢地走来,他们相互微笑了一下。韩建国看冷依
　　　　晗的眼神稍稍有一些诧异。

韩建国　好久不见了。

冷依晗　该有二十多年没见了吧?

韩建国　时间真的可以完全改变一个人。我刚才还在犹豫,见了面我
　　　　应该怎么称呼你。现在看来这种纠结完全是多余的,冷总。

冷依晗　好吧,欢迎你,Jason。

韩建国　新年快乐!今天是中秋节,怎么你们都没休息?

冷依晗　赶进度,节假日加班加点,都习惯了。对了,你回家看过韩老
　　　　了吗?

韩建国　哦,刚到这里,还没顾上。我要感谢你们这么多年来对我父
　　　　亲的照顾。

冷依晗　这都是应该的。韩老是我们的技术顾问,也是我们的长辈,
　　　　他给我们帮了许多忙。

韩建国　其实我这次来还给你带了件礼物。

　　　　〔拿出个包装精美的盒子,打开是一双精致的高跟鞋。

冷依晗	这个……送我的？
韩建国	是的。喜欢吗？
冷依晗	好漂亮！可是,你看看现在的我(指指现在灰头土脸的样子),还能穿得上它吗！
韩建国	这不是我送你的……十几年前,肖杰给我写信,托我给你在纽约买一双高跟鞋,在信里把尺码品牌颜色款式都给我写得清清楚楚,还说他从来没有给你送过任何礼物,希望在向你求婚前能弥补这个缺憾。他说好过一阵去纽约出差的时候来我这里取走的,可惜……(冷依晗突然觉得恍惚) 〔冷依晗捧着这双鞋,百感交集。
韩建国	这十几年,我一直不知道用什么方式把它交给你才是最好的,今天终于可以物归原主了。
冷依晗	(仔细地端详这双鞋)以前,我总是抱怨他只知道工作,从来不关注我,原来,是我根本没有好好地了解他。
韩建国	我记得当年肖杰第一次带着你来和我见面,你好像就是穿着高跟鞋,腿很长,还扎着马尾巴,让人眼睛一亮！我心想,这么漂亮的姑娘,肖杰是怎么追到手的？ 要知道他就是个情商很低的人。所以……我回去后跟他长谈过一次,关于你。
冷依晗	关于我？
韩建国	是的,我劝他离开你,因为我认为凭我对肖杰的了解,这样的女孩子根本不适合他……I'm sorry. 〔听韩建国说起许久未触及的往事,冷依晗觉得恍若隔世。
冷依晗	已经不知道有多久,没人在我面前提到肖杰的名字了……我应该谢谢你。
韩建国	时间会改变很多事情,就像我,从来没想过,有一天我还会回到这个地方,并且是以你们的客户的身份。
冷依晗	很高兴,过去我曾经叫过你老师,虽然我们没有机会同事,可是很高兴今天你能成为我们的客户。
韩建国	应该说是我很高兴,在我们以工作的方式见面之前,还能以你老朋友的身份跟你站在这里,因为……我想等明天,一旦坐在谈判桌前,我们之间的相处可能就不是那么的令人愉

快了。

冷依晗 为什么？

[韩建国沉默着，很为难的样子。

韩建国 好吧，本来我并不想破坏我们今天重逢的融洽气氛，可是，我想还是应该让你有个心理准备。事实上，我这次作为HJY航空公司的首席商务代表来上海，公司交给了我一项非常棘手的任务，我们希望终止向贵公司订购5架S219的协议。

[这个消息对冷依晗犹如晴空霹雳一般的震惊。

冷依晗 你说什么？你们要毁约？

韩建国 用"毁约"这个词恐怕不是太确切。按我们的合约要求，你们的首架机早就该交付了。

冷依晗 可是我们之间已经达成延期共识了。

韩建国 这个我清楚。你们的S219至今有很多科目没有通过试验，没有获得国际民航机构的适航认证。我们尤其了解到，你们的高空自然结冰，连续等了三年都无功而返。"自然结冰"，是验证飞机的机身机翼在极其严寒的高空结冰后有没有防冰除冰化险为夷的能力，这是所有民用飞机试飞最难攻克的，也是最危险的一关。贵公司三年都没飞成，这在一个成熟的飞机制造企业是难以想象的事情。

冷依晗 自然结冰对气象条件的要求非常苛刻，我们等了三年，每一年的冬天我们都到最寒冷的地区尝试试飞，但是气象条件没有给我们提供能让飞机结冰的云层。

韩建国 我想还有另外一个原因，就是贵公司，甚至……整个中国自然结冰成功试飞的例子是个空白，而飞机的防冰系统设计更缺乏成功的经验。（冷无语）……但是航空公司不可能无期限地等待，至少现在，你们还拿不出任何数据证明S219是一架符合国际适航标准的安全的民用飞机。在这种情况下，我们公司的董事会有理由提出终止协议。

冷依晗 所以，这才是你这次到访的真实目的。

韩建国 我很抱歉，我真的不希望，离家20多年回来，第一次面对我的老朋友,带来的是这样的消息,这对于我个人多少有些尴尬,但是我只能执行,无权决策。

冷依晗 你不必跟我说抱歉。你很严谨,也很敬业,你一针见血地指出了我们的软肋,仅就你说的这一点,至少目前,我拿不出数据来反驳你。但是变更协议不是我能回复你的,我必须要向我们的董事会做汇报,由董事会来做决定。我们,明天会议室见吧……(打算离开)再次感谢你给我带来的礼物。我差点忘了,我也曾经穿过高跟鞋。

〔冷依晗离开。

〔韩建国原先以为冷依晗会跟他有一番争执,但冷的这种理性的反应反而令他有些怅然若失。

〔韩同舟提着一个塑料袋装着的饭盒走上台。他低着头看了看表,在一旁的椅子上坐了下来。

〔韩建国随意地走向韩同舟的方向,突然看见自己的父亲正坐在那里。

韩建国 爸。

韩同舟 我昨晚听说你回来了。

韩建国 刚刚到了几天,忙得还没顾上去看您。

韩同舟 知道你忙,所以我来看你了。

韩建国 对不起,爸……儿子错了! ……您……可老多了。

韩同舟 人总要老的么……你,吃过饭了吗?

韩建国 吃了,在酒店吃的。

〔韩同舟一听儿子说吃了,心中暗暗失望,掂了掂手里那个饭盒,有点不知所措。韩建国看出了父亲的心思。

韩建国 吃是吃了,不过我现在又饿了。

韩同舟 (瞬间有点高兴)真的啊? 这个,鲜肉月饼,你小时候爱吃的。今天是中秋节。

〔韩同舟把饭盒递给儿子的时候,带着满足,动作却有些迟缓有些僵。

〔韩建国打开饭盒,闻着扑鼻而来的香气,看了一眼父亲,嘴角泛起一丝感动和温馨的笑,眼角却涌起一丝泪珠。

韩同舟	还是热的,快吃。
韩建国	嗯,嗯。(他手拿起一个鲜肉月饼就往嘴里塞)
韩同舟	当心烫哦!
韩建国	嗯,好吃! 很久都没吃到这么好吃的鲜肉月饼了! 爸,中秋节快乐!
韩同舟	中秋节快乐! 你们自己平时怎么过中秋节啊?
韩建国	哦,麦琪没有这个习惯。
韩同舟	哦,对,美国人不过中秋节。那你们平时在家都是吃中餐还是西餐?
韩建国	平时工作忙,没时间自己做饭,大多是在公司吃些快餐。
韩同舟	快餐你也能对付? 你小时候嘴可是很刁的,让我和你妈妈惯坏了。
	〔听到父亲提妈妈,韩建国心里又抽搐了一下。他没有告诉过父亲,母亲已经去世了。
韩同舟	……你妈妈……她身体还好吧?
韩建国	还……还好。
	〔听到一声"还好",韩同舟的心里像是有了一丝安慰,开心地点点头。
韩同舟	麦琪和孩子们都好吧?
韩建国	挺好的,麦琪让我问您好。(掏出手机)哦,这是孩子们最近的照片。
	〔韩同舟看着手机里的照片,脸上充满了祖父的慈爱。
韩建国	老大已经15岁了,老二快8岁了,老三刚满三周岁。
韩同舟	嘿嘿嘿,像你小时候,一模一样。
韩建国	老大老二脾气性格都像我,从小喜欢航空模型。
韩同舟	那好啊! 你这次来,打算待多久呢?
韩建国	这次公司让我来处理一些事情,恐怕过几天就要回去的。
	〔韩同舟一听又很失望。
韩同舟	这么多年难得回来一次,怎么不多待几天呢?
韩建国	爸,我这次是回来工作。等以后有假期了,我带孩子们回来看看您。

韩同舟	也不知道,还有没有这样的机会了。
韩建国	爸,我当年就想让您跟我去美国生活的。您大学是在国外读的,我知道您适应国外生活,可那时候您说舍不得上海的老朋友。现在您都这么大的年纪了,还一个人我也不放心啊!
韩同舟	我这里忙,走不开啊!现在 S219 的工程那么紧张,我是他们的顾问,我怎么能在这个时候走呢!
韩建国	(无奈地)好,好,您忙……
韩同舟	你说说当年我们搞运十的时候哪儿有那么好的机库啊,连个办公室都没有,只能借在大食堂办公,大长条桌子一拼图纸一铺,就能开技术讨论会,经常是我们争得热火朝天面红耳赤的时候,人家拿着饭盒来排队打饭。
韩建国	对,等人家吃完饭,你们再继续开会,有时候食堂里的老鼠还要时不时地钻出来在图纸上咬一口……爸,这故事我打小就开始听啦……
韩同舟	是啊,就说那么苦的条件我们都能造飞机,更何况现在……建国,你有没有想过回来发展啊?
韩建国	回来?我回到这里能干什么?
韩同舟	这里很多海归啊!
韩建国	爸,您别开玩笑了!您自己在这里耗了一辈子还不够……
韩同舟	你……
韩建国	(意识到失言)……爸……我不是这个意思,我……
	〔不远处响起了嘈杂声。
	〔隐约听到有人在说"怎么回事儿""什么情况"。
韩同舟	怎么了?机库出什么事儿了?
	〔几个技术人员忙碌地奔走。
韩同舟	(拉住一个年轻人)小李,怎么了?
小　李	韩老,好像机库那边,质量检测出了问题!
韩同舟	啊?
	〔父子俩面面相觑,收光。

第七场

[会议室。冷依晗、施万林和几位干部模样的人一起坐在会议室里。施万林又如之前那样走来走去,只不过这次更加暴跳如雷。

施万林　怎么搞的!……怎么搞的!……怎么会出这样的事情!这样低级的错误,钳子忘在油箱里没拿出来,这不等于做完手术没把手术刀取出来吗?居然还是胡克干的!

干部甲　胡克一直工作很认真,能力很强,最近连续加班加点,估计因为太累所以疏忽了,再加上生活上又遇到点波折……

施万林　我知道这小家伙最近又失恋了!可这难道能成为理由吗?

干部乙　施总说得对,犯了这样严重的错误,必须有一定的处罚。

施万林　对,要狠狠地处罚!让他给我留下来加班反省!还有这个月的奖金统统扣光……冷总,你什么意见?

冷依晗　我觉得,恐怕不能这么简单吧!作为一个保障工程师,这样的错误是不允许的,总公司的人事处罚条例里写得很清楚,对于严重工作失误的员工,公司将予以除名处理。
　　　　　[施万林一愣。

施万林　这个……S219项目到现在可还从来没有开除过一个员工。

冷依晗　制度是我们自己定的,定了就要执行。何况,他还是个主管!这次姑息迁就了,以后谁还把制度当回事儿。

施万林　(开始有些急了)我不同意,制度也要以人为本,要尊重人性。对这样一个平时任劳任怨兢兢业业的员工,因为他的一次疏忽就把他除名?

冷依晗　这不是一般的疏忽。

施万林　这确实不是一般的疏忽……可是你看看这群孩子,大学毕业就来咱们这儿,跟着我们东跑西颠,恋爱谈不成,爹娘老婆都管不了,起早贪黑,没日没夜,你知道这样做会伤了多少人的心吗？

冷依晗　生产质量事关飞机的安全！你以为我不心疼他们吗？

施万林　（怒气冲天地）你别忘了，我们现在还在创业！如果人心散了，谁来替我们的国家造飞机！我们靠什么实现中国梦？靠人！靠中国人的力量！

冷依晗　我们不缺人！中国也不缺梦！缺的是理念！现在我们已经被航空公司要求退订单了，如果还不给自己敲个警钟，S219飞不上天的时候，我们拿什么跟国家交代！

施万林　你认为你很热爱这个国家是吗？你带过兵打过仗吗？你看到过鲜血淋漓的战场吗？你为这个国家出生入死过吗？不过是被一个假洋鬼子训了一顿，面对自己的战友你就能这么冷酷无情？你还是个女人吗？

〔静。

〔所有的人都瞬间屏住呼吸。冷依晗好像突然热血冲上了头顶。

冷依晗　你说得对，我确实没有上过战场，没打过仗，没出生入死过。但我可以跟你说几件事：1985 年，日航的一架波音 747 客机坠毁，机上 520 人全部遇难，事故原因是机尾的压力板 7 年前维修的时候少打了一排铆钉。1989 年，同样是波音 747，美国联合航空 811 次航班，当飞机在二万多英尺高度时机身右前方突然被炸出了一个大洞，9 人死亡，事故原因是货舱门锁一个小小的阀门在设计上存在漏洞。1995 年大西洋东南航空 529 航班坠毁，死亡 10 人，事故原因只是因为一个不被注意的软木塞，造成了螺旋桨的裂缝。如果这几个案例你还觉得不足以说明问题的话，那么 1990 年，英国航空 5390 次航班，在飞行途中驾驶舱挡风玻璃脱落，驾驶员被吸出舱外，事故原因是起飞前维修工程师在安装挡风玻璃的时候，选用了尺寸有偏差的螺丝钉。这是一个非常敬业的维修工程师，他因为担心旧螺丝钉不能固定住玻璃，所以特意去挑了新的螺丝钉。这两种螺丝钉用肉眼看几乎一模一样，实际上他们的长度只差两百分之一英寸。我还可以跟你背出一系列的空难案例,这些事故的起因也许是一个根本察觉不到的零件,最后导致机毁人亡的惨剧!你知道什么叫鲜血淋漓的战场吗?什么又叫做出生入死?!

〔胡克不知什么时候已经走进了会议室。

胡　克　冷总,施总,你们别争了!是我的错……我承担所有的后果;如果我走,能给大伙儿留下一个教训,那也算值了。我只有一个请求,等 S219 成功取得合格证的那一天,能让我来现场看一眼。

〔冷依晗的眼泪在眼眶里打转。她看着胡克,点了点头,然后深深地一鞠躬。

冷依晗　谢谢。

〔胡克扭头走了。所有的人都无言地站了起来。

〔收光。

第八场

〔冷依晗一个人站在一束灯光下,如风中孑立一般。

〔穿着一身试飞制服的丁剑飞走到她的身后。冷依晗听见声音转过身。

丁剑飞　冷总,我准备出发了。

冷依晗　好,祝你成功。

丁剑飞　出发前,我可以问你一个问题吗?(冷默许)……这次,为什么你没有反对?

冷依晗　(看着他很严峻地沉默片刻)因为这是自然结冰,是最危险的试飞科目,它也许会有各种意外发生。因为我们没有成功的经验。因为我们需要技术最全面最优秀的试飞员来完成。因为我们不能再等了。因为,你是最优秀的。

丁剑飞　谢谢。

冷依晗　你不需要说谢谢,你只需要记住,飞行过程中不管发生什么,首先要保证安全!

丁剑飞　我明白,冷总,我一定带着试验成功的数据和我自己一起回来见你。

冷依晗　必须!

〔丁剑飞向冷依晗做了个立正的姿势后,潇洒地离去。

〔冷依晗身后的背景悄然被切换成塔台指挥部。天幕上依然是愁云密布的天空。

〔舞台上的状态回复到了第一场。

指挥员　冷总! 飞机高度突然下降! 576,576,听到请回答,听到请回答!

〔后景,机舱里的三个人已经在飞机的失速下降的状态中几近倾斜。

方小虎　机长! 飞机失去控制!!!

〔丁剑飞拼命地推杆加速。

〔机舱外的场景显示出飞机正在快速地下坠,窗外一片天旋地转。

指挥员　576,576,听到请回答,听到请回答!

方小虎　机长! 我们和塔台失去联系!

丁剑飞　注意坡度!

〔方小虎与丁剑飞观察仪表。

谭　　晓　高度持续下降!

指挥员　飞机高度持续下降! 576,576 听到请回答,听到请回答!

〔丁剑飞咬紧牙关似乎在用尽全身的力气握住操纵杆往前推到最大,他的手一刻也不敢松开。

方小虎　(大叫着)塔台! 塔台! 576 突然进入失速!

〔画外音(断断续续地):576……576……请回答……

〔舞台上的整个节奏都处于紧张之中。肖杰奔跑着冲上舞台。

冷依晗　怎么回事? 为什么联系不上?

肖　　杰　飞机很可能陷入失速了!

冷依晗　失速!

肖　杰　异常的寒冷云层,完全有可能形成超冷大水滴,使飞机会瞬间丧失正确的空速和高度指示。

冷依晗　我为什么偏偏选择今天做这个试验!

肖　杰　谁都不知道试飞过程中会遇到什么样的不可控因素! 但不可控因素都已经在你的风险预估之内,这是一个飞机设计师必须做到的,你在创造奇迹,但你不是艺术家,你是科学家,一切的风险,依据只有一个,那就是数据!

冷依晗　可现在呢,告诉我现在能做什么?

肖　杰　即便是发生了失速,只要飞行员能够成功改出,飞机就可以在几十秒内恢复稳定,这一定在你的设计中已经完成了。相信你的试飞员! 他会有他自己的判断,你更要相信你自己!

冷依晗　我做不到!

肖　杰　你在害怕什么?

冷依晗　我害怕他们像你一样,再也回不来了!
　　　　[爆炸声。然后就是瞬间的静默。
　　　　[指挥员的声音将冷依晗从幻觉拉回到现实。

指挥员　冷总,飞机好像恢复稳定了。
　　　　[驾驶舱区域,丁剑飞、方小虎和谭晓还有一种惊魂未定的神情,但已经在平稳地操作飞机了。

方小虎　报告,576 报告,我们现在正在返航途中,飞机已经从失速状态改出,现在高度 3 500 英尺,状态稳定。完毕。

指挥员　576,同意你们返航。
　　　　[肖杰慢慢地隐去。
　　　　[冷依晗仿佛从一场噩梦中渐渐醒来,呼吸逐渐平复。
　　　　[收光。

第九场

　　　　[酒吧,方小虎和谭晓正在对饮,二人都呈现深度震惊后的懵

然状态。丁剑飞悄悄走进来,他们两个没有发现他。三人都已换下了制服。

〔服务员上场送酒。

服务员　您要的酒。

方小虎　谢谢。

谭　晓　来,干!

方小虎　晓晓,没想到你那么能喝! 敢试飞的女人都是女汉子!

谭　晓　少废话! 快喝了!

方小虎　喝! ……晓晓,你当试飞工程师多久了?

谭　晓　大学毕业就来试飞中心,快满两年了。

方小虎　那算起来,你比我有试飞经验了! 我都来三个月了,从来没遇到过今天这种事……

谭　晓　上个月,我还刚飞过一次失速,完成得特别轻松。当时我想,所谓风险飞行,也没什么大不了的,但今天我才意识到,我们的工作是真的可能有生命危险的。(又喝一口酒)

方小虎　来这个公司这么长时间了,我一次都没坐过正驾驶的位置。坐在驾驶舱里心里那个痒啊! 可今天我明白了,这个位置不是什么人都能坐的。要不是丁剑飞反应够快,我们今天都回不来了!

谭　晓　你说我们如果今天回不来了,是不是都成了……烈士了?

方小虎　你别这么想,什么烈士不烈士,听着怪不吉利的。

谭　晓　你在航空公司的时候,遇到过飞行险情吗?

方小虎　还真没有……晓晓,来这个公司之前我差点和我老婆离婚了。我老婆听说我要从民航跳槽来当试飞员,跟我大吵了一架。

谭　晓　为什么啊?

方小虎　对啊,她就问我为什么啊? 收入不比航空公司高多少,可是有危险。你不为自己考虑也该为我和孩子考虑一下吧? 我当时拍着桌子跟她说了一堆豪言壮语,什么中国人的民机梦啊! 什么热血男儿志在蓝天啊! (豪气起来后,又怂了下来)可是飞机快栽下去的时候,什么都想不起来了,唯一想得起来的就是我要真死了,我老婆孩子怎么办? 我爸妈怎么办? (喝下

421

一大口酒。丁剑飞上)

谭　晓　(突然哭了)呜——

方小虎　晓晓,你别哭啊!……咱成功了!……咱都活着!

　　　　[酒过三巡的谭晓抱住方小虎哭得泣不成声。

　　　　[丁剑飞忍不住走到他们跟前。方小虎和谭晓看见他略显吃惊。谭晓停止了哭泣。

方小虎　哎哟,机长。

丁剑飞　我今天什么也不说了!服务员拿几个杯子。(服务员上了几个杯子。举起杯中酒)第一,庆祝一下咱们今天自然结冰试验成功。(一口喝干)

方小虎　　干!
谭　晓

丁剑飞　第二庆祝咱们三个劫后余生……我跟你们说声对不起,差一点儿就……

方小虎　哥!你甭说对不起……(倒了一大杯酒)要是今天没有你,说不定我们都不能活着回来了。而且,咱们今天飞成功了!咱厉害!我今天叫你一声哥,咱也算是过命的交情了,来,喝了!(三人干)

丁剑飞　(倒酒)晓晓……我……我平时对你态度不好,今天我跟你道歉!其实我真挺佩服你的,试飞工程师和我们试飞员其实一样危险,可你是女孩子!

谭　晓　女孩子怎么啦!我是个试飞工程师,然后才是女试飞工程师!你以为只有你们男人才能有雄心壮志,我们女的就不能有梦想吗?

丁剑飞　这第三杯,敬女试飞工程师……

　　　　[方小虎、丁剑飞一口闷。

谭　晓　丁剑飞我有话和你说。(自己先喝一口壮胆)丁剑飞,我今天不管你对我是什么感觉,我有些话一定要告诉你。我喜欢你!我一直都喜欢你!(谭晓打开手机翻了翻,给丁剑飞看。丁剑飞略有些吃惊)你看这些都是我偷拍你的照片。本来这些话我不敢告诉你。我知道你不喜欢我。可万一我们今天挂了,就再没

· 422 ·

机会说了……所以我今天一定要说出来,不管你有多瞧不起我!

　　[丁剑飞没有再多说什么,紧紧拥抱谭晓。谭晓也紧紧抱住他。

丁剑飞　我永远也不会瞧不起你!因为我不配!你要好好的,以后哪个男孩子要敢欺负你,哥替你收拾他!

　　[冷依晗不知什么时候也来到了酒吧,看到了他们。

方小虎　冷总!

谭　晓　啊,冷总!

　　[丁剑飞默默地走到一边。

方小虎　冷总,这么晚,您还没回去休息?

冷依晗　刚开完会。今天的飞行……你们都是好样的!辛苦了!

方小虎　冷总……您辛苦。

冷依晗　(为难地)我知道今天大家都受惊了,今天遭遇这样危险的情况,作为总指挥,是我的工作失职。我向你们道歉。

　　[丁剑飞沉默。

方小虎　冷总,您别这么说。今天是遇到点儿意外,可不是挺过来了吗?有句话叫,乐极生悲……不对……大喜大悲……也不对……那什么……

谭　晓　哎呀,化险为夷。

方小虎　对,化险为夷,时来运转!

冷依晗　对,今天你们平安回来,是老天对我们最大的眷顾……我们刚刚开会总结了今天的试验,本来我想明天白天再跟你们沟通。既然今天碰到了,先让你们心里有个准备吧:局方的审定结果是,今天飞机意外发生深失速,完全是因为遇到强冷云层造成飞机的强烈颠簸造成;飞行员成功改出,动作完成得很好,但是……高空自然结冰的试验无效。

丁剑飞　无效?

冷依晗　对。因为飞机进入那片云后,瞬间就进入了深失速,所以从时间和结冰的状态都没有达到适航条例的要求。

谭　晓　也就是说,至少还要飞一次自然结冰?

冷依晗　是。

[这个消息令丁剑飞、方小虎和谭晓多少有些无所适从。

方小虎　这算是……乐极生悲吗？（谭晓推了他一下）

丁剑飞　冷总，如果再飞自然结冰，还是让我们机组来飞吗？

冷依晗　（沉思了一下）这个不一定，经过了今天的事，可能暂时不会安排你们机组去飞风险科目。

丁剑飞　为什么？不是说我们飞得很好吗？只是气象异常，所以……
　　　　[方小虎拉了拉丁剑飞的衣角。

冷依晗　不是不信任你们，经过了今天的情况，从心理上，你认为短期内，你们还适合应对风险试飞，尤其是自然结冰的试飞吗？
　　　　[冷依晗下意识地看了看谭晓和方小虎。他们两个沉默。

丁剑飞　（对方小虎）小虎，你先送谭晓回家吧，我有些事想跟冷总单独聊一下。

方小虎　那行，你们先聊！晓晓，咱们先回家去！

谭　晓　再见！……冷总，再见！

冷依晗　再见。
　　　　[台上剩下冷依晗和丁剑飞。冷依晗坐下替自己倒了一杯酒，自顾自喝了起来。

冷依晗　怎么？还不甘心？
　　　　[丁剑飞低着头不说话。

冷依晗　我知道你天不怕地不怕，可是你考虑过飞机上跟你在一起的两个战友吗？如果今天回不来的话，他们的家人，现在面对的将是什么？你想过吗？……
　　　　[丁剑飞默默低下了头。

冷依晗　还有你，你也有父母，你想过你在天上飞的时候，他们有多为你担心吗？我想，经过今天的事情，不论是你还是他们，都需要一段时间来调整。

丁剑飞　我不需要调整！……我是说，起码我个人不需要，但我可以等他们两个人的心理调整期过去。至于我，我的心理素质比你想象的要强大。

冷依晗　又来了！自以为是！

丁剑飞　我的父亲就是试飞员，空军试飞员！（冷依晗一愣）所以，我的家人比我更了解试飞员这个职业。既然选择了这个职业,就要承担一切风险,包括后果。

冷依晗 ······那你父亲应该知道,12 年前,有一架国产飞机坠毁的事情吧。

丁剑飞 ······知道。

冷依晗 是的。那架飞机的设计师叫肖杰。

丁剑飞 我知道,那架飞机上的人无一生还!我也知道那天肖杰就在那架飞机上!我还知道那架飞机穿越冰层后,防冰系统突然失灵了!我知道你想告诉我什么······

冷依晗 我想告诉你的是,肖杰有一个助理,也是他的女朋友,他们在一起很多年了,那一回他们约定试飞回来就去办结婚证。那个女孩子就是我······

〔丁剑飞惊异地瞪大了眼睛。

丁剑飞 你······

冷依晗 是的,我。关于那次事故的结论是,飞机的防冰系统设计有问题。我记得他曾经在他的书里写过一句话:世界航空史是踏着无数次灾难的脚步前进的,没想到他自己却亲自验证了这句话。如果不是那一天,我现在应该是他的妻子。这就是飞行器的魔咒,一个坚硬如铁的庞然大物,却可以因为一颗冰渣子而毁于一旦······你干嘛这么看着我?是不是觉得很奇怪,我也曾经几乎成为一个人的妻子?

丁剑飞 不······我不是这个意思······我······

冷依晗 (不接他的话,兀自继续)事实上,一度我只是想成为他的妻子······在认识他之前,我根本不喜欢我的专业,直到他的出现。为了他,我开始疯狂地用功读书,毕业后毛遂自荐当他的助理,然后又成功地让他爱上了我。只是我做梦也没想到,他的死让我成为一个真正的飞机设计师。我把自己变成了他,因为这样,我就可以和他在一起了······

〔冷依晗浑身颤抖,被压抑太久的情感一旦释放出来就无法控制,眼泪不断地从她的脸上流下来。

丁剑飞 你想说什么,就说吧,想哭就哭个痛快吧······

冷依晗　(抑制不住的情绪)你知道吗,今天你们的飞机发生失速的时候,我的眼前都是 12 年前那架飞机摔得粉身碎骨的样子! 我甚至觉得我听到了爆炸声! 你根本没法想象这种感觉! 你根本没法想象!

[丁剑飞动情地握住了冷依晗的手。

丁剑飞　没事儿,没事儿,过去了,我们回来了! 没事儿! 我懂,我懂你的感受。从小,我爸在天上飞的时候,我妈都怕他回不来了。有一次她求我爸别飞了! 我爸说,只有在天上的时候,我才更热爱自己的生命。(冷依晗抬起头)我们所有做的一切,不就是为了让我们的生命插上翅膀吗? ……(窗外突然照进一缕曙光)……你看,天亮了,新的一天又开始了……假如今天,不,昨天我真的回不来了,那么我就永远看不到太阳重新升起了。

冷依晗　你想说什么?

丁剑飞　我想说……我们能活着,真好。

[收光。

第十场

[起光。

[舞台上是一架有些陈旧的飞机,就是那架已经废弃的"运十"。韩同舟在摆弄着它,还下意识地不停擦拭着。韩建国走近他。

韩建国　爸。

韩同舟　啊。(他答应了一声,扭头看儿子的眼神带着酸楚)

韩建国　这个,不是有维护的工人干吗?

韩同舟　习惯了,这么多年,这就像我另一个孩子一样。虽然它现在不能飞不能跑了,可还是自己的孩子。

韩建国	我是来跟您告别的。我们跟 S219 的合作正式终止了。
韩同舟	我已经听说了。什么时候走啊?
韩建国	明天一早。
韩同舟	这么急吗?(韩建国点点头)
韩建国	爸,我今天晚上还要发好几个邮件,就不回家陪您吃晚饭了。
韩同舟	好吧,那……你多保重吧。
韩建国	爸,我知道您心里在怪我。我必须执行公司的决定。
韩同舟	你让我该说什么?我又能说什么?我知道你在美国那么多年,能够做到今天的职位,有多不容易。作为父亲,我应该为你骄傲。可你回来第一件事情,竟然是把我们的订单退回来,这是我们被退回来的第一笔订单,这个人偏偏是我的儿子,我真的想不通。
韩建国	爸,我知道您不理解。我尊重您,尊重你们所有这些呕心沥血的人,可是搞民用飞机是个太系统太庞大的工程,客观地说,这里的基础太落后了。
韩同舟	(开始激动了)我们需要时间……
韩建国	是需要时间!可是市场不可能等你们,民用飞机和一般工业产品最大的区别在于,只有一流的产品才能存活下去,除此之外只能是废铜烂铁。
韩同舟	(气愤地指着运十)你怎么能说出这种话!你也是在这个机场长大的。你看着我们怎么从无到有地把这架飞机造起来,你看着他首飞,你看着它怎么改写了历史。这一切在你看来,都是废铜烂铁吗?我造了一辈子飞机,你知道我最痛心的是什么吗?就是一个中国人站在你的面前对着你说,中国人造的飞机你敢坐吗?
	〔一声飞机起飞的轰鸣声震耳欲聋般划破长空,如同要将这个世界震得天崩地裂。
	〔片刻沉默。
韩建国	爸,对不起,我们别吵了。你跟妈妈吵了几十年,当年我出国的时候你又跟我吵了几天几夜。您有没有算过,我们父子两个几十年在一起和和气气地吃过几顿饭吗?……我明天就

要走了,我希望您再好好考虑一下,以后跟我去国外生活。

韩同舟 （挥手阻止他）别劝我了,我不想跟你走。我这把老骨头,死也跟这个老家伙（指运十飞机）死在一起了。

韩建国 好吧,爸,我该走了……您多注意身体。

韩同舟 建国,见了你妈妈,替我向她说声"对不起"。我从来没有好好关心过她,这辈子是我欠她的。

韩建国 爸,有件事,我一直没敢告诉您……我妈妈她已经去了。

韩同舟 （震惊地）什么时候?

韩建国 三个月前。走之前,她跟我说,有机会回去把你爸爸接来,他老啦。

韩同舟 （心里酸楚地点点头）好啦,你有事忙,就快去吧。明天我不去送你了,路上自己当心点。

韩建国 爸,有空我带着孩子们回来看您。

　　〔韩建国对父亲深深一鞠躬,转身怅然离去。

　　〔韩同舟一个人呆呆地跌坐在运十的舷梯上,妻子去世的消息就好像是突然心口被刀扎了一下的痛楚。

　　〔夜幕渐渐降临,直到天色完全黑去。

　　〔忧伤抒情的音乐。

　　〔天亮了。韩同舟还坐在舷梯上,倚靠着栏杆。

　　〔冷依晗走过。

冷依晗 韩老师,您怎么在这儿坐了一夜,要生病的。

　　〔冷依晗想去叫醒韩同舟,却发现老人全身冰凉,已经没了呼吸。

冷依晗 （紧张地）韩老师,韩老师!

　　〔人们三三两两走来,围过来,叫着"韩老"。

冷依晗 （大声地）韩老师!

某员工 我打电话叫救护车。

　　〔冷依晗绝望地摇摇头。

　　〔施万林此时已经闻讯奔过来。

施万林 （大声叫着）韩建国,快给韩建国打电话! 让他快回来!

冷依晗 （摇摇头）来不及了,他的航班已经起飞了!

[远处天空上似有一架飞机飞过。

[所有的人都潸然泪下。

[冷依晗走到台前,坐在地上,她面前是一台打开的笔记本电脑。

[其余的人和景撤去。

[冷依晗苦思冥想于工作之中,疲惫至极,昏昏欲睡。

第十一场

[丁剑飞走向冷依晗。

丁剑飞　冷总。

冷依晗　哦,有事吗?

丁剑飞　您睡着了?

冷依晗　我刚做了一个梦。

丁剑飞　梦见什么了?

冷依晗　一个 12 年来我经常梦见的场景。

丁剑飞　……你能跟我去一个地方吗?

冷依晗　去哪儿?

丁剑飞　模拟机。

[舞台上的景物已经切换成了一个模拟机的驾驶舱。

冷依晗　模拟机!

丁剑飞　对。我想你和我一起模拟一遍自然结冰。

冷依晗　为什么?

丁剑飞　你跟我去了就知道了。

[丁剑飞说着,坐上正驾驶座。冷依晗坐在副驾驶的位置。两人扣上安全带。丁剑飞加油门。

丁剑飞　准备好了吗?(冷依晗点点头)好,起飞。(飞机轰鸣音响起。窗外出现蓝天白云)推力设定。核对。

〔少顷。

冷依晗　(汇报数据)速度 100 节。

丁剑飞　核对。

冷依晗　(汇报数据)v1。

丁剑飞　(右手从油门上拿下来)起飞。

冷依晗　VR,抬前轮。

　　　　〔丁剑飞向后拉操纵杆。

冷依晗　正上升。

丁剑飞　收轮。

　　　　〔冷依晗把手柄往上一扳。冷依晗一直在观察着数据。

冷依晗　……飞机现在已经在 15 000 英尺高度……(指着仪表)现在开
　　　　始模拟自然结冰。

丁剑飞　……飞机已经结冰了,机翼和机身都被零下 15 度的冰层
　　　　覆盖。

冷依晗　数据已经逼近了危险临界值,飞机已经失去了 80％的升力。

丁剑飞　明白。现在我们开始带冰做盘旋动作……感觉到了吗? 现
　　　　在我们的飞机飞得很轻巧。

冷依晗　(深吸一口气)……感觉到了。(稍停)现在你进入超冷云层,遇
　　　　到强冷空气!

丁剑飞　好,现在我们让它进入失速。

　　　　〔丁剑飞操纵动作。飞机进入一种强烈的震颤中,轰鸣声加
　　　　大。冷依晗的手不由自主越来越紧抓着自己的领口。

　　　　〔语音告警:STALL……STALL……

冷依晗　强结冰!

丁剑飞　注意! 注意!

　　　　〔丁剑飞快速看着仪表和窗外,继续操纵动作。震耳的轰鸣
　　　　声。大约几秒钟后,飞机恢复了平稳。

丁剑飞　看到了吗? 它恢复稳定了。

冷依晗　(惊喜地)是的。

丁剑飞　我刚才并没有刻意做改出的动作,而只是尽量稳住它。它几
　　　　乎是完全依靠自身的性能调整了姿态,恢复了稳定。

冷依晗	（激动地）是的，是的！
丁剑飞	这就是我要让你亲自上模拟机的原因……你的噩梦不是因为肖杰不在了，而是因为你害怕你跟他一样，设计出现漏洞。
冷依晗	这样的模拟练习，你做了多久了？
丁剑飞	从上次失速之后，我就一直做。我研究了自然结冰所有的技术资料，把每一种会出现的危险状况都挨个模拟了好几遍。我甚至把关于自然结冰的设计数据都看得滚瓜烂熟了。不信，你可以考我。
冷依晗	可是，你难道就没有怀疑过我的设计吗？
丁剑飞	我从来没有怀疑过你。
冷依晗	为什么？
丁剑飞	你未婚夫的生命换来的教训，你能不当回事儿吗？何况，不仅仅是肖杰一个人的生命……我相信你已经把这个环节的设计都琢磨透了。如果那天不是因为遇上了意外气象，我说不定就飞成功了……所以我想验证一下，如果有机会再让我飞一次自然结冰，一定没问题。相信我。
冷依晗	你就是个——疯子！见过不怕死的，还没见你这样不怕死的。
丁剑飞	神经病不怕死……那次回来，你以为我就没有后怕过吗？
冷依晗	那你还……
丁剑飞	后来我一想，你都不怕，我怕什么？
冷依晗	我怎么了？
丁剑飞	经历了12年前那样的事，如果没有强大的心理承受力，你怎么还能当一架飞机的总设计师？万一这次自然结冰真的通不过，你还能干得下去吗？我能想象你这12年，把自己往死了逼才有今天。至于我，如果这次再出些状况，我还能再飞吗？所以，我和你都是一样的背水一战，我们已经捆绑在一起了，生生死死捆绑在一起！你想甩我都甩不掉！ 〔丁剑飞直视冷依晗的眼睛，冷依晗下意识地躲避。
冷依晗	今天就到这儿吧，自然结冰的事我会考虑。（她说着走下驾驶舱）
丁剑飞	你等等。（冷依晗）我知道你这12年经历的是什么样的生活，

你把自己伪装得很坚强,冷得像一块冰,可那不是真正的你!

冷依晗 你怎么知道什么才是真正的我?

丁剑飞 因为那天晚上你的脸上写着!

冷依晗 写着什么?

丁剑飞 你很孤独!你很脆弱!你需要有人懂你!有一种力量来支撑你!12年来你一直以为那种力量是肖杰给你的,实际上你早已经不需要他了……

冷依晗 够了!

丁剑飞 过去的已经不存在了!你需要一个人爱你!

冷依晗 (努力克制着)……你越过边界了,机长!

丁剑飞 边界是你设定的,设计师。他需要我们共同的努力才能去验证。

冷依晗 我不会也不能给你超出安全极限的风险余度。

丁剑飞 为什么不能往前迈出一步?

冷依晗 我以前总是跟你说,别用自己的生命去冒险,现在我想告诉你,别拿自己的人生去做赌注!……我该走了。(走)

　　〔丁剑飞伤感地看着冷依晗下,然后从另一个方向离开。

　　〔音乐起。

　　〔冷依晗回到了舞台上,恍惚中她下意识点起了一支烟。

　　〔肖杰出现在舞台的另一区域。

肖　杰 你怎么又抽烟了!

冷依晗 如果不是我抽烟,你根本意识不到我的存在。

肖　杰 我意识不到你的存在?我又不是盲人。

冷依晗 可是你一整天都在看着你的图纸,甚至都没有抬起头来看一下我。

肖　杰 对不起,是我的错。可你忘了,你答应过我,我们结婚后就把烟戒了。

冷依晗 我答应过?

肖　杰 对,本来我们约好了,那一天回来后就一起去注册结婚的……但是,我没有回来。

　　〔冷依晗又一次如梦方醒。

肖　杰　他说得对,我已经不在了。就像你不可能再穿上高跟鞋一样,一切都不可能再回到过去。

冷依晗　不!我从来没有让你离开过我的世界。

肖　杰　我走了12年了,12年来你不让自己休息,不让自己软弱,不允许自己享受生活;你不再涂脂抹粉,你的头发上能闻到机油的味道,你的皮肤不再光滑细腻,你的双手已经被图纸磨得粗糙了,你用12年把自己改造成了我完全不认识的样子。你已经不再像过去那样,需要我温暖的大手把你搂在怀里。
　　〔肖杰一边说着一边往舞台的深处走去。冷依晗试图去拉住他,但拉不住。

冷依晗　你回来!肖杰!你走了,我会很孤独!

肖　杰　你应该开始新的生活,会有一个人陪着你重新起飞,直到天荒地老,只是那个人不是我!
　　〔冷依晗哭着目送肖杰走向远方。

肖　杰　记住,我最愿意看到的,就是没有了我,你依然能够飞翔。
　　〔冷依晗含泪点头。
　　〔收光。

第十二场

　　〔各种画外音。

记者甲　请问冷总,您此次辞职,是因有航空公司撤回S219订单的原因吗?

记者乙　请问,S219适航许可至今没有通过,原因到底是什么?

记者丙　请问冷总,S219此次的自然结冰试飞失败你是否要承担责任?

记者丁　请问您对S219目前在国际民航领域的市场前景持什么态度?

〔起光。

〔新闻发布会现场。主席台上坐着一排领导干部。施万林和冷依晗坐在中央。冷依晗无声地听着记者们扑面而来的提问。施万林站了起来。

施万林　各位,请安静一下。我知道大家有许多问题。冷依晗同志确实向公司董事会递交了辞去 S219 项目总指挥的申请,主要是因为身体上太疲劳了,董事会同意了冷总的个人申请。至于各位的问题还是由我来向诸位一一解答……

〔冷依晗站了起来。

冷依晗　还是我来回答吧。

〔施万林点了点头,坐下。

冷依晗　(站起来)感谢各位媒体的朋友。我辞去 S219 项目总指挥的职务,是因为我认为自己的能力不适合继续担任领导的工作,最近 S219 自然结冰试验失败,与前期准备工作不够充分有直接关系,作为领导我有不可推卸的责任。但是我仍然是 S219 的总设计师,我希望我能够把自己的精力全部投入我的专业中去。我们这个团队就像一架庞大的机器,每个人都是这架机器中的一个零件,每一个零件都必须恪尽职守、分毫不差。我之所以辞去领导职务,是因为我需要回归到最适合我的那个位置。我们每个零件每一天都在不断地磨合,因为我们是如此的陌生,所以我们缺乏经验,我们需要时间,有些时候我们也许需要推倒重来一遍,再来一遍,因为我们谁都不知道究竟什么样的位置,什么样的速度、角度、精度是最好的。可我们从来不怀疑,总有一天,所有的齿轮都会卡得恰到好处,所有的零件都会配合到完美无缺,那个时候,我们的这架机器就可以运转起来,并且昂首挺胸地飞起来。我们从来不怀疑有一天会让全世界的人看到我们的 S219。然后指着它说,那是一架中国制造的民用飞机,它飞得很稳,很好,很安全! 虽然我们不知道这一天有多远,但我们知道只要踏出第一步,就会离天上那个梦想近一步。那个时候我们一抬头,就会看到梦想就在我们的头顶,我们一伸手就可以触摸到它。然后我们可以骄傲地说,那是我们的飞机!

［灯光变换,主席台隐去。

［轻快有节奏的音乐声。

［身穿制服的工程人员们纷纷从舞台各个角落走来。他们中也有谭晓、小魏,还有之前出现过的那些熟悉的面孔。他们有的手拿图纸在和同事交流工作,有的在打工作电话,有的则行色匆匆地奔走在路途。

某员工　(打电话)什么?……设备什么时候运到?……好的,我马上通知下去……

某员工　(打电话)喂……什么?数据不对?……你等着,我马上回去查……

谭　晓　(打电话)喂……试飞大纲已经发到你邮箱了……对。

［那边儿,几位工程师模样的人一边走一边讨论某个技术问题。

［每个人都如零件一般在自己的位置上不停地运转着。

［画外音(新闻播报):最新消息,国产民用客机 S219 即将赴北美五大湖地区进行自然结冰的试飞科目。这也是该型号第一次跨出国门进行远距离飞行……

第十三场

［起光。

［韩建国捧着父亲的骨灰盒静穆在台上。冷依晗和施万林向他走来。

施万林　韩老的后事都办妥了吧?

韩建国　(点点头)感谢你们,替我的父母感谢你们。这次我把我母亲的骨灰也带回来了,让他们两个葬在一起。这应该也是他们共同的心愿。

冷依晗	这次来会多留几天吗?
韩建国	我今天晚上就要飞回纽约了。
冷依晗	一路平安。
韩建国	谢谢……哦,这次去北美五大湖自然结冰,这个想法很明智。那里拥有全世界飞自然结冰最理想的气候条件,波音、空客都在那里飞过。希望 S219 首次跨洋试飞成功。虽然我代表公司撤回了订单,但是我真心向你们的团队表示敬意!
冷依晗 施万林	谢谢。
韩建国	再见。
	〔韩建国下。
施万林	这两天没睡好觉吧?
	〔冷依晗淡淡地叹了口气。
冷依晗	还是你了解我。
施万林	明天我就带队出发了。这回咱们一定得把自然结冰飞出来!
冷依晗	拜托你了,老万。
施万林	我今天还有件事儿要告诉你——等这次飞完自然结冰回来,我就要离开这个团队了,会有更年轻更有能力的同志来接替我。
冷依晗	为什么? 老万,你要去哪儿?
施万林	呵呵,我能去哪儿啊? 我这个零件到年限,要退休啦! 哈哈哈!
冷依晗	啊? 你要退休了? 你怎么可以退休了?
施万林	我怎么不能退休啊? 我刚见到你的时候,你还是个黄毛丫头,现在你看看(轻轻指了指她额头)都长白头发了。
冷依晗	老万!
施万林	我刚开始给咱们国家造飞机的时候,还是个大小伙子,现在也该告老还乡了。我女儿已经给我生了个外孙子了,我得安安心心回去当姥爷啦!
冷依晗	真的吗? 祝贺你!
	〔两人很友爱地拥抱在了一起。

施万林 我脾气急,说话有时候不中听,别跟老大哥计较。

冷依晗 (感动地点头)嗯。

施万林 有机会成个家吧!

〔冷依晗无声地笑笑。

〔施万林下。

第十四场

〔丁剑飞上。他走向冷依晗。冷依晗看到他,心里的感觉有些复杂。

丁剑飞 我明天就出发了。

冷依晗 哦。

丁剑飞 谢谢你,说服领导同意我去飞自然结冰。

冷依晗 不用谢我。这是领导综合考虑的结果。

丁剑飞 你不想再对我说点儿什么吗?

冷依晗 注意安全。

丁剑飞 这次北美你不去,是因为我吗?

冷依晗 你想多了。我手头还有其他的工作。这次施总带队,相关技术部门都跟飞,我很放心。当然,我会随时期待你们的好消息。

丁剑飞 那我回来的时候,你会来接我吗?

冷依晗 ……我是总设计师,你们回来,我当然会迎接你们。

丁剑飞 你明白我说的意思!

冷依晗 你不要逼我!

丁剑飞 我有权利……

冷依晗 我没有……

丁剑飞 为什么?

冷依晗 别逼我回答为什么……

丁剑飞　我知道你怕什么。我不在乎那些！

冷依晗　会有一天，你试飞归来，有一个很美好的女孩子在等着你回家，就像我当初曾经等着肖杰那样，会有一个人和你天荒地老，子孙满堂。但那个人绝对不是我……谢谢你，给予我美好的瞬间，你让我知道我还有能力去爱。但是，我们是属于这个国家的，我们没有权利放纵自己的情感。

〔丁剑飞懊恼地准备离开，但不甘心地停住脚步。

丁剑飞　本来我今天来，是想告诉你一件事。

冷依晗　还有什么事？

丁剑飞　（从他的衣服口袋拿出用红布包的东西）这是我一直带在身边的一件东西，但这次去飞自然结冰，我想让你替我保管它。万一，出什么意外的话……

冷依晗　闭嘴！（她打开，看到一片破碎的铁片）这是什么？

丁剑飞　一架飞机的残骸。12年前，有一架飞机在穿越冰层的时候意外坠毁，机上的人全部遇难，这其中有那架飞机的设计师肖杰，还有，我的父亲。（冷依晗瞪大了眼睛）是的，我的父亲，是那架飞机的机长。父亲去世的时候，我什么都没要，就要了这个（打开布包，是一块盘子大小的金属质地的碎块）。可能在别人看来，这不过是一片垃圾，但对我来说，那是我心里的一块纪念碑，那上面有肖杰，有我父亲，还有很多人的名字。在我心里，他们都是英雄。请你替我收好它……（冷依晗用颤抖的双手接过了这块飞机残骸，不能自已地周身激动着）你知道吗？我从小就在机场跑道边儿长大，我们一群孩子下了课就一边跑一边指着天上的飞机说，这个，这个是英国的飞机，这个是加拿大的飞机，那是苏联的飞机！谁说对了谁就能当机长。将来我要我的孩子，指着天上说，看，是我们中国的飞机！我们的飞机！我们的！……（走）

冷依晗　（情难自已地）丁剑飞！……（丁站住）以前我说，你的心理素质不合格，现在我收回这句话。

丁剑飞　谢谢。我还想跟你说一句话，我会做好那个零件，但一个完美的零件威力并不会亚于一颗子弹。你说，想当英雄就别来开民用飞机,我不同意! 我就是要当英雄! 像我爸爸那样的英雄!

〔丁剑飞向舞台纵深处走去,冷依晗下意识想追去。突然灯光大亮,他们身后的场景已经变成了机场的飞机旁。方小虎和谭晓向丁剑飞走来。

谭　晓　机长,我们可以出发了。

丁剑飞　我最后再问你们一遍,你们现在想改主意还来得及。

谭　晓　不,绝不改主意。

方小虎　对,绝不! 机长! 我们三个零件要卡在一起才转得起来。

谭　晓　(伸出手臂)来,加油!(丁剑飞、方小虎和她的手臂握在一起)

三　人　加油!

〔施万林来了。

施万林　等等,加上我。(也伸出手)

〔又有几位工程师们跑了过来。

工程师某　加上我们!

〔冷依晗也跑了过来伸出手。

冷依晗　还有我!

〔大家的手都紧紧握在一起。

冷依晗　我们的飞机,一定会成功!

大家异口同声　我们的飞机,一定会成功! ——(欢呼)

〔大家松开手,施万林、丁剑飞、谭晓、方小虎和几名工程技术人员一起向送行的人们告别。大家纷纷说着,"再见"……"加油"……"平安"……

〔人们都走向了飞机。丁剑飞最后回头看了一眼冷依晗。他们用眼神默默地告别。丁剑飞转身离去。

〔冷依晗望向远方。

〔大屏幕上,一架飞机腾空而起,划破天际。

〔人们也纷纷望向远方。人群中有肖杰、韩同舟和胡克。

冷依晗　(OS)总有一天,所有的齿轮都卡得恰到好处,所有的零件都配合到完美无缺,那个时候,我们的这架机器就可以运转起来,并且昂首挺胸地飞起来,我们从来不怀疑有一天会让全世界的人看到我们的 S219,然后指着它说,那是一架中国制造的民用飞机,它飞得很稳,很好,很安全！虽然我们不知道这一天有多远,但我们知道只要踏出第一步,就会离天上那个梦想近一步。那个时候我们一抬头,就会看到梦想就在我们的头顶,我们一伸手就可以触摸到它。然后我们可以骄傲地说,那是我们的飞机!

[有一个声音说:看,我们的飞机。

[另一个声音:我们的飞机。

[各种声音此起彼伏:我们的飞机……我们的飞机……我们的飞机……

[一个清脆的童声:看,那是我们的飞机。

[音乐声中,各种 ARJ21 和 C919 的新闻视频交替呈现出一种纪实影像的风格。

[ARJ21 圆满完成北美飞行载誉归来……

[ARJ21 首航成功……

[C919 正式下线……

[C919 成功首飞……

[剧终。

话剧

触底反弹

夏天珩

青年剧作家,编导演合一职业喜剧创作人。上海滑稽剧团编剧,上海市戏剧家协会会员,上海市曲艺家协会会员。毕业于上海戏剧学院,戏剧导演硕士,戏剧文学本科。作品多次获得省部级以上奖项,多次获得上海文化发展基金会项目资助,2015年获文化部国家艺术基金资助。2015获文化部戏曲孵化计划资助。被评为"中共上海文广演艺集团青年文艺骨干"。中国戏剧家协会首期全国青年剧作家研修班学员,中国戏剧家协会第七届中青年编剧研修班学员,中国曲艺家协会第七期全国曲艺创作高级研修班学员。

主要作品有:话剧《触底反弹》《大人物》《教父》《流星》《拾叁》;滑稽戏《笑到最后》《七十二国房客》《勿来也要来》《搭界勿搭界》;京剧《蠢货》;音乐剧《LUCKY DAY·幸运日》《青春不作弊》;小品《家访》《怎么还不睡》等;独脚戏《二号线惊魂》《社会人》等。

《触底反弹》于2013年获得上海文化发展基金会青年编剧项目资助,2015年首演于上海人民大舞台,为首届上海国际喜剧节闭幕大戏。

人　物：刘小东——男，刚被单位开除的普通上班族。

　　　　张大兴——男，刘小东从小到大的好朋友。

　　　　陈主任——男，黄风村村副主任。

　　　　陈　欣——陈主任女儿。

　　　　妈　妈——刘小东的妈妈。

　　　　蒋乐乐——女，刘小东女朋友。

　　　　强　子——男，村民，暗恋陈欣。

　　　　梁　涛——男，刘小东的同学。

　　　　鲁　野——男，刘小东的同学。

　　　　小　彪——男，刘小东的同学。

　　　　其他角色若干。

序　幕

［幕启。

［起光。

［热闹的 PARTY，张大兴浑身珠光宝气地在和刘小东聊天，一旁的蒋乐乐按捺不住对张大兴的爱慕之情，上前要亲吻搭讪，结果张大兴蹲下系鞋带，蒋乐乐一下亲到了刘小东，刘小东像触了电一样盯着蒋乐乐，蒋乐乐反应过来自己亲错了人，尴尬不已。张大兴突然起身，撞开了两人。

张大兴　哎哟，对不起，打扰二位了，你们继续。（赶紧识趣地离开）

蒋乐乐　（欲追）哎！

刘小东　（拦住）不用追了，如果说我这个冒冒失失的朋友刚才撞疼了你，那么由我来替他道歉。

蒋乐乐　你让开，不关你事。

刘小东　（自作多情）明明亲了我，却还假装什么都没发生过，你们女人真是让人猜不透。

蒋乐乐　对不起，先生你误会了，其实刚才……（反应过来）刚才你说他是你朋友？

刘小东　张大兴，一个不入流的富二代。刚刚你亲我的意思是……

蒋乐乐　（根本没听刘小东说话）你俩什么关系？

刘小东　形影不离的好兄弟啊。我是说你想让我做你的……

蒋乐乐　（继续没听）他喜欢什么样的女孩儿？

刘小东　不知道，反正他倒是从来不和陌生女孩儿交往。你觉得我……

蒋乐乐　陌生女孩儿？（只听前半句）如果这样倒是也不错，不会显得很刻意。

刘小东　你要是不听我的就算了。

蒋乐乐　(突然转变)我能做你的女朋友吗?

刘小东　这……虽然我刚才一直是这样想的可这也太快了吧!

　　　　〔张大兴又从蒋乐乐身边经过,蒋乐乐的眼神被勾走了。

刘小东　你迫不及待把这个好消息告诉大兴吗?

蒋乐乐　(敷衍)嗯。

刘小东　你真的觉得咱俩很合适吗?

蒋乐乐　(继续敷衍)嗯。

刘小东　那咱们结婚好吗?

蒋乐乐　嗯。……(回过神来)嗯?(诧异地看着刘小东)咱们只谈恋爱不谈
　　　　结婚好吗?

刘小东　恋爱总得谈得有个期限吧……

蒋乐乐　哦,(故意刁难)那什么时候买房子什么时候结婚咯。

刘小东　(咬了咬牙,坚定地)你等着,一套属于我们两个人的婚房不日就
　　　　会出现在你面前,我刘小东说到做到,对了,你叫什么?

蒋乐乐　我叫蒋乐乐。

　　　　〔收光。

　　　　〔转场。

第一场

　　　　〔起光。

　　　　〔区域光。刘小东跪在张大兴身边痛哭流涕。

张大兴　所以你就答应她给她买房子了?

刘小东　我不是迫不得已嘛。

张大兴　我还是想不起来是哪个女人。

刘小东　哎呀,就是上回 PARTY,你蹲下系鞋带起来撞到的那位。

张大兴　萍水相逢恋爱都没怎么谈过你就要和人家结婚？

刘小东　我深思熟虑过了，我年纪不小了，我妈年纪也大了，她守寡这么多年，天天盼着儿子能娶上媳妇……

张大兴　幼稚！你知道结婚意味着什么嘛！

刘小东　当然知道，两个人在一起，无聊地过了一辈子，一事无成，最后全死了。

张大兴　知道你还答应她！你知道美满的婚姻是建立在各种基础上的吗？你要拥有敏锐的洞察力，顽强的生命力，永不吃醋的包容力，你什么都没有结的哪门子婚？

刘小东　买了房子就不是一无所有了。

张大兴　你？房子？刘小东你疯了吗！

刘小东　我看中了一套房子，首付五十万。

张大兴　你哪来的钱？

　　　　〔刘小东接电话。

妈　　妈　(声音之大已经突破了听筒极限)刘小东我告诉你，为了帮你借这五十万，你妈我脸都丢尽了！这个儿媳妇儿你要是娶不回来，从今往后你就没我这个妈！

　　　　〔挂电话。

刘小东　知道钱的来路了？

张大兴　你居然让你妈为了你去借钱！首付五十万，贷款要多少钱？

刘小东　一百万……

张大兴　(自顾自算了起来)一百万，你每月工资是一万，拿五千还贷款，一年还六万，压力还不是很大，一共要还上十六年，幸好你这个工作还不错……

刘小东　我被单位辞退了！

张大兴　对，某些企业由于运营结构的调整，需要在适当的时候辞退一些没有用的员工来调整开支，这种辞退……你说什么?!你被单位辞退了！

刘小东　我刚告诉领导我要结婚就被辞退了。后来同事告诉我领导暗恋了我很久，他实在受不了这么大的打击。

张大兴　哎，可惜了，现在这个世界上如此为爱痴狂的女人已经不多了。

刘小东　我们领导是个男的。

张大兴　好吧,那你准备怎么还贷款?

刘小东　(站起身来,握住张大兴的手)……大兴,你看,咱俩从小到大一直都是同班同学,我这辈子就你这么一个好朋友……

张大兴　(甩开刘小东)你来我这儿兜了这么半天圈子就是为了让我借钱!

刘小东　不是借钱……

张大兴　那还差不多。

刘小东　是绑票。

张大兴　啊?

刘小东　(抄起电话,改变嗓音)喂,你是张大兴的爸爸吧,你儿子在我手里,识相的话……

电　话　哈哈哈哈哈! 还想骗我? 张大兴我告诉你,你想什么招都没用,你爸我不是傻子,你休想从我这儿再要到一分钱!

刘小东　我们是真的! 你要是不给钱,我们就撕票!

电　话　撕完就扔了吧,切碎一点儿,谢谢你好心人,为社会安定又做出了一份贡献。(挂电话)

刘小东　喂喂喂! (无奈放下电话)你是你爹亲生的吗?

张大兴　他说我是充话费送的……

刘小东　你不是富二代吗?

　　　　〔张大兴什么也没说,当着刘小东的面掏出了所有的衣兜,全是空的。

刘小东　你一分钱也没有?

张大兴　(跪下痛哭流涕,而刘小东站着,和开场时候正好反过来)大哥,我要是有钱早就拿出来了。我爸上个月刚和我断绝关系,你但凡早来一个月还有救啊!

刘小东　你不肯借就不肯借,跟我装什么穷啊,你手上那表,你脖子里那链子,你那根皮带……

张大兴　都是假的!

刘小东　假的? 谁信呐。

张大兴　不信你看，这个，这个，还有这个！

　　　　［给刘小东看，全是假的。

刘小东　你戴这么多假的干什么？

张大兴　为了活下去啊！

刘小东　那你这一个月是怎么活的？

张大兴　自力更生！

　　　　［切光。

　　　　［起音乐。

　　　　［边说边演。

张大兴　大学毕业以后，我一直没有找到一份正经事业，上个月我爸发了一个我这辈子听过的最毒的誓，要是他再给我一分钱，就让他吃方便面的时候永远没有调料包。于是身无分文的我开始自力更生。

　　　　［张大兴和人谈判，过程中不断刻意展示自己身上的这些名牌。

张大兴　这个项目上，我只要您先拿出五千万垫资，我的钱马上就会跟进。

对　方　张先生，我看还是算了吧。

张大兴　你信不过我？我戴这么粗的项链你居然不信我！

　　　　［对方从脖子里拿出了一根碗口粗的项链。

张大兴　（拍桌子）你带根假链子了不起啊！不就是五千万嘛！出不起别出啊！穷鬼！

　　　　［对方脱下上衣，满身的文身。

张大兴　大哥……我是说……

　　　　［被对方的小弟痛打。

　　　　［切光。

张大兴　后来，我决定足不出户发家致富，不和任何人接触或许会安全一点。

　　　　［拿起电话。

张大兴　喂，您好，您有一张尾号为 2256 的工行信用卡透支……

　　　　［嘟嘟嘟……

· 448 ·

张大兴	(再来)喂,您好,最高人民法院……
	〔嘟嘟嘟……
张大兴	(再来)你儿子在我手上!
	〔嘟嘟嘟……
张大兴	(最后一次)喂,你是张大兴的爸爸吗?你儿子在我手里,识相的话……
电 话	哈哈哈哈哈!还想骗我?张大兴我告诉你,你想什么招都没用,你爸我不是傻子,你休想从我这儿再要到一分钱!
张大兴	你要是不给钱,我们就撕票!
电 话	撕完就扔了吧,切碎一点儿,谢谢你好心人,为社会安定又做出了一份贡献。
张大兴	他是你亲儿子吗!
电 话	充话费送的。(挂电话)
张大兴	喂喂喂!
	〔切光。
张大兴	后来我遇到一个高人。
蜘蛛侠	少年,看你骨骼惊奇,将来必定成就一番大业,咱们有缘相遇,说吧,你想让我教你什么?
张大兴	我想快速致富!
蜘蛛侠	我明白了,少年,你需要的是这样一份光荣而伟大的职业,像我一样在城市中飞速穿梭,而后把自己的生活牢牢地掌握在自己手中!
张大兴	我要怎么做?
蜘蛛侠	一共有三个要领,第一点,要善于在车来车往中岿然不动。
张大兴	这我能做到,那第二点呢?
蜘蛛侠	要不怕死!
张大兴	这也没问题,我豁出去了,最后一点!
蜘蛛侠	无论你被困难撞倒多少次,你只要站起来就是成功!
张大兴	您是让我像您一样成为蜘蛛侠?
蜘蛛侠	不!我在教你碰瓷儿的诀窍。记住,所谓碰瓷儿,就是一个字——啊!

〔一辆车开过,蜘蛛侠窜到车前大叫一声"啊"! 司机赶紧下来掏出了很多钱,蜘蛛侠与司机握手一起欢快地下场。

张大兴　这么容易! 我也来。(有车开过)啊!

　　　　〔张大兴吃力地从地上站起来,刚准备讹人,车上下来三个人。

张大兴　你,是你撞的我……

　　　　〔车上的人从领子里掏出一根碗口粗的项链。

张大兴　你妹啊,戴根假链子就可以出来横冲直撞啊! 你要是撞死了我! ……

　　　　〔此人又把外衣脱了,露出满身的文身,还是之前谈判时的那个人。

张大兴　大哥,原来是你,误会啊,误会,真是人生何处不相逢……

　　　　〔再次被两个小弟痛打。

　　　　〔切光。音乐停,回到现实时空。

张大兴　这下你知道了吧。

刘小东　(气急败坏)那你说怎么办!

张大兴　要不然这婚就别结了吧。

刘小东　我已经跟蒋乐乐的父母都说过了!

张大兴　要不然这样吧,我有一条快速致富的道路,(身边拿出一张广告)你看,新一代投资项目,无论多少钱,转到这个账上,三天后翻十倍。如有疑问,请拨这个电话……

刘小东　(看着账号输入)好了,我转了。

张大兴　你开什么玩笑! 我就是随便一说!

刘小东　你是我最好的朋友,我当然相信你了!

张大兴　你傻呀你? 万一不行怎么办?

刘小东　嗨,你当我真傻啊,我就输入了五百,你看。

张大兴　哎呀,你别转!(要抢手机)

刘小东　五百怕啥,万一成呢!(抢回)

张大兴　别转! 谨慎一点儿!

刘小东　没事!

　　　　〔起音乐,两人抢,混乱。

刘小东　你多摁这么多零干什么!

张大兴　我不小心的！删除不就行了！（摁键）
　　　　〔音乐停。
刘小东　二逼，你摁的是确定……
张大兴　金额是五十万……
刘小东　我妈给我借的首付……
张大兴　别急，如有疑问，请拨这个电话。（拨广告上的电话）
　　　　〔画外音，对不起，您拨打的用户已关机……
　　　　〔两人面面相觑。
刘小东　（跪下）妈妈！
　　　　〔收光。
　　　　〔起音乐，转场。

第二场

　　　　〔起光前，刘小东和张大兴两人争吵。
张大兴　你报警不就好了吗？！
刘小东　警察光说立案，没说破案时间呐！
张大兴　你停下！别开了！
刘小东　都开到这儿了你让我停！
张大兴　前面没路啦！
刘小东　鬼才相信你说的话，之前你就说没路了，结果不是开得好好的？
张大兴　别开啦，真的没路啦！
刘小东　你放，啊啊啊啊啊啊啊——
　　　　〔砰！
　　　　〔起光。
刘小东　——屁。
　　　　〔茫茫戈壁，车已栽进沙漠，彻底报废。

刘小东　我告诉你张大兴,走到今天这一步和你完全脱不了干系!……

　　　　〔一回头,看见张大兴的裤子和鞋露在外面,上半身被车牢牢地压在了沙里。

刘小东　啊?(一点点走近)大兴,大兴,你说话啊大兴,你别吓我……

　　　　〔上前确认了一下,误以为张大兴被压死了,吓得倒退几步瘫坐在地上。

刘小东　啊!(眼泪夺眶而出,开始抽泣)张大兴,我最好的朋友啊,你怎么就这么走了啊!(开始失控,像叫魂一样鬼哭狼嚎)大兴啊,都是我不好啊,前面真的没有路,我应该听你的话啊……说好的一起去把五十万找回来,你怎么忍心扔下我一个说走就走啊,张大兴啊!!!

　　　　〔从怀里掏出一张照片恭恭敬敬地放在车前,哭着用手抚摸着照片。

　　　　〔此时张大兴从刘小东背后上场,没穿裤子和鞋,他犹豫地看着刘小东手里的照片。刘小东哭得更厉害了。

刘小东　你死了谁帮我把钱找回来啊!

　　　　〔张大兴递给刘小东一张纸巾。刘小东接过擦眼泪。

刘小东　谢谢,你看你虽然死了,还知道回来安慰我,帮我擦眼泪,你看你这个音容笑貌,和照片上一点也没有区别……(反应过来,开始尖叫)啊!!

　　　　〔张大兴一步步逼近刘小东,刘小东一步步后退。

刘小东　你别过来啊,你要干什么?

张大兴　(去车底下抽出裤子,穿上裤子和鞋)神经病。

刘小东　哦,你还活着啊。真是太好了。(一把抱住张大兴)

张大兴　(一股暖流涌上心头)哈哈哈,这我可受不了。咱们之间的友谊还是经得起考验的。俗话说患难见真情……

刘小东　(一把推开张大兴)赔车!

张大兴　我说你这个人讲不讲道理,明明是你把车开下山的!

刘小东　少推卸责任,还不是你让我走这条路的!

张大兴　还不是你说要到戈壁滩来的!

刘小东　还不是你让我查那个骗子的手机归属地的?

张大兴　谁让你给那边账号打钱的!（两人越说越激动）

刘小东　谁让你给我看那个广告的!（伸手要掐死张大兴）

张大兴　别动!

刘小东　凭什么,我就动!

张大兴　别动!

刘小东　我偏动! 我偏动!

张大兴　有蝎子!

刘小东　对,蝎子! 他老婆是蛇精! 要吃葫芦娃! 他们有个宝贝叫如
　　　　意……我好像踩到什么东西了。（不敢往下看）好像有两个钳
　　　　子,壳儿挺硬,好像是个龙虾!

张大兴　亲爱的,沙漠里没有龙虾……

刘小东　（低头）真的有蝎子啊!!!

张大兴　别急! 别轻举妄动,大部分蝎子都有剧毒,冷静下来想想
　　　　办法!

刘小东　装死!（装死）

张大兴　没用的,装死是对付狗熊的。

刘小东　（再起来）你也想想办法啊,它就要爬到我腿上了。

张大兴　我来!（一脚踢飞蝎子）

刘小东　哎哟,吓死我了,吓死我了,踢哪儿去了?

张大兴　不知道。

刘小东　（转圈寻找）哎?

张大兴　啊!!! 在你背上。

刘小东　快帮我拿走!

张大兴　我不能用手碰,会中毒的!

刘小东　那怎么办!

张大兴　别怕,老办法,再来!

　　　　〔开始狂踹刘小东,蝎子还是纹丝不动,刘小东快被踹断气
　　　　了,倒地不起。

刘小东　停! ……还有没有别的办法……

张大兴　等等,我看下野外求生指南。（看手机）蝎子是一种好奇心很强
　　　　的动物,喜欢爬到一切动的东西上去,如果在野外遇到,只需

要保持不动,过一会儿它自己就会走的,但这一过程中,切忌突然做出任何动作激怒蝎子,否则后果不堪设想。

刘小东　啥意思?

张大兴　就是说你再动下就死定了。

刘小东　那你意思是我暂时只能保持不动了?

张大兴　没办法,等等看吧。

刘小东　我真是被你害惨了!

张大兴　嘘!

刘小东　嘘什么嘘,我又没动!

张大兴　好好好,消消气消消气,都怨我行了吧。

刘小东　号码归属地在戈壁滩,摆明了是个骗子好吗!你还口口声声有一个好项目,不管投多少钱,三天翻十倍……

张大兴　我不也是替你着急嘛。

刘小东　本来还好,虽说骗走了五十万,但好歹骗子的号码归属地查到了,可是现在车报废了,我唯一的财产也这么没了!

张大兴　嗨,没事儿,你这种车能顺着导航开到戈壁滩来已经不错了。

刘小东　都怨你!现在骗子没找着我还随时有生命危险。亏你口口声声说我是你最好的朋友。

张大兴　好好好,我一定想办法帮你把所有的损失都追回来好吗?哎,广告上说三天之后会翻十倍,今天已经是第三天了,你说有没有这种可能,真的翻了十倍我们不知道。我再打个电话试试。

　　　　［画外音:对不起,您拨打的电话已关机……

刘小东　我觉得说你幼稚都侮辱了幼稚这个词儿。

　　　　［电话响。

刘小东　电话,电话!

张大兴　你别动,一动就死了!我来!(不让刘小东碰手机)你妈!

刘小东　不能让她知道五十万没了,这是她辛辛苦苦挣……借来的!要是知道钱没了,她会自杀的!

张大兴　那怎么办?接还是不接?

刘小东　接,要是超过十声响不接,她也会自杀的!

张大兴	(接电话)喂,阿姨您好,我是张大兴,哦,我们在一块儿呢,对,我们去外地了,在戈壁滩……(说漏嘴)
刘小东	别说啦! 免提! 免提!
张大兴	哦,阿姨您等一下,我让小东接电话。
刘小东	……妈!
妈 妈	小东,妈妈总是不放心,你去银行查了没有,五十万到账了吗?
刘小东	到……到账了妈妈。
妈 妈	那我就放心了。我特别担心银行把咱们的钱吃了,要是这钱没了,我也不活了。
刘小东	(痛苦不堪)妈,没事儿的。
妈 妈	小东,你这辈子也没有见过这么多钱吧。
刘小东	啊。
妈 妈	妈妈也是,要不是为了儿子买房子结婚,我也一辈子没见过这么多钱,当时我就想啊,要是这些钱没了,我也就不活了。
刘小东	(再次被刺痛)不会的,妈,你别多想……
妈 妈	那我就放心了,对了,妈妈在电视里看到,最近有很多房产中介都是骗子,他们专门骗人家的首付啊,你一定要小心啊,千万别被骗了,要是你这个五十万花了出去,最后他们的联系电话老是关机,那我也就不活了。
刘小东	(痛苦万分)妈妈妈妈妈妈妈,没事的,你不要瞎想,没这回事,我们没有被骗,我们根本就没把钱转过去,他们的电话也没有关机……
妈 妈	那我就放心了,对了,大兴说你们在戈壁滩干什么呢?
刘小东	我们在……这里……戈壁滩……一望无际……绿洲……盖一个山水度假村!
妈 妈	山水度假村!?
刘小东	呃,妈妈,这是大兴的项目,我和他一起。
妈 妈	嗯,太好了,跟着他好好干一定有出息的,这下妈什么也不担心了,我挂了啊,你们当心身体! 儿子,记住,有大兴这样的朋友是你上辈子修来的福气!
	〔挂电话。张大兴无颜以对……

刘小东	听听,我妈说得多好。(咬着牙)有你这样的朋友是我上辈子修来的福气。
张大兴	对不起……
刘小东	对不起对不起,我不要听你解释,我原以为你是富二代,借我一百万就行了,现在呢,首付被人骗走了,车被你搞坏了,我妈什么都不知道被蒙在鼓里,我他妈背上还停了个蝎子!
张大兴	我有什么办法!我也想不靠家里!我也想把项目谈成!我也想碰瓷儿挣大钱!
刘小东	你就一次也没成功过?
张大兴	当然没有,从小到大你和我一起长大,我做哪件事情成功了?命运之神从来不会眷顾我,要不然我也不会到现在这个年纪了还一事无成。有的时候我真想问老天爷一句,(抬起头)你给我一点照顾会死啊! 〔天上掉下一个箱子。两人惊呆了。
刘小东	什么东西?
张大兴	(打开箱子)是矿泉水!(跪地磕头)老天爷,对不起,感谢您的大恩大德!
刘小东	沙漠里天降矿泉水,真是命不该绝啊! 〔张大兴喝起水来,并喂刘小东喝水。
张大兴	等等,(看手机)往蝎子身上浇水,可令蝎子自动离开…… 〔张大兴开始给刘小东背上浇水。蝎子死活不走。
刘小东	哥,我总算是明白了后背发凉是什么感觉了……
张大兴	我就不信我浇不死你,我浇不死你,我浇不死你…… 〔张大兴浇水的时候,一群手里拿着家伙的村民渐渐围了上来。张大兴由于太专心而没发觉。
刘小东	大兴,大兴。
张大兴	别动,待会儿蝎子蜇死你。
刘小东	别闹了,快回头。
张大兴	差一点了,你捣什么乱。
刘小东	别浇啦,我们被包围啦!
张大兴	(一怒之下站起来)我看谁敢包围……(看见了虎视眈眈的村民)我

们……都是一家人……相亲相爱的一家人……

村民甲　打！

张大兴　别别别……有话好说,有话好说!

村民乙　你们是过路的?

张大兴　对。

村民乙　车子坏了?

张大兴　对。

村民乙　刚把水浇完?

张大兴　对对对,我们正在一筹莫展之际,天上掉下来一箱水,你说我们运气好不好,不偏不倚正砸在这跟前,如果你们想要这天降圣水呢,也不难,花一点小钱……

村民甲　打！

张大兴　别别别! 说清楚再打!

村民甲　你看看这儿写了什么!

　　　　〔翻了张大兴身旁一块路牌,上写:领水处。

张大兴　呃……

村民乙　这是县里面每周定期定点空投给我们村的水资源! 我们全村人要靠这一箱水活三天! 现在被你们都倒了!

刘小东　张大兴我说你怎么今天运气这么好,正好有一箱水砸在你面前!

张大兴　……大哥,误会,误会啊!

村民甲　(对刘小东)你别以为你趴在地上就没事了,用我们喝的水洗澡过瘾吗?

刘小东　大哥,真的是误会啊……

村民甲　误会个屁! 跟我们走! 起来!

　　　　〔村民们一下围了上来。

刘小东　不是,大哥,不能起来啊……

村民乙　你到底起不起来!

刘小东　不是,真的没法起来啊。

村民甲　你们浪费了我们的饮用水,还这么不配合我们,我看你们今天是存心找死! 我数到三,你要是再不起来,我们今天就在

　　　　　这儿打死你们!

刘小东　大哥!

村民甲　一!

刘小东　大哥!

村民甲　二!

张大兴　(跪下)大哥!我上有八十岁老母啊。

村民甲　滚!我管你老母不老母呢!……我数到几了?

村民乙　二!

村民甲　你才二呢!

村民乙　你自己说的二!

村民甲　谁他妈二!

村民乙　你说的……

　　　　　[两人争执。

村民甲　三!

　　　　　[电话来。是刘小东的妈妈。

张大兴　(打开免提)喂!

妈　妈　你们这个山水度假村投资的项目是不是已经开工了?

　　　　　[村民们一听都不动了。

刘小东　……啊,对……妈……

妈　妈　哎哟,那太好了,我要跟大兴说。

张大兴　阿姨您说……

妈　妈　大兴啊,谢谢你什么好事都想着我们家小东,以后这种事情
　　　　别瞒着我们做家长的。

张大兴　嗯,项目太大,还没来得及跟家里好好沟通……

妈　妈　我要跟小东说。

刘小东　妈……您还有啥指示?

妈　妈　你们出门在外啊,一定要小心,要是碰上了坏人,你们别说自
　　　　己是投资山水度假村的。他们要是知道了真相啊,一定会起
　　　　歹心的。

刘小东　哎。

　　　　　[村民们惊呆了。

妈　妈	我要跟大兴说。
张大兴	阿阿阿姨……
妈　妈	这个项目要投资多少钱啊？
张大兴	几个……亿吧……
妈　妈	这么大规模！现在干得怎么样啦？
张大兴	差不多，开发了一点了……
妈　妈	是吗！太好了，我要和小东……
刘小东	(急了)妈！我们开着免提呢！您有什么话就直说好不好！
妈　妈	好吧，妈妈决定了，下个礼拜天就到你这里来看一看！
刘小东	妈，你认识地儿吗？
妈　妈	你忘了你刚刚追上的那个女朋友蒋乐乐告诉过我,她在你手机上装了个定位跟踪系统,我会找到你的！
刘小东	那妈……
妈　妈	好了,不说了,菜要炒煳了,就这么说定了,下周见!(挂电话)
刘小东	喂喂喂,妈,妈!
村民甲	(态度骤变)嘿嘿嘿嘿嘿,你们说山水度假村？
张大兴	你都听见了？
村民乙	我们村就缺投资呢……
村民甲	胡闹！嘿嘿嘿嘿嘿,别听他瞎说。我们刚才都是误会,都是误会。
张大兴	(感觉到了局势的变化)误会？刚才不还说要打死我们吗？
村民甲	开玩笑,开玩笑。
村民乙	啊？大哥,原来你刚才是开玩笑的啊,你真幽默。
村民甲	滚！嘿嘿嘿嘿嘿,我是说,咱们一起去村里聊聊？
张大兴	你们退后二十米！我要和我的老板商量一下。
村民甲	好好好,退后,退后。
刘小东	咋办？
张大兴	能咋办！将计就计呗,你没看见这帮村民一听说我们是投度假村的眼神都变了！
刘小东	我是说我妈咋办！
张大兴	先糊弄过这些村民再说吧,要是这关都过不了,你还能活着

见你妈吗!

刘小东　你意思是说?

张大兴　车也坏了,这帮孙子包围了我们,我们也肯定走不了,不如将计就计,跟他们去村子,先骗顿吃的再想办法开溜,最后跟你妈说我们的项目黄了不就行了吗!

刘小东　那我听你的。

张大兴　不过有一点你一定要记住,咱俩就是两个来投资办山水度假村的有钱人,你一定不能被他们发现咱们的真实身份! 要不咱们就彻底走不了了!

刘小东　可是我从没有这么骗过人。

张大兴　你还想不想追回你的五十万了?

刘小东　想。

张大兴　你还想不想买房子和蒋乐乐结婚了?

刘小东　想。

张大兴　那么你记住,从现在开始,你就不是倒霉的刘小东了,你是有钱人,刘……比尔!

刘小东　比尔?

张大兴　你们过来吧,我们老板已经正式同意和你们进村了。

　　　　〔村民们再次围拢过来。

村民甲　太好了太好了,你好你好你好。(把刘小东从地上拉起来)

张大兴　向各位隆重介绍一下,这位就是我们刘氏投资集团的老板比尔先生。

　　　　〔村民们争相跟刘小东握手。

刘小东　乡亲们,经过反复的考虑与商量,我们两人最终决定,跟大家——(所有人期盼)进村参观!(村民们欢呼)那么,我们走!

村民甲　哎呀,老板,你背后有只蝎子!

　　　　〔蝎子重重地蜇了刘小东一口。

刘小东　啊!!!!!!!!!!(晕厥过去)

张大兴　小东! 小东!(现场一片混乱)

　　　　〔收光。

　　　　〔转场。

幕　间

〔定点光。

〔蒋乐乐给刘小东打电话。

蒋乐乐　小东,这么多天不联系,你现在和谁在一块儿?

刘小东　我和张大兴啊。

蒋乐乐　(抑制不住)张大兴!(马上压住情绪)你们在哪?

刘小东　我……这(装傻)……信号不太好……喂喂喂?

蒋乐乐　跟我玩儿失踪,哼哼,你难道不知道手机可以定位吗?

〔打开手机定位,开始开车追。

〔转场。

第三场

〔起光。

〔幽暗的小房间。刘小东躺在房间正中间的一张床上。

〔刘小东突然从床上坐了起来,惊恐地向四周张望,明显他感觉到自己来到了一个陌生的地方。

〔他从床上起来,发现自己什么都没穿,于是勉强找了个枕头挡了一下,房间里空无一人。

〔由于什么都没穿,刘小东不敢出门。

刘小东　有没有人啊? 大兴,你在哪儿? 有人吗?

〔无人应答,刘小东开始害怕,为了给自己壮胆,他唱起了歌。

〔主题曲。

〔此时此刻,突然有一个女人在窗口听得入神,而后慢慢爬上了窗户,双腿朝屋内坐在了窗沿上,她手上拿了一瓶水,浑身上下都充满了乡土气息。刘小东唱到兴起,陶醉地往后退两步退到了窗边往后一靠,随手接过了女人手里的水打开喝了一口又放回了女人手里。唱到兴起处,又喝口水,如此几番,女人愕然。

刘小东　(水喝没了,看了看空瓶)嗯?(回头看见了窗台上的女人)

女　人　(还沉浸在刚才的美妙之中)你好。

刘小东　(又看了看自己用来挡身体的枕头)啊!!! 你……我……这不……啊!!!

女　人　(有点害羞)刘……比尔?

刘小东　嗯……啊……你你你你要干什么?(一边躲藏一边遮掩)

女　人　我叫陈欣!(跳下了窗台)

刘小东　你别过来! 你干什么?! 有话好好说!

陈　欣　你唱得真好听。

刘小东　谢谢。(还在躲藏)

陈　欣　哎呀你别躲了!

刘小东　不不不,不管怎么说我活这么大至今为止还守身如玉……

陈　欣　(温柔地)没关系,我不介意……

刘小东　我我我介意,我是一个生长在保守家庭的人,我一定要在新婚之夜才能把我的身体献给另一个女孩。

陈　欣　真的?

刘小东　真的,我曾经发过毒誓,要是在这之前被人看见了的话,我就……

陈　欣　你就怎样?

刘小东　我就只能大义灭亲,亲手杀了我的小弟弟! 呜呜……(腾出一只手来捂住脸)

陈　欣　(害羞地转过头去)你说什么呢……

刘小东　对不起,吓到你了。

陈　欣　没关系,只要你心里能有我,怎样都行。

刘小东　我心里有你……等等,你说什么?

陈　欣　(上前一把抓住刘小东)你刚才的歌声打动了我,这么多年来,在一个封闭的小村子里,从来也不会有这么动听的歌声。

刘小东　撒手! 别闹。

陈　欣	我是认真的！
刘小东	(仔细看看陈欣脏不拉儿的样子)对不起我还是接受不了！
陈　欣	你是嫌我……
刘小东	对！有些话说出来就伤感情了……
陈　欣	这么说你不喜欢我……
刘小东	大姐,我求你了,你图我啥啊！你也看见了,我身上什么也没有啊。
陈　欣	(再也无法装温柔了)老娘就是看上你了你想怎么地吧！
刘小东	不是,姐姐,你看你又(上下比画了一下)对吧,又抽烟,明明有门你还非要走窗户,你让我怎么接受你……
陈　欣	(大吼)我习惯从窗户进来不可以啊！
刘小东	那咱也不能这么玩儿啊,你好歹敲个玻璃啥的,你说你悄无声息地蹿到我身后多吓人啊。
陈　欣	(大吼)就这么地怎么了！你就说吧,答应还是不答应！
刘小东	不答应。
陈　欣	(大吼)为什么！
刘小东	(跟着大吼)我不喜欢泼妇！(两人对峙五秒,刘小东突然跪下)姐姐我求求你了,咱们往日无怨近日无仇,你就发发慈悲,放贫僧西去吧……
陈　欣	叫我泼妇,你这个忘恩负义的家伙,亏我还拼死拼活把你救了回来,你知道你中了多严重的毒吗?!
刘小东	……是你救的我?
陈　欣	当然了！要不是我及时把你衣服都脱了,让你血液循环顺畅,你早就毒发身亡了！
刘小东	这么说我的……外衣是你亲手脱的?
陈　欣	对啊。
刘小东	……还有内衣也是亲手?……
陈　欣	没错。
刘小东	还有裤子?……
陈　欣	裤子不是亲手脱的。
刘小东	(长吁一口气)还好还好。

陈　欣　你裤带打了个死结,我用剪刀剪开了。

刘小东　(崩溃)啊!!! 这么说你都看见了?

陈　欣　对啊。

　　　　[刘小东羞愧难当,四处找地方要躲,他看见了刚刚睡过的那张床。

　　　　[没想到陈欣故意跳上床,让刘小东无处可躲。

刘小东　你干什么!

陈　欣　(得意扬扬地躺在床上压着被子)你不是嫌我嘛,好,我看你躲哪儿去。

刘小东　你你你,你也太狠毒了。

陈　欣　刚才好像有人说发过毒誓,结婚以前被人看到,就要……

刘小东　你!

陈　欣　说话要算数哦。

刘小东　(尴尬至极,咬着牙)不要逼我……

陈　欣　你手边就是剪刀。

刘小东　你这个泼妇……

陈　欣　切了吧,一会儿我帮你止血。

刘小东　你!

陈　欣　有本事切啊,有本事切啊。

刘小东　你当我不敢啊!(抄起剪刀)

陈　欣　来啊来啊来啊。

刘小东　(一咬牙一闭眼举起剪刀)妈妈,儿不孝啊!

　　　　[就在这时,强子一推门进了房间,嘴里咬着一束花,闭着双眼,用胳膊倚在门框上。陈欣与刘小东两人定格看着强子。

强　子　欣欣,今天的天气格外地好,我有预感今天一定能见到你,果然,刚才我从远处看见你进了这间房间,我便加快脚步追了上来,我看到房子外面的每一朵鲜花都因为你而更有色彩,于是我决定采一束来表达我对你满满的爱。今天,我要给你一个惊喜!

　　　　[强子猛一抬头,看见了陈欣躺在床上,身子妖娆地压着被子,刘小东光着身子一手拿了一个枕头,一手举着一把剪刀。

464

强子嘴里的花落地。

[场面更为尴尬。

陈　欣　强子,你……

强　子　欣欣,什么都不用说了,真是一个天大的惊喜啊。

陈　欣　我……刚才……他……然后……脱光……后来……床上……结果……你……

强　子　不用说了,我都明白了,这把剪刀,就是准备杀我灭口的。

刘小东　不是,你在说什么?

强　子　(猛地上前把脖子凑到剪刀处)你来啊,你来啊,有本事就扎! 杀了我吧,反正陈欣不喜欢我的话,我活着也没什么意思! 来啊,来啊!

[场面危险无比。

刘小东　你胡闹什么,谁要杀你了!

强　子　(哭了)你连死都不让我死啊,你这分明是在羞辱我嘛,我的命怎么这么苦啊! (跪下)

刘小东　(赶紧要搀强子)大哥你误会了。大哥,你这是干啥,你别跪下啊。

[强子突然抢过剪刀对着自己的腹部。

陈　欣　强子!

强　子　你们都别过来啊,别过来。往前走一步我就自杀!

陈　欣　强子,你干什么! 我们什么也没干!

强　子　(大哭)谁信呐……你说你俩啥也没干,他怎么浑身上下就一个枕头啊? 你别说你们在玩儿疯狂原始人的游戏啊……

陈　欣　(一看说不通就生气了)哼,你爱信不信。

刘小东　这位大哥,有话好好说。

强　子　(退到了门背后关上门)你别过来! 我手里这把剪刀可不长眼睛啊。你要是敢乱来,我今天就跟你同归于尽!

[突然有人开门。一群村民进了房间。

强　子　(惨叫一声)啊!

村民甲　什么动静?

村民乙　不知道……

465

村民甲　（看见刘小东）哟，你醒啦。

陈　欣　（冷冷地）早醒了。

村民甲　快快快。（示意）

　　　　〔村民乙给刘小东穿了身衣服。

刘小东　谢谢，这是哪儿？

村民甲　黄风村。

刘小东　我想起来了，我们浪费了你们的水……

村民乙　对。

刘小东　然后我就中毒了……

村民乙　对。

刘小东　（忽然反应过来）那你们要干什么？

村民甲　嗯嗯。（示意村民乙出门）

　　　　〔村民乙和其他几个村民去门外把张大兴架了进来。

刘小东　（看见了不省人事的张大兴）大兴！大兴！你怎么了大兴！

　　　　〔村民乙放手，张大兴瘫倒在地。

刘小东　你们，各位大哥，你们把他怎么了？！

村民甲　山水度假村。

刘小东　这……

村民甲　好几个亿。

刘小东　这个……

村民甲　好大一个项目。

刘小东　（跪下）大哥我们也不是存心骗你们的，我们也是没办法，您
　　　　听我解释……其实我们不是开发项目的，我们也没有钱……
　　　　如果哪里得罪了你们请你们高抬贵手放过我兄弟……（一直
　　　　低着头）

　　　　〔村民们哄堂大笑。

　　　　〔强子从门背后刚要出来，村民们假笑着用手摁住了门，剪刀
　　　　又重新插了进去，村民们没发现，还乐得一直在捶门。

　　　　〔强子倒地，没人在意他。

村民乙　哈哈哈，演得真像！

村民丙　有钱人就爱装穷！

陈　欣	他才没那么好心呢。你们少做梦了。（从床上起来）
村民甲	欣欣,你说什么?
陈　欣	这就是个忘恩负义的家伙,不识好人心,根本不会报答咱们的救命之恩的,你们想让他帮你们发家致富,想得美! 我劝你们趁早死了这条心吧。
	〔一扭头下场。
陈　欣	我告诉你刘比尔,你赶紧给我滚,少让我在村里看见你!（下）
村民甲	刘总,我们真的很想让您帮帮我们……
刘小东	你们弄错啦,真的不是这么回事儿!
村民甲	刘总,我知道我们这个地方穷,你肯定是考察过了觉得没有开发潜力,可是您这个度假山村开在哪不是开啊,这个戈壁滩上我们村儿是条件最好的啦!
刘小东	关键是我们现在身上还有事儿!
村民乙	可是刚才张总都答应过我们了啊。
刘小东	张总?
	〔张大兴突然从地上惊醒,迷迷糊糊地,其实他是喝醉了。
张大兴	谁叫我? 接着喝,我没醉。
刘小东	张大兴,是我!
张大兴	小东……不,比尔啊。
刘小东	你答应他们什么了?
张大兴	度假山村啊。
刘小东	你疯啦!
村民甲	张总,真的没问题吗?
张大兴	没问题没问题,比尔先生慷慨大方,你们完全不用担心,都回去歇着吧!
村民甲	好好好,谢谢张总,谢谢比尔先生。
	〔强子从血泊中站起来,刚要说话。
村民甲	(转过身掩面痛哭)我们村儿就要发达了,真是苍天有眼呐。（边哭边砸门,强子再次被剪刀戳中）
村民乙	好了好了,大哥既然比尔先生都答应我们了,我们就先走吧,别打扰人家休息。

村民甲　那好,比尔先生,我们先走了,这里就是您和张总暂时住的地方,有事您随时吩咐。

〔村民们下。

刘小东　(弄清醒张大兴)你怎么回事儿!咱们不能在这儿耽误事儿啊!

张大兴　你妈不是要来吗……

刘小东　咱们可以找个理由阻止她啊!

张大兴　你不早说,我现在都答应乡亲们了,刚才歃血为盟的酒都喝了……

刘小东　你怎么不和我商量一下呢?

张大兴　你不是昏过去了嘛!

刘小东　……我说你到底要害我害到什么程度!

张大兴　(煞有介事)放心,兄弟,咱俩是一辈子的好朋友,我既然已经做了对不起你的事儿,就一定会想法补救,为啥我这一路抛家舍业地跟你来到这里,还不是为了帮你把失去的东西夺回来吗!

刘小东　(有点听懵了)你有把握?

张大兴　差不多吧,骗人你还不会。

刘小东　那你说度假山村怎么弄?

张大兴　(说大话)放心吧,我全会,你别忘了,我是富二代,什么没见过。我告诉你啊,咱们先要有几个大投资商,这可不是你借几万十几万的事儿啦,咱们一开口就要让他们砸下几个亿。

刘小东　(想了一下)你记不记得咱们中学的时候有几个同学现在混得不错?

张大兴　找他们……

刘小东　就这么定了。赶快联系他们。

张大兴　哎,别,我就是随口一说,你还真打算开始干。

刘小东　对啊,你说现在跟村民们说咱俩是骗子,加上之前浪费他们水源的事儿,他们能饶了我们? 事到如今不这么干还能怎么办?

张大兴　要不然咱俩偷偷溜走?

刘小东　我妈不用对付了?

张大兴　先跑了再说嘛……

刘小东　车坏了，拿什么跑！

张大兴　好好好，我去给你联系人，这总行了吧。

刘小东　哎，咱们整个表面就行了，主要为了做做样子，把村民们稳住，然后把我妈糊弄走，其他的不许乱来，我们还得去追那五十万呢！

张大兴　放心吧，我心里有谱。

　　　　〔两人刚准备出门。

　　　　〔强子从门背后倒下，腹部插着剪刀。

张大兴　咦？这谁啊。

强　子　(痛苦地挣扎)你们……

张大兴　这手里握的什么东西……(把剪刀拔了出来)

强　子　啊！！！

张大兴　剪刀？

强　子　你！

张大兴　哦，对不起，对不起！(把剪刀重新刺进了强子的腹部)

强　子　啊！！！我要把……把……

张大兴　拔出来？(再拔剪刀)

强　子　啊！！！不是！

张大兴　哦。(又插回去)

强　子　呃……

刘小东　说什么呢。

张大兴　不知道，管他呢，话都说不利索，切。

　　　　〔两人下场。

强　子　我要把……把……把真相……告诉大家……你们……是骗子……(倒在血泊中)

　　　　〔切光，定点。

刘小东　他们说这里叫……

张大兴　黄风村。

　　　　〔起光。

　　　　〔音乐，歌舞，这里是黄风村。在歌舞之中，整个村子在台上冉冉升起。

［歌舞毕，音乐停，收光。

幕　间

［定点光。

［蒋乐乐跟着手机定位在坐火车。

蒋乐乐　刘小东，我看你往哪里跑，要是我的张大兴有什么三长两短，我绝对不会饶了你。

［转场。

第四场

［嘈杂难听的唱歌声。口水歌四向夹杂，地狱一般的鬼哭狼嚎。

［起光。

［这里是村口一个临时搭起来的简易窝棚。一排衣着光鲜的人坐在草垛子上，手里拿着话筒在声嘶力竭地唱歌，话筒连接着一个带天线的小电视，图像滚着雪花……

［台口是一张签到桌，后面有半块篱笆把签到区域与唱歌的人隔开。张大兴在打电话。

［屋里的人要酒，要吃的，刘小东里里外外一趟又一趟地跑。

刘小东　（经过签到台的时候训斥张大兴）你又给谁打电话呢？

张大兴　你说给谁！还不是想再试试那个骗子的电话能不能打通！

画外音　对不起，您拨打的电话已关机……

刘小东　打通没？

张大兴　他妈的，骗人的人统统不得好死！

刘小东　同学都能搞定？

张大兴	嗨,不就是骗人嘛。
刘小东	……
张大兴	这回够意思吗?
刘小东	够意思个屁,我让你找个好点的地方招待人家,你给整这么个破地方!
张大兴	村里人能帮你搭出这么个乡村卡拉 OK 不错啦,你还要怎样! 再说了,他们现在不是玩得挺开心嘛。
刘小东	我让你找两个有钱的同学装装样子,你把这么多人都找来算怎么回事?
张大兴	你懂什么! 你把他们叫来,直接跟人说你要投资,谁给你啊! 还不得靠同学会这么个名头来吸引大家,你在会上跟人联络联络感情不就什么都有了吗?
刘小东	我跟这几个有什么好联络感情的? 你看看唱歌这几个人,一个从中学毕业到现在都没有找到工作还不如我,一个是色盲在交警大队指挥交通,还有一个是卖假拖鞋的,每天都自己拿圆珠笔在拖鞋上扎眼儿!
张大兴	你别急啊,不是还有人没来吗! 这些人只是陪衬,上档次的还在后面呢!
	〔张大兴说完前面这番话后,来的人一个比一个差。
	〔第一个来的是个屠夫,拎着一把砍刀。
	〔第二个来的是个重型犯人,手还铐着,脚上拴个大铁球,越狱来参加同学会的。
	〔第三个来的是个和尚,念完一段经就推荐一剂少林秘方。
	〔……
	〔诸如此类,全是老同学。
	〔人越来越多,越来越多。
刘小东	全是男的,连个女的也没有!
	〔刚说完,班主任来了,一个老太太,高度近视,走路不会拐弯,总是把刘小东和张大兴搞混。
	〔好不容易两人把这些牛鬼蛇神都凑到了卡拉 OK 旁。
刘小东	张大兴! 你到底叫了多少人!

张大兴	差不多都叫了啊……
刘小东	我反复跟你说我们是为了糊弄我妈,为了糊弄村民,你把阵仗搞这么大不是找死吗!
张大兴	我不是想做事情做彻底一点嘛。
刘小东	(快被气吐血了)对了,胖胖怎么没来?
张大兴	别提了,听说是去年在一个超市里买东西被人宰了。
刘小东	超市里也能宰人,他付了多少钱?
张大兴	他没付钱……
刘小东	(沉默)大兴,你说咱俩从小到大怎么没有一个像样的同学呢?
张大兴	过去班上最有钱的应该就是我们家,可现在我爸不是不认我了吗!
刘小东	不,你忘了几个人。他们和你不一样,他们生活得无比低调,有的有不同寻常的家事背景,有的有异于常人的特殊才华,他们在我们身边潜伏。
张大兴	(恍然大悟)深藏功与名……
刘小东	时隔这么多年,他们一定都飞黄腾达,出人头地了。
张大兴	关于他们的传说只在作文课上有所透露。
刘小东	你还记得有一次我们班写了一篇作文,题目叫《我的爷爷》。
张大兴	当然记得。
刘小东	有一个同学写道,我很崇拜我的爷爷,他曾经是一名军人,在战场上奋勇杀敌,毫不手软。
张大兴	后来老师批了零分。
刘小东	他爷爷是国民党……
张大兴	还有一篇作文题目叫做《新中国人民的幸福时刻》。
刘小东	有一个同学得了零分。
张大兴	他写的是大跃进、人民公社化运动、"文化大革命"……
刘小东	还有他。
张大兴	我知道你想说的是谁,我们班最穷的同学。
刘小东	有一篇作文的题目叫《我的家庭》。我出生在一个非常贫苦的家庭,记得小时候,爸爸的生活很无聊,整天只能数钱。妈妈也是整天都在烧钱。因为家里是在深山,每次到了冬天都

非常冷,家里没有暖炉……没有棉被……爸爸说,出去买东西很麻烦,所以我每天只能陪着爸妈烧钱取暖……

刘小东　你叫他们了吗?

张大兴　我叫了,梁涛、鲁野、还有小彪。

　　　　〔起音乐。

　　　　〔三人从后面升起,分成三个点各自讲着专业术语。梁涛说的是金融,鲁野说的是国际形势,小彪说的生命哲学。三个人每人手里拎着一个厚厚的公文包,一派成功人士的风采。

　　　　〔三人边说边向人群走来。

刘小东　大兴,我们有救了,你去招呼大家,联络感情,过一会儿让他们仨出来,我们直奔主题。

张大兴　好,看我的。 等等,(拿出协议)你记住,只要他们一上钩,你就让他们在这个协议上签字,大家谁也不能反悔!

　　　　〔张大兴走进人群。

张大兴　(拿起话筒)同学们,时光荏苒,岁月如梭,不知不觉,我们已经分开了十一、二、三? 十五个年头了! 今天……

　　　　〔切光。

　　　　〔音乐停。

　　　　〔定点光,刘小东跪在三位同学面前。

刘小东　总而言之,就是盖个度假村。

梁　涛　兄弟,你等会儿,我有点儿晕。

鲁　野　让我们帮忙是不是?

刘小东　是是是。

小　彪　那那那你早说啊。

梁　涛　兄弟们,小东的忙咱们能不帮吗?

两　人　不能。

梁　涛　这么多年的同学咱们是不是应该尽点力呢!

两　人　赴汤蹈火,在所不辞!

梁　涛　来,让我们击掌为誓,帮小东盖起黄风村山水度假村!

　　　　〔三人击掌。

梁　涛　小东,你还有什么要说的吗?

刘小东	（痛哭流涕）谢谢大家,麻烦在这个协议上签个字。咱们今后生死与共,至死不悔。
三 人	好!
	［三人签字。
刘小东	那么前期三位打算投多少钱呢?
小 彪	什什么钱……
刘小东	就是投资的钱啊。
鲁 野	投资还要……钱?
刘小东	你们别开玩笑。
梁 涛	小东,我们是认真的,我们没钱。
刘小东	那你们的意思是。
小 彪	一……砖一瓦……帮……帮你盖房子。
梁 涛	不是有钱出钱,有力出力嘛,我们三个有的是力气。
刘小东	你们……没钱?!
梁 涛	我和鲁野公司破产了,小彪的财产因为离婚刚被卷走,被他老婆……
小 彪	……老公。
刘小东	那你们这三个鼓鼓的公文包里装的都是什么!（打开鲁野的）江苏省人民法院,最高人民法院,最高人民检察院……
鲁 野	其实也没啥,就是他们都在找我……
刘小东	你呢?（打开梁涛的）小飞欠一万三千块……老秦欠两万七千块……东子欠一块五,这谁啊这么不要脸,一块五还要借。
梁 涛	这张欠条是十五年前你写的……
刘小东	那人家欠你这么多钱,你要回来啊!
梁 涛	我也想啊,本来小飞说,只要老秦还了我就还,我就去找老秦,结果他说小飞也没还凭什么先让我还,后来他俩都说刘小东不还我也不还。
刘小东	那怎么办?
梁 涛	后来,我想了个办法让他们同时还我钱!我租了艘游艇,把他们都叫到船上,到了海上我逼他们一块儿还钱。
刘小东	后来还了?

梁　涛　（哭了）后来船沉了……

刘小东　小彪，我知道你不会让我失望的对不对。

小　彪　（忍痛自己把包打开给小东看）对不起，我让你失望了。

刘小东　手纸，你放那么多手纸在包里干什么？

小　彪　去年我得了反射弧功能性障碍症，大小便失禁了，医生让我随身带好手纸……

刘小东　那你们身上还有多少钱？

　　　　〔三人数钱。

梁　涛　一共还有两三万块钱吧。

鲁　野　这些钱够你干嘛的？

张大兴　（从人群中爬了过来，渴得不行了）小东，救命。

刘小东　这些钱用来把他们送走！

　　　　〔切光。

　　　　〔飞机的音效。

梁　涛　小东，你为什么要盖度假村？

张大兴　他是为了他……

刘小东　（一把拦住张大兴）为了梦想。

鲁　野　太感人了，我们一定支持你！

小　彪　放……放心吧，我们一定不……不会走的，协议上都写清楚了，无论哪方让对方走人，都要赔对方三百万。

　　　　〔三人轮番和刘小东握手。随后下场。

刘小东　你到底怎么写的合同！

张大兴　我不是以防万一嘛，要是他们中途走了，还能赔我们点钱，里外里不是都赚了嘛！

刘小东　现在倒好！又拖进来三个人，还不能跟他们说实话。

张大兴　谁知道这三个是累赘啊！早知要出力还不如让那个戴手铐的留下来呢！

刘小东　你说现在怎么办吧。离我妈到这里还有六天，你说怎么办？

张大兴　既然没有钱，那只有先让负责人把地批下来了。然后趁热打铁马上开工。

刘小东　设计怎么办？

张大兴　我有一个大学同学叫董明明。他是设计院的,我从他那儿要
　　　　一张图纸来就行了。

刘小东　设计图都是机密,人怎么会给你?

张大兴　放心吧,不就是骗人嘛。我马上去给他打电话让他过来。

刘小东　正好副村长从外地回来了,我可以去找他把地批下来。

张大兴　那事不宜迟,咱们马上分头开始干,再让梁涛他们在一天之
　　　　内找个施工队来这里。

刘小东　事到如今也只能这么办了,咱们敲锣打鼓先干起来再说,能
　　　　蒙到哪天就算哪天吧。至少先把我妈这关过掉!
　　　　［收光。
　　　　［转场。

幕　　间

　　　　［追光。
　　　　［蒋乐乐满场飞奔。

蒋乐乐　大兴,我来救你了!
　　　　［转场。

第五场

　　　　［起音乐。
　　　　［舞台分为两个演区交替或同时演。左边是刘小东和陈主任
　　　　在谈,右边是张大兴和董明明在谈。
　　　　［左边。

陈主任　这个问题呢我们需要研究研究。

刘小东　主任,山水度假村对于黄凤村绝对是件大好事啊。

陈主任　这个问题呢有一点点复杂。

刘小东	陈主任您说您的顾虑。
陈主任	咱们从马克思主义世界观的角度说呢,要辩证地看待问题。
刘小东	陈主任我不明白您的意思。
陈主任	我的意思是说,要深入群众,要以群众为根基。
	〔陈主任反复扯皮,就是不说正题。
刘小东	陈主任您就说有什么条件吧。
陈主任	除非你答应,娶我女儿。
刘小东	啊?
陈主任	我女儿怎么说也是在大城市念过大学见过世面的,怎么你不同意?
刘小东	不是,只是……(咕)蒋乐乐,不是我要对不起你,就是撒个谎而已。只要答应下来,咱俩的明天就有希望了。
陈主任	我就是想让女儿嫁给一个像你这样的有钱人,怎么样?
刘小东	我答应你,陈主任,我一定和您的女儿结婚!
	〔右边。
张大兴	你记得我曾经在你最困难的时候给你寄了一万块钱吗?
董明明	我记得,这份大恩大德我永世不忘。
张大兴	那个时候你说你虽然还不起钱,但是将来我无论遇到什么难处,都可以找你帮忙。
董明明	对,我当时是说过这样的话。
张大兴	你当时要钱干嘛?
董明明	女朋友问我要分手费。
张大兴	后来呢?
董明明	后来我就看清了这个世界,我看清了一点,女人没有一个好东西!
张大兴	呃……
董明明	但是在那个时候,哥,你让我看见了人性最闪光的地方,在女人伤害我的时候恰恰是你这个男人帮了我! 为此我感激涕零,永远记在心里。
张大兴	给我一张度假村设计图好吗?
董明明	让我说句话好吗?

477

张大兴	你说。
董明明	哥,我喜欢你!
张大兴	(吓出一身冷汗)你,想多了吧……
董明明	哥,我是认真的,我想和你在一起!
张大兴	别闹,哥求你把设计图给我。
董明明	只要你答应和我试一次,我就把设计图给你!

〔切光,定点。

〔张大兴坐在地上痛哭。

〔后场起光。一张巨大的设计图挂在台上。村委会办公室。

刘小东	好了!别哭了!你就换来这么张图?
张大兴	你知道这图有多来之不易吗!
梁　涛	这是张明孝陵的图纸啊。
鲁　野	这让施工单位怎么施工啊?
小　彪	倒倒是不难,比例缩小一点儿就就行了。
刘小东	那总不能把度假村建成坟吧!
梁　涛	咱们改改,改改。

〔陈主任进门。

陈主任	各位,你们好你们好,这么巧,我刚刚在门外碰到了施工单位的总负责人,咱们一块儿欢迎!

〔大家一起鼓掌。

〔负责人进屋,还是第一场里张大兴碰瓷儿遇上的老大。

张大兴	是你!
负责人	是你!(脱下衣服,露出满身的文身)
张大兴	大哥,别,有话好好说。

〔和之前一样,张大兴被两个小弟痛打。

刘小东	够了!都有完没完!今天是来谈项目的,你们搞什么?(把自己真的搞得和大老板一样,气势一瞬间镇住全场)我早就说过,这个度假村的项目,是一个大项目,你们愿意谈就谈,不愿意谈就不谈,这么大块肥肉有的是人想争,实话告诉你吧,这几位都是其他施工单位的代表。

〔梁涛等三人赶紧扮演施工单位代表,用各种无耻的手段

竞标。

刘小东　我就对他们说，是人家先要的，你们归你们来，人家要是不愿意做这个项目再交给你们做。

负责人　对不起，比尔先生。对不起。

张大兴　（完全没料到，肃然起敬）小东……

刘小东　怎么样？今天陈主任也在这儿，做还是不做？

负责人　做！

刘小东　那咱们就一言为定，和之前电话里说的一样，什么时候井里打出水，什么时候付工程款。

负责人　一言为定。

　　　　〔张大兴给两人握手的姿势拍了一张合照。

陈　欣　（一推门进来了）爹，你在这儿啊。

刘小东　爹？陈主任，这就是你女儿？

陈主任　怎么了，女婿？

　　　　〔刘小东看看陈欣，再看看大家，心里翻江倒海，一下晕倒。

　　　　〔收光。

　　　　〔转场。

幕　间

　　　　〔起光。

　　　　〔起音乐。

　　　　〔歌舞场面表现工程队开始施工，大家都在帮忙，忙得热火朝天，妙趣横生。原材料替代，尺寸改小，有人工伤……

　　　　〔而刘小东正在苦苦追求陈欣让她答应自己好让用地的合法批文批下来。两人在歌舞中来回穿梭，陈欣因为对上一场时刘小东的表现仍然耿耿于怀，所以一直与小东水火不容。

　　　　〔工程地基的雏形正在一点一点地浮现出来。

　　　　〔前台演区，蒋乐乐追着手机定位骑马飞驰在旷野上。

　　　　〔音乐停。

　　　　〔收光。

第六场

强　子　我不是人! 我不是人!

　　　　[起光。

　　　　[挖好的地基内。

　　　　[强子腹部缠满了绷带,边说边抽自己。陈欣在一旁很不
　　　　耐烦。

陈　欣　你有事儿说事儿,把我叫到这种地方干嘛?

强　子　我不是人啊! 我没能保护好生我养我的村子,也没能保护好
　　　　我最心爱的你啊。

陈　欣　少胡说八道,你到底想说什么?

强　子　再给我一次机会好吗? 欣欣,咱俩从小青梅竹马,郎有情来
　　　　女有意。你怎么忍心一而再再而三地拒绝我呢? 你到底不
　　　　喜欢我什么,我改。

陈　欣　我求你了,你到底喜欢我什么,我改。

强　子　欣欣,难道你真要和那个什么刘比尔在一起吗?

陈　欣　我和你说了多少次了,我和那个刘比尔一点关系也没有! 那
　　　　天你看见的是我刚帮他解完毒! 我讨厌这个人!

强　子　欣欣,你别装了,他都跟你爹提亲了!

陈　欣　提亲?!

强　子　你爹没跟你说?

陈　欣　没……有……(陷入了沉思)

强　子　你还说你不喜欢他! 你的表情都出卖你了!

陈　欣　(回过神来)你胡说! 我就是觉得不可思议!

强　子　这么说你不喜欢他?

陈　欣　那当然! ……他真的去提亲了?

强　子　(刚稍微好些又被击溃)欣欣,你确定你是真的不喜欢他吗!

陈　欣　当然了,你还要我重复多少遍,我一辈子也不会和他在一

起的。

强　子　那就好。

陈　欣　我爹他同意了？

强　子　(彻底崩溃)欣欣，你能不能不要总是这样一遍又一遍地折磨我幼小的心灵……

陈　欣　你怎么知道的？

强　子　全世界都知道了！要不你以为他天天缠着你干嘛？

陈　欣　(咭)这几天他总是在跟我求饶，原来是让我给他台阶下。他还是喜欢我的。

强　子　(把陈欣从晃神里拉回来)嘿，嘿嘿，欣欣，你听我说，他根本不是什么有钱人！

陈　欣　我不信，他要是你说的那样，这地基是怎么打出来的！

强　子　他是个骗子！

　　　　［此时正好刘小东上场。

刘小东　你说谁是骗子？

陈　欣　(瞬间切换柔情状态)比尔。

强　子　你这个大骗子！我一定会让你好看！欣欣，我会让你相信的！

　　　　［一转身扭头就走，撞墙。下场。

刘小东　陈欣……你在这个地基里干什么？

陈　欣　(愈发柔情)等你。

刘小东　你快走吧，女孩子不要老待在这种地方。

陈　欣　没关系，比尔……对不起，怪我一直很粗心，没有意识到其实你一直很喜欢我是吗？(上前握住刘小东双手)

刘小东　(凝视一秒，撒开手)对不起，我还是不大习惯。

陈　欣　讨厌。你要是喜欢我就承认嘛。

刘小东　对不起，无论我怎么劝自己，还是没办法喜欢你。

陈　欣　太好了，我就知道你喜欢我，咱们两个人能在这里相聚便是一种缘分……

刘小东　哎哎哎，我说的是不喜欢……

陈　欣　正所谓郎有情女有意……你说什么？你不喜欢我！？那你跟

我爹提亲!

刘小东　其实……我肯定不会跟你结婚的。

陈　欣　闭嘴!我明白了,你是谎称要跟我结婚来骗我爹把地批给你是不是?

刘小东　胡说!谁告诉你是我提出结婚骗你爹批地的!

陈　欣　那是什么?

刘小东　是你爹先提出来的!

陈　欣　好,刘小东,不管是什么情况,我现在就去和我爹说,让他不要给你盖章,这样你现在就算是非法开工,你什么也别想建!
　　　　(怒气冲冲下场)

刘小东　陈欣!(刚要追)

张大兴　(与其他三个同学冲上)小东!小东,不好了,刚才有一个缠着绷带的人把工程队解散了!

刘小东　啊??!

梁　涛　你是不是跟工程队说什么时候井里打出水,什么时候结钱?

刘小东　山水度假村没水怎么行?

鲁　野　井里打出水了以后怎么办?

刘小东　打出了水就说明地下有暗河,就可以开沟引流啊!

小　彪　大大大哥……这里是戈戈戈……壁滩。

刘小东　他们意识到了?

张大兴　你当人家傻啊!他一说工程队就反应过来了!

刘小东　那现在怎么办?我妈明天就来了。所有人问你啊!

刘小东　还有一天,还有一天……
　　　　〔电话铃响。

刘小东　喂,妈。

妈　妈　小东,妈妈迫不及待要来看我最优秀的儿子了,我一天也等不下去了,所以我就提前动了身,现在已经在往你那儿去的车上了。待会儿见!
　　　　〔晴天霹雳。

张大兴　(把刘小东拉到一边)你妈要是看见没有任何人在开工,不就穿帮了吗!

刘小东	这样吧,你不是已经和村民打成一片了嘛,跟他们说,让他们负责工程的后半段建设,然后我们按整个工程给他们结钱。
张大兴	这合适嘛……
梁 涛	对了小东,你总是很紧张你妈干什么?
刘小东	我……
张大兴	他妈要来……
刘小东	带我走。
鲁 野	带你走?
刘小东	(开始忽悠)事实上我妈很反对我的事业,她是个控制欲很强的人,她希望我能老老实实找份工作踏踏实实过完后半辈子。
小 彪	……真可怜,以前我妈也是这样的。
鲁 野	后来呢?
小 彪	(大哭)后来她死了……
梁 涛	节哀,节哀。
刘小东	好了,兄弟们,现在能帮我的只有你们了,只有让我妈看到我们的成功,她才可以安心离开,我就不会被带走了!
梁 涛	你说吧,只要能帮到你,我们豁出去了。
刘小东	太好了,谢谢大家,反正我妈也已经记不起来咱们几个是同学了。这样,梁涛,你去把这个地方布置一下,好歹让我妈能看出这里是度假村,待会儿我就在这里见她;小彪,我亲自跟我妈说成功我妈不会信的,待会儿你就冒充资深顾问,使劲儿在我妈面前夸这个项目,一定要让我妈觉得我已经完全可以独当一面了。鲁野,你在外面偷听,一旦听见我开始咳嗽你就冲进来说工地上有事儿把我拽走。而我,现在就去接我妈,拜托了!
三 人	明白了,放心吧!(下场)
张大兴	你是不是到现在都没告诉他们三个咱们这个项目是骗人的?
刘小东	(义正词严地)对。
张大兴	为什么?
刘小东	……我不敢说。咱俩捅这么大娄子,肯定会下地狱的。
张大兴	那你让我干什么?

刘小东　联络村民赶紧开工啊！对了,顺便找一些村民来冒充服务
　　　　员,装得像一点,快!

　　　　〔切光。

　　　　〔刘小东把妈妈迎接到这个仅有的地基里。梁涛在这里放置
　　　　了一些简陋的桌椅,并在地基的土墙上贴上了三个歪歪扭扭
　　　　的大字,度假村。有几个村民假扮的服务员在偷懒,场面极
　　　　其敷衍了事。

妈　妈　(边说边兴高采烈地进来)蒋乐乐给安装的这个定位系统真好用,
　　　　我一下子就找到这里来了。哈哈哈哈。我儿子真是越来越
　　　　有出息了,居然能盖度假村,我真是做梦也想不到我儿子会
　　　　瞒着我干这么伟大的事情。(猛一回头看见了眼前如此破败不堪
　　　　的场景傻眼了)就这?! 这什么玩意儿!

刘小东　(咕,咬着牙)梁涛,我扒了你的皮……

妈　妈　这桌子,这椅子,还有这度假村三个字? 这都是什么跟什
　　　　么呀!

刘小东　(很紧张)妈您听我解释。其实不是这样的……

妈　妈　我不听!(发火)我就知道你小子肯定没在干什么正经事儿,
　　　　所以我不放心一定要过来看看,果然如此!

刘小东　妈,您别生气。

妈　妈　你身上一点也没有继承我和你爸的优良血统! 成天就跟着
　　　　这个张大兴搞这些不着四六的东西!

刘小东　妈,您消消气,消消气……

妈　妈　你怎么这么不让我省心呢,从小到大……

刘小东　(狂咳嗽)咳咳咳!

鲁　野　(冲了进来)刘总,工地上着火了您快去看下。

刘小东　哦,好的。

妈　妈　好了,随你便吧,我不管你了,爱怎么地怎么地,这个鬼地方
　　　　我一分钟也待不下去了!

　　　　〔妈妈的举动太出人意料,让刘小东一时喜出望外。

刘小东　妈您要走?!

妈　妈　当然,我一看见你这个不争气的东西我就气不打一处来!

刘小东　(对鲁野)让火先烧一会儿,我等下再来。(赶紧去搀扶妈妈)妈妈妈妈妈妈妈妈,既然您要走呢,做儿子的也没办法强留您对不对,俗话说天要下雨娘要嫁人谁也拦不住谁对不对。

妈　妈　我这就走!

　　　　〔刚到门口,小彪化完妆进来了。

小　彪　这这这位女士……看您如此气气气度不凡想必是我们刘总的母亲吧。

妈　妈　你谁啊?

刘小东　(赶紧拦住)妈您说话客气点!这是项目总顾问彪哥,儿子全指着他呢!千万不能得罪啊!

妈　妈　哦,对不起,彪……彪哥。

小　彪　没事儿。

妈　妈　(完全不理小彪,接着对刘小东)那五十万呢?

刘小东　五十……咳咳咳咳!

鲁　野　(又冲进来)刘总……

刘小东　工地上的火越烧越大了是不是?走,快带我去看看。

　　　　〔两人下场。临走时小东示意小彪好好对付妈妈,小彪心领神会。

妈　妈　这……

小　彪　刘妈妈您好,我想您一定觉得自己的儿子很不不不成功吧。

妈　妈　你也这么觉得?

小　彪　请问您为什么总对他放放放心不下呢?

妈　妈　你是不知道……你叫什么来着?

小　彪　彪彪哥。

妈　妈　彪彪哥,你看看这个地方,不是我说你们,这么土不拉儿的地方你们也好意思叫山水度假村?

小　彪　刘妈妈,这个您就不不不明白了,这是根据这里的地地地形地貌设计的。

妈　妈　这也叫设计?连个房子也没有,全是坑,我来之前刘小东跟我说已经盖得差不多了,现在呢,就这么些破玩意儿?

小　彪　呃……我们这是……兵马俑主题度假村,来,我带您看下一号坑洞……

[小彪领小东妈妈参观一下四周，参观完毕。妈妈对这个地方的感觉发生了天翻地覆的变化。

小 彪 所以说……我们这个地方充满了原始与野性的美。

妈 妈 你这么说我还真觉得挺有道理的。

小 彪 您不要觉得刘总这个人一无是处，其实他只是低调而已，他不太善于表达感情罢了，他只是想用更大的成功换来您对他的肯定。

妈 妈 原来他一直这么在意我对他的看法！谢谢您彪哥。

小 彪 不不不客气。

[正好刘小东回来。

刘小东 妈你怎么哭了……（一把揪住小彪）你把我妈怎么了?! 我让你嗯嗯嗯嗯嗯，你倒好在这里嗯嗯嗯嗯嗯……（回过身）妈你别担心，不是这样的……

妈 妈 儿子，你什么也别说了，妈都知道了事情的真相了……

刘小东 啊?! 妈……你知道事情的……真相了？（以为穿帮了，跪下）妈，儿子对不起你啊……

妈 妈 不不不，儿子，你怎么了。妈不生气了。

刘小东 嗯？

妈 妈 （把刘小东扶起来）彪哥都跟妈说了，妈知道了儿子是如此成功，妈为儿子感到骄傲。

刘小东 啊，对对，成功，成功，嘿嘿嘿。

妈 妈 我也知道了你一直都是爱妈妈的。

刘小东 妈妈我爱你。

妈 妈 所以……

刘小东 （刚要扶妈妈离开）所以。

妈 妈 妈妈决定留在这里不走了！

刘小东 （震惊）啊?!!! 这……我……我……我……

小 彪 不许学我说……说话。

刘小东 （把小彪拉到一边）你怎么回事儿！

小 彪 不是你说的使劲儿夸你，你妈一放心就走了嘛。

妈　妈	对了儿子,你的婚事怎么样了?
刘小东	我,这个,婚事,啊?
妈　妈	你和蒋乐乐!
刘小东	哦,蒋乐乐,我和乐乐挺好的啊,我们彼此恩爱,如胶似漆,相敬如宾……
妈　妈	那就好,只要你们两个安安稳稳的我就放心了,妈这五十万也没有白借……
小　彪	五十万? 什么五十万……
刘小东	呃……妈,咱们还是聊点别的吧,您打算在这儿待几天呢?
妈　妈	什么待几天,我不走啦。
刘小东	不是,妈,您别不走啊。
妈　妈	你有什么事情瞒着我?
刘小东	没有没有没有!
小　彪	(赶紧打圆场)阿姨您再仔细看看,我们刘总是多么的成功啊!
刘小东	(小声)别说啦,你看不出来你越说我成功我妈越不走吗!
小　彪	哦哦哦阿姨其实我们这里是个地基……
刘小东	(赶紧拦住小彪)你胡说八道什么!
妈　妈	小东,你从小就不会骗妈,跟妈说实话,你到底有什么事情瞒着我?
刘小东	没有。
小　彪	阿姨,刘总的意思是您到底是想让他成功还是不想让他成功……
刘小东	妈,我绝不会骗你的,您知道的,我从小到大从来不会说假话,我发誓我一个人也没有骗过;如果我骗你,我如果骗任何一个人我就不得好死! 〔门外陈欣拉着陈主任冲了进来。
陈　欣	刘比尔! 你这个大骗子!
刘小东	陈欣……
陈　欣	怎么样? 我让你再欺骗我爹!
刘小东	陈主任……
妈　妈	这是……

刘小东	妈我给您介绍一下，这是陈主任，这是他女儿陈欣，这是我妈妈。
小　彪	这是要相相相相亲呐……
陈主任	比尔同志，十一届三中全会以后，我党反复强调，要实事求是，实事求是，你为什么不跟我说实话？
妈　妈	等等，这位主任，我儿子从来不会骗人的，这里面是不是有什么误会啊，我发誓，他一个人也没有骗过；如果他骗你，他骗过任何一个人，我就……
刘小东	（赶紧拦住）妈！……祸从口出。
陈主任	刘比尔同志，我今天就问你一句话，你一方面跟我说会和陈欣结婚，一方面又和陈欣说肯定不会结婚，你到底是什么意思？
刘小东	我……我……我……
小　彪	不不不许学……学我说话。
陈　欣	他就是不想和我结婚！
刘小东	我就是想和你结婚！
陈　欣	爸，你听到了吧，他就是想……和我结……婚？
妈　妈	这……这……这是怎么回事。
小　彪	你们为什么都要学……学我说话。
陈主任	我就说嘛，我的女婿，绝对不会做出这种两面三刀的事情来，所以说，实践是检验真理的唯一标准。要不是我今天过来亲自询问一下，我就差点被女儿你骗了。
陈　欣	他明明说的是……
陈主任	女婿啊。
刘小东	还是叫比尔同志吧。
陈主任	好的，女婿啊，来来来，爹错怪你了，爹知道你整体上还是好的，过两天，爹给你那个批地的文件上敲个章，你的所有手续就算是齐全了，来，抽根烟，爹给你赔个不是。（递烟）
妈　妈	你说，你让他管你叫爹？
陈主任	我们农村都管老丈人叫爹，不然你们怎么叫呢，亲家母？
妈　妈	亲家母？小东……

刘小东　不是,妈,你听我解释。

妈　妈　蒋乐乐……陈欣……（一下昏倒）

刘小东　妈！妈！

　　　　　〔陈主任正好抢上前一步搂住了刘妈妈。深情地望着她。

陈　欣　爹。

陈主任　嘘,别说话,自从你妈走了以后,已经很多年没有过这种感觉了。（开始像哄睡觉一样晃悠怀里的刘妈妈）

陈　欣　爹,你别晃了,你这不越晃昏得越厉害吗！

陈主任　（一紧张赶紧撒手）哦,对不起,作风,作风要注意！（刘妈妈脱手要倒）

刘小东　（赶紧上前托住）妈！（一着急被烟呛了一口）咳咳咳！

鲁　野　刘总,工地上又着火啦！

刘小东　（咬着牙）你怎么进来了！

鲁　野　（小声）不是你说的一咳嗽就进来嘛……

刘小东　我是……咳咳咳！

陈主任　怎么会着火呢?！

鲁　野　刘总您快跟我去看看吧。

刘小东　（不肯走）没事儿的。

陈主任　女婿,你这话就不对了,都是国家财产,你怎么可以如此轻描淡写呢?

刘小东　可是……我妈她……

陈主任　放心吧,亲家母我来照顾。

小　彪　快去吧！

刘小东　（不情不愿地被拖走）鲁野,你这个挨千刀的……（下场）

陈主任　我强调过多少次,安全生产,责任重大,要高高兴兴上班,平平安安回家。

陈　欣　爹,我不想嫁给他。

陈主任　胡闹,爹想把你嫁个有钱人是有道理的,你嫁给他,他才好安安心心支持我们村的经济建设啊。过去我们村没出路,就是因为没有钱,你看看,这个比尔同志才来了几天,就搞得这么有声有色,没有他,哪里来的这么漂亮的度假村,（指指周边）没

有他,哪里来的这么多的投资商,(指指小彪),没有他,哪里来的这么漂亮的美女。(指指身边的女人)

[在陈主任说话间隙,蒋乐乐来了!

陈主任　呀!(吃了一惊)你是谁!你怎么一声不响就出现在我背后要吓死人的你知道吗,真是明枪易躲暗箭难防。

蒋乐乐　这里是黄风村?

陈主任　你说对了,这里就是黄风村,风景优美的黄风村,这里就是风光无限的黄风村,这里就是……

蒋乐乐　刘小东,你给我滚出来!

小　彪　找刘刘刘总的。

陈主任　欢迎光临风景秀丽的黄风山水度假村。

蒋乐乐　(突然看见卧倒的刘小东妈妈)阿姨!(反复摇仍然没醒)你们这里是什么地方?

小　彪　黄风山水度假村。

蒋乐乐　(被吓了一跳)黑黑黑店呐?

小　彪　我郑重其事地声明,请不不要学我讲话。

陈主任　这位姑娘,你是不是认识比尔先生的妈妈啊?

蒋乐乐　比尔是谁?

陈主任　哎,就是刘总啊。

蒋乐乐　刘总?

小　彪　刘……小东。

蒋乐乐　我就是来找刘小东的,这个家伙话也不撂下一句就跑了,幸亏我在他手机上装了定位系统。

陈主任　如果你认识这位女士的话就太好了,麻烦帮忙照顾一下,我要去看看工地上过火面积达到多少了。俗话说,星星之火,可以燎原。你在这里等一下,我去帮你把刘总叫回来啊。

陈　欣　等等,爹,我跟你一起去。

小　彪　(赶紧要拦住陈主任)工地没火!

陈主任　你说什么?

小　彪　哦,我说工地火肯定已经被扑灭了,你们就别别别去了。

陈主任　那怎么行,安全生产重于泰山,重大事故哪怕解决了不是还有受灾群众吗？我们一定要让他们安安稳稳地度过困难！一看你们这些群众就没有机关单位工作经验,欣欣,走！

〔父女两人下场。

蒋乐乐　阿姨这是怎么了？

小　彪　喜……喜出望外。

〔蒋乐乐背对着门,坐下继续试图唤醒刘妈妈。

〔刘小东冲回来。

刘小东　爹,火灭了。嗯？我老丈人呢？

小　彪　救火去啦。

刘小东　根本没着火,这他要是一去不就穿帮了吗！

小　彪　你就说扑灭不就完了吗。

刘小东　哪儿那么快！

小　彪　你就说下雨了嘛。

刘小东　对了,妈,妈,你没事儿吧。(凑到刘妈妈身边)妈——

〔蒋乐乐突然回过头。

刘小东　——妈呀！蒋乐乐！

蒋乐乐　刘小东！

小　彪　蒋乐乐,好熟的名字。

蒋乐乐　你连你女朋友都不认了是不是！

小　彪　女朋友,那陈欣？

刘小东　闭嘴！

蒋乐乐　啊？

刘小东　不不不,乐乐你别误会,别误会。

蒋乐乐　要不是我在你手机上装了定位,你早就打算彻底甩掉我了是不是！

刘小东　不是,乐乐,我爱你,我真的爱你,对不起,我……我……我……

小　彪　(实在忍无可忍)磕巴也是人！

蒋乐乐　你到底在干什么！张大兴呢！

刘小东　大兴他,你听我解释……

蒋乐乐　我不听,我就问你你到底瞒了我什么！

［刘小东实在不知该如何是好,示意小彪打圆场。

小　彪　梦……梦想。

刘小东　啊对,你看到了吧,这里是黄风山水度假村,这是我毕生的梦
　　　　想,就要实现了,这里将有山,有水,有一片只属于咱们两个
　　　　人的小田园,这里的鸟儿静静地在天上飞过,这里的云彩轻
　　　　轻地在上空停留……

陈主任　(突然进来)这里的人们朝着中国特色社会主义的大道迈步
　　　　前进!

刘小东　陈陈陈主任!

小　彪　刘刘刘小东!

陈主任　说得太好了! 这个火好像烧得不是很大嘛。

刘小东　啊对,马克思保佑我们。

陈主任　哦,这位是?

刘小东　介绍一下,这位是国外归来的投资商蒋乐乐女士,我们在探
　　　　讨项目的相关事宜。(小声)这关蒙过去我保证什么都答
　　　　应你!

蒋乐乐　(小声)什么?

刘小东　(小声)配合老公,这是生意!

蒋乐乐　(小声)什么都答应我,这可是你说的。

陈主任　这……

蒋乐乐　您好,我是蒋乐乐。

陈主任　幸会幸会,正所谓海内存知己,天涯若比邻。

陈　欣　蒋乐乐,刚才你妈妈是不是提到过这个名字。

刘小东　不是,陈欣,你听错了。

小　彪　不可能,我都听见了。不信你问阿姨,阿姨!

　　　　［刘妈妈被小彪一下推醒。

妈　妈　啊?(没看见蒋乐乐,立刻冲到刘小东面前双手握住小东)小东,你跟
　　　　妈妈说实话,你是不是跟蒋乐乐分手了?

刘小东　妈!

妈　妈　你要娶这个陈欣你怎么事先没跟妈打任何招呼呢?

刘小东　妈!

妈　妈　(哭了)你真是草率啊！说分手就分手啊，早知这样妈还给你借这么多钱干嘛呢！蒋乐乐要是知道了，做鬼也不会放过你啊！

　　　　〔全场沉默。

妈　妈　(意识到后面有人，一回头)蒋……乐乐……(停顿)真是祸从口出啊！

刘小东　乐乐……

蒋乐乐　够了！刘小东！

刘小东　(着急地不行了)乐乐乐乐，你听我说……我这也是……

蒋乐乐　原来你早就打算好了，想趁机甩了我是吧，想再也没来往是吧。

刘小东　不是的，乐乐……

蒋乐乐　你少在这惺惺作态，就算你知道了我和你在一起的真正原因是为了接近张大兴，你也不用这样报复我吧！

　　　　〔刘小东瞬间表情僵硬，全场震惊！

刘小东　乐乐你再说一遍？

蒋乐乐　我承认，我因为喜欢张大兴而和你在一起是我的不对，但你为什么不好好跟我说，你居然要和这么难看的农村女人结婚！我还比不过一个村姑！你这么做让我脸上有多难看你知道吗！

刘小东　那我拼死拼活攒首付凑贷款买房子，全是没用的？

蒋乐乐　我又没有让你买！我又没打算真的和你结婚！

刘小东　那买房子是你亲口提出来的！

蒋乐乐　我是女人嘛，我……我……我，我随口一说不行啊！

　　　　〔小彪走到蒋乐乐面前，狠狠地给了蒋乐乐一个巴掌。

　　　　〔蒋乐乐气得一句话都说不出来瞪着小彪。两人对视。

小　彪　(字正腔圆地)不，许，学，我。

蒋乐乐　哼！(扭头就下场)

　　　　〔刘小东跪下痛哭，抽泣并伴随着咳嗽。

鲁　野　(照常冲进来)刘总——工地又着火啦！

　　　　〔收光。

〔转场。

幕　间

〔起光,起音乐,强子在劝说村民们不要相信刘小东,可村民们谁都不信强子。
〔收光。

第七场

〔起光。
〔景同第二场,张大兴一个人在屋里仍然执著地打着骗子的电话。

画外音　对不起,您拨打的电话已关机……
〔刘小东怒气冲冲地上场。

张大兴　哟,小东,回来啦。

刘小东　(冷冷地)干嘛呢。

张大兴　我再试试,看能不能打通那个骗子的电话。

刘小东　滚。

张大兴　小东,你怎么了小东,穿帮了? 不可能啊,我都跟村民说好了,打出水来就结钱,村民都答应了,他们……

刘小东　我让你滚!

张大兴　小东,你怎么了?

刘小东　我不干了!(坐下)

张大兴　你为什么不干? 咱们今天都走到这一步了你为什么不干? 你别不说话啊你! 小东,小东!

刘小东　车坏了,被蝎子蜇,困在这么个村子,都是你害的!

张大兴　对对对都是我不好,小东,你看,咱们这个度假村不是装的有鼻子有眼的嘛。

刘小东　我每天说瞎话,处处撒谎,你知道我过得有多累吗!你是职业碰瓷儿的,我不是!

张大兴　你话不能这样说,盖度假村还不是为了糊弄你妈嘛。

刘小东　对,我从小到大都没有骗过我妈,所以我妈才什么事情都相信我,可是现在,我对我妈说出来的每一句话都是假的!

张大兴　还不是为了不让她知道五十万被骗走了!

刘小东　还不是因为你给的那个手机号!

张大兴　还不是为了帮你挣钱买房子娶蒋乐乐!

刘小东　蒋乐乐想嫁的人是你!

张大兴　还不是……你说什么?我?

刘小东　你少装蒜!我不相信你,所有骗人的主意都是你出的,你现在还想骗我!

张大兴　没这回事,天地良心,这怎么可能,你怎么知道的?

刘小东　蒋乐乐来了!她亲口跟我说的!

张大兴　怎么回事?

刘小东　(妄图解释,但实在是太乱了)情况太复杂我不想再回味一遍!总之她跟我在一起的真正目的是为了接近你!

张大兴　我对天发誓我真的不知道。

刘小东　我不管!你现在立马从我眼前消失,我这辈子再也不想看见你这个人!

张大兴　刘——比——尔!我承认我是一直不务正业,我爸爸也因此不认我了,我是电话骗过钱,我是街上碰过瓷儿,可是我哪次成功过了?!每次一到关键时候我的道德观念就会占据顶峰!你是我从小到大唯一的朋友,我帮你找财路,跟你来戈壁滩,为了拿张设计图我还献出了我的第一次!我还不是为了你,我还不是为了我最好的兄弟!我所做的一切换来了什么?你这辈子都不想看见我!好,我走!

〔张大兴怒火中烧,无处发泄,转身下场。

〔台上剩刘小东一个人孤零零地在哭泣。他悲伤地唱起了歌。

［就在小东唱歌的时候，陈欣又一次出现在了窗口，手里还是拿了一瓶水，她一句话也没说，静静地看着刘小东，眼里充满了同情。

［第二场出现的那一幕又重演了，只是这次的氛围有些忧伤。

［小东唱到伤心处，就随手拿起陈欣手中的水，直到喝完。

陈　欣　你唱得真好听。

刘小东　（看了看手里喝空的水瓶）你怎么来了？

陈　欣　我想过来安慰你两句。

刘小东　（哭不动了）谢谢。

陈　欣　你很爱她？

刘小东　不然你以为我为什么总是不肯答应跟你结婚。

陈　欣　你觉得我这种农村姑娘配不上你。

刘小东　没这个意思。

陈　欣　我爹觉得我能嫁个有钱人，可是这是不可能的，像你这样的有钱人看不上我也是可以理解的。

刘小东　其实……我不是一个有钱人……

陈　欣　什么意思？

刘小东　我想跟你说实话，因为我心里再也装不下这么多东西了，但是我说的事情，你可能会承受不住。

陈　欣　你说吧。

刘小东　对不起，我骗了所有的人，我本来要买房子和蒋乐乐结婚，结果我妈辛苦借来的五十万首付让我不小心被人骗走了，然后我就根据号码查到了这里，为了糊弄我妈，我撒了谎，我说是在这里建一个度假村，我妈就信了。

陈　欣　你妈不但信了还来了？

刘小东　就是这么回事，为了让施工单位相信这个项目，我就必须要拿到你爹的批文，也必须答应你爹和你结婚。

陈　欣　这么说你根本一分钱也没有咯？

刘小东　不。

陈　欣　啊？

刘小东　准确地说是我、张大兴、梁涛、鲁野、小彪，我们五个人加起来一分钱也没有……

陈　欣　真可怜,费了那么大的劲可蒋乐乐真正爱的人不是你。

刘小东　好吧,现在知道我其实没钱的事实,你也不喜欢我了吧。

陈　欣　不,你误解我了,我喜欢的是你身上那种气质,那种和这里的人们不一样的气质,我大学也是在大城市念的,我熟悉你身上的这种气质。

刘小东　那你为什么不留在城里,而一定要回到这个穷乡僻壤来呢?

陈　欣　因为我爹,他想让我回家,想让我有朝一日嫁个有钱人。

刘小东　这不是害了你嘛。

陈　欣　不,不是这样的,我们这个黄风村,在古代是丝绸之路上的一个重镇,这里曾经是一片绿洲,可是随着自然环境的改变,这里变得连年干旱,所有的水源都要靠县里面空投过来,我们的老村长为了改变这里的环境终于劳累过度去世了。由于一直没有合适人选,这么多年来我们这里一直是由我爹这个副村长治理的,我大学学的是水利专业,他一定要让我回家乡贡献一分力量,只要能找到水源,我就能让这里的河道重新有水,只可惜……

刘小东　工程队打了这么多天也打不出水来。

陈　欣　可是村民们愿意,我看到这么多村民都在帮你打井挖地基,你对他们说了什么?

刘小东　我说,工程队已经把前期的工作做了,你们只要做完后期这点事,我就可以按整个工程款给你们结钱。

陈　欣　是啊,村民们不光需要水,他们更需要钱。没有水,他们就将无法生存下去;而没有钱,他们会永远这样穷下去。我们谁都不想这样,所以他们一定会这么做的。

刘小东　那你爹为什么要让你嫁给我呢?

陈　欣　因为他以为只要咱们两个结婚,你就可以永远留在这里,给这片土地投入源源不断的资金,这里的乡亲们就能过上幸福的生活。你知道这里的人们有多需要钱吗!

刘小东　可我是个骗子。

陈　欣　好在你跟我坦白了。

刘小东　明天我还会跟全村人坦白，人一旦撒了一个谎就要用一百个谎去圆它，这样的日子实在是太累了。

陈　欣　我会劝他们不要为难你的。

刘小东　谢谢。

陈　欣　不客气。

刘小东　我事情穿帮了，你应该高兴才对吧。

陈　欣　哪有，我很同情你的遭遇，谁让我喜欢过你呢？

刘小东　哈哈。

陈　欣　哈哈哈哈。

　　　　〔两人释怀地笑了。

梁　涛　（闯入）小东！外面来了一个旅游团，本来是直接路过的，可他们突然发现我们这里有个度假村，就停车过来看看。

刘小东　车上都是什么人？

梁　涛　全是有钱人！你是不知道他们多有钱，快去看看吧！我先走了。（下场）

陈　欣　怎么，你不去？

刘小东　已经跟我没关系了。

陈　欣　为什么？

刘小东　我不想再骗人了。

陈　欣　（沉默）那么帮我一次好吗？

刘小东　我能帮你什么？

陈　欣　继续骗下去，让富商相信这里的度假村是真的，让他们投钱。

刘小东　让他们投钱？

陈　欣　不光是帮我，也是帮我们村子。这是这个村子唯一的希望。

刘小东　……好吧。

陈　欣　谢谢你。

刘小东　可是，我要怎么让他们相信呢？这些富商不好对付啊。张大兴又走了，我一个人恐怕不行。

陈　欣　只要让县里领导来就可以了，富商们一见县里领导，就会相信这件事情百分百是真的。

刘小东　可是怎么请县里领导呢？

陈　欣　别忘了,我爹是村副主任。好好陪富商喝酒,咱们明天下午见!

　　　　〔收光。

　　　　〔转场。

第八场

　　　　〔起光。

　　　　〔村口,蒋乐乐给张大兴家里打电话。

蒋乐乐　喂,你好,请问这里是张大兴家吗?

电　话　你是绑匪吧,我是张大兴的爸爸,我说你们这些绑匪怎么这么不讲职业道德,我都这么多天了还没把赎金交过来你们怎么还不撕票?

蒋乐乐　啊? 我不是绑匪。

电　话　我能听出来,你是"女"绑匪。你好,麻烦帮我剁碎一点儿,省的孩子他妈看见了觉得不解恨。

　　　　〔挂电话,蒋乐乐崩溃。

　　　　〔张大兴出现。

蒋乐乐　大兴。

张大兴　你怎么会有我家电话?

蒋乐乐　梁涛给的。

张大兴　你打给我爸干吗?

蒋乐乐　我想给他报个平安。

张大兴　你现在知道了,其实我根本没钱。

　　　　〔蒋乐乐沉默了。

张大兴　像你这样的姑娘我见多了,追我的,还有直接追我爸的,都是为了钱。

蒋乐乐　大兴,对不起。

张大兴　现在知道我没钱了，你还不走？

蒋乐乐　大兴，我承认，一开始我是为了钱。

张大兴　通常情况下像你这样肯直接承认为了钱的还真不多见。

蒋乐乐　我刚到这里的时候，光听他们说你在这里做了好多事情，可现在我才知道，你做这些事情的时候根本没钱。如今我知道了，钱并不代表一切，没钱也可以创造一切。

张大兴　明白就好。（要走）

蒋乐乐　大兴你去哪儿？

张大兴　我要回去了。我在这儿已经没有任何待下去的必要了。

蒋乐乐　不行大兴你不能走！

张大兴　事情都是你惹出来的你还拦我做什么？

蒋乐乐　我在村口就是为了等你，我知道你们两兄弟闹翻都是因为我，为此我要向你们两个人都说声对不起！听说马上就要有很多富商来了，这对小东来说正是关键的时候，对你兴许也是一个好机会啊。这个时候你要是走了，大家之前的努力不是都白费了吗。

张大兴　你意思是？

蒋乐乐　你们俩不能因为我散伙，我说什么也不让。

张大兴　为什么？

蒋乐乐　（耍小女孩性子）哎呀我不知道！我就是想让你们重归于好！

〔起音乐。

张大兴　（沉默了一会儿）你从那么远的地方追我来这，我相信不止是为了钱。

蒋乐乐　这么说我还有机会？

张大兴　（笑了）你是有机会，可是我没钱，哈哈。

蒋乐乐　没关系，只要你们俩和好，你就是再没钱，我也跟定你了！

张大兴　怎么说得好像责任都在我身上一样？

蒋乐乐　哎呀！（推张大兴）快去帮小东吧，你们俩齐心协力，一定能办成大事！

〔收光。

第九场

[起光。

[奏乐。

[舞台中央高举着一条横幅,热烈欢迎各级政府莅临指导,热烈欢迎富商考察团参观慰问。

[陈主任兴高采烈地作报告。

陈主任　改革春风吹满地,中国人民要争气。在这个春风得意、鸟语花香的日子里,我们齐聚在这里,共同沐浴着属于我们的新风。黄风村山水度假村奠基仪式,现在开始!

[走几个仪式的流程。

陈主任　下面,有请度假村总负责人,刘比尔先生讲话。

刘小东　各位领导,各位来宾,今天是一个大喜的日子,在这里,我要向亲临本次仪式的嘉宾和广大村民朋友们,表示衷心的感谢!

[全场热烈鼓掌。

[忽然,村民甲冲进人群。

村民甲　刘总,刘总! 太好啦,井里打出水来啦!

[全场一片骚动。

陈主任　(抢过话筒)各位领导,这么多年来,黄风村期盼多年的理想终于实现啦!(带领大家欢呼)

[大家都很高兴之时,谁也没想到打井的村民们一起喊着要结钱的口号上来了。

大　家　结钱结钱结钱!

领　导　刘总,给乡亲们结钱吧!

村民乙　刘总答应我们的! 付五十万工程款,当场就结!

刘小东　我……

大　家　结钱,结钱,结钱!

　　　　　　　　⎾一番混乱。

刘小东　　（实在招架不住了）对不起大家，我没有钱。

　　　　　　　　⎾全场震惊！

刘小东　　对不起，乡亲们，我真的拿不出那么多钱……

　　　　　　　　⎾骚动，气氛立刻发生了转变。

陈主任　　女婿，别闹。

刘小东　　对不起，陈主任。

强　子　　骗子！他是个骗子！抓住他！（冲上演讲台）乡亲们，我说了多
　　　　　　　少次，这个家伙是个骗子，是个骗子，可你们就是不信我，事
　　　　　　　实怎样？你们挖出了水，他不给你们结钱吧！我告诉你们，
　　　　　　　之前的工程队之所以不干了就是因为发现了他是个骗子，他
　　　　　　　动工的那片地根本连批文都没有！

大　家　　抓住他！

陈　欣　　（也冲上演讲台）不！小东不是骗子！他有批文！

　　　　　　　　⎾陈欣换了一身衣服，与之前的村姑形象截然不同，有一种丑
　　　　　　　小鸭变天鹅的感觉，一下子惊艳全场。

刘小东　　陈欣。

强　子　　欣欣，怎么样，我说得没错吧，这就是个骗子，根本就没钱！

富　商　　我们要看批文！

陈　欣　　爹！给小东盖章！求你了！

　　　　　　　　⎾陈主任犹豫了，陈欣强摁住陈主任的手盖了个章。

陈　欣　　批文！

强　子　　别闹了欣欣，你知道你自己在干什么吗！

陈　欣　　我知道，我们村里好不容易有一个像样的度假村就要建起
　　　　　　　来，这是我们所有人的明天，我不想看着它白白被毁掉！

刘小东　　对不起，大家，事到如今我不得不承认，我真的是个骗子。

陈　欣　　小东！

刘小东　　对不起。我欺骗了你们所有的人，陈欣，我无能为力了。

强　子　　欣欣，你看见了吧，他根本没有钱，你不能嫁给他，你应该嫁
　　　　　　　给我，我有钱，我从小就喜欢你，无时无刻不在关心你！今天
　　　　　　　当着这么多乡亲的面，我要正式向你求婚！欣欣，我爱你！

陈　欣　你!

强　子　欣欣,这个手机是我给你的定情信物,这个号我已经为你买了很长时间了,一直没有打开过,今天,我要把这个手机打开,用它来拍下我们两个人在一起的第一张照片,让在场的每一位见证我们的爱情!

陈　欣　强子,你别闹了好不好!

　　　　〔刘妈妈也冲上来。

妈　妈　儿子!

刘小东　妈!

妈　妈　儿子,都是妈不好,妈太想让你成功了,终于把你逼得走上了这么一条路啊。

刘小东　妈妈,对不起,今天我可以和您说实话了,其实一切都是因为您给我的那五十万首付,我和大兴两个人想拿那笔钱换来更多的钱,结果被一个手机号骗走了! 我们两个一路追到了这里,但是昨天在得知蒋乐乐根本不爱我以后,我还把我最好的朋友张大兴赶走了!

　　　　〔张大兴和蒋乐乐躲在角落里,不知该如何是好。

妈　妈　儿子,你是因为这个才骗我说你们在盖度假村的?

刘小东　对,就是这个电话,我们把钱打过去以后,这个电话就关机了,从此以后再也没有开过,（拿出电话拨）×××××××××××。

　　　　〔全场沉默。

　　　　〔突然,强子手里的那只手机响了。

　　　　〔所有人把目光转向强子。

　　　　〔强子忽然反应过来事情不对,马上逃跑。

陈主任　快追啊!

　　　　〔下去几个村民追强子。

刘小东　五十万,乡亲们,你们的钱可以结啦! 妈妈,既然蒋乐乐已经和我分手了,我可以把这些钱结给乡亲们吗?

妈　妈　（含泪点了点头）嗯。

刘小东　乡亲们,我是个言而有信的人,既然答应了你们,就一定不会食言的!

陈主任　大伙上强子家找钱去啊!

〔去了几个村民找钱。

〔领导示意把刘小东带走。来了几个人要拖走刘小东。

领　导　对不起了刘先生,我们实在是很难搞清楚这整个一件事情,不过请你跟我们走一趟吧,我们会让相关部门来处理此事的。

〔众人要带走刘小东。

蒋乐乐　(小声对张大兴)怎么办啊?

张大兴　事到如今只有一个办法了。

蒋乐乐　啊?

张大兴　(给爸爸打了个电话)喂,爸爸,再见了,我永远爱你。(挂电话要慷慨就义,对梁涛)碰瓷儿!

〔张大兴冲到领导面前。

张大兴　(突然摔倒)哎呀!

领　导　你怎么了!

张大兴　(跪地求饶)求领导别带走我们的大恩人呐,我是这里普普通通的一个老百姓,我们都不希望我们的大恩人刘比尔先生被带走啊。(死缠烂打缠着领导)

刘小东　大兴!

领　导　可是他是个骗子啊!

张大兴　尊敬的领导,各位来宾,请问什么叫骗?村里的乡亲们是被骗走了钱,还是被骗走了感情?

〔大家都不说话。

张大兴　(声泪俱下地演讲)原来我们村没有水,所有的水源都要靠县里面资助,原来我们村没有钱,我们村的货币流通单位是贝壳……可是,自从刘比尔先生来了,我们这里度假村……的地基也盖起来了,井里还打出了水,乡亲们还拿到了五十万的工程款,乡亲们呐,咱们谁见过这么多钱啊!

刘小东　好兄弟!

张大兴　咱们摸摸自己的良心,刘先生到底是骗了我们还是帮了我们,没有刘先生,旅游团怎么会在这里停下;没有刘先生,各级领导怎么会来这里考察;没有刘先生,我们村的明天在哪儿！（举起拳头高呼）刘比尔先生不能走！

　　〔无人响应。

　　〔全场沉默。

陈　欣　（也举起了拳头）刘比尔先生不能走！

　　〔紧接着，梁涛、鲁野、小彪、陈主任也先后举起了手。

　　〔全场沸腾了，村民们一同请愿，共同呼喊。

大　家　刘比尔先生不能走！刘比尔先生不能走！

　　〔领导们犹豫了，他们开始商量对策。

　　〔之前去强子家的村民回来了。

村　民　乡亲们，五十万拿到啦！

　　〔全场沸腾！

大　家　谢谢刘先生！

　　〔之前去抓强子的村民也回来了。

村　民　乡亲们，诈骗犯强子掉进蝎子洞里啦！

　　〔村民们拉着强子，强子全是绷带，身上还挂着几只蝎子。

富商们　（走上台前拿起话筒）各位，经再三考虑，我们决定拿出一部分
　　　　钱，支持黄风村山水度假村项目的二期工程！

刘小东　谢谢大家！

　　〔全场沸腾！

领　导　各位，经再三考虑，我们决定让刘先生留下来，继续为村里做
　　　　贡献！

大　家　刘比尔！刘比尔！刘比尔！

刘小东　谢谢大家，谢谢大家！

　　〔刘小东和陈欣高兴地拥抱在一起，两人开心地笑了。

　　〔张大兴也一把搂住了蒋乐乐。

陈主任　（感动得痛哭流涕）毛主席万岁！

　　〔刘妈妈也高兴地握住了陈主任的手，与陈主任相视一笑一
　　　　起高喊。

两　人　毛主席万岁！

　　〔起音乐。

　　〔收光。

　　〔幕落。

淮海戏

回娘家

胡永忠

　　江阴市文体广电和旅游局创作室编剧。创作上演剧目：戏曲《徐霞客》《吴承恩》，话剧《传家宝》，音乐剧《石头城的记忆》《开国总理周恩来》《好支书李元龙》《人生双行线》《老书记》《寻找炎黄》等。作品在《剧本》《剧作家》《剧影月报》等杂志发表。作品曾获"江苏省舞台精品工程奖""江苏省五个一工程奖""江苏省戏剧文学奖""田汉戏剧文学奖"等奖项。

时　间：1948 年 11 月 18 日—11 月 22 日。

地　点：(按支前车队行进路线)

　　　　淮阴刘老庄；

　　　　泗阳临河镇；

　　　　宿迁蔡集镇；

　　　　徐州西杨庄；

　　　　徐州碾庄圩。

人　物：马前进——二十五岁，单身汉，刘老庄村民。善良正直，乐观豁达，有智慧；唱淮海小戏的班主。行事果敢，向往美好生活。曾经参加过五年前(1943 年 3 月)的"刘老庄战斗"支前。

　　　　应采莲——三十岁的小脚女子，一直未出嫁(心有所属马前进，奈何父亲应为富一直强烈反对，甚而以自家性命为阻挠，所以一直待字闺中)。其人清秀灵敏，忠诚专一，正直善良。今生只有三爱：爱马前进；爱坐马前进的独轮车；爱听马前进唱的一口好"拉魂腔"。

　　　　应为富——鳏居老汉，五十近六的岁数。刘老庄上曾经的地主。淮阴解放初期就自觉分出了自己的田地，现在只算是个富农了。平生有三爱：爱地，爱车(独轮车)，爱自己的女儿。一直坚信：人这一辈子，能抓住眼前的东西才是实实在在地活着。

李守城——国民党宿迁守备队队长。从宿迁城战败逃窜,率
　　　　残部七八人。曾经与应采莲订过娃娃亲,念念不
　　　　忘少年时光对应采莲的美好印象。

马　武——马前进的"影子",也是刘老庄人。三十多岁。崇
　　　　拜马前进的生活状态,紧跟上去,亦步亦趋。但,
　　　　一直在模仿,从未超越。其人乐于助人成事。

刘爱武——马武的未过门媳妇。原名刘爱兰,自作主张给自
　　　　己改了名字。为人泼辣,深爱马武,大大咧咧。
　　　　她是帮助马武、在独轮车前拉车的。

刘三刮——淮海小戏班子的三弦师傅。为人安静,身材瘦
　　　　长,形如手中三弦。

应　升——应为富家打短工的远房亲戚。为人有小狡黠,小
　　　　市侩。胆子小。

另有浩荡的支前民工(包含男女)若干;围堵支前队伍的国民党
守备连士兵(七八人);从淮海战役前线返乡的国民党士兵(四
五人);再现"刘老庄战斗"的新四军指战员;碾庄前线的解放
军战士等。

序　幕

[一束光起。

[一位解放军小战士张贴文告。

[随着小战士自上而下贴出文告，一个画外音（马前进）激动读出内容：

支前总动员令

　　苏北、江淮两解放区全体党政军民立刻行动起来，全力支援淮海战役，为争取伟大胜利而团结奋斗！一切服从前方，一切服从后勤。一切为了胜利！一切为了解放！

华中支前司令部

1948 年 11 月 17 日

[不断有各种人物声音加入诵读，群情激荡，汇聚成势，渐成统一。如万千涓流，合而为一，奔涌向前。

[女独唱：（男合）：

　　——路多长？

　　——三百多。

　　——几昼夜？

　　——四五宿。

[女独唱：

　　哥哥啊——

　　妹妹随你把山水过；

[众合：

　　往前走

　　大路纵横不回头！

[一束温暖的光,独照在一辆独轮车上。车上有靠旗,大红花,弹药箱,面粉袋,军布鞋……

[三弦的独奏,由慢而渐渐骤疾。

第一天 (11月18日) 淮阴刘老庄

[早晨。阳光猛烈的早晨。

["应记车行"门口。

[很多已经破旧的独轮车横七竖八堆垛在舞台后区,气势逼人。

[光圈中,刘三刮盘腿坐在正中一辆独轮车上,弹着三弦。

刘三刮 (唱)大抖翎　小抖翎,

　　　　勾洒连别让挪腾;

　　　　手里弹　耳朵听,

　　　　停腔过板包过门;

　　　　手头子　心板子,

　　　　三刮子全靠魂拉魂!

　　　　打水浇花急急风哎——

[应升上,接唱

应　升 (唱)刘三刮你就是个番瓜藤!

刘三刮 你在疙贱我?!

应　升 怎干?!

刘三刮 应三爷不在家,你独大了?

应　升 应三爷到徐溜镇吃寿酒,临走时嘱托我看好车子,管好人。你看看你:大清早上盘腿往个独轮车上一坐,弹,弹,弹!

刘三刮 碍着你了?

应　升 你是推小车的长工呢,还是唱拉魂腔的班头呀?

刘三刮 都是!(示威一样地凑到应升面前猛刮了几声三弦)

应　升 好,好! 等三爷回家了,我把你怠工偷懒的事情一一汇报;四两棉花一把弓子,跟你慢慢弹!

[刘爱武推着小车,车头前坐着马武。马武手里攥着个小酒

葫芦,优哉游哉。

马　武　(唱)天快活,地快活,

　　　　　　　不如喝酒小快活;

　　　　　　　一年四季为生活,

　　　　　　　忙头忙尾忙过活;

　　　　　　　难得今天没有活,

　　　　　　　你还不让人快活;

　　　　　　　应升哎,我的大兄弟,

　　　　　　　你还让人活不活?!

马　武　来,应大兄弟啊,喝口酒。

应　升　没量。

马　武　来噻!(硬追着应升,灌了他一口酒)

应　升　呸!马尿一样!看看你们,一个个像卸了架子的懒牛,我手头的出勤表可都给记着哩!

刘爱武　哎哟喂,应大兄弟啊,我看你真是大头哥子搭粉——美跟桃似的。我们一年忙到头,应三爷不在家,稍微喘口气,你就硬而巴真的对待我们啊!

应　升　你们弄清爽了,不是我管得紧,看得严,是应三爷临走交办我的。车行是应三爷的,车是应三爷的,就连你们也是应三爷的!

　　　　〔内传来马前进快活敞亮的一声"断喝":——今天都不是了!

　　　　〔众屏气循声望去:马前进肩上扎着唱武戏的靠旗,胸系大红花,推小车急上。

　　　　〔小车在马前进手中俨然是个玩具,随心所欲,变出各式花样,前行或者后退。

马前进　(唱)今日领回光荣的事,

　　　　　　　不由我心中暗奔腾;

　　　　　　　支前大军要开拔,

　　　　　　　我也踊跃报了名。

　　　　　　　为解放　换江山,

　　　　　　　小马也要冲头阵!

[长过门中，马前进小车推出欢快的花样。

　　　马前进　马前进，

　　　二十有五未娶亲；

　　　平生只爱三样好，

　　　推小车来唱拉魂。

　　　还有一桩心头好，

　　　我包包扎扎藏在心底

　　　有些害羞难起唇……

　　　应采莲　我的亲，

　　　赛似天上月分明；

　　　月亮走　我也走，

　　　我跟大姐难离分。

　　　今天正是好光景，

　　　远走高飞奔前程；

　　　推小车　唱拉魂，

　　　领着采莲回家门！

马　武　前进哥，快半年见不到你了，你到哪块去的呀？

马前进　还能往哪块去呀，推着小车唱小戏，淮海大地是我家。

刘爱武　哎哟喂，还戴上大红花了！

刘三刮　我看看，我看看，"支前模范"。啧啧啧！前进哥要么不出场，一出场就与众不同。

马　武　前进哥，你加入支前队伍了？

马前进　五年前，我们一起参加了刘老庄战斗打鬼子的支前小队，是不是？

众　　是！

马前进　五年后的今天，还是那支队伍！

众　　还是那支队伍？！

马前进　又是一场大战！

众　　又是一场大战？！

马前进　这一回，是改天换地！

众　　改天换地！

马前进	让我们痛痛快快、明明白白地当家做主人！
众	让我们痛痛快快、明明白白地当家做主人！
马前进	你们说，要不要参加？
众	参加！
马　武	前进哥，那不唱小戏了？
马前进	谁说不唱？这靠旗不还扎身上么！
刘三刮	一边推小车支前，一边唱淮海小戏？
马前进	两相好啊！（一抖靠旗）披挂在身上，我们就是淮海小戏班。
众	走乡过镇唱小戏！
马前进	（拔下靠旗，插在车前）插在车头前，我们就是支前队伍！
众	走山过水往前行！
马前进	五年前我们是一条心！
众	五年后，我们还是一条心。
马前进	你们看，这是我领到的支前任务：（掏出一张清单）五百斤面粉，一百双军鞋，外加四箱……（秘密地以口型说出）
众	（不解）四箱什么？

[马前进招呼围拢，说出了"秘密"。

——"炮弹！"

[三个人又惊又喜。

众	我的亲乖乖！等不及了！
马前进	别着急。采莲呢？
刘爱武	早上还看见倒洗脸水的。
刘三刮	早上还看见临窗贴花的。
马　武	早上……早上还看见站车行门口盼着你前进哥哥的。
马前进	一个比一个贫。应升啊，采莲呢？
应　升	我，我那块知道哟。
马前进	你会不知道？（四处寻觅，喊）采莲，采莲！
应　升	喊也没得用，跟他老子一起去徐溜吃寿酒了。
马前进	才不信你。（唱起了《回娘家》，似乎是一种"接头暗号"）

　　——我妻虽是庄稼人，

　　模样长得也不差；

瓜子脸　黑头发，

衣服穿穿俏刮刮。

她不高不矮不胖不瘦，

人人见了人人夸；

心灵手巧又贤惠，

勤劳吃苦会当家。

　　〔传来应采莲的呼救声：

　　——前进哥哎！我被锁家里头了——！

马前进　（手指应升）你……你……好了，不跟你说多少了，门钥匙呢？

应　升　给应三爷带身上了。

刘三刮　才不信你！（要搜身）

应　升　做嘛的！做嘛的！你们是要动抢不成？

马　武　前进哥，你说我们要不要动抢？

马前进　我们四个抢他一个，不欺侮人么。

马　武　依哥哥的意思呢？

马前进　（一指马武手中的酒葫芦）敬酒不吃吃罚酒，灌！

　　〔四人搬腿搂胳膊，掰开应升的嘴巴，灌酒。

　　〔临了，四人站立一旁，正中的应升直挺挺站着，不倒。

刘爱武　哎哟喂，没起作用！

刘三刮　难不成你这个是假酒？

马　武　你一家子才喝假酒呢！再灌！

马前进　莫动，莫动！让酒精再烧一会！

　　〔应升慢慢地开始晃动身子，众人跟着一起晃着。终于，应升"扑通"一声仰倒在地。

马前进　舒坦了吧！

应　升　飘了……

马　武　酒劲上来了吧！

应　升　都是小星星在飞……

马前进　门钥匙呢？

应　升　这块。（自己掏出钥匙）

刘爱武　我去开。（拿钥匙去开门）

马前进　把他搬一边去醒酒。

　　　　〔三人搬应升到后面小车上休息。应升嘴里喃喃自语：

　　　　——飘了……飘了……都是星星在飞呀……

　　　　〔内传来应采莲激动和委屈交集的呼唤：

应采莲　前进哥,你总算来了!(上,与马前进紧紧抱在一起)

　　　　〔躺在小车上的应升突然挺起身子,制止:

　　　　——不能抱一块!

　　　　〔刚说完,又"扑通"躺倒了,归于平静。

应采莲　(唱)离开已有半年整,

　　　　　　好像隔开四五年;

　　　　　　把你想来将你念,

　　　　　　人影子时时刻刻印心田!

马前进　(唱)时时刻刻印心田,

　　　　　　我也把你常挂牵;

　　　　　　推小车好似少了挂肩的绳,

　　　　　　唱小戏就像少了三刮弦。

应采莲　(唱)俺爸天天看得紧,

　　　　　　不准我离开屋门前;

　　　　　　越是看紧越惦念,

　　　　　　我好似

　　　　　　四季颠倒早晚不分如油煎!

马前进　(唱)今天领回光荣的事,

　　　　　　去到碾庄去支前;

　　　　　　可愿意　与我同行"回娘家"

　　　　　　开眼见识艳阳天。

应采莲　(唱)只要离开这牢笼地,

　　　　　　我愿意

　　　　　　一步一跟你向前;

　　　　　　莫说是碾庄百里远,

　　　　　　就是那火海刀山也无怨言!

马前进　(唱)好亲人　好誓言,

　　　　　　　不枉相爱已五年！

　　　　　　　来来来　请请请

　　　　　　　我的亲蹁腿坐在小车前；

　　　　　　　三百里路回娘家，

　　　　　　　一路推着我采莲！

　　　〔应采莲高高兴兴坐上马前进的独轮车。马前进拉开架势，畅然地、撒欢地推起了小车。马武、刘爱武、刘三刮也一旁快乐地帮衬附和。

应采莲　（唱）〔《回娘家》〕

　　　　　　　采莲我坐在小车上，

　　　　　　　上下打量我的那个他；

　　　　　　　只见他线织的帽子头上戴，

　　　　　　　绛红围带腰间扎；

　　　　　　　穿一身裤褂多得体，

　　　　　　　他性情憨厚心眼好，

　　　　　　　为人要能摊上好女婿，

　　　　　　　走趟娘家谁不夸！

马前进　事不宜迟，下晚出发。22号之前一定要赶到碾庄圩。

　众　　好！

刘三刮　可是，我们小车呢？

马前进　我也想好了，我们给车行干了一年了，还没领到工钱，就用三爷的车抵上。一来一去，采莲啊，你爸还赚了。

应采莲　如果知道你顺走了他车子，带走了他女儿。他要冒火了……

马前进　他何曾一天饶过我哦。

应　升　（酒醒了）我去徐溜告把应三爷，你顺走了车，拐走了人……

马前进　告诉应三爷，我带着采莲回娘家了！要追我们，赶紧！

　众　　赶紧！

马前进　兄弟姐妹们——

　　　　（唱）推小车　前线上，

　　　　　　　碾庄圩　送军粮；

　　　　　　　三百里路走一趟，

披星戴月向前进啊——

（众和）——抈！

〔众亮相。

〔光收。

第二天 （11月19日） 泗阳临河镇

　　〔临河镇地界。

　　〔黄昏时分。夕阳晚照。

　　〔一棵古槐树长在路口。

　　〔应为富推着小车气喘吁吁上。小车上，躺着应升，哼哼唧唧，一脸痛苦之色。

应为富 （唱）三杯寿酒才下肚，

　　　　　不料后院变乾坤！

　　　　　马前进　小年轻，

　　　　　熊囊东西不安分；

　　　　　一时锁匙没扣紧，

　　　　　他就开锁破门带走了人。

　　　　　顺走了我的个车，

　　　　　拐走了我的个人；

　　　　　采莲是我的心肝肉，

　　　　　怎能给他个炮铳的引歪门！

　　〔应升又哼哼唧唧。

　　　　　还有你这个不上进，

　　　　　就像只炕糊的朝牌饼；

　　　　　让你看人看不紧，

　　　　　还给灌得像蚊子哼！

　　　　　出庄才走五里路，

　　　　　你看看

　　　　　他又崴伤了脚脖子扭伤了筋。

　　　　　主仆只好掉个头，

他躺小车上，

我做推车人。

好歹我有童子功，

一路追来行得稳。

眼看日头要偏西，

哪里能寻马前进？

应　升　哎哟喂，疼啊……

应为富　你再哼哼，我小车子屁股一撅，把你撂沟里去！

应　升　你以为我想哼么？受不了啊……

应为富　让你看人，你失责；让你推车，你崴脚。你说我还要你干嘛？

应　升　我眼睛不花，可以替你看远。

应为富　那你倒是看啊，那个马前进在哪块！

应　升　我看看啊。哎哟喂，你把稳车子嚏！

应为富　我恨你不死的！

应　升　看见了！就前面，五百米的样子。

〔应为富闻听，猛然加速，应升被颠落在地。

应　升　人！人！你把我颠掉地上了！

应为富　我先追上他们！

应　升　我呢？

应为富　你爬着赶上来！（气喘巴哈，追下）

〔应升无奈捶地。继而用手象征性地爬行了几步，觉得很累。慢慢站起来，稳了稳，终于若无其事地迈步向前走了——他其实早就不疼了。

〔下。

〔马前进一行推小车上。

马前进　(唱)小车推得如飞轮，

　　　　　转眼已到临河镇；

应采莲　(唱)虽说才去五十里，

　　　　　却是走过最远的门。

马前进　(唱)奔远方　出远门，

采莲此刻啥心情？

应采莲　(唱)天又高来地又广

就像是燕雀抖翅膀上青云！

马前进　(唱)听你说来我更有劲啊——

应采莲　(唱)我给你擦去脸上汗津津……

马　武　(唱)车前插的是支前旗，

我的个爱武在后面跟。

刘爱武　(唱)我的个男将真不孬，

气不牛喘人不哼！

马　武　(唱)一路有你紧相随，

我好似膏足香油的小车轮！

刘三刮　(唱)等到小车到前线，

军鞋送把解放军；

脱旧鞋　换新鞋，

一百个人簇崭新！

一百个人齐夸赞啊——

我也是个光荣的人！

马前进　(唱)兄弟们啊再加把劲——

应为富　(内喊)站住！

〔应为富追上。四辆小车交错奔走。终于，应为富还是堵住了马前进的车。

应为富　(气喘吁吁)哎哟喂……

(唱)跑得我个肚子疼！

应采莲　(怯怯地)俺爸……

应为富　死闺女啊！你打算把你老子跑出个气喘病来嘛！

马前进　三爷，失礼了，不晓得你在后面追哩。

应为富　你就装吧。(一把拉过采莲)，走，跟我家去！

应采莲　我不！

应为富　你说什么？

应采莲　我不回家！

应为富　你，你再说一次！

众	她说不回家。
应为富	(气得手指着面前的人)一伙！一伙的！闺女啊,你跟着他们是要到哪块啊？
马前进	回娘家。
应为富	啊？
应采莲	回娘家。
应为富	你,你再说一次！
众	回娘家！
应为富	(哑然失笑,然而终究变了苦笑)回娘家？

应为富 (哑然失笑,然而终究变了苦笑)回娘家？

　　(唱)你娘逝去三十载,

　　　　我将你养来把你带;

　　　　谁知你人大心也大,

　　　　隔三差五跑得快;

　　　　桑田里　麦地里,

　　　　草堆里　树窠里,

　　　　整天要跟他在一块！(指马前进)

　　　　闺女啊

　　　　你是玩一个跑马又卖蟹,

　　　　天天让爸不自在！

　　　　今天又唱的哪一出啊？

　　　　回娘家

　　　　你不上南面偏向北?!

应采莲 (唱)俺爸啊　你消消气,

　　　　小他没你说的那样坏;

　　　　你阻止了我们五年整,

　　　　女儿今天要自安排。

　　　　他就是带我上刀山,

　　　　我赤脚相跟不徘徊;

　　　　他就是带我下火海,

　　　　我冲头里也愉快！

应为富 你还好意思喊"小他"。他比你小五岁,你比他长五岁。女大五,尽吃苦,你没听说过么?

马　武　三爷啊,你还就封建呢! 我倒是听说:女大五,赛过母呢!

应为富　没你什么事情,站一边去!

应采莲　大五岁怎么了?

应为富　不合适!

应采莲　我娘就比你大五岁!

应为富　……(一时语塞)半年前,我跟应升在村里树林里就逮住你们一回。说起来那一次……我都不好意思说!

马前进　那一次,你带着六七个青壮,把我一阵好收拾,临了,还把我扔进了河里……

应采莲　(紧拉住马前进的手)亏得前进会凫水,游到了对岸。

马前进　那个时候,三爷你就站在河对岸跳脚:你敢回来我就打断你的脚!

马　武　半年了,前进哥回来了,毫发无损!

刘三刮　不但回来了,还继续做我们的班主!

刘爱武　(拔下一支靠旗)还是"淮海小戏支前小队"小队长呢!

应为富　(揶揄地)哼哼,小队长……你说带我女儿回娘家,你跑错方向了吧?

马前进　没错。

应为富　没错? 我都听应升说了,你们这是要去碾庄,上前线!
　　　　〔应升上。

应　升　是的是的,就是正打仗的地方!

应为富　(有些诧异)你脚不疼啦?

应　升　(立刻装坐下)疼,还是有些疼呢。

马前进　三爷,我正是要带采莲,还有他们,去碾庄。

应为富　你顺走了我的车,拐走了我的女儿,这已经整狠的了! 你还引着他们上去打仗的地方!

马前进　我们是去支前。(指车前插着的三角旗)喏,淮海小戏支前分队。

应为富　我才不问你支前支后呢,打仗哎,枪炮不长眼睛,要是落下一发炮弹,"轰隆"一炮,大家不都完了嘛! 走,跟我家去!(又拉采莲)

应采莲 （无助地看着马前进）前进哥……

马前进 三爷,这回带采莲回娘家,行,您老要放行;不行,您老也得放行。

应为富 哎哟,你个小马龇牙要尥蹶子了不成?

马前进 我先给您老道个不是。我等了采莲五年,采莲守我五年。今天,该是我们光明正大回娘家的时候了!

应为富 废话!娘家,娘家,采莲娘家在刘老庄。你说的那个娘家是一团云雾,坚决不去!

马前进 三爷!

（唱）我与采莲有情分,

相守相等五年整;

一个不曾嫁,

一个未娶亲;

都赖你坚决阻挠不相让,

有情人一个村里难成亲。

应为富 （唱）看不惯你浪荡人,

一天到晚唱拉魂;

拉去了我的采莲女,

拉去了我的父女情!

一天到晚不上进,

哪天才能见光明?

应采莲 （唱）我就好

前进哥哥唱拉魂,

更愿意坐他小车上的人;

怎说他是不上进?

他就是我意中人!

应为富 （唱）死闺女　嘴真硬,

敢跟你爸来顶针!

今天只有转身回,

除此之外没有门!

应采莲 （唱）我的主意已坚定,

跟着前进回娘门!

应为富 闺女啊,你是想活活气死父亲呀!好,既如此,我也不活了,你也别想跟!

　　　　〔应为富一下躺倒在地上,甩腿打滚。

应采莲 俺爸,快起来,有话好说,这样多难看啊。

应为富 有什么难看的!难看,难看,总比你一双小脚跟着马前进颠巴颠巴的跑好看!

应采莲 俺爸,你看错了,也想错了。

应为富 我看错想错什么地?

应采莲 我呀——!(且走"跷功"且念白)

　　　　　虽是一双小脚,

　　　　　走起路来透活;

　　　　　不曾落下半步远,

　　　　　不输胶皮车轱辘!

　　　　　人家跑前两尺五,

　　　　　我能跑出三尺六。

　　　　　谁说小脚难救国,

　　　　　我走给你看服不服?!(越走越顺畅)

　　　　〔众鼓掌叫好。应为富气得索性闭上了眼睛。

应为富 (来软的,语气温和)我的好闺女啊,虽说是你爸处处管着你,拦着你,以前几次最终你还是听我的呢。

应采莲 因为你终究是俺爸……

应为富 怎干这一次你就铁定个心要跟着他们上前线的呢?

应采莲 第一桩,是我喜欢小他!(指马前进)

应为富 你就不要说这两个字了……第二桩咧?

应采莲 第二桩……女儿心里一直堵着个心结,只有走一趟碾庄,才能解开。

应为富 心结?什么子心结啊?

马前进 采莲,你是想……

应采莲 五年前的淮阴刘老庄战斗,我和前进他们都参加了支前小队,负责抬伤员。那一天早上,担架抬下来一个小年轻的战士,他们说,这个小战士才十七岁,跟鬼子拼刺刀,捅倒了三个,可是第四个鬼子的刺刀深深地扎在了他的心窝子上……那个时候,我紧紧攥住他的手,喊他一定要撑住。他对着我笑,说:姐姐,我长到十七岁,还是第一次被女人抓住手呢!我说:姐姐的手让你抓,姐姐的脸也让你摸! 他伸出手,慢慢抚摸着我的脸。说:姐,我现在知道了,女人的脸就是暖和,像刚摘下来的棉花……这样说着,他的手,就慢慢凉了……

(慢慢跪倒在父亲面前)

(唱)第一次遇逝去是我娘亲,

  我那时才三岁难知离分;

  第二次遇逝去少年之人,

  十七岁好光景为国牺牲。

  如重锤击在胸从此铭记,

  难忘他告别人世的眼神,

  好像是

  九月的星空多清净,

  不染一丝灰与尘。

  采莲时常扪心问,

  他能为何我不能?!

  多亏遇上前进哥,

  才知道

  我也能把国事来担承。

  上前线　推独轮,

  我肩头担负百十斤;

  万千肩头万千人,

  定会是

  车轮滚滚定乾坤!

  等到胜利那一天

  我也能

  看着星空　含笑告慰

  五年前的那眼神!

[静场。

〔马前进紧紧攥住采莲的双手,是深深的引以为荣。

应为富　(慢慢起身,恢复常态)采莲啊,就是说,你肯定不回去了?

应采莲　肯定不回去。

应为富　(看看身边的几个人,好像是在估算自己的能力)看来这一次你是铁定心不再听你老子的了。好吧,你走吧。

应　升　三爷,你真的答应了?

应为富　(瘪着嘴,一脸痛苦)怎办呢?要是硬拿下,人家五个人,我们两个。称称自己分量,秤砣重的在人家那块哩!算了吧。

马前进　谢谢三爷!

马　武　还叫什么三爷的吵?叫大!

马前进　我……我……大!

应为富　一下子不适应。还是叫三爷吧。

应采莲　难为我爸了。

应为富　但我有一个条件。我要跟着你们走!

马前进　你要一路跟着?

应为富　是,我要看看,你们送的啥东西,走的什么路,去到哪个地?

应　升　三爷啊,他们不说了嘛,回娘家!

应为富　回娘家,呵呵,我倒要看看这个娘家什么光景。

马前进　那,大家起小车子,走啊!

应采莲　俺爸,对不住了……

应为富　不说咧。你这招让你爸是秃头秆子打狼——两头怕啊。走起哦……

　　　　〔刘三刮也替马前进高兴,弹起了三弦,马前进唱起了情歌:

马前进　(唱)我是喜鹊天上飞,

　　　　　　妹是庄上一枝梅;

　　　　　　喜鹊落在梅枝上,

　　　　　　石头打来也不飞……

　　　　〔应为富坐在小车前,不知是厌恶,也不知是愧疚,捂上了耳朵。

　　　　〔小车队伍昂然向前,旗帜猎猎飘扬。

　　　　〔慢收光。

第三天 （11 月 20 日） 宿迁蔡集镇

[夜晚。很黑很安静的夜晚。

[一座古庙已经破败，只有"骨架"和门牌匾还勉强支撑着。

[先有几声犬吠打破寂静。古庙里忽然暗影窜动。

[庙的周围忽然响起戏谑之声：

　　　——常备队，活受罪，

　　　见开火，朝后退；

　　　枪一响，淌眼泪，

　　　举手投降还下跪；

　　　下乡来，踮熊味，

　　　牵人驴子抢人家被！

[古庙里的黑影对着四野一阵乱枪。然而，终究是什么也没有打着，那些戏谑者哄笑着在田野里散去。

[李守城气急败坏地从古庙里出来，两个兵提着马灯紧跟着。

李守城　谁开枪的？谁开枪的！

一　兵　李队长，这些烧包筒子三天不给他们上发条，就神志无知的了。

李守城　你开的枪？

一　兵　我憋不住……

李守城　（给了兵一记耳光）你还以为现在这辰光是我们的天下了。开枪，你还敢开枪。

一　兵　（委屈）他们也开了……

李守城　你们都给我把个驴耳朵竖起来听好了！

　　　（唱）宿迁城　换主人，

　　　　　共军的旗子插城门；

　　　　　不是我们跑得快，

　　　　　早就给一五一十包馄饨！

　　　　　兄弟们还剩七八个，

　　　　　还不知

　　　　　能不能熬到天光明！

二　兵　李队长，那我们究竟要跑到哪块啊？

李守城	我也不知道。但是——天无绝人之路,我们就守住这个交通要道,过往的,有油水的,我们就捞一把。但是——不准开枪。
一　兵	怎干不让开枪的哓?
李守城	不开枪,就不会出人命,你们以后就是给共军逮住了,也好说话。知道了吗?
众　兵	哦……
二　兵	队长,你看,远处亮烁烁的来了一队小车!
李守城	你看清了是小车队?
二　兵	我眼睛尖呢,就是小车队。
李守城	好,把马灯给我灭了,守好了! 〔隐匿。 〔马前进内招呼: ——快到蔡集老君庙了,大家加把劲,到了就歇会脚啊! 〔应升倒拖着小车上。车后坐着几乎要睡着的应为富。应为富脖子上象征性地挂着几双军鞋——以证明他也"出力"了。
应　升	再走,我的个脚就不是我的了…… 〔一支长枪从幕内伸出来,顶住应升的脑门。 〔应升呆若木鸡一般,双手一下撒开车把,举起了手。 〔应为富被摔倒在地。
应为富	你个小日……(刚起身要发作,又一支长枪顶住了应为富。他也无声地举起了手)
刘爱武	怎不走的哓?(又一支枪对准了她。刘爱武大喊)小武子,有枪!
马　武	有枪,我们还有炮呢!(一支枪对准了他)……真遇上了?!
刘三刮	遇上什么了?(看见前面都不动,他歇了车,举起车前马灯,几乎是脸贴了对方的脸上才看清)咦喂,还真是兵!
应　升	(胆颤)他们有枪!
李守城	(走出)都别动,枪子不长眼睛。
马前进	(从最后面走到前面。看见一众人僵持着)哦,原来是常备队的李队长。
李守城	(提灯打量个上下)哦,原来是唱淮海小戏的马前进,怎么的,带着一班人又打算唱《劝夫参军打老蒋》了?

马前进　李队长好记性,还记得这出戏。

李守城　记得!

　　　　(唱)三月前在宿城镇,

　　　　　　无人不知你马前进;

　　　　　　撂张芦席唱拉魂,

　　　　　　鼓动百姓去参军。

马前进　(唱)多劳李兄看得紧,

　　　　　　贴出赏金通缉令;

　　　　　　唱出小戏被缉捕,

　　　　　　真是天下一奇闻。

李守城　(唱)谁不知你有影响,

　　　　　　鼓动人心不费神;

　　　　　　一曲小戏唱罢了,

　　　　　　宿迁走空半个城!

马　武　(唱)哥哥真有这本领,

　　　　　　又是敬佩又吃惊!

刘三刮　(唱)我能给他来作证,

　　　　　　是我这三弦伴高音!

　　　　〔刘三刮和马武激动说道起来,全然喧宾夺主,忘记了还有枪
　　　　和兵对峙着。

马　武　你倒是说说,是怎么个场面?!

刘三刮　这么说吧,只要我前进哥往场子上一站,一开口,不管你是男
　　　　女老少,统统掉魂!

马　武　具体些呢!

刘三刮　你听着啊——

　　　　　　二更里来月正明,我郎当兵你放心;

　　　　　　堂上二老我照应啊,生产劳动我担承……

　　　　〔一众人都不自觉地围绕左右,听戏。

马　武　哎哟喂,还是女腔!

刘三刮　还有人这么说:早上去耕地,听到马前进唱淮海小戏,我一脚
　　　　把牛踢滚开,自己耕了两亩多地!

〔听者、说者同时都快活大笑。

〔李守城恼羞成怒,举枪向天放了一枪。众肃然。

一　兵　李队长,你说不开枪的呢……

李守城　忍他们很久了。说,这次又是什么动静?

马前进　(毫不畏惧)支前。

李守城　哎哟,倒很干脆。你别忘了,你还是个通缉犯呢!

马前进　呵呵,李大队长也别忘了,今日天下不是昨个天下了。

马　武　对,昨个你可以为所欲为,今个不行了!

刘三刮　对,就这七八个……逃兵!

李守城　你们别忘了,我们有枪! 查查,看他们运了些什么! (查车)军
　　　　鞋! 面粉! 炮弹! (马灯照到一直站在后面的应采莲脸上)哎哟,还
　　　　有个女的……(又照到应为富脸上)你? 你不是我干爹么?

应为富　(尴尬地上前)大城子,我早就看出是你了……

马前进　干爹?!

马　武　干爹?

众　　　干爹?

李守城　干爹,这位是采莲吧?

应为富　嗯呐。

李守城　采莲,你还认识我么? 小时候,在你们庄上,我们还一起爬过
　　　　桑树吃桑树果子……

应采莲　记得有这个人,那时候你整天鼻涕拉忽的……

李守城　想不到今天在这里遇上你,你长大了,人……标致呢!

马前进　这是唱的哪一出啊?

应为富　嘿嘿,小时候,李队长跟采莲订过娃娃亲……

众　　　啊?

李守城　是啊,我一直等着采莲妹妹呢!

应采莲　我早忘哪块沟里了。

应为富　(尴尬地)实在是对不起李队长,没给你看紧你未来的媳妇。
　　　　现在,她(拉过女儿)跟他(拉过马前进)好。

众　　　这就海的了!

李守城　这么好看的个人,没等到……(气急败坏又朝天开了一枪)

一　兵　李队长,你又开了一枪……

李守城　(报复似的)好好好,可以放人走。但是——这车上的东西统统留下!

马前进　人可以不走,小车可以留下,这车上的东西,一样不能留下!

李守城　你吃了豹子胆了! 你你,对了,你叫什么名字?

应采莲　(悠然上前,牵住马前进的胳膊)我的个小他叫:马前进。

李守城　还"小他"! 姐弟恋吧! 我明了跟你们说,车上的东西不留下,你们命就全留下!

马前进　哈哈哈! ……

　　　　(唱)马前进不是吓大的,

　　　　　　小车向前绝不回!

李守城　(唱)劝你自觉往后退,

　　　　　　免得吃苦遭活罪!

马前进　(唱)小车动身那一刻,

　　　　　　就没想过往后退!

　　　　　　纵然刀山和火海,

　　　　　　使命必达碾庄圩!

李守城　(唱)原来是

　　　　　　帮助共军打包围,

　　　　　　更是反动加罪孽;

　　　　　　与我全部拿下了,

　　　　　　看你是钢还是铁?

马前进　(唱)你睁眼看看这大地,

　　　　　　几寸还是你们的?

　　　　　　劝你们自觉闪一边,

　　　　　　让开大道让开位!

李守城　胆子真肥,我看谁能过去!

马前进　兄弟们,起小车子!

李守城　上子弹!

马前进　你敢!

　　　　[双方对峙。一人对一人,枪上膛,瞄准。

［气氛死寂!

［传来喧闹之声。四五个背着包裹的国民党兵啃着馒头一路嬉闹着,快活地经过这个对峙的场面:一组是静止的对峙,一组是快活的流动,很奇特的交集。

国军一　(看着这场面,穿行其中,自说自话)咦喂,怎地了? 又要干仗了? 别打了,天下早定了,是共产党的! 啥? 你还不信,给你说个我们在回来路上看到的事情,你就知道,这个天下是谁的了。解放军发给我们银元路条,让我们回家,我们往回走,啃着大馒头。看见条条大路上都有给解放军送吃送喝送穿的。我就问其中一个推小车的大嫂:

　　——我说老乡啊,你们小车上推的是什么啊?

　　［国军兄弟们一旁帮腔:

　　——白面!

　　"你们家还有存粮吗?"

　　——有,不在家里。

　　"在哪块呢?"

　　——在地里。

　　"地里? 什么庄稼?"

　　——麦子。

　　［叙述者突然哭起来了:

　　——你们想想看,自己吃的送上前线给解放军;自己以后活命的粮食还长在地里! 长在地里呀! ……从古至今,这样的军队遇上这样的人民,必胜无疑啊!(下)

　　［对峙的局面渐渐松懈下来。

　　［终于——李守城像是散了架子,垂头丧气蹲在地上。

李守城　(对马前进)你们走吧……

一　兵　李队长,那我们呢?

李守城　自寻出路吧。

一　兵　那……我们还不如跟你们一起的呢。(站到了马前进一边)

马前进　跟着我们走?

一　兵　谁不想给自己留个活路走啊。跟你们走,就是活路。

　　　　〔其余几个兵也纷纷站到马前进一边。

　　　　——"我们也去。我们也去!"

马　武　哎呀呀,队伍壮大了,欢迎欢迎!

刘三刮　热烈欢迎!

李守城　(见此情景,气愤站起)你! 你们! 还当不当我是你们队长呢?!

一　兵　李队长,你让我们自寻去处的啊。

李守城　我没让你们跟着他们跑!(郁闷至极,向天上开枪,却是不见枪响。)

一　兵　队长啊,你的个枪没子弹啰……

马前进　李队长,后会有期!

　　　　〔小车队启程。

应为富　(远远招呼)干儿子,没事去我们刘老庄上玩啊。

　　　　〔马前进立定在高坎上,回头给李守城唱起了《劝夫参军》:

　　　　——二更里来月正明,我郎当兵你放心;

　　堂上二老我照应啊,生产劳动我担承……

　　　　〔李守城孑然肃立。

　　　　〔渐收光。

第四天　(11月21日)　徐州西杨庄

　　　　〔繁星满天。

　　　　〔已然可以看见少许丘陵起伏了。

　　　　〔一丛篝火。马前进们围坐一旁。刘三刮手中的弦子畅快地
弹拨着。马武手里的酒葫芦依次递下去,每人一口。

　　　　〔这是个温暖、和谐、敞然的时刻。

　　　　〔《酒令》:

　　　　——高高岗上一壶酒,你有我有全都有。

　　　　咪一口,抿一口,一路向前不停留。

　　　　咪一口,抿一口,二人有喜共白头。

　　　　咪一口,抿一口,三刮子一路伴我走。

咪一口,抿一口,四方通达奔徐州。

五进魁首摊谁喝?

六六大顺起高楼。

七个老巧来聚首,

你有我有全都有!

咪一口,抿一口。

高高岗上一壶酒。

——喝!

应　升　飘了,飘了,都是星星在飞呀……

应为富　你个炕烟了的朝牌饼,一小口酒就瘫得了!

马前进　还是三爷厉害,酒司令!

应为富　前两天我在徐溜喝寿酒,撂倒三个!

马　武　酒桌上的老杆子!

应为富　我还想把酒桌上第四个撂倒哩,他(指应升)气喘巴哈地跑过去,说你把采莲拐跑了!

马前进　不告而别,三爷受气了。

应为富　可不是的?!我回刘老庄的路上,气得反胃,一肚子好鱼好肉在大路上倒个精打光!

马　武　三爷,你也跟我们一起走三天了。现在,你还气我们前进哥么?

应为富　气!

应采莲　俺爸怎还气的哟?

应为富　他呀!

(唱)窜上蹦下像猴子,

东跑西逛像浪子;

整天不见赚票子,

脾气倒像个炮筒子!

带走我的姑娘子,

刀割我的心肝子!

害得我

跟在后头跌份子,

535

　　　　　　你说我该气不该气！

刘三刮　　三爷莫气咧,让前进哥学一段你当初做地主的时候出门收租
　　　　　　的样子。保管你气不起来。

应为富　　好啊,还在背后学我！

刘爱武　　我们都看过,就你不晓着。

应为富　　难得我今天高兴,你就学一个呗。

马前进　　大不敬,还是不学了。

应为富　　没事,我不气。

马　武　　前进哥,学一个！

应　升　　嘿嘿,我也想看呢。

马前进　　恭敬不如从命,三爷,得罪了！

　　　　　　〔那些兵们也迅速围拢过来,一脸快活:
　　　　　　——"看戏了！看戏了！"

马前进　　(唱)〔《催租》〕

　　　　　　　驴缰绳我手里牵……

　　　　　　　打一鞭　跑得快,

　　　　　　　东边扭　西边歪,

　　　　　　　颠颠簸簸多自在；

　　　　　　　你把我驮到吴南庄,

　　　　　　　地租钱粮催起来；

　　　　　　　我又得酒　又得菜,

　　　　　　　小驴啊,

　　　　　　　你也能吃到油鬼对"朝牌"。

　　　　　　　骑在驴身把太阳晒……

　　　　　　〔众笑倒。

应为富　　像,真像！

应采莲　　我爸,你还气么？

应为富　　气顺多了。哎呀,说起来,我的地也分给乡亲们了,不是地主
　　　　　　了。现在充其量是个开车行的富农了。

马前进　　三爷啊,你现在连富农都不是了。

应为富　　怎地？

马前进　你的小车都给我们抵扣一年工钱,现在推上前线了啊。

应为富　哎哟喂,还真是的。那我要把你们写给我的抵押条子收好。等这一趟回去,我还要开车行呢。

应　升　我替你保管着呢。

应为富　其实,我一直有个想不清的事情,要问问你们几个。

马前进　三爷,你说。

应为富　我想知道,你们为什么要跟着马前进跑?(问马武)你是为么子?

马　武　前进哥是刘老庄上做大事的人,他干什么,我就干什么,没错过。

应为富　呵呵,做大事。你呢?(问刘爱武)

刘爱武　马武是我的男将,他走哪块,我跟哪块。没错过!

应为富　(指向采莲)哦,你不要问了。(问刘三刮)你呢?

刘三刮　(猛刮了几下三弦)三爷,他唱拉魂腔,怎能少了我这个三刮子。

应为富　好!所有的话头子归拢到你这块了!(指马前进)你说说看,为么子要去支前?

　　　　　[马前进沉吟许久,慢慢道出:(另一舞台表演区呈现战斗场景)

马前进　怎么能忘得掉呢!那一次刘老庄战斗……从早上一直打到黄昏,小鬼子像潮水一样漫上来,新四军战士们一个个像高粱秆子被伐倒了,我们抬着一个个浑身血迹的战士们。那些战士,身上"咕嘟嘟"冒着血泡,不停流血,我们恨不得用四五只手捂住,可是,哪能啊!……那天下午五点钟的时候,部队命令我们支前人员,赶紧全部撤离战场。我看见小鬼子又围上来,怒火在胸,主动要求一起参战。部队指导员一把攥住我的手,红着眼睛说:我们新四军是战斗部队,为国捐躯是天职;你们支前民工是非战斗人员,没理由跟我们一起牺牲!快撤!说完,他举起还流着血的右手,向我们支前小队的所有人敬了一个军礼:同志们,这是命令!

(唱)那一刻啊——

　　　　那一刻战场寂无声,

　　　　硝烟间屹立着一战神!

八十二个英雄汉，

血肉之躯似长城。

那一刻啊——

那一刻我的心中铸坚定，

江山不会丢半分！

这样的队伍不会败，

这样的队伍我要跟！

这样的队伍有前途，

这样的队伍得民心；

得民心者得天下，

他们就是我"娘家人"！

〔静场。

〔应为富点头，无语，掏出怀里那张"抵押单"。

应为富　我现在知道了，你们回的是这个娘家……

应采莲　俺爸，你懂我们了？

应为富　有些懂了……你们回娘家，我也没得什么随礼，这张抵押一
　　　　年工钱的单据，你们收着。

马前进　谢谢俺爸……

应为富　不谢不谢。好就好在，这一趟支前，完成任务了，就可以安心
　　　　回刘老庄了。

马前进　不。不回去。

应为富　啊？为么子？

马前进　我们还要跟着大军，一路南下，过江去！

　　　　〔远方的天际突然隐约传来炮击声，红光拖拽着尾巴隐隐
　　　　闪现。

　　　　〔应为富皱起了眉头。

马前进　(跑上高岗)还有二三十里，就到碾庄圩了。

一　兵　马队长，我们一路跟着，已经快到前沿阵地了。前面就是交
　　　　战区，我们这一身军装……跑那块太不合适了。

马前进　你们是想……

一　兵　我们想转回头，脱下军装，回家务农。

马前进　好吧,感谢一路护送。喏,这一袋煎饼,你们带着。

一　兵　（颤抖着退回去）我们都看见了:这两天,你们吃的都是自己随身带着的煎饼。这一车子百十斤面粉,你们就没动过一下!……

众　兵　我们这支"刮民党"的队伍,民心早就失去了。还跟你们抢……

马前进　不说了,前路保重!

一　兵　前路保重!（一行人下。一兵回首,向马前进敬礼）你们肯定赢!（下）

马前进　大家原地扎营,眯呼一会。明早,就到碾庄了。

应为富　（积极地）你们安心睡一觉。今晚,我站岗值哨。

马前进　好,劳累三爷了。大家赶紧休息。

应采莲　俺爸,你警觉些……

应为富　（疼爱地抚摸着女儿的脸颊,似有千言万语,无从说出）嗯呐……

　　　　［众人依偎着篝火依次躺下。篝火渐渐熄灭。

　　　　［应为富独自一人走向高岗。天际线的炮火勾勒出他佝偻的身影。

　　　　［遥远的地方有人在唱民歌:

　　　　　　——小小扁担五尺长,

　　　　　送给咱丈夫担架上前方;

　　　　　担架上前方,

　　　　　听咱说短长;

　　　　　支援前线立功把名扬……

　　　　［应为富重重地叹了一口气。

　　　　［光渐收。

　　　　［天际线的炮火依然在有一发没一发地闪亮着。

　　　　［黑暗中忽然传出应采莲的挣扎呜呜声。

　　　　［篝火复被点亮。

　　　　［只见应采莲被绑缚在小车上,嘴里塞着棉絮;应为富和应升一人肩上捆缚着一枚炮弹,一人推小车,一人拉小车。正

　　　　　是要开溜的架势。

马前进　三爷,你这是唱的哪一出啊? 上半夜还好好地呢!

应为富　马前进!

　　　　　(唱)三爷我前思加后想,

　　　　　　　　不能跟你上战场!

　　　　　　　　原以为任务完成了,

　　　　　　　　可以返回刘老庄;

　　　　　　　　谁知你心大的没方向,

　　　　　　　　还要向南过长江!

　　　　　　　　采莲啊

　　　　　　　　你是我生来是我养,

　　　　　　　　怎可以

　　　　　　　　跟他胡乱走四方?

　　　　　　　　请你们闪开一条路,

　　　　　　　　谁敢阻挡一起亡!

马　武　三爷啊,你胆子不小啊,炮弹你都敢拆封!

应为富　不管! 带回去当废铁卖钱!

马前进　三爷,你一定要回去?

应为富　一定!

马前进　那就放下采莲,放下炮弹。

应为富　不! 采莲是我命,小车是我命,眼跟前能看得到的实实在在的东西都是我的命。我都要带着!

马前进　你真是一个只顾眼前、不看以后的老顽固!

应为富　眼前是什么? 以后又怎样?

马前进　眼前是要改变的天,以后是你我当家作主的天!

应为富　呵呵呵,我才不信! 我眼跟前看到的就是你们这五个人,三辆车,还说能赢? 会吗?!

马前进　三爷,你真是看错了,也想错了。

应为富　我没看错! 也没想错!

马前进　你来看——! (引着应为富,走上高岗。只见四野"火龙"游动,天地相接)

(唱)这火龙延绵相接近百里，

全都是四方力量来支持；

他们披星又戴月，

他们忍饿又挨饥；

他们餐风又露宿，

他们经风又沐雨。

推着的何止是军需，

付出的何止是力气；

走着的何止是坎坷，

数着的何止是行期?!

这都是

天下民心来汇集，

期盼赢来新天地。

都有美梦在心里，

挺直腰杆做人时！

我也不与你瞒根底，

这面粉

也是我自己贡献的。

你若说我是傻子，

我只回你三个字：

——我愿意！

〔应为富抱着炮弹，蹲坐在高岗上，涕泪交流。

应为富　我还真小看你马前进了。四五年的功夫，长进了。好，你说动我了，我不拦你们了。走吧。

马前进　我给您老磕个头。对不住了！

应采莲　俺爸，我们走了……

应为富　走吧，走吧……反正我白养了一个闺女，反正我孤家寡人回刘老庄等死去……我还不如自己就死这块呢！（一把举起背着的炮弹）

应采莲　（一下跪倒，声泪俱下）俺爸——！

应为富　怎干？怕了？要跟爸回去了?!

应采莲　不!

应为富　(万念俱灰)你不回去我还指望什么的!(又举起炮弹)

应采莲　(慢慢展开自己的棉袄)我有小他的孩子了!

应为富　闺女啊,你说什么?

应采莲　我有前进哥的孩子了……

　　　　[众惊呆。

应采莲　就是半年前你在村里小树林里抓住我们那一次……

应为富　(走到女儿面前,打量着)这么说,怀上有半年了?

应采莲　今天正好五个月……

　　　　[马前进几乎是跪爬着到了采莲面前,颤抖着摸着采莲的

　　　　肚子。

马前进　我要做爸爸了?

应采莲　嗯呐。

马前进　(宣告一般)我要做爸爸了!

应为富　(五味杂陈)我的个闺女啊……!(蹲地)

马前进　俺爸——!

　　　　(唱)恳求俺爸能应允,

　　　　　　她怀中已有马家人。

　　　　　　我会待她百般好,

　　　　　　带我采莲回家门。

应采莲　俺爸——!

　　　　(唱)喊一声俺的爸,

　　　　　　你是我的至亲人!

　　　　　　看护防范一年年,

　　　　　　看住我人看不住心。

　　　　　　我愿随他去远方,

　　　　　　过山过水往前程!

刘爱武　三爷啊,都这个辰光了,五个月了……你就点个头吧。

马　武　小孙子一出生,你就做爷爷了,还能有什么深仇大恨呢?!

刘三刮　就是嘛!

应　升　(自己解下炮弹)这是个好事啊,我识相些个……

应为富　（站起，擦眼泪）说是的呢，女儿女婿再不是，哪有个爷爷会跟小孙子作对的呢。

应采莲　俺爸，对不住了。

应为富　别说了，地，我自觉分了；车，你们推上走了；女儿，肚里有孩子了。我是一样也没守住。

应　升　那我们还回刘老庄么？

应为富　大家都是一条心往前，我往回走，那不就应了古人一句话么！

应　升　三爷，什么话？

应为富　倒行逆施！

应　升　我知道了。三爷，你坐上车，我推你。

应为富　不用，这颗炮弹，我来推。

马前进　俺爸，谢谢你了！

应为富　（手指点着马前进）前面就是战场，你护着些个你媳妇……

马前进　哎！

应为富　我打头，走起！

众　好咧！

［众起车向前。

［合唱：

推小车　前线上，
碾庄圩　送军粮；
三百里路走一趟，
披星戴月向前进啊——
——悃！

［小车队走向天幕深处。

［远方，炮火映红了地平线。

［收光。

第五天　（11月22日　总攻之日）　徐州碾庄圩

［壕沟纵横交错。炮火连叠。

［合唱：

　　　　——炮声隆隆　　山摇地动；
　　　　烟火弥漫　　充塞苍穹！
　　　　改天换地　　江山解放，
　　　　摧枯拉朽　　发起总攻！
　　〔解放军在一杆红旗引导下，翻越壕沟，奋勇向前。
　　〔马前进和小车队在炮火和堑壕之间迂回向前。
　　〔幕内疾呼：
　　　　——弹药！弹药！
　　〔应为富抱着一颗炮弹，冲上前。

应为富　炮弹在这！

指导员　老乡，辛苦你了！（敬礼）这里是交战区，赶紧撤！

马前进　首长，让我们一起投入战斗吧，我们经历过……

马　武　我们有力气！

刘三刮　是啊！

指导员　胡说！
　　〔一颗炮弹飞来炸响，指导员和战士们紧紧护住马前进一伙
　　人不被炸到。众抖落灰尘，站起。

指导员　乡亲们啊，你们大老远支援我们而来，已经光荣完成了任务。
　　现在，赶紧撤离！

马前进　首长……

指导员　别再说了！我们是战斗部队，牺牲捐躯是天职；你们支前民
　　工是非战斗人员，没理由跟我们一起牺牲！快撤！（敬了一个
　　军礼）这是命令！
　　〔指导员和战士背着物资急下。
　　〔众肃立。马前进一挥手，众急急撤下。

应为富　（激动地）前进啊，你没说错……还是五年前的那支军队！
　　〔一发炮弹呼啸而来。

马前进　快卧倒！
　　〔马前进一把拖过采莲，紧紧抱住，卧倒。
　　〔炮弹炸开。
　　〔一片沉寂。

　　　　　　［众抖落灰土，纷纷站起。

　　　　　　［马前进、采莲也站起。马前进晃了几下身子，瘫坐在地。

　　众　　前进！前进哥！

马前进　　（戏谑地）三爷，给你说中了：枪炮不长眼睛，要是落下一发炮
　　　　　弹，"轰隆"一炮……

应为富　　我这个臭嘴！（抽自己。流泪）

应采莲　　前进哥！

马前进　　莫哭莫哭。采莲，我们总算回到娘家了。

应采莲　　嗯……

马前进　　小武子，三刮子，你们一路跟着我，后悔过么？

　　众　　不后悔！

马前进　　为么子？

马　武　　前进哥在前面领路，靠旗子迎风飒飒——

刘爱武　　就譬如一堵推不倒的墙哩！

刘三刮　　我们跟着你，踏实！

　　　　　　［马前进宽慰地笑。转头向采莲。

马前进　　采莲，你一路跟着我，后悔过么？

应采莲　　不后悔！

马前进　　为么子？

应采莲　　天地间这么多的人往这块来，每个人都喜笑颜开，心里敞亮。
　　　　　这不是打仗。

马前进　　不是打仗？

应采莲　　这是推上自己中意的礼品，回自己娘亲家里办喜事哩！

马前进　　嗯呐！

应采莲　　前进哥！（紧紧抱住）

马前进　　采莲，我还是喜欢你坐在我小车头前，我推着你，你跟我一起
　　　　　唱淮海小戏，《回娘家》……

应采莲　　我再唱把前进哥你听！

马前进　　嗯呐……

应采莲　　（《回娘家》词）三哥，你早上起来不要忘记喂鸡喂鸭。

马前进　　不会的……

应采莲　牛槽里不要忘记放点草。

马前进　不会的……

应采莲　你要是渴了,千万不要喝冷水。

马前进　不会的……

应采莲　那……你要是想我呢?

马前进　不会的。哦,我要是想你呀,我就……

　　　　〔马前进欲伸头亲吻采莲,终还是慢慢垂下了头。

　众　　(悲痛难抑)前进哥——!

　　　　〔女独(无伴奏)伴唱起:

　　　　　　——只见他线织的帽子头上戴,

　　　　　绛红围带腰间扎;

　　　　　穿一身裤褂多得体,

　　　　　他性情憨厚心眼好,

　　　　　为人要能摊上好女婿,

　　　　　走趟娘家谁不夸……

应采莲　(唱)再不能

　　　　　看你把威武靠旗来披挂;

　　　　　再不能

　　　　　看你把独轮小车耍出了花;

　　　　　再不能

　　　　　听你把拉魂小戏来唱起;

　　　　　再不能

　　　　　你和我夫唱妇随回娘家……

　　　　　前进哥　你且留下,

　　　　　我再和你拉拉话;

　　　　　前进哥　你且留下,

　　　　　我想你能抱抱咱的娃。

　　　　　前进哥　你且留下,

　　　　　再跟俺爹来抵角;

　　　　　前进哥　你且留下,

你躺倒的地方啊，

重新站起你的女人家！

这小车　　我来推，

这红花　　我身前扎。

一路唱着拉魂腔，

把咱戏班子来壮大；

跟定这支大部队，

一步不退走天涯，

回到俺们"娘亲家"。

亲人要问我何处来？

我就说

唱着淮海戏，

走过淮海地，

走进淮海战役里，

还有我们孕育的小娃娃……

众　　（合唱）唱着淮海戏，

走过淮海地，

走进淮海战役里，

我们一起"回娘家"！

[众起车向前。应采莲推车行进在最前面。

[缓收光。

尾声　回娘家

[雕塑状的支前民工车队交错汇织在舞台。

[天幕上硕红的箭头标识合围向一个地点。

[字幕漫涌而上：

——在整个淮海战役过程中，江苏、山东、河南、安徽、河北五省,共出动支前民工 543 万人,大小车辆 88 万辆,担子 30 多万副,船只 8 539 艘,牲畜 76 万头;向前线运送了自己生产的粮食 2.15 亿公斤,油盐 77.8 万公斤;运送弹药 730 万公斤……

民心汇聚,所向披靡,
民心所向,战无不胜。

得民心者得天下!

[女独唱:
　　——路多长?
[男合:
　　——三百多,
[女独唱:
　　——几昼夜?
[男合:
　　——四五宿;
[女独唱:
　　哥哥啊——
　　妹妹随你把山水过;
[众合:
　　吱扭扭
　　小车推出个新中国!

[这一次,是应采莲意气风发推着小车立于支前队伍最前面:她的怀中用布兜裹抱着婴孩;她的车前是一杆写着:"渡江战役支前大队"的旗帜。
[身扎靠旗的"淮海戏支前大队",紧跟其后,精神抖擞。
[一面巨幅五星红旗冉冉升起。盈满舞台。
[全剧终。

.

罗怀臻教学集

LUO HUAIZHEN:
A COLLECTION OF SELECTED WORKS

进修生卷

上海人民出版社

图书在版编目(CIP)数据

罗怀臻教学集.3,进修生卷/罗怀臻主编.—上
海:上海人民出版社,2020
ISBN 978－7－208－16345－4

Ⅰ.①罗… Ⅱ.①罗… Ⅲ.①剧本-作品综合集-中
国-当代 Ⅳ.①I230

中国版本图书馆 CIP 数据核字(2020)第 042971 号

封面题签 廖 奔
特邀编辑 朱锦华
责任编辑 赵蔚华
封面设计 陈 楠

罗怀臻教学集(研究生卷、研修生卷、进修生卷)
罗怀臻 主编

出　　版　上海人<i>民大版社</i>
　　　　　(200001　上海福建中路 193 号)
发　　行　上海人民出版社发行中心
印　　刷　江阴金马印刷有限公司
开　　本　635×965　1/16
印　　张　89.25
插　　页　16
字　　数　1274,000
版　　次　2020 年 5 月第 1 版
印　　次　2020 年 5 月第 1 次印刷
ISBN 978－7－208－16345－4/G·2011
定　　价　450.00 元

目　录

淮海戏

秋　月

谢丽泓

　　浙江剧协副主席、秘书长，中国剧协理事，中国戏剧文学学会副会长，杭师大专业学位硕士生导师。主要作品：绍剧《八戒别传》（中国戏剧文化奖金奖，中国戏剧梅花奖获奖演员参评剧目等）；淮海戏《秋月》（中国戏剧梅花奖获奖演员参评剧目、全国地方戏优秀展演剧目等）；大型舞剧《夕照》（首届国家艺术基金扶持项目、北京市艺术精品工程扶持项目等）；越剧《凤姐》（发表于《剧本》，浙江舞台精品工程扶持，中国越剧节等）；越剧《光明吟》（浙江十大舞台精品扶持等）；以及话剧《我与你轻轻吻别》、青春版越剧《玉簪记》、小剧场绍剧《灿烂八戒》等。戏剧小品《烦恼》《奴才明白》（均发表于《剧本》，分别获得中国曹禺戏剧奖·小品小戏一等奖，央视曲苑杂坛精品版滚动作品，是中国剧协、上戏等地教学作品）。另有《奶奶的老烟枪》《依然橙花香》等多部小品小戏获全国重要奖项。有近20部作品发表于《剧本》《新剧本》等刊物。著有《谢丽泓剧作选》。

　　《秋月》由江苏省淮海戏剧团在2011年首演，获第四届全国地方戏优秀展演剧目、第八届全国电视戏曲兰花奖二等奖、江苏省舞台艺术精品工程精品剧目、江苏省首届文华大奖，2017年列入江苏省名家名作。主演许亚玲荣获第25届中国戏剧梅花奖。

时　　间：清末民初。

地　　点：淮阴城。

人　　物：秋　　月——女,30 岁,淮海小戏艺人。

阿　　龙——男,26 岁,淮海小戏艺人。

李　　三——男,32 岁左右,秋月邻居,淮海小戏戏迷。

天　　宝——10 岁,秋月的儿子。

秦师父——男,淮海小戏班班主。

美　　香——女,35 岁左右,淮海小戏艺人。

监斩官——男,50 岁左右,淮海小戏戏迷。

市民甲、乙、丙、丁。

众淮海小戏艺人。

众衙役。

序

［音乐起："依嗨调"——

［一束光追打在通往纵深悠长的湿漉漉的石板巷,把街巷口
秋月的身影长长地投注到巷子深处。秋月着戏服表演,致
谢,捡钱……

第一场

［地点:海州小戏班演出的后台。

［幕启,戏班成员像热锅上的蚂蚁急得团团转。

［班主秦师父着急得直咳嗽,阿龙忙着捶背。

艺人甲　（跑上）师父——师父——大街小巷找遍,未见秋月踪影。

艺人乙　（跑上）师父——师父——祠堂庙宇寻遍,未见秋月人迹。

秦师父　气死我也！我们秦家小戏班第一次登上大戏台,她竟然砸我
　　　　台子！

阿　龙　师父息怒,师姐一定是出了意外才……

艺人甲　会不会是去唱门头词去了？

阿　龙　（紧张）你不要胡说！

艺人甲　是,是……

阿　龙　美香,你跟秋月是好姐妹,她没有跟你说？

美　香　这些年她神神叨叨,见钱眼开,谁知道她在做什么！（反问）你

对她这么好,你也不知道她去哪里?

〔幕后吵闹声。

艺人丙 (跑上)秦班主——秦班主——涟水盐商曹老板的一帮手下要砸场子了!

艺人丁 (跑上)秦班主——秦班主——剧场徐经理说,再不开演就算我们毁约,还要我们赔款!

众演员 这可怎么办?

秦师父 慌什么? 启开场锣,加演武戏。阿龙,上!

阿 龙 是!

〔众人匆匆下。

秋 月 (内唱)急匆匆心似火烧步慌忙,

恨不得浑身插翅膀。

为赶码头一个场,

跌入暗坑一身伤。

顾不得沾了野草泥巴,

顾不得伤痛破了衣裳。

清江浦开演已迫近,

啊呀呀,耽误场子罪难当。

〔匆匆下。

艺人丙 (跑上)师父——师父——

〔秦师父、阿龙等上。

艺人丙 (气喘吁吁)师父,听码头一船工说,秋月一早在清江浦邱家唱门头词。那邱家出手大方,还给了她三块银大洋呢!

艺人甲 我就说嘛!

阿 龙 唉!

〔美香直跺脚。

秦师父 不许唱门头词是我们秦家班早定下的规矩,看来她真是不想在小戏班呆下去了。

美 香 (恨铁不成钢地)秋月啊秋月! 你怎么这么不要好呢!

〔幕后一阵吵闹声。艺人甲、乙相继上。

艺人甲 师父……不好啦,打起来了,涟水盐商说,要是再不上秋月的

《四告》，他们就要把整个场子砸烂！

艺人乙　师父……要出人命了，乔老太爷晕过去了。

艺人丙　师父，徐经理说我们违约，要我们赔三倍的戏金……

　　　　［秦师父昏晕。

众　　　师父——师父——班主——

秋　月　(着急冲上)师父——师父——

美　香　秋月，你、你太不争气了！

秦师父　秋月，上大戏台是我们秦家班多年的心愿，为了这一天我们付出了许多心血和汗水，可是由于你的误场，让这一切都成了泡影。按祖师爷立下的规矩，你被逐出师门，不得再回秦家班了！

秋　月　(哭喊)师父——

　　　　［切光。

第二场

　　　　［幕启。各种民间艺术争奇斗艳，场面热闹，苏北风情浓郁。

　　　　［秋月在舞台正中表演《回娘家》，十分投入，十分动人。

秋　月　(演剧中桂花)当家的哎！

　　　　(唱)自从过门到你家，

　　　　　　　夫妻恩爱人人夸。

　　　　　　　鸡叫五更下田去，

　　　　［阿龙气冲冲出。

阿　龙　师姐！

秋　月　阿龙？

　　　　(接唱)湿透衣衫我疼心上。

　　　　　　　清晨起我用麻油大蒜拌黄瓜。

　　　　　　　和了两碗面须子，

还烙块蛋饼放葱花。

[观众呐喊声:"好! 好!"

[阿龙情不自禁接演《回娘家》剧中人物张三。

阿　龙　(唱)桂花——

　　　　　　六月天里农活忙,

　　　　　　累坏媳妇我疼得慌。

秋　月　(感激地看着阿龙)当家的哎——

　　　　[观众呐喊声:"好! 好!"

阿　龙　(一生气,忍不住)哼!

　　　　(唱)你财迷心窍为何来?

　　　　　　你低声下气为哪桩?

秋　月　阿龙? 你……

　　　　[观众呐喊"嗬——"

秋　月　(忙回剧中)当家的。

　　　　(唱)自从过门到你家,

　　　　　　夫妻恩爱人人夸。

阿　龙　(唱)秦家小戏班江淮第一家,

　　　　　　你为何自降身份自糟蹋。

秋　月　(唱)唱戏本是卑贱命,

　　　　　　何来作贱何糟蹋?

阿　龙　(唱)三块大洋弃班规,

　　　　　　你唱门头词就是自糟蹋。

秋　月　(黯然)是我不好,耽了大事,误了大家。可是,我……

阿　龙　你明知道大舞台首演,对我们秦家班意味着什么? 这时候你
　　　　还想着自己去赚钱。你、你、你要那么多钱究竟想干什么?
　　　　[天宝跑上。

天　宝　不许欺负妈妈! 阿龙叔叔,你怎么能欺负我妈妈?

阿　龙　天宝,我……

秋　月　不不不,是妈妈唱错戏了。

天　宝　唱错戏就要被欺负吗? 谁定的规矩?

秋　月　这……

天　宝		妈妈,你这分明是为阿龙叔叔找借口!这借口一点也不好玩!
秋　月		(哭笑不得)你这孩子!
阿　龙		你这臭小子!(摸天宝头)
天　宝		(避开,示拳)以后再敢欺负我妈妈,当心我报仇!
阿　龙		(顺杆)啊!我怕怕……
秋　月		(笑)别闹了。天宝,你怎么跑这里来了?
天　宝		李三叔叔带我来逛庙会的。李叔叔……
秋　月		(严肃起来)阿龙,你快回去吧!

　　　　［阿龙欲言又止。无奈下。

　　　　［李三上。

李　三		(念)东风夜放花千树,
		心如枯枝皆虚无。
天　宝		妈妈,看,(举起小泥人)李叔叔买的。
秋　月		(夺过小泥人)学堂放学啦?
天　宝		没……没有。
秋　月		你逃学了?

　　　　［天宝盯着李三不敢说话。

秋　月		(把泥人还给李三)你怎么能让孩子逃学呢?
李　三		(反问)你说,我会让他逃学吗?
天　宝		妈妈……
秋　月		(一把拉住天宝)走!跟我回家!

　　　　［秋月家。秋月换了一套破旧的居家服饰上。

秋　月		你给我立着!我辛辛苦苦为了什么?你竟然逃学?
天　宝		(小声)我、我不想去学堂!
秋　月		你嘴里咕噜什么?
天　宝		我不想去学堂。
秋　月		(生气)你再说一遍!
天　宝		(大声地)我不想去学堂!

　　　　［秋月抓起鞋底,打天宝屁股。天宝大叫。

天　宝		(哭)妈妈,你不要打,不要打了!

秋　月	不许哭,说,为什么不想去学堂?
天　宝	不是我不想去学堂,是我眼睛看不清楚,今天又读错了文章,他们笑我,先生还罚我,我才逃学的,呜呜呜……
秋　月	(一惊,扔掉鞋底,一把抱住儿子,着急地)儿啊,你的眼睛看不清字了?
天　宝	嗯,有时候能看清,有时候看不清。
秋　月	妈妈把你打疼了吧?(伸指头)这样能看得清吗?
天　宝	这样能看见。
秋　月	(放远些)那这样呢?
天　宝	看不清楚。
秋　月	(一惊)天宝,是妈妈错怪你了。天宝乖,不哭,哭了对眼睛不好。听妈妈的话,不要哭,啊。
天　宝	妈妈,你的手怎么啦?是不是刚才摔的?
秋　月	哦,不是,不是。
天　宝	妈妈你疼吧?我帮你揉揉,揉揉。妈妈来,我们拐磨拐。(念)拐磨拐,请舅奶,舅奶没在家,请小丫,小丫没的裤子穿,咯吱咯吱……小肚子……
	〔两人游戏,嬉笑打闹,其乐融融。
天　宝	妈妈,天宝以后不让妈妈生气。
秋　月	天宝乖,妈妈去给你做饭。
天　宝	妈妈,李叔叔已经带我吃过了。
秋　月	天宝,不要乱吃人家东西。
天　宝	噢。
秋　月	以后也不要和李三在一起。听到了吗?
天　宝	妈妈,为什么呀?
秋　月	唉!寡妇门前是非多啊!你还小,不懂这些,你只管听妈妈话就是了。
天　宝	哦,知道了。妈妈,你是不是喜欢阿龙叔叔呀?
秋　月	不许胡说……天宝!
天　宝	(调皮地)到!
秋　月	既然已经吃过了,那就去洗洗,早点睡觉,妈妈明天送你去

学堂。

天　宝　哎！妈妈，那我去睡觉了。(欲下又回)妈妈，你看我的大脚指头都露出来啦！

秋　月　快脱下妈妈给你补补。(脱天宝鞋)等你过十岁生日时，妈妈一定让你穿上新鞋子！

天　宝　真的？太好喽！有新鞋子穿喽。

秋　月　快去睡吧！

天　宝　哎！(单脚跳下)拐磨拐，请舅奶，舅奶没在家……

　　　　[天宝下。秋月搓揉眼睛，坐下补鞋。

　　　　[音乐起，秋月内心如开出花朵，她从壁柜中搬出钱匣子，拿出当天赚来的银元放进盒子，继而抚摸着积攒的大洋，一块一块碰撞出悦耳动听的声响，她听着数着，溢满幸福。

　　　　[李三失魂落魄上，敲门。

秋　月　谁？

李　三　是我，隔壁……李三。

秋　月　这么晚了，你来干什么？

李　三　我有话要跟你说。

秋　月　有话明天再说吧！

李　三　(犹豫一下)那好！我把几本书放在门口，你记得拿走。就此别了！(欲放书)

秋　月　(疑惑，开门)你……你怎么啦？想说什么，进来说吧！

李　三　(进门，有些无措)秋月……

秋　月　今天带天宝逛庙会，花了多少钱，我给你。

李　三　秋月，我知道你讨厌我，那天我喝多酒，话语伤了你。我……

秋　月　(打断)不要说了，都已经过去了。

李　三　酒醒后，我很后悔。我不是故意的，我喜欢你、喜欢听你的戏……

秋　月　你这么晚来，就是为了说些吗？

李　三　不不，我不配说这些。秋月啊！

　　　　(唱)李三我读八股赶上科举废，

　　　　　　学买卖十有八九都是亏。

落魄书生身无技，

时乖运舛难作为。

恍惚惚，如行尸饿殍，

恨悠悠，借酒浇块垒。

烦闷闷，误入赌场碰运气，

糊涂涂，输得我血本无归。

栖身老宅被抵押，

此生本钱均已赔。

好似寒冬日将暮，

人到尽头万念灰。

秋　月　（欲说又止）我去给你倒杯水。

李　三　不用了。秋月，（递上书）而今我家徒四壁，别无他物，还有几本读过的诗书，也算是孤本，我无亲无故，就留给天宝吧……我走了！

　　　　〔李三扔下书就走。

秋　月　（觉着不对）慢着！你要去哪里？

李　三　事到如今我还能去哪里，只有一了百了！（夺门而去，掉出刀来）

秋　月　（捡起刀，拉住）李三，你怎么这么没出息？

李　三　一刀解决，就有出息了。

秋　月　靠死来解决，算什么出息？

李　三　生不如死，何必赖活？

秋　月　一切都可以从头再来！

李　三　从头再来？哈哈哈，一个被莺歌燕舞、笑语喧阗裹挟之人，怎知万丈深渊的滋味！

秋　月　李三，我告诉你一件事，你就不会这么想了。

李　三　……

秋　月　我的眼睛……就要看不见了。

　　　　〔静场。

秋　月　我快成瞎子了。现在还能看到一点，不知到明年……天宝也遗传了这个病。

李　三　啊？（不知所措）

秋　月　我告诉你这个秘密,你懂我的意思吗?

李　三　我没想到,我……我真的没有想到。

秋　月　(唱)人生本无常,

　　　　　　　明月有盈亏。

　　　　　　　风华背后血泪成,

　　　　　　　何以道喜悲?

　　　　　　　万丈深渊为何物?

　　　　　　　秋月能不解其中味?

　　　　　　　娘胎就带病,

　　　　　　　代代相传艰度岁。

　　　　　　　纵然黑暗永相随,

　　　　　　　纵然花儿不盛开,

　　　　　　　只要心中念想在,

　　　　　　　希望才相随。

　　　　　　　忽闻得上海能治这个病,

　　　　　　　犹如寒夜春风吹。

　　　　　　　十岁之前动手术,

　　　　　　　还我健全儿子回。

　　　　　　　五百大洋手术费,

　　　　　　　重如泰山压在背。

　　　　　　　压弯腰,气不馁,

　　　　　　　压垮身,心不灰。

　　　　　　　日不歇,夜少寐,

　　　　　　　跑场子,赶庙会。

　　　　　　　田间街头去弹唱,

　　　　　　　终换得大功将成展翅飞。

李　三　(半天回不过神)……秋月,谢谢你,谢谢你告诉我这些……

秋　月　告诉你这些,不知你明白我的意思吗?……谁没有难处啊,
　　　　你有健全的身子,还有什么过不去的坎?

李　三　我明白该怎么做了。告辞啦!(跌跌撞撞欲下)

秋　月　(看他样子,不忍)等等,我在日子难熬的时候,就唱戏,唱那醉

人的淮海小戏……

李　三　淮海小戏……

〔幕后响起了淮海小戏的嗨嗨调："嗨嗨嗨,呀嗬依嗬嗨……"

〔光慢收。

第三场

〔地点:渡口。

〔时间:傍晚——夜。

〔幕启,傍晚,残阳如血。

〔天宝与阿龙撞上。

阿　龙　(上)嗨——天宝! 你在这里干什么?

天　宝　我接妈妈回家。

阿　龙　(拿出一支红色风车)天宝,给你。

天　宝　我不要。

阿　龙　哟,生叔叔气啦?

天　宝　叔叔,你以前对我妈妈那么好,那天为什么要欺负我妈妈呢?

阿　龙　傻孩子,我怎么会欺负你妈妈呢?

天　宝　就是嘛!

阿　龙　天宝,问你个事,你妈妈最近碰到什么难事了吗?

天　宝　没有什么难事呀!

阿　龙　没有什么难事,那她为什么起早贪黑总是往外跑啊?

天　宝　演戏啊!

阿　龙　哦!

天　宝　(突然紧张)阿龙叔叔,我妈妈是不是遇到什么难事啦?

阿　龙　(安慰)没有没有,哦,天宝,你快回家抄书去吧!

天　宝　我抄了好多遍,眼睛都抄疼了!

阿　龙　那就回去玩吧。

天　宝　真的?(欲下又止)那我妈妈谁来接呀?

阿　龙　放心吧,叔叔来接!

天　宝　好吧,那你欠我一个人情哦!

天　宝　(吱搁天宝)你这个臭小子,我收拾你……

　　　　〔天宝痒,笑着跑下。

　　　　〔天幕转换,一轮明月挂在天边。

　　　　〔秋月上,一个趔趄,阿龙扶住。

阿　龙　师姐,小心。

秋　月　阿龙,你怎么来了?

阿　龙　我……我想看看你。师姐摔疼了吧?

秋　月　摔惯了,不疼。天色不早,你快回去吧!

阿　龙　师姐,那天搅你场子实在对不起。

秋　月　事情都过去了,你就不要往心里去了。

阿　龙　可是我心里过不去。师姐啊!

　　　　(唱)天上星星闪不停,

　　　　　　犹如弟弟忐忑心,

　　　　　　砸你场子数你贪,

　　　　　　数落之余心生疼。

　　　　　　求你道出真相来,

　　　　　　如有难事我帮衬。

秋　月　(唱)一番话儿心里暖,

　　　　　　多年隐情难启唇。

　　　　　　怎能牵连他受罪,

　　　　　　怎能累他来担承。

　　　　　　我家哪有为难事?

　　　　　　师弟不可胡乱忖。

阿　龙　师姐,你……

秋　月　(转移话题)阿龙,师父和大伙儿都好吗?

阿　龙　好! 都好! 师父还时常念叨你呢。

秋　月　真的?

阿　龙　师姐! 你要是愿意回去,我就和师父说说?

秋　月　我想回去,我真的太想回去了!

阿　龙　太好了! 那我回去就和师父说!

秋　月　好啊好啊! 唉! ……还是别说了。

阿　龙　为什么呀?

秋　月　我坏了班规没脸见他们。

阿　龙　(突然目光定定)师姐……

秋　月　阿龙,天不早了,你赶快回去吧!

阿　龙　不行,我今天一定要把藏在心里多时的话说出来。师姐!
　　　　(唱)戏班初次来相见,
　　　　　　一见倾心已数年。
　　　　　　你艺高技绝众口赞,
　　　　　　善良明艳性天然。
　　　　　　顾我无衣添行头,
　　　　　　念我无亲照料全。
　　　　　　情愫丝丝难抑制,
　　　　　　自惭卑微恐高攀。

秋　月　你不要说,不可说!

阿　龙　不,我要说! 我要说!
　　　　(唱)今日斗胆吐真言,
　　　　　　滔滔四溢如浪掀。
　　　　　　一日不见如隔秋,
　　　　　　惟愿相伴在身边。
　　　　　　望你接纳莫弃嫌,
　　　　　　从此执手两心连。

秋　月　哎呀呀!
　　　　(唱)他把真情说出口,
　　　　　　忽觉鹿儿砰砰撞击在心头。
　　　　　　不觉满面羞,
　　　　　　有此念想暗自愁。
　　　　　　他似日中天,
　　　　　　我如寒冬柳。

虽是日久情也生，

怎可借得春风染绿洲。

情爱于我太奢求，

决绝话儿难出口。

告真相犹恐他担忧，

我须得速速逃离快快走！

［阿龙见秋月欲走，一把拉住她。

阿　龙　秋月……我知道你心里有我。是不是？

秋　月　（欲挣脱）不！不！

阿　龙　（抱得更紧）你没有说实话！

秋　月　我……我一直都把你当弟弟。

阿　龙　可我不想只当弟弟，我想当天宝的父亲！当你的丈夫！

秋　月　（紧张）不可不可！万万不可说此话！（挣脱）我、我回去了。

阿　龙　师姐，你是不是嫌弃我？

秋　月　不不，不是的！（落荒而逃下）

阿　龙　（对内喊）我一定要你答应我。我等你！

　　　　　［光暗收。

第四场

　　　　　［时间：夜。

　　　　　［地点：秋月家。

　　　　　［秋月脸红心跳进家门，关门，靠在门上，镇静片刻。

秋　月　（自语道）阿龙，你怎知我的心事啊！

　　　　　［秋月回过神，想起今天赚的钱，忙取出，从夹柜里拿出钱盒
　　　　　子，她惊呆了，盒子空空如也。盒子掉地，秋月跌坐。

秋　月　（惊呼）我的钱？我的钱？！谁偷了我的钱！

　　　　　［切光。

〔切光。

〔李三家。

〔李三边喝酒壮胆，边拎着秋月的钱袋。

李　三　（自语）我是人？不！我是鬼？也不是！（指银元）我人不人鬼不
　　　　鬼，都拜你所赐！你是妖魔！你是鬼怪！你勾引我！
　　　　（唱）自从得知你夹柜站，
　　　　　　　仅隔我家一层板。
　　　　　　　咄咄逼人像召唤，
　　　　　　　勾魂摄魄苦纠缠。
　　　　　　　终得你成掌中物，
　　　　　　　心也抖来魂也颤，
　　　　　　　抖抖抖、颤颤颤……啊呀呀
　　　　　　　是留是还，进退已两难。
　　　　　　　钱啊钱，你害得我，
　　　　　　　跌入地狱丑不堪，
　　　　　　　斯文扫地无尊严。
　　　　　　　你害得我，
　　　　　　　仁义礼信全抛弃，
　　　　　　　以怨报德辱圣贤。
　　　　　　　你害得我，
　　　　　　　日日煎熬食难咽，
　　　　　　　夜夜噩梦寝难安。
　　　　　　　苍天啊！
　　　　　　　只盼苍天能保佑，
　　　　　　　保佑秋月慢发现。
　　　　　　　明早翻回本，
　　　　　　　我一定奉还！

〔门外传来敲门声。

秋　月　李三，李三，你开门！快开门！（发疯般撞进门）你拿了我的钱？

李　三　对不起！

秋　月　真是你拿了我的钱？

李　三　是我！

秋　月	钱呢？我的钱在哪？
李　三	497元大洋外加2角1分零票都在这里。
秋　月	（欲抢回钱）还给我，快还给我！
李　三	（按住）秋月，他们明天就要收走我的房子，另加欠款一并还上，要不然他们就要剁掉我的右手……
秋　月	作孽，你怎可越陷越深啊！
李　三	你先借我用一下。我求过签了，上上签，明早一定能翻本，翻本后一定还给你！
秋　月	你拿我儿子救命的钱，去翻本，你真不是人！
李　三	是是……我不是人。
秋　月	我跟你说过，天宝过了十岁再治就晚了，时间一刻都不能耽搁。我求你了，把钱还给我！李三，（跪下）求你看在我们多年邻居的份上，把钱还给我吧。
李　三	（不忍）好好，快起来，钱都在这里，你……拿回去吧！ 〔秋月拿回钱快速往外走。
李　三	（突然拿出一把刀）慢着！
秋　月	你要干什么？
李　三	秋月，没有钱我只有去死了！
秋　月	我不要听，我只想拿回我的钱。
李　三	钱已进我家门，只能明天还你了！（一咬牙，夺回钱）
秋　月	你……我与你拼了！ 〔两人争夺。李三飞起一脚，把钱夺走。 〔秋月摔倒在地，看到刀，一激动，举起刀……
秋　月	你不还我钱，我要杀了你！
李　三	杀了我？我早就是该死的人了。既然生不如死，不如死在你的手里。你来呀，来呀！
秋　月	（像发疯狮子，举刀冲过去）我要杀了你啊！ 〔李三一时疏忽，躲避不及，被秋月刺中。
李　三	你……你真的杀我？
秋　月	（惊呆）我真的杀人了？
李　三	我死有余辜！解脱了！（倒下）

秋　月　李三?

李　三　(挣扎抬头)秋月,对不起!快!拿着你的钱离开这里,快跑!快跑!跑得越远越好!

秋　月　李三,李三!你不能死,你不能死啊!(摸到李鼻息,发现已停止呼吸。歇斯底里)啊!我杀人了,我真的杀人了!(摔倒,起身)我这是在哪里……

秋　月　(举双手在眼前晃动)我怎么一点也看不到?啊啊啊……我瞎了!我全瞎了!……我要回家!我不能让儿子也成瞎子!(摸到钱)我的钱!天宝!回家,回家……

〔秋月拿起钱袋,跌跌撞撞,连滚带爬,逃出李家……

〔秋月"跑魂"舞段。

第五场

〔时间:紧接上场。黎明时分。

〔地点:秋月家。

〔公鸡鸣叫。

〔秋月筋疲力尽地摸索着回到了自己的家,急忙为天宝收拾东西。

阿　龙　(跑上)师姐,师姐……

秋　月　阿龙?

阿　龙　师姐,首先,告诉你一个好消息,师父同意你回秦家班了。

秋　月　真的?

阿　龙　当然是真的。

秋　月　谢谢!谢谢!

阿　龙　这二嘛,嘿嘿,就是我们的事,我实在是等不及……(忽觉不对)师姐,你怎么了?

秋　月　阿龙,实话告诉你,我是个瞎子。

阿　龙　什么？你说什么？

秋　月　我眼睛有病，原本还能看到一些，现在什么都看不见了。

阿　龙　(惊呆，不能接受)这……这、这，这不是真的！

秋　月　是真的，我父亲也是这个病。遗传的。

阿　龙　(吼叫)不！不！(激动地拉着秋月)走，我带你去治，我现在就带你去找医生！我就不信治不好！

秋　月　阿龙，你听我说，我的眼睛真的没有救了，关键是天宝的眼睛也出现了症状，我不能让他也成为我这样，医生说在他十岁之前动手术就能根治。(拿出一封信)这是上海医院的地址和信件。手术费用一共要五百元大洋，(捧出钱)这是497块银票、大洋和一些零钱，还有一枚戒指、一副耳环，全在里面。你赶紧带天宝去上海做手术。(把东西全交到阿龙手上)我没有其他亲人，一直把你当做弟弟，我只能拜托你了！好弟弟，一切拜托你了。

〔阿龙傻愣半晌，不知所措。

阿　龙　(唱)这个真相何残忍？

　　　　　　　击得阿龙难还魂。

　　　　　　　自以为是多幼稚，

　　　　　　　爱她才懂她几分？

　　　　　　　原来是

　　　　　　　姹紫嫣红人前呈，

　　　　　　　苦水和泪人后吞。

　　　　　　　这一天一天怎生挨？

　　　　　　　这一文一厘怎来挣？

　　　　　　　设身处地想一想，

　　　　　　　怎不叫人揪心疼。

　　　　　　　巨款沉沉捧在手，

　　　　　　　如若泰山压在身。

　　　　　　　振振精神缓缓气，

　　　　　　　重重嘱托我担承。

　　　　　　　定带天宝去治病，

　　　　　　　还他一个光明好前程。

阿　龙　好,我答应你,先带天宝医治,再带你去访医……

秋　月　(打断)这个回来再说。(递包裹)这是天宝换洗的衣裳,趁他还没醒,赶紧带他离开这里,你们还能赶上天亮这趟船。

阿　龙　这……为何这样着急?

秋　月　你先不要问,到时候我会把一切都告诉你。

阿　龙　好,那我明天就动身!

秋　月　不,你即刻动身!马上动身!天亮之前你和天宝一定要离开这里呀!

阿　龙　好,师姐,那你多保重!

　　　　〔切光。

第六场

〔时间:半个月后。

〔地点:监狱。

〔秋月被判死刑。

〔监狱里,秋月身戴镣铐,手拿儿子的红风车,向往着远方……

秋　月　(唱)黑沉沉,浑身似觉寒露侵,

　　　　　　　秋月我,身在牢房倍思亲。

　　　　　　　阿龙他,护送天宝去就医,

　　　　　　　现如今,不知手术可进行。

　　　　　　　天宝儿,小小年纪遭磨难,

　　　　　　　唯指望,从此健全无疾病。

　　　　　　　妈妈死罪已判定,

　　　　　　　留儿一人怎放心,

　　　　　　　多想再亲亲我的小娇儿,

　　　　　　　多想再抱抱我的小亲亲。

　　　　(白)天宝,妈妈要走了,留你一人在世上,你还是个孩子……

但是你的眼睛是明亮的,你的身子是健全的,你不会怪妈
妈吧?……你的鞋子还是破的,妈妈来不及帮你做新鞋了!
(哽咽)

〔狱婆带着阿龙上。

狱　婆　秋月,你师弟阿龙来看你了。

阿　龙　师姐……

秋　月　(兴奋)阿龙,阿龙……天宝他手术怎样了? 一定顺利吧?

阿　龙　(激动地)师姐,你到底还有什么瞒着我? 那天你为何不把杀
人的事情告诉我?

秋　月　(冷静地)告诉你有用吗?

阿　龙　我可以带你远走高飞!

秋　月　……阿龙,这是命,逃不掉的。杀人偿命,天经地义!

阿　联　师姐,你是失手,你是误杀。

秋　月　不是失手,不是误杀,我是真杀了他! 我该死! 只要儿子的
眼睛……阿龙,天宝的手术怎么样了?

阿　龙　已经住下了,过几天就可以手术了。

秋　月　(急了)为何还要过几天? 为何不能马上做手术?

阿　龙　(转移话题)师姐,我托过人了,有个人愿意帮你,帮你改判缓刑
或减刑……

秋　月　真有这样的好人吗?

阿　龙　有! 一个上海律师,他说只要你配合他。

秋　月　配合? 要我如何配合?

阿　龙　他需要一笔钱,上下打点……

秋　月　要多少?

阿　龙　五百块大洋。

秋　月　(脸一下黑了)五百块大洋! 你什么意思?

阿　龙　天宝做手术的钱不正好是五百块吗?

〔秋月发疯似地涨红了脸。

秋　月　住口! 你、你怎能说出这样的话? 你怎会有此念想? 你忘了
对我的承诺了吗?

阿　龙　(激动地)我没有忘! 我怎么会忘呢!

秋　月　你太令我失望了!

阿　龙　我已向亲戚朋友借遍了钱,还有秦家班的同仁们倾其所有,大家全部加起来还凑不到五十元大洋,所以我才想到动用那笔钱,我要你先活下来……

秋　月　你觉得把那么多钱花在一个终身坐牢的瞎子身上值得吗?

阿　龙　值得!留得青山在不怕没柴烧,只要你活下来,我们就有办法!

秋　月　那我儿子过了手术期,他将终身变成瞎子了!

阿　龙　是你儿子的眼睛重要还是你的生命重要?

秋　月　住口!我这薄命怎能与我儿子的眼睛相比?

阿　龙　你……你怎可如此轻薄自己!

秋　月　我的命够了,真的够了。我得过亲情爱情和友情,我做过妻子女儿和母亲,我有过父母丈夫和儿子,我唱过,拉魂腔,我听过喝彩声……够了,我真的很满足了。(露出幸福的微笑)

阿　龙　师姐,你好自私啊,难道你就忍心离我而去吗?

秋　月　非是为姐忍心离你而去,你想过没有?秋月不死,也是一个终身监禁的瞎子,天宝不治,多一个瞎子要你照应。那时候泰山压顶,苦难压你身,你这辈子还有尽头吗?你的腰还能直得起来吗?

阿　龙　这……我心甘情愿!

秋　月　我不愿!

阿　龙　我绝不放弃!世事难料,何况在这乱世!只要活着就有办法!(恳切地)你给我时间,我定能筹到天宝手术的钱。我要先救下你!(坚定地)好,我知道我该怎么做了!(转身就走)

秋　月　(疯了,大叫)你回来! ——要是天宝的眼睛瞎了,我活着生不如死!我求求你,赶快带天宝做手术,做手术啊! ……你如果不听我的话,我就一头撞死在你面前!
　　　　　〔秋月站起来撞墙,狱婆奔出,拉住秋月,秋月再次撞去。

狱　婆　(哀求)你快快答应她吧!

阿　龙　(惊吓)师姐!我即刻就带天宝做手术。

秋　月　你发誓!

阿　龙　我发誓! ……天哪!(嚎啕大哭)

〔秋月终于露出微笑,安静了。

秋　月　(唱)好阿龙,莫要哭休悲伤,

亲人面前诉衷肠。

秋月我,出生梨园是世家,

三弦声,铮铮伴随我成长。

家父为我传技艺,

家母为我扮戏妆。

可惜好景不久长,

家父而立双眼盲。

雨天落井离儿去,

家母悲伤也早丧。

秋月从此成孤女,

卖艺为生走四方。

得遇军官冯宗昌,

成婚一年征战赴疆场。

天宝是他遗腹子,

稍长就现视力眈。

我自恨,我自责,

不该生了他。

我自私,我自省,

我欲为人母却让儿把苦难尝。

遗传不可逆,

从此挣钱攒钱为他忙。

此生无他望,

只此一愿偿。

只要儿,一生一世眼明亮,

只要儿,健健康康活世上。

倘若你,不离不弃当儿养,

再盼你,娶上一个美丽贤淑的女娇娘。

一家子,和和美美度时光,

我在那,九泉之下油煎刀剐刀剐油煎心欢畅。

阿　龙　(唱)一番话,听得我瞠目结舌,

竟然是,无言以对口难张。

她字字情,句句理,

字字句句,肺腑敞。

只觉得,无尽哀伤涌心房,

又似那,万千蝼蚁噬肝肠。

恨恨恨！恨无能力挽狂澜,

怨怨怨！怨这世界太无常。

枉枉枉！枉为男人爱一场！

罢罢罢！了她愿,返上海,护儿郎,治好眼睛把爹当!

〔收光。

〔起音乐和"回娘家"舞段。

第七场

〔时间:二个月后的白天。

〔地点:刑场。

〔幕启,秦家班的同仁们背着乐器过场。

〔刑场。监斩官和众衙役上场。

监斩官　(念)往日到法场,威风八面。

今日做监斩,惶恐不安。

想我为官几十年,

从未像今日这般意乱心烦,

心烦意乱！

(白)想那秋月乃清江浦一带的名伶,也是本官十分喜爱的好角。可惜啊可惜！可惜了这样一位梨园婵娟,那戏唱得真叫人如痴如醉,动人心弦……

〔吵嚷声响。

监斩官	什么人在此吵闹?
一衙役	启禀大人,清江浦百姓蜂拥而至。
一衙役	还有秦家班的全体同仁。
监斩官	都来啦?
一衙役	都来了,他们是来送秋月的!
监斩官	让他们都在外围候着,不许大声喧哗。
众衙役	是! 都在外围候着,不要大声喧哗,不许靠近!
监斩官	来呀!
衙 役	有!
监斩官	带人犯。
众衙役	带人犯——带人犯——带人犯——

〔鼓号声响起——

〔狱婆带着秋月上。

秋　月　(唱)带人犯声喊阵阵,
　　　　　　　旌鼓号角响声声。
　　　　　　　疑似开场锣鼓经,
　　　　　　　此刻又把戏台登。
　　　　　　　深兮浅兮移莲步,
　　　　　　　惚兮恍兮飘香魂。

众	秋月……

〔美香冲上。

美 香	(唤)师妹——

〔众衙役阻拦。

监斩官	谁在吵闹!
美 香	徐大人,我是美香。
监斩官	美香? 秦家班的又一名角。
美 香	杨大人,求求你,让我和师妹说几句话。
监斩官	好好,本大人最看不得女人流泪了,说吧说吧!
美 香	(惭愧地)师妹,我的好妹妹。
秋 月	师姐。
美 香	秋月,我的好妹妹,当初我们都误解了你。你遭此大难,怎么

不告诉师姐啊？莫非你在埋怨师姐吗？

秋　月　我的好姐姐,秋月只记得师姐对我的好,只可叹无力回报。

美　香　师妹……

秦师父　(迎上)秋月。

秋　月　师父。

秦师父　师父也请你原谅。原谅师父不近人情,将你赶出了秦家班。

秋　月　是秋月违反了班规,不怪师父。一日为师,终身为父。师父
　　　　在上,请再受秋月一拜。

　　　　〔师父和美香扶起秋月。

秦师父　徒儿,海州班的同仁都来看你了。

　　　　〔秋月与戏班同仁相见。

秋　月　(摸索着叫)阿龙——阿龙呢？

美　香　师弟已在路上,马上就到。

　　　　〔鼓号声响起。

监斩官　时辰将到,准备候斩。

　　　　〔秋月一下子瘫倒在地。

秋　月　天宝……天宝……我的儿啊——

众　人　秋月——

众　　　大人,大人——大人——

监斩官　唉！不要叫了。狱婆,将人犯扶上刑台。

　　　　〔秋月整个人瘫在地上,狱婆怎么都扶不上刑台去……

　　　　〔这时,海州班艺人演唱起了"嗨嗨"调,秋月踏着节奏一步一
　　　　步走上刑台。

　　　　〔号角响起——

　　　　〔艺人们顿时静止。

监斩官　时辰已到,准备行刑。

衙　役　是！

众　　　秋月——

　　　　〔此时满头大汗的阿龙赶到,阿龙跑进护栏。

阿　龙　师姐,天宝手术非常成功,……

秋　月　(长长舒一口气)啊！……他在哪？

阿　龙	我带他来见你!
秋　月	快!
	〔阿龙又回。
秦师父	阿龙,怎么啦?
众　人	怎么啦?
阿　龙	医生说,天宝的眼睛正在恢复,不能流泪,不然,会影响手术效果的。
众　人	啊?
秋　月	不要见了! 不见了!
秦师父	要见! 不见于心何忍啊?
众　人	是啊,于心何忍哪? 见一面吧!
阿　龙	师姐,再见最后一面吧!
监斩官	时辰已到,已无见面时间了呀!
美　香	大人! (下跪)求大人发发慈悲。
众　人	(下跪)求大人发发慈悲……
秦师父	(下跪)求求你发发慈悲吧!
监斩官	也罢,今天我豁出去了,一切由本官承担,就让他们母子再演一场离别之戏吧!
众	谢大人!
美　香	演戏? 太好了,就说是在演戏,天宝就不会流泪了!
阿　龙	演戏? 好主意! 我去带天宝。(下)
美　香	师妹,你可要忍住啊!
秋　月	师姐,你带胭脂了吗?
美　香	带了带了。
秋　月	我要描眉打鬓。
美　香	真是世上最好看的胭脂唇红啊!
	〔天宝与阿龙上。
天　宝	妈妈——(好奇地)哇,怎么这么多人哪!
阿　龙	天宝,今天妈妈演的是苦情戏,你可不许流泪,要不然对眼睛不好。
天　宝	我知道。有那么多人看妈妈的戏,我高兴还来不及呢!

秋　月	天宝……	
天　宝	妈妈，(欲前又止)叔叔，妈妈在演戏呢。	
阿　龙	不碍事，去吧！	
天　宝	妈妈……	

　　　　　〔母子欲拥抱，天宝退却。

天　宝	(终于忍不住冲上抱住秋月)妈妈——我好想你！好想好想你呀！
秋　月	好儿子，妈妈也想你，好想好想你！

　　　　　〔母子紧紧拥抱。

秋　月	儿啊，你的眼睛好了吗？
天　宝	好了好了，妈妈，你看，你看我的眼睛亮不亮，好不好看哪？
秋　月	(装作看见)嗯，妈妈看见了，又明亮又漂亮。

　　　　　(唱)怀抱我儿不忍放，

　　　　　　　妈妈想儿痛断肠。

　　　　　　　生死离别即将至，

　　　　　　　从此母子隔阴阳。

　　　　　　　多想常伴儿身旁，

　　　　　　　看儿时时在成长。

　　　　　　　听儿琅琅读书声，

　　　　　　　盼儿成材为栋梁，

　　　　　　　愿儿天天笑声爽。

　　　　　　　像这风车迎风扬。

　　　　　〔秋月对美香。

秋　月	(接唱)拜托美香好姐姐，
	帮我儿做双新鞋把愿偿。
美　香	放心，我一定做一双世界上最好的鞋子给天宝穿。
天　宝	(似有感觉，想哭)妈妈，这戏怎么跟我……
阿　龙	(急拉天宝)天宝，这苦情戏不好看。走，叔叔带你回家。
天　宝	不！妈妈的戏都好看。
众	天宝快快回家。
秋　月	宝儿乖，听大家的话，苦情戏伤眼，回家吧，啊！
天　宝	那……妈妈，你演完戏早点回家……

阿　龙　（强拉天宝）天宝！走吧！

天　宝　（不情愿,边走边回头）妈妈——妈妈——早点回家！

　　　　〔阿龙难受地硬拉着天宝下。

　　　　〔有人失声痛哭起来。

秋　月　（硬撑起）不要哭,该为我高兴！

秋　月　（微笑地）我儿子有一双明亮的眼睛,我平生夙愿已偿啊！

　　　　（唱）秋月我渺若尘沙轻若絮绒,

　　　　　　　感恩四衢八街众亲来相送。

　　　　　　　数年如一日,

　　　　　　　恩宠与包容。

　　　　　　　怎能忘清江浦南船北马,

　　　　　　　怎能忘里运河春夏秋冬。

　　　　　　　怎能忘秦家班面须油饼,

　　　　　　　怎能忘戏台下笑貌音容。

　　　　　　　怎能忘板三弦,弦弦清脆,

　　　　　　　怎能忘拉魂腔,腔腔拉魂,调调情浓。

　　　　〔转调。

　　　　　　　众乡亲,假如有来生,

　　　　　　　结草衔环再报恩。

　　　　　　　今日来赔罪,

　　　　　　　原谅少分寸,

　　　　　　　为了孩子病,

　　　　　　　拼命把钱挣,

　　　　　　　有负众亲望,

　　　　　　　有负众亲情,

　　　　　　　今日做补偿,

　　　　　　　临终唱绝音,

　　　　　　　不为利,不为名,

　　　　　　　不求报,不求功,

　　　　　　　拿手戏,唱你听,

　　　　　　　火辣辣,热腾腾,

求同行,做帮衬,

共同来,唱拉魂,

用拉魂感谢众乡亲,

愿大家健健康康、顺顺当当,团团圆圆、快快乐乐,平平安
安、和和美美、恩恩爱爱、吉吉祥祥,一生太平,太平一生!

幸福一生,一生幸福。

[众人鼓掌。

监斩官　好! 狱婆,将锁打开,本官今天要让秋月唱着上路!

[衙役给秋月卸下手铐,美香递上手绢花。

秋　月　(舞起手绢花,入戏,表情生动)看那小两口子哎!

[海州班艺人们摆开了阵,一曲欢快动人的《回娘家》弹奏起
来……

秋　月　(唱)嗨——

呀——

小两口说不完的知心话,

知心话儿悄悄讲,

美滋滋,喜洋洋,

甜蜜蜜,火辣辣,

亲亲热热回娘家。

众　　　(合唱)美滋滋,喜洋洋,

甜蜜蜜,火辣辣,

亲亲热热回娘家。

嗨嗨呀嗬依嗬嗨

……

[艺人们继续弹奏起……

[幕后合唱:

嗨嗨呀嗬依嗬嗨

嗨嗨嗨嗨嗨……

[满台布满孔明灯。

[秋月飘飞起来,慢慢地、慢慢地升向了天堂……

[剧终。

戏曲

婵　娟

陈　涣

一级编剧,海南省戏剧家协会副秘书长,海南省琼剧院创作研究室副主任。文旅部戏曲艺术培养人才研修班、中国文联文艺研修院中青九期、上海戏剧学院全国高级编剧研修班学员,中国戏剧家协会、中国戏剧文学会、中国电影文学会、中国田汉研究会会员,海南省文艺评论家协会理事,海南省作家协会会员。

主要作品:西秦戏《马援伏波》获中国秦腔优秀剧目会演优秀剧目奖、2018 年全国基层院团戏曲会演优秀剧目、第 32 届田汉戏剧奖剧本二等奖、广东省第十一届精神文明建设"五个一工程"优秀作品、第十三届广东省艺术节优秀剧目二等奖;琼剧《红树林》入围国家艺术基金 2018 年度资助项目、2017—2019 年度海南省优秀精神产品奖、第三届海南省艺术节文华优秀剧目奖、第三届海南省南海文艺奖;现代琼剧《木棉花开》入围国家艺术基金 2019 年度资助项目;音乐剧《南海情》《国门情》先后获公安部文艺汇演金奖;戏曲《北楼逸事》获第八届全国戏剧文化奖银奖;戏曲《血溅三宝袍》《八宝图》《婵娟》先后获中国戏剧文学奖;《王允探窑》(寒窑雪)被评为全国戏曲小剧本征集三类作品;音乐剧《周末时光》《火山脚下是我家》先后获海南省艺术节群星奖;话剧《鹦哥岭》、论文《打断骨头连着筋》、音乐剧《南海情》先后获海南省南海文艺奖;琼剧《白兔记》获第七届全国戏剧文化奖剧本奖,海南省琼剧表演擂台赛一等奖,首届海南省艺术节文华优秀剧目奖、文华剧作奖;琼剧《红鬃烈马》获 2012 年海南省琼剧会演一等奖、编剧奖;琼剧《探花禁烟》获第三届海南省艺术节文华优秀剧目奖。

人　物：婵娟——屈原侍女，少女。

　　　　屈原——楚国三闾大夫，中年。

　　　　宋玉——屈原学生，青年。

　　　　子兰——楚怀王次子，青年。

　　　　王宫人（渔父），村姑、老妪、侍卫、百姓若干。

第一场

[幕前歌:

　　　　长江水,滚滚流,

　　　　几度端阳几度愁。

　　　　汨罗江畔红装女,

　　　　忍看竞渡恨悠悠……

[景现:江边。

[白发渔父悠闲垂钓。

渔　父　(念)楚国灭亡秦一统,

　　　　郢都宫人成渔翁。

　　　　闲来垂钓自陶醉,

　　　　身寄沧波白云中。

观那龙舟竞渡,看那汨罗江畔的红男绿女,不由让人想起一位可歌可泣的姑娘——婵娟。屈大夫走了几十年了,橘园还是橘园,婵娟也跟我一样(指白头发),快走到尽头了,不容易呀……婵娟一直没有离开橘园,一直在传教屈原的《离骚》!想当初,婵娟还是个小姑娘呢……(隐下)

[字幕:春秋战国时期,楚国郢都。

[景转:屈原的住所——橘园。

宋　玉　(唱)奉《离骚》,细品尝,

　　　　宋玉沐晨光。

　　　　得蒙先生收门下,

　　　　心无旁骛待翱翔!(再读《离骚》)

[婵娟端茶上。

婵　娟　（唱）晨起浣衣三餐忙，
　　　　　　　暮至灯下读辞章。
　　　　　　　身在橘园好乘凉，
　　　　　　　茶热心热待师长！

　　　　　师兄，请茶！

宋　玉　哦，多谢婵娟，辛苦你了！（接茶喝）

婵　娟　此乃婵娟分内之事，何必言谢！（观案头《离骚》）师兄，先生的
　　　　《离骚》，你如此爱不释手，想必感悟至深？

宋　玉　受益匪浅呀！

婵　娟　全篇三百七十三句，两千四百九十六字，婵娟已能倒背如流了。

宋　玉　令人钦佩，宋玉望尘莫及呀！

婵　娟　可还是一知半解，还望师兄指点。

宋　玉　请道其详！

婵　娟　这篇名《离骚》，欲作何解？

宋　玉　《离骚》乃离忧、别愁也。先生以此文言志，发愤以抒情！

婵　娟　原来如此。

宋　玉　婵娟呀！（唱）
　　　　　　　先生《离骚》冠古今，
　　　　　　　洁行修身，文见其人。
　　　　　　　他道身世，诉遭遇，
　　　　　　　九死未悔令人钦。
　　　　　　　他鉴兴亡沥热忱，
　　　　　　　举贤授能憾乾坤。
　　　　　　　神游八方慕神女，
　　　　　　　上下求索苦无门。
　　　　　　　去国自疏心不忍，
　　　　　　　眷恋家邦痛犹深。
　　　　　　　字里行间泄怨愤，
　　　　　　　言辞犀利逼紫宸。
　　　　　　　抱怨君王浑不察，
　　　　　　　怕只怕，风口浪尖危自身！

婵　娟　（旁唱）师兄一席话，

　　　　　　　　婵娟释疑云。

　　　　　　　先生志高洁，

　　　　　　　宋玉步后尘，

　　　　　　　《离骚》千古绝，

　　　　　　　伊人感悟真。

　　　　　　　乍解开心窦，

　　　　　　　有幸遇此君！（思绪翻滚）

宋　玉　《离骚》韵味深远，真是令人百读不倦呀！

婵　娟　多谢师兄解疑释惑！

宋　玉　感悟颇浅，且待日后切磋吧。看你整日忙里忙外，总该歇息一下。

婵　娟　是。（欲下又止）师兄……（欲言又止）

宋　玉　切莫操劳过度，歇息去吧。

婵　娟　是。（欲下又止）师兄……（欲言又止）

宋　玉　看你踌躇辗转，似有话说？

婵　娟　我……（欲言又止）

宋　玉　（旁唱）她欲言又止频回首，

　　　　　　　　心中必定有隐衷。

　　　　　婵娟，师兄面前，但讲无妨。

婵　娟　（旁唱）宋玉他一时动问语挚诚，

　　　　　　　　婵娟我百感交集脸顿红。

宋　玉　（旁唱）她聪敏好学过目成诵，

　　　　　　　　言谈举止与众不同。

婵　娟　（旁唱）我欲赠斑管羞怯怯，

　　　　　　　　双手抖颤，启唇无由衷。

宋　玉　（旁唱）早存爱慕何言表，

　　　　　　　　心曲不吐怎始终？

婵　娟　师兄……（欲言又止）

宋　玉　婵娟，有何话尽管对师兄说吧。

婵　娟　一时说了，未知师兄……

宋　玉　你我情同手足，有何为难之处，师兄定然为你排忧解难。

婵　娟　承蒙师兄厚爱……

宋　玉　说吧!

婵　娟　说……(欲言又止)

宋　玉　说呀!

　　　　〔婵娟从怀里取出斑管。

宋　玉　好一支精美的斑管呀!

婵　娟　这斑管我藏了好多天了,一直不敢拿出,师兄,你喜欢吗?

宋　玉　喜欢,喜欢呀!

婵　娟　(探询)那就赠予师兄……

宋　玉　(喜出望外)赠我? 好呀!

婵　娟　师兄呀!

　　　　(唱)亲上南山采竹制斑管,

　　　　　　缕缕羊毫深情凝笔端。(奉管)

宋　玉　(唱)谢婵娟,意缱绻,(接管)

　　　　　　手接信物喜万千。

婵　娟　(唱)感师兄,纳斑管,

　　　　　　贵贱不嫌暖胸间。

宋　玉　(唱)执笔犹见婵娟在,

　　　　　　作辞作赋莫等闲。

婵　娟　(唱)愿你我,永驻橘园长相伴,

　　　　　　愿你我,追随先生谱鸿篇!

宋　玉　追随先生责无旁贷,不负婵娟深情厚望! 待我来!

　　　　(唱)提斑管,情无限,

　　　　　　作辞赋,见寸丹! (写罢,目睹斑管)

　　　　〔婵娟在旁观看,见子兰上急忙收拾东西。

子　兰　(上)婵娟,红光满面,你喝酒了?

婵　娟　没有呀! (闪避,继续埋首收拾东西)

　　　　〔子兰自讨没趣,转向宋玉,宋玉欲藏斑管已来不及。

子　兰　什么好东西,拿来看看!

　　　　〔宋玉不依,子兰硬夺过手。

子　兰　原来是一支斑管,干嘛大惊小怪! (扔掉)

婵　娟	（急忙捡起）这是我的斑管！
子　兰	你的？（抢走）
宋　玉	子兰！
子　兰	（抚笔）婵娟呀我的师妹！你人长得美，连你的东西也令人垂涎欲滴！（陶醉）
婵　娟	快快拿来，不然我要禀知先生了！
子　兰	你敢？我就不！
	［争抢。
宋　玉	不要闹了！
子　兰	（不依）女儿家浆洗洒扫，要这笔有何用？
婵　娟	读书之人，多此一举！
子　兰	难道你会抄辞写赋?!
宋　玉	不要小看人！婵娟虽未写过辞赋，可《离骚》她能倒背如流！
子　兰	倒背如流逞什么能？会吟诗作赋才管用！
婵　娟	你呢？
子　兰	你会作赋就还你，我扮乌龟爬出去！
婵　娟	当真？
子　兰	无假！
婵　娟	好，我来作！（欲夺笔）
子　兰	（自觉没趣，鬼窍一动）反正你是写不出，看我写——更妙！（拿起斑管着墨，朝婵娟脸上画了一笔，搁下斑管，旁若无人，哈哈大笑）
婵　娟	（抚脸）子兰，你！（奔下）
宋　玉	（急藏起斑管）婵娟……（欲追，子兰拖住）子兰，你欺负婵娟，等会先生回来看你如何交代？
子　兰	只要你不在先生面前说我不是，等我当上了大王，肯定给你个大官做！
子　兰	宋玉自然感激不尽，而你……
子　兰	交给我父王的文章，写没写都一样。
宋　玉	《离骚》呢？
子　兰	《离骚》《离骚》，弄得我昏头昏脑，子虚乌有，胡说八道，不读！
宋　玉	怎可出言不逊，有损师尊！

子　兰	师尊？逼得我头昏脑涨！他不在,我就快活如神仙!
宋　玉	你是楚国公子,岂可玩世不恭!
子　兰	我父王整日吃喝玩乐,不也照样当大王! 哪像先生学问越深,官越做越小!(观望)先生练剑回来了。快快快!(急忙拿起书简假装读书)

〔宋玉继续攻读。

〔屈原持剑上。

屈　原	(唱)朝饮木兰之坠露,
	夕餐秋菊之落英。
	栽花育草修洁行,
	枝繁叶茂自陶情。
宋、兰	先生!
屈　原	今日早朝大王要召见你俩,一试锋芒,谅必有备而去吧?
宋　玉	(呈上)请先生批阅!
屈　原	(观)好一篇《大言赋》呀!(念)"方地为车,圆天为盖,长剑耿耿倚天外……",文辞典雅,美轮美奂,大有长进呀!
宋　玉	全赖先生栽培!
屈　原	后生可畏。大王定会赏识。子兰,你呢?
子　兰	我,我,我……(装出无奈)
屈　原	(不悦)为人作文,切忌声色犬马,附庸风雅,耐得寂寞,耐得磨折,才能宏篇惊世! 既然辞赋没作,其余课业呢?
子　兰	(面呈难色)这……

〔婵娟捧茶上。

婵　娟	先生请茶。(上前不小心把茶杯弄掉地上)
屈　原	婵娟,你莫非有什么心事?
婵　娟	没,没什么。
宋　玉	子兰他……

〔子兰咳嗽。宋玉不敢往下说。

屈　原	婵娟,无妨说出,先生为你做主。
婵　娟	他抢了我的斑管……
宋　玉	还……

　　　　　　［子兰又咳嗽。宋玉只好停住。
婵　娟　还在我脸上涂画！
屈　原　子兰！此事当真？
子　兰　这……先生，我下回不敢了！
婵　娟　这已不是头一回了。今天抢我的斑管，画我的脸，不知明日
　　　　又要耍什么把戏，倘若先生出门，教我婵娟如何是好？
屈　原　（怒）子兰！（唱）
　　　　　　　你游手好闲太放荡，
　　　　　　　不读书经学业荒。
　　　　　　　损辱师妹太孟浪，
　　　　　　　忘了师训语铿锵。
　　　　　　　玉不琢，怎成器？
　　　　　　　一事无成，我责难当！
子　兰　先生，只要你不说就相安无事。
屈　原　哼！（接唱）
　　　　　　　大王明喻不敢忘，
　　　　　　　严加管束莫彷徨！
　　　　不听训诲，屈原只好代王行责了！跪下！
　　　　　　［子兰无奈跪。
屈　原　（拿出戒尺）看打！（鞭打子兰）
子　兰　先生，子兰下回不敢了！师兄，快来求情呀！（宋玉一旁不敢
　　　　上前）
　　　　　　［屈原再打。
子　兰　父王、母亲，来救我呀！
屈　原　（罢手）屡教不改，屡无长进，怎能施教？进宫！（拉起子兰）
子　兰　（着急）先生，我不回去！宫里无有婵娟，我不去！（被屈原拉下）
宋　玉　（一看）哎呀，坏了！先生，《大言赋》！（转念）不行！（拿起《大言
　　　　赋》追下）
　　　　　　［婵娟望宋玉背影若有所思。

第二场

［数天后。

［渔父以青年宫人打扮上。

宫　人　子兰被逐,远离婵娟,怀恨在心,煽风点火,以致屈大夫三叩
　　　　宫门而不入,又横生一计,这不,咱家要到橘园下传南后的口
　　　　讯了!(隐下)

［橘园书房。置有衣架,衣架上挂一披风。

［幕后歌:婵娟聚精会神默写《离骚》。

　　　　橘园静悄悄,

　　　　全神注《离骚》。

　　　　临卷无穷考,(来回思考)

　　　　翘首夜潇潇……(回望)

［屈原垂头丧气上。

婵　娟　先生回来了?

屈　原　回来了。(长叹)

婵　娟　先生何故长吁短叹?

屈　原　(欲言又止)咳!

婵　娟　先生有何烦恼无妨说出,心里会舒服些。(把披风披在屈原身上)

屈　原　好一位关心体贴的婵娟女呀!

婵　娟　婵娟做得不够。可如今子兰回宫,不再添乱,倒也清心,侍奉
　　　　先生也可周全一些。

屈　原　子兰回宫,本想让其父母严加管束,再行施教,没想到竟招来
　　　　怀王、南后异议,致君臣不快!

婵　娟　先生秉性人人敬重,可是平时说话太直,做事太急,总为他人
　　　　着想,惹来的烦恼就越多了!

屈　原　这可是先生一片苦心呀!

婵　娟　你知道常来橘园的王公公是怎么说的?

屈　原　人各有志,独好修洁,习以为常!任由别人去说吧。

婵　娟　王公公说过,你的能力,朝中无人可比,就是有一点(迟疑)——让人讨厌。

屈　原　讨厌什么?

婵　娟　讨厌你执理不让。说你得罪的人太多。

屈　原　那班党人食君之禄,不报君恩,蝇营狗苟,患难成灾。如今强秦蠢蠢欲动,虎视眈眈!内外交困。屈原三叩宫门而不入,苦谏无门,施美政、授贤能付诸东流,大楚江山危矣!(跌坐椅上)信而见疑,忠而被谤,岂能无怨?!(拍案又起)

婵　娟　(旁唱)先生心如灸,

　　　　　　婵娟骤添忧。

　　　　　　人落低谷几多愁,

　　　　　　嘘寒问暖理正周。

　　　　先生,我去煮茶,为你消消气。(下)

屈　原　(唱)婵娟女,侍左右,

　　　　　　抑愤难止两同愁。

　　　　　　侍婵更是心头肉,

　　　　　　和颜悦色理正周!

　　　　(婵娟捧三杯茶上)先生!人家不听你的话,倒清闲自在。小人之辈,计较作甚!还是用茶吧。

屈　原　好,不计较了。喝茶!

婵　娟　先生,你日间上朝操劳政事,夜回橘园也该清闲片时。婵娟奉茶三杯,深表敬意!

屈　原　哦,敬茶三杯,有何寄意,仔细道来,先生一并畅饮!

婵　娟　先生呀!

　　　　(唱)一杯茶,敬先生,

　　　　　　善待弟子胜亲生。

　　　　　　诲人不倦语铮铮,

　　　　　　师恩泽被沐春风!

屈　原　(微笑接茶,置于案头)

（唱）苟安橘园心犹痛，

育桃培李乐无穷。

朝谏夕贬志不更，

寄望后生沐东风！

婵　娟　（唱）再奉淡茶敬先生，

熬心著文伴孤灯。

有幸拜读深受益，

道德文章励后生！

屈　原　（微笑接茶，置于案头）（接唱）

呕心沥血堪自慰，

文誉大楚著述丰。

传扬事大，道远任重，

但愿六国齐推崇！

婵　娟　（唱）三奉淡茶敬先生，

屈心抑志气自平。

你高风亮节天地牟，

我敬你，不低眉，不俯首，秉持性情，据理力争立朝廷！（奉茶）

屈　原　（微笑接茶，置于案头）（接唱）

方榫岂能合圆孔，

异心异道怎言从？

忍尤攘诟独修洁，

九死不悔善始终！（气愤难抑）

婵　娟　先生，你又生气了？

屈　原　（急掩饰）没有呀！

婵　娟　（旁白）先生还是义愤填膺，如何是好么……是了！先生视文如命，何不……先生请看！（呈上录写《离骚》给屈原）这是婵娟默写的《离骚》！

屈　原　《离骚》？（顿起兴趣，观阅）墨迹清秀，（面呈喜色）可喜，可贺！

婵　娟　（悦）好了好了，先生笑了！先生，请茶呀！

屈　原　（继续专心观阅）一字无差！博闻强记，比起宋玉毫不逊色呀！

婵　娟　大师兄日前奉赋进宫，数日未回，未知他……

屈　原　（呈喜色）宋玉备受赏识，入宫课学，真是长江后浪推前浪，橘园焕彩添荣光！

婵　娟　（唱）听先生，赞宋玉，

滚滚暖流悦红妆！

喜看橘园春风荡，

但期大鹏博太仓！

锦心绣口誉宫墙，

先生风骨得传扬。

不负婵娟寄厚望，

盼待他日谐凤凰！

久绷心弦今可放，

疑窦重重问细详。

蒙先生指点，婵娟明白了许多。只是每诵《离骚》，虽觉意境深远，遐思浪漫，也有沉闷、愤慨之感，还望先生指迷。

屈　原　千古文章乃心血所铸，文见其人自古皆然。长太息以掩涕兮，哀民生之多艰。先生深知内美还须修能，效仿先贤诚惶诚恐，抨击党人不遗余力！余心所善，永不流俗！（仰天长叹）路漫漫其修远兮，吾将上下而求索……

婵　娟　（激动万分）先生！（唱）

熬心《离骚》乍呈上，

先生解谜亮心窗。

孤灯照书简，

寂寞伴未央。

点点滴滴凝心血，

字字句句缠柔肠。

忘不了，橘园给我宁静佳壤，

忘不了，先生给我雨露阳光！

悟出了为人道理，

悟出了作文良方。

细看堪自慰，

静思悦心房。

千古文章千般苦，

涓涓细流汇长江。

〔王宫人上。

王宫人　屈大夫！

屈　原　王公公！

婵　娟　叩见王公公！（欲下）

王宫人　（阻）婵娟在场也好，省得多费口舌。

屈　原　公公黄夜到此，有何示喻？

王宫人　大夫呀！

（念）子兰回宫闹不停，

怨责大夫语声声。

南后疼爱无止境，

百依百顺任倒腾。

咱家奉命传口讯，

明早婵娟进内宫！

原、娟　进宫？

王宫人　南后示喻，婵娟姑娘进宫与子兰伴读。时已不早，咱家告辞，
大夫好自为之。（下）

原、娟　（唱）一道口讯霹雳炸，

子兰你行为差差差！

屈　原　（唱）南后令下如山倒，

婵　娟　（唱）婵娟心中利刀扎！

屈　原　（唱）分明强婚嫁，

婵　娟　（唱）眼前似天塌！

屈　原　（唱）樊墙如何越，

婵　娟　（唱）宁死不侍他！（跪）

屈　原　（唱）一跪撞心肺，

沥血护娇娃！（奔下）

婵　娟　先生……

第三场

[紧接上场。

[景现:内宫。

子　兰　老东西大撞宫门,冒犯父王、母亲,又辱骂秦国来使,辱骂大臣,简直是个疯子!

不把他关起来才怪! 此人不除,婵娟就难以到手……(思索)日前听你朗读《离骚》,阴阳怪气的,是不是在骂我父王?

宋　玉　不知道。

子　兰　少来这一套! 不说,就是知情不报! 何去何从,你看着办!

宋　玉　(无奈)好,我说。(回忆)《离骚》写道:"荃不查余之中情兮,反信谗而齑怒。"……(回忆)怨灵修之浩荡兮,终不察夫民心……(回忆)世溷浊而嫉贤兮,好蔽美而称恶。闺中既以邃远兮,哲王又不寤……

子　兰　好!

宋　玉　还有……

子　兰　一句就够了!

[切光。

[王宫人现。

王宫人　(摇头)这就是屈大夫的学生呀! ……婵娟的麻烦来了!(隐下)

[景转:橘园。

婵　娟　(唱)风飒飒,落叶飘,

夕照橘林草木凋。

孤雁失群影相吊,

魂断梦残倍寂寥。

先生一去音讯杳,

神凄惶,心头焦。

望云天,云缥缈,

惊闻啼鸟魂魄销!

〔子兰带侍卫上。

子　兰　（大喊）婵娟！

婵　娟　（大怔）呀！……

　　　　〔幕后歌中：婵娟再三闪避均被子兰拦下，进退两难。

　　　　　魑魅魍魉从天降，

　　　　　　魂飞魄散两茫茫……

子　兰　（亲切地）师妹！子兰又不是妖魔鬼怪，干吗惊慌失措？

婵　娟　（逐渐镇静）到此作甚？

子　兰　嘻嘻嘻！我来看师妹呀！

婵　娟　何劳关怀！

子　兰　师兄妹情深，应该，应该的。

婵　娟　应该的？哼！

子　兰　婵娟呀我的师妹呀！

　　　　（唱）离开你，心酸透，

　　　　　　相思泪，暗自流。

　　　　　　日来珍馐不知味，

　　　　　　夜里思你昏了头！

婵　娟　亏你还是知书达礼！

子　兰　想死你了，我的婵娟妹！（欲靠近）

婵　娟　（闪避）休得无礼！

子　兰　我对你是彬彬有礼。

婵　娟　前日在我脸上涂画，我正要找你算账呢！

子　兰　婵娟我的师妹呀！

　　　　（唱）子兰做事太不该，

　　　　　　自行其是惹祸灾！

　　　　　　一不该，不尊师训，放荡行骸，

　　　　　　不作辞赋闹猜猜！

　　　　　　二不该，抢你斑管耍无赖，

　　　　　　冷言冷语，刺你心怀。

　　　　　　三不该，朝你脸上把墨甩，

　　　　　　糊里糊涂胡乱来！

千不该呀万不该，

望师妹贵手高抬！

[子兰趋近朝婵娟深深鞠躬，婵娟闪避，子兰头撞上了侍卫。侍卫捧腹大叫，子兰猛一看，一脚把侍卫踢翻。

子　兰　我后悔，我道歉，你还不原谅我？

婵　娟　原谅你？

子　兰　子兰被驱，橘园难回，父王、母亲责骂，左右难堪，你看可怜不可怜？

婵　娟　言行举止有失检点，必食其果！

子　兰　那是见你与宋玉，又是眉来眼去，又是赠送斑管，我顿生醋意，不都是为了你！

婵　娟　江山易改，本性难移，不知羞耻！

子　兰　人非草木孰能无情呀！婵娟！（趋近婵娟动手动脚）

婵　娟　（推开子兰，打他一巴掌）卑鄙！

[侍卫上前摆出架势，被子兰喝退。

子　兰　婵娟呀！

（唱）任打任骂都是爱，

足见是我心上人！

子兰丝毫不计较，

逆来顺受见真心。

婵娟，我是一片真心呀！

婵　娟　真心？哼！

子　兰　是呀！不信，我挖心给你看！

婵　娟　我已看透了！若是真心，何来侍卫林立，婵娟岂非三岁孩童！

子　兰　（一怔，旁白）好厉害的婵娟呀！（对婵娟）楚国公子哪无随身侍卫，你不要往坏处想啦！（婵娟置之不理）天呀！我子兰对你是情真意切，若有不轨，雷轰、火烧、尸首不全！

婵　娟　既是真心，就应为婵娟着想。我喜欢清闲，无须他人搅扰，你走！

子　兰　（旁）真刁！……会刁就是好材料，待我慢慢调！婵娟呀！你不觉得师兄一来，有说有笑，橘园真像一潭活水！

婵　娟　你一来,橘园便作一潭浑水! 快些从橘园消失,不要再惹我恼怒!

子　兰　婵娟呀!

(唱)一到橘园倍豁朗,

这里是个好地方。

你始终不把子兰放心上,

我恋这一草一木难道也是不应当?!

婵　娟　(旁唱)花言巧语实放荡,

步步逼近步步慌。

势单力薄难敌众,

意彷徨,怎主张……

若再纠缠,我要向先生禀报了!

子　兰　先生? 哼! 今非昔比,先生被我父王扣押起来了!

婵　娟　你说什么?

子　兰　先生在押。父王命我搜查《离骚》,再行发落!

婵　娟　(唱)闻汹讯,心头震,

先生遭困惊煞人。

往昔君臣心相近,

无辜拘押为何因?

先生被拘,你怎可袖手旁观?!

子　兰　子兰欲近于你,先生阻我去路,坏我好事。我会救吗?

婵　娟　先生被拘,是你所为?

子　兰　不错! 先生不去吟他的辞、作他的赋,为何偏偏与我作对!

婵　娟　(愤怒)你!

子　兰　我要带走《离骚》,凭据定罪之后,将其毁灭!

婵　娟　你毁了《离骚》,无异把先生推向绝境!

子　兰　我叫他死,他就得死。《离骚》要保要毁,也是凭我一句话!

婵　娟　此言、此德、此行,岂不叫人寒心!

子　兰　我是一颗热心! 你从更好,不从也罢,我母亲已恩准要纳你为媳了!

婵　娟　(一怔)婵娟心许宋玉,绝无二志!

· 051 ·

子　兰　宋玉？他入宫如鱼得水,身边美女团团包围。我一声令下,
　　　　日间研墨、铺简,全由美女所为。夜里子兰亲自挑点送入卧
　　　　室,把门一锁。你说孤男寡女,他会坐怀不乱吗? 没几天,他
　　　　的魂不知哪里去了! 他还会想你,还会再娶你? 笑话! 再
　　　　说,我母亲点头,他敢违逆吗?

婵　娟　(旁唱)宋玉负心孰假真,

　　　　　　　美女如云难忍闻。

　　　　　　　王族权势威赫赫,

　　　　　　　一朝畏缩火焚身!

子　兰　宋玉不但抛弃你,对先生也不客气了!

婵　娟　胡言乱语!

子　兰　他求仕心切,见先生大势已去,告发先生的《离骚》污辱王族,
　　　　攻击我父王。

婵　娟　(大怔)宋玉? ……(对子兰)此事当真?

子　兰　骗你有何用?《离骚》我半句不懂,宋玉不道破,谁晓得!

婵　娟　(神不附体,摇摆不定)宋玉?! ……

　　　　(旁唱)求仕心切诚可信,

　　　　　　　昧心卖师存疑嫌。

　　　　　　　先生《离骚》唯他晓,

　　　　　　　一语道破祸连天!

　　　　　　　似淋冷水陷雪地,

　　　　　　　雨打梨花泣杜鹃……

子　兰　不要痴情了! 随我进宫吧!

婵　娟　婵娟不去!

子　兰　献出《离骚》!

婵　娟　婵娟不献!

子　兰　不去,不献,子兰只好搜查拿获,火烧橘园!

婵　娟　(旁唱)豺狼威逼腹藏剑,

　　　　　　　处心积虑谋婵娟!

　　　　　　　《离骚》拱手献,

　　　　　　　先生屡罪愆。

　　　　　　　断然抗拒狗急跳墙又恐添乱四面楚歌危如累卵,

　　　　愁绪如麻绞心弦……
　　　　先生大著无价宝，
　　　　今生后世须流传！
　　　　呼天唤地难消祸，
　　　　束手无策似油煎……（思虑。见子兰，心生一计）

（旁白）我自己不是也默写一卷《离骚》呢？一时慌乱，竟把它给忘了！待我背水一战，抽去那些抱怨怀王，愤世嫉俗的词句，打发他走，再作道理！

子　兰　想好了吗？要圆要扁，等你吱声！

婵　娟　橘园不可烧！

子　兰　《离骚》拿来！

　　　〔婵娟故作迟疑不决。

子　兰　搜查！

　　　〔侍卫近前。

婵　娟　慢！（入内）

　　　〔侍卫欲冲入，被子兰喝退。

子　兰　（得意）《离骚》到手，推掉绊脚石，婵娟你就跑不了了！

　　　〔幕后歌起：婵娟心情沉重奉《离骚》上。

　　　　一步一彷徨，
　　　　斗胆上刀山！
　　　　橘园千堆雪，
　　　　弱女担铁肩……

　　　〔子兰接过后狰狞大笑。

第四场

　　　〔紧接上场。

王宫人　这事还没完！婵娟抽简藏句，子兰发现上当，一脚踢给了宋

　　　　　玉。这下,婵娟的麻烦更大了……(隐下)

　　　　　〔景转:橘园。

　　　　　〔婵娟神情憔悴。老妪、村姑若干一旁劝慰婵娟。

村　姑　婵娟,不能过度忧伤呀。

婵　娟　可怜先生他……

老　妪　都知道了。

村　姑　《离骚》实话实说,有什么罪?这是什么世道?

老　妪　屈大夫是好人,苍天有眼,早晚会平安无事的。姑娘,你要强
　　　　　打精神呀!

婵　娟　多谢阿婆关怀!

老　妪　橘园内外一家亲,有何难事尽管说。

婵　娟　众乡亲热心热肠,婵娟已经感激不尽了!

村　姑　你孤身一人留守橘园,无依无靠。我们留下陪你,多少也有
　　　　　个照应。

婵　娟　姐妹深情,婵娟心领,不敢劳动诸位了!

老　妪　(观望)哎,那不是宋玉吗?

村　姑　宋玉?

婵　娟　(感情复杂)宋玉?……

老　妪　相好人来了,我们可不能在这碍手碍脚。

村　姑　你神色憔悴,宋玉见了会心疼的。快去打扮打扮吧!(做鬼脸)

老　妪　走啦!(招呼村姑下)

婵　娟　(感情复杂)宋玉?………(入内)

　　　　　〔宋玉上。

宋　玉　(唱)身在内宫不胜寒,

　　　　　　　昧心指控五内翻。

　　　　　　　进退左右理还乱,

　　　　　　　心忐忑,怎苟安……

　　　　　婵娟……婵娟!

婵　娟　(上)师兄!

宋　玉　婵娟……

　　　　　〔幕后歌起:

一别隔三秋，

　　相逢万斛愁……

婵　娟　(注视着宋玉)几日不见，师兄你消瘦了。

宋　玉　宫中课学，案牍劳顿，忧挂先生，怎不伤神……

婵　娟　你要设法营救呀！

宋　玉　一介小臣，无能为力，听天由命吧！

婵　娟　你是他心爱的弟子呀！

宋　玉　朝野上下都说他是疯子。宋玉身不由己呀！

婵　娟　(旁唱)眼前人，甚相远，

　　难道所闻无差偏……(思虑)

师兄，别人说三道四我不管，你怎能说出这种话来？

宋　玉　婵娟，你错怪了！

(唱)我知道，先生报国沥赤胆，

　　我知道，先生诗文皆鸿篇！

　　我知道，党人进谗相构陷，

　　我知道，先生落狱实在冤！

婵　娟　既然知道，你不去救先生，却回来作甚？

宋　玉　奉命前来索取先生的《离骚》。

婵　娟　子兰已经带走了！

宋　玉　分明是你笔迹，又抽简藏句，你叫我……

婵　娟　(忍住)你?！……想不到师兄一眼穿墙，慧眼，慧眼，佩服，佩服！(执手)只你一人所识？

宋　玉　非也！

婵　娟　先生知道吗？

宋　玉　(摇头)

婵　娟　那你当众说穿了吗？

宋　玉　形势驱迫，只好如此了。

婵　娟　哼！想以先生的《离骚》换取你的前程，休想！

(唱)血写《离骚》永不朽，

　　先生风骨传千秋！

　　婵娟尚知重义节，

你怎能卖师求荣,不辨劣与优!

若再执迷不醒悟,

速速走开莫逗留!

宋　玉　婵娟呀,你要理解宋玉一片苦心,我是不得已的,此遭也是为你而来!

婵　娟　先生身陷囹圄,你却逍遥自在,你,你,你还有何面目前来见我?

宋　玉　婵娟呀!

(唱)也曾思厚德深恩不可忘,

也曾思橘园美好时光。

也曾思师妹深情寄望,

也曾思为人处事磊落大方!

怎奈是羽翼渐丰飞千丈,

皆因你我还须保安康,

宋玉此举怎能退让,

形驱势迫岂容磋商!

婵　娟　(唱)你摇尾乞怜天良尽丧,

你奴颜媚骨狐狸心肠!

原以为,一时腾达可依傍,

莫料到,羽翼未丰,你病入膏肓。

宋　玉　宋玉此心唯天可鉴呀!

婵　娟　你这种人,还谈什么良心,分明是把婵娟扼杀!

宋　玉　你听我说吧!

婵　娟　(摆手)宋玉这名字,已在我心里死了,你走吧!

宋　玉　婵娟呀,你不想想,《离骚》不献,子兰怎肯罢休,须知王权是不可惹的!

婵　娟　王权不可惹?婵娟就好欺负吗?为人弟子,先生有难,理应搭救才是,这搭救二字暂且不说,竟还下井投石,置人死地,你于心何忍呀!

宋　玉　宋玉救不了先生。可你应为我着想,助我前程,日后你我定能夫荣妻贵!

婵 娟	如此荣贵,忍辱偷生,何人眷恋!
宋 玉	别无生计,为今只此一搏了!
婵 娟	你这一搏,就会飞黄腾达? 你这一搏,橘园风骨能传扬?
宋 玉	我何尝不想!
婵 娟	千想万想,万万没有想到,白面之人竟做出这黑心之事!
宋 玉	(猛受刺激)你?! ……不要出言相讥。你要理解,先生才华盖世,朝野无人可比,可到头来落得个党人相欺,怀王冷漠,囚禁内宫,这个下场,怎不令人伤心呀! 你是要我步他的后尘呀!
婵 娟	如此说来,先生必死无疑了。
宋 玉	救先生无异于先杀我头!
婵 娟	懦弱之夫!
宋 玉	先生已成众矢之的,连怀王也反目为仇了,我能救吗?
婵 娟	(愤慨)宋玉! 你,你,你与子兰分明是一丘之貉! 无话可说了!
宋 玉	婵娟呀,怀王令下,《离骚》不献,我命休矣!
婵 娟	你想到保命,你有想到别人的安危吗?
宋 玉	婵娟,我是来救你的呀!
婵 娟	救我? (冷漠,摇头)
宋 玉	若再一意孤行,你连自身都保不了呀! 婵娟! (唱)念你我情相投如鱼水, 　　难忘却你寄语把心推。
婵 娟	(唱)赠斑管,励你志, 　　要你效仿先生长追随。
宋 玉	(唱)我也曾,秉尊师训效先辈, 　　我也曾,敬奉《离骚》报春晖, 　　谁料到,大势已去陷危局, 　　徒有才识怎施为?
婵 娟	(唱)昧心弟子怕受累, 　　煌煌《离骚》成罪魁。 　　人不人来鬼不鬼, 　　怨我婵娟眼蒙灰……

宋　玉　嗟叹无益，为今之计，只有把《离骚》献出！

婵　娟　不献！

宋　玉　不献？

婵　娟　宁为玉碎，不求瓦全！就是不献！

宋　玉　(苦苦哀求)婵娟，为保身家生命，宋玉求你了……(跪)

婵　娟　(如撞心扉，心灰意冷)好一个廉耻丧尽的宋玉呀！……天呀，我
　　　　心目中的大师兄哪里去了？怎么变得如此可怜、可悲、可恨
　　　　呀！……滚！

宋　玉　姑念往日情分，宋玉不忍伤害于你，只是子兰心狠手辣，势必
　　　　卷土重来！

婵　娟　由他来吧！

宋　玉　如今缘已了，情已尽，只恨我宋玉自己！(丢下斑管，垂头丧气下)

婵　娟　(唱)斑管掷地如炸雷，
　　　　　　　霜刀雪剑竞相摧！
　　　　　　　捧斑管，已无泪，
　　　　　　　宋玉去，万念灰……
　　　　　　　断送了满怀憧憬，
　　　　　　　碾碎了滚烫心扉……
　　　　　　　难忍看，无情流逝东去水，
　　　　　　　难忍看，离愁别怨更添悲！
　　　　　　　我多想，传言是假和为贵，
　　　　　　　我多想，悬崖边上把缰勒。
　　　　　　　心灯灭，孤星坠，
　　　　　　　多情误我恨难追！
　　　　　　　橘园漫恨水，
　　　　　　　洪荒袭娥眉。
　　　　　　　谁怜恤，断头折枝遭霜蕊？
　　　　　　　谁评说，曲直功过是与非？
　　　　　　　望天外，深深跪，
　　　　　　　眼朦胧，暗无辉。
　　　　　　　先生惨相对，

此情诉与谁？

抑住悲,拭干泪,

儿女情长怎作为?

护《离骚》万死不推诿,

何惧那漫天滚滚雷!(雷声乍起)

子　兰　(率宋玉、侍卫急上)活捉婵娟,搜查离骚,火烧橘园!

　　　　[电闪雷鸣。

内　声　着火呀……着火呀!

　　　　[火光四起。一片混乱。众百姓冲上护走婵娟下。

子　兰　(气急败坏)活捉婵娟,搜查离骚……

　　　　[火光漫天。

第五场

　　　　[数月后。

王宫人　(神情疲惫)一场大火!不知是天怒人怨!子兰、宋玉人间蒸发
　　　　了!(咳嗽不止)星移物换,怀王客死秦国。太子横接位登基,
　　　　不查婵娟行踪,不追《离骚》下落。重修了橘园,你知道他想干
　　　　什么!重新起用屈大夫?(刚迈步,跌了一跤)错了,错了!可怜
　　　　的屈大夫呀,出了天牢,移禁橘园。可如今,咱家又得去……
　　　　咳!中庸保命,奇才招祸呀!……(拭泪。隐下)

　　　　[景转:橘园屈原书房。铁窗醒目。

屈　原　(唱)惊雷震天吼,

　　　　　　铁窗陷楚囚。

　　　　　　由来叩天问,

　　　　　　沥血无穷究!

　　　　　　冲冠怒,蒙污垢,

　　　　　　压胸臆,怎罢休!

《离骚》丧火海，

婵娟何处投？

恨我空有擎天手，

悲怨悔恨恨悠悠！

怀王呀！

你为何不携屈原走，

冷我热肠热肝，你心不揪？

襄王呀！

你为何还要视我为敌寇，

缚我志，大楚如沉舟！

地狱无门，

天外难求。

何人解我亡命扣，

何人听我诉国忧！（雷声再起）

雷再起，天颤抖，

似听得，强秦逐鹿冲斗牛！

疆土沦陷，摧枯拉朽，

党人逃窜灰溜溜！

黎民丧刀口，

河山一手丢！

心如灸，心冷透，

谁识我，命铸大楚写春秋……（仰天长啸）

婵　娟　（背《离骚》上）先生……先生！（见）不！如此形容，不是我的先生！不是，不是！

屈　原　（似乎认不出）你是……

婵　娟　我的先生在哪里呀？先生！……

屈　原　（认出）你是婵娟？

婵　娟　（退缩）你是？……

屈　原　我是你的先生屈原呀！

婵　娟　先生！……我是婵娟，是你的婵娟呀！

屈　原　（惊喜）婵娟！

婵　娟　先生……（跪）

屈　原　婵娟！……（一把搂住婵娟）

　　　　〔幕后歌：

　　　　　　　是血是雨还是泪，

　　　　　　　橘园依旧人已非……

屈　原　婵娟，你何能前来？

婵　娟　两个把守的大叔，见我在雨中哭得可怜，顿生恻隐，放我进
　　　　来的。

屈　原　能来就好，能来就好！来，让先生看看！……好呀，婵娟长
　　　　大了！
　　　　〔婵娟起身，凝视屈原，用自己淋湿的衣袖为屈原擦脸，帮屈
　　　　原梳理蓬乱的头发。在屈原身后偷偷流泪，泪水滴在屈原
　　　　头上。

屈　原　是泪水？

婵　娟　不是。是雨水。

屈　原　（屈原转身一见）是泪水呀！
　　　　〔两人相抱饮泣。

屈　原　婵娟莫哭。

婵　娟　婵娟不哭。

屈　原　先生好久没听到婵娟的笑声。婵娟一笑。

婵　娟　好！婵娟一笑。（强忍，终笑不起来），先生，婵娟笑不起来呀！

屈　原　我的好孩子……

婵　娟　我的好严亲！……

屈　原　受苦了，孩子。

婵　娟　孩儿不苦。

屈　原　你告诉我，你到哪里去啦？

婵　娟　橘园着火，好心人相救，我带着先生的《离骚》江左躲避。听
　　　　说你回到橘园，就偷偷回来了。

屈　原　《离骚》？

婵　娟　在这里。（解开《离骚》，呈给屈原）

屈　原　（抚摸《离骚》）婵娟，先生害苦你了！

婵　娟　保得《离骚》，婵娟无怨无悔！本想抽简藏句逃过此厄，可恨那子兰行诈，可叹宋玉利欲熏心，竞相逼勒，婵娟的心都碎了……

屈　原　（隐隐作痛，怜悯）婵娟……

婵　娟　先生！

　　　　（唱）我恨他，悖了师训忘根本，

　　　　　　我叹他，利令智昏火焚身。

　　　　　　时过境迁何忍问，

　　　　　　不堪回首欲断魂。

屈　原　（唱）弟子非亲生，也是心头肉，

　　　　　　每忆此人痛殊深！

　　　　　　莫非师道有缺损？

　　　　　　婵娟历苦立乾坤！

婵　娟　（唱）先生厚德无缺损，

　　　　　　操守文章万古存！

　　　　　　人已去，情已尽，

　　　　　　遗此斑管绞寸心……

屈　原　伤心无益。路遥知马力，日久见人心。有你婵娟如此孝心，先生足矣！

婵　娟　婵娟做得不够！一想起先生，我就寝食不安。如斯境况，岂能袖手，不如待我联结百姓上书新主，为先生鸣冤！

屈　原　婵娟苦心，先生心领。顺其自然吧。

婵　娟　那你当初为何不顺其自然，偏偏那么执理不让！

屈　原　举世皆浊我独清，众人皆醉我独醒！

婵　娟　难道你还要这样坚持下去？

屈　原　坚持！天生我屈原，必将降大任于我，相信顷襄王定会让我重新出山！

婵　娟　重新出山？

屈　原　重获自由！

王宫人　（上）屈大夫，你自由了！

屈　原　自由？

王宫人　大王令下,屈大夫流放江南,永离郢都! 手令在此!

屈　原　流放江南?

王宫人　是,流放江南。大夫,人之境遇皆因性情所致,自安天命吧!
　　　　官船已停在江边,请速启程!(下)

屈　原　永离郢都?! 怀王呀! 你立的是什么太子呀! 顷襄王呀! 你当
　　　　什么国王? 竟然不顾社稷安危,任凭党人蛊惑,任由暴秦操纵!

婵　娟　先生!

屈　原　你们要知道,屈原忠贞不贰,心系大楚呀!

婵　娟　先生! ……

内　声　屈大夫,请速启程呀!

屈　原　启程!(颓废之后,心境渐宽)

　　　　(唱)乘官船,放眼宽,
　　　　　　　官船渡我去江南。
　　　　　　　江南美,诚可恋,
　　　　　　　回首郢都泪已干。
　　　　　　　楚人疏我抱大憾,
　　　　　　　亡楚之日识屈原!
　　　　　　　临行痛别知遇女,
　　　　　　　再看一眼小婵娟!(面对婵娟,悲泪欲滴)

婵　娟　(唱)先生泪闪闪,
　　　　　　　儿辈意拳拳。
　　　　　　　走江南,婵娟伴,
　　　　　　　弱质不惧万水与千山!
　　　　　　　采来橘枝做拐杖,
　　　　　　　一路扶你保平安!
　　　　　　　寒来婵娟知添暖,
　　　　　　　饥时有我煮三餐。
　　　　　　　知冷知热莫若我,
　　　　　　　不随先生怎苟安?

屈　原　(痛哭流涕)好孩子,先生自知天命,不能再让你受苦了!

婵　娟　(唱)报恩何言苦,

弟子孝为先！

屈　原　好孩子，不能再拖累你了。侍奉多年，终觉有愧。你应留下来，这里是你熟悉的土地，这里有你的友善的姐妹，你年纪也不小了，找一个好人家，生儿育女，相夫教子，作一个完完全全的女人！唯有如此，先生才走得安心！

婵　娟　先生！
　　　　（唱）我不愿，玉堂金马满门贵，
　　　　　　　我只求，鞍前马后奉尊前。
　　　　　　　先生写辞我研墨，
　　　　　　　指点迷津记心田。
　　　　　　　《离骚》须传遍，
　　　　　　　感恩担铁肩！
　　　　　　　心有所属心已决，
　　　　　　　跪请先生来成全！

屈　原　成全！屈原向来说一不二，我走了！

婵　娟　（拖住屈原，跪下）先生！（声泪俱下）弟子婵娟，幼随先生，学经习文，深受教诲，眷恋橘园岁月，敬仰先生为人。可我所爱的人心变了，人走了，我万念俱灰……先生遭厄，婵娟无处求援，无力解先生于困危，我痛心疾首……泪流干，心变硬了！心系先生，情寄《离骚》，赴汤蹈火，义无反顾！如今我所敬重的先生就要远走天涯，怎不教人难分难舍，撕心裂肺……痛定思痛，位卑不敢忘师恩，虽为女流，愿捐余生传承《离骚》！让天下人皆受《离骚》教益，让天下人皆敬先生风骨，望先生恩准！……

屈　原　婵娟，我的好女儿！……来，接过《离骚》！

婵　娟　（百感交集双手接过《离骚》）先生，你就放心吧！

屈　原　放心！哈哈哈！……（引吭高歌）
　　　　　　　抑志而弭节兮，
　　　　　　　神高驰之邈邈。
　　　　　　　奏《九歌》而舞《韶》兮，
　　　　　　　聊假日以偷乐。

婵　娟　先生！

屈　原　屈原去也！……

婵　娟　（撕心裂肺）恩师！………

　　　　〔幕台歌中：婵娟双手托起《离骚》长跪泪送屈原，屈原回头复
　　　　回头，最后神情的长注婵娟，狠下决心下。

　　　　　　忍别三叩拜，

　　　　　　血泪滴尘埃。

　　　　　《离骚》魂永在，

　　　　　　橘园恨长埋……

　　　　〔雷鸣电闪。

第六场

　　　　〔汨罗江畔。

　　　　〔白幡猎猎，号角声声，挽歌阵阵。

王宫人　（改成渔父装束）郢都沦陷，楚国灭亡了，宫人转眼就成了渔
　　　　父……屈大夫更是抱憾不已，含恨抱石汨罗江了……《离骚》
　　　　成绝唱，汨罗闻哀曲。（拭泪）巨星陨落，山河失色，百姓咸
　　　　悲……你们看，婵娟姑娘祭江来了……

　　　　〔婵娟背《离骚》上。

婵　娟　（唱）汨罗江，水茫茫，

　　　　　　挽歌起，绞衷肠。

　　　　　　怨浊世，大夫焚胆恨千丈，

　　　　　　悲国亡，先生抱石汨罗江……

　　　　　　著书立说树德望，

　　　　　　秉志素心蒙雪霜。

　　　　　　怀才不遇遭流放，

　　　　　　忧国忧民成国殇。

　　　　　　水呜咽，擎天大柱魂飘荡，

云惨淡,黎民百姓痛欲狂。

橘园桃李蒙霜降,

临风洒泣独尚飨……

[婵娟解下《离骚》双手捧,跪放于江边。

婵　娟　先生,你的婵娟来了……你的《离骚》也来了……先生,橘
园泣血忍别,你远走天涯,婵娟魂牵梦绕,揪心掰腹,肝肠俱
碎……我是多想跟随在你身边呀……噩耗传来,婵娟再也流
不出眼泪了……哭不出声了……先生,你知道吗?……想那
日,婵娟淡茶三奉,茶热时,你全神检阅婵娟的课业,凶讯传
来,你心系婵娟安危,愤然闯宫,一去不还……我千等万盼,
就没办法等你来喝那三杯茶……茶凉了,我心也凉了……先
生,你在时烹茶未下咽,却等到你走了,才拿来当祭品,这更
令婵娟心碎……我婵娟是怎么啦?……怎没办法让先生把
那三杯茶喝下去呀……我对不起先生呀……先生,你生前未
饮的这三杯茶,婵娟又奉上来拜祭你了……

[挽歌起。

魂兮归来……

魂在何方?

魂兮归来……

遇难成祥……

[王宫人捧茶给婵娟。

婵　娟　(唱)一杯茶,祭先生,

感你寄语殷殷育花丛。

恨子兰背道而驰露狰狞,

怨宋玉忘恩负义难始终。(取出斑管投入江中)

结苦果,你心痛,

师恩未报我悔无穷!(祭洒入江)

[挽歌起。

魂兮归来……

魂在何方?

魂兮归来……

遇难成祥……

婵　娟　（唱）二奉淡茶祭先生，

祭你呕心沥血硕果丰。

再捧巨著，何人解蒙？

欲求指迷梦成空！（祭洒入江）

［挽歌起。

魂兮归来……

魂在何方？

魂兮归来……

遇难成祥……

婵　娟　（唱）三奉淡茶祭先生，

祭你爱民爱国善心胸。

你坚不可摧，忍辱负重，

你九死不悔贯长虹！

楚人似你甘冒命，

何致今朝山河崩……

先生魂兮云天笮，

淡茶酹江江水红……（祭洒入江）

［百姓与婵娟同祭。

婵　娟　先生……（悲痛欲绝，伏地痛哭）

百　姓　婵娟姑娘保重！（抚起婵娟）

［婵娟恢复精神还礼答谢百姓。背起《离骚》。

百　姓　婵娟姑娘！……

婵　娟　（再施礼，依依难舍）

百　姓　婵娟！……（送行依依不舍）

［幕后歌起：

长江水，滚滚流，

几度端阳几度愁。

汨罗江畔红装女，

忍看竞渡恨悠悠……

［剧终。

戏曲

英雄庙

沈杏莲

　　全日制专科毕业的大学生,从小到大就一优等生,学习成绩理科比文科好,却走上文学创作的道路。大学读的是金融学院,却不懂理财,仗着一份热情和执着,迄今,戏曲剧本(大戏小戏连台戏)14 个,电视剧一部。

人　物：少　俊——原玳悠城武将,除妖不成,远逃他乡。

　　　　大长老——玳悠城大长老,管事者。

　　　　大山娘——前武将大山之母。

　　　　小甲,小乙——大长老的随从。

　　　　"塑像"——一个声音,由台内演员扮演。

〔字幕："年代不明,国度不明,一个名为'玳悠'的古城"。

〔幕开,"英雄庙"在舞台一侧,塑像端立。另一侧老树盘根。

〔少俊上,披风长剑。

〔幕后伴唱:"古老山城名玳悠,

　　　　　白云生处度春秋。

　　　　　游魂归宿何处有?

　　　　　近乡百味在心头。"

少　俊　玳悠城,我又回到玳悠城了……(爱惜地环顾周围,捡起落叶)

　　　(唱)老树盘根落叶轻,

　　　　　黄土细沙履际萦。

　　　　　古城古山常入梦,

　　　　　脚步每每举又停。

　　　　　十载光阴悄无影,

　　　　　不堪回首是前情。

　　　　　迟疑千里归乡径,

　　　　　千里迟疑返家城。

　　　(见英雄庙)阔别十载,这里竟建起一座庙宇。(走近)英雄庙!
英雄庙?(念)

　　　　　除山妖,英烈万载;

　　　　　洒碧血,伟名千秋。

　　　　　山妖? 山妖……

　　　(唱)前尘如新现眼前,

　　　　　羞愧难堪满心间。

　　　　　我也曾威武少年志高远,

　　　　　十年前守护乡城称能贤。

　　　　　都只为山妖作怪民陷险,

　　　　　逞英雄单独请缨解倒悬。

　　　　　那夜晚妖雾翻滚如梦魇,

激战中节节败退支撑难。

蒙大山及时赶至相救挽，

拼全力救我一命归人间。

他妖口奋战周身血染，

我越观越怕手脚冰寒。

一时怯懦急逃窜，

从此天涯归无颜。

也不知当年，大山兄是死是活……当年在外，闻说山妖已被英雄所除，莫非正是他将妖除去，城民因而建此庙宇，以表功绩？（惭愧地点头）确是应该，确是英雄！待我也去瞻仰一番。

（进门，见塑像）这塑像？

（唱）猛抬头塑像威严，

竟是我少年容颜！

莫非是尘土障眼，

（揉眼，细看）没错，丝毫无差……

（接唱）顿时间满面羞惭。

［大长老、小甲小乙上，进庙门。

甲 乙	大长老例行上香，闲人回避。
少 俊	（惊，暗道）大长老？（欲出门）
大长老	站住！我看你怎么有点眼熟？
少 俊	（逃避照面）路过而已。（欲走）
大长老	站住！（打量）你，你是人是神？
少 俊	我不是……
大长老	（激动地）是……是神明显圣？是神明显圣！
少 俊	（无奈的）大长老，我是少俊，是人……
大长老	你真是少俊，十年前守城的少俊，十年前杀死山妖的少俊？
少 俊	（无颜）大长老……
	［小甲小乙兴冲冲急下。
大长老	当年山妖死在悬崖边上，你却没了踪影，我们都以为你跌落悬崖死了呀……少俊啊！
	（唱）多亏你忘生死解救生灵，

伟功绩媲天神永载古城。

　　你看看,这庙宇,这塑身,可都是为了你啊! 城民还自发为你
　　祖先修建坟墓,让他们风风光光……

少　俊　天! 这……我受之有愧呀!

大长老　当之无愧,当之无愧! 对了,这么些年,你去了哪里?

少　俊　我……

　　　　(唱)蹊跷事令少俊疑云顿生,

　　　　　　难道说大山兄未透隐情?

　　　　大长老,我……想打听一人。

大长老　你幼无亲眷,想打听谁?

少　俊　就是……大山哥。

大长老　(大怒)无耻之徒,提他做啥!

少　俊　此话……怎讲啊?

大长老　哼!

　　　　(唱)想当初你二人同护乡关,

　　　　　　他平庸你豪杰素来两般。

　　　　　　你英勇请缨把妖斩,

　　　　　　他胆怯阻拦太不堪。

　　　　　　说什么谨慎计议休冒险,

　　　　　　却在你血战之时弃家园。

少　俊　大山哥他……他……(闪烁地,心虚地)他不会这样做吧?

大长老　那晚妖雾笼罩,有人看到他急急出城,之后再无消息,这不明
　　摆着嘛!

少　俊　(自语)想是他跌落悬崖,或葬身妖腹……

　　　　(唱)明真相不由人百感交集,

　　　　　　世间事竟这般颠倒离奇。

　　　　　　捐命者遭受着骂名不已,

　　　　　　落逃者倒享得万般敬意。

　　　　　　溢美词多刺眼载满四壁,

　　　　　　如万箭穿我心鲜血淋漓。

　　　　　　且待我上前去倾吐隐底……

大长老	哼！临危逃命之辈，辱了祖先，千夫所指，万世遗臭！
少　俊	(暗退缩)哎呀……
	(接唱)此景况好教我忐忑迟疑。
大长老	咱不提那没脸的畜生啦！说说你吧。是不是跌落悬崖，又逢凶化吉，辗转至今才得回来呀？
少　俊	呃……
大长老	定是这样，定是这样！哈哈哈……
少　俊	(旁唱)他毫无见疑殷殷意，
	我如坐针毡语难提。
	始料未及对策何处觅？
	不如一走了之永逃离！
小　乙	(奔上)大长老，大长老……山下来了很多城民，都是来瞻仰大英雄的。
大长老	吩咐他们在那候着。
小　乙	是！(下)
少　俊	(唱)眼下如何脱身去……
	〔群众内声："英雄啊，英雄啊！"
少　俊	(接唱)声声拥戴乱神思。
小　甲	(奔上)大长老，大长老……长老，老城主一听除妖英雄回来，欢喜至极，已告书城民众，即日传位与大英雄了！
大长老	哎呀！好！好啊！
少　俊	(反应极大地)此话怎讲？
大长老	老城主膝下无儿，如今年迈卧榻，正愁无人继位，你今回来，正是天意！
少　俊	哎呀！(有晕眩之感)这是梦，太可笑的梦……
大长老	当然不是梦！论才能论品德，你都当之无愧，这英雄庙就是最好的见证！
少　俊	(唱)接连不断事事荒唐，
	引我遐思惹我迷茫。
	城主高位万人景仰，
	光耀门楣祖宗沾光。

低眉思忖心潮激荡，

　　胸中烈火阵阵烧狂。

　　（自语）不可以，不可以！

大长老　不能推让！你先定定神，我去跟其他长老商议事宜，再来迎

　　　　接你。（同小甲下）

少　俊　大长老，大长老！（喃喃地）不能退让……

　　　　〔群众内声："英雄啊！英雄啊！"少俊在呼声中迷茫。少顷，

　　　　静寂。少俊与塑像对视，步步走近，忽然转身躲避。

少　俊　你看着我做什么？

"塑像"　（不急不缓）你……又看着我做什么？

少　俊　没什么。

"塑像"　我知道你在想什么。

少　俊　（急急否认）我哪有在想什么？我没有在想什么！

"塑像"　你有。

少　俊　我没有，我没有！你乱说，乱说！

"塑像"　（轻笑）我就是你，你就是我，你骗得了自己么？

少　俊　（很挫败地坐到地上，竟渐渐哭了起来）

　　　　（唱）踏归途奢宽恕救赎良知，

　　　　　　谁料到受膜拜高高矗立。

　　　　　　羞报事惭愧事散似烟雨，

　　　　　　心荡漾竟不知何从何去……（忽然站起来，眉目放光）

　　　　　　莫不是上苍谅解赦罪戾，

　　　　　　从此后心头阴霾尽丢弃？

　　　　　　莫不是后土怜我忏悔意，

　　　　　　借此机赐我重生离哀郁？

　　　　　　莫不是大山宽饶念情义，

　　　　　　期望我造福桑梓倾己力！

　　　　（又摇头）错了！错了！

　　　　（唱）混真伪行同狗彘，

　　　　　　冒功劳下流卑鄙。

　　　　　　寻开脱厚颜无耻，

怎说得头头皆是?

(转念)

(唱)可如今骑虎之势,

　　　道真相已然不易。

　　　我也是迫不得已,

　　　何苦去翻天覆地?

(又转念)

(唱)难不成麻木如斯,

　　　竟这般无耻到底?

　　　这一切偷盗何异?

　　　怎能够安心惬意?

(又转念)

(唱)我不过因势行事,

　　　顺应着上天旨意。

　　　逆天行节外生枝,

　　　反倒是冒渎神祇。

(又转念)

(唱)这分明狡辩言词,

　　　掩饰那内心私欲。

(又转念)

(唱)谁不想光耀门闾,

　　　让先人流芳百世。

(又转念)

(唱)似这般盗名欺世,

　　　定遭受天打雷劈。

(又转念)

(唱)前情事无人得知,

　　　又何妨接受顶礼?

(痛苦挣扎)哎呀!(吼道)够了!

(唱)人生不过尔尔,

　　　认真计较何必?

　　　玳悠城宁静多时,

何苦将波涛掀起？

我如今是城民心中神祇，

揭真相伤其心于情不宜。

正应该顾大局隐瞒下去，

继任后荫桑梓不遗余力。

补前过安眼下两得一举，

从此后氤氲散全新天地。

没错，这是天意！（遂感轻松）

［群众内声："拜见大英雄，拜见新城主！"

少　俊　（颇具领袖风范地）免礼……

　　　　　［小甲带众随从捧衣饰上，侍候少俊更衣。

小　乙　（上，对小甲）大山娘横冲直撞，要见大英雄。

小　甲　这个时候添什么乱？赶走。

少　俊　大山娘！（一时僵直）慢！

小　乙　她……已经来了。

　　　　　［大山娘拄着拐杖上。

大山娘　大英雄，大英雄……（进门）

少　俊　婶娘？

大山娘　（重重跪下）大英雄！求你告诉我，我的儿子大山，他，你见到他了吗？

少　俊　（紧张一退）没，没见到！

大山娘　他不是跟您一起去除妖了吗？

少　俊　没有！没有！

大山娘　怎么会没有呢？要不他怎么会不见了呢？

少　俊　我不知道，我不知道……

小　甲　城主，您别见怪，她是疯了，这十年来见谁都说这样的话。

大山娘　（呜呜地哭了起来）我的大山，他去了哪里呀……

少　俊　（稍稍放松）婶娘，您别难过……我是少俊呀。

大山娘　少俊……（忽然欣喜地）少俊，你和大山从小一块长大，你说他可能为求自保抛弃乡情么？（紧缠着少俊，少俊躲闪）我说的他们都不信，你快帮他说说，说说……怎么连你都不帮他说话呀……

少　俊　（恳求）婶娘,大山既然已经去了,何不就忘了吧? 让侄儿认您做干娘,报答您打小对我的照顾,好吗……

大山娘　（绝望）我明白了,明白了……

少　俊　婶娘! 求婶娘……（跪）成全!

大山娘　少俊,你真是个好孩子。（扶少俊起）其实我没疯,这心里清楚着呢。这十年来,谁都说大山抛弃乡土,可一个做娘的,总不愿去面对,总盼着有人告诉我,说我的儿子没有逃,他是去除妖了! 我就这么地哄着自己……今天,是该醒了……

少　俊　婶娘,不要再说了……

大山娘　（很赞赏地）少俊,多好的孩子,大山他……（羞愧）都怪我啊,从来只要求他平安,管教不严,才致祖宗蒙羞……我对不起他,对不起祖先……（自语着下）

少　俊　婶娘,婶娘……（自语）我又做了什么?

甲　乙　（不知该怎么答）城主,别理她了,她不知好歹。

少　俊　不知好歹的是我……

　　　　（唱）一个绝望的娘亲,

　　　　　　　揪疼了我铁打的心。

　　　　　　　惨痛羞愧的眼神,

　　　　　　　震慑了我迷失的魂。

　　　　　　　那赞赏的目光好似利刃,

　　　　　　　穿我肺,刺我心,凿我肝,刀刀深!

　　　　〔内声疾呼:“大山娘自杀啦!”

　　　　〔少俊大惊,小乙奔下,复上。

小　乙　大山娘一头撞在大石头上,鲜血如注,没气了……

少　俊　死啦……

　　　　〔天地死静。片刻,雷电轰然。

少　俊　你们听到雷声了吗?

甲　乙　没有啊! 城主,您听错了。

少　俊　没听错。（转向塑像）你也听到了吧? 别以为你不声不响就可以若无其事!（粗暴地把供品等掀翻在地上）

(唱)你们供什么神虔什么诚？

你们添什么乱矫什么情？

什么英雄高帽盖世伟名？

什么显赫地位锦绣前程？

一步步逼我跌撞入深瓮，

一桩桩将我套紧如缰绳。

我挣不脱逃不离，

我难抗拒难吭声。

害得我掉进泥潭沼井，

害得我掉进油锅火坑。

害得我掉进绝望噩梦，

害得我掉进地狱底层。

(少顷,转冷笑)骂什么？恨什么？谁害了你？还不是你自己！

(唱)若说怯懦酿前情，

今夕何以至绝境？

浮华障眼迷归路，

欲壑幽深失品性。

也曾是惭痛深铭，

稍得意心怀侥幸。

任龌龊的血液流淌，

任阴暗的魔鬼横行。

蓦然梦醒天欲陷，

哈哈哈……英雄庙,英雄庙……

(接唱)且洗污垢还清澄。

〔少俊挥剑砍倒塑像,大长老上。

大长老　少俊呀,你这是做什么呀？

少　俊　我不是英雄！真正的英雄是大山！

大长老　好孩子,别这样。我知道大山娘的死对你打击很大……

少　俊　我说的是真的……

大长老　我理解你,多么善良的孩子啊！(对众人)快为城主更衣,准备
　　　　进城。

众随从　是！（为少俊更衣）

少　俊　你们相信我，我真的不是！你们相信我——

大长老　（感动）好孩子，好孩子……（高呼）城主宅心仁厚，玳悠之福啊！

群众声　城主仁厚，玳悠之福，千秋佳话，万古流传……

　　　　〔众人又把塑像高高放上神坛，百般呵护。塑像完好无缺，少
　　　　俊见状，呆愣木然，任凭众人为其装扮。

　　　　〔幕后伴唱："屹立不摇英雄庙，
　　　　　　　　　　可叹可哀或可笑？
　　　　　　　　　　人生多少糊涂事，
　　　　　　　　　　最无奈，是觉醒，万丈喧嚣"。

　　　　〔少俊被装扮完毕，恭抬。

　　　　〔众亮相，幕闭。

　　　　〔剧终。

戏曲

青春祭

李彩婷

　　福建省梨园戏传承中心编剧,毕业于泉州师范学院,曾进修于上海戏剧学院高级编剧研修班。创作作品有:越剧小戏《青春祭》、戏曲《移花记》、大型神话掌中木偶戏《洛阳桥传说》等,曾获上海市 2007 年优秀小剧节目原创作品征集活动三等奖,福建省第 25 届戏剧会演剧本征文入围剧本奖,福建省第 27 届戏剧会演剧目三等奖等。

　　《青春祭》创作于 2007 年,2008 年在杭州越剧院首演,发表于《剧本》2008 年第 3 期,曾获上海市 2007 年优秀小剧节目原创作品征集活动三等奖。

〔夜,王宝钏房中,如新房摆设。

〔内声:娘娘回宫!

〔王宝钏凤冠霞帔微醉上。

王宝钏　(唱)十八载盼夫望夫夫回转,

更送来凤冠霞帔美名传。

离了那觥筹交错团圆宴,

眼蒙蒙魂魄虚飘步颠连。

王宝钏摇摇摆摆寝宫转,

一路来喜乐融融暖心田。

想我王宝钏今日正是大喜啊,哈哈……

〔大步进门,绊到门槛。

王宝钏　哎呀……

(唱)没提防硬生生门槛来绊,

绊得我喜滋滋满心欢畅。

这寝宫不是那寒窑模样,

好一似拨云雾重见艳阳。

〔推门而进。

王宝钏　呀,好一派气象呀!

(唱)红烛灼灼耀寝宫,

喜帐新新散流光。

琳琅满目闪闪亮,

疑似富贵在梦乡。

(咬一下手指)哎呀,会痛的,那便不是梦,不是梦呀,哈哈……

(唱)王宝钏三生幸得嫁薛郎,

十八载守寒窑终得报偿。

想起了新婚时我心荡漾,

虽三日胜却那朝暮情长。

难忘那小窑门布帘矮墙,

薛郎他忘弯腰常把头撞。

难忘那紧相偎细语呢喃温情状，

两心相印话衷肠。

卧榻窄小辗转难，

不慎双双落地上。

闹得我俩笑弯腰，

无奈何把地来当床。

〔内声:千岁爷回宫!

王宝钏　(唱)忽闻内侍报声响，

欢喜之中伴慌慌。

〔王宝钏坐等，左等右等不见人来，心急。

王宝钏　(唱)心切切引颈期盼，

意悬悬坐立难安。

〔心焦，向外张望，隐约传来鼓乐声。

王宝钏　(唱)再细听，人迹车声渐来缓，

原来是,心急但觉日迟延。(自觉好笑)

〔内声:千岁爷西厢安寝!

王宝钏　啊,他去了西厢,他去了西厢……

(唱)仿佛是赤条条无遮无挡，

冷冰冰一盆水劈头浇凉。

说什么共交颈缠绵鸳鸯，

分明是多余人晾在一旁。

薛平贵,平贵夫,负心郎……

想当初,我为你与父诀别三击掌，

抛舍下相府荣华至窑前。

从此后褪下锦衣布裙换，

寒窑内缺吃少穿无怨言。

你一去西凉十八载，

我凄风苦雨受熬煎。

曾几回望断南飞雁，

曾几回倚倒寒窑栏。

曾几回白发老母来相劝，

劝我离窑回家转。

曾几回魏虎恶贼来纠缠，

我守身如玉意志坚。

宁愿苦守不堕志，

不信我夫不回还。

就这般日日月月，

就这般月月年年。

总算是盼夫盼得夫回转，

却带回一个如花似玉美婵娟。

美婵娟，正芳华，

笑语嫣然人翩翩。

更与平贵风雨两同伴，

苦乐相爱十八年。

这十八年啊，

你那里美佳肴馥郁馨香，

我这里剜野菜尝遍苦餐。

你那里绫罗帐温馨抱满怀，

我这里形影只谁问冷暖。

十八载青春残，

十八载苦窑寒，

十八载肠盼断，

十八载度日难。

十八载啊

我是青春抛远，心血煎熬，

苦守苦等，苦期苦盼，

等等等，

却盼来冷冷冰冰，死气沉沉，

无情无义的凤冠霞帔与我相作伴。

〔王宝钏凄凉惨笑，冷笑、苦笑。

王宝钏　凤冠……霞帔……（冷笑、深沉地）薛平贵，难道你忘了，我王宝钏曾也是一个堂堂的相府千金，荣华富贵什么没有享受过？为了你，我十八年前早就抛弃了，何用你来赏赐？薛平贵，薛驸马,薛千岁,你可是个建功立业的大英雄,是个妻妾相安糟糠之妻不下堂的伟丈夫,你做得何等风流得体,你不弃旧人,又抱新欢,道义完美,称心如意,风风光光,体体面面,我却是离了寒窑,又守霞帔,有物无人,有人无情,孤孤单单,冷冷清清,(边寻思,边自言自语地)孤孤单单,冷冷清清……我不甘心,不甘心啊,可怜王宝钏曾经日思夜想的那个你,曾经望穿秋水的那个你,那个真真切切、实实在在的、知冷知热的你,哪里去了,哪里去了?(忽见凤冠霞帔)难道让我守着凤冠,陪着霞帔,朝朝夕夕,日日月月,月月年年,(不觉心寒、发慄)年年月月,相守相伴吗? 不!不,我走,对,我走!(欲走,愣住)可我去往哪里? 又能去哪?

〔痛哭,看到了酒,自斟,狂饮,半痴半醉地

(唱)这一杯,敬我那曾经的夫郎平贵男,

　　　不怪你另抱琵琶调新弦。

　　　十八年战乱频频音讯断,

　　　你怎知结发为你守志坚。

　　　这一杯,敬你那天涯相伴好公主,

　　　难得她知你有妻不埋怨。

　　　难得她把我当作姐妹看,

　　　愿你们鸾凤相伴共百年。

　　　这一杯,自斟自饮王宝钏,

　　　大梦已醒旧梦残。

　　　人生曾经逢知己,

　　　坚贞厮守心自安。

　　　回首往事不哀叹,

　　　聚散离合本平凡。

　　　十八载寒窑苦守却容易,

　　　到如今悲哉难哉王宝钏。

〔王宝钏戴上凤冠,穿上霞帔,灯前坐定,如修道行。

〔幕后伴唱:

　　　"深锁一片心,

　　　从此无波澜。"

戏 曲

武大郎

张传强

　　国家二级演员、二级编剧，中国戏剧文学学会会员，浙江省戏剧家协会会员，入选杭州市第四批青年文艺家发现计划和杭州市"131"中青年人才培养计划。现为杭州越剧传习院编剧。主要作品有独角戏《武大郎》，粤剧《目连救母》，连台本越剧《狸猫换太子》（上下本），微电影《董事长是怎样炼成的》，音乐剧《李叔同》等。

　　《武大郎》在 2008 年《剧本》月刊第 3 期发表。获上海市 2007 年优秀小剧节目原创作品征集活动入围奖；同年 7 月获南宁市小剧本比赛金奖；2009 年由广西壮族自治区彩调团首演，并被评为第三届全国小戏小品大赛优秀入选剧目。

[人物:武大郎。

[地点:武大郎临街的家。

[幕内伴唱:"担儿晃晃心欢畅,

　　　　　炊饼早早就卖光。

　　　　　哼着调子一路想,

　　　　　此番定能悦妻房。

　　　　　岂料及,正撞上,

　　　　　金莲偷汉在内厢。

　　　　　晴天霹雳魂荡漾,

　　　　　活活痛煞武大郎。"

[幕内一阵嬉笑声后,幕启,静场,武大郎一手提着一只女鞋,
一手提着一只男鞋上。

武大郎　　一只是女鞋,一只是男鞋,女鞋是我家娘子的,男鞋……
　　　　是……是……什么?你说是我的?小哥行行好,不要再挖苦
　　　　我了!唉!女鞋、男鞋,男鞋,女鞋……(用力将鞋子往地上一
　　　　摔)天哪……

　　　　(唱)半世光棍无依靠,

　　　　　　天公可怜赐个美娇娇。

　　　　　　乐得武大如那烧鼎炸油扑扑跳,

　　　　　　硕大馅饼天上掉。

　　　　　　宰了三牲将恩报,

　　　　　　心无杂念把香烧。

　　　　　　祖宗香炉烟袅袅,

　　　　　　更谢月老来搭桥。

　　　　　　妻是世上无价宝,

　　　　　　武大里里外外一手包。

　　　　　　可恨西门欺弱小,

　　　　　　暗中勾搭我妖娆。

怒火攻心炊饼佬，

寻思捉奸一朝朝。

又怕娘子迷心窍，

串通一气把我敲。

娘子若是随他跑，

武大郎又是光棍汉一条。

〔内传男女嬉笑声。

武大郎 （唱）嬉笑声声似利剑，

狂刺猛扎碎心田。

怒火中烧冒烈焰，

紧握拳头冲上前。（欲破门而进，突然停下）

不可，不可呀……我若冲了进去，活活捉拿，那娘子的面子一定下不来，今后我们还怎么面对？（对观众）大郎该如何是好？如何是好呀……什么？你劝我冲进去捉奸？不可，不可，我可不能没有娘子呀！你说什么？戴绿帽子？做王八？卖绿炊饼？你你你……怎么这般说话！（捡起地上的男鞋，愤愤端详着）西门大官人，不，西门庆！你……你个畜生！你为何勾引我家娘子，奸人妻女你就不怕天打雷轰？不怕牛头马面勾你的魂么？再说了，我武大又哪厢犯着你了？我又没有勾引你家娘子？你凭什么要欺辱我，睡我家娘子？你说，你说呀！什么？你说我武大猥琐，懦弱，好欺辱？好，好，好，我让你说我猥琐，说我懦弱，说我好欺辱……（煞有介事地拧着捏着咬着西门庆的鞋子，似乎很解气）哈哈，哈哈，哈哈……我让你风流，我让你潇洒，我让你长得比我武大威猛高大，我，我，我也要让你变成一只王八！哈哈……

〔武大郎将鞋子倒扣在地上，踩起高跷，扎起靠旗，感觉中自己仿佛变得高大威猛起来。

武大郎 西门大官人，不不不，西门庆，你快睁开眼睛看看你武大爷的模样，看看你武大爷还猥琐不，懦弱不，好欺辱不？哈哈哈……

（唱）骂一声西门庆兽心人面，

施诡计淫吾妻兽欲难填。

本大爷拿你去做个太监，

偏教你一辈子香火不传。

这一掌大耳巴惩治淫乱，

这一拳晴空雷还我尊严。

这一脚贯挡腿泻我恨怨，

这一踩踩烂瓜正气冲天。（快意无比）

哈哈哈……西门庆呀西门庆，你也有今天！如今踩在我脚下，看你如何高大威猛！什么？你求我饶了你？你求我？哈哈哈……什么？将你的妻妾让给我？呃……嗯！一个换几个，哎呀，好呀！这样我还有得赚！哈哈！算你有良心。那……不行！不行！那我得卖多少炊饼才能养得起她们呀？你……你不安好心，你想让我也和你一样可恶，我才不上你当。哼，你还不思悔改，我再打……打哪儿好呢？不知羞耻就打脸……哎呀，不行，打坏了他的脸，如果他不做畜生重做人，脸被我打坏了又如何做人呢？不行，不能打脸。那打哪儿好呢？对，打脚，让他不能溜进我武大家中再来勾引我娘子……也不行，将他打瘸了，他生活不了，就会赖在我武大家里，那我就真成了绿帽炊饼郎啦！不行，不行！（看着西门庆的鞋子，倒觉得可怜起来）唉，你呀……

好一只烂鞋子哭丧着脸，

平日里凌弱小几多威严。

你看它瘫在地不哭不喊，

倒叫我心不忍忽觉可怜。

西门庆，不，不，西门大官人，你怎么了？我看你平素不是蛮牛的嘛，今天领教了武大爷的威风害怕了吧？嘻嘻嘻，看你这个熊样，算了算了，我也打累了，有多远你就替我滚多远，不要让武大爷我再看到你，快滚，滚，滚，滚！哈哈哈……（撇下西门庆的鞋，又拿潘金莲的鞋，语气变得温和起来）啊，娘子你好糊涂哦，那西门庆风流成性，妻妾成群，他怎么会真的爱你呢？想想平时为夫的我把你留在家中，不让你辛苦，百般疼爱，为何你还要背叛我呢？为什么？怎么……你噘嘴了,嘿嘿,娘子张嘴好看,闭嘴好看,噘嘴也好看,嘿嘿嘿……你说什么？嫌弃武大我太穷？对,我是不太富裕,对对对,穷,穷,好了吧？可是我也没让娘子吃苦呀？你说你要住大房子？买八人抬得大轿子？可那是大老板的排场呀？我们小本人家哪里买得起呢？你说什么,除非武大是大老板,否则守不住贫寒？这,这,这可难煞为夫了,为夫又不能变成一个大老板,大财主哇……(灵机一动)哎,变就变,我武大刚才能变得高大,现在也能变得有钱,只要能哄得我家娘子开心,变就变!(摇身一变,俨然土财主模样,手摇折扇作富人状)哈哈哈……娘子请看,某乃武大财主是也!哈哈哈……你说什么？不像大财主,还像个卖炊饼的武大？我告诉你听嘛!

　　家有良田千万顷,
　　铜钱昼夜数不清。
　　男女老少皆奉敬,
　　无人敢言三寸丁。
　　夜拥娇妻入梦境,
　　日间不用卖炊饼。
　　夫唱妻随共交颈,
　　游山玩水携手行。
　　富足生活妻高兴,
　　添置锦缎与饰品。
　　娘子扮妆正对镜,
　　四五丫环忙不停。(颐指气使,牛哄哄地)

啊,娘子今日想买什么,不怕最贵,就要最好,一一说来,马上就买。什么,夜明珠,好;金缕鞋,好;丝绸布匹,小意思。还要什么,尽管说。只要能哄娘子开心,就是天上飞的,地上走的,水中游的,就算是金山银海,为夫也让娘子如愿以偿!哈哈哈……(对观众,得意扬扬地)我家最懂得生活品质吧？哈哈哈哈,你看她呀!

　　鬓上金钗光灿灿,

脸上黛眉月弯弯。

身上衣饰亮闪闪，

鞋上绣花一团团。

她那里俏脸儿鲜花怒绽，

我这里心肝儿如吮蜜甜。

她那里雍容华贵令人羡，

我这里任劳任怨无烦言。

〔武大郎沉醉中忽然传来更为强烈的嬉笑声，武大郎恍然惊醒。

武大郎　天哪天哪，分明是他们在笑，我这是做的什么梦呀……（谛听）对，是他在笑，娘子也在笑，两个人都在笑，笑、笑、笑……娘子可从来没有这么开心地对我笑过呀……（不由得悲从中来）娘子笑就笑吧，娘子笑总比哭好……西门庆，你的笑我可不要听，我讨厌你的笑，我巴不得你笑得一口气上不来，笑到气绝身亡，对对对，笑死你，笑死你，笑死你，哈哈哈……（自己大笑，笑又转哭，哭得很伤心，久久不能自已）

〔内笑声忽然止，武大郎莫名紧张起来。

武大郎　哎呀不好了，他们不笑了，不笑了，就要出来了。怎么办，怎么办？我得赶紧把鞋子放回去，神不知鬼不觉地放回去，放回去。（认真放鞋，想想不甘）凭什么？凭什么？我还真当什么事儿也没有吗？不，不，不武大堂堂男子汉，不放就不放！（抬手欲扔鞋，却又无奈放下）放就放吧，只愿这是最后一回了，只愿以后他就不来了，她也不和他一起笑了。唉，谁叫我是武大郎呢！（听着动静，用袖子仔仔细细地擦拭两只鞋上的土，潘金莲的一只擦得尤为仔细）西门大官人，我可是给足你面子了哦？娘子，其实我是非常非常非常喜欢你的……

〔武大郎终于放妥了鞋子，欲去欲留，蒙着面下。

〔幕内唱："此情此景情何堪？

可怜武大难难难。

人心不古欺良善，

徒然哀呼天天天！"

彝剧

龙之恋

李　垠

　　彝族，国家二级编剧。1997年毕业于云南艺术学院。2008年，曾在上海戏剧学院戏剧系进修一年。中国少数民族戏剧学会会员，云南音乐文学学会会员，楚雄州评论家协会会员，现任楚雄彝族自治州民族艺术剧院创研室副主任，楚雄州戏剧家协会副主席。

　　作品有：彝剧大戏《龙之恋》《杨善洲》，小彝剧《结对子》《摩托声声》《分爹》《砍神树》《喝三秒》《桃花红·梨花白》《桂花表妹》，滇剧小戏《养生》，小品《补轮胎》，说唱《建设美丽新农村》，歌曲《彝家汉子》《相聚楚雄好地方》，音乐剧《师生情》等多个作品。曾在彝族大型风情歌舞《太阳女》、彝族舞蹈诗《彝人三色》、彝族舞蹈诗《彝歌》中担任文学脚本撰稿。部分作品荣获国家、省、州级剧目和编剧专业奖项。

　　2012年彝剧大戏《龙之恋》获楚雄州第三届马缨花文艺创作奖戏剧类一等奖。

时　间：古代。

地　点：猛虎寨。

人　物：阿　龙——男，一条居住在黑龙潭里的得道黑龙，他性情温
　　　　　　　　和、单纯善良、富有责任心，化为一个二十五六岁
　　　　　　　　的彝家小伙子游走人间。

　　　　玛　缨——女，二十三岁，猛虎寨村民，她美丽、善良。

　　　　阿　虎——男，二十五岁，猛虎寨村民。他英俊、勇敢，但做
　　　　　　　　事鲁莽、骄傲、自负。

　　　　毕　摩——男，八十岁，祭师。

　　　　诺苏族长——男，三十八岁，猛虎寨的族长。

　　　　普大爹——男，六十岁，猛虎寨的村民。

　　　　二　牛——男，十岁，猛虎寨的村民，普大爹的孙子。

　　　　拉吃嬷——女，六十岁，猛虎寨的村民，玛缨的奶奶。

　　　　阿　篯——男，三十岁，猛虎寨的村民。

　　　　阿　能——男，三十岁，猛虎寨的村民。

　　　　阿　生——男，二十五岁，猛虎寨的村民。

　　　　阿　跃——男，二十三岁，猛虎寨的村民。

　　　　山　茶——女，二十岁，猛虎寨的村民。

　　　　众村民——约需男女演员十三人。根据剧情需要扮演群众
　　　　　　　　角色及进行伴舞。

[一束幽蓝的灯光亮起,斜斜地照在毕摩身上。毕摩手持法器,轻轻地哼唱着。

毕　摩　(唱)远古的时候,

黑龙来到猛虎寨啰。

远古的时候,

彝人祖先遇祸灾啰……

[一阵烟雾腾起,伴随着一阵低沉的鼓声,众人围着毕摩跳老虎笙,舞蹈古朴、厚重。

[毕摩摇响了手中的铃,哼唱声渐低。

[字幕词:远古的时候……

[一阵清脆悦耳的木叶声响起,阿龙拉着一根藤蔓从天降下,飘飘荡荡。

阿　龙　(唱)历经了沧海桑田,

游走了似水流年。

日月星辰常相伴,

追风逐电天地间。

腾云驾雾自在行,

看我得道黑龙神威显。

让四方风调雨顺五谷香,

为人间解除危难保平安。

(白)咦,这里是长箐山,我今天就去这点走一趟。

[阿龙落到地上,四处看看。

[阿虎手拿月琴边调琴弦边上。

[阿龙看见阿虎,连忙迎上去。

阿　龙　咦,阿佬倮,这长箐山今天咋个这份热闹?

阿　虎　今天是"三月会",按照猛虎寨的老规矩么,要祭祀虎神赶恶龙。

阿　龙　(不解地)赶恶龙?

[阿虎正要走。

〔阿龙拉住阿虎。

阿　龙　为哪样要赶恶龙？

阿　虎　认不得？你是外地人格？

阿　龙　哎。

阿　虎　哦。相传七百年前，牟定坝子里有一条恶龙兴风作浪，残害百姓。是阿罗和阿里两兄弟挺身而出，带领大家杀死恶龙，老百姓才过上好日子的。所以，我们就有了"三月会"。每到这个时候，我们都要跳脚对歌三天三夜来纪念他们，按照规矩要先进行祭祀虎神赶恶龙。

阿　龙　祭祀虎神赶恶龙？

阿　虎　是呢，所以说龙虎天生就是冤家嘛。

阿　龙　龙虎咋个会是冤家？

阿　虎　哎呀，我说你这个人也太啰唆，我要跳脚去了。

　　　　〔阿虎正要走，阿龙拦住了他。阿虎一不小心就坐到了地上。

　　　　〔阿龙伸手拉起阿虎。

阿　龙　来。

阿　虎　哼。

阿　龙　朗朗乾坤，万物相生相克，哪点会有永远的冤家对头？这和睦相处么才是正道。

阿　虎　你给是心不清格？这人跟龙么咋个在一起处？就仿鸡搭鸭么咋个能在一窝？

阿　龙　我……我看这人间的风调雨顺也有龙的一份功劳，你说的话不对。

阿　虎　嘢，你这个"白脖子老鸹"敢说我说错了？

　　　　〔阿虎放下手中的月琴，拉住了阿龙的胳膊。

阿　龙　你要动手？

阿　虎　哼，不动手也可以，那你就乖乖地喊我三声"大爹"，以后么莫胡说八道呢。

阿　龙　你这个人太不讲道理了。

阿　虎　讲道理？拳头硬就是道理，我今天先教你一招"狗熊拔树"。

　　　　〔阿虎冲过去抱住阿龙，使劲地摇了两下，阿龙轻轻一让，阿虎就趴在地上。

阿　龙　我看你这招不叫哪样"狗熊拔树"，应该叫"狗熊掼跤"。

阿　虎　呸，呸，我再给你来一招"螳螂蹬腿"。

　　　　[阿虎一脚扫过去，阿龙一抬手。阿虎仰面朝天摔倒。

阿　龙　我看你这招也不叫"螳螂蹬腿"，怕是叫"四脚朝天"，哈哈
　　　　哈……

阿　虎　你……

　　　　[阿虎躺在地上哼哼。

阿　虎　哎哟，我的腰，哎哟，我的屁股。

　　　　[阿箧身背月琴上。

阿　箧　阿虎哥，你躺在这点整哪样？

阿　虎　(站起身，拍拍身上的土)不有整哪样，不有整哪样，我晒晒太阳。

　　　　[阿龙把阿虎的月琴递给他。

阿　箧　走，跳脚了。

阿　虎　(对阿龙晃晃拳头)算你小子今天运气好，改天么再来教训你。

　　　　[幕内喊声。

阿　能　跳脚了，跳脚了。

众　人　跳脚了，跳脚了。

　　　　[一队队的男女青年手挽手、肩并肩跑出，众人围成一个圆圈。
　　　　[众人跳起热烈欢快的舞蹈。

众　人　(唱)三月会，百花开，
　　　　　　阿哥阿妹跳脚来。
　　　　　　歌声阵阵飘山林，
　　　　　　双双对对乐开怀。

阿　能　(唱)三月会，心欢畅，
　　　　　　想和阿妹成双对。
　　　　　　好花藏在深山沟，
　　　　　　沟沟坎坎难找见。

山　茶　(唱)想打麂子靠狗撵，
　　　　　　要找阿妹靠真心。
　　　　　　采花莫嫌路途远，

有情有意就有缘。

阿　能　阿虎哥,对一个。

众　人　对一个。

阿　虎　我?

(唱)世间花有万万千,

花开只有玛缨艳。

为了她茶饭不思神魂颠,

为了她弹断琴弦心也甘,

一曲调子随风传,

花若有意把头点。

〔阿虎四处张望着。

〔姑娘们舞蹈着,玛缨边唱边从人群中走出。

玛　缨　(唱)杨梅青青莫采摘,

又酸又苦无人爱。

玛缨心思不用猜,

春雨不来花不开。

哥若有情挂心怀,

等到花开你再来。

阿　箴　哦欧,热脸贴在冷屁股上,人家瞧不着你说。你们说给是?

众　男　哟喂。

众　女　哟哎。

阿　虎　玛缨,你给认得? 我阿虎在十里八寨的小伙子当中,名气么
　　　　可是响当当呢哦。

玛　缨　我当然认得了,你是一条响当当的犟—牯—牛。

众　女　哈哈哈……

阿　虎　犟牯牛? 仿我阿虎诺个好的男人么哪点去找?

玛　缨　阿莫,月亮当镜子——你把自己看大了,我还要好好地想
　　　　想呢。

阿　箴　嘞,她还神气的嘛。你们说给是?

众　人　是呢。

阿　虎　玛缨,我倒是挨你说嘎,我阿虎屁股后面可是追着一大串小

姑娘的哦,要是我找别个姑娘整去了么,到时候你莫哭着喊着呢又来找我嘎。

玛　缨　你……

阿　虎　哈哈。

众　人　哈哈。

〔阿龙笑着从人群中走了出来。

阿　龙　哈哈……

(唱)阿佬表拍着胸膛自己夸,

　　　脸不红自吹自擂说大话。

　　　爱花采花要护花,

　　　哪能胡乱一把抓。

　　　阿妹心,嫩枝芽,

　　　雨露滋润它自发。

〔山茶上前热情地伸手拉着阿虎。

山　茶　阿虎哥。

〔阿虎很高兴地回头。

阿　虎　玛缨,唉。(一看是山茶,不耐烦地把她的手甩开了。)

〔山茶哭着下。

〔众人成双成对地下。

阿　龙　阿佬表,你说我说的给对?

阿　虎　你这个"白脖子老鸹"是在胡说些哪样?

玛　缨　你是哪个寨子的阿佬表?咋个从来不有见过你?

阿　龙　我叫阿龙,(呆呆的看着玛缨)我家住在……住在黑龙潭那边。

玛　缨　我叫玛缨,黑龙潭那边么离我们寨子远得很呢。

阿　龙　是呢。(呆呆地看着玛缨)

阿　虎　(对观众)哦哟哟,你们看看眼珠子都要掉出来了。看来他今天是专门来搅老子的窝子,哼!

〔阿龙没防备,阿虎冲上去使劲一脚就把阿龙推倒在地,阿龙的一只手臂被地上的石头划破了。

玛　缨　(惊讶地)啊!哎呀,你的手出血了。

阿　龙　(正要阻止她)哎……

〔玛缨飞快地跑过去,到路边采了片草药叶子。

玛　缨　阿佬俵,你忍着点嘎,我给你包扎一下。

〔玛缨用嘴把草药叶子嚼碎了,给阿龙敷在手上。又从身上背着的挎包里拿出一块手帕为他包扎。

幕　后　(伴唱)彝山有朵红玛缨,

　　　　　　美丽娇艳惹人爱。

　　　　　　你像春风阵阵暖,

　　　　　　好似清泉润心田。

〔阿龙痴痴地看着为自己包扎的玛缨。

阿　虎　(气呼呼地上前拉过玛缨)玛缨,你咋个还给他包扎?

玛　缨　(气恼地甩开他的手)阿虎哥,你小肚鸡肠呢算哪样汉子?

阿　虎　我……(赔着笑脸)玛缨,你什么时候送给我荷包?

玛　缨　哎呀,你还是先改改你的牛脾气再说。(跑下)

阿　虎　玛缨,你等等我嘛。你是咋个说?(追下)

〔阿龙站起身,呆呆地看着玛缨离去的背影。

阿　龙　(自言自语)玛缨,玛缨花……

　　　　(唱)三月会上初见面,

　　　　　　把你刻在心尖尖。

　　　　　　难忘你美丽又善良,

　　　　　　难忘你温柔笑脸。

　　　　　　白天想,晚上念,

　　　　　　梦里醒来都挂牵。

　　　　　　盼相见对你倾诉爱千遍,

　　　　　　怕相见天上人间两难全。

〔一对对青年男女在歌声中深情款款地相互依偎着。

〔阿龙在林间找寻着下。

〔灯暗。

〔一束光起,毕摩轻声地吟唱。

毕　摩　(清唱)黑龙斗猛虎,

　　　　　　猛虎寨中起风波啰。

　　　　　　百年老井枯,

　　　　　　龙鳞化泉灾祸除啰……

　　　　　[毕摩隐去。

　　　　　[灯亮。

　　　　　[玛缨和几个村民背着背篓来采蘑菇。众人边歌边舞。

众　　人　(唱)时节雨纷纷，

　　　　　　　处处草木春。

　　　　　　　青山笑吟吟，

　　　　　　　菌香醉人心。

　　　　　　　青头菌，虎掌菌，扫把菌，

　　　　　　　一窝窝鸡枞爱死人。

　　　　　　　众乡亲背着竹篮采香菌，

　　　　　　　欢声笑语满山林。

　　　　　[普大爹背着背篓，拉着二牛从山坡上下来，二牛手里拿着一
　　　　　大朵鸡枞。

普大爹　玛缨，你们大家过来瞧，我今天运气么扎实好了，捡了一大箩
　　　　鸡枞呢。

玛　缨　普大爹，你今天找的鸡枞真是又大又好。

普大爹　好呢，好呢。

　　　　　[普大爹放下背篓，众人围了上去。

阿　能　这箩鸡枞背到街子上么肯定换得着好多东西了。

普大爹　哪样？

玛　缨　他说换东西。

普大爹　是呢，我要给我家二牛换顶皮帽过过冬。

阿　箧　二牛，你老爹对你么扎实地好了。

　　　　　[二牛蹦蹦跳跳地跑了过去。

二　牛　你们瞧瞧，这是我找的大鸡枞。

阿　箧　你找的这朵么还不有我找的大呢。

二　牛　哼，你等着，我再去找一朵比你的更大。

　　　　　[二牛跑下。

普大爹　二牛，二牛，莫跑远了嘎。

幕　内　是了。

玛　缨　我今天么只找了几朵青头菌,拿回去烧点汤给我阿奶喝喝。

普大爹　哪样,烧汤给我喝格? 玛缨这个姑娘真是人又漂亮心肠又好,哪个伙子讨着你么是他的福气了。

阿　篯　玛缨可是我们寨子首最漂亮的一朵玛缨花。多少小伙子想她么都想得神魂颠倒的了。

玛　缨　你们又在取笑我了。

众　人　哈哈哈哈……

　　　　[玛缨哼着歌,阿能也哼着歌和玛缨对唱,众人悠闲地坐着休息。

　　　　[阿虎惊慌失措地跑上。

阿　虎　不好了,不好了。

众　人　阿虎,咋个了?

阿　虎　老虎,老虎。

　　　　[众人围了上来。

阿　虎　我今天上山打猎,一只大老虎咬死了我们的好多牛羊。我慌里慌张地射了它一箭,一下就射在它的屁股上。阿莫莫,老虎就要追过来了,大家赶紧跑!

众　人　老虎!

玛　缨　老虎! 赶紧跑。

普大爹　老虎,二牛,二牛。

　　　　[大家急忙跑下,阿虎和玛缨拉住了普大爹。

　　　　[一声声虎啸越来越近,响起了二牛尖利的哭喊声。

二　牛　阿普,阿普。

　　　　[玛缨拉住普大爹,

二　牛　啊!

普大爹　二牛,二牛。(昏死过去)

玛　缨　啊!

　　　　[玛缨、阿虎、普大爹三人抱成一团。

　　　　[天幕上出现龙和虎搏斗的剪影。

　　　　[片刻后,阿龙肩上扛着二牛,一只手里拖着一只死老虎上。

　　　　[阿龙放下老虎。

阿　龙	你们不有事嘛？
玛　缨	老虎！老虎！
阿　龙	老虎已经死了。
玛　缨	老虎死了格？
阿　龙	是呢。
玛　缨	是你把老虎打死掉了？
阿　龙	是呢。
普大爹	阿龙,谢谢你打死老虎救了我家二牛。
二　牛	阿龙大哥,你打死老虎救了我的命,真是太厉害了。
阿　虎	哼！
阿　龙	阿虎,你不有事吧？
阿　虎	哼！我会有哪样事？
普大爹	真是太谢谢你了。
阿　龙	不有那样,普大爹,我们走。
二　牛	阿龙大哥,我们走。
玛　缨	阿虎哥,走了。

　　　［阿龙扶着普大爹,玛缨牵着二牛拿着背篓跟下。

　　　［阿虎站起身,小心翼翼地走过去。

阿　虎　咦,真的死了？刚才还活蹦乱跳的嘛,咋个一下就死了？哎,我的箭都还戳在上面呢嘛。老虎屁股摸不得,老虎屁股摸不得。怪事情了？哪个"白脖子老鸹"不用刀不用箭,咋个一下就把老虎打死掉了。

　　　［阿虎拿弓对着老虎左瞄瞄,右瞄瞄。

　　　［正在这时,阿簸、阿能、阿生、阿跃拿着木棍、猎叉跑上。

　　　［阿簸一拍阿虎,阿虎受惊吓射出了手中的箭。

阿　能	阿虎,你把老虎打死了格？
阿　虎	老虎……

　　　［村民去看老虎。

阿　生	(拔下老虎身上的箭)阿虎哥打死了老虎。
阿　跃	(接过箭)阿虎哥,你真是太厉害了嘛。
阿　虎	(举着箭)这……

阿　生	人家阿虎可是十里八寨打猎呢好手,上个月他还打死了一只大黑熊呢嘛。
阿　篾	哦,阿虎哥,大英雄!
众　人	大英雄! 大英雄!
阿　篾	好,我们敬大英雄一壶酒。
	〔阿跃、阿生灌阿虎酒。
阿　篾	喝,喝。
阿　能	来来,我们把大英雄抬回去。
众　人	好。阿虎,英雄! 阿虎,英雄!
	〔众人高兴地把阿虎抬起。
阿　虎	哎,你们整什么? 我……
	(唱)众乡亲欢欢喜喜齐相拥,
	阿虎我稀里糊涂立大功。
	想要开口说真相,
	难舍难丢这光荣。
	我且把隐情放心中,
	他日再做真英雄。
	〔诺苏族长急匆匆地上。
诺苏族长	阿虎。
阿　虎	哦,诺苏族长,下来下来。
诺苏族长	听说你们遇着老虎了。
阿　能	已经找阿虎哥打死掉了。诺,在这点呢,一大只呢。瞧瞧!
	〔诺苏族长走过去看了看。
诺苏族长	啊!
	(白)你—你—你—让神虎亡,
	(唱)不肖子孙太鲁莽。
	冲撞祖先惊神灵,
	上天才把灾祸降。
	猛虎寨中闹水荒,
	如今看你怎抵挡?
	(白)怪不得,寨子首哪口老井好端端呢突然不有水了,原来

是你打死老虎,触犯了虎神。

[众人吓得跪下。

[众人议论纷纷。

阿　虎　寨子首呢老井不有水了?

诺苏族长　哼!

阿　跃　阿莫莫,我们猛虎寨用水全靠那口井了。

阿　生　不有井,我们好不有井水吃了?

阿　篾　阿莫莫,我们不有水吃了要咋个整?

阿　能　阿虎,今天么你闯大祸了。

众　人　阿虎,你闯大祸了。

阿　虎　我……

诺苏族长　你还有什么好说呢? 把阿虎给我捆起来,押回寨子重打三百鞭,向虎神谢罪!

阿　虎　诺苏族长,诺苏族长饶我,我……

[众人动手捆阿虎。

阿　虎　这……唉。

(唱)成功失败顷刻间,

　　　　悔不该众人面前把功贪。

　　　　事到如今口难言,

　　　　自作自受惹忧烦。

　　　　为解村寨大祸端,

　　　　要打要罚自己担。

诺苏族长　把阿虎带走。

[众人押阿虎正要走下。

[阿龙和玛缨急急忙忙上。

玛　缨　阿虎哥,你咋个了?

阿　虎　我……

阿　跃　阿虎打死老虎,冲撞了虎神,让井水干枯。

阿　生　诺苏族长说押回寨子重打三百鞭,向虎神谢罪!

玛　缨　啊! 你们整错了,老虎不是阿虎哥打死呢。

阿　篾　不可能,是我亲眼看见呢。

阿　能	是呢,是我们亲眼看见呢。
玛　缨	你们……
阿　龙	你们放开他。诺苏族长,老虎是我打死呢!
诺苏族长	你?
阿　龙	是呢。
玛　缨	诺苏族长,真呢是阿龙打死老虎才救了我们呢命。
诺苏族长	阿虎,我问你,老虎到底给是你打死呢?
阿　虎	这……(摇头)
阿　生	那样,老虎不是阿虎打死?
阿　跃	哦,阿虎哥,原来你不有打死老虎,是犁田甩鞭子——(催)吹牛。
阿　虎	(羞愧的)我……
诺苏族长	好,把阿虎放掉,把阿龙给我捆起来。
玛　缨	诺苏族长,不能捆。是阿龙救了我们的命啊。井水干了,跟他打死老虎不有关系。
诺苏族长	不行,是他给我们猛虎寨带来了灾祸,把他给我捆起来。
阿　龙	等等,诺苏族长,这个事情我有办法解决。
诺苏族长	你?
阿　龙	我做法求神仙给几道"水符",你们把"水符"投到井里,自然就会有水了。
诺苏族长	这……
玛　缨	(惊喜地)你要做法?(疑惑地)你会做法?
阿　龙	玛缨,你放心。
阿　虎	他会做哪样法?我们大家不要信他的鬼话。
阿　龙	我只需要三炷香呢时间,如果求不来"水符",你们再捆我也不迟。
阿　能	诺苏族长,这死马当作活马医,你就让他试试瞧嘛。
阿　箧	是呢。
诺苏族长	好,就给你三炷香的时间。我们走。
	〔诺苏族长带领众人虔诚地跪拜地上的死老虎。
	〔阿龙手一挥,一阵烟雾腾起。

阿　龙　(唱)老井枯,人心慌,

他们是求神拜佛寻良方。

接过难题担肩上,

满腹委屈心中藏。

阿龙我只有忍痛拔龙鳞,

才能让清清泉水长流淌。

〔阿龙痛苦拔下身上的龙鳞。

众　人　(唱)拔龙鳞,血淋淋,

身如刀割痛难忍。

龙啊龙,人啊人,

爱恨纠缠已难分。

〔阿龙下。

〔水声响起,水声渐大。

〔天幕上有一道道清泉流下。

〔姑娘们在水中欢快地起舞。

〔众人高兴地提着水罐纷纷上。

玛　缨　(唱)阿龙作法渡难关,

干枯老井涌清泉。

阿　能　(唱)清泉水,甜又甜,

滋润彝家心儿欢。

〔拉吀嬷手拿着一个水罐上。

拉吀嬷　有水了?

玛　缨　阿奶,有水了。多亏阿龙他作法,我们才有水呢。

拉吀嬷　阿龙? 给是请了外村的毕摩?

玛　缨　不是毕摩,是个外村的小伙子。

拉吀嬷　小伙子? 阿呗呗,诺个厉害,我望望是哪个?

玛　缨　阿奶,走掉了。

拉吀嬷　哦囖,走掉啰。赶紧打一背水回去做饭了。这两日,日日尽
吃火烧洋芋,把阿奶我的脖子噎呢就仿哪个老鹅脖子一
样长。

玛　缨　阿奶,我来打水。

拉吒嬢　是了,是了。

玛　缨　阿奶,我来背。

　　　　　〔灯暗,众人隐去。

　　　　　〔灯亮,茂密的松树林,一弯新月如勾,斜斜地挂在天上。淡
　　　　　蓝色的月光如水般倾泻。玛缨怀抱一个酒葫芦找寻着上。

玛　缨　(唱)月上松树林,

　　　　　　　风过梦牵魂。

　　　　　　　寻恩人,找恩人,

　　　　　　　心绪如麻乱纷纷。

　　　　　　　要谢阿哥救命恩,

　　　　　　　要谢阿哥解危困。

　　　　　　　一壶米酒一片心,

　　　　　　　何处把你寻? 何处把你追?

阿　龙　(唱)满身伤,路难行,

　　　　　　　一步一停钻心疼。

　　　　　　　拔龙鳞,为百姓,

　　　　　　　痛在身上心里甜。

　　　　　　　喜看那龙鳞化泉解困境,

　　　　　　　涌清泉彝乡村寨又安宁。

　　　　　〔阿龙走下。

　　　　　〔阿虎手拿一个酒葫芦,一边喝酒一边上。

阿　虎　(唱)月琴不响静悄悄,

　　　　　　　无人对歌难成调。

　　　　　　　我也是顶天立地彝家汉,

　　　　　　　十里八寨都知晓。

　　　　　　　谁知道脸面扫地在今朝,

　　　　　　　丢人现眼惹人笑。

　　　　　　　想起阿龙气难消,

　　　　　　　不见玛缨心烦恼。

　　　　　〔阿虎下。

〔玛缨看见了阿龙,跑了过去。

玛　缨　阿龙!

〔阿龙迎上前去。

阿　龙　玛缨。

玛　缨　我……

阿　龙　哪样事?

玛　缨　你救了我们的命,又帮我们求来"水符",乡亲们都很感谢你呢。

阿　龙　一点小事情,不用谢。

玛　缨　这是我用山泉水焐的米酒,送给你尝尝。

〔阿龙接过葫芦,闻了闻。

阿　龙　好香!

〔阿龙拔开瓶塞喝了一口。

阿　龙　好酒。

玛　缨　(高兴地拉着阿龙的手臂)真的格?

阿　龙　(痛苦地叫了起来)哎哟。

玛　缨　你的手咋个了?

阿　龙　不咋个,我刚才做法的时候,不小心碰伤了。

玛　缨　让我瞧瞧。

〔玛缨执意拉起阿龙的袖子看手。

玛　缨　啊!你这都是为了我们啊。我听毕摩说,用头发烧成灰敷在伤口上,可以止血止痛呢。

〔玛缨解开一缕头发,从身上的挎包内掏出一把小刀正要割,阿龙拉住了她的手。

阿　龙　你的头发诺个好,不要为我……

玛　缨　不咋个,头发剪掉还会长呢。

(唱)一缕发丝轻又轻,

　　　难还阿哥救命恩。

　　声声谢,心意诚,

　　青青发丝表真心。

〔玛缨把头发递给阿龙。

阿　龙　(唱)一缕发丝重如山,

　　　　　　丝丝把我紧紧缠。

　　　　　　心荡漾,心儿醉,

　　　　　　人间情爱如春暖。

　　　　　玛缨,你真好。

玛　缨　跟你比起来,我做的这点小事不有哪样好说呢。

阿　龙　玛缨,你给还记得这个呢?(从怀里掏出手帕)

玛　缨　我的手帕,你还留着?

阿　龙　(唱)忘是忘不掉。

玛　缨　(唱)甩是甩不开。

阿　龙　(唱)想你想得痴呆呆。

玛　缨　(唱)念你念得傻傻站。

阿　龙　(唱)阿妹哟,哥到哪里把妹找?

玛　缨　(唱)阿哥哟,约你约在赶街天。

二　人　(唱)刮风下雨你要来,

　　　　　　莫让小哥(妹)白等着。

　　　　[阿龙和玛缨渐渐靠拢,阿龙握着玛缨的手,二人深情凝视。

幕　后　(唱)玛缨玛缨花一朵,

　　　　　　开在阿哥心窝窝。

　　　　　　燃起熊熊一团火,

　　　　　　心海荡漾千层波。

　　　　[二人紧紧相拥。

　　　　[阿虎暗上。

阿　虎　哼!(摔掉了手中的酒葫芦)

　　　　[灯暗。

幕　内　(唱)太阳出来了,

　　　　　　心里乐开了花。

　　　　　　阿佬表,阿表妹,

　　　　　　我们约着去赶街。

　　　　[灯亮。欢快的音乐声中,猛虎寨山后的一条小路上,拉吒嬷

和村民们上。

阿　能　（数板）弦子响，人潮涌，

　　　　　　翻山越岭来赶街。

　　　　　　野兔、野鸡、小野猪，

　　　　　　蕨菜、松茸、大鸡枞。

　　　　　　山珍野味摆满坡，

　　　　　　你来我往互流通。

拉吒嬷　（数板）老奶我精打细算会当家，

　　　　　　玛缨她针线密密来绣花。

　　　　　　五彩衣裳人人爱，

　　　　　　换来换去乐哈哈。

二　牛　（数板）一个鸡蛋换个糖，

　　　　　　两个鸡蛋换一双。

　　　　　　东换换，西换换。

　　　　　　二牛吃得甜又香。

二　牛　哎，赶街去了。

　　　　　〔二牛跑下。

　　　　　〔阿虎追着玛缨上。

阿　虎　玛缨，玛缨。

玛　缨　阿虎哥，我有事，你莫跟着我。

阿　虎　我有话要跟你讲。

玛　缨　阿虎哥，你有哪样话明天再说，我有急事。

阿　虎　有哪样事？我认得呢你要去约会给是？

玛　缨　我……不要你管。（走到了一边）

阿　虎　你……气死我！

　　　　　〔阿生背着背架，山茶坐在上面。

山　茶　欧哦，阿虎哥，给是着人家甩掉了？阿虎哥，你过来挨我抱下

　　　　　来一下。

阿　虎　你。

山　茶　阿虎哥，快点抱我下来。

阿　虎　哎呀。（抱山茶下来）

山	茶	阿虎哥,给怕是着人家撬墙脚了。
阿	虎	哼！我看哪个能撬得了我呢墙脚？玛缨,不准你去找阿龙。

（拉住玛缨的手）

玛	缨	我就是要去找。

〔阿虎抱起玛缨。

阿	虎	你是我呢。
玛	缨	你放开我。

〔阿龙急匆匆地上。

阿	龙	住手。
阿	虎	你来得正好,我正要找你算算账呢。
阿	龙	算账？
阿	虎	自从你来到猛虎寨就怪事不断,处处抢我的风头,现在你又要跟我抢玛缨。
阿	龙	阿虎,你误会了。有些事情不是你想的那个样子。
玛	缨	就是,阿虎哥你就是太小心眼了。
阿	虎	你这么护着他,你给是喜欢上这个"白脖子老鸹"了？
玛	缨	我……
阿	虎	你说,你不敢说了？
玛	缨	是的,我就是喜欢上他了。
阿	龙	（欣喜地）玛缨。
阿	虎	（气愤地）你刚才说的给当真？
玛	缨	是真的,人家阿龙才是个汉子,不像有些人不是汉子是狗熊。
阿	虎	你说哪样？（上前拉住玛缨的手）
阿	龙	（拉住阿虎）你放开她,我们两个的事情我们解决。
阿	虎	（气急败坏地）阿龙,你要是汉子现在就来跟我比试比试。要是你输了,就不准你靠近玛缨半步。
阿	龙	这……要是你输了呢？
阿	虎	要是我输了,我就把玛缨让给你。
玛	缨	你们……哼！

〔玛缨跑下。

山	茶	玛缨姐,玛缨姐。

阿　龙		阿虎,要是你输了,我希望我们两个就像兄弟一样和睦相处。
阿　虎		做梦! 我们不是兄弟是仇人。
		〔阿龙一拉阿虎,阿虎想挣脱,但一下子就被阿龙甩到一边。
		〔阿能和阿生上见此情景。
阿　能		
阿　生		(齐声)哈哈……(被阿虎瞪了一眼,两人停住)
阿　虎		好,阿龙,我们两个今天就来个彻底的了断。
阿　龙		唉!

(唱)我本无意惹祸端,

事到临头不躲闪。

为玛缨心甘情愿不做仙,

为玛缨流连人间不上天。

为玛缨勇敢决斗不退缩,

为玛缨也做一回彝家汉。

好,阿虎,(又犹豫地)我看我们还是不要比了,你不是我的对手。

阿　能		阿虎,是呢,你咋个是他的对手,人家可是把老虎都打死了呢。
阿　生		是呢,你猛得过老虎?(过来劝阻阿虎)
阿　虎		(气急败坏地)哼! 我阿虎身上也有几坨肌肉,也是有一小把力气的嘎。

(唱)阿龙你实在太猖狂,

敢来跟我把玛缨抢。

气冲冲,恨满胸,

一股怒火烧胸膛。

今日里一比高下不相让,

决输赢痛痛快快比一场。

〔阿虎摆了个造型,然后拔出身上佩带的刀指着阿龙。阿龙也拔出了刀。

阿　龙		好,我们就比试比试。
阿　能		要是他们两个打起来,那才是真正的"龙虎斗"呢。

阿　生　对,打!

阿　能　(齐声)决斗了! 决斗了!
阿　生

　　　　　　[众人围观。

　　　　　　[几个回合之后,阿龙一下就把阿虎摔倒在地。

众　人　欧哦。

玛　缨　住手。

阿　虎　今天不分出个胜负,我誓不罢休。

阿　龙　阿虎,玛缨喜欢那个,那是她的事情,我们都不能勉强。

阿　虎　好,玛缨,我再问你一次,你到底喜欢我们哪一个?

阿　篾　是了嘛,玛缨,你到底喜欢他们那一个?

众　人　说嘛。

玛　缨　这……

　　　　　(唱)叫一声阿虎哥,

　　　　　　　我们牵手同成长,

　　　　　　　兄妹真情不能忘。

　　　　　　　叫一声阿龙哥,

　　　　　　　为玛缨为乡亲一身伤,

　　　　　　　你的恩情比水长。

　　　　　　　今日里龙争虎斗不相让,

　　　　　　　我心中真情难隐藏。

　　　　　(白)阿龙哥,三天后你来"姑娘房"找我。

　　　　　　[玛缨害羞地跑下。

阿　龙　玛缨,玛缨!

　　　　　　[阿龙追下。

阿　篾　阿虎,你不有戏了。

众　人　欧哦。

　　　　　　[众人下。

阿　虎　哼,阿龙,我跟你势不两立。

　　　　　　[阿虎对着阿龙的背影挥拳头,踢腿。

　　　　　　[诺苏族长上。

诺苏族长　阿虎,阿虎。

阿　虎　哦,诺苏族长。

诺苏族长　阿虎,你咋个一个人在这点自言自语、比手画脚呢,给是中邪了?

阿　虎　诺苏族长,我有件事想求你指点指点。

诺苏族长　是为了玛缨?

阿　虎　对对对,诺苏族长,你真是神人啊。

诺苏族长　唉,我不是神人。情啊爱啊就像是一剂迷魂药,把一个最强壮的彝家汉子都变得神魂颠倒呢。

阿　虎　都怪那个"白脖子老鸹"半路插上一脚。诺苏族长,我求你告诉我一个能让玛缨回心转意的办法。

诺苏族长　办法? 这种事情咋个能强求?

阿　虎　诺苏族长,求求你了。

诺苏族长　是你的跑不掉。不是你的求不来。

　　　　　〔诺苏族长正要走。

诺苏族长　哎,我想起来了。听说在黑龙潭里有一枚千年珍珠贝,每当月圆之夜它就会浮出水面,吸收天地灵气、日月精华。要是哪个得到那颗珍珠,许下的一个愿望就能实现。你去碰碰运气。但是,黑龙潭离猛虎寨路途遥远呢。

阿　虎　我不怕。

诺苏族长　唉,这情啊爱啊,哪个能抵挡? 为情所困的人,连格兹天神都难以解救啊。

　　　　　〔诺苏族长下。

阿　虎　(唱)龙潭虎穴闯一闯,

　　　　　　　刀山火海趟一趟。

　　　　　　为玛缨,雄心壮,

　　　　　　哪管山高路又长。

　　　　　　不惧险,斗志昂,

　　　　　　为偿心愿自当强。

　　　　　(白)黑龙潭!

[阿虎出神地望向远处。

[灯暗。

[一束光下,毕摩在轻轻地吟唱。

毕　摩　(清唱)龙珠遭人毁,

神龙显形命垂危啰。

天命不能违,

爱断情伤肝肠摧啰……

[灯暗,毕摩隐去。

[灯亮。轻轻地响起小闷笛吹奏的音乐,乐曲缠绵悱恻。

[绿树掩映下有一幢小楼,楼上是"姑娘房"。

[玛缨和几个姑娘在绣荷包。

山　茶　你瞧瞧。

姑娘乙　好。

姑娘丙　绣得好呢。

[阿虎匆忙跑上。

[阿虎上前对着楼上喊。

阿　虎　玛缨,玛缨!

玛　缨　(欣喜地)阿龙。(站起身从阳台上往下看)哦,阿虎哥。

阿　虎　你赶紧下来。

玛　缨　等阿龙来了,我就下楼。

阿　虎　你赶紧下楼嘛,我有急事。

山　茶　阿虎哥,你急哪样? 人家玛缨姐么是在等阿龙哥,又不是等你。

众姑娘　哈哈哈……

阿　虎　玛缨,出大事了,大事不好了。

玛　缨　会出哪样事?

阿　虎　阿龙他……

玛　缨　阿龙?

[玛缨和姑娘们从楼上飞快地跑下来。

玛　缨　他咋个了?

阿　虎　他……他不是人。

·121·

玛 缨	阿虎哥,我认得你不喜欢阿龙,但你不能这样说,他不是人又是哪样?
阿 虎	他……他是一条大黑龙。
众 人	大黑龙。
玛 缨	大黑龙!这……这咋个可能?
	〔姑娘们七嘴八舌地说着。
阿 虎	阿龙真呢是一条大黑龙?
玛 缨	不是呢,一定是你看错了。
阿 虎	真的,这是我亲眼看到呢。那天我去黑龙潭找千年珍珠,我坐在潭边等天黑。忽然听见一声巨响,从水里蹿出一条大黑龙飞到天上,然后它落到地上变成了一个人,他……他就是阿龙啊。
姑娘丙	大黑龙!莫莫,扎实吓人了。
姑娘乙	他给会把我们寨子的人全部都吃掉?
玛 缨	不,我不相信。
阿 虎	你给记得呢?哪天我们遇见老虎,阿龙不用刀不用箭,一下就把老虎打死掉了。你想想,要是一个普通的凡人咋个能做得到?
玛 缨	这……
阿 虎	对了,他不是跟你说他住在黑龙潭边,可是那点方圆十几里呢地方,连个人影都不见。再说黑龙潭离猛虎寨路途遥远,他每天都来找你,一个凡人又咋个做得到?
玛 缨	可是。天那!难道我……喜欢上一条龙?
	(唱)晴天一声霹雳响,
	满心欢喜成恐慌。
	他是九天一飞龙,
	冤家对头难成双。
	阿龙啊,
	为何你要把实情瞒?
	为何你让我空幻想?
	为何你让我无主张?
	为何你要把我心伤?

[玛缨正要跑下。

[诺苏族长带领众人迎面而来。

诺苏族长　玛缨,你还是不相信阿龙的事?

玛　缨　诺苏族长,我……

诺苏族长　(从怀里掏出纸包打开)你瞧。

玛　缨　水符!

诺苏族长　不,这不是水符是龙鳞!

玛　缨　龙鳞!

诺苏族长　那天因为"水符"神力强大,我就留了一片,仔细琢磨了几个月,只有龙鳞才有诺个大的威力。恶龙又来作怪了,我们必须除掉恶龙,猛虎寨才能太平呢。

玛　缨　不。阿龙他良心好,为猛虎寨做了那么多好事,从来就没有害过人,他不会来害我们呢。

阿　虎　哎呀,玛缨,你!
　　　　(唱)恶龙是对头,
　　　　　　你怎能糊里糊涂把他爱?
　　　　　　彝寨遭祸灾,
　　　　　　你怎能迷恋阿龙不离开?
　　　　　　快刀斩祸根,
　　　　　　玛缨你下定决心不疑猜。

诺苏族长　对。

[众人手持羊皮鼓慢慢地围上。

[玛缨跪下。

玛　缨　诺苏族长,求求你放他一条生路。

诺苏族长　龙曾经给我们彝人的祖先带来灭顶之灾,我们跟龙誓不两立。你要是跟他在一起,就是对诺苏支系的背叛,就是我们猛虎寨的仇人。

众　人　恶龙走,恶龙走!

玛　缨　诺苏族长,我……我不能,他救了我啊。

诺苏族长　我是猛虎寨的族长,我要为寨中的老百姓着想。

玛　缨　诺苏族长,只要你们不杀他,我就离开他,劝他离开猛虎寨。

诺苏族长	玛缨,你起来。只要你答应一件事,我们就暂且放过阿龙。
玛　缨	哪样事?
	［诺苏族长走过去对着玛缨的耳朵讲了几句话。
玛　缨	龙珠? 不……
众　人	恶龙走,恶龙走!
玛　缨	好,好,我……我去……我去。
	［诺苏族长大步走下。
	［玛缨掩面抽泣。
幕　后	(唱)龙啊龙,人啊人,
	人神有别早划分。
	美梦难圆难成真,
	揉碎一颗赤诚心。
	［灯暗。
	［灯亮。
	［阿龙拿着一束玛缨花跑上。
阿　龙	玛缨!
	［玛缨正要迎上前去,又犹豫地一步步退后。
玛　缨	你……不要过来。
阿　龙	玛缨,你咋个了?
玛　缨	不咋个,不咋个。
阿　龙	玛缨,你瞧。
玛　缨	玛缨花!
阿　龙	送给你。
玛　缨	(接过花)还从来没有人给我送过花呢。
阿　龙	漂亮的花就是要送给漂亮的姑娘,你看。
	［阿龙手一挥,天空飘下一片片火红的玛缨花瓣。
玛　缨	玛缨花,真好看。就像做梦一样,我们要是能永远像现在这样就好了。
阿　龙	会的,玛缨,我会永远陪在你身边呢。
玛　缨	我……

阿　龙　　玛缨,我说的是真的,我会一直在你身边保护你。

　　　　　　〔二人紧紧相拥。

　　　　　　〔玛缨放开阿龙跑到一边。急切地走来走去。

玛　缨　　我……

阿　龙　　你咋个了?

玛　缨　　我……我刚才绣荷包的时候掉了一颗绣花针,咋个都找不
　　　　　着。你头上的那颗珠子那么亮,给能借我照一下?

阿　龙　　(犹豫了一下)珠子……

玛　缨　　(连忙摆手)要是不行就算了。

阿　龙　　行,行。诺。

　　　　　　〔玛缨接过了龙珠,一步一步往后退。

幕　后　　(唱)捧龙珠,心儿颤,

　　　　　　　　好似身在油锅煎。

　　　　　　　　玛缨她,泪涟涟,

　　　　　　　　生离死别在眼前。

　　　　　　〔阿龙认真地帮玛缨到处找绣花针。

玛　缨　　(唱)骗龙珠,

　　　　　　　　才能够救他性命一线间,

　　　　　　　　还龙珠,

　　　　　　　　顷刻间玛缨就会成异端,

　　　　　　　　天不容我地不容我人不容我。

　　　　　　　　骗也难来还也难,

　　　　　　　　前世今生都无缘。

　　　　　　　　亲手斩断深深情,

　　　　　　　　爱断情伤血斑斑。

阿　龙　　玛缨,你瞧,绣花针!

玛　缨　　(急切地)阿龙,你走,你赶紧走。说是你走。

　　　　　　〔阿虎和诺苏族长率领众人屋后冲了出来,阿虎从玛缨手
　　　　　里夺过龙珠。

阿　虎　　诺苏族长,龙珠已经到手。

诺苏族长　好,猛虎寨有救了。阿虎,赶紧毁掉龙珠,免得恶龙作怪。

阿　龙	阿虎!
	〔众人围上。
阿　龙	我不想与人为敌,把龙珠还给我。
阿　虎	哼,现在已经由不得你了。
	〔阿虎手起刀落,把龙珠劈碎,顿时光芒万丈,电闪雷鸣。
阿　龙	(痛苦万分地)啊!啊!
玛　缨	阿龙,阿龙,你咋个了?阿虎哥,你为哪样要毁掉龙珠?
阿　虎	你咋个诺个戆,不毁龙珠我们如何除掉恶龙?
阿　龙	(痛苦万分地)啊!啊!玛缨,你骗我!原来你今天让我来, 是想杀我。
玛　缨	我没有骗你,我是要救你,你走,你快走。
	〔几个村民手拿羊皮鼓慢慢逼近阿龙和玛缨。
阿　虎	哼,他今天走不了了。
阿　龙	玛缨,我只是喜欢你,想保护你,保护猛虎寨。从来不有想 过要伤害人,可你们人为哪样一定要杀我?为哪样?
诺苏族长	因为你——是——龙。
阿　篾	龙是我们的仇人。
二　牛	不对,阿龙大哥救过我的命,他是好人呢。
诺苏族长	二牛,你小娃娃家认得哪样?他不是人,他是一条大恶龙。 龙会吃人呢。
众　人	龙会吃人呢。
二　牛	哦,龙会吃人呢?龙是大坏蛋,杀死他。
众　人	恶龙走,恶龙走!
	〔阿龙痛苦万分。
阿　龙	天哪,这是为哪样?为哪样?
	(唱)众乡亲啊,
	我是龙族难选择,
	风调雨顺是职责。
	护百姓,保山河,
	天地之间自由歌。
	玛缨啊,

　　　　　　我对你一见倾心情难舍，
　　　　　　甘愿为你受罪责。
　　　　　　天地间翻云覆雨难揣测，
　　　　　　人世间善恶难辨起纠葛。
　　　　　　人说龙族恶，
　　　　　　都把我指责。
　　　　　　长矛大刀全集合，
　　　　　　要把阿龙来宰割。

阿　虎　乡亲们，龙珠已毁。我们除掉恶龙！

玛　缨　等等，你们说过不杀他呢。

阿　虎　玛缨，不除掉他，猛虎寨就会有灭顶之灾。

众　人　恶龙走，恶龙走！
　　　　〔阿虎按着玛缨跪下。众人跪地击掌。
　　　　〔阿龙与几个村民打斗。
　　　　〔玛缨拿过阿虎放在地上的刀，一下站起身放到自己的脖
　　　　　子上。

玛　缨　住手！你们要杀就杀我。玛缨用自己的命换他的命。

阿　虎　玛缨！诺苏族长，玛缨他……

阿　龙　玛缨！
　　　　〔诺苏族长指挥众人让开一条路。

玛　缨　阿龙，你走，你快走。
　　　　〔众人分开一条路。
　　　　〔玛缨护着阿龙退下。
　　　　〔玛缨无力地坐到地上。

阿　虎　玛缨，玛缨。

二　牛　龙，龙。
　　　　〔天幕上，一条受伤的巨龙缓缓转动着身躯，它忧伤地盘旋
　　　　　着，慢慢地消失在天空。

玛　缨　(悲痛欲绝大喊)阿龙！阿龙！
　　　　〔玛缨跪下，痛哭。
　　　　〔灯暗。

〔一束光亮起,毕摩出现。

毕　摩　　(清唱)阵阵惊雷响,

　　　　　　　　天神遣兵从天降啰。

　　　　　　　　翻天又覆地,

　　　　　　　　龙亡花落长箐山啰……

〔毕摩隐去。

〔乌云密布,电闪雷鸣。长箐山前,两个被调遣捉拿黑龙的
天将率领众天兵,急匆匆地上。

众　人　　(唱)风云动,雷电闪,

　　　　　　　　众天将捉拿黑龙到人间。

　　　　　　　　仙界天规戒律严,

　　　　　　　　不能违抗来触犯。

〔天将高大的身躯,在天地间矗立着,给人以威压的感觉,
天兵们在两位天将的脚下奔跑着,

天将甲　　(白)黑龙情系彝家女,

　　　　　　　　龙珠被毁惹祸端。

天将乙　　(白)一道令旨传,

　　　　　　　　人龙堕深渊。

〔众天兵天将下。

〔诺苏族长、阿虎率领众乡亲手拿刀、长矛、叉上。

众　人　　(唱)杀龙……杀龙……

　　　　　　　　虎子虎孙多神勇,

　　　　　　　　同仇敌忾向前冲。

　　　　　　　　杀龙……杀龙……

　　　　　　　　除妖魔,立新功,

　　　　　　　　彝家汉子是英雄。

诺苏族长　山洪就要来了,我们必须除掉恶龙才能保住寨子,赶紧追。

众　人　　追!

〔众人下。

〔阿龙衣衫不整地跑上。

阿　龙　(唱)触犯天规受严惩,

　　　　　仙界追捕难再登。

　　　　　连累世间腥风起,

　　　　　人间处处喊杀声。

　　　　　阿龙我天上地下无处逃,

　　　　　跌跌撞撞难支撑。

　　　　[有山石崩裂的声音传来。

阿　龙　(四处张望)不好,长箐山要倒了。长箐山一倒,山洪就要爆发
　　　　了,猛虎寨顷刻间就荡然无存了。

众　人　杀龙,杀龙。

阿　龙　唉,不管了!

　　　　[阿龙正要走,耳边好似传来玛缨轻轻的呼喊声"阿龙,阿
　　　　龙……"一束光亮起,众人出现。

玛　缨　阿龙,阿龙。

众　人　救救我们!

二　牛　阿龙大哥,你打死大老虎,真是太厉害了。

普大爹　阿龙,谢谢你救了我们。

拉吒嬢　小伙子,多亏你做法,我们才有水喝。

阿　虎　阿龙,为了玛缨,我们两个来比试比试。

阿　篾　阿龙,救救我们。

众　人　救救我们,救救我们。

　　　　[有一束灯光亮起。玛缨在帮阿龙包手臂。

幕　内　(伴唱)彝山有朵红玛缨,

　　　　　美丽娇艳惹人爱。

　　　　　你像春风阵阵暖,

　　　　　好似清泉润心田。

阿　龙　我的祖先曾给人带来了灾祸,人才会恨龙。我不能让这种仇
　　　　恨世世代代地延续下去。为了猛虎寨我应该留下。

　　　　(唱)天地灵气将龙生,

　　　　　日月精华聚一身。

　　　　　沧海桑田多变更,

风霜雨雪昂首迎。

我不悔，

不悔动心爱玛缨，

不悔为人解困境。

我是飞龙天地行，

呼风唤雨为苍生。

我只愿，

愿山河处处锦绣是美景，

愿大地万事万物事事兴。

愿人间留真爱存真情，

愿大地无纷争永和谐。

〔玛缨手提一把大刀跑上。

玛　缨　阿龙。

阿　龙　玛缨。

〔二人紧紧相拥。

玛　缨　他们就要追来了，你拿上这把刀赶紧跑。

阿　龙　玛缨，我爱上凡人，龙珠被毁，已经触犯了天条。天神要捉拿我囚禁三千年，还要水淹彝寨八百里。这长箐山一倒，山洪就要爆发了。

玛　缨　啊！这要咋个整？

阿　龙　再过一个时辰我的神力就不有了，你赶紧叫乡亲们逃命去。

玛　缨　他们现在根本就不听我的劝告。阿龙，都是我不好，是我害了你。

阿　龙　不，不是你的错。

〔电闪雷鸣，鼓声阵阵，人们的呐喊声远远传来。

众　人　恶龙走，恶龙走。

玛　缨　你赶紧走。

阿　龙　我不能走，我走了你们都会不有命呢。

〔山石崩裂的声音一阵阵轰鸣。

玛　缨　不好，长箐山顶有个缺口了，水就要流下来了。咋个整？

阿　龙　玛缨，你从我的后背把刀刺进我的身体。

130

玛　缨　啊！

阿　龙　当我的龙血溅到山石上,山石就会凝固,长箐山暂时就不会
　　　　倒塌了。你赶紧叫乡亲们逃命去。

玛　缨　难道就不有别的办法格？

阿　龙　赶紧,山要倒了!

　　　　〔玛缨颤抖着捡起了大刀。

阿　龙　快点,水淹八百里会死更多的人!

玛　缨　我,我不能……

阿　龙　玛缨,快点。

　　　　〔阿虎和毕摩及众人一起冲上。

　　　　〔阿虎冲上前,握住了玛缨的手,刺向了阿龙的身体。

　　　　〔惊雷炸响,龙血飞溅,天地间是一片惨烈的红。

玛　缨　(绝望地大喊)阿龙! 阿龙。

阿　龙　玛缨,长箐山暂时不会倒塌了,你赶紧叫乡亲们逃命去。

阿　虎　我们除掉大恶龙了! 猛虎寨保住了。

　　　　〔众人欢呼着,簇拥着阿虎和玛缨。

众　人　阿虎,玛缨,杀龙英雄! 杀龙英雄!

玛　缨　(惨笑)哈哈,杀龙英雄? 天神因为阿龙爱上凡人,龙珠被我们
　　　　毁掉,要捉拿阿龙囚禁三千年,还要水淹彝寨八百里,是阿龙
　　　　的血凝固了山,救了我们! 我杀了他做杀龙英雄?!

　　　　〔众人呆住,无言地站着。

　　　　〔玛缨跑过去抱紧阿龙。

玛　缨　阿龙哥,阿龙哥,你醒醒呀,你说过要永远保护我呢。

阿　龙　(微弱地)玛缨,你叫我阿龙哥?

玛　缨　是呢,你就是我阿龙哥。不管你是龙还是人,上天还是入地,
　　　　玛缨都跟你在一起,我们再也不分开了。

阿　龙　(无力的)玛缨,我……真高兴!

　　　　〔阿龙昏死过去。

　　　　〔玛缨拔出阿龙身上的刀。

阿　虎　天哪,难道我们错了?

诺苏族长 难道我们一直把兄弟当成了仇人?

阿　虎 (上前两步,抱紧阿龙)阿龙,阿龙……你几次救了我们,可我还小肚鸡肠呢……我对不起你……我错了。

诺苏族长 世上不有永远的冤家对头,仇恨也不能世代相传。阿龙兄弟,我们错了。

众　人 我们错了。

　　　　　[众人跪下。

　　　　　[玛缨举刀自刎。

阿　龙 玛缨。

众　人 玛缨。

幕　内 (唱)风云变,惊雷响,

　　　　　天翻地覆猛虎寨。

　　　　　为什么人间总是多霜雪?

　　　　　为什么有情人难成双?

　　　　　龙啊龙,人啊人,

　　　　　爱也难来恨也难。

　　　　　玛缨花落人断肠,

　　　　　天地有情也哀伤。

玛　缨 (艰难地爬向阿龙)阿龙哥,阿龙哥……

阿　龙 玛缨,玛缨。

　　　　　[两人艰难地站立起来,微笑着死去。

　　　　　[山在轰鸣,水在咆哮,天地在摇晃。

诺苏族长 长箐山就要倒塌了,让我们跟阿龙和玛缨一起扛,渡过这个难关!

阿　虎 是汉子的就跟我上。

　　　　　[众人一起冲上去,众志成城。

　　　　　[雄壮的音乐响起。

众　人 (唱)阿龙,阿龙,

　　　　　啰哩,啰哩……

　　　　　吼一声响震长空,

　　　　　跺一脚山摇地动。

血性男儿豪气冲，

你是彝家大英雄。

我们把你记心中，

世世代代永传诵。

〔众人手挽手肩并肩，跺脚声震天动地。

〔灾难过去，长箐山依然耸立，一股清澈的山泉汩汩流出。

〔毕摩上。

毕　摩　(沉痛庄严地)阿龙为救彝寨，牺牲了自己。彝人后世子孙要永
远记住他。

　　　　　(吟诵)兄弟本是根连根，

龙虎一家不能分。

万物和谐人兴旺，

纷争停息永相亲。

阿　虎　阿龙！玛缨！

众　人　阿龙！玛缨！

〔众人雕塑般的剪影。

〔天空出现了一道道五色的光芒，一朵朵火红的玛缨花飘落。

〔音乐声中，天空传来了阿龙和玛缨轻轻的说话声。

玛　缨　阿龙哥，下辈子我变成一条龙，我们在天上一起飞。

阿　龙　不，玛缨，下辈子我一定变成人，永远和你在一起。

〔轻柔的音乐弥漫开来，一朵朵火红的玛缨花飘落，有歌声轻
轻地传来。

幕　后　(唱)你像白鹇飞过来，

落在阿妹心窝窝。

真心把你小哥爱，

生生死死永不改。

〔幕落。

〔剧终。

京剧

大唐乐工

柳隐溪

国家二级编剧、翻译，中国文艺评论家协会、湖北省剧协、作协会员，文学院签约作家；湖北省荆楚文化研究会常务理事；国家级研究项目"楚文化与现当代文艺创作渊源初探"主要研究成员。出版"楚辞鉴赏"专著《楚辞是一袭疾风》，出版长篇小说《山鬼》《云梦泽·丹之姬》等，在《中华遗产》《艺术百家》、美国《侨报》、《戏曲研究》等刊物发表文化专稿时评论文等；在文学刊物《中国作家》《芳草》《西湖》《湖南文学》《剧本》《东方艺术》等发表小说、剧本等；涉猎影、视、剧、动漫，作品获各级奖项。汉剧《优孟衣冠》获"中国田汉研究会"优秀编剧奖、最佳剧目奖，并获2018年度国家艺术基金；楚剧《下凡记》获2019年度国家艺术基金；电影剧本《楚之魅》获湖北电影文学优秀剧本奖。《当代中国戏曲的现实情境或曰振兴之可能》获第四届"中国戏剧奖·理论评论奖"提名奖。

京剧《大唐乐工》剧本发表于《剧本》杂志2013年第二期，《大唐乐工》入选文化部2016年度剧本扶持工程项目，荣获中国首届曹禺杯全国剧本征集赛优秀剧本奖（第一名）。

人　物：安金藏——乐工，生/丑

　　　　武则天——女皇，青衣

　　　　李　贤——太子，武生

　　　　小　蛮——女官，花衫

　　　　高公公——太监，矮丑

　　　　丘神勋——将军，架子花脸

　　　　来俊臣——酷吏，铜锤花脸

　　　　宫女、侍卫、狱卒等。

第一场　得　失

[黄钟大吕,气势宏阔,间有古箫音穿越。

[吟唱:汉唐盛世谱华章,

　　　　繁华深处掩荒唐。

　　　　纵使天翻地又覆,

　　　　青史一叶总徜徉。

[安金藏扛一彩绘排箫①上。

安金藏　在下,太常乐工安金藏……啊?不知道?(笑眯眯)音乐家,艺术家!什么,不像?嘿嘿,像不像的,您说了不算。谁说了算?自然是当今圣上!今上是谁?哎哟,可了不得,那可是上下五千年、古今第一位,纵贯青史、横扫九州,前无古人后无来者,大唐的天皇天后、圣母神皇②、大周的圣神皇帝、后来的则天大圣皇帝——武则天!(掩口,观,泰然)陛下日理万机,殚精竭虑,谁都不敢轻信,但是她,却听我的!不信?您瞧,她来了!

[幕启,梨园。安下。

---

　　① 排箫在起源地中国,被誉为天籁之音,可是自清朝中期以后便在中国乐坛莫名消亡;而海外排箫蓬勃发展,如今正艰难回归华夏。

　　1956 年 8 月,全国第一届音乐周在北京举行时,经广泛征求意见,文化部和中国音乐家协会,确定以排箫作为中国的音乐标志——乐徽,以代表中国悠久的历史文化和多彩的民族音乐艺术。此后,中国音乐界向外国友人赠送的纪念章和礼物,常印有排箫图案。

　　② 大唐光宅元年,武则天"临朝称制";大唐垂拱四年,武后加"圣母神皇"称号;两年后废睿宗,自称"圣神皇帝",始改国号周,后遗诏去帝号,复唐皇后称谓。其称号多变,与剧情无关者不作细分。

〔武则天内唱：一夕惊梦、郁结满腔！（急上）

武则天 （唱）孤身宝座御八荒，

　　　　　　投箸停杯意彷徨。

　　　　　　愁思万虑难为计，

　　　　　　心烦意乱出朝堂！

　　　　　（白）太子被控谋反！大夫明崇俨被杀！

小　蛮 二者有无关联？陛下吩咐专案，刑狱推鞫正严！

武则天 小蛮！

小　蛮 神皇。

武则天 这是何处？

小　蛮 看这花枝繁茂，甚是清爽。神皇啊，这是到了御苑乐府的梨园啦！

武则天 梨园？也罢，那边厢刑狱审案，这边厢且待消息。小蛮，招几个乐工来，

　　　　（唱）丝竹声里，聊遣神伤！

小　蛮 是。有人吗，请问有人吗？喂！是人是鬼的，快出来几个！

安金藏 来了来了！（上）哟，我道是谁，原来是尚仪局司乐司的典乐官官小蛮大人！

小　蛮 呀啐，啰里八唆的忒麻烦！叫我小蛮就好啦！

安金藏 哦，小蛮姑娘！

小　蛮 安先生，快叫几个人来，丝竹管弦歌者齐备，陛下要听曲呢！

安金藏 哟，这可有点儿难办呐！

小　蛮 什么！（悄声）不要命啦？

安金藏 姑娘忘了？近日可是太乐署考核乐工的日子！

小　蛮 啊？都考试去啦？咦，您怎么没去呢？

安金藏 我呀，不想考啦！

小　蛮 为什么呀？

安金藏 因为，不好玩儿！

小　蛮 不……您当乐工要好玩儿的么？哎，它怎么就不好玩儿了呢？

安金藏 小蛮，姑娘！

(念)皇家养艺乐十部,岁岁严核考乐工。

上考中考加年考,十五年内全考通!

中考七次犹未已,上考五次心惶恐,

年考一重又一重,还有那五十曲调,最呀最难弄哇!

小　蛮　咦?这些考核,先生不是都考过了吗?您现在已经是乐师了呀!

安金藏　年考,姑娘,年年得考!

(念)乐师要考级,等级上下中;一年一小考,十年一大动!

太常、教坊、雅乐、燕乐;金石、土木、丝革、匏竹,

八音齐聚轰轰隆隆!

考考考再考,核核核又核,哪个敢不——

引颈踮足、竖耳张目、躬身赔笑、焚香修容,考堂内外奔走匆匆!

升迁、晋级、降职、除名,加减俸禄,可都在其中、在其中!

小　蛮　哦,那您这违令不考?

安金藏　辞退。

小　蛮　啊?哎呀,怎么您丢了供奉还这样快活呐?

安金藏　(乐)就是丢了才快活呀!自古以来,这宫廷优伶的死法儿,有杖责、鞭挞、黥字、放逐、刺配、凿齿、马践、射杀、砍头、腰斩、活烹!丢了它,我才能远走高飞;丢了它,我才能意兴飞扬、丢了才能想吃吃、想喝喝,想玩玩想乐乐,效仿我那师兄何满子,如闲云野鹤——

(唱)出高墙、离宫门,

做一个逍遥自在、活神仙呀!

武则天　是谁——在这儿做梦呢?

安金藏　呃呵呵……(回头做乍见状)啊呀!臣太常乐工安金藏拜见陛下!

武则天　平身。你羡慕那个出宫的乐师何满子么?

安金藏　(惊,眼珠一转)啊,回陛下,师兄精通音律,是微臣的榜样!

武则天　哦?(突然)你对乐工考核有意见?

安金藏　哎哟陛下,瞧您说的,臣哪儿敢呐?

武则天	(冷笑)哪儿敢？考考考再考,核核核又核！年考,姑娘,年年得考！不好玩儿！
安金藏	(旁)咦！这是个顺风耳啊？哎呀陛下,臣胡言乱语,陛下恕罪！
武则天	乐工们都考试去了,就你一个人在这儿,好玩不好玩的,横竖也给撞上了,就来个独奏吧。
安金藏	啊,陛下,您看我这考期也误了……
武则天	朕特许你本次免考！
安金藏	呃呵呵……
武则天	怎么,皇家乐工的俸禄,你真的不在乎?
安金藏	臣得侍奉高堂老母。
武则天	明白啦,你也算是箫师第一人,朕给你加俸就是！双俸如何?
安金藏	呃,他那个……(左右顾盼)
武则天	三倍俸禄！
安金藏	一言既出?
武则天	驷马难追！
安金藏	天子一言?
武则天	重于九鼎！
安金藏	谢主隆恩！陛下点曲！
武则天	随你！
安金藏	呀——不高兴啦?啊陛下,方才只当是戏言。
武则天	君无戏言。
安金藏	那我就放心啦！
武则天	如今民间百戏昌盛,宫廷乐师出去的不少,你不是羡慕你师兄何满子么,闲云野鹤呀——他还驾鹤西去了呢！
安金藏	啊?
小 蛮	驾鹤西去——死了?却是为什么呀?
武则天	(微笑)金藏啊,你要听么?自古以来,逆臣贼子的死法儿?江湖乐人的死法儿?(惊锣,武进、安退)
安金藏	(躬)哎哟陛下,您别吓我,我胆儿小！
武则天	慌什么?朕知道你的忠心。
安金藏	(起)臣愿剖心自明,绝无悖逆！

武则天	哦?
安金藏	(躬)臣,愿减一半俸禄,以充国库!
武则天	呃,这个……
安金藏	(哭丧)再减一半!
武则天	一言既出!
安金藏	驷马难追……
武则天	君子一言!
安金藏	重于……几鼎来着?
武则天	行啦,朝廷也不缺你这几两,赐你双俸,奏曲吧!
安金藏	遵旨!(惊)哎呀我的凤箫没了,被那个来俊臣强取豪夺去啦!
小　蛮	(随便塞过一个)先生将就用这个吧,快点儿。
	〔安吹排箫,吹着吹着,突然冒出个不和谐的音符,众愣。再吹又冒一个! 小蛮急、武则天忍!
安金藏	(慌忙查看)坏了? 我的儿,关键时候不能啊! 这帝王一怒、怒……(做割喉状)诶? 有了!(不和谐的音符竟越发频现)
武则天	(终于勃然大怒)安金藏!
安金藏	陛、陛下?
武则天	你好大的胆子!
	(唱)朕是海量恩宠仁义尽,
	你屡屡狂悖却为哪般?
安金藏	(笑眯眯)陛下您终于发怒了? 哎呀陛下,臣刚才出错,都是为了您呐!
	(唱)都只为陛下的龙凤体,
	微臣苦心孤诣风险担!
武则天	呀啐!
	(唱)任你巧舌如簧莲花灿,
	休想耍弄言辞混过关!
	(白)今日,不讲个清楚明白,你小命难保!
安金藏	陛下呀!
武则天	讲!
安金藏	(唱)陛下操劳国事难呐,思虑太过意悬悬。

黄帝内经有分教哇,喜怒哀乐五脏缠。

《灵枢》《素问》与《金匮》,情致疗法阴阳安。

思伤脾来,忧伤肺;恐伤肾来怒伤肝。

(白)陛下思虑太过伤了脾,医家属意怒胜思、怒胜思!陛下,思伤脾,怒胜思——您方才发怒之后,感觉是否好些呀?

武则天　(抚胸口)呀?果然!

安金藏　(旁擦汗)幸亏平时跟太医闲聊学了点儿心理疗法,关键时刻能救命呐!

武则天　嗯,慰驾有功,看赏!

安金藏　谢圣上!

武则天　朕现在快活了,你再奏支新曲吧!

安金藏　(趑趄,无奈地看看坏箫、看看君主,猛然再看,突然瑟瑟发抖)

武则天　唷,这是怎么了?

安金藏　臣,惧怕圣威!

武则天　这倒怪了,朕方才发怒你不怕,这会子却是怕的什么?

安金藏　臣不敢说。

武则天　但说无妨!

安金藏　臣感受到……帝王的杀气!

武则天　(惊)啊?

　　　　(唱)听他一语震君心,

　　　　　　乍起杀机便知情!

　　　　　　瓯中密告千千万,

　　　　　　重臣谋反触大刑。

　　　　　　往日一律下狱死,

　　　　　　今朝怜惜栋梁倾。

小　蛮　(白)以前有涉嫌谋反的吧,陛下杀了也就完了,现在连太子也牵扯进来,真伪忠奸俱都难辨,到底该如何是好?

武则天　(唱)思来想去难决断,

　　　　　　优伶激怒导脾经。

　　　　　　逆气上冲郁结震,

　　　　　　千思万虑归一清!

　　　　　　谁家社稷无血案，
　　　　　　刀斩乱麻须严刑！
小　蛮　这可不就有了杀气了么？
武则天　安、金、藏！
安金藏　臣！
武则天　你，能知人所思、知人所想？
安金藏　啊。
武则天　你也知朕所思、知朕所想？
安金藏　啊……(赶紧摇头)不不不能！臣乃一介凡夫俗子，哪里能知人
　　　　所思、知人所想！
武则天　那刚才怎么回事儿？
安金藏　刚才那是臣、臣会望气！
武则天　什么望气？
安金藏　就是……那什么喜怒哀乐、忠奸善恶，都会有一些气，啊云集
　　　　头顶……
武则天　哈！忠奸善恶，也会有气云集头顶？(冷笑)好！又有一批被
　　　　控谋反的，你就来帮朕辨一辨，这些人的善恶忠奸！
　　　　〔安金藏惊愣。灯暗。

第二场　望　气

　　　　〔太极宫。侍卫庄严上场，阵仗拉开。
安金藏　(左瞧、惊)太极宫！(右望、惧)玄武门！
　　　　(唱)奉圣谕，辨忠奸，
　　　　　　不期来到玄武前！
　　　　　　尔忠尔奸不由辨，
　　　　　　一辨双命赖龙颜！
　　　　　　倘若稍有差池处，

小命从此受熬煎!

(白)唉,吃碗饭,容易么我!

〔小蛮打开一折又一折长得离谱的名册,扔了长长的一段给安捧着。

小　蛮　被控谋反者:御史大夫高智周!

安金藏　御史大夫? 也能谋反? (接念)左金吾卫将军,丘神勣! 啊呀! 这家伙杀人如麻,不好玩儿,该!

〔丘神勣被推上,站后排。

小　蛮　黄门侍郎裴炎!

安金藏　裴大人? 听说他素爱违拗圣意……不好! 皇上这是要借刀杀人? 我说他忠? 万一哪天他被打为奸臣,怎么办? 说他奸? 官大一级压死人,他都能把我压死又压活喽哇!

小　蛮　地官侍郎、凤阁鸾台平章事,狄仁杰!

安金藏　(惊)狄、狄大人? 啊陛下! 臣忽患眼疾,望不了气啦!

武则天　不,你望得了!

安金藏　我一介小乐工,辨不了忠奸呐! (欲跑,被揪回)

武则天　辨得了! 继续念!

小　蛮　是。著作郎元万顷! 左史范履冰、苗楚客!

安金藏　(惊)左史!

小　蛮　右史周思茂、韩楚宾!

安金藏　(惊)右史!

小　蛮　归州都督孙万荣!

安金藏　(大惊)都督!

小　蛮　工部尚书刘审礼!

安金藏　(大骇)尚书!

小　蛮　安先生,您这是怎么啦?

安金藏　啊没、没什么……(发抖)

小　蛮　凤阁鸾台平章事、检校内史李昭德! 太中大夫、鸾台侍郎魏玄同! 中书侍郎薛元超! 弘文馆学士刘祎之!

〔随着唱名,侍卫们一个接一个放下兵器、默默加入队伍,排排站。

〔小蛮念一个,安就抖一下,越抖越厉害。

武则天　安金藏?

安金藏　在——

武则天　怎么啦? 这还没开始望气呢。

安金藏　啊回、回陛下,我这抚乐捺箫的手,从没碰过这许多文臣武
　　　　将,冷不丁被他们的文韬武略之气冲来冲去,冷热相激,得先
　　　　放放气——

武则天　继续念!

小　蛮　是! 左台御史中丞,来俊臣!
　　　　〔安金藏突然不抖了,左右望望,腰也直起来。来俊臣上。

安金藏　来俊臣! 这个万人痛恨的家伙! (笑眯眯)他也被控谋反啦?
　　　　哈哈,哇哈哈! 待会儿瞧我的!

武则天　开始吧。

安金藏　是!

武则天　等等,朕的侍卫呢?

安金藏　(苦笑指队伍)这不都成嫌疑犯了吗!

武则天　(斜眼瞧他,突然威严地)侍卫们! (内应:有!)里边儿还有,多着
　　　　呢! 开始吧!

安金藏　领、呐命!
　　　　(唱)王公贵胄排排站,
　　　　　　你我性命一线牵!
　　　　　　先看将军丘神勣,(牵出丘)
　　　　　　他是唯吾皇马首是瞻!
　　　　(白)忠臣呐忠臣!

武则天　(很满意)嗯,丘将军,该干嘛干嘛去吧!
　　　　〔丘神勣应诺,下。

安金藏　(唱)再看酷吏来俊臣,
　　　　　　罗织罪状人痛恨!
　　　　　　可叹他圣眷正隆受恩宠,
　　　　　　没奈何弄玄机、句酌字斟!
　　　　(白)吧,哈哈! 来俊臣呐来俊臣!

[众皆期待,他却偏偏往来作态。

武则天　快说!

众各自　快讲!

安金藏　(唱)来俊臣,举世无双世少有,(众惊)

　　　　　　五百年间出一个。(众失望)

　　　　　　他年黄泉路边过,

　　　　　　小鬼偏往阳间趓!

众　人　却是为何?

安金藏　(唱)小鬼说,幽冥地府血池恶,

　　　　　　再添寒气冻我舌。

　　　　　　似这等官吏咱害怕,

　　　　　　阴间冥府他留不得!

[有人迷惑,有人掩嘴而笑,武则天强自镇定。

武则天　简单点儿!

安金藏　呃,忠臣呐忠臣!

武则天　下一个!

安金藏　是! 狄仁杰,狄大人! (矮身、仰望)啊呀呀! 启禀陛下,此人不仅是忠臣,而且还是……

武则天　是什么?

安金藏　是个二层楼的忠臣!

武则天　……

来俊臣　呵! 安金藏,这二楼的忠臣,怎么讲?

安金藏　二楼的,那可是大忠臣哪!

来俊臣　忠臣就忠臣,还分什么二楼、三楼的!

安金藏　哟,那可不一样! 这忠臣也是有高下之分的嘛!

来俊臣　哦,这忠臣也有高下之分么?

安金藏　当然有啦! 话说,顺境做忠臣易,逆境做忠臣难,这二楼的忠臣,那就是比一楼的更加忠心——所以微臣现在看那些是忠臣的,以后也难保不谋逆,那是他还不够忠啊,所以境况一变化,他就不忠啦!

武则天　言下之意,若是以后有人不忠了,也怪不着你看错喽?

· 147 ·

安金藏　陛下圣明!

来俊臣　嗯——依你看来,我来俊臣是几楼的忠臣哪?

安金藏　来大人您么……是地下室的!

来俊臣　甚么?

安金藏　地下室的!

武则天　嗯——?(不悦)

安金藏　哎,地下室好哇! 万丈高楼平地起,全赖根深地下室哇!

　　　　(唱)这地下的根基须牢固,

　　　　　　　地下的手段……唉,难免毒!

武则天　安金藏!

安金藏　臣在!

武则天　小蛮,继续念!

小　蛮　是,太子讳贤!

　　　　〔李贤上。

安金藏　(愣)太子? 也谋反?

小　蛮　豫王讳旦!

安金藏　(惊)四皇子从小温顺贤良、恭俭谦让,说他谋反,打死我也不
　　　　信呐!

武则天　(点头)旦儿彰信贤良,的确不会反。那太子呢?

安金藏　太子是陛下的亲生子,储君谋逆为哪般? 不可能啊!

武则天　照你这么说,在场的都是忠心事主了?

安金藏　可不都是忠心耿耿么? 不过还是有高下的不同。

武则天　太子忠心,在几楼?

安金藏　啊? 太子的忠心么,在……

　　　　〔内:臣薛元超有报!

武则天　讲!

　　　　〔内:杀死正谏大夫明崇俨的盗贼,供出幕后指使,乃是太子
　　　　门下!

　　　　〔众惊。

武则天　(咬牙)乃是什么?!

　　　　〔内:乃是太子门下!

丘神勣	（上）臣丘神勣有报！
武则天	说！
丘神勣	臣在太子东宫查出皂甲数百领,俱是谋逆的铁证！
	［众大惊。
武则天	贤儿！
李　贤	母上？
武则天	（逼视）贤儿一身甲胄,意欲何为？
李　贤	（愤慨）母上欲加之罪,何患无辞？
武则天	你！逆子！安金藏你望得好、辨得准！（厉声）来呀！统统押了下去！
	［安摇晃,出溜委地。

第三场　乞　生

［吟唱:太平盛世小轩窗,

社稷坛下白骨扛。

树欲静而风不止,

秋色倦处是沧桑。

［清冷孤月挂中霄。

高公公	（内）太子爷,皇上有令,可怪不得我啦！
	［高矮子步、拖锁链拉李贤上。一高一矮、一庄一谐,形成鲜明对比。
李　贤	可恼、可恨呐！
	［李贤边唱边挥舞锁链,高公公被拉得团团转,间或也忍不住偷偷回拉一下,以示此刻是他权柄在握。
	（唱）［新水令]
	恨天时不济、运无常,
	欲振朝纲、却遭魔掌。

公卿、纷躲藏,

奴婢、也装伴。

虎落平阳,

直恁的任犬鸦、撕啄狂!

高公公　嘿！我说太子爷,怎么说话呢? 天地良心,奴婢我可没撕您、没啄您呐!

李　贤　呵,你倒是敢!

高公公　不敢!(旁)这眼见着就要废了,还这么拽呐? 我说太子爷,您要糟践自个儿我没意见,您不该把我师父给害了!

李　贤　你师父?

高公公　我师父其实也曾是您的乐师——天下第一箫师,安金藏!

李　贤　安先生? 你师父?

高公公　嗯哪,可惜我五音不全,身子太圆,只好改行当了总监。可这一日为师终身为父,他还是我师父!

李　贤　哦……怎说我害他?

高公公　皇上让他辨忠奸,他刚夸您忠肝义胆您就杀人造反,这不是害他吗? 我就不明白了,好好儿的您干嘛要跟亲妈过不去呢? 这皇位不迟早都是您的吗?

李　贤　哼,她、她并非我亲生母亲,她要杀害于我!

高公公　传闻说您的生母是韩国夫人?

李　贤　你也知道?

高公公　什么? 您还真信了? 哎哟我的妈吧!(念)皇上当年将您怀,难免遭忌惹祸灾,她常听我师父奏曲来安胎,好不容易生下您这一表人才! 这岁月真是杀猪刀,人才转眼变废柴,旁人膝下把娘拜、把娘拜!

李　贤　甚么? 此话当真?

高公公　我师父亲历,焉能有假?

李　贤　可她为何屡屡斥责于我?

高公公　哎哟我的妈吧,您不晓得爱之深责之切呀? 也不晓得照照镜子,娘儿俩就跟一个模子刻出来似的!

李　贤　哎呀!(急思)果然……母亲,孩儿不该轻信谣言!
　　　　(唱)听他言悔不及,听他言悔不及,

　　　　　只落得君臣母子俩分离!

　　　　(呼)不肖儿求见母上!

高公公　太子爷求见圣上,求见圣上啦!

　　　　〔追光,武则天。

武则天　(断喝)不见!

李　贤　(惊恨)母上? 好狠心的母亲!

　　　　〔李、高隐。

武则天　(痛惜)朕、不……见!

　　　　(唱)十月孕育、廿年盼,

　　　　　　枉费朕一番苦心肠!

　　　　　　弘儿早夭亡,旦儿太谦让,

　　　　　　难得贤儿你,文武齐备有担当,

　　　　　　却是个偏听轻信的妄行儿,

　　　　　　又谈何治国与安邦?

　　　　(白)子侄辈竟无一个堪成大器! 为娘千辛万苦,保得这天下社

　　　稷,百年之后,却有何人可承、何人可继? 先皇,夫君啊——

　　　　(唱)看朱成碧思纷纷,

　　　　　　憔悴支离为忆君。

　　　　　　不信比来长下泪,

　　　　　　开箱验取石榴裙①!

　　　　(白)玄月啊玄月,尔独居空灵九霄,好冷清也!

　　　　〔远处隐隐传来箫声。

　　　　(唱)箫声起,越重门,

　　　　　　欲启心扉、锁愈沉。

　　　　　　帝王从来称孤寡,纵然是,

　　　　　　红妆登极亦为君!

　　　　　　箫声起,越重门,

　　　　　　欲启心扉、向何人?

　　　　　　形单影暗金銮殿,则似那,

　　　　　　野陌孤独荒谷深。

────────────

　　①　武则天诗作《如意娘》。

（白）呀——好冷风也！这一缕箫声，恰似有万语千言，朕不免循声信步，聊遣心怀。

〔小蛮、安金藏在舞台一角现，安身披锁链、手捧排箫。

武则天　（唱）循箫声、慰心绪，

　　　　　不期竟然到牢门？

　　　　（思索，悟，恼，甩手转身）哼！

小　蛮　（急）陛下圣安！

武则天　小蛮？你怎么在这儿？

安金藏　冤枉，冤枉，冤……

小　蛮　陛下，有人喊冤。

武则天　呵！何人喊冤，拎了上来！

安金藏　是！（提起锁链，自己将自己拎上前去）臣安金藏拜见神皇陛下！

武则天　方才是你喊冤？

安金藏　是臣喊冤。

武则天　哼，太子谋反证据确凿，你这奴才，捧错了主子，冤从何出，怨得谁来！

安金藏　陛下，嘿嘿，臣，是太常乐工，不是奴才。

武则天　（震）甚么？

安金藏　臣是乐工。

武则天　不是奴才？

安金藏　不敢高攀呐……

武则天　呵！

安金藏　嘿嘿。

武则天　呵！

安金藏　嘿嘿。

武则天　呵呵呵……

安金藏　嘿嘿嘿……

　　　　〔武转眼盯安，两人一高一矮，一尊一卑，走位对转，最终对视。

武则天　平、身！

安金藏　谢、圣上！

武则天　你的箫，修好了？

安金藏	(愣)您知道是箫坏了？哎呀陛下聪慧绝伦，真不愧是圣神皇帝！罪臣微末小技不自量，甘愿伏诛！
武则天	伏诛？呵呵，罪名呢？
安金藏	罪……臣无能啊！文不能出谋划策、武不能调兵遣将，手不能提、肩不能扛，怎么折腾也翻不起浪；心中除了凤箫，就只想着家中的老娘，能多活几天、多吃几口干粮啊！
武则天	哦？
安金藏	嘿嘿。
武则天	哦！
安金藏	嘿嘿。
武则天	(唱)好一个太常乐工安金藏！
安金藏	(唱)好一个洞若观火武女皇！
武则天	(唱)头番脱却了主从罪， 二番免去了谋划谤！
安金藏	(唱)战兢兢伴君如伴虎， 磕可可掩锋却露芒。
武则天	(唱)三番岂容你再得意，
安金藏	(唱)失却了凤箫我心儿慌！
武则天	(唱)朕守株待兔看你怎跳踉？ (白)安金藏！
安金藏	(惊)在！
武则天	身为乐工不保好乐器，该当何罪？
安金藏	回陛下，这箫，不是微臣的。
武则天	你的凤箫呢？
安金藏	在您那儿。
武则天	放肆！
安金藏	来俊臣说微臣的凤箫好，皇上喜欢，供在大明宫了，难道您忘了此事？
武则天	这个……倒也情有可原。可是小蛮帮你修箫，为何要瞒着朕？
小 蛮	陛下恕罪！
安金藏	圣上明鉴，都是微臣的错，与小蛮姑娘无关！

武则天　欺君之罪当斩！来呀！

安金藏　啊陛下！陛下不能斩忠良！

武则天　哪个是忠良？

安金藏　小蛮是忠良！

武则天　哼！你也曾说太子是忠良！

安金藏　啊,这个……

武则天　来呀！推了出去,

安金藏　(急)太子他是一楼的！

武则天　呃？

安金藏　(急)小蛮她是三楼的！(怯,试探)臣会望气辨忠奸,陛下您说的。

武则天　哼！一派、胡言……朕的狄爱卿,尚且只在二楼！

安金藏　呃,小蛮原本也在二楼,可您要是杀了她,那就成全她上三楼
　　　　啦！神皇,陛下呀！

　　　　(唱)三楼的忠良,本无有！

武则天　怎讲？

安金藏　(唱)受尽了逼迫,内外忧。

　　　　　　　屈原逢楚怀,比干遇商纣；

　　　　　　　一个沉江流,一个把心剖；

　　　　　　　这才有、二楼的忠臣上三楼,

　　　　　　　千古的忠良来成就！

　　　　　　　陛下乃是圣明君,

　　　　　　　无有臣子上三楼！

武则天　(无奈点头)安金藏啊安金藏,你行啊！

安金藏　不敢。

武则天　小蛮在二楼,比一楼的靠谱？

安金藏　嗯,二楼的最靠谱。

武则天　那咱把一楼的杀了吧？

安金藏　噗！

武则天　你看从哪个杀起呢？

安金藏　啊？

武则天　好,就从裴炎杀起,朕看他不靠谱,你望他在一楼,真准哪！

安金藏　哎呀(跪)陛下！

武则天　(癫狂)呵哈哈……(夜风袭过,顿显凄凉无助)连朕的亲生子都谋逆！

安金藏　陛下还有贤良的四皇子！

武则天　(点头又摇头)何时能将朕的心病也修一修,就好啦！

安金藏　(擦汗)陛下聪慧敏锐,实非常人能及,可也正是有了这敏锐的聪慧,徒生出许多的烦恼哇。

武则天　(怒)你是说朕想多了么？难道都是朕想出来的?!

安金藏　(惊觉,掩嘴)啊,他那个,今儿的天气真好哇！

武则天　哼！小蛮帮你,夜半奏箫,拦驾喊冤,分明二心！

安金藏　绝无二心！……(垂首)实为去意。罪在微臣,填词作曲——陛下呀！

　　　　[安金藏吹奏排箫,小蛮歌舞。

　　　　銮殿煌煌,出将入相,
　　　　衣香鬓影,非我殿堂。
　　　　钟磬铿锵,角徵宫商,
　　　　韵飞神扬,魂系故乡。

武则天　(吟)衣香鬓影,非我殿堂;韵飞神扬,魂系故乡……这歌儿,让朕想起了家父在荆州都督的任上,常听的那些楚音楚调——当年庄子谢绝出仕、击缶而歌,所唱的,便是这样的歌儿么？

安金藏　呃,比这好玩儿。

武则天　(笑)来。

安金藏　陛下？

武则天　朕自登极,备尝孤寂,子孙每怀异心,惟有旦儿恭俭谦良,却也难免畏朕之威,母子疏离;难得爱卿你,聊解忧惧。金藏,不许再提离宫之事。

安金藏　哎！——陛下。

武则天　嗯？

安金藏　也别再让臣望气了吧？

武则天　(笑)准奏！

　　　　[武则天亲释其缚,放了安金藏。

　　　　[灯暗,众隐。

〔追光,安金藏喜滋滋。

来俊臣　可恼啊,可恼!(上)

(唱)小小的乐工胆敢羞辱咱,

　　　打入了死囚牢竟免责罚!

　　　怎生再罗织怎样再加罪,

　　　管教他不死也把脊梁塌!

(白)啊,安先生,别来无恙?

安金藏　来俊臣? 这个小人心狠手辣,不好玩儿! 俗话说小人不可得
　　　罪,得罪小人遗祸无穷! 可我就是忍不住,哈!(左顾)忍不
　　　住,哈!(右盼)忍不住哇——哈哈哈!(双手做振翅状如飞而去)

来俊臣　咋、咋、咋,哇呀呀呀! 安金藏,你等着瞧!

第四场　生　死

〔马嘶声,喊杀声。高公公、小蛮急上。

高公公　烽烟四起,要匡复李唐天下!

小　蛮　众贼嚣张,要废黜女皇陛下!

高公公　废太子李贤成了遮羞布,拉旗造反的都扯他!

小　蛮　当初陛下念亲情,幽囚于巴州不杀他。

高公公　谁知祸根由此生,贼乱的由头一茬茬!

小　蛮　陛下命丘神勣和安先生赶往巴州,检校废太子居所。

高公公　那丘神勣杀人如麻,李氏宗族多被他杀!

小　蛮　可李贤毕竟是皇上的亲骨肉!

高公公　可如今亲骨肉变成了死对头! 师父仁义,当年还吹奏凤箫为
　　　他安过胎,是杀还是留? 唉,师父大难临头啦!

〔安金藏上。

高公公　师父,您瘦啦!

安金藏　夹缝里边儿,没法儿胖。

小 蛮	先生,装病!
安金藏	小姑奶奶,御医是听你的还是听皇上的?
高公公	宣诏! 皇上口谕:赐安金藏烈马一匹,命其速速赶往巴州检校庶人贤! 师父,请收! (安躲)收马!
安金藏	咦? 口谕? 高公公,皇上口谕,说的是这个烈马,还是那个劣马呀? (比画)
高公公	哟,还真给您问着了! 是啊,皇上到底是说这个烈马呢,(比画)还是那个劣马呢?
安金藏	你说,如果是这个烈马,就我这小身板儿,得什么时候才能骑上去啊? 那还怎么"速速"去巴州呢?
小 蛮	先生您的骑术挺好的呀! 如果是那个劣马,又如何"速速"去巴州呢?
安金藏	不速速去才好呢。
高公公	(醒悟)唉? 对呀,让丘神勣先去,他把李贤杀也好、留也罢,就不关您的事儿了! 劣马好,劣马好哇! (圆场,牵劣马)师父收马!
安金藏	好马! (接马鞭)呦,还是个跛脚的? 哎,万一皇上说的是那个烈马呢? 那你岂不是要被"喀"了?
高公公	唷,徒儿跟了皇上这些些年也没被"喀"了,难道这点儿都想不到咩? 放心吧师父,这跛脚的劣马呀——
安金藏	怎样?
高公公	它当年——也是一匹烈马! (比画)
安金藏	当年……高,实在是高哇!
高公公	嘿嘿,高倒不高,圆有些圆,师父好走! (下)
小 蛮	谢高公公! 先生……(忽颓然)先生一路、保重!
安金藏	哎!
	〔灯暗。
	〔巴州。
李 贤	(唱)明月夜,夜长短松岗,
	囚室寒,寒散结愁肠。
	从此后,青灯古佛傍,

心如止水、漫撒辰光……

(白)呀,何处马蹄声急?

[丘神勣带兵上,围囚室。

丘神勣　奉神皇圣谕,检校庶人李贤居所!

李　贤　呵、呵、呵呵……

(唱)[折桂令]

震兵戈、马踏青霜,

杀气凌空、催命奔忙,

击碎李贤,心如止水、幻梦一场!

想当初满腔热肠,

又谁知一枕黄粱。

到如今血泪空淌,

凝作了一襟冰霜。

儿已是化外休囚,

母亲又着甚慌张?

丘神勣　庶人李贤,内室叙话!

李　贤　动手吧!

丘神勣　圣旨并未言杀!

李　贤　你倒实诚。

丘神勣　食君之禄,忠君之事。

李　贤　当初我受人蛊惑,一时糊涂犯下大错,早已悔过!母亲当初既饶我性命,今日为何又突然前来检校?

丘神勣　只因——

李　贤　甚么?

丘神勣　贼寇蜂起,俱都假借,你的旗号!

李　贤　哎、呀!我明白了,我命休矣……(一匹白绫垂下)不!我当初只图自保,并未谋反,罪不至死,奈何至今?

丘神勣　事到如今,你还是死了的好!有圣旨在此,还不了断谢罪么?

李　贤　圣旨?(夺过,匆匆浏览)安金藏?呀——安先生是我乐艺蒙师,曾为我奏箫保胎,皇上派他同来,定然还是念着母子之情!安先生哪里,安先生哪里?

158

〔内声:吁! 驾!

安金藏 (骑跛足马上,谐趣百出)小跛跛,你这一路,跛的好哇! 想那贤
殿下,悄没唧儿地从皇子变太子,又冷不丁儿地太子变庶民,
这"歘"的一下,连庶民也砸啦! 还是皇家的把戏最精彩,百
戏千戏,抵不过天家杂耍! 皇上啊皇上,你自己难下手,我金
藏也不傻! 我呀,骑着小瘸马,嚼着小豆沙;我看、蛱蝶穿花;
我瞧、蚂蚁打架,我闲情美煞!
(唱)三步一耽闲观赏,
　　　山山水水好风光。
　　　跛足劣马悠悠晃,
　　　奉旨检校皇儿郎。

李　贤 (唱)三尺白绫堂前荡,
　　　多少皇族掩面殇。

丘神勣 (白)磨蹭什么,早早晚晚,俱都一样!
(唱)无能小儿抱妄想,
　　　临死犹欲将身藏。

安金藏 (唱)无能今日惹人笑,
　　　跛马当年也轩昂。

李　贤 (唱)从来、上善若水慈爱漾,
　　　却为何、萱亲狠毒胜豺狼?
(呼)可怜,我那早逝的父皇、兄长!

丘神勣 (唱)父皇兄长皆无用,
　　　呼天抢地也无妨。

安金藏 (唱)生死祸福老天掌,
　　　忽觉心悸六神伤?

李　贤 (唱)罢罢罢,我死她才将心放,
　　　三尺白绫孽债偿!
(白)母亲! 不枉你——
(唱)生我养我教我责我立我废我
　　　也算是母慈子孝、演一场!

丘神勣 (白)恁多废话!

· 159 ·

（唱）来来来，我今助你一臂力，

　　　黄泉路上免神伤！

　　〔丘扯白练，逼向李贤。

　　〔安金藏的马嘶。

安金藏　哎哎哎，我的儿，这是要闹哪样？

　　〔突然静场。追光。

李　贤　四弟，我先行一步了！

　　〔伴唱：种瓜黄台下，瓜熟子离离。

　　　　　　一摘使瓜好，再摘使瓜稀，

　　　　　　三摘犹为可，四摘报蔓归①！

　　〔内声：庶人李贤，自尽身亡！

安金藏　死了？还好，与我无关……（惊）可我这心里，怎么一阵一阵儿，生生地疼呐？啊？殿下！殿下——（呜咽）

（唱）当年凤箫曾保胎，

　　　今日跛马为何来？

第五场　南　冠

　　〔吟唱：金柄玉容帝玺章，

　　　　　　多少生灵印底亡。

　　　　　　管弦笙歌尽华彩，

　　　　　　隆冬一夜白茫茫。

　　〔皇宫。

　　〔太监、宫女惊慌奔走。

安金藏　（恍恍惚惚上，看）这是怎么了？（扯住一宫女）奔丧呢这是？

宫　女　嗯！

---

①　李贤死前吟唱的《黄台瓜辞》。

安金藏　什么？还真是啊？又有谁死了？

宫　女　(扳指头,哭)数不清了!(掩面下)

安金藏　啊?!

　　　　〔高公公衣衫褴褛、抱新衣上。

安金藏　高公公!(高惊,躲)高公公!哎,小高子!

高公公　(抖)啊,师父?

安金藏　您这是演的哪出啊？

高公公　哎哟,师父哇!(念)武承嗣,想把那东宫占,但皇子没死绝,他
　　　　皇侄要发难。铜匦密告是一串串,这个在谋反,那个心存叛!
　　　　皇嗣李旦,被诬谋反;神皇震怒,勒令鞫断;凡有牵连,酷刑严
　　　　办;阖府上下,无一幸免;一供十、十供百、百供千、千连万!
　　　　已然供出皇嗣李旦。

安金藏　怎样？

高公公　他、他密谋造反!

安金藏　(眨巴眼)这样也能算？

高公公　师父,皇家把戏,什么不能算呐？

安金藏　小高子啊,你也逮进去了？

高公公　是啊!

安金藏　怎么又出来了？你也供出谋反的人了？说说看,你都昧着良
　　　　心供出了谁呀？你这新衣裳,可是来俊臣、那个酷吏小人给
　　　　赏赐的?

高公公　(躲)师父,我,我……(飞速开溜)

　　　　〔灯暗,追光。

　　　　〔女声:冤——枉——

　　　　〔男声:与我打!

　　　　〔音乐营造紧张氛围。

　　　　〔沉重的音效中,忽然一缕清歌穿云而来,空灵、缥缈:

　　　　　　鏊殿煌煌,出将入相,

　　　　　　衣香鬓影,非我殿堂!

　　　　　　钟磬铿锵,角徵宫商,

　　　　　　飞扬韵律,魂系梦乡!

安金藏 （惊）小蛮？

　　　　〔转监牢。小蛮中衣，被刑。

安金藏 小蛮！

小　蛮 安先生？

安金藏 小蛮，怎么会伤成这样？！我、我去求神皇！

小　蛮 先生！（摇头）皇子屡屡被告谋反，皇上焦躁难安，早已无人肯信，求也枉然！

安金藏 小蛮啊小蛮，那么多的文臣武将、七尺男儿，都吃熬不过，纷纷低头，屈膝画押。你一介柔弱女子，又如何强撑得过哇？

小　蛮 小蛮命不久矣！只求我死之后，先生能在小蛮的坟头，唱一曲小蛮家乡的《关雎》，可好？

安金藏 （看看周围）那皇嗣李旦，长得是漂亮点儿，可也不至于为他舍命啊！

小　蛮 （笑）先生又说笑了！先生曾说四皇子最是恭俭谦让，打死也不信他会谋反。

安金藏 这是良心话！可小蛮你……你就说我谋反，先保命出去再说嘛！

小　蛮 先生放心，小蛮宁死、也不诬陷！

安金藏 （急）丫头！他们真会往死里整的！

小　蛮 （笑）先生，听我娘说，小蛮还在娘胎里的时候，就不肯低头朝下——小蛮，一直是正着站立的呀！

　　（唱）小蛮天生头朝上，

　　　　　世人百计尽空忙。

　　　　　艾草熏、麻沸散、

　　　　　钢刀剖腹挖出腔，

　　　　　只道是虎头虎脑一昂藏，

　　　　　却是个娇娇滴滴女儿郎，

　　　　　闲觑得船头千尺浪，

　　　　　好一似盘中一盏汤！

　　（白）先生您说我为的什么？当年，楚人钟仪沦为阶下囚，依然戴南冠，依然奏楚音——呵呵，小蛮天生的脾性，改不了啦！

162

安金藏　改不了了？

小　蛮　改不了啦！

安金藏　啊？

小　蛮　啊？

安金藏　哈哈……

小　蛮　哈哈……（声渐弱）

安金藏　小蛮?！小蛮……

　　　　〔灯暗，众隐。追光。

安金藏　(唱)无能金藏跛足迈，

　　　　　　忍看小蛮赴泉台。

　　　　(失神起)小蛮，听——了！（吟）关关雎鸠，在河之洲。窈窕淑
　　　　女，君子好逑。参差荇菜……（且吟且笑且行，渐隐）

　　　　〔惟余冷月。

　　　　〔伴唱：一曲关雎歌未已，

　　　　　　　欲续总是断肠声。

　　　　　　　漂泊无由楚音系，

　　　　　　　南冠岂独阶下人！

第六场　上　楼

来俊臣　哇哈哈……小蛮不招，自有人招！最新供状，安金藏参与皇
　　　　嗣李旦谋反！来呀，枷锁伺候！

　　　　〔高公公着新衣、随众狱卒上。

众狱卒　(唱)杀威棒，锁命枷，

　　　　　　是人是鬼都怕他！

　　　　　　煎炸烹煮剐烙剐，

　　　　　　剥皮抽筋绞刺杀。

　　　　　　管叫你七尺男儿缩成团、团团煞！嘿呀！

· 163 ·

管叫你一颗心儿裂五瓣、瓣瓣多！嘿呀！

助纣为虐少不得他，

惩恶扬善也要靠他，

白也是他、黑也是他，

小人也赖他，君子也赖他，

至圣先贤也将对头来打杀！

哦？哦！

高公公　我说伙计们，唱啥呢？

众狱卒　狱卒歌啊！说狱卒、唱狱卒，狱卒就是你我他！

来俊臣　带人犯安金藏！

高公公　带人犯！

　　　　〔安金藏：哎，来了来啦！

安金藏　哟，高公公，果然更了新衣、换了新主子啦？

高公公　嘿嘿师父，我……（急收笑容，咳嗽）来大人在上，还不跪下？

安金藏　哪儿呢？哟，来大人好威风！（旁）这地下的油水真养人！

来俊臣　见了本官，胆敢不跪？

　　　　〔狱卒举棒。

安金藏　等等！圣人说了，跪天、地、君、亲、师——您是这里头哪一
　　　　号啊？

来俊臣　呵！这刑堂之上，本官就是天！

安金藏　你就是天？喊哈哈他就是天！哎，你们都听到了，他说他就
　　　　是天！

来俊臣　休得啰唆，你跪是不跪？

安金藏　不跪，不跪，就不跪！

来俊臣　与我打！

　　　　〔狱卒举棒。

安金藏　（抱头急蹲）好汉不吃眼前亏！

　　　　〔与此同时，高公公突然长身而起，架住狱卒大棒，没想到师
　　　　父已经蹲下去了，他左右看看，赶紧又缩回去。

来俊臣　哼，你也晓得不吃眼前亏！还不速速招来！

安金藏　我招、什么？跟皇嗣谋反？哎呀，这谋反可是死罪，不能随便

认呐!

来俊臣	不招你也活不成!这儿多的便是死罪的名目!
安金藏	哦!对呀,您那《罗织经》阴毒非常,好比天罗地网,罩谁谁亡!不过,您现在却不能弄死我。
来俊臣	嗯?甚么?
安金藏	我朝刑律,每岁立春后至秋分,不得决死刑!现在刚立夏,我不怕。
来俊臣	啊?
安金藏	哦,还有呐,大祭祀及致斋、朔望、上下弦、二十四气、雨未晴、夜未明、断屠月日及休假,亦如之,啊!
来俊臣	亦如之?
安金藏	亦如之。就是以上日子,也不许判我死。
来俊臣	嘶,我怎地不知?
安金藏	我吓,你个不懂法的贼匹夫,爷还负责给你开智啊?
来俊臣	什么?
安金藏	呃,我说我不负责法普!
来俊臣	呵!安金藏啊安金藏,枉你聪明能奏箫,枉你通灵能望气,枉你巧舌辩如簧,终究逃不过爷的手掌!来来来,今日,再给爷瞧瞧,到底在几楼?
安金藏	再瞧瞧?
来俊臣	再瞧瞧!可还在地下室?
安金藏	不在!
来俊臣	哈哈!今日爷在几楼?
安金藏	下水道!
来俊臣	哇呀呀找死!

(唱)可恨的安金藏、浑不怕,

　　　死到了临头还将我骂!

　　　着实的可恨,着实的可恼,

　　　着实的逼爷将那手段加!

(白)来呀!与我狠狠地打!

安金藏	慢!来大人,听我说完,再打不迟。

来俊臣	你还有话?!
安金藏	还有话,大大的好话。
来俊臣	(心烦意乱)讲!
	〔高公公急,下场。
安金藏	您有今儿的地位,皆因顺着皇上的意思行事,顺一边儿,逆一边儿,从普通百姓顺进了帝国大厦,又顺进了非比寻常的地下室,顺着顺着,就顺到下水……
来俊臣	嗯?
安金藏	呃,呵呵,您还记得丘神勣吗?
来俊臣	提他怎的?
安金藏	他是唯皇上马首是瞻,比您顺得还快,哧溜就进了下水道。
来俊臣	嘟(拍案)大胆!
安金藏	可皇上不需要下水道里有大人,他哧溜进去就出不来,鸟尽弓藏、兔死狗烹,他被——烹掉了!
来俊臣	大胆!
安金藏	你若杀了我,与他一般下场。
来俊臣	大胆!
安金藏	你若继续顺,与他一般模样,
来俊臣	大胆!
安金藏	你若执迷不悟,迟早命丧当堂!
来俊臣	咋、咋、咋,哇呀呀! 与我打!
	〔高公公:皇上驾到! 武则天随之急上。
众　　人	拜见吾皇陛下,万万岁!
武则天	安金藏! 连你也反了么?!
安金藏	陛下? 微臣忠心无二啊!
武则天	哼! 你参与皇嗣谋反,已经有人招供,你当朕不知道么?!
安金藏	臣愿剖心明志,绝无二心!
武则天	哼! 那你就剖来看看!
来俊臣	呵呵! 剖来看!
	〔安震惊。
高公公	(急思,递刀)剖来!

安金藏　啊？你！

高公公　(长身立起,对安)师父放心,假刀！(缩回)

安金藏　哦！(接刀)不成,你得给我把御医叫来,以防万一。

高公公　好嘞！(瞅空下)

安金藏　真剖啊?

来俊臣　君无戏言！

安金藏　好！剖就剖！陛下呀！(音乐中,甩水袖、正冠、掸衣、掸鞋、拿架子)
　　　　呃,不成！微臣小命一条,这一刀下去,臣的忠心是明了啦,
　　　　可这性命也没了,这不是白明志了么? 为了陛下的江山社
　　　　稷,臣得再保一个忠的。

武则天　哪个?

安金藏　此人之忠,一朝不明了,便一朝叫人怕,直害得文官说假话,
　　　　武将被打趴,公卿乱如麻,害得我安金藏,二楼的忠臣往那三
　　　　楼爬！害得陛下您,无心社稷六神差！他、他他就是当今陛
　　　　下亲生子、皇嗣讳旦殿下！

武则天　旦——儿? 保他怎样?

安金藏　保他忠心不二！

武则天　怎样担保?

安金藏　剖心担保！

武则天　当真?

安金藏　当真！

武则天　果然?

安金藏　果然！

武则天　剖来！

来俊臣　(急抢过安的刀,扔给狱卒)一介小小乐工,怎能保得皇嗣不反?
　　　　(旁)不可叫他断了我的生意！

武则天　安金藏！

安金藏　臣在！

武则天　(取另一狱卒刀)保来！

安金藏　(接刀)是！啊? 变成真刀了！哎呀皇上,咱换个保法儿? 他
　　　　那个……

· 167 ·

武则天　（猛回身）

来俊臣　你手持钢刀逼近圣上，张牙舞爪意欲何为？

安金藏　（急止步，扯过身边狱卒的绳索，一圈圈缠绕在身）皇上，我、我捆点儿
　　　　力气出来……

　　　　（唱）您看我，不张牙，不舞爪，

　　　　　　　自捆、自缚、自压榨——

　　　　（悲从中来）堂堂箫师，没了凤箫，苦——哇！

　　　　（唱）臣做了跛足劣马，

　　　　　　　臣把那英雄结压。

　　　　　　　臣刻意装聋作哑，

　　　　　　　却不甘、连那脊梁也垮塌！

　　　　　　　庙堂上真真假假，

　　　　　　　庙堂下尔虞我诈。圣上啊，

　　　　　　　自古易，盛世尴尬，

　　　　　　　自古难，良心抹煞。

　　　　　　　逃不过那千刀万剐，

　　　　　　　逸士枉慕、雁落平沙！

　　　　　　　一曲箫歌，血泪抛洒——

　　　　　　　几多忠良，枉自嗟呀！

　　　　（白）陛下，小蛮姑娘白死了，可不能让我也白死啊！四皇子若
　　　　也谋反，天下何人不反？（挥刀指心，下滑指腹）

武则天　（猛然醒悟）慢！

安金藏　（吓得一趔趄，刺中）啊哟，活不成啦！

武则天　（震惊）御医！快传御医！

高公公　来了来了！（带御医赶上，查看包扎）

武则天　（惊悸、急）传旨：皇嗣一案停止推鞫、撤案销档！

太监甲　是！

武则天　满朝的文臣武将、贵胄公卿，高官厚禄，没一个能为朕的皇儿
　　　　鸣冤证忠！谁料想最后以死相谏、结束这一切的，竟是一个
　　　　小小的乐工！便是朕的皇儿，也不如他忠心！——金藏！
　　　　醒——来——

高公公	师父醒来,师父醒来!
来俊臣	这伤口,离心脏也忒远了些!
安金藏	(唱)晃悠悠,三魂转得两魂在,
	还有一魂游泉台。
来俊臣	(白)哦?却是为何?
安金藏	(唱)遇到屈子将我拽。
高公公	(白)师父,屈原拽您干啥?
安金藏	(白)问我未曾遇楚怀,还在圣君治下,
	(唱)为何爬上三楼来?
武则天	你!
来俊臣	嗯?你还看见什么?
安金藏	(唱)还有比干、将我拽……
武则天	(斥)好了!(挤出笑容)爱卿为保皇嗣,以死相谏,保住了旦儿,
	也保了朕的一颗心。传圣谕,重赏安金藏!
安金藏	臣不要封赏,陛下圣明比封赏强!
武则天	嗯?
安金藏	来俊臣为了讨好皇上,强夺了臣的凤箫,供在大明宫做摆设!
	臣失了凤箫,如同失了魂魄,天下人听不到臣的凤箫,不知是
	来俊臣惑主,却以为皇上您掠人之美呀!
武则天	胡说!……来呀,速去大明宫,将凤箫取来赐还与他!
	〔侍卫捧箫上,交与安。
安金藏	哎呀!见凤箫三魂齐还,见凤箫七魄骤安,一霎时壮了我的
	小肝胆,刹那间我的心儿放宽!陛下,臣有本奏!
武则天	(诧异)讲?
安金藏	来俊臣他欺下瞒上,残害忠良,祸乱朝纲,丧尽天良!
来俊臣	呵!本官是奉了皇上圣意,按律法办案。你辱骂本官,就是
	辱骂皇上!
安金藏	律法?无中生有刑讯逼供屈打成招?《罗织经》是哪朝的律,
	哪代的法?
武则天	金藏啊……
安金藏	陛下!来俊臣妄矫圣意欺君罔上、令圣驾蒙羞,该当问斩!
	就在方才,他还说骂他就是骂皇上,胆敢与圣上相提并论;还

口出狂言说他就是天！他就是天，竟置圣上于何地？

来俊臣 （惊慌）皇上，我没有！

安金藏 这满堂皆可作证，还想抵赖？

〔武则天看众人，众点头。

武则天 来呀，与朕拿下。

〔来俊臣惊慌就缚。

〔众开心致谢，安拱手致意。

尾　声

太监甲 大周皇帝陛下重赏安金藏！

太监乙 大唐皇帝陛下（旁：李旦）擢升安金藏右武卫中郎将！

太监丙 大唐皇帝陛下（旁：唐明皇）感念安金藏舍身救父皇，擢拜右骁卫将军，追赠兵部尚书！

安金藏 （回头看那些飞来飞去的圣旨，笑）将军？兵部尚书？我？开玩笑！我是谁？这圣旨说了算？谁说了算？呵呵……好啦，别闹腾啦，我啊，什么都不要，只要能安心安意吹我的箫，唱我的曲，就是天赐洪福啦！（抱起小蛮的骨灰盒）小蛮，走，我们回梨园……

〔箫声落寞凄凉。

〔忽然，观众席传来清脆的应答：哎！来啦——小蛮开心地飞跃上台。

〔商音转羽调，二人手挽手，在欢快的乐声中走向远方。

〔梨花朵朵盛开。

〔吟唱：汉唐盛世谱华章，繁华深处掩荒唐。

纵使天翻地又覆，青史一叶总徜徉。

临危却作笑引吭，楚冠南音总绕梁。

多少文韬武略术，不若乐工度沧桑。

〔剧终。

双蝶扇

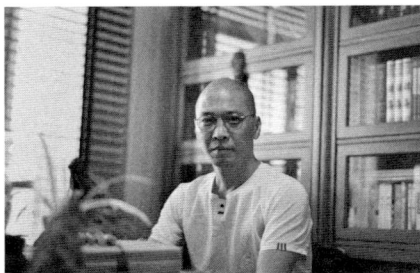

王　羚

　　二级编剧。毕业于上海戏剧学院 2014、2015 级戏文系高级编剧班，福建省戏剧家协会戏剧文学专业委员会副主任。现任福建省实验闽剧院艺术委员会主任、编导室主任。创作有：《南归梦》《北进图》《双蝶扇》《伯公灯》《冯梦龙》等剧本。曾多次获得福建艺术节优秀剧本奖、优秀表演奖，第二十五届、二十八届中国田汉戏剧文学奖一等奖；第二十一届曹禺剧本奖提名，第七届中国戏剧奖·曹禺剧本奖。（第二十三届曹禺剧本奖）

　　《双蝶扇》剧本在 2015 年 5 月发表于《福建艺术》月刊。2015 年 9 月，入选国家艺术基金年度资助项目。2016 年 1 月，该剧由福建省实验闽剧院首演。2016 年 1 月，参加第六届福建艺术节，福建省第二十六届戏剧会演。2016 年 10 月，参加第十八届上海国际艺术节。2017 年 3 月，入选国家艺术基金年度滚动资助项目（全国仅十台）。2017 年 6 月，入选国家舞台艺术精品创作扶持工程重点扶持剧目（全国仅十台）。2017 年 7 月，参加第十五届中国戏剧节。2017 年 11 月，参加第二十四届 beseto（中日韩）戏剧节。2018 年 3 月，参加全国舞台艺术优秀剧目展演。2018 年 12 月，剧本发表于《剧本》月刊。2019 年 1 月，入选国家艺术基金年度艺术人才培养资助项目。2019 年 4 月，该剧主演周虹，获得第十六届文华表演奖。2019 年 4 月，剧本获得第七届中国戏剧奖·曹禺剧本奖。

人　物：林梦卿

　　　　陈子霖

　　　　吴玉山

　　　　吴　姐

　　　　笔　芯

　　　　清　墨

　　　　老院公

　　　　傻　妹

　　　　狱　卒

　　　　二衙役

序幕　画　蝶

　　〔春日,郊外。兰草翠香、蝶影翻飞。

　　〔陈子霖、林梦卿各提笔,于扇中画蝶、题诗。

笔芯、清墨　(喜地)哎,双蝶。

陈子霖　(吟诗)复此从凤蝶,

　　　　　　　双双花上飞;

　　　　　　　寄语相知者,

　　　　　　　同心莫相违。

林梦卿　(吟)寄语相知者,

　　　　　　　同心莫相违。

陈子霖　(对林梦卿)贤妹,再过一个月,就是你我的大喜佳期
　　　　　了。但愿你我情比双蝶,永不分飞。

林梦卿　(与陈子霖含羞依偎)情比双蝶,永不分飞。

第一场　大　婚

　　〔一个月后。吴府。

　　〔喜乐起。

　　〔司仪内声:一拜天地,二拜高堂,夫妻交拜——

　　〔众人欢呼:入洞房,早生贵子。好啊。

傻　妹　(欢快上)吃喜酒啰……

吴　姐　　（紧随而上）傻妹、傻妹，交代你的事，做好了吗？

傻　妹　　安人，你交代什么事呀？

吴　姐　　给新人送甜酒啊。我们这里的结婚喜俗，新人抵洞房，就要吃甜酒——夫妻甜甜蜜蜜，一厝美美满满。

傻　妹　　（一拍脑门）哎呀，忘了。安人，我现在就去给新人送甜酒。（自言自语）咦，我是送一小盏，还是送一大杯呢？（自作主张）唔，我就送一大杯。送甜酒啰……（下）

吴　姐　　（开心大笑）哈哈哈……

　　　　　〔暗转。

　　　　　〔洞房。林梦卿蒙红盖头静坐。

林梦卿　　（悄然掀起红盖头，唱）

　　　　　　　辉映珠璧，

　　　　　　　缔合鸾俦。

　　　　　　　梦卿我梅花点额新妆艳，

　　　　　　　黛眉欣为悦己描。

　　　　　（取看双蝶扇）情比双蝶，永不分飞。

　　　　　（接唱）愿冀花间永比翼，

　　　　　　　　　齐眉白首同春秋。

　　　　　新婚喜俗，饮杯甜酒，一家甜蜜美满。方才饮下丫鬟送来的满满一杯，偏奴不胜酒力——（晕眩，接唱）

　　　　　　　粉腮烫、人微醺，

　　　　　　　莲步轻晃悠。

　　　　　　　见新床鸳枕并排，

　　　　　　　奴又羞又喜、又喜又羞。

　　　　　（蒙上盖头，倚床小憩，不觉入睡）

　　　　　〔老院公手提红灯笼，送新郎官装扮的吴玉山上。

老院公　　（作揖）恭喜相公新婚大喜。

吴玉山　　多谢、多谢。（忙掏赏钱给老院公）花彩钱赏给你。

老院公　　多谢相公，多谢相公。（下）

吴玉山　　（偷觑一眼洞房里的林梦卿，又看了一下自己的新郎装，喜不拢嘴）哈哈哈……

(唱)吴玉山年近三十才讨亲，

　　　新娘子是林梦卿。

　　　依姐讲伊：

　　　端庄、秀丽、贤淑又聪明。(忍不住又笑)

(接唱)这一世能与伊配一对烛斗花瓶，

　　　总是我吴玉山做人妥当，

　　　才得来这好姻缘不迟不早，

　　　自有上苍来撮成。

〔吴姐内唤："依弟、依弟。"与傻妹上。

吴玉山　依姐——(喜迎上)多谢依姐。

吴　姐　不用谢。玉山呀，不孝有三、无后为大。你都快三十岁还未讨亲，依姐都急死了。今旦大喜，日后要生个男孩子，告慰爹娘在天之灵。

傻　妹　(拍手叫好)生个男孩子，好啊。

吴玉山　(腼腆地)依姐，听说林小姐跟陈公子早定有婚约，现在林小姐改嫁给我们吴家，那伊……

吴　姐　不是跟你讲过了吗。林小姐和陈公子是定有婚约，可是陈公子犯了官司，关进大牢！听说官府要将陈公子拿去刨头，故此，林家父母怕耽误女儿青春，才将伊移嫁与你。我们这也是替林家排忧解难。

吴玉山　哦，是做好事呀！

吴　姐　那你还纠纠坨坨做什么？

吴玉山　没、没、没，我一点都没纠纠坨坨。林小姐伊端庄、秀丽、贤淑又聪明，我呀，我呀，(激动)我多谢最亲、最亲的亲依姐。

吴　姐　快进洞房吧。

吴玉山　好。(细整新装欲进洞房，不好意思，又回头)依姐……

吴　姐　哎呀，你快进去吧。(一把将吴玉山推入洞房)

　　　〔暗转。

　　　〔一声鸡鸣。

林梦卿　(唱)鸡鸣天晓春宵尽……

　　　(轻唤)陈郎、陈郎。(悄睇四下，不见陈子霖)伊倒起得早呀。(接唱)

醉意朦胧鹊桥渡，

似梦似醒，

唯有真情满温衾。

晨起残妆细补，

对菱镜梳理散鬟。（坐对菱花镜，接唱）

问梦卿，你香腮浮红晕，

痴痴浅笑为何因？

梦卿啊，委身意中人，

三生石镌恩爱，能不欢欣。

[吴玉山上，见林梦卿对镜梳妆心甚欢喜，悄立她身后。

林梦卿 （突于镜中发现身后的吴玉山，猛一震颤，碧簪脱手落地，惊追问）你、你是什么人？ 为何会在这里？

吴玉山 我……我是吴玉山。这里是我的厝啊。

林梦卿 （疑惑）你厝?! （惊呼）陈郎、陈郎。子霖、子霖!

吴玉山 伊是在找陈子霖?! 林小姐，半月之前，青云书院突发命案，陈子霖的同窗学友被人所杀。陈子霖为此身涉命案，你怎么都不知道？ 是你爹娘怕耽误你的青春，将你改嫁与我。

林梦卿 （恐慌）什么？ 改嫁给你？ 那、那昨夜……

吴玉山 昨夜共你拜堂的人就是我呀。

林梦卿 （震惊）你胡说、你胡说、你胡说! （怔呆）

吴玉山 我没胡说呀。林小姐，你共我确实齐拜花堂，牵着红绳齐进洞房。还、还行了夫妻之礼。

林梦卿 （悲呼）不!

吴玉山 事到如今，但求林小姐能安心于我吴家，我定当一生一世对你好。

林梦卿 （痛呼）陈郎。

吴玉山 （方知此中有差错）依姐你呀……咳! 千错万错，都是我的错!（后悔莫及，狠甩自己一巴掌）

林梦卿 （缓过神）我那陈郎他、他、他如今在哪里呀？

吴玉山 陈公子他、他被官府羁押牢中!

林梦卿 （悲痛欲绝）天哪……（唱）

讯比雷声烈，

痛甚刀割心。

都道是鸳情酬昨日，

却原来易嫁换门庭。

怜陈郎何辜陷刑狱，

恨椿萱毁婚瞒实情。

偏是我浑然无所觉，

偏是我懵懂上轿做新人。

偏是我洞房醺然神迷离，

枉将一怀春意，尽付……陌生人！

吴玉山 (见林梦卿悲痛欲绝状，慌乱无措)依姐快来、依姐快来呀。(疾呼，下)

林梦卿 (唱)天裂且有女娲补，

九江水却难洗净我失节身！

奴家不如一死——(拔下银簪欲自刺)

〔吴玉山领吴姐急上。

吴　姐 (紧拽住林梦卿)林小姐不可呀！

〔暗转。

第二场　探　监

〔紧接前场。

〔牢房。

陈子霖 (悲涕)梦卿、梦卿……(唱)

原期昨宵庆合卺，

天祸陡落，

我蒙冤做囚人。

受刑虐伤痛犹可忍，

最不忍梦卿闻讯痛伤心。

〔笔芯和清墨上。

狱　卒　（拦住笔芯、清墨）喂，到此做甚？

　　　　〔清墨忙取银示意，狱卒应允。

清　墨　（向内）林小姐、林小姐。

　　　　〔狱卒下。林梦卿埋头上，望狱门又羞怯。

笔　芯　小姐，你还是去吧。

林梦卿　（唱）泣血无声，

　　　　　　　移步履荆。

　　　　　　　心决殉情死，

　　　　　　　临狱监，终别意中人。

清　墨　（四下寻呼）公子，你在哪里？

陈子霖　（见清墨）清墨。

清　墨　公子，林小姐来看你了。

陈子霖　梦卿？！（疾步迎上，伤痛跌倒）

林梦卿　（忙搀住）兄长。（见陈子霖遍体伤痕，心痛如绞）

陈子霖　（唱）劳卿临监探望，

　　　　　　　慰我落魄青衿。

林梦卿　（唱）见伊襦衣血染人憔悴，

　　　　　　　教奴裂碎芳心。

陈子霖　梦卿——

　　　　（唱）怨兄身陷冤狱里，

　　　　　　　误了佳期良辰。

林梦卿　（唱）婚变事怎启齿？

　　　　　　　狱中相对痛锥心。

陈子霖　（唱）伊缄默不语只流泪。

林梦卿　（唱）面君无颜，更觉羞愧深。

　　　　〔万般苦楚欲诉不能，唯有埋头痛泣。

陈子霖　梦卿。愚兄身陷牢狱，贤妹幽闺弱质，前来探望，子霖感佩万
　　　　分。（见林梦卿只埋头痛泣，不知如何劝慰）你为何不言不语，只低
　　　　头流泪？唉！贤妹若无有言语，就早些离去，刑狱凶煞之地，
　　　　不宜久留。清墨、笔芯，护送小姐转盾。

179

林梦卿　不！（取出蝶扇）

陈子霖　（百感交集）双蝶扇……

林梦卿　兄长。小妹今日到此，是为奉还蝶扇。

陈子霖　你说什么？

林梦卿　梦卿配不上兄长了！

陈子霖　贤妹何出此言呀？

林梦卿　（哽咽）小妹昨日已与他人……成亲了。

陈子霖　（如雷击顶）什么？！你与他人成亲了？！（又惊疑不定）想我陈子
　　　　霖自幼父母双亡，蒙贤妹不嫌寒贫，与我两小情痴，情誓双
　　　　蝶……你怎会与他人成亲呀？
　　　　〔林梦卿心痛不已，泣不成声。

陈子霖　（紧张，追问）贤妹，你真的与他人成亲了？！

林梦卿　兄长啊——

　　　　（唱）香闺翘盼佳期临，

　　　　　　　盼得昨日花轿到门庭。

　　　　　　　奴道是喜酬双蝶愿，

　　　　　　　全不知兄长早陷冤狱深。

　　　　　　　爹娘狠心毁婚约，

　　　　　　　将奴另嫁吴家人。

陈子霖　（哭喊）天哪！

林梦卿　（唱）天晓噩梦醒，

　　　　　　　蓦然魂魄惊。

　　　　　　　始知红绳错系，

　　　　　　　毁奴一世情。

陈子霖　（痛苦不堪）不要说了，不要说了！（唱）

　　　　　　　闻言如雷猛击顶，

　　　　　　　苍天呐……

　　　　　　　你、你、你何该这般欺弄人？！

　　　　　　　难道情深遭天妒？

　　　　　　　遣这般祸变摧两情！

　　　　　　　难熬逼供酷刑狠，

　　　　　　也曾想一根吊索毙此身。

　　　　　　到今日喉间尚留一息存，

　　　　　　只为恋守蝶誓不舍卿。

　　　　　　男儿唯此羞最甚，

　　　　　　女儿家更是唯此痛最深。

　　　　　　空蘸彩墨题诗画，

　　　　　　双蝶泣血痛殇情！（痛弃蝶扇）

林梦卿　（唱）玉肌污浊难涤难净，

　　　　　　今日临监含悲终别，

　　　　　　唯有一死殉君情！

陈子霖　贤妹不可！贤妹，你千万不可轻生。梦卿，贤妹呀。是子霖身遭横祸，害贤妹受此羞苦！你既另嫁吴家，你我旧情就此作罢……

林梦卿　不！此非梦卿所愿——

　　　　（唱）与兄长双蝶情誓，

　　　　　　偏今生难共白头吟。

　　　　　　错婚蒙羞空遗恨，

　　　　　　何颜苟从他人？

　　　　　　梦卿我早赴酆都待来世，

　　　　　　还你一个清白女儿身。

陈子霖　梦卿啊。（唱）

　　　　　　你弱女且敢殉情死，

　　　　　　我岂能苟作偷生人？

　　　　　　子霖伴你九泉走，

　　　　　　生不负卿、死不离卿！

林梦卿　兄长不可！兄长生性善良，绝不会行凶杀人。小妹别无所求，只望兄长能早日平冤出狱。

陈子霖　贤妹若是殉情，子霖焉能苟活？

林梦卿　梦卿不死，俗世何依？

陈子霖　子霖若能平冤出狱，定与贤妹再择佳期，与卿花堂对拜，重续双蝶之情！

林梦卿　重续双蝶之情……

陈子霖　(拾起双蝶扇,搂住林梦卿)情比双蝶,永不分飞。

林梦卿　情比双蝶,永不分飞……(泪作雨下)

　　　　〔暗转。

第三场　休　书

　　　　〔距前场三月后。

　　　　〔吴府。吴玉山、吴姐垂头丧气闷坐,傻妹一旁侍候。

吴　姐　(唱)做怨、做怨、做怨,

　　　　　　我怨做大比天。

　　　　　　白白米落鼎不成饭,

　　　　　　确确实强扭的瓜不甜。

吴玉山　(唱)梦卿伊孟姜啼、窦娥哭,

　　　　　　花堂拜了还变迁。

吴　姐　依弟,依姐以为给你寻个好诸娘,谁知晓新婚后,这林梦卿就
　　　　跑转娘家了。

吴玉山　(叹息)唉!

吴　姐　我连番登门劝说,都三个月了,伊讲不转来,就是不转来。伊
　　　　爹娘也硬逼伊转来,伊就是硬不转来呀。

吴玉山　(叹息)唉!

吴　姐　我嘴都说没皮了,你怎么一句都不应我呀?

吴玉山　我无话可说!林小姐只钟情于陈公子,心不在我身上。

吴　姐　你没青盲,没瘸脚,论相貌也是堂堂正正。那个陈子霖还关
　　　　在监牢里,还不知道什么时候抓去刽头,这林梦卿为什么就
　　　　看不上你。

吴玉山　依姐,林小姐如此痴心不改,想必这陈子霖定是一个正人君
　　　　子,莫非伊真的是被冤枉。

〔老院公内声："安人、相公……"〕(上)

老院公 这下好了,这下好了。林小姐转来了。

吴　姐 林小姐伊转来了?!

老院公 是呀,转来了。人都到门前口了。

吴玉山 转来就好,转来就好!

吴　姐 好什么?! 傻妹,赶紧给我寻一条水桶索来。

老院公 安人,你拿索做什么?

吴　姐 绑人。

老院公 绑谁人?

吴　姐 林梦卿! 今旦若不将伊绑住,还不知什么时候又被跑了。

傻　妹 好! 我去拿索。(下)

老院公 安人,我看这索不用绑吧。林小姐能自觉自愿转来,谅必不
　　　　会再跑咯。
　　　　〔笔芯引林梦卿上。

林梦卿 (唱)苦纠结三月零,

　　　　　　须把此桩错婚了清。

　　　　　　为求一纸休书,

　　　　　　蹑步埋头又到吴家门庭。

吴玉山 (迎上)梦卿。(欢喜,下)

吴　姐 梦卿妹,你转来了? 来、来、来,椅坐。
　　　　〔吴玉山端茶复上。

吴玉山 依姐。(递茶)

吴　姐 (接茶)梦卿妹,一路辛苦,吃杯茶。(递茶给林梦卿)

林梦卿 (接茶)多谢姐姐。

吴　姐 一厝人,不讲谢。(扶林梦卿坐定,悄悄地对吴玉山)依弟呀,听见
　　　　了没? 伊一抵厝就叫我依姐。今旦伊会叫我依姐,明旦就会
　　　　叫你老公。

吴玉山 (欣喜,挨近林梦卿)梦卿……
　　　　〔林梦卿转身避开。

吴　姐 (热情地)梦卿妹,椅坐,茶吃。
　　　　〔傻妹内喊:"安人……"(拿着长索上)

傻　妹	安人，索拿来了。
吴　姐	你拿索做什么？
傻　妹	(抖动手中长索)安人，你不是说拿索绑林小姐吗？
吴　姐	(赶忙止住傻妹)傻婶，乱讲话，快下去。
傻　妹	怎么又不绑了？
	［老院公忙拉傻妹下。
笔　芯	(悄悄地对林梦卿)小姐，你决意再到吴家，就是为了对他们表明心迹，你快对他们讲吧！
吴　姐	梦卿妹，你有什么话就说吧。
林梦卿	安人呐，奴不能做你吴家的人。
吴　姐	你讲什么？
林梦卿	奴不能舍下陈子霖，不能做你吴家的人。今日到此，只为求吴相公写下休书，了断夫妻名分。
吴玉山	(如雷击顶)你、你、你今旦是为休书来的呀？
吴　姐	(怨怼林梦卿)你呀，你！你和我弟生米都煮成饭了，你怎么还放不下陈子霖呀?!
林梦卿	(哭泣、跪下)安人、相公啊……

(唱)非梦卿事理不谙，

　　　　与子霖鸳情早订庚帖间。

　　　　恶风波平地乍起，

　　　　子霖兄蒙冤屈披枷坐监。

　　　　爹娘偏不垂怜思援助，

　　　　反把儿女万般情爱，狠抛一旦间。

　　　　诓奴易嫁吴家，

　　　　铸下如山恨怨、恨怨如山。

　　　　女儿家蒙受弥天羞，

　　　　凄惶惶五内崩殂、裂碎肠肝。

　　　　思轻生几度临江畔，

　　　　舍不得我那重情重义的子霖兄啊……

　　　　奴吞羞咽苦含悲去探监。

吴　姐	什么?! 你还跑到监牢里看望陈子霖？

吴玉山　那你见到伊了吗?

林梦卿　见到伊了。

吴　姐　那伊知道你和我弟已有同房之实了吗?

笔　芯　公子全都知道了,伊是一点都不怨弃小姐。安人、相公,你们
　　　　　若是狠心拆散伊二人,公子与小姐就会殉情而死!

林梦卿　(唱)苦鸳鸯泣血誓!

　　　　　　　生若不能同锦衾,

　　　　　　　死当同埋一丘间。

　　　　　　　恩姐、恩兄啊……

　　　　　　　泣求成全生死鸳侣,

　　　　　　　奴衔环结草,报答恩重如山!

吴玉山　(为之震动)哎呀——

　　　　　(唱)生死情,感人心,

　　　　　　　吴玉山怎不动悲悯?

　　　　　　　不愿休,也要休,

　　　　　　　自怨福分浅、薄、轻。

　　　　　　　我与伊姻缘八字差一撇,

　　　　　　　六合欠缺甲、子、辰。

　　　　　　　洞房一错已难改,

　　　　　　　今日若再错,更添罪孽深。

　　　　　(对吴姐)依姐,我看还是……

吴　姐　不能休、不能休!

　　　　　(唱)这岂是你玉山休妻室,

　　　　　　　分明是伊把你休。

　　　　　　　邻里厝边若知情,

　　　　　　　难免冷言相讥诮。

吴玉山　(唱)面子且慢顾,

　　　　　　　人命最堪忧。

　　　　　　　伊若崖顶江畔纵身跳,

　　　　　　　你我辜过定难饶。

　　　　　(劝吴姐)依姐呀,做人要平直脚。顾着自家,也要顾

185

别人家。成全别人，就是成全自家。

吴　姐　(不耐烦地)哎呀，你呀。

　　　　(唱)你这是自家衣衫破烂，

　　　　　　　还替别人补裘。

吴玉山　依姐。

吴　姐　(赌气地)你要写？你去写吧！

吴玉山　我写、我写。

吴　姐　(拖住吴玉山)你呀……你是猪脑呀。

林梦卿　(跪于吴姐膝前)姐姐，子霖伊自幼父母早亡，只梦卿一亲人。
　　　　姐姐，求求你了。

吴　姐　(见林梦卿苦苦哀求，忍不住和她一起流泪)哎哟……

　　　　(唱)自以为心肠铁铁硬，

　　　　　　　执意把伊留。

　　　　　　　见伊哀哀啼和求，

　　　　　　　我禁不住目睭滚目油。

　　　　(抹眼泪)玉山啊，依姐被伊这样勿作命一啼，心都被伊啼碎
　　　　了。玉山弟，你还不去写？

吴玉山　啊?!

吴　姐　去写、去写，快去写。

吴玉山　哦，我写、我写！

　　　　(唱)玉山志短无所为，

　　　　　　　立身处世、耻作下流。

　　　　[写罢休书，递给林梦卿。

林梦卿　(接休书，感激涕零)多谢恩姐、恩兄。

　　　　[清墨内喊："林小姐……"(急上)

清　墨　林小姐，县衙张贴告示，公子已经判决，秋后就要问斩！

林梦卿　(惨叫)陈郎……(昏厥)

吴玉山　林小姐——

吴　姐　梦卿——(着急万分)玉山弟，快去请郎中、快去请郎中！

　　　　[暗转。

　　　　[林梦卿侧卧病榻，笔芯一旁服侍。吴玉山焦虑徘徊，

吴姐上。

吴玉山　(急切地)依姐,郎中怎么讲?

吴　姐　郎中讲伊身体虚弱,需要静心调养。郎中还讲伊……

吴玉山　讲什么?

吴　姐　郎中还讲伊已怀有三个月的身孕了。

吴玉山　三个月的身孕?!

吴　姐　是我吴家血脉。

吴玉山　(掐指一算)是我吴家血脉。

吴　姐　这下好了,这下好了。

吴玉山　唉! 还不知林小姐伊怎么想呀?!

笔　芯　(泣)小姐……

林梦卿　(神志近乎崩溃,唱)

　　　　　　身跌落万丈渊涂深……

　　　　　　子霖兄衔冤即遭典刑,

　　　　　　这珠胎偏又结奴身。

　　　　　　苍天呐!

　　　　　　生机怎不赐一线?

　　　　　　缘何勤遭灾苦逼煞人!

　　　　　　定是奴孽重受恶报,

　　　　　　才有这好愿全乖、劫波叠叠不平。

　　　　罢!

　　　　(接唱)天地不容奴生,奴死矣!

　　　　　　　把今生孽苦全了清。(欲冲下)

吴玉山　(忙拉住)林小姐,不可呀!

吴　姐　(泣泪)有错,也是我们大人的错。有苦、有难,也该是我们大
　　　　人齐担。肚子里的伲团有什么错呀?

林梦卿　(震撼)哎呀!

　　　　(唱)幡然震醒、幡然震醒!

　　　　　　奴厌世宁将一命殒,

　　　　　　焉能罔顾腹中无辜婴?!

　　　　　　梦卿命蹇运歹,

不能祸怨及他人。

懿德天良岂能丧？

纵千难万苦，也要先诞下这小生灵！

姻缘有错，腹婴何辜?！梦卿理应生下此婴啊！

吴　姐　（感激万分）好贤妹。

吴玉山　林小姐在上，吴玉山拜谢了。（对林梦卿三拜）

林梦卿　（扶起吴玉山）兄长——

　　　　　〔吴玉山转身即走。

吴　姐　依弟，你这么急去哪里呀？

吴玉山　依姐呀。都是因为我们吴家，林小姐伊才受这么多委屈、这么多苦。我要去提刑司衙门，恳求提刑大人重审此案！

吴　姐　什么？

吴玉山　我要替林小姐为陈公子呈状喊冤！

林梦卿　玉山兄，小妹替陈子霖拜谢兄长大恩！（对吴玉山三拜）

吴玉山　（扶起林梦卿，高喊）陈子霖冤枉！陈子霖冤枉啊……（下）

第四场　路　遇

　　　　　〔数月后。长亭古道，秋风秋雨。

　　　　　〔二衙役内声："陈子霖，快点走吧。"

　　　　　〔二衙役押送陈子霖上。

陈子霖　（唱）晓阴濛濛丝雨飘，

　　　　　漠漠寒意稠。

　　　　　季春入牢狱，

　　　　　苦挨至深秋。

　　　　　幸得提刑司复勘案事，

　　　　　传审我到府州。

　　　　　〔清墨内喊："公子、公子。"领吴玉山上。

陈子霖　清墨,你为何到此?

清　墨　知道你今旦要去府州,我们来送你了。

吴玉山　(对二衙役)差官大哥,我与陈公子临别相送,有话要讲,请行个方便。(悄递银子)

二衙役　有话快点讲,不要拖延时间。

吴玉山　多谢差官、多谢差官。(作揖送二衙役下)

陈子霖　多谢兄台费心。请问尊姓大名?

吴玉山　(支支吾吾)在下吴……吴、吴玉山。

陈子霖　什么?

吴玉山　吴玉山。

陈子霖　你……你就是吴玉山?!

清　墨　公子,伊就是吴玉山、吴相公。县衙是非不辨,将你定罪判斩。是吴相公呈状提刑司,替你喊冤诉苦,恳求复查案情。公子,你才申冤有望啊!

陈子霖　他……他为我呈状喊冤?!(打量吴玉山)

　　　　(唱)以为他无耻肖小龌龊相,

　　　　　　却原来品貌端庄纯朴人。

吴玉山　(唱)他这般风雅英俊斯文样,

　　　　　　怪不得梦卿伊守蝶誓、恋旧情。

陈子霖　(唱)虽说他为我鸣冤情义重,

　　　　　　可这夺爱之恨,我也难平!

吴玉山　(唱)虽说是成人之美君子德,

　　　　　　可这拱手让妻,我怎甘心?

子霖、玉山　(唱)越思越想越气愤。(互指对方,接唱)

　　　　　　你、你、你……都是你!

　　　　　　害得我痛楚难耐、不得安宁!

　　　　〔陈子霖猛挥一拳,吴玉山猝不及防被打翻在地。

吴玉山　我没打你,你还倒打我?!(欲冲上)

清　墨　(忙劝住)不要打,不要打了。

吴玉山　清墨,你去照应好二位差官,让我和陈公子多讲几句话。

清　墨　(欲下又回头)你俩有话好好讲,千万莫要再打。(下)

吴玉山　(提袖口擦鼻血)看吧、看吧。鼻血都被你打流了。算不到你这读书人出手也这么狠。

陈子霖　君子动口不动手,都是你害我有辱斯文啊! 我是为了梦卿,才出手打你。

吴玉山　我也是为了林小姐,才没还手打你。

陈子霖　(静默稍顷)你为何要帮我呈状喊冤?

吴玉山　难道你是想让我落井填石不成? 不要以为只有你读书才懂得仁义道德。跟你讲吧,我已经写了休书,跟林小姐断了夫妻名分。

陈子霖　你写了休书?!

吴玉山　(叹气)唉! 若不这样,怎么能成全你们俩。

　　　　　[陈子霖甚为感激,对吴玉山无声作揖。

吴玉山　算了吧! 你以为我吴玉山是发善心做好事? 这世间什么都能让,什么时候见过老婆拿去让给别人呀? 林小姐的心若能在我身上,打死我也不会将伊让还给你。哪里是我休了林小姐,是林小姐休了我。也是我吴玉山自己休了我自己呀!

陈子霖　(既感激又愧疚)兄长——

吴玉山　什么?! 你……你叫我兄长?

陈子霖　兄长,我、我不该出手打你。

吴玉山　为了林小姐打也就打了吧。

陈子霖　兄长,梦卿伊可好?

吴玉山　好、好、好。伊与我依姐结义姐妹,两人同住一起。

陈子霖　(疑惑地)伊和你姐同住? 那伊怎么没来送我?

吴玉山　这?! 本来伊也想来送你,只是伊……伊身体不便。

陈子霖　梦卿伊怎么了?

吴玉山　这?!

陈子霖　梦卿伊怎么了?!

吴玉山　我若讲了,你莫生气。伊、伊……伊怀孕了。

陈子霖　(惊愕)啊?! 梦卿伊……(唱)

　　　　　　一刹间……

　　　　　　骨鲠在喉难吞吐,

五味杂陈、五味杂陈。

心头创痕还未愈,

怎经这盐卤又对伤口倾?

吴玉山　陈公子——(唱)

吴氏香烟微,

三代传单丁。

我娶妻愿祈兴桃桂,

奈何昙花只现一刻顷。

一声贤妻且未唤,

婚事全然成泡影。

翻来和覆去,我又变作单身。

偷把帽檐压低低,

怕见叔伯姆婶众乡邻。

幸得血脉留一线,

求公子海量酌情!(作揖恳求)

陈子霖　(苦涩地)梦卿伊……伊怎么讲?

吴玉山　林小姐伊讲"姻缘有错、腹婴何辜!"

陈子霖　(感慨万分)姻缘有错、腹婴何辜啊!(唱)

柔弱女且怀悲悯,

我读书人怎能泯良心。

纵是黄连也当饮,

含苦含泪亦含情!

　　〔一阵风起,落雨纷纷。吴玉山撑起伞为陈子霖遮雨。

陈子霖　(感激地)兄长……

吴玉山　哎!贤弟,林小姐长得俊,心又好。贤弟,你真有眼力呀!
你……你真的不会嫌弃伊吗?

陈子霖　梦卿与我两小情痴、情系双蝶。子霖怎会嫌弃伊呀!

吴玉山　(感叹)唉!陈子霖,我是满心希望你会嫌弃林小姐。这样,我
就能心无愧疚、名正言顺跟伊在一堆过日子。咳!能将林小
姐让还给你这样的钟情男子,我也心甘情愿!

陈子霖　兄长,你是好心人。定会娶得好姑娘。

吴玉山　我才没你这样的好福气。哎呀,差点忘记了。(取出双蝶扇给陈子霖)给。

陈子霖　(接扇)双蝶扇……(念扇中题字)情比双蝶,永不分飞。

吴玉山　看出是谁人写的吗?

陈子霖　这是梦卿的笔迹。

　　　　〔清墨与二衙役上。

二衙役　陈子霖,该走了。

吴玉山　贤弟,提刑司已接下状纸,你定能平冤昭雪。安心去吧! 我们都等着你早日回家!

陈子霖　早日回家。

吴玉山　(递包袱)贤弟,天冷了。这件是我的冬衣,你带上吧!

陈子霖　(接包袱)多谢兄长!

吴玉山　贤弟,早日回家呀!

　　　　〔萧萧风雨。陈子霖、吴玉山揖别。

　　　　〔暗转。

第五场　重　逢

　　　　〔又数月后。

　　　　〔一阵婴儿啼哭声。

　　　　〔吴姐怀抱襁褓欢喜上。

吴　姐　哈哈哈……(唱)

　　　　　　祖宗有福荫,

　　　　　　吴门喜添丁。

　　　　　　听侄儿啼声瓮瓮响,

　　　　　　做姑妈我倍欢心!

　　　　〔婴儿啼哭。

吴　姐　哦,饿了吧? 要吃奶了。(下)

　　　　　〔清墨兴冲冲地上。

清　墨　公子平冤转来了。(向内喊)安人、相公,公子平冤转来了。(下)
　　　　　〔陈子霖上。

陈子霖　(唱)苦熬尽、冤洗清,

　　　　　　　枷释镣解步履轻。

　　　　　　　俗世甘苦全尝尽,

　　　　　　　更悉真情弥足珍。

　　　　　〔吴姐、吴玉山等人上。

吴　姐　陈公子。

吴玉山　贤弟,你回来了!

陈子霖　(下拜)子霖拜谢姐姐、兄长。

吴　姐　莫客气、莫客气。陈公子,你平冤转来了?

清　墨　安人啊!多亏吴相公历经艰难呈上状纸,提刑司严查细审,
　　　　　抓住了行凶之人。公子伊才冤情昭雪,回转门庭。

吴玉山　转来就好,转来就好!

吴　姐　依姐我要亲自下厨备酒菜,替你除晦气、洗污尘。老院公,你
　　　　　快上街去买菜。清墨,你去买一坛好酒。今旦我们一厝人要
　　　　　吃个痛痛快快、开开心心!

　　　　　〔老院公、清墨下。

傻　妹　哎呀安人,那我做什么?

吴　姐　你去泡茶。

傻　妹　泡茶?好!我去泡茶啰……(欢快地下)

陈子霖　多谢姐姐。

吴　姐　一厝人,莫客气。

　　　　　〔傻妹端茶复上。

傻　妹　茶泡好了。陈公子、相公,请吃茶。(递茶给陈子霖、吴玉山)

吴　姐　依弟,你陪陈公子吃茶,依姐去准备酒菜。

子霖、玉山　(揖送)有劳姐姐。

　　　　　〔吴姐、傻妹下。

吴玉山　贤弟,坐吧。(与陈子霖入座用茶)

陈子霖　(心不在焉,悄睨四下)兄长,伊呢?

[婴儿哭声。

陈子霖　这是?!

吴玉山　……贤弟,两个月前,梦卿伊……生了,是个男孩。

陈子霖　哦?!
　　　　[笔芯引林梦卿急切地上,林梦卿忽停步,犹豫徘徊。

笔　芯　小姐,你日日夜夜盼着公子平冤出狱,现在公子转来了,你怎
　　　　么还犹豫不前呢?

林梦卿　我……

子霖、玉山　(闻声上前)梦卿!(伸手欲搀扶林梦卿,又同时缩手后退)

三　人　(同唱)乍相对一霎无语,
　　　　　　　　蓦然间百感盈襟。

　　　　[沉寂,稍顷。

陈子霖　贤妹可好?

林梦卿　有吴姐、吴兄眷顾,小妹甚好。兄长,你可好?

陈子霖　蒙吴兄相助,才免牢狱之苦。为兄都好。

吴玉山　应该当、应该当。助人即是助己。

林梦卿　兄长。

子霖、玉山　唉。

陈子霖　兄长,梦卿在叫你。

吴玉山　贤弟,梦卿是在叫你。
　　　　[林梦卿、陈子霖、吴玉山各怀着感动,也怀着苦涩。静坐
　　　　不语。

林梦卿　(唱)沉吟、沉吟、沉吟,
　　　　　　　　悒怅交萦。
　　　　　　　　奴芳心应伴双蝶飞,
　　　　　　　　亦不舍母子促别即于今。

陈子霖　(唱)盼相逢,今日终相逢,
　　　　　　　　遽然心乱莫名。

吴玉山　(唱)成人之美应不悔,
　　　　　　　　自家天伦散,苦惜暗煎心。

三　人　(同唱)沉吟、沉吟、沉吟……

林梦卿 （唱）以为困阻已度尽，

才知愁结未解清。

吴玉山 （唱）我苦他更苦，

最苦是梦卿。

陈子霖 （唱）焉不知卿何所愁？

竟无一语可慰卿。

三　人 （同唱）临此境、偏无声，

沉吟、沉吟、沉吟！

〔婴儿啼哭声再起。

林梦卿 命……（起身，欲下）

吴玉山 （喊住林梦卿）贤妹，你安心和贤弟攀讲。我去照顾伲囝。

（下）

陈子霖 贤妹，子霖难为你了。

林梦卿 不！是梦卿难为兄长了。

〔婴儿啼声又起。

林梦卿 命……（心乱情急）兄长，伲囝在啼，你等一等我。

陈子霖 好！贤妹，你去吧。

〔林梦卿下。

陈子霖 （沉思徘徊，唱）

见梦卿怜子情切切，

子霖我俯首自沉吟。

都道是旧情可续当欢慰，

却为何有泪悄然暗湿襟。

世事蹉跎总遗憾，

唯有这婴啼阵阵暖人心。

难道我还该笃意恋双蝶，

忍拆散这一家骨肉天伦情?!

（取看双蝶扇）情比双蝶，永不分飞……（接唱）

蝶誓犹在耳，

彩墨色还新。

扇中真情不稍减，

　　　　　我怎舍自毁这蝶誓殷殷?!
　　　　　梦卿她因婚变已然够苦,
　　　　　怎忍她再经这母子分离痛伤心?
　　　　　只能够万般酸楚我独咽,
　　　　　梦卿啊⋯⋯
　　　　　爱卿唯离卿,离卿为爱卿!
　　　　（向内唤）清墨、清墨。
清　墨　（上）公子,何事?
陈子霖　回转书院,收拾行装。随我进京赴考。
清　墨　进京赴考? 好! 那我去跟他们说一声。
陈子霖　不要惊动他们。（对内揖拜）梦卿、兄长,子霖走了!
　　　　［暗转。

第六场　回　书

　　　　［几天后。古渡桥头。
　　　　［吴姐怀抱褓褛行色匆匆,老院公、傻妹随行。
　　　　［婴儿啼。
吴　姐　（哄婴儿）哦。莫啼、莫啼。
傻　妹　安人,为什么要这么急抱着小相公回老家呀?
吴　姐　陈公子转来了。我们要让林小姐清清爽爽做新娘啊!
傻　妹　林小姐跟了陈公子。那相公呢?
吴　姐　老家邻舍有一姑娘待字闺中。我询了玉山的意思,玉山也觉
　　　　得自幼相熟,不乏好感。故此,我就央媒提亲,伊一厝欣然应
　　　　允。这回一转老家,立马操办婚事。
老院公　好啊!
傻　妹　不好,不好!
老院公　林小姐转到陈公子身边,相公也转老家成亲。这叫作两全其

・196・

美呀！

吴　姐　（向内招呼）依弟，快点走吧。

　　　　　〔吴玉山踌躇上。

吴玉山　（一步三回头）唉！（唱）

　　　　　　　共伊相处久，

　　　　　　　心里对伊爱愈深。

　　　　　　　子霖弟冤已昭雪人已归，

　　　　　　　我吴家再莫羁留林梦卿。

　　　　　　　乱麻此日该当割，

　　　　　　　成全双蝶比翼、鹣鲽深情。

　　　　　　　吴玉山情难舍也当舍，

　　　　　　　行囊紧裹，悄携儿痛别梦卿！

　　　　　傻妹呀，我写的信你交给林小姐了吗？

傻　妹　安人讲不要吵扰林小姐。我就将书信放在小相公的摇篮里。
　　　　林小姐等下醒来，伊就会看见的。

吴玉山　依姐，我就怕梦卿醒来见不着伲囝，伊难免会难受呀！

吴　姐　我们这样做，也都是为了梦卿好啊！若再纠缠不清，只怕耽
　　　　误了梦卿。等你们两合的婚事都办好，到时候我们再抱着孩
　　　　子回来，他们母子就能相见了。

老院公　安人，相公。船就要开了！

吴玉山　（决然）走！

　　　　　〔吴姐、老院公、傻妹下。

吴玉山　（对内揖拜）梦卿、贤弟，玉山拜别！（下）

　　　　　〔林梦卿内喊："娇儿……"追寻上。笔芯随上。

林梦卿　娇儿呀……（唱）

　　　　　　　船帆离岸匆匆去，

　　　　　　　母子顷刻分隔遥。

　　　　　　　留一封书信，猝别苦痛怎消？

　　　　　　　听不到我儿哭，

　　　　　　　看不到我儿笑，

　　　　　　　五内焦灼魂魄丢！

笔　芯	小姐,吴相公一家去远了。
林梦卿	(接唱)夺眶泪共江水流。
	(咽泣)娇儿……
笔　芯	小姐,吴相公信上说,伊成婚后就会抱着伲囝回转。你母子 就能再相见。你莫啼吧!快转去,陈公子还要来接你呀。
林梦卿	什么?
笔　芯	陈公子还要来接你呀。
林梦卿	哦?!
	〔暗转。
	〔大厅。
	〔清墨上。
清　墨	林小姐、林小姐。
	〔笔芯引林梦卿上。
林梦卿	清墨,你来了?
笔　芯	陈公子怎么没来呀?
清　墨	陈公子进京赶考了。伊差我给小姐送来锦囊。
笔　芯	(接过锦囊)小姐,快打开看一看啊!(取出双蝶扇)小姐,双蝶扇。 (又取出书信)信,小姐,快打开看,定是陈公子要来接你了。
林梦卿	嗯。(捧蝶扇、书信,甚是欣慰)
清　墨	笔芯。(悄拉笔芯于一边耳语)
笔　芯	(羞地)你去和小姐讲吧!
清　墨	好!小姐……
林梦卿	清墨,你有什么话讲吗?
清　墨	林小姐,我和笔芯日日跟着小姐、公子身边,这时间久了,我 两个……
林梦卿	我早就看出你两人情投意合。
清　墨	小姐,我今旦想带笔芯转厝见我爹娘,将我俩的婚事也订 下来。
林梦卿	好、好、好!你二人一定要好好地相亲相爱呀!
清　墨	我和笔芯讲了,要像你和公子一样……
笔　芯	同心不相违!

· 198 ·

清　墨　林小姐，那我和笔芯收拾好行李，就先走了。

林梦卿　好，去吧。

　　　　〔清墨、笔芯拜别林梦卿，二人手牵手欢喜下。林梦卿拆封阅
　　　　信，神情顿变。

　　　　〔陈子霖内唱：与卿情誓双蝶，

　　　　　　　　　　　　奈何天不予成。

　　　　　　　　　　　　忍将红丝新绾，

　　　　　　　　　　　　不日交杯合卺。

林梦卿　啊?!（读信）"京城学友知我际遇，将其妹许配子霖。早年诗
　　　　文会上，我与其妹有数面之缘，也彼此赞赏才情，故而随缘而
　　　　就。子霖作此决断，也为成全贤妹与玉山兄百年执手、骨肉
　　　　天伦!"（唱）

　　　　　　　盼鱼书尺素诉衷情，

　　　　　　　却断鸿飞燕说分襟。

　　　　　　　子霖兄应不知吴家已走，

　　　　　　　奴即往京城，把此中真确对伊陈。

　　　　（急欲下，忽停步）奴去不得了呀……

　　　　（接唱）他已然新缔姻眷，

　　　　　　　　奴难再……

　　　　　　　　难再逐还前情!

　　　　难道……难道奴真该去找玉山兄吗？不！奴也去不得了。

　　　　〔静场。

林梦卿　（返身回屋轻掩房门，涕泪独坐，唱）

　　　　　　　独坐厅堂冷，

　　　　　　　茕茕身寒噤。

　　　　　　　含颦看双蝶，（打开双蝶扇，接唱）

　　　　　　　簌簌泪如倾。

　　　　　　　蝶儿呀，

　　　　　　　忆昔风雨且双翩，

　　　　　　　缘何分飞却于今？

　　　　　　　莫非那宿命难违，

奴终要落个伶仃？

蝶儿呀……

徒留扇中作比翼，

奴情、奴心将何依凭？

[林梦卿难忍悲伤伏案而泣，见陈子霖、吴玉山书信。

林梦卿　(接唱)噙泪又把信函看……(拿起两封书信又看)

[陈子霖、吴玉山画外音："愚兄别无牵挂，万般挂念只有贤妹。掬诚祈愿：贤妹一切安好、安好、安好！"

林梦卿　(唱)一字字，一行行，

满是真诚。

问梦卿，二兄长双双离去，

难道你怨怼在心？

奴不怀一丝愤懑，

只铭记厚义深情。

问梦卿，苦蹙双蛾，

莫不是追悔曾经？

惊婚变痛不欲生，

曾几番举步幽冥。

总是这人间温情一声声，

黄泉路唤回林梦卿。

诞娇生、全懿德，

经苦痛、悉真情。

到如今二兄长另觅鸳侣，

都为了怜卿、爱卿、成全卿！

梦卿啊……

能拥得真爱如斯，

复何苦哀怨声声？！

憎何命乖、哀甚不幸？

应惜二兄长善意、苦心。

当思之……

奴家若无怨、无忧、无苦、无恙，

亲人们才能得安心、安好、安详、安宁!

〔一轮皓月,银辉流泻。

林梦卿　好一轮明月也! 梦卿祈求上天,保佑二位兄长,新婚美满。小娇儿早早回转。梦卿理应回书告安,以慰至爱至亲! (提笔回书)子霖兄、玉山兄,小妹甚好,兄长切莫挂念! (唱)

命运无常数,

人间有真情。

奴当效蛱蝶破茧,

飞越幽暗……

自有好缘属梦卿!

〔音乐悠扬、舒缓,沁人心脾。

〔林梦卿重新打开双蝶扇,依稀又见蝶影翻飞。

〔剧终。

花灯剧

山　里

尹正龙

　　三级编剧，毕业于河南大学汉语言文学专业，现就职于云南省曲靖市滇剧花灯剧非物质文化遗产保护传承展演中心艺术创作室。曾于 2014 年 9 月至 2015 年 7 月在上海戏剧学院高级编剧班进修学习。学习期间，在罗怀臻老师的精心指导下开始剧本创作。主要作品有花灯剧《山里》《布依人家》，小戏《合欢树下》《桃花要开了》《左邻右舍》《抉择》，小品《老黑借猪》《张老拐走桃花运》《收费站趣事》等。另有多个不同形式的作品上演。

　　云南花灯剧《山里》创作于 2015 年，获得 2016 年度国家艺术基金大型舞台艺术和作品立项资助，由曲靖市滇剧花灯剧非物质文化遗产保护传承展演中心于 2016 年 10 月在曲靖市珠江源大剧院首演，首演后到大理、楚雄、红河、麒麟、会泽、宣威等地巡演 40 余场。参加云南省第十四届新剧目展演获得剧作奖。

时　间：现当代(1942—2015)。

地　点：滇缅边境,高黎贡山脚傈寨。

人　物：伊　洛——女,17岁,傈僳族,傈寨村人。

罗海亭——男,19岁,汉族,河南许昌人,中国远征军副连长。

木　然——男,21岁,傈僳族,傈寨村人,伊洛男友,罗海亭战友,中国远征军连长。

木　川——男,14岁,傈僳族,伊洛儿子。

伊　母——女,48岁,傈僳族,伊洛母亲。

老族长——男,90多岁,傈僳族,解放后不做族长,但村民依旧尊之为族长。

老村长——男,30多岁,傈僳族,老族长之孙,破除宗族制度后成了傈寨村长。

村民、眷属、礼仪、舞队、工作者、武警等若干。

（人物年龄是出场时年龄）

第一场

[幕内序歌:

　　家在山里,

　　爱在山里,

　　山上山下,

　　流传下多少美丽故事。

　　相爱一生,

　　守护一世,

　　一生一世,

　　真情和责任永无尽时。

[幕启:1942年2月,滇西傈僳族村寨。

[公鸡叫声。群山,霞光。公鸡起舞。

[幕内传来单车铃声。

[木然和伊洛骑单车上。

木　然　伊洛妹妹,单车要下坡了! Hold me tight!

伊　洛　你说哪样?

木　然　抱紧我!

伊　洛　我不!

木　然　妹妹! Hold me tight! 我带你飞一次!

　　　　[冲下山坡。

伊　洛　啊……

木　然　害怕么?

伊　洛　开始怕,抱着你就不怕了。

　　　　[木然注视伊洛。

伊　洛　木然哥哥,咋个这样望着我? 看得我脸都烫了。

木　然　你喜欢我?

伊　洛　(遮脸)我……嗯!

木　然　我也喜欢你!

　　　　〔伸手拉伊洛欲亲吻,伊洛闭眼迎合。

　　　　〔幕后声:"连长——木大哥——"

　　　　〔二人急分开。

伊　洛　又是那许昌的罗副连长,他就是个跟屁虫。

木　然　(笑)他是我西南联大的同学,现在是好兄弟、好战友。

　　　　〔罗海亭上,互敬军礼。

罗海亭　连长,紧急电令!

木　然　快说!

罗海亭　3月8日缅甸首都仰光失守,英军被日军围困于仁安羌,英军
　　　　请求我军支援,上峰命令我部火速驰援仁安羌。

木　然　集合!

罗海亭　是(下)

伊　洛　哥哥,为哪样要打仗?

木　然　小鬼子皮子痒了。

伊　洛　一定要打吗?

木　然　(注视)非打不可!

伊　洛　打得过吗?

木　然　当然! 我们的美式武器装备,全世界最板扎! 咱们的精英队
　　　　伍,满腔热血,肯定打得他们屁滚尿流。

伊　洛　嗯! 使力打,把他们打老实了!

　　　　〔幕内声:"连长,集合完毕!"

木　然　妹妹,等我回来! 讨你做媳妇!

伊　洛　哥哥!（拥抱）

木　然　等着我!

伊　洛　等着你!

木　然　照顾好我们的小公鸡。(附耳)I will love you all my life!

　　　　〔木然敬军礼后下。

伊　洛　哥哥,哪样? 你说哪样……

　　　　〔幕内木然声:"兄弟们! 建功立业的时候到了。上车,挺进缅甸!"

　　　　〔卡车声起。

伊　洛　(目送将士出征,唱)

　　　　　　军哥哥豪气云涌,

　　　　　　打鬼子热血英雄。

　　　　　　小妹妹情动心动,

　　　　　　等哥哥迎娶房中。

　　　　〔切光。

　　　　〔幕间伴唱:炮声隆隆,枪林弹雨。

　　　　　　　　出征缅甸二月余,

　　　　　　　　连战连捷挥战旗。

　　　　　　　　盟军溃散败北去,

　　　　　　　　孤军奋战失良机。

　　　　〔炮火声中灯起。热带丛林。木然、罗海亭等隐蔽于丛林中。

木　然　(炮火声歇,战士集结)弟兄们! 5月8日密支那失守,日军56师团绕道截断我军退路,我军被重重包围,孤立无援,情况危急。上峰命令分部突围回国,自谋生路。传我命令,往北撤退!

罗海亭　是!

　　　　〔一士兵上。

士　兵　报告连长,北面发现日军! 正在逼近!

木　然　多少人?

罗海亭　四五十人。

木　然　好! 一对一,送他们回家! 上紧刺刀! 杀出重围!

　　　　〔众人上刺刀,杀声震天。

木　然　兄弟同心,其利断金!

众士兵　兄弟同心,其利断金!

木　然　拼了!

众士兵　拼了!

　　　　〔惨烈战场,血肉横飞。

　　　　　　　　[一个个士兵倒下,尸首满地。只剩下木然和罗海亭。

木　　然　(唱)战场惨烈,

罗海亭　(唱)殷红碧血。

木　　然　(唱)血肉之躯非钢铁,

罗海亭　(唱)生死之间一纸隔。

木　　然　(唱)生也!

罗海亭　(唱)死也!

木　　然　(唱)生者乃人杰也,

罗海亭　(唱)死者乃鬼雄也。

　　　　　木大哥,只剩我们两个了!

木　　然　不! 在祖国,还有千千万万。

　　　　　　　　[一声枪响。

木　　然　小心!

　　　　　　　　[木然推开罗海亭,倒地。罗海亭打死放冷枪的鬼子,抱住
　　　　　木然。

罗海亭　木大哥……

木　　然　我……有一事相托。(拿出信封)活着回去,找到伊洛,给她。

罗海亭　(接过)嗯!

木　　然　告诉她"I have loved you all my life!"

罗海亭　我记住了!

木　　然　活命! 往北走……(指向北方)

　　　　　　　　[木然牺牲。

罗海亭　(哭)木大哥……

　　　　　　　　[罗海亭将他抱到石板上,脱下外衣盖在他身上,武器放他
　　　　　身边。

　　　　　　　　[罗海亭持短刀背包裹和钢盔,敬军礼,转身消失在丛林。

　　　　　　　　[幕内伴唱:

　　　　　　　　　兄弟你一路走好,

　　　　　　　　　归家路千里迢迢。

　　　　　　　　　兄弟你只管放心,

　　　　　　　　　我定把你遗愿了。

［灯渐暗。

［幕间唱：

　　　一个人横行荒野不知年月，

　　　一个人埋骨他乡生死离别，

　　　一个人独守空闺相思切切，

　　　三个人阴阳两界空余叹嗟。

第二场

［灯起，伊洛家。单车放于屋中显著位置。

［字幕：1952 年。

［伊洛伫立村头眺望。

伊　洛　唉……滇西光复了，日本投降了，全国也解放了。木然阿哥，你怎么还不回来？你到底在哪里呢？

　　　　（唱）相恋一瞬间，

　　　　转眼已十年。

　　　　十年相思甜又苦，

　　　　相思十年苦也甜。（进屋，看到自行车）

　　　　甜甜苦苦，

　　　　苦苦甜甜。

　　　　最害怕那春花开遍，

　　　　独守着寂寞农家院。

伊　洛　（公鸡鸣叫，伊洛出门喂鸡）叫叫叫，你叫了那么多年，什么时候才能把木大哥叫回来。唉！他为了我们能过安稳日子，去打小鬼子了，现在鬼子投降了，木大哥就要回来讨我做媳妇了！快吃，快吃，多吃点。

　　　　［公鸡下。雷声起，风雨大作。

伊　洛　风大雨大，哥哥你到底在哪里？（关门）

〔罗海亭戴斗笠,披蓑衣,拄木棍,冒雨寻找上。

罗海亭　(敲门,轻声)伊洛! 伊洛!

伊　洛　木然阿哥? (冲出门外)木然阿哥!

　　　　〔雨中相对,罗海亭犹豫未答。

伊　洛　(狂喜)木然阿哥!

　　　　〔伊洛拉罗海亭进屋。烛光微弱,罗海亭背对伊洛。伊洛欲看罗海亭正脸,罗海亭躲闪再三。

伊　洛　木然阿哥! 我是伊洛啊!

罗海亭　No! 我不是木大哥!

伊　洛　你是哪个?

　　　　〔罗海亭摘斗笠,抬起头。

罗海亭　是我,许昌的罗海亭。

伊　洛　罗副连长……木然阿哥呢?

罗海亭　他……走了!

伊　洛　又去哪里了? 他说好要回来讨我做媳妇呢。你快告诉我,他几时回来?

罗海亭　伊洛姑娘……

伊　洛　你快告诉我!

罗海亭　伊洛姑娘,木大哥他、他、他……死了!

伊　洛　不! 不! 不会的! 他说你们的武器是世界上最板扎的,你们个个都是精英,要把鬼子打得屁滚尿流。我不信! 你一定是骗我的! 这不是真的! 这不是真的! 不是真的!

罗海亭　伊洛! 木大哥真的死在了缅甸。战场上的日本人个个嗜血成性,生死就在眨眼之间,那是血淋淋的战场!

伊　洛　十年,我等了他十年啊……(哀伤)

　　　　〔幕内唱:

　　　　　　是真是假都不信,

　　　　　　想听假话句句真!

伊　洛　(悲恸)他怎么就死了……

罗海亭　木大哥替我挨了子弹!

伊　洛　什么? 替你? ……滚! 滚!

〔罗海亭取信封捧在手。

罗海亭　木大哥让我把这封信交给你。

伊　洛　他救你，又托付你，可你十年才回来。

罗海亭　对不起……对不起……这十年……

　　　　　（唱）死里逃生野人山遇险，

　　　　　　　　迷路到缅甸备受摧残。

　　　　　　　　血泪双流罂粟花开遍，

　　　　　　　　滇西光复愁容换欢颜。

　　　　　　　　内战又起形势千般变，

　　　　　　　　归国夙愿黄粱一梦悬。

　　　　　　　　千难万险越过边境线，

　　　　　　　　清匪反霸激战国门前。

　　　　　　　　木然大哥时时梦里唤，

　　　　　　　　声声呼唤甚过滚油煎。

　　　　　　　　翻山越岭为了却遗愿，

　　　　　　　　遗愿不了愧对地和天。

罗海亭　木大哥临终前让我告诉你……"I have loved you all my life!"

伊　洛　I……love……啊！哪样意思？

罗海亭　他……他要你好好活着。

伊　洛　活着……他都不在了，我活着还有什么意思？！

　　　　　〔伊洛夺门而出，仰面朝天，雷声隆隆，电光闪闪。

伊　洛　（悲怆凄厉）阿哥啊……

　　　　　〔灯光渐暗。

　　　　　〔幕间唱：

　　　　　　　　十年希望顷刻绝，

　　　　　　　　今生缘尽生死别。

　　　　　〔灯起。

　　　　　〔伊洛拿信侧卧躺椅上。

伊　洛　（唱）鸳鸯不能成双对，

　　　　　　　　独自落泪独自悲。

　　　　　　　　枕孤月寒几十年，

凄凄等待谁人归?

〔罗海亭着破衣背行囊随伊母上。

伊　母　洛儿啊,你都看三天三夜了,就那一句洋话,你又看不懂,你得吃饭喝水呀。

伊　洛　妈……

罗海亭　大妈……

伊　母　小伙子,伊洛她不是真要赶你走!

罗海亭　大妈,我知道,可我也不能在这久留。你们保重!

伊　母　唉……你也保重啊。

罗海亭　俺走了!

〔罗海亭转身欲走。伊洛起身。

伊　洛　海亭阿哥! 你去哪里?

罗海亭　俺回许昌老家!

伊　洛　有没有路费?

罗海亭　有……没有。

伊　母　你没有找过你的部队呀。

罗海亭　十年前就失散了,现在……连尸骨都找不到。

〔伊洛踱步思索。

伊　洛　妈!

伊　母　咋个?

伊　洛　把我们这些年攒下的钱,都给他吧。

伊　母　洛儿,那是留给你买嫁妆的……

伊　洛　人都没得了,还要什么嫁妆。

伊　母　这……

伊　洛　妈!

伊　母　哎! 我就去。(下)

罗海亭　伊洛,这钱我不能要……

伊　洛　海亭阿哥,你和木大哥出生入死、情同手足,这点心意你就收下吧。

〔伊母拿钱、提鸡蛋等物上。

伊　洛　妈,都拿来了?

伊　母　都在这里了。

　　　　〔伊洛接过钱,伊母有些不舍。

伊　洛　妈,钱还可以再攒。天要黑了,海亭阿哥正好赶路。(转身对罗海亭)海亭阿哥,钱不多,顶个急用。

　　　　〔伊洛把钱给罗海亭,罗海亭双手接过。

伊　母　还有些煮熟的鸡蛋洋芋,拿着路上吃,钱省着点花。

　　　　〔伊母将布袋挂到他身上。

母　女　走吧,趁天黑。

罗海亭　大妈,伊洛……大恩大德,永生铭记!

　　　　〔罗海亭敬军礼后转身走。

伊　洛　他好像木然阿哥。

　　　　〔幕后一声枪声。

伊　洛　海亭阿哥,山里还在打仗,你还是躲几天再走吧!

　　　　〔三人焦急思索。

三　人　(唱)一阵枪声我胆战心惊,

　　　　　　　真叫人害怕心神不宁。

罗海亭　(唱)若回家死得不白不明,

伊　洛　(唱)假如留下来害他性命,

伊　母　(唱)如果白了身份进火坑,

罗海亭　(唱)留下来牵连无辜家庭,

伊　洛　(唱)让他走可又路险风冷,

伊　母　(唱)可怜一个人孤苦伶仃。

三　人　(合)走还是留? 留还是走? 去留难定?

罗海亭　(清唱)若是引火烧到母女身,

母　女　(清唱)若是见死不救他遭厄运,

三　人　(重唱)我堂堂男儿于心何忍?

　　　　　　　我们山里人于心何忍?

罗海亭　(坚定地)大妈、伊洛,保重!(疾步欲走)

伊　洛　等等! 你以前是国民党的兵,又当过副连长,大小也算个"军官",你要是被抓,咋个整?

伊　母　是啊,一打起来就到处盘查,一团糟。

· 214 ·

母　女	留下吧。	

罗海亭　乡亲们知道你们收留了我，那还了得！会给你们带来祸害啊！

伊　母　乡亲们不会说，远征军抗日，山里人都知道。老族长已经立下规矩，当年失散的远征军将士进了寨子，只要不惊扰百姓，不干坏事，大家都要帮他们。

伊　洛　你和木大哥一样，忠厚老实，大家会接纳你的。

罗海亭　可现在是镇反、土改关键时期，人多眼杂，形势混乱，留下来难说不会连累你们啊。

伊　洛　（思考片刻）阿妈，就让他假装我哥哥伊坤。海亭阿哥，我哥哥1938年在修筑滇缅公路的时候失踪，如果有人问起来，你就说你去了南洋做生意亏本回来了。

伊　母　是啊，就这么说。（打量）你还真像阿坤。他不见了那么多年，是死是活天晓得。

　　　　　〔伊母抹眼泪。

伊　洛　阿妈！这些日子寨子里太危险，我带他到山洞躲躲，过了这阵子就好了。

伊　母　好吧，现在就去！多带些吃的，记住，千万要小心。

罗海亭　大妈，伊洛……大恩不言谢，时刻记在心！（庄重军礼）

　　　　　〔切光。

第三场

　　　　〔幕间唱转场：

　　　　　　家在山外，

　　　　　　我在山里，

　　　　　　山里山外，

　　　　　　上演了多少是非往事。

〔灯起,山洞口。罗海亭坐石头上,刻着木偶。

罗海亭 镇反、土改结束了,老家许昌还没有回信,我该回家了。

(唱)时时想念爹娘,

去留些许彷徨。

家书遥寄故乡,

有去无回渺茫。

独守空山徜徉,

愧对美好时光。

一刀刀刻出你模样,

好美一个山里姑娘。

单车骑得像模像样,

英语学得不土不洋。

当初为避灾祸相依相傍,

如今灾祸远去儿女情长。

(对木偶)你说,我什么时候走? 你呀——

〔伊洛提竹篮上。

伊 洛 (唱)木然阿哥走了十几年,

海亭阿哥时时在眼前。

旧缘未了新缘又萌现,

缘去缘来悲喜相纠缠。

Dear, I will love you all my life!

(唱)要好好活着,

面对眼前人。

共度后半生,

相惜永不分。

海亭阿哥,阿妈让我来接你下山过阔时节,她早就想让你到家里去住。

〔罗海亭速藏木偶于身后,伊洛欲看,罗海亭躲避再三。

伊 洛 手里藏着什么?

罗海亭 什么也没藏着。

伊 洛 拿出来给我看!

罗海亭　No！

伊　洛　趁早拿出来！

罗海亭　No！No！

　　　　〔伊洛抢，罗海亭躲。

伊　洛　不给我看，那我回家啦。(假装走)

罗海亭　回家干啥？

伊　洛　今天又有人来我家提亲。

罗海亭　回来！

伊　洛　(学罗海亭)No！给我看我就回来。

罗海亭　这……你不能看。

伊　洛　那我回家咯。

罗海亭　等等！你别走，给你看。

　　　　〔伊洛返回，伸手要。

伊　洛　拿出来。

　　　　〔罗海亭背身递木偶给伊洛。

伊　洛　早就听说你会刻木头，(仔细看)哎呀，你咋个要刻我嘛？

罗海亭　我……我刻的不是你，你怎么说我刻的是你？

伊　洛　你看这头饰，明明就是我嘛！

罗海亭　我……你的头饰好看我才刻的。

伊　洛　哎呀，你咋个不刻人家的衣服和裙子嘛？

罗海亭　我刻了衣服，明明穿着衣服的！

伊　洛　穿着衣服？那我咋个看着和没穿一样。

罗海亭　我……我还没刻完呢！

伊　洛　(低头偷笑)下流！

　　　　〔伊洛将木偶藏于身后，引逗罗海亭来抢，抢夺中肌肤相触，
　　　　木偶落地，罗海亭乘机捡起欲逃。

伊　洛　海亭阿哥……(顿)我喜欢你！

罗海亭　伊洛妹妹……

　　　　〔二人不敢正脸相对。

伊　洛　(唱)铁汉也有柔情时，

罗海亭　(唱)铁汉柔情你哪知？

伊　洛　（唱）假正经终被我识，

罗海亭　（唱）都怪我藏得太迟。

伊　洛　（唱）我念他真心真意，

罗海亭　（唱）我想她朝兮暮兮。

伊　洛　（唱）我心里真心欢喜，

罗海亭　（唱）我心里对她情痴。

伊　洛　（唱）情到深处以身许，

罗海亭　（唱）爱到浓时长相依。

伊　洛　（鼓起勇气）你……想要我吗？

罗海亭　我……

　　　　　〔伊洛往罗海亭眼前走，罗海亭躲避。

伊　洛　你不想要我吗？

罗海亭　No!

伊　洛　我给你？

罗海亭　（痛苦）No!

伊　洛　怎么？我不好看吗？

罗海亭　（蹲地）No!

伊　洛　（蹲于罗海亭面前看着他）No、no、no，为什么 no？

罗海亭　（紧紧抱着木偶说河南方言）朋友妻，不可欺！

　　　　　〔伊洛看他良久，感动而泣，抹掉眼泪。

伊　洛　（玉指点头）怂包！

罗海亭　我……

伊　洛　我让你修的单车修好了没有？我要骑单车。

罗海亭　早修好了，我给你推来，我带你！

伊　洛　不要，我自己骑。

　　　　　〔伊洛进洞。

罗海亭　（跺脚）我怎么是个怂包呢？

　　　　　〔伊洛推出单车，快乐地骑着单车，炫耀车技。

　　　　　〔罗海亭坐在石头上，痴痴望着。

伊　洛　哎，我骑得咋个样？

　　　　　〔大撒把炫耀。

罗海亭	好,太板扎了!
伊 洛	海亭阿哥,我要飞了!
	〔伊洛撒把冲下山坡(下场)。
罗海亭	你慢点儿! 你慢点儿!
	(唱)痴痴傻傻看一看,
	呆头呆脑望一望。
	一石飞来落清江,
	击起心中千层浪。
	就算石头心也动,
	更何况热血柔肠。
	心里暗流翻江涌,
	不是半死也癫狂。
罗海亭	木大哥! 我爱上她了!
伊 洛	(出现在高处,尽情呼喊)啊……
罗海亭	我也对这深山亮一嗓,把这满江洪流放一放。哟嗬嗬嗬嗬嗬……
伊 洛	哎嗨嗨嗨嗨嗨……
罗海亭	哟嗬嗬嗬嗬嗬……
伊 洛	哎嗨嗨嗨嗨嗨……
	〔伊母背背篓上。
伊 母	山里就这好处,想咋个喊咋个喊,白捡得个好姑爷。
伊 洛	妈! 你咋个来了?
伊 母	等你们等得心慌,妈给你们送酒菜过节来了。
	〔伊母把饭菜放石板上,倒满一大碗酒。
罗海亭	大妈,今天可有我家来信?
伊 母	没有。
罗海亭	唉……我该回家了。
伊 母	(不舍)回家? 先过节,过完节再说。
罗海亭	家书抵万金啊!
伊 洛	(上场)是啊,咋个就不回信呢?
罗海亭	是不是因为我的身份?

伊　母	身份咋个了？该镇压的都是坏人，你又不是，不要瞎想，再写，早晚有消息。
伊　洛	是啊，再等等！接着写信，再托人打听打听。
伊　母	先过节，过了节再说。
伊　洛	海亭阿哥，我们一起喝同心酒。
伊　母	早该喝了。酒不能漏到地上，漏了不吉利。

　　［伊母抬酒，将碗抬高，二人怕酒落地，咕咕大饮。

罗海亭	（呛）好醇的酒！
伊　母	连喝三碗，一生平安。

　　　　　　（唱）米酒甜香情意长，

　　　　　　　　　好姑娘配好儿郎。

　　　　伊　母（故意回避）天要黑了，我回家喂牛去了。（哼唱下）

　　　　［三碗酒后，二人无意中对视又急忙避开。

　　　　［老族长等数人手持弩箭上。

老村长	爷爷，看见野猪了吗？
老族长	嘘……
村民甲	族长，野猪可能在前头。
老族长	不要叫我族长了，新时代了！
老村长	爷爷，我去看看？
老族长	你小子不要动，等我瞧。

　　　　［晚霞漫天，二人尴尬紧张。

罗海亭	妹妹……酒还喝吗？
伊　洛	要喝光，来年才吉利。

　　　　［罗海亭连喝数碗。

伊　洛	（娇嗔）阔时节的酒，你咋个一个人喝，要喝同心酒。
罗海亭	啊？那……一起喝。

　　　　［老族长持旱烟斗向前，拨开树枝，捋着胡须点头。其他人蹑步跟上，族长未觉。

老族长	是他们！众望所归啊！
众　人	众望所归！

老族长	你们咋个跟来了?
众　人	我们……他……
村民甲	快看!要亲亲了。
老族长	闭嘴!过来!这个小伙子当年远征缅甸,保护了我们,有幸活着回来,他一直规规矩矩。这些年战争运动不断,他藏身于此,不容易啊。
老村长	是啊!伊洛的爹和她哥哥伊坤在修筑滇缅公路时都出了意外,死了!罗兄弟回来她家里也能有个男人。
老族长	这多年运动一个接一个,山里不太平,不管怎样,我们山里人还是老规矩。
众　人	从善如流,疾恶如仇!
老族长	无论如何,不得揭发罗兄弟。今晚的事……
众　人	(摆手)老族长,我们什么也没有看见,什么也没有看见。
老族长	(急)不要再叫我族长了!走!
村民乙	(入神)再看看!
老族长	(拿旱烟斗敲头)走!

〔老族长等下。

〔罗海亭持酒背身,三分醉意。

〔木然隐现于罗海亭前。

罗海亭	木大哥。
伊　洛	阿哥。
二　人	你回来了?
木　然	你们想我我就回来了!
二　人	大哥(阿哥)!阔时佳节,我们痛快喝一碗吧。
木　然	傻瓜,我都死了十几年了。你们看我,还在缅甸的石头上,风吹日晒,身上长满了野花野草。
罗海亭	我们活着的愧对你们死去的啊。
伊　洛	有时候,我以为海亭阿哥就是你。
木　然	我就是他,他就是我。你们想不想在一起?
二　人	(略顿,坦然地)想!怎能不想!
木　然	哈哈!你们有真性情!活着的就要好好地活!(对伊洛)妹妹,

来,（对罗海亭）兄弟,来……我们一起喝一碗……

〔木然牵引着伊洛与罗海亭走到一处。

〔双手相挽,七分醉意,如梦如幻。

〔缥缈的"同心酒"舞起。木然隐去。

〔罗伊二人浓情蜜意紧紧拥抱,喘着粗气,酒碗坠地。

〔罗海亭扛起伊洛步向石头山洞。

伊　洛　（在罗海亭肩上）哥哥……

罗海亭　我还是不是怂包?

伊　洛　No!

〔灯渐暗。

〔动情的音乐。

〔灯起。字幕,月余后,山洞口。

罗海亭　（背着行囊准备离开）妹妹,我走了。

伊　洛　如果找不着家人,你一定要回来。

罗海亭　找到了,我回来接你;找不到,我回来就不走了。

伊　洛　阿哥,一定要现在走吗?

罗海亭　我必须得回去看看了。

伊　洛　好! 我等着你。

罗海亭　嗯!（欲走）

伊　洛　阿哥……

罗海亭　我一定回来。

伊　洛　阿哥……我……

罗海亭　你不信我?

伊　洛　我信,可是我……

罗海亭　怎么?

伊　洛　我……（顿）我有了!

〔罗海亭一愣,狂喜,解下包裹扔一边,抱住伊洛。

罗海亭　妹妹……我不走了! 不走了!

伊　洛　真的?

罗海亭　等他大了,一起走。（摸伊洛肚子）哈哈……一打一个准。

伊　洛　你……（羞涩）下流!

[伊洛把头依在罗海亭怀里,幸福地笑。

[灯渐暗。

[幕后伴唱:

　　　家在山外,

　　　爱在山里。

　　　情已生根,

　　　不言归期。

[幕后婴儿哭声。

第四场

[灯起。伊洛家门前空地。木川写作业

[字幕:1966 年

伊　洛　(唱)时间流转十几年,

　　　　　　男儿初成在眼前。

　　　　　　作假哥哥伴身边,

　　　　　　亲生儿子甚喜欢。

[幕后隐约"文革"歌曲从远处传来,木川欲走。伊洛阻止。

伊　洛　(唱)安宁日子正甜美,

　　　　　　莫非又要化云烟。

[伊洛转身下场取东西,木川溜走。

[伊洛喂鸡。鸡叫。

伊　洛　儿子木川就要长大成人,阿妈死后这些年,他和这个"冒牌"舅舅又是学打拳,又是上山打野猪,父子情深,可他不知道海亭阿哥是他的亲爹,我是不是该告诉他真相了呢?

[罗海亭提包裹拿信上。公鸡下。

罗海亭　(激动)伊洛……老家来信了,来信了!

伊　洛　终于来信了,我可以和你回许昌了。

· 223 ·

罗海亭 你看,黄河土!黄河水!

　　　　〔罗海亭颤抖着拿起书信。

罗海亭 (唱)数十年,万语千言,

　　　　　　这一刻捧在十指间。

伊　洛 (唱)数十年,万般思念,

　　　　　　一心遥遥两地挂牵。

　　　　(白)快看信,快打开看看!

　　　　〔罗海亭颤颤巍巍拆开信封,看完瘫软在椅子上。

伊　洛 阿哥,怎么了?

罗海亭 父母相继离世,大哥因我遭罪受辱,小妹与大哥断绝关系。

伊　洛 爹妈……

罗海亭 年老体弱,想儿心切,抑郁成疾而终!

伊　洛 大哥怎么因你遭罪?

罗海亭 都是照片惹的祸呀!

伊　洛 什么照片?

罗海亭 当时我本来只是个中尉副连长,那时年轻,要面子,死要面子,我就穿着木然大哥的少校连长军装,照了一张照片,寄给爹妈!现在照片在大哥家被造反派翻出……我愚蠢啊我!

伊　洛 不就是一张照片吗?

罗海亭 那可是罪证啊!(捶胸顿足)"伪军官"的罪证啊!

伊　洛 信是哪个写的?

罗海亭 小妹写的,她叫我不要再写信,不要回家,不要再连累他们。

　　　　(唱)想不到一别就是永远,

　　　　　　想不到爹妈再难相见,

　　　　　　想不到兄妹断了血缘,

　　　　　　想不到亲情分隔天地间。

　　　　　　无辜之人遭危难,

　　　　　　同胞手足情意断。

　　　　　　是非难分,善恶难辨,

　　　　　　可怜我一粒浮尘随风旋。

伊　洛 哥哥……这种情况下,小妹能有什么办法呢?别说她一个姑

娘家,有多少硬汉的腰板又真的挺得起来?

罗海亭 回不了家,我该怎么办?

伊　洛 这里也是你的家,等安宁了,就回去。

罗海亭 我对不起他们啊!

伊　洛 阿哥,你对得起死去的兄弟,对得起我,对得起这山里的老老少少,也对得起自己的良心。这土,种上一棵百合吧?

罗海亭 这土里有眼泪,又咸又苦。

　　　　　〔罗海亭打开黄土,深深地闻。

罗海亭 小时候我妈手上的味道。

　　　　　〔罗海亭抓起一把就吃,细细品着。

伊　洛 阿哥……你……

罗海亭 麦子的甜、馒头的香和着别样的苦涩。

伊　洛 (泣)阿哥……

　　　　　〔罗海亭喝黄河水。

伊　洛 (抱住罗海亭哭)阿哥……

罗海亭 故土……亲人……黄河……

伊　洛 阿哥……

　　　　　〔二人相拥而泣。木川气冲冲上。

木　川 妈!你们……

　　　　　〔二人瞬间分开。木川恶狠狠盯着罗海亭,逼近,罗海亭退让。

伊　洛 小川,咋个这样瞅你舅舅?

木　川 我没有这么龌龊的舅舅!

罗海亭 小川……

木　川 你闭嘴!

伊　洛 舅舅从小对你那么好,怎么无缘无故地骂他?

木　川 无缘无故?肖红斌一伙批斗地主李麻子,他狗急跳墙,见谁咬谁,我都知道了!

伊　洛 (惊)你……你知道什么了?

木　川 你们……在大山坡骑单车,该死的单车,还拥抱着用肉麻的英语说话,寨子里的人都知道了。

伊　洛 我以为是天大的事呢,你和舅舅骑单车,他也抱着你。说句

英语就咋个了？那是你舅舅嘱咐我们要好好活着,就像你爹
当年嘱咐我一样。

木　川　崇洋媚外! 黄色下流!

伊　洛　小川、不许胡说八道。

木　川　(哭)妈! 他们说我爹是反革命,说我是残渣余孽。

伊　洛　(惊,气愤)随他们怎么说,(顿)相信你舅舅告诉你的!

罗海亭　(心虚)你爹……

木　川　骗子! 你不是说我爹是解放战争中的英雄吗? 你不是说我
爹解放云南的时候光荣牺牲的吗? 为什么他们还那样说我,
辱骂我,打我?

罗海亭　(吱唔)小川……我……你爹是条真汉子!

木　川　"老子英雄儿好汉,老子反动儿混蛋",他们骂我是混蛋!

伊　洛　别听那些小娃胡说八道! 村长怎么说?

木　川　哪有村长说话的份,他也是挨批的对象! 傈寨的规矩被破得
一干二净了。

罗海亭　小川,你听我说……

木　川　我不听! 滚! 滚出我家!

伊　洛　(克制)你……你让舅舅去哪里啊?

木　川　不要让我再看见他!
　　　　[木川委屈痛哭。
　　　　[伊洛转向罗海亭。

罗海亭　都告诉他吧!

伊　洛　不!
　　　　[伊洛罗海亭焦急思索。

罗海亭　(唱)真冤了木然阿哥热血赤胆,

伊　洛　(唱)真庆幸海亭阿哥没被揭穿。

二　人　(合)真叫人又猛一阵心惊胆战!
　　　　　　真可怜这孩子受屈又受冤!
　　　　[木川哭声。

伊　洛　(唱)隐瞒了十几年真相,

罗海亭　(唱)亲情绝家破人又亡。

226

伊　洛	（唱）怎能够再离别又流浪，
罗海亭	（唱）漂泊横尸处便是故乡。
	我走！
木　川	快滚！
伊　洛	你不能赶他走，他是你亲……（顿）是你亲舅舅啊！
罗海亭	伊洛。
木　川	好！你就护着他吧，他不走，我走！
二　人	小川……
罗海亭	你别走，我走！
伊　洛	哥哥……
木　川	（看伊洛为难）我走！
	〔木川跑下。
伊　洛	小川……小川……
	〔伊洛追下。
	〔罗海亭欲追又止。
罗海亭	（唱）满腹痛楚，

　　　　　能对何人倾？

　　　　　独自诉说，

　　　　　又有谁人听？

　　　　　怨天天不语，

　　　　　恨地地无声。

　　　　　失去了亲人，

　　　　　留下了骂名。

　　　　　亲儿子不敢相认，

　　　　　流言祸里惊落魂。

　　　　　乞讨无门归无路，

　　　　　何去何从何方行？

　　　（白）天地之大，我能去哪里啊？

　　　（接唱）为大家远离小家，

　　　　　　为抱负丢下爹妈。

　　　　　　出国征，离家伐，

半辈子戎马生涯。

这家,那家,家在何处?

大家,小家,何以为家?

此生死罢埋何地?

青山处处埋英华。

[罗海亭步向山里。

[山谷回荡。灯渐暗。

[幕间伴唱:

儿大了,

家没了,

人老了,

债还了。

多少韶华青春,

都与那硝烟散尽了。

第五场

[灯起。

[伊洛家门前。

[伊洛内唱:离山洞回村寨慌慌忙忙把路赶。(上)

伊　洛　(唱)七天来革命小将死纠缠,

黑夜里翻墙越窗偷偷还。

急匆匆把这山野都寻遍,

打听得亲生儿子逃深山,

山洞里海亭阿哥气奄奄,

他已经心灰意冷一命悬。

从今后吉凶未卜难预见,

眼目前起死回生计无端。

〔伊洛焦急思索。报晓鸡叫。

伊　洛　汤！鸡汤！
　　　　〔神鸡安详上，伊洛持刀直奔公鸡，鸡叫。

伊　洛　公鸡啊公鸡，你的冠子血一样鲜红，你的叫声高亢嘹亮，你顽
　　　　强地活着，是为了救他吗？
　　　　〔鸡又叫。

伊　洛　我就要砍断你的脖子，你却不躲不跑，你这样大眼骨碌地面
　　　　对着死亡，也是为了救他吗？
　　　　〔鸡再叫。伊洛将鸡头抱入怀里。

伊　洛　（泣）你只是一只普通的公鸡，不是神鸡，因为你跟别的鸡一样
　　　　争抢玉米和麦子。可现在，海亭阿哥心灰意冷，郁郁成疾，气
　　　　若游丝，奄奄一息，对不起……
　　　　〔公鸡悲鸣一声。
　　　　〔伊洛手起刀落。
　　　　〔急促音乐起。
　　　　〔幕内伴唱：

　　　　　　为救他，

　　　　　　姑娘变成母夜叉，

　　　　　　为救他，

　　　　　　姑娘把那公鸡杀，

　　　　　　为救他，

　　　　　　天不怕，地不怕。

　　　　　　为救他，

　　　　　　丢了文雅，惹了神煞。

　　　　〔伴唱声中，转场山洞，伊洛喂罗海亭汤。

伊　洛　哥哥，你喝一口，趁热喝一口。
　　　　〔罗海亭转身背对伊洛。

伊　洛　这是鸡汤，我亲自给你炖的。（凑近）再喝一口吧，阿哥。
　　　　〔罗海亭扬手把碗打落在地。伊洛捡起。

伊　洛　阿哥……
　　　　〔罗海亭又抬手。

伊　洛　打吧,全部打洒了才好,打洒了,你就对得起我了。(泣)你这一打……

　　　　　(唱)我碎了这真心断了肝肠,

　　　　　　　　可怜我满腹辛酸泪两行。

　　　　　　　　我心里半慌半凉满是伤,

　　　　　　　　心疼你怎落得这般下场?

罗海亭　(唱)半生征伐为了家,

　　　　　　　　可是家破家没了。

　　　　　　　　牵肠挂肚想爹妈,

　　　　　　　　可是爹妈也死了。

　　　　　　　　唯一希望咱的娃,

　　　　　　　　可是娃娃也走了。

　　　　　　　　活着东躲西藏担惊受怕,

　　　　　　　　死了一了百了无牵无挂。

　　　　　妹妹……你还救我干啥呀? 让我死了算了。

伊　洛　你……好自私。你死了,我怎么办? 你说过,要我好好活着! ……I will love you all my life! 你为什么不好好活着!

罗海亭　活着,好好活着! ……I will love you all my life! 我喝……我喝……(端起鸡汤,大口喝)

伊　洛　(搀扶)阿哥,现在山里人多眼杂,你不要到处乱走。

罗海亭　嗯。木川他怎么样了?

伊　洛　听说他在深山普米族朋友家里,那里只有几户人家,应该不会有事。

罗海亭　当年打野猪我带他去过。这就好,这就好!

伊　洛　这些天寨子里天天开批斗会,人心惶惶,谁也不知道接下来会发生什么。

罗海亭　那你?

伊　洛　我孤身一人,他们无凭无据,不能把我怎么样。大不了就配合学习,参加劳动。你就放心吧。

罗海亭　嗯!

伊　洛　对了,木大哥留下来的单车,现在也成了祸害,你一定要好好藏在这儿,他们每天都要逼问我。

罗海亭 啊!

伊　洛 放心,我说单车早就丢怒江里让江水冲走了,他们拿我没办法。今后,我会想办法把吃的偷偷送到后山那个大树洞里,我会拍手给你报信,你听到,就自己去拿。如果听不到,这高黎贡山里,野菜野果、耗子青蛙也能让你活命。我们要活着,一定要好好活着。

罗海亭 (点头)嗯……好好活着、好好活着。

伊　洛 你想说话就对着石头说吧。

罗海亭 我不说。

伊　洛 那你学我们家公鸡叫,早上听到,我起床干活,晚上听到,我就回家,好不好?

罗海亭 好!

伊　洛 喔……

罗海亭 喔……

　　　　〔灯渐暗。

　　　　〔幕内唱:

　　　　　　山上山下,

　　　　　　朝牵夜挂。

　　　　　　十年流转,

　　　　　　真情和责任永无尽涯!

　　　　〔幕后对话。

木　川 妈……我回来了!

伊　洛 儿啊,十年了,回来就好!

木　川 妈……您受苦了!

伊　洛 川儿,现在山里安宁太平,把你舅舅接回家吧?

木　川 嗯?嗯……好吧,那就让他下山打扫院子吧!

伊　洛 让他回家就好!

　　　　〔灯起,山洞。滴水声可闻。

　　　　〔字幕:山洞里

　　　　〔野人状罗海亭抱木偶熟睡在石头上。伊洛走近,万般惊讶,整理罗海亭一头乱发。万分心疼，自责。

(唱)春秋转时光荏苒，
　　　人渐老依旧青山。
　　　千般变风雨之间，
　　　晴了天彩虹初现。
　　　孤灯下苦苦思念，
　　　一个人度日如年。
　　　岩洞里滴水潺潺，
　　　山上下两处孤单。
　　　有机会送饭一碗，
　　　拍手间几多凶险。
　　　难脱身饮露风餐，
　　　有谁知饥渴冷暖？
　　　日复日日夜挂牵，
　　　苟活着今天相见。
　　　今得见面目不辨，
　　　一声叹直冲霄汉。
　　　今得见霜发尽染，
　　　满心酸泪湿容颜，
　　　今得见碎裂心肝，
　　　心坎里难言悲欢，
　　　今得见恍如昨天，
　　　又恰似隔了百年，
　　　今得见就在眼前，
　　　可分明不似人间。
　　　木偶相伴对空山，
　　　空山无语人无言。

伊　洛　　(轻声哽咽)哥哥……

罗海亭　　(惊醒，发现有人，急藏木偶于怀，东躲西藏)

伊　洛　　阿哥，是我呀！……我是伊洛啊！

罗海亭　　(走近，掏出木偶与伊洛比较)

伊　洛	我现在和小木人不一样了,老了。这些年,我听到你学公鸡叫,知道你还活着,活着就有希望。我拼命活着,为的就是今天。
罗海亭	(终于认出,抱住伊洛)喔……
伊　洛	哥哥……不要学鸡叫了,灾难过去了。山里太平了,我们的儿子也回来了,我来接你回家。
罗海亭	(跳下石头)喔……
伊　洛	哥哥,你再也不用学鸡叫了。你跟我说句话呀!
罗海亭	(欲说不能,围着伊洛如公鸡打转)喔……喔……
伊　洛	哥哥……你不想和我说话吗?
罗海亭	(挣扎)喔……喔……(急得跺脚)
伊　洛	(怀疑)哥哥……我想听你叫我一声"妹妹"。
罗海亭	(努力地试,发不出声)……
伊　洛	你连"妹妹"也不会说了吗?
罗海亭	(竭尽全力地)喔……喔……(可怜地望着伊洛)
伊　洛	哥哥……哥哥啊……我对不起你!(抱紧罗海亭,失声痛哭)
罗海亭	(仰天长啸)喔喔喔……

　　〔灯渐暗。

　　〔幕内伴唱:

　　　　相濡以沫,

　　　　至真至诚。

　　　　生死相依,

　　　　至美至淳。

第六场

　　〔喜气音乐声中灯起。

　　〔字幕:2015 年

　　〔木家宅院,寿礼现场。众人忙碌,沾花贴寿。罗海亭须发皆白,打扫院门上场。

罗海亭 (唱)今日精神真抖擞,

　　　　　收拾干净家门口。

　　　　　三十八年弹指流,

　　　　　妹妹九十松鹤寿。

　　　　(故意学)喔喔……

　　　　［老村长拄拐杖上。

罗海亭 老村长,你来了!

老村长 来了,哈哈,说话终于又利索了。

罗海亭 多亏了伊洛,现在又顺溜了。(扫地下)

木　川 老村长,身体好哇!

老村长 好!好!木川,这几十年,你的事业越来越发达了。

木　川 快请高坐。

　　　　［礼仪上:"木总,一切准备妥当。"

木　川 快请阿妈!

木川妻 快请奶奶上座。

　　　　［孙儿孙女内呼:"奶奶",搀扶伊洛上。

伊　洛 (唱)人到九十心欢畅,

　　　　　宾客盈门喜气扬。

　　　　　儿孙满堂家业旺,

　　　　　福寿绵延乐无疆。

　　　　［众迎,坐定。伊洛张望。

伊　洛 你老舅舅呢? 我咋个没看见?

木　川 还在扫地呢。

伊　洛 你怎么还让他扫地? 都让他扫几十年地了。快请他入席。

木　川 去喊他进来。

　　　　［礼仪请罗海亭上。

礼　仪 老爷爷,请到里面坐。

罗海亭 谁让我进去坐的?

礼　仪 老寿星奶奶。

罗海亭 中!中!

伊　洛　老哥哥,快坐,辛苦你了。

罗海亭　不辛苦!

木　川　乡亲们,朋友们,今天我妈九十大寿,略备寿宴,把酒祝贺。想我父亲早逝,我妈独居,经年累月,备受磨难。过去已逝,未来更好! 孝敬之心,妻儿共举。鸣炮祝寿!

伊　洛　等等!

木　川　妈,您有什么事?

　　　　〔伊洛欲言又止。

木　川　妈,您有事只管说,我现在家大业大,您老说什么都照办。

　　　　〔伊洛欲给木川下跪,木川阻止。

木　川　妈,您是折我阳寿啊。您请说!

伊　洛　(犹豫再三)让我嫁给你老舅舅吧!

　　　　〔木川愕然,众宾客沉默。

罗海亭　老妹子,都九十了,还提这个干什么?

伊　洛　老哥哥,再不提就晚了,我就真的要守寡一辈子了。川儿,答应我吧!

木　川　妈! 您老糊涂了吧? 你们可是亲兄妹!

伊　洛　儿啊……我和他不是亲兄妹。他是河南许昌人,当年为抗战流落到这,七十多年没有回家了!

木　川　那他怎么成了我舅舅?

伊　洛　当年为躲避战乱,改名换姓,冒牌货。

木　川　为什么不回家?

伊　洛　他这半辈子都在努力回家,可是回不去啊。

木　川　现在条件好了,我送他回家。

伊　洛　川儿,他的家和家人早就没了。

木　川　给他十万块钱,打发他走,日后有个三长两短,也有钱料理后事。

伊　洛　哪个替他料理后事? (气)你……没有良心!

木　川　丧家之犬,讲何良心?

　　　　〔伊洛"啪"一巴掌,众愕然。

罗海亭　老妹子,陈年旧事,不要再说了。

木　川　买机票，今天就让他走！

伊　洛　木川……

木　川　妈！因为他，当年我受尽侮辱！他是灾星扫把星，搅得我们一生不得安宁，让他走！

伊　洛　木川！你不能这么对他！他……他……他是你的亲爹呀！

〔木川呆坐于地，宾客议论纷纷。

木　川　妈？怎么回事？

伊　洛　川儿……你是我和他的儿子，他才是你亲爹，他这一生吃了很多苦，不是灾星扫把星，更不是丧家之犬，这万里群山就是他的家啊，如果不是为了打日本鬼子，他怎么会远离家乡，漂泊到这里。如果没有他，妈就成了丧家之犬！他可是为我们卖过命的人！川儿，他——

(唱)年轻时扛枪持剑上战场，

　　　战场上流血拼命满身伤。

　　　远离了故土家乡亲爹娘，

　　　半辈子流亡四方望故乡。

　　　生过死过，死过生过，

　　　生生死死如便饭家常。

　　　哭过笑过，笑过哭过，

　　　啼啼笑笑似癫又似狂。

　　　躲过藏过，藏过躲过，

　　　躲躲藏藏半世无阳光。

　　　来过去过，去过来过，

　　　来来去去坎坷路漫长。

　　　苦苦一生尝尽人间味，

　　　平平淡淡荣辱两相忘。

　　　堂堂正正没做亏心事，

　　　铮铮铁骨敲来响当当。

木　川　我爹不是木然吗？

罗海亭　小川，当年木然还没有和你妈正式订婚，就去了滇缅战场，我和他是西南联大的同学，一起投笔从戎，一起奔赴战场。为救我,他牺牲了。

木　川　滇缅战场?你不是说解放战争吗?

罗海亭　我们骗了你,这个谎言漏洞百出,可你认定了你爹是木大哥,
　　　　从不怀疑。

木　川　天哪!(踉跄席间)是不是真的?

众　人　这……你问村长吧。

木　川　(下跪拉手)老村长,是不是真的?

老村长　是真的!当年我爷爷为了保护他,还在傈寨立了规矩。

木　川　什么规矩?

众　人　"从善如流,疾恶如仇!无论如何,不得揭发罗兄弟!"

木　川　(乞求老村长)到底是怎么回事啊?

老村长　木川,事情是这样的!(在曲牌声中述说由来始末,毕)……唉,当
　　　　年在场的人只剩我一个了。海亭兄弟真的是你的亲爹啊!

众　人　是啊,他真的是你的亲爹啊!

木　川　爹!

罗海亭　儿子!(扶,拥泣)

木　川　爹……儿子对不起你啊!

罗海亭　儿子……是爹对不起你!

木　川　爹!妈!给我半天时间,寿礼改婚礼,尽一份应尽的孝心!

众　人　好!好!

　　　　〔幕内声:"木总,市委统战部、市民政局的同志要拜访罗海亭
　　　　老先生!"

木　川　快请!

　　　　〔工作者上。

工作者　老先生,您是中国远征军第 5 军 200 师 1152 团的罗海亭吧?

罗海亭　是我。

工作者　太好了,我们刚从许昌回来,找了很多地方,没想到在这里找
　　　　到了您。

罗海亭　我离开许昌 73 年,在这山里就生活了 63 年。

老村长　(自豪)是我们山里人保护了他!

　　　　〔两位老人相视一笑。

工作者 老先生,我们来晚了! 请看!

[武警抬"抗日英雄,功昭日月"锦旗上。

木　川 抗日英雄,功昭日月!

孙　孙 爷爷! (手势)耶!

罗海亭 愧对"英雄"二字啊,国难当头,抵御侵略,是分内之事,受之
　　　　有愧啊!

工作者 老先生,我们受统战部、民政局的委托,特意来向您颁发经中
　　　　共中央、国务院、中央军委同意的"中国人民抗日战争胜利70
　　　　周年"纪念章。以此表达对你们这些抗战英雄的崇敬,弘扬
　　　　我们伟大的抗战精神,宣示中国人民铭记历史、缅怀先烈、珍
　　　　爱和平、开创未来的坚定决心。

罗海亭 (缓而有力)好! 好啊!

工作者 (示意)请为老先生戴上。

木　川 等等,请让我来给我爹敬上!

[颁发纪念章仪式。罗海亭挺直腰身敬军礼。

[灯暗。

[筹办婚礼的欢乐音乐声。

[幕内对话。

礼　仪 木总,婚礼准备妥当!

木　川 好! 快请我爹妈拜堂成婚!

礼　仪 这就去请。

众　人 木总,找不到二位老人。

木　川 啊? 再找!

尾　声

[灯起。

[山间坡脚,晚霞漫天。

·238·

〔罗海亭着旧军装戴旧钢盔,颤悠悠推着单车搀扶而上。

伊　洛　你这一身,和木然大哥当年一样。

罗海亭　当年每个远征的人穿上都和木大哥一样。

伊　洛　那我咋个分得清哪个是哪个?

罗海亭　都一样,不用分!

伊　洛　今晚我终于能嫁给你了。

罗海亭　我等了一辈子,值得。

〔伊洛拿出两枝红花,别一枝在罗海亭胸前,罗海亭取过另一枝花插在伊洛发中。

伊　洛　老哥哥,带我再飞一次吧?

罗海亭　中!

伊　洛　等等!

罗海亭　怕了?

伊　洛　No!

罗海亭　怎么了?

伊　洛　你告诉我,木然阿哥信里那句洋话到底是哪样意思?

罗海亭　(突然记起)啊……哈哈。

伊　洛　(生硬)Dear,I will love you all my life!

罗海亭　Dear,I will love you all my life! 亲爱的,我爱你一生一世!

伊　洛　骗子,你骗了我几十年。

罗海亭　哈哈哈哈……媳妇,走起!(推车上山,下)

伊　洛　等等我!(追下)

〔大车轮在圆洞前缓缓降下。

〔伊洛与罗海亭在幕内对话:

伊　洛　哥哥……手还抖不抖?

罗海亭　抖得不厉害。

伊　洛　哥哥……腰还疼不疼?

罗海亭　No! 疼得不厉害。

伊　洛　哥哥……腿还行不行?

罗海亭　Yes! 杠杠的! 走! 上坡顶去!

〔二位老人出现在坡顶。

伊　洛　(对着大山)哟嗬嗬嗬嗬,木然阿哥,我嫁给你的兄弟罗海亭了!

罗海亭　哟嗬嗬嗬嗬,我们飞了!

[音乐起。大车轮转动,"单车"慢慢驰翔。

[幕内伴唱:

　　　相爱一生,

　　　守护一世,

　　　一生一世,

　　　真情和责任永无尽时!

[速度在惯性加快,"单车"驰翔于山间。

[一声沉闷的跌撞声。音乐骤停。长久的静场。

[灯启。木川上。

[一封信从天而降,木川接住。

(画外音朗诵):

　　　"埋葬我于高黎贡山之巅兮,

　　　山里是家。

　　　向南可瞻仰滇缅之英烈兮,

　　　招魂归乡。

　　　向北可怀望中原之黄河兮,

　　　生养之地。

　　　向东可虎视东洋之豺狼兮,

　　　永图和平。

　　　向西可朝拜神圣之佛殿兮,

　　　身净心宁。"

[木川跪地,武警、工作者陆续上场,敬军礼。

[舞台高处,公鸡长鸣。

[大幕在悲壮的"啊……啊……"哼唱中渐渐闭合。

[剧终。

昆剧

乌石记

俞妙兰

俞永杰，艺名俞妙兰，青年曲作家，先后毕业于杭州大学历史系、浙江大学中文系、中国戏曲学院戏文系，现就职于上海戏剧学院，苏州市昆曲学校特聘教师。

治曲二十五年，擅长唱曲、填曲、擫笛、拍曲、制谱，曾彩爨《闻铃》《望乡》《书馆》等出目。师从已故京昆表演艺术家洪云艳、叶鸣兰夫妇和老曲家周瑞深先生，曾得到汪世瑜、张世铮、龚世葵、周世瑞等多位浙昆老艺术家的悉心教授。近年来撰有《乌石记》《孟姜女送寒衣》《岳飞夫人》《牛皋出山》等原创昆曲剧本十多种；又致力于昆曲律理学研究，为《上海戏剧》撰写"昆曲曲学小讲堂"专栏连载两年共 24 期，《昆曲律理系统研究》课题被上海市哲学社会科学规划办立为"冷门绝学"科研项目。

《乌石记》为国家艺术基金 2017 年度大型舞台艺术创作资助项目，2018 年由湖南省昆剧团首演，获第六届湖南艺术节"田汉大奖"。参加第七届中国昆剧艺术节、第六届湖南艺术节、第六届丝绸之路国际艺术节演出。

人　物：李若水——闺门旦、正旦。刘瞻之妻，授诰命。

　　　　刘　瞻——正生。累官至唐懿宗、僖宗两朝宰相。

　　　　路　延——净。累官至唐懿宗朝宰相。

　　　　柳　儿——丑。刘瞻书童（湘南方言白）。

　　　　房婆子——老旦。长安城一租户（京白夹韵白）。

　　　　郑　畋——小生。唐懿宗时累官至户部侍郎、翰林学士承旨。

　　　　高　湘——老生。右谏议大夫。

　　　　中　使——副。唐懿宗时宫中太监（京白）。

　　　　王祝骓——丑。河中府芮城县一名将仕郎（带河南腔）。

　　　　校尉官——二路武生。

一　乌石引

柳　儿　(内)走啊！

　　　　〔负书担上。

　　　　(山歌)一担挑得书百卷，

　　　　　　　　千波绿水映白帆。

　　　　　　　　乌石滩头去登科，

　　　　　　　　扬名立万上青天。

　　　　相公、夫人，你们快些来呀。

　　　　〔刘瞻携李氏上。

刘、李　〔尺字调〕〔南仙吕宫〕【甘州歌】

　　　　　　春光软款，

　　　　　　望渡头繁锦，

　　　　　　别日无桓。

　　　　　　街巷逶迤旋转，

　　　　　　从今背离家乡地，

　　　　　　客寄长安求秩官。

柳　儿　相公，行至乌石矶。

刘　瞻　别离郴州，乌石啊乌石，俺倒有些不舍。

李若水　相公经年攻书在此，与这乌石日久生情，自然不舍。

柳　儿　相公是人，石头不会说话，怎么会生情了？

李若水　柳儿，你家相公的性儿，与这乌石一般呢。

刘　瞻　知我者娘子也。

李若水　江流磨砺浑不灭，好似天镜在人间。

刘　瞻　风尘历尽性犹在，一点丹心对苍天。

柳　儿	（柳儿招呼船介）喂，船家。
李若水	相公，将这几枚乌石，携同远行可好？
刘　瞻	娘子所言甚是。
李若水	将我绣帕包裹了吧。（包裹乌石介）
刘、李	（接唱）夫妻伴，
	结金环，
	同林飞鸟共忧欢。
	青萍远，
	江海宽，
	激流难把磐石捐。
柳　儿	相公、夫人，快些上船。
刘　瞻	娘子，我们上船吧。娘子，你还是有些不舍么？你我上船吧。
	［同下。

二　卖　钗

［路延上。

路　延	登科未必凌云上，八面玲珑拜庙堂。本官姓路名延，前科及第，除授屯田员外郎，这官微职小，欲图升迁，故而常在吏部台前走动也。

［凡字调］［南商调］【三台令】

　　　吏曹微步愁怀，

　　　意欲谋图宪台。

　　　邓通做王牌，

　　　好奉承上下鼓腮。

待我进衙，拜见天官。

［柳儿上。

柳　儿	路老爷、路老爷。

路　延　嗯？你是何人？

柳　儿　我家相公叫刘瞻，与您是同科，那时候我见过您。

路　延　原来是刘年兄的小厮。唤我作甚？

柳　儿　您人头儿熟，帮忙打听打听，我家相公什么时候可以放官哪？

路　延　你家相公至今未曾放官？

柳　儿　可不是嘛。相公您快点来呀，碰见路老爷了。

　　　　〔刘瞻急上。

刘　瞻　哪个老爷？

路　延　刘年兄。

刘　瞻　原来是路年兄。

路　延　年兄至今未曾补缺么？

刘　瞻　日久未曾放官。

路　延　可惜了，迂腐了。

刘　瞻　年兄此话怎讲？

路　延　待小弟与你指条明路。

刘　瞻　路兄请告。

路　延　这银钱开路，上下打点。

刘　瞻　哎，不可，君子怎做这下流勾当。

路　延　年兄，你骂哪个下流勾当？

刘　瞻　行贿鬻官之徒，俱都可耻。

路　延　哼哼，既然年兄清高，本官难以奉陪。

　　　　〔下。

刘　瞻　看他分明是小人得意，自家明珠涴色、尘土掩埋。

柳　儿　相公，和你同科的进士，人家都有官做，怎么就不给您放官呢？

刘　瞻　唉，天命不自由。

柳　儿　相公，我们还要去问问消息么？

刘　瞻　不去了，不问也罢，任区区肉眼笑英雄，呵呵呵。

柳　儿　得，别笑了，不问咱就回去吧。

　　　　〔同下，李若水上。

李若水　〔六字调〕〔南南吕宫〕【一剪梅】

　　　　　一举科名殿傍标，

喜上眉梢，

愁闷眉梢。

皇恩俸禄待加袍，

还未参朝，

何日参朝？

丈夫中功名，除官要等候。三年两载的便费尽了积蓄。如今是朝无炊烟夕无饭，只得将我金钗，出门典卖，换些米粮度日。卖钗，卖钗了。

【三仙桥】

羞答答街衢步摇，

看市井里纷纷闹。

为金钗典卖，

我徘徊在长安道。

向东市寻声告，

哀哀少个人来瞧。

卖钗。

市　民　　卖几钱？

李若水　　十两银。

市　民　　忒贵了。五两卖否？

李若水　　忒贱了，不卖。换个地方去。

（接唱）再去往西市条，

沟檐下躲着讥嘲，

也壮起胆儿奔呼叫啕。

卖钗、卖钗。

市　民　　卖几钱？

李若水　　十两银。

市　民　　忒贵了。三两卖否？

李若水　　三两？啊呀呀不卖。真真愁煞我苦衩裙也。

（接唱）不禁蹙眉焦，

眼见那金乌坠老，

飞鸟尽归巢，

啊呀囊袋儿空心如刀绞。

　　[柳儿、刘瞻上。

刘　瞻　娘子。（相见介）

李若水　相公，可曾放官？

柳　儿　夫人，有人叫相公花钱买官，相公一气之下，问都没问就回来了。

李若水　既是无缘得官，相公，不等了，我们回转郴州，再候调遣。

刘　瞻　离却京师，要想做官，更是渺茫也。

　　【小工调·红纳袄】

　　　　几时间重任招，

　　　　几时间凌云表？

李若水　（连唱）前程未定令人恼，

　　　　家计艰难他知怎道？

刘　瞻　（旦唱中起白）瞻苦读诗书、满腹文章，

　　　　　　　为的是经略致用，

　　　　　　　为的是报效社稷，

　　　　　　　偏将我冷落草莽、

　　　　　　　将我撇弃道旁，

　　　　　　　不公啊不公。

李若水　相公，相公莫恼。

刘　瞻　娘子啊。

　　　　（接唱）可是俺少济才业不高？

李若水　（夹白）相公鲲鹏济世，必有大用。

刘　瞻　（连唱）可是俺少阿谀礼不到？

李若水　（连唱）休道比媚蝇蚤暗度陈仓也，

　　　　　　　还待雾散云开怨郁抛。

柳　儿　夫人，你怎么到街上来了？

刘　瞻　是啊，娘子为何周延在外？

李若水　嗯？我呀，出来散心、观景。

柳　儿　那我们一同回去吧，我肚子饿坏了。

刘　瞻　是呀，回家吃饭去。

李若水　家中无有半点米粮，将什么来吃饭？

刘　瞻	哦！无有半点米粮？
柳　儿	那可怎么办哪。
刘　瞻	想我刘瞻就穷困至此么？也罢，待我脱了这青衫。
柳　儿	相公你要去干什么啊？
刘　瞻	卖文乞讨去。
李若水	相公使不得。
刘　瞻	不能等着饿死啊。
李若水	相公若是颓了精神、丧了志气，朝廷是越发地不予放官。
刘　瞻	便又怎处？
李若水	只得典卖金钗。
刘　瞻	娘子，你要卖这支金钗？为了糊口度日，你的陪嫁妆奁、钗钏玉佩都已卖尽。就剩一支金钗，如今也要卖了？啊呀，娘子啊。

【刮鼓令】

　　可怜是阿娇，
　　把金钗卖市曹。
　　啊呀遭困顿的名门遗噍，
　　做了守穷途的锦玉桃。

李若水	（连唱）巨耐日萧骚， 　　　　挨磨尽头洪福造。
刘、李	（仝连唱）龙门争渡彩虹桥， 　　　　　清贫不弃望登昭。
李若水	柳儿，将金钗拿去，换些米粮。
刘　瞻	不要卖。
李若水	卖了吧。
刘　瞻	这金钗是你母亲遗赠，怎好将你最后一点念想，也要卖了？
李若水	不卖金钗，怎将身存活？柳儿，去吧。
柳　儿	哎。
	〔下。
刘　瞻	你身出高胄，可怜凤栖草堂。
李若水	妻与你不离不弃，草堂也能变金屋。

刘　　瞻　待我有了钱,定与你买上十支金钗。

李若水　还有绫罗绸缎。

刘　　瞻　再与娘子买座大宅院。

李若水　啊呀呀,到那时为妻就夫荣妻贵了。

李、刘　【尾声】

　　　　　　　困苦艰难立存照,

　　　　　　　嫣然含笑在尘嚣。

　　　　　　　鹏转远空待上九霄。

　　　　　　[同下。

幕间曲　[南吕小令]【四块玉】

　　　　　　　石性坚,

　　　　　　　身微贱,

　　　　　　　志气飞扬冷晴烟。

　　　　　　　夫妻相伴风云遣,

　　　　　　　闲过年,

　　　　　　　苦也甜,

　　　　　　　安乐天。

三　闹　妆

　　　　　　[柳儿上。

柳　　儿　离了长安京师地,黄河故道施政忙。一等又是两年。我家相
　　　　　公终于放了官,做了河中府少尹,权掌一方。老爷连日下乡
　　　　　公办,着我守衙照看。闲来无事,四下观望。

　　　　　　[王祝骈上,家丁挑礼担随上。

王祝骈　啊哈。新官上任要投怀,送礼就往后堂来。(背拱)您问我为
　　　　　啥给新官夫人送礼啊? 嘿,我给新官送礼,被他拒之门外。
　　　　　到了。有人么?

柳　儿	在这儿呢。做什么的？
王祝骅	啊，差官，在下见礼。
柳　儿	差官？ 呵呵，少礼少礼。
王祝骅	刘少尹可在？
柳　儿	少尹下乡公办去了。
王祝骅	（背拱）我就是趁他不在才来的。
柳　儿	你在嘀咕什么哪？
王祝骅	哦，我说我是河中王祝骅，捐了个小官将仕郎。
柳　儿	将仕郎？ 九品十八阶最小的那个，不算官。
王祝骅	从九品也是品，有品有阶就算官。
柳　儿	算来算去也是小官。你来做什么？
王祝骅	在下与少尹夫人送来一些绫罗珠花。
柳　儿	送礼的？ 少尹大人说了，绝对不能收礼。
王祝骅	哎哟，不是送礼的，是新官老爷叫我代办买来的。
柳　儿	叫你代办买来的？
王祝骅	可不是嘛，少尹吩咐，为夫人买些地方特产、什锦杂货。
柳　儿	我来看看。这些珠花真漂亮，夫人穿戴起来，一定好看。那你就回去吧。
王祝骅	小哥，少尹面前，通报通报。
柳　儿	将仕郎王……
王祝骅	王祝骅。
柳　儿	哦，王祝骅。
王祝骅	送进去了，成功了。
柳　儿	回来。
王祝骅	小哥，怎么啊？
柳　儿	少尹大人吩咐买的？
王祝骅	呃，千真万确。
柳　儿	有劳了，回去吧。
王祝骅	嘿，这小厮也有三分觉悟啊。 〔下。
柳　儿	老爷放了官，不忘给夫人买花呢。快挑进去吧。还挺沉的。

〔下。

〔李若水上。

李若水　丈夫授职河中府,苦尽甘来笑哈哈。堂衙不图富与贵,克勤克俭兴邦家。

〔小工调·南正宫调〕【锦缠道】

到官衙,

称人心河东陕邅,

蓬转在天涯,

夫妻们芙蓉并蒂如花。

把旧衣裳缝针补纱,

恳殷殷勤俭居家,

莫讥笑似絮浆,

集腋裘相与不差。(鸦噪介)

树梢头叫喳喳,

鸦儿噪闲言碎语,

敢扑扑棱棱乱叽呱。

你是看我新来乍到,欺负我人地生疏么? 你是嘲笑我皂衣青衫粗布裈。

〔柳儿担上。

柳儿,你挑的什么东西?

柳　儿　夫人,你看都是些好东西。

李若水　妆粉香气可人,钗环金光闪亮,罗缎丝滑柔润,果然是些精致的东西。

柳　儿　夫人穿戴起来好看。

李若水　啊,是与我穿戴的么?

柳　儿　本来就是给您穿的。

李若水　柳儿,这些东西是哪里来的?

柳　儿　是老爷送与夫人的。

李若水　哦,老爷送与我的? 嗯,果然一诺千金。

柳　儿　夫人,快些穿戴起来。

李若水　〔犯调〕【六犯宫词】〔梁州序〕

菱花铜镜，

春波素影，

半点嫦娥心性。

清容脂浅，

教人蹉过芳卿。

[桂枝香]

罗缎花枝艳，

流光翠钿莹。

[排歌]胭红点，

眉黛青，

山茶瞬息吐梅馨。

[柳儿下。

[八声甘州]

也曾是风吹落樱无人问，

也曾是雨打芭蕉怜悯情。

[皂罗袍]

长空冷月，

柴门掩屏，

金栏斜倚乌石令。

[黄莺儿]

袅娉娉，

莺飞燕舞，

恰仙子渡轻凌。

[柳儿上。

柳　儿　夫人、夫人，老爷回来了。

　　　　[刘瞻官衣随上。

刘　瞻　夫人、夫人，我回来了。

李若水　老爷回来了。

刘　瞻　(惊见介)玲珑宝饰、珠粉罗缎。

李若水　好看么？

刘　瞻　你从来布衣简鬓，今日为何这般模样？

李若水　做了官夫人，是该讲些排场。

刘　瞻　排场倒不消，只是装扮起来，好似当年花烛之时。

李若水　唉，岁月风霜不饶人，俏丽还靠锦绣妆。

刘　瞻　(猛惊思介)啊夫人，这些妆饰哪里来的？

李若水　啊？你是问我这些妆饰是哪里来的？

刘　瞻　是啊，哪里来的？

李若水　是有人送与我的。

刘　瞻　有人送与你的？是何人馈赠？

李若水　(嗔介)唔，是一个知心的人儿送来的。

刘　瞻　哦，她还有知心的人儿呢！

李若水　怎说无有？

刘　瞻　夫人，当真是有人送你么？

李若水　嗯，当真有人送与我的。

刘　瞻　啊嘟！

李若水　老爷，为妻面前，发甚官威呀？

刘　瞻　收人财物，就是贿赂也。

李若水　你好扯笑，这与贿赂有甚相干？

刘　瞻　怎不相干？

　　　　〔南仙吕入双调〕【惜奴娇序】

　　　　　　拒耻守坚，

　　　　　　　怎攀枝豪富，

　　　　　　　节操卑贱。

李若水　(夹白)我攀什么豪富？

刘　瞻　(连唱)切莫骄奢贪恋，

　　　　　　　　折弯铁芒刀尖。

李若水　(夹白)啊呀咦。

　　　　(连唱)淹煎，

　　　　　　　恶语泼言来相见，

　　　　　　　莫名间，

　　　　　　　来诘辩，

　　　　　　　把贿赂牵。

刘　瞻　（夹白）好恼。

　　　　　（连唱）做不贤，

　　　　　　　　律法惩处，

　　　　　　　　不愧苍天。

李若水　好哇，你才做了官，就要对为妻律法惩办么？

刘　瞻　犯律必究，不论亲疏。

李若水　喂呀天哪。

【黑麻序】

　　　　　情悭，

　　　　　命如危弦，

　　　　　恨痴心空付，

　　　　　受尽憎嫌。

刘　瞻　（夹白）你自己不该，反来埋怨丈夫。

李若水　（连唱）把丝罗凤鸾，

　　　　　　　　比作刁奸。

刘　瞻　（夹白）我欲宦海清名晏，你却叫人把柄牵。

李若水　（连唱）呃呀炎愆，

　　　　　　　　冰山覆暖烟，

　　　　　　　　身沉万丈渊。

刘　瞻　你认个不是，也就算了。

李若水　（接唱）看你威颜，

　　　　　　　　好似恩情梦乱，

　　　　　　　　斩断姻缘。

刘　瞻　夫妻姻缘怎能割断，是非分明也须明辨。

李若水　为妻面前你要论的什么是非。

刘　瞻　不可授人把柄。

李若水　我扯下什么把柄？

刘　瞻　不可辱没声名。

李若水　我玷污你的声名了么？

刘　瞻　你快快脱下这锦绣衫。

李若水　不脱。

刘　瞻　　卸下凤钗环。

李若水　　不卸。

刘　瞻　　这贪来之物有甚好看？

李若水　　有甚好看？难道是你自己贪来的？

刘　瞻　　哎！为夫得官不易，屈志申扬，怎可昧了良心做个贪官？

李若水　　你要做清官，为妻绝无怨言。

刘　瞻　　不清之物、不义之举、不贤之事，怎不令人着恼。

李若水　　你、你好无理，说我不清、不白、不贤、不义。好哇，待我脱将
　　　　　　下来还你便了。（脱介）

刘　瞻　　这样的东西本不该穿。

李若水　　不该穿？不该穿你买来送我作甚？

刘　瞻　　啊?！我买的？

李若水　　难道你不是我的知心人儿么？

刘　瞻　　我何曾买与你啊？

李若水　　柳儿说是你送与我的。

刘、李　　柳儿说的？我倒要问个明白。柳儿快来。

　　　　　　〔柳儿上。

柳　儿　　老爷、夫人。

刘　瞻　　柳儿，这些东西从哪里来的？

柳　儿　　有个将仕郎王祝骅，他说是老爷叫他代办买来的。

刘　瞻　　哦，扯谎，我不曾叫人买啊。

李若水　　当真不买？

刘　瞻　　气煞我也。这些刁吏，欺名盗世，变着法儿地送礼来。

李若水　　柳儿，我们被那送礼人诓骗了。

柳　儿　　可恶、可恨，我找他算账去。

刘　瞻　　柳儿，将这些东西退了回去。

柳　儿　　是。（出门介）想给老爷扣屎盆子，没门。
　　　　　　〔下。
　　　　　　（李若水泣介）

李若水　　（嗔介）我还当真是你买来送我的。

刘　瞻　　啊夫人，好夫人，是为夫冤枉你了。

256

李若水　哼，都是我理亏。

刘　瞻　卑人错怪夫人了。与夫人赔礼了。

李若水　老爷堂前官威，我倒领教了。

刘　瞻　好夫人，下官与夫人赔罪了。

　　　　【锦衣香】

　　　　　　靡丽闲，

　　　　　　深亏欠，

　　　　　　内院贤，

　　　　　　莫生偏，

　　　　　　梅香沁牖周旋，

　　　　　　家明为善。

李若水　(夹白)一场吵闹，一场训教。

　　　　(连唱)清风朗月并齐肩，

　　　　　　　同心并驾，

　　　　　　　比翼相连。

刘　瞻　(夹白)吾妻贤德，堪比鲍宣之妻桓氏也。

李、刘　(连唱)效渤海少君，

　　　　　　　却深衣鹿车和弦。

　　　　　　　也那子罕弗贪念，

　　　　　　　嗜鱼的公孙绝献，

　　　　　　　司马还璧，

　　　　　　　都是千秋光鉴。

刘　瞻　夫人，历经千辛万苦，方有今日之前程。为官不易，不可轻心也。

李若水　别离郴州之时，老爷曾以乌石铭志，我谨记在心。老爷但放宽心，为妻定不授人把柄，定不玷辱你的声名也。

李若水　【尾声】

　　　　　　曾经苦难记眼前，

　　　　　　　铭记清白莫生怨。

李、刘　〔仝〕珠衫锦绣在心田。

　　　　〔同下。

幕间曲　〔南吕小令〕【四块玉】

257

石性廉，

流溪涧，

一水清清万水甜。

暗香浮动轻波线，

并蒂莲，

燕蹁跹，

白云边。

四　誓　谏

〔柳儿青衣罗帽家院妆扮上。

柳　儿　老爷，你谈好就出来啊，我在门口等你。我家老爷在地方上做了二十年的清官，终于被朝廷调回京城做京官，做过京兆尹，现在位列相班，是位相爷哩。老爷平日里乐善好施，得点俸禄就去帮助别人，自家倒是连住房也是去租赁来的。最近朝廷发生了大事，我家老爷凛然仗义，要搭救冤枉的无辜性命，这不来路相爷家求情来了。平日里老爷不肯趋炎附势跟路相爷同流合污，现在去求情哪有那么容易啊。我到辕门外坐着，等老爷出来。

〔下。

路　延　(内)校尉噷，将医官韩宗绍、康仲殷株连九族，人犯押入大牢。

（旗牌押解人犯穿场）

〔路延上。

一桩公案，震动长安。生杀大权，驾前承欢。

本相路延，同昌公主染病薨天，圣上悲恸，立斩医官。是我奉命督断，判医官两家，九族株连。

〔旗牌上。

旗　牌　参见相爷，奉命回令。

路　延	韩、康两家九族，可曾拘押大牢？
旗　牌	俱已押入大牢，听候问斩。
路　延	来呀。
旗　牌	你将判斩公文送往刑部大堂。
旗　牌	领命。

〔下。

路　延　想我当初科举中第，只是一个小小的屯田员外郎，二十年官
　　　　场驰骋，如今位列相班，大权在握，今日所判，定是无人敢来
　　　　辩驳。

内　　　启禀相爷，刘瞻刘相爷求见。

路　延　哦，刘瞻！来者不善。有请。

内　　　有请。

〔刘瞻急上。

刘　瞻　为救无辜命，相府来求情。刘瞻拜见路相爷。

路　延　刘相过府，令人诧异。

刘　瞻　同昌公主薨落，路相奉命秉理医官一案，闻得路相……

路　延　啊，刘相，府中不议公务。

刘　瞻　人命关天，不得不讲。路相，闻得你判令，将医官韩、康两家
　　　　株连九族。

路　延　奉旨理事、以慰圣心。

刘　瞻　还请路相手下留情。

路　延　刘相，医官九族，与你有甚干系？

刘　瞻　并无干系。

路　延　既无干系，怎来求情？

刘　瞻　修短之期，人之定分，公主薨落，医官已然抵命，何必再要株
　　　　连无辜？恳请路相收回成命，放他们一条生路吧。

路　延　恕难从命。

刘　瞻　路相既不宽放，瞻只得上疏，求圣上开恩。告辞。

〔下。

路　延　不送。啊呀，刘瞻啊刘瞻，人犯俱已押入大牢，公文已然呈
　　　　堂，你要上疏翻案，叫我颜面丧失、糊涂难堪么？真真岂有此

理！莫说是三百余口人命，就是你刘瞻，哼哼，断不能叫你
得逞。

［下。

［李若水上。

李若水　【二犯朝天子】

万里长空月影重，

皎皎银壶漏，

染碧空。

(夹白)老爷呵。

不辞劳顿掌平公，

管鼎钟。

经天纬地似苍松，

金石峥嵘。

丹青笔刀在毫锋，

生民记胸，

把生民记在胸。

丈夫他心怀乌石之志，为救三百余口无辜之事，他四处奔波，
祈愿救人能成。天色已晚，我丈夫他怎么还不回来？啊呀，
秋月正空，又是缴纳租钱的时候了。待我将银钱清点清点。

［房婆子上。

房婆子　【如梦令】［干板］

月色银光正浓，

粉墙门阙两重。

生计不糊涂，

租赁客舍实用。

迎送，

迎送，

最怕租客哭穷。

我，长安城一个房婆子。仗着亡夫遗留宅院，租房赁屋，收取
房钱度日。后院两间偏房，又到收租时期，不免前去讨要。
啊，大娘子，大娘子。

李若水	来了。
	[李若水青衣装上。
	是哪个。
房婆子	我,房东。
李若水	原来是妈妈。妈妈请进。
房婆子	(进介)收拾得倒也干净。
李若水	妈妈万福。
房婆子	还礼、还礼。
李若水	万万福。
房婆子	哎,你连连施礼,忒多了。
李若水	妈妈年长,妾身施礼要周。
房婆子	我不要礼,要钱呢。
李若水	租钱么?有的。(取银包介)妈妈请坐,租钱在此。
房婆子	好好,待我查验查验(数介)啊呀,怎么不够啊?大娘子,你欺我人老眼花么?这年租十两银,还差二两八钱。
李若水	啊,妈妈,家中银钱,只有这些了,还请通融通融,改日一定奉上。
房婆子	不成,我老婆子只管按约收钱,房租不能拖欠。
李若水	啊,妈妈,这些女红抵作租钱吧?
房婆子	不成,我只收现钱。
李若水	妈妈,今日实实地无有现钱了。
房婆子	啊?每逢收租,你总是拖欠。今日我就在此等你丈夫回来,讨个说法。不然我就在这死等。
李若水	啊,妈妈,朝中出了大事,我丈夫一时回不来的。
房婆子	哟,你丈夫还是个当官的,我怎么没看出来呢。当官的怎么会没钱呢?还年年拖欠我租钱。大娘子,今日你们若不交齐,就别租我的房子。
	(推李介)(柳儿、刘瞻进门介)
刘　瞻	啊,夫人。
李若水	老爷回来了。
房婆子	哟,官老爷回来了,拿钱来。

李若水	老爷,妈妈是来收租的,还差二两八钱。
刘　瞻	哦。(摸口袋介)妈妈,今日囊中羞涩,改日奉上。
房婆子	没钱?你这堂堂做官的,还差我这二两八钱?
柳　儿	婆婆,老爷见到困苦百姓、落魄朋友,东救西济的,现在是真没钱了。
房婆子	周济他人?你还是个大善人啊。你怎么不周济我呀?把我这点钱给我。
柳　儿	婆婆,咱们住了这么久了,您还信不过吗?
房婆子	你每年都拖欠我房租,我怎么信得过你?
刘　瞻	妈妈,待我与你写下字据,盖上印信,外加利钱三分。你看可好?
房婆子	三分?(做有利可图之思介)好,马上写。
刘　瞻	(写介)拖欠房东二两八钱,外加利钱三分。妈妈请看。
房婆子	盖印、盖印。
刘　瞻	哦,是是是,盖上我的印信。
房婆子	唔,一纸欠条在手,有利就好多收。我走了、走了。
刘　瞻	柳儿送妈妈。
柳　儿	啊,婆婆,我送送你。
	〔同下。
李若水	老爷,看你愁眉不展,敢是救人之事,不甚如意?
刘　瞻	千阻万难。今日亲上路相府门恳求,他不肯改判;再求诸多同僚,俱都冷眼旁观。
李若水	如此说来,那些无辜株连者,就不能得救了么?
刘　瞻	单凭为夫一己之力,实难搭救。
李若水	一人遭难、株连九族,可怜那些三姑六亲、老弱妇孺,灾从天降,无端殒命。难道别无他法么?
刘　瞻	这个……事到如今,还有最后一法。
李若水	什么?
刘　瞻	谏疏圣上,驳回原判。
李若水	好哇,这一线生机,老爷千万不可放过。
刘　瞻	夫人,为夫不愿坐视不管,怎奈谏疏容易允奏难,若有奸佞进谗,为夫的性命钢刃悬。我若刀下亡,岂不是救人不成反将

你推向鬼门关。啊呀妻啊,你、你的生路渺茫也。

【福马郎】

> 暗自惊惶心战抖,
>
> 夫妻们结发鸳鸯偶,
>
> 生同死守。
>
> 俺若是朝堂危难,
>
> 你便命悬烟薮。
>
> 啊呀,
>
> 教俺下笔梗咽喉,
>
> 禁不住迷蒙眼泪双流。

李若水　我明白了。老爷顾虑为妻安危。

刘　瞻　夫妻一场,你劳苦清贫;为官多年,你何曾福禄受享。为救他人性命,又怎能叫你……

李若水　老爷,你的心意我都明白。想我李家世代忠良,曾祖赵国公,贞元名相、吁谟有功;祖父卫国公,社稷忧患、累著声绩。妻曾蒙先父教诲,良知为本,纵是女流,也不当低下。扬清激浊、荡去滓秽,不就是老爷你的乌石之志么?

【红芍药】

> 倘若是顾虑拘留,
>
> 倘若是不把天侔。
>
> 也就枉为忠良逆梁宙,
>
> 昧心肠满身遗臭。
>
> 哎呀干休,
>
> 笔砚写春秋,
>
> 铁铮铮奉天承奏。
>
> 夫啊,
>
> 结发妻一气同仇,
>
> 切莫要瞻顾前后。

刘　瞻　贤妻,你是决意叫为夫谏疏了?

李若水　是呀,那三百余口无辜,在老爷心中重如泰山,为妻与你一同担待。

【摊破地锦花】

　　莫优柔，

　　收拾起旁观袖，

　　金殿去告求。

刘　瞻　（连唱）撇却了顾盼心忧。

　　　　　　纵是横祸临头，

　　　　　　何惧覆水难收。

刘、李　（连唱）挂金钩，慨慨地写春秋。

　　　　　　［切光。

幕间曲　［南吕小令］【四块玉】

　　石性正，

　　刚如磬，

　　磊落光明任尔评。

　　金钟撞破疯魔镜，

　　除奸佞，

　　鸿羽轻，

　　踏歌行。

五　辩　冤

　　［中使上。

中　使　奉了君王命，金殿把旨宣。我乃中使官是也。今有刘瞻谏疏
　　　　圣上，恳请赦免韩、康两家三百余口家小的性命。龙颜不悦，
　　　　路延趁机参本刘瞻，说他收受医官家小的贿赂，替犯人开脱
　　　　罪名。路延请旨，查办刘瞻贪赃枉法、欺君之罪。为此圣上
　　　　命我朝堂传旨。刘瞻啊刘瞻，这下你可要倒大霉了。

　　　　［下。

　　　　（吹牌）［郑畋、高湘，路延、刘瞻等并对分上。

全场全　　［尺字调］［北仙吕宫］【点绛唇】

整顿衣冠，

列堂听判。

凭天断，

愿恕分端，

恩怨来消算。

［中使上。

中　使　列位官卿。

众　　　中使大人。

中　使　圣驾悲伤难抑，不能视朝。

众　　　祈愿陛下圣安。

中　使　路相，医官之案判下株连之罪，三百人犯俱已收监。

路　延　抚慰圣心悲恸。

中　使　刘相奏疏，替三百余人开脱死罪。

刘　瞻　实乃枉命无辜，还望圣恩垂怜。

中　使　二卿所奏，只得准允一家之言。

众　　　恭听圣裁。

中　使　翰林学士、中书侍郎、同中书门下平章事刘瞻。

刘　瞻　臣在。

中　使　路相弹劾你收受韩康两家贿赂，故而极力开脱他们的死罪。

刘　瞻　路　延，你好卑鄙，竟然诬陷于我。

路　延　若无真凭实据，岂能冤枉与你？

刘　瞻　中使大人请告陛下，瞻绝无贪贿之事。

中　使　本宫只是传言。来，革去刘瞻官职，即刻收监。若有贪贿，立
斩不饶。

刘　瞻　啊呀冤枉哪。

路　延　来人，将刘瞻拿下了。

刘　瞻　诸位大人，还请相助，搭救那三百余口无辜吧。

［押下。

中　使　尚书左仆射路延。

路　延　臣在。

中　使		翰林学士承旨郑畋。
郑　畋		臣在。
中　使		右谏议大夫高湘。
高　湘		臣在。
中　使		诸位都堂大人,会审刘瞻之案。
众		领旨。

〔郑、高等下。

中　使	路相。
路　延	中使大人。
中　使	若是查无凭证,难免诬陷之罪。

〔下。

路　延　多谢中使警言。呵呵,查他贪贿之罪,岂不易如反掌。刘瞻
　　　　位列相班,只须查得一些儿金银财宝,我就做死他的罪证。
　　　　哈哈哈。

〔下。

李若水　(内)柳儿,快些走哪。

〔李氏诰命装急上,柳儿随上。

〔六字调〕〔北商调〕【集贤宾】

　　　　俺这里风尘漫卷趋前往,

　　　　急煞了女娇娘。

　　　　怎道是弥天横祸,

　　　　果然是一命悬殃。

　　　　匆匆地哪顾得脚步颠连,

　　　　哪顾得街市里喧嚷。

柳　儿	夫人、夫人您慢点啊。
李若水	柳儿,俺救人心切,不要停留。
柳　儿	夫人,用什么办法才能救老爷啊?
李若水	哀告良臣,御前申诉。
柳　儿	宫禁森严,进不去啊。
李若水	我怎能坐以待毙,为救老爷和那三百余口的性命,就是粉身碎骨,我也要一闯。

(接唱)这一去龙潭虎穴也要闯，

　　　　阎罗府也要拼死成双。

　　　　又只见森森的刀光闪，

　　　　排列着御前郎。

柳　　儿　　夫人去不得。(众校尉上)

　　　　[中使同上。

校尉官　　嘟！何人喧哗、岂容乱闯。

李若水　　刘瞻妻御前申状。

中　　使　　原来是罪臣之妇，剥去她的诰服。(众校尉应介)

　　　　[中使下。

李若水　　啊呀咦。(众校尉脱诰服介)

　　　　【逍遥乐】俺的皇封除荡；

众校尉　　(合)命如荒唐，

　　　　一会介乌有诰赏。

　　　　休再轻狂，

　　　　这大明宫摆列刀枪，

　　　　藐视天威性命丧，

　　　　速离了禁地中央。

李若水　　(夹白)啊呀天哪。

　　　　(连唱)俺冤申无路，

　　　　　抢地呼天，

　　　　　泪眼汪汪。

柳　　儿　　我们不要去了。

李若水　　难道我丈夫性命休矣。进也进不去，天地叫不灵，这便如何
　　　　是好？

柳　　儿　　夫人，那边有大官出来了。

　　　　[高湘、郑畋上。

李若水　　啊呀，二位大人，我是刘瞻之妻。望大人开恩，为我丈夫御前
　　　　求情。

高　　湘　　你就是赵国公、卫国公之后李氏么？

李若水　　正是。

郑　畋　李氏，你丈夫之事，自有都堂议处。

李若水　我丈夫为救他人性命，仗义直谏，为何反遭大难？哀求你们
　　　　发发善心，搭救我丈夫性命呀。

【上京马】

俺觑着他们掩眉垂目步匆忙，

甩脸弹须冷若霜，

直做了明哲保身的虚伪党。

李若水　（夹白）啊呀，大人哪，为我丈夫辩解几句，救他性命呀。

（接唱）他救无辜深陷牢窗，

谁能够凌云仗义度慈航。

〔路延上。

路　延　嘟！罪臣之妇，休得啰唪也。

【梧叶儿】

只这疯婆妇，

云头梦鼎康，

叫你福祸在无常。

李若水　（夹白）啊呀，这位大人，开恩搭救、胜造浮屠。

路　延　（接唱）说什么申救监中犯，

吵聒的在庙廊。

李若水　（夹白）我丈夫铮铮脊梁，感泣上苍。

路　延　（夹白）笑煞那乌有的甚脊梁，怎是自诩标名立榜。

李若水　大人怎说俺自己标榜？

柳　儿　夫人、夫人，他就是路延。

李若水　你、你就是害我丈夫的路延？

路　延　大胆李氏。来，将这妇人与小厮绑了起来。

高　湘　且慢。路相，李氏乃两代国公之后，请免绑。

路　延　哼！押了他们，刘瞻家中查抄去者。（李若水惊思状）

诸官等　〔北仙吕借入〕【柳叶儿】（一同介）

查勘查勘罪状，

心头上各自思想。

今日个清抄相府恩威放，

(路)起过了风波浪，

(郑、张)平添了断魂肠，

(全)要将那蛛丝马迹细端详。

柳　儿　列位官家，这里就是我们的家啦。（众惊讶介）

郑　高　两间灶坯房。这？

路　延　可是弄差错了？

李若水　自己家中，怎会差错。柳儿，开门。

柳　儿　（柳儿开门介）诸位大人，但凭查抄。

郑　畋　路相请。

路　延　同进。（进介）

郑　畋　刘瞻所居之处，竟是如此寒碜。

高　湘　好生不可思议。

路　延　岂可单凭表象？陋室藏富，更是奸诈。

郑　畋　路相此言有理，人前自谓清官者，家中别有天地也未可知。

路　延　二位大人，不可掉以轻心。

郑、高　请路相勘查。

路　延　嗻，校尉们。

众校尉　有。

路　延　仔细搜查了。（众校尉应介）

　　　　〔北商调·醋葫芦〕

　　　　　　速速地四下寻觅呀，

　　　　　　可道他陋室里有珍宝藏。

众校尉　（连唱）无有那金银财宝耀连厢，

　　　　　　　无有那美酒佳肴粮满仓。

郑、高　（连唱）怎见这柴门依傍，

　　　　　　　只能够遮风避雨度时光。

校尉甲　瓦缶陶盘。

李若水　饮水炊饭。

校尉乙　旧衣蓝衫。

李若水　遮身避寒。

郑　畋　俱是日用物资。

· 269 ·

高　湘	平常无奇。
路　延	就无半点金银钱财么？
校　尉	无有。
郑　畋	堂堂三品朝官。
高　湘	赫赫相爷之尊。
郑、高	怎的一贫如洗？
路　延	哼哼哼，他若藏宝，怎会轻易寻见？
李若水	路大人，这盘旋之地，怎能藏宝？家徒四壁，枉费大人心思了。

【幺篇】

　　　俺一家儿栖身在赁室房，

　　　也不过三餐茶饭汤。

　　　那高楼深院粉萧墙，

　　　救不得芸芸众生泪两行。

　　　啊呀，

　　　苍天绝样，

　　　俺丈夫磊落志刚强。

路　延	谁来与你论刚强？嗯，校尉们。
校　尉	有。
路　延	砸墙挖地仔细搜。
校　尉	啊。
	〔房婆子急上。
房婆子	啊呀呀！你们这些官家，无缘无故跑来拆墙挖地，啊呀，我的房子啊！
路　延	你家罪臣之屋，任我处置。
房婆子	什么罪臣不臣的，这是我的房子。
郑　畋	你是何人？
高　湘	何出此言？
房婆子	我是这里的房主东，他们租了我的房子啊。
众　官	啊！刘瞻赁房而居？！
房婆子	谎骗做甚？你们看，这是租契，这是他欠我房钱的亲笔欠条呢。
郑、高	啊呀奇啊！（传看文契介）

【金菊香】

将他家文契验真相，

看字字分明不虚妄，

好个天子重臣堪敬仰。

心儿里倒海翻江，

他好似水清扬。

路　延　哼，就算是租来的，也要兜底朝天。

校　尉　啊！

〔搜下。

房婆子　啊呀不能拆、不能拆啊。

〔随下。

李若水　路延，恐让你失望了。

【幺篇】

任凭他施暴弄权纲，

叫尔空劳徒叹洋，

俺家不是玉露锦衣富贵享。

说不尽清冷凄惶，

满眼寒楚透苍凉。

校尉甲　(校尉急上)启禀相爷，内房之中，拆了隔墙，还是无有赃物。

校尉乙　启禀相爷，灶房地洞之中，挖出一个麻包。(李若水惊介)

路　延　(大笑介)二位大人，他果然是挖地藏宝。

高　湘　看这模样，非金即宝。

郑　畋　难道果有不义之物？

路　延　到底叫我搜出来了。

李若水　这麻包并非我家之物。(柳儿灵机一动)

柳　儿　夫人、夫人，这是我家老爷最欢喜、最珍爱的东西。

路　延　你说什么？

柳　儿　老爷每天睡觉前、出门上朝前，都要看看这宝贝(暗示李，李明白介)

路　延　大胆，滚了下去。来呀，将麻包放在桌案上。

李若水　啊呀，老爷啊老爷，敢是你瞒着我，受人之财么？

路　延	嗯，你个妇人，自然不知。就你丈夫贪赂而来。
高　湘	包中何物，打开便知。
李若水	（慌张介）不不不，不能打开！
路　延	李氏，妨碍公务，其罪难饶。
李若水	路大人，你奉旨威武而来，敢是要定我家老爷的罪么？
路　延	刘瞻包庇人犯，定有贿赂。
李若水	你血口喷人！
路　延	此等财宝，来路不明，就是罪证。打开。
李若水	（拦住校尉，突然变色）且慢！
路　延	你待怎样？
李若水	你说这是罪证？
路　延	不义之财，不是罪证又是何来？
李若水	你说这是不义之财？
路　延	贪贿之财，何义之有？
李若水	你说我家老爷贪贿？
路　延	看你适才恁般慌张，这定是你家丈夫贪贿的罪证！
李若水	你就如此断定？
路　延	我敢断定！
李若水	（厉声介）路大人！这包内如若不是财宝，你就是诬陷！
路　延	你休得啰唆误时辰，早晚俱是一死！快快打开。这包内财宝看来不少哪！
李若水	这包内如若不是财宝，你就要还我家老爷的清白！
路　延	嘿嘿，李氏！可是大难临头害怕了？怎的虚张声势也救不了你家夫君了！（忘乎所以地）好好好，就依你！如若不是，就算我是诬陷！如若不是，就还刘瞻清白！如若不是，我宁愿御前领罪。
郑、高	啊，路相爷！
李若水	二位大人监证。
路　延	打开。
李若水	圣恩高悬。开。（校尉开介）
郑、高	石头！

· 272 ·

路　延　啊！石头！

李若水　哈哈哈，就是石头，郴州的乌石、我丈夫的乌石。

郑、高　此话怎讲？

李若水　乌石好比凌云志，乌石好比清廉志，乌石之志，乃是我家老爷
　　　　的心志也。

　　　　［北仙吕借入］【后庭花衮】
　　　　　　　恁看这乌石儿敦淳的陈年酿，
　　　　　　不屈饶的性情刚。
　　　　（夹白）你们来听哪。
　　　　（击石介）听锵锵的混元降鸣凰，
　　　　　　　　听啸啸的龙腾昌山望，
　　　　　　　　听琅琅的宝铎唱潇湘，
　　　　　　　　听璁璁的瑶玕撞玉阆，
　　　　　　　　听隆隆的雷霆宕仙乡，
　　　　　　　　听铮铮的铁马响叮铛。
　　　　　　　　恁个似他奸佞魁魉，
　　　　　　　弄娇令的虚面庞，
　　　　　　　可也天命空养。

路　延　（夹白）罪臣之妇，胆敢辱骂命官。校尉的，将她绑了。

郑　敔　（夹白）路相，吾等查勘而来，拘人不妥。

李若水　（连唱）【幺篇】恁便是拘人的绳索绑，
　　　　　　　　　　也不过慌张的纸皮狼。
　　　　（夹白）你且看来。
　　　　（击石介）看彤彤的赤胆光辉亮，
　　　　　　　　看磊磊的玄月镶金阊，
　　　　　　　　看蒸蒸的紫霓向丹阳，
　　　　　　　　看滚滚的奔涛江水长，
　　　　　　　　看绵绵的翠叠莽高岗，
　　　　　　　　看朗朗的乾坤丈胸膛。
　　　　　　　　恁个社稷疆壤，
　　　　　　　尔是踏青云可可地懒整装，

273

谁个问津尘上。(对路延唱)

郑　畋　啊,路相,几番查抄,并无赃证。

高　湘　啊,路相,石头终究还是石头,做不得凭证。

郑、高　不免回去都堂,奏疏禀告。

路　延　(丧气介)哼!李氏,你……回府。

　　　　〔下。

郑、高　以石自励,真乃奇人奇事。今日方知刘相品性也。

郑、高　【浪里来煞】

　　　　　　他好比剑吐芒,

　　　　　　志气五湖广,

　　　　　　铮铮石鸣正四方。

李若水　多谢二位大人明鉴。

郑、高　夫人免礼,我等告辞。

　　　　〔同下。

李若水　送大人。

柳　儿　夫人,他们走了。

李若水　走了。柳儿,乌石怎在灶房之中?

柳　儿　夫人,昨天夜里发现一个老鼠洞,老鼠钻来窜去的,我一时心
　　　　急,临时用麻布包裹石头,堵一下老鼠洞的。

李若水　原来如此。一场偶然,内中却是天定。今日乌石救主,想来
　　　　也是冥冥之中的事了。

柳　儿　夫人,有这乌石护佑,老爷定能逢凶化吉。

李若水　但愿老爷平安归来也。

　　　　(接唱)倘若是淤泥污了好忠良,

　　　　　　也只索沧沧浩瀚礼血璋。

　　　　　　这冤情待讲,

　　　　　　青天湛湛定扶匡。

幕间曲　〔南吕小令〕【四块玉】

　　　　　　石性义,

　　　　　　昭则理,

　　　　　　自有民心比高低。

· 274 ·

皓然节气贤良吏,

兰芷依,

莺啭啼,

德太极。

六 尾 声

[中使上。

中　使　陛下有旨,允刘瞻所谏,立释医官株连者三百余众。刘瞻充
　　　岭南骧州司户。钦此。那时节,都堂会审刘瞻之案,翰林学
　　　士承旨郑畋,奉旨撰《罢瞻宰相制诏》,说刘瞻安数亩之居,仍
　　　非己有;却四方之赂,惟畏人知。(浑介)这哪里是谪贬朝官的
　　　檄文,分明是一封表扬信嘛。

　　　[下,柳、婆上。

柳　儿　婆婆,婆婆。

房婆子　柳儿,你们家老爷、夫人真是大好人,救了三百余口人的性
　　　命,轰动了整个京城啊。他们都想前来感谢老爷夫人。快,
　　　带我们去见见他们。

柳　儿　婆婆,老爷、夫人要到岭南赴任去了,走之前要我把欠你的二
　　　两八钱,外加利钱三分,一并奉还。

房婆子　这么好的老爷、夫人,这个钱我不要了。

柳　儿　不行,老爷、夫人是讲信用之人,这钱一定要奉还。

房婆子　哎哟,怎么多了。

柳　儿　我家夫人讲,那天拆墙挖地,损坏了你家的房屋,这是赔偿你
　　　的损失。

房婆子　好一位清廉的老爷,好一位贤德的夫人,真实天下少有、世上
　　　少见哪。

　　　[刘瞻、李若水上。

刘　瞻　贤妻,那三百余口终究活下来了。

李若水　生死一场,老爷,我们也活下来了。

刘　瞻　好哇,哈哈哈。

　　　　　〔南正宫〕【普天乐】

　　　　　　　阳关道路三秋祭,

　　　　　　　阴曹地府重生喜。

李若水　(连唱)紫烟照灿灿的迷离,

　　　　　　　可笑那无常弄戏。

刘、李　(连唱)依旧的相靠相倚,

　　　　　　　不分离并肩比。

　　　　　　　造浮屠胜却甘旨,

　　　　　　　且喜得无辜命系,

　　　　　　　终可免恨嘘唏。

柳　儿　老爷、夫人,我们快些赶路吧。

刘　瞻　啊,贤妻,此番岭南去途,必定路过郴州。

李若水　离家甚久,回去一看便好。

刘　瞻　正是此愿。只是贬谪之人,惭愧啊。

李若水　老爷良善为官,有乌石之志。

刘　瞻　乌石啊乌石,数十年来,跟随我们夫妻二人颠沛流离,你还是如此刚硬,如此铮亮。

李若水　半世飘荡,终究不负乌石之盟。

结束曲　【四块玉集锦】

　　　　　　　石性坚,

　　　　　　　志气飞扬冷晴烟。

　　　　　　　石性廉,

　　　　　　　一水清清万水甜。

　　　　　　　石性正,

　　　　　　　磊落光明刚如磐。

　　　　　　　石性义,

　　　　　　　自有民心昭日天。

　　　　　〔剧终。

彩调剧

空　村

李　诗

　　广西桂林市戏剧创作研究编剧。主要作品：彩调剧《空村》、眉户剧《青铜峡》、客家音乐剧《绿珠》、汉剧《双戏楼》、壮师剧《花·架》；小戏曲《张生与李生》《借靴》等剧目。彩调剧《空村》参加 2018 年全国基层文艺汇演、参加 2017 年上海小剧场戏剧节、广西第九届戏剧展演获剧目银奖、优秀编剧奖，文场小戏《下山·上山》参加第四届"中国·宜兴·梁祝艺术节"获剧目一等奖、优秀编剧奖，小戏曲《借靴》发表于湖南省《艺·海》杂志。

时　间：现代。

地　点：柳州某山村。

人　物：大宝——男,60多岁,退了多年的老村长。

　　　　巧妹——女,50多岁,丈夫去世多年的寡妇。

　　　　埂子——男,20岁出头,大宝的养子。

　　　　小李老师——女,年近30岁的乡村女教师。

　　　　老林——男,年近60岁的乡村邮递员。

　　　　老摸——男,年近50岁的老光棍。

　　　　老媒婆——女,年近60岁的乡村老媒婆。

　　　　老葫芦——男,60多岁,老媒婆的丈夫。

　　　　远辉——男,将近40岁,老葫芦的儿子。

　　　　小　林——男,二十出头,老林的儿子。

　　　　众乡亲。

这是难舍难分的步步退让，

这是寸土不让的苦苦坚守，

随着田园牧歌的逝去，

一个新梦绽放枝头……

——题记

第一场

〔幕启。清明清晨。

〔雨后的古银杏树缀满了淡绿色的花,古银杏树后更是一片刚刚冒出嫩芽的绿树,生机勃勃地生长着。

〔晒谷平的古银杏树前,众乡亲们跪伏着,手中拿着香朝着古银杏树和银杏树后一大群的绿树,肃穆而又虔诚地祭拜着。乡亲们祭拜的前方摆放着四个由石头做成的大碗,里面分别摆放着不同的祭品,有谷种、水果、鸡鸭鱼肉和树苗。

〔大宝口中唱着祭词。

大　宝　(唱)祭天祭地祭祖树,

烧纸烧香烧红烛,

求神求佛求先祖,

赐财赐寿赐万福。

(白)祭祖树,拜乡土,世代情,永相续,祭成,上香!

〔拜毕,众人把香插在四个大碗前。

大　宝　乡亲们祖树拜完了,今年老祖宗会保佑我们都平平安安的啊!(感慨地)难得你们都还记得祖先,走那么远的路回来上坟,真不容易啊!

众乡亲　　(唱)清明时节雨，

　　　　　　　纷纷路上人，

　　　　　　　游子归心急，

　　　　　　　祭祖回山村。

大　宝　　(唱)祖先埋在银杏林，

　　　　　　　思念浓浓树树青，

　　　　　　　世间节气知多少，

　　　　　　　只愿天天是清明。

众男人　　(唱)背井离乡把工打，

　　　　　　　不知何处才是家？

　　　　　　　看不完座座高楼比山大，

　　　　　　　尝不尽世间酸甜苦与辣。

众女人　　(唱)多亏大宝老村长，

　　　　　　　忙前忙后帮守家，

　　　　　　　心中感激说不尽，

　　　　　　　不知如何来报答。

　　　　　　[巧妹、老媒婆拿着篮粽子上。

　　　　　　巧妹大家来吃粽子！埂子拿给大家吃。

　　　　　　[埂子将粽子分发给众乡亲。

巧　妹　　(唱)你们打工日夜忙，

　　　　　　　一年才闻粽子香，

　　　　　　　天天盼望你们归，

　　　　　　　小龙村里人气旺。

大　宝　　(关切地)巧妹啊，你身体不好，还包这么多粽子，赶紧回去歇一下吧。

巧　妹　　乡亲们好不容易回来一次，高兴啊，我想和他们多讲几句话。

男村民甲　香，好香！

女村民甲　吃到巧妹婶包的粽子才算是过清明喔！

男村民甲　埂子，你现在是越来越能干了，这次祭祖啊，你是主力了啵！

埂　子　　嘿嘿。(得意地笑着)阿爸，你也吃。(拿着粽子跑到大宝跟前)

［"你是我的小呀小苹果……"突然间一阵电话铃声响起，回村的村民们都下意识的拿出手机看。男村民甲拿着手机讲了起来。

男村民甲 喂……喂……哎,老婆,我这里信号不好……晚点就回去了,好的,好的!(挂电话)

老　摸 哎,老表老表,出去几年,讨上老婆啦?(一脸羡慕的老摸,拍了拍男村民甲问道)

男村民甲 是啊,哎,老摸你还在自己唱《十八摸》啊?
［众人哄笑。

男村民甲 老媒婆,怎么不给我们老摸哥讲个老婆啊,看来你这个媒婆要退休啰!

老媒婆 哎,你的话就讲得怪了,怎么怪到我头上来了?村里的姑娘们都出去完了,打工的打工、嫁人的嫁人,我去哪里找个老婆给老摸啊?我这个当年的大媒婆如今啊,嘴巴都怄臭了!

男村民乙 那只有把你嫁给老摸了哦!
［众人哄笑。

老媒婆 你们这些挨刀的,(用力戳了一下蹲在一旁的老葫芦)你讲句话啊,就晓得喝!
［老葫芦闷不作声。

男村民甲 老摸,到城里来我给你介绍一个!

老　摸 真的啊?

男村民甲 真的!(拍着胸)老摸,来来……(神秘地)
［两人蹲在一旁看着手机。

男村民乙 老媒婆,我们村有条大红线你早就应该牵了!
［媒婆不解。
［男村民乙指了指大宝、巧妹。

众　人 对啊,对啊!

大　宝 (急忙岔开话题)乡亲们,今晚都在我家吃饭啊,你们这几个后生仔要好好和我们这几个老鬼喝两杯猜两码,喝完酒我们再唱两板调子……(兴致勃勃地讲着)

男村民乙	(打断村长)村长,村长,我要赶回去呢,我们两公婆这次回来是把娃仔和老妈子接出去的。
女村民甲	是的,我这次也是来接娃仔的。
	〔回村的村民纷纷表示要离开。
	〔大宝怔住。
小李老师	太好了! 小玲、小亮你们可以和每晚在梦里才能见到的爸爸妈妈在一起了!(高兴地讲着)
	〔两个小朋友高兴地搂着自己的爸妈,一个劲地叫着太好了太好了。
埂 子	(大声地吼着)不好!
	〔众人都愣住了。
小李老师	埂子,你怎么啦?
埂 子	小玲、小亮走了,哪个和我耍,哪个和我一起听李老师上课啊?(使命地喊着)不给走,不给走!
	〔小李老师忙把埂子拉倒一旁安慰着。
	〔蹲在一旁的老葫芦突然站起来。
老葫芦	(高声喊道)要走,也要唱一板调子再走!
大 宝	乡亲们,唱板调子吧? 埂子他盼了好久了,就想听大家在一起唱上一板。
	〔众人点头。
大 宝	老摸、老媒婆、老葫芦你们各就各位,老摸调好你的弦,老葫芦起个板!
	〔众人调弦、试音、吊嗓不亦乐乎。
大 宝	巧妹,唱哪板啊?
巧 妹	那你就听着呀!(边舞边唱)
	打开东门送花来,
	叫声哥哥请进来,
众 男	(唱)哥哥就进来,
众 女	(唱)妹妹笑颜开,
众 男	(唱)摘一朵牡丹花问妹爱不爱?
众 女	(唱)妹妹都是爱,无人摘下来,

大　宝	（唱）但得贤妹妹爱,哥哥就摘下来,
众　男	（唱）摘一朵牡丹花妹妹头上戴,
	实在是好人才!
巧　妹	（唱）戴得好不好?
大　宝	（唱）戴得实在好,
众　女	（唱）戴起乖不乖?
众　男	（唱）戴得是逗人爱,
众男女	（唱）哥也爱,妹也爱,
	哥哥妹妹相亲又相爱!
	〔唱罢。
男村民甲	（将一串钥匙递给大宝)大宝哥,又要麻烦你了。
女村民甲	（将钥匙递给埂子)我也要走了。埂子,钥匙就交给你啦。
埂　子	你们什么时候回来?
男村民乙	（将钥匙挂在埂子的脖子上)春节我们就回来。
	〔离去的村民纷纷将钥匙放在大宝和埂子的手上,挂在他们的脖子上,压得他们直不起身来。
	〔众人渐渐走远,老葫芦把鼓放了下来,拿着葫芦喝起就来,巧妹、老媒婆含泪目送着,李老师高兴而又欣慰地朝着离去的人挥着手,老摸则是一脸羡慕地看着离去的人,埂子朝到他们远去的背影喊着:你们过年一定要回来啊! 一定要回来啊!
	〔长锣声声,一束光打在大宝身上,他一脸的啼笑皆非,茫然无措,身上无数的钥匙闪烁着诡异的光亮。
	〔光暗。
	〔紧接,一阵自行车铃声,邮递员老林兴冲冲地推着自行车上。
	〔场上只剩下村长,其余人隐去。
老　林	大宝……大宝,（四处眺望)人咧?
大　宝	（放下大筒)走了,都走了。
老　林	唉……来晚了。大宝,这些信件呀又只能由你保管啦!
	〔老林从邮包里拿出一堆信件放在村长手中。

［幕内伴唱：

娘送女儿大门口，

为何双眼泪不休?

今日送女婆家走，

不知几时才转头。

［切光。

第二场

［光启。

［立夏,拂晓,村委会前。

［老摸背着大筒,手中拿着包袱,坐在村委会前的台阶上,呆呆地看着手中的钥匙。

［几个村民背着包袱上。一村民走到老摸身边拍拍他,示意老摸和他们一起走。

老　摸　你们先走,我把钥匙给大宝哥就跟上你们。

［村民下。

［老摸猛地站了起来往前冲了几步,又猛地蹲了下去,手用力地搓着头发。

［大宝刚想出门,看见背着包袱的老二,赶紧缩了回去,把门掩好。

老摸突然间站起走回门前手举起想敲门,又把手放下了。

老　摸　(自言自语)老摸你这是做什么! 这个村你不是早就待腻完了吗?

(唱)光棍熬到四十八,

无爹无娘又无家。

夜夜唱着《十八摸》,

落得个花名众人口中挂?

大　宝　（唱）哥知老弟心里苦，

　　　　　　谁人不想有个家。

　　　　　　你抱着大筒当老婆，

　　　　　　《十八摸》唱成个笑话。

老　摸　（唱）昨日有人来传话，

　　　　　　要我到县城寡妇家中入赘把门插。

大　宝　（唱）恭喜老弟有了家，

　　　　　　莫要学我把光棍打。

老　摸　（唱）当初誓言喂了狗，

　　　　　　老摸心中乱如麻。

大　宝　（唱）且把誓言抛上天，

　　　　　　哥喜弟铁树终于开了花。

老　摸　（唱）我走后，

　　　　　　谁陪你喝酒猜两码？

大　宝　（唱）放心走，

　　　　　　还有埂子、巧妹、老葫芦、老媒婆的嘛。

老　摸　（唱）我走后，

　　　　　　谁扯大筒陪你唱调子耍？

大　宝　（唱）放心走，

　　　　　　大筒我已会得七七八八。

老摸、大宝　（唱）等我（你）逢年过节返回村，

　　　　　　　　我们再喝酒猜码扯弦唱调舞扇花。

老　摸　（唱）真走啦？

大　宝　（唱）快走吧！

老　摸　（唱）不留我？

大　宝　（唱）留不下！

老　摸　　真走？

大　宝　　快走！

老　摸　　不留？

大　宝　　走吧！

老　摸　　走？

大　宝　走!

　　　　　〔老摸缓缓走到门前,对着门缝说道。

老　摸　大宝哥,老摸这回真是要走了! 你和巧妹莫拖啦!

　　　　　〔说完,老摸把大筒、钥匙挂在门上,朝着远山上的古银杏树
　　　　　拜着,拜完,把包袱用力的甩上肩头。

老　摸　那我就走起来呀!

　　　　　(唱)今日天气好清爽,

　　　　　　　　王三心中喜洋洋……

　　　　　〔边走边唱,头也不回地大步往出村的路走去。

　　　　　〔大宝慢慢地把门打开,把老摸挂在门上的大筒、钥匙紧紧地
　　　　　抓在手中。

　　　　　〔巧妹手提篮子悄上。

巧　妹　(看见大宝手中的大筒、钥匙问)大宝,老摸他……

大　宝　走了。

巧　妹　你怎么不留啊?

　　　　　〔巧妹急得一阵胃痛,打了个趔趄。大宝急忙放下大筒、钥匙
　　　　　扶住巧妹。

大　宝　怎么又痛了,你赶紧歇一下。

巧　妹　不要紧,还有我……和老葫芦、老媒婆几个老东西,你先吃早
　　　　　饭啊。

大　宝　巧妹啊!

　　　　　(唱)巧妹你劳碌奔波三十年,

　　　　　　　　忙你家忙我家两头不闲。

　　　　　　　　夏日端茶到田埂,

　　　　　　　　寒夜缝衣到晓天;

　　　　　　　　不顾自己病在身,

　　　　　　　　哪管蜚语和流言。

　　　　　　　　今生亏欠你太多,

　　　　　　　　何时能还这情缘?

巧　妹　(动情地)大宝哥,这样讲来,我们是该算算这笔账了。

　　　　　(唱)往事历历在眼前,

如梦如幻又如烟。

我家男人刚离世，

孤儿寡母好凄然。

那一夜北风呼号夜如漆，

我儿他发高烧命悬一线；

你闻讯送我母子上医院，

小竹排浪中行晃晃颤颤；

为保母子得平安，

冰河中你推竹排过对岸；

冰渣如刀将你伤，

从此落下终身残。

媳妇离你他乡去，

光棍一打三十年。

我欲嫁你你推脱，

推三推四不情愿。

还要帮我牵红绳，

生怕我近你身前。

大宝哥啊，傻大宝，

你可知我心中怨？

今生非你我不嫁，

看你光棍打到哪一天？

要讲算账和你算，

这天大的恩情如山的情分叫我巧妹如何还？！

[巧妹盯着大宝，大宝无语以对。

[小李老师拿着课本上。

小李老师	村长伯，巧妹婶，你们这是……
大　宝	小李老师来了，埂子……埂子，李老师来上课啦！
	[埂子在屋内答应了一声。
大　宝	小李老师难为你了，村里一个娃仔都没有了，你……
小李老师	还有埂子这个学生啊！
大　宝	唉……

〔埂子抱着凳子和一块小黑板从屋里冲了出来。

埂　子　（边讲边放好凳子、黑板）李老师可以开始上课啦！

巧　妹　先吃早饭！

〔幕内高声喊叫："哎哟,我的妈啊,爬死我了!"一个穿着西装革履、一副大老板派头的人气喘巴哈地走了出来。

〔众人随声望去。

大　宝　（讶异）远辉回来啦！来来来,快点歇一下。

〔大宝上前扶其坐到凳子上。

大　宝　埂子,赶紧去倒碗水来给你远辉哥喝。

〔远辉摆手示意不用,从皮包里拿出一瓶矿泉水喝着。

远　辉　（打招呼）巧妹婶,埂子,小李老师,你们好啊！小李老师,这次清明没能回来拜祭老张老师,实在是太忙了,抽不开身……

小李老师　不要紧,有这份心意就得了！

远　辉　没有你妈张老师就没有今天的我,小李老师你需要什么帮忙的尽管讲！要不,我出钱盖座希望小学,给我们村的娃仔们有个好的学习环境！小李老师你看……

〔突然间意识到没有学生了,十分尴尬。

大　宝　远辉,你好不容易回来一趟,多住几天啊。等下我就去打点野味,好好和你喝两杯啊！埂子,你去告诉葫芦伯和媒婆婶,你远辉哥回来了。

〔埂子刚想去,老葫芦、老媒婆拿着包袱上。埂子忙上前去。

埂　子　葫芦伯、媒婆婶,你们要去哪里？

巧　妹　（不敢相信）你们也要走？我们几个老家伙,不是早就讲好了的,要陪着大宝一起守着小龙村的啊,这些话还算不算数啊？
　　　　（唱）做人守信是根本,
　　　　　　不能过河丢拐棍。
　　　　　　当初发誓陪大宝,
　　　　　　为何明天要离村？

〔巧妹转身紧紧地捂着胃部。

〔老葫芦蹲下喝起闷酒,老媒婆面带愧色。

远　辉　巧妹婶,话不能这样讲的啵。

　　　　(唱)老来从子是天理,

　　　　　　天伦之乐才是真。

　　　　　　怎能为了一己私,

　　　　　　要我父母陪你们守空村?

巧　妹　你……

远　辉　(打断)巧妹婶,你先听我讲完先。你看看我们村!

　　　　(唱)灯不明来路不平,

　　　　　　缺医少药愁煞人。

　　　　　　种粮只有靠老天,

　　　　　　老天给脸才有好收成。

　　　　　　乡亲都愿意进城把工打,

　　　　　　谁还想留在这贫困落后的小山村。

　　　　　　村长伯、巧妹婶!

　　　　(念)我劝你们也进城去,

　　　　　　你们到城里去瞧一瞧。

　　　　　　外面的世界翻天覆地,

　　　　　　一切的生活方式改变了!

　　　　　　拉屎拉尿用抽水马桶,

　　　　　　想冷想热我就开空调。

　　　　　　喝水我用的是净水器,

　　　　　　手机一开我把视频聊。

　　　　　　还有那电脑、冰箱、热水器、吸尘器、洗衣机、电视机、抽油

　　　　　　烟机、榨汁机、按摩椅、微波炉、电磁炉……只要有钱就可

　　　　　　以享受一切高科技!

　　　　　　这样的生活才叫好!

　　　　不信你们让埂子跟我到城里住一段时间,我保准他不想回来!

埂　子　我才不去!报纸上讲,现在城里全是污染!李老师讲过,我

　　　　们村的空气没有污染,我们村的菜是最好吃的!

远　辉　我们村也就这点好处了!

　　　　〔巧妹正想说些什么,大宝把巧妹轻轻拉开。

老媒婆　（呵斥）远辉，莫讲了！

远　辉　爸妈，你们这次可不能再反悔了啊！之前接你们到城里住，你们硬是要回来，讲住不习惯，又讲等到有孙子的时候再出去。现在你们的亲孙子嗷嗷落地了，可以跟我到城里去了吧？

大　宝　老葫芦、老媒婆，这是大好事啊，你们盼了好多年终于盼到了，赶紧进城带孙子去吧！

老媒婆　（愧意）大宝，我、我先去几年，孙子读书我就回来，把老葫芦留下来，和你做伴喝酒唱调子。

大　宝　搞不得！搞不得的！

　　　　（唱）常言道秤不离砣公不离婆，

　　　　　　怎能让你们两地分居泪婆娑？

　　　　　　大宝还有埂子陪，

　　　　　　调子时时在心窝。

　　　　　　烦闷之时吼一嗓，

　　　　　　月出唱到太阳落。

　　　　　　你们放心城里去，

　　　　　　家中事情还有我。

　　　　你们放心去吧！远辉啊，回去后把你仔的毛发寄回来，我帮他种棵树！

远　辉　这个……村长伯，我在城里公墓找了块风水宝地，我打算把我家老祖宗们都迁到城里去，让祖宗们也过过城里的日子！希望祖宗们保佑我的仔长大后能出国！对了，村长伯，我家的老屋和那几亩田，我想卖掉，但是又找不到人买。村长伯，要不然你买了去，钱呢你看到给……

　　　　〔老葫芦突然站了起来，朝着远辉一阵乱打。

老葫芦　你这个畜生，老子今天不打你，我看你连你姓什么都不晓得了！

远　辉　（边喊边躲）哎哟，哎哟，妈，你看我爸癫了！

　　　　〔老媒婆没有理会。

大　宝　（忙拦住）老葫芦，远辉也是讲讲罢了。

　　　　〔老葫芦无奈地摇摇头，解开挂在腰上的酒葫芦递给大宝。

大　宝　（惊讶）哟，你把你的宝贝都给我了啵。（亮葫芦）这个天天都会

装得满东东的。(深情地摩挲着)

老葫芦 我走了,哪个来打板鼓啊?

大　宝 你忘记了,平常你醉了,不都是我来顶你打的吗? 更何况还有埂子咧。

老葫芦 (抓着村长的衣领吼起来)你是好人,就你是好人,你为什么不留我们,为什么不留啊?!(慢慢地松开手,用头低着大宝的肩哭了起来。)

大　宝 (心里五味杂陈)我……

老葫芦 走!(突然间,拿起包袱就下场)

　　〔众人愣住。

远　辉 哎,爸,你等等我们啊!

老媒婆 巧妹,平常用的行头我都放在床头柜上了,你久不久拿来耍一下,莫给它们发霉了啵。(用戏中语)女儿啊,妈妈要去吃寿酒去了,你要乖乖看家的啵!

巧　妹 (用戏中语)你放心去吧,哪个来喊门,我都不会开的。

　　〔老媒婆抓着巧妹的手走到大宝面前,把巧妹的手放到大宝手中。

老媒婆 (用戏中语)妈妈,同意你们的亲事了!

　　〔老媒婆掏出钥匙给大宝。

　　〔大宝低着头,巧妹捂着嘴不让自己哭出声来。

远　辉 妈快点走吧,我爸都不知道走到哪去了! 村长伯、巧妹婶、埂子我们走了。小李老师,明天清明我一定回来拜祭老张老师。

老媒婆 小李老师你多费心了。

　　〔小李老师轻轻地点头。

　　〔埂子悄悄走到老媒婆跟前。

埂　子 什么时候回?

老媒婆 (摸着埂子的头哽咽着)过年就回。埂子,你最喜欢婶唱调子,我唱着走啊!

　　(白)打罢春来又逢秋,

　　　　夕阳桥下水长流。

　　　　曾记当年如花朵,

　　　　　唉……不觉已经白了头。

　　　　（唱）家中事情交待清，

　　　　　　去吃寿酒喜盈盈……

　　　　〔二人下场。

　　　　〔老媒婆的声音越来越远,埂子一直看着下山的路口。

　　　　〔光暗。

　　　　〔紧接,光启。

　　　　〔自行车铃声响起,邮递员老林手中拿着两封信上。

大　宝　老林,你来了。

老　林　大宝兄弟,（将信递给大宝)这封信是你的,这封是给小李老师的。

　　　　〔大宝看着手中的信,面色渐渐凝重起来。

　　　　〔切光。

第三场

　　　　〔盛夏。傍晚。巧妹家庭院。

　　　　〔不远处的银杏林绿得有些发黑,树上挂满了还没成熟的银杏果。

　　　　〔巧妹张罗晚饭,忙个不停,有些气喘吁吁体力不支。

大　宝　(扶住巧妹)我来吧,你歇一下。

巧　妹　怎么埂子和小李老师还没来?

　　　　〔大宝拉着巧妹坐下。

大　宝　巧妹,来,莫管他们,坐下来我们好好讲讲话吧。

巧　妹　(打趣地)太阳从西边出来啰! 平常和你讲话,你总是躲躲闪闪的,现在人都走光了,不怕了吧?

大　宝　(忙岔开话题)哟,巧妹,你怎么晓得我今天想喝两口? 来,我们喝两杯。

　　　　〔解下腰间的葫芦倒酒。

大　宝	巧妹,我敬你一杯,感谢你这么多年照顾埂子。
巧　妹	哦,就照顾了埂子啊?
大　宝	还有我,还有我,我讲错话,我先干。咳咳咳!(喝得太急被呛到)
巧　妹	(拍着大宝的背)你慢点。
大　宝	巧妹,你看我们的祖树结满果啦,今年肯定比往年得更多的果。
巧　妹	是啊,再过几个月就可以摘啦,到时给在外面的人都寄点。
大　宝	对对,巧妹,等你治好病,回来我们一起摘!
巧　妹	你懂啦?
大　宝	懂了。
巧　妹	我不会走的。
大　宝	巧妹啊!

　　　　　　(唱)你恳连来三封信,

　　　　　　　　催你进城意殷殷,

　　　　　　　　身体有病不能拖,

　　　　　　　　误了治疗大事情。

巧　妹	(唱)人吃五谷都有病,

　　　　　　　　做人最要讲真情,

　　　　　　　　我若撒手进城去,

　　　　　　　　你父子二人我不放心!

大　宝	两个大男人,有什么不放心的啰。
巧　妹	(唱)一日三餐谁料理?

　　　　　　　　天冷谁来添寒衣?

　　　　　　　　长夜漫漫无调子,

　　　　　　　　谁来和你对几句?

大　宝	(唱)一日三餐会料理,

　　　　　　　　天冷你已留棉衣,

　　　　　　　　长夜漫漫父子乐,

　　　　　　　　我一句来他一句!

　　　　　[巧妹被大宝弄得哭笑不得,狠狠地扭了大宝一下。

大　宝	哎哟!我讲得不对吗?

巧　妹　大宝哥,你真的要撵我走?

大　宝　巧妹,你的病拖不得了呀!

［巧妹转身一边,不予理会。

巧　妹　你莫讲了,我不会走的!

［大宝扑通一声跪在巧妹面前。

大　宝　巧妹,是我该死,你病得这么重我都没懂。我该死啊!

巧　妹　你做什么,你起来!(想拉拉不动,自己也跪了下去)

大　宝　巧妹,我求求你,你出去治病吧,啊?

巧　妹　你先起来!

大　宝　你先答应我!

巧　妹　好好好,我答应你,我答应你。

［两人互相扶起。

大　宝　巧妹,出去好好治病,等你病好了,我就娶你!

巧　妹　真的?

大　宝　真的!

巧　妹　(泪流满面)我等你这句话,等得好苦啊。

大　宝　我晓得,三十年前我就叫你找个好男人嫁了,你就是不嫁。现在老了老了,也嫁不出去了,就委屈和我作伴了。可巧妹你,守着我这个连男人都做不成的人,你不值得啊!

巧　妹　大宝哥,值不值得,你讲了不算!你就是那个好男人!

［大宝看着巧妹的眼睛,忽然意识到了什么。

大　宝　(懊恼而又万分愧疚)我……我真蠢,真是蠢到家了!

巧　妹　(突然抓住大宝的手)大宝哥,要不然我们一起走!

大　宝　走!(愣了一下)我走了埂子怎么办?

巧　妹　(急切地)埂子一起走。

大　宝　(看着巧妹祈求的眼睛,避开了)巧妹,我……你懂我是不会走的。

巧　妹　大宝哥!

(唱)你已退休好几载,
莫把责任自己挨。
如今小龙村已是,
人走屋空门不开。

劝一句,大宝哥,

何必守着空村寨!

巧　妹　我们去城里过舒服的日子,不好吗?

大　宝　巧妹呀!

(唱)人虽走,村还在,

还有老屋老树老门牌。

纵然城市千般好,

怎如家乡小村寨。

吃不腻的银杏果,

唱不完的哪嗬依嗬嗨……

　　[在大宝回忆当中舞台出现当年所有村民在一起唱调子的热闹场景。

大　宝　巧妹你看,老摸又在唱他的黄调子。嘿嘿,他想老婆想癫了!

　　[舞台出现老摸唱《十八摸》。

大　宝　老葫芦,你的板打慢点,老媒婆都踩不着点了!

　　[舞台出现老葫芦喝着酒打着鼓,老媒婆正在埋怨着。

巧　妹　(一把抱住了大宝的腰)莫讲了,莫讲了!

　　[众人隐去。

大　宝　(接唱)若是乡亲把村返,

我打开东门请进来!

巧　妹　(泣不成声)你等我,等我回来陪你守一辈子!

大　宝　(转过身来,捧着巧妹的脸)好,好,巧妹,我等你回来! 我们好久没唱调子了,唱两板吧?

巧　妹　(念)哥哥请听,

(唱)一杯杯的酒来香又醇哪,

请郎请到八仙台呀,小妹把酒筛,

衣呀呀嘟喂嘟喂,小妹把酒筛。

　　[边唱边倒酒。

大　宝　(唱)哥坐东来妹坐西呀,

旁人说我是两夫妻,

原来是认得的。

大宝巧妹　(齐)衣呀呀嘟喂嘟喂，
　　　　　　　原来是认得的，饮酒而。
　　　　　　〔两人高举着酒杯深情地看着对方。
　　　　　　〔小李老师和埂子上。
　　　　　　〔大宝、巧妹急忙分开。
埂　　子　巧妹婶,饭好了没有？我都要饿死了。
巧　　妹　好了好了。
埂　　子　噢,吃饭喽!
　　　　　　〔巧妹、埂子进屋。
小李老师　村长伯,巧妹婶同意了吗？
大　　宝　同意了,明天麻烦你陪她去城里了!
小李老师　村长伯见外了,反正我也要到县里开会的。
巧　　妹　来来来,莫讲了,吃饭啦!
　　　　　　〔巧妹和埂子端着菜出来。
小李老师　哎!
巧　　妹　大宝,来吃饭啊。
大　　宝　哦,我,我想出去抽口烟再吃。(讲完走出屋,在屋外蹲了下来)
巧　　妹　(娇嗔地责怪着)名堂多,快点啊。
　　　　　　〔大宝拿出烟丝和烟纸,想卷烟,可惜手抖得太厉害,几次
　　　　　　放在烟纸上的烟丝都掉在地上了。突然把烟丝和烟纸一
　　　　　　丢,把头埋在腿中,双手用力插进头发里,扯着头发,突然
　　　　　　站了起来,做了个鬼脸,笑着进屋去了。
　　　　　　〔光暗。
　　　　　　〔光启,紧接。
　　　　　　〔翌日,中午,村委会前。
　　　　　　〔大宝、巧妹、李老师到处寻找埂子。
大　　宝　小李老师,找到没有啊？
小李老师　埂子不晓得躲到哪里去了。
　　　　　　〔巧妹累得气喘吁吁。大宝忙扶巧妹坐下。
巧　　妹　埂子是舍不得我走啊!
大　　宝　你们先出去,回头我把包寄给你崽。

巧　妹　不,我要看埂子一眼再走。

[突然传来一阵呼噜声,三人寻声而找,发现在晒谷坪的谷堆里发出声音。大宝拨开谷堆,看见埂子在里面呼呼大睡,怀里紧紧地抱着巧妹的包袱。

小李老师　(摇晃着埂子)埂子,埂子……

[埂子揉眼醒来,见到巧妹,把怀里的包袱抱得更紧。

小李老师　埂子,把包给我,巧妹婶家的大哥在山下等着呢。

大　宝　埂子,昨晚不是和你讲了嘛,巧妹婶是去治病,把包给李老师。

[小李老师走过去,想拿包,怎样扯都扯不出来,被埂子用力推开。

大　宝　埂子,你胡闹什么!

埂　子　骗子! 你讲过不离开我和阿爸的!

[埂子死死地盯着巧妹,突然跑进屋里,小李老师追去。

巧　妹　(哽咽)大宝,埂子他……

大　宝　我一定看好他,你放心去嘛!

巧　妹　大宝哥,我真走了!

[大宝、巧妹不舍地看着对方。

[幕内伴唱:泪眼看泪眼,

　　　　　　无言对无言。

　　　　　　不知小冤家,

　　　　　　何时再相见?

巧　妹　(唱)莫忘了油盐柴米放何处,

　　　　　　莫忘了天凉勤把衣来添。

大　宝　(唱)叫一声巧妹放心去,

　　　　　　句句嘱咐我记心田。

巧　妹　(唱)从此后耳边少了唠叨话,

　　　　　　是不是眼不见来心不烦?

大　宝　(唱)唠叨话儿听不厌,

　　　　　　浓浓呱呱我心里甜。

　　　　　　千错万错是我错,

恨不早把你手来牵。

巧　　妹　(唱)人生在世都为缘，

　　　　　　　缘分不到也枉然。

大　　宝　(唱)等着巧妹把村返，

　　　　　　　再唱调子不夜天。

巧　　妹　(含泪笑着)等我！

大　　宝　(点头)走吧！

小李老师　巧妹婶，我们走吧！

　　　　　〔正准备走，埂子冲了出来，连滚带爬地跪倒在巧妹面前，嚎啕大哭。

埂　　子　婶，你去治病，但是你……你一定要回来啵，埂子等……等你回来……呜呜呜……巧妹婶，你死了也要回……回来啵……你死了我……我埋你……我来……埋你啊……呜呜呜……

巧　　妹　(把埂子紧紧地拥入怀里失声痛哭着)埂子，我一定回来，就是死也要回来！

　　　　　〔大宝、小李老师赶紧扶起他们二人，大宝挥手示意小李老师把巧妹拉走。

　　　　　〔小李老师扶巧妹下。

埂　　子　(撕心裂肺地)巧妹婶……

　　　　　〔埂子想追过去被大宝死死的拉住，看着远去的巧妹，埂子瘫坐在地上，大宝望着天，强忍着眼泪不让留下来。

　　　　　〔幕内伴唱：

　　　　　　　一把扇子两面花，

　　　　　　　一个葫芦两个瓜，

　　　　　　　一个坛子两样酸，

　　　　　　　一家人讲两家话。

　　　　　〔切光。

第四场

〔光启。

〔中秋夜晚。村委会前。

〔古银杏树的果实已经被摘光，树叶开始变成金黄色。

〔初升的月亮像云朵般惨淡，却在不知不觉中慢慢变得明亮起来。大宝坐在门前闭着眼睛拉着大筒，白晃晃的月光照在他身上，显得是那样的清冷。

〔李老师从屋走出，慢慢地走近大宝。

小李老师　大筒声真好听！

大　宝　小李老师，吵到你睡觉了吧？

小李老师　是我睡不着，想来找你聊聊天。

大　宝　好啊，我巴不得咧！来，快点来坐。

小李老师　村长伯，以前过中秋节，这晒谷坪是要唱上一夜的调子，可今天，安静得……

　　　　〔一时无语。

大　宝　（放下大筒）小李老师，什么时候去报到啊？

小李老师　明天，几个村的留守儿童都集中到中心学校了。

大　宝　这么快呀，能不能晚两天？我正要找人，想热热闹闹唱着调子把你送走！

小李老师　村长伯，学生等着我去上课。

大　宝　小李老师啊！（唱）

　　　　　　明天你要离村口，

　　　　　　万般不舍涌心头，

　　　　　　平日总劝你们去，

　　　　　　今天却想把人留。

　　　　　　调子唱它两三天，

　　　　　　风风光光送你走。

就好像小龙村里把女嫁，

银杏树下热热闹闹摆喜酒。

小李老师　（激动不已）村长伯！（唱）

乡亲待我如亲生，

我是小龙村里人。

难忘笑脸一张张，

难忘片片银杏林。

大　宝　（唱）逢年过节把你等，

阿叔村头将你迎。

家家都是你的家，

户户都给你留门。

小李老师　（抹泪）村长伯……

大　宝　傻妹仔，这是好事情，不准哭的！

小李老师　嗯，村长伯，我寒暑假就回来给垠子上课！

大　宝　好、好！小李老师，村长伯有句话不知道该不该讲？

小李老师　村长伯，有什么话就讲。

大　宝　你年纪不小了，也该找对象了。

小李老师　村长伯，如果我有对象了，第一个讲给你听。

大　宝　小李老师，这些年苦了你呀！

（唱）银杏树叶绿又黄，

你手持教鞭日夜忙。

支教期满留山村，

一晃十年岁月长。

有了你小龙村书声琅琅，

有了你孩子们德才优良。

好学生送走了对对双双，

众乡亲竖拇指把你赞扬。

你阿妈为支教殉职山乡，

就葬在大树下守望课堂。

娘遗愿女秉承痴情不改，

一转眼十年过岁月沧桑。

几次佳期都错过，

301

谈婚论嫁撞南墙。

怎忍看青春易逝红颜老，

犁头钟敲得我寸断肝肠。

小李老师　村长伯！（唱）

村长伯一番话语重情长，

不由得小李我热泪盈眶。

乡亲厚爱如山重，

犹如钟声叩心房。

我和阿妈同个梦，

要给大山里的孩子插上金翅膀。

凌云腾飞天边外，

翱翔五洲四大洋。

人人都有好前景，

各行各业称栋梁。

为了这个梦，

我不怕辜负儿女情长。

为了这个梦，

我难舍这个美丽村庄。

只要是课堂里还剩一个人，

犁头钟每天依然是悠悠飘荡。

〔大宝无奈地摇摇头。

小李老师　村长伯，我也有句话想了很久，不知道该不该讲？

大　　宝　鬼妹仔，讲！

小李老师　村里面的人都走光了，你为什么不走？

大　　宝　小李老师呀！

（唱）大宝生在小龙村，

祖祖辈辈把田耕。

一天不喝龙江水，

喉咙发痒睡不稳；

一天不把村子扫，

就像跳蚤上了身；

一天不见银杏林，

眼睛发懵身发困;

一天不把调子唱,

失了魄来丢了魂。

今生今世不过瘾,

下辈子我还是小龙村里种地的人!

小李老师　村长伯,我读懂你了。我们都是为了心里的那一份信念而
执着!

　　　　　〔大宝从腰间拿出一大串钥匙。

大　宝　你有你的责任,我也有我的责任。

小李老师　村长伯,钥匙都贴上了名字?

大　宝　回头啊,你的钥匙我也会贴上你的名字。

　　　　　〔李老师哇的一声蹲在地上大声哭起来。

　　　　　〔埂子揉着眼睛走出房门。

埂　子　好吵啊!

　　　　　〔小李老师急忙擦干眼泪。

　　　　　〔看见凳子旁的大筒。

埂　子　你们唱调子耍,怎么不喊醒我? 我也要唱!

　　　　　〔埂子进屋拿扇子、手巾花。

埂　子　阿爸,拉我会的《王三打鸟》!

小李老师　埂子学会啦?

大　宝　他天天晚上都练,讲过年时演给乡亲们看。

小李老师　埂子……

　　　　　〔埂子跑到晒谷坪上准备好了出场的动作。

　　　　　〔大宝拉起大筒。

埂　子　(白)走啊!

　　　　　(唱)今日呀天气呀,好呀好晴爽;

　　　　　　　王三心中喜洋洋,喜洋洋。

小李老师　(鼓掌)埂子演得真好!

埂　子　嘿嘿! 嘿嘿!

　　　　　〔跑回到大宝身边坐下。

　　　　　〔小李老师不经意地抬头,看见月亮正好升在银杏树的树

顶上,远山的古银杏树被月光照得闪闪发光。

小李老师　村长伯,我们的祖树太美了!

大　宝　你有福了。老祖宗喜欢你,才给你看到它这么美的样子!

埂　子　那老祖宗更喜欢我!我经常看见比现在还要好看的咧!

小李老师　那什么样子啊?

埂　子　萤火虫在老祖宗边飞来飞去,一闪一闪的那才漂亮呢!

小李老师　那该有多美啊!村长伯,我们的祖树有三百年了吧?

大　宝　不止了,快四百年了。

小李老师　村长伯,我们的祖先为什么要树葬啊?

大　宝　咦?你还没听够啊?

小李老师　我想听你再讲一次。

大　宝　好!我们的祖树是当初第一个在这里落根的祖先种下的。祖先的儿子出生时,他又帮他儿子种了一棵树,在树下埋着他儿子出生时的胎盘。祖先死时让他儿子把他葬在他种的树下。他儿子问他为什么。祖先说,万物本自然,春夏秋冬,开花结果,落叶归根,生时种树,死时树葬,所谓生生不息啊!之后就一代一代地传了下来!

小李老师　太美了!村长伯,我可能错过了我们村好多好美的景色!我忙着读书,忙着教书,忙着自己的梦想……(环顾四周,自言自语)这难道就是我的梦想吗?

埂　子　(大声地)小李老师,我也有梦想了!

小李老师　(诧异)你的梦想是什么?

埂　子　(得意洋洋地)我的梦想就是实现阿爸的梦想,把我们村变成全世界最美,最热闹的村子!

小李老师　哈哈,村长伯那你的梦想实现了。我妈她和我讲过,我们村在她心中是世界上最美的村,生生死死都要和村子在一起。你看,她不就葬在这里啦!
〔讲完突然间意识到了什么,愣住了。

小李老师　村长伯,巧妹婶家的大哥,给我写了好多信,讲巧妹婶好想你和埂子,要我劝你和埂子到他那里去,你们好安度晚年……巧妹婶的病——

〔大宝忙制止李老师。

小李老师 你真的不去看看吗?

大　宝 见不到我和埂子……她才有盼头哦!

〔小李老师泪如雨下。

小李老师 埂子,我们在月光下上一堂课好吗?

〔埂子兴奋地端坐在凳子上。

〔阵阵悠扬的钟声响起,儿童们朗诵《诗经》的声音清脆悦耳,阵阵回荡:

　　采薇采薇,

　　薇亦作止,

　　曰归曰归,

　　岁亦莫止……

小李老师 (唱)采呀采呀去采薇,

　　薇菜刚刚发新芽,

　　回呀回呀回家去,

　　岁暮已到未归家,

　　想呀想呀想亲人,

　　心如咫尺路天涯……

〔这时大宝又拉起了大筒,寂静的山村里,久久地回荡着苍凉的大筒声。

〔切光。

第五场

〔初冬。将近黄昏。村委会前。

〔远远近近的银杏树,层林尽染,满目金黄,秋风骤起,黄叶飘飞。

〔自行车铃声响起,邮递员老林上。

老　林　大宝兄弟,我来啦! 埂子,给你。(把报纸给埂子)

埂　子　噢噢噢噢,太好喽! 又有新报纸了!

大　宝　老林,一封信都没有呀?

老　林　没有,大宝,现在谁还写信啊,都用手机了。你也用个手机吧,外面的乡亲们找你也方便呀!

大　宝　山里信号不好,还是信踏实。(喃喃自语)怎么这么久都没有消息……

老　林　埂子你怎么背着大筒啊?

大　宝　村里的人都走光了,他怕我也走,晓得大筒是拜祖树时一定要用到,所以成天都背着,连晚上睡觉都搂着。

　　　　〔老林顿时红了眼圈。

老　林　大宝兄弟,我这是最后一次送报纸了,我明天就退休了,往后送信的事啊,就由我崽来接班了。

大　宝　什么,你退休了?

老　林　六十了,到点了!

大　宝　(感慨地)老林啊,一晃就几十年啰,我们都老了。

老　林　过得好快哦……我还记得,当年第一次来送信时,这晒谷坪挤满了老老小小,看唱调子。我是挤到进去给你信件的咧! 唉……大宝兄弟,我还要赶去和隔壁村的老伙计们道别,有空我再来和你喝酒,听你唱两板调子。

大　宝　得空就来,好走啦!

埂　子　林叔好走!

　　　　〔老林下。

　　　　〔埂子身上背着大筒,手里拿着铃铛,开始敲起来。

埂　子　(大声地)上——课——啦! 上——课——啦——

　　　　〔讲完,跑进屋,进进出出地搬凳子。

大　宝　哎,小李老师不是去隔壁村教书了吗,你搬什么凳子啰?

　　　　〔埂子摆好凳子,把大宝按到凳子上。

埂　子　小李老师讲过,我每天都要读书看报,她过年回来要检查我的!

大　宝　(无可奈何)好,读!

〔埂子坐在凳子上认真读起来。

大　宝　埂子呀!

（回忆着，唱）当年捡你在田埂，

　　　　　　岁月悠悠二十春。

　　　　　　百家米饭将你养，

　　　　　　喂奶的阿妈几多人?

　　　　　　跟我吃尽千般苦，

　　　　　　声声阿爸慰我心。

　　　　　　清晨随我去种地，

　　　　　　月下谷坪把调子哼。

　　　　　　有你日子不寂寞，

　　　　　　不似亲生胜亲生!

　　　　〔埂子见大宝没有听他读，有些不高兴。

埂　子　阿爸，你要认真听!

大　宝　好好好，我认真听!

　　　　〔埂子继续读报。

大　宝　（接唱）看埂子念得如此认真，

　　　　　　　　听得大宝我老泪纵横。

　　　　　　　　如今小龙村只剩我二人，

　　　　　　　　我还能听多久他琅琅读书声?

　　　　〔大宝突然愣住。

　　　　（接唱）猛一想，汗涔涔，

　　　　　　　　我百年后他怎安身?

　　　　埂子，莫忙念先，阿爸想和你讲讲话!

　　　　〔埂子应声，跑到大宝跟前。

大　宝　（唱）都讲恁大恁世界，

　　　　　　　山外的天地好精彩。

埂　子　阿爸，你要带我去城里啊?

大　宝　（摇摇头，接唱）阿爸要守小龙村，

　　　　　　　　　　　　盼你出去见世面学本事早成才!

埂　子　阿爸不去，埂子哪都不去!

· 307 ·

大　宝　埂子啊!

　　　　　(唱)巧妹婶家的大哥写信来,

　　　　　　　　让你到城里教你把车开。

埂　子　不去!

大　宝　不想去,那埂子去小李老师那里好不好?

　　　　　(接唱)小李老师也来信,

　　　　　　　　她教你读书写字乐开怀。

埂　子　不去不去!

大　宝　(愠怒,唱)你不能天天陪着我,

　　　　　　　　种地拉琴只唱哪嗬嗨……

埂　子　(打断)阿爸,埂子学了这么多调子,是要等过年乡亲们回村的
　　　　时候,唱给他们听的!

大　宝　你这个傻崽,他们不会回来了!(咆哮着)不回来了!

埂　子　(打断大宝)不! 他们答应过埂子,一定会回来! 埂子要等他们
　　　　回来!

大　宝　埂子,我们不守村了,阿爸带你出去! 我们去……

埂　子　我不走! 我要留在村里! 埂子还有好多事情要做。哪个死
　　　　了,我埋哪个到他的树下。哪个生了娃娃,埂子要帮娃娃种
　　　　一棵树。等埂子学会了拉大筒,祭祖的时候,阿爸你就不用
　　　　那么辛苦了! 阿爸,你莫走,陪埂子守着村子,等他们回来好
　　　　不好?

　　　　〔大宝看着埂子坚定的神情,愣住了。

大　宝　(哽咽)埂子……好!

　　　　　(清唱)阿爸陪你守村种地唱戏拉琴九死不悔直到那乡亲们一
　　　　　　　　个一个转回村里来!

　　　　〔埂子把扇子、手绢拿出来递给大宝。

埂　子　到教我唱调子的时间了。

大　宝　(接过手绢扇子)好!

　　　　　(白)那我就唱起来呀!

　　　　　(唱)打呀开东啊门,送呀子送花来呀啰吔。

　　　　　　　叫声的那个哥哥呀,请呀请进来呀。

哥哥就进来呀，

　妹妹笑颜开呀。

　摘一朵牡丹花问妹爱不爱？

　妹妹真是爱，无人摘下来。

　只要妹妹爱，哥去摘下来。

　摘一朵牡丹花，

　帮妹戴起来实在是好人才。

　戴起好不好？戴起实在好。

　戴起乖不乖，戴起逗人爱。

　哥也爱，妹也爱。

　哥哥妹妹相亲又相爱。

[大宝一人唱着双簧，埂子跟着比画。

[巧妹悄然而上。

[大宝唱完最后一句，一回头亮相，看到憔悴的巧妹，手中的扇子手绢啪的掉落在地上，大宝瞬间崩溃，捂着脸，蹲下来嚎啕大哭！

[巧妹微笑着慢慢地走到村长身边，手轻轻地抚摸着大宝的头。

[埂子看到巧妹回来，开心地捡起大宝掉落的扇子和手绢，开心地乱跳起来，嘴里还不停地唱着，"也之哪嗬了嗨，也之哪嗬了嗨"。

[光暗。

[紧接。舞台一片漆黑，突然一束光打在舞台中央，灯光下大宝和巧妹并排坐着。巧妹穿着漂亮的新娘服，头上戴着一朵鲜红的花，脸上洋溢着幸福的笑容，大宝也穿着体面的新郎服，两人深情的对望着。此刻，仿佛全世界只剩下了他们。他们俩举着酒杯，轻轻地唱着。

(唱)哥坐东来妹坐西呀，

　旁人说我是两夫妻，

　原来是认得的。

　衣呀呀嘟喂嘟喂，

原来是认得的,饮酒而!

[突然,巧妹与照着她的灯光一并消失。

[大宝依然端着酒杯。此时最后一片银杏叶从空中缓缓而落。

[幕内埂子高喊着:巧妹妈,我埋你了!

[切光。

第六场

[除夕。清晨。

[村头路口。远远近近的银杏林,树叶凋零,树树枝桠光秃秃的,指向苍穹。

[空空荡荡的村落,家家大门紧锁,门上的旧春联残破不堪,随风飘舞。银杏树上挂着串串鞭炮。

[大宝、埂子拿着红纸、两支火把和小木桶上。

埂　子　阿爸,暖灶的柴火我已经给各家各户放好了。

大　宝　等下我们给村子添点暖气。乡亲们如果回来,远远的啊,就能看得见啰。

埂　子　(又看了一眼村头,摇头叹气)唉,都这个时候了,怎么还没回啊?

大　宝　埂子,我们点火去!

埂　子　暖灶喽!

[埂子用身上的钥匙打开就近的屋门,大宝点起一束火把,父子俩在空荡荡的人家中进进出出。埂子身上的钥匙,叮叮当当地响着。

[幕后男女声伴唱:

　　　　一把火,映红脸,

　　　　空村户户飘炊烟;

　　　　二把火,照双眼,

　　　　看见乡亲在身边;

三把火，光闪闪，

男女老少笑开颜；

把把火，红艳艳，

亮天亮地亮心田。

〔霎时间，缕缕炊烟神奇地升起在村庄的上空，平添几许人气和喜气。

大　宝　垾子，暖完灶，我们把春联给贴好。

〔父子俩提桶拿刷捧纸，奔东家走西家，又是一番忙碌。

〔垾子走到一户人家前，看见门上有字。

垾　子　青山伯，我是福宝，这次回来没见到你，如果你回来就打门上的号码找我。

〔垾子想了一下，拿了支笔在旁边一家门上画了起来。

大　宝　垾子你在门上乱画什么？

垾　子　(傻笑)嘿嘿，我给葫芦伯画幅画，告诉他找不到我的时候到晒谷坪去找……嘿嘿！

大　宝　乖！垾子，我们唱到调子贴对联好不好啊？

垾　子　好啊好啊。

大　宝　那我们就唱起来呀！(唱)

今日天气好晴朗，

父子心中喜洋洋；

垾　子　(唱)副副春联贴门上，

家家门前亮堂堂。

〔父子俩边唱边扭矮桩。

〔扇扇门上新春联光亮耀眼，红火一片。

垾　子　(悠思遐想，侧耳倾听)阿爸，我好像听见了脚步声，是不是乡亲们回来了？

大　宝　(引颈远眺，心醉神迷)是啊，我也好像听到开门的声音啵，快、快点点炮，炮仗一响他们也许就回来了。

〔垾子点燃挂在银杏树上的鞭炮。

〔鞭炮声震耳欲聋，硝烟弥漫。突然间，长锣声声，鼓声大作，"一条龙"牵出了无数的长绸彩扇，漫天飞舞。

〔在父子俩的幻觉中,间间紧闭的大门豁然打开,涌出一群群身着缤纷戏服的男女乡亲。人群中,有逝去的巧妹,有调走的小李老师,有退休的邮递员老林,也有久违了的老摸、老媒婆、老葫芦,众乡亲欢天喜地地围着大宝父子俩,嘘寒问暖,喋喋不休。

〔巧妹笑盈盈地丢给大宝一把彩扇,无比深情地凝视着他。

巧　　妹　　(调皮地)大宝哥,唱什么呀?

大　　宝　　(唱)一对燕子飞呀飞上天,妹妹呀,
　　　　　　　　落在粉墙了边哪嗬了嗨呀。

巧　　妹　　(唱)落在粉呀儿呀儿墙边啰吔,哥哥呀,
　　　　　　　　何不开弓了弦哪嗬了嗨呀。

〔众乡亲且歌且舞:"哥哥吔,妹妹呀。嗬了嗨呀,嗨了依儿,依呀嗬了嗨呀嗬嗨依嗬了嗨。……"

〔埂子舞着彩扇走向小李老师。

埂　　子　　(唱)正月花里花儿开呀,

小李老师　　(唱)二月花里花儿香啊,

埂　　子　　(唱)什么而子花呀,

小李老师　　(唱)海棠花呀,

埂、李　　(合)花里花开花里花香一阵红。

〔众乡亲且歌且舞:"哎呀一朵花呀,哎呀一朵花呀,哎呀一朵花一朵花。"……

〔老摸扭着矮桩舞欢快地挑逗着老媒婆,老媒婆还以颜色。

老媒婆　　(唱)小冤家,
　　　　　　　　从今以后休到奴的家。

老　　摸　　(唱)哎呀我的小妹妹,
　　　　　　　　你为何说出这般无情话。

〔众乡亲且歌且舞:
　　　　　　　　前门后门我不走,
　　　　　　　　专往你家后墙爬。

〔老葫芦递给老林一壶酒,老林又转递给大宝。大宝接过酒壶仰头畅饮。

老葫芦　(唱)一杯酒来香又醇哪,香又醇哪,

老　　林　(唱)男人喝醉酒才爽神哪,才爽神。

　　　　　〔老林将酒又转递给大宝,三人开怀大笑。

宝、林、老　(合唱)喝酒哎!

　　　　　〔众乡亲且歌且舞:"依嘟呀嘟喂嘟喂,才爽神,喝酒哎!……"

　　　　　〔大宝举壶仰头畅饮。

大　　宝　(激情澎湃,大吼一声)乡亲们,那我们就唱起来呀!

众　　女　(唱)打开东门送花来,

　　　　　　　叫声哥哥请进来,

　　　　　〔舞着彩扇的女人们风情万种,妖娆无比。

　　　　　〔大宝领着众男人舞着彩绸,扭着矮桩。

众　　男　(唱)哥哥就进来,

众　　女　(唱)妹妹笑颜开,

大　　宝　(唱)摘一朵牡丹花问妹爱不爱?

众　　男　(唱)摘一朵牡丹花问妹爱不爱?

巧　　妹　(唱)妹妹都是爱,无人摘下来,

众　　女　(唱)妹妹都是爱,无人摘下来,

大　　宝　(唱)但得贤妹爱,哥就摘下来,

众　　男　(唱)摘一朵牡丹花妹妹头上戴,

　　　　　　　实在是好人才!

巧　　妹　(唱)戴得好不好?

众　　女　(唱)戴得好不好?

大　　宝　(唱)戴得实在好,

众　　男　(唱)戴得实在好,

巧　　妹　(唱)戴起乖不乖?

众　　女　(唱)戴起乖不乖?

大　　宝　(唱)戴得是逗人爱,

众　　男　(唱)戴得是逗人爱,

众男女　(唱)哥也爱,妹也爱,

　　　　　　　哥哥妹妹相亲又相爱!

　　　　　〔歌酣舞狂,热闹非凡。

〔众乡亲渐渐隐去。

〔一束光幽幽地照着大宝、埂子,父子俩似乎还沉浸在刚才的幻觉之中,一脸的喜悦尚未散去。

〔梦幻的光束罩着大宝、埂子,父子俩兴高采烈,狂舞不休。最后走到古银杏树下,两人蹲了下来,俯瞰着整个村子。埂子双手捧着脸开心地看着村子,欣赏着自己和大宝的杰作,时不时地笑出声来。又时不时地伸长脖子看看回村的路口,他在等着答应他回来过年的人。

大　宝　埂子你看,我们村多漂亮,这才像过年嘛!

埂　子　嘿嘿,过年真好。

大　宝　埂子,你开不开心?

埂　子　开心啊,和阿爸在一起每天都开心啊!

大　宝　埂子,祭祖树你会了吗?

埂　子　会了!(喊着)

大　宝　埂子,以后你一定记得清明的时候,上山把每棵树都摘片树叶下来放在大碗里祭拜的啵!

埂　子　我记得的,记得的!(往回村的路口又看了看)

大　宝　记得就好!埂子啊,你就要把这个生你养你的地方照看好,这里有你阿爸一辈子的记忆……埂子,你巧妹妈死的时候你埋啦,我死了你也要埋我的啵!

〔埂子看着大宝,用力点点头。

埂　子　嗯,阿爸,你们死了我埋你们,那我死了,哪个来埋我啊?

〔埂子很莫名其妙地问了这样一个问题。

〔霞光把落日的余晖慢慢地收尽,暮色渐渐浓郁起来。

〔大宝没有回答,抬头看着天空,突然间大声号叫着。

大　宝　(唱)天上星子朗朗稀,

　　　　　莫笑人穷乱穿衣,

　　　　　五个手指有长短,

　　　　　山中树木有高低。

〔夜深了,埂子和大宝依然还在古银杏树下。

〔光渐收。

〔黑暗之中,长锣声声撼人心扉。

314

尾　声

　　　[早春三月。

　　　[远远近近的银杏林一片翠绿,生机盎然。

　　　[幕内自行车铃声丁零作响。

　　　[一个十分年轻帅气的邮递员戴着耳塞哼着流行歌,骑着山
　　　地车上。

小　林　村长伯,信来了!

　　　[大宝从幕内跑上。

大　宝　(亲热地打招呼)小林,来了!

　　　[小林从邮包里拿出一堆信件给大宝。

大　宝　(接过信件)这么多呀! 真是辛苦你啦!

小　林　没得事! 村长伯,今天是我最后一次送信了!

大　宝　(惊讶地高喊着)为什么?

　　　[大宝觉得自己有些失态,不好意思转过身。

　　　[小林未作声,神秘地从包里掏出一台数码摄像机,在大宝面
　　　前一晃。

小　林　(乐呵呵地)村长伯,你看!

大　宝　(不解)这是……

小　林　村长伯,这是我的梦想!

　　　[大宝更加迷惑。

小　林　村长伯,我要拍部纪录片,把我爸走了几十年的这条邮路和
　　　这些村子都拍进去! 村长伯,我已经报名参加纪录片的比赛
　　　了,下次我会和几个朋友来村子,你和埂子是我重点拍摄的
　　　对象哦,到时候你要唱几板调子的啵!

大　宝　(摸头不是脑地)好、好!

小　林　村长伯,我走了!

　　　[小林骑着车到下场口时,大声喊道。

小　林　我要实现我的导演梦啦!

〔喊完,用力地按着车上的铃铛下。

〔大宝看着远去的小林,会心地笑着。

大　宝　当导演,好啊!(转念一想,不明白)导演是干什么的?

〔大宝摇摇头,从中拿出一封信,念着。

大　宝　村长伯,我明天回村,麻烦你帮我开门。(回头朝幕内喊道)埂子,做活路啦!

〔大宝拿出一大串钥匙,取下一把,打开立在舞台中央的门,推开,走了进去。

〔门里射出万丈光芒。

〔此时,在带有传统意味又具现代摇滚节奏彩调乐曲中,晨昏交替的组组画面,犹如蒙太奇镜头——展现——

〔流水声、鸡鸣狗吠声隐约可闻,袅袅炊烟缕缕升腾,夕阳下的村庄宛如一幅水墨画。

〔两位俏丽的村妇,扯着嗓子在河边呼唤:"小板凳,回家吃饭喽!""油菜花,你躲到哪里去了?"一群年龄相近的村妇随之而上,动作夸张的呼唤着各自的孩子,呼唤声此起彼伏,极富韵味。

〔一群背着画架的时尚男女,在银杏树下写生,他们手中的画笔浓墨重彩地描绘着乡村美丽的明天。

〔明媚清晨,鸟语啁啾,乡村学校上课的钟声悠扬响起,孩子们的朗朗书声与各种声音混成美妙的交响:

采薇采薇,

薇亦作止,

曰归曰归,

岁亦莫止……

采呀采呀去采薇,

薇菜刚刚发新芽,

回呀回呀快回家,

眼看岁暮又到来,

离了亲人没有家……

〔光渐暗。

〔剧终。

昆剧

莲花结

罗　倩

　　罗倩,翻译,编剧。毕业于北京大学日耳曼语言文学专业,现旅居德国。代表作品新编昆剧《莲花结》《红楼别梦》等。作品分别获得上海文化发展基金会 2014、2015 年度青年编剧扶持项目,并入选 2015、2016 年度上海市重大文艺创作。《莲花结》发表于《剧本》月刊 2014 年 7 月刊。《红楼别梦》入选中国文化部 2016 年度剧本扶持工程,于 2017 年 8 月首演于上交音乐厅。另有跨界实验戏剧作品《浣莎纪》《云中谁寄锦书来》等。

时　　间：清康熙年间,约公元 1700 年前后。

地　　点：藏传佛教圣地西藏拉萨。

人　　物：仓央嘉措——六世达赖。

　　　　　玛吉阿米——仓央情人。

　　　　　罗桑益喜——五世班禅。

　　　　　桑杰嘉措——第巴管事。

　　　　　店家、僧侣、信众若干。

第一幕　缘　会

〔幕启。

〔布达拉宫高高矗立在山上。如火的晚霞笼罩着这座神圣的殿堂。

〔仓央身着贵族衣装,施施然向山下行来。他的身后,一众僧侣庄严地唱诵着绿度母心咒,鱼贯返回山门。

〔随着仓央渐行渐远,绿度母心咒缓缓消逝。

〔山下,拉萨帕廓酒家。一声扎念琴悠悠响起。

仓　央　(唱"番卜算")

日暮山崖路,

青旗沽酒垆。

貂裘锦袍谁识我?

偏是伤今悼古。

(唤)店家,上酒者!倘桑旺波来也!(入座)

〔店家上。

店　家　来啦!拉萨酒肆多,帕廓数第一。青稞酒一壶,香飘远十里。倘桑公子来得好勤快呀!

〔店家呈上酒壶、酒盏。

仓　央　哈,不错!(自斟自饮,自言自语)想咱仓央嘉措,自四年前管事第巴认作五世达赖的转世灵童后,抛乡别土独居深宫。若非咱寻到侧殿偏门,化名下山,如何还得这般自在?

(唱"三月海棠")

曾记得,天高水远出云台,

催马惊落尘,

· 320 ·

笔墨写幽怀。

可知、清风从此幡帘外。

纵是上师,（插白）

上师意兴依然在。

〔仓央取酒盏,一饮而尽。店家斟酒,复一饮而尽。如是再三。

　　幡帘以外,帕廓为街,

　　凡尘休教枉自猜。

〔一个女声唱起欢快的小调:远山巍巍呵冰轮悬,

　　　　　　　　　　　　融雪涓涓呵思绵绵。

　　　　　　　　几多踌躇芳菲尽,

　　　　　　　　对月言怀复年年……

〔玛吉边歌边四下张望,向酒家行来。

店　　家　哟,这不是倘桑公子你作的曲儿么?

仓　　央　（若有所思）感怀之作,倒唱得这样轻快,定是未解世事,一派天真。咳……

　　　〔玛吉悄上,搭手于仓央肩上,仓央笑声顿歇。

玛　　吉　你在此逍遥快活,可叫我拿住了!

仓　　央　我自快活,你拿我则甚?

玛　　吉　好,你还得意! 你若求我一求么,爹娘面前我还替你周旋……

　　　〔仓央转头看玛吉,微笑。

仓　　央　周旋什么?

玛　　吉　（一惊之下又羞又臊）呀!（急急避开几步以袖掩面,又悄悄打量仓央）

（唱"**步步娇**"）

　　　殷勤无端错相付,

　　　多惭不自由。

　　　这光景怎消受?

　　　说来堪羞,说来堪羞,

　　　啊呀一误误到头,

　　　心事缱绻几时休。

仓　　央　（唱"**醉扶归**"）

哪里来莺声呖呖不相饶，

一枝儿豆蔻年正娇。

待笑他天真不计较，

蓦然里心上撇不掉。

顾曲周郎偏解意，

这来由更有谁知道。

[玛吉见仓央亦在打量她，又羞得以袖掩面。

店　家　玛吉姑娘，可是家里又差你来寻哥哥啊？

玛　吉　(探出半张脸，声如蚊蚋)是……

店　家　怎么认错人，竟冲撞了倘桑公子？

玛　吉　倘桑公子？(惊喜得忘了怕羞)你就是那最会作诗的倘桑旺波？

仓　央　不敢，姑娘来时所歌，正是区区拙作。

玛　吉　(认真地)如此，倒真该谢你，敬你，再与你赔礼。(取过仓央的酒具，斟酒敬酒)借花献佛，还请勿怪。

仓　央　却之不恭！

[仓央接过酒盏，四目相对、十指相触之际，二人皆神色一动。

玛吉、仓央　(唱"忒忒令")

从来是风流文章，

未可期相逢陌上。

如醉如痴，

恁不是梦里诉衷肠。

此情也初来尝，

悄徘徊，频相望，

多少话儿尽在这一觞。

[仓央一饮而尽，倾杯相示；玛吉脉脉含笑。

店　家　啊呀看看，月亮已经升得老高。两位再这么对来对去，天都要亮了！

仓　央　(心中一凛)啊，竟已这样迟了么？

玛　吉　(不舍地)时候不早，我要走了……

仓　央　(依依相送)玛吉……

玛　吉　(走出几步，又回头)下回若是有缘再见，玛吉可能向公子讨一曲新词？

仓　央　（心里一动）我……

玛　吉　（羞怯而期待地）你……

仓　央　（欲说还休，唱"**尹令**"）

　　　　　　难么难几度彷徨，

　　　　　　难么难今生已思凡。

　　　　　　难么难天可从人愿？

　　　　　　怎了尘缘，

　　　　　　啊呀尘缘难了意阑珊。

仓　央　（心事复杂地望向玛吉）若是因缘使然，玛吉啊……（一声长叹）

　　　　　〔玛吉恋恋地一步三回头，仓央追出几步，怅然若失。

幕间曲

（藏语吟唱，汉语字幕）

　　　　　观想上师的尊容，

　　　　　久久不能在我心中出现。

　　　　　情人美丽的脸庞，

　　　　　却无法从我心中抹去。

——仓央嘉措

第二幕　情　困

〔布达拉宫经殿。桑杰座上讲经，身后及两侧侍立一众僧侣。

〔仓央独在前跪坐听讲。

桑　杰　仓央听者！

仓　央　在！

桑　杰　佛告须菩提："尔所国土中，所有众生，若干种心，如来悉知。
　　　　何以故？如来说：诸心皆为非心，是名为心。所以者何？须
　　　　菩提！过去心不可得，现在心不可得，未来心不可得。"

［桑杰忽一击法鼓。仓央正走神,闻声大惊:啊呀在!

桑　杰　这《金刚经》乃我佛要义,所谓意丰言少、字字珠玑。你须得
　　　　专心了悟,明日功课,当有所得。

　　　　［仓央俯首,桑杰下。仓央对着空荡荡的大殿,长长叹息。

仓　央　(唱"上小楼")
　　　　　　　朝课才毕,
　　　　　　　又对着经典奥义。
　　　　　　　甘珠儿丹珠儿案头砌,
　　　　　　　要用功么(插白),
　　　　　　　恍惚凄迷,
　　　　　　　甚心儿揣摩宗意。
　　　　　　　若待丢开呵(插白),
　　　　　　　絮叨叨,凶煞煞咱殿上师。
　　　　　　　凄惶惶,
　　　　　　　啊呀愁听钟磬,
　　　　　　　冷清清知己那里。

　　　　［仓央恍惚听到玛吉呼唤:倘桑,倘桑……

仓　央　玛吉!(绕殿遍寻不见)当日只道萍水相逢,谁想情之一事,再
　　　　不由人。正是连雪始觉冬至,别后方知情深。长此以往,可
　　　　如何是好!

　　　　［仓央烦闷地踱步,行至宫门。

众僧侣　(阻拦)上师,晨课之后须得参悟入定,两个时辰后方可出门。

　　　　［仓央拂袖,行至另一宫门。

众僧侣　(阻拦)管事吩咐,上师每日须诵经千遍,熟记之后方可离宫。

　　　　［仓央转身拂袖。

众僧侣　请上师参定诵经,请上师参定诵经,请上师参定诵经,请……

仓　央　(不耐)呀,统统退了下去!

　　　　［众僧侣下。

　　　　［仓央恍惚又听到玛吉呼唤:倘桑,倘桑……

　　　　［仓央猛一抬头,玛吉的身影盈盈从佛像后转出来。他禁不
　　　　住上前追逐,玛吉的影像却始终若即若离,如真如幻。

· 324 ·

仓　央　玛吉，你如何到此啊？

玛　吉　倘桑，我等你哩，你还不来么？

（唱"脱布衫"）

> 列金身满殿佛陀，
>
> 那人呵一个儿独坐。
>
> 算日头流水介过。
>
> 冤家！（插白）
>
> 恼他也莫可奈何。

仓　央　只恨我人在深宫，身不由己！

玛　吉　可怜你这样冷冷清清、孤孤单单！

仓　央　玛吉，你还不晓得，这活佛，我做得好没意思！

（唱"快活三"）

> 谁说咱因缘异，
>
> 该当的祥云降下莲花座？
>
> 莫笑我，
>
> 空对着菩提尘心惑，（翻经书）
>
> 纵然是打熬二更灯花剔落，
>
> 也实实的懒琢磨。

玛　吉　你在此不快活、走不脱的么？

仓　央　总有，总有走脱的时候！

玛　吉　既如此，那我依旧还在山下等你。（声音渐渐缥缈）你且快来，你且快来！

〔玛吉的身影飘然远去，仓央求索而不得。

仓　央　（怅然）衲本尘凡心，偏教坐莲台！一十四年自由身，今望鹰隼妄自叹！

〔桑杰暗中上，听到仓央自语。

桑　杰　（一声断喝）仓央！

仓　央　（闻声大惊）管事……

桑　杰　（气极）衲本尘凡心，偏教坐莲台？！教你读经，读出这样的东西来？！

仓　央　（讷讷）不，不是……

桑　杰　你一向不是如此心浮气躁，究竟所为何事？

仓　央　(暗自拭汗)这段心事，如何能说？

桑　杰　(怫然)怎么？你身为达赖，还有什么不如意不成？

仓　央　(触动心事，顿时羞愧)仓央不敢……

桑　杰　(叹气)你啊！下月班禅前来为你授比丘戒，你如此散漫，教我如何交代？

仓　央　(更加羞愧)管事，仓央不该……仓央知错……

桑　杰　既然知错，便自去领罚！

仓　央　(深深叩头)是！

桑　杰　也罢，此间你就诵经参禅，不得擅离房门一步！好自为之！

[桑杰下。仓央萧索地跪在空荡荡的经殿。

仓　央　罪过！罪过！出家之人妄动凡心，情生智隔，仓央有何面目去见授业恩师？佛法人情，须择其一，只求，只求悬崖勒马，为时未晚……

(唱"小梁州")

死生轮回少甚因果，

啊呀佛陀！

世间原本魔障多。

这因缘，

端的是阴差阳错！

仓　央　玛吉啊玛吉，仓央对你不住……(执笔修书)此情此意，今生了断；万法为空，如梦如幻……啊呀！

(唱"上小楼")

梦醒何如，

把日日耽误。

想当初流连何处，

一个是且行慢行，

一个是足下踌躇。

佳期少，

泪汪汪忍将去。

满腹心事同谁诉？

提笔儿写向缣素。

仓　央　（搁笔，拿起信笺）自白身份，斩断情丝，谈何容易！咳，这些伤心
话呵……（打量信笺，越看越惊，不可置信地念诗）

同心结在花深处，

怎堪回首来时路。

踏遍芳草衣带露，

苦恨离情朝复暮。

仓　央　（一声苦笑）好你个仓央，好你个仓央啊，有心悔过，还能作出情
诗来！（信笺飘然落地，仓央蓦地跪倒）我佛慈悲，弟子惶愧啊！

［仓央强自镇定，自案头拿起法鼓与银佛铃趺坐，左手执铃，
右手执鼓，开始念咒。其身影为灯火投射于墙上，明明灭灭，
影影绰绰。

［一时间咒声四起，愈来愈响，愈来愈急，如鼓点如浪潮一般
迫人心神。

［仓央忽然掷下佛铃法鼓。一声脆响后咒声骤停，经堂内一
时静得骇人。

仓　央　（抖着手起信笺）研经修佛本非虚，怎抵得人情无数！难道，当
真是天意如此，在劫难逃?！（决绝地将信撕碎，望空一抛）哈，逃
不过，终究是逃不过！（匆匆而下）

幕间曲

（藏语吟唱，汉语字幕）

薄暮出去寻找爱人，

破晓下了雪了。

住在布达拉时，

是仁钦仓央嘉措。

在拉萨下面住时，

是浪子宕桑旺波。

秘密也无用了，

足迹已印在了雪地上。

——仓央嘉措

第三幕 惊 变

［夜，帕廓酒家。

［玛吉百无聊赖地独坐。

玛 吉 （唱"意难忘"）

一期一会，

看灯花落尽，

寒侵绣帏。

寸心系游丝，

闲坐更待谁。

人未归，酒莫催，

把盏怎相对。

念檀郎，

今宵共醉，此生长随。

［仓央匆匆上，边行边除去达赖衣饰，露出里面的俗家打扮。

仓 央 （唱"催拍"）

空坐莲台，枉念尘寰，

叹此身今当何属，

端的是天上人间，天上人间。

忍不相见，

这相思也堪怜。

怕复相见，

这隐衷更难言。

［仓央远远便唤：玛吉！

玛 吉 （欢喜地迎上）可教我等着了！

仓 央 （珍爱地摩挲玛吉）见卿一面，实实不易，委屈你了……

玛 吉 见得一次，我便欢喜一次。你出不来，我等也无妨的。

仓 央 （心内酸楚）也不知下一回，可还能这般侥幸……玛吉，我……

玛　吉　（敏感地）倘桑，可是出了什么事？

　　　　　〔仓央欲言又止，解下佩刀，郑重交予玛吉。

仓　央　玛吉，你我情深义重，自不必说。此刀随我一十八年未曾离
　　　　身，今赠与卿卿。往后……倘桑若是不在时……

玛　吉　（心领神会）你若不在，有它陪着我，也是一般的。

仓　央　（闻言几不能自持）玛吉啊，我要如何是好……

　　　　　〔桑杰幕内喝：仓央，你好大胆！

　　　　　〔仓央大惊，护拥玛吉夺路而逃。

玛　吉　倘桑？！

仓　央　（掩其口）休要多言，快走，快走！（推玛吉，急）啊呀快快，快走
　　　　啊！（拉玛吉向外行）

　　　　　〔桑杰出现阻拦。

桑　杰　哪里去！

　　　　　〔仓央掉头欲走。

桑　杰　仓央，立住了！

　　　　　〔仓央惊，停步。

玛　吉　（疑，怕）仓央？倘桑……这，这是怎么说来？

仓　央　（抚慰）玛吉休惊，你先回避一回，一忽儿我便来寻你。

玛　吉　（将信将疑）你可就来。

　　　　　〔仓央点头示意。

桑　杰　仓央，你还待瞒她到何时！

仓　央　管事！你，你来寻我便罢，与玛吉何干哪！

玛　吉　倘桑，他是何人？你，你又瞒了我什么呀？

桑　杰　你休管我是何人，我且问你，他是何人？

玛　吉　他，他是倘桑……

桑　杰　（逼问）然后呢？

　　　　　〔玛吉语塞。

桑　杰　好痴的丫头！被骗到今日还在懵懂……

仓　央　（一旁惊急）有甚话儿你我回宫再谈，你，你苦缠于她做甚啊！

玛　吉　不！倘桑未曾欺瞒我！（柔情）我不管他何处来，何处去；我
　　　　不管他，是何身份；我只知他一心待我；他的诗儿歌儿，为世

人所重,却只为我而写,玛吉便知足了。

仓　央　玛吉!

桑　杰　(长笑)好,好,好痴情呀!他纵是天皇贵胄都容易,偏偏……

仓　央　啊呀管事求你慈悲,错在仓央我一力承担。你你,你饶过了她罢!

桑　杰　(冷笑拂袖)如今,迟了!(对玛吉)偏偏,他是当世活佛,六世达赖!

　　　　〔仓央闻言痛苦背过身去。

　　　　〔玛吉震惊,看仓央,见仓央转身始信为真。

玛　吉　(低声自语)上师,上师……你是上师……

　　　　(唱"南曲羽调·泣颜回")

　　　　　　霎时间魂飞梦碎,

　　　　　　颤巍巍悄将泪垂。

　　　　　　我这厢才解相思,

　　　　　　又识得愁滋味。

　　　　　　芳心尽休,

　　　　　　此恨也随春去逐流水。

　　　　　　惨凄凄枉自追悔。

　　　　　　啊呀摧心肝空自嗟唔。

　　　　〔玛吉扑倒在地。

仓　央　(上前相扶)玛吉!我怕的便是今日,才不敢实言相告,你……

玛　吉　(抽衣痛哭)你、你竟是上师……

仓　央　(黯然)上师二字,不提也罢。我终日诵经焉能心如止水,夜夜入定又岂能无欲无求?我自见卿情难自已,回宫再对着那佛陀,又实实的,良心难安哪。

玛　吉　(无措地)这,这要如何是好啊?

仓　央　(向桑杰重重叩头)管事!还请成全!

桑　杰　(来回踱步)不是老衲狠心,此事忒也荒唐!真真,真真天理难容!

仓　央　(哀求)管事!

　　　　(唱"一撮棹")

　　　　　应道是真心最难负，

　　　　　忆芳容魂销在诵经楼。

　　　　　知欢愁，

　　　　　数更漏，

　　　　　斯人瘦。

　　　　　望不断云头共山头。

　　　　　这痴心付已久，

　　　　　两情怎轻休？

　　　　　须怜取芳华总难留。

桑　杰　（气极，抽戒条打下）做你的春秋梦！

　　　　［玛吉扑身挡住戒条。

仓　央　（大惊）玛吉！（相扶）仓央绝不负你！

桑　杰　可也由不得你！

　　　　　（唱"胜如花"）

　　　　　休怨我语声高，

　　　　　直把危言相向，

玛　吉　（唱）他一声喝雷惊心上。

桑　杰　（唱）遍街里情歌传唱，

仓　央　（唱）怎禁加风颠雨狂。

桑　杰　（唱）出家人竟存痴望，

玛　吉　（唱）偏识尽现世苍凉。

桑　杰　（唱）大度难容恁乖张行状。

仓　央　（唱）叹心事多少渺茫。

桑　杰　（唱）声声笑佛祖荒唐。

玛　吉　（唱）锦罗帐绣鸳枕，

　　　　　今朝惊破笙簧。

仓　央　（唱）浮生事大梦一场。

桑　杰　（唱）恨只恨他少年人，

　　　　　意孤行不加思量。

玛　吉　（唱）何从何去也歧路彷徨。

仓　央　（唱）自由那情天情场，

· 331 ·

不负他乾坤朗朗。

玛　吉　（唱"哭相思"）

　　　　　啊呀寸心煎，

仓　央　（唱）意暗决，

桑　杰　（唱）可恼颜面伤。

仓　央　（暗下决心，直身长跪，朗声）管事容禀！

玛　吉　（惊疑）倘……

桑　杰　（早有准备）住口！来人！

　　　　［众僧侣自两边上，手捧仓央抛下的达赖衣饰，齐齐施礼：恭
　　　　迎上师！

　　　　［玛吉见状连连后退，万般无措，夺路而下。

仓　央　（大恸）玛吉！（直欲追去）

桑　杰　（力阻之）仓央！此事，惟有如此方可收场啊！

众僧侣　（齐齐逼上）请上师回宫！请上师回宫！请上师回宫！

　　　　［众人簇拥着踉跄的仓央退下。

幕间曲
（藏语吟唱，汉语字幕）

　　　　聪敏善言的八哥鸟啊，

　　　　你从遥远的贡布来，

　　　　你能否告诉我，

　　　　我心中的情人，

　　　　她此时在做什么。

　　　　　　　　　　　　——仓央嘉措

第四幕　说　劝

　　　　［布达拉宫经殿。

　　　　［灯光昏暗，仓央独自恍惚伤情。

〔班禅自暗中上。

班　禅　阿弥陀佛!

　　　　〔仓央闻声惊转。

班　禅　仓央,走上前来!

仓　央　(百感交集)啊,尊师……

班　禅　(坐定)阿弥陀佛!

班　禅　(唱"庆宣和")

香霭霭烛台烟腾,

万籁无声,殿外残更。

摇闪闪银缸明灭一灯青。

笑微微看破红尘,红尘。

仓　央　(唱"幺篇")

忽听得佛号从容定惊魂。

满心迷离,也住嗟声。

则见尊师他,(插白)

他稳坐蒲团颂莲华,

端的是无染纤尘,纤尘。

班　禅　世间安得双全法,不负如来不负卿。仓央,你愿心不小啊。

仓　央　(颇感意外)仓央起心动念,尊师你,你也能容得么?

班　禅　诸佛世尊皆出人间,非由天而得也。是以,佛不夺众生愿。

仓　央　既如此,佛门如何容不得人世常情?

班　禅　(摇头)佛门不是无情地。我且问你:释尊未成佛前,称为何?

仓　央　为菩萨。

班　禅　菩萨二字作何解?

仓　央　觉有情。

班　禅　尔自有情,可曾正觉?

仓　央　啊呀尊师哪!

　　　　(唱"雁儿落带得胜令")

我也曾万念俱灰佛前坐,

我也曾朱砂提向六祖坛。

我也曾翻翻覆覆捻珠串,

· 333 ·

　　　　　我也曾痛痛悔悔想从前。

　　　　　呀,怎当他红尘莫奈何,

　　　　　莲华境其路还远。

　　　　　这妙谛非是心中意,

　　　　　欲落笔还叹情惘然。

　　　　　往事难堪,

　　　　　若教萧寺伴青灯,

　　　　　哀哉,

　　　　　眼睁睁佛法人情两无缘。

班　　禅　非也,非也。觉者,教化也;有情者,众生也。佛以慧眼观有
　　　　情。仓央,你可知你所作的,究竟是杂鲁,是格鲁? 是情歌,
　　　　是道歌? 殊不闻众生性即菩提性,拈花指月,皆是禅语;菩提
　　　　众生,本无二致。

　　　　(唱"沽美酒带太平令")

　　　　　几曾道众生性菩提性,

　　　　　菩提众生尘缘性。

　　　　　禅关轻出万缘生,

　　　　　难泯却今世情。

　　　　　为只为一念前生种,

　　　　　愁莫愁萧寺伴青灯。

　　　　　从来是天涯离分,

　　　　　回头看喜舍慈悲;

　　　　　参详,心中意自是妙谛,

　　　　　无缘也有缘,

　　　　　你再向佛前从头来证。

仓　　央　我因是出家人,生生逼走了玛吉;身在宫中,自惭自愧,触目
　　　　无不惊心。这达赖尊位,实教仓央亵渎了! 仓央身在劫中,
　　　　如何识心见性? 菩提众生,怎无分别!

班　　禅　善哉! 即烦恼是菩提。尝尽爱别离、求不得苦,如今你可谓
　　　　已以身证道。真如佛性,未曾生,未曾死。仓央,迷悟非两
　　　　心,见性终有时。待为师为你加持,再授你比丘戒,你我师徒

促膝论经一如当年,你道可好?

仓　央　(惊)再受戒?不不,仓央有何面目自称活佛,再受那世人的朝供!(跪)仓央自受了那出家戒沙弥戒,便失了自在身,只落得非俗非僧非人非佛,好难哪!尊师慈悲,请一并收了仓央的出家戒,还仓央本来面目罢!

班　禅　(大惊)行不得也!此事前所未闻,仓央啊,你可不比寻常僧众,达赖焉可还俗!

(唱"**梅花酒**")

　　　甚荒唐,转念间弃了袈裟,

　　　金刚杵怎可轻抛下,

　　　空教他听佛法。

　　　谁识得这风流是何因果,

　　　看不穿红尘皆虚化,

　　　劝什么休牵挂,

　　　自掂量水月和镜花。

仓　央　(叩首)尊师!仓央只愿生生世世在世为人,哪怕芸芸众生,哪怕终日贫苦浪迹天涯,只容得我爱恨歌哭,仓央便九死无悔!尊师哪,仓央所求的,与世人,无有两样啊!

班　禅　(痛心)仓央!你不可太执意了!这还俗之事非同儿戏,岂可凭一时意气,轻易言说!(背转身)

仓　央　辜负师命,仓央罪业深重。但求尊师开恩,好歹,好歹让我先寻回玛吉罢!

班　禅　痴儿!如今,你念兹在兹,抛不开情天恨海;为师若依你所求,以你执念之深,他日回首,难道又当真可以无愧于心安然于世?

仓　央　尊师!仓央……惭愧……(深深叩首)

班　禅　(缓缓扶起仓央)你当真决意,尽弃修为再不回头?你我这师生之情,也缘尽于此了么?(紧执仓央双手,切切相望)

仓　央　(挣扎)仓央……惭愧!

班　禅　(叹)正是业障未去,痴情可怜。仓央啊,伽蓝宝殿,无非尘网;十丈软红,皆是枷锁。

仓　央　尊师……既如此,抛不下,放不开,走不脱,却,却该如何是好?

班　禅　云在青天水在瓶。安身立命,又焉能全无挂碍?

　　　　［幕内一声钟磬,悠长绵延。仓央心头所动,为之一惊。

班　禅　(唱"沽酒令")

　　　　　　　我这里频点化用心堪堪,

仓　央　(唱)辩机锋,怎由我意乱情迷。

班　禅　(唱)此间辛苦谁人识,

　　　　　　　则怕他归来得迟。

仓　央　(唱)解不开的宿孽非侥幸,

　　　　　　　说不尽悲欢惟自知。

班　禅　(唱)盼只盼禅门日诵时时闻,

　　　　　　　守得他一朝儿识空明,

　　　　　　　那时节呵,重投莲花终有期。

班　禅　人间何处不是道场,十方一切皆是菩提。仓央,仓央,老衲言
　　　　尽于此,不来强你。(叹)如此苦心若解经,何愁现世不成佛!

　　　　［班禅下。

仓　央　(怔怔地)人间何处不是道场?(环顾四周)人间何处,不是道场?

幕间曲

(藏语吟唱,汉语字幕)

　　　　太阳转遍了五洲四海,

　　　　忽又升起在东山上;

　　　　我日思夜想的情人呐,

　　　　你何时像太阳一样出现在我眼前。

　　　　　　　　　　　　　　　　　　——仓央嘉措

第五幕　转　山

　　　　［舞台以一道屏风隔开前后两区;前为大殿,后为禅房。仓央

· 336 ·

在屏风后,转经身影若现若隐。转经声贯穿本场。

〔玛吉跪于经殿。

玛　吉　(合十祝祷)信女无状,阴差阳错与上师仓央两情相悦。实不敢
　　　　亵渎佛祖,如今惟求独当业报,勿教仓央再受波查!

〔管事桑杰嘉措自一边踱出。

桑　杰　咳!

玛　吉　(惊)啊呀!

桑　杰　(叹)玛吉,休要惊惶。自那日一别,岂只仓央日夜悬心。幸得
　　　　你无恙,也是天可怜见。只是你今日到此,所为何来?

玛　吉　(迟疑)为着……仓央……而来!

〔桑杰、玛吉对视,桑杰默叹。

桑　杰　也罢!此事终要有个收场,是福是祸,今日且作个了断!

玛　吉　啊呀大人!玛吉并不敢别有奢望,只是,只是实实的牵挂于
　　　　他……今日只为再见他一面,便也了却心事!

桑　杰　(急切)只此一面,往后再无瓜葛?

玛　吉　(怔怔颔首)只此一面……往后,他还做他的上师。玛吉只在心
　　　　里记着他,念着他,也便是了。

桑　杰　(叹)痴儿!
　　　　(唱"黄龙滚")
　　　　　　世间相思非容易,
　　　　　　相思非容易,
　　　　　　两下心事那其间多少相关。
　　　　　　别后江山远,
　　　　　　今番结果,若揭过风轻云淡,
　　　　　　也免他平地里再生波澜。

桑　杰　仓央便在这殿后禅房,你……自去相见罢!

〔玛吉走上前,又退数步,向禅房深深一望,伸手似乎要触及
仓央的影子。最终收回手,缓缓解下佩刀,一番端详,供于
香案。

玛　吉　(唱"降黄龙")
　　　　　　曾忆当初,

鸳鸯刀赠,鸳盟初订;

且叹今朝,

人前参佛,把佛参透。

说甚么、因缘难了,

问甚么他是去是留。

似诸般人间滋味,都在心头。

桑　杰　怎么?

玛　吉　见时容易别时难,莫怪我不告而别。今生前世,终曾聚首,于愿已足。仓央,珍重!(回头嫣然一笑)往后,还请大人费心了!

桑　杰　玛吉,你成全仓央。老衲在此,谢过了!(欲拜,玛吉急急扶住)

　　　　[仓央在屏风后若有所觉,长吟一声:"啊……"

　　　　[桑杰、玛吉闻声皆一惊,互相对视。玛吉复又镇定,向桑杰盈盈一拜,毅然转身而下。桑杰同下。同时,仓央在屏风后起身,疾行到台前。

仓　央　可是玛吉在此?

　　　　[仓央遍寻无果,转身见到案上佩刀,大惊。

仓　央　果然是她!(捧起佩刀端详,情不能遏)见刀如见人,玛吉啊,原来你已有决断……(迟步倒退)只是,难道连最后一面,都不肯见么?

　　　　[仓央忙忙追下。

　　　　[幕内伴唱吟诵:

　　　　　山一程,水一程,

　　　　　旧时山水旧时人。

　　　　　悲一声,愁一声,

　　　　　现世悲愁现世情。

　　　　[仓央圆场出场。

仓　央　哎呀!想当日我与玛吉下山幽会,依稀正是行的此路。如今咱一路追寻而来,并不见其芳踪。咳,正是物是人非,好不凄凉!

　　　　(唱"越调·小桃红")

　　　　　匆匆的离了普陀罗,

　　　　　这一路红尘没争差也。

　　　　　声声唤、唤声声可曾见谁人回应答?

斜阳外，有寒鸦。

说不尽俺则是满心焦，起疑讶，

空对着、江山如画也。

问伊人如今何在？

怕只怕，

怕只怕，

一步儿一天涯。

仓　央　（急行，唤）玛吉哪里，玛吉哪里？

　　　　〔玛吉作行路上。

玛　吉　（唱"**下山虎**"）

落日残霞，

匆匆如咱，

一意儿拜别莲台下，

乍离分能不牵挂？

漫漫长路，

恁般收煞，

为只为全他佛法。

离情也莫诉，

此去没争差。

莫愁更谁家，

今生已罢，

再休要提那伤心话。

仓　央　（遥望）呀！兀那不是玛吉！

玛　吉　（回望）啊，仓央他，他追将上来了！

　　　　〔仓央、玛吉且行且顾。

仓　央　（唱"**五韵美**"）

流云过，

倩影遮。

玛　吉　（唱）听只听空谷寂寞音不歇，

仓　央　（唱）问只问他怎重约轻别也。

玛　吉　（唱）情到深处，

·339·

　　　　　叹只叹几多周折，

仓央、玛吉　（唱）恨只恨，

　　　　　　　恨只恨，

　　　　　　　填不满的丘壑把人阻隔。

　　〔两人各自止步，在山一头，隔山相望。

玛　吉　仓央！（仓央同时呼唤：玛吉！）

仓　央　（千言万语不知从何说起）玛吉，你走得、好急啊……

玛　吉　这一面，到底还是见着了……

仓　央　你如何这样匆匆而别？将来、将来……又到底作何打算？

玛　吉　仓央，你我心意相证，玛吉有此为念，一生不枉。见与不见，又什么要紧？将来么，何处不可去？何事不可为？不过，要你应我一事。

仓　央　卿之深情，仓央何惜以区区微命相报。但有所命，无所不从。

玛　吉　（郑重地缓缓道来）我不愿你担当恶名，我不愿佛门净地陡生风波。仓央，你是玛吉的倘桑，更是万民的上师。从今后，你便安心向佛罢！

仓　央　你的苦心，仓央明白！只是有负于你，心内何忍！

玛　吉　（一笑，依稀仍是当初的单纯）仓央，你真心待我，说甚么辜负？玛吉不知许多深奥佛义，但承你之情，已然知足，又霸占着你作甚？

仓　央　（且悲且喜）承你之情，已然知足……仓央此心，又何尝不是如此！啊玛吉，却还是你想得通透！

玛　吉　如今，该当是世人承情于你了。班禅管事，俱对你抱以厚望。仓央，你不曾辜负玛吉，也莫要辜负了他人。

仓　央　啊呀惭愧！仓央一向自负以情为重，谁知却竟不过是一念私心执迷，误到如今！啊呀惭愧！

　　（唱"山麻稽"）

　　　　　羞煞咱寸心耿耿，

　　　　　不曾解他，

　　　　　普济众生。

　　　　　堪道、我一身儿何足道，

　　　　　报不得碧血丹心，

　　　　　　如是恩情，

　　　　　　还他个人间清净。

仓　央　玛吉！多承你醍醐开释，仓央敢负重托！咱在此应诺：必以
　　　　待你之心，待天下痴儿女；必以一己之身，体度苍生疾苦！

玛　吉　(字字动情)仓央，你普度众生的时候，也便如念着我是一般的。
　　　　你待修成佛前一枝莲，玛吉便与万千信众一道，受你十方慈
　　　　悲菩提心。

仓　央　(长揖)诺！(百感交集)想仓央自尘世而来，又悟道于红尘；如
　　　　今，也是时候以清白身重归尘世了。从今后，世间再无六世
　　　　达赖——正是：

　　　　　　修佛济世，何拘身份；

　　　　　　云水游方，广结善缘。

　　　　　　慈悲为本，方便为门；

　　　　　　莲台本性，度化众生。

　　　　玛吉，临别之时，容我一揖！(匍匐深拜)

玛　吉　还你一揖！(亦匍匐深拜)

仓　央　(唱"仓央曲")

　　　　　　那一日，

　　　　　　闭目在经殿香雾盛，

　　　　　　你盈盈拜倒颂真言。

玛　吉　(唱)那一月，

　　　　　　摇遍了转经筒似非人间，

仓　央　(唱)为超度触你玉指纤纤。

玛　吉　(唱)那一年，

　　　　　　匍匐山路长叩首，

仓　央　(唱)你温香依稀在阶前。

仓央、玛吉　(唱)那一世，

　　　　　　　　转山转水转佛塔，

　　　　　　　　知他来世渺茫，

　　　　　　　　曾经途中相见。

仓　央　(唱)啊，

　　　　　　　人生情痴自艰难，
　　　　　　　几多悲辛几遂愿。

玛　吉　（唱）因缘寻思遍，
　　　　　　　此去向何山。

仓央、玛吉　（唱）青山旧，翰墨留，
　　　　　　　各任萍踪休牵念。
　　　　　　　休牵念，
　　　　　　　天涯自相安。

仓　央　菩提性上无分别，莲花台下无尽结。玛吉，如今就此别过。
　　　　往后，纵千里之外，不敢忘知遇之情。

玛　吉　万里之遥，不敢忘相惜之恩！

仓　央　别过！

玛　吉　别过！

　　　［幕内唱"尾声"
　　　　　　　般若真心无不在，
　　　　　　　圣解凡情两俱蠲。
　　　　　　　此生不向莲台去，
　　　　　　　却道佛法在人间。

　　　［灯光聚焦在仓央身上。仓央缓缓解下袈裟，除去项珠、班智
　　　达帽①，遥遥向玛吉离去的方向施礼，拜别。

　　　［素服的仓央走向舞台深处。灯光渐起，舞台随着仓央移步
　　　换景。

　　　［仓央从容诵经走过群山，走过草甸，走过牧场。他的无数信
　　　众向他施礼，玛吉阿米赫然在列。他们擦肩而过，仓央微微
　　　侧首，各自平静地微微一笑。

　　　［诵经声起，如潮水一般。

　　　［信众渐次散尽。

　　　［布景终结为莲花一朵。仓央就地拈诀趺坐。他的身影被投
　　　射于莲花上，宛然成佛。

---

　　　①　班智达帽分班仁、班同两种。达赖作为上师，戴班仁以象征身份。班仁尖
顶黄缎：高尖顶，象征佛法至高无上的中道观；有两块较长的延片，代表二义谛。

戏曲

李　斯

周建清

　　2004年就读硕士研究生,研究方向为戏剧编剧,开始构织编剧梦想;2010年工作于湖南省艺术研究院,开始负重前行;2011年由湖南省文化厅派往上海戏剧学院高级编剧进修班学习一年,开始明晰前行方向。作品曾多次获得国家级和省级以上奖项,其中,两次获国家艺术基金资助,两次获湖南省"五个一工程"奖,三次获田汉剧目奖,多次晋京展演;此外,个人曾获得国家艺术基金2015年度青年艺术创作人才戏剧编剧资助项目、中国文联2018年青年文艺创作扶持计划资助项目。本剧曾获得第八届全国戏剧文化奖(中国戏剧文学奖)大戏剧本银奖。

人　物：李　斯——秦国左丞相。

峤　风——李斯之女。

扶　苏——秦始皇长子,原定皇位继承者。

胡　亥——秦始皇十八子,秦二世。

赵　高——太监,中车府令兼行符玺事。

魏　妃——秦始皇之妃,嬴祁之母。

遁甲、鬈乙——李斯之舍人。

巫祝、蒙毅、王离、卫尉、臣甲、臣乙、臣丙、太监、兵士等。

第一场

〔秦始皇三十七年,七月丙午。煞北,冲鼠。宜:定磉、纳财,
忌:栽种、破土。

〔夜。嘈眍的夜笼罩于沙丘行宫。微明的舞台上,太监穿梭,
宫女穿梭,穿梭的碎步声中偶有一尖厉的惶恐声,和着忽明
忽暗的啜泣声,显得异常诡异。忽然,一切归于死寂。转而,
一声鸟之哀鸣陡地撕扯着舞台,似哭似诉,不绝于屡。

〔灯启时,李斯从坐席之上伏案而起,手中竹简不忍放下。

李　斯　何物?

遁　甲　专吃死人肉的鹏鸟!叫了一晚上了。

李　斯　不祥之物,逐走!

遁　甲　逐走又飞回来了。

李　斯　再逐!

遁　甲　巫祝有言,"鹏鸟至,主人去",莫非这沙丘行宫真是要死人?

李　斯　沙丘地处荒凉,本是殷纣王豢养禽兽之地,有这等异物不足
为奇。

遁　甲　听说啊,这个地方是当年赵国长公子发动政变饿死他老子赵
武灵王的地方,那赵武灵王,死得好惨哦,只剩下尸水满地,
尸虫满地,这方圆几十里都是尸臭,想起我都恶心想吐。哎,
这生前高高在上的人怎么就总是难得好死?

李　斯　嗯哼……还不快去?!多派些人,逐走便是,如若惊扰了圣
上,定不饶尔等。

遁　甲　诺!

〔遁甲撅着屁股跑下,伴着遁甲及其他人"哦啰啰,唰唪"的吆

喝驱逐声,哀鸣声依然不绝于耳。

李　斯　(唱)月冷星稀咸阳远,
　　　　　　苍穹遥遥暗无边。
　　　　　　戚戚哀嚎更添愁,
　　　　　　惟有惶恐两肩担。
　　　　　　叹去年荧惑守心现,
　　　　　　昭示那胡人要灭我大中原。
　　　　　　谶言一时四处起,
　　　　　　始皇帝惶急南巡祭山川。
　　　　　　东奔又西走,
　　　　　　一路尘土翻。
　　　　　　劳累成大病,
　　　　　　征兆不敢言。
　　　　　　鹏鸟宫梁绕,
　　　　　　死气近龙颜。
　　　　　　声声催逼急,
　　　　　　声声透骨寒。

　　　　(拿起竹简)我还是赶紧将《山川颂》写成,为皇帝祈福,得龙颜
　　　　舒展龙体康安。
　　　　〔报子上。

报子甲　报!南郡来报,楚地盗贼杀官劫粮,楚王后裔聚贼谋逆。

李　斯　再探!

报子乙　报!禀报左丞相!北方胡人之匈奴大军压境,正一路掠杀
　　　　过来。
　　　　〔李斯挥手向报子乙示意其退下。

李　斯　(接唱)李斯辅秦三十载,
　　　　　　　经风历雨踏险滩。
　　　　　　　大风大浪何曾惧?
　　　　　　　缘何这今日慌乱堵心间?
　　　　〔碎步声由远及近。太监赵高跌撞而上。李斯见赵高闯来,
　　　　似不曾觉察,依然奋笔疾书。

赵　高　(拖着哭腔)丞相……

李　斯　(依旧疾书着而并无抬头)堂堂中车府令亦被几声鸟鸣吓着？

赵　高　丞相，请赐奴臣坐席……

李　斯　此处仅一坐席，丞相坐席。

赵　高　即便阎王爷坐席奴臣也斗胆一坐，奴臣站不住了。

　　　　〔赵高瘫软于坐席。李斯似无视似无奈似鄙视，摇头一声叹息，注意力不出竹简。边念：

李　斯　皇帝立国，惟初在昔，嗣世称王。讨伐乱逆，威动四极，武义直方……

赵　高　(舒了一口气，拿出一只玉簪)奴臣有宝献予丞相。

　　　　〔李斯并无应答。继续念着：

李　斯　戎臣奉诏，经时不久，灭六暴强……

赵　高　乃皇上赏赐奴臣的天寿簪，今日献予丞相！

李　斯　(依然不看赵高，自顾道)此乃皇上以和氏璧篆刻传国玉玺之辅料依形而成，传国玉玺乃李斯亲手所书"受命于天，既寿永昌"，玉簪便名天寿簪，执此簪如沐天恩，洪福齐天寿齐天，李斯无德无能，不敢收纳。

赵　高　丞相之德能光耀河山，奴臣学生公子胡亥仰慕丞相久矣，特吩咐奴臣孝敬于丞相。

李　斯　何出此言？直言道来。

赵　高　皇上……皇上驾崩了！奴臣日后就全仗丞相了。

李　斯　驾崩了？

赵　高　驾崩了！

李　斯　皇上！

　　　　(唱)鹏鸟声声紧，

　　　　　　紧逼我君王。

　　　　　　谗言催君南巡幸，

　　　　　　巡幸本为求久长。

　　　　　　祭拜路上不归路，

　　　　　　不归路，巍巍大厦断中梁。

　　　　　　断中梁，心惶惶，

　　　　心惶惶,无主张。

　　　　　　无主张,愁断肠,

　　　　　　愁断肠,山川未崩崩了帝王。

　　　　可有遗诏?

赵　高　召令扶苏至咸阳主持丧事并继位之遗诏,奴臣尚未发出。

李　斯　扶苏继位……(回味出赵高话中深意)尔私窥遗诏?

赵　高　丞相,皇上驾崩,无人知晓,新帝立谁皆由你我之口……

李　斯　一派亡国之言!

赵　高　若得丞相相助,胡亥与赵高定保丞相裂土封侯……

李　斯　大胆赵高!身为公子胡亥之先生,尔可知尔言行之卑?

赵　高　公子胡亥之德能,可托大秦基业。

李　斯　遵从遗诏,遵从天意,竟有如此大逆不道之言。赵高,可知罪?!

赵　高　赵高进宫二十余年,所见免罢丞相鲜有善终者。扶苏继位,
　　　　定用蒙恬为丞相,那时丞相想衣锦还乡可都脱身不得。

　　　　(唱)你废诸侯立郡县得罪权贵,

　　　　　　你毁诗书坑儒生天下惶惶。

　　　　　　嬴扶苏与你争执遭发配,

　　　　　　至今怨恨两茫茫。

李　斯　(唱)罚扶苏我乃是尽忠尽职,

　　　　　　奉主诏听天命李斯无愧当。

赵　高　成者王,败者寇,古往今来莫不如此,多少王者不曾为寇?多
　　　　少寇者本可成王?丞相阅尽世事,通晓古今,尚不知

　　　　(唱)千秋功过但只凭新君标榜?

　　　　　　旌书绣裱何不是欺世文章?

　　　　丞相啊,(念)扶苏他迂腐固执难继大业,近蒙恬远丞相悖逆
　　　　先皇。

　　　　〔逋甲上。

逋　甲　丞相,鹏鸟被我赶跑了!(见有赵高,逋甲将李斯招至一旁,细语)魏
　　　　妃求见。魏妃言,欲为公子嬴郆拜丞相为亚父。

李　斯　(暗忖)魏妃也如赵高,闻风而动了?
　　　　让崤风转告魏妃,李斯身体不适无法见客。

遁　甲　崤风不在。

李　斯　你代我转告魏妃便是。

遁　甲　要得!

李　斯　(唱)曾经十年定天下,
　　　　　　　谁人不识大秦王?
　　　　　　　七国一统震海宇,
　　　　　　　四海一家笑泰皇。
　　　　可如今,
　　　　　　拓驰道、修皇陵、筑长城、守北疆,万千枯骨堆霸业,

遁　甲　他到处搞些面子工程,劳民伤财啊!你看,现如今,民生多
　　　　苦,徭役如山,路有怨骨啊!

李　斯　鼠目寸光,匈奴胡人多彪蛮,拓驰道,筑长城,仅只是劳民
　　　　伤财?

遁　甲　晓得呢,怕他们打过来,亡了秦嘛,为他个人江山,埋葬国人
　　　　尸骨……

李　斯　你不想要命了?还不快去?!

遁　甲　我这就去!(屁颠颠地离开)其实我也不想亡,亡了我就没地
　　　　混了。

李　斯　哎,
　　　　(接唱)岂无有民心思乱话苍凉?
　　　　哎,
　　　　　　　西北烽烟滚滚起,
　　　　　　　四方盗贼嗷嗷狂。
　　　　　　　皇位继承未有立,
　　　　　　　皇子纷纷谋朝纲。
　　　　皇上啊,
　　　　　　　盗贼若知梁柱塌,
　　　　　　　岂不蜂拥来掀墙?!
　　　　我该如何是好?(立起身来)我得稳住!稳住!静看风云,稳
　　　　中行。
　　　　(接唱)走一步,稳一步,

稳住身子心不慌。

　　　我立起腰杆把胸膛挺,

　　　咸阳未到,秘不发丧。

　　赵高听着,咸阳未到,秘不发丧!

赵　高　咸阳未到,秘不发丧!?

李　斯　命人收殓妥当。明日朝堂之上,暂由胡亥代皇上言,也只有
　　　胡亥声音近似皇上了。

赵　高　谢丞相! 奴臣今生唯丞相是从。

　　　〔赵高将玉簪置于案几,沿原路返回。

李　斯　来人!

鬃　乙　丞相有何吩咐?

李　斯　速去西北大营,星夜兼程。命扶苏暗中前来商讨镇压六国后
　　　裔之乱,切记此事秘不外传,以绝祸患。

鬃　乙　诺! 鬃乙誓死不辱使命!

第二场

　　　〔七月丁未。煞西,冲牛。宜:诸事不宜,忌:盖屋、沐浴。
　　　〔沙丘宫之李斯休憩之所。遁甲匆匆而上。

遁　甲　丞相……

李　斯　何事如此惊慌?

遁　甲　丞相,不得了啦,胡人倾巢出动,从西北一路掠杀过来了,大
　　　秦危矣。

李　斯　何处谣言?

遁　甲　有人亲见,行宫四处在传。

李　斯　传下去,凡散布不利于大秦稳定之消息者,以散布谣言罪
　　　论处。

遁　甲　丞相……

李 斯	还有何事？
遁 甲	丞相……鬈乙昨晚酒醉溺死城郊荷花池。
李 斯	竟有此事？尚有谁知？
遁 甲	知之者甚少，舍人酒醉溺死乃常有之事，只是有人认出乃咱丞相舍人便恭候丞相认领……
李 斯	这鬈乙啊，
	(唱)谨言行慎交谊贪杯无有，
	何来醉何来溺定有阴谋。
	嬴胡亥乳臭未干无胆量，
	魏妃子有心无力难运筹。
	赵中车我葫芦里面藏天地，
	料定他喜看外面光溜溜。
	我一思量一举眉一身冷汗，
	这暗中还有几多手？
	舍人鬈乙，伴圣驾却酒醉而溺，败我门风，不认！
遁 甲	丞相，魏妃再求见，说是有要事相商……
李 斯	回了，说我有病在身。遁甲，我有要事外出些时日，其间，你着我衣衫卧榻称病不见任何人。
遁 甲	咦吔！遁甲也可以过一把官瘾了，穿官服咯。
	(念)这人啊，树凭一张皮，人凭一身衣，有奶便是娘，有钱就停妻。
李 斯	先去叫崤风，我亦有事交待。
	﹝崤风上。
崤 风	父亲唤我？
	﹝李斯挥手示意遁甲下去。
遁 甲	就去。
李 斯	鬈乙，厚葬之。
遁 甲	晓得了。去也。(已撅着屁股跑下)
李 斯	何处去了？
崤 风	公子胡亥请看角抵戏。
李 斯	昨晚也是？

崎　风　　昨晚也是,《东海黄公》,很好看的。

遁　甲　　（返身）丞相……魏妃刚送来密绢,并约请丞相傍晚相见。

　　　　　〔李斯打开密绢,念:"助我儿郈者,世代为侯。"李斯烧掉密绢。

李　斯　　（接唱）闻言惊冷汗,

　　　　　　　　大网都撒开。

　　　　　　　　吞天又罩日,

　　　　　　　　滚滚卷地来。

　　　　　我一走,此处定有乱象,大秦之祸由此始,如此反而害我谋
　　　　　划,撑着,我给它撑着!（遁甲离开,李斯若有所思,对崎风）我儿有
　　　　　多久未见过扶苏公子了?

崎　风　　三年了,父亲为何……

李　斯　　为父正欲前往办一要事,思来想去,还是我儿替为父走一趟
　　　　　更妥。（向崎风耳语,崎风喜色而下）

李　斯　　（唱）头裹红带兮,

　　　　　　　　身佩赤刀。

　　　　　　　　东海黄公斗白虎兮,

　　　　　　　　气冲云霄。

　　　　　　　　生可溯兮,

　　　　　　　　死亦可抛。

　　　　　〔李斯来到行宫大殿,大殿之上由一方帷帘隔成两个舞台区,
　　　　　一侧是胡亥正牵扯着、穿戴着硕大的秦始皇朝服,文武百官
　　　　　则拥立另一侧。

赵　高　　（清清嗓子）皇上有旨,诸大臣有奏请奏。

李　斯　　臣有奏。

　　　　　〔胡亥捏着嗓子,扮成秦始皇的声音:准!

李　斯　　吾皇奉天承运、恩泽四海,今有人逆天而行,祸害国家。

　　　　　〔众臣面面相觑。胡亥吓得不轻。

臣　甲　　谁?

臣乙、丙　谁敢?

赵　高　　（似乎想阻止,也似乎想知道,面带暗示却又紧张地）丞相?!……

李　斯　　（似乎没有看见众臣）六国后裔集聚楚地,杀官夺粮,臣请皇上扫平

逆贼。

　　　　　[胡亥这才长长舒了一口气:众位爱卿,以为如何?

蒙　毅　皇上明鉴,六国后裔投诚我大秦,方致天下归心,岂能妄加
　　　　　杀戮?

李　斯　皇上,治乱当以刑杀为威,民不惧法则国无宁日。杀官夺粮
　　　　　乃威胁我朝根基,若不以重典以儆效尤,一处乱,则天下乱,
　　　　　再治,则晚矣。

　　　　　[胡亥:各位爱卿以为如何?

臣　甲　臣附议。监狱、屠刀就是为这些人准备的。

臣　乙　监狱、屠刀还不够,抓来五刑,黥他的面、割他的鼻、断他的
　　　　　足、斩他的腰、把他剁成肉酱。

臣　丙　丞相深谋远虑,臣亦附议。

蒙　毅　皇上,严刑峻法只能……

　　　　　[胡亥:爱卿不必多言,朕已准奏。

李　斯　谢皇上! 皇上,西北狼烟起,请皇上……

　　　　　[胡亥衣服已穿完毕,他抖抖身体,俨然已是皇帝,手一挥:请
　　　　　皇兄扶苏调派他那修长城的三十万大军迎敌便是!

　　　　　[臣子们一片哗然。

臣　乙　皇兄? 皇兄? 儿子成兄长,这辈分乱的……

臣　甲　皇上怎会如此失语?

臣　丙　皇上今日声音像倒还是像,只是年轻多了。

李　斯　诸位勿需论议,马尚有失蹄人何能无有失语? 上面端坐的可
　　　　　是咱皇上,威严的皇上!

蒙　毅　皇上定是昨夜遇污物,臣请上殿为皇上祈福。

赵　高　大胆蒙毅! 皇上为得道而避凡人踪迹,尔成心让皇上不能得
　　　　　道成仙?

蒙　毅　臣为皇上祈祷名山大川归来,本应面圣为皇上祈福。

　　　　　[赵高走进帷帘向胡亥做了一个砍头的手势。

　　　　　[胡亥:蒙爱卿也是一片好意,有如此忠君之臣,是朕之福。
　　　　　朕昨夜批奏折太晚,有些累了。

赵　高　皇上!?

　　　　　　　　　　　　　·354·

臣　丙　皇上白日颠簸于路途,夜里还要批奏折操劳国事。

臣　乙　谁不知道皇上勤政啊?无论大小事皆亲力为之,每夜不批完一石奏折不睡,一石啊,一百二十斤简书啊!

臣　甲　皇上,您可要保重龙体啊!

李　斯　我大秦帝国有一代明君实乃社稷之幸啊!

　　　　〔尽管有人疑虑,但依旧群臣山呼:祈求苍天保佑大秦昌盛万代,保佑吾皇长生不老,万岁万岁万万岁!

赵　高　若无再奏,退朝!

　　　　〔群臣散去。赵高走进帷幕。

赵　高　如何?

胡　亥　一身汗。

赵　高　为何不伺机杀掉蒙毅?

胡　亥　胡亥深感不安。

赵　高　狐疑犹豫,后必有悔。

胡　亥　先生,学生深感德能不支……

赵　高　打起精神,你坐在这个位置上,你就是皇帝!无人不敬畏于你。即便你毫无半分德能,天下依然莫不仰视于你,他们知道,他们的命运由你扼着,你让他们站着,谁也不敢跪着,你让他们生,谁也不敢死,因为坐在这里,你便至高无上。

胡　亥　诺!

　　　　(唱)一树生发枝无穷,

　　　　　　枝枝桠桠命不同。

　　　　　　一枝生来命高贵,

　　　　　　坐立顶端百叶拥。

　　　　　　余者旁支皆碌碌,

　　　　　　独食苦雨啖凄风。

　　　　　　凭什么有人生来就卑贱?

　　　　　　凭什么有人落地便成龙?

　　　　　　砍掉高枝旁枝长,

　　　　　　我不信旁枝就能不高耸。

　　　　〔李斯走出宫殿,赵高远远追来。

赵　高　丞相,沙丘回咸阳路上已然暴乱,而魏妃之子嬴邶挟持数位
　　　　皇公子以剿乱之名拥兵前来迎驾,应有所图。我们在沙丘静
　　　　观变化,先待几天。待大局既定,再行启程。如何?

李　斯　沙丘乃不祥之地,岂能留停?即刻启程,绕道西行,皇上要亲
　　　　巡九原郡。

赵　高　丞相,巫祝有言,煞在西方,不宜西行。

李　斯　巫祝无知。

赵　高　丞相三思。

李　斯　(手一挥)李斯知晓了。

　　　　(唱)力驱乌云挽狂澜,

　　　　　　只待真龙显九天。

　　　　(自语)一旦公子继位,这份功劳休说蒙氏,即使周公在世也无
　　　　法比肩。到时李斯还是李斯,丞相还是丞相。李斯毕生辅佐
　　　　始皇一统六国,再用余生辅佐新帝强盛大秦,此生无憾也。

　　　　(接唱)待到真龙腾云时,

　　　　　　　红日漫天霞漫天。

第三场

　　　　〔七月庚戌。处暑。煞东,冲龙。宜:订盟、纳采,忌:造庙、行丧。

　　　　〔崤风打马而上。

崤　风　(唱)踏青山,过绿水,

　　　　　　打马势若疾鸟飞。

　　　　　　千里情思千里盼,

　　　　　　青山绿水映娥眉。

　　　　〔扶苏大营。扶苏正与裨将王离铺开竹简讨论战事。

王　离　我大军已将匈奴敌军逐出长城之北,俘敌万余,如何处置?

扶　苏　好好安抚。

王　离	监军……
扶　苏	以仁待之。
王　离	公子仁爱,王离记住了。若公子继位天子,普天莫不同庆。
扶　苏	裨将休得胡言。
	(唱)万里黄河万里沙,
	处处功业处处家。
	处处都有腾云志,
崤　风	公子!扶苏公子!
扶　苏	(接唱)处处思君在天涯。
崤　风	公子!扶苏公子!
扶　苏	崤风?!
	(唱)梦里回眸多少,
崤　风	(唱)一朝得见惊心。
扶　苏	(唱)百回端详千回看,
崤　风	(唱)唯恐梦醒无处寻。
	〔王离自觉退去。
扶　苏	(迎过来)是你,真是你!
崤　风	(别开身)
	(唱)三年树叶落三遍,
	落叶都知要归根。
	千个日子千回等,
	回回等你了无音。
	莫不是忘了当年誓?
	莫不是金屋待她人?
扶　苏	(唱)誓言滚烫人依旧,
	金屋只为等待君。
	监军千里万里外,
	岂敢私存儿女心?
崤　风	(唱)为何三年无音讯?
	一支笔管重几斤?
扶　苏	(唱)只为消弭父皇怨,

只为壮志待凌云。

嵴　风　（唱）空山寞落守寂寥，

守断白发你也甘心？

扶　苏　（唱）我也盼日日侍君侧，

我也盼夜夜伴琴音。

嵴　风　那好！随我走！

扶　苏　何处走？

嵴　风　觐见皇上。

扶　苏　无有圣旨，扶苏不敢擅离营寨。

嵴　风　你看。（拿出天寿簪）

扶　苏　父皇随身之物天寿簪！哎呀，定是父皇知我胜仗了！

（唱）呼呼好风送喜雨，

目睹玉簪思远亲。

牵肠挂肚整三载，

朝看风霜暮流云。

渺渺不知情归处，

忽如一夜万物春。

孤雁啸鸣千里外，

父子相牵一片心。

传令下去，披甲整装，班师回京，觐见父皇。

嵴　风　慢！公子，不得声张。

扶　苏　何故？以浩荡之师觐见父皇方显皇儿之敬重。

嵴　风　实言相告，乃是父亲请公子速速去镇压六国后裔，因此不能
旗鼓大张。

扶　苏　乃左丞相请邀？我竟然忘了，战事刚毕，信使刚离大营，父皇
怎知千里边关儿大捷？只是这镇压六国后裔么？扶苏不去。

嵴　风　不去？

扶　苏　赶尽杀绝之事，不去。

嵴　风　由不得你，走了。（推扶苏）

[扶苏不为所动。

嵴　风　你敢抗皇命？父亲说了，你必须跟我走。

· 358 ·

扶 苏	哈哈哈哈,好一个左丞相,好一个抗皇命!左丞相一人之下万人之上,挟父皇以乱家国,可恼,可恼啊。
崤 风	你诬我父亲!
	(唱)忠大秦辅社稷他劳苦高功,
扶 苏	(唱)功愈高害愈深罪亦无穷。
崤 风	(唱)养虎终为患,
	切莫自毁弓。
扶 苏	(唱)长治久安行仁政,
	仁政天下才太平。
	〔王离探个脑袋出来。
王 离	公子,定是李斯施计假手公子。
扶 苏	扶苏知晓了。
王 离	敌俘众多,是否就地处置?
扶 苏	释放之。
王 离	公子?
扶 苏	以仁待之,他们断不会不义。
王 离	这释放罪俘之事可容先禀报皇上?
扶 苏	速速释放便是,父皇身边满是奸佞之臣,六国后裔尚且要赶尽杀绝,一旦禀报,这万余敌俘必遭屠戮。
王 离	尊公子命。(缩回脑袋,下)
崤 风	公子……
扶 苏	不用劝了,我意已决,你只身回程吧。
崤 风	公子若不随我前往,便是违抗皇命啊,公子。
扶 苏	扶苏明白崤风苦心一片,丞相戾气不减,扶苏岂能再助他为虐?!
	(唱)他斫伐无度行暴政,
	严刑峻法苦苍生。
	误国误民误社稷,
	致我大秦乐坏又礼崩。
崤 风	你二人
	(唱)本应该为国为家携手共,

却为何脾气相同心不同？

退一步天地宽但看崤风薄面，

化恩怨得团圆其乐融融。

扶　苏　哎！可这左丞相偏偏是她的父亲，又偏偏总是与我过不去，叫我好生为难啊。

倘若不回，我与她，哎……

（唱）丞相怒父皇怒怒气再起，

岂止是远京城坐食冷羹？

倘若随她回去，

（唱）即使有苍龙冲天腾云时，

握屠刀谈仁政我岂不脸红？

哎，（唱）进也难，退也难，进退都为难，

我如何才能让他劳无功？

崤风，我答应你，随你一同回去拜见左丞相。

崤　风　随我一同回去拜见父亲？

扶　苏　随你一同回去拜见他，以断绝左丞相屠戮六国后裔之念。

崤　风　父亲之念何曾不是皇上之念？！倘若回去是断绝屠戮之念，你可曾想过将来，我们的将来么……

扶　苏　将来？我们的将来？

（唱）本念想携手同书家国事，

却依旧有心无力难下笔。

我无有两全策，

顾得了东来顾不了西。

我们走了。

崤　风　不走。你且留下。如此而去，徒增两伤，于事毫无任何补益，父亲面前我且去应付。只不过，公子……

扶　苏　崤风……

崤　风　公子，我恨……

（唱）我恨你不遂父亲愿，

我恨你固执在一端。

我恨你迂腐求仁义，

我恨你茕影守边关。

我恨你不解嵋风苦，

我恨你猛虎甘愿落平川。

恨不尽也爱不尽，

何处是团圆？

〔嵋风打马而去，远处，扶苏极目相望。更远处，一队队匈奴俘虏仓皇北去。

第四场

〔七月丙辰。煞南，冲狗。宜：赴任、纳畜，忌：嫁娶、祈福。

〔九原郡行宫休憩之所，车辇簇拥，旌旗垂旒，大纛翻飞。

赵　高　丞相，此乃公子胡亥一片诚意，请丞相笑纳。

　　　　〔赵高拿出一件衣服递与李斯，是胡亥之衣。李斯展开，念衣上血字。

李　斯　（念）事若成，定许左丞相监国，共治国事，食十万户，胡亥血誓。

赵　高　丞相，时不我待，请丞相定磉。

李　斯　赵高！你可知罪？

赵　高　奴臣愚钝。奴臣只知与丞相同在激流，进，同进；退，皆亡。

李　斯　中车所书之《爰历篇》，李斯历历在目，其字正如此血书。尔以一凡夫之血充皇室之血，可是大不敬？

赵　高　赵高效公子虔代太子行罪之事而代公子胡亥血书。丞相息怒，奴臣这就去请公子前来血书誓言。

　　　　〔赵高边说边下。

　　　　〔魏妃不知道何时从何地钻了出来。

魏　妃　丞相，如今朝堂上下皆归心于公子胡亥，我儿嬴祁也已率诸皇子归依。丞相，若丞相朝堂宣旨，得富贵无边，丞相是明白人。

李　斯　多谢魏妃提醒。

魏　妃　明白人是不会吃亏。我还有要事,要去准备储君加冕事宜,
　　　　先行一步。

　　　　〔魏妃自顾下。李斯伫立而望。

李　斯　时日到了,怎的还不见人影?鬏乙之死,查无线索,可也促我
　　　　更为谨慎,我暗中派人送她出了关,断不会再遭变故的。

　　　　(唱)白天等,夜里盼,

　　　　　　秋水望穿人未还。

　　　　　　我灯尽油枯扛日月,

　　　　　　死撑一片天。

　　　　〔嵢风上。

嵢　风　父亲,孩儿回来了。

李　斯　公子扶苏呐?

嵢　风　公子有要务在身,不敢离营。

李　斯　他可识得那天寿簪?

嵢　风　识得的。

李　斯　既然识得,那就是抗命不遵?

嵢　风　父亲,边关战事紧急,实属无奈,请父亲为其美言。

李　斯　(唱)本指望扶苏前来扛重担,

　　　　　　设巧计暗中斡转托江山。

　　　　　　怕他不解其中味,

　　　　　　我一马套双鞍。

　　　　　　我儿带不走,

　　　　　　再行示玉簪。

　　　　　　却谁料,竖子真愚钝不堪,

　　　　　　哎呀呀,愚钝不堪。

　　　　　　幸好我早有谋划把行程改,

　　　　　　防万一绕九原一为接应二防生变我左右想周全。

　　　　为父再去走一趟。

嵢　风　父亲去不得。

李　斯　却是为何?

嵴	风	山高路远,酷暑难耐。
李	斯	从九原郡西行三日便到西北大营,难不了为父。
嵴	风	公子正领兵打仗,事务繁忙。
李	斯	为父正好见见他如何领兵。
嵴	风	(挡住他的马)父亲……
李	斯	又是何事? 实言道来。
嵴	风	女儿请父亲助公子。
李	斯	为父这就正是在助他。
嵴	风	公子请父亲谅宥。
李	斯	为父若无谅宥,岂会助他?
嵴	风	父亲……
李	斯	他固守所谓仁义,宁违皇命也不助为父剿灭六国后裔,是也不是?
嵴	风	父亲不是谅宥他了吗?
李	斯	哈哈哈哈,为父一言九鼎,谅宥他了!
嵴	风	父亲谅宥了,这违抗皇命之事父亲也就自然担过去了。我以为死结,没料到竟如此轻松过关。如此,请受孩儿一拜,这一拜是孩儿的,这一拜是公子的,公子若知道,定会高兴得不得了。

李	斯	谅宥是谅宥了,可为父啊……罢了,为父还是亲自去罢。
		(唱)本指望他西北风霜磨成器,
		    却难料赢赢弱弱如当时。
		    他还为三五逆贼守仁义,
		    这万里的江山他如何担得起?

嵴	风	(唱)扶苏他再大的江山也担得起, 败匈奴施仁义天下几人敌?
李	斯	匈奴已败?
嵴	风	公子与蒙将军大败匈奴胡人于长城之北,俘敌万余。
李	斯	确有此事?
嵴	风	孩儿亲眼所见。
李	斯	好啊! 此子可为也。灭胡者,秦人也。天助我也。

(唱)胡人觊觎中原地，

　　　数代扰我无停息。

　　　灭秦谣言漫天转，

　　　累我大秦无休憩。

　　　筑长城、修驿道，

　　　耗尽生力挡铁骑。

　　　害我大秦疲奔命，

　　　害我皇上大限期。

　　　稻谷子七月开花稍显晚，

　　　晚收的谷子更充饥。

我这就去大营与之一道押解敌俘进咸阳。

(唱)赢扶苏战胡人声动万里，

　　　挟声威镇咸阳千载良机。

　　　万余敌俘祭城郭，

　　　管得他楚地流贼、六国后裔、皇家公子、逆天贰臣，全皆俯

　　　首摒声息。

崤　风　父亲，匈奴敌俘已被公子释放。

李　斯　释放了？

崤　风　释放了。

李　斯　当真？

崤　风　不假。

李　斯　为庇护六国后裔敢抗皇命倒也罢了，他人尚不得知；无视李
　　　斯，李斯亦不为怪，权当家中小儿胡为。可这释放万余敌俘，
　　　置大秦安危于不顾，仁则仁矣，将士军心何稳？逆秦盗贼何
　　　惧？扶苏你功绩何在？大秦声威何存？如今山雨欲来，倾城
　　　皆惊，若依你一味仁慈，天下不乱？偌大的社稷岂不葬于你
　　　手？扶苏啊扶苏，你软若一团烂泥，叫我如何扶你得起？即
　　　便扶起，你为腐仁不惜忤逆皇上、抗拒皇命、无视李斯、无视
　　　大秦，如此固执，你若当政，家何以家？国何以国？中车所言
　　　极是，扶苏他迂腐固执。罢了，罢了。

(唱)日日思君君无影，

夜夜盼君在梦中。

梦里君矫健，

脚踩八面风。

款款迎面来，

笑靥双飞红。

相视仅一笑，

愁云付东风。

携手相与共，

醉眼数苍穹。

阑干依断一场梦，

好梦从来都成空。

我滴滴心血付东流，

枉把一江染成红。

多情总被无情弄，

岂敢扰君再折腾？

我且自在随风去，

管他东南西北中。

哎呀，想我一腔心血竟洒错了地方，可叹复可悲。

(唱)嬴邯无德，胡亥无用，

扶苏与我各西东。

余者皇子皆庸碌，

嬴氏血脉何处承？

无人承，我忍看江河流断？

大秦一统何无李斯功？

不若我翻手取代，

跃身一起便成龙。

便成龙，便成龙……

不不不，

我名不正言不顺天下乘机乱，

逆天之举祸乱生。

我扶一弱藤绕大树，

大树齐天亦能挡危城。

　　〔胡亥上。

胡　亥　丞相。

李　斯　何事？

胡　亥　先生唤我前来书写……

李　斯　公子想立为储君继位皇帝？

胡　亥　胡亥不敢。

李　斯　应我一件事。

胡　亥　即便一百件一千件，胡亥也应了。

李　斯　登基继位之后，大秦依然严法治之。

胡　亥　凡是丞相之言，皆为胡亥之言；凡是丞相之事，皆为胡亥
　　　　之事！

第五场

　　〔八月乙丑。白露。煞西，冲羊。宜：开光、冠笄，忌：求嗣、
　　出行。

　　〔十几辆一模一样的秦始皇的辒辌车一字排开，离辒辌车百
　　步之遥，群臣俯首。

赵　高　皇上此番巡游，拜名山，祭大川，辗转万里；走严寒，斗酷暑，
　　　　劳累成疾，经前日污物惊扰，愈发病重，今特请谏议储君加冕
　　　　之礼，以为皇帝冲喜……

群　臣　吾皇功盖三皇、德过五帝，定万寿无疆！

巫　祝　巡游途中立储君，祭祀典礼所备皆不足，无法显我皇恩之浩
　　　　荡，臣请奏回到咸阳，再行隆重大礼，也好示我大秦之威。

蒙　毅　巫祝所言极是，皇上！托社稷事关重大，皇上三思啊！

臣　丙　皇上，长公子扶苏一直深得皇上器重啊皇上！

蒙　毅　立长立嗣，顺乎天意，若不是监军西北，定早已立为太子……

臣 甲	扶苏自持皇长子而日益骄纵,竟敢置我大秦于死地,私放万余匈奴敌俘……
臣 乙	按律,罪不可赦。
臣 丙	公子扶苏一向宽厚仁慈、德才俱佳,此为一时糊涂啊皇上。
蒙 毅	况且他大败胡人,破敌大功啊。
李 斯	诸位,今日仅谏议加冕之礼,诸位请勿罪及己身。
赵 高	巫祝,择一吉日,储君加冕。
巫 祝	十日之后乃中秋,恰属金匮收日,心宿在东方心月,星象所指乃黄道之日……
赵 高	就近择日。
巫 祝	近无吉日。
赵 高	是么?
巫 祝	是的。
赵 高	若无再奏,退朝。

〔众皆散去,唯蒙毅未走。

〔蒙毅斗胆朝秦始皇的辒辌车走去。

蒙　毅　(唱)废长子立弱幼半途道路,

　　　　　　皇上他定然是神思恍惚。

　　　　　　莫不是遇鹏鸟沾了邪气?

　　　　　　莫不是受劳苦神殚力瘁?

　　　　　　我今日斗胆上前探缘由,

　　　　　　求皇上秉天威承民意转祸为福。

啊! 竟闻得尸臭阵阵。天啦! 道是近日皇上声似胡亥,难道皇上……不堪想啊!

(唱)莫非皇上遭变故?

　　　　莫非暗藏有谋图?

小太监　不得靠近圣驾。

蒙　毅　蒙毅有要事面奏皇上。(喊着)皇上……

小太监　不准!

〔蒙毅依然迈步前行,逐步靠拢。

(接着唱)走一步行一步我彷徨四顾,

一步错步步错我将百身莫赎。

哎,粉身碎骨也不顾,

我今日探它个水落石出。

〔小太监跑过来挡在蒙毅面前。

小太监 侵犯圣驾者,诛无赦!

蒙 毅 皇上!

〔蒙毅绕过小太监,钻至一辆车前,迅即撩起辒辌车帷帘。

蒙 毅 乃鲍鱼!臭若尸味,皇上何在?

〔蒙毅又撩开一辆车。

蒙 毅 呀,仍是鲍鱼!为何辒辌车里盛鲍鱼?蒙毅明白,分明为掩尸臭。

〔当蒙毅去撩第三辆车时,卫尉已率兵士前来,见蒙毅被押下,从第三辆车中窜出来的胡亥赶紧由车后落荒而逃。

〔赵高与李斯也已赶到。

李 斯 蒙毅可知罪?

蒙 毅 皇上是否已经宾天?

赵 高 大胆蒙毅,尔

(唱)诅咒圣上罪无赦,

罪当五刑来临身。

李 斯 蒙毅定是受污物所累,神志不清。皇上龙体安康着呢,你不见皇上衣食如往,奏章如故?

蒙 毅 (唱)蒙毅伴君蒙圣恩,

皇上言行铭于心。

衣食如往,奏章如故,

以假岂可能乱真?

李 斯 蒙毅你要

(劝)审时度势知进退,

切莫抱柴来自焚。

蒙 毅 蒙毅明白了。

(唱)社稷遭难犯小人,

蒙毅疑虑竟成真。

皇上！天犯小人，社稷遭难啊皇上！谶言亡秦者胡人，今不待胡人，自亡于此类小人手中啊，皇上！

李　斯　蒙毅可知罪？

(唱)你可知五刑之极苦？
　　　切莫刚愎而不钦。

蒙　毅　五刑之极苦，乃丞相所设虐刑，吓万民之虐刑，蒙毅无畏。不过是

(唱)黥面、劓鼻、断足、腰斩、醢成肉酱，
　　　报皇恩蒙毅不惜自己身。

赵　高　(唱)自寻死路你不顾，
　　　罪及五族你成祸根。

〔赵高一挥手，蒙毅被兵士捂住嘴拖走。

李　斯　(唱)他清君侧扫路障乾坤旋转，

赵　高　(唱)我提快刀斩乱麻良机难再寻。

李　斯　(唱)文蒙毅武蒙恬扶苏双臂，

赵　高　(唱)除政敌稳准狠不着迹痕。

李　斯　(唱)莽蒙毅自寻死自投罗网，

赵　高　(唱)蠢蒙毅自作孽他想救也无门。

〔幕后声："罪臣蒙毅，侵帝辇，犯圣驾，不存敬畏，罪当五刑，夷五族。念其蒙氏数代有功于国，丞相力保之，着与免其族人，今赐白绫一丈，令其尽忠，永葬皇陵。"

〔蒙毅悲喜交集的声音："臣还能陪伴皇上，乃蒙氏之幸！"

〔李斯眺望远方。臣丙追过来。

臣　丙　丞相，大事不好。

李　斯　何事如此惊慌？

臣　丙　今日朝议中对储君胡亥持异议者，皆被赵高戮杀。

李　斯　果真如此？

臣　丙　不仅仅如此，连公子扶苏之亲信、近侍皆备捕杀，不发誓效忠储君、中车者，皆被关押。行宫上下，一团恐怖，不知何时罪名降临自己头上。

李　斯　明白了。

臣　丙　如今赵高上诣媚愚弄储君,下排除异己收罗党同。如果丞相
　　　　再不行动,危矣。

李　斯　如何行动?

臣　丙　譬如赵高。

李　斯　堂堂左丞相,岂能行小人之事? 胡亥何在?

臣　丙　储君任由赵高所为。丞相……
　　　　〔臣丙见李斯并无热情,转而离去。远处,臣丙被扑杀。

李　斯　(唱)李斯惴栗心愧憾,

　　　　　　我亲手放虎出笼樊。

　　　　　　饿虎扑食朝堂里,

　　　　　　我背脊透凉心透寒。

　　　　(念)储君软弱,太监当政,太监当政,残忍无情,残忍无情,诛
　　　　杀无辜,诛杀无辜,天下寒心。

　　　　如今尚未登基,尚且如此妄为,若真成为天子,岂不上诛天下
　　　　诛地? 但凡不合你意者皆诛之? 胡亥啊胡亥,你自绝于皇
　　　　位,自绝于天下,休怪李斯未助过你!
　　　　〔李斯走至峤风处。

李　斯　为父若送你一物,要还是不要?

峤　风　何物?

李　斯　皇后凤冠。

峤　风　凤冠?! 不不不,父亲,救救孩儿!

李　斯　(唱)凤冠承龙颜,

　　　　　　高高上云天。

　　　　　　荣华耀万代,

　　　　　　富贵天地间。

峤　风　(唱)始皇帝尽纳六国后宫院,

　　　　　　何处没有美婵娟?

　　　　　　荣华富贵由他去,

　　　　　　只要心中一点甜。

李　斯　(唱)为何一定是始皇帝?

　　　　　　就不许是个小少年?

峪　风	普天之下,唯一个皇帝,难道……难道皇上真已驾崩?
李　斯	噤声!
峪　风	(大出一口气)哦,(惊喜地压住声音)公子要回咸阳了?
李　斯	(模棱两可)按理是该回去了。
峪　风	(唱)曾经咸阳一双雁,
	携手高飞在云端。
	忽如一日弓箭起,
	一只哀鸿落边关。
	边关霜月冷,
	一年复一年。
	徒留我长空望断,
	只落得形只影单。
	关山日暮处,
	双雁再团圆。
	孩儿替公子谢父亲。父亲对他如此之好,他却倔强如牛,孩儿去把他拉来为父亲赔罪。不,绑来,不,他就要为帝了,不能绑,不,当了皇帝也一样绑!父亲,孩儿高兴啊!
	(唱)从此永相伴,
	哀鸣换笑颜。
李　斯	(唱)世事本来无恒远,
	悲喜只在一瞬间。
	喜中自古有悲苦,
	悲里岂能无蜜甜?
	孩儿,如若不是你的公子呢?
峪　风	父亲别吓孩儿,孩儿经不起吓。
李　斯	孩儿听着,皇上驾崩,已拥胡亥为储君,跟他,你就是皇后。
峪　风	除却扶苏,峪风不嫁!父亲,行宫谣言父亲和赵高矫诏胡亥竟然是真?父亲!你……我这就去告诉公子扶苏!
	〔峪风打马而去。
李　斯	(向远处兵士)挡住!
峪　风	(高吼)谁敢?!

［兵士半是慑于崤风的怒吼,半是不知情不敢贸然行事,毕竟此为丞相之女,装装样子,没拦住,终被崤风冲出去了。

胡　亥　(上)丞相,何事?

李　斯　请储君速速逮住崤风!

胡　亥　胡亥不敢。

李　斯　储君连这点气魄尚无,何以俯视万里江山? 赵高! 赵高!

赵　高　奴臣在。

李　斯　奏请皇上:今扶苏受蒙恬壅蔽,屯边不力,诽谤皇上,窥视社稷,不忠不孝。请削其兵职,投入大牢!

赵　高　(拿出圣旨)皇上已经拟旨,奴臣随身带着。

李　斯　你,你……好你个赵高!

赵　高　奴臣只是尊丞相意行事。

李　斯　你这还是尊丞相意? 你简直……哎!

赵　高　奴臣料丞相会上奏皇上,只是先一步向皇上奏请了而已。

李　斯　下不为例!

赵　高　绝无下次!

　　　　［李斯径直而去,走至巫祝身边时,巫祝开口了。

巫　祝　丞相何往?

李　斯　西北大营。

巫　祝　丞相,巫祝有一言定要相送丞相。

李　斯　却是为何?

巫　祝　念丞相十年关照,巫祝这最后一卜定要送予丞相。丞相,今乃乙丑金铴执日,北斗南移,天狼耀光,天地相冲,煞在西,忌出行。丞相,天示主凶啊!

李　斯　李斯不信,但李斯谢巫祝!

　　　　［李斯径直而去。

巫　祝　(似唱似吟)瘴气正缭绕,

　　　　　　　白露勿露身。

　　　　　　　　乙不栽植千株不长,

　　　　　　　　丑不冠带主不还乡。

　　　　［李斯头也不回。

372

第六场

〔八月庚午。煞北，冲鼠。宜：定磉、祭祀，忌：移徙、破土。
〔扶苏大营。李斯宣旨。

李　斯　扶苏受蒙恬壅蔽，诽谤皇上，不忠不孝，窥视神器，图谋篡逆。
　　　　着其监计牢坑，永不叙用。钦此！

扶　苏　谢父皇隆恩。

李　斯　扶苏还有何语？

扶　苏　无有。父皇受奸人所惑，置皇儿于牢坑，扶苏拒崤风之时便
　　　　知定有今日。

李　斯　公子一直在此坐以待毙？

扶　苏　扶苏一直在此静候丞相！

李　斯　无有行动？

扶　苏　无有行动。

李　斯　无有行动，那就休要怪于我。
　　　　(唱)胡亥乱政犯众怒，
　　　　　　我激将崤风奔扶苏。
　　　　　　乱象迭起国无主，
　　　　　　激他举戈把霸业图。
　　　　　　抛仁弱，擂战鼓，
　　　　　　他外举兵我内呼应举国定山呼。
　　　　　　白云不逐风归去，
　　　　　　奈不何他趋祸避福舍生求死作茧来自缚。
　　　　你释敌俘，抗皇命，袒护六国余孽，不敢图谋霸业，软弱固执，
　　　　一团烂泥，叫我如何把你扶？
　　　　(唱)小路一条通地府，
　　　　　　大道一条朝青天。

　　　　　　　你不走大道走小路，

　　　　　　　休怪我投你入深渊。

扶　苏　(唱)严刑峻法杀伐天下，

　　　　　　　民心不得你心安？

李　斯　臣为大秦丞相

　　　　　(唱)尽忠尽职保社稷，

　　　　　　　李斯我心中只有大秦江山万万年。

扶　苏　(唱)爱民者，民心向，万民拥戴，

　　　　　　　爱天下，天下归，长治久安。

李　斯　(唱)一国之君仁慈太过，

　　　　　　　天下必然多祸端。

　　　　　扶苏你仁则仁矣，仁慈太过，大秦江山你何以担？李斯只想
　　　　　拥立一个不背皇上功业之帝王！

扶　苏　丞相请勿复大逆不道之言，天子授之于天，扶苏不敢私窥神
　　　　　器。扶苏仅一事相求。

李　斯　(期待地)要我助你？

扶　苏　将此簪交予崤风。

李　斯　执此天寿簪如沐天恩，寿比天齐，即便罪至九天也不死，你留
　　　　　着这不死簪，定会用得着。

扶　苏　丞相，还是留予崤风吧。我入狱监之后，以崤风之行事，难免
　　　　　不触龙颜。

李　斯　(唱)他与崤风真心换，

　　　　　　　闻言我心中一片酸。

　　　　　　　我怎忍棒杀鸳鸯鸟？

　　　　　　　我怎忍他们泪双悬？

　　　　　　　我和他，前世并无刮骨恨，

　　　　　　　我和他，拼死拼活为哪般？

　　　　　　　我和他，一心为社稷，

　　　　　　　我和他，却无法共举天。

　　　　　　　曾经心中无数念，

　　　　　　　为何这同心协力就那么难？

扶　苏　同心协力,难难难,

　　　　(唱)左丞相能放下高举屠刀?

　　　　　　　左丞相能放下刑杀森然?

李　斯　(唱)谁愿为恶不善?

　　　　　　　李斯所为无因缘?

　　　　　　　废诸侯、立郡县、毁诗书、坑儒士、用狱吏、施刑杀、统一文
　　　　　　　字度量衡,

　　　　　　　皆为大秦树威严。

扶　苏　(唱)丞相威严所至,

　　　　　　　百姓尸骨成山。

李　斯　(唱)无有流血,何来秦国?

　　　　　　　无有杀伐,何来稳安?

报子甲　报! 匈奴大单于感恩公子释放匈奴俘虏,特送来厚礼国书,
　　　　愿与我大秦修世代友好。

李　斯　好! 大秦后背敌患已除,灭秦谗言已破,公子之仁也非一无
　　　　所是。多少年来,大秦一直以威慑众,众惧之,难服之。刑杀
　　　　太过,家国亦多难。

报子乙　报! 齐楚后裔谋逆,一路杀向咸阳,韩赵后裔亦闻风而动,咸
　　　　阳儒生纷纷举旗响应,以作内应。

扶　苏　有这等事? 六国后裔、咸阳儒生,我还对之如此以仁待之?
　　　　仁慈太过,家国亦难安。

李　斯　(对报子)速请大将蒙恬厉兵秣马(报子下)。公子,有李斯在,勿
　　　　需慌乱。只是,李斯心中常有一念。

扶　苏　何念?

李　斯　以公子之仁,李斯之法,合之,秦国将如何?

扶　苏　你道如何?

李　斯　合公子之仁、李斯之法、恩威并施、张弛有度,我大秦江山万
　　　　代延绵。

扶　苏　也许此乃强盛之路。

李　斯　今日看来,无疑此乃强盛之路。

扶　苏　可惜晚了,扶苏已是待罪之人。

[李斯撕掉诏书。

扶　苏　大胆李斯！竟敢私毁圣旨！

李　斯　还言私毁圣旨？嵋风今日并无告你实情？

扶　苏　今日未见嵋风。

李　斯　哎呀,坏我大事。为避赵高耳目,我施计于嵋风前来报信,料赵高瞧不清其中端倪,却怎料她并无前来,幸好我借传圣旨之机前来查看,我来告知于你:

(念)始皇帝南巡幸突崩半道,

诏令你回咸阳力主当朝。

只因那匈奴烽烟、起义呼天、皇子觊位、人心思乱、盗贼四起、皇帝驾崩、储君未立、赵高矫诏,

我暗中行船避惊涛。

借口征剿六国事,

只为你顺风顺水避惊涛。

却不料假戏窥出真心境,

释俘虏守仁腐你负我宁肯入监牢。

你既然无有虎狼志,

我岂敢把偌大的担子予你交?

拥胡亥弃扶苏我实也无奈,

居相位大秦江山乃至高。

如今峰回又路转,

赶走斑鸠夺鹊巢。

你速速与蒙将军起兵,待我向天下谢罪,你便速速举兵中原匡复社稷。

扶　苏　父皇……丞相……

李　斯　快去！记住,事成之后,一国之君,不能固守仁义！

扶　苏　丞相……

李　斯　速速前去,再晚,就来不及了。

扶　苏　迟了。

李　斯　迟了也要一拼。

[遁甲带着赵高上及群臣上,王离则从另一侧上。

李　　斯	裨将王离听命,速将虎符还予蒙恬,拥立扶苏,举兵中原,匡复社稷。中车赵高,篡改遗诏,谋杀诸臣,罪不可赦,裨将王离拿下赵高!
王　　离	王离唯丞相马首是瞻。
李　　斯	为何不动?
赵　　高	大将王离,速速捉拿罪囚。
李　　斯	汝等小儿也成大将了? 蒙毅何在?
赵　　高	已畏罪自杀。
李　　斯	是你,你……
赵　　高	丞相明白人。
李　　斯	尔可知齐楚后裔谋逆,一路杀向咸阳,韩赵后裔亦闻风而动,咸阳儒生纷纷举旗响应之事? 此刻为清异己而杀大将,尔将为大秦千古罪人。
赵　　高	千古罪人? 丞相有后,功过可延数代,赵高乃一阉人,只有今生,手中之物方言物。
李　　斯	真不愧太监言辞。
赵　　高	大将王离,速速捉拿罪囚。
王　　离	遵命,丞相!（准备擒拿李斯,但见到李斯威严地向他扫视,心生胆颤不敢前行）
李　　斯	哈哈,丞相? 赵高当丞相了?
臣　　甲	中车府令已擢为丞相。
臣　　乙	中车之德能,不愧为丞相,不不不,丞相之德能……
臣　　甲	丞相,李斯本为丞相,竟借传圣旨挟持扶苏阴行谋反,图谋篡逆。
臣　　乙	撕毁圣旨,辱我大秦!
众　　臣	罪当极刑!
赵　　高	李斯,听见了?
李　　斯	听见了。
赵　　高	何感?
李　　斯	一群可怜虫,为食小利,上欺朝廷,下欺万民,李斯定不饶尔等。

臣	甲	李斯为虎作伥横行朝廷数十年。李斯不死,群臣难活啊,丞相!
臣	乙	逆天之罪,按律五刑!黥他的面,割他的鼻,断他的足,斩他的腰,把他剁成肉酱。
臣	甲	这五刑乃李斯所创,五刑所至,天下人皆寒颤,今也定要让他自己尝尝味道。
臣	乙	一定要让他自己尝尝味道。
众	臣	丞相请准……
赵	高	李斯,你可怪不得我了。

〔赵高一挥手,兵士速速进来。一队又一队兵士蜂拥而入,控制二人。

赵	高	控制大营,严拿李斯、扶苏之心腹。
王	离	诺!

〔见王离要离开,遁甲也要跟在其身后准备溜走,李斯这才注意到遁甲。

李	斯	(厉声)遁甲?可是你暗通逆贼?
遁	甲	储君赏我事成之后做一个俸禄两千石的官职呢!丞相该为我高兴。

〔李斯走过去,遁甲以为李斯要打他,赶紧抱头鼠窜,并向赵高求救。

遁	甲	丞相救我!
赵	高	先皇在下面也要臣子陪伴着,今日就封你为郎中令,速去赴任吧!(抽出王离的腰刀,一刀刺向遁甲)
遁	甲	让我陪葬?谢丞相!这好歹也是九卿之一的高官啊!(面带笑容地死去)
李	斯	遁甲,厚葬鬈乙的钱我尚未予你,咱们就算两清了。
赵	高	丞相仁慈,鬈乙出宫还是他放的信。
李	斯	你……
赵	高	丞相本该是享尽荣华富贵之人,却不该言而无信,出尔反尔!
李	斯	李斯所做的一切,只是尽一个丞相的职责罢了。
扶	苏	丞相……

李　斯　无碍,他们还需我一起谎言天下。

赵　高　丞相高估自己了,册封储君之前,有丞相鼎言相助,天下人皆
　　　　信服,如今有无丞相,已无大碍。

李　斯　我要见胡亥。

赵　高　储君已全权委于奴臣,储君在看角抵戏,来不了了,储君妃倒
　　　　是来了。带上来!

　　　　〔崤风上。

李斯、扶苏　崤风!

　　　　〔李斯、扶苏挣脱过去。

李　斯　崤风! 我儿,你并无前来告知公子扶苏?

崤　风　孩儿并无前来,胡亥有父相助,以父亲之铁腕,孩儿前来只会
　　　　害了公子。

　　　　(唱)孩儿一命本草芥,

　　　　　　岂敢牵连公子好前程。

李　斯　命乎? 运乎?

　　　　(唱)我算定你为扶苏舍身报信,

　　　　　　却难料你口上成行心不行。

　　　　　　我东也盘来西也算,

　　　　　　良机全然付东风。

扶　苏　(唱)叩谢丞相苦心一片,

　　　　　　叩谢崤风一片深情。

　　　　　　叩谢明月有意照沟壑,

　　　　　　我悔恨一生与丞相相左,

　　　　　　沟壑不觉月光明。

崤　风　责在我!

　　　　(唱)求福不成反成祸,

李　斯　责在我!

　　　　(唱)左右摇摆两端中。

扶　苏　责在我!

　　　　(唱)一生固执为仁义,

李斯、嵋风、扶苏　(合唱)枉自一片忧心忡。

李　斯　责在我!

嵋　风　责在我!

扶　苏　责在我!

赵　高　公子扶苏,窥视神器、暗谋逆篡、不忠不孝、按律当斩,以儆
　　　　效尤!

　　　　〔李斯伸手去挡。

李　斯　赵高,他是皇子,按律罪不至死! 况一切皆由李斯起,应由李
　　　　斯担承。

　　　　〔在赵高手势之下,兵士去拖走扶苏。

　　　　〔李斯将玉簪塞给扶苏。

李　斯　他有御赐免死天寿簪! 尔等岂敢胡为?!

　　　　〔扶苏将玉簪塞还给李斯,又被李斯强塞给扶苏,再被塞
　　　　回来。

赵　高　不用争了,那只在先皇手里有用,天变了,这些规矩也就该
　　　　变了。

　　　　〔兵士拖走扶苏。

扶　苏　来世,扶苏愿一生跟随先生足下!

李　斯　李斯候着!

　　　　〔另一灯光区下,扶苏血溅白绫。

赵　高　请吧! 丞相!

　　　　〔赵高手指一辆空着的囚车。

李　斯　孩儿,父亲去了……

赵　高　丞相放心,她已为储君临幸,储君不会如丞相言而无信,储君
　　　　登基定会纳嵋风为后,让她时刻惦记着储君的好,也让丞相
　　　　之追随者有个盼头。

嵋　风　孩儿愧于公子愧于父亲,只是孩儿一时不能追随公子追随父
　　　　亲,公子与父亲之后事孩儿得照料。

　　　　〔嵋风夺过李斯手中的天寿簪,刺中自己的手背。

　　　　父亲,若在来生见此处有一胎记者,那定是孩儿。父亲记
　　　　住了!

李　斯　孩儿……父亲记住了！来生，还做父女。

崤　风　还做父女！父亲！

李　斯　孩儿！

　　　　〔李斯信步朝囚车走去。

李　斯　(唱)头裹红带兮，

　　　　　　身佩赤刀。

　　　　　　东海黄公斗白虎兮，

　　　　　　气冲云霄。

　　　　　　生可溯兮，

　　　　　　死亦可抛。

　　　　〔囚车一路排开，犹如秦始皇辒辌车车队之阵势，魏妃也在其
　　　　中一辆囚车之中。

李　斯　魏妃她！？

赵　高　皇上宾天了，魏妃请求永远伴驾，忠心一片可鉴啊！

魏　妃　赵高，胡亥，尔等小人也活不长。贼军遍地，城池尽失，不出
　　　　几日国破城崩，尔等定遭万人戮！

赵　高　(向兵士)带魏妃先行一步。

李　斯　完了，天下完了！

赵　高　谁的天下不是天下？丞相，也该启程了，念丞相已为国丈，储
　　　　君特赏国丈全尸，厚葬皇陵。

李　斯　李斯本为丞相，却不念皇恩，挟公子扶苏阴行谋逆，罪当五刑！

赵　高　准！

李　斯　刑于咸阳闹市，以刑杀之威震慑天下逆者。

赵　高　准！

李　斯　奸人当道，盗贼横行，百官昏庸，胡亥无能，没了李斯，任由太
　　　　监柄政，胡亥定难撑天下。我听到了大秦帝国的崩塌声，滚
　　　　滚前来，声声入耳。可怜我繁花似锦的大秦江山啊！

　　　　(唱)想当初入秦地离家别井，

　　　　　　绘美景织宏图抱负藏胸中。

　　　　　　耗尽平生劲，

　　　　　　勠力筑一城。

城墙巍峨起，
高耸入云中。
固若磐石坚若铁，
光耀万代功。
突如一声惊雷动，
天塌地陷城也崩。
城崩裂，心崩裂，
李斯痛彻愧无穷。
愧对始皇帝，
李斯何以见王灵？
愧对峭风儿，
把她推进万劫中。
愧对赢扶苏，
夺位夺命我李斯是元凶。
愧对大秦国，
一片土埋一片情。
李斯本属楚，
强秦梦我比秦人更热衷。
梦里秦楚归一统，
兄弟和睦乐融融。
我悔对峭风藏心机，
我悔对赵高把口松。
我悔对蒙氏存妒意，
我悔对鼠首两端中。
聪明反被聪明误，
误国误己两头空。

李斯,愧么？愧！悔么？无悔！
不怨今日摘苦果，
种树本为李斯功。
如若从头再走来，
我定然还会原路行。

此,非天意,而是恶果。只是,今日之乱始于李斯,亦愿终于李斯。

　　我自甘五刑苦,

　　极力挽危城。

　　黥面,劓鼻,断足,腰斩,醢成肉酱,

　　刑杀之威震朝廷。

　　断绝臣民逆天念,

　　我残阳挺身扶西风。

(仰天长呼)皇上,李斯无能,但李斯尽力了!(捧着《山川颂》竹简,热泪盈眶地边颂边走向囚车。)乃今皇帝,壹家天下,兵不复起,灾害灭除,黔首康定,利泽长久……

[在远处赵高宣布秦始皇驾崩的"皇上宾天了"悲怆声并夹杂着若有若无的鹏鸟低鸣声中,李斯走进囚笼。

[崤风看着车辇簇簇驶入茫茫远方,追逐而去。

[幕后传来悠远的伴唱:

　　舆轮滚滚,

　　尘霭濛濛。

　　归哉归哉,

　　山水无踪。

[剧终。

話剧

选择性呼吸

鄢辑吾

中国戏剧家协会会员，黑龙江省作家协会会员。祖籍四川省简阳市。1987 年毕业于黑龙江省艺术学校编剧大专班，（后改名为黑龙江职业艺术学院）毕业分配到哈尔滨话剧院编导室工作。主要负责话剧的评论及人物采访和剧本创作。自高中时就开始在报刊杂志上发表文章，至今已发表的剧本、小说、论文、诗歌、散文近百万字。话剧剧本《东食西宿》获得 2014 年第 28 届田汉戏剧文学三等奖和 2016 年上海戏剧文化节市民展演一等奖。话剧剧本《乌鸦与玫瑰》获得 2015 年黑龙江戏剧大赛丁香奖二等奖。2015 年进入上海戏剧学院高级编剧班学习，在多位导师的指导下，创作出话剧剧本《选择性呼吸》。同年发表在《剧作家》上并获得 2016 年度上海文化发展基金演出扶持。

时　间：当代。

地　点：某市麦当劳餐厅。

人　物：秦三——男,大号秦传熙,65 岁,失地农民,给麦当劳和附近的商场打扫卫生。

刘爽——男,26 岁,帅气的警察,外地人,原则性强,有幽默感。

三美——22 岁,女大学生,外貌酷似"范冰冰",在麦当劳实习。

二美——23 岁,三美的姐姐,同在麦当劳实习。

店长——陈峰,眼镜男,先是对三美有好感,后来爱上了二美。

李阿竹——女,56 岁,不愿意跟女儿生活,独自一人跑到城里,暂时过着捡拾剩食的生活,后来喜欢上了秦三。

老舅——男,60 岁,秦勇的舅舅,民间艺人。

老四——男,40 岁,秦三的同乡,是好吃懒做惹是生非的"盲流"。

秦勇——男,20 岁,麦当劳员工,因为驱赶店中的闲杂人员被害身亡。

王思佳——男,20 岁,进城寻找网友的农村青年,失手将秦勇捅死。

秦建设——男,40 岁,秦三的儿子,总想把父亲从城里劝回农村。

秦爱国——男,60 岁,秦三同母异父的弟弟。

丁记者——男,30 岁,爱占便宜的电视台记者。

成局长——男,50 岁,见异思迁后来被妻子"骗了"。

成夫人——女,45 岁,外科医生。

真真——女,30 岁,因想调换工作而成为第三者。

摄像师——跟随丁记者采访拍摄的摄影师。

大檐帽——综合执法大队工作人员。

派出所所长、香港导演、麦当劳员工、民警、假僧人、旅客、顾客若干。

［场景，麦当劳餐厅里，有一个大"M"标志。左侧是现磨咖啡，有"MCCAFE"的招牌。这里出售的是比较高级的咖啡，还有新品的茶类和甜点。它的前面是高档木制圆桌配皮沙发，靠左侧墙边有一个长条皮沙发。

［右侧是销售普通餐品的柜台，有麦满分、咖啡、薯条供应，右侧的桌椅都是方形的木制品，靠最右侧的是一个木制长椅。

［左侧与右侧之间是一条通道，它既能通向后厨和更衣室，也可通向附近的商场。通道上方有个指示牌，上面有一正一反两个方向的指示箭头，一个箭头指向里面的"商场"，一个箭头指向外面的"汽车站"。

［这是一个位于地下室的 24 小时营业的餐厅。

第一幕

［左侧的时钟靠近七点。

［一部分等候汽车的旅客趴在桌子上打盹，一部分横躺着。

［有顾客前来吃早餐。

［秦三扫地。一位身穿黄色僧装的人向买早餐的顾客兜售福卡。

秦三上前阻拦。

秦 三 师傅，这儿不能卖东西。

假僧人 施主，贫僧乃白马寺出家僧人，今云游至此只为寺院翻建筹款，还望施主周全。

秦 三 师傅在哪儿挂单啊？

假僧人 （递上一张福卡）此卡已经开光，会保佑施主大富大贵。至于您捐资多少,全凭施主诚意。

秦　三　我问你:在哪儿挂单?

假僧人　挂? 挂什么单?

秦　三　你住在哪儿?

假僧人　自然住在本地的文华寺。

秦　三　是文华寺旅馆吧? 那儿的"和尚"都开始穿皮鞋了?

假僧人　这……忙中出错。

秦　三　你快走吧,免得在这儿白耽误功夫。

假僧人　你扫你的地,我送我的卡,井水不犯河水。

秦　三　(坚决地)不行。

假僧人　(收起卡片,悻悻地走)祝你苦海无边,永不上岸!

秦　三　假货!

　　　　〔假僧人下。秦三继续扫地,扫到一个桌子,就从顾客的剩余
　　　　餐盘中捡起一些能吃的,放在一个盘子里。再把盘子里剩下
　　　　的杂物倒进垃圾柜里,然后把盘子整齐地摆放在垃圾柜上。
　　　　〔秦三推了推在长椅上睡觉的老四。

秦　三　老四,醒醒! 吃饭了,今儿早点出去——找点事干。

老　四　三叔,(起身又趴在桌子上)我再睡会儿,刚才是谁呀,闹哄哄的?

秦　三　假和尚,比你当年装的都假。

老　四　(爬起来)人呢? 削他! 当年我扮和尚的时候,人家对我老好
　　　　了,现在——人心变喽!

秦　三　就因为你们带头瞎整,人心才变了! 你没事向你哥学学,也
　　　　做个买卖啥的——

老　四　他走他的阳关道,我走我的小木桥,我不屑他。我就愿意和
　　　　三叔在一起——舒服。
　　　　〔老四趴头又睡下了。秦三摇摇头,继续收拾其他的桌子。
　　　　捡食者李阿竹上场,随身背了个大号编织袋。老四忽然抬
　　　　头,发现李阿竹捡了秦三盘子中的食物,他拦住李阿竹。

老　四　哎,哎,你谁呀?!

李阿竹　有事儿?

老　四　你怎么随便拿东西? 不知道这是谁的地盘吗?!

李阿竹	这……这捡东西也分地盘？又不是卖东西。
老　四	少废话，说怎么办吧？
李阿竹	还你不就完了吗？（把手里的东西放回原处）我可没吃。
老　四	有这么便宜的事吗？你得赔。
李阿竹	我没动？赔啥呀？
老　四	赔啥？我先让你知道知道！
	〔老四举拳欲打，被秦三喝住。
秦　三	老四！你干什么？！
老　四	她拿咱的东西。
秦　三	算了，你去给我买盒烟。
老　四	买烟干啥？你又不抽。
秦　三	（把老四推走）你抽！
老　四	她谁呀？你咋这么护着她？！
	〔秦三拿出十块钱塞给老四，老四悻悻地下。
秦　三	对不住，他是我老乡——有点浑。
李阿竹	我不知道那是你们的东西。
秦　三	你拿去吧，他吃不了这么多。
李阿竹	不了，气饱了。
	〔两个人都笑了。秦三扫完了地和李阿竹闲聊天。
秦　三	不打不相识，大妹子，你咋整到这一步了？
李阿竹	我和女儿过不惯，为了躲她，就出来了，也没找到活干。 大哥，你是失地农民吧？
秦　三	你咋看出来的？
李阿竹	这城里好多都是失地农民。
秦　三	现在农村人到城里打工，时兴。
	〔时钟"当"的响了一声，时针指向七点。
李阿竹	大哥，人家给了我几个瓶子，我去取。我的包你先帮我看一 会儿，我一会儿回来。
秦　三	好。
	〔李阿竹走了几步，回头说。
李阿竹	我叫李阿竹，大哥你叫啥？

秦　三　　秦三。

李阿竹　　拜拜。

　　　　　〔李阿竹下。老四上，边抽烟边吃秦三盘子里的东西。秦三坐在老四对面。
　　　　　〔秦建设上，挨桌寻找。终于看见秦三和老四。

秦　三　　建设？你咋来了？

老　四　　建设来了？来来，一起吃点儿。

秦建设　（指着老四的盘子）这是啥？

老　四　　炸鸡块和可乐。

秦　三　　建设，走，咱俩换个地方吃饭去。

秦建设　我不去。

秦　三　　家里有事啊？

秦建设　家里没事，你有事！要不是村里头传闲话，我还以为你在城里头挺好呢！

秦　三　　我挺好呀。

秦建设　甭糊弄我，捡吃的、捡喝的，这叫挺好？这叫要饭！以前穷的时候，咱家连粥都喝不上，现在日子好了，你倒出来要饭了。

秦　三　　你说话咋这么难听？我管谁要饭了？是老四没找着活干，我帮他捡了点吃的。我自己有工作餐，我要什么饭？

老　四　　我是怕浪费粮食，捡点东西吃，城里的新名词叫——"光盘族"。建设啥都不懂！

秦建设　反正村子里是这么传的，说你俩要饭了，都传遍了。

秦　三　　那也得看事实呀！

秦建设　我想问问：这么整卫生吗？不怕得病啊？
　　　　　〔老四拿出一副刀叉比画了一下。

老　四　　切开吃，卫生。

秦建设　要饭的都用上刀叉了，你们这儿西餐挺普及呀！

老　四　　你小子，埋汰人！

秦　三　　你别老要饭要饭的，再说要饭我跟你急！退一步说，我要了饭，你光荣啊？

秦建设　你不是我爹，我能管你这闲事？麻溜收拾东西，咱俩回家！

秦　三	回？回什么家？
秦建设	回水流乡,回坛子屯,回咱自己的家!
秦　三	我不回去,我在城里过得挺好。
秦建设	过得挺好？你都要了——要了命了,你! 爸,你替我想想,我要是不管你,你让村里人怎么议论我?
老　四	你们都走了,我咋办?
秦　三	别人怎么议论,那是他们的事。
老　四	我们怎么个活法儿是我们的事儿。
秦建设	那你就不管我的感受了? 你是我亲爸!
秦　三	你已经 40 多岁了——啥事都得有主见。
秦建设	咱家的形象你就不管不顾了呗? 那话说的多难听啊!
秦　三	他们放了屁,你还要去闻?
秦建设	好,好,好! 不回去是吧? 我还就不信了,离开你我活不了了!
老　四	谁离开谁都能活。
	〔秦建设气急败坏地下。
老　四	以小犯上。
	〔秦三望着儿子的背影喊。
秦　三	你吃不吃饭了? 建设,建设。
	〔秦三追下。老四跟着亦下。
	〔成局长和成夫人上,双方冷若冰霜。
成夫人	你说! 你们到底有没有那种关系?
成局长	没有,怎么可能有? 我都说了一百遍了,我俩只是普通朋友。
成夫人	那你为什么背着我和她聊天?
成局长	聊天,本来就是各聊各的,一起聊那是聚会。
成夫人	背着我,躲在卫生间里,闻着大便聊天?
成局长	别说得这么难听,你有证据吗?
成夫人	你的屏幕不闪吗? 你的手机不热吗? 她的信息你不是都删得干干净净了吗?!
成局长	你监视我?
成夫人	这是我的权利。
成局长	我的权利呢?

成夫人	偷鸡摸狗没有权利。
成局长	我还要工作呢,没工夫和你胡搅蛮缠,更年期。
成夫人	约你的不是我,是小三!
成局长	胡诌八扯! 我是清白的。
成夫人	泡美女的官员会清白? 鬼都不信!
	〔真真上,跺了跺高跟鞋。
真 真	(咳嗽)我来了。
成夫人	(瞥了真真一眼)这么年轻,可惜了的!
真 真	人——总要好好活着。

成夫人	我问你:你们俩有没有那种关系?
成局长	没有。
成夫人	闭嘴! 没问你,我是问她。
真 真	有关系怎么讲? 没有关系怎么讲?
成夫人	有关系我成全你俩,没关系我放了你们!
真 真	没有! 可惜了——你成全不了。
成局长	这个答案你满意了?
成夫人	你——(对真真)你发誓! 发毒誓!
成局长	我发誓。
成夫人	我让她发誓! 你发誓有人信吗?
真 真	凭什么呀? 我们只是酒桌上认识的一般朋友,其他一点关系都没有。
成局长	你不要疑神疑鬼,自己更年期到了发癔症,还弄得人人都知道。
成夫人	你闭嘴! (转对真真)那我问你,他半夜躲到卫生间里给你发微信,一发发45分钟为什么?
真 真	没,没有啊!
成夫人	没有? 把手机给我看看!
真 真	凭什么呀? 凭你是警察? 笑话!
成夫人	你给我解释解释,为什么他的电脑里有你的照片?
成局长	没有。

成夫人	撒谎! 在党建栏目、国庆讲话的后面,一共有 85 张!
成局长	你怎么发现的? 我那文件有 300 多个啊!
成夫人	(做了个夸张的动作)看容量啊! 就那个文件容量最大! 还各种姿势,呸!
真 真	(狠狠地瞪了成局长一眼)你!
成局长	这能说明什么? 爱美之心人皆有之,看美女有罪吗?
成夫人	看陌生的美女没罪,看认识的、常勾搭的、刻意隐瞒的美女就有罪。
真 真	少血口喷人。
成局长	不可理喻,我还要工作,我还要开会。
成夫人	不许走! 说不清楚不许走!
成局长	你要绑架我?
真 真	她哪有那个能耐?
成局长	(对真真)你别添乱! (指着成夫人)你要为你今天的行为负责任——负大责任!
成夫人	你给我解释清楚,你不解释清楚,大家就这么耗着,看谁耗得过谁?!

〔三美边翻看手机边嗑瓜子,秦勇上,坐在她身边。

秦 勇	那边闹腾什么呢?
三 美	管他呢!
秦 勇	我帮你剥瓜子吧。
三 美	活干完了?
秦 勇	没客人,都是来蹭睡觉的。

〔店长上,路过三美的桌子时,推了推眼镜看了看。

店 长	早!
秦 勇	早!
三 美	早!

〔店长脚下一滑,转过身,发现地上的瓜子壳。

店 长	(问秦勇)你干啥呢?
秦 勇	帮三美剥瓜子。
店 长	帮三美剥瓜子? (突然发火)雇你来是剥瓜子的呀?

地上这么多瓜子壳,你扔的吧?!

三　美　我去拿拖把。

　　　　［三美赶紧下。

店　长　今天谁值日?

秦　勇　好像是……三美。

店　长　挺大个老爷们你也好意思说三美? 你有时间给人家剥瓜子献殷勤,没时间扫扫地? 赶快把地扫干净,大堂全部弄干净! 没有团队精神,自由散漫,扣你半个月奖金!

　　　　［店长下,三美上,把一个拖把交给秦勇。

三　美　店长说啥了?

秦　勇　他叫把大堂全部弄干净,干他娘!

三　美　抓紧干,我再去找个拖把,干得快!

　　　　［三美下,秦勇开始拖地,一般客人都抬起脚配合,也有的直接走掉。秦勇来到王思佳面前,用拖把敲了敲桌子腿,王思佳还在熟睡。

秦　勇　起来! 醒醒!

　　　　［王思佳醒了,迷迷糊糊走到另一个桌子边又趴下了。秦勇很快又拖到王思佳脚下。

秦　勇　嘿! 起来! 谁让你睡这儿了? 你买东西了吗? 就睡在这儿?

王思佳　(指周围)他们不是也睡在这儿么?

秦　勇　他们是他们,现在说你呢! 快走!

王思佳　我不是走了吗?

秦　勇　你从这桌挪到那桌,这叫走了? 你这不是无赖吗?

王思佳　你骂谁?

秦　勇　我问你是不是无赖? 疑问句。

王思佳　你再说一遍?

秦　勇　小屁孩,说你咋地吧?

　　　　［秦勇用拖把捅了一下桌子。王思佳从挎包里拿出一把水果刀,秦勇试图把刀打掉,王思佳一冲,一刀扎进秦勇的前胸,秦勇倒地。餐厅里几乎所有人都捂住眼睛。

　　　　［秦三冲上来,他用手中的餐盘打向王思佳的刀子,可惜没有

打掉。李阿竹怀里抱着几个酒瓶子上,她看到秦三和王思佳扭在一起,把一个酒瓶子扔向王思佳。就在王思佳一愣神的功夫,秦三打掉了刀子。秦三拿着盘子又向王思佳打去,王思佳跑,绊倒在地上。秦三骑了上去。三美上来用拖把对着王思佳的头。

秦　三　(冲李阿竹喊)快拿绳子来!
　　　　〔李阿竹递过来一根绳子,秦三把王思佳捆了起来。

秦　三　快打110!
李阿竹　你拴紧了吗?
秦　三　马蹄扣!
　　　　〔众人开始打110。
　　　　〔一会儿,派出所所长带着四个警察上场。有拍照的,有布置警戒线的,有安置顾客的。
　　　　〔电视台的人也来到现场。

所　长　大家先别走动,我们要问几个问题。谁干的?
秦　三　(指了指王思佳)他!
所　长　谁捆的?
秦　三　我。
所　长　谢谢你呀老先生!您叫什么?
秦　三　秦三,秦传熙。
所　长　秦大爷,知道他们这是为什么吗?
秦　三　不太清楚,我看他杀人了,上来把他捆了。
所　长　谢谢您!(走到王思佳身边)起来!
　　　　〔王思佳没动。从他嘴里传出打呼噜的声音。
所　长　我的天啊,这还有心思睡觉呢?!来两人,让这小子醒醒!
　　　　〔两个警察上来,把王思佳架起来,解开绳子又扣上手铐。
所　长　人是你杀的?
王思佳　是。
所　长　为什么?
王思佳　他不让我睡觉。
所　长　还有呢?

王思佳	他骂我。
所　长	还有呢？
王思佳	没了。
所　长	你多大了？
王思佳	20。
所　长	你——没其他理由？
王思佳	没了。

　　　　　　〔王思佳说完，趴在桌子上又睡了。

所　长　我的天啊！九零后里出神仙啊！我去看监控。

　　　　　　〔派出所所长下。成局长看见有记者，马上趴在桌子上。

　　　　　　〔丁记者示意摄像师站好机位，开始拍摄。

丁记者　今晨我市长途汽车站餐厅发生一起惨案。一名九零后的顾客将另一名九零后的店员杀死，具体原因正在调查中。(指着秦三)这位就是在现场见义勇为、亲手抓住了嫌疑犯的秦三——秦大爷。

　　　　　　〔丁记者把话筒递到秦三面前开始采访。

丁记者　秦大爷，是什么样的精神，让您见义勇为挺身而出呢？

秦　三　什么精神？

丁记者　就是您当时有什么想法？

秦　三　啥都没想！出人命了，赶紧上！

丁记者　啥都没想？(示意摄像师)停！大爷，您得这么说，你得想起雷锋、董存瑞、焦裕禄啥的，你不能啥也没想呵！

三　美　编瞎话！

丁记者　小丫头片子，你说得——(突然发现三美很漂亮，马上改口)挺中肯呵！这样吧，秦大爷，我编词，你照着背。

三　美　(以为记者弄错了)我可没让你编瞎话，我是想让你说实话！

　　　　　　〔店长上来把三美推到一边去。

店　长　你懂啥?! 后面呆着去。

秦　三　你找个演员演呗，我怕说不好。

丁记者　那是电视剧，这是新闻，新闻不能找演员。

秦　三　那，不会很长吧？

丁记者 就一句话。

〔丁记者飞快地写好纸条,交给秦三。

秦　三 (念)我受的是社会主义教育,见义勇为是应该做的事情。(重复)我受的是社会主义教育,见义勇为是应该做的事情。

丁记者 (重新采访)秦先生,是什么样的精神,让您见义勇为挺身而出呢?

秦　三 我受的是社会主义教育,见义勇为是应该做的事情。

丁记者 说得太好了,多么朴实的语言! 正是这些朴实的人们,构成了我们民主的法制的基石,他们是我们这个时代的榜样和学习的楷模。

〔拍摄结束,丁记者放下话筒,收拾东西。

〔老四欲上,被警察拦住。

老　四 我也是见义勇为呀,(指秦三)我们是一起的!

警　察 你刚才在吗?

老　四 在,在呀!

警　察 你看见啥了? 谁捅的谁? 捅了几下?

老　四 我⋯⋯刚刚出去抽了口烟⋯⋯

警　察 一边去! 你再捣乱把你关拘留所!

〔警察把老四推出去。

老　四 哎,哎,三叔,你说话呀,我们俩真是一起的,我们经常见义勇为来着⋯⋯

〔派出所所长上,成局长抬头看见警察过来马上又趴在桌子上。

所　长 他怎么了?

成夫人 他——晕血,趴一会儿就好了。刚才太吓人了。

所　长 让他休息一会儿吧。

〔刘警官走过来,这是一个非常帅气的年轻警官。

刘警官 所长,还有新情况吗?

所　长 录像挺清楚,叫殡仪馆的师傅上来吧。

〔殡仪馆的工人上来,将秦勇抬下。

〔秦三拿拖把默默地擦地。

成夫人 警官,我们可以走了吗?

刘警官　可以走了。

　　　　〔成夫人扶起"晕血"的成局长欲下。刘警官看见成局长敬了
　　　　个礼。

刘警官　成副局长,早上好!

成局长　哈哈,早!(没话找话)你执勤呢。

刘警官　是的,您来这是?

成局长　吃点早餐,正巧赶上这事儿。唉,我还有个会,再见了!

真　　真　你是局长? 你……你说是处长。

成局长　(掩饰地)刚刚提上来的。

成夫人　两年前刚刚提上来的。

真　　真　哼!

　　　　〔真真生气地跺脚下。成局长拉着成夫人跟下。

　　　　〔刘警官有些迷惑的看着他们的背影,所长走过来。

所　　长　他是谁呀?

刘警官　审计局的成副局长。

所　　长　收队。(小声地指着三美)刘爽,我觉得你和那个小姑娘挺搭呀。

　　　　〔刘警官不好意思,蹲下假装系鞋带。

所　　长　(小声地)平身。

王思佳　叔叔,我们家赔了钱,就放了我吧?

刘警官　你一下子把个大活人撂倒了,你还想走? 其实他也想走,他
　　　　也有父母,也有朋友,也想打游戏,可是因为你,他的一
　　　　切——都成句号了!

王思佳　啥意思?

所　　长　小伙子,你捅死人了! 除了要给对方家庭经济补偿,还要承
　　　　担法律责任,最少也……得坐几年监狱,至于到底是多少年?
　　　　要法院判。走吧,去分局。

　　　　〔所长拍了拍王思佳的肩膀,众警察押着王思佳下。

店　　长　真可惜!

三　　美　(指着刘警官)那个警察好帅呀!

　　　　〔三美追着警察们走下去。

店　　长　丁哥,能不能不显示麦当劳的标志? 我怕我们老板不高兴,

毕竟这也不是什么好事儿!

丁记者　我尽量吧,不过……

店　长　不过什么?

丁记者　你可欠我一个人情。

店　长　OK。您随时光临,有我在,一切好说。

丁记者　刚才那个女孩挺漂亮。

店　长　那是我们店实习的大学生,叫三美,她还有个姐姐也在这儿,叫二美。

丁记者　三美和二美? 他们家有三个丫头?

店　长　那倒不是,据说是他爸妈第一个孩子打掉了,所以就从二美三美往下排。大美,没有。

丁记者　哈哈,真逗。这地下室的空气不新鲜,整得我脑子都快缺氧了。对了,那个见义勇为的老头叫什么来着?

店　长　秦三。

丁记者　把他叫过来。

店　长　秦三,秦大爷,来一下。

秦　三　店长,有事?

丁记者　秦大爷,你最近不能走远,要是有后续报道还得采访你。

秦　三　好说,我就在这片儿打扫卫生,不在这儿就在商场那边儿。

　　　　〔切光。

第二幕

〔七天后,早晨,麦当劳餐厅。

〔第二幕的布景与第一幕左右相反。店里比上一幕多了一些拉花,顾客不多。

〔一位帅哥上场,帅哥与都敏俊的打扮十分类似。

〔买快餐的人们中有人开始私语,"是都敏俊吗?"有人问。

〔麦当劳的员工也开始围观，二美分开人群，走到帅哥面前，与帅哥携手走向商场。

〔店长上场，众人开始工作。秦三在扫地。

〔老舅上，穿着一身黑色中山装。他把一个黑色的皮包放在桌上。食客们看见他纷纷让开。老四爬起来，他注意到老舅的到来。

老　四　你谁呀？哪来的？

老　舅　（瞅瞅老四）关你什么事？

老　四　知道这是谁的地盘吗？

老　舅　我不管谁的地盘儿，我只管自己的事。

老　四　（装横）我看你是找揍。

老　舅　你要是敢碰我一下，我叫你半身不遂！

老　四　我操，真有不怕死的，我先让你死个明白！

　　　　〔老四欲打老舅，被秦三喝住。

秦　三　老四！你住手！

老　四　三叔，你就护着这帮玩意吧，早晚他们会隔着锅台上炕！

老　舅　要不是看在这位老哥的面子上，我能摔死你！

　　　　〔秦三拉着老四下，店长走过来。

店　长　您是——

老　舅　秦烈士的舅舅。

店　长　烈士？秦烈士？

老　舅　秦勇烈士。

店　长　啊，（恍然大悟）秦勇的舅舅，您来是——

老　舅　瞻仰烈士的遇难处。

店　长　那您看吧，您是喝咖啡还是茶？

老　舅　麦当劳都有茶了？

店　长　我们新增加的项目。

老　舅　毛尖吧。

店　长　对不起，这个暂时没有。

老　舅　那咖啡吧。

　　　　〔店长马上端上来一杯咖啡。老舅站起来看看四周，又坐下。

老	舅	今天是烈士的头七,怎么没有纪念的意思? 比如摆个鲜花, 弄个遗像挂上?
店	长	大叔,这是外企——公共场所不能弄那个,也——没有。
老	舅	那好,我带来了。

〔老舅从包里拿出一束塑料花和秦勇的遗像。店长赶紧上前按住。

店	长	大叔,大叔,您可别这样,您这样我的饭碗就没了。
老	舅	那你(看看店长的胸牌)你总得替我办点事吧? 店长老弟?
店	长	不敢不敢,您叫我办什么事?
老	舅	整点抚恤金吧——咱俩也省得废话,开门见山。
店	长	多少?(试探的)我也——做不了主。
老	舅	做不了主就不要叫店长,还是找你们后台老板吧。
店	长	老板真不在。
老	舅	你们老板死机了? 像纪念革命英烈,这么大的事都不参加? 不来不来吧,那你传个话,就说秦勇家来人了,要领烈士的抚恤金。
店	长	多少钱呢? 咱先说好,我可没答应你! 我只是传话。
老	舅	你们平常——最多给多少钱?
店	长	这辈子头一回遇到这事儿。
老	舅	那是你经历少。
店	长	多少钱呢?
老	舅	多也行,少也行……
店	长	到底多少钱?
老	舅	最低一百万吧!
店	长	不可能! 一百万? 根本不可能!
老	舅	你也做不了主,快点汇报去吧。
店	长	你能不能靠点谱? 老板会以为你疯了! 我传话,他会以为咱俩都疯了!
老	舅	传个话都这么费劲? 你们这儿有活人没有哇?

〔店长看情势不对急忙下。

老　舅　没用的东西。

　　　　〔老舅把秦勇的遗像摆在桌子上，又拿出一把塑料花放到遗
　　　　像前。人们围观过来。

老　舅　（叫板）哎！（站起身唱二人转）

　　　　　　　叫一声天来呵天也不应，

　　　　　　　哭一声地来呵祭拜英雄。

　　　　　　　好好的大活人他叫秦勇啊，

　　　　　　　勇斗歹徒奋不顾身不幸把命终。

　　　　　　　可叹那商家推诿理由种种，

　　　　　　　可叹那黄泉路上年轻的脚步急匆匆。

　　　　〔店长冲上来扒开人群，身后带着两服务员。

店　长　干什么呢?! 干什么呢?!

　　　　〔两个服务员把老舅按到座位上。

老　舅　溜溜嗓子。

店　长　这大庭广众的，你还要脸不?!

老　舅　害怕了?! 你们不给钱，我天天来，唱连续剧。

店　长　我们老板说了，要多少都行。你起诉吧！让法院判！

老　舅　法院我不认识，你陪我去，我就去！

店　长　我没那闲工夫，你爱上哪告上哪告，再唱我就报警！

老　舅　你去啊！你去啊！公安是人民的公安，懂不？

店　长　公安是人民的公安，你这刁民不算！

老　舅　我是刁民？我像刁民吗？

店　长　你说呢？用不用端盆水照照你这副嘴脸?!

老　舅　（气急败坏）好！好！你等着，看我怎么收拾你！

　　　　〔突然，一切都安静下来，五个黑衣人保护着一位香港导演
　　　　上。黑衣人中有人替导演放好靠背和椅垫，又有人将硕大的
　　　　水杯连同桌布摆上桌子。这一切都在瞬间完成。香港导演
　　　　坐了上去。

　　　　〔店长见状连忙上来。老舅看这阵势溜下。

店　长　先生，您这是——

· 404 ·

黑衣助理	吃早餐。
店　长	您占的地方太大了,其他客人怎么办?
黑衣助理	我们六个人点六份早餐,只占了五张桌子,(蛮横地)多吗?
店　长	那——
黑衣助理	我们时间金贵,十分钟就走。

　　〔店长摇头下。陆续有来吃早餐的顾客被黑衣人们赶到其他桌上吃饭。

香港导演	把见义勇为的秦老先生请上来。

　　〔黑衣人把秦三请到。黑衣人中的一位,把一张桌子摆到导演的侧面。让秦三坐下。黑衣助理在导演和秦三的面前摆了两份早餐。

香港导演	听说秦先生空手夺刀,堪称英雄啊!
秦　三	先生过奖了,是大伙一起夺的。
香港导演	推功揽过,英雄本色也!秦先生想必是当过兵的啦?
秦　三	没有,民兵都没当过。
香港导演	(自顾自地说)难怪,你有这么好的身手,一定是练过武功,中华武术的啦?
秦　三	没有,太极拳都不会打。
香港导演	(自顾自地说)难怪,你一身正气,邪不压正的啦!
秦　三	您说得对,邪不压正!
香港导演	难怪,了不起就是了不起,宝剑锋从磨砺出,梅花香自苦寒来。(看表)大陆人就是麻烦,没有时间观念。

　　〔电视台的丁记者匆匆上,后面跟着摄像师。

丁记者	对不起,对不起,习导,堵车了!
香港导演	(冷冷的)可以开始了吧,记者先生?
丁记者	可以,可以!

　　〔摄像师拍香港导演与秦三吃早点的镜头。

　　〔丁记者上去给秦三翻来覆去摆了好几个造型。

摄像师	可以了!
丁记者	(直播)习克导演曾经包揽过香港、金马、威尼斯等多项电影的奖项。今天在百忙之中会见了我市见义勇为的秦三、秦

传熙先生。请问习导演对秦先生有何评价?

香港导演　秦先生老骥伏枥,在危难之时能够出手相救,实乃中华美德之大成者!

秦　三　谢谢,谢谢。

　　　　　〔香港导演将自己身上的花格子短大衣脱下去,给秦三穿上。

香港导演　秦先生年事已高,此衣送您略避风寒,望先生福星高照,好运连连!(转对助理)把我金马奖的奖金捐给秦先生,以褒奖老先生的崇高品格。

秦　三　谢谢,谢谢!

　　　　　〔香港导演一行人下。

丁记者　这是多么感人的场面啊!都是中国人,香港同胞带着体温的衣服披在了大陆人的身上,这充分说明了血浓于水的真理!

　　　　　〔店长上来。丁记者把店长叫到一边。

丁记者　店长,片子拍完了,今天上新闻频道,我们经费紧张,能不能把车费报了?

店　长　这——多少?

丁记者　三百。

店　长　行!不过你得把麦当劳的标志给我拍上。

丁记者　软广告,内行啊!

　　　　　〔店长从兜里拿出三百元交给丁记者。

丁记者　正好!看晚间新闻吧!

　　　　　〔丁记者和摄影师下,记者顺手从桌子上拿了两个汉堡。
　　　　　〔李阿竹上。

李阿竹　衣服不错啊!老有派了!

秦　三　快,赶紧把能吃的归到一块儿,够你吃两天的了。

　　　　　〔两人把各个桌子上的汉堡捡到一起,然后清理桌子。

李阿竹　饮料太多,倒了可惜,店长,要不收回去得了。

　　　　　〔店长瞪了李阿竹一眼。

店　长　倒掉。

　　　　　〔店长又转到别处去了。

秦　三　倒吧,这儿最不缺的就是饮料。

李阿竹　和香港大导演吃饭啥感觉?

秦　三　没感觉!

李阿竹　哎,(咳嗽)这什么味?

秦　三　是烧纸的味儿,是秦勇的那个舅舅烧的吧?

　　　　[老四上来。

老　四　人呢?拍电视的人呢?

秦　三　有你啥事?

老　四　我也想上镜头呵!怎么我一走他就来,我一来他就走了呢?

李阿竹　下一次给你看着点儿,看看能不能给你也照两镜头?!

老　四　衣服不错呀,老漂亮呵。

　　　　[老四伸手就扒秦三身上的格子大衣。

秦　三　(无奈地)慢点,我自己脱。

　　　　[秦三脱下衣服,老四穿上。秦三拿起报纸看起来。

老　四　我先穿几天,你要是想穿再拿回去。

　　　　[店长冲过来,不停地咳嗽。

店　长　怎么回事?

一店员　有人在门外烧纸。

　　　　[店长下,老四跟下。

　　　　[秦三和李阿竹开始咳嗽。

　　　　[老舅上,看见秦三和李阿竹,上前鞠躬。

老　舅　感谢两位大恩大德!

秦　三　(放下报纸)别客气,您是……

老　舅　我是秦勇的舅舅,这儿的事情我都听说了。那天多亏大哥出手,否则罪犯可能就跑了。

秦　三　不客气,那天正巧赶上了。

老　舅　我请您喝咖啡?

秦　三　不用,我们有(举起手中的杯子)喝得少。

老　舅　那我请你们吃汉堡?

李阿竹　我们有(举举手中的汉堡),吃得也不多。

老　舅　大哥,大嫂,这也不吃那也不喝,叫我怎么报答你们?

李阿竹　我俩不是一家的。

老　舅　对不起,我弄错了。大哥好像不是本地人。

秦　三　村子里也不挣钱,城里头热闹,来打打工,挣点吃喝。

老　舅　大哥你反正也是打工,我给你找个活呗?

秦　三　啥活啊?

老　舅　一天两小时,又不辛苦又不劳累,每天 200 块。

李阿竹　有这儿好事? 天上掉比萨饼了?

老　舅　当然了! 撒谎是小狗。

秦　三　你快说!

老　舅　就是帮我在这要钱,每天在地上躺两个小时,200 块钱。一天一结工资,咋样?

秦　三　(摇摇头)太——

老　舅　太——少了?

李阿竹　太恶心了!

老　舅　大姐你咋这么说话呢? 我妹妹瘫痪了,这钱拿回去治病! 我要钱也是伸张正义呀! 咋还恶心了呢?

秦　三　老弟,老弟,别生气! 你大姐不会说话。

老　舅　还是我大哥会说话。

秦　三　不过呢? 你也别怪她。咱们都这么大岁数了,要积德呀! 你让我装死人? 那也太——过分了!

老　舅　误会了,不是装死人,是装病人,就是悲伤过度,装着昏倒了!

秦　三　老弟呀,这钱儿哥不能挣。那啥,你还是想点别的招吧。我俩还有事儿。

老　舅　也好,(习惯性弹了弹身上的尘土)买卖不成仁义在。老哥要是有事儿找兄弟,好使!

　　　　〔秦三和李阿竹下。

　　　　〔老舅抽烟,从鼻孔里喷出个大大的烟圈。

　　　　〔店长上,看见老舅。

店　长　不许抽烟! 你怎么还在这儿? 不是让你去法院吗? 对了,刚才的纸是不是你烧的?

老　舅　一个家伙整出三个问号,你能不能一个一个分开问?

[店长从老舅手里抢过香烟,扔在地上,狠狠地踩了一脚。

店　长　等我挨个问完,你也抽完了! 法院叫你呢! 赶紧去吧。

老　舅　咱俩一起去一起回,一起算账一起赔——方便。

店　长　你赖着我干啥呀? 膏药啊? 咱们增加点距离——好吗?

老　舅　增加什么距离?

店　长　离我远点儿!

老　舅　别介啊? 咱俩搭档挺好的呀!

店　长　你家秦勇好歹也是麦当劳的员工,你这么干,你也下得去手?

老　舅　此一时,彼一时也。角色变了,唱词也就变了。

　　　　[三美上,她的衣着时尚,长发飘飘,长裙飘飘。

三　美　哥。

店　长　(和三美打招呼)三美。

　　　　[三美进后面换衣服。

老　舅　你妹妹长得像范冰冰。

店　长　闭上你的贼眼,她不是我妹妹!

老　舅　那他管你叫哥?

店　长　关系好不行啊? 你要是不惹我,让我管你叫大爷都行。

老　舅　咱俩这都是工作,你干你的,我干我的,千万别生气! 万一气死了咋办?

店　长　耍无赖也成工作了?

老　舅　别这么说话,脏词儿我也会。我想问你,咱是速战速决呢,还是玩持久战?

店　长　你想说啥?

老　舅　速战速决,你给钱我走人;持久战就是我粘上你了——没完没了。

　　　　[三美上。

三　美　粘上什么了?

店　长　没你的事儿。

老　舅　咋不介绍介绍?

三　美　他是谁?

　　　　[店长扭过头去。

409

老 舅	三美,我是秦勇的舅舅。
三 美	呵,秦勇的事情——我们非常难过。
老 舅	你看看三美的觉悟就比较高。
店 长	他是来要一百万的。
三 美	什么一百万?
店 长	管咱们要一百万抚恤金。
三 美	吓死我了,你们聊吧。
店 长	谁跟他聊! 他刚才还骂我呢!
老 舅	给整杯咖啡呗?
三 美	有钱自己买。
老 舅	小丫头比你们店长还狠,刚才他还送我一杯咖啡呢!
店 长	刚才你还说人话呢!
老 舅	四眼狗吐不出象牙来!
三 美	哼!

〔三美下。

〔老舅把秦勇的遗像拿出来! 轻轻地擦。小声唱《二人转》。

老 舅	(唱)鹅毛啊大雪啊落纷纷。
店 长	现在是春天!
老 舅	这是形容心情,啥都不懂——棒槌!
店 长	你才是棒槌。
老 舅	(接唱)转眼啊来到了五月春。
店 长	老猫叫春。
老 舅	(唱)问一声阎王爷爷你在哪里?
店 长	你就是!
老 舅	(唱)给我们主持正义赔点东西呀啊!
店 长	你那是狮子大张口!
老 舅	(唱)还有那奈何桥上孟婆婶。
店 长	什么桥?
老 舅	(念白)明天你就看见了!

〔三美上。

三 美	店长,别跟他瞎耽误功夫。

老　舅	(接唱)能不能整点吃整点喝走走后门儿呀？
店　长	做梦去吧！
老　舅	(恼羞成怒)我唱不死你！(接唱)我面前有个眼镜鬼呀！
店　长	(扶扶眼镜)呸！
老　舅	(接唱)四六不懂七八不分就(九)是狗腿呀！
店　长	你是吐出来的口香糖——千人踩万人嫌又黏又脏！
三　美	店长，你太有才了！场上比分一比零。
老　舅	这不公平！三美，你刚才咋不记分呢？
三　美	少叫我名字！瞧你那脏了吧唧一脸褶子。
老　舅	三美，三美，三妹妹！
三　美	店长！能不能堵住他那张臭嘴？
店　长	堵不住啊！下水道臭水泛出来了！
老　舅	(唱)还有那白净净三妹妹把能逞啊，
	实际是嘴又甜心又狠白骨妖精啊！

　　　〔三美被气坏了，下。

店　长	打110！把这个下水道给堵上！
老　舅	(跪下，接唱)狠心的财主呵没人性啊！
	跪倒在尘埃呀把冤鸣！

　　　〔顾客有上有下，来的多买的少纷纷离开，刘警官上。

刘警官	起来！干什么玩意这是？

　　　〔老舅站起来，满不在乎。扭头不理店长，两人背靠背。

刘警官	你这唱得是哪一出呀？人家还怎么做生意？
老　舅	他们不给赔偿金。
刘警官	(对店长)你们不给赔偿金？
店　长	他要得太高。
刘警官	你要得太高？
老　舅	我要得不高。
刘警官	他要得不高。
店　长	我认为很高。
刘警官	他认为很高。(忽然明白)停！你们俩把我当传声筒了？
	我们一天接好几百个报警电话，哪有闲工夫给你俩传话？你

们俩面对面,向左向右看齐,转身!

〔老舅和店长都没动。刘警官在他俩之间绕了一圈。伸手揪住店长的耳朵把他带到老舅面前。

店　长　干什么呀? 你凭什么揪我?

刘警官　谁让你岁数小呢? 难道还揪老的不成?

〔三美上,给刘警官递上一杯咖啡。刘警官掏钱。

三　美　刘警官,不要钱,我们店里请客。

店　长　我请,我请。

老　舅　咋不请我喝一杯?

三　美　洗手间里有,自己捧着喝!

〔刘警官把咖啡交给老舅,把钱交给三美,三美推脱不要。

刘警官　买两杯,他也唱累了! 有话说话,不许再唱了! 让别人听见多难听!

老　舅　我听警官的,不唱了。

店　长　刘警官,不要钱! 就当是客人续杯了,免费!

刘警官　不行! 我没在这儿消费,怎么能续杯呢? 再说了,这一杯咖啡 8 块钱,我就值 8 块钱? 你们要是真想送礼,江边的花园别墅,咱来一套?

店　长　我们老板才刚刚住上高层。

刘警官　所以呀! 把钱收下。

〔刘警官把钱交到三美的手中。

刘警官　(对老舅)你把那相片收起来,多瘆人啊! 有话好好说。

老　舅　刘警官,你给我做主!

店　长　刘警官,你给我们主持公道。

刘警官　二位,太看得起我了! 我不是法官。还是那句话:有话好好说! 你们自己协商,协商不行走调解,调解不成走法院,法院还有二审呐!

〔老舅把相片放平了。

刘警官　这就对了! 你俩慢慢谈。

〔三美把零钱和咖啡递给刘警官。

老　舅　谢谢了! 警官,下次我请你吃酒。

刘警官	酒就不必了,天天开车都戒了! 你们好好谈,有了结果好早点回家,走了!
店　长	谢谢刘警官。

〔刘警官下,三美深情地望着他走出去。

〔老舅一口喝下咖啡,把空杯子给三美。

老　舅	续杯!

〔三美不耐烦地给老舅续杯去了。

老　舅	大姑娘美大姑娘浪,大姑娘要去青纱帐。
店　长	关你屁事。
老　舅	傻小子,过几天就没你屁事喽!

〔二人坐了个对面,老舅把秦勇的相片抱在胸前。

店　长	你啥意思?
老　舅	让你良心在线。
店　长	你刚才说的啥意思? 咱后面说去,到我办公室慢慢说。
老　舅	这儿挺好,我不去后面。

〔店长连拉带扯把老舅拉下去。

〔真真上,找到一个角落坐下,摘下墨镜。

〔成局长上场,戴着墨镜,他转了一圈才坐到了真真身边。

真　真	像地下党接头。
成局长	对手太狡猾,不得不防。
真　真	怎么又约到这儿?(拍胸口)这儿死过人!
成局长	没事! 这里闹中取静,有商店、汽车站、餐厅三个出口,便于撤退啊!
真　真	你就不怕遇见熟人?
成局长	这个商场档次不高,我们单位的人不会来。

〔成局长把手伸到桌子下,以后的表演有一部分在桌下进行。

成局长	你的手白白润润的,真软。
真　真	哥,我的工作什么时候能办好哇?
成局长	快了,我这个局长啊,上班第一件事情,就是催着让他们办你的事情。然后才是七大姑八大姨的事情,再然后才是朋友的事情,再再然后才是公家的事情,你排第一位!

真　真　你就是嘴儿甜!

成局长　下个月吧! 下个月应该全部办好。

真　真　那咱们下个月再见面?

成局长　别介呀,你害我得了相思病。

　　　　〔真真的手放到了成局长最敏感的地方,成局长不得不做出
　　　　如痴如醉的反应。

成局长　呵……啊……哦……呼呼呼……

　　　　〔成局长趴在桌子上。

　　　　〔成夫人突然出现在他俩面前。

真　真　(猛地看到成夫人,一把把成局长推开)恰巧碰到你了!

　　　　〔真真赶紧与成局长分开坐了,成局长也看到了成夫人。

成局长　你? 你——你怎么又约她来了?!

成夫人　是我约的吗?

成局长　我以为又是你导演的呢!

真　真　(整理衣服)我约成局长出来是谈公事的。

成夫人　谈公事? 还戴着大墨镜? 穿着大风衣? 搞得像国民党特务!

成局长　你,你跟踪我?

成夫人　这还用跟踪? 你这身打扮不让人发现都难,不知道的还以为
　　　　是大明星找女演员偷腥呢!

成局长　你果然是跟踪了我。

成夫人　是,顺着骚味就跟过来了。

真　真　你? 你们两口子的事情,你们自己处理。

　　　　〔真真跑下。

成夫人　你站住! 你? (想骂人又咽了回去,指着成局长)你站起来。

　　　　〔成局长听话地站起来。

成夫人　你身上长了一颗毒瘤!

成局长　不可能!

成夫人　我是外科医生!

成局长　那又怎样?

成夫人　我要给你制定一个手术计划!

成局长　什么——手术计划?

〔成夫人下。

成局长　哎！你说清楚,什么手术计划,我可没病啊！更年期！

　　　　〔成局长追下。

　　　　〔秦三和李阿竹上。秦三把几张报纸铺在桌子上,拿出几个苹果开始削。

秦　三　来,咱俩做个果盘。

李阿竹　哪来的烂苹果?

秦　三　怎么是烂苹果呢? 削削皮就是好苹果。

李阿竹　我可不吃。

秦　三　这是虫子眼儿,有虫子眼儿说明农药打得少,吃起来味道好又安全。

李阿竹　是嘛? 捡的吧?

秦　三　城里啥都贵,就这三个苹果花了两块钱。

　　　　〔秦三把苹果切成一盘,他用牙签叉起来一块儿塞进嘴里。

秦　三　刚才看了个故事:有个人问一个教授,什么是上市公司? 教授就反问他:几个烂苹果值多少钱? 那个人回答,最多一块钱。教授又问,把苹果烂的部分削去,切成个果盘,摆到豪华的大酒店里值多少钱呢? 那人说,最低一百吧,教授说,这就是上市公司呀！

李阿竹　你是因为看了报纸,才买的苹果吧?

秦　三　对呀！你怎么猜出来的?

李阿竹　(笑)要不你能说得这么清楚?！

　　　　〔李阿竹尝了一块儿苹果。

　　　　〔秦建设上。

　　　　〔秦三边看报纸边吃苹果,突然看见儿子秦建设。

秦　三　建设?

　　　　〔秦三起身欲拉儿子,秦建设闪开了。

秦　三　这是你阿竹婶。(对儿子介绍完又对阿竹说)这是我儿子秦建设。

李阿竹　建设来了,你爸爸总念叨你,(见秦建设背过身去)念——你。

　　　　〔李阿竹尴尬地走到另外一张桌子坐下,装着看报纸。

秦　三　(对儿子)难为你,又找到这来了?

秦建设	你在哪儿,全国人民都知道了。
秦 三	爸也不想出名,是那电视台使劲拍。
秦建设	你都家喻户晓,(瞥了一眼李阿竹)人见人爱了。
秦 三	这次我带你四处看看、旅旅游。
秦建设	我没那闲工夫,今天就带你回去。
秦 三	去哪儿?
秦建设	回家!村里又饿不死你,打打麻将、养养鸡、陪陪孙子,多好!
秦 三	就这理由?
秦建设	这理由还不充分是吗?村子里又传出闲话了,说你与人同居了!
秦 三	放屁!
	[李阿竹听见秦三这么说,高兴地竖起拳头,做了个给力的动作。秦建设诧异地看了看李阿竹。李阿竹连忙缩回胳膊。
秦 三	儿子,我在村里过得不舒服,我想自由自在地生活。就这么简单。
秦建设	简单?(目光指向李阿竹)都举案齐眉了!
秦 三	我们俩也没怎么着!我们就是个说话的伴儿。
秦建设	床伴?
秦 三	你混蛋!
李阿竹	(装着念报纸)恶心的人说恶心的话!
秦建设	恶心的人做恶心的事!
秦 三	你走吧!老子干啥用不着你管!
秦建设	好!好!不管不顾了是吧?我要是再管你的事儿,我就是你孙子!
	[秦建设恼怒地把秦三的报纸打到地下,转身下。
秦 三	畜生啊!活畜生!
	[秦三捡起报纸,突然看见李阿竹脸色不好。
秦 三	你怎么了?
李阿竹	有点凉。
秦 三	是我儿子气的吧?还是苹果吃坏了肚子?
	[李阿竹摇了摇头,秦三用手摸摸李阿竹的额头。

秦　三　　发烧了！咱们去医院吧。

李阿竹　三哥，不用，吃点药就好，许是着凉了。

秦　三　　吃药能行？

　　　　　〔店长上来。

店　长　　怎么的啦？

李阿竹　不碍事。

秦　三　　我去旁边小旅馆租个房间，你去那儿休息。

　　　　　〔三美上，给李阿竹递了一杯水。

李阿竹　我不去！（急了）那得花多少钱啊？

秦　三　　钱我出，你休息好了，病才能好得快。

店　长　　还是去吧，旅馆条件好。

李阿竹　那多贵呀！

秦　三　　就冲你三哥三哥的叫，三哥也得为你做点事，再说上次秦勇
　　　　　的事儿，关键时候你帮了我，我心里头记着呢！

店　长　　三美，你过来帮帮他们。

三　美　　哎。

　　　　　〔秦三和店长扶李阿竹下。三美帮他们拿着行李。

　　　　　〔切光。

第三幕

　　　　　〔左面是餐厅的餐饮区，中间是过道，右面是店长办公室。

　　　　　〔舞台一侧摆了很多气球，上面拉一条幅"欢庆六一儿童节"。

　　　　　〔餐厅里有几个人横躺着睡觉。

　　　　　〔店长和二美、三美在左面的餐饮区闲聊天，来了几个戴大檐
　　　　　帽的执法人员。

店　长　　你们是？

大檐帽　有人实名举报，说你们这有违法经营，我们是综合执法大队

的。(看看胸牌)你是店长吧?

店　长　我是。

大檐帽　带路,先看看你们的台账。

店　长　好——好吧。

　　　　〔店长无奈,带着一行人等向右面办公室走去。

　　　　〔餐厅里几个睡觉的人听见动静,纷纷离去。

　　　　〔二美好像发现什么,匆匆下。

　　　　〔老舅上,手里端着大号的茶杯,还拿着一个塑料的拍手板,
　　　　是歌舞厅里专门为客人准备拍手用的那种。他把它当扇子
　　　　用来扇风。老舅找个中间座坐下。

老　舅　(唱《空城计》)我正在城楼观山景,

　　　　　　　　耳听得城外乱纷纷,

　　　　　　　　旌旗招展空翻影,

　　　　　　　　却原来那是司马发来的兵。

三　美　一边去,嚷什么嚷?

老　舅　(学《三笑》唱腔,唱)

　　　　　　　　叫一声小妹妹,听我把话讲,

　　　　　　　　你本不是个坏心肠呵!

　　　　　　　　为何难为我? 为何讨厌我?

三　美　这月奖金都被你唱没了!

老　舅　(接唱)因为你老板是黑心的狼!

三　美　别唱了!

　　　　〔三美拿一杯水欲泼老舅,老舅躲开。

三　美　你说,是不是你举报我们了?

老　舅　是怎样? 不是又怎样?

三　美　你要是承认,说明你光明磊落;你要是不承认,就说明你是个
　　　　小人!

老　舅　(掸了掸身上的尘土)是我!

三　美　我们餐厅有什么错啊? 你说餐厅有什么地方对不起你? 别
　　　　忘啦,你侄子领的是这里的工资! 就会窝里斗!

老　舅　秦勇死了,难道白死不成吗? 你们老板不见我又不掏钱,你

　　　　　　叫我咋办?

三　美　你找杀人犯去呀!

老　舅　杀人犯有钱吗? 那小子要不是在你们这儿免费睡觉,能遇上我们家秦勇吗?

三　美　因为我们有钱,你就叮上我们使劲咬?

老　舅　杀人犯也要赔我们钱,那是下一步的事情。先把你们餐厅的钱拿到手,再找他算账。一个一个慢慢来! 你说,你们餐厅应该负多大责任?

三　美　这我哪分得清? 我又不是法官。

　　　　　　〔店长带着综合执法大队的一行人,从里面出来向外走。

大檐帽　你们星期一到综合执法大队,听候处理,带上营业执照。

　　　　　　〔老舅上前。

老　舅　查出问题来了吧? 问题挺大吧?

大檐帽　有问题当然要查,任何人都不能高于法律。

老　舅　(说顺口溜)执法好来执法高,

　　　　　　　　　　不法分子无处逃,

　　　　　　　　　　奸商如果不露面,

　　　　　　　　　　举起大棒可劲削。

大檐帽　这位老哥真有意思,诗人吧?

老　舅　诗人不敢当,文艺老青年,路见不平事,就学孙悟空拿棒子削。

大檐帽　学孙悟空啊? 我说咋还可劲削呢? 不至于,他们店问题不大,不用可劲削,只要能够改正,就是好企业嘛!

老　舅　孙悟空可要火眼金睛明辨秋毫,一丁点不能差呀!

大檐帽　放心吧老哥,我们不会冤枉一个好人,也不会放过一个坏人。

老　舅　现在妖孽太多!

大檐帽　别忘了,魔高一尺,道高一丈,再见!

　　　　　　〔一行人下。

店　长　哪儿都有你! 多嘴多舌,一边儿去!

老　舅　他们可是我请来的,(摇摇塑料的手板)《借东风》听过么? 我演诸葛亮。

· 419 ·

三　美　就是他举报的。

老　舅　明人不做暗事！

店　长　暗事？你是一坨烂屎。

老　舅　（用《心会跟爱一起走》的调，唱）

屎会跟尿一起流，说好不回头，

桑田都变成沧海，谁来成全你？

〔老舅唱完还晃晃脑袋，做了个手拉手的动作。店长躲开。

店　长　你还有什么阴损毒的招数？

老　舅　我下一步准备把你们的订餐电话改成招嫖中心！

店　长　（一愣）我可受不了了，你整个一毒蝎子！

〔店长下。

老　舅　小样儿，我玩不死你！

三　美　祝你永垂不朽。

〔三美向老舅鞠躬，欲下。

老　舅　小蹄子。

〔三美复返回。

三　美　你骂谁呢？

老　舅　这是骂你吗？这是形容词！说你脚小，是小蹄子。

三　美　再说！再说撕你嘴！我十岁就读过《红楼梦》，你以为我听不懂？你说你干点啥不好？学流氓。

老　舅　你们背后都骂我是千人踏万人踩的"口香糖"，别以为我不知道。

三　美　知道你还这样儿？

老　舅　你说我该怎么样做？秦勇的母亲是我亲妹妹，患了癌症，那是大癌啊，听说儿子死了，人立刻瘫痪了！我不来谁来？我也想去公园溜溜嗓子，拉拉二胡，顺便吃根油条来碗豆浆，可是行吗？钱要回去，我花不着。出来装疯卖傻的是我！我愿意做坏事吗?！你们老板不见我，拖着、躲着，逼得我上蹿下跳，我愿意我？

三　美　这——我就真不懂了，（向内喊）二美，给端杯咖啡来。

〔二美端杯咖啡上。

二　美　谁付账？

　　　　　[三美没说什么,把咖啡放在老舅面前,拉着二美往下走。

二　美　谁付账？

老　舅　单位报销!

　　　　　[秦三和李阿竹上,老舅上前打招呼。

老　舅　老哥,来了?

秦　三　老弟,来了。

　　　　　[秦三拿出报纸看。

老　舅　你咋老是看《人民日报》?

秦　三　《人民日报》免费。

李阿竹　今天看出啥来了?

秦　三　没啥,报纸就是那么回事,十年前报纸讲环境保护,十年后讲保护环境。

李阿竹　一点变化都没有?

秦　三　总理换了。

李阿竹　(笑)用你说?电视上都有。

老　舅　对了,大哥,你和记者关系这么铁,帮我个忙呗?

李阿竹　给你录像?到电视上演啊?

老　舅　不是给我录像,是给我们家秦烈士的事情做个报道。好帮着我要钱呵!你们放心,钱到手,立马分你们十分之一。

秦　三　十分之一真不少,可是没那份交情啊。

老　舅　三哥,你可是见义勇为的英雄,记者都高看你一眼。

李阿竹　你咋不自己去说呢?能省一大笔钱。

老　舅　我说了,人家不理我!

李阿竹　那你到电视台唱去,那儿人多。

老　舅　算了吧,那武警还不给我扔出来呀!我这骨头架子轻,受不了钢铁长城。

李阿竹　不过你唱得挺好的,完了事可以进戏班子唱了,没准成个名啥的。

老　舅　不瞒大姐说,我就是县剧团的,要不是摊上这事儿,我才不在这丢人现眼呢。

李阿竹　这不挺明白的吗？

老　舅　我妹妹现在瘫在床上了，我这当哥哥的要是不替她出头，谁替她出头？公道，能自己上门找你吗？

秦　三　都是苦命的人。

老　舅　大哥要是帮我，我的苦就能少一半。

李阿竹　我们在这儿，人家对我们挺好的——开不了口哇。

秦　三　我们找店长有点事，我们去他办公室等等。

老　舅　那好，回见！

　　　　〔秦三和李阿竹走向店长办公室，老舅向后面走去。

　　　　〔成夫人踉跄地上场，她穿着波希米亚风格的紫红色长裙，看起来有种精神恍惚的样子。

　　　　〔店长迎上前去，扶住她。

店　长　大姐，您病了？您坐会儿。

　　　　〔成夫人摇摇头坐下，又站起来又找了一个桌子，坐下。

店　长　大姐，来杯咖啡？

成夫人　好！咖啡。

　　　　〔秦三和李阿竹听见动静伸头往这边看。

　　　　〔店长从现磨咖啡的柜台上端了一杯咖啡过来。

店　长　大姐，您不舒服？

成夫人　你说狗要是被骗了会怎么样？

店　长　那——那不成了太监了？

成夫人　这个比喻好。我们家有条狗，专门骚扰女性，我把他骗了。

　　　　〔成夫人忽然站起来，掀起裙子。

成夫人　你看我身上有血吗？鲜鲜的，红红的血？像一条河……

店　长　没有！

成夫人　真没有？

店　长　真没有！哪有血像河的？一个血点子都没有！您坐。

　　　　〔成夫人重新坐下。

成夫人　这个畜生，可恨！骗了，（抹眼泪）又——可惜。

　　　　〔店长翻自己口袋找纸巾没有找到。秦三走过来把一大包纸巾放在桌子上。成夫人看了看秦三，抽出纸巾擦泪。秦三退了回去。

店　长　(接着问)你是怎么骗的?

成夫人　先哄他喝安眠药,再打麻醉针,然后就找到那个玩意儿,一刀,就结束了。

店　长　你老公知道吗?

成夫人　他睡着呢!做报告做多了——累了。咖啡好闻,可惜凉了。

店　长　我给您换一杯。

　　　　〔店长匆匆下,又匆匆上,重端了一杯咖啡。

成夫人　你结婚了吗?

店　长　还没有女朋友呢。

成夫人　女人你可以不要她,但不能欺骗她!否则会很惨。

店　长　这谁能说的准?汪峰都换多少位了?

成夫人　骗了女人,女人会毁掉你!这咖啡(看着手里捧的咖啡),怎么又凉了?

店　长　不可能,大姐,我再给您换。

成夫人　算了,我该回去了。

　　　　〔成夫人放下一百块钱,下。

店　长　等等,找您钱。

　　　　〔一个店员匆匆追上来。

店　员　店长,店长!

店　长　咋的了?一惊一乍的!

店　员　不好了,下水道堵了,两个全都堵了。地上全是水啊!

店　长　好好的怎么会堵了呢?你快去找物业赶紧过来修。

　　　　〔店员跑下,老舅哼着小曲从后面上来,拿着小方巾擦手。

店　长　你刚才去洗手间了?

老　舅　是呀!

　　　　〔秦三和李阿竹听见声音从办公室出来。

店　长　是不是你把下水道给堵上了?

老　舅　不愧是店长,真聪明,上过北大吧?

店　长　少废话!下水道是不是你堵的?

老　舅　你看你急啥呀?一店之长,一点儿涵养都没有。

店　长	涵养？我现在连教养都不多！到底是不是你？
老　舅	我要是说吧？你就知道真相了；我要是不说,你就得慢慢悠悠地调查。你说是这个理儿吧？
秦　三	他老舅呀！你这是存心折腾人！
老　舅	问题得这么看,三哥,他们不给我解决问题是在折腾我！我目前比他难熬！
李阿竹	得了,你就说一句话,是不是你干的？
老　舅	那他必须保证不发火,我再说。
店　长	好,我不发火。
老　舅	说话算话？
店　长	说话算话。
老　舅	I'm sorry,刚才我不小心把一条小毛巾掉到马桶里了,我可以赔偿。
店　长	你赔偿？你有钱吗？
老　舅	可以从补偿款里扣除。
店　长	那也不对呀,两个马桶,怎么会全都堵了呢？
老　舅	第一个马桶,我是拿个小毛巾,不小心掉下去；第二个马桶吧,找不到手纸了,我就把它当做手纸用了,又掉下去一块——小毛巾。
李阿竹	你这话——谁信啊?!
秦　三	你呀！你呀！真能做的出来！走,咱们去看看。
	〔秦三和店长欲下,店长忽然回头对老舅说。
店　长	替我问候你母亲！
	〔店长下。
老　舅	活该！
李阿竹	你真行！
老　舅	行不行的就这么着了！我刚唱完《空城计》,有本事他们接着唱《斩马谡》啊！
李阿竹	你就不亏心?!
老　舅	啊！我的心啊！(装作痛苦)我的心好亏啊！好疼痛啊！
李阿竹	妈呀！又开始碰瓷了！

〔李阿竹跑下。老舅顺势坐在走廊地砖上。

〔店长和秦三跑上。

店　　长　又咋的了？

〔老舅不理他们。

店　　长　你醒醒！你别死在这儿呀！你们爷俩把我们这儿当八宝山了？我们可不负责你的赔偿金,这死一个小的还得搭一个老的呀！

老　　舅　畜生啊畜生！

店　　长　老死鬼你又活过来了？阎王爷没留你吃秤砣呀？顺便再唱唱《你二妈思夫》啥的？

老　　舅　被你奶奶骚扰了,你奶奶做公用的充气小姐,都被玩坏了。

店　　长　那也比你奶奶强,你奶奶在油锅里被炸成蚕蛹了,从她进地狱那天一直炸到现在呀。

秦　　三　停！你们俩这是干啥呢？

店　　长　你快起来！

老　　舅　坚决不起来！

店　　长　你烂这儿才好呢！你不死不托生。

〔刘警官上。

刘警官　这怎么又干上了？战况惨烈呀！(对老舅)你咋的了？负伤了？

老　　舅　我被他们店长气倒了,爬不起来了。

刘警官　那——咱们去收容所吧？现在叫救助中心,那有免费的医生,还能免费把你送回老家。

老　　舅　别介,免费的就没有好东西。

刘警官　地砖冰凉,你再躺一会儿凉快凉快？

老　　舅　我试试。

〔老舅装模作样自己站起来。

刘警官　我找到一个电话号码,你要不要听听？

〔刘警官打电话,老舅接过去。

老　　舅　你是麦当劳老板？(突然精神了)真的？好！我马上过去,打的,打的去,不见不散。

店　　长　这又还魂了？刚才演挺像。

刘警官 (对老舅)走吧,我陪你去。陈经理,回见!

〔刘警官和老舅下,店长进办公室。

〔三美上,进办公室。

三　美　刘爽呢?

店　长　刚刚走,和口香糖找咱们老板去了。

三　美　哎呀,真可惜!

店　长　可惜什么? 女孩子要矜持,看你像花痴一样。

三　美　我郑重地向你坦白:我和刘爽恋爱了。

店　长　什么? 这也太突然了吧? 那我——咋办呀?

三　美　你不是我的菜。

店　长　我大小也是个店长,挣得比一个警察多吧? 年底,年底老板说给我分红。

三　美　做个警嫂是多么"嗨"的事情啊!

〔三美摆了个造型。

店　长　你的脑子进水了吧?

三　美　地球人没法理解。

店　长　你从火星飘过来的呀?

三　美　我问你,秦勇被捅那天,你当时在哪?

店　长　后厨啊。

三　美　还有比后厨更远的地方吗?

店　长　那不是赶巧了吗!

三　美　假如刘爽在,他会怎么做?

店　长　当然冲上去了,他是警察呀!

三　美　他比你勇敢! 不要不承认。

店　长　我要是警察我也勇敢。

三　美　你要是警察,我就嫁给你。大檐帽,警服,多酷啊! 开着警车拉着我,中山路一开,回头率百分之二百。

店　长　百分之一百。

三　美　那就不兴回两次头吗?

店　长　庸俗,公车私用小心被查。

三　美　关键是我们——同居了!

店　长	你? 你……你无耻。
三　美	我们是自由恋爱! 你管得着吗?
店　长	这时间? 也太快了吧! 有感情基础吗?
三　美	感觉胜过感情,感觉对了一切 OK。那感觉好的不要不要的!
店　长	天呵,看来你是彻底没救了!
三　美	看你这颓废的样子,没出息! 其实吧,我已经——把我姐的对象搅黄了,你俩处处吧。
店　长	你帮我把二美约出来。今晚我把她睡了,我做你姐夫。
三　美	好哇! 好哇! 我愿意你做姐夫,但是你不能睡她!
店　长	为什么?
三　美	那得我们家警察同意了才行!
店　长	凭什么他同意呀?
三　美	他是警察呀!
	〔三美给了店长一个飞吻,下。
店　长	(双手向天)My God!
	〔丁记者上,进办公室。
丁记者	你刚才干啥呢? 造型挺酷。
店　长	我没事儿,哥,想吃点啥?
丁记者	不用,问你件事。
店　长	啥事儿?
丁记者	你有对象吗?
店　长	我? 没有啊! 问这事干啥?
丁记者	三美有对象吗?
店　长	没——有吧?
丁记者	你们俩不是对象关系吗?
店　长	不是,哥,我俩就是同事关系。
丁记者	市政府庆祝"六一"节,我搞了张市政府招待酒会的票,想让三美陪我去。
店　长	那——没问题吧,我去把她叫来。
丁记者	好! 麻烦了哥们儿!
	〔店长出了办公室,找到三美。

店　长　三美,大记者想和你去参加个酒会。

三　美　新鲜事儿。

店　长　你陪他去吗?

三　美　姐不愿意。

店　长　为啥?

三　美　太抠门了,连个汉堡都不放过,谁要是嫁给他? 还不得成天
　　　　吃摞撂啊!

店　长　那也不一定,节俭也是男人的美德,婚后你就知道了。

三　美　还有一双色眼,专盯人家鼓出来的地方看。

店　长　招待会的事,你还是亲自跟他说去吧。好好说,别得罪人!
　　　　〔三美走进办公室,走到记者面前,坐下。

三　美　大人传我?

丁记者　三美,别这么客气,叫哥就行。

三　美　丁哥,找小女子何干?

丁记者　今晚上,市政府有个招待酒会,票非常难弄,有电影明星参
　　　　加,我想咱俩一起去看看。

三　美　没有豪车,怎么去呀?

丁记者　我打车来接你。

三　美　还得我们餐厅报销车费?

丁记者　不用,正常的活动,电视台给报销。

三　美　电视台的经费又不紧张了?

丁记者　不紧张,不紧张,从来都不紧张。

三　美　这票不花钱吧。

丁记者　当然不花钱,但是非常紧张,我们台里总共才 8 张。

三　美　就因为不花钱,你才领我去的吧?

丁记者　(愠怒)你? 你哪儿这么多话?

三　美　大哥哥,你发火了? 你生气了吗? 你可别生气,我今天加班,
　　　　真不能去。

丁记者　算了,不去就算了。

三　美　大哥哥,下回要是有宋仲基的演唱会,帮我买张票,我一准
　　　　儿去。

[三美下。丁记者从兜里拿出一张票反复摇晃，看起来很生气。

[店长走进办公室。

店　长　谈得怎样？

丁记者　不怎么样！

店　长　她不想去还是没时间？

丁记者　没时间，说今晚加班。

店　长　今晚是她加班。

丁记者　是个屁！今晚你安排别人加班！一会儿你把这票给她，去不去由她！让她看着办！

店　长　好！好！哥，你别生气！回头我收拾她！

[丁记者站起来，把票摔到桌子上。

丁记者　都在世面上混，谁不求谁啊？破脸盆子还端起来了。

[记者下。

[三美复上，店长开始发愣。

三　美　哥，发什么愣啊？他用语言强暴你了？

店　长　（晃了晃手中的票）那个名记说："票放这儿了，去不去由你！"还让你"看着办"！

三　美　我靠。

店　长　咋办？

三　美　你说咋办？

[店长把手中的票撕成四瓣，扔进垃圾桶。

三　美　哥，你真man！

[三美故作幸福地靠向店长的胸前。店长欲拥抱三美，三美迅速躲了。

三　美　别误会！咱俩不是连理枝！

[三美跑下，店长张开双臂向上做了个天问的动作，随下。

[秦三扫地。秦爱国，他看见迎面过来的秦三。

秦爱国　哥。

秦　三　爱国？你怎么来了？

秦爱国　我来城里看看你。我听说城里的电脑便宜，顺便买回去一个

给你侄子用。哥,你身体好吗?（看看四周无人）村子里瞎传,说
你又讨了个老婆?

秦　三　胡说! 六十多岁了,哪有那心思? 是有个女的和我关系不
错,两人聊天做个伴儿。

秦爱国　听着和老婆差不多。

秦　三　她不是我老婆,听明白了没?

秦爱国　好像明白了。哥,你真不想回村儿了?

秦　三　我不想回去。

秦爱国　那以后咋整? 八十岁呢? 九十岁呢?

秦　三　（摇了摇头）眼宽了,心野了,回不去了……

秦爱国　哥,我猜你对过去有心结! 所以才不愿意回村子。过去的日
子谁都不好过。

秦　三　当年打完了日本人,要分咱家的地和房子。咱爸说:"拿走
吧,你们别伤害我们家人,给我们一点面子"。可是,就因为
他是地主,分他的地,分他的房子,还……还分了他的女人。
我没了妈,看着他们批斗爸爸,后来咱爸被逼死了,他们开始
批斗我,算了不说了——脸上没皮呵!

秦爱国　哥,你说吧,说出来好受一点。

秦　三　干活,我最累,起猪粪、牛粪啥的,都是我! 工分我最低,一
般人计个七八分,妇女记五分,我才三分! 所有好事都没我
的份。逢年过节还得到村委会集合,怕我们搞破坏,等节过
完才能回家。所以呀——那地方不回去,也就不回去了。再
说了……

秦爱国　再说了,现在种地也不挣钱,这乡下的人不都往城里跑吗?

秦　三　有的人进城是被逼的,我是自愿的,我来这里真的是想碰碰
运气。

秦爱国　我说不过你,我还是买电脑去吧。

秦　三　吃了饭再走吧,我请你。

秦爱国　不吃了,下次吧!

秦　三　好吧,下次我请你!

〔秦爱国匆匆下,李阿竹上。

李阿竹　那人是谁?

秦　三　我弟弟。

　　　　〔秦爱国又匆匆上,从背包拿出一包东西递给秦三。

秦爱国　哥,我老婆灌的干肠,刚才忘了给你。

秦　三　这是你大妹子——李阿竹。

秦爱国　大妹子,谢谢你照顾我哥。

　　　　〔秦爱国给李阿竹鞠了一个躬,李阿竹慌忙还了一躬。秦爱
　　　　国下。

李阿竹　你弟弟可比你儿子懂事,他比你显年轻!

秦　三　我们俩同妈不同爸。

李阿竹　是吗? 跟我说说。

秦　三　小孩没娘说来话长。

李阿竹　说说,说说!

　　　　〔丁记者上。

丁记者　老秦头,看见店长了吗? 我找他有急事。

秦　三　我给你喊去。

　　　　〔秦三和李阿竹向后厨走去。

　　　　〔丁记者进了办公室,店长上。丁记者看见店长,急忙问。

丁记者　票给她了吗?

店　长　干啥?

丁记者　她不喜欢那张票,我想把票送给别人。

店　长　(骗他)喜欢! 怎么能不喜欢呢! 票交给她,笑了三回呢!

丁记者　真的?

　　　　〔店长非常肯定地点点头。

丁记者　谢谢你,拜拜!

　　　　〔记者下。

店　长　完蛋了!

　　　　〔三美上。

三　美　他又抽什么风了?

店　长　坏了,(急跺脚)他想把刚才那张票——送给别人,来取票的。

三　美　你怎么说的?

店　长　我能怎么说？我说你去呗。

三　美　可是——可是你刚才把票都撕了！

店　长　我把票找出来再粘好,然后——

三　美　然后,我也不去！

店　长　你不去我去。我就说警车把你拉走了,就在你去参加招待会
　　　　之前,警察叫你,他还敢拦着？

三　美　那你咋去了呢？

店　长　我去给他报信呗！省得他孤单单、甜蜜蜜、可怜怜地等着。

三　美　算了吧,犯得着吗？

店　长　都在街面上混,互相体谅吧。再说还能不花钱看明星、吃大
　　　　餐,多好的事儿呀！

三　美　那以后怎么办？

店　长　以后你都成警嫂了,他还能怎么说？他还敢怎么说？

三　美　好！就这么办吧！
　　　　〔店长向里面喊"老秦头,老秦头"。
　　　　〔秦三走进办公室。

店　长　交给你个任务,(指着垃圾桶)那里面,我刚才扔进去了一张票,
　　　　撕成了四半,你找个没人的地方把它找出来,非常重要。

秦　三　好！

三　美　你咋不去找？

店　长　废话！我一店长,让人看见翻垃圾？什么形象？秦大爷,给
　　　　你十块钱劳务费。

秦　三　不要钱！

三　美　给你二十,我也有一份。
　　　　〔三美把钱塞进秦三的口袋里。

店　长　你真是警嫂了？不会糊弄我吧？
　　　　〔三美使劲拧了店长一下。

店　长　(痛苦地叫)哎哟！妈呀！

三　美　差辈儿了,别叫妈叫嫂子。
　　　　〔秦三收拾垃圾,突然手机铃声响起。

秦　三　什么？人没死吧？好好,我去！

店 长	咋回事？
秦 三	老四出事了！
三 美	啥事？
秦 三	人家欠他工钱,他把人家眼睛打坏了！
店 长	这可咋办哪？
秦 三	(跺脚)我哪知道咋办哪！
	〔切光。

第四幕

〔距离上一幕十五天后。

〔麦当劳餐厅原来的现磨咖啡部分没有了,只剩下普通餐品的柜台,桌椅的间距比以前宽了一些。

〔餐厅里有几个闲杂人员横躺着睡觉。

〔店员们在忙着擦拭桌椅,秦三在扫地。

〔店长上。

店 长	告诉大家一个好消息。
	〔店员们纷纷围拢过来。
三 美	我还有一个坏消息。
店 长	你先说,什么坏消息？
三 美	你先说好消息吧。
二 美	店长先说。
店 长	秦勇的问题解决了,他舅舅不来闹了。
二 美	口香糖的问题解决了？
三 美	赔了多少钱？
店 长	那老板没说。你有什么坏消息？
三 美	我辞职,明天到一个公司去上班。
店 长	为什么呀？ 你干得很好啊！

三　美　我老公不让。

众店员　你结婚了？什么时候结的？

三　美　未来的老公不行啊？少见多怪。男生们女士们,今天是我在
　　　　这里上最后一天班,你们想吃什么？我请客。

店员甲　姐,我想吃你!

众　人　我们都想吃你!

三　美　去,想吃人肉咬自己手指头。

店员甲　我要哈根达斯!

店员乙　姐,我要双份。

三　美　先上工! 一会儿我去买。

店　长　(对着睡觉的人们大声喊)快走! 别在这儿睡了!
　　　　〔众人下去换工作服。睡觉的闲杂人员陆续走开。

店　长　还有一件事儿我刚才没说。

二　美　什么事儿?

店　长　王思佳被判了 10 年,我想过几天再说吧,这段时间人心惶
　　　　惶的。

二　美　也好。对了,刚才丁记者来电话找你,好像非常生气。

店　长　知道了,咱们先去换衣服。
　　　　〔店长和二美下。老四背着个大包上。

秦　三　老四? 你从——那里出来了?

老　四　三叔,我——刚刚出来!

秦　三　你这是要到哪儿去?

老　四　我要回家,回坛子屯。

秦　三　你哥知道吗?

老　四　这次花了我哥很多很多钱。我不想添麻烦,等到了家再说吧。

秦　三　这样也好,你还回来吗?

老　四　不了,我觉得城里的生活不适应我,在这里我啥也不会干,住
　　　　得连狗都不如。回村里还可以养养鸡鸭,种种蔬菜果子。三
　　　　叔,你咋办? 再不——咱俩一起回去算了?

秦　三　不!

老　四　他们都说——说你和阿竹婶同居了。

秦　三	我还怕闲话吗?
老　四	我觉得阿竹婶挺好的,年龄比你小,你该上上,该下下,该结结。
秦　三	我再琢磨琢磨。
老　四	好事就不用琢磨,再(把好事)琢磨没了。拜拜! 〔老四下,李阿竹上。
李阿竹	那个人像老四。
秦　三	是老四。
李阿竹	他咋走了呢?
秦　三	说是回家看看。对了,趁这会儿没人,我想跟你说个事。
李阿竹	三哥,我也想跟你说个事。
秦　三	你先说。
李阿竹	我闺女要来了。
秦　三	好事儿。
李阿竹	我可不想见她,我想——溜。
秦　三	为啥?
李阿竹	我把她养得又馋又懒,她不是打麻将就是玩电脑,自己生的孩子都不喂。我挣得钱都得交给她,不给她就跟我闹。我是真没办法。
秦　三	咋能这样?
李阿竹	村里分给我一亩地,连补贴加上收成,一年能挣两千块钱。我从来没拿到过这笔钱,我一问她,她就说,地是分给咱俩的。你说气人不气人? 明明是分给我的地,年轻的人根本就没分过地——惹不起她啊!
秦　三	家家都有难唱曲,你走了,问题咋解决?
李阿竹	那咋整?
秦　三	再不,你先跟我回趟老家?
李阿竹	有事?
秦　三	回趟老家——我想办点——咱俩的事儿。就是——把你的户口和我的户口——登记在一个户口本上。你明白吗?
李阿竹	我明白……你就是想跟我说这事儿?

秦　三	是,最大的事。
李阿竹	这事? 你儿子同意?
秦　三	就是因为他们乱咬舌头根子,我才偏要这么做!
李阿竹	我听你的。
秦　三	我估摸着电视台也不用我了,过几天咱俩就离开这里吧。
李阿竹	现在走了奖金怎么办?! 街道不是说要发给你奖金吗? 还有那个香港导演,说要把他的什么马的奖金给你呢!
秦　三	对着镜头说的话——不算数。
李阿竹	你应该找他们问问。
秦　三	我去问过,街道说钱没批下来,香港人早没影了。阿竹,嫁给我这么个老头子你委屈不?
李阿竹	三哥,心里有,啥都有了。
	〔店长拿着一张海报上。
店　长	秦大爷,商场橘子打折呢,你们赶紧去买点儿,这儿的活儿暂时不用你们。
秦　三	好呀。
	〔秦三和李阿竹下。
	〔丁记者在摄像师搀扶下,走进来。店长迎上。
店　长	丁哥,这是怎么了?
丁记者	少给我装蒜,你说那天……三美为什么没来?
店　长	三美哪天没来?
丁记者	就是——明星招待会那天,三美为什么没来?
店　长	大哥,是那件事呀。
丁记者	我不是你大哥!
店　长	丁哥,你听我解释。
摄像师	好好说话! 你要是敢糊弄我大哥,看我们怎么收拾你!
	〔三美上。
三　美	这是要收拾谁啊?
店　长	三美,你别过来,这儿的事我处理。
丁记者	三美你过来,你说说明星招待会那天,你——为什么没来?
三　美	我去了。

丁记者	胡——扯！我从头看到尾，我是一个一个仔细地看啊！根本就没有看见你！
三　美	半道让警察给截住了。
摄像师	编，瞪着眼睛说瞎话。
三　美	你才瞎呢！
店　长	丁哥，是这么回事。她临时有事儿，是我去的招待会。我是想去告诉你，她有急事来不了了。
丁记者	你去了？那我怎么没看见你？
店　长	我也没看见你啊！
摄像师	编，继续编。
三　美	你闭嘴，你又没去，捣什么乱呀？
丁记者	（对三美）你看见什么了？
三　美	我没去。
丁记者	我都气晕了，（对店长）你看见什么了？
店　长	市政府大礼堂，范冰冰，老大的吊灯，自助餐，烤乳猪，各种点心好几十种都叫不上名儿，还有红酒、啤酒、三文鱼，对不？
丁记者	那——也不对呀，我怎么就没看见你呢？我可是瞪大眼睛一个一个看的呀！
店　长	我刚进去三分钟，范冰冰就来了，我在那吃水果呢，范冰冰和市长进来的。
摄像师	大哥，是不是你光瞅女的了？
丁记者	闭嘴！
三　美	可不是吗？一个看女的，一个看范冰冰，你们俩爱好一样。
丁记者	那你为什么不给我打电话？
店　长	事发突然，等我一进去，呼啦一群人抢吃的，呼啦一群人抢着看明星，呼啦又去抢吃的，哪有空啊？
丁记者	别说了，你可把我害惨了！
店　长	咋的了？
摄像师	我大哥在门口灌一脖子风，他可是有颈椎病啊！又生了一肚子气，又拼了一肚子酒，阑尾炎发作，直接送医院了。你说，是不是你害的？

店　长	我也是好心帮忙,谁知道会出这么大的事儿!
摄像师	好心?好心你不会发个短信啥的?你可倒好,告诉我大哥,三美肯定去!指着你这破鞋崴了脚!
三　美	又不说人话?
店　长	你们先消消气!我一进大厅吧,大吊灯给我晃得够呛,又是美女,又是美食,又是美酒,又是领纪念品,像刘姥姥进大观园一样,晕晕乎乎的啥都忘了。
摄像师	你是干啥去的?你一个送信的,你忘了自己啥身份了?
三　美	你啥身份哪?
丁记者	都别说了!(大声咳嗽)警察是怎么回事?
店　长	她处了个男朋友是警察,马上就结婚了。
三　美	我们今天去领证。
丁记者	为什么呀?这也太快了吧?
三　美	为的是爱情,快的是火热。
丁记者	一切——都不能挽回了吗?
三　美	我们同居了。
	〔丁记者剧烈地咳嗽。摄像师轻轻给他拍后背。
摄像师	哥,我算看明白了,咱们走吧,医生说你要多休息,在这儿……他俩一唱一和能把咱俩气死。
丁记者	咱们走。
	〔摄像师搀扶着丁记者下。
店　长	丁哥,慢走。
	〔三美接电话。
三　美	哥,我想请个假。
店　长	是领结婚证吧?
	〔三美点头。
店　长	快去吧,给刘哥带个好!
	〔三美下,二美上。
二　美	她去登记了?
	〔店长点点头。
店　长	你说说三美和刘警官的事,咋这么突然呢?

二　美	有啥好说的？你还惦记着我妹妹呢！
店　长	我是好奇,他俩咋突然就成了呢？太意外了！
二　美	我们也意外！(学三美,挽着店长)"爸妈,这辈子,我非刘爽不嫁！"我爸当时那眼神儿——都傻了。
店　长	你爸啥也没说？你不是说你爸脾气挺大的吗？
二　美	那是！三美高中的时候往家领了个男孩回来,我爸一个板凳就扔过去了！刚才还信誓旦旦的小男子汉,一看见板凳"唰"就飞走了,比哈利·波特还快！第二天就转学了。
店　长	你爸真厉害！
二　美	厉害啥？昨晚上光听他咳嗽了。
店　长	不是相亲了吗？怎么老丈人不说话？
二　美	三美说:"刘爽家在外地,他一个人住不方便。"她要搬过去和刘爽一起住！
店　长	你爸发火了吧？
二　美	(学她爸爸)"你敢"！三美又说,(学三美)"我们明天就领证结婚"。后来,后来听我妈说,我老爸哭了一晚上,我妈说她也是第一次听见他哭。
店　长	我真是羡慕刘哥找到了你妹妹。
二　美	你不羡慕自己吗？
店　长	亲爱的,咱们姐俩一样漂亮。
二　美	听三美说,老板要给你分红？
店　长	亲爱的,我把工资卡交给你吧——这样省心。
二　美	不必了,我要你的心——唯一的心,以后不许对我妹妹献殷勤了,省得我嫉妒。
店　长	三美那份殷勤由刘爽献,我这份殷勤全都攒着留给你。
	〔成夫人左手拎着包,右手搀着成局长上。成局长有点跛脚。
成夫人	你慢点儿。
成局长	好。
成夫人	歇一会儿吧。
成局长	好吧。
	〔成夫人搀着丈夫坐下。

成　局　长　好像这里有点变化。

成　夫　人　软椅子哪去了？

成　局　长　现在市场萧条，不会把椅子都换了吧？

成　夫　人　昨天发生的事情仿佛就在眼前。你说，当初你咋会那样？

成　局　长　一个人身在外地，难免寂寞，身边又是美酒又是美女，能有几个不动心？

成　夫　人　以后提拔官员应该家属同行。没人管着你们，不该出轨的也会出轨。

成　局　长　男人不仅生理上有需求，心理上需求更大，看见别人香车美人出双入对，心里就痒痒。

成　夫　人　对了，那个真大小姐后来找过你没有？

成　局　长　事办完了，人早就拜拜了。

　　　　　　〔秦三和李阿竹提着橘子上，成局长夫妇发现他们。

成　夫　人　过来坐吧，大哥是那位见义勇为的英雄吧？

　　　　　　〔秦三笑着点头，他和李阿竹与成局长坐在一起。秦三开始剥橘子。

秦　　　三　今天商场橘子打折，你们吃。

成　夫　人　你们吃吧。

李　阿　竹　吃吧，挺多的。

成　夫　人　(对局长)你看大哥对大嫂多好，大哥把大橘子剥给大嫂吃，自己吃小的。

成　局　长　是呀，大哥是个有心人。

李　阿　竹　你们误会了，我们还没成亲呢。

秦　　　三　我们准备回县里领证。

成　夫　人　是吗，恭喜恭喜！你们等等，我马上就来。

　　　　　　〔成夫人下。

成　局　长　你们在这里生活得怎么样啊？

秦　　　三　局长问你呢……生活得怎么样？

李　阿　竹　什——什么局长？

秦　　　三　他是局长，比咱们县长还大两级呢！

　　　　　　〔李阿竹开始发抖，站起来又坐下。

秦　三	不读书不看报,您别笑话她。
成局长	大姐,我看你俩挺般配的。
李阿竹	没见过这么大的官儿。
成局长	大姐不要紧张,官再大也是为老百姓服务,而且要全心全意服务。
	〔成夫人上,拿出一个信封交给李阿竹。
成夫人	我们俩的一点心意。祝你们白头偕老,幸福快乐!
秦　三	使不得,使不得!
成夫人	大哥,我给你随礼也是有原因的。一,你是见义勇为,我们敬重你;二,我真是羡慕你们——关系这么好! 这是贺礼,不能不收。
成局长	收下吧,你们收下了,我们才高兴。
秦　三	恭敬不如从命。
李阿竹	谢谢,谢谢你们。
成夫人	再见! 我们去旅游,看看山看看水。
	〔秦三和李阿竹起身,送成局长夫妇向汽车站方向走去。
秦　三	您要注意身体。
成局长	不妨事,过些日子就好了!
	〔送走成局长夫妇,李阿竹把钱塞到秦三手里。
秦　三	干啥?
李阿竹	人家是给你的。
秦　三	人家是给咱俩的。
李阿竹	你见义勇为来着。
秦　三	以后咱家你管钱。
	〔李阿竹听到这话,高兴地想要抱秦三。
	〔一个店员上气不接下气地跑上来,惊动了店长。
店员甲	不好了,不好了。
店　长	你撞见鬼了? 咋吓成这样?
店员甲	差不多吧,吓死我了。
店　长	怎么回事儿? 快说!
店员甲	口、口香糖来了。

店　长　他咋的你了？

　　　　〔老舅上，身前身后背着两个黄色的四四方方的包裹，慢慢地走过来。

店　长　你怎么又来了？

　　　　〔老舅没有回答，向店长躬了躬身子，继续向前走。

店　长　你来干啥？

老　舅　(指指汽车站的方向)路过。

秦　三　他老舅，这是咋回事儿？

　　　　〔老舅停下脚步。

老　舅　我妹妹——刚刚过世，我要把她们娘俩带回老家。

秦　三　这是咋整的？咋会弄成这样了？

老　舅　我妹妹在家里就不行了。是我，是我让乡亲们把她拉到城里抢救，咱有钱了，咱出得起医疗费了！可是，到了，到了都闭着眼睛，没跟我说上一句话！三哥呀，(十分感慨)我把妹妹给丢了！

秦　三　节哀顺变，那——那你今后怎么办呵？

　　　　〔老舅伸出二个指头。

李阿竹　啥？啥意思？

老　舅　那个王思佳一刀下去，我们家死了两口。我也要让他们家死两口！

秦　三　老陈！你可别这么干，事情都过去了，一切听法院的。

老　舅　三哥，假如是你妹妹的事情，你能放过他们吗？

李阿竹　杀人要偿命的！违法！

老　舅　我不杀他们，我用各种方法折磨死他们！等他家也死够了两个，才算平账。

秦　三　别说了！他们家也很不幸！凶手被关监狱了，他已经得到了惩罚！都像你这样报仇，社会不就乱了套？再说了，他们也是无辜的。

老　舅　我无不无辜？我们家孩子到城里打工，他就是扫个地呵——被捅死了！三哥，我的原则是：人若犯我，我必犯人！账目两清，概不赊欠。

秦　三　不行,你不能这么做!

　　　　〔老舅欲走,秦三上前一拉。两个人一拉一扯,一盒骨灰撒在地上。人们都愣了。

秦　三　对不起!对不起!是我不小心。

李阿竹　大兄弟,我们对不起你!

　　　　〔老舅俯下身去拾骨灰,秦三想帮助他拾骨灰被制止。

老　舅　别动!大哥,你千万别动!这一盒是秦勇的,就算他想你了,你们又见了一面。

　　　　〔老舅收拾完骨灰,下。秦三欲拦,被李阿竹挡住。

秦　三　这,这算啥事啊!

二　美　秦大爷,这是命。有的时候就是命运巧合,没事了!

店　长　没事就好!没事就好!

　　　　〔店长和二美下。

李阿竹　你都六十多的人了,别老想着见义勇为了。

秦　三　今年六十五了。

李阿竹　三哥,刚才就想问你:离开这儿,咱去哪儿?

秦　三　咱学那候鸟,找个适合咱俩的地方去。我攒了点钱,咱俩可以做个小买卖。听说海南岛不错,空气老新鲜了。

李阿竹　那是鸿雁,(小声唱)鸿雁,向南方。(咳嗽)上不来气了。

秦　三　咱俩儿都是小小鸟,咋飞都飞不高。

李阿竹　不,我是鸿雁,你也是鸿雁。

秦　三　好,你说鸿雁就鸿雁。

李阿竹　三哥,这辈子你就真的不想回家里看看了?儿子?孙子?就不想看看?

秦　三　好不容易出来了,就不回去了。他们想看我就来找我。现在都有手机,还可以视频聊天。

李阿竹　这个月给孙子寄钱了吗?别忘啦!

秦　三　以后就不寄了。孩子都大了,缺钱让他们自己挣!

　　　　〔店里突然涌进一大帮结婚的人。其中一个化妆师与一个伴娘引起了秦三和李阿竹的注意。化妆师提了个超大号的化妆箱。伴娘抱着一套白色的婚纱和一大束鲜花。

李阿竹　你看,结婚的。

　　　　〔秦三看得走神。

秦　三　结婚真好!

李阿竹　婚纱真好,新娘子一定非常漂亮。

秦　三　你咋知道她不是新娘子?

李阿竹　新娘子这时候还在娘家,反反复复换婚纱呢! 我姑娘结婚的
　　　　时候,婚纱就穿了三套呢! 一套白色的,一套红色的,一套淡
　　　　粉色的。

秦　三　想闺女了?

李阿竹　(点点头又摇摇头)以后再说吧。

秦　三　你穿过婚纱么?

李阿竹　(摇摇头)没!

秦　三　想穿么? 想穿我给你借来穿一回。

李阿竹　你要是能借来。我就穿,(笑)穿给你看。

　　　　〔秦三向化妆师和伴娘走去,说了一阵,秦三回来了。

李阿竹　借来了?

秦　三　没有。

李阿竹　你咋说的?

秦　三　我说咱俩要结婚了,想借他们的婚纱拍个照片,我还说付一
　　　　百元钱。你猜那男的咋说?

李阿竹　你就瞎说吧……让人家笑话。

秦　三　他说少一万不借,那婚纱是什么王妃穿过的。

李阿竹　碰了一鼻子灰吧? 活该!

秦　三　不过,他说可以把花借给咱俩儿,给咱们拍一张合影。那个
　　　　女孩说那小伙子的照片得过什么金奖呢。

李阿竹　免费吗?

秦　三　当然是免费,走,咱俩过去拍张合影。

　　　　〔秦三和李阿竹刚准备往化妆师那边走,店长来到他俩身边。

店　长　你俩干啥去?

秦　三　拍个合影,那个小伙子得过金奖呢!

店　长　拍合影干啥呀?

秦　　三　　我准备和你李婶结婚。

李阿竹　　就他花样多!

店　　长　　是吗? 太好了,大喜呀!

秦　　三　　老头老婆儿了,还啥大喜?

店　　长　　这叫老夫老妻。你等着,我后头有西服,等我拿来给你扮上。

　　　　　　　〔店长去后面。三美上,给大家发喜糖。

三　　美　　秦大爷,李婶,我今天登记结婚了,请你们吃喜糖。

秦　　三　　恭喜三美。

李阿竹　　三美有福气。

　　　　　　　〔店长上,拿着一套西装。

店　　长　　三美回来了? 大爷大婶要结婚了,咱们在这儿给他们办个准
　　　　　　婚礼,多照几张相,也替咱们冲冲晦气。

三　　美　　好啊!

秦　　三　　这是干啥呀? 越整越大了!

店　　长　　穿上,穿上,搞个仪式。

秦　　三　　(对李阿竹)听人劝,吃饱饭。穿就穿吧,反正就照个相,又不
　　　　　　丢啥。

　　　　　　　〔一大群年轻人开始帮助秦三和李阿竹穿戴起来。三美拿了
　　　　　　两个吃蛋糕用的纸王冠,给两位老人戴上,店长把西服套在
　　　　　　秦三身上,化妆师分别给两位老人化了化妆。伴娘把鲜花给
　　　　　　老人一人一束。伴娘把一双白手套戴在李阿竹手上。

秦　　三　　这有点过头了! 我们还没到这一步呢!

　　　　　　　〔店长站到前面看,不太满意。

店　　长　　没关系,反正要走这步,提前演习演习。不太喜庆呵! 二美,
　　　　　　你把迎宾带拿两个上来。

　　　　　　　〔二美拿了两个大红色的迎宾带,分别给老人戴上,绶带上有
　　　　　　三个金字"欢迎您"。店长看两位老人的下半身不配套。

店　　长　　下半身不好看,弄个桌子摆前面,挡住下半身。

　　　　　　　〔众人把桌子摆在两位老人前面。又铺上一块红桌布。

二　　美　　这不像是婚礼,像是过生日。

店　　长　　没关系,差不多。

〔照相师上来照相。拍完，店长拿了个麦克风开始讲话。

店　长　同志们，朋友们，今天是秦三——秦传熙同志和李阿竹女士大喜的日子，我们祝福他们白头偕老，永远健康。感谢他们为中国革命事业作出的努力，感谢他们为我们餐厅作出的贡献……（没词了）啊……感谢吧！下面请我们敬爱的秦先生和李女士讲话。

秦　三　我不会说话呀！现在一看见话筒就懵。

李阿竹　我也说不出来。

三　美　这样，哥，咱俩说词，让他俩学，行吗？

店　长　这个办法好！我们说一句，你们学一句？我说男的词儿。

三　美　我说女的词儿。

秦　三　行！

李阿竹　试试吧。

店　长　晴空万里，锣鼓喧天，学。

秦　三　晴空万里，锣鼓喧天。

三　美　欢声笑语，百花争艳。

李阿竹　欢声笑语……百花争艳。
　　　　〔店长表演口技，学锣鼓声和鼓掌声。

店　长　我们相爱了。

秦　三　我们相——爱了。

三　美　爱得绵长而又深远。

李阿竹　爱得……长，又……远。

店　长　不论疾病和挫折。

秦　三　不论疾病和挫折。

三　美　不怕泪水和坎坷。

李阿竹　不怕泪水和坎坷。

店　长　手把手。

秦　三　手把手。

三　美　肩并肩。

李阿竹　肩并肩。

店　长　我们的爱会彼此相伴，走得很远很远。

秦　三　我们的爱会彼此相伴，走得很远很远。

三　美　我们的爱会彼此相伴，走得很远很远。

李阿竹　我们的爱会相伴，走得老远。

　　　　〔店长和三美分别把话筒交给两位老人。

秦　三　谢谢，谢谢大家。

李阿竹　谢谢！谢谢你们！

店　长　幸福属于人民！

三　美　幸福属于大家！你俩一起说。

　　　　〔秦三在李阿竹耳边说了什么。

秦　三
　　　　幸福不容易！要珍惜！幸福不容易！要珍惜！
李阿竹

　　　　〔所有人都拿出手机，大家一同播放《婚礼进行曲》。虽然曲子的节奏和声调不同，但在众人不断地调整中，它们终于变成同一个节拍，汇在了一起。

　　　　〔灯光由明转暗，一束红光打在两位老人身上。

　　　　〔剧终。

编 后 记

　　《罗怀臻教学集》是罗怀臻先生自 2005 年以兼职教授身份回到上海戏剧学院培养学子、指导创作的教学成果集萃。本书共分 3 卷,每卷均分为 12 个单元,共收录 38 人的 40 个剧本,有 34 个大戏,6 个小戏。第一卷为研究生卷,选用了罗怀臻教授作为导师指导的 12 名硕士研究生的剧本;第二卷为研修生卷,为 2011 年"中国剧协全国青年剧作家研修班"部分学员的剧本,罗怀臻教授时任班主任和专业指导教师;第三卷为进修生卷,乃罗怀臻教授为戏文系历年"高级编剧进修班"开设专业小课时部分学员的剧本。《罗怀臻教学集》所录剧本,有些是作者在上海戏剧学院求学期间的作业,有些是毕业之后的创作,但无一例外都得到了罗怀臻教授的悉心指导,或选题创意、或题旨走向、或结构情节、或唱词铺排、或念白情绪、或孵化演出等。这些剧本有些已经上演;有些业已发表;有些还在做进一步的修改。这些剧本均是作者的高光之作,超越了作者本身的思想局限性,也是罗怀臻教授呕心沥血的教学成果。在罗怀臻教授的帮助与指导下,很多剧本已然成为作者的代表作。

　　《罗怀臻教学集》和之前已经出版的《罗怀臻剧作集》《罗怀臻演讲集》《罗怀臻研究集》一起,总结实践经验,凝结理论成果,共同建构了罗怀臻教授戏剧创作、理论研究、戏剧评论、戏剧教学整个体系,为今后的戏剧创作与研究提供了不可预见的价值。

　　结集出版的《罗怀臻教学集》只是罗怀臻教授教学生涯的阶段性成果,所收剧本也只是所有作者的阶段性创作,期待今后他们在彼此成就中能有更多优秀的作品问世,以飨观众、以慰读者。

　　《罗怀臻教学集》的出版得到了大家的共同支持,张竣棋担任了大量的外联和校阅工作,程琛承担了主要的校对工作,刘二乐、卢文娟、邵凡、王莉梅参与了部分校对工作。本书还得到了"上海市教育委员会文教结合项目"资助。在此一并致谢。

2020 年 1 月